棉花花◎著

耿耿星河

上

中国华侨出版社
·北京·

图书在版编目（CIP）数据

耿耿星河 / 棉花花著 . — 北京：中国华侨出版社，
2021.1

ISBN 978-7-5113-8329-7

Ⅰ . ①耿… Ⅱ . ①棉… Ⅲ . ①言情小说 – 中国 – 当代
Ⅳ . ① I247.5

中国版本图书馆 CIP 数据核字（2020）第 189992 号

耿耿星河

著　　者 / 棉花花
选题策划 / 刘连生
责任编辑 / 江　冰
封面设计 / 马顾本
版式设计 / 新兴工作室
经　　销 / 新华书店
开　　本 / 700mm×970mm　1/16　印张 / 53　字数 / 1000 千字
印　　刷 / 三河市中晟雅豪印务有限公司
版　　次 / 2021 年 1 月第 1 版　2021 年 1 月第 1 次印刷
书　　号 / ISBN 978-7-5113-8329-7
定　　价 / 108.00 元（全三册）

中国华侨出版社　北京市朝阳区西坝河东里 77 号楼底商 5 号　邮　编 :100028
法律顾问 : 陈鹰律师事务所
发 行 部 :（010）82605959　传　真 :（010）82605930
网　　址 : www.oveaschin.com
E - m a i l : oveaschin@sina.com

如发现印装质量问题，影响阅读，请与印刷厂联系调换。

耿耿星河

Contents

耿耿星河

Contents

楔　子

　　水暮渊的妻子吴云二度有孕了，怀得很不容易。

　　似乎，她每一次身孕都怀得很艰难。别人轻易就能得到的，她却要历经千难万阻才能抵达。出阁前，她娘说了，嫁了人，就要把生儿育女当本分。"老闺女有福啊。"吴云她娘常常说。之所以这么说，是因为吴云嫁得好。

　　吴家其实早就没落了，但是因为早年的指腹为婚，吴云嫁给了水暮渊。水暮渊有出息，甲子年中了进士，后来在禹杭做官，且做的是禹杭织造。江南富庶，布匹绸缎天下闻名，世人谁不知道织造署是肥水衙门呢！

　　水暮渊是个君子，虽身居官位，但并没有对贫贱之时的婚约反悔。吴云过了及笄之年，他就风风光光地把她娶进了门。婚后，夫妻恩爱，和和美美。美中不足的是，吴云一直未能怀有身孕，小腹平平。

　　开始两年，夫妻俩没有当回事，花前月下，饮酒作诗，不亦乐乎。到了第三年，吴云开始着急。丈夫依然对她很好，但她有了危机感。没有子嗣的夫人，在水家大宅里说话都没了底气。下人们有时候聚在一起小声说话，她都觉得似乎是在嘲讽她。

　　她私下里找医官开了许多药调理，听说哪个庙灵验，就赶紧去求拜。甚至，江湖术士的符水，她都喝了好几碗。依然无甚作用。

　　那年冬天，下了很久的雪。吴云站在院中一株梅花树下许愿："求菩萨让我生个孩子。我什么都愿意付出。"当晚，她就做了一个梦，梦里一个穿着白衣的女子问她："你真的什么都愿意付出吗？"吴云拼命点头。她太想有个孩子了。

　　白衣女子说："你愿意拿自己的福报来换吗？"吴云咬咬牙："我愿意。"她心内思忖着，什么是福报？孩子就是福报！有了孩子，还愁没她的福报？白衣女子笑了："看在你诚心的分上，赐你一个孩子。这个孩子将来会坐上金銮殿。"吴云大惊，想开口问什么，白衣女子已经飘远了。醒来时，吴云觉得身子里好像有了一股暖流，冲刷得她五脏六腑暖烘烘的。

　　不久，吴云真的发现自己怀孕了。水暮渊开心极了。吴云不敢把梦中的奇遇告诉自己的丈夫。坐金銮殿？太荒唐了！如今四海升平，除了造反，还有什么可能坐上金銮殿？"造反"这两字，吴云连想想都浑身打哆嗦，那可是诛九族的大罪。自己的丈夫只是个五品官吏，衣食富贵，很知足，怎么敢异想天开？

十月怀胎后，一朝分娩，吴云生了个女儿。吴云放下心来，是个女孩，那坐金銮殿这话就是无稽之谈了。"看来那白衣女子是诓我的，那她说的应该都不作数。折损福报这种话，也是她说来吓唬我的。"吴云想。

女儿长得秀气极了，水暮渊很喜欢，他拿毛笔在纸上写了个"星"字。"明月皎皎照我床，星汉西流夜未央。"他喜欢曹丕的这句诗，也盼望女儿有一双如星星般明亮灵动的眼。"就叫水星吧，乳名星儿。"水暮渊说道。吴云点头："先开花，后结果。现在有了星儿，是个好兆头，终有一天，妾身会为相公诞下麟儿。"

可这花开了九年，吴云也没有结果，她再也没能有孕。

水星美貌机灵，聪颖异常，5岁时，便能对着庭院中的花吟诵出"花开四时月，灵动在心头。一朝零落尽，青云葬风流"之句。

她的私学先生赞叹不已，跟水暮渊说："令千金天赋异禀。"水暮渊捋须笑着，反复咂摸着这首诗，觉出不祥的味道来。"一朝零落尽，青云葬风流"，她小小年纪为何作此悲叹之句？他的同僚禹杭知府肖宣却道："水兄，令千金志向了得啊。你想想，一朝零落尽，青云葬风流，是何意啊？花落了，却被风吹到了青云里。一般文人作诗，花落便融进了泥土，她却说花落到了青云里。这是有青云之志啊。日后必得贵婿。"一席话说得水暮渊喜悦起来，从此更加着力栽培女儿。除了基本的女红、刺绣、琴棋书画，还教她"四书五经"这类男儿才习学的东西。他意外发现女儿竟然还喜欢看兵书，《孙子兵法》《吴子兵法》《三略》倒背如流。

水星的异常优秀，让他对妻子再没能生育这件事有了平和的心态。特别是有一日，庙里的和尚告诉他"命里无儿"之后。罢了，命有便有，命无便无。

吴云却始终不肯认命。她暗自请和尚道士作了许多场法事，散去不少钱财，就是为了再度有孕。她想起她上次有孕是在梅花树下祈愿，便在梅树底下放置一个香炉，日日虔诚跪拜。

终于，她第二次有了身孕。整个水家喜气洋洋。吴云命人用绸缎将那棵树裹起，称之为"神树"。

她的腹部渐渐隆起，水星摸着母亲的肚子，也很开心。自小便很懂得察言观色的她，深深知道，母亲有孕是多么不易。

中秋之夜，吴云再度生下一个女儿。

她很泄气，如此艰难地怀了孕，怎么又是个女儿？水星却极爱这个妹妹，10岁的她抱着小女婴不肯撒手。水暮渊为这个小女儿取名叫作"水月"。中秋月圆出生，叫月儿，很应景。

小女儿的满月宴，家里宾客如云。突然冲进来一只狗，那狗的身后还跟着一个疯疯癫癫的乞丐。狗猛地奔向吴云，吴云手里正抱着小女儿，受了惊吓，小女儿掉在地上，狗扑上去要咬。水星走上前去，一脚踢在狗肚子上。

狗吃痛后退。这个当口儿，水星抱起妹妹就跑。"好一个英勇的女儿啊。"水暮渊一脸的欣慰。疯乞丐却看着水星和水月，摇头晃脑道："这两个女孩的命都苦得很哪。"转而，说了八个字："一生波折，受尽挫磨。"

水暮渊和吴云皆气得脸色铁青，在座的宾客们面面相觑。"胡说八道！来人，把他给我撵出去！再把这条狗乱棍打死！"吴云唤着家丁。乞丐指着吴云："夫人哪夫人，你命里不该有孩子，你却强行拿福报来换。如今你们家快要大祸临头啦……"话还没说完，他就被几个小厮抬起扔了出去。

好好的一场欢宴被搅得乱七八糟。水星抱着妹妹问吴云："母亲，什么叫拿福报来换？"

吴云想起了多年前的那个梦，心内越发慌乱。从生了水星，10年了，一直很安宁。她都快把这茬给忘了。怎么如今又被翻腾起来了？

吴云看了一眼刚刚被打死的狗。那狗躺在血泊中，血竟是黑色的。

一个月后，水家果然遭了大祸！朝廷突然派人到禹杭查贪腐。被调查的名单里，首当其冲的就是水暮渊！这种肥水衙门哪里经得起查呢。朝廷向来对此睁一只眼闭一只眼，怎么突然较起真儿了？

带走水暮渊的旨意，是一向跟水家要好的知府肖宣来传的。水暮渊分明看见，圣旨后面，肖宣那张脸，笑得很诡异……

水暮渊被带到衙门审查。吴云在府中急得如热锅上的蚂蚁，她不停念叨着："怎么办，如何能使钱把老爷救出来……"小小的水星却出奇地冷静。她看着吴云："母亲，这恐怕不是使钱能解决的事。我爹定是遭奸人所害，此次凶多吉少。"

吴云看着眼前10岁的大女儿，她握紧水星的手："星儿，现在该怎么办？""我们先把妹妹送走。来日遭遇不测，她也能有个活路。""送去哪里？""爹的门生，赵志常。爹对他有恩，且他的夫人不久前也生下一个女孩儿，跟月儿差不多大，放到他家不会引人注目。"水星说道。吴云纳罕，女儿竟如此洞悉世事。

吴云流着泪把小女儿送去了赵家，在襁褓中放上一对耳环。这耳环是她命人给两个女儿定制的，水滴形状，代表姓氏水。大女儿的水滴上是星星，小女儿的水滴上是月亮。

水星命家丁捉来一只狗，去厨房拿起一把刀，手起刀落，狗头滚在地上。她又拿出妹妹平日穿的一个肚兜扔在血泊中。吴云大骇："星儿你要做什么？"水星说："母亲，我自有道理。"

第二天一大早，官兵带着抄家令包围了水宅。水家150口皆没入罪籍，官兵拿出几个大笼子，把水家的人一个个驱赶进去，等着当街贱卖。吴云受不了这个打击，心梗突发，就在官兵把她往笼子里塞的时候，她突然直挺挺地倒下了。一个官兵将手放在她的鼻子上，骂了句："晦气！死了！"

一旁的水星捏紧了拳头，全身发冷。恐惧让她颤抖，可她知道，还有一件重要的事情没说清楚，她要撑着！

果然，官兵的头儿拿着名单核对着，突然说："水家还有一个小女儿，去哪儿了？"水星冷冷地答："昨日府中大乱，妹妹被狗叼走了。""叼到哪里去了？""不知道。""狗呢？""被我杀了。"水星指着地上滚落的狗头。

官兵的头儿盯着她的眼睛。这个一夕之间家破人亡的小姑娘，为何双目中有一股无名的震慑力！

第一章：逃难

那个官兵的头目盯着我，良久不发一言。

正在这时，知府肖宣走了进来。他冲那人努努嘴，那人退到了一边。肖宣冲我笑着，这个从我记事时就频繁出入我家、与我父亲交往甚密的男人，此刻笑得让我觉得阴森，后背发凉。

"星儿，你一向很乖。乖孩子要说实话，告诉肖伯伯，你妹妹水月，现在在哪儿？"呵，他以为幼童懵懂，那我便懵懂给他看。我睁大双眼，看着肖宣："肖伯伯，您看您身后是什么？"他一愣，转身。当然，他身后空无一物。

我却像是看到了什么不该看到的东西一般，捂着嘴叫着："肖伯伯，我父亲在您身后！"肖宣脸色略略一变，但很快平复过来："胡说。""真的！我没有骗您。我看到父亲穿着白色的衣服，衣服当中写着一个囚字……他说他死得不明不白，似乎，似乎跟您有关……"他迅速环顾了一下四周，连忙制止我："疯言疯语！"

刚刚那个盯着我的官兵头目忙说："大人，这么小的孩子看见自己的母亲死在面前，兴许真的是受了刺激，疯了。"肖宣不耐烦地摆摆手："把她关进笼子里去！本官不想再与她多言！"

我心内暗暗松了口气。至少，妹妹安全了。她尚在襁褓，不该遭此祸殃。同时，看肖宣的种种反应，我确定，我爹的死，一定跟他有关。

早听父亲说，他朝中有靠山，靠着投机，爬到如今这个位置。而我爹，毫无人脉，科举出身，全靠笔杆子混到正五品。同在禹杭为官，他表面与我爹交好，暗地里却深恨我爹抢了他的风头，背地里捅刀子。我爹被处置得如此迅速，从带走审查，到抄家降罪，不过才一天时间。如此迅疾，丝毫不给喘息的机会。

我猜测，这件事或许朝廷并不完全知情，全凭上层、上上层的官员定夺了。我水家150口人命，也不过是他们上奏折子上的寥寥一笔。

小人！

我被塞进笼子里的时候，菜头轻声唤我："大小姐。"菜头，是我家长厨的儿子。他比我小一岁，是我的好玩伴。他的手非常灵巧，会做各种稀奇的小玩意儿，竹蚂蚱、会动的小木偶。他小小年纪，厨艺方面已然很有灵气，常常给我做精巧的花糕吃。那些花糕做得跟真花无甚差别，让我爱不释手。

在我爹没中进士之前，水家只是普通的乡绅之家。菜头三辈都在水家帮厨，是水家世代的家奴。菜头的爷爷、父亲母亲，都对水家很忠心。轮到他，对我亦是忠心耿耿。

记得去年，我跟他在花园草丛中玩耍时，不小心踩到一条蛇，他为了救我，自己被蛇咬了。那蛇有毒，他昏迷过去，险些没醒过来。后来幸好被一个江湖游医救活了。我曾问过菜头，救我的那一刻，有没有想过自己有可能丧命。他说："大小姐，拿我的命换你的命，也是值得的。"

我信赖菜头，也依赖他。此刻，我在笼中的身体瑟瑟发抖。他握紧我的手："大小姐，你莫怕。""我不是怕，菜头，我是伤心。父亲母亲都没了。"我一直在强打着精神，故作镇定。只有在他面前，我是脆弱无助的。

"以后我就是你的亲人。""以后，我们还有以后吗？""有，你信我。"菜头的话，让在笼中的我感到一丝力量。

我看着他，他黑白分明的眼睛里荡漾着柔软的波。

街头人来人往，过路的人喧嚷着、议论着。

"那不是织造局的水家吗，在禹杭煊赫一时，怎么说败就败了？"

"官场上的事，哪里说得清。啧啧……"

"水家从上到下都被官府贱卖，想不想去买个小厮丫鬟什么的？"

"买就买水家的主子！"

"什么主子下人，罪籍永世不得翻身。能干活儿才是正经呢。"

这一刻，没人把我们当人，不过是笼子里的牲畜罢了。我看到刚刚那个在水府与我说话的官兵头目，一直似有似无地盯着我。他似乎并无恶意，而是思量着别的什么东西。

围观的人已经有人掏钱了，小衙役拖着长调喊着："售出丫鬟一个，10个铜板！"10个铜板，连一只鸡都买不到，却能买一个罪籍的大活人。

菜头小声跟我说："待会儿笼子打开的时候，我们趁空跑。""嗯。"我点点头，指着那个官兵头目："等他走过来的时候，咱们再跑。""为什么？"菜头问。"相信我的直觉。"

那个官兵头目一步步走过来，笼子开了，我冲菜头使了个眼色，菜头拉起我，猛地蹿了出去。过了一瞬，人们才反应过来。有人喊着："追！"

我和菜头没命地跑。鞋子跑掉了，我们打着赤脚在路上跑，石子沙子将脚硌出鲜血，我们都没有停顿过一下。我与菜头心照不宣，这是唯一的机会了。如果跑不脱，一辈子都会失去自由，一辈子都挣脱不了罪籍。

　　我们跑到一条小巷子，钻进一个狗洞。官兵的脚步声近了，我跟菜头屏住呼吸，生怕喘气也会引来注意。我听到那个官兵头目的声音："这里没有，别处寻去吧。"

　　脚步声走远了。菜头给我吹着脚上流血的伤口，其实他的脚何尝不是在淌着鲜血呢。

　　"大小姐，我背你去看大夫。""不，官兵或许还在附近，我们现在不能走。更不能去找大夫，招人耳目。"我吸了口气，忍住疼。我知道，这只是苦难的一个小小开端，以后吃的苦还会很多很多。

　　那天，我跟菜头在狗洞里窝到了天黑，狗屎狗尿的味儿萦绕在鼻端。更鼓敲了三声的时候，我拉着菜头从狗洞里钻了出来。我蹲在墙角吐了，吐完，我虚弱地歪在墙根儿。

　　饥饿感铺天盖地地袭来了。菜头一瘸一拐地去泔水桶里扒拉食物，扒拉好一会儿，勉强找出一块还算干净的馒头，他把边角啃过的痕迹小心掰掉，递给我。我接过，分了一半给他，剩下一半自己狼吞虎咽地吃掉。

　　菜头的眼泪顷刻流下来："大小姐，从前你是最挑食的。"是啊，我挑食，府中养着二十多个厨子，做出的菜，我说不吃便不吃了，菜头变着花样做点心哄我。那时的水星，是官家小姐，有挑食的资格。如今呢，躲过大劫，能活命都是偷安。人哪，到什么时候都得认清形势，认清自己的位置。"菜头，往后，我们要活下去，只能做乞丐了。"趁着温柔又残酷的月色，我将菜头脸上的泪水擦掉。

　　天上的月亮，还是从前那样的月亮，我们的生活却要发生天翻地覆的转变。没有什么，比活着更重要。

　　突然，听见一阵脚步声，是官靴才有的脚步声！怎么回事？难道三更天了，还有人在搜捕我们吗？！我慌忙拉着菜头又钻进狗洞里。

　　"是我。"是那个官兵头目的声音。原来，他知道我们躲在此处。没有他的故意放水，我跟菜头是不可能顺利逃出来的。我懂。

　　"谢恩公今日救命大恩，我水星铭感五内，若有来日，必结草衔环，以报恩公。"我说得声音很小，却很稳重坚定，字字落地生钉。他的声音意外地柔和："星姑娘，我家祖上曾精学相面卜卦之事，虽到我父亲这一辈，不再以此谋生，但到底家学尚在，我亦略通一二。"他缓了缓，继续说："我观星姑娘面相，紫气埋于额下，双目炯炯有光，必为不凡之人。我悄悄替星姑娘卜了一卦，这卦颇为蹊跷：'迟迟钟鼓初长夜，耿耿星河欲曙天。十年榴花枝头愿，绫罗深宫梦难还。'"

我听到有什么东西放在地上的声音。"此卦非我之修为能解。这里是一些吃的。我公职在身，不能照顾你许多，恐惹祸上身，只能做到这么多。星姑娘你保重。"他转身欲离开。我说着："恩公请留下姓名。""不必了。"他说。

脚步声走远了。我抱着那包吃的，跟菜头躲到了城郊一座破庙之中。"大小姐，你真的会是不凡之人吗？"菜头说。"命在自己手中，岂是卜卦所得？"我自小读圣贤书，不信这些。

我和菜头靠着一尊掉了漆的菩萨睡着了。梦里，我竟看到了母亲。"星儿。"她抚摸着我的头发。"娘——""你要想办法烧了从前府中那棵梅花树。""为什么？您不是说那是神树，我和妹妹都靠神树所赐吗？""听娘的话，一定要想办法烧了它。"母亲一脸的懊悔："娘本不该有孩子的，可娘非要强求。害了自己，也害了你们。娘失去了一生的福报啊。""娘，我不懂你在说什么，但我知道，我们水家这场大祸，始作俑者一定是肖宣，女儿一定要报仇。"

母亲还想说什么，却被风吹走了。我拼命地追，却只是一场徒劳。

第二章：花妖

禹杭九月的早晨，凉气一阵阵袭来。菜头把庙里能找到的仅有的一点稻草盖在了我身上，还是冷。我迷迷糊糊习惯性地喊着："映离——"映离是我的贴身丫鬟，从我六岁起便伺候我的梳洗穿衣之事。

待我清醒过来的时候，才意识到自己是在破庙。睁开眼，看到菜头站在我身边，一脸的伤。我骨碌一下坐起来了："怎么回事？"

旁边的几个小乞丐拿木头敲着破盆："这小子，看着瘦不拉几，还挺能打。"他们用看外来入侵者的眼神看着我们。这破庙本是他们的地盘，我跟菜头这两个陌生人过来，他们很排斥。

这是菜头第一次打架，往后，他打了很多场架，无止无尽地。他用鲜血和伤口，竭力地在街头撑起我们两人的一点儿平安。

我摸了摸菜头的伤，心里像浸了冷水的手帕子，又凉又重。"你一个人，他们几个人，你怎么敢去拼？"

他从嗓子眼儿里吐出一口血，血中还带着一颗牙："狠的，怕不要命的。"菜头打架是不要命的架势，像一匹孤勇的小狼。他一张嘴，我才发现，他的门牙没了。掉了门牙、满嘴是血的菜头，这副样子在我的脑海中晃了很多年，不能忘却。

我拿起昨晚那个官兵头目给我的食物，分给那群小乞丐："以后大家都是自己人。"小乞丐们蜂拥上来，风卷残云般地吃完。对于风餐露宿的小孩子来说，友谊很简单，有时候就是一个馒头、一张饼、一颗甜枣。菜头不理解地问我："大小姐，你怎么把仅有的食物都分了？"我拍了拍手，看着昨晚靠着睡的那尊菩萨："反正总是要乞讨，早一天晚一天有什么关系？今天我们就去讨饭。"

我与菜头很快跟那群小乞丐融入在一起，学会了在菜摊捡烂菜叶，学会了在狗嘴中抢食，学会了死缠硬磨地讨要一个铜板。有时候，运气不好，什么都讨不到，也捡不到。我们就捉一些虫子烤着吃；再不行，就吃树叶子。枯萎了的树叶嚼在嘴里，脆脆的，我们幻想它是脆脆的糖饼。

脸皮是慢慢练厚的。

尝尽了辛酸，看尽了冷暖，我跟菜头习惯了戴着面具生活。在富态的胖妇人面前是哭得哀哀切切的幼童，在粥铺的老板面前是蹭剩饭撵也撵不走的小无赖。那些面具慢慢地渗入血肉里，成了我们身体的一部分。

我曾去赵志常家找过妹妹，赵志常说，水月得天花夭折了。我不死心，去了一趟又一趟，赵府的人看见我如同看见瘟神。最后一次，赵志常警告我，如果我再死缠不放，他便不顾当日我父亲的情面，去官府揭发我。于是，只得作罢。

妹妹，我的小月儿，难道姐姐终究还是没能救下你的命吗？一想起，便心痛不已。

水家从前的府邸被新的禹杭织造接手了。门前大大的"水府"二字，变成了"唐府"。新的禹杭织造，叫作唐允。

我好多次悄悄溜到门口去，菜头都扯着我。我记得母亲在梦中叮嘱我的话：烧掉庭院中那棵梅花树。虽说我不信怪力乱神之事，但到底是亡母所托。我心心念念，想要完成。

"那里已经不是水家了。你看门口守着的那些家丁，哪一个不是凶神恶煞？只怕咱们还没走进去，就被人打死了。"菜头说。

当然，我更惦记的，是肖宣。我父亲死后，他似乎越来越得意了，在禹杭风头无两。有一回我看他进了醉锦楼吃饭，我偷偷钻进柜台，趁人不备，在他的茶壶中放了一条小蜈蚣。他仰头用茶壶对着嘴喝茶，那蜈蚣被倒进他的嘴里，咬得他一个月都肿着嘴。我心里暗暗地爽快。不够，差得还远，总有一天，我要让他生不如死——等我有足够的力量。

眨眼间，六年过去，我十六岁了，碧玉年华。虽然终日里穿着破衣烂衫，但偶尔在小河边洗脸的时候，从水中的倒影中可以看到自己逐渐长大的模样，一张清丽的脸。

菜头在这六年里，身上新伤摞旧伤，倒是练出了一副好身板儿。他神神秘秘地拜了个师父，每个月的整日子，十、二十、三十，都会去西湖边找那个师父。师父传他武艺。我好几次问他师父到底是何面目。他说："师父不让说。他老人家讲过，如若对第三人说一个字，我与他的师徒缘分就算是到头了。"好吧。不说便不说。

这六年的街头打滚，我亦学了不少本事。这些本事是从前在圣贤书中怎么也无法获得的，比如翻墙、爬树、上屋顶、捉蛇、钻地道，甚至，跟着酒坊的小伙计学了酿酒，跟着药铺的小伙计学会了基本的草药辨认，跟着卖豆腐的麻婶学会了骂人。六年的苦水泡出了比从前更生动、丰富、坚韧的水星。

春日，暖阳照得整个禹杭城明媚娇艳。一个肥头大耳的胖少爷，带着几个家丁来酒坊买酒。他是唐允的大儿子唐赟。估计唐允给他取"赟"这个名字，是希望他能文能武又有钱吧。可惜啊，他是个出了名的蠢材。

坊间都传遍了，他学骑马学了五年还没学会。唐允请了一个又一个渊博之士教他念书，可至今二十岁了，连个秀才都没考中。偏偏唐允又是个极要脸面的人，一定要拗着儿子成才。如此一来二去，唐允就成了禹杭城的笑柄。

我把头发绾起来，女扮男装，穿着酒坊小伙计的衣服，出现在唐赟面前。"唐大公子，您来了。"我笑脸相迎。"你认识我？"他一歪嘴。"认识，怎能不认识呢？满禹杭城，若谁不认识唐府的大公子，不是眼瞎，就是呆傻！"我恭维道。

他那张胖脸上绽开了一个大大的笑道："算你小子识相！"他不该叫唐赟，他应该叫唐饼。嗯，糖饼，一张脸像又圆又大的糖饼。

"您今天要买什么酒？"

"当然是越贵越好！"

"我这里有一种酒，叫状元及第酒，神奇无比，包您唐大公子满意。"

"哦？状元及第？"他显然有了极大的兴趣。

"您想想，同样是寒窗数载，为什么有的人就能高中，有的人却名落孙山？这就是运气哇！"

我胡诌着。他连连点头："对对对。就是运气的问题。"失败者往往不肯承认自己的不足，而喜欢把原因归结为命、运气。自刎乌江的项羽尚且如此，到死还不觉得是自己能力不足，说了句"此天之亡我，非战之罪"，何况是寻常庸才呢？

我趁热打铁："状元及第酒，乃采昆仑山之雪水而酿，又佐之灵隐泉边的草，精心制作而成，喝完耳聪目明，过目不忘，有如神助！"

"好哇！"他一击掌，"速速把那状元及第酒给本公子拿上来！"我卖着关子："您莫心急，此等神酒岂能如此易得？千辛万难，只得一坛，明日才能开封。且开封之时，要念上七七四十九遍咒语，那神酒才有效。这样，明日我亲自送到您府上，给您开封！"

他喜之不尽："好好好。我等你。"我迟疑着："贵府门禁森严，我恐怕……"他一摆手："我给你个腰牌。拿着腰牌，没人敢挡你的道儿！""好咧！"我笑道。

第二日，我在口袋中装好了火镰等物，抱着一个坛子就去了唐府。当然，这坛子里不是酒，是油，极易点燃的火油。

我拿着腰牌，大摇大摆地进了唐府。熟悉的院子，熟悉的一切。我却无心感慨，假装迷路，走向母亲说的那棵梅树。

我听到糖饼在喊我："喂，小兄弟！"我顺势跌倒，手中的坛子落在梅树下。糖饼大喊着："我的神酒！"

我掏出火镰，点燃了那棵树。火迅速燃烧起来。母亲啊，我终于完成你的嘱托了。点燃了的梅树，散发的却不是寻常树木燃烧的味道，而是发出一股奇异的香味。火光中，我似乎看到一个白衣女子在空中飘着。

"水星，你敢烧我！"

"有何不敢？"我迎上她的眼神，无惧无怕："我母亲说烧得，我自然敢烧。"女子道："你可知，是我把你送到你母亲腹中的……"她的话真是莫名其妙。

火光中，她唱着一支小曲：云儿卷，风儿起，来日相见是何夕，梅花树下一杯酒，何时归去……

一阵风吹过，曲声戛然而止。眼前只有烧毁了的树，和趴在地上张牙舞爪的糖饼，以及赶过来救火的唐府下人们。而刚刚那个白衣女子，似乎只是我的幻觉。

我做完我想做的，扭头便要走。糖饼一把扯住我："不行，你得赔我一坛状元及第酒！我一定要喝上状元及第酒！"

我摇摇头。这傻蛋，还赖上我了。

第三章：处子

"有了状元及第酒，我就能做秀才，做举人，做进士。我爹就再也不会骂我，我娘就再也不会哭了。"胖少爷摇头晃脑地说着。

想想这个糖饼，也挺不容易，明明天资愚钝，却要被家里人逼着成才。眼下，我怕他继续缠磨我，便说："刚刚这坛酒，小的失手打破了，实在是对不住唐大公子，改日再送一坛来给您赔罪。"

"你不是说只有一坛吗？"

"呃……我这里只有一坛，但我兄长那里还有一坛……"

还没说完，就看见门外走进来两个人，是唐允和肖宣。万不能让肖宣看到我！我跟糖饼说："老爷来查你功课了！""啊？"他本能地一哆嗦，胖大的脸上诚惶诚恐，扯我袖子的手松开了。我趁空儿从墙根儿溜走了，呼——好险。我在墙外听着肖宣的声音："这庭院中的梅树，怎的烧了？"

唐允厉声问道："赟儿，是不是你又淘气了？"唐赟看着父亲生气，七魂吓去了六魄，结结巴巴地说着："爹爹爹爹……我我我我我……没有……我是要神酒，可可可点燃了……"

唐允大喝一声："不学无术的畜生！成日里不知苦读诗书，搞败家破业的营生！"肖宣劝道："唐兄莫要生气，这梅树是从前水暮渊的夫人最为喜爱的，一到冬日，便开满了白花，数月不落，甚是晦气。赟儿烧了它也好。"

回到破庙里的时候，菜头拿着根鸡腿在等我。他看见我扮着男装，叹了口气："大小姐，你终究还是去做了。你应该吩咐一声，我去就可以了。"

"母亲交代的事，我想自己去做。"我说。"这等凶险的事，我放心不下。"他面有忧色。"没事啦。"我拍拍他的头。从前他比我矮，现在已经比我高许多了。

他把鸡腿递到我嘴里："你吃——"

"咱们一块儿吃。"

我跟菜头你一口我一口地分完那根鸡腿。

"晚饭我们去哪儿讨？"我问。"那会子听街上的小发说，陆员外的女儿今儿出阁回门宴，宴席想必极丰盛，晚上我们去那儿。说不定还能讨到彩头，得些碎银子，给你买支簪子。"菜头说。

"我不需要。"做乞丐总是披头散发，要簪子何用？

菜头固执地说："要的。大小姐是天底下最好看的人。该配上最好的东西。可惜我无用，什么都不能为你做。"他一脸羞惭。

我指着啃完的鸡腿骨，摸摸他身上的伤："菜头，你能给我的，已经是最好。"没有菜头，我真的不知道这些苦难的日子如何熬下去。我的亲人，他的亲人，都不在了。我们过早地被迫成长，把生活这锅苦汤一口口地喝下去。

晌午的日头从庙门口洒进来，照得暖烘烘、亮堂堂，也照着我和菜头相依为命的两颗心。

陆员外的府邸离城二十里地。

黄昏时分，我跟菜头，喊上小发，和住在破庙中的其他几个小兄弟，浩浩荡荡地出发了。

陆府很大，当口挂几个大灯笼，灯笼上用隶书写着大大的"陆"字。陆夫人是个乐善好施的人，故而他们家办喜事不仅没有驱逐乞丐，反而命管家将乞丐带到院中。

院中搭着台子，正在唱着曲儿，热热闹闹，很是应景。管家从厨房拿些食物，分给我们这些乞丐。我眼睛不眨地看着台上的人。从前母亲极爱听曲，我水府有一处院子，搭着台子，常年养着几个伶人。母亲兴致高的时候，自己也会唱几句。

我坐在台上，静静地听。

"人貌非前日，蝉声似去年。"我情不自禁地念道。有个慈眉善目的圆脸妇人笑眯眯地看着我："你读过书？"

"略认识几个字。"

"我看你眉清目秀，伶俐聪慧，来我府中做丫鬟，闲时与我解闷儿，免你街头行乞之苦，可好？"

想来她定是陆夫人了。

一个穿着红衣的年轻小媳妇走过来唤着："娘。"陆夫人指着我跟女儿说着："巧嫣，你出了门子，娘越发觉得长日漫漫无聊。你父亲忙，你弟弟又淘气，无人陪我说话儿。娘看这个乞女甚是机灵，还读过书，想收到府中。"

红衣女子觑着我，跟陆夫人说："招人进府，娘还是要盘问得仔细些。"陆夫人点头，让人将我带到后院去："可怜见的，给她梳洗一下，换身干净衣裳，再带来回话。"

半盏茶的工夫，我换好了衣服。刚走到陆夫人身边，突然听到门外传来成群的马蹄声和男人粗犷的笑声。

是土匪！

禹杭附近有座五云山，因有五色云彩盘旋山顶，经时不散而得名。山中风景极为秀丽，可常听人说五云山中住着一窝子土匪，不想今日竟亲眼见到了。

眨眼的工夫，一群土匪已经冲进来，为首的一个大声喊叫着："今日我胡通带领兄弟们下山找粮，识相的，速速奉上钱财！"

我看了一眼那个男人，留着大胡子，穿着兽皮，一脸凶悍。

陆夫人悄悄吩咐小厮："去报官。"小厮想溜出去，不一会儿，被胡通手下的小土匪给拎了过来，扔在地上。

胡通大笑道："想报官？我已经命兄弟们把陆府所有的门都堵死了，这府里连只苍蝇都飞不走！"

满院子的宾客慌乱极了。胡通一挥手，土匪们冲到屋子里洗劫。不一会儿工夫，胡通的面前堆起了一箱子珠宝，可他显然不满意："只有这么点儿？老狐狸藏得很深啊！拿出 5000 两银子，我立刻带兄弟们走！"

陆员外赔着笑脸："5000 两可不是小数目，我明日去钱庄取来再给壮士。"胡通一脚踢在陆员外身上："你当老子傻啊！等到明天？等你把官府的人带来？"我突然站到胡通面前："我是陆员外的女儿，你把我绑了去，不愁明日陆家的人不送赎金过去。"

菜头扯了扯我，他眼神里的意思我懂：我们只是来乞讨的，没必要蹚这浑水。可我知道，我必须要冒这个险。我不能一辈子顶着罪籍，暗无天日地活着。我需要一个堂堂正正的身份，不必像过街老鼠一样，看见穿着官兵服的人就害怕。一刹那的工夫，我的脑子里绕了无数个念头。这是我唯一的机会，我必须赌。

我赌陆家会给我一个身份。我看着陆夫人看向我的眼神充满了感激。我拿性命去赌一个光明的来日。

胡通饶有兴趣地看着我："听闻陆家小姐今日出阁回门宴，怎么没穿喜服？"我轻蔑地笑笑道："山野匪盗哪里懂我们大家子的规矩。姑娘回门子，还是娘家的女儿，可以作闺阁装扮。"

"你为什么面无惧色？难道你不怕我？"胡通甩着马鞭。我淡淡地说："你要的不是命，是财。没什么好怕的。"胡通仰头大笑起来："哈哈哈，有趣，有趣极了。

果然是大家闺秀！那，就有请陆小姐跟我们走一趟！"

他一把拽我上马。我心慌了一下，肩膀一抽。他又笑了："怎么？刚才还伶牙俐齿，现在知道怕了？"我犟着："怕什么怕？我是怕你的马不干净，脏了我的罗裙！"

满院子的宾客什么都没说。他们此刻想的，是这群土匪怎么才能快点离开，免得祸及他们。至于我到底是谁，对他们来说，一点也不重要。

菜头喊着："大小姐——"他眼眶里含着泪。菜头对我的这个惯有称呼，此时无意中竟成了助力。胡通听了，更加对我的身份没了怀疑。我拿眼神示意菜头千万别冲动，万事我心中有数。我们朝夕相伴这么多年，是有默契的。果然菜头明白了我的意思，安静下来，可他脸上还是写满了担忧。

胡通命兄弟们收好珠宝，然后一鞭子抽在马身上："陆员外，明日记得拿5000两来五云山赎你女儿。否则，我必撕票！"

春日的夜晚，五云山时不时传来鸟叫声，动听极了。胡通待我倒是客气得很，命人给我收拾了一间屋子，送上干净的茶饭。只是他恐我逃走，把门上了锁。他说道："陆小姐好生歇息！"

晚上，我做了个梦。梦中我娘含泪带笑道："星儿，你有勇有谋，娘看到你这样，很开心。"

"娘，你放心，终有一日，我会从泥泞里爬起来。"

梦醒，一阵喧哗。我被大力地从榻上扯下来，摔在地上。睁开眼，胡通怒气冲冲地看着我："小丫头，你撒谎！"

"何出此言？"

"我在城中放风的兄弟回来了，说陆家小姐的轿子已经回到了夫家。夫家太平无事，丝毫不见慌乱。你根本不是陆家小姐。你这个冒牌货！耍我！"

"我就是陆家小姐。回夫家的，是我婆家妯娌。"

"行，你嘴硬。那让我看看你是不是处子之身！"他恶狠狠地一步步走向我，脸上荡着淫邪的笑。

第四章：劫色

他离我越来越近，我看见他的脖子后面有几个小小的红包，顿时计上心来。我从怀中掏出一包观音土，猛地一抖，迎面撒在他的脸上。

说起为何随身携带观音土，颇为心酸。每个做乞丐的，都有这个习惯。观音土，又白又细，酷似面粉，又被叫作"白面土"。在讨不到食物，实在饥肠辘辘难以忍受之时，就吃一口这观音土，吃下可以暂时解除饥饿。但这土吃多了，难以消化，渐渐地腹胀如卵，全身内脏都受到压迫，人也就死了。所以，经常看见乞丐肚子鼓鼓地死在街头，就是这个原因。

胡通眼睛被眯了，接连用手擦了几把脸。他眼睛一睁开，就一手掐住我的脖子："死丫头，你的花招倒是多得很！"我却仰头哈哈大笑起来。他愣住了："你笑什么？"

"我笑你死到临头，却浑然不知。"

"什么意思？"

我卖着关子："等等你就知道了。""死丫头，你快说！"他加大手上的力度。我被掐得呼吸困难，接连咳了起来："你再这样对我，你可就真的没救了，你还不松开。"这厮手劲儿真大。山里野味多，伙食好，把他养得这么壮。

他慢慢松开我，吼着："还不快说！怎么回事？"我冷哼："你现在摸摸你脖子后面，是不是起了几个包。"我揣测，他这么粗枝大叶、舞刀弄枪的男人，如果不是我提醒，是绝对不会注意到自己脖子后面的小红包的。

果然，他面露狐疑之色："怎么回事？"

"我刚刚撒在你身上的，是八毒粉，又叫蚀骨化肠粉。你身上会慢慢起红色的疙瘩，越抓疙瘩越大，渐渐遍布全身。七日之后，连骨头带肉都烂掉，化成一堆脏水。"我慢悠悠地说着，边说边看他的脸色。

"不信，你抓一抓。"我说。

他的手那么粗，劲儿又那么大，几下子红包就变大了。

我一本正经地说："你现在是不是有点痛……""痛倒是不觉得痛，就是有点痒……"他说。

呃，大概对于他这样的人，除了刀砍斧剁，都是不痛的。

"哎！痒就对了！你会越来越痒，越来越痒，越来越痒……"

打蛇打七寸，我很好地捏住了胡通的心里。他渐渐地掉进我的圈套之中。他用手指着我："你好歹毒啊！蛇蝎妇人！"

"你这样说，可就不对了。如若不是你对我起了坏心，我怎么会害你呢？说到底，怪你自己。自作孽，不可活。"

"死丫头，如果不交出解药，我这满山的兄弟不会放过你！"他恨恨地说道。我笑道："就算你这满山的兄弟立刻杀了我，你没有解药，该死还是死。"

"你要怎样？"

"我要你答应，放了我。"

他想了想，猛地点了一下头。

我一转脸，看到屋内供着的一尊关二爷泥塑。军秉天姿，义勇冠今昔；走马百战场，一剑万人敌。关二爷是武力和义气的象征。土匪恰恰是靠义气和武力混江湖，是以，他们奉关二爷为神。

"我要你跪下，对关二爷起誓，如若不守诺言，五云山遭官兵血洗！""你……"他咬着牙。

我盘腿坐在地上："你不急的话，我们就慢慢等。对了，忘了告诉你，若得解药晚了，蚀骨化肠粉就会渗入你的肌理，伤及你的内脏，就算晚些时候解了毒，不死也成了个病秧子。"

他在屋内来回踱了几步，终是跪在了地上："我，胡通，五云山大当家，对关二爷起誓，一定会放了这个死丫头。"

"现在行了吧？解药拿来！"他摊开手，一双眼睛瞪得像铜铃。我忍不住扑哧一声笑了起来，这胡通还挺可爱。

我打开腰间的一个小破布袋，这可是我的百宝囊，死皮赖脸地跟着药铺的小伙计学了好久，学会了一些基本的草药辨识。有个什么小病小痛，都能自己解决。乞丐生病之时，袋中无钱，看不起大夫，这些技能是基本的生存之法，我早已悟透。

我从布袋里掏出马齿苋，用手捏烂，把汁液涂在了胡通的脖子上。

"现在有没有感觉清清凉凉？"

"嗯。"

"你没事了，过一会儿就消肿解毒了。"

"这么容易？"

"不然你还要怎样？"

他盯着我，似乎想从我脸上探寻到什么。正在这时，一个小土匪冲进来："大当家的，不好了！小刺头发了痢疾，拉得虚脱了，都出血便了！"

"什么？我这就瞧瞧去！"他一脸紧张。看来这个胡通对兄弟真的很义气。土匪说到底也是可怜人，若生在殷实之家，衣食无缺，谁会被逼上梁山呢？有些事，出生就注定了。

"莫慌。"我从布袋中掏出晒干的地锦草："把这个煎了，给他喝。"小土匪犹犹豫豫，胡通点了点头，他才接过。地锦草，能够清热解毒，治痢疾、血便。

不多时，那个叫小刺头的男孩儿喝下地锦草水，神色恢复了许多，也没有想要拉肚子的感觉了。

"一日服用三次。接连服用七日。"我说着。胡通上下打量着我："啧啧，丫头，有点本事啊。"呵，终于从"死丫头"成了"丫头"了。

"你现在该放我走了吧？"我说。

"我说话算话，放了你。"

我转身要走，他喊："慢着！"

"怎么，反悔了？"

"你到底是谁？"他盯着我的眼睛。

"你是陆府的丫鬟吧？"他问道。我不吭声。他以为我默认了。

"你何苦回去干伺候人的活儿，不如留下来，给我做个压寨夫人。你给我兄弟们治病，我抢来的每一个铜板都交给你保管……"

他的脸竟然红了。他本来是一张黑脸，黑里透红，真是好玩极了。我又忍不住笑起来。

"你笑什么！"他粗声粗气地说，"劫不到财，我还不能劫个色啊？""我有很重要的事要做，所以不能留下来。"我说。

"什么重要的事？我去替你办。我山上兄弟多。"他大力地拍拍自己的胸膛。"那些事，只能我自己做。"我坚定地说道。

他沉默了一会儿："那你走吧。"又从兜里掏出一把短小的匕首，上面嵌有一颗绿色的宝石："送你了。"

我接过："那我就不客气啦。兄弟。"听到"兄弟"这两个字，他愣了愣，转而又咧开嘴笑起来："兄弟？行，兄弟。娘们儿是褂子，穿不穿都行；兄弟是裤子，不能不穿！"我笑得都快背过气去。

这匕首还真是趁手得很。

胡通骑着马送我到山下。刚下山，见菜头和一个戴着长斗笠的男人正走过来。菜头一见我，连忙跑过来："大小姐，你没事吧？"

胡通掉头就走。我摇摇头："没事。"我指着那个长斗笠遮住脸的男人："菜头，他是谁？""我急着救你，怕打不过土匪，求了我师父一同前来。"原来他就是菜头那位神秘的师父。可为什么不能以真面目示人呢？好奇怪。

大约是见我平安无事，菜头的师父一个飞身就闪了。菜头似乎对他这种突然消失的行为习以为常，只是拉着我细细打量有没有受伤。

我突然拿起手中的匕首，在手臂上划了几道血口。菜头大喊："大小姐，你疯了吗？你做什么？！"

我没疯。恰恰相反，我很冷静。

当我出现在陆府门口时，陆府的家丁一脸惊骇地跑去禀告老爷夫人。

我被请到了正厅。陆员外端着茶盏，意味深长地说道："姑娘好本事，被土匪抢去，竟能全须全尾地回来。"

我拉开袖子，伤口还在淌血。陆员外的面色一下子就柔和了许多。我哀切道："我跑出来不易，趁那土匪凌辱之际……"似乎是悲痛得说不下去了，我掩住口。此等耻辱之事，自然是不宜再提。陆员外也就不再盘问我了。

陆夫人走上前，仍旧是一副慈眉善目的模样："姑娘，你为我陆家受大苦了。如若不是你，我家巧嫣的名节可就不保了。她婆家人定会不依。"我跪在地上："夫人，我不瞒你，我自小家贫，我父亲因为偷牛，被财主告进了官府，从此连带着我一家子都是罪籍。后来父母去世，我只能在街头行乞……"

"孩子，你可还记得你姓什么？"

"父母去世时，我还小，不记得了。"

"你的生辰还记得吗？"

我摇摇头："只依稀记得母亲说，我出生在深秋。"

"哎！是个可怜孩子。"陆夫人抱住我，"从此，你就是我的干闺女。你姓陆，就叫……"她想了想，"叫陆心儿吧。蕙质兰心。"陆员外摇头道："不好。生于秋，又叫心，秋心为愁。不如加个草字，芯儿。对外，就说你是外乡远房亲戚投奔来的。明日我去官府给你报个良民籍。"

芯，甚好。心上草。草木无心。我喜欢"陆芯儿"这个名字。我胳膊上还淌着血，可我心里是快乐的。

第五章：做妾

自从我进了陆府，菜头就跟我疏远起来。有一日，我在街头见他，他隔得远远地看着我，却不肯走近。我喊他，他低着头，我塞银子给他，他推开。

他以手抱膝，蹲在墙角："大小姐，我不要你的钱。"我叹口气，扭头走，他在身后叮嘱我："你在陆府万事要小心。"

我停住脚步："什么意思？""陆府的管家范大志，不是个好人。"菜头轻声说。

"我知道。"

就在早晨，我发现府中买绸缎布匹的款项有问题的时候，有意无意地问了他几句，他说话阴阳怪气，脸上皮笑肉不笑，让我不要拿着鸡毛当令箭。

陆夫人对我颇信任，说她精神不济，让我帮着管家范大志料理料理府中的事宜，还命他把账本给我看看。范大志估摸着我一个孤女，有幸进了陆家生活，吃得饱穿得暖就已经是走了大运，怎会敢当真去多管闲事？看账本不过是走个过场罢了。可谁知，我真的看出了不妥，还提了出来。

菜头说："范大志白天在陆府帮佣，晚上回自己的家。他那宅院很隐蔽，很奢华，不是一个管家的收入能做得到的。可见他在陆家中饱私囊，利用职务之便报虚账，还克扣下人的月银。你不是陆家的正经主子，想来他对你不会很恭敬，你要小心他。""菜头，你最近虽然跟我很疏远，但你还是关心我的，帮我打听了这么多。"我走到他身边，跟他并排靠在墙角。

"大小姐，你一个人在陆府，好好的。"说着他又低下了头，"说真的，你刚走的时候，我挺失落的。现在破庙里你睡的那个地方，我从不让第二个人去睡。我习惯了跟你在一起。但是，看到你现在衣食无缺，比从前过得好，我又忍不住替你开心。远远地看着你，就挺好。"

我心里酸酸的。菜头，我的好菜头。他起身离去的背影，瘦瘦的，那么倔强。

晚饭过后，我在花园里散步，听到花影里一阵奇怪的声音。一个女子推搡着："你别这样，这里是陆府，你怎能这么大胆。你再这样，我就喊人了……"一个男人的声音："你喊啊，你喊试试，看我爹不让人打断你的腿！"

我思量了一下，若我直接喊，会暴露自己。这等奸邪之人爱记仇。于是，我咳嗽了两声，捏尖了嗓子装作小丫头的声音说着："王妈妈，刚听小少爷似乎是醒了，四处找你不见，原来你在逛园子，快回去瞧瞧吧。"小少爷就是陆员外和陆夫人的幼子陆明宇，现今8岁了。上次回门宴上那个红衣少妇陆巧嫣，是他的嫡亲姐姐。陆家夫妻俩40岁上才生了这个小儿子，爱若珍宝。光是贴身的老妈子，就请了四个。

花影中的男子听到声音，恐老妈子发现了什么，嚼舌嚼到夫人耳中，连忙一溜烟跑了。待他走远，我才开口说道："何人在那里？""芯……芯小姐……竟然是你……"一个丫鬟擦着眼泪，上前回话。我认识她，她是陆府浆洗衣物的婆子张妈妈的女儿芬儿，陆府家生的奴才，现在在府中负责浇浇花、喂喂鸟儿。

"谢谢芯小姐替我解难。"

"刚那人是谁？"

她犹豫了一下："……管家范大志的儿子范勇。"

"你怎生不告诉夫人？就任由他糟蹋吗？"

芬儿咬着嘴唇："芯小姐，你来陆府不久，很多事情不知道。范大志对下严苛，经常把我们这些下人不当人，却极会媚上，在老爷太太面前装作一副慈悲恭顺的样子。他在陆府十来年了，深得老爷太太信任。只怕，我们这些人去告状的话，反被他扣上个不老实的罪名，直接就撵出去了……"

我点点头，芬儿说的不无道理。陆员外夫妇已经习惯了将范大志当作左膀右臂，这臂膀没那么容易折。在我还没有想好该怎么对付范大志的时候，他却已经开始对我下手了。

8岁的小少爷陆明宇似乎跟我很有眼缘，喜欢与我戏耍、玩闹。我看着他，不免想起我那生死未卜的妹妹小月儿，难过极了。

"芯姐姐，我喜欢跟你在一块儿，你能不能一直陪着我，留在陆府不要走哇？"

"明宇要进学堂，读诗书，来日科举做官，做治世名臣，为天下百姓立命，可不是要一直玩耍的哦。"我捏了捏他的脸。陆明宇睁着大眼睛看着我："芯姐姐，你说的我听不懂，我就想让你一辈子陪着我。嗯，一辈子，能有多长就有多长。""好。"我哄着他。

范大志看到陆明宇对我很亲昵，便在陆夫人面前告刁状，说我勾搭小少爷，野心大得很，想做陆家的童养媳，将来的少奶奶。

陆夫人说："芯儿不像是这样的人。"范大志说："知人知面不知心。那小女子心计深得很。夫人您想想，她本来只是街头的一个乞丐，现在竟成了陆府的半个主子，简直是登了天。这一步步难保不是她一早就算好的。""那不是遇见了土匪吗？

天灾人祸，谁能算好？"陆夫人仍然不信。

同样的话，范大志又去讲给陆员外听，反复讲了几遍，陆员外倒是有几分信了。晌午经过内厅，无意中听到陆员外闲闲说了句："来历不明之人，终是信不得，还是防着些好……"

次日饭桌上，陆员外突然说了句："芯儿 16 岁了，是吧？"我恭敬地答："回义父大人，是。"

"嗯，那是不小了。该订门亲事了。"陆员外捋着胡子，"你既然到了我陆家，做了陆家的干女儿，叫我一声义父大人，少不得我要为你操这份心。""芯儿还不想……"我急急说道。

陆员外挥挥手，让我听完他的话。我又将目光转向了陆夫人，陆夫人用手帕子擦了擦嘴，一脸的尴尬。陆员外接着说："芯儿，我为你考虑的这位夫婿，可是官宦人家。禹杭城多少女子求也求不来的福气。若是从前你在街头那般光景，这样的人家，你是门槛也进不去的。我替你择了这门好亲事，再给你陪送丰厚的嫁妆，算是报答当日你救我陆家之恩。"

说得好听，是为我着想。只怕是想把我当礼物一样送出去，好攀附权贵吧。

"敢问义父大人，是哪位官宦之家？"

"禹杭织造唐允的儿子唐赟。"

果然。要把我嫁给一个傻子。

"是让我过去做妾吧？"

他慢慢悠悠地喝着茶。我知道，他是默认了。陆员外觉得陆家已经对我足够好了，所谓的恩情，也早已报完了。在许多人心中，世间三六九等，皆有等级。说到底，他从内心就是蔑视我的。自始至终，他都觉得我是个街头臭要饭的而已。所以，对我的信任才如此稀薄，经不住范大志的挑拨。他从心底觉得，给官员家的傻儿子做妾，都算是我高攀了。

陆夫人忍不住开了口："我下了帖子，请唐家公子来府中用晚饭，芯儿你到时候瞧瞧，要是实在不满意……"陆员外打断她："芯儿怎么可能不满意？人家是官家公子！芯儿不想嫁给他，难道想嫁街头乞丐吗？"

傍晚的时候，唐赟来了。他看见我，胖大的脸上满是疑惑，他拼命抓着头："我怎么看你这么面熟，好像在哪里见过。"

陆家夫妇热情地将他请到席间坐下。唐赟一直皱着眉头不说话。过了半炷香的工夫，他突然一拍脑门，大声笑着："我想起来了！我总算找到你了！你赔我状元及第酒！"

第六章：契机

我悄悄趴到糖饼的耳朵边说："你乖乖听话，我让你中状元；如若不然，你这一辈子都喝不到神酒，被先生骂，被你爹打。"一听到先生骂、爹打，他那肥头大耳颤了几颤。他眨巴着眼睛看着我，猛地点点头："我听你的，我都听你的！"

他又仔细看了看我的脸："原来你是个女的哇。好看好看好看。"他一叠声说了三个"好看"。

陆员外问道："唐世侄，对我家芯儿满意吗？""满意！"他抓了根鸡爪子给我。

"那让她嫁给你，好不好？"

"好好好！"糖饼拍着手看着我说，"那你以后就是我娘子啦。"陆员外捋着胡须："如此甚好。"

我在席间什么话都没说，只安安静静地吃菜。糖饼不停地在我耳边"娘子娘子"地聒噪。一会儿"娘子喝水"，一会儿"娘子吃饼"。

不一会儿，陆员外端来一壶酒："今日开心，把府中珍藏二十年的陈酿拿出来喝。"酒一倒出来，满屋子散发着醇香。糖饼拿起一杯就干了，还咂摸着嘴："果然好喝。"

陆员外笑着看我："芯儿也喝点吧。"我摆摆手："回义父大人，芯儿不擅饮酒。"陆员外再次劝道："今天是你跟唐世侄相见的喜日子，喝一点吧。"

实在不好推辞，我抬起袖子，掩面喝下一杯。不一会儿工夫，感觉有点迷糊，看眼前的一切都成了双影。只听"扑通"一声，糖饼脑门磕在桌子上，昏过去了。

坏了。我心里有不祥的预感。果然，糖饼倒下去不久，我也跟着一起晕了过去。

待我睁开眼睛的时候，发现自己躺在床上，糖饼竟然躺在我身边。还好，我们身上的衣服都是穿着的。我想挣扎着起来，但全身绵软无力。不多时，听到门外一阵脚步声。唐允的声音怒气冲冲："这个逆子！越发的不成样子！在外饮酒宿醉，还干出这等事来！看我不打死他！"

我看这情形，已经猜到了大概。陆员外这厢怕我不愿意，事情有变，就下了迷药，把我和糖饼放到了一张床上；那厢，他又去告诉唐允，说唐赟在席间吃酒之际，看上了府中女眷，强行拉着一起睡了。这样的情况下，把我送到唐府，既顺理成章，又全了唐允的脸面。

陆员外劝道："唐兄莫气，人不风流枉少年，赟儿是大家公子，纳个三妻四妾很正常。既然赟儿喜欢我这义女，我就送给他做妾就是了。""谢陆兄宽解。但这孩子到现在无半点功名在身，连正妻我都没给他张罗，若先收小妾在房，恐……"唐允迟疑着。

房内，我拼命摇着糖饼。他终于醒来，看见我嘴咧得如同葵花一般："娘子！"

"你爹来了！"

"啊？"他的胖脸吓成了灰白色。

正在这时，一众人破门而入。唐允皱着眉头："还不快从床上爬起来，不长进的畜生！让你读书不听劝，眠花宿柳倒是行家！"陆员外把手放在鼻子下面，轻咳了两声："事已至此，芯儿，你收拾一下衣物，就跟唐世侄走吧。"

"爹，我们带娘子回去吧！"糖饼不知哪里来的勇气，跟唐允喊道。唐允气得胡子一跳一跳："你叫她娘子？你可知你是什么身份，她是什么身份？她给你做个妾，勉强尚可。你还让她做娘子？""不！我要娘子做大老婆，不要她做小老婆！"傻子梗着脖子跟他爹犟道。

唐允惧内是出了名的。他家大夫人常常欺凌小姨娘，把那几个小姨娘不当人，折磨得够呛。是以，那些小姨娘一个孩子都没生出来——不是不想生，是不敢生。

从小在这种氛围下长大的糖饼，深深知道"大老婆"与"小老婆"的区别。可我没想到，他会为了我，与他最害怕的父亲争执。

"反了天了你！"唐允重重在他头上拍了一掌。本朝以孝治天下，父亲打儿子，是最寻常不过的事情。儿子若与父亲还手，却是要滚钉板的。唐允打糖饼的时候，糖饼躲也不敢躲，老老实实地站着。

"唐老爷，我想跟您借一步说话。"一直沉默不语的我，此时开了口。唐允探过头看了我一眼——打从进门开始，他就没正眼看过我。陆员外拦道："有什么话，就在这儿说吧。"

我抬起双眼，静静地看着唐允。或许是陆员外这么急切地一拦，拦出了唐允心中的疑惑。他冲我点点头，然后示意其他人暂且避开。

所有人都走了之后，他说："有什么话，你说吧。"我从袖口掏出一个小壶，将床上的猫抱下来，从壶里倒酒，喂到它嘴里。这是陆夫人养的猫，平日里最喜欢悄无声息地钻到我的床上。此刻，倒是派上了用场。

没错，刚刚那酒，我没喝。凭直觉，我判断那酒一定有问题，但我又不得不假装喝。实则，趁掩袖之际，我把那杯酒倒进了怀中的小壶。看着糖饼倒下，我更加确定那酒有问题。于是，我随之也假装昏倒，将计就计。如若不昏倒，让陆员外以为自己的计谋得逞，哪来后来的好戏呢？这件事，刚好成了我可以利用的契机。

那猫喝了酒，叫起春来，一声一声，姿态也不堪入目。唐允毕竟为官数年，一下子就懂得了我要说的话。

"这是陆兄给你们喝的酒？"

"是。"

"我凭什么相信你？"

我笑了："凭什么？凭您对您儿子的了解。他是憨顽不假，但您见他几时如此好女色？"他盯着我："你不是陆府的义女吗，应该是与他合起伙来做这个套才是，为什么你要来告诉我？莫非这背后有什么更深的阴谋？"我不回答他的话，径自说道："织造署是个肥水衙门，可肖宣的胃口大得很。唐大人，您的日子不好过吧？"

他一下子警觉起来："你到底是谁？"

"我是谁不重要。唐大人最需要明白，自己是谁。您当日是如何坐到禹杭织造这个位置上，您答应了肖宣什么，这个恐怕只有您自己才知道吧。陆员外是谁的人，不难想到。您再思量一下自己近来的处境……真正想整您的人，是谁……"

诛人者，诛心；诛心，乃制敌最凌厉直接的方法。我的话，几分真几分假，交织着菜头传给我的一些坊间传闻，利用唐允心底的疑惑，杂烩出一锅好菜。

我一边说，一边看着他的脸色。

他喃喃道："去年年尾，他说要 30 万两白银去京城打点，我拿了。这才隔了多久，又要 20 万两……"我说："他定然告诉您，出了什么事，有他担待。可您真的确定，他能帮您担待吗？"

我似乎说中了他的心事，他迟疑着："我们是一条绳上的蚂蚱，应该不会吧……"

我笑了起来。

"你笑什么？"

"您想想，您这个位置上从前坐的是什么人？水暮渊是什么结局，您想一想。肖宣原来跟水暮渊何尝不是相交甚好？"

我看见唐允打了个冷战。很好，我成功地转移了他的注意力。他现在考虑的，再也不是儿子的风化问题，而是自己的前途，全家人的来路，性命攸关。

"老陆这样做，若是肖宣示意的，那说明他们已经开始动手了。我也不能坐以待毙。先下手为强，后下手遭殃。"他一个字一个字地从牙关里咬出这些话。

"大人切不可贸然行事。肖宣在禹杭称霸多年，一手遮天。此地所有的官员，明面上都不得不拍他的马屁，但我想，背地里不满者大有人在。大人可暗暗联合科举出身的几位清流官员，搜集证据，一举灭之。"

"说下去。"

"大人可曾见过咬人的猛兽？如果一刀下去，杀不死，激怒了猛兽，猛兽必会更凶猛地反扑，猎人会被吞噬。所以，那一刀，一定要时机、力度都刚刚好。"

此刻，他的眼神如黑夜里的猫头鹰。

"你说了这么多，想必一定知道某个契机吧。"

"九月十九，太子巡幸江南。您想想，肖宣背后最大的后台，是谁？殷侯。殷侯可是太子的死对头。您这把刀送上去，太子焉有不悦之理？恐怕到时候，您既清除了仕途上的对手，保得了一家平安，还能得太子这么一座黄金靠山，升官加爵在来日……"

唐允牵动嘴角，笑了起来："你想得到什么？""我想要自由，想要大人的守口如瓶。"我说。

他沉吟片刻，说了一个字："好。"

借刃屠强力。我自幼深谙兵法，此乃三十六计之借刀杀人。此刻的唐允，为了自保，恐怕比我更想杀死肖宣吧。

第七章：交换

"娘子！"糖饼突然推门进来。唐允呵斥道："你冒冒失失地闯进来做什么！"糖饼说："爹，你能不能不要为难娘子啊……"他的两只胖手在背后不停地搓着，看得出，他很紧张。

"我没事儿。唐老爷就是跟我说说家常话。"我笑道。

"真的？"

"嗯，真的。"

他讨好地看着唐允："爹，既然陆伯伯已经同意了，那我们把娘子带回家吧。"

唐允点点头。他往外走，糖饼在背后悄悄地跟我说："娘子，我跟你说，你一定会喜欢我家的，我家又大又好玩儿……"唉，这个傻子，他哪里知道，他的家就是我从前的家呢。

"你就那么想让我做你娘子吗？"

"那当然！"

"为什么？"

"咱俩都搁一张床上睡过了……"糖饼不好意思地挠挠头，说话的声音像蚊子哼哼。

我笑笑。这傻子还挺重情义的哩。可我知道，唐允是不会真的让我进唐府的，我自己也不会选择去唐府。我们都没有挑明，都在装糊涂，借坡下驴。

我随唐家父子上了马车，陆员外笑眯眯地送别到门口，陆夫人却落了眼泪："芯儿，你在陆府待了几个月了，挺舍不得你的。以后你常回来，这儿就是你的娘家。"陆夫人说。"嗯。"我点头。陆夫人对我是真心的。陆员外说："夫人哪，芯儿去了唐府，对她来说是件好事。你切莫伤感。"

管家范大志贼兮兮地笑着，一副扬扬得意的嘴脸。终于把我赶走了，他开心极了呢。

"芯姐姐！你莫走！"一个幼童哭泣着跑来。是陆明宇。

王妈妈说："少爷是真舍不得芯小姐呢。当初巧嫣小姐出门子，也没见他这样。

他呀，格外看重芯小姐。"

陆员外皱着眉，似乎很不喜欢听到这样的话。范大志的挑唆似乎得到了证实。

我蹲下来，抱了抱明宇："小明宇答应姐姐，要好好读书，将来做个有出息的人。"他仰头："芯姐姐，我好好读书，就能再看到你吗？""嗯。"我哄他。

马车走了老远，还看到他小小的身体在后面追着。

马车到了大街上，唐允突然吩咐车夫："停！"

车停了下来。唐允看着我："你的身份来历，我不追究。你虽然帮了我，我却留不得你。"

我点点头。他隐隐约约猜到了我是谁，可他故意不提。他故意站在真相之外，离得远远的，这样假如发生什么，他就可以把自己干干净净地撇开。还有一个原因，就是他觉得我知道得太多，是个隐患。

"本官身边向来不留太聪明的人，只留听话的。太聪明的人，往往不太听话。"

这句话，意味深长。想我父亲，何尝不是因为对肖宣没有言听计从，露了锋芒，招来祸患呢？

"你下车吧。本官可以当作从未见过你。"

糖饼根本听不懂他父亲的话，云山雾罩的，他只知拉着我的衣袖："娘子。""下次再碰上，我给你寻一坛状元及第酒。"我说完，就跳下了马车。

站在街头，我看到糖饼把大大的脑袋从帘子里伸出来，依依不舍地看着我。

糖饼是个被身份压傻了的人，如果他不是唐家的独子，如果唐老爷不这么严苛地逼迫他读书，如果不是他母亲的性子太过于凶悍，如果不是所有人都对他寄予过深的期望，也许他不会是现在这样吧。

每个人的人生都有无可奈何。

我回到破庙里的时候，菜头愣了一下。他站起身来："大小姐，你回来了。"

"嗯。"

"是不是陆府出了什么状况？你没事吧？"

他第一时间担心的是我的安危。

"我没事，菜头。"我轻轻笑着。在陆府经历一遭儿，我得到了一个姓氏，得到了一个良民籍，也成功地催发了唐允心里对肖宣愤恨的种子，让他下了决心对肖宣动手。

够了。我得到我想要的了。现在，我仍旧回归到街头，仍旧是个乞女。

菜头紧紧握住我的手："大小姐，我们又回到从前了。"我环顾着破庙里的一切，是啊，回到从前了。

那一夜，睡在稻草堆里，我又做了个梦，这回梦到的，却是梅花树上那个白衣女子。

"水星，你想不想改变自己的命运？"

我闭着眼不理会她："一辈子做个乞丐挺好的。"白衣女子笑了："你撒谎。"她摇摇头："水星，我在你身上闻到了野心的味道，你瞒不了我。我想告诉你的是，你打算接近太子这一步路，是错的。太子虽然出自正嫡，胸有大才，辅政多年，精明强干。然，他无德凶残，非天命之人。我来给你指条明路……"我冷冷地看着她："我母亲让我烧了你，你定非善类。你指的明路，我凭什么相信？"

她笑道："水星，我告诉过你，是我将你送到你母亲腹中的。你是我选的人，我怎么会害你？我只盼着你……""什么明路？"我打断她。

像水一样倾泻下来的月光照得她的衣衫越发亮白。

"宣王成筠河。"

"宣王？为何从未听说过？"

"其母姜妃，乃西林土司进贡之蛮女，在宫中是做粗使的女婢。只因毽子踢得好，宫墙一隅，偶遇圣上，一夕伴驾，生下一子。后来，圣上便再也想不起来了。他们母子在宫中无权无势，活得甚是艰难。成筠河，在兄弟中，非嫡非长非尊，默默无闻，无权无势，是以，坊间极少有关于他的消息。"

"为什么要接近这么一个无权的皇子呢？"

"水星，借宣王之手，用你的智谋，在男人堆里杀出一条血路。"

我看着眼前这个白衣女子，想起那个给我送吃食的官兵头目所说的卦语："迟迟钟鼓初长夜，耿耿星河欲曙天。水星，成筠河，这是否藏着某种命运的征兆呢？"

"水星，终有一日，我会来跟你做一个交换。"

"什么交换？"

"时机到了，你自然就知道了。"

白衣女子笑笑，飘走了。

醒来后，我换上破衣烂衫，跟菜头一起去要饭。城中有一个新当铺开业，我们一群叫花子在门口唱着莲花落：给个馍，给口汤，长寿又安康，财源滚滚富贵长。

那当铺的老板一脸横肉，看着不是个好相与的。突然，他放了一条大狼狗出来。大狼狗凶猛地向我们这群乞丐扑来。当铺老板说："咬死这帮子臭要饭的！"

"小发，你们几个往南跑；小癞子，你们几个往东跑；小疤，你们几个往西跑！"我大声喊着，把人群分散开。恶狗张开大嘴，扑向我；我抽出土匪胡通赠我的匕首，刺向狗眼。鲜血飘了出来。瞎了的狗乱奔乱撞，不知道咬谁，便乱咬一气，当铺老板气得哇哇乱叫。

我扯着菜头就跑。那瞎狗却循着脚步声追了过来。菜头挡在我身前，对瞎狗施起了拳脚，不多时，瞎狗就躺在了地上，一命呜呼。

　　菜头的腿上也被撕下了一块肉，骨头都露出来了，甚是吓人。我抱紧他："菜头，菜头，是不是很痛，我背你回去。"

　　"大小姐，你没事就好。我一点都不痛，正好晚上咱们有狗肉吃了。"

　　他失了血色的嘴唇犹冲我笑着。我的眼泪一颗颗掉在地上，溅起了泥点。我背着菜头穿过禹杭的大街小巷。木芙蓉花大片大片地开着，热烈又悲怆。后来的很多年，木芙蓉成了我记忆里颇为伤感的色彩。我们做乞丐的岁月里，菜头为了我，吃了太多的苦，流了太多的血。

　　"大小姐，你喜欢木芙蓉吗？"

　　"喜欢。"

　　"嗯，我也喜欢。我觉得木芙蓉像你，旺盛倔强。总有一天，我会买一个院子，院子里栽满木芙蓉。我们一辈子在一起，快快乐乐的。"

　　我恍神，轻声说了句："嗯。"

　　金色的阳光落在菜头脸上。菜头又笑了。

第八章：绑架

我把牛筋草揉碎，细细地敷在菜头的伤口上，找来一块干净的布条给他包扎好。

晚上，菜头还强撑着跟小发小癞子他们一起在破庙里生火烤狗肉吃，把狗腿上最肥的肉塞到我嘴里。他在笑着，可我感觉到他的不对劲，他的手一直在抖。

"菜头，你没事吧？"

他摇摇头，笑道："没事。"

夜半睡得迷迷糊糊地，我听到菜头在说胡话，我爬到他身边摸了摸他的头，烫得要命。应该是被狗咬的伤口发炎化脓了。我焦灼地不知如何是好，一遍遍地从河里去打水回来，给他敷额头。

他嘴里吐出几个字："师……师父……"我趴在他身边，将耳朵凑上去。"今天就是整日子，你去……去西湖边找师父，让他来救我……"菜头说着，艰难地从怀里掏出一个烟花信号弹。我抓起信号弹就跑出去了。

西湖的夜晚，四周的山上亮起了一盏盏小灯，水上舶着的船上也亮起了小灯。这些灯光，衬着月亮，像满天的星星一样。我放出了烟花弹，不一会儿，一个蒙着面的黑衣男人飞到我面前。

"他白日里被狗咬了，夜里发了烧，请您去救救他。"我急促地说着。他用胳膊夹起我就往破庙飞，自始至终，不发一言。他把菜头抱到破庙内一间废弃的禅房中，摆摆手示意我离开。

我靠着菩萨躺着，却始终睡不安稳，担心菜头。约莫到了四更天，我走到禅房边，想看看菜头伤势如何了。还未走近，听到禅房内传来一阵尖锐的声音。菜头的师父，说话声音奇怪极了，跟我平日里听到的所有声音都不一样。

"以后还是莫在街边乞讨了，为师放心不下。眼下发财的机会就要到了，切莫错失……"

听到我的脚步声，那声音马上就止住了。

屋内一片静悄悄。我走进去的时候，见菜头一个人躺在那儿，气色好了许多。我摸摸他的头，烧也退下去了。

"现在好些没？"

他点点头。

"你师父这么快就走啦？"

"嗯。"

"陶钵里还有一点小发昨日讨来的米，我去煮锅粥。"

我心内思忖着，菜头的师父真是个神奇的人物，武功高，会治病，还来去匆匆，不肯以真面目示人。他到底是何身份呢？

我煮好了粥，破庙里其他的小乞丐也都起来了。

清晨，树枝上的鸟叽叽喳喳地叫着。我端了碗粥递给菜头，又给其他的小兄弟每人分了一碗。

喝粥的时候，菜头跟我说："大小姐，有个好机会来了。"

"什么好机会？"

"如果成功了，我就能买个大院子，我们就再也不用乞讨了。我在院子里种满木芙蓉，买很多的绫罗珠宝，搭个台子，请伶人在上头唱曲。让你过上从前在水府那样的生活。"

菜头一脸的向往。也许在菜头眼中，从前水府的生活就是人间最好的生活吧。

"我还在陆府的时候，就听你传消息说，九月十九，太子奉君令巡幸江南，是不是……"我问道。联想到菜头师父的那句话，所谓"发财的机会"，应该指的就是这个吧。

"对，我听师父说太子生性风流，每到一处，必乔装前往秦楼楚馆。禹杭城最大的烟花地便是寻香楼，咱们就埋伏在那里，假装不知情，将太子当个寻常富家公子绑了。逛青楼的事情不宜声张，太子肯定不愿将事情闹大，也不愿暴露身份，必会拿出一笔钱财，打发了我们。"

若是绑了寻常的富家公子，人家定会报官，事情闹到官府，大大的不利；太子就不同了，他是不可能报官的，他一定不愿此事被更多人知道。

我心里突然有了个念头，菜头的师父一定是官里的人，否则他怎么连太子喜欢逛妓院这样私密的事情都知道呢？他让菜头绑架太子，究竟是真的想让菜头发一笔小财，还是利用菜头别有居心呢？

"你决定好了？"我问着。菜头看着我，笑眯眯地："决定好了。"

"那我陪你一起。"

菜头点点头。

庙门前的木芙蓉变了颜色。忽而淡淡的粉，忽而深深的红。菜头说："大小姐，人的境遇也像木芙蓉一般，一日三变。"

我摘了一朵花戴在头上："这木芙蓉胜桃李许多呢。"

转眼过了月余，九月十九到了。禹杭城街头突然多了很多官兵，乞丐、江湖杂耍的艺人都被官府驱逐，竭力粉饰太平，营造着盛世的景象给人看。

据说这次太子奉旨下江南，还带着一个兄弟。我不由得想起梦中白衣女子的话。成筠河，他会是怎样的一个人呢？

唐允果然出了手。九月廿一那晚，几辆马车秘密前往西湖行官。为首的那辆马车，灯笼上挂着"唐"字，依次是马、柏、倪。这几个大人，我心里有底，都是科举出身的清流文官，跟肖宣一党不是一个路数的。

几位大人到行宫后的两个时辰，肖宣被带到行宫调查。肖府被东宫侍卫围得铁桶一般。太子没有想到，刚到禹杭，禹杭的官员们就给他送了一个这样的秘密大礼。肖宣这样的四品官，对于他来说，并不重要，重要的是肖宣身后的殷侯。

殷侯祖上是开国六功臣之一，世袭罔替的荣光，女儿又进宫为妃，给皇帝生了个小儿子。皇帝老来得子，特别喜欢小儿子，所以连带着对殷家格外看顾。殷家渐渐地生了野心思，觉得若没有太子，小皇子或可一搏。于是，殷侯处处与太子作对，暗地里使绊子。

太子最瞧不上的，就是他们一家子。如今，可借着肖宣的事，做一做文章。就算不能拉倒殷家，让他们被皇帝狠狠训斥一番也是好的。想到这里，太子很愉悦。一愉悦，便起了心。

送走那些官员后，太子换上一身寻常富家公子的衣物，去了赫赫有名的寻香楼。我与菜头带着小乞丐们一路尾随。他点了头牌姑娘，搂着进了房。

菜头跟我说："大小姐，那等场面，你不宜见，你在底下等我，我办完了事，就来跟你会合。"

我点点头。

禹杭秋天的夜晚，明月高悬，洒下皎洁的光。街市上成排的灯笼仰着脸。几只扇着翅膀的小飞虫，飞来飞去。寻香楼前的一棵老桂花树散发着淡淡的幽香，道路两旁的木芙蓉在夜里的红色变得很浓烈，不远处的小河哗哗地淌着水。

就在这样的时刻，我看到了一个穿着白衫的年轻男人，他在给小发的脚上药。小发是被菜头安排在寻香楼底下放风的，他的脚上有被土疙瘩硌破的伤口。这样的小伤对于乞丐来说，太寻常了。寻常到我们自己都不会当回事。

小发在放风的时候，看见穿着绫罗绸缎的公子，习惯性地讨要着："大爷，给点吧。"白衫男子却说："你的脚受伤了，坐下来，我给你上点药。"

小发愣住了。一个街头打转的小乞丐，遇到的殴打甚多，何曾有人如此相待呢？

我隔着他们几丈远的距离，怔怔地看着这个白衣男人。他腰间挂着一块玉佩，玉佩上有龙纹。这是天家的玉佩。他的玉佩上刻着"宣"字。

他，就是宣王成筠河。他是随兄长一起来禹杭的，可他不起眼，不被关注，从头到尾只是个陪衬。在这样的夜晚，游走在禹杭的街头，对一个小乞丐，有如此悲悯之心。

后来啊，我知道了，他天生是这样的，对一切都是仁慈的，他对星空，对花朵，对飞鸟，对万物生灵，对他身边的所有人，包括敌人，都是仁慈的。他就像风一般和煦，像水一样轻柔。这世上有些人，靠手段活着，而有些人靠慈悲活着。成筠河没有做帝王的本事，是我一步一步把他推到那个位置上。我到死都不知道这样究竟是对是错。金銮殿之上，他举着剑指着我："星儿，你还要我怎么样？"而此时此刻，在禹杭清凉的月色下，这相遇如此温柔。

"小发。"我喊道。成筠河指了指我，问小发："她是你姐姐吗？"小发点点头。

"多谢公子。"

他摆摆手，笑笑道："姑娘，你头上的木芙蓉很特别。""万里王孙应有恨，三年贾傅惜无才。缘花更叹人间事，半日江边怅望回。"我轻轻吟道。他愣了一下，还想说什么，我却拉着小发就走了。

当天晚上，菜头回到庙里，喜滋滋地。看样子，他这个风流劫是打成了。处置肖宣殿侯的关头，太子不想出什么无妄的事端，掏了钱，赶紧走了。

菜头兴高采烈地举着银子跟我说："大小姐，我已观望多日了，我们就买城南柳园旁的那座宅子，那宅子很大，能住下许多人，位置闹中取静……"

我陪着菜头一起欢喜，听他讲着细细碎碎的计划。菜头拿着树枝在地上画图："大小姐住这间，小发住这间，小疤住这间……"

破庙里人人都喜气洋洋的，可没想到，第二天一大早，就出了大事。

第九章：保重

一大早，窗外闪过几个黑衣人的身影。菜头警觉地坐起身来，将我往佛像里面一塞。这个佛像破了口，里面是空的，菜头把我塞进去之后，用稻草把缺口堵住，佛像便又恢复了原样。

我听到菜头的声音："你们是什么人？""你们这几个小叫花子，敢在太岁头上动土，可知你们惹的是什么人？说，是不是背后有人指使！"一个男人厉声问道。

我的心猛地一跳。这几个是东宫的人无疑了，以太子多疑的性格，不会甘心就这么吃了瘪，定会派东宫护卫秘密查询。太子把一出简单的劫财，理解成政敌的阴谋，他恐对方以此为把柄，在朝中参他一本。故而命人把菜头他们捉回去，严刑拷打，供出幕后主使。

菜头出了招，与他们打起来，很快寡不敌众被擒。刚刚发话的那个男人说："叫花子，我们主子不想要你的命，带你回去问话，你老老实实回答就行了！"

果然，我的猜测是对的。菜头他们被带走。待到脚步声远了，我从佛像里钻出来。

该怎么救出他们呢？我在破庙里思索了片刻，想出了一个主意。我赁了匹马，快马加鞭赶往五云山。没错，我要找胡通。

凭记忆，我找到了山寨的大门。守门的恰好是我上回救下的发了痢疾的小刺头，他看见我很是欣喜："陆姐姐，你来了！我这就去通报！"他撅着屁股往里跑："大当家，陆姐姐来喽！"

不一会儿，大胡子胡通骑着马从里头出来，一把将我拽上了马背，而后哈哈大笑起来，就跟他头一回在陆府里掳走我一样。

"咋了，小丫头，你想通啦？要来做我的压寨夫人啦？"

"我这次来是找你帮忙的。"我正色道。胡通看我很严肃，也收了笑，问道："什么事？"

"大事。"

如此这般将详情一说。

胡通吼道："何必那么麻烦，我直接去帮你劫了行宫不就是了！""你呀！"我猛地敲了一下他的脑壳："头脑怎么就那么简单。那可是行宫。知道啥是行宫不？皇家出游住的地儿。带的可都是皇宫里的御林军，最好的功夫，最好的武器。我岂能让你去以卵击石？"

胡通不服地"哼"了一声："屁最好的，我可不怕。何必像你说的那样，装模作样来那么一出？"我跟他软磨硬泡："你就听我的嘛！"

用最小的成本，解决最大的问题，兵不厌诈。

胡通懒得跟我磨，大手一挥："好好好。"他挑了一队精锐人马，跟我一起下了山。我在街上找寻了许久，终于在一家糖人小摊子前看到了成筠河。他似乎对那民间手艺颇感兴趣，盯着不眨眼。

一转头，他发现了我，眼睛里似有惊喜："姑娘。""公子。"我行了个礼。

他从摊子前抽出身来，我们并肩走在街头。他说："昨日匆匆一别，还未来得及问姑娘芳名。""陆芯儿。心上草木，芯。"我颔首说道。

"好名字，如人一样灵气。"他笑，冲我拱了拱手："小生乃上京人氏，随兄长来禹杭办差，兄长忙碌，无暇陪我，我对此地不熟悉，能不能劳烦姑娘陪我逛逛。"

走了一段路，我低下头："可惜小女子家中昨日突遇一事……"话还没说完，胡通带着兄弟们蒙着脸就窜了出来。我心内暗暗庆幸时间拿捏得刚好。

胡通的出现让成筠河感到很意外。

"我向来不争不抢，为什么你们还不放过我？"宫中的皇子，遇见刺客，第一时间想到的便是夺嫡。他们似乎出生就与权力有着千丝万缕的联系。

胡通的剑朝成筠河的胸口刺来，我扑上去，挡在成筠河的前面。剑没入我的胸口两寸。这时不远处有一个声音喊着："官兵来了！"

喊的人是小刺头。当然是我们提前安排好的。这样一来，胡通就可以快速地抽身而退，合情合理，而我的伤也不至于太重。而在成筠河眼里，我是可以为他豁出命去的。他就此，欠了我一份大情。

成筠河眼眶红了："陆姑娘，你竟是如此重情重义的侠义心肠……"我看着他："公子，他们为什么要杀你？"成筠河抱着我往西湖行宫的方向跑去："是我的身份连累了你。"他跑得很快，发丝漂浮在我的脸上，就像一片片鹅毛在心里拂着。

我扭头看了看躲在暗处的胡通，我拿眼睛向他道谢，谢谢他滴水不漏地配合。他用唇型向我说了两个字：保重。

成筠河将我安置在榻上，唤了医官来为我医治。胡通常年习武之人，剑刺得很有分寸。伤口流血很多，但没有伤及根本。只是看起来很严重而已。

医官为我止了血，包扎好，成筠河喂药给我。我低下头："怎敢劳公子服侍？"

成筠河轻柔地笑笑，将药吹了吹，递到我嘴边。我喝着药，他突然像想起来什么似的问我："对了，在遇刺之前，你说家中昨日突遇一事，是何事？"

我满面忧愁："小女子自幼爹娘早逝，带着幼弟在街边讨生活，弟弟顽劣不堪，前日绑了个富家公子，就是为了讨些钱财，谁知竟惹了大祸，被几个人带走了。""可是被官府的人带走了？"成筠河说，"多多出些钱财赔偿那富家公子，再请官府的人从中调停之下，想来应该无事。"

我摇摇头："不是官府的人，蒙面，穿黑衣，倒是跟今天的刺客装扮相似……他们嘴里依稀说着什么东宫……""东宫？！"成筠河猛地站起身来："怎么会惹到东宫头上？你可知东宫是什么人？那是太子！储君！"我一脸惊惶之色："弟弟只是想劫点钱，我们姐弟俩的日子能好过些。蝼蚁小民，怎么会惹到太子头上呢？定是弟弟误以为太子只是寻常的富家公子……"

成筠河在屋内踱步："陆姑娘，实不相瞒，我是当今圣上的六皇子，宣王成筠河。太子是我的大哥，他一向敏感多疑，排除异己。我猜测他肯定是把你弟弟当逆党给扣押了！"我连忙哀求道："求王爷一定要救救弟弟，保住他的性命。"成筠河叹口气："你不说我也会竭力想办法。陆姑娘都能为我舍出性命，我怎能对你的家事袖手旁观？那样绝不是君子所为。"

"陆姑娘，你先休息，等我的消息。"成筠河说着，就走了出去。他是去找太子了。

我躺在奢华的鹅绒大床上，睁着眼睛看着头顶，片刻过后，不知是不是药劲儿上来了，昏沉沉地睡去。

母亲入我的梦里来。

"星儿，你不要跟他进宫。"

"母亲，您在说什么？"

"那是一条很难很难的路，不值得。步步为营，在荆棘丛里打滚，母亲舍不得你。"

"母亲，六年前水府的覆灭，还有此番菜头的被捕，担惊受怕的滋味儿太难熬了……如果我有机会，有机会不被别人操控命运，如果……"

我脑海中闪现着白衣女子的那番话：借成筠河之手，用智谋，在男人堆里杀出一条血路。

迷迷糊糊中，听到门厅外一个男子的声音："六弟，你从未开口求过大哥，既然你力保那群小乞丐，我就放了他们。"

"多谢大哥。这份恩典，弟弟记在心里了。"

"记在心里就好，日后大哥有用得着你的地方，你……知道怎么做吧？"

"那是自然。"

我醒来的时候，成筠河坐在我的床边。"陆姑娘，大哥答应我了。此事越少人知道越好。毕竟关乎大哥的名声。今天正午时分，会有一辆马车，将他们丢在街头。"

我挣扎着想爬起来给他道谢，他忙扶住我："陆姑娘，你身上有伤，我不放心你归家，留在行宫好不好？"我抬头迎上他的眼睛，轻声说："总有一天，你是会离开禹杭的。"

"那便跟我回京。"

我失神半晌，点了点头。

他露出笑容。他的眼睛里闪着炽热的火焰，似能灼人一般。

那天在街头，艳阳高照。我看着马车放下菜头小发他们。菜头看见我，笑了。他一身的伤，鲜血淋漓地。关在里面，严刑拷打，定没有少受罪。

我的眼泪又下来了："痛不痛？"他摇摇头，急切地说："不痛。还好钱我藏在破庙地底下，没被抢走。大小姐，我们还是可以买大宅子的。这一次，我死里逃生。以后，所有的苦都不苦了。我们会过得好的。会跟在水府的时候一样，会……"

"菜头，我要走了。"我终是下定决心打断他。菜头懵了："去哪里？""进宫。"我指了指不远处的成筠河。成筠河的身后，是一辆挂着琉璃彩灯的马车。

菜头站在原地好久，不说话，像石雕一样。突然，他猛地撒腿跑了。我知道，他没有跑远，他一定躲在暗处看着我。他不想要这尴尬的离别。

烈日下，我一步步走近成筠河。

第十章：渔人

西湖行宫建于麾垣三十三年，彼时，当今圣上成铎初初被先帝立为太子。先帝许其理政。

殷侯急欲拍东宫的马屁。他见成铎众妃姿姿色色平平，便悄悄告诉他，禹杭之地，人间仙境，美人众多，宜在禹杭修建行宫，疲倦之时，可来游览解乏，在行宫小住，广选佳丽，以充东宫之选。

太子甚喜，当即允诺。纵有个别言官反对，立刻就被殷侯以"太子体察江南民情"为由驳斥过去。

麾垣三十四年，行宫落成。同年初夏，太子成铎游幸禹杭。殷侯安排禹杭知府家的小姐骆静姝于水上起舞，实则水下埋了木桩子。然，在当时，可谓是传道一时的盛景。成铎看着身着白衣的骆静姝翩翩于水上，惊为天人。他与骆静姝在西湖边缠缠绵绵了整整二十日。临走时，带她回了东宫，封为宝林。

骆宝林在东宫荣宠一时，风头无两。当初举荐她到太子身边的殷侯，更深一步地得了太子的信赖和倚重。

麾垣三十五年，骆静姝给成铎生下长子成筠源。

麾垣三十八，先帝崩逝，太子成铎继位，成了新皇，改年号为"大章"。太子妃赵氏做了皇后，骆静姝被封为仅次于皇后的姝贵妃。

大章二年，嫡后赵氏崩。殷侯四下活动，屡屡煽动言官进言，最终，大章五年，赵皇后丧期一过，姝贵妃便被立为新后。

册立大典上，殷侯笑得满面春风。骆静姝坐上后位，成筠源由庶长子变为嫡长子，顺理成章成为太子。骆静姝的父亲骆知贺由禹杭知府升为户部尚书，加封一等承恩公。

殷侯本以为能控制住皇后，谋取更多的利益，可谁知，骆静姝地位稳牢后，渐渐与他翻脸。此一时彼一时，她不再靠着他了。她不愿意再听命于他。

殷侯怀恨在心，可她羽翼已丰，是名正言顺的中宫，他拿她没办法了。是以，许多年来，太子一党与殷侯一党，势如水火。

殷侯不甘心，后来又往圣上身边送了不少女子，然而，再也没有当初骆静姝那样的圣宠了。甚至，西湖行宫还有两个被圣上临幸过就丢在一旁的女子，圣上连带她们进宫都不肯。她们没有名分，又不能嫁人，在行宫里度日如年。

贵妃吴瑶，乃圣上大章三年所纳。那年，成铎率军与西南夷作战，骠骑将军吴纲立下奇功。圣上大加褒奖之余，纳吴纲之妹吴瑶为妃。

同年，吴瑶生了皇二子成筠江。所有人都注目着这个将门虎女之后，吴家更是寄予厚望，然而成筠江一出生就身体有残缺，只有一条腿似正常婴孩，另一条腿萎缩着，如枯萎的根茎一般。

圣上找人掐算，说是吴家常年手刃敌兵，西南一战，挖坑活埋了上万人，血腥太重，煞了福气，祸及子孙。

圣上觉得不祥。从此，他对吴瑶就冷冷淡淡的。

三皇子成筠淞是文官吕德之女吕樱所生。吕德在直隶一带广有才名，曾替朝廷治理水患，安定民心。他腹有诗书，却行事低调，在朝堂之上谨小慎微。他的女儿吕樱亦如其父一般，内敛含蓄，不争不抢。

吕樱长相不算出众，却擅吟诗作对，有时还替圣上整理书库，是后宫中出了名的才女。圣上对她虽不十分宠爱，但也一直颇为看顾。后宫有她的一席之地。

四皇子是骆静姝的小儿子，大章五年，诞于凤鸾殿。据说生下来的时候，天庭饱满，地阁方圆，双目有神，圣上大喜，抱着他连连说着"此子类我"。然而，四皇子刚满四岁，便得了场风寒夭折了。骆静姝大病一场，从此愈发将希望寄托在长子成筠源身上。

大章六年，科举舞弊案，惊动朝野，连坐了68名官员。成铎动了大怒，回到后宫大醉一场。太后身边的宫女董氏，前来送汤，被成铎拉住，临幸一回。这董氏是个有福气的。只这一回，便有了孕。

太后盘问是谁的，董氏说了实话。太后去问君上，成铎起初不承认。太后正言道："吾儿大谬，岂以母卑而不认子乎？此为天家子，当尊其衣食。"成铎无奈，点头方认。

大章七年，宫人董氏生皇五子成筠涛，晋为董妃。

大章八年，成铎三征西林，西林土司臣服，归为两广都督府。且进贡了一批女子进宫为奴为婢。一个偶然的机会，成铎走到宫墙边，见几个小宫女在踢毽子。其中一个，娇俏非常，有着西林女子的麦色皮肤，巴掌大的小脸，一双大眼睛像狡黠的小狐狸。毽子在她脚上，连续踢100多下都不落。

成铎起了兴致，咳嗽一声，问道："你叫什么名字？"

干粗使杂活的小丫头们都从未见过圣颜，愣在原地。只有姜氏，立即跪下："奴婢姜巧巧，拜见吾皇，吾皇万岁安康。"

成铎见她伶俐，便带她回勤政殿歇了一晚，封了个低阶妃嫔，把南宫苑的清风殿赏给她住。

宫中的女人实在是太多了。君上后来再也想不起来姜氏了。

大章九年春，宫里人向他道喜："清风殿的姜娘娘生了，是个皇子。"

"哦？"他愣了一下，似乎已经想不起清风殿的姜娘娘是谁了。

这是他的第六个儿子，从"筠"字，跟哥哥们一样，名字带水，便叫成筠河吧。

这是他早年找太常卜的卦。说是本朝将兴于"水"。所以，他把皇子们的名字都带着水字边。

皇六子成筠河在宫中是个不起眼的存在。没有母家的家室撑腰，没有父皇的喜爱，母亲的位分低。连五皇子都因母亲董娘娘曾在太后身边当过差，生在太后宫里，所以格外得太后喜爱、看顾。同样是宫人出身，姜妃这个西林土司进贡的蛮女，可比太后身边服侍的董妃，差得太多了。

成筠河自小习惯了什么都没有。他就是哥哥们的陪衬。母子俩无依无靠。成筠河养成了温顺寡言的性格。他宁愿跟兔子、跟花草说话，也不跟人交流。

在西湖行宫的荷花池边，成筠河缓缓地跟我讲着宫里的事。

荷花池里的残荷在寂寂地听着人间的风声。白露凋花，凉风吹叶。我说："好歹，你是天潢贵胄，再怎么不得圣宠，可居于宫中，锦衣玉食，也比寻常人好得太多了。"

成筠河苦笑着，摇摇头："虽然我不得宠，对太子哥哥构不成威胁，但皇后仍然是看我不顺眼。她看父皇跟其他女人生得儿子都不顺眼。她命人送来补汤，我悄悄喂给了我的小兔子，过了不到一个时辰，小兔子就死了。那天，我抱着那只小兔子哭了很久。它是替我挡灾了。说不定哪一天，我就跟那只小兔子一样了。"

我默默无言，唏嘘一番。那巅峰之上的宫墙中，果有如此多的残酷不易。怪不得昨天遇见胡通扮的刺客，他第一时间想到的便是宫里派人来杀他的。

不是他好骗。实在是这样的事对他来说，太稀松平常。

我心里泛上一些酸楚。想起那夜在街市上看到他的样子，他温柔地给小发上药。他是无害人之心的一个人。但被害是免不了的。作为皇子，日日夜夜，担心的就是个死。

"还有吕娘娘，她似乎有很多张面孔，在父皇面前，她是那么优雅，那么安静。在皇后面前，她是那么婉顺。然而我时常看到她阴森森的眼，让我不寒而栗。贤妃嘛，精神一直失常，疯疯癫癫的，父皇看着吴家的面子，仍然尊养着她，逢年过节也去看一回。董娘娘是个会做人的，虽生了五哥，封了妃，但还是在太后宫中做事。因着太后这层关系，时常跟父皇能见面，见面三分情，董娘娘的位置还算稳定。别人不为难她，她便也不为难别人。最危险的，是——"

成筠河顿了顿，说道："最危险的，是父亲在大章二十年纳的新宠，殷贵妃，她是殷侯的女儿。大章二十一年生了皇七子成筠涵。我那七弟，如今 6 岁了。父皇爱如珍宝一般。殷贵妃有家室傍身，有圣眷在握，且有皇子在侧，在宫中骄横无比，谁都不放在眼中。"

不难想到，通过皇后骆静姝这件事，殷侯意识到抬举外人，终究是会起异心。不如自己女儿可靠。

"她连皇后都瞧不上，动不动背地里就骂白眼狼，不过是我家抬举出来的，翅膀硬了，也敢要我的强。她不把我们这几个皇子放在眼里，一口一个野种。"

我突然笑了："她不足为敌。"成筠河说："为什么？现时，连皇后都惧她三分呢。"

"日后你就明白了。"

我突然像是想起什么似的问他："你帮我弟弟向太子求情，他会不会起疑我弟弟是你派去的人，要对他不利？"成筠河笑笑道："那倒不会。我自小跟他一起在尚书房读书，我对他向来唯唯诺诺、言听计从，他是不会怀疑我有这个胆子的。还有一点就是，我经常为了一些小太监小宫女向他讨饶求情，他知道我是这个性子，习惯了。""嗯。"我点点头。

我脑海中想到菜头的那个神秘师父，他到底是谁那边的人呢？

如今是大章二十七年。朝堂之上，风起云涌。太子忙着斗殷侯。鹬蚌相争，想得利的，是渔人。

谁是背后的渔人？

第十一章：软肋

肖宣被关进行宫的密室里已经三天了。据说太子不让当地官员插手，看守、审问等一应事宜，通通交给东宫体己的人在做，一丝风声也不许走漏。

殷侯快马加鞭来禹杭，与太子交涉。两人密谈，言语不合，不欢而散。

殷贵妃焦灼不已，命贴身伺候的内侍来传旨，让太子不要伤了一家子的和气。这回他放了水，来日圣上面前，她必承了他这个情。太子似乎并不买这个庶母的账，将内侍拒之门外。

西湖行宫，是太子当着家。禹杭的官员们惯会见风使舵，肖宣进去了，墙倒众人推，各种告状的折子一封封递到行宫来。太子看完，悄悄做了个决定。

殷侯和殷贵妃还在磨缠，太子却已秘密派人将那些折子原封不动地送到了圣上手里。圣上发了好大的怒气："这肖宣是何来头？罪证滔滔，竟不达天听！"旁边的言官说道："此人是殷侯的家臣。"

圣上没有说什么，面色却铁青了。当日便下了圣旨，肖宣抄家入狱，所有财产，没入国库。此举算是敲山震虎，打了殷家人的脸。

圣上七日不入殷贵妃的寝殿，殷侯想要面圣的折子他也不接。这在之前，是从未有过的。圣上虽没有直接处罚殷家人，但已经很明显生了殷家人的气。

这一回合，太子占了上风。他想起了挑起这件事的官员——禹杭织造唐允。于是，深夜，召唐允来了西湖行宫。一见面就笑说："母后出身禹杭，故而禹杭算是本宫的半个故乡，本宫一见这禹杭的人，特别是唐大人这样的得力之人，就倍感亲切。"

唐允喜之不尽，自以为成了太子的体己人。

两人谈论着朝局之事，唐允瞄着太子的脸色，谨慎小心地回着话，讨太子的欢喜。太子说道："肖宣获罪，这禹杭知府的位置便空下来了，本宫属意唐大人。唐大人在官场多年，自然是知道该怎么做事的。"他边说，边用两根指头敲着桌面。

唐允立即会意，跪在地上："下官必肝脑涂地，以报东宫。"他说的是"以报东宫"，而不是"以报朝廷"。太子很满意。

谈话完毕，唐允向太子告退。我在暗中观察，站在荷池边拦住他的去路。我背对着他，轻声说了句："久违了，唐大人。"他听到我的声音，愣了一下，拱手道："陆姑娘好本事，才几日不见，竟出现在行宫了。莫不是也攀上了太子殿下这棵高枝。"

我笑笑，不置可否："如果我没有猜错的话，唐大人很快就是新上任的禹杭知府了吧。"

"这还得多谢陆姑娘。"

"有一事需劳烦唐大人——"

"但讲无妨。唐某一定尽力，就当是还了陆姑娘的指点之恩。"

"不日，定会有宫中的人去官府查我的户籍、档案、底细。我不想陆芯儿这个身份太突兀，之前的十几年得做得自然、不叫人看出纰漏。你可懂了吗？"这老狐狸笑了："懂懂懂，自然懂。陆姑娘放心，唐某必做得妥妥帖帖。"我颔首："多谢唐大人。"唐允说："来日，陆姑娘腾飞之时，莫忘与下官今日之谊。"

这老货，甚是鸡贼。表面上，是还了我的指点之恩。实际上，是拿捏住了我身份的这个软肋。早在陆府，我跟他说那番话的时候，他已猜到大半了。今日他提出来，无非是想卖个人情，图个日后的方便。

他以为我是要给太子做侍妾去的。

实则，我这么小心地让他把"陆芯儿"这个身份做得滴水不漏，是因为，我知道，成筠河身边贸然出现一个女子，宫中一定有人会来查。不管背后查的这个人是谁，若见成筠河身边是个身份微不足道的平民丫头，便会不以为意。若见是个来历不明的人，必会提高警惕。

我心里算到了这一步，便提前做好准备。

唐允向我道别时，说了句话："以陆姑娘之才智胆量，必不会久居人下。唐某等着那一天。"

肖宣被处置了。这个我渴盼了许多年的情景，终于出现了。曾经装着水家 150 口的铁笼子，如今装满了肖家的人。轮到他们去街口贱卖了。

我跟成筠河说，我要去街上买胭脂水粉，便一个人跑到街上，混在人群里，观看着这一幕。

肖宣的头被刽子手砍了下来，血流了一地像深夜里的木芙蓉。

"大小姐。"我转身，看菜头站在我身后。他的肩膀上站着一只鸟，那鸟体积庞大，比寻常鸟类要大上许多，通体黑色，瞪着眼，似乎很凶的样子。

菜头拍拍那只鸟的头，指着我说："大黑，她是大小姐，是我们的家人。"那鸟仿佛听得懂人话，看我的眼神一下子温柔起来，好像我真的是它的家人一般。

菜头跟我说："大黑是我从一个江湖卖艺人手中得到的。它跟我有缘，一见我就飞到我肩头停住不走了。我找那个卖艺人想把它买下来。那人不肯。我便把买宅子的那笔钱都给了他。他终于肯卖了。"

"你疯了吗，买宅子的钱来得多不容易，你拿来买一只鸟？为什么不就此过上安逸的生活。"

菜头摸着大黑的毛，笑笑道："你不在了，宅子有什么意义啊。你不在了，我要安逸做什么？"他说得风轻云淡，可我听出了他的难过。他说出来的每一个字都很难过。

"我起初有点不懂，但我现在看到肖宣被处置，心里多少有些懂你了。大小姐，你背地里一定做了很多事吧？只是，你从不肯叫我知道。"

"菜头，都过去了。"我拍拍他的肩膀。他突然抬头，仿佛做最后挣扎似的看着我："大小姐，肖宣已经死了，该做的已经做完了，你不要进宫好不好？我们还像从前一样，快快乐乐的。"

菜头，我已经无法快乐了。当水星家破人亡的那一霎，她就不再是从前的水星了。我想要很多很多的安全感。这安全感只能我自己去找寻、去获得，然后紧紧握在手心。

"菜头，你好好照顾自己。等我出人头地，我回来接你。"说完我转身就走了。

对不起，我的好菜头，我无法陪你过一辈子卑微无依的生活。但我们相依为命的点点滴滴，我们一起在街边乞讨的岁月，你为我做的所有的事，我都会永永远远记在心里。

我不甘平庸。我要让我父亲母亲的在天之灵感到欣慰。我要找到我失散多年的妹妹小月儿。我要在这个冰冷的世界里，世故地活着。

走了很远的时候，我扭头看了看菜头，他还站在原地。眼睛里有许多无奈，有许多悲伤，亦有许多不解。

回到西湖行宫的时候，成筠河在书房里画画。看见我回来，他笑道："来，看看我这木芙蓉画得怎么样？"

我走过去。看到的却是我自己。他画的是那日在晚风中，我头戴木芙蓉的模样。可他却不问人画得怎么样，只问花画得怎么样。

"听内侍们说宣王擅画，果然是极好的。"我说。成筠河淡淡地说："一个人孤独习惯了，不觉得有什么，许多年也就过去了。乍一碰见了你，觉得是个能说话、可信任的人。一时半会儿地离了身边，竟觉得不习惯。习惯真是个奇怪的东西。"

"殿下把芯儿当成习惯了吗？"

"嗯。"

正在这时，有内侍慌慌张张地进来通报："圣上有恙，命皇子们即日回京！"

笔从成筠河手中掉下来。他忙问道："父皇如何了？"内侍答："暂不知内情，太子已经开始动身了，宣王殿下赶紧准备回京吧！"

成筠河点头。虽然他的父皇或许根本记不清他这个儿子长什么样子，更遑论关心他。但是他天生有一颗柔软的心，对万物尚如此，何况自己的亲生父亲呢？他是担心父亲的。

他跟我说："芯儿，随我回宫。"

第十二章：入宫

一行人收拾好行装浩浩荡荡地准备出发。

在行宫的门口，我看见了太子。他头戴黄金冠，身着四爪蟒服，腰间挂着汉白玉。他长得跟成筠河有三分相似，却多了一些张狂、自负，眼神咄咄逼人。

成筠河见了他，恭恭敬敬地行礼："太子兄。"在知书识礼的大户人家，往往遵循"长兄如父"的礼法，兄长可代替父亲教训弟弟，弟弟无敢不听的。想来皇家更是如此了。长幼有序，规矩极严。

太子看见了成筠河身后的我，饶有兴趣地问道："六弟，几时找了这么个俊俏丫头在侧啊？"成筠河低头笑笑，没有回话。太子许是习惯了这个弟弟的寡言，便没有再问，只在上马车之前说了句："寻常大家公子且置许多丫头姬妾在旁，何况是皇子？你却总过得跟和尚一般。如今总算是开窍了。"他一定是巴不得弟弟们都是不上进的。

一路从南至北的马车上，成筠河跟我讲了宫里的许多禁忌、规矩。

"我们清风殿在皇宫的角落，离外头远，见到太后父皇皇后贵妃他们的机会并不多，不用动辄下跪。我母亲是个谨小慎微的人，总不许宫人大声喧哗。领的各类物品，也不许宫人跟别的宫里去比较，不许抱怨。她唯一的爱好，就是做针线，踢毽子。"

我心里感叹着，也许正是因为姜娘娘的过分小心，不争不抢，才有她们母子十八年的平安吧。

到了皇宫，感觉气氛不对。乾坤殿的内侍们急匆匆地从宫门外迎太子去侍疾，走了几步，似乎漏了什么似的，唤道："忘了宣王殿下。"

成筠河嘱咐贴身内侍小酉带我回清风殿，然后自己跟着太子的后面就去了。看样子，君上不是普普通通的"有恙"，而是病得很重。只是在太子没回宫之前，瞒着这个消息。

清风殿果然偏远，走了好久才走到。一个女子穿着朴素的月白色服饰在院子中拔草，见人来了，她站起身来。看衣着打扮，她似乎是这清风殿中的管事妈妈。但我的直觉告诉我，她不是。

我跪在地上，行了个大礼："娘娘千岁。"一旁的宫女递上湿毛巾，她擦了擦手，问小酉："这姑娘是？"小酉忙回："陆姑娘是六爷从禹杭带回来的。"

"哦？"她愣了一下，说了声："你起来吧。"她上上下下地打量了我一番，笑了："小六倒是第一次带姑娘回宫。你叫什么名字？"

"回娘娘，民女陆芯儿。"

她又问小酉："你六爷呢？回宫之后怎的不来见母亲？"

"被乾坤殿的人带走了，说是侍疾。"

姜氏的脸上闪过刹那的难过。她的丈夫病了，竟没有人来告诉她一声。这满宫殿的人，谁都没有把她当回事。转瞬，她呼出一口气，似乎是想开了，瞧淡了。

"圣上怎么忽然就病了？上次看见他，还好好儿的……"她自嘲地笑笑道，"算起来，上次看见圣上，还是八月十五阖宫欢庆的时候，本宫坐的位置离他远得很，只能遥遥看上几眼，现在已经快两个月了。"

小酉站着，一声儿也没敢言语。姜氏唤着小丫头："收拾间屋子给陆姑娘住吧。"

成筠河一直没回来，我在清风殿里等得心焦，遂换上宫女的服饰，出门打探消息。

满宫里都是紧张的气氛。听几个宫女闲谈，零零碎碎拼凑出一些消息。自前几天殷贵妃吃了瘪，连续七日，圣上没踏进她的寝殿半步。她从一进宫，便集荣宠于一身，从未遭受过如此冷落，便大张旗鼓地说自己病了，把宫里的医官们全都唤了去，动静儿闹得挺大。

殷贵妃几年前生七皇子的时候，很是艰难，生了三天三夜才生出来，险些血崩丧了命。圣上听说她病了以后，念及她当初生产吃的苦头，到底是不忍心。三日前，去瞧她。当晚，宿在了那里。

后来不知发生了什么，次日卯时，圣上手脚抽搐，口吐白沫，把殷贵妃吓得够呛。

很快，阖宫都知道了。皇后骆静姝急匆匆地赶过来，一个巴掌把殷贵妃抽倒在地上。殷贵妃家世好，且进宫就得圣宠，位分又极高，皇后一向对她客客气气的，从没有如此这般。

殷贵妃捂着脸，看上去瘦瘦的骆静姝力气竟这么大。

"殷雨棠，你这个小贱蹄子，竟敢谋害圣上？说！是何人指使？是你那在高丽作战的哥哥，还是你那朝堂上手持玉笏的爹！抑或是沐雨阁上挂着的你那殷家的祖宗！"

沐雨阁，意为栉风沐雨。先帝所建。里面挂着六个人的画像。这六个人当年是誓死效忠跟着先帝打天下的，立下汗马功劳。先帝特意允准将他们的画像挂在阁楼上，享万世供奉。

"皇朝不灭，香火不休。"先帝金口玉言。

这六个人其中一个，就有殷贵妃的祖父，殷侯的父亲。

殷贵妃从地上爬起来跟骆静姝对着干："你这话说得好没道理！我家小七还小，我凭什么要害圣上？我们母子最大的靠山就是圣上！"骆静姝身边的宫女厉声呵斥："跪下！你敢这样跟皇后娘娘说话！"骆静姝冷笑一声："本宫念你殷家世代忠良，一直对你颇有宽纵。哪知纵得你狗胆包天，方得今日弑君大祸！"

在场的人都吓得面如土色。

骆静姝命人将殷贵妃关进冷宫，将皇七子成筠涵送到了自己宫里抚养。

这厢，她急召太子回宫。太子一回来，骆静姝一颗心方才放下来。其他几宫的妃嫔皇子不过只是陪衬，这种紧要关头，太子才是她的定心丸。

三天三夜，一群人不敢离开乾坤殿一步。渴了饿了就草草进些饭食。直到今日，圣上才醒过来。虽醒过来，双眼却是迷迷瞪瞪地。

太子扑过去喊着："父皇！"圣上迷茫地看着他："你是何人？"

骆静姝跪在他面前。圣上指着她问太子："此谁家妇？"在场所有的人都哭了起来。不好了，圣上糊涂了，痴呆了。连自己的皇后和太子都认不出来了。

朝中几个元老、辅政大臣一番商量，决议推太子临危监国理政。

天黑的时候，成筠河从乾坤殿回来。我在门口等他。他看着我，神色挺难过："芯儿，父皇糊涂了。他完全像个垂暮的老人了。"

我在心里琢磨着，人上了年纪，受些刺激，昏迷是有的，但不至于神志不清。圣上成了这副样子，只有一个可能，就是中了毒。

这毒到底是谁下的呢？不可能是殷贵妃，她不会那么蠢。人在她宫中出事，她难辞其咎。

若推断一件事是谁做的，得先看看事情发生后，受益者是谁。我心里基本有了答案。

姜娘娘在里间唤着："小六回来了吗，你进来。"成筠河走进去，拜了一拜："母妃"。

姜娘娘详细地问了问圣上的病情，成筠河一一讲了，姜娘娘落下泪来："明日好歹去求求皇后，让她允本宫去伺候圣上，本宫做了圣上二十年的妃嫔，这个时候，得尽尽心。"

成筠河说："母妃，你说，太子哥哥是不是快要成为新皇了？"姜氏看他的眼神带了几许责备："小六，母妃告诉过你，这些朝政大事，跟咱们清风殿没有关系，提都不要提。来日，不管那高位上坐的是谁，有咱们母子一条活路就够了。"

然而，山雨欲来，躲也无法躲。

医官寸步不离地诊治，圣上没有半点好转。太常大人说，宫里须准备着丧事所用，来冲冲煞气。于是，皇后和太子紧锣密鼓地筹备着。

第二日，太常大人进言，他以龟背卜了一卦，圣上这病来势凶猛，乃紫薇星急犯帝座，阴气太重，需杀死两名后宫妇人方可解煞。

皇后忙问："得杀死两个什么样的人？"太常回："须得是伺候过君上的妃嫔，一名属鼠，一名属羊。"属鼠的，是殷贵妃。属羊的，君上的后妃里只有姜娘娘。

皇后赐死的懿旨传到清风殿的时候，我问成筠河："姜娘娘跟皇后有过纠葛？"成筠河脸色苍白地摇摇头："我母妃哪里敢跟皇后有纠葛呢？不过是我出生的日期与她的四皇子殁了的日期是同一天，她自小就不喜欢我们母子罢了。"

我在宫殿里来回走了半炷香的工夫。

"筠河，眼下只有一个人能救姜娘娘。"

"谁？"

"吕娘娘。你去找她，让她想办法安排我单独去一趟圣上的寝宫。我做乞丐的时候，见过一个地主老爷便是如此，昏迷醒来，人事不知。后来，一个江湖游医给他行了针，吐出黑血，便好些了。我缠着向那江湖游医学了一点行针之术，或可一试。兴许能让圣上恢复一点神智。"

"可是吕娘娘跟我们清风殿素无来往，她凭什么帮我们呢？"

"敌人的敌人，便是朋友。若是圣上就此不起，她，可就再无机会了。"

第十三章：配合

吕樱和三皇子成筠淞住在落樱殿。我穿着小内侍的衣服拎着一盒糕饼，过去找她。

守门的侍卫问我是哪个宫的。我说是清风殿的姜娘娘派来送糕饼给吕娘娘的，烦您通报一声。那侍卫冷笑一声："清风殿的姜娘娘？明天还不知道是人是鬼。还送什么劳什子糕点。我们娘娘才不稀罕呢。我可不去通报，白挨一顿好骂。"

我笑笑道："大哥，您就跟吕娘娘说，我们娘娘送的这道糕点叫作莲子炖佛手。您放心，吕娘娘听了，一定不会骂您。"

过了半盏茶的工夫，那侍卫走出来，摆摆手："我们娘娘让你进去呢。"

落樱殿里的摆设明显比清风殿华贵了许多，处处彰显着吕樱这位出身书香世家的小姐之气派。正厅有一张极大的书案，书案上摆着各色的宣纸，以及几方上好的歙砚。我小时候，我爹跟我讲过，歙砚是天底下最好的砚。涩不留笔，滑不拒墨，呵气生云，贮水不涸。从前我爹的书桌上，就是摆着几方歙砚的，他很宝贝那些砚，闲时常常把玩。

我正凝神之际，身后一个声音传来。"呵，莲子炖佛手，本宫只知那姜氏是个闷罐子蛮女，竟有这等巧心思。说吧，一个笼中之鸟，还怎么跟本宫联手？"

莲子炖佛手，联手。

我转头，慌忙拜见："娘娘千岁。"吕樱穿着一身浅绿色的长袍，头上戴着一支琉璃簪，没有如花美貌，倒也清爽利落。

"我们娘娘说，宫里的人心眼儿多，此刻圣上糊里糊涂，多少人暗地里狼子野心，真正关心他的人，没几个。您就是其中之一。"我先给她戴一顶高帽子。果然，她叹了口气："你们娘娘这话说得倒是极明白。可本宫关心圣上，又有何用呢？现今，宫里是那对母子的天下。人为刀俎，我为鱼肉，当何为？"

"您千万不能坐以待毙，就算不为您自个儿想，也得为三殿下想想。三殿下在士子当中，口碑极佳，都说他有外祖风范。若不是皇子不能参加科举，说不定三殿下能中个状元呢。木秀于林，风必摧之，以皇后和太子的脾气秉性，来日三殿下能有个平安吗？"

吹捧一个母亲最好的方式，便是吹捧她的孩子。吕樱听了有关三皇子的那些话，眉眼中渗着骄傲与喜悦。她看着我："本官倒是不想坐以待毙，可眼下有什么好办法呢？"

"您想办法，安排小的去圣上身边。小的略通一点医术，说不定给圣上行针之后，瘀血排出，神智能清醒些。"

"就你？宫里的医官都没办法，你能行？"吕樱挑挑眉。

"有时候，偏方治大病。"我顿了一霎，继续说，"何况，宫里的医官现在听命于谁？他们说的话，有几分真？"吕樱面色大骇："骆静姝她能胆大至此？拿圣上的性命玩这样的把戏？"我垂首："真相需得等圣上清醒了，方能知晓。"

吕樱揣摩了片刻，说道："本官可以让你去试试。但本官想问一句，姜氏是怎么想的？"我领会了她的意思，忙说："待我们娘娘渡过此关，必以您马首是瞻。想想，在这宫里，我们娘娘和六皇子无依无靠的，若能找棵大树乘凉，自然是好事。"

吕樱点点头："今日子时，侍卫换班之时，本官便安排你进去。记住，一定要静悄悄的。不管圣上能不能醒转，天亮之前，你必须出来。"我点头："小的记住了。"末了，吕樱又充满戒备地看了我一眼："你可得放机灵些。若是被发现，本官可保全不了你。"

"若被发现，小的咬舌自尽，绝不连累娘娘。"

吕樱轻轻闭上眼："嗯，是个懂事儿的。"

深夜，在吕樱的安排下，我潜进了乾坤殿。那个高高在上的男人躺在床上，呼吸均匀。此刻，他身边所有的真情、假意都不在。他安安静静地在梦乡里。

我摸出银针，按照记忆里江湖游医教我的针法开始往他身上扎。哪知一针还未下去，他突然睁开了眼睛，抓住我的手，压低声音说道："说！你是谁派来的！"

我吓了一大跳，迎上他的眼睛。黑夜中，他的眼睛如鹰一般。哪里有半分病人的样子！

我迅速在脑海中整理出思绪。他的病是假的，这一切都是装的，他是幕后那个最清醒的猎人！

我镇定下来，跪在地上，轻声说："吾皇安康，万民之福。主子便也能放心了。"

他冷笑道："是吗，是放心，还是悬心？你主子到底是谁？"我咬咬牙："六爷。"他愣了一下："小六？他竟也掺和进来了？"我泣声说道："六爷看您病了，日夜忧心，恨不能替君父分担，几日未能安然饮食。白日里人多，他插不上手，便吩咐小的漏夜前来……小的进宫前曾跟江湖游医学过一套针法。您瞧，正准备给您行针……"

我举起那排银针，圣上细细地瞧了。他坐起身来，看了看我，唏嘘一声："小六虽无大才，倒是个纯善孩子。"

我一个字都不提姜娘娘的事。他倒是主动问我了："这几日闹腾腾的，宫里没少出事吧？孤隐约听到什么冲煞，她……要拿谁冲煞啊？"她，自然指的就是皇后骆静姝了。

我小心翼翼地回道："殷娘娘和……姜娘娘。"他冷笑一声："她倒是想借着这个机会把所有不顺眼的一网打尽了。估计要不是吴氏是个疯子，董氏有太后护着，吕氏有吕太师遍布天下的士子门生，恐招致口舌。她很想全都灭了吧。"

这个龙榻之上的男人，脸上是老谋深算一辈子浸染的风霜。"您……"我一个字咬在嘴里，硬生生把下面的话吞进了肚子里。

他下了床，走到窗边。"孤主政数十年，荡平西南，三征两广，屡息内乱。如若这样的把戏看不透，能在这位置上安然坐到如今吗？"

我默默不语。

他打开窗。落月满屋梁。借着月光，他突然看到我耳朵上的耳环痕。

"你不是内侍，你是女子。"

"回圣上，奴婢是六爷身边的宫女，为了掩人耳目，才扮成内侍。"

他笑笑道："小六身边有你这么个忠心耿耿为他解忧，又胆大心细之人，倒是福气。来日，等他开府立院，或能收你做个侧室。"

"敢问圣上，接下来这棋，该怎么走？"

他瞧了瞧我，捋了捋胡须："孤本想再等几日才收网，现在看来，为了避免祸及无辜，要提早收了。这事需要一个契机……刚好你撞在这个节骨眼儿上。那么，这个契机就由你来配合吧。"

从他的讲述中，我慢慢理出了大概。

肖宣被处死，殷侯被打压，殷贵妃在宫中受到冷遇。

皇后东风压倒了西风，不免得意。或许是殷贵妃素日里太过嚣张，她已经忍了太久吧。人一得意，便露了马脚。

那日午后，圣上发现殿前伺茶的小宫女换了个人。本来，这等小事他向来是不在意的。可他却在午睡时，迷迷糊糊听到那小宫女跟小内侍讲："午间圣上多吃了两口落苏……"落苏，他知道，是指茄子。早年，他在西湖行宫住了许久，能听懂一点禹杭官话。为什么突然把伺茶宫女换成一个禹杭籍的小丫头呢。皇后便是禹杭籍，她急于安插自己的人，到底意欲何为？

圣上留了意。早晚间，她端来的茶，他佯装喝了，实则，都倒进了内囊。恰好殷贵妃吵吵嚷嚷说自己病了，他便去"棠梨院"瞧她。他在心里琢磨了许久，便决定演这出戏。

一来，他想看看，自己的揣测到底是不是对的；二来，储君关乎社稷，不能所托非人，灾难见人心。

哪知，他刚一装病，骆静姝就急匆匆地来处置殷贵妃了。她何曾真切关心他的病情？医官们是谁的人？呵。骆静姝以为是她的人。实则，宫中的医官署全是他的人。他想让他们说他病了，那便是病了。骆静姝以为自己下毒得逞了。

自己的儿子是储君，接下来的一切就名正言顺了。

可为什么？这一切本该在圣上大行之后顺理成章，她为什么迫不及待、出此下策呢？这背后是否有什么隐情？

圣上缓缓说道："你回去告诉小六，就说你行完针，孤好些了。让他明日一大早来侍疾的时候，带着你……"

第十四章：疯妇

我点了点头。

他交代完，轻轻闭上眼："我竟然跟你说了这么多话。"这正是我所疑惑的。那许多的真相浮现在我眼前，就如同浮在水上的花朵，色彩艳丽，却不知水下藏着什么。他为什么要跟我这么一个微不足道的小女子说这么多话呢？

月光下，我看到了圣上花白的头发。他是个老人了。世上最容不得迟暮的，便是美人与英雄。

麾垣三十八年，太祖皇帝在淮水边的战场中箭身亡，作为太子，他临危受命，在鲜血成河的沙场中，承继大统，改年号为"大章"。

他御驾亲征，南伐北讨，完成了太祖皇帝的遗愿，统一南北，统一货币，修官道驿站，与民休养生息，开创"大章盛世"。

他有成群的后宫佳丽、成群的儿女。

他突然看向我："你可知帝王为何称孤？"我斗胆说道："帝王之孤，乃孤胆。出众的英勇、胆量。"他笑了："你这小丫头很是机灵。孤年轻的时候，也是这般想的。"

笑意渐渐地在他脸上稀薄："可等到孤老了，才悟过来，帝王之孤，乃孤心。寂寞的心境，孤独的心怀。"此时此刻，这位高高在上的君王，竟跟寻常的老人没什么两样。他有着寻常老人的脆弱、敏感。

"当孤的女人、孤的儿子，都变得不再可靠，孤才发现，孤真的是老了，老了。坐在那龙椅上，似乎从四面八方刮来刺骨的寒风，冷啊。天机算尽，有多难？对于帝王来说，权谋是与生俱来的把戏。可这天机算尽，终究是算不明白人心哪。有何趣味？"

他很孤独。对身旁所有的人都难消戒备。却肯对我这个陌生人说一说心里话。

他指着我的那排银针，说道："从孤装病这几天来，也只有你，是想来救驾的。"

我低头不语。

"孤不管你究竟是不是小六派来的，抑或是小六的背后还有别的什么人，真实的目的是什么，但到底，你，是想来救孤的。罢了。"

他摆摆手："罢了，罢了。"他不愿再说什么："你去吧。明日来。"

"是。"我跪下，磕了个头，起身离去。

走到门口，他问我："丫头，你叫什么名字？"

"奴婢陆芯儿。"

他点头，复又躺到龙榻上，就像什么都没发生。

夜依然是静悄悄的。大约丑时，我重新溜回了落樱殿。吕樱走几步，迎上来，问着："如何？"安排我去乾坤殿行针，她是担了很大风险的。这一切，不过是因为她别无他法，死马当作活马医。

她眼中闪着几点星光。旁边站着一个年轻男子，穿着湖蓝色的衣衫，一张脸很是秀气，想必是三皇子成筠淞了。他长得跟母亲很像，反倒不怎么像他的帝王父亲。他身上的书生气、儒气很重，重到掩住了皇子的贵气。若将他放置人群中，多半人会猜测他是个士子。

"母妃，我看您真是急糊涂了，怎么能听信清风殿这么一个小内侍的话，贸然让他去给父皇行针？万一有什么好歹，皇后娘娘能放过您吗？正好儿拿这个跟咱们落樱殿为难呢！"成筠淞说着。

吕樱说："那姜蛮子火炭堆儿里的人了，哪儿有闲心来扯我下水？你母妃在后宫二十多年了，直觉素来很准。这小内侍看着年纪不大，定是个妥当人。不然姜蛮子也不会在这种危难时候派他出马了。"我轻声回道："禀娘娘，小的给圣上行了针，逼出来许多黑血，看面色是好了许多，明日醒来，定会恢复些许心智。"

吕樱舒了口气："那便好。明日，再看看是什么情形。"她推了推成筠淞："淞儿，明日在乾坤殿，你可要好好表现！"

骆静姝的赐死诏书里说，要在十月初六的正午十二时整，将殷贵妃和姜娘娘杀死，拿她们的血绕着君上的龙榻洒一圈，去除煞气。

十月初六，就是明日了。

成筠河担忧母亲，一夜没怎么睡好。他还得强打着精神去乾坤殿侍疾。我让他带着我一起，他点头应允了。

乾坤殿里，站满了人。骆静姝看见成筠河便开了口："小六，你怎么耷拉着脑袋，看起来没精打采的。难不成你替姜氏不悦？为圣上而死，是她的福气，死得其所，该高兴才是。"成筠河低头："是，母后。"

吕樱在人群中看了看我。

突然，龙榻上"昏迷"的圣上手动起来，指着我："到，到，到孤跟前来……"

所有人都惊了一下。特别是骆静姝。她喊来医官："圣上怎么了？"她的话面意思是"询问"，话底的意思却是"质问"。我看到她的牙关在打战。

我双腿跪地前行到圣上身边。圣上说着："针，针，针……"我从怀里摸出针来。骆静姝一巴掌举起来欲打在我脸上："你是哪里窜出来的小杂种，敢用针谋害圣上？！"

哪知她的手竟被圣上握住。圣上缓缓地从床上坐起来，骆静姝慌忙跪下。其他的众人也都跟着跪下。吕妃、董妃这些人喜极而泣，口中喊着："君上醒转，天之大幸。"骆静姝则面色灰白，汗珠从额头上渗出来。

旁边的宫女见君上坐起来，连忙拿了个靠枕垫在他身后。圣上靠在枕头上，向众人说道："有件事，说来甚奇。孤的病来势汹汹，如山倒屋塌。昨天，做了个梦，梦见清风殿有个小内侍给我行针。醒来，便觉得好多了。早先听闻，观世音菩萨在梦中给人瞧病，如今方觉得传闻是真，还真的有梦中瞧病的。"

太子一脸的不可置信："父皇，此事甚为蹊跷，莫非是……"一旁的成筠淞说："有什么可蹊跷的，太子哥哥也太阴谋论了。全梦即心，全心即梦，父皇诚心感动了菩萨，菩萨便派借着小内侍的手，到梦里给父皇治病，此事说得通。"

成筠河说："父皇既好起来了，那冲煞一事？"他时刻惦记着姜娘娘的平安。圣上点点头："根本没有煞，何来的冲煞？太常杨浦年迈昏花，该告老还乡啦。"此话极有深意，大伙儿都暗自揣度着。

董娘娘递上水，圣上喝了一口，继续说："梦里，孤还听说了一件极重要的事。"在场的人都屏住气，等着听这个"极重要的事"究竟是什么。

"皇后，孤的病来得离奇，这几日，你可查出了什么苗头？"

毕竟久居凤位，骆静姝虽心慌，但气度仍在。

"臣妾在殷氏的寝宫发现了些许药物，想来……"

"那皇后可有审问？"

骆静姝说："殷氏的脾气秉性，圣上您素来知晓。自从臣妾将她关起来，她嘴上骂骂咧咧，说的话简直不能传达，恐污了圣上清听。"

"搜到的是什么样的药物，拿来给孤看看。"

骆静姝朝凤鸾殿的内侍小卯使了个眼色，小卯连忙递上来。

"殷氏素来喜爱梨花香，她住的寝宫便是叫棠梨院，殿中常点着海梨香。这几包毒药带着梨花的香气，是在她的枕下搜到的，可见在她寝殿中放了许久，绝非旁人临时栽赃嫁祸。殷氏乃公侯之女，世代簪缨之家，万万想不到，有这等歹毒心思。"骆静姝款款说道。

圣上接过药，点点头："哦，这样看来，皇后查得甚是周密了。"骆静姝柔声道："此乃臣妾中宫应尽之责。"

圣上冷笑一声，话锋一转："来人！"从外头猛地冲进来一群侍卫，侍卫押着一个小宫女。看来一切都是安排好了的。

皇后强撑的沉稳一下子就崩塌了。

我隐约猜到了那小宫女是谁。便是昨夜君上给我讲的乾坤殿新换的伺茶小宫女了。

"说！大声地说！"圣上怒呵道。

"奴婢，奴婢本是棠梨院负责喂鸟的小宫女……"

殷雨棠爱听鸟叫，常年养着几笼子鸟儿，宫里有小宫女，专司喂鸟之事。

"皇后，是皇后安排我去棠梨院，又是皇后安排我到乾坤殿……"

骆静姝一个巴掌狠狠抽在她脸上："胡说！是谁教你陷害中宫！"那宫女脸霎时紫涨了大片，她哭道："是您说跟我是同乡，有心提拔我，让我为您做事……皇后娘娘，我不想出卖您，然而我父母兄弟的命，我却也不能不顾……"

这句话让骆静姝双腿一软。父母兄弟的命？难道早有人察觉此事，做了准备……

吕樱幽幽道："哟，皇后娘娘这巴掌可真狠，前几日打了殷贵妃，这又打宫女，哪儿来的那么大气性啊。"圣上沉着脸："骆静姝，你进宫三十一年，做了孤二十二年的中宫皇后。孤不想把这件事摆在明面上。顾着皇家的体面，更顾着筠源的名声。你只需说，为何要这么做？你的儿子是东宫太子，你何必要走这一步险棋？"

"你该问殷氏那个贱人！"骆静姝突然失控地哭道。"带殷贵妃——"圣上说道。

不多时，殷雨棠过来了，她这几日受了煎熬，瘦了许多，不施粉黛，不戴钗环，一身素衣，哭得楚楚可怜："圣上，圣上啊，臣妾以为这辈子要跟您生离死别了……"

第十五章：后妈

殷贵妃扑在龙榻上哭得肝肠寸断。一会儿喊着"我那苦命的小七"，一会儿喊着"我那忠心耿耿的父兄"，转而又泪光盈盈地看着龙榻上的男人"我最放心不下的圣上"……

圣上咳嗽两声："有什么话好生说就是。"

殷贵妃不过才二十来岁的年纪，是圣上最年轻的一个妃嫔，也是容貌最艳丽的一个。平素圣上对她颇多娇纵。纵得她爱耍小性儿、爱撒娇。现今七皇子6岁了，她还把自己当作少女一般。也难怪后宫中的人都多多少少地厌着她。家世、宠爱、容貌、子嗣，都让她占尽了。却不知收敛，举止张狂，嚣张跋扈，蛮横娇纵。

此时，她擦了擦泪道："圣上，臣妾这几日可是受苦了，您可要给臣妾做主。皇后她想弄死臣妾。那天打了臣妾好大一个巴掌，您瞧瞧，您瞧瞧……"她把脸凑了上去，依稀还有巴掌的痕迹："臣妾从殷侯府的娘家，到宫中给您做妃子，活了二十多年，从没挨过这样的毒打。"

"妖精。"骆静姝冷哼一声。圣上定了定神，说道："雨棠，皇后说这药是从你宫里搜出来的……""不，臣妾根本不认识这药！"殷贵妃喊着。

"孤知道这不是你做的。刚刚这小宫女的口供已经明明白白。可皇后说，她做这一切都是因为你。那么，孤问你，你可有什么地方惹恼了皇后？"

殷贵妃心虚地低下头："我……我并不曾……"骆静姝指着她："是你，是你布下的陷阱。你明明知道本宫在乾坤殿和棠梨院安插了人，你故意让她们带出话来，说圣上不日将会废太子，立你儿子成筠涵为太子。所以，所以，所以本宫才先……"她想说的，是先下手为强。

圣上的声音冷得像寒冰。"所以你才不择手段，狗急跳墙。"骆静姝眼神飘忽，倒在地上。算来，她年近半百了。再也不是在西湖上翩然起舞的年纪了。她正位中宫多年，用黄金的铠甲把自己一层层裹住。无论在什么场合，她都是端庄地笑着，那笑成了她的面具，旁人看不清她的喜怒哀乐。在精致的妆容底下，是一个女人对岁月无

060

望的挣扎。

"圣上,臣妾碧玉年华西湖边遇见您,给您生下皇长子,在这宫中熬了一辈子,到头来,就剩下一个狗急跳墙。臣妾是狗,您是什么?"她笑着,那笑带着轻蔑,似乎这满屋子的人,她全都不放在眼里。

"老货,你的嘴巴放干净点!"殷贵妃走上前去,欲趁机报了上次扇耳光的仇恨。谁知,她的巴掌还没举起来,就被骆静姝紧紧地抓住,往后使劲儿一推,倒在地上。

骆静姝居高临下地看着她:"但愿殷贵妃你花容月貌,一辈子都不会有老去的那一天。本宫是老了,没错,可本宫一日不死,你一日住不进中宫。你再好的家世,又能怎样?你还是个妾。妾。懂吗?你在娘家的时候,你的母亲殷夫人有没有教过你为妾之道?本宫有天大的不是,自有圣上裁夺,轮不到你说三道四。没规矩的东西!"

她捏着殷贵妃的下巴,又大力地甩开,像是甩开什么脏东西。

"花开红树,草长平湖。风日晴和,佳人意好,夕阳箫鼓,忽见船归……"她突然唱起了歌。那歌声凄婉缠绵。风日晴和人意好。那是她和圣上的从前吧。

西湖边的美景,美人英雄两相知。

"静姝,孤这些年待你不薄,你不该安插奸细在孤身边,又听信了奸细的话……"

骆静姝的眼泪落下来:"我怕,我怕啊,君王的女人太多了。斗垮了一个,还有一个。可我却越来越老了,斗不动了。后宫的女人给你生了一个又一个的皇子。我能怎么办呢。"圣上看着她的眼睛,一个字一个字地说:"所以,你就忍心对孤下杀手?"

骆静姝无话可说,闭上眼,眼泪打湿了她的妆容,越发显出老态。君上说:"静姝,你以后就在凤鸾殿思过吧。什么时候你想清楚了,或者,什么时候孤想清楚了,你再出来。在此之前,咱们不必再见了,徒增伤感。"他没有说废后。可他话里话外,都透着一个意思:幽禁。

太子成筠源爬到龙榻边:"父皇,求求您饶了母后,母后她就是一时糊涂……"殷贵妃慢条斯理地说道:"一时糊涂就敢要圣上的命,二时糊涂还得了?"

君上喊了声:"都住口!"他指着太子:"筠源,你身为太子,在父皇病重期间,由着你母后胡来,却不加劝阻,你哪有半点为君之风?如今,还有脸求情?"一席话唬得太子大气也不敢出。

屋子里其余的人,各怀心思,也是一声不敢吭。

骆静姝被侍卫带走了。太子也被君上谴责回东宫"静思己过"。

殷贵妃自以为这一局自己完胜,扬扬自得。哪知,刚处理完皇后和太子,圣上便厉声问道："你四处散播孤废太子的谣言，是何居心？！"殷贵妃被吓了一跳，委委屈屈地说着："臣妾就是骗一骗皇后……"

"此等关乎江山社稷的大事，岂容你一个后宫妇人置喙！"

殷贵妃似乎从未见圣上对她这般严厉，忙跪了下来："臣妾知错了，求圣上饶恕……"圣上忽地摆摆手："孤也累了，不想再与你多言。你去凤鸾殿接了小七，便回你的棠梨院吧。小七还小，别再惹这些乌烟瘴气的事情出来。否则，孤便把他送到太后那里教养。"殷贵妃告退道："是。"

圣上是不会轻易处置殷贵妃的。殷家素来有"殷半朝"之称。他不想看到朝廷动荡。

皇后和殷贵妃都走了。屋里跪着的，只剩下吕娘娘母子、董娘娘母子、成筠河和我。

圣上紧绷的神色慢慢缓和下来。他冲我招招手："孤能梦见你来给孤治病，或许是冥冥中菩萨的安排。你，便留在乾坤殿伺候吧。"

我愣了一下，下意识地看了看成筠河。圣上说："小六，既是你清风殿的人，孤便要问问你，舍不得？"成筠河忙叩首道："父皇这是哪里的话？折煞儿臣。您要什么人去伺候，吩咐儿臣一声便好。"圣上点点头："那，陆芯儿从此便是乾坤殿的掌事宫女了。"

掌事宫女？

吕樱和成筠淞的眼神像小刀子一样割过来。他们一定没想到，昨日的小内侍是个女的。然而，圣上面前，他们不得不压住自个儿的震惊。

我跪在地上："陆芯儿谢主隆恩。"董娘娘看了我几眼。那眼神若有若无，似柳絮般轻，又似泰山般重。

我细细打量了董娘娘和他的五皇子。这位太后身边贴身官女出身的娘娘，容长的脸儿，细细的眼，面颊上零星几颗痣，看起来是极利索的人。五皇子成筠涛在皇子当中最胖，许是太后疼孙子且萱瑞宫里饭食精细的缘故。他与他的母亲一样，眼神里透露着世故的圆滑。

母子俩皆不多言，不关己事不张口。

圣上摆摆手："都下去吧。我一个人躺一会儿。"

乾坤殿门口。吕樱皮笑肉不笑地说："姑娘好志气，本宫倒被姑娘诓住了。敢情姑娘虽身在清风殿，却有皓月之志。心里装的不是你们娘娘的事，倒装的是自己的前程。如今做了圣上跟前儿的掌事宫女，日日跟圣上一处，近水楼台先得月。好本事，好手段！"

她误会了。以为我是有意接近君上，想攀高枝儿，做君王的女人。

三皇子讽刺地跟成筠河说："老六，你可以啊，看着不声不响的，巴结父皇倒有一套。找个小庶母给父皇送了过去。怎么着？想让她给父皇生个小八，来跟你结盟？""三哥，我并无此意。"成筠河淡淡地说。吕樱冷笑道："走了狼，来了虎。呵，没想到最后得益的人是你。本官且看着，看你能飞多高，飞多远。"说完，她拉着三皇子就走了。

待他们母子俩走远，董娘娘走到我身边，笑笑道："恭喜姑娘。"我忙行礼："谢娘娘，奴婢不敢当。""圣上这梦做得真是离奇。姑娘因为一个梦而得福，真是让人艳羡啊。"她说的话轻轻缓缓的，我却能感受到刺来。她的刺跟殷雨棠、吕樱的都不一样。她是那种绵软的刺，扎得人痒而疼。

她从头上拔下一根金簪子塞到我手中："姑娘莫见外，日后你在圣上身边伺候，咱们，是自己人。"

不收，定会让她以为我拒绝她的拉拢。不若收下来，叫她安心。我将簪子揣进袖内："多谢娘娘。"

她笑了笑，拉着胖胖的五皇子就走了。

檐下，只剩我跟成筠河两个人。我说："事情，不像他们猜测的那样。"成筠河还是那么柔和地笑着："芯儿，你不必解释，我知道。"

"你信我就好。"

"我当然信。母妃现在平安了，这是大喜事。"

"筠河，现在宫中的局势，你怎么看？"我问道。

"母妃说过，宫中的局势与我们无关，我们只需过好自己的日子，就可以了。"

我叹了口气。成筠河是不谙风雨的兰草。那我便做风雨下的雁吧。

"十月了，宫里的木芙蓉开得还是这样好。霜侵露凌，深秋风情。"成筠河看着檐外，轻轻地说着。"芯儿，过几日，出了大太阳，我用新鲜的木芙蓉给你做胭脂。"

第十六章：刺杀

乾坤殿的水很深，我刚来的第二天就发现了。

"近水楼台先得月"这个道理，满宫里谁都明白。人人都巴不得接上几分月色。个个都想拉拢圣上身边当差的人，好揣度上意。看着挺平静的乾坤殿，内里风起云涌。喂鸟的、磨墨的、扫庭院的，保不齐就是某个娘娘的人，或是跟前朝的某个权臣有染，向他们兜售君上的情绪、零星的消息。

若某一天，圣上要喝败火的茶，那么那一天朝中肯定"无本启奏"，谁愿意碰到刀口上呢。

关于这些，圣上未必不知道。可他是默默纵容的。水至清则无鱼。君上揣测臣子，臣子揣测君上。半斤八两的人心，十斗八升的世情，王权的戏码无非如此。

据说，有一天，下了很大的雨，工部侍郎徐简头夜喝多了酒，起床的时候昏昏欲睡，然而又必须要上朝。他一边穿朝服，一边感慨地叹了句："朝臣只得五更寒，名利不如闲哪。"结果，那日上朝的时候，君上不痛不痒地说了句："听闻徐爱卿渴盼清闲，工部侍郎的官职实是不宜再做，孤便安排徐爱卿去做个驿丞，甚是清闲，从此免了上朝之苦。"眨眼的工夫，从一个正四品官员混到不入流的九品。在场的人都打了个战。从徐简出门，到上朝，不过才一个时辰的工夫，君上却连如此琐碎的私语都知道了。

一些老臣不由得回忆起太祖年间的"关西之乱"。

受封关西的瑞王，是太祖同母的亲弟弟，一向颇得朝廷重视。他的封地是最广的、府兵是最多的，他却不满足，时常向朝廷讨要银钱。太祖溺爱幼弟，一一允准了。然而，瑞王却在麾垣二十四年造反，用朝廷补贴的银钱，来攻打朝廷。由于朝廷全无准备，那场大乱损失惨重，用了数月才平息。

那时，当今的君上才9岁，亲眼见到皇叔造父皇的反，至亲之人，兵戈相见。这场事件给他造成很大的影响。他从此不相信任何人，信赖权谋之术。

殷侯幼年时是君上的陪读。他深深了解君上。他向君上献计，要设置一个部门，凌驾于三省六部之上，直接听命于帝王。这个部门，便叫作"玄离阁"。选武功高强之人任"玄衣郎"。

替君上一人做事。可监视朝中官员，可办大内密案，可随时搜检封疆大吏。

玄衣郎品级不高，权力却很大。是以，官吏看见穿玄色衣衫飞檐走壁的，都禁不住害怕。

深秋傍晚，当晚霞消退之后，天地间就变成了银灰色。乳白的烟和灰色的暮霭交融在一起，像是给宫廷的角角落落披上一层纱。若隐若现，飘飘荡荡。

圣上刚进了晚膳，玄离阁的阁主沈昼就来了。圣上吩咐我："芯儿，倒一壶皋卢上来。"

后来我知道，这是圣上的习惯，每逢沈昼来奏事，他便要喝皋卢。他告诉我，品一颗颗人心，就如皋卢一样苦。

圣上与沈昼的谈话是极私密的，不许任何人在旁。

谈完，沈昼走出来。我看了他几眼。他一身黑衣，戴着黑冠，一张脸也黑黑的，活像画上的判官。他发现了我在盯着他，眉梢一挑："这位姑娘倒是眼生。"

我向他行了个礼："奴婢是乾坤殿新任的掌事宫女陆芯儿。"他回了个礼："陆掌事好。"他突然说："不知陆掌事有没有见过雪鸮？"未等我回答，他紧接着说："在下曾随家师去过苦寒之地，有幸见过雪鸮。那是一种非常聪明的鸟。它的羽毛很漂亮，可它的爪子却很危险。"

他笑着看了看我："陆掌事的眼睛，特别像雪鸮的眼。在下阅人无数，还从未见过哪个女子长着这样一双眼。"说完，他飞身走了。敢在大内之中肆意施展轻功的，也只有玄离阁的人了。

"芯儿——"圣上在唤我。我忙走了进去。

"陪孤说说话。"

"好。"我点头，顺手把桌上的皋卢，换成一碟蜜橘糖。

"最近江南士子都在谈论一个传说。"

我聆听着，不吭声，等着圣上往下说。

"丙辰之年，七星连线，有大贵之子降于宫廷，可承天命。"圣上说着，冷笑一声："丙辰？不就是筠淞的年庚吗！一帮子酸秀才知道什么叫天命？妄论时事！孤就是天命！"他越说越生气，一拂袖把蜜橘糖摔在地上。

我不动声色地重新装了一盘上来。

"打量孤坐在宫里什么都不知道呢？如今筠源在东宫思过，筠江是废人，余下皇子中数筠淞最为年长。他们便动了心思。那吕家最擅拉拢读书人的心！"

我淡淡说道："吕娘娘是出了名的后宫才女。吕太师又曾传授您功课。三殿下自然是要比旁人清贵些。"

圣上用手抓了颗蜜橘糖，捏在手心中："谁贵谁贱，旁人说的不算，只孤一人可以做主。这天底下的任何东西，只能君王主动给，他们却不能问君王要。主动给，是赏。动了歪心思，是谋逆。"

我连忙回道："您消消气儿。此事也未必是您想的这样。奴婢幼年时曾跟小伙伴玩过一个叫作传话的游戏。许多话，从一个人那儿传到另一个人那儿，就变了味道。再说，沈阁主……"

我顿了顿，看了看圣上的脸色，继续说："听闻沈阁主是殷侯所荐之人，君上就那么信他吗？"圣上笑了，指了指我："你不懂。孤身边有两个半知心人。沈昼算是一个，殷侯算是半个。"剩下一个，他没说，我便也不问。

圣上年纪大了，需要个伶俐的人陪着说说话。他想说几句，便几句，我只需恰到好处地聆听。

"读书人心思多。吕家一门，可以用，却不能尽用。筠淞那孩子，虽是天家血脉，却像极了他的母亲和外祖，儒气过重，铁血不足，时而显得迂腐。"他说着："那些人哪，偏偏生了不该生的心思。"

"打盆水来，孤要擦把脸。"圣上说。

我挥了挥手，片刻工夫，小宫女打了水来。圣上擦脸的时候，从水中看到自己的倒影，感慨着："孤的白头发又添了不少。"我笑着："您别烦忧。明儿我用何首乌给您洗洗头。"

圣上摇摇头，半躺在厅中的软榻上，命人点了安息香。

"芯儿，孤这些儿子们，你怎么看？"

我忙低头："奴婢怎敢评价皇子们。"圣上半眯着眼："不是评价。你就随便说说。"

"太子雄才大略，有君父之风。"我谨慎地说着。圣上摇摇头："先帝起于微末之间，文韬武略，马背上夺了江山。孤虽比不得先帝，但孤自继位以来，夙兴夜寐，枕戈待旦，不敢有丝毫懈怠。国土一日比一日广阔，国库一日比一日充盈。来日九泉之下，孤也无愧于祖宗。可孤的这些个儿子们……竟无可托之人……"他越说越伤感。安息香袅袅地萦绕在乾坤殿。

圣上睡着了。我掩了门，走出来。远远地看见成筠河的贴身内侍小酉怀里抱着一个大木匣子跑过来。

"陆掌事——"他跑得上气不接下气。"这是六爷让我抱来送给您的。"

"这是？"我指着那个大木匣子。小酉打开，里面是黑豆和红豆，混在一起，各一半。

我笑道："六殿下送这么多豆子给我做什么？莫不是让我做豆饼？"小酉头摇得跟拨浪鼓似的："不不不，六爷说，这是半升黑豆和半升红豆，您细品就知道了。"

"半升红豆，半升黑豆……"我咂摸着，突然明白了什么，扑哧一声就笑了。

我抱着那个木匣子往自己房中走。小酉在身后喊："陆掌事，您明白了什么，好歹也跟小的说一声，小的好回去禀告六爷。"

相传南国产红豆，一半红，一半黑，此豆名相思。半升红豆，半升黑豆，一升相思，一生相思。

我扭头笑笑道："你跟六爷说，我等他淘澄的胭脂膏子。"

第二日，圣上刚起床，吕娘娘就红着眼眶来了。

"圣上，臣妾在这宫中二十来年，竟不想没了容身之地。若您想要臣妾母子的命，下一道圣旨即可，或赐白绫，或赐鸩酒……"吕娘娘跪在君上面前，用手帕擦着绵延不绝的眼泪。她的三皇子明显受了伤，胳膊上绑着纱布，纱布上渗出血迹。

"怎么回事？"圣上问道。

三皇子跪在地上磕头，他磕得很重，额角磕得青紫。"儿臣启禀父皇，今日卯时，落樱殿突然来了蒙面刺客，长剑直指儿臣，儿臣拼死反抗，还是被刺了一剑。落樱殿的侍卫们赶来，刺客却跑了……"他哀泣道。

"跑了？这皇宫大内，守备森严，刺客插翅难逃！"圣上说。"这就是臣妾的不解之处。那刺客躲得如此迅速及时，一定是皇宫之内的人……"吕娘娘说着，顿住了口。"故而，臣妾要问圣上，是否是您下的旨……"

"胡说八道！"圣上怒喝一声："好端端的，孤刺杀自己的儿子做什么！"吕娘娘越发委屈："不是您，臣妾便不敢想了。越想越怕……"她瑟瑟缩缩地，仿佛身子都在颤抖。

呵，她的言外之意很明显。宫中有能力派出刺客刺杀皇子的，不是圣上，自然就是太子了。但是她一个字都没提东宫。只是如惊弓之鸟一般，跪行到君上脚边，伏在圣上膝盖上啜泣。

圣上冷笑一声："孤倒要看看，谁有这么大的本事，在宫中做下这等事来。"

我站在一边看着这对母子。成筠淞的伤确实很重，因为失血过多，嘴唇看上去是惨白的……

第十七章：小院

吕樱犹在哭哭啼啼的。

圣上唤我："芯儿，给孤倒杯六安茶来，要出三遍水再端上来，老了老了，嘴巴越发苦了。"吕樱忙说："圣上不老，圣上春秋正盛。"

我递上茶，圣上接过，喝了一口，笑笑道："孤若春秋正盛，就不会有人在孤眼皮子底下做这种事了。"他招了招手："筠淞，来，到孤面前来。"成筠淞跪行着挨过来。

圣上以手抚摸着他的伤口，低声说："疼吗？"成筠淞连忙再次叩头："多谢父皇关心。伤口再疼，比不上心疼。求父皇给儿臣做主，抓出刺客，以儆效尤。"圣上点点头，对一旁小内侍说："把沈昼叫过来。"

不多时，沈昼一身黑衣走进来。君上把情况粗略一讲，沈昼弯腰拱手向成筠淞说道："烦请三殿下在纸上将刺客的模样画下来。"成筠淞说道："他蒙着面，我未看清他是何模样。"

沈昼说道："就算蒙着面，眼睛定是露出来的。三殿下有所不知，微臣办案多年，许多时候，便是凭着一双眼睛认出凶犯。"成筠淞点点头："好，我画。"

他走到书桌面，半盏茶的工夫，便画出了一双眼。圣上看到那双眼，眼神黯了黯。不知为何，我盯着那双眼，总好像在哪里见过一般。是在哪里呢？我想啊想，却想不起来。

圣上摆摆手，冲沈昼说："那沈卿便去查吧。"沈昼与圣上对了下眼神，忙跪安："臣领命。"

待沈昼走后，圣上跟成筠淞说："筠淞，记得前阵子，你跟孤说，喜欢孤那方血砚，孤便赏给你吧。你是爱读书的人，配得起那砚。好好养伤，莫胡思乱想。"

我知道那方血砚，是南洋岛国进贡来的，以珍稀玉石制成，每滴墨进去，便泛出血色，甚是奇妙精巧，是圣上心尖儿上的爱物。连太子想要，君上都没舍得给。

成筠淞忙叩谢："多谢父皇，多谢父皇。"这意外之得让他惊喜。

太子渴盼的东西，皇父却赏给了他，这是否藏着某种暗示？吕樱咳嗽了一声，拉扯着圣上的袖子："圣上，我们母子俩的委屈……"

"好啦，孤都明白。"圣上说着，"孤自己的儿子，哪能不心疼呢。这不是命沈昼查去了吗。你们回落樱殿等消息即可。待沈昼查出了眉目，孤必遣人去知会你们。孤今日有许多政务要处理，近来筠源在东宫思过，朝中的事只孤一人裁夺，桌上的折子都堆成了山。"

成筠淞识趣，忙拉着母亲跪安告辞。吕樱还想说什么，可看了看圣上的脸色，就闭了口，敛眉退下。

很奇怪。圣上的态度很明显前后发生了变化。在三皇子画那幅画之前，他是想追究到底的。但是，在他看到那双眼睛后，他却好像又害怕追究到底。他突然赏赐血砚，更像是某种安抚，或者说，是敷衍。

我看到吕樱母子走后，圣上踱到书桌前，拿着那张画仔仔细细地看着。边看边叹息。

我思量着，如此结果，只有一个可能。圣上认出了那个刺客。他知道那是谁。

一开始，他一定以为这是吕氏母子俩的苦肉计，不惜弄伤自己，来构陷太子。所以，他频频冷笑。但见三皇子答应画画时的从容，种种反应，又见了画上的那双眼睛，他改变了想法。这不是三皇子母子在作戏。确确实实，落樱殿出了刺客。这刺客究竟是何人派去的呢？

那日上午，圣上批折子，我在乾坤殿的院中指挥小丫头精选几盆茶梅端到殿内。

十一月了，诸花凋零，院中开的花不多，茶梅开得最旺。昨日圣上还说了句"白茶梅开得有品格"。我思量着选几盆好的，放到书桌、榻边。

"禹杭的白茶梅开得才好。"我想。电石火光间，我突然想到了在哪里看到过画上的那双眼睛。

是在禹杭。那双眼睛的主人，是菜头的师父。虽然我几次看到他，都是蒙着面，但是那双眼睛很特别，我不会记错的。

菜头的师父到底是谁的人呢？吕樱母子的种种表现，说明他们笃定刺客是太子的人，正好借这个机会揪出太子，压倒东宫。然而，若是太子的人，圣上该派人去东宫调查，至少把太子传来问话。可圣上，似有难言之隐，提也不提。

午膳过后一刻钟的时间，董娘娘来了。她提着一个食盒，笑意盈盈地跟圣上行了礼："太后惦记圣上入冬易犯咳症，嘱臣妾送点枇杷叶蜜枣汤来。"圣上笑道："母后费心了。"

董娘娘伺候着圣上喝汤。圣上闲闲问道："小五的马术练得如何了？"

"几个师父十分尽心。甚好。"董娘娘很会说话，避重就轻。

圣上说："盈香，你平素里不要总惯着小五，饮食上该克制些，太胖了不便于骑射。"董娘娘忙低头回道："臣妾跟您想到了一处，近日里总催促他饮食克减。那孩子自小养在太后膝下，太后疼他，总是最好的尽着他吃。臣妾不敢深劝。"轻飘飘的几句话，责任就推到太后身上去了，圣上也不好说什么了。喝完汤，他说："你去吧。跟母后说，等孤忙完便去请她老人家的安。对了，筠淞受了伤，你记得带小五去落樱殿看看，本朝以孝悌礼义治天下，关怀兄长，是小五做弟弟的一份心。"

"啊，筠淞受伤了？是从马上摔下来，还是？"董娘娘一脸的惊诧。圣上看了看她："落樱殿里出了刺客。"董娘娘用手绞着帕子："竟出了这等事。"圣上摆摆手。董娘娘退下了。

圣上以手扶额："芯儿，过来，给孤按按头。"我点了安息香，走上前去，小心地按着。

"孤早年间打仗受的伤，埋下了隐患，如今一身的毛病。宫里的医官开的药，吃了跟没吃一样，不见效。倒是你常常给孤按按，缓解了不少，很是有用。孤就信你。"

"圣上龙体安康，乃万民之福。"我轻声说道。"孤身体越来越不好，宫里的戏一天比一天多了。"圣上颓然道。

我想了想，缓缓说道："您有好些日子没进后宫了。今天要不要……""殷氏那里去不得，她犯了错，让她好好反省一下，孤若去了，倒助长她今后的气焰。余者……也没什么可心的人。"他闭上眼沉吟着。

"圣上您喜欢白茶梅，殊不知这满宫里，清风殿的白茶梅开得最好。小院似在雪霜中。"我说道。

"哦？是吗？孤竟从未注意到。"圣上睁开眼，嘴里咂摸着："小院似在雪霜中。甚好，甚好，孤便去赏一赏那雪霜。"我心内一喜，面儿上淡淡地道："是。"

晌午，日头照得暖暖的。我跟随在圣上身后，从乾坤殿走到清风殿。

白茶梅开得如同满院子的霜雪。姜娘娘穿着一身素白的衣服，跟小宫女们在院中踢毽子。这些年，她远离权力中心，过着清净的日子，心无杂念，倒是不见老。算来她如今三十六了，看上去，倒好像跟殷氏差不多大的年纪。身段轻盈、娇俏。且，姜娘娘不喜戴首饰，也不爱涂脂抹粉，倒显出跟宫里其他女人们全然不同的清幽气质。

"188,189,190,191……"小宫女们数着，拍掌笑道："哇，姜娘娘好厉害。"君上眯着眼，看着那个白衣女人，仿佛在哪里见过，又是如此陌生。

小内侍通报了一声，院子里人连忙齐刷刷跪倒。姜娘娘忙行礼："圣上万岁。"

她十分的意外。她已经记不清圣上多久没来清风殿了。有年头儿了。"起来吧。继续踢。"他招手，小内侍搬了把椅子放在院中，他坐下来。听了这话，姜氏便又重新踢了起来。

圣上看着，慢慢地想起来了。这是他曾欢愉一次的女人。多年前，便是因为她毽子踢得好，像只小狐狸般灵动，被他在人群中一眼看中。只是那时，他还年轻，宫中的女人多，他留她在乾坤殿宿一晚，便忘却了。

"奴婢姜巧巧，拜见吾皇，吾皇万岁安康。"这句话在他脑海中闪过。"巧巧。"他喊了声。毽子从姜娘娘的脚下落下。她眼圈儿红了，一脸的受宠若惊："圣上竟还记得臣妾贱名。"

圣上清了清嗓子："你为孤生下小六，孤怎会不记得。只是，从前，事情多，少来你这里……"他说着，似乎又觉得很假，尴尬着，止了口。姜娘娘不在意。她站在满院子的雪霜中，看着他笑，仿佛他对她一丝丝的好，都令她受宠若惊。

在某一刹那，他竟觉得她与那白茶梅融成了一处，赏心悦目。有的人，竟要等到年迈，才觉出她的好来。

成筠河从外头走进来，他看到圣上，亦非常意外，忙跪下："拜见父皇。"圣上抬抬手，示意他起来："小六今年多大了？"成筠河愣了愣，答道："回父皇，十八了。"

圣上环顾着四周的恬静。

这是他的宫宇，他的女人，他的儿子。可他忽略太久。在如今宫廷乱糟糟的氛围中，他突然觉得这份恬静无比的可贵。

他坐在榻上跟姜氏母子俩说了会子话，申时方起身。刚回到乾坤殿，沈昼便来了。

"查明白了？"

"是。"

第十八章：宠妾

圣上跟沈昼密谈了差不多一个时辰。沈昼走了以后，圣上似乎是很疲惫，他一个人静静地坐了很久。我掩上门，示意内侍宫女们脚步轻一些。

晚膳时分，圣上唤我进去，说要摆驾萱瑞宫。萱瑞宫，便是太后的居所。离乾坤殿并不远。

崇庆太后高红袖，当年亦是一个宫女出身，为人机巧，工于心计，得以在后宫中步步高升。先帝麾垣五年，诞下三皇子，也就是如今的君上。麾垣三十三年，三皇子被立为太子。麾垣三十八年，先帝携太子御驾亲征，崩逝在淮水边的战场。

君王崩逝在外的消息传到上京，宫中大乱。高红袖被乱党挟持，却临危不惧："吾儿归来之日，便是尔等丧命之时！"

后来，圣上带着先帝的棺椁归来，清除了乱党，尊生母为崇庆太后，居于萱瑞宫，以天下养。圣上不喜人提太后是宫女出身，他命史官写：太后高氏，本朝旧族。为什么写"旧族"，明眼人都知道，旧族的言外之意就是没落，没落之前是什么，无从可考，这算是君王给自己的出身找的一块遮羞布吧。

圣上对母亲虽然极尽孝养，但母子俩的关系并不亲近，似乎在某些事情上有着很大的分歧。

我在宫中的日子，听到许多的传闻。据说，五皇子成筠涛自小养在太后宫中，很得太后的欢喜。她向圣上提过很多次，五皇子是可造之才，秉性纯良，心地仁善，有明主之风，当立为太子。

圣上知道，自己的五儿子并不像太后说的那么优秀，只是太后自小抚育他，格外偏爱而已。

太后说小五好，圣上若非说小五不好，便是公然反驳母亲，不合孝悌之义，只能拿出身做做文章。太后提过好几次之后，圣上便找了个借口回道："筠涛不可立，乃官人子。"哪知太后更加恼怒，大喝一声："圣上难道不是官人子吗？"你有什么立场嫌弃小五是官女的孩子呢，你自己也是官女的孩子啊。这句话将母子俩置于难堪的境地。

圣上当时不动声色地跪安，回乾坤殿后，砸了四个茶杯。这些消息在官人们私底下的交谈中被各种各样地渲染，增加了许多神秘色彩。

晚膳时分的萱瑞宫，散发着食物的浓郁香气。晚霞照得树影红红的。内侍通报了一声，董盈香和五皇子连忙迎了出来。

行过礼后，董盈香笑着挽着圣上的袖子："圣上您来得正好儿，臣妾今日给太后做的醉鸡刚熟。"圣上淡淡地点点头，看了一眼五皇子。五皇子胖墩墩的身体，小心翼翼地跟在董盈香的身后。圣上皱了皱眉。如同十指不一般长，做父母的对自己的孩子会有偏心。他素来不怎么喜欢自己的这个五儿子。

圣上走进殿内，高太后正歪在榻上闭目养神，手中摸着一枚竹片。

"母后。"圣上拱手。

高太后坐起身来，不咸不淡地朝董盈香说了句："给圣上端碗汤过来。"圣上笑道："母后，今日孤来不是喝汤的，是来告诉母后，筠淞受伤了。"

高太后重新歪在榻上，鼻子里发出一个"嗯"字。"伤得挺重。"圣上又说了句。

高太后看着他："怎么？圣上怎么对吕家的老三这么上心？男儿家，受伤流血都是稀松平常。你像老三那么大的时候，战场都去了四回。你父皇更不消说。江山是在血海里打出来的。身为皇子，受点伤，不该吵嚷得阖宫尽知。"

"母后，老三不是吕家的老三，是咱们皇家的老三。"圣上虽面儿上笑笑的，语气却很重。高太后道："哀家就知道吕德那匹夫不安生。现在满天下的世子都说着筠淞的好，说他是贤王。他们能知道什么贤不贤的，不过是受人指使罢了。"

"母后说这些，孤知道，孤自会处理明白。可母后拿筠淞的伤跟孤比，确实有失偏颇。战场上流再多的血，都是分所应当。然而遇刺就不一样了。"

高太后跟吕德有过节。当初迎吕樱进宫，她是百般不答应。奈何圣上当时从时局考虑，硬是做了这个决定。高太后也没办法。但她一直心里有梗，不喜吕樱和成筠淞。总觉得吕家的人狡诈。

"筠淞再怎么样，都是皇子，容不得人谋害。"圣上笑笑道："您说呢，母后？"高太后面上不好看，但还是点了点头。

"圣上要多注意。现在筠源在东宫反思，筠江是个废人，筠淞在余下的诸皇子中最是年长，那吕家便动了不该动的心思。狼子野心，断不能容。"高太后虽是70多岁高龄的人了，但尊养多年，说起话来，仍非常有气势。

圣上点头："谢母后提醒。儿自有分寸。"

董盈香端着汤过来，圣上手一翻，汤不慎泼洒了出来。一旁的小内侍忙过来擦，圣上站起身来，向高太后弯腰行礼："儿子回宫了，母后您多保重身体。"

圣上脚步走得很急。我跟在后面赶，心里基本有个判断。终于知道了圣上为什么看到刺客的眼睛后，会那般的为难。

刺客是太后派出的。圣上虽知道太后不喜欢吕氏和三皇子，但他一定没料到她会派人去落樱殿行刺。他不喜欢太后干预这些。好不好，都该由君王裁夺。

我琢磨着，原来，菜头的师父竟是太后的人，他是一个老内侍。怪不得声音听上去那么奇怪，尖尖的，不男不女。

可既然他是老内侍，为什么不留在萱瑞宫伺候，而时常去民间呢？这其中一定有什么不寻常的地方。记得菜头跟我说，他师父是个奇人，武功奇高，深不可测。那么，他一定不是一开始就是宫里的内侍，而是发生了什么事，后来才变成内侍的。

我正思量着，不觉到了乾坤殿。圣上命人将沈昼叫了过来："去落樱殿告诉吕娘娘和三殿下，便说刺客已经捉到，但咬舌自尽了，什么也查不出来。这件事，过去了便过去了。孤从此会加派各宫防御人手。"

沈昼说："若吕娘娘要看刺客的尸体……"圣上摇摇头："她不会的。她是个聪明人。"

"只是，如此这般，吕娘娘会不会更加认为刺客是东宫的人？"

"以为便以为。也没什么不好。东宫那边，若连这些都无法应付，也成不了大器。"

沈昼恍然大悟，领命退下。

圣上不排斥儿子们斗。就如同动物之间的厮杀，留下来的最后一个，便是最凶猛、最适宜生存的一个。江山需要延续，皇位上需要坐着一个最出色的帝王。只要儿子们对他这个君父绝对的忠诚就行。他们背地里那些争斗，他视若不见。

突然，听得一阵急促的脚步声。"报——"一个士兵装扮的人举着一封折子跪在地上。圣上理了理衣冠："何事？"

"高丽大捷！殷将军三日后班师回朝！"

圣上大悦，接过折子，细细看完，笑将起来："好，好，好。"这三个"好"字令乾坤殿上上下下的人都松了一口气。近日来，圣上面色一直不好看，他们做什么都蹑手蹑脚，唯恐撞到了枪口上。

那晚，圣上去了棠梨院。殷将军立了功，圣上顾念起殷氏一门的忠烈，对殷雨棠动了怜惜之心。沉寂了许久的棠梨院，复又热闹起来。

不觉到了腊月，下了薄薄的两场雪。圣上现在肯踏足的地方，只有两处，除了棠梨院，便是清风殿。

姜娘娘虽不如殷贵妃那般得宠，但到底跟从前大不相同了。君上时不时去坐一坐，命姜娘娘踢毽子，他给她数着。偶尔，两人一起赏赏花，喝一盏清茶，说几句话，一派温馨的景象。

宫里的局势，浮浮沉沉，再一次变化。皇后犯下谋害君王的大错，自是无法翻身。依圣上目前的表现来看，没有力挺东宫的意思。太子地位摇摇欲坠。有武将在朝堂上提出，本朝乃武力打天下，当重武轻文，压制文官的权力。圣上新颁布"文官流动制"，就是文官在某一处任职，不得超过三年。这样一来，大大减少了文官党羽的培植，势力的扎根。吕氏一门，大受打击，许多人被君上派到偏远的地方去做官。

三殿下吟诵一句"寂寂江山摇落处，怜君何事到天涯"，被宫人密报给了圣上，圣上大怒，叱责道：果然长了一颗歪心！从此，落樱殿便被君上冷了下来。至于五皇子，由于长得太胖，高丽受降礼上，惹得许多外夷悄声议论。圣上觉得很是没脸面，将他身边伺候的宫人们通通打了一顿板子。

如此一来，从前最不受圣上注意的成筠河，倒成了君上已成年的皇子中，还算讨喜的一个人。起码，无功亦无过。

当然，最受瞩目的，还是年幼的七殿下，集万千宠爱于一身。

第十九章：胭脂

自我在乾坤殿当差，成筠河每隔几日便会来看我。

皇子是可以出宫的。他有时去了宫外，见着什么稀奇的事，便会讲给我听。碰到好玩儿、好看的、好吃的，也会带回来给我。

上京富庶，百姓们的生活丰富多彩。成筠河跟我说，逢着每月的月圆之日，长街上唱曲的、说书的，一夜不休。一排排的灯笼，如星河一般。

"星河……"他念叨着，我一时没反应过来。他的眼神和煦极了："芯儿，星儿，是一样的念法，我每次听到星河二字，就很亲切，感觉像是念着我们俩的名字。"我张了张嘴，想了想，说道："我小时候的名字，便是星儿，星河的星。我还有一个妹妹，叫月儿。"

他笑着："原来我的感觉不是没来由的呢。我以为你只有一个弟弟，原来你还有个妹妹。你妹妹月儿呢？她现在还在禹杭吗？"我捋了一下额前的发："我妹妹月儿……与我走散了。"

成筠河扶着我的肩："星儿你莫难过，我帮你找妹妹。另外，我还会遣人去禹杭给你弟弟送钱，让他过富足的生活。"他一直都以为菜头是我的弟弟。

说起菜头，我进宫以后，常常会想念他。想我们一起吃的苦。有一回，跟我一起洗澡的小宫女说："陆掌事，你的身上竟然有那么多伤疤。"是啊，我身上那么多的伤疤。每一道都代表着我与菜头流浪街头行乞的曾经。菜头是个倔强的人。我知道，他一定不会要成筠河的钱。

"往后，我就叫你星儿吧。星河的星。"成筠河看着我。他真的是一个温柔的男人。他的温柔，如水一般。那水涓涓地淌过我心头、似乎是在缓缓地抚平着什么。

成筠河从怀里掏出一盒胭脂，用手指轻轻给我点上。我想起前阵子说的话，便问："这就是你用木芙蓉做的胭脂？"

"嗯。这世上只你一人独有。"

抹完，他递给我一面巴掌大的菱花镜："这是我在京城的朱颜坊买给你的。""好精巧的镜子。"我说。他眼里有一点点的失落，长长的睫毛垂下来："……就这样？"我笑着轻推了他一把："好精致的胭脂，行了吧？"

他咧着嘴，细细打量我："星儿，擦上这胭脂，你就是一朵清雅的木芙蓉。"我小心将镜子与胭脂收进怀里，问道："筠河，近来是不是联络你的朝臣比往日多了？"他点点头："是。不知这些人是怎么想的。见大哥、三哥、五哥都不讨父皇的喜欢了，便对我热情起来。我怎么可能有希望？没了哥哥们，还有七弟呢。横竖不是我。"

"筠河，作为皇子，你对龙椅一点兴趣都没有吗？"

他摇摇头："生在天家，得一世富贵，已经很好，不可贪求太多。"我正色道："筠河，你有没有想过，坐上那个位置，并非只是贪图。大丈夫修身齐家治国平天下。让百姓安康，让国库充盈，像太祖皇帝和你的父皇一样，开创盛世，流芳千古。"

成筠河伸出手指捏了捏我的鼻子："星儿，你比我还像个大丈夫。你是在哪里懂得如此多的道理？"

我脑海中一刹那回到小时候在水府念书的光景。爹是一直把我当作男孩子一样栽培的。

"我，我趴在富人家私塾外的窗户偷听到的……"我说。成筠河笑道："偷听的都学得这么好，星儿你是奇才。若有一日，我得了这江山，都交给你掌管——"我慌忙看了一下四周，捂上他的嘴："六殿下你需慎言！这是杀头的罪过，怎么可以讲这样的玩笑！"

被捂住嘴的他说话含含糊糊的："反正我也得不了江山，不过是胡说八道的啊。"

我松开他，他呼了两口气说道："星儿，其实，说到大丈夫，我们几个兄弟中，你猜我最服的是谁？"

"太子？"

他摇头。

"三殿下？"

他摇头。

"总不会是你那个胖五哥吧？"

他忍不住说道："是我二哥。你想不到吧？"

"二殿下成筠江不是……天生有缺吗？"我疑惑道。入宫这么久了，我从未见过他。这个生下来便一条腿残废的皇子，所有人都习惯性地将他忽略。圣上一提起，便说他是个废人。仿佛"废人"这两个字，已是烙在他身上的印记一般。

成筠河神秘地说："二哥才不是废人呢。吴家从前很风光的，骠骑将军吴纲，丝毫不亚于现在殷贵妃的哥哥殷将军，甚至更胜一筹。当年吴纲西南一战，保我边境二十多年的平安！蛮夷闻风丧胆，不敢来犯。可惜啊……"

"可惜什么？"

"可惜吴纲将军不擅为官，在官场上得罪了不少人，后来有人告他在京郊圈占民田、欺压百姓，父皇很不开心。加之，吴贵妃生了二哥是天生有缺，太常大人便给父皇进言说吴家不祥。后来，吴家渐渐地没落了。吴贵妃疯疯癫癫的，在瑶池殿，常年足不出户。"

见我听得入神，成筠河接着说："我们清风殿常年在宫里是可有可无的存在，父皇十八年都似乎是想不起我们母子似的。可能同为宫中冷落人吧，二哥从不与别人说话，倒肯跟我讲几句。好几次，在宫中花园或是水池边某个角落遇见了，他跟我聊起来，那等学识、见识，竟比尚书房里耀武扬威的太子哥哥还强上许多呢！只是，他总避着人，旁人不知道罢了。"

"哦？"我兴致勃勃地听着。成筠河说："这宫里的人啊，都有一双势利眼，拜高踩低的。二哥早就活明白了。世人不跟他一处，他也不跟世人一处。"

冬季，园子里的木芙蓉也谢了，只有蜡梅幽幽地吐着香。

有小内侍来唤："六殿下，圣上有请。"成筠河说："直隶近来邪得很，入冬以来，连发了三场大火灾。民间百姓传说有异象，闹得沸沸扬扬。父皇找了太常大人卜卦。一群内阁大臣在乾坤殿议事。父皇定是为这事唤我呢。近来，好多政事，父皇都让我旁听。"我笑道："那你赶紧去。好好跟那些为官做宰的大人们学学。"

待他走后，我让小丫鬟拿来一个花瓶，想着折些蜡梅给姜娘娘送过去，略尽一尽心。

抱着蜡梅往清风殿的路上，经过瑶池殿。本来，从未注意过这里。今日听成筠河说了那些话，倒让我禁不住好奇。瑶池殿外是一小片竹林，一条幽深的小径。我抱着花瓶往里走，听到一个声音："姑娘找谁？"那声音清晰而脆利。我一偏头，看到一个男人躺在一张摇椅上。那男人穿着天青色的衣衫，一张方正的脸，眼睛黑而深。

我曾经觉得太子和成筠河眉眼长得有些像圣上，可终究他们汲取了他们各自的母亲一些特点，并不是完全像。而眼前这个男子，简直跟圣上那张脸一模一样。

我马上弯腰行礼："参见二殿下。"他微怔："你认识我？"我笑道："您长得跟圣上一样，奴婢猜的。奴婢是乾坤殿的掌事宫女陆芯儿。"

他打量着我："好一幅严冬抱梅图。我以为你是哪家公侯大人家的小姐，入宫迷了路。"

"奴婢谢二殿下夸奖。可奴婢瞧您才像是画中人。超然世外。"

想到成筠河夸他的那许多话，便莫名对他很亲近。

"殿下，王妃叫您。"一个小宫女来唤他，他起身往里走。待他起身，我才看清楚，他的一条腿果然是残缺的。看着他一瘸一拐的背影，竟觉得那么荒凉。

到了清风殿，我送上蜡梅，姜娘娘笑着接过："你有心了，孩子。"

我与她坐在软榻上说了会子话。

我说起："二殿下娶过亲了？"姜娘娘笑道："定是小六跟你提起筠江的吧。小六那孩子，在他的哥哥里，最喜欢他二哥，常偷偷去瑶池殿找他呢。筠江虽然身体有缺，但到底是皇子，正经八百的王爷，年岁不小了，自然是娶过妻的。嫡妃胡氏，虽小官吏府邸出身，但姿容美艳，娇媚鲜妍。几个月前听说，有喜了。"

"东宫女人甚多，太子老早就想给圣上生个皇孙，博圣上的欢喜，可一直没有动静。倒是一直被冷落的筠江，先有了好消息。可见这人间事啊，说不得的。"姜娘娘感慨着。

晚间，我在乾坤殿收拾圣上的书桌。沈昼来了："圣上，直隶又起火了，这已经是第四场火灾了，这次烧得更邪，一座山连着一座山，附近的百姓都遭了殃……"

圣上用手揉着桌上的一张纸，揉得皱皱巴巴。

"太常说，这是灵异之火，沈昼你怎么看？"

沈昼迟疑了一下："臣说不好。鬼神之说，不可尽信。却也……不能不信。"

这时，一个小内侍急匆匆地跑过来。"大喜，君上大喜！"圣上正为失火的事情烦躁，骂了声："无知的畜生，喜从何来！"小内侍喘口气，结结巴巴地说着："峪王妃生了！是个男孩儿！白白胖胖，好着呢！圣上快去瞧瞧！"

二皇子，受封峪王。这个，圣上还是记得的。只可惜，他一直认为这个儿子不祥，从不踏足瑶池殿，连峪王妃怀孕他都不知道，竟一下子生了。

只见天地之间，忽地雷电交加，风雨大作，雨点似鼓点气势磅礴。沈昼说："这雨下得如此之大，直隶的大火想必有救了。"

雨铺天盖地下着。圣上冒雨乘撵去了瑶池殿。

第二日上朝，果听官员汇报：直隶大火灭了，实乃天助。

圣上捋须笑言："诸卿，昨夜孤得皇长孙之时，雷雨大作，今日听得火灭，实乃圣雨灭火，上上的祥瑞。孤便为皇长孙取名为'炽'，何如？"

众人见圣上在兴头上，忙齐刷刷跪下。齐声说道："好圣孙！"

第二十章：乳娘

皇长孙成炽的降生，对于宫中诸人来说，如同一块巨石投入水中。

圣上已然六十，孙辈中却一直无人，皇室人丁稀薄。如花似玉的女人一个接一个地进了皇子的宫宇，却总也听不见婴孩的哭啼。不得不说，这是一件十分蹊跷的事。

江山需要传承，子嗣自然是越兴旺越好。为此，圣上在十年中，三登泰山祈福，却依然无甚作用。

如今，终获皇长孙，可见圣上有多么的欢喜。

腊月廿八，皇长孙洗三，阖宫欢宴。圣上举杯向着众人："炽儿是个好的开头，愿天佑皇家，子嗣兴旺。"众人齐声说道："圣上之福，泽被子孙。"

我站在圣上身后倒酒，打量着在座的人。东边第一个位置，坐的是太子。因着这件天大的喜事，圣上一时高兴，解了他的禁足。他脸上始终堆着笑，那笑却云山雾罩，让人看不清他心里究竟在想什么。

东边依次是二皇子、三皇子、五皇子、六皇子。七皇子因为年幼，与他的母亲殷贵妃坐在一处。

西边第一个位置，向来是殷贵妃坐着的，可今天坐的，却是吴贵妃。吴贵妃已经很多年没有出席这种场合了。这一次，圣上却执意请她出来。毕竟，二皇子是她的孩子，是他与她有了孙子。

吴贵妃位分与殷贵妃平级，因进宫年份久，理应更尊些。她出来了，殷氏的位置便被挪到第二个。殷贵妃抿着酒，笑着说："姐姐好福气。"

"福气"二字咬在齿间，似乎被吹进一股一股的寒风。听了她这句话，圣上转动了一下手中的酒杯，跟吴贵妃说："阿瑶，你上来坐吧。"在场的所有人都愣了一下，殷贵妃更是毫不掩饰地拈酸。

圣上旁边的位置本应是皇后的，但如今骆静姝在凤鸾殿幽禁，位分名存实亡，所以，现在在圣上旁边的位置是空着的。叫吴瑶上去坐是什么意思呢？难道……有立后立嫡之意？

所有人的目光都投向吴贵妃，她却面儿上淡淡的，摇了摇头，弯腰谢绝了圣上的好意。

片刻的工夫，她犯了头疼，宫女们忙递上药来。圣上见她面色苍白，便命人送她回瑶池殿休息。

二皇子也告了退，说要回去陪伴母亲。孝心焉有不允之理？圣上点了头。于是他们一行人告了退。

吕樱捏着一枚梅花饼，咬了一小口，似笑非笑道："这吴姐姐性子且傲着呢，圣上不理她，她清清冷冷的。圣上抬举她，她还是清清冷冷的。好似全不在乎。"董娘娘说："吕姐姐，话不能这么说，贵妃娘娘身体不好，谁人不知。"她把"贵妃娘娘"四个字咬得很重，意思是吴瑶这些年再怎么不如意，到底是个贵妃，位分比吕樱高。

殷贵妃拿眼睛扫了一下两人："二位姐姐，瞧见了吧，咱们圣上爱孙子，赶紧让筠淞、筠涛加把劲儿吧。"董娘娘说："再怎么使劲儿，都不是皇长孙，差着一大截子呢。"这句话戳痛了在场很多人的心。

舞姬们跳着喜庆的舞蹈，红色的水袖在空中挥动，像一团团的火。萱瑞宫的掌事宫女走过来，董娘娘忙起身："太后传唤，臣妾先告退了。"

过了腊八，太后就一直躺在萱瑞宫的榻上，说是病了。圣上去看过几回，又吩咐医官日日去请脉。一碗碗的药端过去，太后却总也不见起身。这样阖宫欢庆的日子也没来。

圣上点点头："你去吧。好生照顾母后。"五皇子正犹豫要不要起身跟着母亲回去，圣上就呵斥了一声："孽障！你皇祖母平素里最疼的就是你！你不赶紧回去榻前承欢，还在这里做什么！"五皇子连忙起身，跪了安就跟在董娘娘屁股后头走了。

大殿里空了不少。太子拱手说道："父皇，这几日冬雨连绵，愈发冷了，早起儿臣便觉得有些鼻塞，现下，脑袋昏昏沉沉，想……"他话还没说完，圣上便皱了眉："筠源，这雨灭了直隶的火灾，是圣雨，喜雨，怎么会冷呢。孤像你这般大的时候，身体好得不得了，身上跟个火炉似的，何来怕冷一说？你呀，终是缺乏历练之过。"

早些年，他不是没有想过让太子去战场。可许多大臣竭力反对，他们害怕再出现先帝时那样的宫变，竭力主张储君留在宫中。故而，成筠源至今没去过战场。

太子听到皇父指责，一声儿也不敢再言语。

殷贵妃使了个眼色，七殿下走到圣上身边，举着一块酥饼，奶声奶气地说："父皇吃，父皇吃。涵儿最喜欢的酥饼，给父皇吃。"稚子可爱，圣上的怒气一扫而光，他逗着眼前的小儿子："涵儿最喜欢的，怎么舍得给父皇啊？"只见眼前的小人儿从容跪在地上，大声说道："儿臣之所有，尽为父皇之所有。普天之所得，尽为父皇之所得。"

圣上哈哈大笑起来，将他抱在膝头。

宴席散了以后，圣上跟着殷贵妃母子去了棠梨院。余下人等，各自回宫。

成筠河走到我面前："星儿，你冷不冷？""不冷。"我摇摇头。他抓过我的手："还说不冷，凉得很呢。"

他从兜里拿出来一副兔毛手套给我戴上。那兔毛软极了，一戴上便暖烘烘的。

我跟成筠河站在角落里说话："姜娘娘真是淡定，圣上去清风殿，她欢喜。不去，她也平和。从不说酸话。宫里谁得了势，她也不去捧。谁失了势，她也不去踩。就那么淡淡地，过自己的日子。"

成筠河点点头："我母妃一向如此。二哥受冷落的时候，她常常送东送西，去探望什么的。现在，骤然门庭热闹起来，母妃反倒不去了。她说，雪中送炭就可以，锦上添花就没必要了。"

"你二哥生了孩子，圣上天大的欢喜，你没瞧见那几位的脸色？不定心里打什么主意呢！"

"不至于吧……"成筠河笑笑道，"稚子无辜。"

"且等着瞧吧。宫里定会出事。"

成筠河拿双手捧着我的脸："你呀，别瞎操心了，瞧你脸冻的。以后在乾坤殿当差，别那么勤谨，能躲懒就躲懒。心疼自个儿。"

"你去看过你二哥的孩子没？"

"看过了，很是可爱。"他拉着我的手，朝我眨巴了一下眼睛："星儿，你既那么好奇，我现在带你去看看吧。"

地上的雪落了一层，木屐踩上去，咯吱咯吱的。瑶池殿门外的小竹林在风雪中更加清雅。

雪竹低寒翠，风梅落晚香。

瑶池殿的宫人们见到成筠河，似乎并不意外："六殿下。"成筠河点点头，口中唤着："二哥——"

"小六来了。"还是那个清晰脆利的声音。二皇子迎了出来，看见成筠河身后的我，他微微愣了一下："陆掌事。"成筠河笑道："二哥，星儿想看看小侄儿，我便带她来咯。""星儿"这两个字又让二皇子诧异了几分。

他平复了一下神色，带我们走到里间："看来六弟跟陆掌事很熟啊。"皇子们跟圣上身边的人走太亲近，总带着几分阴谋的色彩。我想解释什么。成筠河却咧嘴说道："星儿是我从禹杭带到京城的，我们自然熟啦。"

峪王妃胡氏尚在月子中，戴着头巾。面色有些苍白，却仍然袅袅婷婷，十分美丽。皇长孙成炽长着一张圆圆的脸，皮肤很白，不过才三天，就已经睁开了眼，眼睛黑碌碌的。真是个英俊的孩子，怪不得君上那么喜爱他。

我抱着皇长孙，不由得想起多年前母亲生月儿的时候，我是那般的娇纵，我不许旁人抱，我说月儿是我妹妹，只能我抱。好多次，都是我搂着月儿睡着了，母亲才从我手中把月儿抱走。

看着眼前这个婴儿，我更加想念月儿了。我那苦命的幼妹，刚生下来两个月，家里就遭了那么大的变故。她如今是死是活？在天涯何处？我们这辈子还有再见面的机会吗？

"怎么，陆掌事想起什么伤心事吗？"二皇子问道。"没，没，皇长孙太可爱了，奴婢看得都目不转睛了。"我笑着，复又将孩子递到乳娘手中。

"六弟和陆掌事请厅上坐，我命人斟两盏武夷茶给你们喝。"二皇子说。成筠河笑道："二嫂是武夷人氏，二哥这里的武夷茶最是好喝。"

他拉着我往厅中走。

"不对！"我猛地回头。成筠河愣了："星儿，你说什么？"

我猛地夺过皇长孙，交到成筠河手中，然后指着那个乳娘："她面色不对！有蹊跷！"

乳娘神色慌张。我掐住她的脖子，她嘴角流出黑色的汁液。

"快传医官！这个乳娘服了毒，毒液会从乳汁传给皇长孙！"

峪王妃胡氏大骇，抱过孩子，哭道："我的儿——"二皇子倒冷静许多，吩咐一个内侍："赶紧去传医官。"然后吩咐另一个内侍："去棠梨院告诉圣上，就说皇长孙遭人谋害了！"

第二十一章：秘密

夜很深了，风越吹越烈，雪越下越密，在天地间织成一张白网。

圣上急匆匆地赶来，身后乌泱乌泱地跟着一大群人。

殷贵妃穿着红色镶金丝的斗篷站在圣上身边。

她用手抚着圣上的胸口："您顺顺气儿，千万别急坏了身子。"

二皇子跪在圣上的脚边，哀泣："父皇，多年来儿臣战战兢兢，在这宫中谨小慎微地活着，从不敢逾矩半步，也不曾得罪过什么人，究竟是为何引此滔滔殃祸？"

圣上的手气得发抖："不是你得罪了什么人，而是有人容不得孤的长孙！"

医官细细地检查着孩子的中毒状况，峪王妃哭得凄凉不已。

有内侍搬了把椅子，圣上坐了下来。

"把那个乳娘带上来！孤要亲自审！"

那乳娘约莫30岁，身姿丰腴，一双狭长的眼。

她自知事情败露，大祸临头，却低着头，不求饶，不吭声。

"说，是谁派你来的——"圣上的眼睛寒气逼人。

乳娘仍是不作声。

"去传沈昼，叫他把锥心针拿过来。"圣上吩咐着。

那针乃沈昼独创，细如毫发，头部有一个小小的弯头扎到人身上，如小蚂蚁在爬，钩人的血肉，如锥心之痛，故而叫作锥心针。

少顷，沈昼来了，他把针一根根地插进女人的体内。

女人疼得脸色惨白，这严冬时节，额头上竟滴下豆大的汗珠。

沈昼冷冷地说："你不说，咱们就慢慢扎，我会用内力把针逼入你的心脏，你死的时候，心脏将被扎得稀碎。"

玄离阁的手段真真让人毛骨悚然。一旁的成筠河闭上了眼，他见不得这样的酷刑。

女人疼得昏死过去。

沈昼命人提过来一桶冰水，兜头浇下去。

一旁的殷贵妃说："圣上，看来这贱人是个硬骨头，打死她恐怕也不招。不若，命内廷监查出她的出身，将她的父母丈夫孩子都捉过来，当着她的面施刑，看她招不招。自己一条贱命不足惜，难道还想连累家人不成？！"

圣上点了点头。他不经意地扫了一眼殷贵妃，似乎在思虑着什么。

不多时，内廷监查出来，这女子父母早年俱亡，嫁得一夫，生有一子，前不久丈夫病逝，婴孩也莫名夭折了，现已无亲人在世。

"看来，背后那个人已经做好了万全的打算了。找了个没有亲人在世的。好周全。"圣上冷笑着。

医官回禀道："臣已为皇长孙做了周密的检查，这女子服毒已经两日了。这是药性甚缓之毒，故而，一时半刻无法察觉。但一个月后，便会毒性发作。到那时，众人只会觉得是皇长孙身体羸弱，自然夭折。幸而陆掌事懂些医术，及时看出不妥，否则，必酿成大祸。臣已开了解毒的药，现下需抓紧找个妥当的新乳娘，让她喝下解药，再通过乳汁喂到皇长孙的口中。"

圣上朝内廷监掌事一挥手："你去办。"

内廷监掌事忙领命退下。

女人被沈昼泼了冷水，慢慢睁开眼睛。

殷贵妃凑到君上耳朵边悄声说了句什么。

圣上点点头，吩咐道："兹事体大，必须查明。把瑶池殿所有的宫人，以及跟这个女人接触过的阖宫所有的内侍宫女侍卫，全部找来。孤就不信，会找不到一丝线索。"

天子一怒，势不可当。

在场的人都吓得直哆嗦。生恐灾祸延及自身。

大约半个时辰，人都带齐了，齐刷刷地跪了一院子。

殷贵妃说道："你们谁知道什么，主动说出来，赏黄金百两。若知情不报，一旦查明，与这个贱人同罪，千刀万剐。"

一众人等顶风冒雪跪在地上。

千刀万剐四个字，比风雪更让人战栗。

圣上扫了一眼众人，这个在沙场上驰骋一生的男人杀气腾腾。

他抽出剑，一剑刺到其中一个人身上，那人登时倒地死了。

鲜血流在地上。人群喧腾起来。

这时，有个小内侍说道："小的是瑶池殿扫庭院的，见守门的侍卫张大哥近来颇不对头，他一向爱赌钱，逢着出宫的日子，还爱喝喝花酒。故而，常常钱不够花，四处借债。近来他却突然很阔绰，问他在哪里发的财，又不肯说……"

有个侍卫说道："守门的张侍卫跟那个乳娘有一腿！我好几次看见他们鬼鬼祟祟在一处！"

其他几个人也叽叽喳喳说起来："对，我也看见过……"

沈昼一把揪过那个张侍卫，将他拽到人前，他此时已呆若木鸡："不不不不，跟我没关系……"

圣上冲沈昼点了点头，沈昼开始施刑。

这厮比他的女人孬多了，锥心针刚下去两针，便屁滚尿流说道："是，是马詹事，马詹事让我做的，他向我保证，一定不会被人察觉，到时候，到时候皇长孙夭折得无声无息……圣上饶命啊，圣上饶命啊……"

殷贵妃诧然道："马詹事？可是东宫的马詹事？"

圣上大喝一声："闭嘴！"

东宫的管家，称之为詹事，掌管太子一应大小事宜。

满宫里就这么一个詹事。

他原本以为是殷家做的，要么，就是吕家做的，或者是董氏，但他没有想到是太子。没有想到他的长子如此不堪，没有想到东宫如此失德，竟会朝一个襁褓婴儿下手。

圣上感到一阵眩晕，他害怕接近这个真相。

他站起身来，吩咐着沈昼："将马詹事带去天牢细审。乳娘和侍卫，杖毙。"

他往门外走着，背影愈发老迈和颓唐。

二皇子突然拉着峪王妃以头触柱，沈昼忙眼疾手快去拉，饶是如此，二皇子的额角还是被碰破，流了一大摊血："这宫苑深深，这雕梁画栋，已容不得儿臣。父皇，既是皇兄有旨，那儿全家赴了黄泉便是。"

圣上走到他面前，拍拍他的肩膀，半晌，开了口："筠江，你不必怕。孤还没驾崩，还轮不到你皇兄有旨。你放心，这件事，孤一定给你个交代，也给所有人一个交代。"

是夜，马詹事被从东宫带走。

据说睡在榻上的太子被动静惊醒，慌忙出来拦阻，一个趔趄摔倒在院子里。

天牢的烛火一夜未休。

玄衣郎包围了东宫。

那晚，我拉着成筠河跌跌撞撞地从瑶池殿走出来。

"星儿。"他喊着我。

"筠河，我在这里。"我握着他的手。

"星儿，为什么大哥要害二哥的孩子。"他的嘴唇苍白。

身处天家，他不得已看到一幕幕的阴谋。

"筠河，这些都与你无关，你回去好生安歇，明儿我去清风殿给你做梅花饼。"我温和地说。

"星儿，以后我们永远都不这样算计，好吗？"他看着我的眼睛。

"好。"我轻轻地拍着他的手。

乾坤殿里，圣上坐在书桌前，不许任何人去打扰。

子时，沈昼过来回话。

我欲去掌灯。

圣上开了口："莫点灯。"

"是。"

于是，沈昼在一片漆黑中回话。

圣上艰涩地开了口："招了？"

"起初咬紧牙关，誓要对主子忠心耿耿。用了两个时辰的酷刑。招了。"

"是……筠源？"

"是。"

"一个孩子而已，何至于……"

"近来宫中传得沸沸扬扬，皇长孙乃祥瑞之子，承天命而生。且古来曾有过皇长孙继承大统的旧例。故而，太子殿下……"

圣上摇摇头："你下去吧。"

沈昼问道："可需带太子殿下前来问话？"

"不必了。"

我在乾坤殿门口拦住了沈昼。

他愣了一下："陆掌事有何贵干？"

"没什么，今晚这出戏惊心动魄，想跟沈大人聊几句。"我说。

"据沈某观察，陆掌事似乎跟六殿下走得亲近些。怎么？对太子和二殿下的事也有兴趣，还是说，六殿下示意你来问问其中详情？"

"一则，我只听命于圣上，跟六殿下只是一点子私交；二则，六殿下是什么人，沈大人阅人无数，还看不出来吗，他会干涉这些吗？躲都来不及。"

087

沈昼笑笑道：“那么，陆掌事想聊什么？”

“从乳娘的咬紧牙关，到乳娘孤苦伶仃的身世，到小内侍惊恐之下招出张侍卫，再到张侍卫招出马詹事，这一环一环，好缜密。可就是因为太缜密，我反倒觉得不寻常，有猫腻。”

“可如若不是你及时发现，今晚这件事便不会发生。难道这个环节，对方也能算到？”沈昼皱眉。

“我也想过这个问题。结论就是，没有我，还会有旁人挑起这个契机。只是由于我突然发现，事件便提前发生了而已。”

“陆掌事怀疑这件事的幕后主使另有其人？”

我点点头。

“你凭什么这么判断？”

“我凭感觉。”我直视他的眼睛。

沈昼严肃地说：“陆掌事，查案最忌讳的，便是凭感觉。人的感觉是不可靠的东西。”

他飞身走了。

我回到房中，又将前前后后发生的所有事，众人的表现、细节，捋了一遍。

过了年。大章二十八年正月初五。第一次朝会，圣上颁布的第一道政令，便是废太子。

第二十二章：楚王

废太子是大事。自古以来，储君的废立，君王都要拜宗庙，告天地。

由于宫内出了这样的大事，这个年过得颇不太平。圣上心情不好，好些天脸上不见笑容。六宫之内，人心惶惶。连平素里最招摇的殷贵妃，也收敛许多。

满宫不闻歌舞声。

初五的朝会上，废太子的诏书一出，竟没有一个大臣站出来求情。混迹官场，他们都是有眼色的人。眼看着东宫倒台了，他们不会去陪葬。

站出来踩一脚的人，倒是有。太子洗马吴秉通说道："太子乃骆皇后所出，骆皇后并非公侯之女，门楣有缺，当年乃殷侯力荐，继位中宫。如今，太子被废，骆皇后这中宫之位，易主方是情理之中。"

圣上眯起眼，盯着他："哦？以吴卿之见，谁来坐这中宫之位合适啊？"吴秉通跪地启道："贵妃殷氏，其祖父乃沐雨阁开国六功臣之一，其父殷侯乃当朝重臣，圣上的左膀右臂。其兄长殷将军，不日前攻打高丽，立下泼天功劳。她又为圣上诞下七皇子，聪颖有加。无论从各方面，殷贵妃都是中宫的不二人选。"一旁站着的几个大臣，频频点头。

圣上站起身来，在龙椅边踱了几步。"吴卿想得真周全啊，方方面面都替孤想到了。你说孤赏你什么好呢？"吴秉通脸上溢满了喜色："身为臣子，为君上着想，乃天经地义的本分。"

眨眼之间，圣上脸色一变："你这般擅于投机拍马，孤便赏你去琼州做个县令吧。"琼州乃偏远荒蛮之地，从五品的太子洗马贬去琼州做县令，无异于流放。

吴秉通不停地磕头，口中哀求道："圣上开恩，圣上开恩啊……"一旁点头的那几个大臣登时吓得面如土色。

圣上冷笑道："身为太子洗马，职责本应是教太子政事、文理。如今，太子犯了错，你不反思自己的过错，反倒琢磨起孤的中宫来了。中宫乃孤的家事，轮不到你多言！"

此话一出，殷侯与殷将军面色上很难堪。虽君上没有针对殷家，但吴秉通是拍殷家的马屁获罪的，君上这是何意呢？难道压根儿没打算立殷贵妃为后？难道君上对囚禁在凤鸾殿的骆静姝还有旧情？

朝中诸人各怀心思。没有人再敢出头说什么。本以为太子倒了以后，殷家该一枝独秀了。可圣上朝堂上来这么一出，这下子谁都不知道，风向下一步该往哪儿刮了。

正月初八，圣上开宗庙，告祖宗神灵：东宫德行有亏，不堪大任，辱没皇家，现废之。望祖宗庇佑，佑孤另择贤明储君，江山万年，福寿永昌。

正月十三，赶在元宵佳节之前，圣上下了第二道圣旨：废后。

这又让众人炸开了锅。当初，骆静姝犯下谋害圣躬的大过，圣上只是罚她幽禁，留着她的中宫之名，如今怎么突然废了呢。

成筠源被改立为"楚王"，前往荆楚封地。圣上还是念着数十年旧情的，特许骆静姝跟着儿子一起去了封地。

他们离开宫廷的时候，是傍晚。清冷的正月里，天空像是墨水洗过的布。圣上在乾坤殿里伏案许久，抬头问我："芯儿，现在是什么时辰了？"

"回君上，酉时了。"

"陪孤走走吧。"他起了身。我知道，他下意识里，还是想送一送骆静姝和成筠源的。只是他绝不会开这个口。

果然，他走着走着，就走到了宫门口。马车刚好经过。骆静姝穿着一身素色的衣衫，远远地看着圣上笑了笑，似乎在说着"不必送"。

圣上满是风霜的眼睛里竟然落下了几滴眼泪，只是很快就擦去了。这毕竟是做了他二十八年正妻的女人。什么叫妻？妻，妇与夫齐者也。宫里的女人这样多，可只有她是一直与他并肩而立的人啊。

"那年，在禹杭，西湖行宫，静姝是很美的……"圣上转头，往宫内走着，边走边念叨着："静姝是很美的，她是很美的……孤真是怀念禹杭啊。"他怀念的，到底是禹杭，还是年轻时在禹杭的岁月呢？

太子仍主位东宫的时候，他还有理由留着她的凤位。可太子废了，皇后一日不废，太子一日还是嫡子。身居高位而无权，越发遭人惦记，却没有还手之力，境况越危险。不如，母子俩到湖广封地，去过安生的日子。

圣上什么都考虑到了。于是，就这样，赫赫扬扬了很多年的皇后和太子，悄悄在宫中寂灭了。

元宵节，殷贵妃代行皇后之职，受朝中命妇的拜见。七皇子被封为"淮王"。其他皇子都是成年了才被封王，只有七皇子是个例外。且，淮字，代表淮水。当年君上就是"淮水一战"，统一了南北，淮水，乃圣上福地。将福地的名字给了七皇子做封号，可见圣上的重视程度。

与此同时，君上命二皇子"殿前议事"。这是一个非常重要的决策。皇子议事，意味着参政。

从前，因为身体原因，二皇子从不在人前出现，朝中大臣常年见不到他的身影，所以一直都忽视他。如今，圣上让他在殿前议事，大臣们方才发现，这位残疾皇子胸有大才，竟比前太子成筠源更胜一筹。于是，皆不敢轻慢。

两广总督来京贺岁，进贡了几盆墨兰，慰严冬荒芜之色。

乾坤殿里，我给墨兰松土、浇水。圣上说道："孤不喜欢一枝独秀。"我知道，他表面上是说花，实则，在说政事。赏罚之间，翻云覆雨，皆让人看不透。这就是君王。

皇长孙的毒解了，我随君上去瑶池殿看过几次，孩子白白胖胖，长得很好。没有人再提上次的中毒事件。只有我，总是在琢磨着，幕后真正主使，到底是谁。

二皇子和殷贵妃都是这件事的直接得益者。那么，是他还是她？

正月倏尔过去了，二月来了。

圣池边的柳树绿了，成筠河拉着我采嫩绿的柳枝。他用柳枝编成环，戴在我头上。

我与他取笑道："怎么？不给我戴金冠银冠，给我戴柳条冠啊。""赶明儿我给你凤冠霞帔。"他一脸认真。

"只有正妻才能凤冠霞帔，你一个王爷，怎么可能娶我做正妻啊。"

"我就要娶你为正妻。"他执拗着。很多时候，成筠河对我有一种依赖感，我能感受得到。许是他骨子里太柔和，而我太坚韧。

我正想说点什么玩笑话，突然看到一个小内侍从棠梨院闪出来。那个小内侍正是那日在瑶池殿供出张侍卫的人！我以为自己眼花了，揉揉眼，再次确认。真的是他！

我指给成筠河看，可一刹那的工夫，那小内侍竟然不见了身影。闪得这么快！

"筠河，我刚看到瑶池殿的小内侍从棠梨院出来了。"

"怎么可能？二哥与殷贵妃素无来往。"

"正因为表面上素无来往，才更奇怪。"我说。成筠河说："星儿，你是不是看错了，怎么我什么都看不到？"

这小内侍真是有几分本事，躲得这样快，深不可测。他绝不是一个普通的小内侍。我在心里有了一个大胆的想法：上次中毒事件，是殷贵妃和二皇子联手策划的。

没错！我越想越觉得是这样。以一人之力，绝不可能做到那么缜密，又那么恰到好处、直捣七寸。

二皇子是何等聪慧之人，能看不出乳娘的猫腻？出了事之后，他那么冷静地传唤医官，派人去棠梨院喊圣上。此事，若是殷贵妃从中阻拦，她大可以找个理由，将通传的小内侍拒之门外，反正圣上已经入睡，合情合理。可她那么积极地配合，一步一步地，直逼所谓的"真相"。

二皇子最后那一撞，更是"点睛之笔"。听闻太子要害他，他便怕成了那样，拉着全家去寻短见。这说明什么？说明他把太子的意思当成了"圣旨"！口口声声"皇兄有命"，难道太子的旨意就那么有威望？这么令一个堂堂的王爷恐惧？这刺激到了圣上敏感的皇权神经。

两人一唱一和，完成了这场戏。虽这是险招，但筹码大。

东宫被连根拔起了。

我思虑着，先保持镇定，不让那个小内侍有警觉，留着他，留到关键时刻再揭开。我笃定，二皇子和殷贵妃，当他们站在利益的对立面，迟早会反目。

且等着那日。

二月十二，是姜娘娘的生辰。

早上，我"不经意"地在圣上面前提了一嘴，圣上说："搬两盆墨兰，跟我去清风殿走一趟。"

走到清风殿门口，姜娘娘便迎了出来。

圣上说："巧巧，你今日生辰，孤想着，你不是那等喜爱金银财宝之人，便带了两盆墨兰给你做生辰礼物。这墨兰是两广总督进贡的，孤一直让芯儿细心打理，可这花水土不服，一共只存活了四盆。除了乾坤殿，孤想着只有你这里适合。这样好的花，配你。"

姜娘娘忙笑着谢恩。

墨兰的花香气特别浓郁。姜娘娘闻着，很是欢喜。她把圣上每一次到清风殿的日子，都当成节日。她永远在等待，却从不主动开口求。

那天，圣上留在清风殿与她和成筠河一起吃了顿长寿面。姜娘娘笑得很满足，如同小女孩一般。

第二日，殷贵妃便来乾坤殿，撒着娇讨要墨兰。圣上笑道："你宫里什么好东西没有？这两盆花也惦记？"圣上知道，她素来爱拈酸使小性儿。一定是听说了赏姜妃墨兰，便来讨要。

"赏你两斗金叶子，墨兰就别惦记啦。"圣上说着。殷贵妃面儿上谢了恩，心里却跟姜娘娘怄了气。不出二日，便命身边的内侍去清风殿砸了那两盆墨兰。圣上听到消息后，默默摇了摇头。

他没有为那两盆花去指责殷贵妃。但他越发清楚了，以殷贵妃的性子、气量、心胸，根本镇不住中宫。

四月间，出了大事，民间起了邪教，叫作"黑云教"。教众从南到北扩散，迅速席卷了九州各地，短短一个月，达上万人之多。

圣上在朝廷之上议起此事。殷侯主张力剿，二皇子却主张招安。

"不过是一帮子愚民，不必动武，招安即可。"

"哦？筠江，你说说，招安该派谁去？谁能担此重任？"

二皇子跪在地上："儿臣愿领命前去。"

圣上看着他，仿佛不可置信，自己这个残疾儿子，竟有这等魄力。

"你可需带什么帮手？满朝的文武，你随意挑选。"

二皇子笑道："儿臣想带着殷侯和五弟同去。"

第二十三章：愿望

圣上不解地问："为何要带小五呢？"想带殷侯，是情理之中。殷侯多年的宦海生涯，办事老练，方方面面可以请教。带一个从未处理过政事且没出过远门的小五，就奇怪了。

二皇子启道："父皇，您可曾注意地方官员的奏报上写着，黑云教的首领贺城，乃巴陵人氏。而五弟之母董娘娘，亦为巴陵人氏，此为同乡之谊。带一个有巴陵血脉的皇子前去，一来，可表朝廷诚意；二来，以示亲近。"

君上点点头："吾儿思虑甚是，允。"事情就这么定了下来。

后宫里，乱哄哄地说着这个消息。五皇子听说二皇兄要带他去招安，在萱瑞殿哭了起来："皇祖母，此一去凶险万分，万一出了什么好歹，孙儿的命不足惜，唯念皇祖母山高水长、养育之恩，念母妃生我一场……"言辞悲切，董氏闻之，伤心大恸。

高太后从榻上起身。自上次为着三皇子的事，圣上来萱瑞官不冷不热地说了那么一番话，她就开始装病。这一装，一个冬天就这么过去了。

圣上倒是日日着人来问安，可高太后总觉得缺些什么。这个儿子是她肚子里爬出来的，却跟她不是一条心。她偏爱小五，多次想把小五扶上东官之位，奈何，她总是重拳砸到棉花上，圣上不接她的话茬。如今，竟同意老二把小五带去招安。

听闻黑云教都是一帮子亡命之徒。这不是让小五去冒险吗？高太后冷哼一声："老二是个残废，但心眼子多。筠源现时废了，筠淞不讨圣上的欢喜。他就打小五的主意。这不是明摆着跟哀家过不去吗。"

她摆摆手，命一个小宫女："去乾坤殿，跟圣上讲，就说哀家心悸难当，唤他速来。"

小宫女忙跑来乾坤殿回了话。圣上听了，想了想，说道："芯儿，你带着医官去萱瑞殿走一趟，就说孤念着母后，但国事繁忙，难以抽身，稍有闲暇，便亲去萱瑞殿看望。"

我去萱瑞殿回了话，高太后随手将手中的茶一泼，那茶滚烫，刚好泼在我手上，登时红了一片。

我跪在地上，一声不吭。

"圣上就那么忙？连来萱瑞殿走一趟的工夫都没有？"高太后怒道。"为着黑云教的事，圣上焦头烂额，书房里的大人们一拨又一拨地来奏事，实是分不开身。太后您有什么吩咐，告诉奴婢，奴婢代为转达，是一样的。"我低头说道。

高太后道："哀家倒有话吩咐，可哀家一生没养个好儿子，倒叫哀家跟谁说去？"我连连磕了几个头："太后如此说，叫圣上颜面何存。圣朝以孝治天下，圣上至孝侍母，天下谁人不知？"我把"谁人不知"四个字说得又响又重。

高太后坐了下来，歪在榻上，董娘娘连忙过去给她捏肩。她沉吟半晌，知是此事已无回转，圣上心意已决。天大的事，也没有军国大事重要。她闭上眼，说道："那便让小五去吧。皇子历练历练，也在情理之中。非是哀家不通情理。实在是小五这孩子在哀家身边习惯了，没吃过半点苦，真正的天家贵子。你去回圣上，就说，让老二务必处处护着小五，小五若有闪失，老二也不用回来了。"

"是。"我答应着，退了出来。手上的灼伤传来一阵阵疼。

我出了萱瑞殿，忙跑到水池边，将手置于冷水中。

"看样子，陆掌事在萱瑞殿受了好大的委屈。"

我一转头，见二皇子靠在一棵柳树上，看着我微笑。我忙将手从水里抽出来，向他行礼："拜见二殿下。"

他一瘸一拐走向我，一把扯过我的手，重新放到水池里："陆掌事那么紧张做什么。瞧瞧，这烫的，怪可怜见儿的。本王都心疼了。"他从未挨我如此之近。从他身上传来一阵阵松香的味道。

在街边流浪打滚多年的我，有一种动物式的灵敏嗅觉。我强烈地感觉到，眼前这个男人，比我之前想象得更危险。

我推了他一把："谢二殿下关心。奴婢好多了。乾坤殿事务繁杂，圣上随时都会召唤奴婢，奴婢先告退了。"我忽略了他身体有残缺，重心不稳，我只不过是轻轻一推，他便歪在了地上。

我忙去搀扶。他伸手一拉，我不防备，一下子倒在他身上。他勾起嘴角，用手捏着我的下巴，仿佛看到我的心里去："陆掌事，你有动物的嗅觉，我也有。你跟小六不合适。小六太单纯了，他不会真正懂得你。不如，你跟了我吧。"

他的手指在我的脸上划着："你这张脸，本王很喜欢。你这双雪鹑般的眼睛，本王更喜欢。"雪鹑。上次沈昼也说过。那到底是怎样的一种鸟呢。

我挣扎着起了身，跑了老远。他在身后笑了，那笑藏着许多的势在必得："陆掌事，你有两个选择，做本王的女人，或者，做本王的敌人。"

我不理会，加快了脚步，跑回了乾坤殿。我内心不想承认的是，其实二皇子有一点说对了，我跟他在某种程度上是一类人。我们曾陷在泥淖中，尝过人生窘境，所以格外警觉、灵敏，像兽。遇见对手时，有一种异乎常人的冷静和隐忍。但在心里缜密地规划，随时伺机而动。心很硬，关键时刻下得去手。就如我10岁那年，手起刀落，狗头落地。

我跟他，是黑夜里长出的苍翠苔藓。可正因为如此，我喜欢成筠河那样明朗的人。他每一次澄净的笑脸，都如艳阳一般，让我觉得世界又暖又好。成筠河是一汪清泉。我渴盼自己不再是黑夜中的苔藓，而是在清泉边开成一朵清丽的花。

二皇子终究是带着老五去了巴陵招安。

那晚，我巡视完乾坤殿的各处火烛，准备休息。成筠河的贴身内侍小酉跑来唤我："陆掌事，六殿下唤你去御花园的池塘边，他有惊喜给你。"

我点头，笑了笑。

小酉说完就跑了，我对着菱花镜擦了擦他给我调制的胭脂，方才起身。穿过御花园的花坛时，竟意外又听到了菜头师父的声音！

他又进宫了？我一肚子的好奇，忙屏住呼吸，躲在一旁，竖起耳朵听着。

"太后说了，让你务必保护好小五，防那老二出什么幺蛾子。"董娘娘的声音。菜头师父的声音："老奴能否……见见红袖……不，见见太后……"董娘娘厉声说道："不可！圣上对此事过于介怀，还是不要碰他的逆鳞为好。否则，天子一怒，节外生枝！当年要不是你，圣上何至于对太后一直心怀芥蒂，对这个母亲总是不大亲近。"菜头师父似乎有点哽咽："是我连累了太后。"

片刻，董娘娘劝慰道："窦萧，你放心，本官深受太后提拔大恩，自会好好照顾太后。你安心办事去吧。"

一个黑影闪过，菜头师父飞身走了。董娘娘也走了。我方才走出来。

池塘边，成筠河叠了好多的纸船，每条纸船上都点着蜡烛，远远看去，煞是美丽。

"星儿，这是许愿船。有什么愿望，就在心里默念。小船会把愿望带给河神。"

我笑笑道："好。"

过了一会儿，他问我："星儿，你许的什么愿？"

"愿父亲母亲在天上安息，愿我有一天能如愿以偿找到妹妹月儿，愿菜头平安……"

他耷拉着脑袋："你的心愿里没有我吗？"

"有，愿筠河能一辈子做个快乐明朗的人。"

他咧嘴："那倒是极容易实现的。"

"你呢，你有什么愿望？"

"我呀，愿我能跟你在一起，愿父皇和母妃身体康健，愿二哥和五哥这次招安能顺利回来。"

月色皎洁如斯，照在成筠河干净的脸上。

第二日，我寻了个机会问沈昼："窦萧是什么人？"他愣了一下，扫了我一眼："你问他做什么？他是当年大内第一高手，萱瑞殿的金刀侍卫。"

原来如此，我明白了。窦萧是高太后的一笔桃花债。不知怎的，被圣上知道了。窦萧便被净了身，成了太监。是以，很多年来，圣上虽对高太后极尽孝养，但母子俩总是有隔阂，不交心。

面对沈昼的疑问，我笑笑道："就是听年长宫女碎叨嘛，好奇而已，问问。"

"不该听的事别听，不该有的好奇心别有。"

"喂，你脸那么臭干吗？"

他不再理睬我，径自走了。

大约过了一月半，有消息传来，招安顺利，那黑云教被收编了。同时，又有一个坏消息传来，五皇子受了刺激，精神疯癫了。

圣上在乾坤殿看了奏折，紧皱着眉头思索着。

沈昼来了。圣上问道："奏折上，老二把所有罪责都揽到了自己头上。你查到事情究竟是怎么一回事了吗？"

沈昼回道："臣查明了，那黑云教的匪首贺城和一帮教众驻扎在山上，原本二殿下、殷侯、五殿下是一起带着队伍上山的。后来，五殿下胆小，不敢上山。二殿下便命殷侯留下来陪五殿下，自己一个人带着几个随从上山找贺城谈判了。殷侯在山下守着五殿下。可谁知，遇到了狼群袭击。五殿下自小娇生惯养，被狼咬掉一只胳膊，受了大惊吓，便……"

"狼群？"

"巴蜀一带山多，有狼并不稀奇。"

圣上说道："那这样看来，老二不仅没责任，还是有功劳的？"沈昼点头："照目前查的情况来看，是这样。"

"老二的奏章里丝毫不提殷侯的责任，只说是自己的错，看来，倒是个有担当的人。"

"是。"

第二十四章：慌张

突然，有鸽子的叫声。

沈昼走到窗边，从鸽子腿上取下信，递给了圣上。圣上看了，端起茶盏，抿了一口："老二新的飞鸽传书，说建议在招安一月后，秘密诛杀贺城。"

沈昼不言语。圣上把茶盏放在桌上，眼睛看着窗外，似乎是想起了很久远的往事。

"筠江出生的时候，孤也曾是抱了很大希望的，毕竟吴家高门显贵，将帅之家。可他一出生，便是个残疾，当年太常又说他不祥。孤便从来没正眼看过这个儿子。后来，隐约听说他的样貌像孤，是所有皇子中最像孤的一个。但孤没有在意……"他停了停。

沈昼说道："二殿下的样貌确实在众皇子中最肖圣上。"圣上说道："如今看来，老二的智谋也是最像孤的一个。"他的手指在桌边敲了敲："先招安，后秘密诛杀，免了一战，又可安天下人的心。贺城死后，那帮子乌合之众，群龙无首，自然会乱成一盘散沙，就好对付了。以最小成本，用最妥当的方式，解决最大问题。"

"可，五殿下那边……若是太后跟您闹？"沈昼的脸上带着忧虑。太后有多疼五皇子，人尽皆知。

圣上摆摆手："这事乃意外，有何办法？回想起孤的皇长兄，当年在野外军营里碰到了毒蛇，一命呜呼。命该如此。何况老五并没有丢了命。自己把自己吓成那样。若老五跟老二一样，勇于上山，就不会发生这样的事。说到底，是他自己怯懦之故。还有……"

"还有殷侯……"圣上的眼睛眯起来，意味莫名，"他既在场，却不能护皇子周全，难免得治个失职之罪。"

"您是怀疑？"

圣上冷笑一声："虽然没有根据，但孤不能不揣测。老二把侍卫都留了下来给殷侯，为什么铁甲侍卫敌不过狼群？殷侯是老七的外祖。他们殷家有这个心思不是一日两日了，想趁手除掉老五也未可知。总之，不能掉以轻心，这件事，你继续查下去。记得，要悄悄的。"

"遵命。"

圣上将手中的书信揉得稀碎，又叹了几叹："可惜，最像孤的一个儿子，竟是残废！天命不佑啊。你退下吧。传信给老二，就说他的提议，孤准了。"

沈昼答应着，退下了。

圣上命人抱了皇长孙过来。皇长孙成炽已经四个多月了，脸儿长得方正起来，跟他的父亲、祖父一样的方正。一双眼，黑而深。

乳娘讨好地说："圣孙类您。"此话正合圣上的心意。一旁的峪王妃也笑道："炽儿一见祖父，眼睛便眨也不眨呢。"

圣上从内心喜爱这个孩子，用手逗他："炽儿，祖父欲以天下付汝，何如？"此话一出，峪王妃慌忙跪下，以额触地："不敢。"圣上闲闲说道："一家子说话，峪王妃不必吓成这样。"

四月伊始，几场春雨，将春天打得晕头转向。

芳菲尽。我跟成筠河坐在御花园里的小山坡上，看花瓣落入水中。

"星儿，前几日，父皇跟我说，翰林院侍讲赵霆彦家的三小姐与我年龄相仿，娴静端庄。父皇猛然说这个，似有结亲之意。"

我一向是个克制的人，此刻心里却说不清是什么感觉。原来我是害怕的，害怕他娶亲。

"那便让赵家小姐做你的王妃好了。"我仰头看云朵。天上透迤着几条白丝条般的白云，涂上一层晚霞，宛如旖旎的彩缎。

"你转头看我啊。"

"不。"

我不看他，是不想让他看到我脸上的慌张。自我 10 岁那年，水家家破人亡，我便已习惯了，不让任何人看到我的慌张。

"星儿，我跟父皇说了，无意娶妻。父皇当时说了句让我摸不着头脑的话。"

"哦？圣上说了什么？"

"父皇说，翰林院侍讲，门楣是低了些。他一定是误会我的意思了。他以为我一口回绝，是嫌赵家门楣低。只是他不知，我回绝是因为想娶你。"

皇子娶妻的门楣，可以看出圣上对这个皇子有没有栽培之意。翰林院侍讲，是个五品。看来，圣上对成筠河的定位已经很清晰了。

也难怪。成筠河自己从来不争，背后也没有替他争的人。似乎人人都断定了他日后只是个逍遥王爷，包括他自己。

我想了想，这样未必不是好事。至少，保得了成筠河在宫里的平安。

成筠河用手把我的脸扳过来："星儿，你别生气。二哥向来最有智慧，等他回来，我想向他请教，该怎样劝说父皇，让他弃了门第之见，让我娶你。"我说："本朝未有平民王妃之例。"

"那我便让你来做这第一个。"成筠河的笑脸衬着山坡下的渌水盈盈，让我莫名心安。

二皇子回宫那天，从宫门口跪到萱瑞殿，阖宫众人明里暗里地瞧着笑话，他膝盖跪破了皮，淌着血，到了萱瑞殿，太后却命人掩了门。

董氏抱着五皇子安抚着，他渐渐平静下来，眼睛却依然是呆滞的，口中含含糊糊念着："别咬我，别咬我，别咬我……"太后悲戚道："小五你受苦了。哀家白操了一世的心，万没想到，会是这般……"

二皇子跪在殿外，太后置之不理。

他跪了整整一天。傍晚的时候，圣上来了萱瑞殿。他看了看二皇子流血的双腿，说道："筠江，你起来，好生回去安歇，孤会派医官去瑶池殿给你上药。"

"皇祖母还未原谅儿臣。"二皇子低头。"你已经做得足够了。回去吧。"圣上说着，自己大踏步地走进了萱瑞殿，我连忙跟在后面。

"给母后问安。"圣上行礼道。太后看了看他："你可算是有空来了。你瞧瞧小五成了什么样子？！为什么被狼咬的不是旁人，偏偏是哀家的小五？"她用手捂着胸口。

"小五是孤的亲儿子，孤岂有不难过之理。或是小五命里该有这一劫。母后万莫伤心过度。"圣上说道："命运无法揣摩。就如同从前皇长兄，那般天纵奇才。世人皆说，生子当如孙仲谋。父皇说，皇长兄比孙仲谋还强。可皇长兄却被毒蛇咬到，一命呜呼。"

太后听到这里，似乎更加愤怒了。"你皇长兄是怎么没的，你不知道？若是他还活着，怎会轮得到你坐这万里江山？如今你与哀家貌合神离。哀家告诉你，夜深人静，哀家时常后悔，后悔当年不该万般筹谋，替你谋了这皇位！"

圣上站起身来："母后慎言！皇长兄死于毒蛇之口，乃是意外。这一点，父皇已让史官写入本朝史册。难道母后被小五这个意外刺激糊涂了，神志不清了？"

太后见君上动了怒，便不再说话。

母子俩僵持了片刻。圣上走到门口，回头道："母后，孤从来没告诉过你，孤早就知道，当初你让董氏送给孤的汤里动了手脚。董氏是怎么被临幸的，小五是怎么来的，母后你最清楚。母后是算计一世的人，老了该安享天年才是，不该替孤的江山操心。"

100

太后眼泪流了下来，她用手指着圣上："哀家再怎么算计，都是为你好，为了我们母子好。我们母子是怎么爬到如今这一步的，那一路艰辛，你都忘了不成？"

"母后，或许是儿子上了年纪，儿子最近常常做梦，梦到皇长兄。孤欠皇长兄一个皇位、一条命。或许，正是因为如此，孤的儿子才死的死、残的残。"

圣上从萱瑞殿里出来，大口大口地喘着气。

刚回到乾坤殿，殷贵妃的贴身内侍小寅来传话："棠梨院请了杭州歌姬，殷贵妃请您过去听曲儿。"

圣上喜欢听南曲儿，殷贵妃投其所好。哪知圣上摆了摆手："不去了。让贵妃自己听吧。"

他歪在乾坤殿的榻上。我点了安息香，给他按着头。不一会儿，圣上睡着了。

半个时辰后，他猛然从榻上坐起来，喊着："来人，来人——"我忙跑到他身边："圣上有何吩咐？"

"去，把国师请来。"

圣上所说的国师，是道士方常。三月间，一名地方官从五台山把他请来。他奉上几枚丹药，圣上吃了，感觉身子轻快许多。圣上深以为奇，便封了他做国师，特意在宫中修了座安平观，供他修道炼丹之用。

古往今来的帝王，到老了，都沉迷长生之术。英雄一世的圣上，亦不能免。或许，是那高高在上的皇权太过于诱人吧，才会如此恋恋不舍。听多了臣子山呼"万岁"，便真的想"万岁"。

方常到了乾坤殿，圣上说道："国师，孤刚刚做了一个梦，想请你来解一解。"

"陛下，您做的是什么梦？"

"孤梦见在山中打猎，射伤一只麋鹿。麋鹿跑啊跑，却跑进了孤的御花园。它嘴里咬着两朵花，身上淌着血。"

方常挥一挥拂尘，闭上眼，掐算着。约莫一盏茶的工夫，方常睁开眼，说道："君上心中一直对一位亲人的离世耿耿于怀，对吧？"

圣上一愣，点点头。

"这个梦，是想告诉君上，他其实投胎在了君上的身边，依旧做了您的亲人。"

"哦？是谁？"

"两朵花，二，您想想跟二这个数字有关的人。"

圣上恍然道："怪不得。"

我看着那道士，想从他脸上找出什么端倪。他难道是老二的人吗。如果是，老二这盘棋实在是铺得太大了。

圣上年迈，越发信赖天象、命运、僧道。方常走后，他一个人在书桌上坐了很久很久。

晚间，我去清风殿给姜娘娘送绣品。回来的路上，在瑶池殿，被拽入那片小竹林中。我想喊，一只手捂住我的嘴。

"本王并不想把你怎么样，你叫什么？"

我看了他那张坏笑着的脸，气急败坏。他松开了手，我压低声音说道："看来二爷腿上的伤还不够重。"

"陆掌事似乎很厌恶本王，本王却惦记着陆掌事。这是我在巴陵找绣娘绣的，蜀绣可是天下闻名。"他从怀里掏出一方帕子，帕子上有一女子抱着蜡梅的身影。便是当日我第一次走入瑶池殿竹林的样子。

我把手帕扔到了地上，厉声说道："狼群是你招来的，对吧？方常也是你的人！还有，那个贺城，很是蹊跷。怎么你去招安，就那么顺利？"

他笑笑道："本王的舅父骠骑将军吴纲，人人都叫他征西虎，吴家军曾在西南打了那么长时间的仗，在西南有些势力，难道不是正常吗？吴家虽遭奸人陷害，但在西南一带，还是威名赫赫。至于狼群，呵，我说是殷侯的手笔，你信吗？"

我冷哼一声："就算是他的手笔，一定是你诓他的。你答应与他联手，可你却巧妙地洗脱了自己的嫌疑。论诡术，他不及你。"

四月的晚风吹到脸上清清凉凉的。

"陆掌事，你果然很聪明。本王没有看错人。你信吗？终有一日，本王会把所有人欠吴家的都讨回来。替母亲、替舅父。本王会证明给天下人看，不是本王身残，是他们心残。"

他从地上把那块手帕拾起来。

"小六来找过我了。他说，让我给他出个主意，说服父皇答应他娶你为妻。可是……"他凑近我："可是，我不想让小六娶你，怎么办？"

"你想干什么？"

"我想要你。"

"你就是个疯子！"

第二十五章：暗杀

我看着二皇子："二爷，筠河在一众兄弟中，最欣赏、信任的人就是你。"

也许，那个如水般明净的小六触及他心里某处柔软的地方吧。他背过身去："我不会害他。我会留着小六，保他一世富贵平安。我只是想要你而已。我会给他寻到别的女子替代你。"

不知怎的，我蓦然想到白日里筠河跟我说的结亲之事。我问他："赵家的三小姐，美吗？"

他愣了一下，似乎好一会儿才反应过来我说的是什么。他轻咳了一下："似乎是在赵府的宴席上见过两回，可我不知道好不好看。我对女子的容貌并无概念。也不喜看姑娘的脸。那是登徒子才做的事。"

我想起他对我的举动，翻了个大大的白眼："二爷难道以为自己不是登徒子吗……你对女子容貌没有概念，那峪王妃为何那般美艳……"

"胡氏乃父皇和前皇后赐婚。"

"你不喜看姑娘的脸？"我嘲讽地问道。"我只看了你。是你闯进我的竹林。"他一本正经地说道。

突然，耳边传来一阵异样的声音，似乎是剑疾速地划过空气。一个黑衣人手中举着剑，那剑冲着二皇子直直地刺过来。这时，从竹林深处窜出来四个人，与那黑衣人打斗起来。显然，二皇子对暗杀做了准备。

黑衣人看上去武功甚是高强，以一敌四，竟未落下风。

我不想搅和到这些与我不相干的事情中来，想趁着乱子，溜回去。可一瞬间，那黑衣人似乎是看到了我！他一边用剑挡着那四人的进攻，一边向我走近。

月亮从乌云里钻出来。我看到了他的眼睛。我一下子像被施了咒一样动弹不得，手因激动而发抖。

那双眼睛，我从小到大，看了十几年。多么熟悉啊！

菜头！他怎么会进宫来行刺呢？我脑海中迅速地思量着，很快有了答案，一定是他师父派他来的！

窦萧，那个神秘的老内侍。他不是无缘无故对菜头好，教他武功，而是处心积虑想培养杀手，为自己所用。怪不得，他那么神秘，从不肯在菜头面前展示真面目。因为杀手执行的任务都是绝密的。

之前一直想不通的事情，这一刻全部有了答案。

菜头看见我，亦很震惊。看得出，他情绪很激动。他一步步走向我，呼吸开始紊乱起来。或许是他的情绪让他有了破绽，二皇子的那几个人猛地朝他扑来。

菜头反应过来，飞速地拽过一旁的二皇子，将刀架到他脖子上。被挟持的二皇子一瞬间怒了，对那几个随从说："点起火把，将满宫的侍卫都引来，让他插翅难飞。"

"不要！"我失控地大喊一声。我知道，若宫里的侍卫们被惊动，菜头真的逃不脱了。二皇子莫名地看着我："怎么？陆掌事认识这个人？"

我尽最大的努力让自己平静下来。我不能让成筠江知道我认识菜头。以他素来的心性，一定会揣度我是什么人的一枚棋子，被安插在乾坤殿当细作。如此，反倒对我以后在宫中的处境不利。

我整理了一下思绪，镇定地说道："奴婢当然不认识此人。但奴婢猜测，他要么是殷侯派来的，要么是太后派来的。但不管究竟是哪一派的人，二爷您都不能把宫里的侍卫招来。""哦？是他们要刺杀皇子，本王是受害者，有何说不得？"二皇子看了一眼蒙着面的菜头，厉声说道。

"二爷你细想想，最近接二连三发生了这么多事，纵便你是受害者，可总是陷入这样的泥淖中，你说咱们多疑的陛下会怎么想？若这个刺客被抓住，陛下让沈昼来审，玄衣阁的手段世人皆知，几人扛得住？到时候，万一，他把你和殷侯在巴陵的事儿抖出来……"

我没有将话说尽，而是朝菜头吼一声："二殿下有心放你，还不快滚！"菜头领会了我的意思，一个飞身便闪到了城墙上。

二皇子被放开之后，顺了口气儿，方说道："听你的口气，你觉得像是殷侯那边多些？"

我故作很郑重地点了个头。"二爷，此事，你已占尽了机巧。怨不得殷侯一时想不开，派人来刺杀你。我虽不知道你们之间有什么契约，你是怎么答应他的，但是，如今五皇子出了事，你安然无恙，他被陛下治了个失职之罪。不仅如此，陛下对棠梨官那边冷了不少，倒是对瑶池殿越来越上心。这一切，瞧在殷侯眼中，自然是愤懑的。如今，你大度地放过刺客，是为退了一步。一来，给他敲了个警钟，二来，卖他一个人情。最是合适的。"

他听着，点了个头。又借着月光，看了看我。"依你这么说，你刚刚那般，是为我着想了。"

"自然。我和小六的心是一样的。你是小六最看重的二哥。小六不想你出事，我也不想。"绕了一大圈子，又把话头儿稳稳地落在小六身上。

我踏着月光，跑回了乾坤殿。躺在床上，辗转反侧。今夜，我竟与菜头重逢了。虽然是在这么惊险的情境下。但我能看出来，他高了许多，也壮了许多。

菜头，他看着我的眼神似乎无声地告诉我，他仍然执拗地在原地等我，在杭州寥落的春色中等我。

东宫刚废的时候，棠梨院很是风光了一阵子。如今却不大妙了。

端午节刚过，年幼的七殿下发了场高烧。据棠梨院的官人们说，是七殿下夜里起来解手的时候，被窗外的人影给吓到了。

殷贵妃连忙要请神婆去作法事。命妇们都传，京城里有个花脸神婆，是极有本事的。看着七殿下烧得通红的小脸儿，圣上亦很心疼，但他还是呵斥了殷贵妃这个做法："病了请医官治，作什么法事？平白地让外人以为棠梨院有什么鬼不成？"

殷贵妃连忙噤了声。老大被撵去了封地，老三不得圣心，老五被狼吓傻了，老六是个不醒事的，本以为怎么也该小七一枝独秀了，可却被老二那个残疾抢了风头！

当然，她有些心虚。听父亲说过了，老五这件事，殷家确实动了手脚。可老二不也有份吗？为何他就无事，还讨了圣上的喜欢？为了不惹圣心不悦，她暂时收敛了许多，还特意命人用上好的绸子做了几条肚兜送去了瑶池殿给皇长孙。不过是装装样子，做给圣上看，表明自己的贤惠。

我跟成筠河说："你最近没事，多往安平观跑。在天尊像前念念《赞救苦经辞》什么的。"成筠河不解地问："为什么？"

"你听我的就是了。"

宫里其他人斗得如火如荼。若老六能给圣上一个超然世外的印象，是好事。

成筠河笑道："星儿，你不怕我真的读那些书，入了迷，做了道士啊。"

我一抬头，他将我额前乱了的发丝拂了一拂："我才不舍得留你一个人在这人间。"

往后的很多年，我总是不断地想起成筠河的这句话。我才不舍得留你一个人在这人间。可他真的走了，留我一个人在人间。人间疾苦，人间喜乐，他都不想要了。

五月的槐花，开在宫中的角角落落。白茫茫的一片，随风起伏，如潮涌的波浪，任芳香飘荡，香拂柔情。开在宫里每个人的心里、梦里。

有一日，圣上去安平观试丸药，看见了成筠河在诵经。

圣上听了会子，似乎是不可置信："小六？"成筠河连忙过来拜见："父皇。"

"你在念什么？"

"回父皇，儿臣在为天下百姓禳灾祈福，相信天尊定能听到儿臣的祝祷，有感以皆通。"

圣上点点头："小六，你是个良善孩子。"圣上又看了看他："你什么时候对道学这么感兴趣了？"

我心里替成筠河捏了把汗。

"窃以金书玉笈，为入道之门墙。修自身之道，赖先圣之典也。诵上圣之金书玉诰，明自己之本性真心。"成筠河恭恭敬敬地说着，"儿臣通过道学，能在喧杂的尘世中找寻到宁静，明白自己的本性真心。"此番应答行云流水、一片挚诚。

圣上大悦。"巧巧给孤养出来的好儿子。"他拍着成筠河的肩膀，说道："乱世需要勇，盛世则需要仁。吾儿仁心良善，孤喜甚。"

正在这时，瑶池殿的一个小内侍过来通传："圣上，大事不好了！皇长孙出了天花！"

"什么？！"圣上眉心一跳。

第二十六章：奇药

皇长孙还不足半岁，便接连遭遇两场殃祸，整个瑶池殿笼罩着阴郁的气息。

圣上的一张脸铁青，从牙缝里迸出几个字："这回又是谁？"襁褓中那个婴孩，白皙的小脸儿上起了一粒一粒的小疙瘩，看着让人揪心。天花之症，有丧命之险。纵是好了，脸上也会留下一世的麻子。

医官进言："圣上，此时应迅速将皇长孙隔离起来，以防天花蔓延。"

圣上点头。阖宫尽知皇长孙的重要，是以，医官署的医官都来了，黑压压跪了一地的人。

圣上命道："皇长孙必须医好！"众医官齐声说道："遵命。"

峪王妃执意要跟皇长孙一起去避痘，圣上也允了。

一行人离了瑶池殿，平日里常常贴身伺候皇长孙的几个宫婢留了下来。圣上厉声问道："好端端的，皇长孙怎么就起了痘？"一个宫婢哆哆嗦嗦地指着一个肚兜道："自从皇长孙穿了这个肚兜，就开始不对劲……"

圣上看着那个肚兜，眼睛里蒙上一层厚厚的霜："这肚兜是谁送来的？"几个宫婢你看看我、我看看你，没人吭声。圣上大喝一声："说！"

"是，是，是……棠梨院差人送来的……"

圣上猛地起了身，往门外走。我连忙跟在他后面。

棠梨院大门敞开着，殷贵妃似乎是从哪里得到了消息，领着宫女们跪在地上。见君上进了门，她将头重重地磕在了地上："臣妾殷氏，向圣上告罪。臣妾实不知那肚兜有何异样，并无害人之心，请圣上明察。但到底皇长孙是因臣妾送去的肚兜才出了痘，责任都在臣妾的身上。臣妾死罪。不。臣妾万死难赎。"殷雨棠摆出如此姿态，实在是第一回。

约莫是知道事情闹大了，圣上动了真怒。这个节骨眼儿上，须得拿捏好分寸。否则，一个不慎，真的就跌进了深渊。

圣上冷哼一声："若果真是你做的，你确实万死难赎。上次筠源的例子摆在眼前，东宫孤都能废了，更遑论旁人。"殷贵妃红着眼眶："老七前些日子病了，才刚好。臣妾是为人母的人，岂会做这种事……"

圣上冷冷地看着她，似乎想从她的眼神里看出什么端倪。

"圣上，臣妾发誓。"

圣上凑近她："你拿什么发誓？"

"拿我殷家的列祖列宗，拿沐雨阁上的百年荣耀，拿我父兄几十年的宦海沉浮……"

圣上步步紧逼："还有呢？"殷贵妃咬了咬嘴唇："还有，拿我的小七起誓……"圣上打断她："够了！"

圣上一拂袖："事情没有查明之前，你就待在这棠梨院，哪儿都不许去！这事就算不是你做的，这满宫里为什么偏偏栽赃嫁祸于你？你好好反思你素日里的为人！"殷贵妃连连叩首道："是。"

走出棠梨院，圣上慢慢地冷静下来，他走着走着，就走到了安平观。那方常正在炼制丸药，见圣上来了，忙过来叩拜。

圣上示意他免礼，缓缓地踱到一张蒲团上坐下来。方常命一个小道："将咱们从五台上带来的云露茶给圣上沏一杯过来。"小道答应着去了。

少时，茶端了上来。圣上接过，浅啜了一口，缓缓地叹出一口气："孤越来越喜欢来国师这里坐坐了。一杯茶，几句话，便能舒心不少。"方常恭敬道："君上乃万民之主，掌一国之事。老道若可解君上一二烦忧，乃老道之福。"圣上说："很多事，孤越来越看不清。或许，是孤不忍看清了。年纪越来越大，禁不得一次又一次的伤怀。"

方常贡上一个锦盒："圣上请尝尝这枚丸药，是老道新炼制出的。虽光阴不可留，但老道却祈愿能帮圣上留住体内的时光。"圣上如获至宝地接过："哦？留住体内的时光。果有奇效？"方常笑道："圣上试试便知道了。"

圣上接过药，回了乾坤殿便服下。不一会儿，他吩咐道："芯儿，去，将高丽国进贡的那几名女子带来。"上回，高丽受降，送来几名美女，充斥后宫。圣上虽笑纳了，却从不临幸她们，只将她们放置在宫中闲置着。如今，怎么突然想起来了？

我看着君上的样子，再联想起方常的药，一瞬间似乎明白了什么，脸腾的一下子红了，答应着便退下了。

那几名高丽女子皆是国色天香，圣上扫了一眼，选上一个，便让人都退下了。

内殿掩了门。我走出院中，听见一个小宫女小声说道："圣上上了年纪，好久没有如此了。"

这方常，真是胆大，竟敢给圣上进贡春药。

我琢磨着，走到了瑶池殿。由于峪王妃等人都带着皇长孙去避痘了，瑶池殿空空如也。二皇子坐在院中一棵槐花树下，一个人在棋盘上下棋。他一身白衣，衬着棋盘上的白子，与院中的白花连成一片。

"二爷一个人下棋吗？"

他没有抬头："自己与自己博弈，也非常有意思。"

"二爷可是觉得棋无对手？"他抬起头，轻笑一声："易醉扶头酒，难逢敌手棋。陆掌事，你现在就是本王最好的对手，不是吗？"我的声音一寸寸地透着寒意："你一次次地对自己的亲生儿子下手，到底是怎样一副歹毒的心肠？"

"不是我。"他说。我盯着他的眼睛："二爷敢做不敢当吗？"他回望着我，我们就这么对视着。

"这件事，真的不是我做的。"

"那……"我疑惑道。

"我也在查。一开始，我以为是太后，因为老五的事，她老人家一直在生我的气。后来，查到，不是她。而是……"

我一下子明白过来："落樱殿那位。"二皇子点点头："是。那位吕娘娘不是等闲之辈。你可知太子为何多年没有孩子？"

有槐花落在棋盘上，他拈起一朵，放在嘴里，淡淡地嚼着："东宫的井里，被下了药。本王是最近才查明。不知道是不是冥冥之中的报应。她害太子没孩子，她的老三竟也成亲多年没有孩子。"

我不禁打了个哆嗦。不寒而栗。

"这一回，她想的是一箭三雕呢。"

嗯，确实是三雕。一来，除去皇长孙；二来，扳倒殷贵妃；三来，引二皇子怀疑太后，她坐山观虎斗。

"舅父曾说过，负心多是读书人。此话诚然不假。读书人若狠起来，比沙场武将更甚。"

"她是从何处下的手？"我问道。

"那有问题的肚兜不是棠梨院送来的。"

"不是的话，殷氏为何要认？"

"因为肚兜被人掉了包。看起来跟殷氏送来的一模一样，实则肚兜上绣金鱼的线有区别。殷氏是贵妃，规制宫中可用纯金做的金丝线。而吕氏，是普通的妃嫔，按规制，她宫中的金丝线掺了铜丝。但由于吕氏买通了棠梨院的绣娘，一样的绣工，一样的图案，旁人便看不出区别了。再加之父皇雷霆大怒，殷氏慌了神……"

"看来，那绣娘便是关键了。"

二皇子将手中的一枚白子放置在了一个位置，霎时，黑子全军覆没，棋盘上只剩白子了。

"对。她是时候该招供了。"

二皇子一转头，突然将一片槐花塞进我的口中："陆掌事来找我，就是来问这个的？"

槐花入了口，丝丝的甜柔。我忍不住说道："是你让方常给圣上进贡春药的？"他鬼魅地笑笑道："父皇需要这个。"

"你就不怕出乱子？"

"且等着吧。"

连续好几日，圣上都召高丽美女到乾坤殿过夜。这在以往是从来没有过的。圣上的精神头儿好了许多，头发奇迹般地泛了些许黑色。

他在朝堂之上，大肆褒扬方常："满朝的文武，皆比不上国师的忠心。孤感觉像是回到了十几年前，如此下去，当真可留住体内的时光。"

众人知道圣上如今沉迷丹药之术，谁都不敢言语。

绣娘在玄离阁反了水，供出了吕娘娘。圣上一气之下，将她贬为庶人。至于三皇子，让他去了凉州就藩。凉州荒僻。圣上此举，是彻底地厌弃了这个儿子。

晚间，小酉来唤我，说姜娘娘有事让我去一趟。我去了清风殿，姜娘娘握着我的手："芯儿，听说，圣上他……"

她吞吞吐吐。我点了点头。

姜娘娘一脸的焦灼："圣上已过了六十，如此这般折腾身体，恐是不妙啊。"

"那道士现今正得圣心。旁人的话，他是不听的。"

一旁的成筠河说："父皇为什么这些日子临幸的都是高丽女子呢？"

一句话让我的心头晃了晃。

突然有了一个主意……

第二十七章：帕子

圣上接连宠幸高丽女子的原因，无非有三点。

其一，番邦女子美艳而大胆，而本朝女子自幼在闺中接受庭训，含蓄克己。圣上年纪大了，需要异样的刺激来找寻自己在龙榻上的雄风；

其二，番邦女子在宫里没有地位，且在本朝没有母家，不会产生错综复杂的前朝后宫的关联；

最后，也是最重要的一点，如今太子之位悬而未决，圣上对某位妃子若偏爱有加，必会令朝中诸人联想到储位问题。只是身体的欲望而已，他并不想牵扯那么多。

高丽女子，招之即来，挥之即去，简单。

姜娘娘说："芯儿，你在乾坤殿掌事，得多注意圣上的安全。年纪大了，身体如同风中的烛火，哪里经得起如此纵欲呢。还有，万一圣上突然……"姜娘娘是谨小慎微的人，她话没有说完，但我明白她的意思。

如果圣上突然有什么好歹，宫中势必大乱，狼子野心之辈必会趁势而起，到时候无权无势无靠山的姜娘娘和小六，必会遭到大祸。

"娘娘您放心，不会到那一步。"我温和地冲姜娘娘笑笑。我对她总有一种亲切感，许是因为她身处名利之中却难得的平和，许是因为她是成筠河的母亲，许是因为我早年丧母。

姜娘娘点点头。

我恐君上在乾坤殿传唤，便告退了。

成筠河送我到门口。

"星儿，宫里近来出了好多事，都是殷贵妃在搞鬼，对不对？"他说。他从来没有怀疑过他的二哥。哪怕如今局势已经很明显地向二皇子倾斜了。死心眼的小六，信任谁，便会一直信任，信任到底。

"筠河，很多事情，不能只看表象。"我轻声说。他似乎做了很大的决定似的："星儿，我有一个念头，我想跟父皇说，讨一块封地去就藩。大哥去了楚地，三哥去了凉州，我也想离开宫里。不拘在哪儿，我去了，做个闲散的王爷，在自己的王府里养养花，喂喂鸟，再养一只肥肥胖胖的狗，挺好。我想跟父皇说，我看中你得力能干，请你去我的王府做掌事，然后，咱们慢慢儿奏请，徐徐图之，总能让你做我的王妃……"

"筠河。"我打断他。我盯着他的眼睛："筠河，你看看宫中现在的局势，难道你什么想法都没有吗？"

他愣了一下："祸莫大于不知足；咎莫大于欲得。故知足之足，常足矣。星儿，我知足常乐。"

我在心里长叹一声，扶住他的肩："筠河，你看着我，你听我说，我要你争，我要你走上那一步。因为现在满宫里，除了你，没有人更合适。你二哥心思阴诡，玩弄权术，甚至不惜对皇父下手，他没有一颗仁心，德不配位。你七弟年纪尚幼，若他上位，必会外戚专权，天下乱矣。这二人登基，从长远来看，皆是百姓之祸。其余的兄弟们死的死、废的废，只有你始终置身事外。你是君上的儿子，你身上流着皇家的血，你想想你的祖父戎马倥偬，创下这片山河。你想想你的父皇英雄一世，壮大堪舆。你难道没有一点男儿的热血吗？"

"可是……可是……"他犹豫着，"星儿，你说这些，让我很慌乱，我脑子现在乱糟糟的……"

我走了几步，回头："筠河，不管你愿不愿意，事到如今，我都要替你争上一争。""星儿。"他在背后唤着我。

我大踏步地走了，没有回头。我知道，他需要时间去消化我的话。

回到乾坤殿，见里间还亮着灯，时不时传来一些暧昧的动静。我嘱咐守夜的宫女机警些，有什么动静及时通报。刚回房想安歇，房梁上突然跳下来一个黑衣人。

"大小姐——"

我眼中露出惊喜："菜头，上次之后，我知道你会来找我。"

"大小姐，本来，我想让你跟我走。可我刚躲在暗处，听到了你跟六皇子说的那番话，我知道，你是不会跟我走的……"他的眼神中透着迷惘，就像禹杭城起雾的清晨。我避开这个话题："菜头，破庙里的小兄弟们都还好吗？小发好吗？小癞子好吗？"

"都挺好。大小姐，你若需要我帮你做什么，尽管吩咐。"

"我……"他苦笑道，"大小姐，我知道你要开始助六皇子夺嫡了。你自幼喜欢读兵书，比寻常的男儿还强。希望有一日，你站在高高的位置上，老爷夫人一定会很开心。"

"菜头……"我心里再一次溢满了感动。

突然，小宫女在门外喊着："陆掌事，圣上叫您。"我加快语速跟菜头说："你帮我盯着方常那个老道，看他跟二皇子是以什么样的方式接头，或是信件，或是有何秘密见面的地点。还有，你找到瑶池殿的那个扫地的小内侍，我曾看到他替二皇子去落樱殿传递消息，看看能不能从他身上找到一丝突破口。"

既然成筠江是个谨慎到极处的人，不好下手，那便从他用的人身上着手。

菜头点头，一个飞身上了房梁。我打开门，疾步走到寝殿门外："圣上有何事吩咐？"

"芯儿，你速速去安平观，告诉国师，让他把那药再给我拿一丸来，快。"

"是。"

我答应着，心里却隐隐有了不好的预感。圣上已经沉迷于药物带来的刺激感了，且药量一日比一日大。

我去安平观取药，方常像是早有准备似的，笑眯眯地递了个小盒子给我："陆掌事，拿好。"

"国师，你好大的胆子。"我面儿上笑着，这句话说得似假似真。"陆掌事何出此言？老道为陛下做事，替陛下解忧，一切都以陛下为上。"他挥了挥拂尘。

"哦？是吗？您最好保着陛下的万岁春秋。不然，以您现在做的这些事，诛九族都不为过。哦，对了，您是个道人，没有九族，那便点了天灯吧。国师可知道什么叫点天灯？让我来告诉国师——"我凑近他："把人吊起来，烧体内的脂油，一寸一寸地烧，到最后啊，只剩一张人皮，空空的，在风中飘啊飘，飘啊飘，好看极了……"

看着他的肩膀抽动了一下，我轻轻地笑了。说完这句话，我便回了乾坤殿。留给他自己掂量去吧。不管二皇子答应了他什么，我得提醒他，不能只想着事成的益处，得考虑失败的后果。

但凡利欲熏心之人，都有一个通病：自私。自私的人，最是惜命。

那晚，圣上服了药，兴致更高，乾坤殿里间的灯到寅时才灭。

我送那高丽女子回百颜阁。百颜阁是宫中吹打乐器之人、歌姬舞姬居住之所。高丽女子自被进贡来，便被安置在这里，与那些伶人一处。

送她到了房中，我突然掩上了门。那女子眼中透着诧然，用蹩脚的汉话问道："陆掌事，你要做甚？"

"姑娘，你想一辈子待在这里吗？"

"陆掌事这是何意……"我环顾一下四周："姑娘被圣上宠幸多回了吧。到如今，连个正经封号都没有。每回侍寝完，圣上都要盯着你服下绝子汤。你们这些番邦女子在圣上眼中，跟伶人无异，不过就是一时新鲜的玩意儿。没有资格诞育子嗣，永远也飞不上枝头。不，你们连伶人都不如。伶人起码有一技傍身，可你们有什么？美色？等圣上的新鲜劲儿过了，美色又值几何呢？不过就是老死在这宫中。或许，连老死宫中的福分都没有。若来日新君继位，一声令下，让你们去皇陵殉葬也未可知……"

她低下头，艳丽的脸上浮上哀伤："陆掌事说的这些，我知道。可身为女子，有何办法？"

我附到她的耳边："你听我的，我给你后半生一个自由。我会悄悄送你出宫，给你一笔钱，到时候天涯之大，你想去哪儿便去哪儿……"

"我为什么要相信你？"

我勾起唇角笑了笑道："除了相信我，你还有别的办法吗？我告诉你，现在圣上透支身体，你们这些高丽女子很快就会成为众矢之的……"

她黑碌碌的大眼睛里越来越恐惧。

"你要我怎么做？"

我在她耳边轻轻说了句话。她听了，咬了咬牙，似乎是明白了什么，缓缓点了点头。

我回到房内，见一支箭射进来，箭上绑着一张帕子，帕子上是菜头的字迹。他的字是我一笔一笔教的，我最是熟悉。

"安平观内有密道。"

我点点头。甚好。二爷，你心思缜密，天纵诡才，可我偏要与你较量较量。

午睡小憩，我做了一个浅浅的梦。我又看到了多年前那个白衣女子，她笑意盈盈地看着我："水星，好久不见。"

第二十八章：病倒

梦里，我充满敌意地看着她："你为何阴魂不散？"她拂过头上的一枚花瓣："水星，你忘了是我指点你接近成筠河的吗？我当时告诉你，我要跟你做一个交换，现在，我来了。"

我警觉地问："什么交换？"

"每个人其实都对应天上的一颗星星。天子，便是帝星。命运里是有定数的。成筠河这颗帝星，光芒微弱，四角带煞，意为他将在继位一年后，因疾崩逝……"

我的脸色苍白起来。脑海中浮现出成筠河那张温润的笑脸。

白衣女子笑笑道："有一种办法，可以帮他延续十年的寿命。"我下意识地问道："什么？"

"水星，你是那般冷静的一个女子，怎么说到这里，便沉不住气了？可见，你心里是很在意成筠河的吧？"

是的。我在意。在杭州街头遇见他的那晚，他给小发的脚上药，我就知道，他是一个善良的人。后来，我进了宫，几乎是与他日日相见。我发现他对每一个人都很好，哪怕一只蝼蚁，都舍不得踩死。有的时候，为了不让小宫女小内侍受罚，宫里什么物件坏了之类的事情，他都揽到自己身上。他喜欢看书，喜欢画画，喜欢小动物。他从无害人之心。永远那么安静，那么温和。

"你说，让我拿什么换？"

"拿你与他的恩爱来换。"

"什么意思？"

"意思就是，你与他，离心离德，渐行渐远。你不再是他心坎儿上最重要的那个人。他会猜疑你，冷落你。你可愿意？"

以恩爱换筠河十年的寿命。

"愿意。"

白衣女子笑了笑道："好，很好。水星，你走到最后，便会发现，你一直在失去，却也一直在得到。"

白衣女子慢慢地在我的梦里消散，口中念着一首诗：暮落清风殿，残云苦未安。骨肉离别日，星河空念远。

是一阵鸟叫声把我从梦中惊醒的。睁开眼，一身的倦怠。我起身，问小宫女："什么时辰了。"

"回陆掌事，申时了。"

这个绵长的午觉，竟睡了近两个时辰。

我牵了牵衣角，拍拍胸口，告诉自己，只是一个虚无缥缈的梦而已，把握住当下才是最要紧的。

圣上在乾坤殿批奏折，批着批着，烦躁起来，让小内侍把奏折抱去了二皇子那里。

"让筠江学着处理吧。"

这种情况是从来没有过的。大概圣上近来确实进多了春药，体力透支，精神不济。政事繁杂，他已无心处理了。

我熬了一碗医官开的补气的药给他端了上去，他喝了几口，玄离阁的密奏递了上来。玄离阁是直属君王的机构，他们的折子跟普通臣子的不一样，用玄色绸子裹着，束成卷筒状，中书门下无权打开，直达天颜，故而又称"密奏"。

圣上强打起精神看了密奏，脸色沉了下来。沉吟片刻，他问我："芯儿，你觉得筠江怎么样？"我笑笑道："二皇子自然是极妥的，现在满宫里都说他有胆识，有谋略，有才能。"

"是吗？"

"是。奴婢也只是听后宫妇人们说起。前朝的事，奴婢不懂。"

我像往常一样，点了安息香，给君上按了按头。

我大概能猜到玄离阁的密奏上写的是什么。高丽女子行动得很快。驻在京中有几名高丽使者，我让她放出消息，说圣上有立二殿下之意。

本来，高丽送女子进宫，就是有密探细作之意。近来，圣上接连临幸高丽女子，更加让他们觉得有了机会。那些高丽使者往瑶池殿送了许多人参、珠宝。二皇子很谨慎，没有收。但这一幕到底是被暗中窥探的玄衣郎看见了。

晚间，圣上又一次召了高丽女子来乾坤殿侍寝。圣上似无意般提了一句："高丽使者似乎很看重老二啊。"高丽女子笑道："母族众人尽知，二殿下乃将来的储君。""哦？"圣上锁了眉。

第二日，沈昼走进院子里来的时候，我正在给一盆白月季浇水。

他步子走得很快，显然是圣上急召他。这个节奏跟我预料的差不多。

我倒了一杯苦丁茶送进里殿，便退了出来。高丽使者对二皇子的示好，在君上眼中，势必是一件非常复杂的事情。如今，老二的势力大到连外使都急不可耐去示好了吗？人人皆知他是储君，是如何"人人皆知"的？

圣上命沈昼动手查二皇子，那我便送上破绽，让他查。这个破绽便是瑶池殿那个扫地的小内侍。

昨儿深夜，菜头给我传了消息。那小内侍竟是小发的哥哥。只是从小家里穷，被卖到宫里净了身。小发因为尚在襁褓，没有被卖。但后来，他们的父亲母亲都没了。小发终是流落到大街上做了乞丐。父母临终前，告诉过小发，关于哥哥的事，所以小发一直心心念念。

菜头按我的吩咐，去盯着那小内侍，却看见小内侍极为面熟，便联想到小发口中的哥哥。一问籍贯、年庚，完全吻合。菜头答应他，会把小发从禹杭带来，让他们彼此确认一下。想来，明日就该到了。

我心里正记挂着这个事，见沈昼已经走了出来。他走向我："陆掌事，圣上的印堂有些发黑，气色越来越……陆掌事在乾坤殿当差，该提醒圣上多加保养身体。"

"沈大人日日可面圣，为何自己不劝？"

"这……"

"沈大人是怕得罪了圣上，圣上降罪下来吧。沈大人身为大丈夫，尚且害怕，奴婢一个小女子，就更害怕了。都说，文死谏，武死战，沈大人能文能武，为何不以死上谏，做那万古流芳之人？"我弯着嘴角，句句话里带着讥诮，把他给气笑了。

"陆掌事真是伶牙俐齿。我不过说一句，你便说了这许多话来讽刺我。"

他走了几步，又回头。"陆掌事，今天陛下问了我一句奇怪的话。"

"什么话？"

"他问我六殿下如何？"

我眉心一跳："那沈大人是怎么回的？"他笑笑，没说话，飞身走了。

第二日，菜头告诉我，那小内侍与小发在宫外见面了，小发肚脐上有胎记，小内侍确定了是他的弟弟，因为他被卖的时候，带过弟弟几个月，记忆很是深刻。小内侍痛哭不已。他万没想到，进了宫，这辈子还有再遇见弟弟的机会。

加之小发跟他说了菜头照顾他多年的话，小内侍对菜头很是感激涕零。菜头趁机从他口中探听到了些许关于二皇子的消息。

小内侍确实是会些武功的，那些武功是瑶池殿的吴管事教的。吴管事本是吴府的下人，当年跟着吴贵妃陪嫁来的。吴管事带出一些会武功的人，神不知鬼不觉地替二皇子办事。

小内侍级别不高，知道的并不多。但是，以他为炮引，炸开豁口，却是足够了。

我嘱咐菜头，可让小内侍缓缓露出破绽。不能急，过于用力，反而显得很假。之前，他负责联络棠梨院，那便从这条线上着手，引沈昼去查。

菜头说："大小姐，你放心。"

"你办事，我向来是放心的。"

接下来，就是该思量如何引圣上查到安平观的密道了。

可正在这时，发生了一件大事。圣上在朝堂上昏倒了。

金銮殿上的文武群臣都慌了，人心惶惶。圣上被抬到乾坤殿，医官说是体虚肾竭。所有人都明白是怎么一回事。群臣对方常多日来积攒的不满爆发了，一个个义愤填膺地骂方常是妖道，蛊惑圣上。二皇子主持大局，稳住了大臣们的情绪。

圣上昏迷了两天。我叮嘱成筠河，哪儿都不许去，不管外面乱成什么样子，不管旁人说什么，要一直死守在龙榻边。

"昔汉文帝母病，他目不交睫，衣不解带，尽心侍母，汤药非口亲尝弗进。仁孝闻天下。筠河，你二哥在外做大事，你要好好守着君上。但凡汤药，你要先尝。"

成筠河点点头。他握着我的手："星儿，我总感觉要有大事发生。"

"你什么都不必管。有我。"

第二十九章：马脚

圣上整整昏迷了两天。

在这两天里，我悄无声息地办着大事。小内侍的故漏破绽，让沈昼顺藤摸瓜地查到了二皇子与棠梨院的勾连。对此，二皇子一无所知。

他忙，他知道这是紧急关头，得守好前朝。若圣上能好转，醒来能发现他的成绩。若圣上不能好转，他随时准备接权。他做了两手准备，自认为万无一失。他在这种混乱的时刻，满脑子的大事，根本不会考虑到一个小内侍的问题。

另一方面，我让菜头悄悄潜进安平观的地道，在不起眼的隐蔽地方，放上一块瑶池殿的腰牌。宫里每处宫殿都有专属的腰牌。而近来由于皇长孙避痘，瑶池殿的许多人都出了宫，在宫外一处皇家园林里。这对于菜头盗取腰牌来说，恰恰是便利。

我有条不紊地做着一切，什么都没让成筠河知道。我宁愿他永远做明净的小六。争斗的事，我来，就好了。

晚间，二皇子来看过圣上出来，在乾坤殿一处僻静的走廊里，他拦住我。我笑道："二爷近来忙得很。"

已经六月初了。京城的六月，天气开始燥热了起来。夜里，幽蓝幽蓝的天空中点缀着无数的小星星，一眨一眨的。月亮像一只银船。

他将头探到我脸颊边，我轻灵地一闪。

"似此星辰非昨夜，为谁风露立中宵。陆掌事，本王有些想你了。"

"二爷说笑了。"

"或许，本王很快就可以坐到万人之巅了。"

"圣上如今这副样子，你在让方常进药的时候就已经想到了吧。二爷算是如了愿了。这等谋害君父的本事，古今谁能敌得上二爷呢？"

他不理会我话语里凉凉的讥讽，兀自说道："待本王坐上龙椅，看你怎么躲。封你为妃，不，贵妃，你说封号叫什么好，陆贵妃？不妥，你本不姓陆……"

我猛地一抬头，迎上他的目光。他伸出手指轻轻碰了一下我的唇，笑中带着几分玩味："怎么？你以为本王不知？告诉你，本王早已派人去禹杭调查你的底细，呵，你还记得唐允吧？"

怎么会不记得呢？糖饼那个势利的爹。当初我用来除掉肖宣的梯子。

"水星——"二皇子口中念着这两个字："前禹杭织造水暮渊家的大小姐。本王一直很好奇，你为什么有一双雪鸮的眼睛。自从知道了你真正的身世，便明白了。你不想报仇吗？"

"肖宣已死。我的仇已经报了。"

二皇子摇摇头："肖宣不过是殷侯的一条走狗，因为殷侯，他当初才可以在禹杭一手遮天……本王可以帮你报仇……"

"二爷莫说这些了。我不感兴趣。"

他一把将我推到檐下的圆柱上："你对什么有兴趣？对小六吗？你以为你让小六在这里装孝子贤孙，父皇就能买账？本王告诉你，可笑，徒劳。父皇是什么人？英雄一世。他会在乎这些儿女情长的东西？他要的是能力，能力，你懂吗？小六永远都不会有。"

"二爷不要得了臆想症，将人人都疑作野心之辈。"

他冷哼一声："不要以为我不知道你在想什么，你打量小六尚未娶妻，你将他拿捏得死死的，便能登堂入室，做正室王妃。本王不会让你如愿的。"

"二爷，世上的女子何其多，你何苦总跟我过不去？"

"世上的女子是很多，什么样的都有，可本王偏偏爱你这只雪鸮。你等着，等本王忙完这段日子，会做一个有耐心的猎人，好好跟你玩儿。"他转身离去了。黑夜中，我看着他的背影冷笑。

你说我像一只雪鸮，可你不知道，雪鸮最伤人。

出其不意，攻其不备。

第三日，圣上醒来的时候，我正端着一碗药进来，成筠河接过药，尝了一口，然后递到圣上口中。龙榻上的男人突然睁开了眼，他看了看我，又看了看成筠河，微弱地说着："小六……"

成筠河突然见圣上醒来，眼泪掉了下来："父皇。"

"你二哥呢？"

成筠河擦擦泪："二哥在尚书房接见大臣。"

接见。这个词令圣上眉心一沉。须臾，他缓了缓神色："小六，刚刚孤看你在尝药，是药三分毒，你就不怕药性伤身吗？"成筠河道："儿臣不似二哥，能替父皇做大事。儿臣能为父皇做一点小事，都是很开心的。"一旁的小宫女说道："圣上您昏迷这几天，六殿下可是片刻没合眼哪。死死地守着您。姜娘娘要来替他，他都不肯。

一步都不离开。"

圣上看了看成筠河红肿的双眼中的血丝，长叹一声："小六仁孝啊。孤有这样的儿子，好，好，好……"

我连忙吩咐小厨房端上一碗清粥，成筠河接过，喂圣上一口一口地喝了。

约莫过了一炷香的工夫，圣上精神头儿慢慢回转过来。虽然脸色仍旧乌黑，但眼神里总算有了点光彩。

有小内侍去通传圣上醒来的消息，不一会儿，二皇子和几位重臣便赶来了乾坤殿。

"老二，你辛苦了。"圣上说道。二皇子恭敬说道："替父皇分忧，不辛苦。""往后，恐怕你替孤分忧的日子，还长着呢。"圣上笑着，笑得很亲切。

一旁的几个大臣看到圣上这般，忙连连夸二殿下是如何如何英明，好就此给"未来储君"做个顺水人情。

圣上连连点头："老二有出息，有出息。"接着，君上问了几句朝中的事，便让他们跪安了。

待他们走后，圣上跟我说："传沈昼。"

我点头，通传了下去。

不一会儿，沈昼来了。

我掩了门，带着小六出去了。不一会儿，听到什么东西碎了的声音。隐隐听到什么秦厉帝符生、南梁元帝萧绎。我知道这几日宫中总是传着这样的消息，说二皇子很快就会被立为储君了。残疾怕什么？古来残疾的皇帝又不是没有？秦厉帝符生、南梁元帝萧绎，就是例子。

圣上自然是听不得这话的。

沈昼自然还汇报了小内侍透露的消息——二皇子跟棠梨院的勾结。如此一来，太子便废得很有猫腻了。

沈昼走出来的时候，我方才进去收拾。见摔碎的，是圣上平时最喜欢的一方砚台。圣上一脸的衰颓，但面色仍有不舍。我知道，他还怀有一丝念想，那就是方常的话：去世的亲人投胎在了他的身边。圣上总是觉得他当年早亡的皇长兄投胎在了二皇子的身上。这一点，只要方常的面目被揭开，就不攻自破了。

还差一步。我暗暗想着。

没想到，第二日，那一步便走成了。那天一大早，圣上拖着病体上了朝。朝中许多言官进言，丹药之术误国，妖道误国，高丽女子美色误国，皆应处死，方平众意。对此，圣上默不作声。

起初，他是想弹压的。可谁知，都察院御史杨延当堂触柱，血溅金銮殿，这让人始料不及。圣上无奈，下令封了安平观，驱逐高丽女子。一场朝堂风波方才平息。

我悄悄命菜头找人在宫外接应那几个高丽女子，赠她们钱物，护送她们回故土。

这厢，沈昼带人去封安平观。那老道方常，端的是贪生怕死之辈。我不过事先让菜头扮作玄衣郎前去恐吓了一番。他听到"二皇子事败""朝堂上有人奏他毒害圣躬"，便吓得逃了。

逃得无影无踪。二皇子曾许诺给他的泼天财富、光明前路，他不敢要，也要不起了。满脑子里只怕被点了天灯。

一切如我所料。沈昼发现了安平观的密道，并在密道里搜到了瑶池殿的腰牌。玄离阁做事，向来滴水不漏。沈昼收起腰牌，什么都没说，表面上一片平静。只是悄悄地，私下将腰牌递给了圣上，并如实汇报了。

圣上当即下令，此事保密。我知道圣上的用意。如果此刻揭穿二皇子，一来，必然会让他和他背后的势力狗急跳墙；二来，殷家那边会躲在暗处，添薪加火，坐收渔利。不能让这样的乱子发生。

圣上不动声色。他在心里已经拿了主意。

这次病一场，朝中又有人催促立储之事。圣上年迈，风雨飘摇，立储确是大事。事到如今，他心中理想的储君人选，能剩谁呢？

那天，沈昼跟圣上议完事走出来，看了看我。

"沈大人看奴婢做什么？"

他笑笑道："沈某想看看是什么样的一双眼，才能如此有眼光。"我茫然地看着他："沈大人在说什么？""陆掌事是有福气的人。"他没头没脑地说了这么句话，便走了。

圣上这次慢慢病愈后，对女色淡了很多。许是经过一次险，怕了吧。连棠梨院都去得少了。

殷贵妃巴巴儿地来请了好多次，圣上连面儿都没见。知道了她跟二皇子联手给东宫下套的事儿，能给她留着体面，就已经是圣上最大的让步。之所以不揭穿，是因为还没到时机。

圣上照常厚待二皇子。

皇长孙天花痊愈，从宫外回来那天，圣上还亲自去宫门口迎接。所有人都以为，二皇子一如既往地受宠。只有沈昼与我知道，这是暴风雨之前，虚假的平静。

御林军人数不知不觉增了三倍……

第三十章：离间

圣上对外宣称，派遣方常去扶摇仙山寻仙药炼丹了。瑶池殿戍卫的人换成了陌生的面孔，对此，圣上的解释是为了保护二皇子和皇长孙的安全。

"筠江，你现在身份非比寻常，自然是要多留心些。"圣上在乾坤殿意味深长地说。

非比寻常。是要立储了么？几个大臣笑容满面地恭喜他。

这本来是喜庆的事啊，可嗅觉灵敏的二皇子，终究是发现了一丝不对劲。

尚书房的折子依旧是二皇子过目，殿前议事的位置依旧在，金銮殿上，他依然站在右侧最显眼的地方。可他总觉得圣上看他的眼神变了。那双饱经风霜雪雨的眼睛，似乎总时不时地瞥他一眼，让他不适。

与此同时，殷贵妃的哥哥殷将军被封为云贵总督，年纪轻轻，便成为封疆大吏，在外人眼中，实在是烈火烹油之盛。他前往云贵任职的时候，圣上特意在宫中办了一场晚宴。在人前，圣上对殷贵妃表现出了久违的亲近。殷侯被圣上加封为"太师"。殷侯在金銮殿上叩首："陛下恩宠，老臣惶恐，感激涕零。"

圣上笑道："殷家是皇亲，又乃孤的肱股之臣，理应如此。"

如此一幅君臣其乐融融的景象。可我明白，圣上的真正用意。

手握实权的殷将军被调到了云贵。太师呢，是虚职，位高而无实权。如今在京城的殷家，成了空壳子。外头好看而已。

沈昼给圣上递了一个名单。名单里有京城以及京城周边500里的所有跟吴家有关联的武将，哪怕是在吴家军帐下做过几个月参谋的都算。这些武将在一个月内，以各种名义被降职或者外调了。

圣上杜绝了一切发生乱子的可能。他在最高处，像鹰一样，打量着、权衡着。

六月过去，七月到了。

乞巧节那天，宫中诸人都在御花园放烟花、饮酒、看歌舞。成筠河唤我："星儿，我给你准备了一份礼物，你待会儿来莲花池边找我啊。"我笑道："什么礼物，如此神秘。"他嘴角微微地上翘："很特别很特别的礼物，你一定要来啊。"

"好。"

突然，我看到一个黑影闪过，往乾坤殿的方向去了。我心里隐隐觉得不妙，赶紧追了过去。

成筠河没有察觉到我的异样，他只当我惦记着差事："元宵节的时候，别人都在外头玩，你却担心乾坤殿的火烛，守了一夜。现在，是不是又有什么放心不下的？父皇请你做掌事，真是极上算的。"

我没空理会他，一口气跑了老远。快到乾坤殿的一处走廊，一个身影拦住了我。

"让开。"

那身影阴阴地笑了："陆掌事，何事如此匆忙？"

"原来是二爷，请让开。"

是二皇子。这样的夜晚，他在这个地方做甚。

"陆掌事，本王特意来寻你，想邀你一起赏月。"

"是吗？原来二爷有这等闲情雅致。只是，今时月不过是昨夜月，夜夜如此，月悬当空，有何可看？"

我试图推开他，走过去。他却一把将我拽得死死的。

"陆掌事不喜欢看月亮，我们就看星星。星河流转，真真儿是极美的。水暮渊不愧是当年赫赫有名的才子，两榜进士，给千金取名字如此简洁而优美。"

"二爷别跟我扯这些有的没的，我现在有急事。"

我使劲儿甩开他的手，大踏步往前走。刚刚那个黑影，到底去乾坤殿有何蹊跷？

"我这里有你妹妹水月的下落，你不想知道吗？"二皇子在身后不紧不慢地说道。我蓦然回头："你说什么？"

他知道月儿的事情，他竟然将我调查得如此彻底。

"赵志常说了，他将你妹妹扔了……"

见我回头，二皇子笑了笑。

"扔到了何处？"

他不吭声。我急了，揪着他的衣领："你说啊，你说，赵志常将月儿扔到了何处？""陆掌事，你失态了。你若答应替我办事，我便告诉你水月的下落。"他将手中的扇子在掌心拍打了几下。

我看着他的样子，心里有了疑惑，面儿上镇静下来，似感慨地说道："月儿脸上那道大伤疤，不知现在如何了？"

他顺着我的话说道："那道疤还在……"黑夜中，我冷冷地笑了一下。我只不过是试探他。如果他真的见过我妹妹，或是真的有我妹妹的下落，就该知道，我妹妹脸上，根本就没有疤。

我恍然大悟！他在故意拖着我！目的就是给那个黑影充足的时间！

一阵脚步声传来，二皇子猛然猝不及防地抱住我。

"二爷，你干什么？"

"陆芯儿，你要的不就是这样吗？好，本王答应收了你。你现在该称心如愿了。"

脚步声停住。

"星儿！"

是成筠河，他不可置信地看着眼前的这一幕。二皇子正抱着我，我百口莫辩。

二皇子冲成筠河说道："小六，我早就告诉你，这女人绝非善类。之前就曾屡次勾引我。七夕佳节，她约我来到这荒僻之处，用意昭昭。"成筠河的眼里溢满了眼泪："星儿，是不是因为二哥要做太子了。而我什么都不是。"

"筠河，不是你想的那样……"我上前想拉住他的衣袖。二皇子说道："小六莫伤心，二哥一定会为你找到出色的闺秀做王妃……"

成筠河摇着头。"二哥，宫里人都说你要做太子了，我是支持你的。你是我最敬爱的哥哥，一直都是。我什么都没有，可我习惯了。我从小到大就已经习惯了。我什么都没有。我什么都没有。我只有星儿。"

"筠河……"

自从进宫以来，我一直妥善地隐藏自己的每一丝情绪。可是看到成筠河不断地重复那句"我什么都没有"，心里一阵阵揪扯地疼。

"星儿，我在莲花池边，给你铺了好多好多的星星，我等了你好久。"他轻轻地说道。

他转身就跑了。纵便是他误会了我，伤心到了极处，可他依旧没有责备我。

二皇子笑了："小六已经走远，陆掌事擦擦眼泪吧，别装腔作势了。"我盯着他："二爷，你总说我是雪鸮，你知不知道，雪鸮吃人肉、喝人血。"

我拂袖而去。我跑到了莲花池边，果然看见水池上铺满了许多金箔纸做的小星星，还都插上了七彩的动物羽毛。

月亮在树梢上，深夜的荷花池泛起了缥缈的雾气，幽静的紫丁香丛，花还没开，沉浸在月光当中。水上那些小星星，影子晃啊晃的。

那个黑影到底去乾坤殿做了什么呢？二皇子到底藏着什么阴谋？小六会明白我吗？我觉得好累好累。

我回到房中，菜头从房梁上跳下来。

"成筠江似乎已经察觉到了。所以他想先下手为强。"

“你有没有查到，他手上现在还有些什么人？”

“有一个死士组织，似乎是吴将军从前在西南一带的势力，现在效命于成筠江。那群人武功极高，躲在暗处，深不可测……”菜头说着，看了看我的脸色，担忧道：“大小姐，你怎么了？”

我摆摆手：“我没事。”菜头沉默了片刻，说道：“大小姐，六殿下终有一天会理解你的。”

“是吗。”

“是。等天下都归了六殿下，他自然会明白了你的苦心。”

圣上越来越喜欢去清风殿了。他跟姜娘娘，越来越像世间平凡的夫妻。一起侍弄着院子中的花草，一起喂着檐下的鸟。姜娘娘从不提时局。偶尔，圣上提起来，她笑笑，不吭声，拿别的话岔过。

一日傍晚，圣上说：“巧巧，你有没有想过给小六找个什么样的王妃？”姜娘娘一边给鸟槽里换水，一边说：“不拘什么样的，姑娘人好就行。”圣上眯起眼：“做天家的儿媳，可不是人好就行的。”

姜娘娘拿帕子给圣上擦擦汗：“臣妾瞧着，您身边的陆掌事就很好。”圣上笑起来。一旁站着的我忙跪在地上：“奴婢不敢。”姜娘娘扶起我：“有何不敢。咱们这是寻常说话儿，又不是金銮殿上君臣问答。你不必怕。”

她转身给圣上说：“小六性子柔，娶个有刚劲儿的媳妇，好。来日去异地就藩，能镇住王府。”圣上沉吟片刻，说道：“孤想起母后来了。虽是宫人出身，但智勇非凡。若不是当初，她镇住了宫中局势，孤带着父皇的棺椁从淮水边回来时，宫中不定得乱成什么样儿呢。”

这回，姜娘娘也怕了，她跪下了：“臣妾没有这个意思。”圣上笑着拍拍她的手：“巧巧，你莫紧张，孤知道你没这个意思，不过是说笑而已。快起来。”

成筠河从里间书房走进来。

圣上问：“小六，刚你母妃说笑，要把芯儿定给你做王妃呢。”成筠河看着我：“呵，陆掌事愿意吗？”

我低头。刚好，沈昼从外面走进来，一身黑衣，步履匆匆，似乎有很重要的急事。圣上用玩笑的口吻说道：“沈卿，你是孤最信赖之人，孤家的好儿好儿媳，可就托与卿啦。”

沈昼正色道：“君上，臣有大事要禀。”

第三十一章：罪证

圣上和沈昼到了里间，我替他们掩上了门，我隐隐约约听到沈昼压低声音说了句什么。

屋内沉默了许久。圣上冷冷地扬声说了一句："老二还能弑父不成？"

"扑通"一下。是沈昼跪在地上的声音。

过了大概一盏茶的工夫，沈昼退了出来。

圣上尽量维持面色如旧，唤姜娘娘做汤喝，还说晚上要与小六小酌几杯。但我看得出，他眼底有波动。这波动自然是源于沈昼刚刚禀告的那番话。

喝酒的时候，圣上有刹那的失神。他转动着手中的酒杯，问道："小六，如果有一天，孤有了危险，你会怎么办？"成筠河一愣，关切地问道："父皇您怎么了？是否龙体不适？儿臣给您传医官。"

圣上摇摇头："小六，有人要害孤。"这句话让成筠河非常诧异，他跪在地上，仰头看着圣上："父皇您是天子，神佛庇佑，谁能害得了您？谁能有这个胆子？"圣上摸了摸他的脸，笑了笑道："说得对。孤有神佛庇佑。"

"到底是谁要害父皇？"成筠河一脸的不解。圣上仰头，将杯中酒一饮而尽。"一个与你、与我都很亲近的人。"圣上说完，大踏步地离开了清风殿，我紧紧地跟随在他身后。

七月，乌云厚重得很，似乎压得人喘不过气。

这时的我，没有想到，君上在成筠河面前说的那句模棱两可的话"一个与你、与我都很亲近的人"，会埋下一个祸患。

我脑海中始终想着七夕夜那天的黑影，我害怕是有人往乾坤殿放了什么东西。我组织内侍宫女们以清洁打扫的名义，仔仔细细查看了每一个角落，却什么都没有找到。犹豫了良久，我将这件事告诉了圣上。

圣上听了以后，从书架上拿下一个小盒子。他打开小盒子，从中取出一块黄色绸子，看了看，缓缓地坐在了椅子上。

他坐了许久许久。我给他倒的一盏热茶都凉透了。终是听到他说了两个字："果然。"

我站在一旁，不作声。他接着说："自筠源被废以后，这个盒子就是空的。果然老二已经想到了那一步。好周全。"

我看到那块黄绸，便明白了。那个黑影往乾坤殿是放圣旨的。如果我没猜错的话，盒子里装的是册立二皇子为储的诏书。秘密制造一起宫变，再拿出圣旨，顺理成章地登基，他想得的确很周全。我在这乾坤殿掌事许久，都不知道这个盒子。可见，二皇子已经掌握了很多绝密信息。

之前沈昼向圣上汇报的，那些让圣上半信半疑的话，此刻似乎得到了佐证。似乎，形势比沈昼汇报得更加严峻。二皇子闻到了不利于自己的味道，捕捉到了圣上脸上微妙的气息，所以，他一步一步都考虑好了。

"芯儿，再为孤取块黄绸来。"

我点头，须臾，将黄绸递给了君上。我感到这一刻很不寻常。圣上下笔写下一行字，似乎每个字，都有千斤重。

他把新的圣旨放了进去，将原有的那个揣进了怀里。他一手捧起来的儿子，想要他的命。这是一个罪证，一个弑父弑君的罪证。

圣上秘密召见了几个人：吏部尚书、督察院左右督御、九门步军巡捕、五营统领、九门提督。这几个人有个共同点，皆是在圣上做皇子时就跟随在侧，无人可比。其他人或许是忠于君上坐的龙椅，而他们是忠于君上这个人。

那几个大臣走了之后，圣上呼出一口气。我递上一杯茶，他一口气喝了半盏，似乎是踏实了许多。

我小心翼翼地问："圣上晚膳想用些什么？"他想了想，说道："去清风殿。"

姜娘娘依旧是恬淡地笑着，迎了上来。圣上说："巧巧，你跟了孤二十多年，从未开口要过什么，孤想送你个大礼。""臣妾不爱金银首饰。头上常年戴的，就是两朵绒花。您就算赏了再好的东西，于臣妾来说，都派不上用场。圣上您还是赏宫中其他姐妹吧。"姜娘娘轻柔地说。

圣上左手挥了挥长袖，右手轻轻在姜娘娘眼前晃了晃："孤打算送的，不是珠宝，是一件顶好顶要紧的东西。"说完，他抬头看了看四周："小六不在吗？"姜娘娘嗔道："小六出宫给灾民送粮去了。这孩子，总乱跑。我说这事你父皇不拘让哪个大臣去便好，人家办事有经验，不比你强？小六不听我的，说他尽的是自己的一份心。"

近日山东东部的一个郡闹了水灾，一批灾民涌入京城，这件事圣上是知道的。他慨叹道："小六这孩子仁义，随他去吧。"

晚膳，姜娘娘端上来凉拌的藕丝、蒸的藕饼、莲子汤。她笑着说："现在正是吃藕的时令。鲜着呢，还下火。"圣上嚼完一根藕丝，说道："来你这儿，孤便没了火。"

姜娘娘冲我招招手："芯儿，我给你留了莲子汤在厨房，你在乾坤殿当差辛苦。"圣上挑眉笑道："巧巧真把芯儿当儿媳啦？""可不是嘛。"姜娘娘眨眨眼。

一派温馨的场景。

然而，这却是我记忆里关于眼前的两个人最后的温馨回忆了。

突然，闻到一股烧焦的气味。待我出门查看之时，外头火光冲天。清风殿着火了！

"来人啊！救火啊！"

然而，令我惊恐的是，整个清风殿，门口的侍卫好像全部凭空消失了一样，只剩下几个惊慌失措的内侍与宫女。

正在此时，一群黑衣死士从天而降！我冲到里面，挡在圣上前面，从内袖中抽出一把短刀，这是当初在五云山上，胡通送我的，我一直随身携带，作防身之需。

我大喝一声："谋逆者何人？"圣上冷笑道："出手比我想得还快。"那些死士说道："听闻玄离阁沈昼谋反，特来保护陛下，替陛下清君侧！"一群死士高喊着："诛沈昼，清君侧！"

沈昼谋反？这分明是欲加之罪何患无辞！打着清君侧的旗号造反，好让外人觉得师出有名。

"陛下已经打算传位二皇子，如今既要清君侧，请储君前来相商。"我冷静地说着，其实是在竭尽所能地拖延时间。宫中发生这么大的动静，不出我所料，沈昼很快就会赶来。

玄色衣裳纷纷涌来。圣上说道："孤的玄离阁来了！沈昼来了！"死士们仿佛早有准备似的，冲了上去："沈昼谋反，圣上有令，格杀勿论！"

歪曲事实。圣上忍无可忍，想张嘴喊什么。我连忙扯住了他，轻声说道："您现在不能出声，若是您喊出了不利于反贼的话，恐怕激怒了死士们，于您有性命之忧。"

清风殿成了火海、血海，空气中浮动着腥味儿。屋顶上的一根房梁掉下来，砸到姜娘娘头上，圣上赶紧扑了过去："巧巧！"

火已经点燃了姜娘娘的衣服。清风殿所有的出口都被死士封住了。我钻进厨房，想弄些水出来，却发现厨房因为有柴炭之故，火势更猛，根本进不去。待我回到圣上身边的时候，姜娘娘已经满身是火。

我哭了。这种铺天盖地的难过就像当初水家被抄的时候。我眼睁睁地看着一切发生，却无能为力。

姜娘娘！筠河要是知道了，该是多么难过啊。

火中的姜娘娘用尽最后一丝力气向圣上笑着："臣妾乃卑微蛮女，此生能做陛下的妃嫔，为陛下生下皇子，已是福分。圣上勿要以臣妾为忧，一定要活着出去。"

"圣上！"沈昼进来了，跪在地上。圣上头发全乱了，他看到姜娘娘死在自己的眼前，泪流满面："孤英雄一世，竟被儿子逼到如此境地！"

我问道："沈大人，外头情况怎么样了？""死士的人数还在不断增加，来之前，我已经告知九门步军巡捕、五营统领、九门提督几位大人，估计他们很快就会带兵赶来救驾。臣的责任，就是在他们赶来之前，护陛下周全。"沈昼说道。

死士们慷慨激昂地喊着："玄离阁沈昼与乾坤殿掌事陆芯儿，深受皇恩，却沆瀣一气，勾结谋反，意图加害圣上，此二人杀无赦！"

正在这时，一道剑光闪过来！

是菜头。菜头听见动静，来保护我的。

"大小姐，谁都不能伤害你。"他愤怒得像一头狮子，眼圈儿红红的，冲上去与攻击我的死士们厮杀起来。

他的出现似乎给了那些心怀不轨的人某种口实。菜头被称作"陆芯儿的同党"。局势越加混乱起来。

死士们步步杀招，不留丝毫的余地，连闻名天下的玄衣郎们都快招架不住了，一个接一个地倒下。

圣上反倒平静下来，他坐在地上，像一棵松，一棵在暴雨下依然岿然不动的松。

"芯儿。"他唤着我。我绕过火堆，爬到他身边："圣上。"他压低声音道："乾坤殿书架的锦盒内，放着一块皇绸，孤已写下圣旨，立六皇子成筠河为储。若孤遭遇不测，你记得拿出圣旨，昭告天下。"

"圣上，您绝对不会……"火光中，我哽咽着。他的表情很严肃："记下来。"

"好。"

"孤还记得大章七年，有个士子，叫水暮渊，他在科考卷上写了篇'藩王制改革'，很是犀利，字里行间溢满才情。可惜，孤那时对此事的观点与他不同。现在看来，他的主张是对的。若按他的建议施行，必不会发生今日之乱。孤当初觉得这个士子傲气狂悖，故而嘱咐下面的人，勿给高阶官位……后来，便忘了这回事。前些时候方才知道，他死了。"圣上看着我的眼睛，缓缓说道。

原来他是调查过我的。他什么都没提，但他什么都知道。

"你是个好人家儿的闺女，书香门第。孤观察了你许久，你对小六是真心。孤的儿子里，小六不是最优秀的，却是最仁善的。仁者，爱民，守江山。但孤怕他过于单纯，有些事情思虑不到，你是个机敏孩子，要时时劝谏提醒。巧巧生前喜欢你，你是她最满意的儿媳，那孤便将你配与小六——"

我将头磕在地上，眼泪大颗大颗地掉落："奴婢恐负陛下与姜娘娘厚望。"

他唤道："沈卿——"沈昼放下手中的剑，走进来，跪在地上。圣上说道："小六登基以后，立陆芯儿为后，佳儿新妇，托与沈卿——"话还没说完，一支带火的箭"嗖"地射进了圣上的胸膛。

"陛下——"我与沈昼失声喊着。这个有城府、有谋略的男人，在高处不胜寒的龙椅上南征北讨，最终死在了自己儿子手中。他不是死于战场，不是死于疾病或衰老，而是死于宫变，将来史书上这一笔会引来后世怎样的唏嘘呢？

我还记得，第一次见到他，我穿着小内侍的衣服，溜进乾坤殿，他对我说帝王的"孤"是孤心。他赏识我，命我做了乾坤殿的掌事，我在他身边一年，越发觉得，他是一个孤独的老人。他有着与普天下的老人一样无奈的时刻。他有他的权谋，亦有他的弱点。

一阵急促的脚步声向这里奔来。二皇子的声音在殿外响起："父皇，儿臣救驾来迟。"

我冷笑。到了他收网的时刻了。

二皇子一脸悲痛状，他在门外指着沈昼与我："逆贼，你们犯上作乱，意欲何为？"沈昼抬起头，眼神冰冷："圣上尸骨未寒，二殿下来得真快。到底是谁谋逆，圣上清楚，臣清楚，二殿下也清楚。"

门外的死士们山呼海啸："国不可一日无君，望二殿下以大局为重，即刻登基，铲除逆贼。"

马蹄声纷沓而至。沈昼低声说："九门步军巡捕、五营统领、九门提督几位大人来了。"

二皇子脸色微惊，但很快恢复了神色。武将们下了马。二皇子拱手说道："有劳几位大人，今日宫中有变，已被本王平息。"

九门步军巡捕章勇孝大人问道："二殿下为何不救火？"是啊，为何不救火，章大人看到了二皇子正义外表下的问题。二皇子一脸坦然地说道："贼人在殿中挟持父皇，实属无奈，故而先擒贼，后救火。"

"敢问二殿下，陛下现在如何了？"

我听到这里，艰难地爬到门口，高声喊道："圣上驾崩了！"

几位大人扑通跪在地上，以额触地，痛哭道："陛下，臣等来迟，万死难辞其咎。"他们都是跟随君上几十年的人。年轻时曾一起在战场上出生入死，故而感情十分深厚。身后的火光将我的脸照得通红，我说道："圣上生前有旨，命六殿下即日登基。"

二皇子身边的亲信扬声说道："大胆！谋逆之人，在此胡说八道！你利用职务之便，与沈昼勾结，造反起事，烧死圣上，用心险恶。现在就凭你红嘴白牙，就能决定储君这么大的事吗？"

说完，他又对那几位大人说："各位大人千万不要被这个妖女迷惑。"

章大人看了看我，又看了看他，没接这个话茬。他向部下们说道："赶紧救火，好生将陛下抬出来。"将士们答应着，纷纷开始行动。

一座清风殿被烧得面目全非。圣上被将士们抬出来的时候，身上掉下来一块黄绸。章大人捡起了那块绸子，看了几遍。我心说不好。那是假圣旨，圣上本来是留着作为治二皇子的罪证，此时出现在这里，倒混淆视听了。

章大人吩咐道："储君之事未定，圣上驾崩的消息要封锁起来，以免造成大乱。"

章大人举着黄绸，意味深长地向二皇子问道："二殿下可知这道圣旨上写的是什么？"二皇子看着那块黄绸，有几分不确定，不好张口。他恐怕是对自己不利的消息。他没有想到自己命人偷偷放到乾坤殿盒子中的圣旨，被拿了出来，就是眼前这一块。

于是，他想了想，郑重而谨慎地说道："父皇死之前，身边是沈昼与陆芯儿等人，父皇很有可能被逆贼控制，所以，这圣旨的真假有待商榷。"

沈昼想说什么，被章大人拦阻。他轻轻扯动了一下嘴角："二殿下这话说得极对，圣旨非常重要，需要确认真假。"

夜色是一张沧桑的手。快要落下去的月亮还在天际边缘徘徊，清风殿外的树木和恍如幽灵的花朵在地上投下长长的、捉摸不定的影子。

此时，有人过来回禀："六殿下回宫了。"章大人说道："接六殿下来此。"

将士们已包围了宫廷，此刻章大人的话颇有分量。

须臾，成筠河来了，他看着烧焦了的宫殿，疯了一样地扑到姜娘娘身边。从他有记忆开始，姜娘娘是他的全部依靠，是他的定心针，她教他在纷乱的宫廷中保持一颗平和的心，她不争不抢的性格影响着他。清风殿的物品发放到手，从来都是各宫里最差的。对此，姜娘娘从来只是笑笑。成筠河成年以后，原本可以选择出宫开府立院，可他没有，一直选择留在清风殿，留在姜娘娘身边。

姜娘娘的死对他的打击是巨大的。还有圣上。他一直视皇父为天，圣上在他眼中是无所不能的。

如今，天塌了。

远处几只乌鸦在不远处叫着，叫得宫里人心里乱糟糟的。谁都不知明早日升之时，圣朝是怎样的天下。

章大人见成筠河已到，便问我说："陆掌事既说陛下要传位六殿下，可有什么证据？""乾坤殿书架上的锦盒里，有圣上亲笔所写的圣旨。"我说。

二皇子猛地一愣。他看了看章大人手中那块黄绸，似乎意识到了什么。章大人一挥手，一队将士按照我所说的位置，去乾坤殿取来那个锦盒。

打开锦盒，是一模一样的黄绸。

章大人看了看在场的众人："这两张圣旨，一张是乾坤殿锦盒中的，一张是陛下身上掉落的，到底哪张是真的？"二皇子迅速改了口："父皇既然放在身上，必然是极重要的。而乾坤殿那张，很可能是陆芯儿利用职务之便，偷偷放上去的！"

他是个聪明人。他知道，现在这种形势，用武力是行不通的。章大人等人的将兵，比他的手下多了数倍。所以，眼下，他只能从正统出发，义正词严。

"二哥，这究竟是怎么回事，发生了什么？"成筠河问着。章大人说："六殿下，这两份圣旨上，其中有一份，是立您为储君。而另一张——"他眼睛落到二皇子身上："另一张，是立二殿下为储君。现在臣等，不知该遵从哪一份。"

这时，二皇子一挥手。几个人压上一个人上来。是菜头！混乱之中，我竟未曾注意到，菜头被他手下的死士们擒住了！二皇子说道："小六，陆芯儿勾结沈昼，连同宫外势力，制造了这起宫变，谋害父皇，目的，就是拉你上位，让你做他们的傀儡。"说着，他手下的人扯掉菜头的上衣，菜头的胸口上文着一只硕大的狼图腾。

"想必你们都听说过民间的破天狼吧？这个狼图腾就是杀手组织破天狼的标志。"二皇子看着成筠河："小六，你看看这个杀手，他就是陆芯儿谋逆的证据！"

成筠河走上前，拉下菜头脸上的面纱。他转头，看向我，眼里是一片大雾："在禹杭的时候，你不是说，他是你弟弟吗？"

我想解释什么，却无从张口。

"你到底哪句话是真的？"

我看着成筠河的眼神："筠河，我对你是真的。"

他眼里的雾气更深了。

沈昼说："六殿下，您不能怀疑陆掌事。圣上和姜娘娘生前都非常喜爱陆掌事。圣上在中箭前最后一刻，曾对臣有立后之托。"

二皇子面上青筋暴起，一脸的激愤："小六，你听见了没有？立后之托。陆芯儿心狠手辣，野心勃勃，为的就是这个！扶你上位，她来做皇后！父皇是她害死的，姜娘娘也是她害死的，她跟沈昼狼狈为奸，做下这等惊天大事！"转而，他哭起来："是二哥没用，二哥带人赶来的时候，父皇和姜娘娘已被他们……"

成筠河盯着我。良久，他说了两个字："是你。"

我摇头。

"父皇曾对我说过。有人要害他。那个人与他、与我都很亲近。我想了很久，一直没想到是谁。不承想，父皇说的人，是你。"

突然听到一阵诡异的鸟叫声。一只黑色的巨鸟从天上俯冲下来，直朝二皇子奔去！

第三十三章：活埋

那黑鸟猛地扑到了二皇子的胸口。

"呲——"只听得一声皮肉撕裂的声音，二皇子惨叫起来。他身边的那群护卫冲上来想捉住那大黑鸟，然而大黑鸟却非常矫健灵活，它的翅膀坚硬得如同利刃，"嗖"一下又飞到空中。

押解菜头的那几个人听着主子的惨叫，手都在发抖。那鸟猛地啄上他们的手，他们吃痛松开，菜头抱着鸟，冷冷地看着他们，一时之间，持刀怒目相对者有之，却无人敢靠近。

这厢，成筠河一步步地逼问我。

此情此景之下，二皇子言之凿凿，各方形势云山雾罩，他不擅权谋之术，难免被蒙蔽。再加之他一夕之间，丧父丧母，悲痛难当，失去心智，怀疑我，倒不稀奇。我拼命地在心里给他找各种各样的理由。可当他冰冷的口气向我袭来的时候，我还是禁不住地难过。

从我见到他第一面起，他就是那么温暖的一个人，对蝼蚁尚且温和，何况是人。他送我的相思豆，他用木芙蓉给我做的胭脂，他在京城街市上给我带回来的菱花镜，在下大雪的时候，他用双手捂住我的脸。他与我玩笑说，若得天下，尽交与卿卿。

我的眼泪哗啦啦地落下来。我本是极为克制的人。可今天晚上，我的眼泪这么多。从姜娘娘死，到圣上大火中所托，到圣上中箭，再到成筠河质疑我，我百口莫辩。

不见去年人，泪湿春衫袖。经历这场巨变，眼前的成筠河，再也不是去年秋夜我在杭州街头遇见的那个白衣公子了。我想起梦中那个女子说的那句"骨肉离别日，星河空念远"，真的映照了现实。成筠河与父母骨肉离别之日，是我与他的疏远之时。

菜头说："大小姐，我带你走。"他怀中的大黑一声一声地叫着。

要走吗？我不放心。我眼前浮现圣上对我的托付，他眼里全是信任。目前形势还未明朗，我怎能一走了之？

菜头的那句"我带你走"，让成筠河眼底的雾气更加深了。他就那么看着我。

二皇子见成筠河动摇了，越发趁热打铁，他捂着自己被鸟抓伤的胸口，说道："小六，你还记得陆芯儿七夕之夜约我到荒僻之处吗？她见父皇有意传位于我，便百般勾引。可二哥知道你心里有她，便拒绝了。她便另辟蹊径，勾结沈昼，除去父皇，在乾坤殿制造假圣旨，扶你上位，她来做皇后。这个女人朝三暮四，不知检点，这个杀手约莫也是她的相好，她最是擅于利用男人……"

成筠河拦住他："二哥，你别这么说她。既是父皇立下诏书传位于你，那便……"

章大人喊了一声："六殿下慎言！"他举着那两份圣旨，说道："臣跟随陛下戎马一生，四十多年前，臣只有十几岁，在陛下营帐中伺候笔墨，对陛下的字迹最是熟悉。虽然这两份圣旨上的字体一模一样，但有细微差别。陛下在收笔的最后一捺，会稍长若许。寻常人看不出来。从陛下身上掉落的这一份，并非陛下亲笔。"

二皇子说道："小小一捺而已。难道立储如此大事，章大人就如此武断吗？"章大人冷笑一声："实话告与二殿下，关于立储问题，陛下已有所嘱。"

从他下马开口那一刻，我便隐隐有了预感。他在与二皇子周旋，不过是拖延时间，等六殿下平安归来，确认他安全无虞。

我注意到二皇子身后的弓箭手开始有行动，忙大喊一声："章大人小心！"

章大人是沙场老将，一把从腰间抽出剑来，将射过来的冷箭劈断。他一挥手，盔甲战士开始扑上来。

我注意到二皇子左手拿出一把匕首正在往成筠河处靠。狗急跳墙，他走了这一步，想杀死成筠河，章大人等人纵是想立，也无可立之人了。

我迅速闪身过去，一把将手中胡通送我的短刀从背后插入二皇子的身上。

他倒了下去。

章大人一声令下："拿下！"将士们纷纷涌过来，包围住了二皇子的人。

成筠河睁大眼睛，看着我亲手杀死他二哥。

二皇子伸出手指着我："你，你敢杀我……"

"你弑父弑君，本就该死。"

"无毒不丈夫。要成就大事必须手段毒辣。难道父皇就是清白的吗？他的皇位上染了多少血，恐怕只有他与太后清楚。当年堪比孙仲谋的大皇伯是怎么死的？我自幼残疾，被父皇轻视。舅父不擅为官，被奸人所害，虽身负奇功，却一生郁郁不得志。我母妃为了自保，在宫里二十年装疯卖傻，足不出户。我发誓要不择手段，出人头地。我离成功这么近了，可偏偏……成者为王，败者为寇，陆芯儿，如今我输了，无话可说。但你也不要得意得太早，坐到那个位置上，身不由己，小六也迟早会变成那样的人，迟早。"

我凑近他："成筠江，你不该利用小六对你的信任。"

他胸口的血不停地往外涌，说话气喘吁吁。他朝成筠河招了招手，成筠河迟疑了一下，走了过来。

"小六，不可立陆芯儿为后。她太狠，你压不住她。若立后，恐成大患。二哥做过对不住你的事。但终究，你我是兄弟，二哥望你守好皇家的江山……"

成筠河什么都没说。他沉默着。

二皇子咽气前的最后一刹那，还指着我，说了两个字："妖女。"

他到死都不忘在成筠河心中埋下怀疑的种子，他到死都不忘离间我与成筠河。

我举着带血的短刀朝那些死士们大喊："成筠江已死！"那些人顿时涣散起来，半盏茶的工夫，皆被章大人带来的将士们擒住。

所有人都跪在成筠河面前："臣等恭祝新帝登基，万岁，万万岁。"成筠河愣在那里，我轻轻地推了他一下，他缓缓张口道："众卿请起。"

"章大人——"我唤着。章大人拱手，他对我的态度很是恭敬。我知道是因为沈昼说的"陛下有立后之托"的缘故。他认为成筠河登基之后，我便是理所应当的皇后了。

"章大人打算如何处置叛乱之人？"我问道。他沉吟着，小心地说："依您之见？"

"清风殿发生这起宫变，我断定，御林军中必有被成筠江收买之人。混杂在一处，真真假假，难以分辨。为了圣上的安全，为了宫中的稳定，所以，我建议——"我抬高了声音："通通活埋。"

成筠河听到这四个字，紧紧地盯着我。

"而且，宫变之事，必不能外漏。否则，六殿下的登基会被抹黑，添上许多权谋色彩。本是名正言顺的事，何需落人议论？影响到新君的千古名声。章大人你说是不是这样？"

"是。"

"紧密封锁一切消息。对外就说清风殿走水，乃意外事故。今晚，设好灵堂，安置好先帝与姜娘娘的灵柩。明日一早，首先去萱瑞殿，安抚好太后的情绪。然后告知朝野，举国大丧。"

"是。"

沈昼跪在我面前："先帝临终前有旨，新帝登基，立陆芯儿为后。臣等叩拜皇后娘娘千岁。"章大人等马上也随之跪在地上："皇后娘娘千岁，千千岁。"

"慢着。"成筠河开了口。

一众人诧异地看着他。

"星儿——"他唤我。我心里酸酸的。还好，他仍肯叫我星儿。

一幕幕的大戏在眼前发生。他已明白了，是成筠江谋反，我一直是那个帮他的人。就连最后一刻，成筠江想要杀死他，也是被我先下手为强地拦阻了。现在，一切都平静了。

我看着他，轻声喊着："筠河。"

很深很深的夜了，满天的星河。星河。水星。成筠河。我与他的名字。那一片黑蓝黑蓝的天空就像一张浸满了墨水的宣纸。而那些一眨一眨的星星就像一朵朵的花儿，又像一盏盏灯，静静地躺在这张黑蓝黑蓝的、仿佛滴着墨水的宣纸上。

"你在我……不，你在孤身边，是不在意名分的，对吧？"沉默良久，他终于张了口。

他努力适应着帝王的口吻，他在试探我。

成筠江的话到底是在他心里投下黑影了。

我跪在地上："圣上，奴婢不在意名分，奴婢恳请圣上允许奴婢离宫返乡。"

他看了看不远处的菜头，又看了看我。他摇了摇头。

"星儿，孤想封你做贵妃。孤的后宫只有你一人。"

他想留我在身边，他心里有我。可他害怕发生成筠江口中所说的大患。他想了这么一个折中之法。

我没有回答，呆愣着。

沈昼一脸的焦急，冲我使了个眼色。我醒过神来，拜道："叩谢皇恩。"

那一夜，血腥味儿在宫中萦绕许久，未能散去。

那一夜，活埋了数千人。

宫变，权谋，野心，鲜血，背叛。

所有的一切都被掩埋。

明日，将是崭新的一日。

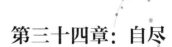

第三十四章：自尽

萱瑞殿，自五皇子被狼咬后，寂静了许多。如今，来到这里，依然富丽堂皇，却多了一丝沉郁的气息。还未行册封之礼，我仍穿着乾坤殿的掌事官女服侍。

高太后躺在榻上，董娘娘给她扇着扇子。我恭敬地行了叩拜礼。高太后不理会我，只是眯着眼睛跟董娘娘说着："其他人都不中用，盈香，还是你打的扇子不急不慢，正好儿。哀家是一时半刻也离不得你啊。"董娘娘婉顺答道："那臣妾就给太后打一辈子的扇子。"

半晌，高太后似想起来什么，问仍跪在地上的我："圣上派你来做什么？"我压低了声音，再次伏地磕了个头："特来告知与您，先帝昨晚驾崩了。"

闻听如此，高太后猛地坐起身来，睁大眼睛："什么时辰的事？"

"约莫亥时。"

"崩于何处？"

"清风殿。"

高太后的脸上写满了震惊、哀痛。或许她与圣上曾有过许多龃龉，然而此刻，她跟普天下所有失去儿子的母亲并没有什么分别。她的每一条皱纹都向下耷拉着。两行老泪从浑浊的眼角流出，打湿了她竭力修饰的脸庞。

"亥时，哀家隐约听到了一些动静，估摸着是出了事，可哀家以为，他这一生经历过那么多事，他会处理妥当的。可没想……竟是如此。原来哀家的儿子，也老了。"她的满头银丝颤颤巍巍。她在做妃嫔时，用尽一切办法，给自己的儿子谋了太子之位。却从守寡伊始，就跟儿子闹不痛快。几十年了，母子俩表里一片和谐，内里都想压着对方一头，就这么较着劲。

"太后节哀顺变。清风殿失火，乃意外。相关人等，已被处置。"我回禀道。

"意外？"高太后冷笑一声。

"哀家在这宫中一辈子，分得清什么是意外，什么是有意为之。"

太后缓缓地坐下，董娘娘连忙递上热毛巾，太后接过，擦了擦脸。复又重新躺在了榻上。她平静了下来。

"新君是谁？"

"先帝生前留下旨意，命六殿下登基。"我轻声回道。"哦？是吗？"高太后问了声。一旁的董娘娘愣了愣，手中的扇子停了。

高太后命道："继续。""是。"董娘娘回过神，继续打着扇子。

"死了不少人吧？"

我扬声道："新帝登基之后，您就是太皇太后，依旧在这萱瑞宫中居住，是这宫中最尊贵的人。"她看了看我："哀家记得你是乾坤殿的掌事宫女，如今由你来告知我国丧之事，看来，你是站稳了队。"

我低头，一声儿也不言语。

她接着说："小六那孩子不声不响，我倒是小瞧了他。"这时，董娘娘开了口："请姑娘告诉新君，我们母子是恭顺之人，丝毫没有异心，只求在宫中有个活路就行。"她改口改得真快，倒是个极有眼色的人。

我笑笑道："娘娘您多虑了。新君登基，您就是太妃，是长辈，他定会孝养于您。至于五殿下，他是陛下的亲兄弟，至亲骨肉，且是先帝亲封的正经八百的王爷，自然是极尊贵的。"

董娘娘点点头。

我再次向二人行了个礼，告了退。

转身走到门口，高太后问道："新朝初立，你在哪里当差啊？"

"臣妾是圣上的妃嫔。"

这位浸淫朝政多年的老太后笑了两声："千算万算，唯独漏了小六。不想小六竟能……"

董娘娘轻咳两声。高太后道："你不用怕成这个样子。小六不是老二，他不会把你我如何。"

从萱瑞殿里出来，宫中已成了一片白色的海。

各宫都已得到了消息。

棠梨院中，殷贵妃哭得地动山摇。

"圣上，圣上啊……"

我不动声色地出现在她的身后："你该哭的，是先帝。当今的圣上，正好好儿地在前厅与众大人们议事。"她用手指着我："别以为我不知道，你们这起子小人，害死了圣上！昨晚我都看见火光了，本想派人过去看看，却被御林军拦得死死的。说！是不是你们烧死了君上！"

我摇摇头。这个女人哪，在宫中待了近十年，都没学会管好自己那张嘴。

她扑上来，揪住我的衣领："我要去金銮殿上哭君上去！反了天了。由得你们胡闹。什么猫啊狗啊的都敢坐龙椅？笑话！我们殷家世代忠良，怎能忍见皇室罹难？我马上修书让我哥哥带兵从云贵赶回来，治一治你们这些乱臣贼子！"

旁边的内侍非常识眼色地把她从我身上扯开。

我笑笑道："殷太妃，你还是放过殷将军吧。守边大将无诏回京，等同谋逆，恐怕殷将军还未到直隶，就被斩首了。""你——"她指着我，又一次想扑上来。

我示意内侍们拿绢将她的嘴堵上。

我吩咐旁边的人："殷太妃因悲伤过度，骤然病倒，故而无法出席先帝的葬礼，你可明白了？"

"明白。"

"将七殿下从棠梨院接出来。他是圣上的兄弟，焉能与疯妇一处？送到董太妃那里，由董太妃教养吧。"

"是。"

一个小内侍气喘吁吁地跑过来。

我一看，正是小发的哥哥，菜头找来的内应，从前替二皇子联络棠梨院的人，瑶池殿的扫地内侍。他看见我，便说："陆掌事，吴贵妃自尽了！"

"什么？"

我大踏步地走到瑶池殿。果见吴贵妃躺在床上，峪王妃在一边哭着。

吴贵妃是吞金而死。

我在宫中一年，只见过吴贵妃寥寥几次。她很少露面，充满了神秘感。宫中诸人说她疯傻，不过是她保护自己的一种方式吧。二皇子的执念，很大一部分，应该与他的母亲有关。她蓄势待发，原指望自己的儿子能一举拿下皇位，吴家能够扬眉吐气。

不承想，事败。她再也没有活下去的力量了。

"我会向圣上进言，厚葬吴贵妃，以贵太妃之礼。"我向峪王妃轻声说道。

她仍是哭着。这个女人，在我的印象中，大事来临，只知哭泣。她抱着她的儿子，对我说道："只愿圣上，能留炽儿一个平安。""那是自然。"我点头。

瑶池殿院中的槐花落了。门口的竹林，还是那片竹林，依旧苍翠。我似乎听到成筠江跟我说："要么，做本王的女人，要么，做本王的敌人。"我做了他的敌人，在最后一刻，举刀杀了他。

数百日的光景罢了，瑶池殿还是那个瑶池殿，宫中却已改天换日。

丧仪威严而庄重。因成筠河成了新帝之故，姜娘娘以"圣母"之名，得以被奉为后位，安置在先帝身畔。两广总督邬启进言，姜后诞育圣上，功在千秋社稷，灵位应在无子无女的赵后之上。

成筠河怒而斥之："阿谀奉承之徒！赵后，乃早年间皇祖指婚，作配皇考。虽无子，早逝。但她乃皇考原配嫡妻，孤之嫡母，在祖宗礼法之上高于姜后。孤初初继位，怎能行此悖逆之事？邬卿此言，是要置孤于不忠不孝不义之地！"

邬启慌忙磕头。眼前的新帝没他想得那么草包。他只是仁义，不是糊涂。

办完了丧事，一群大臣在尚书房商量着新君的年号。

经过一番商议，定了年号为：长乐。

成筠河从尚书房出来，已经很晚很晚了。

月亮升起，又淡了。我掌着灯，在尚书房门口的长廊等着他。

他熬得眼里全是血丝。看见我，他笑笑道："星儿。"

"圣上。"

他将头靠近我的耳边："以后无人处，你还叫我筠河。我喜欢听你叫我筠河。"

我一愣。他跟我，没有称孤。

"星儿，以后咱们私下里，我就不称孤。因为有你，我便不孤独。"

"筠河。"我看着他。

"都过去了。我们以后好好的。"

我点头。这一刻，我又有了从前的感觉。我跟成筠河是亲近的，是这世上最亲近的人。

"吴贵妃自尽了。我想让你收养炽儿为义子。"

他似乎很诧异："我还以为你会劝我斩草除根。"我摇头："新朝初立，恩威并施，奖罚并行，才能张弛有度。宫廷对外宣称，二皇子是火灾意外身亡。何况，炽儿是先帝的长孙。咱们得善待炽儿，方能堵天下悠悠之口。"成筠河点点头："听你的。"

他从怀里掏出一个小盒子："我让人给你定做的耳环。你总戴那一副，我看都旧了。"

"这几天大事情这么忙，你竟还惦念这等小事情。"我挽着他的手臂，将脸贴在他的衣袖上。

夜里的风将我额前的头发吹乱了些许，他伸手替我捋了捋。我摸了摸耳朵上的水滴耳环："不过，我耳朵上戴的这个，是我母亲生前给我的，我戴了好些年，未曾取过，习惯了。"

他打开盒子，冲我笑。盒子里，是一对繁星耳环。每一串上都镶嵌着许多颗小星星，用精致的宝石做成，闪着光。

"这是星河。"此刻，成筠河的声音，像这温柔的晚风。

第三十五章：送信

"这片星河太贵重了。"

"哪里贵重？"他的眼睛里有盈盈的笑意。

"你的心意，比星河上所有的宝石都贵重。"

我说完，他翘起了嘴角。一如在花园里，他问我菱花镜好，还是他亲手给我做的木芙蓉胭脂好。

我伸手，触碰他嘴角上的涡涡。成筠河身上永远有一股子天真。这让早早地在街边打滚，看透人情冷暖，心都磨出茧子的我觉得格外的可贵。

"星儿，我已经选好了给你的封号。我没让礼部的大臣拟，是我自己想的。我才不愿意把贤良淑德惠敬端庄这样用俗了的字眼给你。"

"是哪个字？"

"合，合贵妃。首先呢，合跟我的名字读起来是一样的。我把我的名字给你，别人唤你，等同于唤我，多好。还有呢，就是——"

他负手走了两步："合，意为百年好合。星儿，我与你百年好合。"

"百年好合。"我念叨这几个字。或许这是成筠河拦截我后位的一种补偿吧。

花园里的树影摇晃着。我心里浮现那句：纷总总其离合兮，斑陆离其上下。

那晚我送成筠河回乾坤殿歇息。他躺在榻上，难以入眠，翻来覆去的。

"星儿，住在这里，我总是禁不住想起父皇，一闭上眼，父皇的影子就在我眼前闪啊闪。他对我说，他将这万斤的担子交与了我。"

我握住他的手："筠河，你别多想，好好歇息。明早登基大典，我送你上金銮殿。"

他点点头。

窗外有一个影子倏尔过去。我知道，是菜头。他没有出现，但他一直在暗处，远远地看着我。

八月初八。

我看着成筠河一步步走上高高的金銮殿。

礼乐齐鸣，钟鼎声起。地上铺着大气而精致的红毯，官员们以及各番邦使臣整整齐齐地站在两边。

司礼监高喊着：新帝登基，百官叩拜。

我隔得远远地，看着成筠河接受着山呼海啸般的朝拜。他册封了太皇太后、董太妃、殷太妃之后，郑重地册封了我。

后宫无后，以我为尊。我的寝宫被叫作"合心殿"，在御花园的东面，靠着一片湖。殿内陈设皆由成筠河亲自挑选，清雅而华贵。

当晚，他来了合心殿。红烛高燃，他屏退了宫女内侍们，执意要与我饮交杯酒。

"合卺而醑，同甘共苦。"成筠河说。

烛光照在他的脸上，他说："星儿，我一直记得，在禹杭初见，惊鸿一瞥，你头戴木芙蓉，眼神清冷，我恍惚间以为你是仙子。我那几日每日都企盼着有第二次见到你的机会。天如人愿，我又见到了你。那一次，我遇见刺客，你与我萍水相逢，竟肯为我挡刀。我当时就惊叹，世间竟有如此侠义的女子。我带你到西湖行宫，后来又带你进了宫。刚进宫，我母后就要被前皇后拿去祭煞，是你，想办法救了母后。再后来，你去了父皇身边当差……"

越说，成筠河的口气越来越轻柔："星儿，你从我是个落魄皇子的时候，就一直陪在我身边，替我挡刀，救我母后，为我夺嫡，这份情意永远都无人可比。"

我数次想开口说出我的家世，想想却又没说，恐招致他多心。在禹杭的时候，我让胡通配合我演了一出戏，我替他挡刀，当时为的是以此为筹码，救菜头出来。我承认，一开始，我接近成筠河有功利的成分。可到了后来，我对他是真心的。

他咬了咬嘴唇，说道："星儿，那晚，在二哥面前，我怀疑了你，你不要难过。当时的情况那么复杂，那么突然，我刚从宫外回来，眼前看到的就是父皇母后的尸体，脑子一片空白。再加之二哥言之凿凿，步步紧逼，我没办法。我当时想的是，你是我最亲近的人。如果错了，可以有弥补的机会。可是二哥，他从小就是一个偏激的人。我还记得有个小内侍不小心说马厩里有一匹跛马，他误以为是在暗讽他，当即命人杖杀了那个小内侍。所以，我……"

我看着他，轻轻将手指放在他的唇边："过去了，筠河，都过去了。"

红烛燃了一夜。满室的旖旎。

关于那些深埋的秘密，我终是什么都没说。

第二日，我竟在御花园中看到了沈昼。沈昼穿着侍卫领班的铠甲，带着一队兵在宫中四处例行巡逻。

"沈大人——"我喊了一声。他向我弯腰行礼道："合贵妃安好。"

"你怎的换了职位？"

玄离阁，是先帝所创直属君权的特使机构，凌驾于三省六部之上。玄离阁阁主，位同一品，是君权核心的人。而侍卫领班，不过是区区下五品，不可同日而语。

沈昼苦笑道："一朝天子一朝臣。合贵妃如此聪慧之人，应该懂得。"对于仕途上的动荡，沈昼倒是看得很坦然。

"微臣个人官职倒是无所谓，可惜的是，辛辛苦苦创立起来的玄离阁解散了。当初每一个玄衣郎都是微臣与先帝亲自把关挑选的。圣上……圣上他不喜欢玄离阁。"

成筠河不喜欢玄离阁。很早以前，他就这样讲过。他说："父皇揣测臣下，臣下亦揣测父皇，如此阴诡，把玩人心，无甚趣味。"

他登基后第一件事，就是雷厉风行地解散了玄离阁。

"圣上在朝堂上说，本朝不需要特务。许多大臣们都松了口气。微臣不知道这是不是好事，很多政见是需要时间来证明的。"沈昼抬头，看了看天上的云。

"不管玄离阁是否解散，沈大人你是不可多得的人才，让你巡逻宫廷有些屈才了。"

沈昼又一次笑笑道："合贵妃你切勿在圣上面前提及此事。圣上不喜欢的，不仅是玄离阁，还有微臣这个人。没有流放，已经是圣上的仁义。"说完，他提着长枪继续巡逻了。

我看着他的背影慢慢消失在花园的尽头。

黄昏的时候，落了秋雨。如烟如雾，无声地飘洒在合心殿的瓦砾上、庭院中。淋湿了花，淋湿了草，淋湿了树。就那么淅淅沥沥地下着，像一幅没有尽头的画卷。

我坐在檐下观雨。一个小宫女跑到我身边，突然跪在地上行了个大礼："合贵妃。""何事？"我问。她抬起头来。一张尖尖的巴掌小脸，皮肤有点儿黑，眼角向上斜着，眼睛里似乎天生含着波光，水水的，带着一股子不可言明的楚楚可怜。猛一看，有些眼熟。

"奴婢巧云，新进宫的宫女，是御膳房打杂的。"

我身旁的掌事宫女南飞呵斥一声："哪里来的狐媚子，犯了圣母姜后的名讳！"她一说，我倒是想起来了。巧云，可不是犯了姜娘娘的"巧"字么。她长得也很是有些像姜娘娘，怪不得我一看她便觉得面熟。

满宫里的女子，都以"白"为美。独西林来的蛮女姜娘娘，皮肤天生的有些黑，却黑而俏。眼前这个女子，与姜娘娘如出一辙的"黑俏"。

她听了南飞的训斥，慌忙地磕头道："奴婢该死，奴婢该死。"

我问道："你来找我，是何事？"听了这句话，巧云抬起头，看了看我的四周。

我会了意，一挥手，南飞便带着宫女们下去了。一时间，檐下只有我与巧云两个人。

"现在可以说了吧。"

她从袖子里掏出一张纸："娘娘，您可还记得禹杭的唐允唐大人？"我接过那张纸，上面写着：陆芯儿，禹杭人氏，丁卯年生，良民籍。这是唐允帮我伪造的籍贯。

他用这种方式，是想提醒我什么？成筠河初初登基，后宫只我一人，想必传到了唐允耳朵里，便动了心思。

我面儿上淡淡地笑笑道："自是记得。禹杭城的故人。"巧云说道："娘娘还记得唐大人，唐大人定会欢喜至极。唐大人吩咐奴婢告诉娘娘，唐大人现在已调到了京中任职，做了四品的中宪大夫。"

"哦？那恭喜了。"

"唐大人本是能做三品的盐运使，可竟被人挤了下去。新朝现在最受宠的，是王项大人。据说，当今圣上在做皇子的时候，就与他甚是交好。如今圣上登基，王项大人炙手可热。可王项大人不喜欢唐大人……"

我笑道："你一个小丫头，对国家大事倒是知道得清楚。"她忙低头："不敢。皆是唐大人告知奴婢的。唐大人想求娘娘，在圣上面前美言几句……"

唐允来讨他的人情来了。

我并不接她的话，只轻声问了句："唐赟少爷还好吧？"我还记得他那张胖胖的大脸，傻乎乎的。

巧云答："甚好。就是一直未有考取功名。"

"告诉唐大人，我这几日便找个时间，见一见他。"

巧云喜不自胜："谢娘娘。"

雨声越来越大。下过秋雨的天儿凉凉的。我喝了一口手边已经冷却了的茶。

唐允这个人，该除掉了。自作聪明的人，留不得。

第三十六章：王项

王项，闵西人氏，大章二十年探花出身。

那一年殿试的题目是先帝亲自出的，是一道时政题，边疆的军制问题。其他的几位士子答卷比较温和，独他，犀利激进，洋洋洒洒写了数千字，慷慨激昂。

据说，答卷不够写，他起身问先帝："可写于桌上否？"先帝笑答："诺。"后，收卷之时，先帝竟站在桌边读得入了迷。读罢，跟身旁的内侍说道："此人有大才，但锐不可当，不为大忠，便为大奸。"

王项提出的大将"守边而不据边"的观点，解决了当时先帝为之头痛的武将居功自傲的问题。很多守边的武将，为了源源不断地向朝廷讨要粮饷、财物，与外寇勾结，装模作样地一次次来攻，再一次次镇压，拥寇自重。王政建议，在边疆设三个部门，使他们相互牵制，相互监督，权力分散。守边三年，必须回京述职。再由朝廷另行派遣大将前去。

在上京中设立武堂，为朝廷培养优秀的军事人才，为边疆输送优秀的将领。这一举措若得施行，将会削弱世袭武将的权力，加强中央集权。

本来，先帝有意钦点王项为状元，但恐其锋芒太露，招致祸患。且若大大抬举王项，会使一些开国肱股老臣寒心，于是，只给了个探花。

本来，殿试上中榜的士子为"天子门生"，仕途理应一片坦荡。可众武将齐齐上奏，弹劾王项。重压之下，先帝便让王项去翰林院做了个小编修。

编修每日里负责修补前朝文献，整理本朝的起居录等。做那些事对于王项来说，是大材小用。所以，在先帝一朝，他的仕途很是不如意。

成筠河从前偶然去翰林院找书，结识了比他年长几岁的王项，被他的才识所折服，深深惊叹，结为好友。

成筠河爱丹青，王项擅画。我后来才知，成筠河的画技很大一部分是王项教的。成筠河曾给我画过木芙蓉，着色清淡，把三变之花，画得凛然冷艳。这其实是王项的绘画风格。下笔有傲骨，自成一派。

二人虽是好友，但还有"半师之谊"。

成筠河登基后，在官员的任免上，自然想到了王项。他将王项从翰林院调了出来，做了中书令。现年 32 岁的王项，成了本朝最年轻的宰辅。因其家乡为闽西，故而时人称之曰：闽公。

八月十五，月圆之夜，成筠河在乾坤殿中设宴，宴请新朝的几位重臣和家眷。我坐在成筠河身畔的位置，看到了传说中的王项大人。

他个子很高，穿着深色的衣服，嘴唇很薄，不说话的时候，抿得很紧，剑一般的眉毛斜斜飞入鬓角落下的几缕乌发中。他的眼睛似笑非笑，看人的眼神友好，却有距离感。

不知为何，我总感觉他在悄悄打量我，待我直视他时，又发现他并没有在看我。

席间，我喝了几杯酒，感觉有些微醺，脸上涌上来薄薄的一层胭脂色。

成筠河握着我的手："无碍吧？"我笑笑道："无碍。"

成筠河招了招手，合心殿的掌事官女南飞递过来一块湿毛巾，我擦了擦脸。对着酒杯，发现妆有些花了，便到内室补妆。补完妆，扭头，看窗外月色正好，那月亮硕大如银盘。不忍辜负了好月色，信步走到园中。

今晚月亮照得人间亮堂堂的。我小妹便是出生在月圆之夜，所以父亲为她取名"水月"。我还记得那晚，父亲母亲的喜悦，水府诸人的忙碌，我递过剪刀，剪断脐带，小小的女婴，粉雕玉琢。

"小时不识月，呼作白玉盘。"这是我孩提时，父亲教我念的太白诗。父亲母亲啊，在天上可安好。

"合贵妃——"听得有人唤我，我转头，是王项。我略点了点头："王大人。"他拱手道："微臣斗胆，合贵妃很是让微臣有些眼熟，像是微臣的一位故人，但不敢确认。"

"哦？但不知王大人说的是什么样的一位故人？"

"他姓水，是微臣少年时的一位恩师。"

我心内一动。曾听爹爹说过，他在进士及第前，曾在一名官宦府中做过一阵子私塾先生，教过几名学生。难不成眼前的王项就是那几名学生之一吗？

"持杯摇劝天边月。愿月圆无缺。恩师满腹才华，却得以零落收场，不得不让人感叹，宦海无趣。"八月，桂子的香气浓郁。王项站在一株桂子前，脸上有寥落之色。

我笑道："持杯月下花前醉。休问荣枯事。此欢能有几人知。对酒逢花不饮、待何时。王大人是当今君上极看重的人，最年轻的宰辅，如何会感叹宦海无趣呢？若王大人的恩师在天有灵，定会欣慰，还有人能记得他、怀念他。如此，便够了。"

他一愣，那双疏离的眼里露出笑意："休问荣枯事。此欢能有几人知。合贵妃真的是一个极通透的人。"

我颔首，欲转身离去。他突然说道："不日前，一个禹杭籍的官员叫唐允的，来微臣府上递了帖子拜见，话里话外，有意无意地表明，他是合贵妃的故人，早年间曾帮助过您……"

"不必理会。"我说道。他笑笑道："我也是这样想的。微臣最厌的便是官员拉扯裙带关系。好端端的大丈夫，不思修身齐家，却钻营这些。所以，我没有理睬。但是，得提醒合贵妃小心此人，勿让他打着您的旗号在京中讨上一圈子的人情。"

"嗯。知道了，谢王大人提醒。"

"此乡多隐逸，水陆见樵渔。陆即是水，水即是陆。"他说。

我猛然回头，他的面上很平静。我亦若无其事地返至席间，心里思忖着这王项究竟是敌是友。他已明白我的真实身份，却没有全然点破，恰到好处地终止。他是真的念着我父亲的教导之谊，还是他们从前有过别的什么瓜葛？为何以前我从未听父亲提起过"王项"这个名字呢？

我刚坐下，御膳房的柳司厨带着两名小宫女端菜上来。其中一名小宫女将一碗菜放到成筠河面前。

"圣上，桂乳荔芋扣。"小宫女说道。

成筠河怔住。桂乳荔芋扣，是姜娘娘的一道家乡菜，满宫里无人会做的。姜娘娘生前经常做给成筠河吃。荔浦芋头夹扣肉，涂抹腐乳，蒸熟而成。扣肉皮色金黄，酥松无渣，绵软甘醇，芋香浓烈，肉肥而不腻。成筠河很是喜爱。

"这道菜何人所做？"成筠河大声问道。小宫女低头，颤颤巍巍答道："回圣上，这道菜是奴婢所做。""抬起头来。"成筠河说。

那小宫女抬起头。不出我所料，是巧云。看来唐允很舍得花钱打通一道一道的关系，下足了成本，送了这么个千伶百俐的小丫头进宫来。我倒是小瞧了他。

成筠河看到巧云的样子，果然吃了一惊："你是何人？"小宫女回道："奴婢是半月前刚进宫的西林籍宫女巧云，在御膳房做事。因犯了圣母姜后的名讳，柳司厨给奴婢改名叫小云。这道桂乳荔芋扣是奴婢的家乡名菜。奴婢家乡中人都说，无竹令人俗，无肉使人瘦，不俗又不瘦，桂乳荔芋肉。"

旁边的小内侍夹下来一点肉，成筠河尝了，沉默半晌，方说："下去吧。手艺不错，去内司监处领 20 两赏银。"

"谢圣上。"

"还有，名字不必改了，就叫巧云吧。母后若在世，必不会以势欺人，逼人改名。"

小宫女欢喜叩头："是。"

成筠河夹了点桂乳荔芋肉递到我嘴边："星儿，你也吃一点。"我轻声说："圣上且吃吧，臣妾刚刚饮多了几杯酒，只觉腹饱。"

八月十八，成筠河去皇陵查看施工进度，要两日不在宫中。

我换上一身宫女的衣服，拿着南飞的腰牌，出了宫。去的，便是唐允的府上。

谁知，在门口便碰见了唐赟。他看见我，不可思议地睁大眼睛，喊着："媳妇！"这傻子，从前在陆府，陆员外提过要将我送与他做妾，他竟然到现在还记得。

他咧着大嘴，似是发自肺腑地喜悦着。

"媳妇，我只当再也看不见你了！谁知你竟出现了！你怎知道我家现搬到了上京呢？"

他拉着我进了府，迎面，唐允走过来。他一挥手，小厮们将唐赟拉走。唐赟被拉扯老远，口中还喊着："媳妇，媳妇……"

唐允恭敬地将我带到书房，跪下："微臣有幸得以再见到娘娘，经年不见，娘娘风采依旧。"

我弯起嘴角："唐大人好本事啊。"他老奸巨猾地说道："微臣哪里比得上娘娘的好本事呢。满朝的文武，谁也猜不到当年最冷门的六殿下登了基。偏娘娘慧眼识珠，押对了宝。""唐大人想要什么？"我看着他。

"微臣想要陛下安康，娘娘万福，自然，还想要升官加爵。"

"眼下，有个好时机，可助你升官加爵……"我笑道。"哦？什么机会？"他眼里流露着秃鹫般的贪婪。

"皇陵。"

第三十七章：风水

唐允饶有兴致地看着我："请娘娘赐教。"我从怀里掏出一张布，打开，跟他说道："你看，这是皇陵延伸的地图，乃大章二十八年正月，先帝请前国师方常看的风水，选的万年吉壤。其后，方常祸乱宫廷，逃之夭夭。那么如今看来，这皇陵延伸的选址，就很是有待商榷了。唐大人，本宫特意着人看了一处上佳的风水，你看——"

我指着其中一处："这里，是本朝太祖之陵，东南之向有山脉，缓缓上升之势，若选在此处，则与太祖之陵呈北斗星之状，天人合一，魂归北斗。且主山高耸，层峦叠嶂，形如出水莲花，案似龙楼凤阁，难道不是上上佳穴吗？"

唐允说道："据说那方常老道曾对先帝说过，藏风聚气，得水为上，便选了现在的位置。看来方常老道只知炼丹药媚上，无甚真本事的。"

"本宫曾是先帝身边的掌事宫女，这一点唐大人想必也是听说过的。对于方常一事，本宫再清楚不过。就因为他炼取春药，伤了先帝的身体，导致先帝大病一场。当今圣上衣不解带，三日未曾合眼，亲侍汤药，对此事更是记得清楚。先帝崩逝突然，故而，皇陵拓延一事，仍按从前的方案施工。现今，若唐大人禀告圣上，另择吉穴，圣上必然大喜，焉有不封赏之理？"

我说着，看了看唐允，他频频点着头。

"古来因风水而得圣心者，多有之。本宫得此佳讯，本可以直接奏明圣上，可本宫惦记着唐大人在禹杭之大恩，一心想着唐大人的锦绣前程，便特意赶来告知。"我笑着。

唐允连忙斟上一杯茶，恭敬奉上："这是微臣从禹杭带来的茶，故乡佳茗，奉与娘娘，若有锦绣来日，必不忘娘娘提携。"我轻推了一下，笑道："茶，本宫就先不喝了。等唐大人的好消息。"

我将那张布塞到唐允手中，起身告辞。走到门口，一只胖胖的大手拍了我一下，是唐赟。他父亲让小厮拉他下去，他又偷偷跑出来了。

"媳妇，我想问你，你那个神酒还有没有了？"

我不吭声。

他拽着我的衣袖："媳妇，到底还有没有了？"我不想与他拉扯，便敷衍道："有的。"

他呆滞的眼神里漫上来喜悦："什么时候我能得到神酒呢？媳妇，我父亲总是逼我去考试，可我看到试卷，便什么也记不得，急人得很。我跟你说，我喜欢喂鸟，我养的鹦鹉可漂亮了，会说很多话……"

"等……等落雪的时候，就有神酒了。"我胡诌了一句，他松开我，我便跑了。他在背后喊着："媳妇，我等你的神酒啊，你一定要记得啊——"

我在心内算着，皇陵离京中大约八十里地，骑快马，不到一个时辰便能到。唐允此时应迫不及待地去皇陵找成筠河献媚了。施工试挖，亦需要一定的时间。我就等着，等着好戏。

回到宫中，我换上一身绵软质地的素衣，倚在檐下，我命南飞给我倒了杯皋卢茶。在先帝身边一年，我也有了喝皋卢茶的习惯。苦到了极致，苦到了心，方能自省。

我问南飞："什么时辰了？"

"禀娘娘，未时了。"

"本宫让你吩咐柳司厨的事，你是怎么说的？"

"娘娘放心，奴婢先让棠梨院的宫女去御膳房，吩咐巧云做了菜送去给殷太妃。巧云刚离开棠梨院，小宫女便发现殷太妃的首饰丢了，棠梨院现在一整日没有外人进去，只有巧云去过，首饰丢了自然跟巧云脱不了干系。殷太妃现在闲得很，青天白日里，无事也要生出几许事端，打鸡骂狗的，更别提棠梨院真的丢了东西。据说是派人去御膳房闹了好大一通呢。柳司厨不愿招惹这个活祖宗，到底是不是巧云偷的，她哪里敢去查，恨不得赶紧了事。估计，巧云也就是这两日要被撵出去了。"南飞不紧不慢地回道。

我看了她几眼。南飞长着一张略显方正的脸，额角上有些许薄薄的雀斑，一双丹凤眼，似能看透这宫中诸多风云。这事儿，我原本没有明着告诉她该怎么做，只是略提了一句，她竟然想得这般周全。

"那个发现首饰丢了的小宫女……"我问道。

"她是奴婢舅父家的表妹，奴婢带着她一起进宫的，很是妥当。"

我笑笑道："南飞，你是个极得力的人。"南飞说道："奴婢既在娘娘身边做事，必要为娘娘尽心。娘娘身边有杂草，还是除去比较好。那等爱在君上跟前儿露脸的狐媚子，就不该待在宫里。"

我点点头，歪在榻上小憩。南飞忠心护主，我身边有这么个人，倒是能安心不少。

我在榻上大约眯了一个时辰，听到起风了。风卷起地上的枯叶，发生沙沙的声响。庭院中的花草摇摆着。

南飞走过来，往我身上披了件衣服。成筠河身边的贴身内侍小酉慌慌张张地跑进来。

"贵妃娘娘，皇陵那边出事了！圣上发了好大的脾气！小的在圣上身边伺候十来年了，圣上素来是温和的人，从来没动过这么大的怒呢。随行的官员一个个都不敢出声儿。奴才来请您过去瞧瞧。"小酉说道。

成筠河登基之后，如今，小酉已然是内侍总管了。

我故作惊讶道："怎么了，早上出宫的时候，不是还好好的？"

"是好好儿的呀。好死不死的，冒出来一个中宪大夫唐允，一定要求见圣上，说有关皇陵的大事要禀，他拿出一张图，说是他少年时跟终南山上一位大师学过风水之术，能选万年吉壤，说得天花乱坠。圣上半信半疑。恰现在这个陵穴是前国师方常选的，圣上很是厌恶那个方常，便命侍卫去试了试唐允说的那个吉壤。谁知，竟挖出了水，边坡塌方。您说说，这唐允是何居心？他还一直在狡辩，圣上已让人封住了他的嘴。"小酉急急说道。

"竟有这等事。"我说着，便随小酉一起上了马车，直奔皇陵。

到了的时候，已约莫酉时。天边有一层霞光。远远地，听到成筠河叱责道："谄媚小人，居心不良，欲置孤于不顾祖宗典仪，不恤国家利害之地。妄图破坏皇陵，动摇皇家万年之本。你的确罪该万死。"

我走上前去。成筠河抬起疲倦的眼："星儿，你来了。"

"圣上，臣妾已听小酉说了此事，幸而先帝与姜娘娘的灵棺未动，未曾惊扰。那便仍旧按照先前的墓穴便是。"

"孤气的是这般宵小之辈，只顾着趋炎媚上，拿皇家陵穴当儿戏！试想一下，如果是灵棺放下之后数日，起了水，那当如何？孤这一世良心何安？宗圣殿上何颜面对列祖列宗？"

"那狗官人呢？"我问道。

"孤已命人将他捆了起来。"

"皇陵出了此事，宜以血祭之。那边该动工的，照旧动工。"我缓缓说道。成筠河听了，点点头："那便按你说的做。孤累了，回宫吧。""好。"我柔声说道。

我扭头看着侍卫们将唐允推到了山坡边，唐允看见了我，眼里很激动，可惜他的嘴已经被封上了，嗷嗷乱叫着，却什么也说不出来。

侍卫一刀下去，他倒在了山坡边。这一刻，不知为何，我满脑子回荡着二皇子死前说的那句：无毒不丈夫。我又狠心了一次。

皇陵出的这档事很快就传遍了朝野，再也无人敢自以为是地讨好媚上。众人皆传：以血祭皇陵，当今圣上很是有些铁腕手段。金銮殿之上，大臣们看着龙椅上那个年轻的帝王，多了几分敬畏之心。

翌日晌午，成筠河在尚书房召见几个亲贵大臣，我再一次悄然去了唐府。

杀了唐允，我终是不忍。他的家人是无辜的，不应祸及家人。特别是那个傻傻的糖饼。我悄悄嘱咐沈昼，安排从前的属下，送糖饼一家回杭州。

唐允为官多年，家在禹杭定还有些房产地产，回禹杭安然度日不成问题。糖饼看见我，惊惶道："媳妇，父亲惹了什么祸，为什么圣上要杀了他？母亲说父亲再也回不来了？"我心内一软："你再也不用担心考试了。一生都不必考试了。"

正在这时，突然一个人影向我冲了过来。我记得他，他是唐允的贴身心腹，从禹杭起一直跟在唐允身边的。他拿着刀向我刺过来："贱人！是你害了唐大人！"

我眼睁睁地看着刀一点点向我逼近，却躲闪不及。

糖饼突然抱住了那个人："父亲是圣上杀的，你刺我媳妇做甚？！"

"少爷，你让开！"

糖饼很固执，脸憋得通红。

两人撕扯间，刀插在了糖饼的身上。沈昼穿着便衣赶过来，擒住了那个人。沈昼说："娘娘，此人知道得太多，留不得。"

我点了点头，看着糖饼。

他的血流在地上，他看着我："媳妇，什么时候下雪，我真的很想喝状元及第酒，我真的很想让父亲看得起我……"

我的泪落下来："很快，很快就下雪了。"

第三十八章：大礼

糖饼的声音虚弱下去，他口中不停地唤着："媳妇，媳妇……"

院落里，有一棵珍珠梅开得正旺，白色的花满枝头。珠光琼瑶日色寒，美景良辰奈何天。

我抬眼看了一下，不远处的水池边有一个小陶钵。我跑过去，抓了一把珍珠梅，又拿那个小陶钵接了点水。我走到糖饼身边，将珍珠梅从他的头上撒下。

"糖饼，你看，下雪了。"我轻声说。他的意识已开始慢慢地涣散，看到珍珠梅一片片地落下，他欢喜地说："媳妇，真，真，真的下雪了……"

我将陶钵里的水递到他嘴边："糖饼，我给你弄来了神酒，快喝吧。"他又一次咧嘴笑了，从我那年春天在禹杭街头第一次看到他，他就是这样的笑容。

"真好，媳妇，真好，我终于喝到神酒了，我会考中状元的对不对？爹爹会很开心，母亲也会很开心，全禹杭城的人就不会笑话我了。"

"嗯，是的，没有人再笑话你了。"

我的眼泪一颗颗地掉在糖饼那张胖胖的脸上。我看着他心满意足地闭上眼，身体一寸寸冷却。

瑟瑟西风满院，乌云压了上来，沈昼说："娘娘，你快回宫吧，若是被圣上发现你贸然离宫，会引起不必要的麻烦。这里余下的事，都交给我。"我点点头："有劳沈大人送唐家余下的人安然回乡。"

走出唐府，我再一次扭头看了看倒在地上的糖饼。

秋风吹在我的脸上。

擦干眼泪，回宫。

刚回到合心殿，南飞迎了上来，她压低了声音："娘娘，出了点岔子。"我不动声色地换好了衣服，擦了点胭脂，方问道："什么事？"南飞低头："巧云那狐媚子，眼看着就要被柳司厨撵出宫了，不知道耍了什么花招，竟又被殷太妃力保，留了下来。不仅如此，还调了她去乾坤殿的小厨房做司厨了。为什么别的地方不去，非去乾坤殿，就挨在圣上的身边？司马昭之心，路人皆知。"

乾坤殿西侧有一个小厨房，偶尔给圣上煮些点心、夜宵、花茶、参汤什么的。先帝在时，我在乾坤殿做掌事，顺带管着那个小厨房，里面不过是三五个打杂的宫女内侍。成筠河即位后，回合心殿用膳的时候居多，乾坤殿的小厨房里仍是从前那几个老人儿，平素里我也没留意。不想，殷太妃鸦雀无声地给我送了这么个大礼。

我冷笑一声："还能是什么花招？不过是搭上了殷雨棠这条船，两人勾结在了一处而已。巧云倒是个不简单的小丫头，眼瞅着唐允这棵树倒了，又火速找了个新主子。殷雨棠在前朝是贵妃，凌驾于所有妃嫔之上。新帝登基，本宫进言，只给她封了个太妃，跟董太妃平级了。她心里恨透了我，耳朵根子又软，脑子又简单，哪里禁得住巧云花言巧语哄骗？她以为巧云会帮着她跟我作对，实则是被巧云当梯子使罢了。"

南飞迟疑道："殷太妃从前称霸后宫好些年，瘦死的骆驼比马大，在这宫中还有许多根基。所以，才能让这狐媚子顺利调去了乾坤殿。娘娘，眼下，咱们该当如何？"

我将一枚绞丝孔雀钗递给南飞。她接过，小心翼翼替我别在脑后。

"别慌。殷雨棠从前有家室、有背景、有君王的宠爱，如日中天的时候都没能赢，现在也成不了什么大气候。"

南飞说："巧云……她现在调去了乾坤殿，圣上的眼前儿，要除掉，倒没那么容易了。"我画眉的笔在手中凝滞了片刻，说道："且再看看。"

傍晚，我路过棠梨院，听见一阵歌声。心内揣度一番，走了进去。

棠梨院中本是栽了许多海棠和梨树。现在皆过了花期，院子里光秃秃的。殷雨棠在院中唱着："四月维夏，玄泽湿殷裳，有佳人倚花前，怕情深落在雨棠。"据说当年殷侯送她进宫那日，海棠花开满了宫廷，她穿着一身殷红色的衣裳，娇俏地倚在花前，先帝吟了一句：佳人花前湿殷裳，只恐情深落雨棠。扣着她的名字"殷雨棠"。她把先帝随口吟诵的这句诗挂在寝殿最显眼的位置上。

到如今，她仍然忘不了自己那段好日子。她的鼎盛时期。一进宫便得蒙圣宠，生下七皇子，炙手可热势绝伦。

见我进来，她轻蔑地扫了我一眼，说了四个字："小人得志。"我笑笑道："殷太妃，先帝仍在丧期，满宫里不闻丝竹声，就连圣上宴请大臣，都免了歌舞之项，您何以青天白日在此放歌？如今本宫掌管后宫，虽然您是长辈，但也不能不治您一个不敬先帝之罪。"

她用手指着我："小贱人，你害我至此，还想怎么样？""棠梨院中人手不必这样多，减去一半，让您好好儿地，怀念先帝。"我说完，便扭头离开。

她在背后笑起来："不过跟我一样，是个妃子而已，再厉害又能怎样？我的今日就是你的明日。我还有为官的父兄，有殷家煊赫的家世，你有什么？君王的宠爱吗？君王的宠爱算什么？哈哈哈哈哈。"

她笑得让人毛骨悚然。我不由得打了个哆嗦，脑子回荡着她的那句"你有什么"。

对啊，我有什么。我孤身一人，闯到如今这个地步，我有的，只有我自己，我自己的一腔孤勇和敏锐的双眼。就像御花园池塘里的金鱼，睡觉的时候也不敢闭眼，时刻保持清醒。

我有的，还有成筠河对我的温柔。一路走来，他的那一声声"星儿"。

到了乾坤殿，恰好看到王项从里面走了出来。他今天穿的，是一身官服，腰间挂着玉带。看见我，他行了个礼："合贵妃。""王大人。"我颔首。

"今日云贵传来消息，边疆几个异族联合起来暴乱了。圣上前几天刚下了调令，命殷将军回京述职。调令还是热乎儿的，就出了这等事。您说巧不巧？"他看着我，意有所指。

"朝廷大事，本宫妇道人家，不懂得。"

他笑了笑道："一朝天子一朝臣。殷家想蹦跶起来，可不能够了。"当初打压他的人里面，殷侯就是主力。他如今得了势，自然是不会让殷家好过。

小内侍通报一声，我进了殿内。成筠河正在喝着一碗汤，看见我，他招招手："星儿，小厨房刚送来的桂花参汤，好喝得不得了。你也来尝尝。"我点头："好。"

一旁的巧云听了，连忙伶俐地盛了一碗，恭敬地递给我。我笑道："巧云姑娘调到乾坤殿当差啦？"成筠河淡淡地说："嗯，内庭监送来的。手艺倒是不错，颇有几分母后的风格。"

我点头："甚好。圣上欢喜，就是最佳。"我喝着汤，成筠河跟我念叨着："星儿，云贵出了事。云贵多山地，地形易守难攻。你看，这事该如何是好？孤是否该留着殷将军在云贵？"

"圣上，这事该问前朝的大臣们。"我放下汤匙。

"前朝大臣们的建议，孤都已听了。现在，想听听你的看法。孤深知，你的聪慧，不逊男儿。"

我看了看成筠河的眼睛，并无异样，便说道："臣妾以为，不应留殷将军在云贵。"

"哦？"

"圣上既已下了调令，君无戏言。若因异族骤然起事，而改变调令，岂非让天下人耻笑圣朝无人？难道泱泱大国，就他殷家会打仗不成？离了他这盘菜，您还不开席了？"

成筠河点头："星儿所言极是。那孤该派谁去呢？"

"废太子，楚王成筠源。"

成筠河愣了一下。自他登基以来，总有一小撮不怀好意之人，议论他这个皇位来得突然，颇为蹊跷。坊间有传闻说前太子是多么的贤德，且是先帝长子，就算骆皇后被废，长子继位亦是顺理成章。有这个大哥在，始终给一些心怀叵测之人以口实。

"星儿，可皇兄并未上过战场，这不是让他去送死吗？"

我摇摇头："不一定非要他亲自去真刀实箭地打仗，他随行挂帅就可以了。另佐以武将做他的副手，出阵督战。不过是以他皇族的身份，鼓舞士气，以示朝廷出兵必胜的决心。"

"若打了胜仗，皇兄的威望不是水涨船高吗？"成筠河略有迟疑。"若有不臣之心，在云贵就地诛杀。"我说完，看见一旁的巧云打了个哆嗦。

成筠河叹口气："今日有大臣上奏说皇兄一定留不得。可是，星儿，孤不忍心。""圣上。"我柔声说道："若如今登基的是楚王，形势又当如何？若楚王行悖乱之事，死于战场，不是刚好免了您落下残杀手足之名吗？"

他沉默良久，说："不可。"

第三十九章：巧云

"圣上，若留楚王，日后必成大患。"我加重了语气。

"星儿，你何必如此说。虽然骆皇后从前曾让人给孤送过毒药，但是大哥自己并未害过孤。他好歹是孤的长兄。"

"就因为是长兄，更是大患。圣上，您还不明白吗？对您有威胁的，不是楚王这个人，而是楚王身上先帝长子的名分！只要他这个长兄在一日，那些心怀叵测的小人永远都不会消停！他们打着匡扶正义的名头，其实就是想搅浑圣朝的水！"

"不要说了！"他一挥手，"如果孤真的那样做，跟二哥有什么区别？父皇之所以将这江山交与孤，不就是因为想让孤做一个仁君么。"

"这并不是一码事。仁君，是指对天下百姓施仁政，而不是对政敌妇人之仁。"

也许是"妇人之仁"这四个字刺痛了他，刺痛了如今他被高高在上的龙椅浸泡出来的一颗王心。他对我吼了一句："闭嘴！"

我愣住，抬眼怔怔地看着他。这是他第一次用这样的口气跟我说话。

吼完我，他似有一些懊悔。空气仿佛凝固了一刹那。他笑笑，拍拍我的手，说："星儿，最近朝廷事多，还有许多折子没有批复，你看，案上堆着高高的一摞。今晚孤就歇在乾坤殿了。你回去早点睡，不必掌灯等孤了。"我点点头，还想再开口说些什么，张了张嘴，什么也没说出来。行了个礼，告退了。

走出乾坤殿，夜风迎面吹在我的脸上。我恍然间觉得自己错了。他不是那个在宫中备受冷落、无人问津的小六了。他是君王。

今非昔日，而我还在用从前的口气与他说话。

自成筠河登基以来，每晚，他都宿在合心殿。我们日日同床共枕。我习惯了，掌灯等他，多晚都等。而今天，他却说不用等他了。

我命南飞点了许多盏灯，将合心殿照得灯火通明。我坐在厅前的榻上喝皋卢茶，喝了一夜。

南飞说："娘娘，歇了吧，五更了。圣上不会来了。"

是啊，不会来了。他是用这种方式，提醒我要注意分寸吧。再深厚的情分，再亲密的人，都要把握好度。

南飞递上湿毛巾，我擦了擦脸，打开了窗。天边渐渐地亮起来，好像在淡青色的天畔抹上了一层粉色，在粉色下面隐藏着数道金光。如花朵绽放，如水波四散。日头缓缓地升起来，灿若锦绣。檐下挂着的几个鸟笼里开始传来一阵阵的鸟叫。

我到厨房，用御田粳米熬了点清粥，又将桂花揉进面粉里，做了几个饼子。我叫上南飞："想必圣上夙夜批折子累得很，本宫去给他送点他爱吃的。"

南飞不吭声，跟在我身后。

到了乾坤殿，小酉看到了我，似乎有些吃惊。他结结巴巴地说着："合……合……合贵妃来了？来得这样早？"我笑笑道："嗯，来给圣上送吃的。"

我对乾坤殿的一切再熟悉不过，轻车熟路地往里走，小酉喊着我："贵妃娘娘要不回去吧，等圣上起床了，您再过来。"我扭头看了看他："小酉，你今天怎么怪怪的。"

"没，没，没……"

我走到内侧的寝殿，看见门是关着的。我推开门，帐子是合着的。地上散落的有几件衣服。赫然进入眼帘的，是一件女子的红色肚兜。我站在原地，进也不是，退也不是。

帐中人听到动静，问道："小酉，怎么回事？"是成筠河的声音。

我心里涌上来一阵阵的酸楚，那酸楚似乎要揪人心肠一般。我曾经在脑海中反复预习这一幕，没想到竟来得这样早。

"星儿，孤初初登基，后宫仅你一人。"这句话似乎还在耳边。现在，他的榻上这么快有了别的女人。

"圣上。"我不由自主地喊了一声。"星儿。"他看到了我，又看了看身旁的那个女人，再次问："小酉，这是怎么回事？"

小酉跪在地上："圣上，您昨晚批折子到子时，说喝点酒解解乏。巧云姑娘给您做了点薄荷酒，您喝了，很是喜欢，便不觉贪了杯，喝了整整一壶，后来，后来，后来……就成现在这样了。"

巧云在被子里嘤嘤地哭泣着："奴婢罪该万死，求合贵妃原谅……"

呵，故意在成筠河面前表现出一副很恭敬、很怕我的样子。真是机灵得过了头。

我的喉中似乎吞下一颗莲子一般，面上仍轻轻笑道："巧云姑娘哪里的话，圣上挑中你侍寝，是宫中的喜事，亦是你的福气。"

"星儿——"成筠河唤我。他看着我的眼睛："孤不是有意的。昨晚不知道是怎么回事，只记得在喝酒，后面的事，孤全都不记得了。"

"事已至此，圣上打算怎么安置巧云姑娘？圣上将这后宫交由臣妾掌管，圣上发了话，臣妾才知该如何安排。"我低头，缓缓说道。我害怕面对这个问题，可我还是问出来了。

"星儿，孤说过，这后宫仅你一人。"成筠河从榻上起身，走到我身边，握着我的手。我的手特别特别的凉。

他指着巧云说："从此不必在乾坤殿当差了。去浣衣局做事吧。"

浣衣局差事重，又在宫中偏僻位置。巧云登时哭得更加梨花带雨。她定然没有想到，春宵一度，醒来会是这样的结局吧。没有飞上枝头，却是跌入深渊。

我沉默着。

成筠河穿好了衣服，从我手中接过食盒，捏出一块桂花饼，说道："星儿，你有心了。"

我仍旧是沉默。

巧云裹着一张布从榻上爬下来，爬到成筠河脚边，扯着他的衣服哀泣道："求圣上开恩，奴婢不奢求名分，只求能继续留在乾坤殿，为奴为婢，只要能日日看见圣上，就是莫大的福分，求圣上不要赶奴婢走……"

成筠河皱了皱眉："小酉，你带她去吧。"

小酉拽着她，走到门口。正在这时，萱瑞殿的信贞姑姑过来了。

成筠河低声道："皇祖母的消息，倒是灵通得很。"

我迎上去："信贞姑姑来了，可是太皇太后她老人家有什么教诲？"信贞姑姑说道："当今圣上年轻，膝下无子，正是开枝散叶的好时候。后宫仅有合贵妃一人，像什么样子？圣上堂堂一个君王，宠幸一个宫女，还有错了？合贵妃，你一大早来堵门，这醋劲未免也太大了吧？你可知嫉妒是女子七出之过，更是嫔妃之大罪？"

"我没有……"我开口想解释什么，被信贞姑姑打断。

"太皇太后懿旨，命合贵妃在合心殿闭门思过三日，将女则抄写五十遍。至于巧云姑娘，既然圣上和合贵妃都不想留她，那便带回萱瑞殿吧。"

她看了看跪在地上衣衫不整、哭哭啼啼的巧云："穿好衣服，跟我走。"巧云忙不迭地跟在她身后走了。

屋子里只剩我与成筠河二人。成筠河轻轻地抱住我，我感觉我的身子兀地一僵。

"星儿，我去上朝了。事情不是那样，你别瞎想。我心里只有你，没有别人。我不是欢喜她。是真的记不得了。"他走到门口，又扭头："等下了朝，我就去找你。"

我默默地回合心殿。

南飞说道："娘娘，巧云这个小蹄子，会不会是在薄荷酒里动了手脚？"

我点点头。

　　成筠河不胜酒力，一向是有分寸的，并不是那等宿醉癫狂之人。能让他完全没有印象，那酒里一定有猫腻。我敏感地闻到空气中阴谋的气息。

　　一夜未眠，加之早晨受了一番刺激，到了合心殿不久，我开始发起了烧。烧得面颊通红。南飞一遍一遍地给我绞着冷帕子敷额头。

　　我昏昏沉沉睡过去。醒来，我看到成筠河用手摸着我的脸："星儿。"

　　"筠河。"我迷迷糊糊地喊着，"云贵战事，派的谁去？"

　　"在朝中另择了一员骁勇猛将前去。你病成这样，别想着这些事了。"

　　"筠河，我不放心。"

第四十章：喜事

发烧完了，又开始咳嗽，接连病了四五日。这四五日，成筠河都将奏折拿到合心殿批阅，朝中大部分琐事交给了王项。每日黄昏，王项来合心殿，择一些大事向成筠河禀告。

我病的日子里，成筠河待我细心至极，亲自给我喂粥、喂药，我们似乎又回到了在禹杭那段初相识的日子。

夜晚，他躺在我身边，紧紧握着我的手，我听着他均匀的呼吸声。

我唤他："筠河，筠河。"他眼睛睁开，看着我："怎么了，星儿？"

"筠河，我做了噩梦，你不在我身边了。"我从梦中醒来，浑身都汗湿了，满目凄惶，侧过身去，紧紧地抱着他。

他从枕边拿出一块手帕，给我擦着额角的汗："梦都作不得数的。你是我最珍贵的贵妃，我怎么会不在你身边呢。"

"可我害怕，我身边所有的亲人都会离我而去……"

他的吻绵密地落了下来，在我的额头、脸颊、脖颈上。

"不会的，星儿，我会永远陪着你，你也会永远陪着我，我们永远在一起。"他一连说了三个"永远"。我的心稍许安定下来。"咱们生个孩子吧，星儿，那样皇祖母就不会以皇嗣为由总是想往后宫塞人了……"他在我耳边说着，轻轻地褪去我的衣服。

"筠河，我咳嗽才好，别过给了你——"话还未说完，嘴巴被他堵住。他含含糊糊地说着："过给我也好，我和你一起病。"

红纱帐中，成筠河与我渐至忘情。一室春光。

我很想，很想生个孩子。对于子嗣，我与母亲一样，有深深的执念。总觉得没有孩子的女人是不完整的，没有孩子的爱情也是不完整的。我在心里默默祝祷，让我早一日如愿，拥有与我、与成筠河血脉的牵绊。

第五日，我已然能下地了。

南飞怕我病几日，淡了口，给我煮了点鸭汤，细细地将油腻都撇掉。

已经是九月了，正是黄叶凝露成霜时。满院的花草、树木，在九月里，开始慢慢变得沉寂、温驯。

我站在院中拾落叶，王项走了进来。他看见我，拱手道："合贵妃，圣上呢？"我笑笑，指着里间："圣上在沐浴，这几日累着了。王大人请稍等片刻。"

黄昏院落。细细清香无处著。黄昏是黑夜前最飘逸的伏笔。天际的光是柔和的，淡淡的晕染，落在我的双睫上。

王项说："圣上对合贵妃的情意真是深厚啊。圣上如此年轻，却如此专情。"他顿了顿，继续说："可惜啊，据说因为峪王生前的离间，导致圣上没能给您后位。"

我专心地拾着落叶，并没有接他的话茬。

须臾，他继续说道："娘娘可还记得楚王？"

我看着他的眼睛。他的眼里有试探，有不确定。

我笑笑道："自然是记得。圣上的皇兄，从前有过数面之缘。怎么？王大人想说什么？"

这时，从里面传来成筠河的咳嗽声，他唤道："是王大人来了么？"王项连忙应了一声："是，圣上。"他匆匆跟我说道："微臣只是想说，楚地现在正是橙子的时令。前阵子，一位在楚王府做事的官员，从楚地往京城来，带了许多的鲜橙。不知娘娘喜不喜欢食橙，若喜欢，微臣送些过来给娘娘。""不必了，我怕酸。"我说道。

他进去跟成筠河奏事了。

我叫来南飞，小声地吩咐："去悄悄查一下王项，他科举中榜前的情况，以及最近这些年的举动，跟谁过从甚密。"

南飞点点头。

橙，乃"成"。王项其人，如一潭浑水，看不见底。

九月底的时候，云贵传来佳讯，朝廷打了胜仗。

乾坤殿中，我正在桌前磨墨，听到侍卫禀报了这个消息，便问成筠河，当初派去云贵的那个他口中称之为"骁勇猛将"的，是谁。

成筠河说："那人叫马保忠。先帝大章二十六年武堂头名结业的人才。本次是王项王大人力荐他去的。他是乌蒙人，对云贵地形熟悉。"

我蹙眉。大章二十六年，那时候成筠源还没有被废太子，骆皇后也没有被废，正是东宫权力熏天的时候。这个马保忠在那个时候崭露头角，很难保没有被当时四处招揽人才的成筠源招入麾下。

"圣上，马将军打了胜仗，您打算如何嘉奖？"

"云贵蛮夷甚多，民风彪悍，难以教化。马保忠既是在那里打了胜仗，立了威名，孤打算封他为抚远大将军，镇守云贵，使蛮人不敢再犯。"

"哦？那马将军算是一朝得志，成了朝廷新贵之一了。"

成筠河看着我："怎么，星儿觉得不妥？""圣上，武将不能在原郡做官，这一点，从本朝太祖时期，便是如此。"有了上次不悦的经验，这一次我说话比较温和，避免了所有尖锐的字眼。

"孤何尝不知道有这个先例呢。只是，这次情况比较特殊。孤与王大人商量过了。自孤执政以来，许多类似于殷家这样的世代武将之家被打压、架空。孤有意扶植新将，以免那些从皇祖、皇父时期立下功勋的人，自以为功高盖主。云贵刚历经战争，需要维稳，一时间没有寻到更合适的人。二则，马将军是乌蒙人，乌蒙是滇东。孤将云贵戍边地点改作滇西，可避免这一问题。"

我深深倒吸了口凉气，之前的朦胧一下子明朗了。王项假装站在新君的角度上，打压那些旧族。实际上，是让新君身边失去那些旧族的支持。等到用人之际，孤立无援。而他扶植的那些人，一个个都是他精挑细选的，必有猫腻。

这是一局缜密的大棋。从成筠河刚登基的时候，就已经有人布好了局。他们一步步地想把成筠河架空。楚王在湖广，马将军在云贵，若以高山、长江做练武场，联合起来，挥兵北向，朝廷无将，危矣。

我的额角渗出豆大的汗。我不能直白地将这些话告诉成筠河。他不会相信的，他会觉得我是危言耸听。

新朝初立，他信任王项。而且我现在没有丝毫的根据，一切只是我的猜测。思索一会儿，我笑着说道："圣上和王大人的思虑必是周详妥当的。但是有个人，圣上恐怕是忘了。"成筠河好奇地问："谁？"

"臣妾也是近来翻阅本朝史官记录，才发现此人。他的先祖，来头大得很，跟殷家的先祖一样，都是沐雨阁的开国六功臣之一。太祖时，受封为平西王爷。奈何先帝掌政时，因为一桩文字狱与平西王府有一点牵扯，老王爷为了避嫌，辞去朝中所有职务，解甲归田，在京郊王府过上了养花种菜的清闲日子。如今老王爷去世了，第二代平西王爷年事也高了，王府中执事的是第三代平西王爷常正则，二十来岁，少年英才，颇有抱负，且闲在家中，报国无门。何不起用他呢？"

因为常家特别低调，有闲爵，却无职务在身，所以王项还未曾对其下手。常家本来就是本朝根基颇深的武将之家，镇守云贵，名正言顺。且这些年，常家远离了所有的政治纷争，贸然出山，不会令人怀疑。

成筠河琢磨了半盏茶的工夫，点头称好。

我松了口气。他可以做个心思简单的人，而我必须步步筹谋，谨慎小心，保我们俩的平安。

调令发出。晚间，我收到一张帖子，说是平安王府递进来的。简简单单几句感谢的话，署名是：常二。常正则是平西王府的正室嫡子，排行老二，有个哥哥早年病故。他对我自称"常二"，亲近之意表明得很是清楚。

甚好。到底是培植自己的亲信势力可靠一些。

常家有家底，常正则不是庸才，只要路子铺得好，前途不可限量。只是，这样一来，王项和王项背后的人往后会更加警惕我了。

十月初的一个晌午，我与成筠河正在乾坤殿的偏厅吃饭。萱瑞殿的信贞姑姑又来了，她神情庄重地说道："太皇太后有请圣上与合贵妃去一趟。"

成筠河说道："皇祖母有吩咐，信贞姑姑代为传达就好，一定要孤亲自去吗？"太皇太后不喜欢姜娘娘，对姜娘娘的儿子也不正眼看。从小到大，成筠河跟皇祖母一点也不亲近。从前也只是逢年过节才见上一面。自他登基以后，依然是原样。

信贞姑姑坚持道："太皇太后说，您去了，便知道了。"

我拉着成筠河去了萱瑞殿。成筠河勉强笑着，跟太皇太后打了招呼。我跪在地上，行了大礼。

太皇太后笑着赐了座，向成筠河说道："小六，天大的喜事啊。"她拍拍手，巧云走上来。"这丫头有喜了。哀家算着信贞将她从乾坤殿带过来那一日，到现在，一月有余，跟医官说的日子正好儿吻合。"

她笑眯眯地看着我："怎么样，合贵妃，是不是天大的喜事？"我低头，再次跪在地上："恭喜太皇太后，确是天大的喜事。天佑圣朝，子嗣延绵。"

信贞姑姑搀起了我。我偷偷看了一眼成筠河，他的脸上没有任何的表情。

第四十一章：名分

太皇太后看着成筠河，声音绵软中带着威严："从前没给巧云名分，哀家没有强求。现今可是不行了，毕竟巧云肚子里怀着的，是皇家的子嗣。得名正言顺。"

成筠河不接话，他看着我。他曾答应我"后宫只一人"，现在，他不愿去打破自己许下的誓言。

太皇太后看着我，突然厉声说道："合贵妃，你好生厉害。圣上后宫添个人，竟要看你的脸色！哀家在这宫中一辈子，从未见过此等荒谬之事！"

我忙恭顺伏在她膝下："太皇太后误会了，圣上看着臣妾，意思是吩咐臣妾，给巧云姑娘一个合适的名分。"

太皇太后面色稍霁。她问成筠河："小六，是这样吗？"我轻轻扯了扯成筠河的衣角，他低头道："是。"

"那，合贵妃可想好了给巧云什么名分？"太皇太后步步紧逼。

我抬起头来，看着巧云，笑道："封为五品的美人，封号麒，意为麒麟送子，太皇太后您意下如何？"太皇太后沉吟道："五品么，低了些。也罢。待到皇子出生之际，再行封赏吧。"

她转向一旁站着的巧云，说道："麒美人，还不谢恩？"巧云一脸受宠若惊，不停地磕着头："谢圣上，谢太皇太后，谢贵妃娘娘……"

"臣妾将这宫中的殿宇都在脑子里过了一圈儿，想来想去，还是云梦阁适合巧云妹妹。一来，那里靠着山坡，景色优美；二来，扣着妹妹的云字，何尝不是一种缘分。便将那里赐给妹妹做寝殿吧。"我说着。

巧云迟疑着，不敢答话。太皇太后说："何必这么麻烦？就留在萱瑞殿吧。哀家看着曾孙出世，也是极好的。"

我笑道："这萱瑞殿里已住着您、董太妃和五殿下。若再添一个妃嫔和皇子，实在是太拥挤，人手也顾不上来。若内廷监弄一堆人来，在这儿又扰您的清静。横竖是不妥。再者说，到时候，圣上若来看麒美人，也多有不便。麒美人还是得有自己的寝殿比较好。太皇太后，您说呢？"

坐在榻上的太皇太后不吭声。半晌儿，点了个头。

一旁的董太妃插话道："麒美人，离了这萱瑞殿，也要时常记得回来看看太皇太后，别忘了，你是从这扇门儿里出去的。"她句句压人，意有所指。巧云看了看她，又看了看太皇太后，点头不迭："必日日请安，晨昏定省。"

成筠河什么话都没说，说申时请了大臣在尚书房议事，便向太皇太后告退了。

我带着巧云走出萱瑞殿。走到门口，见一个身影在柱子后面探头探脑。那身影有一只袖管是空空荡荡的。我知道那身影是被狼咬伤了的五爷成筠涛。他在暗处偷偷地看着我们。更准确地说，是看着巧云。巧云也看见了他，神色慌张起来，拿眼睛觑着我，生怕我发现了什么。

我目视前方，假装什么也没留神。

到了云梦阁，安置好她，又命内廷监送来许多金银器皿、内侍宫女。我笑道："妹妹在此安心养胎，缺什么、想什么，只管打发宫女去合心殿找南飞要就是了。后宫的事，不必去打扰太皇太后她老人家。"

巧云站在云梦阁的院内，神色跟刚刚大不相同了，比在萱瑞殿里要淡定坦然得多。

她摸着自己的肚子，扬着唇角说道："有劳姐姐照顾我们母子。"她将"母子"两个字咬得格外重。

南飞忍不住讥讽道："隔着肚皮，麒美人莫非有通天的本事，一眼就知道了腹中胎儿是男是女？"

巧云摸着自己的头发，说道："昨夜菩萨托梦，说臣妾腹中有圣上第一子。"南飞道："哦？麒美人供的是哪一门子的菩萨？竟如此偏心。我们娘娘日日与圣上一处，蜜里调油，却至今没有好消息。麒美人与圣上睡了一次糊涂觉，竟一下子就有了。"

"糊涂觉"三个字让巧云脸上红一阵白一阵的。

我呵斥南飞道："没规矩。"南飞不再回嘴，一双眼只盯着巧云的肚子。

待回到合心殿，南飞沏了杯茶递给我。"娘娘，奴婢觉得巧云那贱坯子的胎怀得怪异。"

我凝神说道："巧云这个人，三姓家奴，没有任何底线可言，只想着谁能给她带来更大的利益，完全不知忠心二字为何物。一开始，她替唐允做事，唐允帮忙送她进宫。后来，她眼看着自己要被撵出去，火速搭上了殷太妃。再后来，太皇太后笼络她，她又乐不可支地跟了新主子。"

南飞一脸嫌弃道："早知该在她头一回来送信的时候，就……"说起"送信"，倒是提醒我了，这个巧云不知有没有看过唐允给我的那张字条？那张字条上写着我的那张良民籍上的姓名年庚。别的一字没有。纵是看过，她是否知道内里的详情？

"过去的事，就别提了。咱们还是说眼下吧。"我轻轻地啜了口茶。

南飞说道："给圣上下迷药，是一步很险的棋。但赢了的话，胜算却很大。先帝在时，太皇太后是支持五殿下的。五殿下夺嫡失败，当今圣上登基。太皇太后终究是不甘心。利用巧云的肚子，是她们最后翻盘的机会。"

我眼前闪过柱子后面那条空空荡荡的袖管，点了点头。

"知道本官为何执意让巧云搬离萱瑞殿吗？"

南飞看着我，静静地等我说下去。

"太皇太后想拿巧云肚子里的孩子夺权，这事要是被殷太妃知道了，会怎么想？她从前可是蹦跶最欢的，一度朝中大臣中上奏立七殿下为储。太皇太后这样做，必会让殷太妃也开始蠢蠢欲动。巧云本来先是投奔她的，就这么稀里糊涂易了主，殷太妃能答应？就让她们撕扯去吧。离了萱瑞殿，太皇太后也不能十二个时辰盯着她。"

南飞笑道："还是娘娘思虑周全。奴婢终究是毛躁了些。"天色暗了下来。

深秋的京城，天黑得格外早。云朵散成一片片的，直至在天边淡去。成筠河打发小酉来说，过会子忙完要来合心殿用晚膳。

我起身，自己去小厨房做了几道清淡的小菜。

册封了巧云，他担心我不悦，刚跟大臣们议完了事，便急匆匆地赶了来。我站在檐下，看着他走向我，一身黑色的绣金线长袍，腰间挂着玉佩，清隽的一张脸。

"星儿，你刚刚为何那么快就答应皇祖母了？咱们不说话，装糊涂，兴许就能混过去了。"他说道。"哪有圣上说的那么简单。您看太皇太后那个架势，是会轻易善罢甘休吗？纵是躲得了今日，也躲不了明日。所以干脆就答应下来。"我轻声说道。

他揽着我："星儿，委屈你了。关于那个夜晚，孤真的是不记得了。孤对巧云的一点子好感，只是觉得她像母后，很亲切，一丝一毫的男女之情都没有。可不承想，她竟然有孕了。孤向你保证，不会去云梦阁，不会再见到她。"

我云淡风轻地拉着他到桌边，给他盛了碗汤，岔开话题，不再谈论此事。我不愿在我与成筠河之间扯上别的女人。我庆幸那只是一场阴谋，而不是成筠河真的移情别恋。

面对阴谋，我可以冷静地兵来将挡，水来土掩。而如果是面对他变心，我一定失去所有的理智。

"炽儿长大了，已经能摇摇晃晃地走路了，很是可爱。臣妾今天去看过他了。京中天儿寒得快，臣妾让内廷监送上足足的衣物过去。"我说道。

成炽现今仍旧与他的母亲峪王妃居住在瑶池殿。

成筠河点点头："星儿操持后宫有心了。"过了会儿，他说："星儿，要不，把炽儿过继给你做儿子吧？"他担心巧云生了孩子，而我没有孩子，被人压一头。

我笑笑，握住他的手，安慰道："炽儿本就是圣上您的义子，跟臣妾的孩子差不多，不必在意这些形式。臣妾还年轻，慢慢来。"

第二日一大早，我起床给成筠河穿衣戴冠，送他去上早朝。他摸着我的脸，嘱我再睡会儿。

他刚走，我看见沈昼闪进合心殿。

"微臣有件东西，要交与娘娘。"

我看了看四周。

他说："微臣趁着旁人没注意，巡逻的时候悄悄进来的。娘娘放心，没人看见。"

"是何物件？"

"娘娘在查王项吧？微臣从前执掌玄离阁。您忘了玄离阁是什么机构？所有官员的事务、隐私，玄离阁全部有存档。圣上撤销玄离阁后，很多东西都丢失了。但几个特别的人，微臣还是记得的。这是王项的资料。微臣凭着记忆写了下来。"

我感激道："多谢沈大人。"

"娘娘记得微臣一片忠心就好。"他说完，便没了影踪。

我打开了卷宗。果然在上面发现了王项不对劲的地方。

第四十二章：巧计

"王项，胶东人士，因其父亲王睦曾在禹杭为官，故而，少年时期，长于禹杭。"这样一来，他说我父亲曾经是他的师长，从时间上看，是吻合的。

我接着看下去。

"大章十六年，王睦被点了盐政，做了胶东巡盐使，王家举家离开禹杭。在其后的两年里，王睦连升数级，平步青云，从两淮盐政做到盐运使。一路从六品小官做到三品大员。大章十九年，王睦病逝。大章二十年，王项科举中榜。"

王家是盐政起家。而当年的废太子成筠源主抓的就是盐政。因为盐运和漕运是朝廷官府油水最多的部门，也是最复杂的部门。先帝有意让他历练历练。废太子在这一时机，拉拢了不少官员，结成死党。王项的父亲王睦，就是东宫的常客。

成筠源的这些小动作，先帝肯定是看在眼里的。先帝对于太子弄权，可以睁一只眼闭一只眼。但是，心底多少对那些巴结东宫过了头的官员有些鄙夷和防备。

"大章十九年正月，据可靠消息，王睦曾私收盐商大量贿赂，他自己留下一部分，另外一部分如数孝敬了东宫。先帝正欲让玄离阁暗查此事，但由于王睦突然离世，证据不足，不了了之。且那时候先帝特别注重保护太子的名声，所以，此事再也未提。"

不提，不代表不记得，更不代表不在意。我想，先帝之所以近十年来，没有用王项。在知道他才高八斗的情况下，只让他在翰林院做个清闲的小编修，除了因为武将的抵制，更大一部分原因，是先帝查看了王项的家世。

先帝对王家信不过。趋炎附势之臣，小人矣。

为官者，德为第一，才为第二。

由于这些事没有公开，所以，成筠河并不知情。他为探花郎怀才不遇而惋惜。却没想过，自己的父皇，是何等精明之人，官员的任免是经过深思熟虑的。什么人能用，什么人不能用，先帝都是在心里反复掂量过的。

我握着王项的卷宗坐在窗前。他们王家跟成筠源有着千丝万缕的联系。眼下，王项受成筠河重用。在这种情况下，王项选择投靠废太子一党，应该有两个原因：一是王家跟废太子牵扯不清的情分；二是废太子有置王家于死地的把柄，王项在权衡之后，决定听命于他。

成筠源在大章五年被册立为东宫，到大章二十八年伊始被废掉，做了二十三年的太子。树大根深。在朝堂上、地方上、军队中，都有一些支持者。《汉书》中有言：其有所取也，以一警百，吏民皆服，恐惧改行自新。若此时能抓住一个典型，施以酷刑，必能对成筠源一党起到震慑作用。

我正琢磨着，南飞进来了，说道："娘娘，云梦阁的小宫女过来叫您呢，说殷太妃去云梦阁找碴，花瓶都砸碎了两个，麒美人哭哭啼啼，打发人来请您去主持公道。"

我笑道："别怠慢了那个小丫头，耐心哄着，就说本宫在礼佛，且得一个时辰。这要是骤然离开，是对菩萨不敬。让她候着吧。"

"是。"

不管不问，落人话柄。管早了，便宜了那小蹄子。让殷太妃先跟她撕扯一番吧。

一个时辰后，我满脸关切地走进云梦阁。殷太妃还在撒泼，一巴掌抽在巧云的脸上。巧云捂着脸："本宫可是有名分的妃嫔，且肚子里有了圣上的骨肉，殷太妃无故殴打本宫，难道就不怕圣上知道吗？"

殷雨棠这人一向说话不防头，此刻更是冷笑道："你是什么东西，在哀家面前还一口一个本宫？什么骨肉，别以为我不知道，老太婆和董盈香一肚子阴谋坏水！你这肚子里的孩子是张三的还是李四的，谁知道呢！"

巧云面皮紫涨，用手指着她："你……信口雌黄！"

我轻轻咳嗽一声，走了进去。巧云一看见我，倒在地上哭道："这宫里容不得圣上的孩子，容不得圣上的第一子……臣妾要去萱瑞殿，让太皇太后评评理……"

殷太妃冷笑道："老东西自己身子歪，先帝嫌了她半辈子，到头来，教出你这么个狐媚子东西。虽然哀家一向不喜欢小六，但是也见不得你们这么欺君罔上！"

她看着我，似笑非笑地："合贵妃，想必你也见不得吧？"我笑笑道："此等皇嗣大事，还请殷太妃慎言。太皇太后是先帝生母，当今圣上至亲长辈，理应极尽孝养，所以，那些大不敬的词汇，殷太妃还是莫用了吧。"

殷太妃看着巧云，哼了一声："哀家等着看，看你的好戏能唱到几时。"说完，便拂袖而去。

我命南飞扶巧云起来。她受了殷太妃一大通羞辱，面色很是不好，不安地问道："贵妃娘娘，刚刚她说了那些闲话，宫人们都听在耳朵里，四处谣传，以讹传讹，该怎么办啊？"

我温和地拍拍她的手："你只管安心养胎，这些琐事不必挂怀。"

流言？呵。要的就是流言。太皇太后再算计，也难堵宫人们悠悠之口。

十月底的时候，满宫里流言蜚语，再加之成筠河从不踏足云梦阁。大伙儿纷纷揣测，说什么的都有。巧云虽怀着皇嗣，然而在宫里走到哪儿，接收的目光不是艳羡，而是指指点点。

十一月七日，是本朝太祖的祭日。

麾垣三十八年的十一月七日，太祖皇帝在淮水边的战场中箭身亡。先帝继承太祖遗志，继续作战，七日不休。场面惨烈之至。此为朝册上著名的两淮战役。圣朝因此，统一南北。

这一天，太皇太后带着后宫诸人，成筠河带着朝中大臣们，通通前往皇陵祭祀。

这是皇陵拓延竣工以来，最盛大的一次祭祀活动。

巧云因身怀有孕，太皇太后恐她禁不得车马劳顿，命她留在宫中。

五殿下成筠涛因早起吃坏了肚子，拉得几近虚脱，也没去成。

待傍晚时分，一行人从皇陵归来之时，一个小内侍小跑着到皇舆前来禀告，说是今日未时，一个巡逻的侍卫途经云梦阁，看一男子身影翻墙而进，疑是盗匪，立即上前抓捕，逮个正着。谁知竟是五殿下。侍卫不敢轻举妄动，将人扣在云梦阁，等陛下发落。

成筠河面色阴沉。不喜欢是一回事，被人觊觎又是另一回事。巧云再不得宠，也是圣上的麒贵人，老五这是做甚？

他大踏步走进云梦阁。这是他第一次踏进此处，竟是来处理这等事。

老五看见他，结结巴巴地说道："六，六，六弟……不，圣上，这是个误会，愚兄有冤。"一旁的巧云一脸无辜道："圣上，臣妾完全不知发生了何事啊。"

成筠河看着老五，一字一句道："五哥，孤只问你，好端端的，你翻墙进云梦阁做什么？不管你说你如何冤枉，侍卫是在云梦阁抓住的你，这一点毋庸置疑。"

五殿下自从被狼咬断手臂，据说精神时常间歇性地失常。白日里安静些倒还好。但夜里时不时做噩梦。因此，太皇太后命人在他的卧房内彻夜掌灯。受了这么个刺激，胖老五又不好了。他抱着头，尖叫着，一脸痛苦状。

成筠河刚想说什么，董太妃搀着太皇太后走进来。

"小六，你就是这么逼你哥哥的？父义，母慈，兄友，弟恭，子孝，内平外成。你的书都读到哪里去了？"太皇太后颤颤巍巍地说道。

成筠河声音冷冰冰道："皇祖母这是何意？难道是嫌孤对五皇兄不够恭敬吗？到任何时候，都是先君臣，后弟兄。何况，事实当前，孙儿只是想问问清楚。"

胖老五见太皇太后来了，忙躲到她身后。董太妃抱着他，哭道："我的儿，你定是淘气，摸不准方向，才跑到这云梦阁，你快跟圣上解释清楚啊。"她倒是很会说话。一句"淘气"，把这么严重的风化事件遮过去了。

太皇太后说道："小六，你五哥是个病人，禁不起这么折腾，哀家先带他回萱瑞殿了，你再有什么疑问，打发人到萱瑞殿来问吧。"

皇祖母如此包庇，成筠河一时不知道该说些什么。再加上这段时间以来，他耳朵里听到的风言风语，似乎眼前的一切都成了罪恶的佐证。他的脸色阴霾极了。他瞟了一眼巧云已经稍稍隆起的小腹，一甩袖子，回了乾坤殿。

巧云拉住我："贵妃娘娘，求您在圣上面前美言几句，臣妾是冤枉的……"

我轻轻笑笑。胖老五每天早上都要吃一碗溏心蛋，半路悄悄拦住这碗蛋，给他下泻药，让他拉肚子，去不得皇陵。再让小宫女谎称云梦阁的人，前去告诉他，巧云有事要与他商量，恰好宫中主位都不在，大好的时机。自从巧云去了云梦阁，胖老五亦是非常惦记，听到小宫女这么说，连忙就去了。为了掩人耳目，胖老五选择了翻墙。而沈昼手下的侍卫早就绕着云梦阁的四周暗中围了一圈。他刚一上墙，就被捉个正着。

这一切，当然都是我计划好的。

我将嘴贴在巧云耳边说："妹妹，你多保重啊。"说完，就离了云梦阁。

乾坤殿里，成筠河用手扶着头，恰好有楚地刚递来的折子。他闭上眼："星儿，这份折子，你替孤看看。"

"臣妾不敢。"

"你看吧。孤许你看。"

我打开那折子，原来是废后骆静姝殁了，湖广刺史白予峰上报，向朝廷讨封，以骆静姝母仪二十三年为由，乞求朝廷加高丧仪规制。

呵。杀一儆百的机会来了。

各地找来许多上好的玉石。偶尔，他兴致好的时候，会送一些自己篆刻的章子给大臣们。一时间，满朝文武皆以得到圣上亲刻印章为荣。每一个他亲刻的印章下面，都用极小的字写上署名：陇西六郎。

本朝太祖，兴于陇西，陇西是皇家的祖籍。他自称"陇西六郎"，意为不忘本，无天子的架子。

成筠河是一个非常浪漫的人。这一点，他登基之后，亦未曾变。

他习惯了将大臣们的奏章放在桌子上，喊一声："星儿，你替孤看看吧。"我点头。

乾坤殿里，他风花雪月，我夙兴夜寐。

杀了白予峰，果然在楚地引起轩然大波。楚王一党，有所收敛。

有一天，在乾坤殿的院子里，我正在檐下收拾枯藤，王项从外头走进来。他看着我，清癯的身影在冬日里像一株杨树。

"听闻现在许多奏章都是贵妃娘娘您批的？"

"王大人何出此言？圣上与您相识多年，他的字迹，您岂能不知？休要听信小人胡言乱语，有碍圣上的清明。"

他笑笑道："贵妃娘娘聪颖异常，模仿圣上字迹，惟妙惟肖，也不无可能。"

"王大人您这是什么意思？是质疑本官，还是质疑圣上？"

"身为天家之臣，自当一心维护朝廷。微臣恐怕这江山，落到别有用心之人的手上。"

"放肆！"我厉声说道。

他慢慢靠近我："贵妃娘娘，圣上是什么人，您清楚，微臣亦很清楚。那些决策，是出自谁之手，不言自明。微臣只想告诉您，纵便您有杀伐决断的狠心，可您终究是个女人。而这朝廷，是男人的天下。您想玩鹰，当心别让鹰啄了眼。"他说完，冷笑一声，从我身边经过，踏进内殿。

寒凝大地，庭院中唯有蜡梅绽放。花朵疏疏落落，几朵黄色透亮的杯状小花，蜡一般晶莹，俏丽地点缀在无叶的枯枝上，一丝淡淡的清香，在清冷的空气中浮动着。

我清楚地发现，二爷死后，王项是我最危险的敌人。

自上次胖老五在云梦阁闹出了那档子事，我便做主，打发他在宫外开府立院。

太皇太后和董太妃虽有不舍，但宫中留言甚嚣尘上，这样做确是最合适的。何况，我答应了她们，老五的王府，便设在不远处的京郊，许他一个月进宫三回。

眼下，太皇太后和董太妃最想保的，是巧云的肚子，和那个孩子将来有个名正言顺的"皇子"之名。这是最重要的，而且也是她们谋划的最终目的。

年宴之时，巧云的肚子已经很大了。太皇太后喜滋滋地敬天敬祖宗，祈愿孩子平安诞生。因先帝崩逝于去年的年中，所以，为表尊崇，当年仍沿用大章年号。过完年，才启用成筠河新的年号。是为：长乐元年。

爆竹声响彻宫廷。众臣叩拜：盛世杯中酒，长乐万载名。愿吾皇长乐安康，愿圣朝永享太平。

长乐元年五月初五，皇长子诞于云梦阁。

太皇太后长跪还愿。

上赐名：成煜。

就在皇长子出生的当天，宫中发生了一起惊天大案……

第四十四章：鸩酒

五月初五那天，云梦阁热闹极了。皇长子降生的喜悦掩盖住了端午节的气氛。

皇长子寅时出生。寅时天还没亮，满宫里灯火通明。宫女内侍们提着灯笼奔走相告。

麒美人这个封号果然好。麒麟送子，一举得男。

太皇太后卯时去还愿。卯时亦是成筼河上朝的时间。

圣朝得此喜事，当然少不了拍马之臣。一时间，金銮殿之上充满了恭贺之词，花团锦簇。但言官中有一名叫林占的人说："民间有言，五月是一个不祥的月份，因为五月被称为恶月，尤其是五月初五更是一个十分忌讳的日子。圣上，皇长子偏偏这个时辰出世，恐不吉利。"

满朝文武听到这话，皆大为惊骇。虽说许多人知道有这个传言，但怎敢在朝堂上提及？立刻有人站出来驳斥道："林大人，枉你读了那么多年的圣贤书，怎似乡野村妇般，听信此等毫无根据的歪理邪说？"

那林占身上颇具耿直迂腐的文人之气。他梗着脖子说道："怎生是毫无根据？书籍《风俗通义》中就有记载，五月五日生育，男害父，女害母。"王项发话了："林大人这是何意？难道说皇长子会害圣上不成？依你之见，难道是想让陛下溺死皇长子吗？"

"溺死"也是民间的奇异现象之一。因为传言端午"生子不举"，故而许多迷信之人选择溺死孩子。

成筼河身边站着的内侍总管小西亦开口说道："林大人，你胆敢让陛下杀子，你是何居心？"林占说："倒不用溺死那么严重，可送出宫外抚养。"话音落了，朝堂上争论不休。

成筼河一摆手："太皇太后年迈，格外注重皇嗣，孤若如此做，恐她老人家不允，届时枉生事端。此事暂且搁置，休再议论。"

然而，当散朝之时，他的头痛病却突然发作了，且比以往任何一次都严重，头晕目眩，口中呼号不已。

林占似乎是得到了某种佐证，高喊着："书中所言'男害父'，应验了！"

已得知消息的我匆忙赶来："陛下！"成筠河捂着头："星儿，孤难受，难受——"

我抱着他，向众人说道："卿等在朝堂之上再勿提皇长子之事！"说完，我招呼着一群医官、内侍，将成筠河抬去了乾坤殿。

医官说道："陛下所患，乃偏瘫性偏头痛，此病有六成的原因是遗传所致。先帝便是患有此症。但微臣观陛下之情形，似较之先帝更为严重。"

"该如何根治？"我急急问道。他摇摇头："此症无法根治，可用药物缓缓抑制。需保持良好心情，莫食腌制和辛辣食物，莫饮浓茶，减少复发。"

我点头。命小宫女速去煎药。

我守在成筠河的床边，他迷迷糊糊地说道："星儿，皇祖母可有来看我？"我握着他的手，眼泪掉在他的手心上："筠河，你好好养着，莫操心这些闲事，你我有白头百年之约，切莫忘了。"他苦笑道："皇祖母不会来看我的，她现在只惦记那个孩子……"

他话锋一转，断断续续地说道："她想效仿吕后，行废立之事……我都懂……星儿，皇祖母为什么永远那么嫌弃我，哪怕我做了君王，她还是那样……你知道吗，小时候，我看着她抱着五哥，我好羡慕，隔得远远的，我叫了她一声皇祖母，她看见我了，只轻轻扫我一眼……我是西林贡女的孩子，从小到大都是自卑的……"

"筠河。"我脱了绣鞋，半躺在床边，搂着他。

"星儿，巧云生了孩子，我说不上来是什么感觉。虽然，我更想是你生的孩子。可我还是忍不住去想，那孩子究竟是何模样，会不会像我。可我又不敢面对。我犹豫了一个时辰。朝堂之上，林占那么说，其实我心里松了口气。算是有了个理由吧。不见，能拖到几时是几时。"

正说着，突然南飞小跑着进来。跑到院里，还崴了下脚。她从未如此失态。

"陛下，贵妃娘娘，云梦阁出了大事！"

我从床上坐起身来："怎么了？"

"殷太妃毒杀了麒美人和皇长子，太皇太后一时气急，晕了过去，现在云梦阁中乱成一片！"

成筠河听了这些，一口气喘不上来，面色青紫。虽不喜麒美人，但皇长子到底是皇长子，他一次还没见，就这么被毒杀，确实太令人震惊。

我连忙轻轻抚着他的胸口，给他顺顺气。

"星儿，你快去看看……"

我点头，命小酉看护好陛下，大踏步地往云梦阁赶。路上，南飞轻轻拍拍我的手，我看着她，她向我点点头。

我明白，一切尽在计划当中，遂放下心来。

到了云梦阁，沈昼正押着殷太妃，等候发落。

董太妃趴在太皇太后身上，哀泣不绝。榻上躺着的麒美人和皇长子，安安静静地，已经没了声息。

我看着那孩子，圆圆胖胖的一张脸，粉白可爱。睡着了的麒美人，没了往日的精明算计之气，一张黑俏的有七分酷似姜娘娘的脸上，是沉静的微笑。

就在三天前，她即将临产之际，我已暗中来找过她。我手上已有了五皇子的口供，这是可以置她于死地的证据。

离开祖母与母亲的胖老五，就像没头苍蝇一般，仓皇失措。我之前再三以"流言"之由撺掇他出宫开府，为的就是这个——悄悄着人绑了他，一天不给吃喝，连吓带骗，就诈出了这么一份口供。这份口供详详细细，有时间，有地点，讲述了他是如何跟巧云苟且。

别的，他不知道，也不是他能策划的。但，人是他自己睡的，他再清楚不过。写这个，就足够了。

我告诉巧云，摆在她面前的，有两条路。要么，听太皇太后的，孤注一掷，若事情败露，单就混淆皇室血统这一条罪名，诛九族的罪过；要么，听我的，借殷雨棠之手，死一回。从此世上再无巧云这个人。我会送她和孩子出宫，到时候，以另一个新身份进五皇子的王府，真正的一家团聚。王府虽比不上皇宫，但可富贵逍遥一世。她权衡了一番，决定与我合作。

呵，没有永远的同盟者，也没有永远的敌人。太皇太后将她从殷雨棠手上挖走那一日，就该知道，巧云哪里是个靠得住的人呢。

至于殷雨棠，只怪她太蠢，顺带手一起收拾罢了。我需要一个枪子，她刚好充当了这个枪子。她见不得太皇太后和巧云这般顺利，见不得皇长子如此顺利地出世，自然是要闹一番的。

她送来的汤里，只是有泻药而已。她没那么大的胆子。我却命人偷偷把带泻药的汤换成了加了砒霜的汤。这下子，她就是长了一百张嘴，也说不清了。铁板一样的事实：麒美人和皇长子，是死于她的手中。在任何人眼中，都是这样的。

我走到她面前，她口中高声喊着冤枉。"殷太妃，本宫念你是先帝妃嫔，纵你多次出言不逊，惹是生非，本宫从没计较。可这次，你胆大包天，谋害麒美人和皇长子。你灭绝人性，丧尽天良。"

她长久地看着我，突然笑了。

"小时候在闺阁之中，我娘总说我没心计，我不屑，身为殷侯千金，我不需要有心计。我想怎么样，就怎么样。天底下的人都该让着我。在府里，我说要谁死，谁就得死。可进了后宫，我才突然明白，就因为我没心计，总是被你们这些贱人坑害！"

我轻轻跟南飞说："将她带去冷宫吧。好好饿几顿，让她没力气再胡言乱语。至于最终如何处置，等陛下头疼稍愈后再做决定。"

"是。"

殷雨棠嘴里不干不净地叫喊着，被拖了下去。

我走到董太妃身边："太皇太后年纪大了，禁不得如此伤悲之事。董太妃还是带太皇太后回萱瑞殿吧。"

董太妃哭道："可皇嗣之事……""皇嗣？"我猛地回头，瞪了她一眼，她不由自主地哆嗦了一下。董盈香从来都不是笨人。她以宫女之身混到如今，没有几把刷子是不可能的。她迎上我的眼神，似乎懂得了我的意思。

我跟沈昼说："好生将太皇太后抬回萱瑞殿。"

"是。"

"董太妃，本宫少年时喜读兵书，三十六计中唯有一计不解，想跟您探讨一番。"

她低头："贵妃娘娘您说。"

"偷梁换柱，是为何意啊？"

我看到她的脸色一霎时变得苍白："哀……哀……哀家不懂什么叫偷梁换柱。"我笑笑道："不懂就好。"

我不能留下皇长子，但我得顾及成筠河的脸面，不能让天下人耻笑君王被人戏耍至此，不能让百姓们揣测，天家血统如此混乱。这，是最好的办法。

巧云被追封为嫔，跟皇长子一起，埋葬在皇陵的一个角落。

当然，棺材中放的，不是他们，而是沈昼找来的一具无名女尸和夭折的婴孩。而真正的巧云和成煜，在药效过后，便醒转过来，被我安排偷偷送去了胖老五的府邸。"皇妃"与"皇子"的身份皆已入了土，他们便不过是街头的寻常人。

宫中一切都平静下来，成筠河对此毫不知情，只是下令赐殷雨棠一杯鸩酒。

如此，便罢了。匆匆一现的麒美人，匆匆一现的皇长子，都翻了篇。

太皇太后一夕之间，更加苍老了。

六月，说来就来了。

第四十五章：胡通

上京的六月，雨水格外多。虽白日里很闷热，但久雨不停，晚间仍带着些许凉意。

我将成筠河的餐食照料得格外精细，平素让侍卫们把着乾坤殿的门，下了朝，除了极其重要的事，余者不许来扰。

听人说水声和着丝竹声，格外清亮悦耳，可缓头疼之症。我便命人在乾坤殿的院子里，挖了个小小的水池，在上面搭了座竹桥，亭台水榭，自有一番动人之处。每到黄昏之时，唤人在竹桥之上，奏一曲《渔樵问答》，或是《汉宫秋月》。成筠河听着曲子，歪在榻上眯着眼，我坐在他身旁，用扇子替他驱赶蚊虫。

成筠河的头疼症好些了，我心里也松了口气。我拼命想抓住手中的圆满，哪怕是海市蜃楼的圆满。拒绝去想梦中那白衣女子所谓的十年之约。

外头的传闻，却把我传得乱七八糟。说我把控乾坤殿，酷喜弄权，利用圣上的头疼之症在奏折上做文章，挟天子号令群臣。

甚至有人说我是"妖妃"。再联想到当今圣上登基前的种种，便说是我早先看当今圣上性情温和，好掌控，便处心积虑，助他夺嫡，杀了他所有的兄弟，还杀了先帝，无所不用其极。为的就是在圣上登基后，大权在握。起初听到这些闲言，成筠河会嗤笑一声："无稽之谈。"后来，他听到这样的话多了，会沉默，继而脸色沉郁一整天。

也许是因为三人成虎吧，成筠河自己亦起了一丝疑惑。一天晚上用晚膳的时候，我盛了一碗绿豆清粥递给他，他接过，看着我，突然问了句："星儿，孤在众兄弟中，不是最俊朗的，亦不是最具才华的，在当时的形势下，是最落魄的皇子。你为何独独青睐于孤呢？"

"陛下想听什么呢？"

他皱眉。

"臣妾自那年禹杭街头遇见陛下，到如今，偌多个日日夜夜，臣妾对陛下之情意，陛下难道不明白吗？"

他示意我坐下，将手中的绿豆清粥舀了一勺喂到我嘴边："星儿，孤就是问问而已，你别介怀。"

那顿饭吃的时间很长。

阴天没有月亮，窗户开着，姜花的香气飘进来。

晚上，我跟成筠河躺在榻上。他将我的手放到他的唇边，轻声说："星儿，你知道么，我有时候会想起二哥。他真的是一个很有谋略、很有才华的人。从前，在书房，我就喜欢听他谈经论道。如果现在这个皇位上坐的是他，会怎样呢？"

"筠河，你别多想。你仁爱，你善良，你有一颗慈悲之心。你想想，你是先帝钦定的后继之君，一定有别人没有的优点。"

"星儿，你对二哥，究竟……"他说了一半，没有再说下去，转过身，背对着我睡。

我知道，他始终心里是有梗的。去年七夕之夜发生的那件事，像一颗种子埋在他心底。就算埋得再深，再若有似无，一旦有雨水灌溉，还是会破土而出。

"筠河，从始至终，我爱过的人只有你。"说完这句话，我心里竟有些淡淡的凄凉。

更鼓之声响起。外头是巡夜的侍卫们的脚步声，小内侍剪掉了灯芯。烛火愈发暗了下来。

我伸手从背后抱着他，抱得越来越紧。

"筠河，旁人怎么说我，我都不在乎。只要你信我就好。你信我，就够了。"

听了这句话，他转过身来，搂住我。

朝堂上波云诡谲。从古到今，权力之路，都充满了腥风血雨。但只要成筠河与我站在一起，我便有了与全世界对抗的勇气。什么都不怕。

六月初六那天寅时，萱瑞殿的信贞姑姑便来请旨，说今日是五皇子的生辰，原本，宫外王爷进宫请安的日子是有定数的，乃每月的整日子。可太皇太后想他了，想传他进宫来瞧瞧，特意来请圣上允准。

成筠河还未起床。我想着这并非什么大事，便让小酉回话，允了。

不知那天萱瑞殿发生了何事，也不知五皇子跟太皇太后和董太妃说了什么。傍晚的时候，沈昼悄悄来合心殿告诉我，巧云死了，死在王府的枯井中。

我放下手中的茶盏："你确定是她？"

"绝对是她。虽然您给她换了个身份，但是她的模样，微臣是记得的。"

"看来是太皇太后动的手。一张废牌，她不肯留着了。原本她们筹划了许久，想靠巧云这颗棋子来个大翻身。事情没有如愿，她就把满肚子的气撒到了巧云头上。那孩子现在如何了？"

"孩子给了五殿下的一个妾室养着呢。那妾室是董太妃的娘家侄女，巴陵人氏，小户之女。"沈昼顿了顿，接着说："微臣本来就觉得那女人不宜留，您……"

我将青花瓷的茶盖在手中转了个圈，说道："沈卿，你有所不知，本官陪伴圣上许久，却始终未能有孕。本官害怕是手上杀孽太多之故，日夜悬心。所以心软，留了巧云母子的性命。可没想到，本官不动手，旁人还是动了手。罢了。此事莫要再提。"

沈昼说："娘娘，有件事咱们得提防——"

"何事？"

"巧云手中有唐允交给她的那张纸条，上面写着您的姓名年庚，不管巧云知不知道那张纸条的含义，就怕她将纸条交给了太皇太后的人，引起她们的注意，去禹杭调查您，这终究不是个好事。"

"唐允已死，掀不起大浪。本官会修书一封给陆员外，什么都不提，只提陆家小明宇将来的前程，想必他自然知道该怎么做。"

"是。"

我什么都想到了，什么都算到了，却忽略了一个人。而这个人，竟被王项找到了。

那天，阴了数日的天，骤然放晴了。天与地，仿佛刚刚从混沌中挣扎开来。到处是不可思议的蓝，阳光干净得像是成筠河看着我的情意绵绵的眼。整个乾坤殿沐浴在阳光下，檐下的姜花，院里的水池，池上的竹桥，明亮而耀眼。

我坐在桥上，跟伶人学洞箫。

王项从外头走进来，他看着我，笑得莫名。"贵妃娘娘，臣有几句话，想跟您说。"

自上次他说过"被鹰啄眼"之语，我一直防备着他。今听他如此说，我身子一僵，站起来："王大人请讲——"

他看了看我身旁的伶人，我摆了摆手，伶人退下。

"贵妃娘娘，臣幼年受教于水暮渊大人，算起来，您是我小师妹。臣真心不想与您为敌。之前屡次言语试探，想拉您做同盟，咱们一起，共谋大业。可您就是不肯。"

我冷笑一声："王项，你露出狐狸尾巴啦？本官早就看出你不对劲。怎么？你意图谋逆还有理了？想拉着本官与你一起谋逆？信不信本官向圣上揭穿你的真面目，让圣上灭你九族！"

"啧啧啧——"他边笑边摇头，"贵妃娘娘当臣是三岁顽童吗？若真有那么容易，您早就揭穿了，还等到如今？臣虽不才，乃当朝宰辅，无凭无据，岂是您红口白牙就能扳倒的？您看看到了御前，圣上是信谁？"

我敏感地听出了他话里不寻常的意味。

"你究竟是何意？"

"贵妃娘娘，臣给过您机会，可您就是不肯。那臣只能与您为敌了。您本是乾坤殿的宫女，因当今圣上的信任，一步登天，成为掌管六官事的宠妃。那么，臣就夺了圣上对您的信任。看看您一个无根无基的女人，怎么蹦跶。敬酒不吃吃罚酒！"他说完，看了看我腰间那把短刀，就进了内殿。

我心里慌了起来。看王项如此把握十足，定是有了能摧毁我的证据。

我在脑海中搜罗了一圈，想到了。他一定是找到了胡通，五云山的土匪胡通。当日，是胡通当初配合我，演了一出"美人救英雄"的戏码，让我一举得到了成筠河的信任。

难道，成也萧何，败也萧何？成筠河会相信我吗？会吗？我从未如此害怕。他会不会误以为，我与他的相识，本身就是一场阴谋。

大约过了半个时辰，小酉跑到我身边："贵妃娘娘，圣上叫您。"

我一步一步地走了进去。

王项跪在地上。成筠河抬头看着我。他什么话都没说，就那么看着我。

是王项打破了平静："圣上，微臣绝无半句虚言，您若不信，可传证人胡通。"

成筠河点了点头。不一会儿，胡通被两个侍卫绑着推进来。很显然，王项是准备了许久，准备一招置我于死地。

成筠河开口了："星儿，你可认得这个人？"

我扭头看胡通，他还是一脸的大胡子，但是瘦了好多。不知王项是怎么找到他的，不知他受了怎样的折磨。

我刚欲开口，胡通却抢在了我前头："老子认识她，又怎么样？她对你没坏心。不然在禹杭的时候，弄死你就像弄死一只蚂蚁那么简单。"王项气急败坏高喊："大胆的贼人，胆敢御前放肆！"显然，胡通说的话，跟他预设的不一样。旁边的侍卫将胡通踢倒在地。

胡通的脸被侍卫踩着，他仍是冲我笑道："陆芯儿，你还记得吗，在五云山上，老子曾对关二爷起誓，这辈子不会害你……"

第四十六章：禁足

成筠河的声音飘过来："星儿，孤记得他的眼睛，在禹杭的街头，他的刀离孤很近很近。人在生死关头，记忆总是格外的好——"

我抬起头，他看着我，继续说："那时，你挡在孤的前面，让孤惊叹，这世上竟有如此侠肝义胆的女子，能为萍水相逢的陌生人舍命。"他没有再说下去。似乎每一个字眼都是对我的讽刺。

案上放着的是王项递上去的供词。王项把五云山的土匪全部抓起来秘密拷打。人那么多，他逐个击破，难免有嘴不牢的。有人禁不住，把知道的，说了出来。从我第一次被抓去五云山，到胡通的赠刀，到我去五云山上求助，再到胡通带着人马下山假意刺杀当时还是宣王的成筠河。

一切都清清楚楚。王项煞费苦心，这张网已编织多时，从天撒下。

我张张嘴："筠河，事情不是你想的那样……"

"那是哪样？星儿，你能不能告诉孤，你为什么以这种方式蓄意接近孤？"

"那时候，菜头被东宫的人捉去，我，我，我没有别的办法。筠河……"

"所以，你一早就知道孤的身份对吗？"

"嗯。"

我看到他眼里的温热一点点散去。

"你与孤的偶遇全都是装模作样的？你满脑子想的只是利用？"

我摇摇头。

他用手扶着头。我走上前去："筠河，是不是头又开始疼了？小酉，唤医官来，陛下头疼症犯了。"

成筠河一把推开我。

王项见成筠河对我态度的转变，眼神里流露出得意之色。

我走到胡通身边，推开那个踩着他的侍卫。"胡通，你受了不少苦吧？"

他咧嘴笑笑，摇摇头。

我一把扯掉他的衣裳，果不其然，他身上满满的，新伤摞着旧伤。有一道鞭痕，三尺多长，肿得老高，伤口溃烂了，流着脓。一看就是在鞭笞过后，往伤口上洒了辣椒水。怎样的丧心病狂。

我向成筠河喊道："筠河，不，圣上，您看看，王项王大人就是这么严刑拷打他们的，这样逼出来的供词可信吗？"王项跪在地上，叩首道："陛下，非常之人当使用非常手段，微臣思虑到此人曾欲刺杀陛下，才动用严苛之刑。微臣一心为了陛下——"

"是吗？王大人，任你御前巧舌如簧，恐怕也抹杀不了你王家与废太子的勾结！"我与他针锋相对。

"贵妃娘娘慎言，您不能因为私愤而如此冤枉微臣，此等惊天大事，您可有证据？"

"证据就是……"我刚想说出沈昼所递交的资料，可一想，不妥，成筠河本来就极其厌恶玄离阁、厌恶沈昼，再加之二爷的死士在逼宫之时叫嚣的那句"玄离阁沈昼与乾坤殿掌事陆芯儿勾结谋反"，若此刻我拿出这份资料，成筠河不仅不会相信，反倒会对沈昼生出更大的反感。认为沈昼被贬后还不消停，搅弄风云，诬陷重臣。

而且，这就透露出我与沈昼不寻常的亲近，更加映衬了王项诽谤我的话，让成筠河以为我"亲络朝臣，野心勃勃"。

对付王项，不能鲁莽，得思索一个万全之法，才能一击而中。

于是，我说了一半的话，硬生生咽了下去。

成筠河看了看王项，又看了看我，说道："王卿，此事就到这里为止，莫要再提了。"王项连忙答："是。"他的目的，就是离间我与成筠河。现在成筠河已经开始怀疑我、猜忌我，他的目的达到了。

站在一旁的胡通突然从侍卫的腰间抽出刀，这个举动令所有人都愣住了。王项见此，忙高喊着："保护陛下！"

胡通拿刀指着成筠河："你要怎样才可以相信陆芯儿？"他是乡野莽夫，山中盗匪，他对君王没有畏惧之心。他只记得，在五云山上，他说留我做压寨夫人。我说不可，做兄弟才行。他哈哈大笑，对，对，女人如衣服，兄弟是手足，咱们就做兄弟。他信奉关二爷，做人讲义气。他没什么头脑，粗枝大叶的，空有蛮力。可他想帮我。此情此景下，他只是想帮我。他不忍我孤立无援。

成筠河挥一挥手，王项领会，侍卫拿着弓箭，悄悄潜到了身后。

"不——"我大喊。

弓箭手拉弓放箭，射中胡通的心口。王项高喊着："御前持刀，其罪当诛！"

胡通的大胡子颤抖着，他整个人倒了下来。

"胡通——"

他笑道："对不起，陆芯儿，我还是没有帮到你。"这是胡通对我说的最后一句话。

我的眼泪像奔涌的河。我将腰间的短刀解下来，握在手心。这把短刀陪我度过了宫中无尽的岁月，给我勇气。可赠我刀的人，就这么死在我的面前，死在我最爱的男人手中。

王项阴阳怪气地说道："贵妃娘娘这般哀泣，恐有不妥，有损圣朝颜面。"我大喊一声："衣冠小人，你闭嘴！"成筠河站起身来："你竟会为一个土匪如此伤怀。孤越来越不懂你、越来越看不透你了。不知道你还隐瞒了多少事情。"

我什么都没说。不知为何，我竟没有一丝力气再为自己辩解。疲倦了辩解，厌倦了辩解。我已经辩解得太多太多了。

"星儿——"成筠河走到我身边，他离我很近很近。他身上散发着姜花的气味，那是我前日用风干的姜花花瓣给他缝制的香囊。

"星儿，孤需要冷静。"

"陛下想要如何冷静？"我的声音轻得似乎一阵风就能吹得不见踪影。

"这阵子，你就待在合心殿，哪儿也别去了。"

"陛下要将臣妾禁足是吗？"

说到"禁足"二字，我竟然笑了。

他转头，不再看我。

"你若非要这般理解，孤也没有办法。孤现在脑子里乱得很，你们都退下吧。"

王项连忙磕头告退。侍卫们把胡通的尸体抬走，内侍们拿湿毛巾擦着地上的血迹。眨眼工夫，一切都被抹去，不留一丝痕迹，就好像前一刻钟那一幕从未发生过。

成筠河靠在椅子上，闭着眼。小酉小跑着去传医官。我向他拜了一拜，走出门去。

天上的日头真大，明晃晃的，晒得我有一刹那的晕眩。南飞连忙扶住我，她泫然泪下："娘娘，您要挺住。宠辱不惊，东山再起。"

我摇摇头。我从未把成筠河对我的好，当作是"宠"。更未把今日之事，当作是"辱"。何来"宠辱不惊"？成筠河是我的亲人，我的一切。他以为，普天之下，莫非王土，率土之滨，莫非王臣。可这前朝后宫，虽众人叩拜，但真正与他一心的人，只有我。从头到尾为他考虑的人，也只有我。

我长吁一口气，跟南飞说："回宫吧。"

我在合心殿的檐下，从晌午坐到黄昏，从黄昏坐到黑夜。南飞端给我一壶酒，我自饮自酌，喝得干干净净。夜幕降临的时候，我觉得我醉了。一个黑影闪进来，轻轻将一朵姜花戴到我的头上。是菜头。

他唤我："大小姐。"

我看着他："菜头，我以为你已经离开此处了。"

"大小姐，我从来都没有走，一直在暗处看着你。我知道你今天受了委屈。"

我眯着醉眼看菜头。他还是小时候的模样，"大小姐，大小姐"地叫着我。

"菜头，我已经不是大小姐了，我是这宫中的女人，我是当今陛下的宠妃，算尽人心，不得自由，却什么都没算透。"

"大小姐，只要你想走，我随时都可以带你走。"

酒气涌上来，脑袋昏昏沉沉的。我站起身来，扶着柱子。

菜头悲伤地看着我："大小姐，你清梦未醒。"

六月，在我无涯的苦闷中淌过。

长乐元年七月，宫中发生一件大事。七夕之夜，宫中灯火如昼，圣上头疼之症突发，恰宫中医官离宫休沐，众人皆慌。危急之时，有官家女凌桃蹊挺身而出，替上针灸。上愈，惊其医术精湛，留于宫中，封为昭仪。

凌昭仪乃国子监祭酒凌邺之女。国子监是朝廷教学的行政机构，国子监祭酒专门向学生们传授儒学经义。"桃蹊"乃"桃李不言，下自成蹊"之意。

凌昭仪不仅家学渊源，医术精湛，且通歌舞管弦。

上喜之。

第四十七章：私奔

合心殿内，烛火摇曳，南飞跟我说着凌昭仪的种种情形。

成筠河在宫里建了一座桃蹊院，栽上十里桃花。凌昭仪怕黑，桃蹊院彻夜灯火不熄。七月中，边关武将回京述职，成筠河在宫中设宴，凌昭仪一曲洞箫，惊为天人，满座皆叹。

我听着，轻轻问了句："有了凌昭仪，成筠河的头疼症很少再犯了吧？"

轻不可闻的脚步声响起。我知道，沈昼来了。

片刻工夫，他闪了进来，南飞掩上门，走了出去。

"陛下的头疼症是很少犯了，怕是更头疼的事要来了。"沈昼说道。我闭上眼道："看来本宫猜得没错。凌昭仪是王项的人。"

"是。微臣已经暗查过，凌郏是废太子其中一个小妾的舅舅。这凌昭仪算是废太子七拐八绕的小姨子。"

我冷笑一声："他们也不知是倒腾了多久，淘腾出这么一个千伶百俐的人来。正好儿对了成筠河的口。"沈昼神色肃然道："贵妃娘娘，废太子一党同时在前朝、后宫、军队着力，据可靠消息，离上京距离最近的直隶守备军已然投靠了他们。形势恐不太妙。"

我站起身来："这次边关武将回京述职，常正则是自己回来的，还是派副将回来的？"

"是常正则自己回来的。"

"甚好。本宫如今被禁足，武将进出内帷不便，本宫修书一封，就由你悄悄将信笺给常正则。记得，交给他本人，勿让任何人瞧见。"

"是。"

我行至桌边，提笔写道：常二将军亲启，当今暗流涌动，废太子一党贼心不死，朝廷危矣。将军一家乃朝廷肱股之臣，沐雨阁上的贤良之将，怎忍见圣上蒙尘，怎忍见社稷涂炭？望将军联络老臣旧部，早做准备，一旦不测，千里勤王。合心殿陆芯儿拜上。

沈昼看了看信函，又看了看我："娘娘言辞恳切，至真至诚，全无贵妃的架子。"我笑笑道："沈卿，大难即将临头，还有何架子可言？"

常家是开国元老，本朝良将，在武官中必有一定的声威。若由常正则牵头，集结一批正直之臣，以备不测，那么，这个筹码还是很大的。

当初，我苦劝成筠河起用常正则，就是为了让常家领我这个情。危急关头，好为我所用。

翌日，沈昼告诉我，常正则收到信后，向皇宫的方向拜了一拜，对沈昼说了句话："让贵妃娘娘放心，微臣必当全力以赴。"

这厢，我苦心筹谋。那厢，成筠河与凌昭仪夜夜笙歌。

我的禁足失宠，凌昭仪的得宠，让王项等人得意至极。他们四处鼓吹我心狠手辣，又无子嗣，劝成筠河废了我。成筠河呵斥了他一番，并说出"贵妃永远是贵妃"之语。从此，再也无人敢当着成筠河的面提及我。

听了这些，我竟有些心酸。那些美好，成筠河未必是不记得的。我为他做的所有，他也未必是不记得的。他的爱是真的，他的介意也是真的。他不肯见我到几时呢？他要怀疑我到几时呢？

从前，合心殿是宫中最热闹的所在。一群人赶着来巴结、拍马。如今，成筠河不来，旁人也不来了。从早到晚，冷冷清清。连风吹动庭院中花草的声音，我都听得清清楚楚。

有一晚，菜头来，给我带了些雪水云绿。世人都道禹杭的茶好，我最喜雪水云绿。这茶产自禹杭的桐庐山区，多半是野生的，因生长在云雾缭绕的高山而得名。雪水云绿，因这香气清淡、缥缈。

我将茶盏放置在鼻尖，轻轻闭上眼。月色真好，茶真好。

"潇洒桐庐郡，春山半是茶。轻雷何好事，惊起雨前芽。"我缓缓吟道。"大小姐，你如今还能潇洒得起来吗？"菜头看着我。

"菜头，人都有宿命，这皇宫就是我的宿命，成筠河就是我的宿命。"我说。菜头的眼睛在月色下流露出伤感的色彩："轻雷何好事。呵。大小姐，这宫中很快就有好事了。"

"什么好事？"

菜头什么都没说。他飞身一跃，上了城墙。只留下我、南飞，和雪水云绿的香气。

我注意到菜头走了许久，南飞还在看着他离去的方向。

我唤了两声："南飞，南飞——"她似突然从梦中惊醒一般，满脸的愧色："贵妃娘娘唤奴婢何事？"我将空了的茶盏递给她："没事，唤你添盏茶。"

"是，是，奴婢这就去。"

不一会儿，茶端上来了，我看着她："南飞，你今年多大了？"

"回娘娘，十六了。"

"那年纪不小了。本宫给你留意着，让沈大人在侍卫里瞧瞧，看有合适的，给你张罗一门亲事。"

我话音刚落，南飞便跪在了地上。"娘娘，奴婢现在不想嫁人，就想陪着娘娘，伺候娘娘。现在满宫里都是势利眼，奴婢不放心娘娘。"我扶她起来："你的心意，本宫知道了。"

没过几天，宫中沸沸扬扬地传着一个消息。我终于知道了菜头口中的"好事"是什么。

凌昭仪有喜了，桃蹊院上上下下喜气洋洋。成筠河当着群臣的面说："十里桃林盛开之日，便是孤得子之时。"大臣们见圣上在兴头上，无不拍马奉承，说尽了吉祥话语。

傍晚的时候，我听到一群脚步声走进合心殿，手不禁一抖，胭脂盒掉在了地上。我正准备弯腰去捡，门"吱呀"一声开了，一双纤纤玉手先我一步，从地上拾起胭脂盒。

"老早听闻贵妃娘娘的胭脂是陛下亲自调的，今日，可算是有幸见到了。"声音柔软如云，却裹挟着一股凌厉。就如同风中落下小小的雪粒。

我原本以为成筠河来了，慌乱不已。

不想，竟是她。凌桃蹊。

我抬起头，注视着她，她长着一张鹅蛋脸，额头稍宽，鼻头尖而挺，眼睛像清晨的湖水，荡漾着轻波。猛然看去，是清澈的。仔细观望，却觉得湖底有看不透的东西。

是个美人儿，且身上没有脂粉气，散发着淡淡的药香。

我笑笑道："妹妹未经通传就进来了？国子监祭酒凌大人负责教学生儒家礼仪，怎么？没教自己的千金长幼尊卑吗？"她的脸红一阵白一阵，说了句："臣妾是想着娘娘您喜好安静，就没让小内侍通传。"

我走到檐下，坐在我常坐的那张躺椅上："妹妹知道本宫喜好安静，可今日还是来了。是有何要紧之事吗？"

她跟随我的脚步走了出来，神色恢复如初。"臣妾想着，进宫多日，未曾来拜见贵妃娘娘，心里过意不去。虽然陛下说，不必过来。但臣妾好奇，一直想来看看。今日一见——"她有意无意地摸着自己的肚子，好似唯恐我不知她有孕一般。

"今日一见，怎么？"

"臣妾从前以为贵妃娘娘独宠后宫，该有如何的惊天美貌呢，今日一见……"她话锋一转："娘娘您说，人的福气是不是天注定的？您与陛下相识于陛下登基之前，可谓是情意绵长。可伴驾许久，都未曾有孕。竟是让才进宫一个月的臣妾占了先。"

她的眉间有倨傲之色。我淡淡笑笑道："妹妹有福气，就要惜福。莫似从前的麒美人，虽怀的是陛下第一子，但仍是不得善终。"她不屑道："她是宫女出身，福薄。"

南飞厉声道："怎么？凌昭仪是讽刺贵妃娘娘亦是宫女出身吗？贵妃娘娘虽被禁足，但名分犹在。陛下曾公开说过，贵妃永远是贵妃。凌昭仪如今飞上枝头，连云彩都看不见了吗！"凌桃蹊弯了个腰："臣妾不敢。"

我闭着眼睛："本宫乏了，要小憩片刻，你退下吧。"

待人走了之后，南飞说："您瞧她那耀武扬威的样子！"后宫的女人，子嗣就是脸面，她如今得了脸，自然要逞一逞威风。

我叹了口气。成筠河要有孩子了。这回，是真的。

我一点都不在乎凌昭仪是怎样的嘴脸。但我的心酸得厉害，就像一个在山上攀爬了很久的人，被一脚踹到了起点。然后抬头，看到别人站在了心之所向的山顶。

那天晚上，我坐在合心殿的院子里吹洞箫。我的洞箫是才学的，技艺尚且蹩脚，自然跟凌昭仪是无法比的。

菜头来了。我放下箫，看着他。

"大小姐，我师父没了。"

"几时的事？"

"今日申时。他其实病了好久了，太皇太后也是知道的。我遵从他的遗命，将他葬在了西湖湖底。晚间，向太皇太后禀告了此事。她非常难过。"

"嗯。"

所有人都离她远去，争权又失败了，现在，连最后的念想也没了。

长乐元年八月十五，月圆之夜，历经三朝的太皇太后高红袖崩于萱瑞殿。

丧钟敲响，满宫又是一片白色的海洋。那个机关算尽的老太太，在宫中斗了一辈子，就这么平静地走了。

菜头说："大小姐，在这宫里，输了，赢了，都不好过，我带你走吧。现在师父没了，没人管制着我了。天高海阔，我们想去哪里就去哪里。"

我迟疑了许久，说了四个字："明日子时。"

他眼中一亮，露出久违的喜悦。

"砰"的一声，是茶盏掉落在地的声音，我看到南飞面色苍白地站在门后……

第四十八章：借口

"娘娘，您真的要走吗？"晚间，南飞伺候我梳洗的时候，战战兢兢地问道。

从她听到我跟菜头说"明日子时"开始，她似乎有一口气提着，喘不过来。

铜盆里倒了温水，南飞将干花瓣撒进去，我一边将双手放置在铜盆中浸泡，一边打量着她。

从我做了贵妃起始，南飞就在我身边伺候。她做事干脆，思维缜密，言语也爽利，一直是我的好帮手。但我对她其实了解得并不多。只是在她刚来合心殿的时候，让沈昼去查了一下，她底细干净，跟宫中其他势力没有纠缠。我知道这些，便放心了。

"南飞，你进宫前，家中可还有什么人？"我柔声问道。

"奴婢自幼父母双亡，由舅舅舅母养大。"

原来如此。寄人屋檐下久了，才格外敏感，懂得察言观色。南飞那份独特的机敏皆是来源于"孤女"的身份。

她抬头看着我："娘娘，其实奴婢很早之前就注意到菜头大侠躲在合心殿的暗处了。有时候是在树杈上，有时候是在屋檐上。有一天晚上，我半夜睡不着，到院中纳凉，我看见他了，我喊了他一声，他从树上跳下来，跟我说了几句话……"南飞在讲菜头跟她说话的时候，脸上的表情跟平时完全不一样了。比月色温柔，也比月色寂寞。

"哦？他跟你说什么了？"

"原来娘娘您跟奴婢一样，双亲很早就去世了。可您比奴婢幸运多了，您身边有一个对您那么好的菜头大侠，全心全意为您。奴婢很羡慕那种情感。也许这辈子，都无法拥有那么炽热纯粹、一心一意的情感。"南飞说着。

"本宫明日会给你安排一个好去处，给你留下足够多的钱财，让你日后在宫中好过一些。"

她苦笑着摇摇头。她跪在地上，将脸贴在我的膝盖上："娘娘，奴婢舍不得您……您跟菜头大侠走后，奴婢在这个宫里就会愈发觉得孤单了……"

我轻声安慰道："本官记得你还有个表妹在棠梨院当差，明日，本官跟内廷监的掌事说一声，让他把你们调在一处。本官如今不得圣宠，不知内廷监的那伙人是否还能支使的动。横竖，多使些银子罢了……"

南飞摇头打断我："娘娘，您要是真的下定决心走，就别回头。奴婢虽万千不舍，但还是祝福您。出了宫，天高海阔，万万要保重自个儿。"

她垂下眼睑："说句心里话，奴婢深深觉得，菜头大侠，比陛下更值得娘娘您托付终身。"

她说得至为恳切，句句为我着想。我心内一暖，眼泪流了出来。

那晚，南飞替我收拾好一个小包袱。我们俩坐在合心殿的西窗，说了许久的话，到天亮方睡。

八月，满宫漂浮着桂花的香气。我记得从前成筠河还是宣王的时候，我与他一起，还有小酉，牵着一块长长的纱布，接着御花园中落下的桂花，或酿酒，或蒸糕饼，唇齿留香。秋雨绵绵，连续不断，延长了桂花的花期。满树金黄细小的花儿，深桂独醉。

想着自己入宫这么几年，经历了这许多事情，恍如梦中。

一无所有地来，终究，还是一无所有地走。

从六月中旬到现在，我已经两个月没见到成筠河了。不，是两个月零三天。待我离宫之后，这消息必然会传到他耳中。那时，他会是怎样的心情呢？

他这辈子，坐在高高的龙椅上，想有多少个女人，就有多少个女人。可他再也没有陆芯儿了，没有那个从一开始就牵着他的手走在这冰冷宫廷中的陆芯儿了。

我睡醒的时候，已经是申时了。

南飞刚替我梳洗完，沈昼就来了。我看他面色不大好，便问："何事？"

"微臣从前的一个手下，被王项府中管家的儿子打死了。"

"什么？！"我站起身来。沈昼从前的手下，就是玄衣郎。要知道，玄衣郎可都是世家子弟出身，不是平民百姓。王项府中的管家，不过就是下人而已。就这么随便地打死一个世家子弟？

"可有交代？"我问。沈昼摇摇头："王项现在的势力大得不得了。满京之中，无人不知其名。自从圣上宠幸了凌昭仪，有凌昭仪吹着枕边风，圣上比从前更信任王项了。一些地方官为了溜须拍马，甚至给他修祠。"

我冷笑一声："圣贤们多半生前寂寞，无人得享生前修祠的殊荣。好个王大人，竟比圣贤还荣耀了。"沈昼说："微臣查到，王项一直跟楚王府有联络。就在昨日，楚地有一人骑快马漏夜赶往丞相府。"

我在屋内踱了几步："那人送完信，想必还是要回楚王府交差的。沈卿，你立刻去京郊设下埋伏，待他出了城门关口，秘密抓获！"沈昼迟疑道："可是，楚王府那边不见人回来交差，怕是会打草惊蛇。"

我笑笑道："兵者，诡道也。沈卿，咱们得使用些诡道才行。抓住那个人，或哄，或骗，或威逼，或利诱，想尽一切办法，让他为咱们所用。玄离阁的本事，先帝信得过，本官亦信得过。让他若无其事回楚王府继续当差，找出他的亲眷，控制起来。一旦他在楚王府有不听话之处，咱们就悄悄给他送去一个亲人的人头。"

沈昼拱手："先帝没有看错您，微臣亦没有看错。"

"微臣凭着多年的宦海沉浮，已经闻到了危险越来越逼近的气息。或许数月之后，圣朝就要面临一场大灾了。"他叹口气，转身离去。

我蓦然想起，我都是要走的人了，还在这里布局规划个什么呢？成筠河不需要我了，他的江山亦不需要我了。

风把窗户吹开。我仿佛看到了先帝站在我面前。

我连忙跪下身去："圣上。"他捋了捋花白的胡须，笑着看着我："芯儿，你该叫孤父皇。"

我摇摇头："可是筠河并未将我封后。"先帝朝我走过来，摸了摸我的头发："芯儿，小六糊涂，你莫与他计较。"

"我……我要走了……离开皇宫……"

先帝还像从前一样看着我，他如鹰一般的眼里带着慈祥的笑意："芯儿，莫离开，小六需要你。你与皇家缘分未了。"

一眨眼，先帝消失了，一切似乎只是我的幻觉，只是耳边还充斥着先帝的声音："芯儿，莫离开，莫离开……"

我瘫坐在地上，怅然若失。

黄昏的时候，菜头早早地来了。我注意到，他换了一身新衣裳。

"大小姐，我来接你。"

我点点头："哦……好。不是，不是要子时么……"

"我四处侦察过了，今日是凌桃蹊的生辰，成筠河下令大办。酉时宫中要办庆典，咱们这个时辰走，最是安全，无人察觉。不必等到子时……"

南飞听了，将包袱递给我。我走到内室，脱去烦琐的贵妃服饰，换上一身轻便的衣裳。

菜头轻功了得，他拉着我往上一跃，便到了墙头上。我回头，见南飞倚在门边，她看了看菜头，又看了看我，偷偷用袖口擦眼泪。她发现我回头，忙转悲为喜，冲我摆摆手，示意我放心离去。

菜头拉着我，一路飞跃，不知不觉来到了乾坤殿。四处张灯结彩，透着寿筵的喜气。我看到了成筠河，他穿着一身青色的衣裳，站在乾坤殿的院中。凌昭仪靠在他身边，巧笑嫣然。

我从高处俯视着他们，每一个细微处都看得清清楚楚。猛然间，我看见成筠河手中攥着一个东西，是耳环。他继位之初，命人给我打造的那对星河耳环。我戴过几次，觉得挂在耳垂上有些重，便没有再戴，搁置在乾坤殿的书桌上。

他紧紧地将星河耳环攥在手心。难道是，在这样的日子里，他念着我吗？

凌昭仪注意到了那对耳环，她摇着他的手臂说："陛下，今日筵席上，少了一个吹洞箫的伶人。听闻贵妃姐姐近来苦学洞箫，颇有所成，便唤她前来，如何？"

成筠河皱眉："不必叫她。你的洞箫吹得是最好的。"凌昭仪撒着娇："陛下，哪有寿星自己吹的呀。再说，您不也好久没见到贵妃姐姐了吗？不如，就趁这个日子，与她见一见吧。"

成筠河思忖良久，点了点头。

小酉带着小内侍往合心殿的方向走。

不好！若此时被发现我不在宫中，南飞该如何应对呢？这时，菜头拉着我："大小姐，我们快走吧。一会儿内侍们发现你不在宫中了，一定会闹出动静来。"

"……好。"心中似乎有千军万马驰过，铁蹄溅起尘土，每一刻都是惊惶。菜头拉着我的那只手，不自知地在发抖。

我站在乾坤殿宫墙之上，秋风将我的发髻吹得散乱。

"菜头，我不能走。"

"为什么？"

"南飞会因为我而遭殃。"

"借口。大小姐，这是你的借口。"菜头苦涩地摇摇头。

第四十九章：丧曲

"我要回去。"

菜头直视着我的眼睛："大小姐，你还是舍不得成筠河。可我不想让你回去。"

他想伸手过来拉我，我猛地往城墙下面跳。在那一瞬间，我似乎看到他眼中所有的灯火都灭了。

他亦跳了下来，紧紧抱住我，我们掉落在草丛中，他垫在我的身体下面。

他扭过头："大小姐，你竟这般决绝。"我爬起来："菜头，你莫留在皇宫了，天高海阔，你走吧，过你的日子，娶一个好妻子。而我……皇宫是我的宿命……"

我没命地跑啊跑。一定要赶在小酉前面，回到合心殿。我知道有一条小路，可以从御湖边抄近道。不过是半盏茶的工夫，我就跑到了合心殿，气喘吁吁。南飞看到我，张大嘴巴，旋即又急着问："娘娘，您怎么又回来了？菜头大侠该怎么办啊？"

我不吭声，匆忙地换衣裳。南飞沉默，她似乎是猜到了什么，眉梢眼角写着担忧。她担忧菜头，也担忧我。

我刚换好衣服，门外小酉的声音就响起了："贵妃娘娘，陛下请您去一趟乾坤殿。"

南飞打开门。我笑意盈盈地问："哦？酉公公，是陛下找我，还是旁的什么人找我呀？"

小酉尴尬地笑笑道："是陛下想您了，听闻贵妃娘娘近来习学洞箫颇有进益，想请您去筵席上吹奏一曲。"

"好。"我笑着，嘱咐南飞拿上了箫。小酉见我答应得如此顺畅，好似有些意外。

一路上，他小声说："娘娘，奴才是看着您跟陛下一路走来的，陛下心里是有您的，就是一时想不开，跟您怄气呢，您还是陛下心尖上的人，好几回陛下梦里都喊您的名字呢，奴才听得真真儿的……"

我打断他："酉公公，你不必跟我说这些，陛下让我去吹箫，我好生吹就是了。你还怕我惹什么事端不成？"

"不，不……不是这个意思。"

小酉讨了个没趣。

乾坤殿，我万般熟悉的乾坤殿，此刻充斥着欢庆的味道。

成筠河的宠妃生辰，再加之有王项这层关系在，朝中的权贵们几乎都来了。

凌昭仪看我走进来，忙起身，装模作样地给我行了个大礼："小小生辰，劳烦姐姐驾到。"

成筠河坐在人群中央，他看着我，却没有说话。我走上前去，拜了一拜："圣上万安，听闻凌昭仪生辰，您叫臣妾来吹箫助兴，臣妾便来了。"

在座的那些权贵大臣一脸瞧好戏的神情看着我。

我看着成筠河，开始吹奏。

须臾，就发现凌昭仪脸上的神情不对。她很生气，奈何这样的场面又不好发作，她还得在成筠河面前装温顺、装贤惠、装大度呢。脸憋得通红，一双眼瞪着我。

我吹的是一首丧曲，民间给死人送葬的曲子。

满座哗然。

我就那么若无其事地吹着。小酉欲拦我，成筠河摆摆手，示意他莫出声。他就这么听我吹着。一曲丧音毕，我笑眯眯地看着凌昭仪："姐姐学艺不精，比不上曲艺班子的伶人们，让妹妹见笑了。"

凌昭仪不吭声，眼里似乎飞出无数个小刀片，齐刷刷地刺向我。一旁始终保持沉默的成筠河，此时开了口："星儿，你的性子还是这样。"

"如彼雨雪，先集维霰。死丧无日，无几相见。乐酒今夕，君子维宴。"我念到"无几相见"的时候，似乎触及了成筠河的心肠，他轻轻闭上眼。

"陛下，臣妾自六月以来，禁足在合心殿，想了很多很多。生命是莫测的，人生亦是莫测的，灾难来临的时候，便如雨雪一般不可阻挡。就如当年，清风殿的大火，您与先帝、与姜娘娘天人永隔，连最后一面都不得见。这一生，您与臣妾见面的日子还有多少呢？臣妾想起，便万分悲伤，忍不住吹奏此曲。"我轻轻地说出这段话。

成筠河听了，颇为动容，他唤我："星儿。"

"陛下。"

一段箫声，一段话，九曲回肠。似乎是一块砖，敲破了成筠河心底的门，令他忆起了诸多往昔。

他牵起我的手："你说得很对，人事无常，得珍惜眼前能相伴的时光。星儿，你来，坐在孤的身旁。莫作丧音，咱们乐酒今夕。"

本是凌昭仪的寿筵，经这么一折腾，我似乎成了主角。众人看着我款款地坐到了成筠河的身旁，颇感意外。凌昭仪偷鸡不成蚀把米，本想喊我来吹箫，羞辱我一番，却不想让我趁这个机会跟成筠河亲近起来。

她越想越气恼。刚好，一个小宫女过来给她送披风："晚间起风了，昭仪您披上吧。"凌昭仪借题发挥道："本宫这还没凉呢！你们这起子短见之人瞎操心！"我温和笑道："妹妹，你怀着身孕，火气莫太大，下人们也是好意，怕你冻着了。"

凌昭仪扫了一眼筵席上的权贵们，又看了看我，摸着肚子道："贵妃娘娘，您有所不知，正是因为怀着孕，火气旺，才不怕冷呢。臣妾的身子不贵重，可臣妾肚子里的龙种贵重，到什么时候都是暖暖和和，凉不下来。"

我抿了口酒，不言语。

筵席散了的时候，成筠河已有几分醉意，凌昭仪身边的小内侍问道："圣上可是要摆驾桃蹊院？"成筠河骂了一声："没眼色的东西！没瞧见贵妃在这里？今晚孤回合心殿！"

他用了"回"这个字。回合心殿。

南飞在前面掌着灯，她时不时朝宫墙四周看看。她怕菜头仍然盘桓此处，徒增伤怀。

那晚，成筠河醉意蒙眬地看着我。他说："对不起，星儿，帝王不说对不起，但六郎跟你说对不起。星儿，可六郎真的看不透你……你为何认识那么多的江湖势力，五云山上的土匪，破天狼里的杀手，星儿，你到底有几张面孔……你心里究竟想的是什么……"

他将我抱在怀里，下巴轻轻放置在我的头发上："星儿，我不喜欢看到别的男人为你去死，我更不喜欢你为了别人掉眼泪，我不喜欢，我通通不喜欢。"

我心里就像泼翻了一碗黄连汁，泛上来浓浓的苦涩。

"筠河，那都是我进宫以前的事了。我对你是真心的。"

"我知道你对我是真心的，星儿，可我怕你的真心分成了好多份。"

他此刻的口气如孩童一般，我将手放在他后背上轻抚。

南飞端来水。我绞了帕子给他擦脸。

门外有小内侍急急跑过来："陛下，凌昭仪有恙。"成筠河不耐烦道："怎么孤才一天不去，就有恙了？她自己不是会医术么，再者说，宫里那么多医官，难道是摆设？孤又不懂行医，去了能做甚？"

"凌昭仪，见……见红了……"

成筠河听到这话，酒醒了大半。任谁都知道，孕期见红是大事。

"凌昭仪现在哭得厉害，这恐不利于龙胎……"

成筠河起身，朝我说了句"星儿，我去看看"，便走了。他还是挺在乎凌昭仪腹中这个孩子的。

朝堂之上，已经有好几个礼部的官员说过，陛下至今无子，不利于社稷安稳，江山延续。需有皇子，才可真正让四海之夷臣服，让天下百姓放心。历朝历代，无嗣的君主，动乱政变总是格外多。

我这般劝慰着自己，坐在窗边，喝着一盏雪水云绿。

沈昼来了。他是何等聪敏之人，必然是听到了筵席上的流言，又观此情形，猜到了我的境遇。

"娘娘，忍一时风平浪静。"

一口茶吞咽在喉间，我笑笑道："沈卿不必挂怀，本官若没学会忍这个字，早就不知死在哪个沟壑之中了。"

"那凌昭仪并不是见红，打发内侍来的时候，还生龙活虎呢。"

"本官知道。可是陛下好糊弄，不拘哪里弄一摊子血来，就够陛下悬心好些天的了。"

沈昼突然敛了谈笑之色，严肃说道："咱们放在楚王府的那个奸细，传来一个消息。楚王府的人在沅陵发现了许多金矿，按道理说，藩王就算在封地发现金矿，也该上缴朝廷，可他们秘密瞒下了此事。偌大一笔钱财，必是准备拿来充当军用粮草物资了。"

"沅陵？"我看了看圣朝的堪舆："沅陵在湘西，离云贵不远，沈卿，你通知常二将军，去实地查看一番。"

"成筠源既是要隐瞒，必然是做得很隐蔽。"

"越是做得隐蔽，他们越不会起用在册的兵丁去挖矿，防止消息泄露。你跟常二将军说，让他找一些手下，假装逃荒的饥民，混在沅陵城。"

沈昼思索了片刻："对，娘娘思虑的有道理，楚王府不会用在册的兵丁，必然会在附近抓一些不知情的饥民、流民。如此，便可混到里面，打探内情。"

我点点头。

沈昼说："微臣预计，他们动手的时候快到了。"

"嗯。咱们得知己知彼。"

十月间，常正则让人从云贵给我捎来了许多毛峰茶，附赠一行字：诸事皆妥，娘娘放心。

我坐在合心殿看秋去冬来，在檐下跟南飞用茶炉烘栗子吃。

年关在风雪中悄然而至。

第五十章：攸宁

凌昭仪的肚子已经很显怀。年下里，命妇们来宫里请安，都叽叽喳喳地说着凌昭仪的胎象，肚尖尖，多半是个男孩。宫里人都说，如今凌昭仪正得圣宠，若再生个皇子，就是如虎添翼，封后指日可待。

流言传得有鼻子有眼，渐渐地，朝野上都信了几分。众大臣们都拍着凌郫的马屁，以准国丈之礼待之。

腊月廿五，大雪纷纷扬扬下了三日，我爬到树上摘蜡梅，合心殿二门外的小内侍进来通报，说平西王妃前来拜见。

我一愣，旋即反应过来，是常正则的母亲，忙说道："快请。"

须臾，我刚从树上爬下来，就听见平西王妃的声音："贵妃娘娘千岁。"我将手中的蜡梅递给南飞，笑着说："王妃免礼。"平西王妃约莫半百的年纪，一身华贵的锦裳，外头套着的，是一件黑狐披风。虽已有了年岁，但眉眼气质皆是不俗。她身边站着的是一个小丫鬟，穿着粉色的小袄儿，长得娇娇俏俏、水水嫩嫩的。

我特意让南飞斟上常正则从云贵给我送来的茶，款待平西王妃。她身旁那个小丫鬟闻见了香味，抢先说道："咱们王府也有这一模一样的茶。"平西王妃呵斥道："贵妃娘娘跟前，怎允你冒失多言。"

我笑笑道："王妃今日来合心殿，是有话要跟本宫说吗？"她颔首道："年下里，想着来给娘娘您请个安。平西王府感念娘娘提携之恩，才得以有再度报效朝廷之机。另则，有件重要的事儿，要跟娘娘说。"

"王妃请讲。"

"娘娘您最早陪伴圣驾，在这宫中，位分又最高，一度得圣上专宠，随意出入乾坤殿，圣上连国事都要与您相商，可谓是后宫独大。可现如今，让那桃蹊院抢了风头，娘娘您怎甘心？"她边揣度我的脸色，边缓缓说道。

我淡淡笑笑道："什么后宫独大，什么甘心不甘心，本宫也只是妃嫔，一切凭着圣上的恩眷罢了。"

"娘娘，圣上的恩眷不是等来的，而是争取来的。难道娘娘以为圣上与凌昭仪的相识只是偶然？凌昭仪和她身后的人精心设计，百般筹谋，才有了今天的局面。依妾身之见，您样样都比凌昭仪强，只要稍微想想办法，必能拉回圣上的心。"她句句意有所指，带着试探。

她是平西王府的掌家人。侯门王府，有几个是风平浪静的？她能安安稳稳，富贵到如今，且儿女双全，至得王爷敬爱，必是有些本事的。

"哦？那王妃说说，本宫该用什么样的办法？"

"桃蹊院之所以有今日盛况，无非就是因为凌昭仪肚子里怀了皇嗣罢了。"

听到此处，我伸出手，接了一片从天而降的雪花。雪花慢慢地，在我手中融化，那一点点的雪水，沾了掌心的温度，渐渐消弭。

"本宫也想有孕，奈何福薄，儿女子嗣上无缘，伴驾许久，未有佳讯。"

平西王妃从袖口掏出一块帕子，轻轻地擦了擦嘴角，小心翼翼地说道："娘娘您不一定非要自己生啊，只要在您掌握之中，就行了……"

我猛地看向她，她眼里有浑浊的风云在变幻着颜色。

"妾身家中有一刚过及笄之年的小女，名唤攸宁，可入宫来，做娘娘之臂膀。"她跪在地上："平西王府一家，皆愿为娘娘所用。"她身旁的小丫鬟也跟着一起跪了下来。

我给南飞递了个眼色，她忙走上去扶起她们。平西王妃在此时提起"一家皆愿为娘娘所用"，是为何意呢？一来，表表忠心。二来，我怕她知道常正则暗中为我做的一些事，隐隐以此自持，让我同意她的提议，让她的小女儿进宫。

我注视着她，突然，起身，走上前去，拉着平西王妃身旁那个小丫鬟的手："君子攸宁，乃占我梦。常小姐真是好名字，好姿容。"此话一出，眼前的两个人都惊了一下。

平西王妃说："贵妃娘娘怎知她就是妾身的小女？"我摸了摸常攸宁的发梢："若是寻常丫鬟，进宫来，必会战战兢兢，不敢行差踏错，可她敢抢在您前头说话。您呵斥她的口气，更多的，是长辈对晚辈的嗔怪，而非主子对奴婢的教训。还有——"我坐下来："还有，虽然常小姐扮着丫鬟的妆容服饰，但却戴着蓝宝石耳环。蓝宝石格外贵重，岂是一个普通小丫鬟能戴的？"

常攸宁听了，重新向我行了个大礼："平西王府，常家攸宁，拜见贵妃娘娘。"平西王妃道："这丫头啊，妾身是拿她没辙。"

我笑道："常小姐机灵可爱，甚好。""妾身跟娘娘说的事……"平西王妃问道。

我若不答应，恐常二将军面子上不好看。不看僧面看佛面，且扳倒王项一伙，确是得用上平西王府在京中的势力。如若拂了平西王妃的面子，来日，恐她给我使绊子。还有，若她求靠我不成，转眼去求靠了凌昭仪，徒生枝节。

思虑再三，我点点头，握着平西王妃的手，挚诚说道："本宫在这宫里甚是孤单，常小姐若愿进宫与本宫做伴，是极好的。"平西王妃面露喜色："攸宁，快给贵妃娘娘磕头，谢贵妃娘娘恩典。"

虽如今我在宫中的地位不如从前，但到底，我是贵妃。且自上次凌昭仪生辰过后，成筠河解了我的禁足，命内廷司交还了我的令牌，我依旧掌阖宫事。给常攸宁安排一个露脸的机会，还是能做到的。

长乐二年正月十五，元宵佳节，宫中热闹非凡。火树银花，花焰七枝。成筠河带着我、凌昭仪，和后宫一干人等在御花园看灯。

突然，一个戴着大头寿星公面具的女孩撞到了成筠河身上。凌昭仪很警觉地唤侍卫："此人冲撞了圣驾，还不快来将她拉走！"

戴面具的女孩哭泣起来。

成筠河这人一向性子温和，我太了解他了。他跟侍卫说："必是哪家朝臣家的小姐进宫迷了路，好生将她送回去。"

女孩揭开了面具，一张清丽的脸，活泼地笑着："您是圣上吗？我还以为你有大胡子，很凶，像我爹爹一样的。"成筠河笑了："你爹爹是哪位大人？"

"我爹爹是平西王。"

成筠河点头："原来是常家，沐雨阁上的忠臣之后，秀毓名门。"凌昭仪冷笑道："平西王府的千金就是这么不知礼数吗？"常攸宁抱着寿星公面具，匍匐在地，磕了个长头："常家攸宁，给圣上请安，给各位娘娘请安。"那模样甚是可爱。

我说："在这宫墙之中，天真可贵。昭仪莫要过于苛责才好。"

凌昭仪朝我翻了个白眼。

成筠河问道："孤记得从前见过你，那时候你还小，一眨眼竟长成个大姑娘了。怎么样，这宫中好玩儿吗？"常攸宁说："好玩儿，很好玩儿，我很喜欢，不想走啦。"成筠河笑了："那便不走了。"话刚说完，凌昭仪便拉着他去了另一边看焰火。我忙趁势对跟着的内廷监总管说道："听见没！圣上金口玉言，说常家小姐不用走了。这是什么意思？留她在这宫中的意思！"

内廷监总管连连点头。常攸宁被以妃嫔之礼留在了宫中。

第二日，我将此事对成筠河提起。他摇摇头，"星儿，孤说留她在宫里，只是一句玩笑话，作不得数。宫里不需要那么多的妃嫔。留下桃蹊，孤已经对你……"他看了看我，没有再说下去。

我笑笑道："可是，内廷监已经通知了平西王府，现在阖宫都知道了，此时再将常小姐送出宫，让她如何做人？让平西王府怎么抬得了头？陛下，就收了攸宁吧。"

他犹豫了片刻，方说："罢。事已至此，将错就错吧。功臣之后，不能薄待，就封作贵嫔，与桃蹊平级吧。"

"是。"

自此，常攸宁便留在了宫中。

我安排她住在了"清宁馆"，离我的合心殿不远，是一个幽静的所在。

对此，凌昭仪颇为恼怒。有一回，在御湖碰见了，她讥讽道："怎么？贵妃找了个帮手一起对付我？"我笑笑，看了看她的大肚子："妹妹身怀龙裔，心要放宽，如此尖酸，日后怎么能教得好子嗣？"她冷哼一声："教得再不好，也比你没有强得多。"

转眼，就到了三月中。

宫中十里桃花盛开。沈昼说，据楚王府、京中、沅陵三地安插的密探发来消息，成筠源、王项一党，打算在凌昭仪生产之日动手。

成筠河曾说过"十里桃花盛开之日，就是孤得子之时"，他一定没想到，十里桃花盛开之日，也是阴谋乍现之时吧。

他的大哥，他的中书令，他的宠妃，他的皇嗣。全都是一场海市蜃楼。

这厢，我日日难眠，枕戈待旦。

我跟沈昼说："把你从前的手下，那些玄衣郎都召集起来，守在宫外，以备不测。"

我命常二将军捏造敌情，假装边境有贼人挑衅，向朝廷请令出兵，让所有人都以为他带兵出征了。

然后，在云贵与西南蛮夷接壤处的荒山，放了一把大火。借着这个乱子，他悄悄带着手下的部分精兵回了京。这是一招"金蝉脱壳"计。另外各地的老将们纷纷盘桓在离上京东南西北的 300 里，局势一触即发。

有一晚，我正准备安歇，突然，有人轻轻敲我的窗户。南飞连忙去看，惊了一下，转头跟我说："娘娘，凌昭仪来了……"

这种时刻，她突然来找我做甚？

空气中，浓郁的花粉味儿。

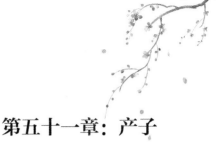

第五十一章：产子

　　宫中盛开的桃花像是一片片胭脂，染着山河，又像是一团团云霞，映着大地。月亮挂在天上，颗颗星斗，张望着偌大宫殿中的一切。清风袭来，阵阵桃花香漂浮在合心殿的空气中，摇曳着花容与月貌。三月的晚风，舞动着花好月圆的世界，如此醉人。

　　"洛阳城东桃李花，飞来飞去落谁家。"凌昭仪看着我，轻轻叹了一声。南飞充满敌意地说："你来干什么！"

　　凌昭仪看了一眼四周，小心翼翼地走进来，轻声道："本宫来找贵妃姐姐喝茶。"桃蹊院向来与合心殿不睦，南飞对她没有好声气儿："合心殿没有给你喝的茶。你大着肚子，出点什么事，别往我们合心殿栽赃！我们合心殿不接这盆脏水！"

　　凌昭仪笑笑，不理会南飞满嘴的火药味儿，坐到我面前："贵妃娘娘，臣妾想跟您做个交易。"

　　"南飞，茶淡了，换一壶皋卢来。"我唤着。南飞答应着，下去了。

　　"凌昭仪，你挺着大肚子，漏夜前来，要跟本宫做什么交易啊？"我笑着。她扫了一眼四周，神经兮兮地凑到我面前："大祸即将临头了！这满宫里的人，都得死！"

　　"凌昭仪怕是糊涂了吧，得找个医官看看。哦，对了，凌昭仪自己本身就懂得医术。奈何，医者不自医啊。"我摇摇头。南飞倒了皋卢茶过来，我喝了一口，眉间轻蹙。

　　"臣妾所言，句句都是实话。贵妃娘娘从前是先帝身边的掌事宫女，应该记得楚王吧？楚王成筠源，当年风光无限的东宫太子爷，先帝的长子，如今在楚地就藩……他跟当朝宰相王项、直隶守备梁骏等人勾结，准备逼宫了！"凌昭仪压低声音，急急说道。

　　"哦？"我神情大骇，"竟有此事？凌昭仪何不赶紧去禀告陛下？"

　　她咬了咬嘴唇，半晌，方道："臣妾不能……不能告诉陛下……""那是为何？凌昭仪，本宫只是一介深宫妇人，陛下才是万民之主。此等大事，你告诉本宫无用，该告知陛下才是啊……"我眼角偷偷看了一眼她的脸色。

她在犹豫，她不知该向我透露几分实情合适，她在揣度我的态度。

我们俩隔着一方小小的茶桌，各怀心思。

"贵妃娘娘，臣妾有一远房表姐是……是楚王府的姬妾……所以，所以，怕陛下误会臣妾……但是，但是臣妾发誓，臣妾跟乱党绝不是一伙儿。您想想，臣妾就算再笨，也懂得一个道理，陛下在位，臣妾的孩子是皇嗣。若楚王谋逆篡位，臣妾的孩子算是什么？贵妃娘娘，你聪明绝顶，一定要相信臣妾啊。"

她说的道理没错。成筠河在位，她获得的利益更多。这是显而易见的事实。

但是，她一开始就是作为棋子，出现在成筠河身旁。若没有楚王和王项等人的安排，她连出场的资格都没有。一个棋子有资格选择自己的路吗？本身就是两难。

她现在明白了，她若继续下去，面前有两个可能。帮着楚王谋逆，楚王成功上位，成筠河必死无疑，她和她的皇子作为成筠河的妃嫔和皇嗣，也留不得，只会成为新朝的祭品。掌权者不会记得谁为他铺过路，只会从自身的利益出发。何况成筠源跟成筠河截然不同，他做事一向狠辣，不留余地。帮着楚王谋逆，楚王失败，那么，当阴谋全部暴露在光天化日之下，她作为乱党的同伙，必然会被株连。她的孩子，也会成为谋逆之子。

这两个结果，对她都没有好处。

随着临产的日子到来，她越发眷恋生命。她想反水，只有反水，才能破这个必死的局。若此时帮助成筠河，她将功补过，自己和孩子便不再是附逆之人。

她猛地握着我的手："贵妃娘娘，不管您信不信臣妾的话，臣妾都要说，宫里的医官推算了臣妾的预产期，便是后日。宫中守大门的侍卫，分三班，有一个姓马的头目，是东宫的故旧。那天，他酉时当值，所以，楚王一伙选择在酉时进门。他们的目标，就是圣上。那天，臣妾生子，陛下定会在桃蹊院。乱党进了宫，会一路杀进桃蹊院。届时，外头的御林军，由直隶守备军梁骏带兵解决。楚王府的兵士在桃蹊院下杀手。王项负责稳定朝局。他们会捏造一份先帝遗言——"

听到这里，我接口道："遗言上会写，若六郎不才，则改立长子。然后王项会利用中书令职务之便，以陛下之口吻，下罪己诏，公示天下，明明白白。成筠源名正言顺地登基。"

"贵妃娘娘果然是明白人。臣妾之所以选择告诉您，是因为，臣妾虽一直以来与您作对，但深深知道，这满宫中，您是最明白的人。"凌昭仪说着，突然跪倒在地："背叛楚王，他们必不会放过臣妾，臣妾自知命不久矣。如此筹谋，只为腹中孩儿。求贵妃娘娘顾念他是陛下骨血，保着他。求您。"

她的头磕在冰冷的青砖地面上。这一刻，她不再是后宫争奇斗艳的妃子，而是一个无助的母亲。

"臣妾冒死托孤，愿贵妃娘娘成全。"

我扶起她："本宫答应你。不管宫廷刮起怎样的腥风血雨，本宫竭力保你孩儿周全。"

她长吁一口气，转身离去。

长乐二年三月十三日，皇二子诞于桃蹊院。上赐名：成灼。

那一天，桃蹊院的桃花开得妖艳极了，颜色渐渐地深了下去，像是浸染了血。

内廷监忙着准备二皇子所需的一应物品，满宫里传着这个好消息，成筠河从凌昭仪腹痛发作开始，守在桃蹊院两天两夜。

酉时，宫破。

直隶守备军梁骏带兵悄然包围了皇宫。

"杀——"春风暖暖地吹在人的脸上。这暖人的春风里，阴谋的杀戮开始了。

成筠河听到外头吵吵嚷嚷的声音，大声问："外头怎么了？"小酉去外头探了消息，屁滚尿流地爬进来："陛下，不好，不好了，谋谋谋谋逆啊……"

成筠河抱着二皇子从榻上站起来："什么？谋逆？是谁？"

"楚王带着梁骏杀进宫来，御林军已经被包围了！陛下，皇宫危矣！"

"王项王大人何在？此等滔天大事，快叫王大人进宫相商！"

小酉哭道："陛下，王大人，他，他……"

"他是否已被乱党控制起来了？"

"不，王大人已经投靠了反贼！"

与他有半师之谊的王大人，他一手提拔起来的当朝宰辅，投靠了他的大哥。他缓缓坐在了榻上。

不多时，桃蹊院被围成铁桶一般。反贼头目喊着："楚王有旨，活捉成筠河！"

此时的我，坐在乾坤殿的椅子上。门打开，王项带兵而入！黑暗中，我点亮了一盏烛火。

他看见我，很惊诧："你怎么在这里？"我端起茶盏喝了一口："本宫在等你啊，王大人。"他要盗取印章，伪造先帝遗旨，当然要来乾坤殿。

"小师妹，得罪了！怪只怪你有眼无珠！选了成筠河那个窝囊废！"

他一挥手，两个兵丁持刀冲向我。

千钧一发，沈昼带着玄衣郎从房梁上落了下来。

王项冷笑道："小师妹，你竟留了一手。"我笑笑道："王大人，你总说家父教过你，那本宫想问问，家父有没有教你人伦纲常、忠君体国啊？"

王项仰头大笑起来："你父亲懂得人伦纲常，也知道忠君体国，可结局怎么样？水家万劫不复！当年禹杭的盐政贪腐案，你父亲不过就是替死鬼！哈哈哈哈哈。我告诉你，人，任何时候，都得先学会自保！你跟你父亲一样傻！"

我放下茶盏，走出乾坤殿，叮嘱沈昼："不留活口。"

"是。"

我得赶去桃蹊院，时间紧急得很。

满宫里都是叛党，我看到一群黑衣人扑过来，我本能地握住腰间的短刀。待他们靠近，我才发现，为首的那个人，是菜头。

"大小姐。"菜头喊着我。

"桃蹊院那边安静下来了，估摸着已经被叛军控制起来了，我得赶紧过去。"

"大小姐，我陪着你。"

黑夜中的宫廷，滚落的人头，人血的味道，腥得刺鼻。

乾坤殿到桃蹊院有一段距离，我等不及了，菜头一刀砍掉了一个叛军头目的人头，我夺了马，跨上就直奔桃蹊院，菜头和他的兄弟们紧跟在后。

成筠河果然被他们控制起来了。我看到他被叛军围着，脖子上架着刀。春风将桃蹊院盛开的桃花吹落几许花瓣，花瓣拂过成筠河的脸。

他看见了我，高声喊着："星儿，星儿——"我跨着马一步步靠近他："陛下，我来了。"

菜头和他的兄弟们与叛军厮杀在一处。

常正则手下的一队兵马冲了进来，为首的那人跪在地上："陛下，贵妃娘娘。"我在马上喊道："常将军已秘密带兵设下埋伏，梁骏的兵马在宫外被扑杀。王项在乾坤殿被本宫拿下。尔等附逆楚王，死罪难逃！"

不远处，刚生产完没多久的凌昭仪含泪带笑地看着我："陆芯儿，你记得，你记得你答应我的话——"

暗处的冷箭射过来。一支射向我，一支射向成筠河，一支射向凌昭仪。

菜头的飞刀打落了射向我的那支箭，小酉替成筠河挡了那一箭。而凌昭仪，中箭倒在了地上。

她预料得很对。虽然她是楚王的棋子，但楚王一样不会放过她。她睁大眼睛，喊着我的名字："陆芯儿，陆芯儿，陆芯儿……"她不放心她刚出世的儿子。

我从马上下来，走向成筠河。他怔怔地看着眼前发生的一幕幕，他嘴里念着："小酉，桃蹊……"

我从他手里接过二皇子，那婴孩还未睁开眼，他还未能看到这世上的一切。

我耳畔响起那晚凌昭仪念的那句："洛阳城东桃李花，飞来飞去落谁家……"

第五十二章：阴谋

婴儿在我的怀里安静极了，他不哭不闹，我凝视着他，他的五官有几分像成筠河，眉眼嘴巴，是柔软的轮廓。

将近月半，天上的月亮离圆满只差分毫，那么明亮，那么皎洁。

我抱着婴孩，看着天上的月亮，喃喃道："灼儿……"

过了大约一炷香的时间，周遭渐渐安静下来，合心殿的叛军尽被剿灭。沈昼也从乾坤殿赶来。他拱手道："王项固执，非要抢印章，厮打之中，书架倒了，他被砸死了。"

乾坤殿的书架乃太祖时期命人打造，坚固无比。

我点点头。王项饱读诗书，到头来，被书架砸死，也算是冥冥之中命运的讽刺。

成筠河神情缥缈："死死死死……了？"他始终不敢相信眼前发生的事实。

这时，整齐划一的脚步声奔跑过来。常正则来了，他跪在地上："禀陛下，贵妃娘娘，皇宫外的叛军已灭，直隶守备梁骏被就地诛杀，反贼成筠源，微臣不敢擅自处置，押了过来，等陛下发落。"

五米开外，果见成筠源的双手被绑住，前前后后四个身穿铠甲的兵丁押着。

成筠河沉默了一会儿，开口道："常正则，你前几天不是向朝廷请令出兵，去西南边境打仗了吗？怎么会出现在此处？"

常正则一愣，忙恭恭敬敬启奏道："原是去边境打仗，接到贵妃娘娘密函，连夜赶往京城，千里勤王，护陛下周全，护江山万年。"

"哦，孤记得，调你去云贵驻军，也是贵妃娘娘提议的对吧？"

常正则正不知如何回话，成筠河突然站起身来："好，很好，常将军此番平乱，立下大功，得赏，得重赏，赏什么呢，孤得想一想，想一想……"

月色照着成筠河惨白的脸。他一步步走向成筠源，唤了一声："大哥——"昔日的太子爷成筠源抬起头，看着他的这位穿着龙袍的兄弟，他的眼神是蔑视的。

"小六，为什么是你？我怎么都想不到，会是你。"

成筠河说："大哥，不管你有没有想到，不管你意外不意外，父皇终究是将江山

211

交给了孤。既交给了孤，那孤便是天命之人，由不得你质疑。"

"为什么是你，为什么是你……"成筠源还在念叨着。

"这个问题，大哥，你来日去九泉之下问父皇吧。孤与你一脉同根，不忍杀你，便……终身囚禁。"

侍卫们将成筠源拖了下去。成筠源嘴里念叨着："小六，我从始至终都不是败在你的手上……"

成筠河听了这句，猛地一凛。他看了看不远处的沈昼，又看了看菜头。他想吩咐什么，喊着："小酉——"转而，又想起，小酉已经中箭身亡了。

"两件事，追封桃蹊一个妃位，她生下二皇子，于社稷有功；厚葬小酉，他是从小陪孤到大的人，如今，舍身为主，是忠仆。"

他吩咐完，转身便往乾坤殿的方向走去。

"陛下——"我唤他。他扭头，冲我笑了一下，那笑容如同泡在水中的花茶，绽放得很大，却苦。

"星儿，孤累了，真的很累，孤想歇息，这里就交给你吧。反正，你已经不是第一次处理这种事了。"他指的是先帝去世那回。一次是他的二哥，一次是他的大哥。皇室兄弟之间的同室操戈，无休无止。"是。"我答应着。

我目送着成筠河的背影远去。他的背影，消瘦而疲惫。在这场叛乱中，他失去了太多。不仅是凌桃蹊跟小酉的生命，更重要的，是他对身边人的信任。他的信任在现在看来，统统都是讽刺。他会失去对身边人的信任吧。这是我最担忧的事。

我下令将叛军的尸体埋在桃蹊院的十里桃花树下。艳丽的桃花受到鲜血与尸体的滋养，似乎更加妩媚了，花开得似乎要滴出血来。

这一年，桃花的花期竟延长了一月有余。

往日里热闹非凡的桃蹊院成了宫中最冷清、最阴森、最恐怖的所在。

我让南飞亲自去挑选一个靠谱的乳娘。凌桃蹊已死，后宫中我是位分最高的妃嫔，二皇子成灼顺理成章地养在了我的膝下。这都是后话了。

那晚，我将所有人都封赏了一遍。常正则身上有平西王府世袭的爵位，我另外加封他为"抚远大将军"。他手下的兵丁，每人额外得五个月的俸银。

将士们高喊着："效忠陛下，效忠贵妃娘娘。"这声音响彻宫廷。

沈昼和他手下的玄衣郎重新得到朝廷的金令牌，我将他们改了个名字，叫作"御吏"，依旧是直属于皇权，不与三省六部交接。

出了叛乱之事，我想成筠河应该明白，对朝臣、藩王、封疆大吏们的监视必不可少。这叫防患于未然。

那晚，将近子时的时候，常正则和沈昼的人慢慢地散了，尸体被埋葬妥当。地上的血已被兵丁们抬了御湖的水，冲刷得干干净净。除了空气中经久不散的血腥味，一切都恢复如初了。

我看着菜头："你救了我，我想送你一个……"

他打断我："大小姐，我们家三代都是水家的家奴，保护大小姐，分内应当，不要赏赐。"

我笑笑，拉着南飞："你听我把话说完。菜头，我想把南飞许给你。在上京给你们置一座大宅院……"南飞的脸一下子红了，她跪在地上："谢贵妃娘娘，奴婢惶恐，奴婢不敢奢望。"

菜头听了我这句话，似乎很生气，脸色一变，一个飞身，就走了。

我摇摇头，叹口气。他的心里，还是没办法装下旁人。

寅时，我躺在合心殿，翻来覆去，睡不着。

成灼醒了，我听见乳娘哄他，给他喂奶，哭声渐止。

我起身，走出院落中。月亮似乎挂在梧桐树上一般。一只雁飞过，没有停歇。

"缺月挂疏桐，漏断人初静。谁见幽人独往来，缥缈孤鸿影。"蓦然间，我觉得自己便是那只"惊起却回头，有恨无人省"的雁。黑夜惊吓，骤然飞起，频频回头，却不肯栖息。

我没有叫醒南飞，自己提着一盏灯，去了乾坤殿。我走进内殿，见成筠河坐在榻上，他将头埋入膝盖。他果真没有睡。

听见动静，他问了声："桃蹊，是你吗？黄泉路冷，你回来了？"

我手中的灯晃悠了一下，定了定神，轻声答："是我，筠河，我是星儿。"他身子一僵，清了清嗓子："哦，是你来了。"

我走上前，坐在他身边。他沉默了好一会儿，用手扳过我的脸。借着烛光，他盯着我。

"筠河，你这样看着我做什么？"

"我想看清你……今晚，在桃蹊院，人那么多，我给你留足了颜面。我什么都没说，一切都交给你处置。可我一瞬间觉得你很陌生。我似乎从未认识你一般。"

"筠河……"我控制不住地哽咽了，"筠河，我都是为了你，为了圣朝，为了江山安宁。我没有一点私心。筠河……"

"好厉害的贵妃娘娘，能调动云贵军马。好有手段的贵妃娘娘，能让已经解散了的玄离阁誓死效忠。"他的脸离我的脸那么近，可我却觉得他呼出的气息都是冰凉的。

"筠河，那时候你信赖王项，你对楚王亦是心怀仁慈。就算我告诉你，他们的阴谋，你也不会相信的。我只能暗中筹谋。"

"好，好。"他点点头，松开我："那你告诉我，桃蹊临死前为什么那么凄厉地叫你的名字？"

"你真的想听吗，筠河？"

我其实担心，楚王背叛了他，王项背叛了他，若此时他知道凌昭仪也是乱党一伙，二皇子是阴谋的产物，该当如何呢？

"你说。"成筠河的声音里有了逼问的意味。

"因为凌桃蹊是楚王的人。她三天前找我做交易，让我保着她的孩子。她死前仍然惦记这个事，所以喊着我的名字。"

成筠河笑了两声："桃蹊也是大哥的人……呵，星儿，想必你是想借机铲除异己吧？那三把箭到底是谁放的？你敢让大理寺和吏部彻查吗？敢吗？"

一瞬间，我脑子里一个激灵。我回想起菜头的眼神。难道……难道那三把箭是菜头令人放的？他想趁机替我铲除凌桃蹊，去母留子，让我有机会抚养二皇子。这也不是不可能。哎。这是何必呢。楚王一伙本身就是不会放过凌桃蹊的。就算凌桃蹊侥幸躲过此劫，成筠河若知道她为楚王做事，也必会弃之。何需多此一举来灭她呢？

射向我的那把箭，菜头用飞刀打落。射向成筠河的那把箭，菜头是怎么安排的呢？若无小酉出来挡，是什么样的局面呢？菜头是真心为我好。可他终究思虑欠妥当。明日，明日一定得叫他来问问。

成筠河注意到我脸上的复杂之色，他躺在了榻上，闭上眼："星儿，你的好，我知道。你的歹，我也知道……你依然是贵妃……我的头好疼。你将安息香点上吧。"

安息香的味道弥漫了乾坤殿。我与成筠河，各怀心事，躺在榻上，睁眼到天明。

第五十三章：夺婴

自废太子逼宫事件之后，那几个月，成筠河对朝政产生了倦怠心理。他像是蜗牛钻进壳里一样，一头钻进了书里。他还命人从各地搜寻古琴谱，自己编创新乐章。

他常常坐在御湖边，或是花丛中，一坐就是几个时辰。

朝廷上的事，他一股脑地全交给了我。虽然，成筠河一直怀疑我有私心，怀疑我借机除掉了凌桃蹊，但我替他解决了宫变，扑灭了成筠源的野心，这是不争的事实。他手边能用的人一个个死去。他虽然对我有怨怼，但他，也只有我。这不知是我的幸运还是我的不幸。

除了没有给我名义上"皇后"的凤冠，我在宫中的一切，都是按皇后的规格执行。包括每到整日，初十、二十、三十，他都会与我同床共枕。这原本是正妻的待遇。红灯帐底，他抱着我。

"星儿，什么都给你了，我什么都给你了。"

"是吗？筠河，你很久没对我笑过了。"

他只有在看着灼儿的时候，才会流露一丝笑容。大多数的时间，他的脸上都像笼罩着一层雾气。

"星儿，我从来都不晓得，坐在这个位置上，是这么的压抑。"他说。

我现在有些理解当初那个白衣女子跟我说的"帝星微弱"这句话了。或许，成筠河在历史的长河中原本该是个短命皇帝。是我，怀着一份执念，延续他的生命，延续他的江山。

我最近常常做梦，梦见先帝。他对我说："芯儿，你一定要扶持着小六走下去，走下去。"他还跟我说："从前，太常卜了一卦，说圣朝将兴于水，孤将所有的皇子名字中都带了水，现在看来，或别有所指。芯儿，你是兴旺圣朝的水。"

从梦中醒来，我会靠在床头失神很久。我心里想的，永远都是那一年，禹杭街头，给小乞丐上药的成筠河，月色下那张温柔到极致的脸。

我把菜头叫到宫中，问他那三支箭到底是怎么回事。

他看着我的脸，说道："大小姐，你不懂我，我不会做这样的事。"我低头："我想着，你或许是为了我，才如此铤而走险，想除掉……"

"大小姐，就算是装模作样，我也舍不得将箭指向你。刀箭无眼，我不会拿你冒险，一丝丝的可能都不会。还有——"他将我头顶落下的一片柳絮轻轻拂掉："虽然我很讨厌成筼河这个人，但我不会用这样的方式除掉他，我怕你难过。"

菜头不会骗我。他做了，他会对我承认。这件事，是我多心疑他了。

不是菜头做的，会是何人所为呢？那三支箭，像乌云一样积压在我心口。

南飞说："娘娘，奴婢就知道，一定不会是菜头大侠做的。"

我看了看南飞。她认识菜头的时日尚短，我认识菜头近二十年，可她竟比我更了解菜头。

我注意到她偷偷地纳一双鞋底，针脚细密，做工精美，应该是给菜头的。她对菜头真的是用心了。

我总是有意给他们制造相处的机会，希望他们最终能成就姻缘。南飞和菜头，都是我身边最亲近的人。若他们能圆满，对我而言，亦是莫大的慰藉。

小酉死了，成筼河身边没个贴身内侍不行。我将乾坤殿负责洒扫之事的小申调到了成筼河身边，提拔他做了内侍总管。小申那个人，话很少，不干事不开口，但眼神很灵动，心里明白。我观察他许久了。好几次，乾坤殿闹出动静，别的宫女内侍都凑上来看热闹，独他，该做什么做什么，手中的活儿一刻也不停。

在宫里生存，稳重很要紧。

四月末，槐花又一次将宫中染得雪白之时，最惹人注目的事，是常攸宁的骤然得宠。

这段时日，雍凉之地闹旱灾，再加之灼儿感染风寒，我忙完前朝忙后宫，好些日子没合眼，眼睛里全是血丝。

南飞劝我歇息，我不放心，在尚书房召见大臣。自古以来，大旱或大涝，都会影响农业，人口锐减，财政危机。旱涝还会带来大量的流民，引发动乱。轻则转为流寇盗贼，重则发生暴动，甚至，大规模的灾民起义。

雍凉地区，东西狭长，北边是戈壁荒漠，南边是祁连山脉。以长安为起点，穿越河西走廊，到了敦煌之后分为南北两道。北道出玉门关，南道出阳关。无论外御边患，还是内击强敌，都具有关键性的战略地位，是兵家必争之地。如若雍凉灾民起义，必给游牧民族以可乘之机。

我朝自开国以来，跟游牧民族一向是井水不犯河水。但起码的提防，还是得有。

《管子·度地》云："善为国者，必先除其五害。"五害之中，就有旱灾之害。

我与户部曹尚书、兵部李尚书一起，迅速拟定出一个条理清晰的方略。从几步着手，赈济救灾、移民就食。并从川陕调兵雍凉，弹压异族。

我以成筠河之名，下圣旨于雍凉，劝课农桑，薄赋敛，免徭役。一味施仁，不行；一味露威，也不行。赈灾也要赈得有手段。雷厉风行的几个步骤，不仅让百姓看到了圣朝之"威"，也看到了圣朝之"仁"。

天下颂上。

我抱着成灼处理国事，他的脸烧得通红，我每隔一个时辰喂一次药，不肯假手他人。

兵部李尚书道："微臣为官久矣，未见贵妃娘娘这等霹雳手段、菩萨心肠之人。"

我笑笑道："本宫不过是为人母的本分。"是的。灼儿既交给了我抚养，我便把他当成了我亲生的孩子。

为人母，怎能不尽心呢？

晚间，小申来传话，圣上要见二皇子。我点点头，抱着孩子就要往乾坤殿走。

小申拦住我："贵妃娘娘，陛下在清宁馆。"

我一愣。清宁馆？常攸宁住的地方。小申看出我的诧异，小声说了句："陛下已住在清宁馆多日了。"

槐花的清香伴着四月的清风吹过来，那香味弥漫在空气中，我远远地看着一簇簇的槐花挂满枝头，跟冬日的霜一般。许久未曾合眼的我，有一瞬间的恍惚。

小申不动声色地扶住了我。

我埋头朝政与幼子之间，竟未注意后宫中这么大的事情。

常攸宁，常贵嫔，那个天真烂漫的女孩子，成了离成筠河最近的人。

"什么时候的事？"我轻声问道。小申回道："半月前，陛下在御湖边画画，常贵嫔在园中嬉闹，打翻了陛下的墨，又抓着陛下的笔在纸上乱画一通，淘气得不得了，陛下竟也不生气，反倒纵着她，陪她玩耍。"

嗯。我懂了。

成筠河现在一定觉得单纯很可贵吧。他恐惧人心的复杂无常，便觉得常攸宁如珍似宝。

君子攸宁，乃占我梦。成筠河很渴望一个纯真美好的梦。

我收拾神色，抱着灼儿，跟在小申的身后去了清宁馆。

成筠河看见我，说了声："星儿，你瘦了不少。"我笑笑道："环肥燕瘦，臣妾倒想学赵飞燕，清瘦一些。"常攸宁向我行完礼，调皮地眨眨眼："杨玉环是贵妃，赵飞燕是皇后，看来，姐姐你想做皇后。"这句话令我和成筠河都很尴尬，却又挑不出她的错儿来。

"臣妾不是这个意思……"我再一次弯腰。成筠河扶住我，向常攸宁道："攸宁，莫调皮，莫要乱开玩笑。"常攸宁亲热地拉我坐下："姐姐，平西王府跟姐姐交情如此深厚，妹妹自然把姐姐当成了一家人。"

转而，常攸宁命宫女倒了茶，她亲自端给我："姐姐，这是哀牢山的春茶，想必您宫里也有，家兄办事一向细心，各个宫里都送到的。"成筠河说："从前，孤从不喝那南蛮之地的茶，想着，那等荒僻之地，能有甚好茶？现今看来，竟是错了。云贵之地，云山雾绕，山高水美，茶是极好的，丝毫不逊色于武夷六安等地。"

我将成灼交给南飞，自己接过常攸宁递来的茶，浅啜一口。看了看成筠河，又看了看常攸宁："陛下，今日唤臣妾到清宁馆，就是为了品茶吗？"

成筠河轻轻咳嗽了一声。常攸宁走到南飞身边，伸出手，摸着灼儿的脸："二皇子真可爱，眉眼特别像陛下，将来啊，一定是个翩翩少年郎。"

我隐约明白了他们的意思。果然，成筠河走到我身边，开了口："星儿，现在政事都交由你处理，无比繁忙，再带个孩子，想必是分身乏术，不如……"他终究还是害怕我对灼儿不够尽心。他终究还是认为凌桃蹊之死，跟我脱不了干系。他一定是想将灼儿交给单纯可爱的常攸宁抚养。

茶盏从我手中掉落，"砰"的一声碎了。我一个箭步走上前，将灼儿搂在怀里，将脸贴在他的脸上："灼儿只能养在合心殿。"

我舍不得。许多个日日夜夜，我听着他的每一声啼哭，我已经习惯了，我爱这个孩子。

成筠河见我如此模样，便轻轻地拍着我的肩："星儿，你别激动……"

"陛下，灼儿，灼儿是星……星……星儿的……"话还没说完，我眼前一黑，栽倒在地。

第五十四章：有孕

灼儿是我的念想，是我的寄托。可却要被他们夺走了。

疼痛刺骨地袭来。对成筠河长久以来的爱与坚守就像一个盛满了水的钵子。现在钵子被打碎，水一点点地倾泻下来。

成筠河从来都知道我的付出。一切，他都明白。只是，他总觉得我手段阴诡，打破了他从前心目中的星儿。所以，他趋向于他以为的"单纯"的女人。他陷入他自己一种理所当然的纯净中。

他能听信身边人的温言软语，却听不进去我一次次的铮铮劝谏。他把仁慈给了旁人，却对我如此苛刻，如今，连灼儿都要夺去了。我的心凉得要命。

"灼儿，灼儿！"正当我呼唤的时候，那个白衣女子又出现了。我仿佛置身于一片白色的花海当中。

"水星。"她在叫我。我记得上次梦到她，她是想来与我做一个交换。时隔许久，她又来找我做什么呢？我本能地对她充满敌意。

"水星，你要有孩子了。"

我的手摸向我尚且平坦的小腹，脸上是迟疑之色："真的？"

"真的。"

说不上来是什么感觉。好像心中压抑了很久的东西，涓涓成河，在此处决堤，我轻轻触碰着自己的肚皮，大哭了一场。

"成筠河原本的命线，是在即位一年后，死于宫变。随即，天下无主，各方混乱争权。圣朝三世而灭。但是，你，改变了这一切。圣朝因为有了你，还可延续江山，百姓亦得太平。"

她笑意盈盈地看着我。

我似乎想到了什么，问道："记得你说，是你将我送入我母亲腹中的，那你图什么？你能得到什么好处？"

"问得好。我图什么？水星，实话告知于你，我本是祁连山顶一株梅花，成筠河的祖父是盘踞在祁连云雾之中的一条真龙。亿万年前，八荒大旱，龙以唾液灌之，我得以存活，并修炼成仙。奈何，我们都动了凡心，于是……"白衣女子的脸上涌上哀愁。

我接口道："你们都动了凡心，犯了天界律条。于是，真龙下凡，为人间天子。而你，从花仙贬为花妖。你心念不死，念着他的情，于是，你想尽办法，保他的江山后代万万年。"

"水星，你说对了，你一向都是聪明的。"白衣女子的声音那么温柔。白色的花海飘起异香。她念道："水星，你是我选出来的改命之人。"我看着她："可我好累。成筠河似乎离我越来越远了。"

"帝王夫妻，能有几多深情？不管怎样，如今，是你在执政，是你手执国印。古往今来，有几个女人能丈量天下？不管他是否做到了与你一生一世一双人，但他到底，将江山交与了你啊。"

我轻叹一口气。

是的。成筠河虽然与我产生了诸多的隔阂，但到底，他的江山，掌权的是我。满朝文武的请安折子上，言必称"贵妃安好。"

他给了我权力。

白衣女子说："水星，言尽于此，你自己衡量吧。至深至浅清溪，至亲至疏夫妻。成筠河寿数并不长，纵是你拿恩爱来延续，离十年之约也剩不了几年了。待到你与他告别之日，又会是何种情形呢？"

我还想说什么，她却消失在我眼前。白色的花海慢慢地褪去。

我从梦中醒来，睁开眼，是合心殿熟悉的床，是南飞那张熟悉的脸。

"星儿。"成筠河在唤我。他的脸色跟我昏倒前在合心殿看到的不一样。

最近这段时间，他每次看着我的眼神，都像是春寒料峭的河面，有未化的冰。此时，那冰却消融了不少。

他眼里有几许愧色。一旁的常攸宁睁着大眼睛，语气里全是关心："姐姐，你突然晕倒，把妹妹和陛下都吓着了。还好，医官说，你身体无虞。"

"灼儿，灼儿呢？"我喊着。南飞连忙将孩子抱过来："娘娘，娘娘你莫慌，二皇子在这里。"我看到襁褓中的灼儿冲我笑，心里一下子缓和了许多。

成筠河说："星儿，你有喜了。"跟梦中白衣女子说的一样。

这一回，我倒没有表现出格外的惊诧。

常攸宁摇着我的胳膊撒娇道："姐姐福气真好，有了二皇子，这下又怀上了。以后，妹妹要常常往合心殿跑，沾一沾姐姐的福气呢。"

成筠河说："星儿，你怀有身孕，照顾灼儿，会不会……"我连忙说道："不会，陛下放心，臣妾必会照顾得妥妥当当。"成筠河点头道："好。"

常攸宁说："今儿这天儿，晴中带风，适合放风筝，陛下，您昨天答应臣妾的，咱们去御花园里放风筝吧。"成筠河看了看她，又看了看我，说道："攸宁，你去吧。贵妃有了孕，孤想多陪陪她。"

常攸宁咧着嘴角，稚气地弯腰告退："好。那臣妾要做三只风筝，替陛下放一只，也替姐姐放一只，祈愿陛下与姐姐平安康健，祈愿姐姐的孩儿顺利降生，祈愿圣朝长乐万年。"成筠河笑笑道："你倒懂事伶俐。"

常攸宁走后，合心殿安静下来。风从窗台吹进来，吹进些许白色的槐花花瓣，就如同下了雪一般。

成筠河抓起我床畔放着的一本《诗经》，念给我听。

他轻轻地拍着被子："星儿，你最近辛苦了，孤守着你，好好睡一觉吧。"

风声和着成筠河念诗的声音，交织着，流淌进我的耳朵。

"知我者，谓我心忧；不知我者，谓我何求，悠悠苍天，此何人哉……"

我果真睡了沉沉的一觉。

在我有孕的这段日子里，我与成筠河过得相对太平。

他本身就是良善的人，一向善待妇孺。如今，我怀着他的骨肉，更加让他觉得我们之间的距离近了，有了血脉的联系。那些戒备与怀疑被搁置起来，束之高阁。

自王项死后，我改了朝中的规制，将权力分散下去，设立"昌黎阁"，昌黎阁设三位阁老，相互牵制，相互制衡，折子要三位阁老签署之后，方可下达三省六部。我本有意让沈昼做三阁老之一，他推辞了。

"微臣只喜来无影去无踪，神秘自由，不喜手执玉笏上朝堂。"

于是，便作罢。让他掌着"御吏"就行了，依旧负责帮我暗中查案。

如今的三位阁老，有一位是先帝时期的老臣诸葛郜，历经三朝，84岁了，德高望重，我让他在内阁挂个名，显朝堂敬老尊旧之意。诸葛阁老虽为昌黎阁之首，但不管事。管事的，是另外两名——我一手提拔起来的文臣，宋垚和张邑。

他们都曾是两榜进士，又都在地方上当过小吏。没有后台，一点点爬上来的。懂得民生疾苦，懂得时运多艰，身居庙堂之上，却能思江湖之远。

平西王府在常正则平叛成功和常攸宁得宠后，在朝中越发炙手可热，是最风光的权贵。

家世、军功、外戚，常家都占全了。

长乐二年底，一向淡泊名利的老平西王爷去世了。就是常正则与常攸宁的父亲。常攸宁伤心至极，成筠河准她在娘家住了两个月之久。这在后宫是从未有过的特例。

常正则借着守丧之由，请求常驻京中。

我允了。

常正则袭了平西王爵，是朝堂之上最年轻耀眼的军功累累的异姓王。

长乐三年正月初一，成筠河带着群臣开宗圣殿祭祖，常正则以额触地，谢圣朝皇恩浩荡。

我的身子越来越重，南飞寸步不离地守着我。

羊水破的那天，我还在尚书房批折子。

游牧民族首领请求在玉门关增开互市，互通有无，以彼之牛羊，易我朝之丝绸瓷器。我提笔写道：允。刚写完最后一笔，腹痛发作。

桌上的水仙开得好极了。花瓣是雪白的，如白若磷脂的美人儿。又细又长的叶子，像一片翠绿的羽毛。清新雅致，幽幽地散发着香气。

长乐三年二月二十六日，我在尚书房生下大公主。

成筠河从金銮殿上飞奔而来，抱着公主，亲了又亲："星儿，公主类孤。"

小小的婴孩确实很像成筠河，比灼儿更像他。那薄而柔软的嘴唇，那广额，那下颌。

"公主赐名烯，封号冀。"天下九州，冀州为首，以冀做公主封号，可见成筠河的重视。

我看着成筠河抱着孩子的模样，想着，若时光静止在此刻，会如何呢？因我生了女儿，前来恭祝我的常攸宁明显松了口气。她那双无辜的眼神里，酝酿着风霜雨雪。

此时的灼儿已经快1岁了，乳娘扶着他，摇摇晃晃地走着。

常攸宁看着灼儿轻轻地笑。

她夺子之心，蠢蠢欲动。

第五十五章：大网

烯儿的洗三宴，成筠河特意叮嘱内廷监，办得很盛大。

这是他的第三个孩子。但由于当初大皇子刚出生就"夭折"、二皇子刚出生宫里就发生废太子逼宫那样的乱子，所以，宫里从未隆重地庆祝过婴儿的降生。

成筠河非常喜爱这个女儿，筵席之上，当着众大臣的面，抱着婴孩说道："来日阿烯出嫁，孤必以富庶之地赠之。"前朝旧例，藩王才有资格得到封地。藩王，不是君王的兄弟，就是君王的儿子。成筠河这句话，分明是没把烯儿当女孩儿，而是将她的待遇与皇子比肩了。

烯儿才满月，成筠河便赐她食邑三千户。而旧例，公主的食邑不过才三百户。

我劝他："陛下，烯儿还小，给予她的福气太多，恐她受不住。"成筠河说："圣朝的大公主，千金之躯，怎么会受不住？"转而，他轻声说："星儿，孤记得你曾经说过，你幼年时吃了很多苦，如今咱们不能让烯儿受一点点委屈，一切都要给她最好的。"

他宠爱烯儿，就好像宠着他臆想中的那个我。那个没有阴诡计谋、纯真无邪的我。那才是他真正愿意爱若珍宝的星儿。

坐月子的时候，我没有管事。成筠河亲自处理那些政务。不久，便出了事。有一天，常正则在朝堂之上，弹劾三阁老之一的宋壵收受巨额贿赂。成筠河便问常正则可有证据。常正则叫上了一个证人。那证人是京中有名的富户，开粮行的万孔方。

万孔方为了替自己的儿子谋个一官半职，求上了宋壵。因为现时京中官员的调任，归宋壵管理。据说是万孔方送了 5 万两银子，宋壵收了钱，却不办事。这才将事情捅了出来。

金銮殿之上，万孔方跪在地上，痛斥宋壵黑心。成筠河是最见不得官员贪贿的了。他问宋壵，万孔方之言是否属实。宋壵忙叩头解释道，万孔方的确是送了 5 万两贿银，银票混在礼盒当中送进来的，他当时看到了，马上差人送回去了。

万孔方梗着脖子说道："若果真送回去了，草民无凭无据，一介商贾，敢到金銮殿之上状告你这一品大员？"

此话听起来颇有几分道理。朝臣们登时议论纷纷。

常正则说道："陛下，此事本与臣无关。但臣见不得宋大人如此肆意妄为，给朝臣们抹黑。早起，臣上朝之时，闻见有人拦轿鸣冤，方知晓此事。因宋大人官高位显，臣不敢擅作主张，于是，将他带上金銮殿，请陛下圣裁。"

宋垚气得青筋暴起："你你你，胡说八道！平西王如此栽赃微臣，意欲何为？"常正则冷笑道："是不是栽赃，陛下派御林军去你府邸搜查一番便知道了。"

成筠河一抬手，召来御林军统领方辉，命他带人速速去宋垚府中搜查。

一个时辰后，方辉回殿奏道，果真在宋府搜到了 5 万两银票。这下子，人证物证都有了。成筠河愤怒道："宋大人，你还有何话可说？你的俸银几何？哪怕三世为官，也积存不下这许多银两。孤从前微服民间，听见人说官吏多贪，只道是民间百姓胡诌。如今看来不虚。宋大人官居一品，自然肥水多多，办这一件事，就得 5 万两，三年下来，百万之巨也不稀奇！"

"冤枉，冤枉啊，微臣实不知银票怎会又出现在府中……"宋垚将头磕出了血来。常正则道："陛下当严惩此人。"

成筠河点点头。

宋垚哀求道："陛下，臣要请见贵妃娘娘……"

"放肆！"常正则怒斥，"贵妃娘娘产褥在床，金尊玉体，怎容你这等宵小前去叨扰？！"

成筠河脸色很不好看："宋卿口口声声要求见贵妃，难道是觉得孤处理不好此事吗，还是觉得自己是贵妃一手提拔起来的，以为贵妃会出面包庇？"众人见成筠河动了大怒，皆不敢替宋垚求情。

成筠河当即下令，剥除宋垚的官服，将他打入天牢。万孔方是送贿的一方，自然也不是什么好人。成筠河说："商贾之人，花样繁多，虽宋大人受贿不该，你这行贿的也不清白。5 万两银票没收，充入国库。你下去吧。"万孔方忙跪安："是。"

这件事的影响很大。当天日头还没落山，京中便传遍了。人人皆知，宋垚是我的人，又是一品阁老，怎么会出这等事呢？难道是圣上有意杀鸡儆猴，要着手动贵妃的势力了？各方揣测纷纷。

晚上，我把烯儿、灼儿哄睡着了，两个孩子都安静下来。

我问南飞："陛下是不是去了清宁馆？"

南飞点头。

去了清宁馆，晚上便不会来了。我便给沈昼发了信号，召他过来。

"想办法去一趟天牢，问问宋垚，他近来是不是得罪了常正则，问他手上可有什么有利的证据，细微的线索也行。"

"是。"

"找到万孔方，想办法从他嘴里撬出点东西，如果他嘴紧，就从他的生意入手，商贾最是重利……"

我还没说完，听见菜头的声音。

"这事我去负责。漕帮的老大叫戚韦，跟我是把兄弟。他们漕帮跟万孔方有生意上的合作，每年都从各地码头走运河给他运粮。我可以让戚韦去探听消息。或者，用些手段，假装生意纠纷，把万孔方绑了，有的是法子对付他。"

我点头："好，这事你去做。万孔方金銮殿上御前告状，近来必会很防备。沈昼插手，容易暴露。你是江湖人士，有江湖人士的手段。"

说到此处，南飞忍不住插话道："菜头大侠，你要注意安全。"一旁的沈昼笑了："菜头大侠得红粉知己牵挂，倒是幸事。"

菜头没有看沈昼，顶着一张无悲无喜的脸，一跃离去。我注意到，他脚上穿的，正是南飞前不久做的那双鞋。南飞脸颊有些红，退到一边去给我盛汤。

我说："沈卿，依你之见，常家是打算开始动手了吗？"沈昼正色道："是。"

三月底了。院子里的玉兰花开得很好。一片白，一片红。花繁而大，幽香袅袅。白玉兰洁白如玉，红玉兰粉红如霞，两两对峙，互不相让。

我站在窗边，看着外面的花，接过南飞递来的枣汤，喝了一口。

"菜头那个人看起来很冷漠，心里其实明白着呢，对他好的人，他知道。记得从前，水府门口不远的街上，有一个老婆婆，她每次看见菜头，都咧着没牙的嘴笑，还总是送一些精巧的小玩意儿给他。虽然菜头没说什么，但他心里是很感动的。后来，一个很冷的冬天，老婆婆去世了。菜头偷偷哭了很久。隔了很多年，他还记得呢。菜头是重情义的人。我相信他明白你的心意，会慢慢接纳你。"我看着南飞笑笑。

南飞慌忙摇头："娘娘，您误会了，菜头大侠能不能接纳奴婢，一点都不重要。奴婢能一直默默地对他好，就很知足了。"

翌日，常攸宁来找我。她热情洋溢地笑道："姐姐，月子里闷坏了吧，出了月子可要好好地解解闷。这几日天气好，妹妹打算在御花园里办一场宴会……"

这时，灼儿走进来，扑到我怀里，让我抱。常攸宁从怀里掏出帕子给他擦了擦额角的汗，亲热道："姐姐，二皇子跟您亲得很呢。不知道的人还以为是您亲生的儿子。好哇，好得很。"

我瞧着她："你想在御花园张罗宴会？"

"昨晚听陛下说，北境蛮族进贡来几只虎崽，跟大猫似的，煞是可爱，臣妾想瞧个稀罕，也让王公大臣们和他们的家眷瞧个稀罕，赏赏花、喝喝酒、看看虎崽，热热闹闹，示陛下体恤臣下、君臣睦好之意。”

她说得如此冠冕堂皇，我点头应允。

那天，日头出得好极了。我抱着烯儿，嘱南飞抱着灼儿。“人多，乱，一刻也别离手。”我叮嘱着。南飞说：“娘娘放心，奴婢不撒手。”

笼子里关着的虎崽很是温顺，毛色亮而独特，众人指指点点，啧啧称奇。成筠河指着虎崽，跟众大臣说：“野畜来中原，感中原礼仪教化，亦能温驯如家畜。圣朝以德服人，四海来归。”

众大臣连忙跪在地上，齐声道：“陛下所言极是。圣朝以德服人，四海来归。”

成筠河坐在当中，我与常攸宁分坐两边。

常攸宁举杯：“妹妹着人酿了米酒，民间都说，产妇喝米酒滋补。姐姐你尝尝。”我点头谢过：“妹妹费心了。”成筠河道：“攸宁年纪虽小，做事倒是极周到的。日后，可以帮着你料理后宫的事。”常攸宁忙起身：“谢陛下。臣妾在平西王府娘家，还替母亲管过府里的账呢。”

正说着，御湖边突然传来一阵混乱的声音。

“二皇子落水啦！”有小内侍慌慌张张地喊着。

什么？！我连忙抱着烯儿就往御湖边赶。

“贵妃娘娘身边的掌事宫女南飞抱着二皇子一起，被清宁馆的掌事宫女冬雪推下水了！”我听到有人在我身边这么喊。

待我赶到湖边，见灼儿已被沈昼救起来了，沈昼将灼儿递给我，又跳下去救南飞。可南飞被水草缠得很紧。过了好半天，还没上来，我心急如焚。

冬雪跪在地上。一个小内侍冲上去抽了她一巴掌：“贱人！敢害贵妃娘娘宫里的人！”

冬雪跪在地上，大呼冤枉，不是她，她只是经过而已。不过是一眨眼的工夫，那个打人的小内侍已经趁乱消失了。

一阵风吹过，我冷静下来。

“贱人！敢害贵妃娘娘宫里的人！”这句话，虽然表面听起来，是在帮我，实则在混淆视听。声音那么响亮，大伙儿都听见了。必会让人以为，事实还没搞清楚，我就迫不及待地针对清宁馆的人、想治清宁馆的人罪了……

换一个角度看，似乎是我早有准备似的……

我感到暗中有一张大网在扑向我。

扑朔迷离。

好几个会水的侍卫跳进御湖，帮着沈昼一起救南飞。

可南飞的声音还是渐渐地微弱下去了。

第五十六章：自尽

时间仿佛凝固了一样。我紧紧地搂着两个孩子，看着湖面，期待着南飞赶紧被救上来。

成筠河和常攸宁都已赶来了，站在我身边。

良久，沈昼起来了，由于在水底待的时间太长，他面色苍白而疲惫。

南飞也救起来了，处于昏迷状态，她的手握得紧紧的，掰也掰不开。她纵便是失去了意识，心里还是有坚定的信念，护着我的孩子。她记得我的嘱托，一刻也不撒开。

我看着她，眼泪禁不住地往下流。我的南飞啊，陪我走过偌多岁月的南飞，陪我度过合心殿起起落落的南飞，永远安静地站在我身边的南飞。

这时候，冬雪爬到我面前，磕头如捣蒜："贵妃娘娘饶命，贵妃娘娘饶命，真的不是奴婢，不是奴婢啊，奴婢冤枉……"

我两手抱着孩子，腾不出手，冷冷地看着她："本宫并没有要你的命，你求饶求的是不是早了些？"

常攸宁听了这话，马上哭了起来，跪在成筠河面前："陛下，刚刚姐姐宫里的人打骂冬雪，那么大声，咱们隔着老远都听到了。冬雪是清宁馆的掌事宫女，打她，不就是等同于打臣妾的脸吗？让臣妾日后在这宫中颜面何存？满宫里的人都会以为是臣妾宫里的人向贵妃姐姐宫里的人动手了！还带累二皇子险些……"

她说着用手帕擦着眼泪，一只手捂着胸口："臣妾真是不敢想……"

我看着她惺惺作态的样子，就忍不住作呕。好一个君子攸宁，从第一次假装小丫鬟进宫，平西老王妃套我的话开始，她们就野心勃勃，设下圈套让我钻。

"刚才打冬雪的那个小内侍，不是合心殿的人。"我眼前闪过刚刚趁乱消失的那个小内侍的脸。

冬雪道："奴婢看得真真儿的，是合心殿的小亥……"

每个宫里都有一个掌事宫女和掌事内监。小亥是合心殿的掌事内监，本应配合着南飞，料理合心殿的事宜。但由于南飞太能干，将合心殿上上下下打理得妥妥帖帖。

另一方面，她比较谨慎，对外人难以交心。所以，小亥自拨到合心殿以来，在我跟前儿露脸的机会比较少。一直以来，在二门外伺候。

我心里打着鼓。

片刻的工夫，小亥从人群里挤出来，上去就要抓冬雪的脸："打死你这个贱人，怎么？把南飞和二皇子推下水，是想让陛下觉得我们贵妃娘娘照顾不好二皇子，把二皇子送去清宁馆？想瞎了你的心！"

我一看他说话的苗头不对，连忙喊了一声："住口！"常攸宁好像被雷击了一样，她哀号道："陛下，您听听，贵妃姐姐这是在诛心！臣妾担不起这样的罪名。"

此时，我已确定了，小亥被常攸宁收买了。他的一切都是装腔作势，配合着常攸宁的节奏在演戏。

成筠河厉声说道："攸宁，你果真有如此念头？孤记得，你想抚养灼儿不是一日两日了！"常攸宁睁着水汪汪的大眼睛，看着成筠河："陛下，臣妾虽喜爱灼儿，想抚养灼儿，但万万不敢做出此等伤天害理的事。怕就怕有人……"她吞吞吐吐地，用眼角胆怯地看了我一眼，好像很害怕我似的。

成筠河说："有话你就说！"

"怕只怕有人利用臣妾想抚养灼儿这个心思，栽赃嫁祸于臣妾，让臣妾在宫中无法立足……"

虽是三月天，我的声音却透着森森的严寒："妹妹，你口中的'有人'，到底是何人哪？"

成筠河走到我身边，扶着我的肩膀："星儿，你带孩子们回合心殿歇息，烯儿还小，莫吹了风。灼儿落水虽被救，到底年纪小，得细心呵护，喂些姜汤，以免着了风寒。"他细心地吩咐着，一派慈父的模样。

我点点头，吩咐人将南飞抬回去，一面赶紧传医官去合心殿救治南飞。

成筠河当着我的面，发落了常攸宁。"自你进宫以来，贵妃视你如妹，对你百般照拂。你的兄长，当初亦是贵妃举荐，得以出山。现时，你怎么能害贵妃宫里的人？你可知南飞是贵妃心坎儿要紧的人，如今生死未知，你有何颜出现在贵妃的眼前？"说着，他吩咐小申："即日起，常贵嫔幽禁于清宁馆，无诏不得出。"

常攸宁高喊着冤枉。

成筠河说："星儿，孤信你。"我摇摇头。他根本没看到事情的本质。他这个时候说的"信"，就如同漂浮于水面的浮萍，是没有根的。甚至，他这个时候的"信我"，也是合乎常攸宁的设计的。

"陛下……"我想说什么，却因内里过于复杂，不知从何说起。

这厢惦记着南飞，我便匆匆回了合心殿。

御花园里，一场其乐融融的君臣宴就这样潦草结束。

装虎崽的笼子，被宫中专门负责饲养牲畜的小太监们抬走了。

这场混乱，表面上，是我占了上风。成筠河站在我这一边，幽禁了常攸宁。可我却知道，炸雷已埋下了。背后设计这场戏的，是个高手。她知道寻常的手段治不住我。这一次，步步都是杀招。以退为进，还伴随着烟幕弹。让外人看不清真假。

合心殿内。我命人绑了小亥，却死活问不出个所以然来。无论说什么，他都叩头言称"一心为了贵妃娘娘"。

"把他关在密室，好好儿折磨，直到他说出他背后真正的主子。"我肃然说道。

"是。"

内室，宫中最德高望重的张医官给南飞医治着。

"南飞姑娘，有换季咳嗽的痼疾。现在是三月底，春夏交接。这次在水底的时间又太长，风寒加之咳疾，恐会引起重度的肺症……"

张医官看着我："娘娘，你心底要有个数，南飞姑娘多半……"

我伸出手一拦，没让他把话说下去。

几许残春夜，飞花落宫闱。合心殿的夜，静谧悠长。我一勺一勺地将药喂到南飞口中。

庭院中一阵凌厉的风吹过叶子的声音，我知道，菜头来了。他坐在窗棂边，遥遥看了看床上的南飞，又看了看我，半晌，艰难地开口道："大小姐，你这回，连南飞都舍下了。好一个弃卒保车的贵妃娘娘。"

我猛地抬头："菜头，你在说什么？！"

菜头的声音轻得如云雾一般："大小姐，还记得在禹杭街头，我和小发他们在路边等着你，你背过身去，一步步地走向宣王的马车。从五云山上下来，你明明没有受伤，可你为了得到陆家夫妇的信任，你自己用刀将手臂划出鲜血。还有，上次，我带你离宫，你宁肯纵身从墙头往下跳，也要回去……大小姐，我一直都知道，你有超乎常人的冷静。可我也知道，你心很硬。为达目的，你连自己都能舍得下去。"

"菜头……"

"这回，你为了干掉清宁馆，连南飞都舍下去了。大小姐，是不是朝堂上常正则的步步紧逼让你慌了阵脚，才出此下策？南飞一心为了你，你这么做，于心何忍？至高无上的权力真的那么重要吗？难道因为水家的变故，让你变得只信赖权力？""菜头，我一直都觉得你是懂我的，没想到你……"我心酸难耐。

"我懂你。大小姐。我最懂你。我对你忠诚，对水家忠诚。可你真的慢慢地变了，不是从前我认识的大小姐了。一步步的，你真的让人陌生。"

南飞慢慢地睁开眼，她似乎是听到了菜头的这段话。她面色惨白，嘴唇乌青，用尽全身力气摇摇头："菜头大侠，您冤枉娘娘了。今天宴席上，我本是站在娘娘身边，可，可小亥给我传话，说有个黑衣男子在御湖边等我，我，我以为是你，便去了。娘娘曾说，抱着二皇子，一刻也不能假手他人。所以，我抱着二皇子一起去了……"

菜头苦笑道："南飞，你跟我一样，是忠仆的宿命。忠仆是永远都护着主子的。我明白。"菜头已经笃定了他的猜想。

我不由得害怕起来，若南飞就此离世了，菜头会不会恨我？

这时，有小内侍通传，圣上驾到。

菜头飞身离去。我迎了成筠河进门。

成筠河看了看两个孩子，在烯儿的小脸上亲了一口，遂坐在我身边，问："南飞如何了？"我摇摇头："不太好。"

"攸宁这回是过分了，怎么能把南飞和孩子推下河。"

"筠河……"我将脸靠在他肩膀上，"有时候你看到的，未必是真实的。从前，先帝告诉我，这世上最复杂、最苦的，便是人心。我希望你将来不管看到什么，都能相信我。筠河，我在你身边这么久，深觉这世上最宝贵的东西，就是信任。"成筠河揽住我："星儿，别想太多。你素日里不开心，皆是心重的缘故。"

沈昼告诉我，他秘密去天牢探过宋垚。原来，宋垚正在着手查平西王府圈地一事，还未查出眉目，倒被常正则反咬一口。常正则先一步下手了。

"沈卿，你按照宋垚的思路，继续去查平西王府圈地的事。"

"是。"

"对了，据宋垚辩解，他当初是在礼盒中发现那5万两银票，又混在礼盒中送回去了。你问问他，是什么样的礼盒？礼盒中装的是什么？"

"是。"沈昼沉吟片刻，方说："对了，有一事告知娘娘，昨日，微臣正在饮酒，有一个小内侍来传话说，御湖边出了事，我才赶紧跑过去，及时救出了二皇子。可我回去一想，那小内侍之前从未见过，面生得很。"

我点点头。

每一个时间点都是掐算好的，缜密极了。

我左眼皮不停地跳。

晌午，听见小宫女跑着过来禀道："关在密室里的小亥跑了……"

不出一个时辰，乾坤殿传来消息，合心殿的掌事内监小亥递上血书，以死告发贵妃娘娘。刚递上血书，便咬舌自尽了。

第五十七章：真相

我命人将合心殿上上下下的人都召集起来了，乌压压地站了一屋子。

我坐在客厅，慢悠悠地喝一盏茶。我知道，站在我眼前的那群人中，肯定有常攸宁安插的奸细。他们看到我到这种火烧眉毛的时刻，还在淡定地喝茶，一定是挺奇怪的。

我看着他们，笑了笑道："本官知道你们中的某些人，已经另上别船，效忠别的主子。本官这合心殿中，出了内鬼。本官的人，不跟本官一条心，反倒跟旁人一条心了。想必，收到了不少金银财宝吧？自然，还有允诺别的来日好处。只是，你想一想，背叛了本官，新主子心里能真正瞧得起你吗？怕是用完这遭儿，就弃之敝屣了。古往今来，背信弃义的人，都没什么好下场！"

茶盏重重地往桌上一搁，发出清脆的声响。站在我面前的人，都低下了头，各怀心思。

小申走进来，宣成筠河的口谕："贵妃娘娘，圣上有请。"

我站起身来。他小声跟我说："那边情况不太妙。""把合心殿的人全部绑起来，一个都别漏了！"我下令道。

小申奇怪地问："娘娘，您这是？"我转头，手指绕了一圈，指着那些人说道："本官若有什么不测，你们觉得自己跑得了吗？整个合心殿，都得死。"那个"死"字，在我的牙齿缝间迸出来，带着瘆人的凉气。

四月初了。

年年四月，丹凤不栖无影树，直透烟霄意自殊。

我随小申踏出门槛的时候，四月的暖阳照在我的烟灰色衩裙上。

我又重新走回来，绕着那些人走了一圈。我笑道："你们好好儿想，仔细想，不许吃饭，也不许喝水，慢慢儿想。放心，本官不管发生什么，让你们陪葬的本事，还是有的。黄泉路上，咱们主仆，一块儿。"

我清楚地看到几个人眼神略微闪烁了一下。我从 10 岁起，街边打滚，四处行乞，一不留神就遭到一顿拳打脚踢。我最不缺的就是察言观色的本事。我在心里默默地记住了那几个人。

乾坤殿内。小亥的尸体已被抬走，血书捏在成筠河的手上。

他看见我走进去，艰涩地开了口："星儿，你想不想知道这血书上写的是什么？"

"自然是说臣妾逼迫他一起陷害常贵嫔，利用南飞和灼儿落水，将罪名栽到常贵嫔头上。常贵嫔是冤枉的，臣妾是最大的恶人。事过之后，臣妾想杀小亥灭口，小亥奋力逃脱，然后拼死到御前告发我。"我气定神闲地说道。

"你倒是坦然。"

"臣妾没有这么做，自是坦然。"

成筠河捏着血书："难道一个小内侍会用生命来栽赃你吗？你与他有何私恨？他全身的伤，是真的。他将衣服撩开给孤看的时候，孤惊呆了。这乾坤殿中，人人都倒吸一口凉气。那些伤痕，如斯残忍。星儿，你敢说你没用酷刑待他吗？你敢吗？"

我跪在地上："陛下，臣妾的确对小亥施以酷刑，但那绝不是为了灭口。恰恰是为了撬开他的口。那日在御湖边，他说的那些话，表面是维护合心殿，实则是故意给合心殿描黑。"成筠河眯起眼看着我："孤记得很清楚，在御湖边，他跟冬雪撕扯，句句是针对清宁馆的。"

"他句句针对清宁馆，只是想转移视线，放烟幕弹。给在场的人造成臣妾急于针对常贵嫔的假象啊！"我抬高了声音。小申轻轻咳嗽了一声，提醒我："贵妃娘娘御前莫要激动，有话慢慢儿说。"成筠河听了，说了句意味很深长的话："贵妃眼里，大概是从无御前二字的。"

他站起身来，负手而立："星儿，咱们先不论这个小内侍的反应。咱们来说说别的。从父皇在世起，你与沈昼，就过从甚密。清风殿失火之时，你与沈昼恰好又是都在父皇身边的人。孤记得很清楚，事态刚稳定之际，沈昼立即向你跪拜，言称父皇有旨，孤继位后，立你为后。上次楚王逼宫，沈昼第一时间赶到助阵。沈昼到底是谁的人，不言自明。这次，灼儿落水，又是他无意间经过，救起灼儿。孤想问问你，这世上，哪儿有那么多巧合？"他什么都记得。记得如此清楚。

我突然冷笑一声："沈昼是谁的人？臣妾告诉圣上，沈昼是先帝的人，是先帝最信赖的人。"

"别处处拿父皇做挡箭牌！"成筠河说道，"星儿，你告诉孤，如果这件事不是你设计的，沈昼为什么出现得刚刚好？"

"有人传假信……"

我还没说完，成筠河打断我："灼儿刚好被救起，因为你并不想让灼儿真的有事。但南飞呢？你不惜舍下南飞的命，就是为了让事情看起来逼真，就是为了让事态扩大。然后，孤不得不处置清宁馆。若通通有惊无险，这件事很快就会被平息。南飞，你身边最亲近的宫女，是配合你完成这场戏的重要角色，亦是你为了陷害清宁馆，加上去的筹码！"

我以为我会生气。奇怪的是，这一瞬间，我竟然一点也不生气，更没有难过。似乎成筠河的这番反应早已在我的预料之中，我脑子里拼命想的，是如何替自己开脱。

我清醒地明白了一件事：我对成筠河怀有的希冀越来越少了，趋近于无。我不再因为他的误会而心酸委屈。他是帝王，是烯儿的父亲，仅此。而我若想撇清自己，好好活下去，只能靠自己。

"陛下，臣妾有一个请求。"

"你说。"

"合心殿的所有人，严刑拷打。特别是合心殿的侍卫赵大和钱奕，负责传话的小内侍小尧，二门上的守夜小内侍小央，掌管器皿的小宫女梅落。"这几个人，是我观察到的神色有细微变化之人。

成筠河有些意外："你要严刑拷打自己宫中的人？"

"是。"

"星儿，你何必这样心狠，不留余地。"他摇摇头，"小亥一事，阖宫上下，不少人都说你是严苛之人，皆因你平日里不知宽和待下之故，所以才这样尽失人心。"

呵，阖宫上下，怕是常攸宁早早准备下的几个人吧。

七嘴八舌地说几句有的没的，添油加醋，成筠河便觉得我在这宫中尽失人心了。

"求陛下答应臣妾这个请求吧。"我满目恳切。"行。"成筠河斟酌了一下，点了点头。

繁美丰盛的四月，如诗似画，燕子落在窗外的树枝上呢喃。成筠河说："星儿，不管你做错什么，孤念你一路相伴，且替孤诞下冀公主，不忍过于苛责。二皇子便交与清宁馆抚养，冀公主仍留在你身边。你回合心殿反思吧。"

灼儿终究被夺去了。

"陛下，合心，寓意百年好合，一心一意，臣妾实不配再住在合心殿。自太皇太后去世，董太妃迁出萱瑞殿，一人住在流烟阁，臣妾愿带着公主搬去与董太妃同住。"我低头说道。

流烟阁在宫中的边角，离乾坤殿和御花园都很远，旁边就是西宫门了。西宫门不常开，日日紧锁。那里是一个极冷清的所在。

成筠河沉默许久："星儿，你何苦要这样？孤并没有说要将你赶出合心殿。""是，陛下没说，是臣妾自请前去流烟阁，请陛下允准。"我将额头碰到地上。

自成筠河登基以来，我从未对他行过如此大礼。成筠河叹息一声，点了点头。

他再三叮嘱"贵妃与公主居于流烟阁，务必丰其衣食"。

用不了一盏茶的工夫，满宫里都传遍了，传到最后，成了这样：贵妃被打入冷宫了！贵妃完了！

我之所以这样做，一来，是想让常攸宁以为自己彻底地胜利了，以为我就此被打倒，从而放松警惕，露出马脚。人哪，得意必登高，登高必跌重。

二来，我是真的想远离成筠河一阵子，远离宫中的喧嚣一阵子。

当那晚菜头对我说出那番话的时候，我的脑海中就闪过这样的念头。

西汉《法言》有云："昔乎颜渊以退为进，天下鲜俪焉。"南飞的病势越来越重。搬到流烟阁后，菜头来往比从前更方便了些，几乎日日都来。他想方设法地从各地寻来一些治肺疾的偏方。

我有几次在院中看到董太妃，她笑着看着我，露出示好之意。她一生都靠依附太皇太后过活，太皇太后崩逝后，她无依无靠，在宫中生存艰难。如今我离她最近，她想投靠我……

漕帮老大戚韦以生意纠纷之由，绑了万孔方。万孔方嘴里叫嚣着"老子背后有人"，戚韦一个拳头打过去，问他背后是何人。万孔方说："说出来吓死你！平西王府！"

一切不言自明。万孔方的行为，是平西王府指使的。

沈昼传来消息，宋垚说当初那礼盒是装糕饼的，那5万两银票之上依稀有油渍。只是当时金銮殿之上，常正则步步紧逼，他一介文官，何曾见过此等架势，慌了神，脑子如糨糊一般，在天牢关几日，醒过神来，便想起这茬了。

"好。"我说道。

"有一个坏消息。"沈昼说。

"什么？"

"您让陛下严刑拷打的那几个人，赵大、钱奕、小尧等人，都死了。死因不明。大理寺的人定义为畏罪自杀，草草交代了。"

"看来常攸宁警觉得很。咱们只能从前朝入手了。对了，让你查三支箭的事情，可有进展？"

沈昼点头："娘娘可曾听过江湖上的一个传说，流云君子箭？"

当然听说过。流云君子箭，从不失手，百发百中。是楚家代代相传的武功。

楚家现今的掌门人楚鸣，据说是个神龙见首不见尾的风流人物。

"楚鸣与常正则之间，有一段渊源……"沈昼说。

第五十八章：月儿

常正则驻兵云贵之时，曾出手帮了楚鸣一个忙。

流云君子箭楚家，在云贵的一座深山之中，弟子众多。楚家老爷子曾得罪了当地的匪首，故而，楚家庄常常受到土匪骚扰，一次又一次，不胜其烦。

楚家老爷子去年十月去世了，匪首带着人在秃鸢岭"劫棺"。人死为大，生前再多怨恨，死了再跟人家的棺材过不去，就太过分了，且违规江湖道义。楚家怒了，跟匪首在秃鸢岭大战一场。

可匪首是有备而来，众多人马埋伏在附近。相较之下，楚家送葬的队伍很快就落了下风。在这种时刻，常正则带兵赶到。朝廷剿匪，天经地义。常正则活捉了匪首，帮了楚家的忙。楚家老爷子得以入土为安，楚家一人未伤。

楚鸣感其情意，与常正则结为异姓兄弟。废太子逼宫，常正则从云贵赶到京城，千里勤王，便请了这位义兄前来相助。

听了这段渊源，我皱皱眉头："怪不得当时那么多御林军，还有常正则手下那么多兵，却死活没抓到放箭的人，本宫亦百思不得其解，原来是这样。"

沈昼疑惑道："可微臣想不明白，常正则为什么会射圣上呢？他妹子才入后宫啊。"我冷笑道："这有何不明？常家做了两手准备。圣上若遇害，满宫里只剩孤儿寡妇，而他，是手握雄兵的人，扶二皇子上位做傀儡过渡，全面掌权之后，再取而代之。圣上若康健，他就是前来勤王的功臣，立下了平叛大功，他的妹子在后宫亦能与他接应。本宫这时突然想到了王项从前说的那句话，玩鹰的被鹰啄了眼。本宫一直以为，他是真的听命于本宫，看来，他不过是阳奉阴违。"

我当初竟然以为是菜头。我以为最想让成筠河死的，是菜头。为了掩人耳目，他命人放了三支箭，一支杀死成筠河，因他负我；一支杀死凌桃蹊，替我去母夺子；另一支假模假样地射向我，他及时替我打落。事实却不是这样。

我不由得想到了菜头在南飞病床前对我的指责。我误解了他，他也误解了我。我们自幼一起长大，彼此都为了对方好，却是真的不了解彼此。我们不是一路人。穷其一生，也无法相知。

天上的月亮就像打破了的水罐子，洒得月色到处都是。

沈昼说："娘娘，就算当时圣上遇害，微臣亦不会让常家得逞。乾坤殿的玉玺犹在，江山正统，微臣就算拼着一死，也会集结正义之师前来援助。微臣相信，天佑圣朝，天佑娘娘。"

"沈卿，不管常家怀着什么样的心思，总之，咱们是利用他们平了废太子的宫变。现下，咱们要做的，是怎么让楚鸣与常正则反目。楚鸣手中，必然掌握着很多证据。"我笑了笑道："本官要让所有人都知道，玩儿鹰的，到底是玩儿鹰的。"

"常正则现今驻兵京城，故而，楚鸣现在也时常来京城。"沈昼说道。

"那正好儿。"

"娘娘打算怎么做？"

"沈卿查一下京中哪些地方，是楚鸣常去的地儿。本官要出宫，会一会这位流云君子箭的当家。"

"您要出宫？"沈昼一脸的惊诧。

我笑着点头。反正现在住在流烟阁，成筠河总也不来了，我扮成小内侍，拿着董太妃的腰牌出去，不会被发现的。

四月初十那日，我混在出宫采买的队伍里溜出了宫。

自那年秋天，成筠河带我进了宫，便很少出来。每天抬眼便是森森的宫墙。

京城一家叫作"红尘"的酒馆，以花酿闻名。楚鸣好酒，但凡到了京城，晌午时分，便会前去小酌一杯。

红尘酒馆的掌柜，是一个中年妇人，虽徐娘半老，但风韵犹存。她穿着一身红锦倚在柜台上，身旁站着一个小女孩，那小女孩约莫十一二岁，称呼掌柜的为"母亲"。

我掐着时间，进了酒馆，刚落座，就看见一个白衫男子走进来。他腰间别着一个兽皮做的袋子，袋子里装着一把小箭。他有一双漠然的虎目，身子挺得很直，走起路来，似带林间之风。

成筠河从前也是喜欢穿白的。但是同样穿白，感觉却很不一样。成筠河是儒雅的，眼前的男子却是野性的。他带着几分草莽气息，却不完全是，草莽携带着恣意恩仇的潇洒。

老板娘见他进来，便笑着问："楚公子，今天喝什么？""今天喝桃花醉。"他答道。

酒上来，他仰头喝了一大口，口中念道："今古红尘，愁了人多少。尊前好。缓歌低笑。醉向花间倒。"

他说红尘愁，我偏要明知故问。我亦向老板娘要了一壶桃花醉，口中念道："赤脚走红尘，不若居山好。一坞闲云，千峰啼鸟。声色纯真，是非不到。"

果然引起了他的注意，他打量了我一番："小兄弟，你怎知道居于山中，就是非不到？生而为人，许多不得已。"

我大约是明白他的处境。常正则对他有恩，站在江湖义气的立场，他得报恩。他帮常正则做了许多事，被动卷入京中的政治旋涡，这非他所愿。所以，心内烦闷。

"所谓的不得已，不过是顾念得太多。可有时候，顾念的东西，未必是值得的。"我举起手中的酒壶，向他示意。他笑了："看小兄弟年纪轻轻，话语之中，却带着禅机。相逢即是缘，不若同桌共饮？""荣幸之至。"我说。

那天，我们从晌午聊到黄昏，夕阳将云朵染成红色，白云幻化成瑰丽的晚霞。

我们聊隐居、聊江湖、聊坊间的恩仇情录。桃花醉足足喝了六壶，我的脸因酒意有些微红。

"我知道你的身份。"我说。

"哦？"他颇有兴趣地看着我："你说。"

我一探身，从他腰间兽皮袋中抽出一支小箭。我仔细看着那箭，跟当初菜头打落的很像。我借着醉意说："箭头有一片小小的云朵，你就是大名鼎鼎的流云君子箭的当家！"

他笑起来，大方地承认了。

我举着那支小箭跟他说："萍水相逢，楚当家能否赠我一支箭？"

"好。"

我将小箭小心地收入怀中。他突然凑到我耳边："我也知道你的身份。"

这一刻，我有点慌。难道当初他躲在暗处射箭的时候，看清了我的脸？他认出我是谁，故意与我聊了这么多？应该不会啊。那天人那么多，场面那么混乱，而且，他是隔很远射的箭……

心内思量着，我眼角匆匆看了一下西南方向。心里估算着，若楚鸣此时对我动手，沈昼能不能及时赶来救我……

这时，楚鸣在我耳边说："小兄弟，看你的衣着，样貌，细皮嫩肉的，你是官里的小内侍，对不对？"

呼。我松了口气。原来他说的是这个。

"呃……对。"我说道。他哈哈大笑起来，拍拍我的肩："什么身份不重要！一点都不重要！你有如此见识，难得难得！你这个朋友，我交了！我叫楚鸣，你叫什么名字？"

"我叫陆兴。"

"好，陆兴兄弟，日后有机会，我带你去山中玩，山泉酿的酒，好喝！"

正在这时，突然听见掌柜的唤那小女孩："月儿——"

我愣住了。她说的是禹杭话。

我面色强装平静地问："掌柜的，您刚刚说的似乎是禹杭话呀。"那妇人道："对，我们是禹杭人，三年前迁到上京来。"

小女孩的年纪跟月儿对得上，又是禹杭人……不知是不是我思念妹妹的缘故，越看那小女孩，越觉得像儿时我怀中抱着的月儿。没想到，此次出宫，竟有这样的意外收获。

暮色四合，楚鸣向我道别，我与他约定，十日后，仍在此处见。

宫门快要关了，我也得回去了。

晚间，沈昼来流烟阁，我将怀中的箭递给他。

菜头用很古怪的眼神看了我一眼。

第五十九章：策反

南飞的病越来越重了，在我和沈昼交谈的时候，时不时传来她的咳嗽声，伴随着夜深人静庭院中偶尔吹过的风，萧瑟极了。

沈昼握着那支小箭，跟我说："这几日，微臣私底下问过当时拿着银票送入国库的小内侍，那5万两银票整洁如新，没有油渍。遂问御林军统领方辉当时搜到银票的具体细节，他含糊其词，想必已被常正则收买。微臣潜进万孔方府中查探，想知道宋垚大人退回去的那五万两银票的去向，却不得而知。菜头大侠说，漕帮那边将万孔方折磨个够呛，得到了一份口供。他已经将那口供交给了微臣。"

"万孔方毕竟是一介商贾，且参与的环节很少，他的口供，可以做辅助，却不能用来做主攻。所以，策反楚鸣很重要。沈卿，口供你收好，来日用得着。"

沈昼点点头。他打算走，又折回头："娘娘，您今天饮了酒，早些歇息。"我看着他："沈卿，此番我失势，御史的日子不好过吧。"他笑笑道："这些都是寻常小事，娘娘不必操心。"

其实我听说了，成筠河故意让人停了御史们的俸禄，他没有再度公开解散这个机构，是不想让我太难堪。但事实上，他对沈昼有深深的顾忌，对整个御史部门亦有深深的顾忌。

我从妆奁中拿出一个匣子："沈卿，这是本宫素日的积攒，别亏着你手下那些人。"

他欲拒绝。我强行放入他手中："不让兄弟们吃亏，兄弟们才能服你。"听我这样说，他略思索一会子，收下了。

沈昼走后，我走到南飞身边，南飞是醒着的，只是意识一天比一天涣散了。她似乎是糊涂了，时间错乱，仿佛还是从前在合心殿的日子。她见我走进来，挣扎着要起来："陛下晚间是必来的，奴婢要给娘娘梳妆。"

她看着我穿着小内侍的衣服，说道："奴婢不过是病了两日，那些没眼色的小蹄子们就不好好伺候娘娘了，谁给娘娘穿的衣服，该打板子。"她说得急，大口大口喘着气，菜头扶着她，轻轻地拍着她的后背。

她病成这个样子，还时刻不忘自己是我身边的掌事宫女，记得自己的职责，记得护着我。

　　我心里一阵酸，眼角湿润。我走上去："南飞，你好好躺着。"她的身子已瘦得如枯柴一般。在水底泡的时间太久，南飞真的是伤到了元气，浑身五劳七伤。

　　她看着我："娘娘，陛下是不是快来看你了？"我握着她的手："是的，陛下每晚都来，只是你睡了，就没有叫你。"

　　"那就好。"她似乎是放心了许多。转而，又说："冀公主的奶娘贪嘴，吃了凉的，害得冀公主闹了肚子。奴婢本来想撵她，可又想着她还算是尽职，奶水也足，就留着观察一下。"

　　我轻声说："她现在不吃凉的了，烯儿再也不闹肚子了。奶水好，烯儿又长胖了。"她开心地笑笑道："那就好。"

　　"睡吧。"我给她掖了掖被角。她闭上眼，又睁开，像个小女孩一样胆怯又向往地说："娘娘，菜头大侠说等奴婢病好了，带奴婢去禹杭的西湖看看，那里是不是很美？"

　　我点头："是的，很美。四面都是树，湖中央开满了荷花。风吹着湖面，漾起柔软的波，走在湖边，一缕一缕的清香飘过来……"

　　听着我的描述，南飞睡着了。

　　张医官说了，南飞若能挨过四月，已是万幸了。

　　菜头见南飞睡下，欲飞身离去，我叫住他。

　　"连万孔方口供的事，你都是让沈昼告诉我，怎么，你不打算与我讲话了吗？"

　　他沉默一会儿，指着夜空说："大小姐，你看，今晚的星星很少。小时候，你每次只要看到星星很少，就很生气，因为你的名字里带了星字，你说星星就是你。"

　　"小时候的事情，你记得真清楚。"我起身，站在窗边。

　　"大小姐，你总是想让所有的事情都如你所愿，不肯退一步。如果不是你执意留在这宫中争斗，南飞怎么会发生这样的事。"

　　我竟然不知该说什么好，无语凝噎。

　　"你执念太深，想要的太多。可你得到了什么呢？"他看向我，"成筠河又快有孩子了。"菜头在宫中飞跃，他的一双眼，冷冷地看着宫中的人、宫中的事。

　　"清宁馆有喜了？"

　　"嗯。"

　　"这，原不是什么稀奇事。常攸宁现今日日伴驾，有孕也正常。"我冷静地看着天上的月亮。

　　"常攸宁抚养了二皇子，又有了身孕，还有成筠河的恩宠。可你呢，大小姐，争了那么久，做了那么多，却什么都失去了。"菜头眉间布满了乌云，乌云越来越重，仿佛要下一场雨才罢。

"我会赢的"这四个字，每个字都带着万钧之重。菜头摇摇头："你仍然执迷不悟。"

"菜头，我今天在红尘酒馆碰到月儿了，虽然我不确定，但是……"

提及月儿，他很上心。月儿是水家人。他对水家绝对的忠心。

他说了句"大小姐放心，我会查清楚"，便离去了。

我怅然若失地在院中踱步，看到凉亭中坐着一个人，走近一看，是董太妃。她冲我招手，示意我坐到她身边去。

自从我搬来这流烟阁，碰到她好几回，却没有交谈过。这个在后宫中浸淫了一生的女人，看着我笑道："合贵妃，哀家或许能帮你的忙。"

"哦？董太妃指的是什么？"

"争宠。"

我摇摇头："可本宫心里想的不是争宠。"她愣了："后宫中的女人竟然不想争宠？哀家倒是头一回听说。那你想的是什么？"

深夜的凉气袭上来。

"本宫想的，是怎么让敌人付出代价。"我弯了弯嘴角。董太妃似乎懂得了我的意思，她跟我说："哀家侍奉太皇太后多年，听她老人家说过一句话，很有意思。如果对手很强大，不能与之正面为敌，最好的方法，是让对手的对手来灭掉对手。"

太皇太后高红袖宫女出身，不通文墨，但是却很有见识。她说的话，跟兵法三十六计中的第九计"隔岸观火"很像。

"隔岸观火，然后，趁火打劫。"我笑笑。

除了策反楚鸣，还得做一件重要的事。当初平西老王爷是由于文字狱而远离宫廷的。后来，常家不得已蛰伏多年。常家的政敌不在少数。难道他们就不怕常家站起来后，缓口气就来咬死他们吗？

他们是最害怕常家得势的人。这群人很重要。得找到他们，联合起来，搜罗一切对常家不利的证据。

没过两天，常攸宁有喜的消息便传遍了宫廷。

成筠河晋了她为"宁妃"。显然，她比凌桃蹊更懂得讨好圣心。据说，常攸宁请了尊"送子观音"摆在清宁馆，日日清香供奉，求菩萨保佑她一举得男。

一天傍晚，我在御花园无意撞见了她，身后乌泱乌泱地跟着一群人。二皇子正蹒跚学步，看见我，口齿不清地唤着"阿娘……"他的奶娘见此，一把抱起他："二殿下，宁妃娘娘才是您的阿娘啊，切莫唤错了人。"

呵，这奶娘从前最是讨好我的。如今，脸面似翻书一般。

常攸宁训斥了奶娘："说这做甚。本宫的，便是姐姐的。"她一如往昔地走近我，亲热地打招呼："姐姐，好些日子不见。"我亦迎上去笑道："听闻妹妹大喜。"

她含羞点头，又拉着我的手劝慰道："妹妹时常劝陛下去看姐姐，可陛下就是不肯。不过姐姐放心，陛下与您是有情意的，相信不久便会气消，与姐姐重归于好。姐姐只是一时糊涂，妹妹理解姐姐。"

与她假模假式地寒暄了半日，累得够呛。

这蹄子，且再让她浪些时日。

四月十九那日，沈昼进宫带给我一个好消息，他查到当初秃鸢岭"劫棺"一事有诈。常正则先是找了匪首，说要跟他合作，干掉楚家。谁知，匪首劫棺之时，常正则又假装正义之师，帮楚家灭匪首。常正则因此得到了楚家这股强大江湖势力的鼎力支持。可怜匪首，到死都不知道是怎么回事，被利用得晕头转向。

"秃鸢岭一战，匪首手下的兄弟们几乎是全军覆没，只有几个人，侥幸假死逃脱。那几个人一直暗中盯着常家，被微臣发现了。"

"他们手中可有……"

"他们手中有常正则写给匪首的信，常正则那时候为了让匪首信任他，还盖了抚远大将军的印章。这一切若让楚鸣知道，必能识破常正则伪君子的嘴脸。常家于楚家，不是恩情，是算计。"

"甚好，沈卿，你去安排。"

四月二十，是我与楚鸣在红尘酒馆约见的日子。

我依旧是穿着小内侍的衣服前去。

楚鸣现在已经知道了实情，他还需要有人在他心里点一把火，怂恿他彻底与常家翻脸。我，便是准备来点这把火。

第六十章：杀敌

等我赶到红尘酒馆的时候，楚鸣已经在了。他似乎是醉了，桌上摆着一排空了的酒壶。他依旧是一袭白衣。然而，脸上却不再是洒脱，而是落拓。看见我进来，他唤道："陆兴兄弟。"

我坐在他身边，问道："楚大哥似有心事？"他想开口说什么，又掩住了口，递给我一个酒壶："罢，不提，诸般烦恼，不提也罢。来，陆兴兄弟，饮酒。"

我笑笑："世人多被利禄所欺，奔于红尘，或为钱财，或为美人，或为名声。倒不如一醉痛快。"

"被利禄所欺……"他呢喃道，"陆兴兄弟，若你发现自己被欺骗，你会怎么做呢？"

话音刚落，两把剑刺过来。一东一西，两面夹击。

"陆兴兄弟，你躲开！"楚鸣醉意全消，与二人厮打起来。红尘酒馆的老板娘吓得拉着小女孩躲在柜台后面，酒馆里其余的酒客如鸟兽般四散。

快五月了，上京的初夏时节。酒馆外的街市上摆着红杏，鲜艳的颜色，如血一般。那两名杀手围住楚鸣，每一招都似乎要置楚鸣于死地。

"你们是何人派来，为何一定要我死？若是江湖中人，留个名号！"楚鸣喊道。

杀手却并不理会他。其中一人，剑在空中绕了个圈，耍了个障眼法，一转身却直刺楚鸣的胸口。

他受伤了，鲜血流出来。杀手却根本不给他喘息的机会，一步步逼过去。就在这关键时刻，门外巡逻的一队兵丁经过，我大喊了一声："杀人啦！"

杀手抽身就跑，却匆匆落下一个腰牌。我捡起那块腰牌，上面写着大大的四个字：平西王府。楚鸣捂着胸口，紧咬着牙。我将腰牌递给他："楚大哥，你是江湖人士，怎会得罪平西王府？"

楚鸣冷笑一声："看来，他真的是要我死了。"我一脸茫然，问道："他？他是谁？"

楚鸣说道："秃鸢岭，我错信了他。但到底，我与他歃血为盟，结拜兄弟。纵是我知道了真相，仍然百般纠结，顾念着一丝丝结拜之情。行走江湖，义字当先。他不仁，我却不能不义。可我不过是昨夜问了一句，他便让我死！"

他仰头大笑起来。我心内松了口气，这把火，算是点着了。沈昼那两名手下很是得力。表面上虽步步都是杀招，却留有余地，比如那剑下手的位置、深度。

外头的巡防兵也来得恰到好处。不枉我一个时辰前装模作样地去京兆府大堂举报，说这片街区有流氓欺市。

出现、逃跑，每一步都滴水不漏。此时，我看着怒火冲天的楚鸣："楚大哥，你受了伤，先包扎一下吧。"他点点头。我带他去一家药铺，大夫替他处理了伤口。

"刚听楚当家言语之中，似乎跟平西王府有过节。小弟在宫中当差，当朝大员们的事，倒略略知道些。若楚当家不嫌小弟多嘴，小弟说几句。"

"陆兴兄弟请说。"

"若楚大哥去找平西王府拼命，无异于以卵击石，倒不如揭发他。"

"可揭发他，不就搭上了我自己吗？还有整个楚家，会被朝廷治罪的啊。这……"

我摆摆手："楚大哥只是听命于人，为人办事。纵是有过，也非大过。且有些细节方面，可以模糊其词。这方面的事，左谏议大夫黎珺最是擅长。他与平西王府有宿怨。你可悄悄去找他，与他做这笔交易。"

楚鸣看着我，须臾，拱手施礼道："陆兴兄弟，在宫中当差的人果然有见识，多谢你。"

我忙回礼道："你我乃兄弟，楚大哥莫要多礼。"

五月初一，有陨石落于宫廷，众人皆骇，太常谓之曰不祥。

那晚子时，我在流烟阁中突然听到一阵脚步声。我从榻上坐起来，竟看到成筠河来了。他身后没有乌泱乌泱的随从，只跟着小申一人。

我看了一眼他脚下，穿的还是睡靴。显然，他是直接从睡榻上起身过来的。我忙上前行礼："陛下。"他扶起我，急切地说道："星儿，孤梦到了父皇。"

他额角有汗。我伸手用袖口替他擦了擦，轻声问："先帝在梦里说了什么？"

"父皇看着我，指责的眼神，他说……"他想开口说的话，又似乎是有顾忌，咽了下去。

我没有继续追问，只是淡淡说道："陛下是从清宁馆来吗？"

他摇摇头："孤是从乾坤殿来。太常刚说完不祥，孤马上就梦见了父皇。星儿，你说，这是为什么？"

我看着眼前这个男人。他其实是很依赖我的。虽然他坐在高高的位置上，对我已有了顾忌，但他仍然是依赖我的。当有大事来临，惊慌之时，他第一时间想到的就是我。不惜漏夜前来，穿着睡靴。

"因为陛下日有所思，夜有所梦。好好睡一觉，不必惊慌。"我命小申给他披了件衣裳。

"星儿，父皇将江山交给了孤。孤怕他失望。"转而，他又说："明日，孤想去皇陵给父皇上炷香。星儿，你陪孤一起吧。父皇喜欢你。"我点点头。

第二日，成筠河带着我去了皇陵，常攸宁因有孕留在了宫中。皇舆走到城郊，见大批百姓啼哭于轿前。侍卫欲驱赶。

我开口道："先帝有言，圣君爱子民，为君者，当为天下父焉。陛下，今子民啼哭不已，何不询问因由？"成筠河点头。

几个老百姓跪在地上，瑟瑟发抖，不断磕头道："贱民以土地为生，奈何土地被平西王府夺去盖了私家庄园，没了活路……"老百姓的泪水灼伤了成筠河的心。他怒道："圣朝岂能有此等奸佞，令百姓凄苦至此！"

我说道："臣妾在生冀公主之前，偶听宋垚大人提及圈地一事，但因没有证据，便不了了之。"

成筠河似想起了什么："宋垚？不就是前段时日常正则告发他贪贿的阁老？如此一来，便很明白了。必是宋垚查平西王府圈地一事，常正则先下手为强，将他诬陷进了天牢。"

我不吭声。

成筠河一路上沉着脸。去皇陵给先帝上完香，便匆匆回了宫。

当晚，董太妃捧着一壶茶叩我的门。

"合贵妃，有个人想见你。"

"谁？"

我注意到她身后站着的一个老内侍，很是眼生。

"平西王府的人。"

我警惕起来："常正则的人？"

这时，老内侍开口了："贵妃娘娘难道以为平西王府只常正则一人吗？"

我听此话大有深意，便请他们进来说话。

原来，平西老王爷生前有个侧妃，很是受宠，生了个儿子，便是平西王府的三少爷常灵则。平西王妃颇有手段，整死了那个侧妃，对三少爷亦是百般打压。每每以"庶子"的名头羞辱他，到了年龄，也不给他谋个好差事，放任他闲置府中。

老内侍说："我们三少爷早闻娘娘大名，愿死生效劳。"

"如何效劳？"

"娘娘您想想，常家祖宗可是沐雨阁上的开国六功臣之一。太祖爷金口玉言，圣朝不灭，香火不休。若朝廷将常家打入地狱，坊间百姓会怎么想，后世会怎么说？飞鸟尽良弓藏，狡兔死走狗烹，圣朝就是如此待功臣之后？当今圣上不是以仁义著称吗？何况，娘娘，您想想，您几起几落是为什么？您虽绝顶聪明，却无根无基啊……"

说到这里，他跪在地上："常正则死不足惜。若娘娘肯扶持三少爷承袭平西王爵，三少爷愿肝脑涂地！"

我冷哼一声："当初常正则也是这般承诺本官。后来如何？本官无法再信任你们常家。"

这时，老内侍从怀中掏出一个小匣子，匣子中装着一张血书和一缕头发。这个常灵则大约早预料到我不信，便做到了极致。我仍是犹豫着。

老内侍又说："愿将水月姑娘接入王府，改贵籍，以郡主之礼待之。"

他们是做足了功夫，连我的软肋都知道了。

"你们确定找到了水月？"

"是。"

我心中一阵激荡。

"她在何处？"

"便是红尘酒馆掌柜的养女。"

原来真的是月儿。我是多么想让月儿过得好啊。我虽已更名换姓"陆芯儿"，但我从未忘记自己是水家的姑娘，从未忘记我的妹妹月儿。

"你下去吧。这事本官自会思量。"

翌日，金銮殿上。左谏议大夫跪地弹劾常正则，一众朝臣附和，罗列其罪状二十多条，条条证据确凿。关在牢里的宋垚被当作证人带了出来，万孔方的证词此时也用上了。

成筠河经过昨日一事，对常正则恨上心头，今见他竟然如此多的罪证，越发火上添油，立即下令斩杀常正则。

常正则张口替自己辩驳，成筠河却是一句都不肯听了。

就地斩杀，是正确的决定，亦是左谏议大夫等人百般暗示的结果。

常正则毕竟手握兵权，不能给他喘息的机会。否则会留下祸患。在他毫无防备的时候杀了他，是最明智的。

"怪不得天降陨石，原来是提醒孤，朝有大奸之人。"

常攸宁在清宁馆得到这个消息，当场昏死过去。

第六十一章：满意

流烟阁里，我正在喝淮南茶，沈昼走了进来。我示意他坐在我对面的竹椅上，给他亦倒了一杯。

他愣了一下，接过。

"闻听今年淮南雨水不足，旱得很，上贡的茶有些苦，别的宫里都不爱喝，内廷监见本宫失了势，便将这不讨喜的茶送来流烟阁充数。本宫喝着却是极好。谁谓苦茶？其甘如荠。本宫就是爱这又涩又苦的滋味儿。沈卿，你可喜欢？"

沈昼抿了一口，说道："娘娘的口味越来越像先帝了。"

提起先帝，我与他皆是一阵伤感。

"孤家好儿好新妇，尽托于沈卿。"

大火中，先帝的这句嘱托似犹在耳畔。先帝一定想不到，他的托孤之臣，会如此不被自己的儿子所喜吧。

沉默良久，沈昼回道："娘娘，成了。"

"死了？"

"死了。"

我抬眼："倒是比我预料得快。"

"黎珺那伙人拉拢了御林军统领方辉。圣上旨意刚一下，方辉就杀了常正则。您想想，依圣上的性子，若是不下手快，说不准就心软了。且事情发生得太突然，常正则未做准备，否则，哪儿能这么顺利呢。"

"要的，就是快。若给猛兽喘息的机会，会反扑伤着猎人。本宫之所以一直没有贸然行动就是因为这个。"

"娘娘英明。"

"那常二凭着勤王救驾，原本可保一世的荣华，可偏偏生了不该有的心思，死有余辜。"

五月的天，阳光明媚和蔼，不经意地透过薄薄的云层，化作缕缕金光，洒遍大地。院中的石榴花开得红艳艳，像一团火。

我问道："清宁馆的情况怎么样了？"

"据说是昏死过去了。估摸着以圣上的脾性，她怀着身孕，倒不会重罚她，最多是降一降位分。但那些人既然明面上跟常家撕破了脸，一定会害怕常攸宁生了皇子得了势，将来找他们清算。所以，他们不会让常攸宁的胎那么顺利。"

"那便随他们折腾去吧。扛不住，算她常攸宁活该；扛得住，算她常攸宁有造化。咱们袖手旁观。"

"是。"

我似想起来什么，问道："你认得常家老三吗？"

"都在上京，又都是世家子弟，自然是认得。常老三很有些能耐，但由于庶出，在府中被平西老王妃打压许久，无甚官职在身。他有常正则的武人气魄，也有常正则没有的文人心思，是个人才。微臣曾与他在马场赛马，他是个谦逊有礼的人。"

"哦。"我若有所思地应了一声。

黄昏的时候，我见小申走进院落。

"娘娘，陛下召您去乾坤殿议事。"

杀了常正则，后面一大摊子事要处理，成筠河想必是乱了。

小申见我不吭声，又说了句："贵妃娘娘，陛下离不开您。"

我淡淡地笑笑。

到了乾坤殿，成筠河看见我来，捧着手上一堆奏章说道："星儿，平西王府其余人等如何处理，常正则从前手上的兵权如何交接，大臣们七嘴八舌，说什么的都有，似乎都有道理，又似乎都不妥。孤实在是千头万绪。还有宋垚，他从天牢里出来后，递上一封辞官书，说宦海凶险，他难当大任，要还乡做个小吏，这……他之前在金銮殿上受了冤屈，这辞官书朝廷是允还是不允。"

他说了很多，却没提南飞和灼儿落水的事。

我开口道："陛下，前阵子，您说臣妾陷害清宁馆。现今，此事还没查明。臣妾如今仍是戴罪之身，在流烟阁反思己过。臣妾想，这件事得有个说法。"

他咳嗽了两声："星儿，这件事，就过去了吧。就当没有发生过。"

现在这个时候，查清这个案子一点也不难，因为常正则已经死了，常攸宁乱了阵脚。树倒猢狲散，现在将她手底下的人抓起来，隔离开，一个个严刑拷打，一定能撬出真相。

可成筠河不愿意查。事到如今，他害怕他真的冤枉了我。他不想去触摸那个可能，他宁愿掩耳盗铃。

"陛下，臣妾希望您查。臣妾不想让外人评说臣妾是一个为了打击异己，可以拿自己身边最亲近的掌事宫女和养子下手的歹毒妇人。"

他看着我，轻声说："星儿，你不想让外人评说你歹毒，难道就想让外人评说孤是非不分吗？"

旁边的小申向我使眼色，示意我服个软。

他说道："贵妃娘娘，这件事勿要再提，您仍是陛下心尖儿上的人。何必把一切掰扯得太清楚，伤了您跟陛下的和气。"

我眼前似乎浮现南飞那奄奄一息的样子。

我说："陛下，臣妾一定要查。"

成筠河放下手中那些奏章，坐到厅中那张雕花椅上。时间在这一刻仿佛过得很慢很慢。

"星儿，你向孤服个软，就那么难吗？"

"陛下，臣妾想弄清楚事情的真相，要一个清白，就那么难吗？"我跪在了地上。

他看了我一眼，很深的一眼。这一个月来，我向他跪了两次。一次是请求搬离合心殿，一次是现在。

"孤答应你。"他说道。

一只蝴蝶飞进窗台，停留在书桌上，翩然不肯离去。

"这下，你满意了吧？"

"满意。"

我站起身来，似乎感觉，我与成筠河之间，已经隔了一个天涯。

我带人冲进清宁馆，把常攸宁贴身伺候的宫女内侍全都抓了起来。

常攸宁似乎是刚醒转没多久，仍躺在榻上。起初，她还扮无辜状，惊惶地捂着胸口："姐姐，姐姐你这是为何啊？抓妹妹宫里的人做什么？"

"妹妹勿要紧张，姐姐就是带他们去问个话。放心，就跟——"

我挨近她，笑了笑："就跟你对姐姐宫里人一样。"

她变了脸色，咬咬牙："陆芯儿，圣上已经将我从正一品宁妃贬为庶八品的采女。你就这么无情，还是不肯放过我吗？"

"啧啧啧，你不跟本宫姊妹情深啦？纵是你直呼本宫的姓名，本宫还是要叫你一声妹妹。妹妹，你这贼喊捉贼的本事倒是一如既往地好啊。无情的，到底是本宫，还是你啊？"

我径自离开，她在榻上恶狠狠地诅咒我。

我命沈昼亲自审案，当年玄离阁种种拿手酷刑都用上了。案情很快水落石出。

此事，常攸宁从数月之前就开始策划了。什么人引南飞去御湖，什么人假传消息通知沈昼去救人，什么人推南飞下水，什么人来递消息给我，什么人装模作样打冬雪，一步步都是精妙策划。

我命人将一份份口供呈到乾坤殿。

过了一日，成筠河将常攸宁废为庶人。只因她身怀有皇嗣，仍留着她的性命。没隔多久，又听说有人给常攸宁送过去一碗汤，她喝了之后腹痛打滚，可肚子里的孩子愣是命大，没被打掉。

这已不是我挂怀的事了。

我现在最挂怀的，是南飞。

五月底的一个黄昏，她似乎是精神好些了。

"娘娘，奴婢想打扮打扮，穿那件儿青色衣裳，那是奴婢做合心殿掌事宫女那天，您赏的。"

我柔声说："好，本官给你穿。"

她的脸因剧烈咳嗽扯出一坨红晕。我知道，她是回光返照了。

"娘娘，您还记得当年乾坤殿的翡翠碗被盗一事吗？"

我很奇怪，这个时候，南飞怎么会提起这个。那还是先帝在的时候，我是乾坤殿的掌事宫女。有一回，先帝一时兴起，说赏一个翡翠碗给三皇子。这本是寻常小事，可就在落樱殿的宫人来乾坤殿将翡翠碗取走拿回之时，半路上发现翡翠碗丢了，盒里是空的。那名宫人要被内廷监送去毒打，以儆效尤。

我听说了这件事，心内生出怜悯之心。

宫中有头脸的掌事往往动些小手脚，中饱私囊。乾坤殿的物品太多，有人浑水摸鱼不无可能。盒子或许取出的时候就已经空了。可怜那个小宫女刚好背了这个黑锅。

我又重新找出一个翡翠碗，假装说自己忘了放进去，一场风波才就此免了。事后，我自己都忘了，毕竟乾坤殿事情很杂，诸如此类的小事很多。今日南飞一提，我才想起。

"娘娘，奴婢就是当年落樱殿来取碗的小宫女啊。陆掌事大恩，誓死不忘。如若不是您，奴婢大概会被内廷监打死吧，还背上偷盗之名，死不足惜。内廷监里被打死的小内侍小宫女太多了，奴婢算什么呢。"

原来是这样。

"新帝登基，您竟然做贵妃了，奴婢被调到您宫里做掌事宫女，开心极了。"南飞的脸上露出孩子气的笑容。

"奴婢想一辈子伺候您。可惜，不能够了。奴婢撑着，撑着，使劲儿撑着，不断最后一口气，可奴婢知道，生死有命，奴婢实在是撑不下去了。"南飞的眼角流出两行泪。

　　"您一定要好好儿的，奴婢在天上看着您，长乐万年。"南飞的气息一点点微弱下去。我握紧她的手，泪流满面。

　　天黑的时候，菜头来了。南飞已经失去了呼吸。我看到菜头的脸色苍白下去，他什么都没说。可我看得出来，他很难过。菜头抱起南飞，转身就要走。

　　"菜头，你去哪儿？"我问。

　　"我答应过带她去杭州。"

　　"你还会回来看我吗？"

　　菜头不吭声，一个飞身就离去了。

　　从前在城墙上头，他的灯火熄灭了。如今，他最后的一点柔软也没了，只有天涯海角是属于他的了。

　　菜头的背影，是无声的告别。他的身后，跟着那只大大的黑鸟。

第六十二章：郡主

长乐四年正月，常攸宁早产，生了个公主。

许是常攸宁在孕期心情大悲大恸，加之后期饮食起居照顾不周，公主生下来时特别孱弱，且先天性的左掌无指，就那么光秃秃的一坨粉肉。

公主生下来不哭，产婆和医官们费了很大劲，忙活了许久，公主才发出猫崽一般的微弱哭声。

据说成筠河去清宁馆看过之后，心情沉重。

"二公主取名成炘，封号安。愿这孩子平平安安吧。"他叹了口气，便离开了。临走又嘱咐太医与乳娘好生看顾。

自古雪中送炭的人少，落井下石的人多。一见安公主生来有残，朝廷上的一小撮人便开始聒噪，说圣朝掌天下，而安公主天生无掌，大大的不祥。

这么一说，成筠河亦有些心梗。

这几个月以来，常攸宁被幽禁在清宁馆，成筠河并没有去看她。成筠河宁愿她是天真的，在御花园里打翻他画板的活泼小女孩。当事实真相被血淋淋地撕开，他便不愿意再见到她。本来，他是想从她身上获得纯净的梦。梦境被迫醒来，是一件嘲讽的事。

成筠河下旨把安公主送到祁王成筠涛府中抚养。就是他的胖五哥，董太妃的儿子。安公主被送走那天，常攸宁一路打着赤脚撵到了宫门口，哭得歇斯底里。

这副样子让宫里许多人都印象深刻。倚萝跑到我面前，眉飞色舞地跟我讲着常攸宁的惨状，末了，还加上一句"得罪咱们贵妃娘娘的人，就不配有好下场"。

我皱皱眉。我不喜欢抖机灵的人，以这样的方式讨好我，会适得其反。

"倚萝，最近流烟阁是不是太闲了？"

她一时没反应过来，"啊"了一声。

"大概是太闲了，才让你有工夫去看别人的闲事。"

她领会了我的意思，脸涨得通红。

"贵妃娘娘，奴婢知错了。"

我没再说什么，摆摆手，示意她下去。南飞离世之后，我身边没个掌事宫女不合规制，内廷监送来了倚萝，说她在宫中办事多年，勤勉能干。那时我正为了南飞的离世伤怀，看倚萝做事利索，便留下了。

倚萝长着一张巴掌脸，眼睛微微往上挑，皮肤白里透红。远远地看上去，还以为是哪个朝中大人的闺秀。自常攸宁去年出事后，灼儿重新被送到我身边抚养。我撵走了那个势利的奶娘，重新找了个朴实的妇人。倚萝帮忙替我料理着这些事，倒是很得力。美中不足，就是她冒失，嘴巴碎，不如南飞谨慎。我为此时常言语敲打她。

灼儿已经快两岁了，才学会说话，稚子言语，可爱极了，他不叫我"母妃"，叫我"阿娘"，叫烯儿"米米"。米米，就是妹妹。他给烯儿擦口水。烯儿哭的时候，他轻轻给她吹睫毛。

守着两个孩子，我挺满足。朝中的事，我不再管了，统统由成筠河自己去处理。他自登基以来，我一直在他身边默默地帮他。我猛然做了甩手掌柜，他一开始颇不适应，后来便默默地接受了。

政务处理起来，是很繁杂琐碎的。天下九州，农业、水利、边疆、军政、工商、土木等，各个大员的折子都需要御笔亲批。大事小情，都需要圣上拿主意。他是一个宽和的人，朝中的一些人想方设法地媚上。

有一天，小申来传我去乾坤殿，说圣上想孩子们了。我抱着灼儿和烯儿便去了。我与他之间，似乎只剩下孩子可谈了。

成筠河坐在乾坤殿正当中，跟我说了句话："星儿，孤总算理解你当初的夙兴夜寐了。"

我笑笑，答非所问道："陛下勤勉，乃社稷之福，百姓之福。"

我仍然是成筠河的贵妃，一切规制与过去没什么不同。但我们心里都明白，一切都跟过去不一样了。那些伤疤，我们都不愿意去触碰，轻轻地绕过去。绕着绕着，心就远了。

他曾经问过我，愿不愿意搬回合心殿。在我摇头之后，他便再也没有提。我执意住在流烟阁，流烟阁离乾坤殿很远。除了成筠河要见孩子们，我们很少再见面。这样的日子，延续了一年，

常攸宁倒了，我与他疏远了，成筠河的后宫空荡起来。

礼部送进宫几名女子。成筠河皆没有在意，封个低阶妃嫔，便闲置在宫中。他被政务缠身，偶有空闲，便醉心于他的雕刻。

巴蜀有一小吏，因篆刻技艺奇佳，被成筠河留在京中，赏了个通政使做。成筠河时常唤他进宫交流技艺，那人因此平步青云，阿谀者众。

老臣诸葛郜在金銮殿之上说道："上应以待篆刻之心，理朝政之事。"

成筠河皱眉。他看着诸葛郜："怎么？诸葛阁老是觉得孤待政事不够尽心？"

诸葛郜跪地启奏道："臣侍三朝，太祖麾垣三十五年出仕。臣记得，那年，南境给太祖皇帝进献一只彩色的鸟，十分珍奇，叫声婉转动听。太祖皇帝一见此鸟，便喜悦不已，但他最终却没收，还给了南境。陛下，你可知道是何原因？"

成筠河扶住额。

诸葛郜继续说道："太祖皇帝说，玩物易丧志，为人君者，不可沉溺于此。"

成筠河还未开口，一个大臣便站了出来："太祖时期，乃开国初年，国库未丰，四海初定。而今时过境迁，国库充盈，百姓安乐。难道，作为圣上，连一点享乐都不能有吗？诸葛大人你是何居心？分明就是针对圣上！"

一时间，附和者众。

"诸葛大人如此迂腐，已不适合站在今日之朝堂！"

"诸葛大人分明对当今陛下有不臣之心，才会处处加以指责。为人臣者，以下犯上，意欲何为！"

80多岁的诸葛郜气怔过去，一群医官慌忙将他送回府上。自此，他再也未上朝。

常灵则将这个消息告诉我的时候，我正在流烟阁内给烯儿喂蛋汤，烯儿闹腾，洒了一身，我耐心地擦着。常灵则从我的脸上看不出任何表情。

一年前，得益于我的安排，常灵则袭了平西王爵。他与他的二哥很是不同。无论何时，他都带着一张温和的笑脸，不声不响，低调谦和，就连对宫门口的小内侍都耐心至极。

据说他承袭王爵的旨意一下，平西老王妃愤怒到失去理智，一盏热茶泼到他脸上，高喊一声："狗杂种，你也配？"

他轻轻地擦了擦脸，扶着嫡母坐下，卑微地说："母亲，气大伤身。"

然而三天后，平西老王妃就暴毙了。常灵则就像大雾一般让人看不清虚实。

"今日朝臣们吵嚷的时候，你没开口吧？"我问道。

"自然是没有。圣上面前，臣从不开口。"常灵则说。

手中的汤喂完，我起身："好啦，朝堂上的事情不说了。本官更关心月儿。她已有六七日没进宫了，明日带她来吧。"

"是。"

一年前，水月便养在了平西王府，改了贵籍，义名上是常灵则的义妹，月郡主。每隔几日，常灵则便带她进宫来陪伴我。月儿对童年的很多事都忘却了，只说自己是被红尘酒馆的老板娘收养的。我没有在她身上找到那对水滴形耳环。想着或许在颠沛流离中遗失了，也不无可能。

倚萝曾无意间说："娘娘，月郡主长得跟您真像。"

我摸着月儿的发梢，心里有说不出的感觉。

"月儿，姐姐什么都愿意给你。"

月儿似乎是很拘谨，她跪在地上："谢贵妃娘娘。"

我心里想着，也许，随着时间的推移，月儿会从心里慢慢接受我吧，毕竟，血浓于水。

后来，我又去过红尘酒馆。原来的老板娘已经不在了，门面都改了。常灵则做事倒是干净。

现在的红尘酒馆，叫作"西域酒家"，老板是胡人，店里的招牌是葡萄酿。

"赤脚走红尘，不若居山好。"身后传来这么一句话。我扭头，竟是楚鸣。他看着我笑。

左谏议大夫黎珺是把政治好手，在整理常正则的罪状时，有些地方浓墨重彩，有些地方云山雾罩。刻意模糊了三支箭的凶手。为此，楚鸣得以幸免。这也是当初，他与黎珺的交换条件。

"多谢你给我指的明路。"楚鸣说。

"不客气，楚大哥。"

"不敢当。"

听到这三个字，我愣了一下。

楚鸣从酒柜边拿了两壶葡萄酿，自己喝一壶，递给我一壶。酒大口大口地喝下去，空气里漂浮着甘甜的葡萄香。

"我已知道了，宫中没有叫陆兴的小内侍，却有叫陆芯儿的贵妃。"

第六十三章：立储

"你找过我？"葡萄酿入了肝肠，柔中带烈，腹中暖烘烘的，似有火在烧。

正月底了，风还带着凉意，百花犹在迷梦之中。上京的野草一年又一年的轮回，街边的枯枝上还带着未化的雪。季节已改，春寒犹在。

楚鸣说："我等了很久，不见你再来红尘酒馆。我托了人去宫中寻你，可怎么也找不到一个叫陆兴的人。我本想，带你去云贵山中的楚家寨。那里甘泉清冽，野果甜美，云朵厚重……"

他说着，自己笑起来："后来，我知道了你是谁。我便在此处等你，跟你告个别。"

"你要离开上京？"

"楚家寨有很多事务要处理，我总是要回去的。日后再来上京，希望还能跟你一起喝酒。"

"好。"我点头。

我与楚鸣都将手中的葡萄酿一饮而尽。我看着他上了马，一袭白衣，渐渐地远去。

"陆兴兄弟，有用得着我的地方，只管给我传信！"

不多时，他的身影消失在我的视线中。山回路转不见君，雪上空留马行处。那天，楚鸣走后，我坐在西域酒馆喝了很多酒，似乎把眼前无尽的茫然、心头万千的思绪，都喝进肚子里。喝着喝着，沈昼来了。

"娘娘。"

我冲他笑笑："在宫外喝多了，没人知道。"

"娘娘近一年来没有打理政事，是想让陛下历练历练吗？"

我又抿了口酒："陛下自登基以来，外头的事大多数都是本宫在处理，送到乾坤殿的折子也都是本宫在批。有句话说得好，不洗碗的和尚永远不会摔到碗，洗的碗越多，摔的碗越多。陛下什么都不做，自然什么都不会做错。本宫做得那么多，在陛下心中却是错得越多。陛下对本宫怨怼已深。本宫索性就放手，让他自己去处理。"

"但似乎陛下有些力不从心。"沈昼说。

成筠河的力不从心，我已经感受到了。虽然我不再理政，但宋尧和张邑每隔几日便将朝中的大事汇总给我看。成筠河用文人的角度处理政事，做事拖沓，纸上谈兵。

从前先帝告诉我：君上揣测臣子，臣子揣测君上。半斤八两的人心，十斗八升的世情，政治的戏码无非如此。成筠河全然不谙此道。

去年岁尾上贡，有些地方官中饱私囊，却跟朝廷叫穷，拿百姓疾苦做挡箭牌。成筠河没看透那些把戏，通通允准了。导致户部尚书启奏说，国库财政收入比去年减了许多。

恰逢沿海一带，屡有流寇骚扰，沿海驻兵统领请求朝廷粮草兵器支持。朝廷又出了这么一大笔钱。财政出现紧张。

另一个出现问题的地方，是驻兵统领的安排。因为常正则的事情，成筠河决定打压武将的权力，全面重文抑武。

"大抵乱贼之所以取天下者，皆以兵。兵权所在，则随以兴；兵权所去，则随以亡。"成筠河希望兵士"认兵符而不认将领"，这样一来，武将们就没有资本犯上作乱了。

"沈卿，陛下这个新政，你怎么看？"

沈昼想了想，说道："臣知不妥。"

我笑笑："这样一来，武将的地位，跟看门狗有什么区别？诚然，武将的权力是削弱了，然是军心也弱了。"

我站起身来："兵强马壮者，为天子焉。太祖皇帝深谙此道，纵是对武将再怎么不满，也绝不会出台政策去制裁，而是以别的方式——"

当年沐雨阁上的六功臣，就是悄悄被转移权力的，但到底风风光光，让外人看不出任何岔子来。

这就是政治，这就是手段。君上给臣下，不能不给，给多少，怎么给，给出去的能不能收回来，这都是有深意的。政治不是心血来潮。

我跟沈昼正说着，突然听到"砰"的一声，街市上一阵哗然。

"沈卿，你快去看看怎么回事？"

"是。"

约莫过了一炷香的工夫，沈昼回来了，说道："娘娘快回宫，臣从未见过此等怪象，颇为诡异。"

说着，他护送我匆匆回了宫。

翌日，便听说，京中出了大事端。西街一带发生奇异的灾变。狂风骤起，天昏地暗，人畜、树木、砖石等被卷入空中，又随风落下。几条街的房屋都被吹倒，死伤数千人，让人心惊胆战，触目惊心。皇宫外，成筠河近来命修缮围墙的数百名工匠尽皆跌下脚手架，摔成肉饼。成筠河忙命人究查此事。

御林军在京中角角落落搜寻，连瓦缝石隙都没放过。奇怪的是，遇难处不焚寸木，无焚烧之迹。

这样一来，火药爆炸、地震，这些原因尽皆被排除。

一时间，众说纷纭，坊间流言无数。金銮殿之上，大臣们七嘴八舌地吵作一团。好久没有犯头疼症的成筠河猛然又犯病了，直挺挺地栽倒下去。大臣们皆受到惊吓。

小申小跑着来流烟阁唤我："贵妃娘娘，陛下昏迷的时候叫着您呢，您快去一趟吧。"

乾坤殿内弥漫着浓浓的药味儿。成筠河面色苍白，他闭着眼睛，嘴唇翕动着，气息微弱。

"张医官，陛下这是怎么了？"

"陛下急火攻心，触动头痛痼疾，才导致一时昏厥，贵妃娘娘勿要惊慌。"

我坐在龙榻前守着。到了晚间，成筠河缓缓地睁开眼，见是我，他苦涩地笑了一下："星儿，你来了。"

"陛下。"

"灼儿和烯儿在哪儿呢？怎么没抱过来？"

"原本是来了的。陛下迟迟不醒，孩子们又闹腾，臣妾便让乳娘打发他们睡觉去了。陛下若想见他们，臣妾差人去叫。"

"别。让他们睡吧。"

我与他沉默一会子。成筠河突然哀伤地说："星儿，今天有几个大臣跟孤说，让孤下罪己诏。"

罪己诏是帝王在朝廷出现问题、国家遭受天灾、政权处于安危时，自省或检讨自己过失的一种口谕或文书。只在三种情况下出现：一是君臣错位，二是天灾造成灾难，三是政权危难之时。用意都是自责。

成筠河握住我的手："星儿，有大臣说，此次怪象，是上天对圣朝的警告。难道，这是孤一人之过失吗？为什么？为什么那些人总是拿孤跟太祖和父皇比较？为什么？孤是不如太祖和父皇英明，但孤不是昏君，为何要下罪己诏？罪己罪己，孤有何罪？"也许总是被大臣们拿先帝和太祖与之比拟，成筠河自尊特别敏感。

我柔声劝慰道："昔汉明帝时，日食，汉文帝时，饥荒，君王皆下罪己诏。罪己诏只是向天下表明君王的态度，陛下勿要太在意。"

"星儿，那你说，这罪己诏，孤是下还是不下？"

"此次天象确实怪异，您下罪己诏可安民心，不是坏事。"

听我这么说，成筠河轻轻闭上眼。

"这次，孤在金銮殿上昏倒，倒是想着一件事。"

"何事？"

"立储之事。"

我慌忙跪倒在地："陛下春秋正盛，立储之事，实是过早。"

成筠河叹口气："不早。孤的身体如此，恐许多大臣惦记这事呢。孤自己先提出来，免得他们聒噪，也确实怕到时候生乱子。古来帝王，有不少是兄终弟及的。孤的三哥尚在凉州就藩，五哥在京郊王府，七弟也快成年。可孤只有一个儿子，就是灼儿，才两岁多。早早做准备，以免日后有心之人生事端……"

不知为何，成筠河说起这些的时候，我心里难受极了。我本以为生死还很遥远，听他这么说，却觉得生死离别，很近很近。这次突如其来的灾祸，让成筠河开始直面"死亡"这个问题。

"星儿，太祖爷盛年打下江山，享高位数十载，近80年的圣寿。父皇60多岁驾崩。孤是享不到那样的寿数了……你去拿皇绸来，孤要写圣旨。"

我取了皇绸递给他。他在上面写道：待孤百年之后，以皇二子成灼为继。写完最后一笔的时候，他好像是完成了一件大事，呼出一口气。成筠河叮嘱我将圣旨放在他的枕下。须臾，他睡着了。

我刚回流烟阁，倚萝就递上一杯茶。温度正好，出了两遍水，汤色也正好。这是倚萝的细心处。

晚间，沈昼来了。

"你确定这事真的是天灾？"

"确实是天灾。"

他沉吟片刻，说道："今日，臣偶然听两个大人说，陛下身体不好，只有二皇子这一个儿子，二皇子尚且年幼，养在您的膝下，恐日后这江山大权落到您的手上。臣听了，总觉心悸。这种说法若传到陛下耳朵里，对您不利啊。"

我心里也颤了一下。转而，沈昼又掏出一张字条："这是张邑大人让臣交给您的。张邑大人曾在禹杭为官，他说，这是您昔年在禹杭的一位故人给您的。"

昔年杭州的故人？

我打开纸条，上面龙飞凤舞地写着几个字：经年不见，芯姐姐可安好？落款：陆明宇。

啊。我眼前浮现在陆家时叫我"姐姐"的那个眼神明亮的小男孩，他长大了，到上京来了。

第六十四章：防备

沈昼看着我的神色，问道："娘娘很开心？"我点点头："明宇进京了。"

"很要紧的人？"

我眼前浮现陆明宇跟在我屁股后头的样子，不禁笑起来："嗯，要紧的人。"

"说起娘娘在禹杭的故人，臣倒是想起一件事。从前您担心巧云会将唐允的那张纸条交给太皇太后，她们会派人去杭州查您的底细。于是，您修书一封，让臣带去给了陆员外。"

是的。我当初给陆员外写了封信，还提到了小明宇的前程。算来，小明宇已经到了考取功名的年纪了。

"明宇就是陆员外的儿子呀。"我跟沈昼说。沈昼想了想，说道："娘娘难道没有想过给水大人平反吗？"我笑笑，看着他："本宫问你，你是何时知道本宫真实身世的？"

"您到先帝身边的第二天。"

"先帝让你去查的，对吧？"

"是。"

"先帝早早就知道这茬，可他直到崩逝前，都没提翻案的事，说明什么？"

沈昼哑然了。我将手中的茶盏放在桌上，行至檐下。庭院中一点喜人的新绿正从枯叶中努力挣扎出来。

"从前，本宫微末之时，从来不敢奢望此事。只觉得这辈子能看着害了父亲的肖宣去死，就心满意足了。肖宣死后，本宫随当今圣上进了宫，一路走来有多难，沈卿你是看在眼里。陛下对本宫已多般猜忌。若本宫再提为父平反一事，岂不是显得本宫目的心更重？届时陛下又要……还有——"

我将一点残雪捏在手心，残雪化作了水，我捏着水，一点点地滴到庭院中的新绿上。

"还有，本宫的父亲，是因为贪腐被治的罪。贪腐在官员中，实在是个讳莫如深的问题。当初这个财政缺口确实是存在的，本宫的父亲虽是替人顶锅，但各方证据确凿，账目天衣无缝，牵涉者众多。现在时隔多年，有些当事人都已经死了，真能查得清吗？如果现在本官一定要查，反倒会被有心之人利用，大做文章。先帝不说查，约莫也是这个道理。查来查去，查出一笔糊涂账，倒叫老百姓非议官场黑暗、圣朝吏治不清明了。"

沈昼点点头。"娘娘思虑得有道理。"

"本官让你盯着常老三，可有什么发现？"虽说我帮常老三袭了爵，但到底我对常家是有防备心的。

"微臣盯了常老三许久，他自袭爵以来，倒还老实本分，处处维护娘娘。此次陛下昏倒在金銮殿，有大臣私下商议立储之事，言语间伤及娘娘，他针锋相对，据理力争。还有，他对月郡主也很好，月郡主在平西王府极尽尊贵。不过……"

"不过什么？"

"不过，您让臣去查过水月的身份，似乎一切线索都被抹平，虽然没有证据说明她不是，但也没有证据说明她就是。"

"没有证据说明她不是，这就是个好现象。"我说。

沈昼张了张嘴，犹豫了一会儿，说道："臣知道您寻找妹妹很久了，在这方面有些心急……罢，且再观察着吧。"

沈昼告退以后，我唤倚萝进来给我换茶。倚萝凑到我跟前，神秘兮兮地说着："娘娘，奴婢听人说了件大事。""听什么人说的？"我皱眉。

"就是，就是其他宫里的宫女内侍们……"

"说了很多遍，不要跟其他宫里的人扎堆说闲话。"

"奴婢真的是听说了一件重要的事。跟娘娘您有关，跟咱们流烟阁有关哪。"她一脸为我好的样子，眼中带着几分得意之色。

"听说圣上要立咱们二皇子为储。娘娘，您有大福了。"

"住口！"我厉喝一声。她似被我吓着了，委委屈屈地抽泣起来。

"妄议国事，你有几个脑袋？在宫中做事，最要紧的就是谨慎。蠢笨不可怕，自以为伶俐才最致命。若不想在本官身边做事，趁早滚出流烟阁。"

她慌忙跪在地上磕头："不，娘娘，不，奴婢想留在您身边，求您看在奴婢伺候二皇子和冀公主还算尽心，原谅奴婢这一遭儿吧，再也不敢了……"

我看了看她，想起两个孩子素日跟她一起嬉耍的样子，心里软下来。

"罢了，你去吧。"

我踱到里间，看了看睡梦中的两个孩子。烯儿越长越像她父亲了，那双眼，就跟我初识成筠河时一个样儿。每逢看到她，我总能想起过去的一些日子，成筠河继位前的日子。雪夜里，他用双手捂着我的脸；秋日里，他用木芙蓉给我做胭脂；初夏，我们坐在御花园的坡上说体己话；春天，我们一起摘鲜花去小厨房揉饼子吃。

我发现我脑海里反复回荡的，不是那些轰轰烈烈的事，反倒是这些稀松平常的琐碎，那些已经逝去不可得的温馨。

灼儿刚生下来时像成筠河，现在越来越像凌桃蹊了，据说男孩子就是这样，越长大越像母亲。凌桃蹊曾跪地向我托孤，我始终觉得我对灼儿有深深的责任感。我担心的是，有心人会利用这个孩子来针对我。

转眼到了三月。

因常正则一事牵扯了不少官员，朝廷出现空缺，迫切需要填补，故而特增恩科，文试、武试都有，广纳天下人才。

武试那日是三月初九。宫墙边的柳树垂下来一片片的翠绿。御花园里的花都睡醒了，散着香味儿，飘浮在空气中。成筠河身子稍微好些了，大臣们请他去武试现场坐镇。

"观圣朝英杰，必能让陛下心情大好。"他想了想，答应了。又让小申来唤我，嘱我带着孩子们同去，热闹一番。

天朗气清，阳光暖暖的。武试最后一轮，设置在御花园。台子已经搭好，围了栏杆。成筠河坐在高处，他招招手，我抱着烯儿，牵着灼儿，走了过去，坐在他身边。

进入最后一轮的，有十个人。这十个人通过层层筛选，角逐今天的武状元。

因为圣上亲临，给今天的比试增添了许多风光。若得武状元，将由陛下亲自授予"状元金刀"，这是无限尊荣之事。

成筠河突然指着一个人说道："那个人很特别。瘦瘦的，年纪也不大，一身书卷气，倒像个书生，怎么会出现在武试现场？"

我循着他指的方向看过去，果见一翩翩少年，身着白衣，消瘦秀气。我笑道："臣妾瞧着这少年倒不是个寻常人。"

"哦？"

成筠河说："何以见得？"

"您瞧其他九人眼中，皆充满渴望，对胜利的渴望，独他气定神闲。有底气才会气定神闲。"

成筠河笑笑："也有可能是知道自己无缘状元，没了指望，才气定神闲。咱们且瞧下去。"

身边的灼儿瞧着御花园里的一只黑色的小猫，眼睛眨也不眨，口中说着："猫，猫……要猫猫……"倚萝把那小猫抱过来，灼儿伸手去摸。

"这是谁养的猫？"

"御花园一个负责修剪花枝的小内侍养的。干净的，娘娘放心。"

"当心别让它伤到灼儿。"

"是。"

清俊少年一路击败对手，到最后，台子上只剩下两个人。

最后一轮，是他与一个黑衣武士对决。那武士很有些来头，据说是上京赫赫有名的宣武堂主人关义方的独子，家学渊源，从会走路的时候，就会打拳了。

两人在台上打得激烈。清俊少年冷静异常，招式凌厉，渐渐占了上风。

这时，突然见那小黑猫从倚萝的怀里挣脱出去，往台子中间跑。一不留神，灼儿也跟着小猫跑过去，嘴里急急地喊着："猫猫跑，猫猫跑……"

清俊少年停下手来，关家独子趁机一脚向他扫去，他没防备，被踢倒在地。清俊少年从地上爬起来，拱手说了声："是在下输了。武状元是关兄的了。"他一手抱起灼儿，一手抓着猫，走了过来，跪在地上。

一旁，有大臣正准备宣布武状元的名字。关家独子站在台上，脸上带着击败众对手的喜悦。成筠河一摆手，那大臣闭了口。

成筠河站起身来，从清俊少年手中接过灼儿，转头对那位大臣说："武状元就是他了。"

大臣高声喊道："金科武状元——陆明宇！"清俊少年忙磕头道："陆明宇叩谢皇恩。"

我一惊。前些日子，我命张邑传信说，可见见明宇，结果张邑说明宇不肯，执意取得功名后再见我，我便只好随他。不承想，是这样的方式见到他。时隔多年，他全然变了样子，从幼童变成了翩翩少年。

成筠河将"状元金刀"授予他，欢庆的鼓声响起。清俊少年看着我笑。成筠河似想起来什么，问他："陆明宇，这个名字好生熟悉。是不是今年的殿试人选里也有他？"

一旁负责殿试的大臣连忙过来禀告："回陛下，是的。陆明宇同时参加了今年的文试和武试。"

"那篇《秦桑赋》是不是他写的？"

"是。"

成筠河笑起来："看取今年榜上，谁人才华似卿。好一个玉面武将，好一个文武全才。"

不多时，有医官来启奏，说圣上到针灸的时间了。

成筠河离去后，陆明宇走到我面前，笑道："芯姐姐！"

他咧嘴一笑，眼里的凛冽全没了，似乎又变回了小时候那个幼童。

第六十五章：母猫

"明宇长这么大了，懂事了。"

"一直都很懂事。那时候就是想捉弄你而已。"他眨眨眼，"家里突然来了个漂亮小姐姐，我跟你闹着玩儿呢。"

当初我从五云山上下来，在陆家待了半年，直到陆员外把我送给糖饼。我还记得我离开陆家的时候，陆明宇委屈又伤心，眼圈红红的，扯着我的衣角，抿起的嘴巴里全是倔强。

陆员外夫妻过了40岁才得这么一个男孩，爱若珍宝。请了教武艺的师父，也请了名家大儒来家授课，陆明宇平日里待人接物跟小大人一般，但是跟我在一起的时候，就特别的顽皮。

我们偷偷地爬到陆家院子后面那棵树上摘桑葚。远远地，陆员外走过来了，我慌忙地往下爬。陆员外喊着："明宇，明宇呢？"明宇偷偷躲了起来，任凭他爹怎么喊，他都不出来。陆员外以为他不在，便走了。陆员外走后，我问他为什么刚刚躲那么严实。他说："芯姐姐，我怕爹指责你。"

我在檐下做针线，他蹑手蹑脚地跑过来，将毛毛虫丢进我脖子里。我抬眼看看他，不慌不忙将毛毛虫丢进嘴巴里，他看得目瞪口呆。我嘴巴一边嚼动着，一边虎着脸说："我是虫大王，你再调皮，我就将你变成一只毛毛虫。"

"芯姐姐，我后来才知道，你塞进嘴里的，是跟毛毛虫很像的核桃花，你还真把我唬住了呢。"提起这个，我俩都笑起来。

"这事你还记得呀？"

"那可不。"

春日的阳光照着陆明宇的白衫，带着我们久别重逢的喜悦。

"芯姐姐，你跟过去也不一样了。"

"别来沧海事，哪得见旧容。姐姐自然是与过去不同了。"

烯儿还不会说话，她睁大眼睛看着陆明宇。我让灼儿喊"舅舅"，灼儿就是不喊。他只顾追逐着那只猫。可那只猫很古怪，只围着陆明宇转。

我见此情景，心内一沉。

"明宇，你过来。"他挨近我，我闻了一下，果然，有人在他的鞋底处抹了公猫的体液。现在是春天，猫发情的时节，抹了公猫的体液，母猫闻见了，便会扑过去。这说明有人想让陆明宇输，偷偷动了手脚。

我问道："明宇，跟你比武的那个关家少爷与你私底下可有往来？"关义方只是一介武人，没那么大本事，在宫中做这等事，背后必有高人。

"我跟关齐私交还不错，昨天他还邀我去他府上喝酒，他们家在京中多年，树大根深，结交的权贵甚多，我看府门外停了好几辆华贵的马车。"叫他去府中，必是方便动手脚。

关齐与明宇私交不错，必知道彼此的实力，他明白自己最终的对手一定是明宇。这背后的人是想帮关齐得武状元，从而收入麾下呢，还是已经查到了我和明宇的这层关系，故意不想让明宇夺魁，从而针对我？抑或兼而有之？我思忖着。

只是他们一定想不到，灼儿会拼命追过去找猫，更想不到虽然关齐趁乱子赢了明宇，但成筠河还是把状元给了明宇。如果我没猜错的话，殿试中一定也会有猫腻，或是熏香，或是茶杯，或是墨水，或是纸张，总有细节处可以作怪。

陆明宇见我神色复杂，问道："芯姐姐，你在想什么？"

我看着他："姐姐见到你，甚是高兴，代问陆员外陆夫人好。习得文武艺，效忠帝王家。过一阵子，朝廷必会给你分派官职，好好做官，报效朝廷。"

"是。"

此时他不宜久留，于是拱手向我道别。

陆明宇离去后，我看着倚萝："你把养猫的那个小内侍唤过来。"

须臾，那小内侍跪在地上求饶："贵妃娘娘饶命，奴才的猫惊扰了二皇子，奴才该死。"

"在宫里养猫，就不能让它发春。"

"奴才问张医官要了药，喂它吃下去便妥。可没想到，还没来得及喂，就出了这等事。奴才该死，奴才该死……"

或许对我的雷霆手段早有耳闻，他此时吓得魂不附体。没想到我笑了笑："本官不让你死。你这猫既然二皇子喜欢，本官就带到流烟阁了，你可舍得？"

"舍得舍得舍得，贵妃娘娘能带它走，是它的福气。"

一旁的倚萝听到这里，忙伶俐地命人将猫好好地收拾一番。我带着孩子，带着猫回流烟阁。谁知走到半路上，突然冲过来一个披头散发的女人，她似乎是躲在暗处，蓄势待发，就等着这一刻。

她稳准狠地掐住我的脖子："陆芯儿，你去死！去死！去死！"

是常攸宁。她竟然疯癫至此。疯子的力气又大又蛮，旁边的内侍宫女们使劲儿扒拉，等巡逻的侍卫赶到将她擒住时，她已将我的脖子掐出一道又红又紫的印迹。

常攸宁口中疯狂地骂着，语言极其污秽难听。我一个巴掌狠狠地抽过去，她圆圆的脸，现在塌陷下去，如骷髅一般，跟从前真的像是换了个人。

"母亲没了，哥哥也没了，安公主被送了人，平西王府里常灵则那个庶子当家，你这个贱人，事做绝了！"

烯儿、灼儿看到她那个样子，吓得大哭。

"你害人的时候，就该想着，当有此报。常攸宁，如若今天赢的是你，输的是本宫，你恐怕早已将本宫挫骨扬灰了。本宫留着你的性命，已经是仁慈至极。"

"陆芯儿，我要诅咒你，我到了地府也要诅咒你，诅咒你不得好死，诅咒你遗臭万年！"

"是吗？"我冷笑，"那到了地府，帮本宫告诉阎王，陆芯儿不怕任何报应。只修今生，不修来世。"她猛地咬舌自尽，死前喷了我一脸血。这个女人，用自己的死，最后算计了我一回。她死在我面前，我百口莫辩。

上次南飞和灼儿落水，在宫里来来回回牵扯了那么多人，满宫中都知道我跟她有仇。她用这样的方式死去，不是我害的，也成了我害的。果然，第二日在金銮殿，就有大臣提出了这件事。

"常家乃圣朝世代功勋之家，早年随太祖皇帝九死一生，立下不朽功勋。虽常正则罪有应得，但已被诛杀。宁采女乃平西王府嫡女，不久前替圣上诞下二公主，虽有错，但陛下已经惩罚过了，实在罪不至死。臣听闻贵妃娘娘熟读兵书，乃女中英杰，但不知贵妃娘娘是否知道《孙子·军争》有言，穷寇勿迫。贵妃娘娘何必如此狠辣，一定要置常家女于死地不可？"

此时，有两个我曾经惩治过的大臣连忙趁热打铁，齐齐上奏说："圣上子嗣稀薄，太祖有十二个皇子，先帝有七个皇子，可圣上如今只有二皇子一人。二皇子养在贵妃娘娘膝下，贵妃娘娘独领风骚，难免做事逾矩。圣上应充盈后宫，绵延子嗣。"似乎一切的过错都是因为我是二皇子的养母。

成筠河听了这样的谏言，什么也没说，郁郁寡欢地散了朝。

我总感觉常攸宁的行为，是有人怂恿的。这一回的敌人，在暗处，层层布局，缓缓铺垫，声东击西，让我连还手的目标都朦胧模糊，故而，比任何一次都来得凶险。

夜里，竟然有奇怪的声响，那声响不断地说着："砍头，砍头，陆芯儿，你砍了我的头，还挂在城墙上……"我猛地从床上坐起来，大口大口地喘着气。

倚萝连忙举着灯过来："娘娘，您怎么了？"

"本宫似乎刚刚听到了什么声音，鬼鬼祟祟的。"

倚萝捂着胸口："啊，娘娘，您不会……啊，这流烟阁不会是闹鬼吧？"

"胡扯！"我站起身来，"流烟阁所有的内侍宫女都给本宫起来，把火把点亮。找，搜，看看是谁装神弄鬼。本宫不信鬼神，只信人定胜天。想在背后搞小动作，让本宫知道了，杀得你全家一个不留。"

当晚，火把照亮流烟阁，彻夜未熄。宫中流言纷纷。

"听说了吗？贵妃娘娘寝殿里闹了鬼！"

"她手上冤魂太多！"

官员们因着金銮殿上说的"充盈后宫，绵延子嗣"之语，从天下九州寻来九名绝色美女，进贡到宫中。可我没想到，这是给我设的一个大圈套。

长乐四年三月底，乾坤殿发生了惊世骇俗的"吴女案"。这件大案时隔多年，仍被人不断提起。史官们无论如何表述，都挡不住后世诸人隔着迷雾对此事万般揣测。这是成筠河继位以来，宫中最荒谬的灾难。

第六十六章：刺驾

天下九州，一方水土养一方人。

大臣们进贡来的这九名美人，是从各地精心选拔而得，各具风情，或端庄，或温柔，或热辣，或柔媚，或娇俏。有江南的垂柳，也有塞外的孤烟；有北地的冰雪，也有南国的鲜荔。

自天象事件向天下人下了罪己诏后，成筠河缠绵病榻数月，三月才好些。对于美人之事，他本不上心，加之常攸宁死得不体面，他对后宫的事愈发烦，不想再添人。奈何大臣们一再劝谏，又将"如今皇嗣稀薄，宗圣殿上，陛下何以面对先祖"这样的大帽子扣下来，成筠河勉强答应了。

九位美人进了宫，被带到乾坤殿。成筠河正在服药。那药甚苦，他一直皱着眉。一位一位的美人轮流着在他眼前经过。轮到其中一位的时候，突然有一只百灵鸟从乾坤殿的窗户飞进来。那鸟的羽毛呈淡淡的褐色，双翼姿态优美，叫声婉转动听。那鸟在空中盘旋着，不肯落下。

成筠河苦笑一声："孤身子不好，连鸟都不愿落到孤的身边。"

这时，跪在地上的那位女孩将手放在嘴边吹了几声，百灵鸟从窗外衔进来一片片的花瓣，众人皆惊奇。不一会儿的工夫，只见地上的花瓣聚成了两个字：长乐。

百灵鸟用花瓣铺完了字，轻轻落在成筠河的膝上，像磕头一样，将脑袋垂下。跪在地上的女子亦叩首道："愿陛下圣寿万年，愿我朝长乐永昌。"

成筠河看了看鸟，又看了看人，问道："你是何方籍贯？"

"回陛下，民女吴越人氏。"

"叫什么名字？"

"吴越。"

成筠河笑："倒也简单，吴越之地吴越女。你留下来给孤侍药吧。"

内廷监很有眼色，连忙带着其余的八人出去了，留下吴越女在御前伺候。

据说吴越女在山中长大，与百鸟为友，故而能与鸟互通喜乐。她懂鸟语，鸟能听懂她的话。当地的地方官找遍了吴越每一个县郡，都没有合适的人选，恰巧有一名驿卒去山中采药，不经意间发现了这个女子，惊为天人，连忙上报给长官。一层层地汇报上去，吴越女就这么被带到京中。

"我有吴越曲，无人知此音。"乾坤殿内，吴越女唱着歌，跳着百鸟舞，一人一鸟，浑然天成，赏心悦目。成筠河阴霾的心情稍许散了一些。

吴越女身上散发着浓烈的花香，成筠河有些昏昏欲睡。吴越女连忙扶着他去内室歇息。小内侍见状，便没有跟着。眨眼的工夫，便听得一声惨叫，是成筠河的声音。

不好！

小内侍连忙喊："来人哪！"侍卫们闻声而动，冲了进去。

吴越女赤着身子，将一柄薄薄的刀片插入成筠河的胸口。面圣的女子是不能携带利器的，这刀片是怎么带进来的呢？

侍卫们把吴越女绑了起来。成筠河挣扎着说道："不许走漏风声。哪怕将她打死，也要查出幕后主使……"

宫中发生了这么大的事，人心惶惶。吴女赤裸身子手持刀片的样子，给这件血腥的惊天大案添上了几分艳情的色彩。医官们赶到之后，发现空气中仍残余着迷情药的味道。

这是一场荒唐的谋杀。

进献美女的官员吓得魂不附体，慌乱之中，官服都穿反了。成群的御林军出动，扣押了跟这件事有关的所有人员。

成筠河这次伤得很重，血流得榻上到处都是，但还好，医官在检查后，说没有伤及主动脉，尚能留着性命，但他的心碎得如同冰碴。

"孤自承先帝遗命继位以来，从未做过伤天害理的事。哪个州有灾，孤就命官员去赈灾；哪个州收成不好，孤就减免哪个州的赋税。到底是何人，恨孤至此，竟到了弑君的地步？"

此时的我，正在流烟阁教灼儿念诗。他显然是对书本不感兴趣，总是惦记着玩儿。我轻轻皱着眉头，训斥了他几句，他搂着我的脖子哭。我忙又抱着他在庭院里来回踱步地哄。

我听见一阵重重的脚步声向流烟阁跑过来。御林军统领方辉带兵冲了进来。

"拿下她！"方辉一向对我是恭敬的，而此刻他的脸上，却是一副铁面。

"放肆！本宫看你们谁敢！"在后宫执事多年，我虽心慌，但气势犹在。眼前的景象表明，背后害我的人，已经露出獠牙，我万万不能自乱阵脚。

只见方辉不慌不忙地说道："圣上有旨，流烟阁所有人等关进天牢，一个也不许遗漏。包括您，贵妃娘娘。"

有兵士向我走来。倚萝见此情形，忙冲过来护着我："别拉扯贵妃娘娘，陛下没有下旨废贵妃，我们娘娘依然是太子之母，岂容你们放肆……"

兵士一把将她推开。倚萝坐在地上哭泣。

方辉冷笑："太子之母？呵，贵妃娘娘手底下的人倒是忠心得很，时时不忘您是太子之母。这话，臣会如实禀告给圣上，看圣上如何裁夺。"

我冷冷地看着倚萝，她迎上我的目光。我总觉得她的眼神很古怪，似乎与我有深仇大恨一般。

我脑海中不由得又回荡着昨夜耳边那几句影影绰绰的话："砍头，砍头。陆芯儿，你砍了我的头，还挂在城墙上……"

我跟方辉说："本宫安置好二皇子和冀公主，自会跟你们走。"

"不必了，皇子和公主会被带到乾坤殿，不劳贵妃娘娘操心。"

连孩子们我都不能过问了。

"到底发生了何事？"

"娘娘到了天牢，便知道了。"

进宫之前要搜身，可吴女将利刃藏在了私处，巧妙躲过了搜查。她身上带了香气浓烈的迷情药，迷惑了成筠河。当她赤身上了龙榻，便从体内取出薄薄的刀片，行刺成筠河。我到了天牢，方听审问我的官吏说了此事。

官吏看着我："吴女在历经火烙之刑后，已然招供。是你，贵妃娘娘，谋划了此事。她是奉你之命，谋杀圣上。"

我一惊："胡说八道！本宫怎么可能弑君？"

"原因还用说吗？宫中早已传遍了，二皇子被陛下立为太子，贵妃娘娘作为二皇子的养母，一方面，听了朝中有去母留子的谏言，害怕自己丢了性命；另一方面，急于让圣上驾崩，自己作为太后，弄权朝堂。"官吏说着，重重地敲了一下面前的桌案。

这一步步的，原来用意在此。

别的罪名，我或许还能被宽恕，但弑君的罪名一旦坐实，我便永世不得超生。

"那个进献吴女的地方驿卒在家中被杀了。差役赶到时，发现他昨夜就已经死了。贵妃娘娘手眼通天，心思缜密，无人能及啊。"

"本宫没有做这件事。清者自清，这桩桩件件都与本宫没有关系。就算到了金銮殿，本宫也讲得清楚。"

那审问的官吏名叫阎析，有"铁老虎"之称，不苟言笑，用刑甚苛。我从前就听说过他，却不想以这样的方式直面打交道了。

270

他看着我："纵是贵妃娘娘巧舌如簧，也掩盖不了滔天真相。"

我与他冷冷相峙，一炷香的工夫，他起身走了，命人将我丢进一个单独的牢房。

天牢在地下，不分昼夜都是昏暗的，且湿冷。我抱膝坐着，许久许久。

阎析又来审我。这一回，话还没说几句，便有个小吏走到他身边禀道："阎大人，流烟阁的掌事宫女倚萝在百般毒打之后，已经招供了。供词十分详尽。陆芯儿是如何联络朝臣，如何筹划此事，白纸黑字，清清楚楚。"

阎析走到我面前："你还有什么话可说？"

"本官要见倚萝。"

"这个时候了，你见她做什么？"

"阎大人答应了本官的要求，说不定本官也能招出一些东西，也免得您办差辛苦，浪费时间。"我说道。

他想了想，答应了我。我被带到另一间牢房，倚萝躺在地上，已经被打得不成样子，全身没有一处光洁的地方了。她抬头见是我，笑笑，嘴里吐出口血。

"知道为什么我扛了这么久才招吗？我心里明白，我多忍一阵子，你的罪名就更能坐实一分。"

"是谁派你来的？说！"我抓着她的下巴，盯着她的眼睛。

"谁派我来的，不重要。不管是谁派我来，我都感谢他能给我这个机会，报仇的机会。"

"你我之间，有何仇恨？"

"陆芯儿，你作恶太多，血债太多，自己都想不起是哪一笔了。你可知道我叫什么名字？"她从地上爬起来："我叫白倚萝。"

电石火光之间，我想起来了。怪不得我总觉得她身上有种官家小姐的味道，原来这不是我的错觉。成筠河登基没多久，为了敲山震虎，我杀了一个为废后请封的官员，就是荆州刺史白予峰。那时候，我已经看出了成筠源的狼子野心，为了震慑成筠源一党，我命人对白予峰施以极刑。

"父亲的人头被挂在荆州城墙头数日。你这个丧心病狂的女人，我老早就发誓，一定要让你死得很惨。弑君，弑君啊，陆芯儿，这下你再也翻不了身了。"倚萝满脸是血，嘴角却挂着满足的笑意。

第六十七章：大戏

看着倚萝那个样子，我知道，我从她嘴里问不出什么来了。她满心满眼都是"复仇"二字，被别人当了箭使，也甘之如饴。

倚萝做了我身边的掌事宫女之后，我曾命沈昼查过她的底细，是清白的农户之家。那时候，南飞刚离世，我整日里怏怏的，无心挑拣新人选。倚萝虽有些毛躁，却做事麻利，照顾孩子妥帖。既然底细没什么问题，也算不得什么大毛病，便留下了。

谁知，倚萝的底细竟是假的，她身后的人帮她做了假的身世。真是煞费苦心。

我当初对白予峰，手段着实严苛，可当时若不如此，哪里能震慑住成筠源一党，从而给我与沈昼的布局争取了一段时间呢？权力从来都是血淋淋的。

从前，我替先帝的老寒腿敷药包的时候，他曾与我笑言："芯儿，帝王的血是冷的。"这句话里含着多少无奈。

约莫半炷香的时间，阎析又命人将我带过去审问。

"怎么？本官如你所愿，让你见了你的掌事宫女。现在，你该招供了吧？"阎析说道。

我笑笑，拍了拍身上的尘土："好，我招。"

他一愣，似乎事情顺利得让他有些不可想象。他抱着与我死磨到底的心态，我却这么轻松就要招供了。弑君之罪啊，凌迟都不为过的大罪啊。

他一挥手："来人，搬把椅子来，请贵妃娘娘坐下。再上盏茶来。"

不一会儿，椅子搬上来了，茶也来了。

我坐下，接过茶盏。如今已然是四月初了，天牢里还是去年春天的陈茶。

"天牢里的茶不好，贵妃娘娘将就着喝吧。"

一日一夜没合眼，未近水米，喝了点茶下去，腹内总算有了些许的温度。

"我招，我全招。这一切都是我做的。"

阎析站起身来，又坐下。

他笑起来："合贵妃，您是个人物啊。"

"阎大人，您要问什么，只管问，我没有不配合的。"

"吴女是你命人找来的？"

"是。"

"是你命她赤身裸体行刺圣上？"

"是。"

"你是准备圣上驾崩，二皇子登基，你把持朝政？"

"是。"

阎析身旁坐着的那个师爷不停地拿笔记录着，不多时，拿过来一张纸，上面写着我的条条罪状。

"画押吧。"

我扫了一眼那张纸，看了看阎析，将茶盏里的陈茶一饮而尽。

"我要见圣上。"

"你觉得圣上还愿意见到你吗？"

"不管圣上是否还愿意我，烦请阎大人去禀报一声。"

阎析想了想，点了点头。

我在纸上写下大大的三个字：陆芯儿。并按上自己的指纹。

我知道，如果我不画押，那个站在背后操控一切的人，是不会让我走出牢房的；如果我走不出牢房，半点机会也没有。我很想看看，出了这样的大事，成筠河是怎样的态度。

出人意料的是，阎析还未去禀告，成筠河身边的小申就来了。小申是御前贴身伺候的人，天牢里的人都对他很客气。

阎析上前客气道："申公公到此有何事啊？"

小申看了看我，将拂尘架到胳膊上，向阎析说道："圣上口谕，速带合贵妃去殿前问话。"

阎析指着我画押的供纸："申公公，罪犯已画押。"

小申笑笑："那阎大人便将供状交给奴才吧。"

"这……"

按流程，应交由吏部，一层层上交、备案。

"嗯？"小申眼睛斜了一下阎析："怎么？阎大人是不想交给咱家？"

"不敢不敢。申公公在陛下身边当差，交给申公公，就等同交给陛下。"

"你明白就好。"

小申从阎析手上一把将供状抽走，然后喊着："贵妃娘娘快走哇。"

我忙跟在他身后。

出了天牢，我以为他往乾坤殿走，谁知他竟然往金銮殿的方向走。

此时天色已经较晚，夕阳挂在天边。

"小申，你是不是走错了？"我疑惑道。

"没错，就是去金銮殿。"

"这个时辰，早就已经下朝了。陛下还在金銮殿吗？"

"对，娘娘，陛下在金銮殿上等您。"小申说道。

他眼里有让我费解的神色："娘娘，您这么聪慧，会明白的。您一定会明白的。"

"金銮殿上此时可还有其他人？"

"不多，有四五位大人被留下来了。您看了绝对就明白了。"

小申为什么反复重复这句话呢？

我的身上穿着囚服，头发披散着，赤着足，进了金銮殿。远远地，我看见成筠河坐在高处。

吴女的行刺让他的身体迅速衰弱下来。他面色苍白，嘴唇也是苍白的，身子就已经佝偻了，半趴在书案上。黄昏丝丝的风都让他咳起来，每咳一声，都似乎牵动着全身的力气，咳得满面通红。

他身上披着的那件披风，还是他刚继位的时候，我给他做的。密密的针脚，上面绣着一条条青色的小龙。那时候，他每晚都回合心殿，我们日日共衾而眠。我坐在灯下给他缝披风，南飞站在我身边。那时候的合心，是真正的合心哪。

我赤着脚，一步步走向他，跪在地上。

"陛下。"

他看着我，那双始终都是温和的眼睛里满满的全是哀伤。

"星儿。"他站起身来，从龙椅上走下来，缓缓靠近我。突然，他从殿前站着的御林军统领方辉的腰间抽出一把剑。他举着剑走向我，那把剑抵着我的喉咙，那么近那么近。

"星儿，你到底还要孤怎样？"

"陛下，您为什么这么说？"我每说一个字，就感觉那冰冷的剑划过我的喉咙，凉凉的触觉。

"该给你的，孤都给你了。你虽未被立后，但始终是这宫里位分最高的女人。这几年，孤身边所有的女人都死得不明不白，从巧云到凌桃蹊，再到常攸宁，无一例外。巧云刚生下皇长子，便母子俱亡；凌桃蹊死前凄厉地叫着你的名字，一连数声；常攸宁与你有过节，便死在你的面前。你究竟是怎样的一副心肠？"

我想说什么，但感觉成筠河面色不对。他说这些话的时候，故意选择了一个背对着那几个人的角度。那几个人看不见他的脸，只能看见他持剑指着我，说着我的种种不是。他似乎是在故意演戏给那几个人看。

我不吭声，继续观察着。

"你有位分，有孩子，孤唯一的儿子，二皇子，亦养在你的膝下，你为何永不知足，还要害孤？你这样的女人，死不足惜！"我一步步后退，他的剑一步步逼近。

就在我退到金銮殿柱子上的一刹那，成筠河一口血喷出来，他手中的剑掉落在地。小申连忙过来扶他。一旁站着的那几个大臣也走了过来，口中高喊着："陛下，陛下……"

成筠河摆摆手："孤没事。一口腥血堵着喉咙，吐出来就好。"

小申扶着他，重新坐回龙椅上。我心里已经猜到了，金銮殿上还留着的这几个人，皆是此次事件发生后，上谏要置我于死地的人。

成筠河坐在龙椅上喘着气。小申递上一碗汤药，稍微平复了些许。

"昨夜，孤梦到了先帝。先帝说，后宫之中，不宜再出人命，会冲撞了圣朝的气运。此次吴女案到此为止，不许人再提……"

金紫光禄大夫雷褚忙跪地启奏道："此等弑君大事，陛下焉能……"

成筠河将桌前的砚台打翻，墨汁流了下来。

"怎么？雷大人是不满孤的决策？一定要将这么不体面的弑君之事吵嚷得天下皆知？"

"臣不敢。"

"为了孤的清誉，亦为了圣朝的清誉，朝野上下，吴女案不许一人再提，便由雷卿告知各位官员。吴女处死；流烟阁的宫女内侍统统不留；贵妃陆芯儿贬为庶人，囚禁在流烟阁。此事到此为止。"

"是。"那几个人领命退下。

我没有想到，这件事，就这样结束了。汹涌而来，汹涌而去。成筠河用这样的方式，保护了我。他伏在案头剧烈地咳嗽起来。他还不到三十岁，身子却已如暮年了。

我走上前去，轻轻地拍着他的后背。他看着我，平静地说："星儿，你护我那么多次，我也护你一回。"

"你竟伤得这么重。"说这句话的时候，我自己都没察觉到，我的眼泪竟然成行地掉下来了。

"说你有野心，我信；说你爱权力，我也信。可说你要杀我，星儿，我是万万不信的。"

第六十八章：蛰伏

"幕后的黑手究竟是谁？"

这个问题不仅是成筠河考虑的，也是我在考虑的。朝堂上那几个趁势上谏要严惩我的官员，只不过是听命于人罢了。背后的人隐藏在层层迷雾之中，隐藏在一个接一个的阴谋后面，无迹可寻。至少暂时没有露出马脚。

"既然他们想让你我决裂，那便决裂给他们看吧。否则，不知他们又会如何凶险地陷害你。我想了很久，星儿，囚禁你，似乎是现在最好的办法。"

就现在这种情况看来，确实是这样。

成筠河的身体不好，如今又受了这么重的伤，风雨飘摇。我需要时间韬光养晦，蓄积力量。

如果成筠河丝毫不处罚我，对方或许觉得阴谋已经被识破，难保不会狗急跳墙。到时，我们就很被动了。

经过方才那么一通折腾，成筠河似乎耗尽了力气，很是虚弱，歪在龙椅上，一双眼疲倦地耷拉着。他的胸口还缠着纱布，纱布上渗出血迹。

我伸出手摸了摸他的额头，跟小申说："陛下发烧了，大概是伤口发炎了。好生命人抬他去乾坤殿歇息，叫张医官来瞧瞧。"

小申点点头。

我转身欲回流烟阁，成筠河拉住我的手。

"星儿，孩子们名义上我让董太妃养着。董太妃住在流烟阁，你还能像往常一样，日日看到他们。"

"嗯。"我轻轻地应了一声。

他已经竭尽所能地想得很周到了。他招招手，示意我将耳朵附上去。

"星儿，当初立灼儿为储的事，我只告知了你。后来，满宫里竟都传遍了。他们未必知道实情，不过是揣测，想用谣言来造势，从而往你的身上安插罪名。但说到底，那皇绸只有你我二人知道。如果，我有了不测，你一定要记得，手持皇绸，不让江山旁落。"

他的声调里满满都是离别的挽歌，我伏在他的身上，眼泪一颗颗掉在他的脸上。

"不会的，筠河，不会的。你不会不在的。君上万岁，长乐万年。"

我已经很久没有叫他筠河了，有多久了呢？似乎是从灼儿落水那次，又似乎是常攸宁得圣宠之初。我已经习惯了叫他"陛下"，和所有人一样。

他听到我叫他的名字，笑了笑，笑容衬着病容："星儿，长乐万年是骗人的。"

我从他的头上看到了几许白发丝。小时候听我娘说，少年白头，精血损耗之兆。白头萧散满霜风。

我看着他被小申与几个小内侍抬走。我赤脚踩在地上，一步步走出金銮殿。地上冰冰凉凉的。人人都羡慕坐在高位上的人，可坐在高位上，一生享受多少富贵，便要历经多少凶险。

此时的我，脑海中无比的纷杂。我要保住自己的命，活成一棵繁茂的大树。守护孩子们平安长大，不负先帝在烈火中的嘱托，收拾成筠河手中的锦绣江山。对付一个又一个，明里或暗里的敌人。成筠河如今病成这样，我要比往日更清醒、更警觉。

流烟阁内，我住的西偏殿已经空空荡荡，一个人都不在了。所有人都跟倚萝一起，在这场阴谋里，赴了黄泉。

上京今年的天儿，暖得慢。四月初了，杏花没有落尽。窗外的几株，有的开得稀稀落落，有的犹开得灿若星辰。往日里，日日有小内侍修剪，如今没人打理了，有一枝竟伸到了窗内，花蕊是粉的，花瓣是白的，有几分像雪，又比雪娇艳，淡淡的红晕，点缀着暗色的枝丫。

"半开半落闲园里，何异荣枯世上人。"我不由得叹了一声。

"姐姐！"从窗外忽然闪进来一个人，竟然是陆明宇。他今日穿着杏色的衣衫，隐在一片杏花之中，我竟好一会子没有发现。

"你怎么能到这里来？"

"前些日子分派官职，我做了京城的护军佐领。这几天宫里出了事，我四处打听，御林军嘴巴却很紧，问不出什么来。我进宫办事的时候，溜到流烟阁，看见西偏殿人全没了。担心姐姐。每回，只要有机会，我便悄悄来看看。不想今日，姐姐竟回来了。"

他见我身穿囚服，便上下仔细打量着我："姐姐，你有没有受伤？我有一瓶药，治外伤极好……"

我摇摇头："没，姐姐没受伤。这件事已经翻篇了。圣上吩咐，不许人再提。只是姐姐此后要被囚禁在这流烟阁了。"

陆明宇一脸的愤然："奸人竟如此陷害姐姐。我只盼自己在官场早日出头，能有保护姐姐的能力，将姐姐的敌人一个个除去！"

我看着他，拍了拍他的头："你刚刚出仕不久，武状元出身，做了京城的护军佐领，起点已经很高了。慢慢来，别急躁，人前要内敛低调。"

他扶我坐到榻上，我赤脚走了许久的路，脚是冰冰凉凉的。

他从怀里掏出一方粗麻帕子，替我将脚裹上："我何尝不知沉稳，就是看着姐姐受委屈，心里气不过。"

"姐姐如今要蛰伏。明宇也要蛰伏。"

他看着我："姐姐，如今有个建功立业的好机会。"

我想了想："可是雍凉？"

他点头："自我朝开国以来，与玉门关外的游牧民族向来井水不犯河水。长乐三年，雍凉大旱，姐姐下政令，命川陕之军屯兵雍州，向游牧民族展示我朝天威。他们着实是老实了一阵子。可现下，雍州驻兵统领贺初却与游牧民族暗通款曲，勾结在一处，每每游牧民族来犯，贺初便装模作样抵抗，实则养寇为重。圣上年初下令责罚了贺初，他却不知悔改。如今，竟叛变投靠了异族。游牧民族越发大胆，朝廷不出兵已然不行了。朝堂之上主战的武将甚多，我觉得这是一个很好的机会，我愿意去玉门关打仗。"

"大漠地形复杂，游牧民族分散，部落众多。他们又一贯有迁居的习惯，背着帐篷行军是常有的事。这一仗，必然得打很长时间。"我忧心地说。

"姐姐看得极明白。路上就得几个月。去了，顺利的话，两三年；若波折些，则需更久。"

我将他衣衫上的杏花拂落："战场凶险，游牧民族彪悍。姐姐倒是不放心你。"

"国家有难，好男儿本该热血沙场。姐姐放心，我必打出个名堂，打出个功名来。日后，做姐姐的倚靠。"

我拍拍他的肩膀，从妆奁的抽屉中找了支鹅毛笔递与他："有重要的事情，就写家书给姐姐。"

他接过，点点头。

杏花影里，我与他告别。看着他消瘦的身影消失在视线中。

晚间，沈昼来了。他的脚步声依然很轻。

此时的我，已然换下囚衣，穿着一身白色的粗布衫子，头上戴着一根木钗，坐在杏花下。

"金紫光禄大夫雷褚，这个人现在跟谁走得近？"

他就是成筠河留在金銮殿上的几个人之一。

沈昼站在我面前："微臣正想跟娘娘说这个呢。"

我看了看他，他眼睛里全是血丝，鞋子上满满都是灰，身上的那件黑色披风皱皱巴巴的。

"从我出事之后，你一刻也没歇息吧？"

他沉默了一会儿，说了声："是。"

"沈卿，辛苦你了。"

他岔开话题："金紫光禄大夫雷褚在娘娘出事以后，极力上谏严惩。所以，微臣开始盯着他。他似乎早有防备，每次都恰到好处地甩开。但是昨晚，微臣跟他到了百花楼……"

说到"百花楼"，他轻轻咳嗽一声。

"他起初定的是一楼东南角的包房，但那不过是掩人耳目，微臣差点就被骗了。但微臣贿赂了里头的龟公，被告知他其实是在二楼西北角的包房。微臣发现，他去百花楼，表面上是去喝花酒，实际上是为了秘密会一个人。"

"谁？"

"凉州刺史魏标。"

凉州，成筠淞就藩的地方。

我冷笑起来。好哇，这个女人自以为高红袖、先帝、成筠源、成筠江、殷雨棠这些人都不在了，她该出来显显身手了，到底是不甘心的。

她当初往东宫的井里投毒这件事，我是记得清清楚楚。这个女人满腹诗词歌赋，一腔蛇蝎心思。现如今在凉州历练多年，手段愈发精进了。

沈昼说："现在民间有人故意制造传闻，说先帝本是属意皇长孙继位，可当初一把大火烧得不明不白，当今圣上捡了个稀里糊涂的便宜。峪王妃听见这样的传闻，吓得不行，搂着成炽，门都不敢出。"

"自己心怀鬼胎，却拿炽儿做挡箭牌。声东击西。"

沈昼说："吕樱当年在后宫中也是一号人物，娘娘想必还记得落樱殿的盛况吧？她在宫中还有些残余的势力。"

"从前，吕家输在没有武将支持，全是一帮子文人；现在，他们懂得拉拢武将了。能翻起这么大浪，想必参与者一定不少。得一个个全揪出来，而且，我有个感觉，吕樱一定有个重要的同谋，这个同谋藏得更深……"

几瓣杏花落在我的手心，我紧紧地握住。

第六十九章：直觉

当年，吕樱在宫中的地位，仅次于骆皇后和殷雨棠。因为是书香世家，其父吕德广有才名，所以，先帝一直都对她另眼相看。我还记得我刚进宫的时候，为了营救姜娘娘，曾假扮小内侍进过落樱殿。落樱殿华贵的陈设，桌子上摆着上好的歙砚，都彰显了这位吕娘娘的气势。

同在后宫中，她自然是看不起以蛮女身份进贡到宫廷做奴婢、偶然被先帝临幸的姜娘娘了。连带着，看不起姜娘娘的儿子小六。她是败在成筠江的手上的。她没有想到跟着儿子去凉州没两年，先帝驾崩了。登基的，是她最看不起的小六。

是老二、老七也便罢了。怎么会是素来不起眼的小六呢？

她心思活络起来，她在暗中观察了许久，成筠河依赖的人是我。朝中的诸多难关，是我扶持着成筠河渡过，而恰好，近一年来，我与成筠河的关系慢慢地疏远了，我也暂时地远离了朝政。她觉得机会来了。

此番吴女案，她以为不仅能去掉成筠河的大半条命，还能让我永世不得翻身。如果用别的方式要了成筠河的性命，名不正言不顺，"弑君"的名头传出去，天下人唾骂。将脏水泼到我头上，她自以为能兵不血刃。

成筠河来日灯枯油尽，必有一番乱子。他们会先将峪王妃和成炽母子推出去做炮灰，假意拥举"皇长孙继位"。峪王妃母子久居深宫，无人无兵无权，纵使上了位，也是个空架子。届时，他们为鱼肉，吕樱便为刀俎了。

沈昼缓缓地跟我说出这番话的时候，我笑笑："沈卿，只怕是螳螂捕蝉，黄雀在后，环中环，局中局。吕樱为刀俎不假，可手持刀俎的，是谁？"

"娘娘怀疑……常灵则？"

他果然与我想到了一处。

"我也不知道为何，就是有这种直觉，虽然他什么异常也没有表露出来。"我说。

沈昼迟疑地说："这次娘娘遇难，臣特意观察了，他是站在您这边的，朝堂上您提拔的宋垚大人和张邑大人为您求情，常灵则也跟着为您求情了。就在昨日，他还带着月郡主来找微臣，说无论如何，要设法救出娘娘……"

一听到水月，我叹了声："这回我出事不该告诉水月的啊。她年纪还小，只需快乐就好。不该为我的事操心。这一点，你替我带话给常灵则。"

"嗯。"

"还有，谢他费心，就说我心里明白他的忠心。让他务必照顾好月儿。过几日你仍悄悄将月儿带进宫来看我。"

我起身，在月色中来回踱了几步。

既然常灵则还没露出什么不妥，便不要打草惊蛇。且继续观察着。

我看了眼沈昼："你等我一会儿。"

"是。"

沈昼站在原处。清凉的月光照着他的黑衣裳。我走进流烟阁角落的小厨房，过去，南飞常常在这里给我和孩子们做夜宵。少顷，我端出一碗蛋汤递给沈昼，汤面上，浮着几瓣杏花。

"怎能劳烦娘娘做此等事？"沈昼略低头。

"你一两日没进食，喝碗汤暖暖胃。"

他接过汤，一饮而尽。

"娘娘如今囚禁在这里，宫人们一个也无，想必要受一阵子委屈。"

我笑笑："人人皆知我陆芯儿乞女出身，这点子委屈不叫委屈，算不得什么。倒是沈卿，外头形势风起云涌，你办事的时候千万要注意安全。"

"还有件事，告知娘娘，其实……菜头大侠一直在默默地帮我们。他曾快马加鞭去凉州，搜集吕樱和成筠淞这几年在那边的行动……"

我点点头。他转身离去了。

这一晚，我一个人在空空荡荡的西偏殿，睡了个长长的觉。

半梦半醒之间，听到灼儿的声音。

"阿娘，阿娘，阿娘不死，米米哭，灼儿也哭……"

我睁开眼，灼儿趴在我的榻边。两岁多的孩子，已经能说出很多短句子。

我忙抱他在怀里："灼儿怎么来了？"

"董太妃说阿娘死掉，灼儿不信，偷偷来阿娘床边瞧。"

"董太妃跟你们这么说的？"

"是。灼儿害怕。"

"董太妃对你和妹妹好不好？"

"好。她给我们做好吃的。她做的饼子好吃。可她跟灼儿说，阿娘是坏人。灼儿不喜欢。"

我想了想，跟怀中的灼儿说："董太妃是在跟你做游戏呢。阿娘也跟你做个游戏好不好？"

"好。"

"你呀，往后偷偷地来西偏殿，别让人发现了，白天呢，当着董太妃的面，你就不跟我说话，就好像没看见我一样。"

"……好。要是灼儿做到了，阿娘可以给灼儿做花生饼吗？"

"当然可以。"

"好。"

"那你悄悄走出去，别被人发现了。"

"好。"

灼儿小小的身子出了西偏殿。我从榻上起了身。

这个董盈香。在我打算除掉常正则的前夕，她主动向我示好，给我出主意。没隔几天，又带着常灵则身边的老内侍来密见我，跟我表常灵则的忠心。我这才出了事，就跟孩子们说我死了。殊不知，孩子的嘴最是实诚。何况，我一手将灼儿带到这么大，他自然跟我亲。

董盈香跟常灵则还真是挺像，都很能忍。她在高红袖面前做小伏低了一辈子，常灵则在平西王府卧薪尝胆二十年。她难保对我怀着一颗怎样的歹心。过几日还是得想办法与她分开住好。

我思量着，换了一身内侍的衣裳，又将被子里塞得鼓鼓囊囊，似人的形状。听见东偏殿有宫女传菜的声音，知道他们开始用午膳了。这会儿溜出去，没人注意。

现下，我想去一个地方，一个我已经久未踏足的地方。瑶池殿。

这几年除了每年的年节里，按礼数，见一下峪王妃母子。平日里，很少见面。我记得上一次来瑶池殿，还是先帝刚驾崩的时候。清风殿那场大火过后，先帝没了，姜娘娘没了，成筠江也没了。宫里一夜之间，御林军全部换上了陌生的面孔。峪王妃一夜间成了寡妇。

瑶池殿外的竹林依旧苍翠。

"二殿下安好。"

"你是谁？"

"奴婢是乾坤殿的掌事宫女陆芯儿。"

"好一幅苍山抱梅图。本王还以为是哪个公侯家的小姐。"

耳畔响起多年前这样的对话。那时，我偶然路过这片竹林，见到了跛子老二成筠江。他那张平静的面皮下，流淌着汹涌的欲望。

峪王妃正在院子里教成炽念《千字文》。

"天地玄黄，宇宙洪荒。日月盈昃，辰宿列张。寒来暑往，秋收冬藏。闰余成岁，律吕调阳。云腾致雨，露结为霜……"我走了进去，她打量着我穿着小内侍的衣服，愣了愣，很快，便平静下来，给我搬了把竹凳。

我坐下来，成炽恭恭敬敬地向我行了个礼，并不多言，拿着书本就进了里间。

"炽儿8岁了吧。峪王妃教子有方。炽儿知礼内敛。"

峪王妃淡淡道："合贵妃过奖了。"

"我已经不是合贵妃了。被圣上贬为庶人了。"

"是不是贵妃有什么关系？宫里起起伏伏的。寻常事罢了。好多东西都是虚的。以合贵妃的本事，何愁起不来？"

听她此言，倒不像她平时软弱凄惶的样子。

她起身，倒了两杯白水，递了一杯给我。

"我不爱喝茶，瑶池殿里便没有茶，合贵妃你将就着喝杯白水吧。"

杯子很别致。是竹子做的，约莫是瑶池殿门外的竹。

"你这次来找我，是着着吕樱的事吧？"

我一惊："你怎么知道？"

她喝了口水，平静地说："她给我写过书信，也托人来找过我。至于说了什么？合贵妃你这么聪明，想必能猜得到。无非是，怂恿我为炽儿夺位罢了。她说她愿意全力帮我。那信我看了，便烧了。"

"你不心动？"

她笑了笑，那笑容里满是自嘲。她指着我坐的那把竹凳说道："这把凳子是从前二爷最爱坐的。合贵妃，二爷心思缜密，智勇有谋。然而，不过是如此潦草结局。有命无运罢了。我情愿他从未争过。"

虽然成筠江的死对外宣称是火灾意外，但是眼前这个女人，她一定是懂得的。

"吕樱反复提皇长孙三个字。真当我是糊涂的吗？先帝在时，炽儿是皇长孙。如今先帝不在了，炽儿是哪门子的皇长孙？我父亲是个小吏，当初骆皇后是为了打压二爷，才将我聘给二爷做正室。我这身份，原是不配嫁进皇室的。可正因为如此，我有自知之明。我一个寡妇，娘家无人，朝中无势，又不如合贵妃有心计，我拿什么去争？吕樱不过是想推我们母子当炮灰罢了。"

她看着我："合贵妃是想来找我帮你一起对付吕樱的吧？"

她的清醒倒让我免去了许多弯弯绕。直截了当。

我点头："她既然打定了主意让你们母子做炮灰，就算你不答应，也会被推出去。来日豺狼野心暴露，也会拿拥立炽儿做挡箭牌。腥风血雨，炽儿躲也躲不掉。所以，如果你想让你们母子平安，必须压倒她。"

"合贵妃已有了主意？"

"是。"

"什么主意？"

"请君入瓮。"

第七十章：死棋

听了我说出这四个字，她笑笑："合贵妃，你是想让我假意迎合吕樱，引他们上套？"

"峪王妃见识极明白。"

她握紧手中的竹杯，站起身来。瑶池殿内吹进来一股熏人的暖风。

"我若按你说的做，于我有何好处？"

我笑笑："我说过，既然吕樱一党选择以你们做挡箭牌，那么，你们想独善其身是不可能的。按我说的做，可以保你和炽儿一生富贵平安。峪王这一王爵世袭罔替。还有……"

我将竹杯中的白水一饮而尽。"还有就是，峪王妃的生母，胡府的姨娘张氏，我可以让她扶正。"

她面色一凛："你竟知道这事？"

这是很早的时候沈昼查出来的事了。只是现在刚巧用上了。

胡家本来就是小门小户，峪王妃的父亲胡庸，乃是一个六品小官。官不大，妻妾却有四房。峪王妃是小妾之女。被骆皇后挑选嫁进瑶池殿的时候，是以正室女的身份出阁的。也就是说，她到如今都不能认自己的生母。

纵亲生的女儿嫁进了皇室，张姨娘也没有一丝的好处，依旧是胡府中上不了台面的妾室，看着女儿管正室夫人叫母亲。偶尔回娘家省亲，也不能走进她的偏院。这大概是峪王妃心里难平的痛吧。

"张氏早该被扶正。女为皇家妇，这是她应得的。"我看着她。

峪王妃朝我拜了拜："谢合贵妃体谅。"

我父亲一生未曾纳妾，水府中没有庶出的孩子。但我能体会到深宅大院里，庶出子女的苦。这大概也是胡氏虽有美艳的容颜却眼里始终带着小鹿般惊慌的原因吧。那种自卑刻入骨髓。

"若贸然召吕樱进京，恐惹她怀疑。年节里，分封各地的藩王会回京请安，便在那个时候动手吧。"峪王妃朝我点点头。

从四月到腊月底，不觉大半年过去了。这段日子里，成筠河表面上对我冷冷淡淡的，掩人耳目。

在外人眼中，他已经彻底地与我疏离了。坊间皆传，陆芯儿被囚禁在冷宫中。暗地里，他会叫小申来唤我。每隔一阵子，我就悄悄去乾坤殿看看他。

内廷监不止一次地向天下广招名医。可无数的民间医者进了宫廷，无数个方子吃下去，成筠河的病依旧不见好。我眼看着他慢慢地衰弱下去。每日一次的朝会改到了七日一次。他下朝的时候仍是喘得厉害。朝中大事，六部言简意赅地上奏。

有一晚，他气色稍许好了一些，从柜子里拿出一大篓子的木芙蓉，倒腾干净，给我做胭脂膏子。

"哪儿来的这么多木芙蓉？"我轻声问。

"我让人摘的。我想给你多做一些。有一天，我不在了，你还能有的用。"他说着，转头看向外头的庭院，眼神带着秋雨般的凄凉。

"人哪，跟木芙蓉不一样。木芙蓉谢了，第二年还能再开；人的命，却只有一遭儿，不能再有了。"

"筠河，你别太悲观。据说南洋有一岛国上，有一盖世神医，只是四处游历，寻不到踪迹。沈昱派了两人守在他的医庐中，一旦他游历归家，便将他带到宫里来为你医治。"

他苦涩地笑笑："星儿，该想的办法，你都为我想了。"

他揉搓着那些木芙蓉，面色严肃起来："三哥从凉州递折子来，说吕氏年老多疾，请求常驻京中王府。父皇在世的时候，已经将吕氏废为庶人，能容她陪着三哥去就藩已经是天大的恩典，怎能得寸进尺，提出此等要求呢？"

"你便允了她吧。"

成筠河犹疑地看着我："允了？"

"嗯。我自有道理。"

明宇在玉门关外几乎月月给我寄来一封家书。

他在军中表现好，在关键的战役上崭露锋芒，得到主将的赏识。只是游牧民族诡计多端，惯会诱敌深入，圣朝的军队深入大漠，逐个击破，短时间内尚无法还朝。

玉门关外有战事，几个得力的猛将都出征了。朝中剩余的那几个便成了拔尖儿，蹦跶地欢实。

我且冷眼看着，这几个人能欢实多久。

数月前，我让灼儿装作中邪的样子，倒地不起，胡言乱语。接着又授意张医官说，二皇子身子无病，恐是流烟阁东偏殿有邪物，冲撞了。成筠河借这个由头，便让董太妃搬离了流烟阁。

孩子们自此就住在乾坤殿。

"乾坤殿有真龙镇守，灼儿必不会再被邪物冲撞。"

这理由倒让人挑不出什么来。反正，我是不放心董太妃了。早点防备着，比到时候措手不及好。

我心里念叨着，快了，等我收网之际，就不必如此掩人耳目了。

日子东流逝水，庭院叶落纷纷，深宫中的生涯就这样在春夏秋冬的轮回里流淌着。时间就好像雨后的虹，缓缓悄悄地，消逝于上京的蔚蓝天际。

转眼，到了长乐六年的春节。正月初六，是各藩王进宫的日子。

从正月初一开始，我便让成筠河倒在床上装作昏迷不起，让张医官宣布圣上病危，命在旦夕。甚至，让内廷监赶制大丧用的白布，以备不时之需。峪王妃这大半年来，装作与吕樱合作的样子，给她传递一些假消息。说圣上昏聩，朝廷腐朽，宫中混乱。

吕樱说要推举皇长孙继位。峪王妃假意喜之不尽。此次，成筠河病危的消息传出去，吕樱第一时间写信跟峪王妃确认真假，峪王妃回复她，此事千真万确，并在信函中附上皇家专门用来办丧事用的白绸。

初二的深夜，峪王妃穿着黑披风赶到流烟阁。

正月里，宫中漂浮着若有若无的梅花香气。我身上裹着的，是一件月白色的缎袄儿。西偏殿里没有笼炭盆，凉飕飕的。峪王妃一进来，便觉寒气重。

"合贵妃不怕冷吗？这么冷的天儿，竟然连暖炉子也不抱。"

"冷些好。清醒。"

峪王妃的脸上闪过一瞬的伤感。"从前二爷也是这样的。合贵妃的诸多习惯，跟二爷很是相像。"

我走到窗边，打开窗户，清冷的空气中倾泻了一室的月光。

"峪王妃漏夜来找我，可是有大事发生？"

"初六。他们准备在初六的时候起事，趁着王爷们进宫请安的当口。宫中的护卫已经被策反，宫门口被封得铁桶一般。里头闹得动静再大，外头传不出一丝风声。他们打算让圣上提前'驾崩'。"

我笑笑："让我猜猜，御林军统领方辉，是不是投奔了他们？"

"娘娘怎知？"

"如果方辉不参与，他们怎敢？圣上病危，就算立即驾崩，满朝文武也不会起疑。他们想着，趁着这个机会，能兵不血刃，占据皇宫。到时候，怎么向天下人圆谎，就不是难事了。反正，吕家，多的是笔杆子。他们最擅此道。"

峪王妃点点头："娘娘猜测得很对。不知娘娘打算如何自救？他们在朝中现在留守的有头有脸的武将府中皆安插了奸细。已经投靠了他们的，自然不消说。剩余没有投靠他们的，已被下药，初六那天，皆抱恙在府。"

峪王妃脸上是焦急的神色，见我一脸淡然，很是好奇。

这是一招死棋啊。

我起身，到小厨房的炉子上将一壶烧沸的水提了进来。案上放置的，是淮南的秋茶。我斟好一盏茶，轻抿了一口。沾了霜华露重，秋茶带着冷香。

"到时候，吕樱必会拉炽儿做幌子。你们要做的，就是在初六那天躲起来。我会把你们藏在乾坤殿下面的秘道之中。不管发生什么，都别出来。如此，就行了。"

峪王妃点点头，又看了看我的脸，带着疑惑起身告辞。

没错，不管从各个角度上看，这都是一局死棋。呵，如果不这样，怎么能迷惑住那几条老狐狸呢？

死棋有一个缺口。缺口，就是方辉。

初六那天，阴了几日的天儿，乍然放了晴。一辆辆华贵的马车停在了宫门口。

老三带着吕樱来了，其余几个远支藩王也进宫了。乾坤殿药味儿浓重。成筠河躺在床上，他们跪在地上请安。

"圣上竟然病到这般田地。"吕樱假意用袖口拭泪，与其余几人对视一眼。

正在这时，一群面孔陌生的内侍官女们涌到了乾坤殿！他们抓住在里面伺候的人，用白绫一个个勒死。顿时，惨叫声一片。

吕樱瞥了一眼成筠淞，成筠淞高喊着："圣上驾崩，皇长孙成炽继位！"

小申慌忙跪在地上："奴才，奴奴奴奴才这……这就去恭迎新君。"成筠淞冷笑一声："算你识相！宫中要变天了，识时务者为俊杰！"

我从内室里走了出来，笑道："三殿下好大的气魄。"

成筠淞一愣："你怎么在这儿？"

吕樱指着我："你来了也好，给这个病秧子陪葬吧。还有你的孩子们，全都得死！"

脚步声、盔甲声一点点靠近。方辉的脸出现在乾坤殿外。

吕樱笑道："方统领，宫中的一些杂碎都清除了吗？"

"清除了。"

"甚好。"

突然，方辉一挥手："来人，把这群乱臣贼子绑起来！"

御林军冲上来，将吕樱和几个藩王捆得严严实实。他们惊诧极了。"方辉，你疯了吗？"

方辉不紧不慢走到我身边，跪在地上："禀娘娘，宫里宫外，都已清妥，兵不血刃。"

吕樱看了看我，又看了看方辉，发疯似的尖叫起来："贱人，你把我们装进了笼里！"

我轻轻一笑："吕娘娘素有才女之称，焉能不知，古语有云，捉贼而必关门，非恐其逸也，恐其逸而为他人所得也。"

"我告诉你，别得意得太早，凉州刺史魏标在宫外等着与我接应！"

"哦？是吗？"

沈昼从外头飞进来，往地上扔了一个东西。那东西在地上咕噜噜滚了几下，落在吕樱的脚边。

正是魏标的人头。

棉花花◎著

耿耿星河

中

中国华侨出版社
·北京·

耿耿星河

Contents

耿耿星河

Contents

第七十一章：佳讯

不过是半炷香的工夫，乾坤殿中冲进来的那十几个手持白绫的内侍和宫女都已被制伏。他们都是吕樱从前的死党，听从指令，附逆作乱。

"把这些人送到内廷监，嘱咐内廷监的掌事，不管用什么办法，让他们把嘴里知道的都吐出来。"

"是。"

我走到成筠淞面前，他瞪着眼看着我。

"方统领，把三殿下和几位藩王请到宗圣殿旁边的抱厦里，好好儿地派人守着，这两日就不用让他们出来了，闻着祖宗跟前儿的清香，消停消停，再做处置。"我吩咐着。

"是。"

成筠淞指着我，高声喊道："妖妇！你是什么东西？凭什么囚禁藩王？！"

我摆摆手："把他的嘴堵上。"方辉手下的人连忙塞上了他的嘴。另外几个藩王见势都不作声了。

待他们被拖走后，我走到吕樱身边，笑道："此次关门捉贼，捉的是内贼，一切都悄悄的，宫外消息封锁着，朝中谁也不会知道今日宫中发生了何事。所以，我暂时不会贸然杀掉那么多藩王，以免引起朝野动荡。但是你——"

吕樱到底是经过大事的人，此时已经冷静下来。她看着我："你想把我怎么样？"

"先帝在时，已将你贬为庶人，你如今什么都不是。且前些日子，你故意让老三在上奏的折子中写你身体多病，要回京休养。你说，一个多病的妇人突然死去，又有谁会觉得奇怪呢？"

"你！"她咬着牙齿，"我吕氏一门……"

还未待她说完，我便打断了她："吕家所有的文官以及你爹的那些门生，一个不留，全部革职。"

她冷笑一声："陆芯儿，你到底还是嫩了点，国家大事不是儿戏，这么多文官被革职，政务如何运转，你又如何填缺？"

"你知道我为什么提拔宋垚和张邑这两个人入昌黎阁吗？不仅是因为他们有能力，还因为他们在地方上历练过，识得许多因为没有门路而被埋没的人才。这几年来，我已暗中为朝廷储备了一拨可靠的官员人选，跟你们吕家有关联的那些人，不管是明面儿上的，还是暗地里的，早该革职了。文官，该换换血了。"

这时，乾坤殿已被清理干净。小申递了盏茶给我。我接过，慢悠悠地喝了一口。

吕樱盯着我："记得第一次见到你，你为了救姜蛮子，伪装成小内侍来落樱殿找我。后来，你蛊惑了先帝，进了乾坤殿做掌事宫女。那时，我以为你只是一个想攀龙附凤的野丫头，充其量，给先帝做个低阶妃嫔。我低估了你。没想到，你有这样的能耐，这样的手段。"

她指着床上的成筠河："吴女事件后，所有的事情都是假的，对吧？所谓的冷宫，所谓的贬斥，所谓的殿前挥剑，包括现在的圣驾病危，通通都是苦肉计。都是做给我看的，都是假的。"

"我也低估了你，吕娘娘。我没有想到，你为了夺权，会出此下策。"

"呵，这是下策吗？现在你赢了，你自然可以说这是下策。如果今日赢的是我，这就是上策！难道我不该争一争吗？难道我和筠淞就得一辈子待在荒僻的凉州？你去过凉州吗？你知道那是什么样的地方吗？那是鸟都不肯栖息的地方！我吕家世代书香，我家筠淞 7 岁成诵，我们到底是哪点比人差？我每晚看着凉州的月亮，越看越觉得，这世上所有的东西都是势利的！连月亮都是势利的！凉州的月亮都没有上京的好看！"

她说着说着，脸上的青筋凸了起来。数年来边关粗粝的风在她的脸上留下一道道皱纹，那些沟沟壑壑在此时看起来分外可怕。

"胡氏那个贱人在哪里？滚出来！枉我还想抬举她！她竟与你合伙给我织了这么个笼子！"

"如果你没有弑君的心，怎么会钻进这个笼中来？而且，你是想抬举她吗？峪王妃不是傻子。你以为她看不出来，你只是拿她和炽儿做挡箭牌。吕樱，你在宫中待了半辈子，你应该明白，所有输了的人，都不冤枉。技不如人罢了。"

她仰头笑起来。"技不如人，技不如人……好，陆芯儿，是我技不如人，我认了。"

"摆在你面前，还有个机会。你把跟你合谋的所有人，全都交代出来。从吴女案开始，每一个细节，讲得明明白白，每一个参与的人，讲得明明白白。我便留你一命。"

她诡异地一笑。"事到如今，就算留着我的命，你也只会让我做个阶下囚。我不稀罕那样的苟延残喘。我不会对你招供的，陆芯儿。我才不会让你那么好过，我要留着你的敌人，继续跟你斗！"

我看见她走向旁边的柱子，猛然间意识到了什么，赶紧喊着："拦住她！"

可是已经来不及了，她的头已经大力地撞向柱子。

她在死前，朝龙榻上喊着："小六，你迟早死在这个女人的手上！圣朝迟早毁在这个女人的手上！"

血溅在地上，仿佛在地上开出一朵花。我再也不可能从她嘴里撬出任何东西了。转头看着窗外，雪后初晴的天儿，日头照着未化的雪，闪着光。似雾一样柔，如烟一般轻。

"把她另葬别处吧。就不必进皇陵了，想来先帝是不愿再见到她的。"

"是。"

我呆呆地坐了一盏茶的时间。直到听到成筠河迷迷糊糊地喊着"星儿，星儿……"我连忙走过去，握住他的手："筠河，我在这里。"

"事情都完结了吗？"

"嗯，完结了。"

"我睡梦里，总闻见一阵一阵的血腥味儿。"

我轻轻地拍着他的被子："都过去了。再也不会有血腥味儿了。"

"星儿，你别杀三哥。我已无大寿，不想屠戮弟兄。来日九泉之下，恐无颜见父皇。"

"好。留他一条命。"

"星儿，拟旨，恢……恢……恢复你的位分……"没说几句话，他又喘了起来。

我喊来小申："张医官说，待圣上醒来，要喊他来行针。你去叫他来。"

不多时，张医官来了。行针行了一半，成筠河又睡着了。

"张医官，圣上现在怎么清醒的时刻越来越少了？"

"娘娘，陛下的身体能保持现有的状态，病情不加重，就已经是万幸了。"

我站起身来，走到檐下。

沈昼从内廷监返来。我压低声音问他："你瞧着方辉做事稳妥吗？"他亦低声答道："方统领刚刚还在问微臣，何时能放了他的家人。"

"你怎么说的？"

"微臣答非所问，告诉他，他的家人必会一切安好，让他放心。"

我点点头。方辉这人，在除常正则的时候，已经暗中向我示好，表明自己愿意为我效力。说白了，他是在押宝。他见成筠河身体不好，后宫中我位分最高，便将前途押在我身上，赌来日掌权的会是我。我接受了他的示好，但依然防了他一手。

宫中局势起起伏伏，吴女案之后，表面上我被成筠河贬为庶人。朝中很多人都避我如洪水猛兽，方辉倒还一如既往，配合我，听从我的命令。他曾经对我说过一句话："娘娘必不是久陷淤泥之人。"

然而，这步死棋中，他的作用实在是太大。我不能轻易信任他。

一月前，沈昼授意菜头，劫持了他的家人。菜头是江湖人士，神龙见首不见尾，行踪飘忽不定。方辉纵是手上掌握着御林军防御大权，也不能奈何他。这样一来，我便不担心他会反水。

"等局势彻底稳定下来，再让菜头放了他们。"

"是。"

沈昼走了几步，又回过头来："有件佳讯要告诉娘娘，微臣派去岛国的那两个手下，有飞鸽传书过来，说是那名神医几日前游方归家，他们已经将神医押来上京了。"

第七十二章：神医

我不由笑将起来："既是神医，好好地请来便是，何需绑？"沈昼皱眉："娘娘有所不知，那神医颇为倨傲，自言从不侍权贵，所以……"

"听来倒是独特。但愿真的有些本事。"

这时候，一群内侍宫女们搬来我素日用的一些物品，从流烟阁的方向走过来。有个小内侍走得急，脚上一滑，手中一个东西掉落出来。沈昼一个飞身上前，将那东西接住。是我常用的那只青瓷茶盏。沈昼将茶盏递到我手中，轻轻说了句："娘娘搬回乾坤殿，是好事。"

失了手的小内侍跪在地上："奴才该死，奴才该死……"

我看了看沈昼，大概是紧绷着一根弦许久，他的眉头习惯性地皱着。那件黑色披风上，还沾着他斩杀魏标时留下的血迹。"沈卿，近来你颇劳累，现时此事了结，你回府好生歇息一阵子。"

他向我拱手道："内廷监的手法，微臣不放心。审人这种事，还是微臣亲自来比较好。那些内侍宫女不见得全然知情，但能审出几个是几个。务必帮娘娘将刺剔除。另则朝野之上一些没有附逆，但是两面倒的官员，也需罗列出来，往后娘娘在委派官职时可留意，勿加以重用。宫里的所有当值人员，得再反复过滤几遍，以圣上与娘娘安危为上。"

"这几年来，不管沈卿是如何境遇，玄离阁解散也好，做五品侍卫也好，圣上下令停俸也好，沈卿始终为朝廷、为皇家尽心尽力，实乃肱股良臣。"

他笑笑。"微臣不在乎做什么贤臣良将，也不愿留个虚名后人评说，不过是为了千金一诺。对先帝当年的知遇之恩，对娘娘逆境的扶持之义。"他转身走了。背影如同君子竹。

我重新做了贵妃，管理着宫中的大事小情。跟成筠河和两个孩子住在乾坤殿。

宫里的人脸色向来是看高不看低。我被贬为庶人的时候，无人问津。现时搬到了乾坤殿，掌阖宫事，人们的态度倏尔热情起来。

特别是董太妃，特意来拜见我。她的脸衬着渐渐变暖的天儿，在乾坤殿里吹进一室的春风。

我佯作不知她在背地里教唆灼儿的事，热情地回应她。"合贵妃真是能干，几起几落，多大的风雨，都能站起来。"

"董太妃才是厉害，瞧瞧先帝后宫中的人，还剩下谁？就剩下您了。这就是您的能耐啊。旁的，都是虚的。活着，才是要紧。死了，可什么都没了。"

听我说到"死"这个字，董太妃用帕子掩了掩嘴。"听说吕樱死在乾坤殿了？"她说着，眼神带着试探地看着我。

"董太妃是从哪里听来的闲言？本宫可是接到凉王府回禀的折子，说是吕氏在王府病殁了。"

"初六那日，她没跟着进宫？"

"没。那日，我在乾坤殿侍疾，并未曾看到吕氏的影子啊。"

"那……怎么听说筠淞他们犯了事，被囚禁起来了？"她低头喝茶，半边脸遮在茶盏中，看不清她的表情。

"嗨……"我说着，"那天是因为他们言语间冒犯先祖，圣上就罚他们在宗圣殿的抱厦里反省几日，之后是因为政务原因，便没再让藩王回藩，留在了京城……"

我突地话锋一转："怎么，董太妃对前朝政务这么关心吗？"我的话语间带着暗箭。她马上低头道："不敢不敢。"

我命小申拿来几包银耳："这是夜郎国去岁的贡品，用来补身子极好。董太妃你好生安养天年即可，少劳些神。不该操的心，便不要操了。"

我已经点得很明白了。可这个女人仍然是不醒转。人哪，祸患没到自己头上的时候，总觉得自己比当事人高明。

灼儿过了3岁的时候，我开始操心。

皇子在这个年纪已需拜师开蒙，到尚书房听课了。我挑选了许久，觉得京中大儒朱启无论是德行还是学识，都最适合做他的老师。

谁知，一道诏书下去，朱启以"教授皇子课业，责任重大，朱某才疏学浅，难以胜任"婉拒了。

我思量一番，亲自登门去请。到了朱宅，小书童给我倒了盏茶，说先生出门讲课了。我点点头，坐在厅中。待喝完那盏茶，书童见我犹没有要走的意思，便又给我添了一杯。

我身旁的小宫女说："娘娘，这人好大的架子，任他去给谁讲课，您来了，他就该回来拜见，怎能晾着您？"我挥手，示意她不要多言。

那日，我在朱启的客厅耐心坐了两个时辰。两个时辰后，他提着书袋从外头回来，见我仍在客厅，忙跪地道："贵妃娘娘竟在此等待，令朱某惶恐。"我笑笑："朱先生去哪里讲课了？"

"城外草堂。"

"圣人云，有教无类。朱先生能教平民，为何就不愿为皇子师呢？"

"寻常之家，朱某可随心教学。帝王家，恐规矩太多。朱某不堪其任。"

"既交给先生，便信赖先生。本宫绝不干涉先生的教学。"

他点头叹道："贵妃娘娘既有爱子之心，亦有青云气度，朱某感佩。"

就这样，朱启进宫做了灼儿的老师。

一桩心事定了。

有一日，我在宫中看到了老七。说来，自殷雨棠死后，我已经好久没见到他了。

殷家虽然爵位尚在，但都已没了实权，对老七顾不上许多。

这个先帝的老来子，曾经一度得蒙先帝圣心的宠儿，多年前夺嫡之中炙手可热的淮王，在宫中夹着尾巴长大了。不觉已是少年。

他穿着一身浅紫色的衣裳，脸庞俊秀，像极了他的母亲。他见了我，弯腰道："给皇嫂请安。"他叫我皇嫂。按理，皇后才能被叫作"皇嫂"。他如此称呼，是在急切地向我表达他的恭敬。

我看着他，想起殷雨棠昔年在宫中的盛况，不觉动了恻隐之心："老七该娶妻了吧？"太皇太后已死。他母家的人又因着避嫌，不敢贸然提及他的婚事。故而，没有为此事主张的长辈，朝中的人又恐触及殷家的晦气，犯了天颜，此事自然就耽搁了下来。

"回皇嫂的话，臣弟一应事宜，全凭皇兄皇嫂做主。"

我与成筠河商量了一番，将朱启的幼女配给了他做正妃。一来，向天下人显示朝廷尊儒重文之心；二来，将灼儿老师的女儿配给他，彰显皇室和睦，化解上一辈的恩怨。

接着，改封淮王为"平王"。平，平平安安，安分守己。诸多意思，看他自己怎么体会了。

自正月那场宫变后，我以迅雷之势夺了几个武将的权，关键的位置上，全部换上了自己提拔上来的人。

一切稳妥后，我让沈昼传话给菜头，放了方辉的家人。

方辉向我提议："如今圣上抱恙，朝会从一日一期改为七日一期，又改成半月一期。贵妃娘娘何不亲登金銮殿，替陛下主事？"我看了他一眼："方统领此言，是想再度置本宫于风口浪尖之上吗？"他忙叩首："微臣不敢。实乃微臣深深敬佩贵妃娘娘的过人智识，想请贵妃娘娘……"

"不必说了。"我思量了很久，做了一个决定。从长乐六年的三月起，三品以上大臣开始每三日到尚书房奏事。

这是一个折中之法。贸然临朝，恐生枝节。

我与成筠河又回到了日日同寝的岁月。漆黑的夜里，我们在榻上紧紧地挨着，他已瘦骨嶙峋，身上全是骨头。他轻声问我："星儿，这些年，你怨过我吗？"他的呼吸里，都带着浓浓的药味儿。"筠河，怨不怨的，都不重要了。我是个只会朝前看的人，希望你也是。"

他沉默。半晌，他说："星儿，谁坐到这个位置上，都会生出许多疑心的。身不由己。江山社稷，重于泰山，太祖与先帝开业艰难，我总是怕自己成为圣朝的罪人。"我轻轻地闭着眼，听着更鼓响了一声又一声。

他精神好些的时候，抱着熺儿在案边写字。小小的熺儿，竟天分极佳。一些字，成筠河教她一遍，就会了。

一日，我听见成筠河坐在书桌边吟道："忧能损性休朝暮……"

久病哀语。

三月底的时候，沈昼的那两个手下终于带着神医抵京。那神医穿着满是补丁的袍子，腰间拴着一个大葫芦，背着一个破篓子。跟平日里常见的行医之人很是不同。他到了乾坤殿，不下跪，不行礼，只盯着我。

小申厉声喝道："放肆，你如此盯着贵妃娘娘做什么！"他笑道："故人安好啊。"我一愣："故人？本宫何时见过你？"再仔细看看他的脸，竟觉有几分熟悉。

"罗帷徐动经秦轩。仰戴星月观云间。"当他念出这句话的时候，我猛然间想起来了。

第七十三章：旧情

月儿出生的时候，水府的宴席上曾闯进来一个乞丐。那个乞丐说我与月儿皆是命苦之人，还说水家即将大祸临头。过了一个月，水家果然就出事了。

我看着眼前这个人，万万想不到，沈昼口中的岛国神医竟是他。如此看来，他通医理、命理，倒是个奇人。

"合贵妃娘娘想起来了？"他笑道。我行了个礼："有劳先生千里奔波而来。"

他指着沈昼的那两个手下，说道："我已经掐算到了，就算他们不来找我，我也会自己来的。不然，你以为就凭这两个小官差，能奈何得了我吗？"他说话气息均匀，铿锵有力，吐纳之间自带一股真气，虽头发花白，脸上却无甚皱纹。能感受得到，他是一个颇有修为的人。

我弯腰："多谢先生。"他走到龙榻边，看了看床上躺着的成筠河，说了句："十年之期犹未到，兰兆得水渡苍生。"

听了这句话，我愣了一下。十年之期，他怎么会知道我与花妖做的十年之期的交易呢？

我一直都以为那是个荒谬的梦。这是第一次，在现实中真真切切地听到"十年之期"这几个字。非梦，非幻。

《左传》有云："郑文公有姬妾燕姞，梦兰而生子，即为穆公。"所以，"怀得男胎"有个雅称，就是：兰兆。

十年之期犹未到，兰兆得水渡苍生。这句话联系起来，大有深意。

"合贵妃，你是否放心让我来治圣上的病？"他问道。

"那是自然，既请了先生来，便信先生。"

"那我有个不情之请。"他突然从袖口掏出一把短刀。

沈昼马上冲到我的面前，"嗖"地从腰间拔出一把剑："有人行凶！保护娘娘！"

门外的侍卫听到动静，也冲了进来。一时间，乾坤殿内剑拔弩张。

神医看着沈昼，摇摇头，笑道："沈大人何必如此紧张，我与贵妃娘娘是旧识，我不是来伤她的，我是来助她的。"

我摆了摆手，侍卫们退下。沈昼犹豫了一下，终是放下了剑。但他犹站在一旁，离我最近的距离，盯着那个神医，似乎担心对方做出什么意外举动，以便随时保护我。

我问道："先生持刀，意欲何为？"神医指着我："贵妃娘娘愿意让我取一碗血吗？"

"取血做甚？"

"治病。"

沈昼说道："若需取血，又何必取贵妃娘娘的血？取精壮汉子的血，不行吗？"神医道："必得娘娘的血才行。"

昔年在禹杭时，我也曾向医馆的小伙计习得一点皮毛医术，但从未听闻有何药方是以人血为药引。

沈昼看向我："娘娘慎重。这游医或是欺世盗名之辈。怎可以伤人来救人？"那神医从背篓里取出一个小巧的玉碗："取娘娘的血，不光是为了治病，还有别的深意，相信娘娘不久后便能明白了。"

我看了看龙榻上的成筠河，又看了看眼前这个衣衫褴褛的神医，点了点头："那便取吧。""娘娘——"沈昼想开口劝什么，我手一拦。

神医将玉碗平平正正地端着，我伸出手，他的刀刺过来。说来也奇，刀刺过肌肤，我竟然没有感觉到疼痛。不一会儿，玉碗里的鲜血满了。

神医从腰间解下葫芦，将玉碗里的鲜血倒了进去。葫芦一霎时发出淡淡的紫光。他又从背篓里拿出几株草药，口中念道："祁连山顶采仙药，血脉相融续江河。"

草药似有灵性一般，被塞进葫芦后，屋内散发着异香。

过了大约半炷香的时间，神医从葫芦里倒出一碗药："给圣上服下吧。"

我与沈昼对视一眼。我暂时还不能全然相信这个人。但成筠河的病情，众人皆知。张医官再三暗示我，他随时都有可能龙驭归天。

罢。姑且试一试吧。我接过那碗药，缓缓地喂成筠河服下。片刻，成筠河睁开眼，吐了一大口黑血。那一瞬间，我的心忽地跳了一下，手有些抖。

我已经历经一个又一个的阴谋，难道这又是一个阴谋吗？弑君？若成筠河果真此时性命不测，我该如何做？好在，自吕氏逼宫后，现时朝中关键位置都换上了我提拔起来的人。军队稳住，昌黎阁稳住，朝堂稳住，便没有什么可怕的。发丧，下达公文给九州各地方，派兵守住所有皇室宗亲的府邸，扶灼儿继位，我在心里估算着，脑子转得飞快。

"星儿——"成筠河在唤我，将我从万般思绪中拉回来。他气色竟突然好了许多，眼底的黑晕没了。我心里的千军万马似乎都被他那一声呼唤勒住了缰绳，整个人瘫坐在龙榻上。

"筠河，你现在感觉怎么样？"

"长久以来，脑袋都是昏昏沉沉的，此时竟觉得轻灵许多。"

我长吁一口气。

神医说道："圣上已吐出瘀血，只需再服上一月的药，便能恢复到发病前的状态了。"

成筠河见榻前站着一个陌生人，诧异地问我："星儿，他是？"

"他是沈卿千方百计寻来的岛国神医，我打算留他在宫中给你治病，你看行吗？筠河。"

成筠河点点头："既是星儿觉得妥当，便留下吧。自前国师方常失踪，宫里的安平观便是空置的，便让神医住在那里吧。"

神医作了个揖，转身退下了。

成筠河昏迷的时间渐渐减少，病态一点点消退。

每隔七日，神医便要从我身上取一碗血。取完血后，他会给我一颗药丸。

有一回取血，成筠河恰好看到了，他什么都没说，眼眶却湿湿的。那晚，我们睡在榻上，庭院间的花香飘进来。他抱着我，轻声呢喃："星儿，谢谢你，谢谢你愿意用你的鲜血来救我。"

自从胡通的出现，拆穿我在禹杭与他初遇的那场骗局后，他已经很久没跟我如此亲近了。我们永远都近如咫尺，却如隔千里。仿佛有一道渠沟，他不想跨，我跨不过。我们各自守着一方角落，看情意如花瓣扑簌扑簌地掉落。

"筠河，你是烯儿和灼儿的父亲，是我的夫，我的君。我与你福祸相依。我自然是希望你好好儿的。"

他从榻上起来，从一旁的屉子里拿出一个东西。那是我刚进宫没多久的时候，他让小酉送来给我的半升红豆和半升黑豆。"星儿，这是前日我让人去合心殿拿来的。你把它落在合心殿了。"

是我故意遗落在合心殿的。当初从合心殿搬走的时候，我就没想再带着它。相思不过昔年事。旧时情罢了。

"星儿，起初陪我度过风雨的是你，到现在，留在我身边的还是你。一晃这么多年了，这宫中可以彼此取暖的，仍旧是我们两个人。"

"筠河，你的病已经慢慢好转了，如果你愿意，你仍可以拥有许多。这后宫依然可以花团锦簇。"

他摇摇头。"星儿，我什么都不想要了。我只想好好守着父皇留下的江山，守着你和孩子们，就够了。"

乾坤殿里的红烛燃着燃着，就好像流了泪一般。我看着跳动的烛火，看着成筠河那张熟悉的脸，竟然有些恍惚。似乎回到了那年秋天，小酉摇动着桂花树，桂花如雨点一般掉落。我在桂花雨中喊着他："六殿下，六殿下！"

他手中的相思豆撒在了地上。红豆满室。

他拥着我到榻上。屋内摇曳着三月春光的缱绻。

自我搬到乾坤殿来，身边最常伺候的，是掌事宫女云归。我很喜欢她的名字。当时明月在，曾照彩云归。

自我身边出现过倚萝那样的人，我比从前更谨慎。观察了许久，她是个极妥当的人。从大章二十八年就开始在乾坤殿做事了，勤勤恳恳，寡言少语。她从来不对我表忠心，只默默地将我吩咐的每件事做好。神医给我取了血后，她便端上枣汤给我，炖得软软糯糯。伺候我喝完，便马上退下。丝毫没有媚上之意。

有一日，我去安平观给成筠河取药。云归过来回禀说，平西王带着月郡主进宫求见。常灵则倒是守时，遵我的吩咐，每五日便带着月儿进宫一次，从未忘记。

我笑道："请他们稍候一会儿，本官这就回去。"神医听了这话，拊掌道："是当年那个小女婴吗？我倒是很想见见。"我点点头，对云归说："那便请他们来安平观吧。"

须臾，常灵则带着月儿走进来。神医见了，皱了皱眉。约莫一个时辰过去，待常灵则和月儿走后，我问道："先生可是有话要讲？"

"她不是水月。"

"何以见得？"

"贵妃娘娘如此聪慧的一个人，竟也被迷了心智。或许娘娘是对亲情太过渴望，才给了旁人可乘之机。"

我听他此言，意味深长。

"娘娘当下该装作若无其事才好。"

如果水月不是真的，那便是对方撒下的鱼饵了。我沉吟着，点了点头。

"娘娘，在此处盘桓许久，我该告辞了。"

"先生要去哪里？何不多留些时日？"

他笑笑，看了看我："不久以后，娘娘便要有大喜之事了。"

第七十四章：消失

安平观内茶烟如雾。听到他说的大喜事，再联想到他之前的那句预言诗，我隐隐猜到了大概。虽然现在不能确定有几成可信，但心里还是涌上来别样的喜悦。

我母亲生前最大的执念就是生子。若我再生下一个孩子，母亲在天上有知，定是十分高兴。另则，圣朝皇嗣稀薄，成筠河膝下寂寥，不少别有用心的人以此大做文章，说太祖有子十二人，先帝有子七人，偏生到了当今圣上，只得一个皇子。这是否预示着圣朝国运渐呈衰微、天命不佑。若我能得皇子，可堵悠悠之口。正思量着，听见神医说："有一事，还需叮嘱娘娘。"

"先生请讲。"

"贵朝皇子，取名皆从火字，但娘娘的这个孩子，不可取火字边。"

"为何？"我问道。

皇子的名字不是随意取的，是有讲究的。昔年，太祖皇帝浴血奋战，取得天下，登基后给下一代的名字里便都带了"金"字边，意为金戈铁马。先帝名为"成铎"，其长兄名"成镪"。到先帝登基时，太常卜得一卦，"本朝将兴于水"，于是先帝给皇子们的名字中都带了水。筠源，筠江，筠淞，筠涛，筠河，筠涵。大章三十七年腊月，峪王妃为先帝生下皇长孙，因当时皇长孙的出生带来"喜雨"，灭了直隶的大火，先帝便为他取了带火字边的名字：炽。有了这个先例，这一代后面的孩子便都从了火字边。

神医说道："水渡苍生。娘娘本姓水，圣上的名字中亦带了水，届时，皇子的名字便以水为边吧。"

我想了想，笑道："也可。《荀子·王制》中有言，'君者，舟也；庶人者，水也。水则载舟，水则覆舟。'此之谓也。若得孩儿，便听先生的话，取水字。"

神医放心地笑了笑。

第二日，他便突然从宫中消失了。

把守宫门的侍卫并未看到他走出宫门，他却就这么离奇地从宫中失踪了。

是日，我在尚书房刚跟吏部的官员们商议完修整律典的事宜，就看见云归走了进来。她向我回禀了神医的事，我叹了一声："高人果真是古怪的。"云归默不作声。

我又问道："安平观里，先生可有留下什么字条之类？""奴婢已细细查看过了，安平观内一切如初，神医什么都没带走，亦什么都没留下。"云归说道。

我摆摆手："罢。告诉侍卫们，不必找了。神医想出现，自己就会来。不想出现，我也没用。""是"云归说着，给我倒了盏贡眉。

沈昼恰好来了。云归连忙将茶盏递给我，恰到好处地退下。

"娘娘，微臣找到赵志常了。"

"哦？"我让沈昼寻赵志常不是一日两日了，可就是找不到。

不知道是不是冥冥之中的果报，赵志常的仕途很是不顺。自五年前被官府革职，除了功名，就搬离了从前的住处，没了消息。

"赵志常自甘堕落，做了商贾。微臣从前想着，他好歹是读书人出身，再怎么样，回乡耕读也罢，教书育人也好，总不至于为商为盗。便是这个念头误了寻人。前些日子，微臣无意间经过码头，竟听到有人唤这个名字。开始以为是同名同姓，带回百般拷问，才知就是那人。他此次走运河贩卖货物到上京来。"

"可问出水月的消息吗？"

沈昼低头："微臣对他上了刑，他招了，他当年是将水月卖了。"

"卖了？卖到了何处？"

他是我父亲的门生，我父亲对他有过大恩，他却在水府危难之时卖掉了我父亲的幼女。

"卖给了禹杭城的富户段老爷的五姨娘。段老爷妻妾甚多，这五姨娘正当宠，却不生养，让家丁买个孩子招弟。"

苏杭一带是有这个习俗，不生养的富家女眷，买个孩子冲冲喜，渴望以此引来送子娘娘的垂青。这个做法叫"招弟"，也叫"引弟"。

"如此说来，真的月儿，便是在段家了？"

沈昼看着我一脸的希望，面色凝重："段府宅斗汹涌，没过多久五姨娘失了势，大太太向来看她不顺眼，便命一个老仆妇将五姨娘的养女溺死了……"

一听"溺死"二字，我的心里似乎有利刃划过。

沈昼忙说道："娘娘节哀。赵志常那人贪生怕死，微臣估摸着他说的是实话。这样看来，那平西王府里的月郡主是假的了。"

"神医也是这么说的……常家老三弄了个假的月儿来，到底只是为了献媚示好，还是另有目的？"

茶盏中的贡眉颜色越来越深，香气浓烈。沈昼说："微臣注意常老三许久了。从长乐三年他袭爵以来，到如今三年过去了，他在平西王府一直谨慎本分，没有做甚出格的举动。在朝堂上也谨言慎行。上回娘娘出事，他曾多次表示积极配合营救。还在圣上面前求过情。"

我喝了口贡眉，旋即泼在了花盆中。我到底是不喜欢这样香气扑鼻的茶，容易让味觉麻痹。自己起身来，倒了杯皋卢喝。"沈卿，本宫曾在街边茶肆听说书人讲过一个故事，母狼与幼崽相依为命，突然有一天，母狼被猎人捕获，得皮售之。你猜狼崽会怎么做？"

"狼天性凶猛。如此杀母之仇，必是冲上去撕咬猎人。"

我摇摇头："不，如果那样做，它必会搭上自己的命，还无甚作用。冲动，是不智的。"我喝了一大口皋卢，那浓烈的苦从五脏六腑里往外蔓延。

"狼崽咬断了自己的尾巴，假装成狗，混到猎人的家中，得到猎人的信任。有一天，趁着猎人熟睡，咬断了猎人的脖子，食其肉，饮其血。猎人死得不知不觉。狼崽未经历丝毫的搏斗。沈卿，最危险的敌人，便是肯等待、肯忍辱、会伪装的敌人。"

沈昼点点头。

"本宫越发觉得，常老三便是这样的人。他外表温和恭顺，让人丝毫联系不到阴谋二字。他伺机而动，藏得很深。"

"那……娘娘打算怎么做？"

"他既然准备了鱼饵，那肯定是要钓鱼的。本宫且等着，看他会怎么做？现在不可贸然出手，他还没行动，咱们先慌了，自乱阵脚，落人口实，倒叫旁人非议，不妥。毕竟，在外人眼中，他，是本宫的人。"

"是。那微臣就多多盯着他。"

沈昼走后，我将头靠在椅子上，用手贴着额头。我疼了月儿好几年，乍然确定了月儿是假的，心里就像被凿了个窟窿，又空又冷。

真的月儿当真死了吗？难道我就是这么一个孤克的命？身边的亲人一个不留。

云归不知几时进来了，递给我一张温热的帕子，我接过，擦了擦脸。

"娘娘，圣上抱着大公主和二皇子在御花园放风筝呢，命小申来叫您过去。"

走出尚书房外，见阳光荡漾着柔波，荡着荡着，荡出满眼的橘色。晴中带风，拂面的温柔。风徐天地清明近，花尽春末。这样的天气，放风筝确是极好的。

走到御花园，远远地就看见墨色衣衫的成筠河和孩子们一起笑着。他面色颇佳，已无病态了。那笑容就如同一旁开得正好的白兰。继位七年，在这个刀光剑影的位置上坐了七年，成筠河眼里依旧有赤子般的天真。

受过先生教导的灼儿比从前知礼懂事多了，看见我，毕恭毕敬地行了个礼："母妃。"

"朱先生布置的功课完成了吗？"灼儿红着脸闪烁其词。"朱先生教给你的文章，你背一篇给母妃听听。"

"天命……天命之谓性，性，性，性……率性之谓道，修道之谓教。"他背得结结巴巴。

我皱眉："道也者，不可须臾离也，可离非道也。是故君子戒慎乎其所不睹，恐惧乎其所不闻。莫见乎隐，莫显乎微，故君子慎其独也。灼儿，你需上进才好。"他低头："是，母妃。"

成筠河说："星儿，今天孩子们都挺高兴，莫提这些了。跟你说个有趣的事，今天烯儿的风筝落下来，竟然砸到了张邑大人的官帽。线头扯住了，好半天没扯掉呢。"

"哦？竟有这等事？"

烯儿的风筝落到了张邑的官帽上。多年以后，烯儿嫁给了张府的大公子，做了张邑的儿媳。帝王女嫁名臣子，一双璧人，诗词唱和，成为佳话，流芳史册。命运有时候早早地给了预示，仿佛好些东西都是已经注定了的。此为后话了。

那天，我与成筠河陪着孩子们在御花园嬉闹，到日落才歇。我们就像世间许多烟火夫妻一样，伴子欢愉。

转眼大半年过去了。这大半年安逸而平淡。长乐六年岁尾刚过，长乐七年的春节，成筠河牵着我同去金銮殿接受众臣朝拜。在山呼海啸般的"长乐万载"之中，我头晕目眩，腹内似乎有鼓点落下。

小申见我面色不对，连忙扶我坐下。刚一坐稳，便开始作呕。头上繁复的孔雀钗、袍子上的金丝线，闪动着明晃晃的光。

成筠河连忙唤张医官上前诊断。张医官把脉之后，当即跪在地上叩首："恭喜圣上，贵妃娘娘已有月余身孕。"

等了许久，盼了许久，终是来了。

众臣听此，齐刷刷跪下："江山永昌，代代绵延。天佑圣朝，天佑陛下。"

第七十五章：凤印

从前怀烯儿的时候，我精神很好，整个孕期几乎像是感觉不到什么，就过去了。

那时候，常攸宁正得圣宠，成筠河总喜欢泡在清宁馆，或是跟常攸宁在御湖边画画。我忙忙碌碌地来回于合心殿和尚书房之间。南飞跟在我身旁。雨天的时候为我撑伞，晴天的时候为我遮阳。在我处理政务疲乏的时候，为我端来一碗桂花酿圆子。

烯儿在我肚子里，我特别爱吃甜食。大概烯儿就是一个甜蜜的人儿。

这一胎却怀得很艰难。从正月底里开始吐酸水，从早到晚不消停。胃口也很差，吃什么都吃不下，胃里翻江倒海的。云归把宫里的厨子们都试了个遍，变着花样地端来各色各样的美食，却不能勾起我的食欲。每次都是只吃几口，便开始犯恶心，难以再进食。

有一回，有个小内侍偷偷在乾坤殿廊檐柱子后头吃大肘子，油腻腻的味儿飘了进来，我忍不住将秽物吐在了成筠河的衣服上。小申和云归连忙打了温水来擦拭。

成筠河看着我的样子，笑道："星儿，你这一胎想必是个皇子，还很调皮，瞧把你闹腾成什么样了。"我忙说："隔着肚皮，哪里就知道是皇子还是公主了。"

私下里，张医官曾悄悄告诉我，以他多年的行医经验，从脉象上看，多半是个皇子。但我生性不是喜好张扬之人，不愿将话说得太满，更不愿张扬。

"不论如何，看你这难受的劲儿，我都担心得很。得去奉先殿上祈福，保佑你与孩儿都平安。"成筠河道。

二月初的一个黄昏，灼儿下了学，手持书本，靠在门框边。我发现他直直地看着我的肚子。我招招手："灼儿，你进来呀，靠在门边发什么愣呢？"

他仰起脸看我："母妃，我听宫里人说，你要生小弟弟了。"我皱眉："灼儿，你是皇子，要行止有度，非礼勿听，那些宫人们饶舌，不是你该去听的。你应多听先生教诲，多读圣人之言。"他低头："是。"

"灼儿，母妃昨日听朱先生说，你听讲的时候很容易分神，窗外有什么动静，你都会忍不住偷看，这样是不对的。母妃很忧心。作为皇子，好好念书是最基本的。满朝文武，哪一个不是寒窗多年，满腹锦绣文章，天潢贵胄又岂能输与旁人？"

灼儿听了我的话，犹豫了一下，说道："父皇也是腹内锦绣文章，听人说，他4岁时便能背下数本书籍，可他治国之道还是不如母妃，不然的话，而今尚书房内就不会是母妃当家。可见文章也不一定全然有用……"

这话惊呆我了。我抬起手，一个巴掌抽了过去。"灼儿，你说的这是什么话！听人说，听人说，你满嘴里都是听人说，哪里听来这些闲言？这都是些大不敬之语！你父皇是九五之尊，岂容你如此说？若被外人听到，成何体统？母妃看你心中全无圣贤书，反倒是些妇人口舌！你身上哪里有半点圣朝皇子的气度？"我厉声喝道。

灼儿似乎被我吓到了，捂着脸哭。我心里软下来。他到底只是个孩子，我一手带到大的孩子。我眼前似乎浮现出他感染风寒时，我昼夜抱着他的场景。我起身，抱着他："灼儿，母妃也是为了你好。"

"母妃已经很久没有对灼儿有好颜色了……是不是因为母妃就要有自己的儿子，所以不喜欢灼儿了……"

我看着他的小脸蛋，又好气又好笑。"怎么会呢？灼儿不要瞎想。母妃就算生再多孩子，对你的爱都不会少一分一毫。你是母妃心头的宝，任何时候都是。"

夜里的时候，云归伺候我梳洗，我说道："你悄悄盯一下灼儿，看宫里到底是谁在他面前说上那许多挑拨的话。虽然灼儿说是自己听到的闲言，但本宫觉得不像，定是有人刻意为之。"

云归点点头。半晌儿，说道："娘娘，自您有喜的消息传遍宫闱，宫里说什么的都有。二皇子年纪小，没有分辨能力，也是有的。奴婢瞧着，自打二皇子开蒙读书，您确实对他比过去严厉多了。碰巧又赶上您有孕的这码事，他就愈发想多了。"我叹口气："本宫确实对他要求高了些，世人都说严父慈母，圣上脾气温和，本宫就想着自己严厉，来管教孩子。看来，过犹不及啊。"

说着说着，我就有些困。自有孕后，遵医官嘱咐，不再饮茶。多年来，我习惯了苦茶，乍然不喝了，特别容易犯困。瞌睡比从前多很多。

梦里，灼儿怨恨地瞪着我，他举着一把剪子，刺向我的肚子。我张大嘴巴，血流出来，流得满地都是，殷红而诡异。

醒来，我身上全是汗。

"云归，打盆水来。"我叫着。云归连忙从外间走进来，端了热水给我擦身上。

有个熟悉的声音从外间传来。"娘娘，来信了。"啊，明宇又有信了。自出征，他的信从未间断，一直都是这个小内侍送来。他的声音我很熟悉。每次，他只说"来信了"三个字，我便明白了。

我换上干净的锦衣，走了出来。这次的信倒很独特，没有信笺，没有纸，是一卷羊皮，上面是用刀剑刻的字。"秦时明月汉时关，万里长征人未还。但使龙城飞将在，不教胡马度阴山。"在这首诗后面，有一行小小的字：芯姐姐，平安，勿念。我笑笑："这孩子，好端端的，出新花样，用羊皮写信。"

等我到了尚书房，看过军报。才知道，原来，不久前，玉门关外经历了一场极其惨烈的战争。明宇是在大漠深处写的信。他被困三日，逼到绝境，没有纸笔，撕取身上贴身穿的一块羊皮，向我报平安。

"长枪饮血马前战，雪花飞扬玉门关。大漠深处无纸笔，犹念姐姐报平安。"他后来笑着对我这样讲，语气里满是调侃。明宇是一个哪怕全身是血，也能笑得云淡风轻的人。

虽然我没有在现场，可我从军报寥寥数语中感受到了那种悲壮与热血。他们中了敌军的计，被困到大漠，主将阵亡，明宇带着数千士卒，誓死抵抗，杀到最后一刻，他身边只有他与数十名将士，尽皆伤痕累累。他强撑着，硬是挺到了援兵到来。三日，未食一粒米，未喝一口水。此一战，明宇在关外打出了名气，打出了威望。人人叫他"玉面飞将"。

因主将阵亡，而他功勋卓著，在众多呼声下，他接替了主将一职。至此，明宇成了圣朝最年轻的大将。

那张写在羊皮上的信，被我收在了乾坤殿的抽屉中。没过几日，竟找不到了。我命云归翻遍了角角落落，就是没有发现。成筠河问我在找什么。我想了想，说在找一本很要紧的书。

成筠河说："星儿，你孕期辛苦，食欲不佳，瘦了许多。闲下来的时候，多躺一躺，别看书了，劳神。"我点点头。

成筠河从口袋里掏出一个印章，很精致的木头，散发着香气。"星儿，你怀着皇嗣辛苦，这是我送你的礼物。我亲手刻的。"

我笑笑："谢谢你，筠河，我都差点儿忘了，你最擅篆刻了。"我接过印章，闻了闻："好香。这是什么木头，很是别致。"

"这是上佳的香木，北境进贡的，一共只得一点点，是我的心爱之物。"

"闻起来让人凝神静气。真好。"我握着他的手。

他的神情忽然严肃起来，双目灼灼地看着我："星儿，这些都不是重点，你看看这印章上的字。""凤印"。我念出这两个字的时候，自己都吃了一惊。

成筠河笑意盈盈地看着我。自清风殿大火的那个夜晚，成筠江临死前说的那番离间之语，我以为他永远都不会将凤印交给我，我已经绝了这个指望。时常劝自己，看开些，名位不重要。人的心，远远比名位重得多。没想到，他不仅有了这个打算，还亲自刻了一枚新的凤印。

"星儿，你以血救我，陪我渡过难关，而今又身怀皇嗣，于圣朝功劳苦劳兼有之，我打算在孩儿出生之时，双喜临门，封你为后。这枚凤印，我送你的不仅是一个后位，还有一份亏欠，一份信任。"

　　听了这番话，我竟有些哽咽。成筠河继位以后，已经很久未对我说过如此深情款款的话了。

　　黄昏，晚霞刚过，天上竟飘起雪花。人们把冬春交接之际的雪，叫作"桃花雪"。这场桃花雪，下得美极了。

　　灼儿下了学，云归和小申张罗着晚膳。照例，饭菜行过银针后，云归给我们每人盛了碗汤。我捧着汤碗，看着眼前的成筠河、烯儿和灼儿，再看着屋外飘洒的雪，心内涌上无尽的满足。汤，只喝了一小口，我就觉出不对劲来。昔年学过的一点皮毛医术，虽不高深，但汤碗里的毒，我却是知道的。是乌头，乡间常见的一种毒草。

　　我眼里蔓上寒意来。幸而我对乌头的味道极其熟悉。否则，这碗汤必是放心地喝下了。这是经过银针检测的汤。是谁，在我面前玩这种拙劣的把戏。

第七十六章：心计

我看到云归瞥了我一眼。她脸上的表情很复杂，我一时琢磨不透。我突然咳嗽了一声，灼儿的汤碗"砰"的一声掉在了地上。一旁的几个小宫女连忙过来擦拭。灼儿的脸红彤彤的，手足无措，眼神闪烁，似乎想看我，又怕看我。

成筠河看着灼儿的样子，走上前摸了摸他的额头："灼儿，你的脸怎么这么红，是不是这几天倒春寒，患了风寒头热？""不……不不不……父皇……灼儿灼儿……无事。"灼儿躲避着成筠河的手，结结巴巴地解释着。

"怎么会无事呢？这么烫。小申，快去唤张医官过来给二殿下瞧瞧。"我牵了牵成筠河的衣袖，柔声说："突然想起，今日礼部尚书说有要紧的事奏与陛下，约莫这时还等在尚书房呢，臣妾今日忙糊涂了，竟忘了，陛下快去瞧瞧。"

礼部尚书是个极琐碎的人，一件微小的事便能掰扯许久，本来我打算晚膳过后自己去处理的，此时发生了眼前的意外，正好儿可以以此为由头将成筠河支走。成筠河这一去，怕是没有两个时辰回不来了。

"灼儿……"

"灼儿交给臣妾，陛下只管放心去。"

待成筠河走后，我让奶娘抱走了烯儿，遣走了乾坤殿其余的人，只留下灼儿。想了想，又留下了云归。

我坐在乾坤殿内室的椅子上，紧紧盯着灼儿。他到底是个孩子，被我盯得"哇"地哭出声来。"母妃饶命，母妃饶命……"

"灼儿，你为何让母妃饶命，难道你做了什么错事吗？"

"没没没没没有……没有……"

这时，云归开口了："二殿下，您做了什么，您心里自然是知道的。您想想，若此事吵嚷出来，满宫里的人都知道了，您该如何自处？毒杀母亲，是怎样的罪过？陛下会怎么处置您？贵妃娘娘一心想包庇您，所以才支走了陛下，支走了所有人。您要明白贵妃娘娘的良苦用心。"

灼儿爬到我膝下，泪流满面地看着我："不，灼儿没想着毒杀阿娘，灼儿只是不想让阿娘生弟弟，灼儿想让阿娘只疼灼儿，像，像，像从前那样……"他又如幼婴时那样唤我："阿娘。"

我捧着他的脸，轻声问："那，灼儿告诉阿娘，是谁让你这么做的？是谁给你的药，教你怎么投毒。"

从灼儿下学走进乾坤殿的那一刻，我就感觉不对劲了。只是我没有多想，以为是他功课不努力，被朱先生训斥了。如果是旁人投毒，一定能很轻易被查出来。每日的膳食都是需银针检测的。只有灼儿，有机会在银针检测过后，趁人不注意，偷偷将药放进汤里。因为没有人会注意到一个小孩子在食物旁边蹭来蹭去。

乌头有两种，川乌和草乌。草乌的毒性更大。生草乌，磨成粉，可致命。这个在背后唆使灼儿下毒的人，给灼儿的，就是生草乌磨的粉。这人是想要我的命和我肚子里孩儿的命。

这个人一定对我与灼儿的现状很熟悉，才会看见缝隙，见缝插针，挑拨离间。孩子可让人放松戒备。利用孩子的手，干阴毒的事。这确实是一个"好"主意。如果我没有在街边打滚的经历，如果我没有向街边的小伙计学会一点草药的药理，那么我便不识得草乌的味道，这碗经过银针检测的汤，就放心喝下了。

"是是是……董太妃。她跟我说，只要这样做，便不会有小弟弟，阿娘您会一直爱我，对我好……董太妃说，这药不会伤到您自个儿，只会打掉小弟弟，我才，我才决定这么做的，阿娘……"他的眼泪大颗大颗地掉下来。

我看了看灼儿，思量了片刻，心内有了决定。"药是用什么装的？"

灼儿从怀里掏出一个小帕子："是这个……董太妃说，若阿娘肚中的弟弟不掉，就再下一次，下到汤里……"

我接过那个帕子。"灼儿，你现在赶紧去找董太妃，便说，事情已经办妥了。"

灼儿迷茫地抬起头看着我。我冲他点点头："灼儿，按母妃说的做。""……好。"灼儿怯怯地说。

他走在前面，我跟云归悄悄地跟在暗处。

这场桃花雪绵绵地下着。不过是半个时辰的工夫，宫里已经满眼都是白色了。踩在雪上，吱呀吱呀的。我抬头，雪花落在我的眼睫上，凉凉的，一转眼，又化了，掉落在眼眶里，如泪一般。北风其凉，雨雪其雱。如此洁白的雪。如此诡异莫测的宫廷。

到了董盈香现在住的怜香阁，灼儿先走进去，我与云归在外头等着，听着里面的动静。董盈香屏退了其余的人，只留一个贴身丫鬟小春在身边。

"董太妃，药已经下了。"灼儿说道。"下了？陆芯儿现在如何了？"董盈香似乎是从椅子上起了身，屋内传来来回踱步的声音。"母妃头晕目眩，呕吐不止，在床上滚来滚去，脸似乎都肿了，传了张医官去乾坤殿……"灼儿按照我说的话讲着。那些症状就是草乌中毒后的反应。董盈香听了，果然甚喜。

"二殿下做得很好。那女人和她的孩子必须死。"

"死？您不是说，只是会失去孩子吗？"

董盈香笑了起来："傻孩子，失去一个孩子，她还会怀别的孩子，只有死，才万无一失啊。"

"董太妃就那么想让本宫死吗？"我走了进去。董盈香看了看我，先是一惊，复又坐了下来，指着灼儿笑了笑："到底是无用。跟他的生母一样无用。"

灼儿听了这话，呆呆地，似被雷击中一般。

我走到窗边，打开窗，冷风吹进来，纷纷扬扬的雪亦吹了进来。"雪那么白，心那么黑。董太妃，你说说，这外头的雪能不能将你的黑心盖住啊？"

董盈香的声音似北风寒凉："黑心？日头一出来，甭管是黑的心，还是白的雪，统统都会没了。"

"本宫素来跟你无冤无仇，对你也颇恩厚。先帝仙去之后，你跟殷雨棠平级，同时晋了太妃。你心里明白，本宫这是给了你多大的脸面。呵，长乐元年，你背地里做了什么事，难道自己不清楚？巧云是怎么回事？老五是怎么回事？皇长子是怎么回事？你仗着太皇太后宠老五，便胆大包天，混淆圣上血脉。如若不是本宫心慈，且当日顾着圣上的体面，顾着太皇太后的体面，顾着皇家的体面，董盈香，如今乱葬岗上怕是你的坟头草都长满了。"

她冷笑一声。"陆芯儿，太皇太后活着的时候，你怎么不敢提？现在跟我翻这样的旧账？再者说，当年满宫里都传是你背后搞的鬼，你嫉妒麒美人比你先生孩子，狠心毒杀了他们母子。时隔多年，你有几张嘴，能说得清楚？你斗垮了麒美人，除去了皇长子。你斗垮了凌昭仪，夺了皇二子，你厉害。二殿下，你睁眼瞧瞧这个女人，她不是你的母妃，你的母妃早就死了，死在她的手上。她是你的杀母仇人！"

灼儿看着我，仍旧是愣愣的，小脸儿上似带着化不开的坚冰。云归走上前，狠狠一个巴掌甩在董盈香的脸上。"蛇蝎老毒妇！"

我看着云归，她的眼里对董盈香满满都是恨意。就算她对我再忠心，也不至于是这样的眼神。倒像是借着这件事在泄愤。

"娘娘，这个老妇实在是太歹毒，您何不悄悄结果了她？让她悄无声息死在这怜香阁，宫里又有谁会在意？"

悄悄结果了她。悄悄。云归。

我脑子转啊转，从窗户飞进来的雪花拂过我的脸，我一瞬间似乎明白了什么。再看看云归的脸，麦色的皮肤，眉眼间透着几分熟悉。我早该想到的。

"你告诉本官，你是谁？"

她低头："奴婢本叫彩云，到乾坤殿做事后，内廷监给奴婢改了名儿，叫云归。奴婢还有个妹子，比奴婢晚一年进宫，原本叫作红云，后来被人改作了……巧云。有意跟圣母姜后的名讳巧合，好引起圣上的注意。"

巧云当年假死被我送出宫后，莫名死在老五的王府。沈昼曾向我回禀过这件事。我记得很清楚。我没杀她。但董盈香留不得她。棋局败了，棋子留着做甚？巧云自以为伶俐，三姓家奴，见风使舵，到头来也没保住自己的性命。

云归说着："妹妹心比天高，命比纸薄。奴婢劝过她多回，可她就是不听，一定要争一争。争到了什么呢？争到了一副白骨。"

巧云虽不在了，她的孩子却在王府好好儿地养着。所以云归自然是不希望祸及老五，祸及自己的亲外甥。她只要董盈香死。出一出妹子的恶气。那句"悄悄地结果了这个老妇"，便是这个缘故。

董盈香盯着云归："你这个蠢货，你要是为了你妹子好，你就该跟我一起整死这个女人。若我家小五上了位，他能亏待他的亲儿子么！蠢货！"

云归轻蔑地笑了笑："你竟然还不醒悟，还在痴心妄想。你知道你这样会给五皇子带来什么样的灾祸吗？他身无所长，原本可以平安而终。可你非要给他夺嫡，他的手为何会被狼咬伤？不就是遭人算计吗？平平安安不好吗？你一出又一出的幺蛾子，说是为他好，实则在害他！你早就该死了！"

我没想到，平日里寡言少语的云归，竟有这等智慧。她跟巧云虽是姐妹俩，性格、心性却完全不同。一个不甘于做奴婢，拼命想飞上枝头，死于非命；一个甘于做奴婢，得一寸安稳。这世上人人都以为"争"是好事，可很多时候，"不争"才是难得的自省啊。

我走到董盈香面前，盯着她："本官现在只想问你一件事，你跟常家老三有无勾结？"

"没有。"

"呵，他是否跟你说，他支持你为老五筹谋，他愿意做你的后盾？"

"没有！"

"吕樱已经上过这样的当。董盈香，你是否也要步她的后尘？难不成，你以为胸无点墨的自己比饱读诗书的吕樱高明许多？凭什么？凭一点子自以为是的妇人心计？呵，不过都是被常老三当猴子耍。不管是老三，还是老五，你觉得你们拿得住他吗？"

"我不知道你在说什么。什么同谋，什么后盾。我通通不知道。我一人做事一人当。"

第七十七章：人影

我揪住她的衣领："如果今天不是灼儿先进来告诉你投毒成了，如果不是我刚好从外头进来，是不是我永远从你嘴里听不到半句实话？董盈香，你老老实实交代就那么难吗？本官现在就想问你，你跟常老三到底有没有勾结？本官不相信，不相信你一个人敢翻出这样的浪。设若本官今日死在乾坤殿，后续是什么局面，你收拾得起吗？"

推搡之间，我不小心撞掉了她手上抱着的小火炉。窗外吹进的冷风让她连打几个哆嗦，慌忙蹲着捡起小火炉："好冷，好冷，我得抱着……"火炉回到她手中，她似乎安定了许多。

她半倚在厅当中的软榻上，眼神如猫般盯着我，又拿手指了指云归："凭什么你们说我是痴心妄想？不就是觉得我宫女出身，地位卑贱，不配吗？可高红袖为什么就配？她成功了，我为什么不可以？她不也只是个宫女吗？她能助儿子夺嫡，安享一生的荣华，我就得住在偏殿苟且偷安？"

呵。她一辈子在太皇太后跟前儿做小伏低，心里始终没有停止过打小算盘。她只看到了萱瑞殿的荣华，却没有看到昔年太皇太后是如何在后宫腥风血雨地厮杀，经历过多少战战兢兢的夜晚。

"你跟太皇太后比？太皇太后的儿子是先帝，你的儿子是老五，这就是最大的区别。"

我曾看过本朝的起居录，太皇太后二十年如一日，天未亮便唤子起床读书习武。可后来，她对老五却颇宽纵。大约是上了年纪，觉得地位已经稳固，孙辈无须再吃那样的苦。

终究，这是个格局问题。

在太皇太后眼里，催儿子奋进只是为了夺嫡，讨太祖皇帝的欢心。而不是她发自内心觉得为君者本该如此。至于董盈香，自然更是想不到那么多。巴不得太皇太后溺爱老五。两个妇人一起宠孩子，再加之老五天分本就不高，天长日久，便成了后来那副样子。

文不成、武不能。

"老五怎么就不能坐那个位置？坐上去，自然就配了。坐在龙骑上，人人山呼万岁，届时，对的是对，错的也是对。高红袖可以诛杀太祖皇帝的儿子，我也能。"董盈香的眼里，仍然满满都是焚烧的渴望。

我摇摇头。"董盈香，如果你愿意跟本宫合作，套出常老三，本宫保你和老五一世平安。不仅如此，还可以让礼部给你上封号，加封你为贵太妃。如此，你在这后宫中，便是位分最高的人。"

她扫了我一眼："你休想。你以为拿点小利，便可以让我为你所用？陆芯儿，你太小瞧我了。"

"贵太妃"这个位分是小利，那什么是大利？

我猜测应该是常老三向她允诺了什么。会如何如何扶持老五诸类。她到现在仍然在做梦，期盼着那一丝可能，期盼着老五坐上金銮殿。此时，我若将下毒之事抖出来，最多可以治董盈香的罪，那对于我，有何用处呢？不如留着她，引常老三做出下一步动作。暗中观察，徐徐图之。

这样思量着，我抱起灼儿，转身离了怜香殿。

雪不知不觉已经停了。云归小心翼翼地跟在我后面。回到乾坤殿，见乳娘已经安置烯儿睡着了。灼儿今晚惊吓过度，此时已睡在我肩头，我将他放在床上，脱了靴子，盖好锦被。

不多时，成筠河从尚书房归来，一切就好像没发生一般。

翌日辰时，我与成筠河正在洗脸的时候，有小内侍来报："怜香殿的董太妃薨了。"我一愣："薨了？什么时辰的事？"

"据贴身伺候她的宫女小春说，大概是丑时。睡梦中走的，走得很平静。小春说，董太妃素来有心悸的毛病，好多得这种病的都是睡着睡着就走了，不为奇。"小内侍禀道。

成筠河似乎对董太妃的死并不在意，他素来对先帝后宫的女人们无甚好感，听了小内侍的话，放下洗脸巾，淡淡说道："那便葬在父皇的妃陵吧。让五王进宫吊唁。回头孤也去一趟，差不多就行了。"

小内侍答应着便去了。

我带着云归再次走进怜香殿的时候，见老五已经在里头了。他抱着幼子，在给母亲磕头。

云归看着那孩子，眼里露出柔和。那孩子的面貌，还真的颇像巧云。皮肤有些黑，长一颗小虎牙。

"董太妃的贴身宫女小春呢？本宫有话想问问她。"我问道。内侍禀道："回贵妃娘娘，小春方才撞棺殉主了。"

动作倒快。我愈发肯定，董太妃绝不是死于心悸。只是有人觉得她已经暴露了，不安全了，留着是个累赘了，怕我顺着这根藤摸下去，便暗中下手了，以绝后患。可怜董太妃做着清梦，不知不觉便离去了。

走出怜香殿，途经一个僻静处，我突然扭头对云归说："董太妃已经死了，你可以不必留在本官身边伺候了。你的私心，本官可以不计较。你走吧。"

云归一直在引蛇出洞。早在我让她去查宫里是谁放出闲言的时候，她推三阻四，找各种理由，就是为了让灼儿犯更大的错，让董太妃惹出更大的事端。她必是听说了我的种种手段，想借我的手，除掉董太妃，为她妹子巧云报仇。

我没除董太妃，可董太妃到底是死了。甭管是死在谁手上，怎么死的，现在云归的愿望都已经达成了。

她"扑通"一声跪在我的面前："娘娘，奴婢承认，奴婢是有一些私心，可奴婢对您真的没有恶意。奴婢从大章二十八年就在乾坤殿做事了。奴婢真心敬仰您，喜欢您。您虽霹雳手段，可是菩萨心肠，明眼人都能看得到。求求您就让奴婢留在您身边伺候吧，奴婢必忠心耿耿。"

我不吭声。

"奴婢知道，自南飞姐姐死后，您身边没有知心的人。就让奴婢留在您身边吧。若您下次对奴婢有不满的地方，再撵奴婢走不迟。"

提起南飞，我轻叹了一口气。"行吧。你便留在本官身边吧。"

云归暮宴鬓华晚。此时的我，没有想到，最后的最后，云归是陪伴我最久的人。陪我从后宫一步步走向前朝。在我与那些老奸巨猾的大臣们斗智斗勇的时候，她始终站在我身后，磨墨撑伞。她懂我、敬我。直到我两鬓生出白发，云归依旧在黄昏时为我斟一盏茶。

"天地之大也，人犹有所憾。故君子语大，天下莫能载焉；语小，天下莫能破焉。"尚书房的抱厦内，朱先生在给灼儿讲课。我走进去，朱先生放下课本，向我行礼："贵妃娘娘千岁。"我笑："先生继续讲，本官陪灼儿一起听。"朱先生拱手："差不多时辰也到了，微臣看二殿下已有倦怠之意，今日便到这里吧。"我颔首："有劳先生。"

待朱先生走后，我坐在灼儿身边。他看着我的眼神已有了惧怕之意。我温和地说："灼儿，你跟着朱先生读了两年的书了，在皇家，你这个年纪就已该通晓事理了。母妃从前有些事没有对你讲过，现在该跟你讲一讲了。"他怯怯地点了点头。

我从先帝驾崩开始讲起，讲到凌桃蹊入宫，讲到王项的阴谋，讲到楚王之乱，讲到凌桃蹊跪地托孤。我心平气和地讲着。不觉好似又重温了那段惊心动魄的岁月。

待我讲完，天色已经很晚了。我问道："灼儿，你现在明白了么？"他迟疑了一下，低下头："儿臣明白了。"转瞬，又轻声问我："我母妃……"说了三个字，又改了口："凌昭仪，她是个什么样的人？"

"她是国子监凌邺家的小姐。颇通医术。她在宫里的那段日子，圣上的头疾好了许多。"

"父皇为什么不喜欢她？"

"你父皇没有不喜欢她。相反，她一入宫便得圣宠，住在桃蹊院。因她的名字中带了桃字，内廷监便在桃蹊院种了十里桃花。她死于贼人之手，是一件颇无奈的事。你父皇每年在她的祭日还会去桃蹊院上香。"

"可宫里人都说桃蹊院闹鬼，是不祥之地……"

"都是些胡言乱语。灼儿你若想去桃蹊院，母妃随时可以带你去看看。"

他若有所思地点点头。

这场桃花雪融化之后，春天汹涌地来了。

待到三月底，我的胎象慢慢地稳固了。

宫中百花绽放，香气馥郁。玉门关外，频传捷报。明宇说，战事已到尾声，约莫再过几个月就能还朝了。我说，战事罢了，不要急着还朝，在西域修整一下戍边部队。我打算在玉门关设一处关府，长官每三年一易，与各州总督官阶平级。

春末的一天，我因处理政务晚了，在尚书房待到了很晚。更鼓敲了一声的时候，桌案上烛火晃动起来，我看到窗外人影一闪。我还未来得及喊出声来，恰好在外面巡逻的方辉已听到了动静，连忙朝人影追了上去！

第七十八章：私情

动静闹得大了起来。尚书房门口的御林军见方辉追了过去，忙大喊着抓刺客。檐下的灯笼晃了几晃。在这个漆黑的夜里，影影绰绰。

我从椅子上起身，走出门，心里思量着，会是谁呢？菜头？不可能。南飞离世后他的那个背影我记忆犹新。他告别得那么坚决。他把一切的不幸都归结到我对权力的贪恋之上。他不会再原谅我了。上次吕氏之乱中，他对我的帮助都是沉默的，通过沈昼进行的。他始终不肯再见我的面。他对我仅余主仆之间的尽忠。

突然，我感觉身后有动静！有人趁着我走出门口这会儿工夫进了尚书房！调虎离山！我连忙转身："何人擅闯尚书房？"

轻不可闻的脚步声，来得快，去得也快。这是一个高手。眨眼间，已经消失得无影无踪了。

御林军冲了进来："贵妃娘娘，刺客是否进了尚书房？"

"已经跑了。你们分散去追，各个方向，不要漏掉。""是。"

刺客费了这么大的工夫，引我到门口，自己来尚书房一闪而过，到底是为了什么呢？我左思右想，不得其解。

约莫半炷香的工夫，方辉回来了，恭恭敬敬地跪在地上禀道："娘娘，恕微臣无用，微臣追到了西角门，刺客消失得无影无踪，微臣未能将其抓获。"

起初那个人，只是制造动静的，不过虚张声势而已。真正重要的，是后面进入尚书房的那个人。我瞥了眼方辉："方大人，你是御林军统领，大内一等一的高手，轻功亦素来了得，当年武试时，连先帝都赞不绝口，连你都追不到的刺客，只有两种可能。其一，山外有山，人外有人，那刺客的功夫比你还要高上许多；其二，那刺客本就是宫中的人，有内应，才能恰到好处地消失。"方辉点头："娘娘说得极是。微臣必彻夜查办此事，保护娘娘与陛下的安全。"

说着，他手下的那些人也都陆陆续续地回来了。其中一人说："贵妃娘娘，臣在东安门处看到了沈昼大人，他今日跟内廷监总管刘才喝多了酒，身上带着酒气，正准备出宫呢。"这一两年形势相对太平了些，沈昼比以往清闲许多。来我身边奏事也无从前那么频繁了。他是个极清醒克制的人，喝醉酒的事，历来不曾有。

我皱了皱眉："你看清楚了？真是沈昼？"

"看得真真儿的，沈大人那一身先皇御赐的黑金袍，谁人不知呢。"

"知道了。你们下去吧。"

"是。"

这两件事并无联系。却因这个侍卫的禀告，在旁人眼中，联系到了一处。后来，以讹传讹，变了调调。

那晚，我一身疲惫回到乾坤殿。成筠河在等我。"星儿，你现今四个多月的身孕了，不要那么劳累。许多事，交给下面的人去做就行了。"我笑笑："我不放心。"

"星儿，我有个想法，等你生下孩儿，封了后，你我夫妇二人一起上朝吧？"

我愣了愣："哪有后宫女子上朝的道理？""我为皇，你为后，夫妻同心，一起临朝，未为不可啊。"他剪了灯芯，烛光柔和。

我脱下外衣，我们一同躺在榻上。他将手放在我的肚皮上："星儿，天灾那回，我以为自己命不久矣，恐生乱子，便写了立灼儿为继的诏书。谁知，神佛开眼，祖宗庇佑，我竟多得许多光阴，你现今又有了喜。若得皇子，那诏书便是立早了啊。"

"筠河，你看你现在身体慢慢儿地好了，现在不必考虑这些，来日方长呢。"说完这句话，猛然间，我想起一件事。从前，那道诏书是放在乾坤殿的。吕氏逼宫那回，我为了安全起见，多了层思虑，暗中将诏书拿到了尚书房。并嘱咐沈昼：无论如何，保住诏书。

今晚那个进入尚书房的黑影，是不是跟这道诏书有关呢？那些理不清的乱麻突然有了思绪。刺客偷诏书，用意只有一个：栽赃我。

我想了想，决定先跟成筠河说这件事。从大章二十七年到如今，我跟他风雨与共十载，十分了解他那颗多疑敏感的心。"筠河，今晚尚书房出了点事。"

"何事？"他本是已经进入了浅睡，听了我说的话，又睁开了眼。

"今晚尚书房闹了贼，我担心，诏书被偷走了。"

他放在我肚皮上的手动了动。"贼偷诏书做甚？"

我侧过身子，将脸对着他。我与他之间，只有半掌的距离。"我猜测，这一定是有人故意为之，想让你猜忌我。"

他沉默了好一会儿，我几乎以为他已经睡着了。他将我的脸揽在怀里："我很早就知道你不是一个寻常女子。我还记得当年在乾坤殿门口，你告诉我，一定要争，一定要争到底。你对权力历来比我热衷，你的心也历来比我大。父皇去世以后，宫里发生了太多的事。我从前很多地方想不明白，后来经过吴女案一事，我想明白了。真的。我考虑得很清楚了。星儿，我如今什么都愿意给你。只要你保证两点。"

听了他这番话，我的心里五味杂陈。连小小的灼儿都能说出"父皇满腹文章，可处理政务仍然不如母妃，否则尚书房内就不会是母后当家"这样的话，那其他地方的风言风语还会少吗？

"小六，二哥做过对不起你的事。但终究，你我是兄弟，二哥望你守好皇家的江山。"成筠江如此说。

"小六，大哥失败了两次，可自始至终都不是败在了你的手上。"成筠源如此说。

对自身的能力的怀疑，对我的忌惮，坐在龙椅上的压力，先辈们的光环，群臣眼中的对比，频生宫变的叵测，对人性的心寒……种种的一切构成了成筠河痛苦的根源。

此时，他抱着我，我将脸贴在他的心上。"这两点是对你的要求，也是我的底线。其一，你心里只能有我一人的；其二，圣朝永不可易主。"

烛火跳着跳着，就灭了。今晚月光很好，从窗户外面洒进来，柔和的光晕。月如烛，梨花如玉。

成筠河始终是不能放心我的。而我，亦是理解他的不放心。他生怕弄丢了先辈们创下的山河。

"三家分晋""胡亥夺权""王莽篡政""八王之乱"……史书上太多太多先人们的例子。兄弟、臣子、后宫、外戚，一旦谁手上有了足够大的权力，都跃跃欲试，想更进一步。江山易主，兵戈相向。龙椅之上，换了姓氏。成筠河就像一个拎着稀世奇珍却没有自卫能力的人，行走在滂沱大雨之中，哪里来的安全感呢？

我紧紧地搂着他。一同睡去。

第二日，我去尚书房找，果然那道诏书没了。与此同时，宫中却开始风传我与沈昼的流言。

一日经过御湖边，听到这样的对话。

"听说了吗，贵妃娘娘在尚书房处理政务的时候，尚书房闹贼了，御林军全体出动，都没捉到贼人！倒是在东安门看到了沈昼大人！"

"什么贼人！是内贼吧！贵妃娘娘自己的贼！"

"据说沈昼大人跟贵妃娘娘走得颇亲近，不是一日两日了！"

"圣上脾气温和，里里外外都是贵妃娘娘当家，自然是她想怎么样就怎么样。"

"圣上大病初愈，身子孱弱，贵妃肚子里的孩子都不一定是谁的呢！"

接下来便是一阵笑声。

云归听到这些话，气得脸煞白，对一旁的侍卫吩咐："去，把那几个多嘴的内侍宫女掌嘴八十。"

我拦住："掌嘴八十，嘴都烂了。本宫本是清白的，骤然对宫人施此重刑，反倒显得心里有鬼。再者说，打了这几个，还有别的，满宫里这么多人，哪里罚得过来？"云归道："可他们如此污蔑娘娘，实在难饶。""这一步步专挑圣上与本官的心窝子扎，那人又毒又阴哪。"我抬起头来，看天上飘拂的云。

白日掩徂辉，浮云无定端。

沈昼是我的左膀右臂，在困境之中相持相助，我与他的暗中往来给了小人口舌之机。没过两日，便有从前流烟阁东偏殿的小宫女在御花园拦着成筠河告御状，说是自己亲眼看我被贬为庶人那晚，与沈昼在杏花林中苟且，她当时出门如厕，偶然瞥见，不敢吱声，捡了一块金牌藏在袖中。

那是玄离阁的金牌，沈昼心头的至宝。玄离阁虽然早已不存在了，但这块先帝御赐的金牌他一直带在身上。那几日，他不眠不休，为了我的事奔忙，定是不小心将金牌弄丢了。被有心人捡到，编排故事，加以利用。

第七十九章：东宫

我在乾坤殿中刚坐下，小申跑了过来："娘娘，不好了，圣上今日原本是在御花园中画画，兴致颇高，可流烟阁东偏殿的宫女小弗突然出现了，向圣上告您的状，还拿出了证据。奴才想着，兹事体大，连忙来告诉您。要是圣上责问您，您也好有个准备。"

"小申，有劳你了。"我笑笑。转而吩咐云归："去，给本宫做些杏花酥来，月份上来了，容易饿。"小申急得跺脚："娘娘，奴才看了那金牌，真是玄离阁的金牌呢，赤金打造，先帝写的三个朱字，确是沈大人的私物啊。娘娘不可掉以轻心。"我说："小申，你在乾坤殿做事多年了，一向是稳成，所以在小酉死后，本宫才做主，将你调到圣上跟前儿伺候。本宫自然知道，现今儿能让你慌乱的事儿不多了。本宫不会掉以轻心的。""那那那……就好。"

正说着，只听得门外的内侍一声通传。成筠河果然是来找我了。小申连忙躲进后头的屏风："奴才得赶紧避一避，别让圣上以为奴才是娘娘的眼线，越发生气了。"

小申刚躲进去，成筠河的一只脚就踏了进来。他走得很快。虽说是病好了，但底子到底是弱些，这样急慌慌地奔来，免不得又开始喘了起来。

我从榻上起身："圣上何事这样急？"他不吭声。我扶他坐下，端上一碗甜羹递给他。他喜食甜味，不喜饮茶，也不喜饮白水。我时时采应季的鲜花或瓜果给他做羹汤，用钵子装着，温度恰好的时候递给他。

宫里的日复一日，我不仅是忙大事，还忙着这许多琐碎小事。孩子们的衣食起居、成筠河的饮食喜好，样样都在我心里。

成筠河喝了口甜羹，面色稍霁。缓了缓，他开了口。

"星儿，你这几年是否跟沈昼走得颇近？"

"是。沈大人帮了我很多忙。"

云归将做好的杏花酥端上来。

约莫是"杏"这个字让他联想到了宫女告状中的"杏花林苟且"，他的面色又冷了下来。"孤很不喜欢沈昼这个人。从前父皇在世的时候，孤就不喜欢他。他跟朝堂上手持玉笏的大臣们不同，他永远穿着一身黑衣，在暗中窥人。说好听些，是密探，说难听些，便是鬼鬼祟祟。正是因为有了沈昼这种人，才助长了争斗之风，助长了君臣之间的揣度之气。难道一切放置在朗朗乾坤下，不好吗？所以孤初初继位之时，便命人解散了玄离阁。孤不需要玄离阁，孤只需朝政清明。"

"筠河。"我让云归将杏花酥放在桌边，我轻柔地唤了他一声。"筠河，你所说的，是一个理想的世界。没有争斗的朝廷就如同陶公在文中描述的桃花源，是不存在的。如果执意追求那样的境界，到最后只会像那个大梦方醒的武陵人一般，再也找不到桃花源的入口。"

"那什么才是现实？现实就是永远有刀枪在暗处伺机而动，是吗？现实就是孤所有的兄弟们都心怀叵测是吗？现实就是连跟孤共枕而眠的你，也不能保证没有外心是吗？"

"筠河，你有没有注意到龙的画像？龙是有爪的。为王者，需有利爪。我相信先帝之所以创办玄离阁这样的政务机构，就是把玄离阁当作了自己的利爪。君王的手伸不到的地方，君王的眼看不到的地方，玄离阁都可以做到。从楚王之乱到前不久的吕氏逼宫，这么多年来，我在深宫之中运筹帷幄，都离不了沈昼的功劳啊。"这番话我说得语调很轻，却字字都很重。

"星儿，他的腰牌为何会掉落在流烟阁，你每晚在尚书房的忙碌是真的忙碌吗？"成筠河看着我。

我们两人在这相持过无数次的乾坤殿中对望着。

"筠河……"我走到他身边，握住他的手，"你想想，为何这个小宫女从前不说，这个时候出来冒死告御状，跟尚书房闹刺客的时间是挨着的，凑在一起，惹人遐想。为何会这么巧合呢？明显是有人故意为之。你我这两年诸事顺遂，有人便想找由头出来挑拨了。筠河，你万万不能中了旁人的计，万万不能对我有生疏之意啊。"

我说得言辞恳切。他伸出左手，放在我的脸侧，来回摩挲着。

"可是，你若真的无隙可寻，旁人又怎生挑拨呢？"

我举起手掌："我陆芯儿对天起誓，我与沈昼是清白的。如若不然——"我指了指我已经凸起的肚子："如若不然，让我腹中孩儿不得见天日，让我未及三十，短折而死！"

成筠河沉默良久，起身几步，走到厅当中的软榻边坐下。"星儿，你何苦发这样的毒誓。你博闻强记，应该知道秦琼罗成的故事吧？难道，你就不怕毒誓应验吗？"

秦琼隐瞒了撒手锏，罗成隐瞒了回马枪，二人发了毒誓，却违背了，到最后，秦琼应誓吐血而亡，罗成应誓乱箭穿身。

说到底，成筠河还是持怀疑态度的，否则便不会说出"毒誓应验"之语。

我想了想，现在这个形势，我只有一个办法，才能让成筠河看到我的诚心。我敛起笑容，跪在地上，肃穆地说道："圣上，臣妾愿公开那道以灼儿为继的诏书，或者，您立灼儿为东宫太子。不管臣妾来日是否生下皇子，都与皇位无关。臣妾以此明志，自为皇家妇，一意为上，并无私心。"

我看到成筠河放在膝盖上的手指动了动。这番话是触动了他的。

"你甘愿放弃？"

"是。"

"你不在乎？"

"只要是你的孩子，是哪个，都行。"

良久，他扶起我，像是下定了什么决心，眉心紧蹙着。"那便下达公文到九州各府衙，立灼儿为东宫太子。"

我点头。

长乐七年四月初八，上立皇二子成灼为东宫太子。司礼监在奉天台上念道："自孤奉先皇遗诏登基以来，凡军国重务，用人行政大端，未至倦勤，不敢自逸。绪应鸿续，夙夜兢兢。皇二子成灼，孤之首嗣，天意所属，兹恪遵初诏，载稽典礼，俯顺舆情，谨告天地，宗庙，社稷，立为皇太子，以重万年之统，以繁四海之心。"

小小的灼儿，头戴太子冠，叩拜天地，正式住进了东宫。

古来立嗣者，有的说是"天资聪颖"，有的说是"文武双成"，有的说是"仁孝备至"，有的说是"恪勤恭顺"，有的说是"出自正嫡"，而灼儿被立嗣的理由则是"孤之首嗣"。是啊，皇长子落地即夭。灼儿算是成筠河的第一个孩子了。

可成筠河未到三十，便急急立"首嗣"为太子，还是在贵妃有孕的关头上，这令坊间多了无数传言。对成筠河身体状况的揣测，对我的揣测，对我腹中孩儿的揣测。沈昼与我的私事被这场让朝野和后宫都极为震惊的"立储大典"冲淡了。

但沈昼为了避嫌，极少再进宫来。那晚尚书房闹贼的事扑朔迷离，查无可查，只得作罢。

我腾出手来，刻意弹压，宫中凡是多嘴多舌的内侍宫女都撵了出去。

宫中新进了一批仆役。

那阴谋背后的人显然是没想到我会行此"釜底抽薪"之策，渡自己平安上了岸。暂时消停了，没有下一步的动作。

灼儿成了太子后，朱先生作为太子师，随灼儿一起搬去了东宫。我每隔两日便会去看看，抽查他的课业，查看他的起居进食。

有一日，我带着云归去了平西王府。内侍一通传，常灵则连忙带着"水月"迎了上来。不知不觉，"水月"已经出落成少女的模样。我从"认亲"的强烈渴望中清醒过后，已经能置身事外地看问题了。这个姑娘虽然长得跟我有几分相像，但看向我的眼神并不似看姐姐，那种疏离是装不出来的。按理说，好几年过去了，焐块冰也早就焐化了。可她始终对我亲近不起来。

她不是我妹妹。

"贵妃娘娘突然驾到，微臣惶恐。"常灵则恭敬地说道。我不动声色地进了平西王府，以家常的口气问道："三爷在府中做甚哪？"

"回娘娘，微臣在喝茶。"

"哦？"我饶有兴趣地说，"喝的是什么茶，本宫看看。本宫素来酷喜饮茶。"他带我到他的茶庐。杏花开得像雪一样。一方软榻，几个粗陶茶杯，杯中浓浓的褐色。

"你喝的是皋芦？"

他颔首："娘娘好眼力。"一旁的"水月"说道："王爷爱吃苦瓜，爱饮皋芦与莲心，凡是入口的，必得极苦才好。"我指着杏花："本宫问问三爷，这杏花开罢后，茶庐会开什么花呢？"他低头："回娘娘，微臣的茶庐边，栽有杏花、茉莉、六月雪、铃兰、白梅。"我笑笑："都是些白色的花啊。""是。"

我走到软榻前，坐了下来。四周满满都是白色，莫名带着丧意。

第八十章：借口

他用一只粗陶钵给我倒了杯白水。我接过，在手中摩挲，却没有喝。我看着他的脸，若有所思道："平西老王爷有三个孩子，常正则、常攸宁和你。你们几个，本宫都熟悉得很。本宫越看越觉得你跟他们面貌很不相同，倒不像是常家的人。"

从我第一次看到他，就有这种感觉。他跟常家那两兄妹没有半分相似的地方。他笑笑，低头喝了口茶。许是苦味过于钻心，他的嘴角微微抽动一下。"娘娘说笑了。微臣面貌不与他们相像，只因微臣酷肖家母。"

"哦？"他的母亲是平西老王爷的侧妃，据说是早早地被平西老王妃害死了，故而，年年命妇进宫请安，我并未曾见过她。"本宫曾侍先帝与圣母姜后，当今圣上的面貌便是像姜后多些。想来，三爷也是这般类母不类父了。"我笑道。

他一摆手，有小丫鬟端上来几碟点心。"娘娘今日过来，是有何要事吩咐微臣吗？"他小心恭敬地问着。

"无事，只是想着来看看三爷和月儿。"说着，我看了一眼"水月"。她连忙冲我笑了一下，那笑容就像隔夜的花粥，鲜艳浮在表面，内里却馊了。"三爷对现在的职务可满意？"

爵位是爵位，职务是职务。爵位在身的府邸，到日子领取朝廷的"赡银"。赡银是按等级分配的。王公侯伯，各有不同。平西王府是当年跟随太祖爷打天下的世代功勋之家，世袭罔替的亲王爵位，每月的赡银是很充裕的。平西老王爷在世的几十年，远离朝廷，没有任何职务。所谓的富贵闲散王爷便是如此。有爵无权。

而常二，因我的提拔，加封抚远大将军，有爵有权。到常三，我因始终对他不放心，怀着戒备，故而，没有给他安排重要的职务，只给了一个"京畿视察使"的头衔。京畿视察使，就是查街的，闲暇无事时看看各街各巷有无斗殴闹事等。连续几年了，这个职位没动过。他亦从来没向我提过什么要求。前些天，我将他调到"虞衡司"，这个部门是所有部门中最清闲的。就是视察山林、湖泽。看看京郊的百姓春季有没有"山禁"，夏季有没有"休渔"。

他低头："君为臣纲，天家旨意，微臣自然是满意。哪怕朝廷下了圣旨让微臣去扫街，亦是微臣的本分。"

"三爷真是对朝廷一片忠心哪。好，很好。"

"娘娘谬赞。"

我指着他的茶杯："三爷爱品茶，本官有个问题想与三爷探讨。"

"娘娘请说。"

"不管是什么茶，进了杯子，只有两种姿态，三爷说是什么？"

他想了想："沉与浮。"

悠悠空尘，与之沉浮。沉下去，浮上来，茶进了杯里，确是只这两种姿态。

"肯作池上鸳，年年空沉浮。三爷真是看得极透。那本官再问一个问题，拿着茶杯的饮茶人，也只有两种姿势，三爷说是什么？"我看着他，微微笑着。"等待与下口。"等茶温度适中，就能下口。他说的本也合理。

我愣了一下，旋即摇摇头："本官觉得，拿茶杯的人，两种姿势，是拿起与放下。"我放下水杯，看着他。

他语调平缓地说道："娘娘博学，微臣受教。""可是很多人，自以为捏住了茶杯，便是捏住了乾坤。拿起，便放不下了。"说完这句，我起身告辞。

他送我到门口时，问道："娘娘说的话颇有深意，微臣愚钝，竟不明何意。"我略加思索，拍了拍"水月"的肩膀，说道："三爷有何不明，本官说的便是自己个儿啊。揽了许多事在身上，拿起容易放下难，在尚书房忙碌数载，劳心劳力，不知何时才能喘口气。"他听到这里，眉间一松，似乎是放下心来，不痛不痒地奉承了我一句："娘娘能者多劳。"

回到宫里，我眼前总浮现茶庐里的一片白色。突然想起，当初董太妃是引着一个老内侍见我的。那个老内侍跪在地上，拿出血书，讲述平西王府的内争，向我表明常灵则的忠心。

后来，我曾问过董太妃，那老内侍是何身份。董太妃说，他是从前伺候过老王爷的内侍，年事已高，现今厚养在平西王府。按规制，内侍只有宫中和王府中才有。就连公府、侯府，都不能配置内侍。这样一来，也说得通。

从前沈昼帮我查过这个老内侍，他在平西王府中似乎地位很独特，常灵则对他颇为优待。想来也是，这么重要的事情交给他做，必然是很重要的奴仆了。

刚刚去平西王府，倒没看到这个人。

按照我之前的揣测，常灵则利用吕樱的不甘，撺掇她带着藩王逼宫，利用董盈香的愚昧和贪心，撺掇她来毒害我。他这一步步走下来，先帝的皇子们一个个地除掉。皇室内斗，血肉相争。他作为渔翁，想得到，到底是皇位，还是别的什么？抑或是兼

328

而有之？

我翻阅本朝史册，平西王府在太祖皇帝时期，是朝堂上红得发紫的要人。可就在先帝登基之后，骤然没落。表面上是因为文字狱，可大章元年的文字狱，牵连者甚多，为何就平西王府一家就此倒地不起呢？先帝为何如此厌恶平西王府一支？

以先帝的英明睿智，难道看不出文字狱仅仅是官员相争的戏码？先帝一定不会这么容易被蒙蔽。一定是有别的原因，别的难以与外人道的原因。文字狱只是个借口，用来敷衍世人的借口。

史册上的一行小字吸引了我的注意。"太祖麾垣三十三年，上重疾，平西王榻前哭泣不能自已，后谓之曰忠。"

这句话里的"后"，是太祖皇帝的原配嫡后秦氏。太祖皇帝病了，平西王如此痛哭，他是哭太祖皇帝，还是已经预知了自己的命运，暗中害怕？

当然，众所周知，太祖皇帝是死于麾垣三十八年淮水边的战场上。那说明，麾垣三十三年，他得的这场病不久就痊愈了。他是因何得了这场病呢？

我正思索着，东官的刘詹事来唤我："贵妃娘娘，太子殿下早起发热，到现在还没退，特来禀告娘娘。"我连忙快步去了东官。榻上的灼儿烧得满脸通红，嘴里说着胡话。我将耳朵凑上去，他在呢喃着："别逼我读书，别逼我读书……"

我心内一阵难受。自他做了太子，又多增了些许课业，现在想必整天没有空闲的时候了。他天性不爱读书，如此繁重的习读任务，想必对于他而言，简直如同噩梦一般。

可是，有什么办法呢？身为皇家的孩子，肩头本就是比寻常人多许多责任的。寻常人家的孩子，若不成器，是"误人"：皇家的孩子，若不成器，是"误国"。

我抱着灼儿，给他用凉帕子降温。一旁的太子太师朱先生禀道："贵妃娘娘，太子殿下这几日的课业停了吧？"

"嗯，停了吧。人人都说，生子当如孙仲谋。本官不盼望灼儿如孙仲谋一般，健康平安是第一要紧。以后，待他好了，课业也要减去一些。不能把孩子逼得太紧。"我看着灼儿一脸痛苦的样子，心焦地说道。

生子当如孙仲谋，猛然间，我脑子一闪，似乎明白了什么。先帝在世时，曾说过好几回："人人都说，生子当如孙仲谋。父皇却说，皇长兄比孙仲谋还强。那般天纵奇才。"

太祖的长子成锵，太祖皇帝原配嫡后秦氏的养子，屡被父皇夸奖，炙手可热，却薨逝于麾垣三十三年。他本该是被立为太子的，可是因为他早逝的生母位分卑贱，恐惹朝廷议论，就迟迟未立。那一年，太祖皇帝派他去打安南，想着，立下战功，一举封为太子，到那时朝臣们便心服口服了。

可他，却死在征讨安南的途中。他的死因很奇特，在营帐中被毒蛇咬死。因为他的死，太祖皇帝伤心欲绝，大病一场。至于秦皇后，一边失去依靠，风雨飘摇；另一边，高红袖虎视眈眈，步步紧逼。成镛死的第二年，秦皇后也崩逝了。再想到平西王爷的痛哭，我脑海中将一切都串联起来。

作为当时朝中的红人，平西王一定筹谋了自己的未来。他将宝押在了成镛的身上，认为他会成为储君，于是为其效劳。这一切必被高红袖母子看在眼里。成镛死了，高红袖母子上位，他用脚指头也能想到，将来有自己的好日子过吗？于是"榻前痛哭不能自已"。

我眼前浮现常灵则的样子，忽然有了一个恐怖的想法。

第八十一章：隐情

　　我站起身来，左思右想。难道平西老王爷真的如此胆大包天，将成锵的遗孤以自己儿子的名义抚养长大？不可能啊。

　　太祖皇帝如此疼爱成锵，他在军营里被毒蛇咬死后，他的几房妻妾都被太祖厚养，如果他知道有这么个孙子存在，必然是非常宠爱的，留在身边培养成国之栋梁的，怎么会任之养到平西王府呢？

　　如果说仅仅是怕高红袖陷害，是说不通的。太祖皇帝，天纵英豪，那是赤手空拳打江山的人物啊！怎么可能因为忌惮一个妾室，就容忍自己的孙子改作他姓，容忍皇家血脉流落在外呢？

　　不对，这当中一定另有隐情。我查了皇家的家谱。成锵无子，只有两个庶出的女儿，皆被太祖皇帝封为郡主，风风光光地嫁了。

　　常三到底是不是成锵的遗孤？如果真的是，他的母亲是谁呢？跟平西王府有怎样的渊源呢？跟平西老王爷是什么样的关系呢？

　　我扶着额头。这时候，成筠河走进了东宫。看见灼儿发烧，他亦很忧心。我们商议着给灼儿的课业做一些调整。不管是文课，还是武课，都给他减一减。为人父母难，怕孩子不成才，又怕把孩子逼紧了，坐了病。

　　"星儿，想来天意真是不可揣摩。孤幼年时，甚喜读书。灼儿的外祖，是国子监凌家，他母亲桃蹊亦是颇通笔墨，为何到了灼儿这一辈，就资质如此……难道真的是一代不如一代……"他叹口气，没有再说下去。我安慰道："圣上别急。太子年纪还小，来日方长。"他看着我凸起的肚子，手伸过来摸了一摸："听张医官说，你腹中这个孩子会生在九月份，孤已想好了，是皇子，便叫燔。是公主，便叫焰。"

　　我笑笑，摇摇头。"筠河，神医说臣妾腹中这孩儿五行缺水，名字中得带个水字，臣妾这几日思量了，若是皇子，便叫灏，若是公主，便叫沐。"成筠河沉吟一番："灏，悠悠乎与灏气俱而莫得其涯。这个字好。""予发曲局，薄言归沐。沐这个字也好。"他抚了抚我的发梢："星儿，你用了心思了。就依你。"

　　自上次宫中传出我与沈昼的缪闻，我对御林军多了许多戒心。方辉这个人，虽听命于我，对我也颇恭敬，但人心隔肚皮，不能尽信。我唤他到尚书房问话，谈笑之间，安插了一个副统领在他身边。他没理由拒绝，只得接受。这个副统领是沈昼的得力手下，叫敖羽。世家子弟出身，功夫极佳。先帝在时，多次表彰的玄衣郎。在宫中发生的好几次事件中，都表现颇佳。主要是，对我极忠心。有他替我名正言顺地盯着方辉，我心里也踏实些。

向成筠河告状的小弗早已死得无声无息。流烟阁长久无人居住，庭院里的花草倒是日复一日地疯长着。有一日，我扮着男装跟敖羽去了沈昼的府上。好些日子不见，他瘦了，但背影还是君子竹的模样，挺得直直的。他在府中练剑，剑气如虹。听见脚步声，他说了句："敖羽来了？可有事？贵妃娘娘可安好？"

"本官很好。"

他听见我的声音，手中的剑停下来。"娘娘怎么来了？"

"来看看你。"

他低下头："娘娘不该来的。流言伤人，微臣无所谓，要紧的是娘娘的清誉。"他没有讲，但我能猜到，身处流言之中，他的日子一定不好过。

我看府中似乎没有女子生活的痕迹，便问道："沈卿，府中没有女主人吗？"一旁的敖羽回道："贵妃娘娘不知吗？沈大人的妻子病逝后，他多年未娶啊。"

关于他的私事，他从未对我讲过。我只知他少年得志，二十出头便在先帝面前很是得脸，曾赐婚与他。只是他的宦海生涯还没风光多久，先帝便驾崩了。

"独居甚是凄苦，沈卿该思量着续弦或纳妾才好，得有个人照顾你。"

"府中有一老仆，是家母的陪嫁，照顾微臣甚好。"他似乎不愿多提自己的私事，转了话题，问道："微臣许久没有进宫了，娘娘可有事吩咐？"

"关于常灵则，本官有新的发现，但不是很确定。你去查查，重点查他的母亲，查他的出生年月，以及他出生时平西王府的状况，查得越详细越好。还有，关于当年成筠与平西王府的往来。不管是文字记录，还是下人们的回忆，都搜集起来报与本官听。""难道娘娘怀疑……"他惊讶地看着我。

我点点头。"从前咱们没有往这方面想，所以，许多东西都隔着迷雾，无迹可寻。一旦打开了缺口，很多琢磨不透的事，都有了因果。前两回，吕樱和董盈香作乱，本官就怀疑背后另有其人，猜到了常灵则，却想不通他的动机。沈卿想想，他一个平西王府的庶子，能袭爵已经是天高地厚，如何会有那么大的胃口？如何会撺掇皇室纷争？从他做的这些事情上看，他似乎是希望先帝的子嗣，统统不得善终啊。"

沈昼沉吟片刻："娘娘说得很有道理，微臣会好好查的。"他看着我被宽大的袍服遮住的腹部："娘娘好好养胎，身体为上。这些事别再操心了，交给微臣就好。"

我笑了笑："本官当然放心。沈卿是本官身边第一得力之人。"

我转头欲回宫。沈昼突然道："菜头虽然消失了好几年，但对于娘娘的事素来是在意的，很多事情得益于他的帮忙。他是江湖中人，路子甚广。"

"本官都知道。待日后局势平稳了，本官打算去西湖看看南飞。本官时常想她。"

菜头将南飞葬在了西湖湖底。南飞死前，握着我的手，说她会在天上看着我长乐万年。我一定要好好地活着，扫清一切，越战越勇，得一片清平安宁。

过了四月，便是五月，一整个炎热的夏季，我与成筠河都在"圣奕庄园"避暑。圣奕庄园是太祖时期修建的皇家庄园，在上京的东侧，这里山山水水，景致很美。太祖在世的时候，几乎每年都会来此处避暑。但是先帝好像很不喜欢这里。不仅自己不愿意来，也不许宗室皇亲们过来。

这处皇家庄园便闲置好些年。我不久前无意中听工部奏报了这么个地方，觉得甚是可惜，便着人将此地修葺了一番，重新使用。圣奕庄园的建筑风格有江南格调，亭台轩榭，别有风味。

我住进来不久，发现这里有一处院子，造得与庄园中的其他地方很不一样。尖尖的屋顶，带着石雕，倒不像是汉人的房子，像是胡人的房子。在这里守庄园多年的老内侍告诉我："这是一个胡人工匠修建的。那胡人工匠叫阿卜，他会说汉话，会吹奏乐器，会用奇奇怪怪的东西卜卦。太祖皇帝很是欣赏他，加之对异域文化的好奇，便命他修了这处院子。"

阿卜。我翻阅本朝史册时，能看到这个名字。"胡匠阿卜，上所倚之。"一个"倚"字，道尽了别样的亲近。太祖皇帝崩逝在淮水边的战场，阿卜在上京卜算到了这个消息，自缢身亡，殉了太祖。阿卜在圣朝几十载，生长于斯葬于斯，他的后人今何在呢？这一点倒是毫无记载。

夏季在圣奕庄园的一草一木中淌过。

转眼，秋天就来了。我们从圣奕庄园回到宫中。

回宫的第三日，我腹痛发作，早有准备的医官们纷纷赶到了乾坤殿，四五个年老稳成的产婆也来了。

虽然这是我第二次生产，但生起来却比第一次艰难许多。腹中孩儿像是与我较劲一般，就是折腾着，不肯出来。我从清晨到黄昏，从黄昏到夜里，头上的汗没有断过，一声一声地叫着，到最后，实在筋疲力尽。帐幔都被我抓烂了。在我昏过去之前，身体里像是有什么东西落下，产婆喜悦地喊着："恭喜圣上，喜得皇子。"

长乐七年九月初九，皇三子诞于乾坤殿。

后来，宫人们都说，皇三子诞生之时，天有异象。有彩云现于东南，紫气腾升。

第八十二章：吊坠

　　我眼睛睁开的时候，见云归坐在榻前，她见我醒了，很是高兴，挥挥手，小宫女端来一碗汤。云归先是扶起我，麻利地在我身后放置枕头，让我半躺半坐，然后接过汤，喂到我口中。

　　此次生产实在是耗时太久，我筋疲力尽，饥肠辘辘，汤入了肚，暖暖的。

　　半晌儿，方有了精神气儿。

　　"孩子呢？"我问道。云归笑回："乳娘在喂奶，喂完便抱到娘娘跟前儿来。"

　　我点点头。云归接着说道："三皇子落地便比寻常婴孩大上许多，怪不得娘娘生产吃了这么多苦头，万幸母子平安。圣上欢喜得不得了，带着大臣们去拜谢天地神明。约莫过会子就回来了。"

　　谈话间，我喝完了汤，乳娘恰好也将孩子抱到了我身边。

　　我用手指轻轻点了点他的鼻子："灏儿，灏儿……"他长得很白净，全然不似刚出生的小婴儿那般红通通、皱巴巴。我叫了他两声后，他好像听懂了似的，睁开眼，看着我。他与我对视着，我心里就像蘸了水的棉，软软的，湿湿的，柔柔的。这个灵性的小人儿，我的儿。一切的痛与苦，在这一刹那都变得微不足道了。

　　"娘娘，您知道吗？您生产的时候，奴婢在内室伺候，没顾上瞧外头的动静。那会子听宫人们说，咱们三殿下出生的时候，天上有异象！云彩都变成了龙的形状，飞进了乾坤殿！"

　　我正色道："云归，这话以后别再提了，也别让宫人们再提，你让小申吩咐下去，再有乱说的，撵出宫去。""是。"云归点头。转而又说："娘娘，奴婢瞧着，这回倒不像流言，就连咱们乾坤殿几个素来持重的老管事都说亲眼瞧见了呢。"

　　"云归，不管是不是真的，都得就此打住。太子已立，真龙从何而来？灼儿是个心重的孩子，不能叫他多想。"

　　脚步声传来。成筠河从外头走进来。他坐在我旁边，帮我掖了掖被角："星儿，辛苦你了。皇儿降生，大喜之事啊。""圣上觉得开心，就是臣妾与灏儿的福气了。"我笑着。

334

成筠河抱过灏儿，仔细看了许久，说道："在孤所有的孩子里，这个孩子最奇特，有太祖之像。"

"太祖爷？"

"嗯，宗圣殿上有太祖爷的画像，孤从小到大都瞧见的，记在心里呢。太祖爷英雄了得，灏儿像太祖爷，是他的福气啊。"

"将来能好好辅佐他皇兄，就是他最大的福气。"我这句话，虽然轻，却四两拨千斤。

成筠河听了，脸上露出欣慰的神色："星儿是识大体的人，灏儿必会如你一般，聪颖豁达。"

宫中久未有皇嗣诞生，灏儿的洗三办得很盛大。

那几天灼儿却闷闷不乐的。我招手唤他来我身边，他精神蔫蔫的，疏离而恭敬地问道："母妃唤儿臣何事？"

孩童的心思，一目了然。我拉他到怀里，轻声说："虽然母妃生了你三弟，但母妃爱你的心一点也不比从前少。你依然是母妃的好儿子，母妃的骄傲。"他拱手："谢母妃。"说完转头就走："儿臣要去温习朱先生布置的功课了，母妃，儿臣告辞。"

我招来朱启，问及灼儿的情况。他回道："太子殿下很是用功，微臣相信勤能补拙。东宫一切都好。贵妃娘娘放心。"

"有劳朱先生。"

洗三宴上，平王和平王妃也来了。小夫妻俩感情很好，情意缱绻。平王妃的笑容如同秋日里枝头的红柿子，透着甜蜜。

朱启看着不远处的女儿，低头道："娘娘此言，微臣不敢当。身为太子师，理当为皇家、为太子尽心。何况，娘娘对微臣恩德似海。"

自我前几年做主，将朱启的女儿嫁给了老七，朱启便成了皇亲国戚。以朱家的门楣，女儿嫁到王府做正妃，实在是天大的抬举。且平王对妻子甚好，王府中未置姬妾，夫妻琴瑟和鸣，羡煞旁人。

"本宫担心太子年幼，心绪容易被牵引，朱先生一定要多加引导。"

"是。"

数月前，成筠河曾向我允诺过"皇后"之位，此时，却搁置了。也许是因为不久前传出的我与沈昼的丑闻，固然后来平息了，但成筠河心里到底有了些许疙瘩。也许是因为我这胎生的是皇子，而灼儿现在已经被立为太子，若我此时被立为后，灏儿便成了嫡皇子，那么灼儿身为庶子，他的太子之位便有些尴尬了。许多原因交织在一起，凤印的事情，成筠河索性不提了。

他不提，我也不追问。我们彼此都当没这码事。这时候的我，仍然想着，不管是灼儿还是灏儿，都是我的孩子，没什么区别。将来灼儿若需要我在身边，我便陪他一程。若他不需要我，我便带着烯儿、灏儿出宫开府立院，做个闲人。只要灼儿好，只要江山无恙，我掌不掌权，都无甚关系。他若是个成器的，自己能料理好一切，我欢喜都来不及。

可是，事情并不按照我想象的轨迹发生。我一路历经凶险，好几次都是在虎口中脱身，我渴望风平浪静，可安稳从来就不属于宫廷。

如同明宇在信里讲的那样："夜来冒霜雪，晨去履风波。树欲静而风不止。芯姐姐，古往今来，金銮殿上的风从未停过，你一定要万事为自己思量。"

玉门关外的战事已平。明宇在塞外威名赫赫。此时正为朝廷修整边疆军队，加之筹备"关府"的各项事宜。听闻我生下灏儿，他很开心，命人一路快马，历经无数个驿站，送来一个狼牙吊坠，说是"送与外甥"。

"陆将军赤手空拳打死西北狼"已经被当作奇闻异事传遍了朝野，想必这狼牙就是取自他打死的那一头了。

灏儿却似乎很不喜欢这个吊坠。我正欲给他戴上，可他一见就跟冲撞了什么似的，开始哭。无奈，我只得把吊坠收起来。

之后，我重新打理政务上的事。

三品以上的朝臣仍是每隔三日到尚书房奏事。敖羽向我密报，他盯了大半年，方辉平日里看起来并无异常，可前几天的一个深夜，却见他从东宫里走出来。

"他是御林军统领，职责所在。巡逻到东宫，瞧见些异常，进去仔细查看一番，也是有可能的。"我沉吟着。

敖羽沉默。我们内心都明白，方辉这个人，极为可疑。

当初方辉是为了锦绣前程，在我身上押宝，主动接近我。他本身就是为利而来。在压制吕氏之乱中，我为了确保他不反水，曾命菜头将他的家人挟持了好一阵子。虽然事后他没有说什么，但难知他是否对我起了怨。并且，为利而靠近的关系，当有了更大的利摆在他面前，他会如何做呢？

此人不是忠心之人。摇摇摆摆，趋利而动。

转而，敖羽又说道："微臣还看到了一个老内侍从东宫出来。"

"哪个老内侍？"

"就是您从前让沈大人查的那个啊。"

我猛地从椅子上坐起身来。"你没看错？"

"微臣确定没看错。虽然宫里和王府里都有内侍，但是按规制，王府中的内侍和宫里的内侍服饰上有细微差别。微臣看得清清楚楚。"

敖羽从前是玄衣郎。先帝选拔玄衣郎，眼力、反应速度、轻功，都要经过严苛的考验。敖羽不会看错的。

陈年旧事，事中人许多都已不在人世了，查起来颇费工夫。将近年关的时候，沈昼那里的暗查有了进展。

原来，成锵与先帝这兄弟俩曾同时爱上一个女人。数十年前，还曾经在圣奕庄园里为此事闹过一场。引起他们争执的那个女人，便是胡匠阿卜的女儿，是阿卜和一个中原女子所生。

那个有一半胡人血统的女子，叫作蕊姬。据说，她有一双十分美丽的眼睛，深而清澈，如同山顶胡泊。她完美兼容了胡人女子的火辣和中原女子的含蓄，天真而热情。虽然在当时所有人眼里，成锵是太祖最喜欢的皇子，前途更光明。但是，会占卦的阿卜早已算到了成锵会死于非命，算到了这圣朝的江山会落到成铎手上，所以，他告诉女儿，要选择成铎。蕊姬却没有听父亲的话，暗暗跟成锵好上了。

这对于成铎，是难以言明的屈辱。这就解释了先帝为何不喜欢圣奕庄园，也不让别人来住。这里对于他，是无法释怀的伤心地。纵便他赢了大哥的江山，但他永远也没能赢得那个佳人的心。

据现有的资料可查，蕊姬最终没有成为这两兄弟中任何一人的妻妾，而是被当作"祸水"赐死了。

这当中必然是发生了一些事情。或许有太祖的插手，也或许有秦皇后与高红袖的较量。

平西老王爷素来是看着太祖的脸色行事，太祖喜欢成锵，他就归入成锵一派。在两兄弟争夺蕊姬的时候，他肯定是会帮着成锵的。

成锵有两个庶女，却没有儿子。很有可能，蕊姬表面上被赐死，实际上被平西王府悄悄藏起来了。

蕊姬怀孕了。平西老王爷觉得，这是个大筹码，若来日蕊姬替成锵生下儿子，平西王府功劳甚伟，彻底抱住了储君的这棵大树。可是，天不遂人愿，成锵死了。

这个大筹码成了烫手山芋……

第八十三章：种子

蕊姬身上有一半的胡人血统，长相上应该是很好辨认的。但从各个方面来看，平西王府里的诸人对此事浑然不知。所以，我判断，蕊姬应该是被秘密藏在了王府中的某个地方，生孩子的过程中，或者是生完孩子没多久，就死去了。

阿卜应该是算到了女儿的死。他的自缢，不光是殉了太祖，也是因为对女儿的死感到绝望。蕊姬若听了他的话，跟了成铎，那么新君继位，蕊姬的好日子就来了。可惜啊，可惜。一步错，步步错。

蕊姬生的孩子是凤子龙孙，但因为形势的风云变幻，让平西老王爷不敢交出这个孩子。他亦不放心将孩子送到别处。于是，他就把孩子放到了自己儿子的某个小妾处，说是常家的孩子。此事除了儿子，他没有告诉任何人。

操劳一生的平西老王爷大章三年就去世了。他的儿子袭了平西王爵。一场文字狱，常家牵涉其中。新的平西王便带着家眷远离朝廷，避政多年。他成了唯一知道这个秘密的人。他对自己名义上的这个儿子应该是很好的，好到让自己的正妻很是不满。

平西王妃以为"庶子得宠"，便极其厌恶常灵则。她不理解丈夫的"淡泊"，不理解这个家中所有的古怪。她翻云覆雨地在府中争斗，逼死那个小妾，打压这个"庶子"。常灵则暗暗积蓄力量，忍辱负重，终让这位"嫡母"暴毙。

听了沈昼的汇报，很多之前觉得古怪的事情一下子都有了因由。

"王爷爱吃苦瓜，爱饮皋芦与莲心，凡是入口的，必得极苦才好。"我耳边响起那日在茶庐之中，假水月说的那句话。他非极苦不入口，跟勾践的卧薪尝胆像极了。

敖羽曾见方辉和老内侍从东宫里出来。这说明东宫牵涉其中。

我不禁想到朱先生。朱先生是我为灼儿请的太子太师，是我做主将他的小女儿嫁给了平王。在多方面看来，都是一举多得。太祖爷以武力得天下，如今圣朝延续了三代，要想长久垂治天下，必得儒家思想治国。皇室王爷娶当世大儒的女儿，可向天下彰显皇家重儒的思想；朱家是读书人，但无朝中实权，平王娶了这样的正妃，无权势外戚，对他是一种制衡；拉拢朱先生，对他施恩，从某种程度上说，便是让他成为"自己人"。这是我当时所思虑的。

如今，朱先生每回都跟我说东宫一切都好，难道朱先生也有了私心吗？他满腹圣贤书，应知忠君为上。定是常灵则以自己皇室血脉的身份、再加之将来会辅佐他女婿上位的诱饵，蛊惑了他。这一回，他们会联合起来，捣腾出怎样的闹剧？

先帝的皇子中，只剩下老七没倒下了。这回常灵则连老七都拖下水了。

我走到窗边坐下，云归给我递了一盏秋芽。

年下里了，宫中事务繁杂，成筠河忙，我也忙。他忙着皇室宗亲的事宜，我忙着核对各项账务，看看各州的钱粮赋税。

夜晚清冷清冷的。敖羽站在我身边奏事。我指着月亮同他说："人们都喜欢月亮，然而月亮的境界却并不相同。月亮犹如人脸，时而晴朗，时而冰霜。"敖羽说道："娘娘，沈大人说，常灵则是个狡猾的人，之前用过的招儿不会再重复用，这一回，他必然是想打娘娘一个措手不及，所以，娘娘一定要加倍小心。""告诉沈卿，本宫知道了。宫里头的事，本宫留意。宫外头的事，他留意。"我啜了口秋芽，轻声说道。

腊月廿六那天，上京开始下雪。雪花大片大片地，如柳絮一般，点缀了冬日的上京城。这场雪接连下了三日，天地之间全白了。殿宇、树木、池塘，一片洁白的世界。就连天地之间行走的人，不到一会儿，也都白了头。

云归给我做了件大红色的斗篷，穿着它，行走在雪地里，像是一团滚动的火。

到了腊月廿九那日，安南王子抵达上京。早就接到奏报，说安南王此番要派王子前来送"岁币"，原本想着他一路山高水远，要走到来年二月份，不承想却这么早就到了。

所谓的岁币，就是进贡的财物。安南自麾垣三十三年跟圣朝的战役中败了之后，便成了圣朝的属国。每年都要向圣朝缴纳一大笔钱银才可。只是，从前都是安南的大臣们前来，这一回，却派了王子前来。

腊月廿九的当晚，我与成筠河在乾坤殿设宴款待安南王子。安南王子30岁左右，仪表堂堂，看起来很是沉稳，自小学习儒家经典，汉话说得很顺畅。

宴席上，我与成筠河坐在正中央，灼儿的太子席设在东面，安南王子的席位设在西面。

他向成筠河叩拜："圣上安康。"接着又向我叩拜："贵妃安康，太子安康。"太子？为何他不转向东面说太子安康，而是对着我说"太子安康"呢？再一看，他是对我身后，云归抱着的灏儿，说太子安康。灏儿已满百天，长得白白胖胖，眼睛大大的，一听"太子安康"这几个字，就咯咯地笑着，笑个不停。婴儿的笑，特别感染人，室内的空气似乎都变得活泼了。就连成筠河，也忍不住笑起来。

我看了看灼儿，他紧紧抿着嘴唇，面色紫胀，好似在拼命地忍耐着什么，眼眶里的泪珠似乎随时都要掉落。我忙严肃地向安南王子说道："王子唤错了。本官身后的孩儿是本朝三皇子，并非太子。太子在你的东面。"

安南王子看了眼灼儿。灼儿按礼法向他颔首，他淡淡地回了个礼，似乎并未将灼儿看在眼里。"小王在国内之时，便久慕圣朝贵妃的风采。圣上的后宫只有贵妃一人，贵妃是圣上的贤内助。今年贵妃喜得皇子，安南作为番邦属国，与圣朝一样欣悦。怎么？贵妃所生的皇子竟然不是太子吗？"他的脸上露出惊讶的神色。

我厉声说道："王子是不是言之太过了！圣朝立储之事，岂容番邦置喙！"他忙又做出歉意的神色。"小王这是第一次来上京，礼节上有不知分寸之处，请贵妃见谅。"

成筠河脸色讪讪的。"只得贵妃一人""贤内助""太子"等字眼，似乎是戳中他与我之间那些曾经鲜血淋漓，而今刚结了壳的伤疤。他端起案上的汤盅，顾左右而言他："这盏梅花汤，甚好。雅致不俗，入口清甜。"

安南王子落了座，亦端起汤盅喝了一口，向成筠河笑道："果然好汤。"

不快的对话，似乎就这么被一盏汤带过了。成筠河和安南王子开始聊《诗经》、聊儒家的中庸之道，彼此相谈甚欢。

可我知道，这事儿没翻篇。对于灼儿来说，这个刺激是巨大的。

那晚安歇的时候，我习惯性地翻着书，云归给我打了热水烫脚。我突然想到，魔垣三十三年，成锵虽然死在了征安南的途中，死在行军的军营里，但圣朝跟安南的战争却并没有停。时年廿八岁的先帝，自请挂帅出征。那一战大获全胜。安南一败涂地，尸横遍野，签下降书，称臣纳贡。

还朝那日，太祖爷龙心甚慰，封了打了胜仗的儿子为皇太子，加封其母高红袖为上一品皇贵妃。

安南是先帝打下的。再联系安南王子今日的种种反应，我明白了，他不是"不知分寸"。他连《诗经》《中庸》都懂，怎么会不懂这些基本的礼节？明明就是装糊涂，故意挑拨，在灼儿心中种下怀恨的种子。

我跟云归说："去，叫太子殿下来一趟乾坤殿。"

"这么晚了，太子殿下或许休息了，明日吧。"

"此时就去。"

云归答应着，去了。

不一会儿，灼儿过来了，他请完安，站在离我三丈的距离。

"灼儿，明天就是除夕了，过年是好日子，你怎么闷闷不乐的？"

他用那双跟凌桃蹊长得一模一样的眼睛瞪着我："母妃打算什么时候废了儿臣？"这句冷冰冰的话，衬着那双眼，在这个雪夜让我觉得分外古怪。

"母妃从未想过废你。母妃深夜叫你来，就是看出你今晚不开心，想亲自劝导劝导你，给你吃颗定心丸。外头不好的传闻休要相信，外人不好的言语休要入耳。你是圣朝的太子，父皇与母妃的希望。"他似乎是笑了一下："多谢母妃，儿臣记住了。儿臣告退。"说完他转身就走了。

我看着他小小的背影，长叹一口气。

云归说："娘娘，太子殿下是铁了心要跟您做对了，您要……"她没有再说下去。我苦笑："只有恨娘的儿，没有下狠手的娘。不论最后如何，本宫都不会伤着他。"

庭院中的雪仍然在下着。

长乐七年，在漫天的风雪中褪去了。

长乐八年，来了。

第八十四章：谋杀

正月初一，京中的王公进宫请安，爵位在身的常灵则也包括在内。

是日晚，我借故留住他，说是要商量来年"虞衡司"的裁制问题。到亥时，他才离开皇宫。

他前脚离开，我便冲云归使了个眼色，云归向我点点头，走到窗边，朝天上放了个信号。

"云归，去给我倒杯茶。"

"娘娘今晚喝什么茶？"

我看了看窗外："罢了，今晚喝莲心吧。"须臾，云归将莲心递到我手中。她看了看我的神色，小心翼翼地问道："娘娘，沈大人今晚能成事儿吗？""沈昼办事，本宫放心。"我淡淡地说。话虽如此，我心内依然忐忑不安。常灵则就像一潭水，深不见底。我从来没有跟他正面较量过。他永远都是躲在暗处，怂恿别人做替死鬼。所以，我不知道他这潭水究竟有多深，不知道他的实力究竟有多大。他三番两次打灼儿的主意，往我的心口上扎刺。利用我最亲近的人，来算计我，其心可诛。

除夕夜，我看着头顶的烟花，下了这个决定。他死了，就什么都平息了。一旦没了他，就凭灼儿和老七，根本翻不出什么浪花来。那些暗中有不甘的人，也都不得不鸣金收兵。事情自然就平息了。

明着杀他，动静太大，不妥。在他从宫中回家的路上，暗中结果了他，悄无声息。年节里，上京人多。许多外乡人都赶到天子脚下做买卖。上京的客旅里面，住满了九州各地来的商贩，鱼龙混杂，乱哄哄的。府衙里不少人过节还休沐了，这个时间段下手刚刚好。

我特意让敖羽转告沈昼，杀了常灵则之后，把他身上所有的值钱物品都抢光，制造"谋财害命"的假象，抛出迷雾弹，转移旁人的视线。

我焦急地坐在尚书房中等待着。莲心茶喝了一盏又一盏，浓烈的苦味让嘴角有些发木。

我毫无睡意，整个人脑子是紧绷的。我眼前浮现沈昼清瘦的背影，那张看起来冷冷的脸，那永远的一身黑衣。我的心揪在一处。多年的风雨相持，潮起潮落，低谷与高峰，缺憾与圆满，沈昼从未变过对我的忠心。

我担心他。

到子时的时候，窗外吹进一阵风，桌案上的烛火一晃，竟灭了。我连忙唤着："云归，云归，云归你在哪里？"云归连忙跑过来，握住我的手："娘娘，奴婢在呢，奴婢在小厨房烧水。"她掏出火镰，把蜡烛点亮，室内复又漾满了柔和的黄晕。

"娘娘，奴婢还从未见您这样惊慌失措，像个小女孩一样。"云归看着我紧张的模样，说笑着，想分散我的注意力。

"君去应回首，风波满渡头。"我站起身来，喃喃念着，走到窗边，看着天："不知现在情形如何了……本官实在心焦得很……"

"您哪，宽心吧，沈大人的武功，您还信不过？他可是先帝口中的圣朝第一勇武之人。"

"论武功，沈昼当然是打得过常灵则的。但常灵则这个人，诡计多端。本官怕的是，出什么意外。"

正在这时，敖羽趁着巡逻的空隙进了尚书房，急急向我说道："沈大人那边出了些状况，他怕娘娘担心，让微臣抓紧进宫禀报。微臣特意换的班，今晚巡逻当值，不叫人起疑心。"

"沈昼怎么了？"

"常灵则看似是一个人，实则暗中跟在他身侧的有好些人。沈大人还没得手，一群人就扑上来了。幸亏这件事沈大人提前告诉了菜头大侠，菜头大侠及时出现，沈大人方得脱身。否则，今晚一定是凶多吉少啊。"

菜头来帮忙了，我紧绷的弦稍稍松了些。我问道："扑上来的，都是些什么人？"

"身份不明，武功很邪，高深莫测。对了，有件要紧的事，在打斗中，沈大人的蒙面被扯掉，被常灵则看到了，身份暴露。这下，常灵则知道对他下手的人是娘娘，知道娘娘要除掉他了！"

我坐下来，凝神静气，强行镇定住精神。"沈卿有无受伤？"

敖羽回道："只是皮外伤，不要紧。但沈大人自责得很，说没办好娘娘交代的事。"

"叫沈昼莫慌、莫自责。就算此时不暴露，以常灵则的敏锐，以他的老辣世故，他能闻不出味儿吗？恐怕这回就是有备而来呢。"我从桌案抽屉中拿出一盒药来，递给敖羽。

"皮外伤也是伤，告诉沈卿，好好儿养着。"

"是。"

第二日，我刚从榻上起身，云归便走了进来："娘娘，平西王府递了帖子，说得了件大礼，要送与娘娘呢。"

呵，这个常灵则，昨夜被行刺，今日便来了。送礼不过是个幌子，他想玩什么把戏？

"帖子上有没有说是什么礼？"

"说是一块玉。"

我皱了皱眉。"圣上在干什么，怎么不见人影？"

"圣上跟安南王子聊及音乐、篆刻，竟十分投机。据说圣上还拿出早年做的词曲，安南王子与之探讨，两人在西宫的司乐楼边让伶人弹奏，边推敲修改乐谱，至天亮方休。而后，便宿在了司乐楼。"

安南王子借口沉醉中原文化，久慕圣朝风采，想留在这里多多学习为由，盘桓在此不肯走，说要在上京多待些时日。成筠河自然是允了。没想到，安南王子用这种方式，与成筠河越走越亲近。大有"知己"之态了。

我洗了把脸，淡淡梳了个妆，便在正厅召见了常灵则。

他云淡风轻地走进来，似乎昨晚并无事情发生。

"微臣得一宝物，不敢私藏，献与娘娘。"

"哦？什么宝物？"

"一块玉。"

"从何处所得？"

"水中垂钓，偶得之。"

"本宫不喜珠宝，三爷可另送他人。"

"娘娘会有用处的。"

我们对视着，空气中仿佛飞舞着一杆杆的明枪，和一支支的暗箭。

我转移话题："听闻三爷曾去过安南。"他笑笑："年轻时，郁郁不得志，多般受打压，只得寄情山水，四处游历，增长见闻。"

"三爷觉得安南如何？"

"是个好地方。"

我嘴角一抿，接过云归递上的岩茶，左手端着茶，右手拿起茶盖，轻轻吹了下："再好的地方，都挡不住先帝的铁骑。圣朝的军队锐不可当，先帝英勇非凡。"他沉默了一会儿，从鼻子里哼出一口气，说道："先帝有取天下之才，而无取天下之量。"他指的必是成锵遇害一事了。

我冷笑一声："三爷放肆了。先帝坐了这么多年的江山，不是你能指手画脚的。""权谋而已。"他虽低着头，但这四个字里，浓浓的都是不满。

昨夜刺杀中，沈昼露了脸，他知道我要杀他，那么他肯定猜到了，我已经知道了他的身世。我们一个字都没有明说，但我们都在暗指。

"先帝雄才大略，在历朝历代的君王中，亦当占上座；虽好用权谋，然从古英雄，岂有全不用权谋而成事者？"我一步一步地逼近他。"万般皆是命，半点不由人。命运已经给了答案，有何不甘？又为何不甘？如果非要问一个因由，那么，本官告诉你一句话——"我离他只有三寸的距离。我的眼神里结满了霜。"那个早早离世的人，有取天下之才，而无取天下之虑。"

我说得已经很明白了。有取天下之才，而无取天下之虑。当年成锵作为炙手可热的皇子，难道不该时刻如履薄冰、草木皆兵吗？为何会被高红袖算计，为何会在军营中被毒蛇咬死，说明他思虑有缺。

"三爷以为那个位置，有才便可以吗？"

他转身，又回头："娘娘有句话说得对，万般皆是命，半点不由人。咱们就看看，老天爷这回，是怎么安排。"

他走后，我看了看他送来的那块玉。色泽幽寒，泛着冷光，成色倒真是难得。我唤云归："收起来吧，或许日后真用得着。"

用过早膳，我去了趟东宫。我刻意没让内侍通传，也没带上许多人，只自己和云归两人便去了。

灼儿坐在书桌前，他手里拿着的，竟是那回明宇在关外给我写信的那张羊皮！我说怎么丢了呢，百般寻不得，原来是被他偷偷拿走了。可他拿这个干什么呢？我听到他跟身旁的朱启说道："合贵妃口里总是冠冕堂皇，实则司马昭之心，路人皆知。我生母早亡，朝中无人。合贵妃手握大权，宠冠后宫。边塞的陆将军刚打了胜仗，合贵妃便拉拢他，难道不是为自己的儿子筹谋吗？"

没有想到，背地里，他是连"母妃"二字都不肯叫的。

"这个陆将军，看样子，已经被合贵妃拉拢了。别让他破坏咱们的计划，听常三的，去边塞，暗中给他使点绊子，叫他难回来。"

朱启说道："平西王已经派人去做了。太子殿下放心。"

"七叔有没有说动殷家那边帮忙？"

朱启道："一朝天子一朝臣，先帝崩逝后，殷家已经很多年不得势了，帮不上什么忙。以微臣看，这个行动的关键，还是在太子殿下您的身上。"

有雪压树枝的声音。朱启猛然问道："外头是谁？"我拉着云归，从侧面溜到了后头，心里扑通扑通的。

"这个行动很特殊，关键哪，还是在太子殿下您的身上。"这句话是什么意思呢？这个行动，到底是什么行动？他们到底要蛊惑灼儿做什么？

第八十五章：元宵

朱启走出门来。他四周看了一下，说道："无人，是风吹树枝的声音。"

我带着云归绕小道走了出去。不知是不是我的错觉，我感觉朱启往我这个方向瞟了一眼。我走了几步，听到他拍了两下手掌。

走出东宫，我思索着朱启的反应，究竟是何意。云归在我身边说道："娘娘，依奴婢看，太子殿下就是不识好歹，辜负您的一番苦心。若没有您，他在娘肚子能顺利生出来吗？若没有您，他能在这刀光剑影的宫廷里活得如此顺遂吗？若没有您，他能入主东宫吗？现在，翅膀还没硬，就想着跟您作对了！"

我心里有些伤感。

前几日的雪下得太大，宫中的好多树木都被压得折了枝，时不时能听见"吱呀"的一声。

"灼儿年纪还是太小了。他现在就算有恨，也是不成形的，是别人灌输给他的。就如同稚子学舌，别人说什么，他说什么，不一定是他的本意。"

他那么小，能懂得什么是非呢？不过都是大人教的罢了。他的爱不成形，恨也不成形，他只是一个提线木偶，线在别人手里。

云归说道："朱启是您挑的，也是您去请的。贵妃亲自登门为子请师，这件事被当作佳话在民间流传许久。他怎么也能跟这些野心之徒搅和在一起呢？难道他真的相信常灵则会捧平王吗？呸，什么东西！"

我沉吟道："本宫瞧这件事，没有表面上看起来那么简单。朱启读了多年的圣贤书，当世大儒，名满天下。儒家的核心思想是什么？乃仁、义、礼、智、信也。他能行此不仁不义之事？就算，咱们不从仁义看，从智这一点看，他不是灼儿那般孩童，三言两语就信了。以朱启的脑子，他会看不出常灵则的诡计？"

云归说："或许常灵则骗他，自己只想为成锵复仇，无心皇位呢？那么，事成之后，捧平王，也不无可能啊。"我笑笑："这话，如果是骗别人，可以。骗朱启，肯定是骗不过的。他若要复仇，平王亦是先帝血脉，怎么就会单独放过平王，还捧平王呢？如果无心皇位，老六老七，对于他而言，又有何区别呢？何必搞这么复杂，来

346

这么一出？"云归说道："或许，常灵则会说，他只是无法忍受您把持朝政，牝鸡司晨，要联合起来，保皇家江山。"

"这个借口倒是稍微像样一些。但是本官一则，对朱启有恩；二则，并未坐到金銮殿上去发号政令，有何可反？"

"他女婿来日会成为九五之尊，他的女儿母仪天下，那他就是什么，国丈啊。这可是个大诱饵啊。有个词，叫作利令智昏，纵便他腹内再多诗书，能禁得住这般诱惑？"云归仍是许多顾虑。

正月里，风都是凉丝丝的。踏着地上未化的雪，我与云归走到了御花园。这个季节，盛开的花，只有一树树的白梅与红梅。白梅隐于白雪，红梅凄美动人，交织在一起，点缀着深宫中的正月。

我说道："犹记得灏儿洗三的时候，平王与平王妃都来了。本官瞧着朱先生与他们相处的情景，朱先生对现状很是满意。他一定是希望女儿过得安宁幸福的。母仪天下有什么好？母仪天下，得有母仪天下的本事，还得有母仪天下的思量。瞧瞧太皇太后高红袖，身居高位，且长寿而终，死后长享供奉，算得上是后宫中结局很好的女子了。可她，快乐吗？她这辈子，又能睡几个安稳觉。"

我指着宗圣殿的方向，对云归笑道："人哪，各有所求。"云归看着我，问道："娘娘您心中求的是什么？"我低头："从前吧，本官想成为人上人，再也不受童年颠沛之苦。后来，遇见圣上，与圣上度过几年平淡甜蜜的好日子，本官就想，能嫁与圣上，与他恩爱缱绻。世事轮转，诸王阴谋暴露，本官就想，助圣上夺嫡，看着他做个好皇帝。再后来，本官惦记圣上，不放心他应对很多复杂的事情，怕他深陷淤泥不得出，本官不忍离去。有了孩儿以后，本官舍不得孩儿，为孩儿奔忙，想护孩儿周全。到现在——"

"现在，您是怎么想的呢？"

"现在，本官的想法很是不同了。云归，你知道为什么吗？"

"奴婢不知。"

我看了看天，又看了看近旁的小山坡，又看了看不远处的圣湖："人处在不同的位置，看到的事物便不同。本官处理政务多年，现在想的，是四海清平，天下大治。"云归叹道："就凭这一点，常灵则就不可能赢得了您。娘娘您心怀四海。"我笑道："今晚咱们早些安置烯儿和灏儿。待他们睡下，咱们便到尚书房去。二更啊，有客夜访。"云归一脸茫然："二更？"

嗯。二更。朱启拍了两下巴掌。我猜测，是二更。

那晚，我在尚书房秉烛夜读。到二更时分，果然听见脚步声。脚步声越来越近，不一会儿，来人站到了我面前，戴着黑帽。

"先生来了？"我起身，亲自倒了盏茶递给他。

"娘娘看的是什么书？"

"本官在看史书。"

"微臣前日读史书，有一处看得不明白，想与娘娘探讨。"

"先生请讲。"

"微臣想与娘娘探讨南北朝时期的一件事。元嘉三十年，因巫蛊之事，刘义隆欲废太子，刘劭知道之后，遂率兵夜闯皇宫，将其父杀害，自立为皇帝，改元太初。那刘劭当了皇帝后，用刀剖开了潘淑妃的胸膛，挖出了她的心，还说了句，潘淑妃的心果然是偏的。"

我一惊，难道他在暗示我，灼儿会弑父、杀庶母吗？我说道："圣上与本官，并未偏心。"

"偏与不偏，眼睛不同，看到的就不同。"

"太子年幼，何敢为之？"

"纵他不敢，背后自有敢的人。微臣之所以假意装作与平西王合作，就是想探出他们的行动，好报与娘娘，让娘娘早做准备。现在，平西王想的是让太子身先士卒，利用自己的身份优势，在假意与圣上和您亲近的时候，出其不意地下手。"

我想了想，朝他拱手道："多谢先生。"他忙回我一礼："微臣不敢当娘娘一谢，微臣有自己的私心。唯愿小女平安，平王府莫卷入纷争。覆水难收啊。"说完，他转身离去。须臾，又回头道："娘娘一定要护好三皇子。怕的是有人想绝了娘娘的后路，对三皇子下手。"

我点点头。我在预感到事情不对劲的时候，就已经做好了这方面的准备。这几日，昼夜有人守着灏儿。

正月十五的那晚，宫中欢庆元宵节。成筠河与我坐在大殿上，宴饮群臣。云归抱着灏儿，站在我身侧，我命她寸步不离。到了放烟花的时节，小内侍进来，请成筠河带着众臣，到院子里赏烟花。

成筠河笑道："诸位爱卿，今年炮坊新做了千响烟花，足足有百多个花色，咱们去御花园中的昌乐亭观赏吧。"众臣连忙起身："谢陛下。"

我站在成筠河的身侧一路走着，眼角的余光始终没有离开云归和她抱着的襁褓。

空中的烟花美极了。花色都是能工巧匠们新做出来的，与往年不同。有大臣拍着马屁："烟花飞御道，罗绮照昆明。得此长乐盛世，天下幸哉。"众臣又是一同叩拜着。

在这繁盛的景象中，突然一股烧焦的味道传来。"怎么回事？"成筠河皱眉，他闻到了。浓烟袭来，不知在哪儿的几个小内侍的声音叫喊着："着火啦！着火啦！"场面顿时乱起来。烟雾缭绕，看不清面目了，众人四审纷纷。慌乱中，云归哭泣道："三皇子……有人趁乱抢走了三皇子！"

成筠河听了这话，气怔了，他用手在烟雾中摸索着我，我们的手握到了一处。他将我握得紧紧的："是谁胆大包天！抢走灏儿做甚？"

浓雾中，我暗暗笑笑。但仍佯装哀号道："灏儿！灏儿！是谁抢走了灏儿！"

过了好一会儿，火被扑灭了。云归手中，空空如也，什么也不剩。我大喝一声："御林军听令！"

"在！"答话的，是敖羽。两个时辰前，方辉"家中突遇匪盗"，从宫里赶回去了。至于是遇何匪盗，得感谢流云君子箭楚大哥了。

"在宫中掘地三尺，也要找到贼人！"

"是！"

半炷香的工夫后，敖羽在离东宫不远的地方，发现了三皇子的襁褓。只是没有婴孩，只有襁褓。敖羽禀道："贼人在离东宫不远的地方销声匿迹。微臣不敢擅搜东宫，请圣上下令。"

成筠河来回走动了许久，又看了看那襁褓，终于艰难地下了命令："搜！"

第八十六章：下套

成筠河说出"搜"这个字的时候，我的心就像被一个拳头紧紧攥住。

敖羽带着御林军往东宫的方向冲去。我感觉到成筠河有一瞬间的踉跄，我赶紧扶住他。他冲着敖羽的背影喊着："勿伤太子……"

勿伤太子。在他心里，应该一直记得十里桃林中那个早逝的女子吧。她与巧云、与常攸宁都不同。她出现得不露痕迹，她与成筠河是有过一段好日子的，且没有撕破脸皮，没有沾染上阴谋。她的临阵倒戈，让她没有归于叛贼一党。到死，都保留了在成筠河心里的洁净形象。

"桃蹊！"当箭射向凌桃蹊的那一刹，成筠河那声呼唤里的悲伤是真实的。在我与成筠河因胡通一事生疏的那段日子里，凌桃蹊陪他度过了那么多日日夜夜。连写圣朝后宫录的史官都如实记录下了这一切：昭仪凌氏，美姿容，性温顺，擅医道，雅好赋诗，上所喜之。

她在那样悲怆的情景下死去，和桃蹊院那些桃花一样，化作成筠河心里凄艳的遗憾。所以，成筠河之所以那么痛快地把灼儿立为太子，除了对我的忌惮，对"母壮子幼"的避讳，还有些别的情愫在里头吧。

此时，他低声对我说："星儿，你说，贼人把灏儿的褪褓丢掉做甚？灏儿此时在哪里，会不会有什么危险？"我看了看他。他虽然有诸多性格上的弱点，但作为父亲，他爱他的每一个孩子。就连寄养在胖老五府中的二公主，他每隔几天都会打发内廷监的管事去瞧瞧。他怕我与常攸宁是宿敌，知道了此事，会不高兴，就一直瞒着我。其实，我心里都明白。但，他不愿意告诉我，我也索性不提。

我轻轻抚着他的背："筠河，你别担心。我们先找到贼人，盘问出个结果。"他点点头。

不一会儿，敖羽走过来了，还押着一个浑身是血的黑衣男子走过来，最后跟着的，是灼儿。他穿着太子的华服，头戴金冠，但是面色苍白，看上去像是很害怕的样子。

"怎么回事？"成筠河问道。他突然像想起什么似的，问灼儿道："今晚元宵之夜，你为何没来与群臣一起赏烟花？"小申在一旁小声地提醒他："圣上，您忘啦？太子殿下前日就已经向您告了病，说身子不舒服，您免了他的晨昏定省，许他在东宫好生调养。"

成筠河"哦"了一声。又问道："灼儿，你生了什么病？"灼儿吭吭哧哧，脸红了，结结巴巴地说着："风风风……风寒……"

敖羽说道："恐怕太子殿下得的是心病吧？"他走上前，一脚踢倒那个浑身是血的男子。接着，向成筠河禀道："圣上，微臣第一次与贼人交手，重伤了他，可他用了个障眼法，迷惑了微臣，然后就销声匿迹了。微臣看那里离东宫颇近，怀疑贼人躲进了东宫，微臣不敢擅闯东宫，特来请旨。得到圣上许可后，冲进东宫，果然搜到了此人！"

成筠河听了这些话，一步步走向那个男人，厉声问道："你把三皇子掳到哪里去了！"

黑衣男子脸上全是血，看不清表情，他说道："太子有令，杀了三皇子，我将他丢进了圣湖，然后把襁褓带回东宫交差。谁知半路上碰到他——"他指着敖羽："我跟他打斗之时，襁褓掉落了。"

"圣湖？快，快，快来人去圣湖！把灏儿救回来！"成筠河说道。

这时，一个老嬷嬷抱着孩子跌跌撞撞地跑过来："老奴今夜划船到湖心收拾枯枝枯叶，恰好看到有人扔了东西，仔细一看，竟是个孩子！菩萨有好生之德，何人如此心狠哪。老奴刚裹好孩子，就听路过的宫女内侍们说三皇子丢了。连忙抱了过来。叫圣上、娘娘瞧瞧，是不是。"

宫中每年冬末都会有专人打捞圣湖的枯枝枯叶，老嬷嬷说的话并无问题。

成筠河看着老嬷嬷怀中的孩子，喜道："是灏儿，是灏儿！"我接过灏儿的手在颤抖着，一脸凝重地跟成筠河说道："圣上，若今夜这个老嬷嬷没有恰好捡到灏儿，现在会是何后果呢？审审这个贱人吧。"

这时灼儿哭着抱住成筠河的腿："父皇，儿臣不认识这个人，儿臣是冤枉的，儿臣没有害三弟啊，求父亲饶了儿臣……"他说的话很凌乱。既是冤枉的，何需"饶"？或许，他自己都是不确定的。

成筠河看了看我，又看了看灼儿："此处风大，回乾坤殿审吧。"他不想将此事闹大，使众人皆知。就在他转头的那一霎，那位浑身是血的刺客拿刀往自己心口一刺："太子殿下，我有负您的重托，以死谢罪！"血溅得老远。比那会儿天上飞腾的烟花还要刺眼。

灼儿哭了："你，你，你老拉扯我做甚……不是说都跟我没有关系吗？"在场的人听到这句话俱是一愣。灼儿到底是年纪小，这种混乱的情势下，一不留神，便说出此等暴露自己立场的话。"不是说都跟我没有关系吗？"此话大有古怪。

敖羽走到刺客跟前儿，伸手一探："回圣上，此人死了。"我说道："那便丢到乱葬岗吧，别脏了宫里的地。"

"是。"

乾坤殿点着蜡烛，成筠河坐在厅当中的椅子上，我站在成筠河的旁边，灼儿跪在地上，处理完"贼人尸体"的敖羽走了进来，亦恭恭敬敬地跪在地上。

云归将灏儿抱到内殿哄睡了。

成筠河沉默良久，开了口："灼儿，此处没有外人，你便如实交代吧。"灼儿已经冷静下来，大约是想到了什么。他开始咬紧牙关，矢口否认。"父皇，儿臣是被栽赃，儿臣是冤枉的，父皇……"

成筠河摇了摇头。纵便是他有心偏袒，但事实摆在眼前，如此明白。"灼儿，那个刺客死之前，还在说着有负太子殿下，你当真不认识他吗？"

灼儿又爬到我身边："母妃，连您也不相信儿臣吗？母妃，儿臣什么都没有做啊……"他想了想，说道："那刺客死了，那老嬷嬷还在，说不定，说不定他们都是一伙儿的！只需，只需拷打那个老嬷嬷，便明白儿臣是无辜的了……"

成筠河摆摆手，小申传了内廷监的管事过来。内廷监的管事带了当值录，上面写得清清楚楚，那个老嬷嬷确是今晚被安排到圣湖做事的。这当值录一般都是提前七日做好，所以，是不可能临时造假的。

"灼儿，你还有什么借口？到现在这个节骨眼儿了，你还打算攀咬谁？"

灼儿不吭声了，坐在地上发了愣。

成筠河说道："你现在应端正自己的态度，求求你母妃，莫与你计较。所幸你三弟无事，便当作一场闹剧，你要好好反省自己。"这话表面是指责灼儿，实际上在偏袒灼儿。

"杀弟"这么大的事，一句"闹剧"就带过了。成筠河握着我的手："星儿，灼儿年纪这么小，一时糊涂。还好，灏儿没事，咱们就原谅灼儿这回吧，下次，若有下次，定不轻饶。"

我能说什么呢？我苦心做了这场戏，为的不就是震慑一下灼儿、震慑一下灼儿身后的人，顺便用"事实"让成筠河心中戒备起来吗？我本就不是想要灼儿的命啊。

我走上前，摸着灼儿的脸："你跟你三弟一样，都是我的孩子。母妃不跟你计较。但你要明白母妃的苦心。"

我说得已经很明白了。这孩子能领悟吗？

成筠河听到我这么说，松了口气，呵斥灼儿："还不快给你母妃磕头！让你母妃受惊了！"

灼儿哭着磕了几个头。成筠河一挥手："你下去吧。"然后又吩咐敖羽："今日的事，不要外传。"敖羽答应着，告退了。

纵是如此，这件元宵之夜的宫闱秘案还是传遍了朝野。毕竟，那晚御花园中的人实在是太多了，人多口杂。最难堵的，便是悠悠之口。

"太子器小，不容幼弟。"这是大多数人对此事的评价。

第二日，尚书房内，我低声问敖羽："楚鸣手底下那个人处理妥当了吗？"他回道："已经好端端地送出宫了，娘娘放心，心口刺的那一刀是虚张声势的，他们江湖人，最是懂得分寸的。溅出来那些血，是鸡血。"

我点点头："方辉那边处理得怎么样？"敖羽笑笑："楚大哥那边您就更不用操心了。方辉的爱妾被绑架，楚大哥引他到了京郊的荒山，没个三四天，这事儿是消停不了的。"

贸然出了这件事，灼儿定以为是常灵则的人暗中操作的。他不确定，所以心虚。方辉是他们沟通的桥梁，方辉出了事，他们之间无法及时互通消息，只能靠猜测了。说不定常灵则以为是灼儿自己愚蠢，迫不及待要杀弟弟。行动失败，逮不到狐狸惹一身骚。

我喝了口武夷茶。一抬头，瞥见庭院中的枯树不知不觉中竟长出了嫩芽。

冬去也，春风依不度。这是我给灼儿最后一次醒悟的机会。但愿此后，不增风波。

第八十七章：架空

正月底的时候，我出了一趟宫。

我依旧是穿着小内侍的衣服，在胡人酒肆饮酒。一壶葡萄酿下了肚，一种久违的朦胧惬意。我感觉旁边的座位上有人坐下了。我皱皱眉，用手指轻轻敲了敲桌面，说道："这个位置有人了。"那声音笑道："怎么？陆兴兄弟不识故人了？"我一喜，转头，果然是楚大哥。

他依然是一双虎目，腰间别着一个兽皮做的袋子，身上似带林间之风，草莽之气中携带着恣意恩仇的潇洒。他看着我，一双虎目里荡漾着暖阳："陆兴兄弟还是那般俏模样，不曾变。"

"楚大哥说笑了，一别四年，风霜浸染，怎能不变？"我摆摆手，小二又送上来几壶酒。楚鸣打开一壶，仰头喝了一大口。喝完指了指外头未化的雪："那一年，也是这个季节，这样的天儿，你在此处送我离京的。""这回多谢你帮忙。敖羽都告诉我了。"

他笑笑："谢什么。我此次进京，听沈昼兄弟说了宫里的情况，便想着替你做些事。举手之劳而已，不必挂怀。"

"楚大哥还是那么仗义。"我冲他举了举杯，问道："这次来京中是为办什么事？"

他习惯性地环顾了一下四周，压低声音说道："有人请我去玉门关外办一件事——"一听玉门关外，我脑子"嗡"地一下，想起了明宇。

"我本想着从云贵朝上走，取道川陕，北达关外。但，我一听对方念出的名字，就觉得不对劲。陆明宇，姓陆，与你同姓，又是朝中大将，我恐怕与你有关，便来京城探一探究竟。"

我连忙说道："楚大哥不能动他，他是我弟弟。""弟弟？"他愣了一下，旋即又说："幸而我多了这份小心。""对方是谁？"我问道。

"黔州太守江自海。想必陆兴兄弟知道，我们楚家寨，虽久居深山，但也得给当地的官府一些面子。否则，担心他们会以剿匪的名义上山骚扰。"

354

我点了个头。黔州刺史江自海，我在脑海中过滤着这个人。片刻，想起来了，从前跟殷家走得很近。殷家失势后，他的仕途便一直不顺。成筠河刚登基就贬斥了一大批"殷氏一党"，江自海便在其中，发配到黔州做太守，在这个位置上八年没挪窝儿。

必是常灵则通过平王找到的这条线。平王是殷雨棠的儿子，对于从前效忠殷侯的江自海来说，是"自己人"。他一定巴不得平王上位，好将他从西南深处的黔州调到上京来，升官加爵。

"他们的计划是什么？"

"让我趁陆明宇还朝的时候，暗杀他。"

明宇是武状元，人尽皆知的武功高。他们知道，派等闲人过去，也是徒劳。而流云君子箭，威名赫赫，擅长暗杀。明枪易躲，暗箭难防。在明宇全无防备的情况下，躲在暗中射箭，胜算还是比较大的。他们费尽心机想的，倒是很"周到"。

我举杯，与楚鸣接连又喝了几杯酒。心中有了主意。"楚大哥，你听我说，你去到玉门关，假装暗杀成功。我会飞鸽传书，让明宇配合你。营造出陆明宇死了的假象。""为何要这样？"楚鸣疑惑道。

前些日子，玉门关发来奏报，诸事已妥，明宇准备带兵还朝了。想必他们急了，也怕了。明宇在关外打了三年的仗，手底下的兵与他生死与共这么长时间，十分忠心。他这一回来，以这样的泼天军功，必会拜上将军。

在他们眼里，我有了军中的倚靠，如虎添翼，更难拔除了。

"为了引蛇出洞。"我说。明宇死掉，军中举丧，京中这几个人才会放开手脚行动。既然他们想斗，那我便与他们斗上一斗。楚鸣听了我的话，郑重地点点头："陆兴兄弟放心，你交代我办的事，我必办妥。"

酒酣，我目送他远去。他跨在马上对我说："陆兴兄弟，上京凶险，你一定要平安。"

我从西角门进宫，竟然在城墙边碰到了安南王子。我穿着小内侍的衣服，他还是认出了我，笑得很莫名。

"贵妃娘娘好雅兴。"

"你怎么会出现在这里。"

西角门是宫人内侍们出入的地方，他一个外臣，来这儿做甚？

"茂苑城如画，阊门瓦欲流。小王实在是太喜欢这座宫殿了，每个角角落落，都要转一转。"

我冷笑一声："别以为本宫不知道你打的是什么主意，想借圣朝某些居心不良之人的手，搅这趟浑水。本宫告诉你，安南现在虽是天朝的属国，纳贡称臣，但尚有国在，若你不识好歹，来日更惨的，在后头。"说完，我径自走了。

他的父皇指望他将来做个中兴之主。他却来插手圣朝的内政，企图走捷径，趁火打劫，在浑水中捞些便宜。我断定以此人的心性和气度，把握不好一个国家。果然，数年之后，安南国灭城破，皇室尽皆流亡，境内所有土地被南掌国接手。这是后话了。

我猜测他这次来，必然还带着一批南境高人。南境湿热，瘴气重，蛇虫鼠蚁多，擅使毒的人亦很多。沈昼口中那批武功很邪的人，定然是这位安南王子带来的了。

没过多久，西北传来消息，陆明宇在准备动身还朝的时候，中了暗箭，死了。军中将士皆痛哭流涕，高举白旗，送别将军。

陆明宇曾在塞上带领将士挖渠灌溉，奖励耕织。今日玉门关已非昨日矣。边陲百姓感念将军大德，保一方平安无虞，跟随将军之灵，十步一叩首。成筠河在朝堂之上，接到百姓的联合请愿书，恳请在当地修建将军墓，成筠河允了。与此同时，我接到楚鸣的消息：一切按计划行事。

黄昏的时候，成筠河跟我说："星儿，你还记得那个穿着白衣、清瘦俊朗的武状元吗？说来跟你还是同乡之人，那年他自请去关外打仗，孤还担心他太年轻，能力不足，实战经验缺乏。谁知他倒颇让人意外。主将阵亡后，他带领圣朝将士们浴血奋战，击败了大漠蛮族，劳苦功高。战事结束后，留在玉门关外整编，挖水渠，兴农业，很有才华。可惜，中了暗箭，死了……"

他叹了口气："如此人才，可惜了，就是不知道是谁下的手？"未待我回答，他又说："陆明宇初涉仕途，不曾得罪过什么人。或是蛮族残部所为吧。那里民风彪悍，倒有可能。"

我点点头。按计划，等风头一过，明宇和他的亲信部队，楚鸣和楚家寨的兄弟们，都会潜伏在离京不远的地方，等候我的调遣。

"筠河，安南王子在上京的日子不短了，该回国了吧？"

"圣朝是礼仪之邦，没有逐客的道理。他既仰慕中原文化，想留在上京多习学一段日子，便随他吧。"

今年上京的天儿暖得迟。二月里了，仍需穿着厚夹袄。乾坤殿桌案上的茶梅大约是惧寒，迟迟没有打苞。我与成筠河一人一卷书，盖着锦被，歪在椅子上说着话。黄昏的日头洒进来。云归给我递了盏茶，给成筠河递了盏甜汤。

"筠河，看你最近日日都去东宫，可是有何事吗？"

他喝了口甜汤，看着我，柔和地说："前两年生的那场病，我总以为自己大限到了。谁知，你给我寻来个神医，病竟好了，不仅如此，咱们还有了灏儿。现在过的每一天，我都觉得很满足。没什么大的指望，能安逸些就好。你我好，孩子们都好，就是最好的日子了。元宵节发生了那样的事，我虽没有严惩灼儿，到底是惊心得很——"

"或许，星儿，你会觉得我偏心，偏袒灼儿。可你知道吗？如果当日掉过头来，做错事的是烯儿或者灏儿，要害的是灼儿，我一样也会大事化小。我想要的只是安宁。"

"筠河，我明白。"我轻轻浅浅地说了这么句话，喝了口茶，问云归道："今日泡的洞庭茶似乎味道烈了一些。"

"回娘娘，今日泡的不是洞庭，是苍梧。这两地挨得不太远，茶的味道也相近。只是苍梧的要稍烈一些。"

我又喝了两口："苍梧的味道好得很。"云归笑："那便让内廷监多送些来。"

我放下茶盏，看着成筠河，问道："元宵节后，灼儿一直在东宫思过，现在如何了？"

"甚好。每日苦读诗书，朱先生说他长进很大。"

我点头："那就好。"

当日，成筠河说的是将太子禁足六个月。等他解禁，得七月中了。不知道那时会是怎样的情形。灼儿暂时脱离了那群逆贼，对我来说是个好事，我可以放开手脚，痛痛快快地收拾他们。

天色渐渐暗下去，夕阳的最后一点余晖也在天际消失不见。乳娘抱了灏儿来，灏儿眼睛睁得大大的，看着成筠河。成筠河放下书本，开始逗孩子玩儿。事情发展到现在，方辉那边自然是发现不对头了，必禀告了常灵则。我悄然罢了方辉的"御林军统领"一职，由敖羽接手。

其实，从宫中传出我与沈昼的丑闻时，我已经对方辉有了戒备。我对他的架空是缓慢的，不知不觉的，就像温水煮青蛙一样煮着他。等他反应过来的时候，御林军已经不是从前的御林军了。

有一日，常灵则让一个小内监来传话，水月患了重病，请我去平西王府一趟。我想了想，常灵则尚不知我已识破了假水月，表面上的样子，还是要装一装的。

去，便去吧。只是，为了防止他狗急跳墙，我提前做了周密的准备。

第八十八章：棋子

我踏进平西王府的时候，院中那棵粗壮的梧桐树被风吹动着，落下几片叶子，其中一片落到我的发髻上。站在我身旁的云归伸手将那片叶子拈掉，我站在此处，感受到一股肃杀之气。

常灵则笑着迎我："贵妃娘娘安好。"我淡淡地扫了他一眼："水月如何了？"

我身后跟着的，是张医官。"本宫今日特意带张医官前来为水月诊治。"

常灵则看了一眼张医官，又看了看我，说道："想必是不中用的。微臣这半月来，寻遍了京中名医，药方子开了一张又一张，人参灵芝当归一斤一斤地吃下去，总不见好，反倒是愈发严重了。"

"大约是虚不受补。她现在何处，你带本宫去瞧瞧。"

他点了点头，带着我往里走。平西王府的园子造得很是别致，山水掩于黛瓦，曲径通幽，与"圣奕园"的风格有几分类似。想必是当年胡匠阿卜的手笔。

水月的闺房安置在离常灵则的茶庐不远的地方。走进房间，里头暗暗的，大白天的，还点着灯。水月盖着厚厚的被子，额头渗出了汗，手也在打着哆嗦。她看着我，颤巍巍地说道："姐……姐……来了……"我走上前去，坐在榻上，摸了摸她的手："月儿，你抖什么？冷吗？"她面带惧色地看了看常灵则，慌忙地冲我摇头："姐……姐姐，我……我不冷。"

我笑了笑。我当然知道，她不是冷，她是紧张。

常灵则恭敬地问道："贵妃娘娘今日想喝什么茶？"我抿了抿嘴角："上回来平西王府，听月儿说三爷喜欢喝皋芦，本宫既到此处，便喝三爷的心头好吧。"

常灵则挥了挥手。须臾，一个小丫鬟端上来一盏皋芦。

我端着茶盏，笑着说："三爷夜里睡得着吗？"常灵则愣了一下："贵妃娘娘何出此言？"

"南方有瓜芦木，亦似茗，至苦涩，取为屑茶饮，亦可通夜不眠。这是陆羽《茶经》中关于皋芦的记载。所以，本宫问问，三爷既爱喝皋芦，睡眠可好？"我意味深长地看着他。

他答道："微臣天生睡眠少，不要紧。""哦？"我示意张医官上前为"水月"请脉。常灵则嗓子眼儿里挤出声音，轻轻咳嗽了几下。

张医官细心地诊断过后，朝我使了个眼色，继而摇了摇头，说道："月郡主脉象奇怪，以微臣之医术，竟诊不出到底是何病。"看来，我预料得没错，这个"水月"压根儿就没病。

这时，外面依稀传来兵器的声音。床上的水月抖得更厉害了。她的脸红红的，眼里有水光，似要哭泣一般："姐姐……你这几年，待我不薄……"我掖了掖她的被角："好端端的，说这个做什么。你我姐妹，一母同胞，姐姐待你好，是应该的。""我……我……我……"她想说什么，又硬生生地咽了下去。

常灵则听着兵器的声音，皱皱眉，跟身旁的小厮说着："什么声音，出去瞧瞧。"我看了看云归，云归走上前去拦道："王爷勿急，我们来的时候，看到临街在摆台唱皮影，演的是关二爷，可不得打一阵子么？都是作戏。作戏而已。"

此时常灵则已经觉得不对劲了。他起身："娘娘稍坐，微臣出去瞧瞧。"我忙喊住他："三爷，你一向气定神闲，怎么，今日毛躁起来了？"他站住脚，扭头细细打量着我，似乎想从我的脸上看出什么端倪。

我寻着话说："宫里也有皋芦，但是似乎三爷府上的皋芦要苦上许多，为什么呢？"

"微臣府中的皋芦是夏季傍晚于云贵山林中所采，取老叶，而非新芽，故而要苦上许多。"

云归说："娘娘，这屋里背阴，冷得很，奴婢把窗户关上吧。"常灵则说："窗户开着吧，月郡主有病在身，若不透气，必然会更难受了。"云归欲开口，我说道："三爷说开，便开着吧。"

"贵妃娘娘，据说，方辉被您安排到御马监了。他本是御林军统领，官高位显，您为何突然之间做此安排？微臣看不大明白。"

"朝野上下，谁人不知，自常家老二金銮殿被杀之后，三爷是本官的人。三爷怎么会不明白本官的意思呢？三爷应该最能领会本官所想才对啊。"我笑着说出的这番话，却每一个字都带了利齿。

"正因为微臣是娘娘的人，所以微臣不明白的事，才要请教娘娘。"

外头的兵器声低了下来，渐渐止息。我站起身来："三爷从前说过，忠于朝廷是最要紧，别说安排你去虞衡司，就算安排你去清扫上京街道，都甘之如饴。怎么？三爷对自己的职务不甚上心，却对方大人的职务如此紧张吗？"我一步步咄咄逼人。

他面色僵硬，说了句："娘娘说笑。"一霎时，他行至窗边，将杯盏摔到窗外。

他觉得时机到了。他似乎在等待着什么。可窗外什么动静也没有。

床上的"水月"抖动得越发急促了。

常灵则见无反应，又击了几下掌。窗外仍是什么动静都没有。

我慢悠悠地坐了下来，吁了口气："三爷在等什么呀？这茶盏看着就是好物件儿，如果本官没看错的话，是老祖爷年间江南出的珍品。就这么摔碎了多可惜。"他不吭声，扶着窗棂，似乎有点不可置信。我抚了抚耳边的碎发："三爷今儿就算把满王府的茶盏都摔碎，外头也不会有动静了。"

他猛地转头："你做了什么？""啧啧啧，姜太公钓鱼，愿者上钩，摔杯为号，瓮中捉鳖，一等一的文人也写不来这全套的大戏啊。"我看着他的眼睛。"你！"他指着我。"今儿外头确实有摆台子唱皮影的。三爷猜猜怎么着？红脸的关公，走了麦城，到了临沮，难逃一死啊。"我心平气和，笑意盈盈。

他的脸色惨白了下来，在光线昏暗的室内，看着颇有些吓人。"你早有准备是吗？你是如何得知消息的？是何人背叛了本王？"他嘴角阴狠狠地笑着。

"没有人背叛你。是鱼饵出了问题。"

"鱼饵……"他指着水月："你已经知道了她是赝品！"

"这个姑娘的确面貌与本官相似，亦有在禹杭生活的经历，可是亲人之间，冥冥之中会有感应。这个姑娘跟本官处了好几年，却始终没能给本官亲人的感应。"

咕噜一声，假水月从床上爬下来。她边哭边爬过去，扯着常灵则的衣角："奴婢该死，奴婢对不住王爷，奴婢没能完成王爷的重托，是奴婢坏了王爷的大事……"常灵则用手捏住假水月的下巴，猛地一甩："赝品就是赝品，不中用！"假水月不停地磕着头："奴婢该死，奴婢该死，求王爷莫要生气，奴婢该死……"她反复地把这四个字重复地说了无数遍。头都磕出了血。

我看着她那副样子，心内一软，走上前去，扶起她。她呆呆地看着我："南方有瓜芦木，亦似茗，至苦涩……似茗，却终究非茗……奴婢多希望自己真的是贵妃娘娘的妹妹，可以用一死，来帮助王爷，成就大业……""你这是何苦，常灵则自始至终都在利用你。"我说道。

她摇摇晃晃地走到我身边："今年天儿冷，茶庐边的白茶梅还没开呢。没有花，茶庐真寂寞。奴婢就喜欢茶庐边儿的白，跟雪一样，那么干净。王爷爱穿白，王爷跟茶庐一样干净。贵妃娘娘喜欢白色吗？"

我没回答她。突然，她从怀里掏出什么，云归眼尖，一把抓住她的手，她的手中握着的，是一把短刀。

她要最后一搏，刺杀我。云归一脚踢过去。外头冲进来两个人，是敖羽的手下。

他们按住假水月，说道："娘娘受惊了！"

"外头的人都擒住了吗？"

"都妥了。"

常灵则见此情景，已经什么都明白了，他开始装傻："擒住了何人？这究竟是怎么回事？娘娘可否告知微臣。"我冷笑一声："本宫说过，外头在唱皮影。一切，都是戏。"

我看着被按住的假水月："本宫虽不是你的亲姐姐，但好歹疼爱你这么几年，你就真的能对本宫下手？"她摇摇头，眼泪似雨纷飞。她看着茶庐的方向："今年没有白花给奴婢送葬了。"她猛然挣脱了那两名侍卫，箭一样撞向一旁的铜炉。"砰"的一声，我的心震了一下。这个姑娘，终究是走了这一步。

常灵则依旧面色冷静，手却在发抖了。我看得出，他在压制着自己的情绪。他已经习惯了压制自己的喜怒哀乐。他慢慢地走上前，将假水月搂在怀里："你为什么这么蠢，跟在本王身边多年，一点长进都没有。"假水月睁着迷茫的眼，嘴角带血，吃力地说道："王爷，对不起。"她总是在说"奴婢对不起，奴婢该死"这样的话。如针一样，一下一下地戳着常灵则。

"你对不起本王什么？若不是你有几分像陆芯儿，本王压根不会正眼瞧你一眼。"常灵则有一瞬间的哽咽。"南方有瓜芦木，亦似茗，至苦涩……就让奴婢下辈子做一颗真棋子，给王爷派上大用场。"她连下辈子的愿望都要求得那么卑微。

做棋子没关系。能做颗有用的棋子就好。

少顷，敖羽走进来，附在我耳边说："娘娘，埋伏的都是些异族人，武功诡异，连汉话都不会说，什么也审不出来……"

第八十九章：厚葬

听敖羽说完，我冷冷地看着常灵则。他抱着假水月，面无表情。

"本官知道你会来这一手。如果不出本官所料，这些异族人还未到天牢，便会统统自尽。南境的八步诛心诀，不成功，便成鬼，控制杀手的绝妙手段。有了八步诛心诀，就不怕背叛和泄密了。"

"微臣听不懂贵妃娘娘在说什么。"

他这次请我来王府，让一些异族人埋伏在此处，以摔杯为号，就是想以最小成本来刺杀我。如果成功了，我便是死于异族人之手，是"异族人心怀叵测"，成了一桩迷案。或许他还会在人前洒几滴泪，表示对我的"哀悼"。如果失败了，审不出任何东西，他自始至终置身事外，跟他一点关系都没有。

我抽出敖羽腰间的刀，一步步走过去，将刀架在他的脖子上。"你以为本官奈何不了你吗？本官可以现在就杀了你。你布置的那些异族人都已经被制伏了。现在外头全都是本官的人。你插翅难飞。"

他眼睛都不抬："贵妃娘娘不是这般鲁莽之人。这里是王府，不是屠宰场。贵妃娘娘是打理朝政的人，不是手握屠刀的屠夫。杀我，娘娘的理由是什么？"我笑了笑："三爷，你就当真这么自负吗？自负本官拿你无可奈何？本官告诉你，今日纵便是杀了你，本官也有办法掩饰。"

我将刀往他的脖子上略一使劲儿，皮肉划破了些许，红豆一样的血珠子滚出来。"本官完全可以说是异族人在平西王府行刺起乱，你为了护驾，不幸身亡。反正，在满朝大臣眼中，你，常灵则，可是陆芯儿的人。这样的事，合情合理。"

我盯着他的眼睛，邪魅一笑："三爷，你放心，你死了，本官会在常家远房族人里挑个男丁过继到你名下，袭了平西王爵。太祖爷金口玉言，平西王的这一脉香火，绝不得。本官作为晚辈，怎敢违背？平西王爵必得世袭罔替，代代流传哪。"

他听了我的话，将假水月放下，鼓了鼓掌。"好，好好好。贵妃娘娘厉害。不愧是一夜活埋数千人的狠角色。想得周到，想得好。"他猛地推开我架在他脖子上的剑，用手抹了抹自己脖子上的血，伸出舌尖尝了尝。兀地话锋一转："微臣此次请娘娘来王府，是低估了娘娘。娘娘此番话，却是低估了微臣。"

他站起身来："娘娘真的以为只有异族人这么简单吗？"

我警觉起来。一旁的敖羽也警觉起来。"微臣连牌都没出呢，娘娘就想收尾吗？"常灵则仰面哈哈大笑。"这一波娘娘拿下的，不过是一群无关紧要的异族人罢了。安南王子空有野心，没有智谋，绣花枕头而已。他用来在安南国争权的武士，不过是用来试水的炮灰。等着扑过来的，还有平王，当然，还有你东宫那个傻儿子。他们都以为最终捧的是自己，都在做着春秋大梦呢。还有娘娘不知道的——"

我不知道的……我思量着常灵则的话。太祖秦皇后虽已崩逝多年，但秦家仍是本朝创世名家，在老权贵之中颇有影响力。成锵作为太祖皇长子，当年的支持者亦不在少数。常灵则必然用"太祖一脉长房长孙"的名头蛊惑了不少旧臣。我一时摸不清他背后究竟站着多少人。

"若微臣此时死在王府，娘娘您猜，这京中得乱成什么样儿？啧啧啧。娘娘手中有什么人？就算全部的御林军和……"他扯着嘴角牵强地笑笑，仿佛在揭我的什么短一样："和沈大人手下全部的玄衣郎，一共多少人？娘娘心里应该有个估算吧。"

他在跟我玩心理战。他的意思很明显，他的牌没出完。

"娘娘信不信，伺候微臣多年的老内侍若见微臣遇难，会发出信号弹，一炷香的时间，会有多少人赶过来？当然，这是不得已为之的下下策。鱼死网破。对你，对我，都没有好处。"

敖羽低声说道："刚刚只顾与那些异族人过招，倒没留意那个老内侍。这会子约莫是躲起来了。"

我脑子里乱哄哄的。我懂常灵则的意思。良久，我有了决定。我指着地上的水月："厚葬她吧。是个可怜姑娘。"

常灵则苦笑。

我大步走出门去："本官惜命，不想跟你同归于尽。你好自为之。"走了老远，我回头，见他看着地上那具尸体发愣。假水月是9岁那年到王府的，常灵则看着她一点点从一个小女孩长到豆蔻年华的少女。虽是棋子，但朝夕相对，多少会有些感情吧。只是这一点，可能连他自己都不知道。有些喜爱，是后知后觉的。

走出平西王府，上了马车，我重重地吐了口气，眯上眼，凝神思索。云归坐在我身边。我不说话，她便也不敢吭声。过了一会儿，我说道："去沈大人府中。"

这么多年，我习惯了，心中有拿捏不定的大事，与沈昼相商。

到了沈府，他迎上来："微臣都听敖羽说了。此等大事，娘娘为何没叫上微臣？"他的胸口上还缠着白色的布。我轻声道："沈卿，正月初一你受的伤很重，本宫希望你好好养着，这些事，敖羽做就好。""微臣知道后，心里急得很。"他说着，似乎扯到了伤口，吸了口凉气。又怕我发现，竭力掩饰着。

刚刚在平西王府经历过一场生死的我看着眼前沈昼这般模样，忽然很感慨，眼角湿湿的。

"沈卿，人这一世，说长也长，说短也短。能得交付生死之谊，是幸事。"

他低头道："娘娘何故做此感伤之语？"沈府的庭院中没有花草，只有几棵青松。不管是何天气，都沉默地站在院中，不改颜色。长松落落，卉木蒙蒙。时采薇以从容。

我看着青松，说道："没什么，一时感慨。"转而，笑道："今日在平西王府，常灵则的一番话倒是提醒我了。"

"哦？娘娘有什么想法？"

"如果一块饼太大，担心一口吞不下去，就掰成几块，分开吃。"

"娘娘的意思是……想瓦解常灵则那群逆贼的联盟，逐个击破。"

"对。"我在院落中走了几步，坐在檐下的一把竹椅上。

沈昼唤了一声，一个老嬷嬷从内间端出一盏茶递给我。沈昼说："这是微臣母亲的陪嫁，李阿嬷，平日在府中照顾微臣的生活起居。"

我颔首。那妇人约莫 50 岁年纪，一张方正的脸，穿着打扮皆不像仆役，看得出沈昼待她不薄，视她为半个母亲。

李阿嬷话不多，递完茶就退下了。走了老远，似乎还回头看了我几眼。云归小声说："这个李阿嬷，看着对娘娘很感兴趣似的。"

我不在意地笑笑。寻常妇人，未见过宫里头的人，好奇是有的。

我跟沈昼说："常灵则说，他的牌还没出完。本官一时摸不清，他的牌到底有多大。这满京中的大臣，九州各处的官吏，有多少人是向着他的，本官无法确定。像那个黔州太守江自海那样的人，有多少？原先，本官想的是，诱使他们动手，等他们朝官廷动手的时候，让明宇半路杀出来，打他们个措手不及。但现在想想，万一咱们低估了他的实力，败了，当如何呢？"

沈昼皱了皱眉，严肃起来。

"若是败了，没有喘气的余地，只有死路一条。所以，一定得想个万全之策。这件事，不容一丝一毫的失败。"我看着天上的云聚了又散，散了又聚。"常灵则与从前的老二、废太子、吕氏都不同，你知道为什么吗？他们都是谋逆，在舆论上就输了。而常灵则因为有成锵遗孤的身份，成锵是当时太祖默许的江山承继人，加之成锵当时死得不明不白，能获得舆论的同情与支持。"

沈昼说："娘娘想如何掰这块饼？"

"让他们内讧，四分五裂。然后本宫再一口口地吃掉他们。一口口地吃，噎不着，还咽得干净。"我说这番话的时候，一脸的决绝。在宫廷数次险恶争斗的浸淫下，我一次比一次娴熟。

那晚回到宫里的时候，见成筠河抱着灏儿、牵着烯儿在玩孔明灯。灏儿似乎很喜欢父皇，总是看着他咯咯咯地笑。那么大点儿的孩子，懂得黏人。烯儿越长越像父亲，性格也很像父亲，柔和，脾气好，宫人们哪怕做错了事，水烫着她了，都瞒着不说出来，怕宫人受罚。

成筠河把这个长女当明珠一样疼爱。看到这一幕温馨的画面，我那颗疲惫而坚硬的心软了下来。这一刻，只有安宁与美好。

烯儿看见了我，唤道："母妃。"成筠河听了，转过头："星儿，来，我们一起将灯放到天上去。"

我点点头，走上前去，与他并肩而立。孩子们紧紧地贴着我们。

那灯，随着那朦胧的月色，飘向漆黑的天际。

"愿今年百姓得个丰年，愿孩子们都平安康健，愿我能顺利铲平逆贼。"我在心里默默地说。

第九十章：丑事

这一年上京冷得邪性，一直到三月里，才稍稍有点暖意，但风仍然是凉凉的。往年三月盛开的桃花，今年到四月才开，且开得瑟瑟缩缩的。没有往年张扬的艳丽之气，好似在惧怕着什么似的。

四月初四，久阴的天儿，放了晴。

傍晚时分，我去了一趟东宫。朱先生昨晚深夜到尚书房告诉我，天黑之后，灼儿一个人偷偷跑到东宫后院的林子里，不一会儿，巡逻的侍卫闻见气味，以为是着火了，冲过去一看，见是太子跪在地上烧纸。侍卫走后，灼儿回到殿内偷偷哭了很久。

我心里想着，已经过了三个月，说不定这孩子已经醒转过来了。他去林子里烧纸，必是祭奠他死去的亲娘凌桃蹊。他被禁足在东宫，孤独失落，若我此时不加以引导慰藉，他的心会与我越来越远。

笑脸给早了，不足以让他反思。笑脸给迟了，又恐他寒心。养母难当。

我走进东宫的时候，灼儿抱着一本书在读。见我进来，他瞥了我一眼，赶紧又将眼睛垂下，将头埋进书本里。须臾，又觉得不对，慌忙站起身，朝我行礼："母妃安好。"

我示意云归从食盒里将梅花酥端出递给他。"母妃给你带了你最爱吃的糕饼。"他从前牙牙学语的时候，就爱吃我做的梅花酥。吃得满嘴都是饼屑儿，嘴里喊着我："阿娘，阿娘……"可如今，他看我的眼神，都已经与过去不一样了。

他没有接梅花酥，只是拘谨地笑笑："多谢母妃挂念。"我问道："灼儿，你这几个月在东宫都反思了什么？"他机械地跪在我面前，表情麻木地说道："儿臣有罪。"

"那你跟母妃说说，你犯了何罪？"

他沉默了。我与他之间，一片冰冷的难堪。

我突然拉起他："母妃带你去一个地方。"他还没反应过来，就被我拽出了门。我们在前头走，朱先生和云归跟在后头。七拐八绕的，我带他来到了桃蹊院。

今年桃蹊院的十里桃花开得蔫蔫的，无精打采。风一吹过，便有许多花瓣掉落下来。自凌桃蹊死后，桃蹊院空置下来，没有人住，只有几个老嬷嬷守在这里。成筠河偶尔会来坐坐。桃蹊院一切的布置，还是从前的样子。我示意云归拿了些纸钱香烛过来，在桃林中摆了个简易的祭台。

"你想祭拜你的生母，可大大方方地跟母妃说，母妃许你祭拜。切勿自己在宫中点火。一则不安全；二则，有违宫规，叫下人们看见不妥。"

他愣了一下，低下头，小声说道："谢母妃。"这一声谢比之在东宫那声稍稍诚恳了些。

他跪在祭台前。云归点了香递给他，他接过，手持香磕了几个头，将香插进香炉里。燃着的香袅袅飘起了烟，飘在我与他之间。隔着烟雾，我眼前朦朦胧胧，似乎想起了多年前的那个春天，楚王逼宫的前夕。

"灼儿，宫中一直传本宫与你母亲不睦，有些话，本宫想跟你掏心窝地讲讲。你可知你母亲在临产之际为何突然来找本宫？而不是旁人？"

他摇摇头。

"因为你母亲知道本宫一定会善待你。她当年三叩托孤的画面一直都在本宫的脑海中。她临死前呼唤着本宫的名字，想来也是希望你得到妥善的照顾。灼儿，你是她托付给本宫的。不是像外间传闻的那样，是本宫夺来的。你一定要明白这一点。你母亲是为了你，才临阵倒戈，她预知一死，也要给你留一个清白的身份。你一定不能辜负她的期望。"

我想起那晚，凌桃蹊在与我告别时说的一句话："陆芯儿，你知道吗？我这辈子只有过两次勇敢。一次是七夕夜与圣上的相遇，一次是向你托付孩儿。前面一次是被安排，这一次，却是要摆脱安排。"

灼儿的眼里有些许晶莹："母妃，儿臣只是太害怕失去……从前害怕失去你，失去父皇，失去你们的爱。后来，又害怕失去这太子之位，令人耻笑。"我抱住他："灼儿，你不会失去的。"良久，我跟灼儿说："母妃做主，即日起，解了你的禁足。"

"不，儿臣确实糊涂，身为圣朝太子，应上孝父皇母妃，下疼皇弟皇妹，行端坐正，勤勉读书。就让儿臣多多反思吧。"朱先生在一旁点了点头。灼儿随朱先生回东宫去了。

我站在这片桃林中，天色慢慢地暗了下来。夕阳大半隐进了云朵里，只剩下零星的一点暗黄，镀在桃林上。云归说道："娘娘，您瞧太子殿下说的话真不真？"

"真倒是真，但就是不知是不是孩童的一时之热情。但愿他是真的明白才好。没娘的孩子容易患得患失。但本宫也真的是尽力了。"

云归仰头看了看天："上京阴郁了好一阵子，久没有这么好的天气，娘娘要是想在这桃林中坐坐，奴婢去给娘娘拿壶苍梧来。"

我点头。出神地看着夜色缓缓地罩上来，如一双手，把这世间的一切都藏入囊中。

"雾失楼台，月迷津渡。桃源望断无寻处。"我轻轻念着，只见敖羽走进桃林来。

"娘娘吩咐的事已经妥了。沿途的兄弟发来消息，平王已经动身了。"

"这么快？"

敖羽笑道："朱先生亲自给他写的信，说京中有急事相商，他自然是快快动身了。平王对自己的这个岳丈，还是非常信赖的。"

"他随身带了多少人？"

"只一队府兵，十余人。"

"好。你告诉沈昼，在他进入上京前，扣住他，塞住嘴，装进马车下面的夹板里，带进城。"

"明白。娘娘放心，进京的关卡，不会留下一丝丝平王的痕迹。不会有任何一个人发现他到了京城。"

"嗯。天大地大，平王失踪后，旁人觉得他在哪儿都成，就是不能觉得他在京城。"

"是。"

这次真的是多亏朱先生的配合。否则，平王绝不会放松戒备入京。我向朱先生道谢的时候，朱先生只是轻轻捋了捋胡须："老臣也只是想让他平安。避开一切，是好事。"

"先生放心，平王妃在府中，本宫不会让任何人去打扰。平王府不卷入纷争，本宫保平王府平平安安。"

朱先生向我深深鞠了一躬。扣住平王，是为了控制他，侧面来看，也是在保护他。否则，他被常灵则耍得团团转却不自知。还有殷氏一党中不死心的余孽，一旦平王失踪，他们绝不会再插手了。没了指望，就不会去搏。

敖羽问道："沈大人请娘娘示下，扣下平王后，将他安置在何处呢？"

"蒙上他的眼，将他送到城郊庵堂的柴房中，将门锁死。记得，头三天，别送一滴水一粒米，将他的嘴堵得紧紧的。等他绝了指望，不闹腾了，再每日定量送点吃的过去。别送多，能维持饿不死就好。别让他吃饱。"

敖羽叹道："看来娘娘颇通驯兽之道。"

"驯兽与驯人是一样的。碰到难以降服的，一棒子打晕。让他绝了生的指望，以为自己死在你手上了。然后再让他活命。那他就会觉得自己的命是意外所获了。别喂太饱。饱了就有力气反你了。饿着肚子，如何反扑？让他天天琢磨着吃饱。等他温驯了，再给点小恩小惠。"

"娘娘高明。微臣佩服。"

朱先生已经交代过女儿，所有人问及平王行踪，都说平王出门前说自己游历去了。

让他们猜去吧，让他们找去吧。平王就这么凭空"失踪"了。

过了几日，敖羽向我回禀说，一切都按我的吩咐办妥了。

这第一口饼，算是吃下去了。往后的饼，只会越啃越硬了。假水月的死让常灵则消停了一阵子，但终究死性不改，如暂时冬眠的蛇，天稍微一暖，就又四下游走活动了。

五月里，宫里出了一桩丑事。苍遗院，住着几个从前先帝临幸过，但无子无女、位分颇低的使女。使女相当于半个宫女。但由于被先帝临幸过，所以，又跟普通宫女不同。主子不主子，奴才不奴才。不能嫁人，安置在宫中，老死一生。比不上太妃们尊贵，又没有子嗣依靠。按规制，使女的待遇比宫女强不了多少。不管怎么说，使女位分再卑微，也是先帝的女人。而安南王子，却在大庭广众之下，非礼苍遗院的使女。

这件事传到成筠河耳朵里，成筠河气怔了。他一向对先帝崇敬有加，慢说先帝的女人，就连先帝用过的物品，都好好地封存起来，不许人碰，生怕损坏了。

"这大胆的野人！再好的圣贤书，再好的雅乐，都洗不去他骨子里的蛮夷做派！他可知什么叫孝悌！他可知什么叫礼法！"成筠河很少发这么大的火。

当晚，他就去宗圣殿思过请罪。

安南王子被逐出了上京，而且是颜面大失，如落水狗一样被逐出去。不得走正门，走西角门。

我站在宫墙高处，看着他狼狈的背影。他说城墙如画，可这城墙却步步机关。不是你想进来，就进来的。

第九十一章：巧合

苍遗院离萱瑞殿不远，在萱瑞殿的西北方向，偏僻的角落里，门前几棵大树掩映着，不仔细看，找不到门。院子小，里头的摆设也简单，走进去，能闻到一股子浅浅的霉味儿。

我带着云归傍晚的时候去萱瑞殿整理太皇太后的遗物。入夜时分，拐了个弯，进了苍遗院。大庭广众之下被安南王子非礼的张使女坐在椅子上，旁边放着一盏昏昏暗暗的小油灯。

她似乎在等着我。见我进来，她不紧不慢地指着一个简陋的凳子："坐吧。"云归掏出帕子，将那凳子再三地擦了擦，方才放心地让我坐下。旁边的小桌上，摆着两个茶盏，不是缺了边，就是豁了口。张使女自嘲地笑笑："合贵妃，不怕割着嘴，就喝盏苍遗院的茶吧。这是五年前的春芽，却也是此处最好的茶了。""本宫是来感谢你的。"我朝云归使了个眼色。云归递上一包金子过去。

"在这死人墓，我要金子做何用呢？"张使女闭上眼，她身下的椅子发出"吱呀吱呀"的声音，像极了女人沧桑的呜咽。"您哪，打起精神来。在这里无用，到了外头，自然就有用了。"云归说道。张使女睁开眼，看着我："我果然没有看错人。我就知道，帮了你，你自然也会帮我。"

这等风化事件，发生在任何人身上，都没有发生在"先帝的女人"身上的作用大。

若是安南王子非礼的是其他人，最多算是品性问题。可他非礼的是先帝的女人，就是"大不敬"。

圣朝不是蛮族，对这方面看得很重。成筠河又是个极讲孝悌的人。先帝的女人中，就只剩这几个使女了。她们是先帝晚年，太皇太后精心挑选送到先帝身边的。年轻貌美。特别是这位张使女，大章二十八年，她才十四岁，就被送到乾坤殿了。先帝知道太皇太后的意思，也很反感太皇太后的做法。无非就是想为老五立储的事使使劲嘛。他故意跟太皇太后较劲，临幸了一晚，就丢在一边了，什么位分都没给。

先帝崩逝后，她以使女的身份住进了苍遗院。太皇太后对于一个没起到任何作用的工具，自然是弃在一边懒得理会了。

张使女就这么在苍遗院过了八年。现在才 22 岁，眼角却已经有了皱纹。她的皱纹是这宫廷一夜一夜的愁苦熬出来的。未老先衰。

我在打算设计除去安南王子的时候，想了很久，想出了这么个主意。在晚膳时分，宫道上来来往往的官人内侍最多的时候，给他下药，再诱他来此处。只有这样做，才能让成筼河彻底厌恶安南王子，将他驱逐出去。

这个张使女很有眼色，我只让云归来稍稍提示了一下，她就知道该怎么做了。顺水推舟，帮了我的忙。或许，她知道，这是她能离开苍遗院的唯一机会了。

“本官已经跟圣上商议过了，苍遗院里的所有使女都迁去行宫。到了行宫嘛，事情就好办了。或失足跌进井里，或不小心被蛇虫咬到，找个由头总是容易的。本官有的是办法给你自由。”

她那如枯井一般的眼神里，有了光亮。

我闲闲说了句：“把金子收起来吧。以后天高海阔，用得着的地方多着呢。”她起身，向我深深鞠了一躬。

我转身，离开苍遗院。

从此，宫中再无使女。

安南王子以这样的方式被驱逐，不久，便在京中传得沸沸扬扬。我公开下令：以后凡是在京中发现异族人的身影，巡逻的卫兵便可立即将其赶出去。你行此悖逆之事，便别怪我们不以礼待之。

云归替我研墨的时候，问我：“娘娘，为何不以安南王子干涉圣朝内政的理由将其赶出去，而是用这种方式呢？”我停下手中的笔，看着她，说道：“能轻松解决的事，何必要大费周章？再者说，若告知四海，安南王子干涉圣朝内政，对圣朝亦是不光彩的事。说明咱们内部有争斗啊。那些番邦不知会做何揣测呢。届时枉生事端。就好比一户人家，关起门来，怎么争，怎么打，都不能叫外头的人知道。”

云归点了点头：“娘娘思虑周全。”她想了想，又说：“娘娘，有件事，奴婢疑惑很久了，想问您，又不敢……”我笑笑：“你问吧，本官恕你无罪。”她犹豫了一下，说道：“那些逆贼暗中行的事，还有您做的这一切，为何不让圣上知道呢？圣上与您一起分担不是更好吗？”

我放下笔，起身，行至窗边。

五月里，空气里又漂浮着槐花味儿。清甜清甜的。

“本官与圣上相遇相知相守，风风雨雨十多年，枕边几度离合，本官可以说是最了解圣上的人。圣上心思单纯，不喜算计，做了一辈子的清平梦。人的心性是注定的。有句话叫江山易改，本性难移。他的本性，就是这样。若他牵涉其中，不仅不会与我一起承担，还会被野心之人利用，起到反作用。当年，清风殿大火一事，他被成筠江几番话动摇心智，本官就已经看出来这一点了。"

一只鸟停在窗外的树枝上鸣唱。

"后来，他又被常攸宁设套，与本官心生嫌隙。几次三番这样的事后，本官就明白了，所有阴暗的事，他不知道、不牵涉其中，是最好的。"

成筠河不适在风雨中与我一起撑伞。我只能自己举着伞，一路穿过风雨，走到他身边。然后，与他在艳阳里携手同行。

云归说道："娘娘，奴婢什么都不能为您做，但奴婢可以保证，您在顶风冒雨的时候，奴婢永远站在您身边。"我伸手摸摸她的脸，良久，说了句："好。"

七月里，按照禁令，灼儿解了禁足。这回，他像变了个人似的，对我热络起来。时常往乾坤殿跑。抱抱灏儿，逗逗烯儿。孩子们在一块儿，看起来温馨友爱。这种场景，成筠河很是乐于见到，连连夸着灼儿懂事。

我自然也是开心的。

一日，他抱着灏儿的时候，一只猫蹿过来，他一惊，跌了一跤。他举起灏儿，自己做肉垫，重重地摔了一下。我见状，忙搀起他。他起身，手里仍紧紧搂着灏儿，口中说道："母妃，看看三弟有没有事？"

"你三弟无事，倒是你，很疼吧？"我柔声说道。他摇摇头："儿臣身为皇兄，保护弟弟，理所应当。"

成筠河刚好进来，听到这句话，很是欣慰。

"以后，多多与弟弟妹妹亲近。灼儿，父皇很开心你能有这样的承担。"

"是，父皇。"

有了成筠河这句话，灼儿往乾坤殿跑得愈发勤了。

九月里，灏儿满周岁，此等大事，宫里头自然是要欢庆一番的。然而，令我意想不到的是，那天，却发生了一件奇异的事。

筵席之上，突然从东方飞来一只彩鸟，落在灏儿的身上。

起初，众人皆惊，以为彩鸟要伤害灏儿。可仔细一看，并不是这样，彩鸟对着灏儿，鸣唱起来，似乎在庆祝着什么。这时，一群皇室族亲跪在地上："不凡之子，必异其生。今三殿下诞辰之日，天降彩鸟庆贺，实为大贵之人哪。"

我心里总觉得有点打鼓。再一看地上跪着的那些人，思量着，这些皇室族亲是否已经与常三一党？这鸟是真的意外，或者是他们借题发挥，还是说，连同这鸟，都是有人有意安排？如果彩鸟不是人为，说明什么呢？灏儿真的是个与众不同的孩子吗？筵席上的其他人见那些皇亲们跪下了，也都纷纷跪下："三殿下大贵之人，洪福齐天。"

成筠河笑笑，看着那鸟。那鸟唱完，在空中盘旋数圈，便飞向天际。

我第一反应，是看了一眼灼儿。他亦随众人一起跪在地上。头是低着的，我看不清他的表情。

那日晚间，成筠河在榻上辗转反侧。良久，他说："星儿，你有没有发现，今日那鸟，左眼有伤。你知道吗？太祖爷当年在淮水战役中，左眼受过伤……这是否是冥冥之中的巧合？"

我沉默。

他继续说道："从前，都道灏儿长得颇像太祖爷，我并没有在意。但如今一见那鸟，我就想，灏儿是否真的是太祖爷转世、天命之人？如果是，我们立了灼儿，是否违背了太祖爷的意愿？"

第九十二章：临朝

"筠河。"我与他在榻上面对面躺着。我将他的手握起，放在我的脸颊边。"你现在无病无灾的，身体好得很。别想那么多。后头的事，慢慢来，慢慢想，顺其自然。不管你做什么决定，我都支持你。"

他摸着我的脸颊，缓缓地说道："星儿，你从未想过让自己亲生的儿子为储吗？"

漆黑的夜里，我们挨得那么近，听得到彼此的呼吸。

"筠河，还记得我劝你立灼儿的时候说的话吗？此生既为皇家妇，一切便为皇家思量。不管是不是我的儿子，只要对江山社稷好，都行。"

他抱着我。

皎皎新秋明月开，早露飞萤暗里来。秋月照着乾坤殿，我与成筠河沉沉睡去。

这一路苦乐实多，有爱有憎有误解有委屈有不甘有生疏有怨怼。但到底，我与成筠河，是共枕而眠的人。

朦朦胧胧中，我似乎听到有人对我说："水星，快了，快了，快了……"到底是什么快了？我想问个究竟，可嗓子眼儿里似乎有什么东西堵着，什么也说不出来。

醒来，我很惆怅。

云归打来热水，伺候我洗漱，我嘴里不由自主地喃喃念着："快了，快了……"

成筠河去上早朝了。灼儿这会子估摸着在东宫听训念书吧。灏儿还在沉睡。我目之所及，只有烯儿在身边。她今儿穿着一件白色的小绣裙，外头罩着一件白色的小坎肩儿，抱着一只白色的兔子，蹲在门边。一身儿的白色。我唤来她的贴身老嬷嬷，指责道："怎给公主这样穿？一个小孩子家，里头白，外头白，像什么话。"老嬷嬷忙跪下："是公主自己挑的。老奴这就带她去换。"

老嬷嬷牵着烯儿走到旁边小抱厦的内室。我看着烯儿白色的背影，猛然想到了梦里的"快了"是什么意思。快了，离十年之期快了。那个好久没有出现的白衣女子，她口中所说的十年。从成筠河继位到如今，只剩下不足一年的时间了。

想到这里，我猛地一凛。正在这时，小申走了进来，似乎是很着急的样子。"贵妃娘娘，圣上请您去金銮殿一趟。"

我愣了愣。"怎么了？金銮殿上发生了何事？"

虽然，我在尚书房每三日一次与三品以上朝臣的例会一直没有断，但成筠河身子痊愈后，金銮殿上的早朝便恢复如初了。只有成筠河无法处理，或是处理不妥当的事，我才会插手。三品以上的大员会奏与我听，我重新再批复。

对此，成筠河一直都是知道的。但一直佯作不知，保持沉默。潜意识里，他默许了这种模式，也习惯了这种模式。不管暗地里，我下了多少力气，明儿上，依旧是他在主持大局。龙椅上坐的，是他。高位上的人，是他。这是我与他之间的默契。我始终成全他夫君的体面和君王的威严。

"今天朝堂上的大臣们吵了起来。有一拨人，劝圣上废了太子，改立三皇子为储。另有一拨人，坚决不同意。吵得沸反盈天。圣上让您去瞧瞧。"小申说道。

我用热毛巾敷了敷脸："圣上有犹豫不决的事，退朝不就行了么？"

"圣上说，今日纵是退了朝，明日他们还会因此事吵，没完没了。圣上听了，甚是心烦。叫您过去，一来，您是三皇子的生母，又是太子的养母，当众说话有立场。二来，您主意多，想个法子，让他们消停些。"

我摇摇头："正是因为本官是三皇子的生母，太子的养母，这种时刻，才不好露面，也不好说什么。"小申脸上露出为难的神色。我想了想，说了声："行，本官这就去。"

成筠河终究是不想废了灼儿。他叫我过去，也不过是想让我当众表个决心而已。免得那些大臣继续聒噪。只是，他没看明白这内里的蹊跷。他以为那一拨支持废了太子、改立三皇子的人是真的支持灏儿。殊不知，这只是常老三的鬼把戏。用这种方式，把我们母子推到风口浪尖之上。一步行不妥，便是坐实了"野心"，掉入万丈深渊。

他一次比一次玩得大，一次比一次玩得阴。

我换了身正服，头戴百鸟朝凤步摇，小申跟在我身边，我一步步走向金銮殿，走得坚定而沉重。我上了金銮殿，成筠河示意我坐在他身边。我走到龙书案边，却并未坐下来，而是扫了一眼众人："刚刚，是谁向圣上提议要废太子、改立三皇子的啊？"我的声音在偌大的金銮殿内飘荡着。

几个皇室宗亲面面相觑，笑了笑，面露得意之色："回娘娘，是臣等。"仿佛下一刻，就能领我的赏似的。我看了看那几个人："诸位为何如此提议啊？"

"这……这……"

其中一位，显然是溜须拍马的能手，他手持玉笏，上前一步道："太子器小，不容幼弟，宫闱之中，多有传言，臣等皆略有耳闻。加之太子的生母，位分低于贵妃娘娘您。有句话，叫子以母贵，两位皇子究竟谁更尊贵，不言自明。当然，更重要的是，三皇子的天生不凡。自出生之日，便紫气冲天，周岁之日，彩鸟鸣唱。三皇子相貌酷似太祖，太祖爷英明神武，千古一帝，这难道不是天意吗？臣说的这些理由还不够充分吗？"

我打量着他："如果本官没看错的话，你是太祖秦皇后的堂兄定北侯一支吧？定北侯爵传到你这儿，第三代了。几年前，你的女儿嫁给了先帝的侄孙。你们家跟皇室牵绊有亲，乃创世名门，皇亲国戚啊。"闲暇时，我曾翻过本朝所有的皇亲和官员名册，尽都记在了心中。

"娘娘好记性。"秦侯爷恭敬道，"说甚创世名门，说甚皇亲国戚，都是皇家的恩典。微臣有的，仅仅是一片忠心。"

我仰头笑了笑，头上的百鸟朝凤钗晃动着。"好好好。秦侯爷的忠心天地可表。"不过一霎时的工夫，我突然正色道："定北侯一爵，从此就没了。"

他一听，慌忙跪在地上："微臣不明。"其余几个跟他一同上谏的人皆一脸莫名，跪在地上。

我一挥衣袖，指着秦侯爷，大声念道："'我愿君王心，化作光明烛。不照绮罗筵，只照逃亡屋。'你可知这首诗是何含义！"我衣袖上的金丝凤凰闪耀着冰冷的光。我看着朝堂上的所有人，冷冷地问道："在场的各位，皆饱读诗书，可知是什么意思！"

不少官员已经明白了我指的是什么，面色凝重起来。

"就在昨日，闽州八百里快报，几处州府秋收之日，闹了蝗灾，蝗虫如大军临境，黑压压的一片，所到之处，百姓颗粒无收。邸报已经下达到诸位皇亲和每一位五品以上的朝臣府中。可有些人，无心看邸报，上了朝，只知挑拨造势，朋煽朝堂！"我看着秦侯爷："秦大人，你上朝之前，可看了府中新到的邸报？"

他擦了擦脑门子上的汗，结结巴巴地说："……未……还未……还未来得及……"呵。他哪里顾得上看，忙着完成他们那伙子人密谋的所谓"大计"呢。常灵则有心机，有计谋，能隐忍，能演戏，会筹划，可他心中只知争权，不知百姓疾苦。他根本不在意这些。没有利用价值的人，对于他而已，连蝼蚁都不如。

我冷哼一声："作为创世名家，皇亲国戚，秦大人将宫闱传言如数家珍，对正经国事，百姓安危，倒不放在心里了。"此刻，"创世名家，皇亲国戚"这几个字，听上去，成了莫大的讽刺。

金銮殿上，安静下来。成筠河道："孤一上朝，便想说闽州赈灾之事。可他们一上来就闹腾这些，附议的人越来越多，孤这脑子都被他们吵乱了。多亏贵妃提醒。"

我看了宋垚一眼，他上前奏道："此等奸人在朝，只会有碍圣上的英明。"成筲河点点头，指了指吵得最厉害的那几个人："你们几个，以后就不必到朝堂上来了。"那几个人慌乱地磕着头："圣上饶恕，圣上饶恕啊。"成筲河不理会他们的求饶，伸手拉我与他一起坐在了龙椅上。

那天，我与成筲河一起坐到了下朝。谁知，从此，竟成了定例。

成筲河每日上朝前，习惯性地携我一起。金銮殿上，我与他同坐的情形，传遍了四海。

第九十三章：中毒

自我与成筠河一起临朝后，前朝和后宫中发生许多变化。那些变化是悄无声息的，潜移默化的。

比如前朝和后宫诸人看向我的眼神，比如众臣奏章上的语气，比如宫人们对灏儿和烯儿的过度热情。甚至连一个本是专门负责倒夜香的小内侍，因与我同姓同乡，受到内廷监总管刘才的极大重视，被调到了司膳房做副管事。

从大章二十七年入宫，到如今十多年了，几番沉浮，见惯了宫里人的做派，习以为常。但似这般被讨好，还是史无前例。

云归跟我说："娘娘，内廷监总管刘才最是老奸巨猾的，每次站队都站得不痛不痒，站得有所保留。不到最后，谁知道结局是什么呢？他知道给自己留了一手呢。为何这次表现得这么明显？"我看着她："我问你，小内侍调动的事情，你是怎么知道的？"

"……听宫里人说的。"

"宫里负责倒夜香的内侍，进不得园子，往往在各个角门边儿活动，很多宫人应该都是不认识的，为什么一个调动传得这样快？"

"刘才拍您的马屁，自然是想让您知道的，所以故意散播，好传到您的耳朵里。"

我放下手中批折子的笔，笑笑："不。如果他想让我知道，有很多种办法，比如，无意中让乾坤殿的人传个话什么的，没必要搞得众人皆知，对他反而不利。"

我站起身来，继续说："而且，与我同姓同乡，又不见得是亲眷，我又不见得会领情，这个马屁拍得蠢了些。还有，司膳房是一个很重要的地方，把这个与我同姓同乡的小内侍调进去，意欲何为？"云归恍然大悟："到时候出什么事，旁人都会以为跟娘娘您脱不了干系！"

我点点头。

刘才这个人，我是记得的。宫中传出我与沈昼丑闻那次，有一条重要线索，沈昼当晚是跟刘才在宫中饮酒到深夜的。这个刘才显然是个配合的人。虽未正面出场，但是却在此事中起到关键作用。

他侍奉两朝，在宫里办事几十年，沈昼自然是要给他几分面子的。若没有那次饮酒，沈昼压根没有深夜在宫廷的证据，丑闻从何而来呢？我从那个时候起，就怀疑到他身上了。只是一则证据不明，不好贸然处置这种在宫里甚有头脸的管事；二则，当时想着，留着这个人，不叫他身后的人起疑，冷眼观之，看下一步还有什么动作。现今，该是找个由头清掉的时候了。

云归领会了我的意思。她说："司膳房的确是个重要的地方，但也是个容易出事的地方。娘娘既已跟常三在大事上撕破了脸，确实这种小事就没必要圆下去了。奴婢去办。娘娘放心，奴婢必会办得妥帖。"

"你别出面。"

"那是自然。"云归一边替我捏肩，一边说道。

没过几天，便听说了刘才克扣宫人饷银的事被抖出来，又牵出从前虐死宫女的事，数罪齐发，我就势将他撵出了宫。至于那个与我同姓同乡的小内侍，既跟刘才扯上关系，便仍打发他去倒夜香了。成也刘才，败也刘才，对于这个小内侍来说，短短几日的荣华倒是一场梦了。

只是我此时疏忽了，刘才与小内侍，只是虚晃一枪而已。他假装跟我过了一招，假装露出细微破绽，假装损失了重要的棋子。他真正的枪子并不是他们，只是假意先暴露出来，他算到了，以我的敏感，必然会发现猫腻，处置此二人。

处置完了，内廷监和司膳房都留出了坑，得安插新人。那新人，才是他真正的棋，亦是问题的关键。这其中的弯弯绕，非常人能想得明白。他心思的阴诡，可见一斑。

高陵勿向，背丘勿逆。我少年时读兵书，从字面上理解这句话的意思，敌军占领山地不要仰攻，敌军背靠高地不要正面迎击。当不久后，宫中发生重要的一件事时，我方才明白"高陵勿向，背丘勿逆"这句话更深一层的含义。好多不动声色的大道理，都藏在清浅文字之间，只是世人不经世事，不会悟透。

彼时，占据高陵的，是我。他不会仰攻。他想的，侧攻，迂攻，以我之戈，攻我之城。

一日晚间，我抱着灏儿走到御湖边的时候，看到了峪王妃和炽儿。他们正在湖边垂钓。

已经到了冬天，御湖上的植物藏匿了，一片寂寥。炽儿看见我，站起身来，恭恭敬敬地行了个礼："芯母妃。"

成筠河继位之初，就认了他做义子，他这样叫我，不算逾矩。且自上次吕氏之乱、我与峪王妃合作之后，他们母子一直与我走动得颇亲近。

我看着炽儿，他的个头蹿得很高了。许是因为在褓褓之中便丧父的原因，他身上总有一股少年老成的气息。

"冬天了，御湖里什么都没有，你们为何在此垂钓？"我问道。峪王妃笑笑："正因为冬天了，什么都钓不到，所以我才让炽儿在此垂钓。"

我一愣，旋即明白了。她是在教育自己的儿子，要习惯求而不得，习惯空空如也。身在皇室，没有这个觉悟，根本不可能平安而终。

我问道："炽儿，你钓得如何？"

"回芯母妃，起初，儿不耐烦，到现在，儿心平气和，一钓数个时辰，不觉乏味。儿还作了首诗，念与芯母妃听听。"

"好。"

"西风凋荷叶，独钓一湖冬。俯首知鱼情，不与三月同。"

我点头笑道："峪王妃教子有方。"御湖边的风吹着她墨色的锦袍，越发衬得她肤白如雪。她缓缓说道："我听说合贵妃现在临朝了。"

"圣上所邀，非本官所愿。"

她看着我："合贵妃自己，真的从未想过吗？"

若说我从未想过临朝，是不可能的。曾经一度成筠河命在垂危的时候，我考虑过。那时候，孩子年幼，八方俱危，皇室族亲，虎视眈眈。满朝文武，观望而行。无可托良将，无姻亲之臣。若想挽狂澜于既倒，需以铁血手腕，行非常之策。那些月明星稀的晚上，我曾无数次地想过这个问题。想到双拳紧握，想到头皮发麻。

然而这次，确实是在我意料之外。从成筠江死前挑拨开始，我与成筠河十年夫妻，他从未间断怀疑我的野心。我想不到，他会主动携我与他一起上朝。

峪王妃若有所思地说道："旁人都说是因为贵妃娘娘殿前发威、治了奸臣之故。但妾身瞧着，倒不完全是。"

炽儿从我手中接过灏儿，亲昵地逗他。

"那，依峪王妃看，圣上为何如此做？"

"或许，圣上是真的信了贵妃，想让贵妃替太子铺路。或许，圣上是想用这种方式考验贵妃。但不管如何，你如今比从前更受瞩目，万事需小心，不能行差踏错，叫旁人拿住把柄。"她这番话说得很真诚。

在这宫中，除了云归，她是第二个为我着想的女人。我颇为感动，握了握她的手："放心。"

闵州赈灾，我当初派的是张邑前去，他一去三个月，岁尾方归，各项事宜交接清楚后，已经年关了。

我与成筠河商议，腊月三十，在宫中赐宴，顺便邀上几个办事得力的重臣，君臣同乐。

当日宴会，亦为灼儿和炽儿设了座。

舞姬们穿着红色的衣裳，在太平之乐的伴奏下，跳着舞。内侍们陆陆续续上了酒菜。成筠河携我起身，一起向众人举杯。众人叩谢。一派喜乐祥和。然而刚放下酒杯不一会儿，灼儿就出事了。他摇摇晃晃，宫女扶着他，他又呈恶心之状，似要昏厥。

成筠河发现了异常，连忙让乐师舞姬们都停了下来，他三步并作两步，走到灼儿身边，慌忙问道："怎么回事？"

专门负责验毒的老内侍忙拿出银针，验了酒杯："回圣上，酒中无毒。"又开始验灼儿桌上的食物："回圣上，食物也无毒。"

成筠河皱着眉。灼儿前头还好好的，他的症状压根不像生病，明明就是中毒后的反应啊！到底是怎么回事？

我仔细看了看桌上的食物，一颗心就像拴在高处晃晃悠悠。一定是河豚。今日内廷监新到的河豚肉，用来筵席之用。冬日是吃河豚肉的好时候，河豚的肌肉本是无毒的。但是，如果在河豚死之后，放置很长时间再做，肝脏、肾脏里的毒会渗到肌肉里。

灼儿面前的河豚肉跟其他人的都不一样。灼儿在饮酒前，吃了几口河豚肉。

这毒下得巧妙，银针验不出来。下毒的人，不想让灼儿死，只想让灼儿"中毒"。中毒给成筠河看，中毒给所有人看。

越是事发紧急，越是需要镇定。我突然想到一个人。刘才被撵出宫后，我让内廷监的副管事梁厚接手了他的位置。梁厚亦在宫中多年，老实本分，做事勤勉，寡言少语，口碑甚佳，且一直与刘才不睦。不管从各个方面看，他都是安全的。我眼前浮现他那张憨厚的脸。我明白了。

是他。一定是他。

刘才只是一步假棋，故意露出破绽让我除去的。梁厚才是真正的棋。

成筠河抱着灼儿，医官们慌乱地赶来。筵席上的众臣皆沉默地坐着。所有的欢庆霎时消失。

新年的钟声敲响。长乐九年来了。

第九十四章：偏爱

医官们诊断过后的结论，果然跟我猜想的一样。我自认有兽的警觉和机敏，可还是漏算了这一步，发生了这样的事情。

"圣上请勿心忧，太子殿下中毒不深，微臣开几服药，吃下去，将毒性逼出来，再多加调养，便无事了。"张医官小心翼翼地禀道。

动静闹得挺大，毒却并不深。然则，众目睽睽之下，却不得不调查。

成筠河指着桌上的河豚，说道："将做这道菜的御厨带上来，孤要亲审。"

不多时，一个御厨被带上来了。上了大殿，哆哆嗦嗦地跪在地上。成筠河问道："你是如何在太子殿下的河豚肉里动手脚？何人指使！"他是一个极少发脾气的人。但到底是天子，天子一怒，众人皆惧。筵席上的大臣们一声儿也不敢言语，唯恐牵连到自己，引火烧身。

那御厨磕头道："小人并不知情啊。"

成筠河挥了挥手，刑具抬上来。专门负责施刑的一个老内侍拉长了声调说道："做菜的，是双手，那老奴便让你的手千疮百孔。"倏的一声，御厨的手被活生生扎进一根竹签。殿内充斥着惨叫声。"奴才招，招，招……是，是，是内廷监梁总管授意的……"

果然扯到梁厚了。过了一会儿，梁厚被带到大殿内。他仍然是一张憨厚的脸。他上了殿，并没有御厨那般慌乱，反倒气定神闲，在场的人都有些意外。我却知道他用意何在。他越是假装很淡定，越是显得自己好像有靠山似的。

成筠河厉声问道："你怎敢指使御厨做此悖逆之事！"

"回禀圣上，奴才只是奉命行事。"

"奉谁的命？"

"贵妃之命。"

所有人都看着我，似乎，那些影影绰绰的疑惑在这一刻得到了合理的证实。

正在这时，一直坐在桌上不吭声的炽儿突然笑起来。成筠河问道："炽儿，你笑什么？"炽儿站起身来，走到梁厚身边："梁管事，既是奉贵妃之命，那本王问你，贵妃是如何命令你的？是当面下的令，还是托人传的话？"梁厚想了想："回峪王殿下，是托人传的话。"炽儿继续逼问道："是谁传的话？"

"乾坤殿的小枝姑娘。"

看来，这个小枝，是他拿得准的人了。

"哈哈哈哈哈哈。"炽儿又一次仰头笑起来。"峪王殿下笑什么，何不传小枝姑娘进来问话？"梁厚说着，看了看成筠河，又看了看我，再将头低下。

"本王笑芯母妃做事怎么这般随意，如此重要的下毒之事，竟让一个不相干的小宫女随意去传话了？这却也不符合芯母妃的一贯风格啊。圣上，您说呢？"

成筠河点了点头，看了看我："炽儿说得对。"梁厚不紧不慢地说道："或是小枝，或是贵妃娘娘的贴身官女云归，奴才已经记不清楚了。"

站在我身后的云归大声说道："梁管事胡说八道！奴婢与你，从未私下里说过话！你红口白牙攀扯我，可有证据？"梁厚道："云归姑娘说没有传话与我，又可有证据？"

"那你说何日何时在何地？"

"三日前，酉时，在内廷监的小院，云归姑娘来找过我，有内廷监的几个小内侍为证。"

"那日那时，我在陪娘娘下棋，有娘娘为证。"

各执一词。人证都是自己身边的人。这确是两厢难以说清的事。

"你！"云归气噎。

梁厚说话始终是淡淡的语调，面不改色，完全没有半点心虚之态。我看了一眼云归，示意她安静下来，别急躁。云归领会了我的意思，不再吭声。我作为梁厚口中的指使人，这场中毒事件中利害攸关的角色，始终不发一言。

成筠河看了看我，我端起桌上的一杯已经凉了的茶，啜了一口，仿佛置身事外似的。成筠河说："星儿，茶冷了，就换盏热的吧？"他这句温和的话，让殿上的气氛有了巧妙的变化。他没有指责我，亦没有质问我。他只是云淡风轻地跟我说着话，好像这件事从头到尾都没有发生过。

我微笑道："茶凉了，亦有茶凉了的好处。只要心是热的，什么茶入了肺腑，都能捂热。"

梁厚这时，突然说了一句话："贵妃娘娘，您待奴才这么好，奴才铭感五内。别说是毒杀太子，您不管让奴才做什么，奴才都会毫不犹豫去做的。""毒杀太子"那四个字，每个字都像诛心的剑。此时，医官们正在七手八脚地给炽儿排毒。

成筠河挥挥手："带太子殿下回东官吧，务必要好生调理。"众医官连忙答道：

"遵旨。"

灼儿在离开大殿前，看了我一眼，最后看了成筠河一眼。那样的眼神，浑然不似一个孩子。那么陌生。

成筠河拉过我的手："星儿，依你之见，这两个奴才该如何处置？"我低头，分寸恰好地说了句："圣上做主即可。"他看了看那两个人："如此祸患，便都杖毙了吧。"

御厨哭天抢地。梁厚却泰然处之，好像随时准备赴死似的。他向我磕了个头："贵妃娘娘，奴才无用，黄泉底下，再为您效劳。"

我站起身来，走到他身边。事发之后，这是我第一次直视他："你效忠的是谁，你心里明白。下了黄泉，撒了谎的人要下拔舌地狱。恐怕来日，你和你的主子在地狱里相逢，你想说话，却一个字都说不出来了。"我冷冷地盯着他。他并不畏惧。

那一霎，我很好奇，这个奴才的真实目的。他真的只是为了栽赃我吗？他被拖下去施刑之前，眼里诡异地笑。他那笑容里，仿佛带着一句话：陆芯儿，今时今日，赢的人是我。

成筠河示意乐师和舞姬继续，他举杯向筵席上的众臣说道："太子无有大恙，众卿继续宴饮。"众人亦齐齐举杯。然而，经过方才那场闹剧，这场欢宴的末尾，有了萧索的气味。

筵席结束时，每个人都如释重负。

新年之夜，成筠河要去奉先殿守岁，我独自回乾坤殿。

今年的新年之初，无雪，但是子夜，下了淅淅沥沥的雨。云归在我身后，给我撑着伞。我仰头看了看天："暮夜冬雨至，听灯意昏昏。"

"芯母妃。"我转身，炽儿站在我身后。

"炽儿，多谢你今晚护着本宫。"

"芯母妃这些年不也一直护着儿吗？"他说道。

我伸出手，摸了摸他的脸。

"刚听芯母妃念道，暮夜冬雨至，听灯意昏昏。儿只望芯母妃莫要昏昏，看明白才好。"

我看着他。他小小年纪，竟有如此见识。

"那炽儿说说，你今晚看到了什么？"

"芯母妃或许正在为圣上在此等大事上信任您，而感到欣慰。可您有没有想过，做这件事的人，根本不是为了挑拨您和圣上，而是别有目的。只是那目的，儿现在看不明。"

今晚这场戏，我确实是最有嫌疑的一个人。但无疑是有许多漏洞的。掰扯不清。

且成筠河心里未必不明白，我若想为难灼儿，根本不必如此。从灼儿入主东宫到现在，我一直保着他。作为我的枕边人，这一点，他理应看得清楚。

但无论如何，大庭广众之下，他选择站在我这一边，还是令我感动。他素来是个软耳根，到而今，竟坚定起来。

听了炽儿的话，我兀地又想起梁厚被拖下去之前，那双眼。难道，常三算准了成筠河这次会选择相信我吗？他对人心尺寸的拿捏素来极好。这场戏若不是为了挑拨我与成筠河，那是为了什么呢？

炽儿拱手向我告辞。

我对云归说："去东宫。"因为灼儿的中毒，东宫今晚灯火通明，尽皆不寐。医官们给灼儿开的药，内侍煎好了，端上来，灼儿喝了药，吐出来一些黑色的水，面色像是比刚刚好些了，但仍然气若游丝。

"灼儿，你现在感觉怎么样？"

他冲我点点头："无碍。"我柔声道："今晚的事……"他忙说："父皇既说与母妃无关，那便是无关。儿臣无有不信的。母妃勿要再提。"

第九十五章：下手

"父皇既说与母妃无关，那便是无关。"这句话听起来冠冕堂皇，却没有丝毫的温度。说是"儿臣无有不信的"，可分明就是"不信"。

他轻轻闭上眼，似乎不想与我再多说什么。我将声音放缓，如从前哄他睡觉那般："灼儿，你那会子筵席上几乎没吃什么东西，刚刚又吐了那么多，现在是不是饿了，母妃去给你做点清汤好不好？"

说完，不待他回答，我便净了净手，去东宫的小厨房，取冬日的梅花瓣，加之蛋液、粳米，做了碗汤，自己用手捧了，端过来。

可他蹙着眉，不肯张嘴："母妃，儿臣现在还是难受得很，进不下食……请母妃莫要为难儿臣……"云归轻轻拉了一下我的衣袖，笑言："娘娘，您的关心，太子殿下已经明白了，您就让太子殿下好好休息吧。夜已经很深了。"

我掖了掖灼儿的被角，给他唱着襁褓之时我唱给他听的歌谣。"月儿弯，西湖清，小阿郎动身求功名，一步三回首，远行儿，娘的心……"

他闭着眼，一动不动。过了很久，我以为他睡着了。我起身，往殿外走，可还没走到门口，便听见他翻身的声音。

经过今晚这桩事，灼儿，他是真的不可能再与我交心了。

雨还在淅淅沥沥地下着。我从未觉得东宫到乾坤殿的路，这么远。云归在我身侧，迟疑了几番，开了口："娘娘，今日峪王殿下说的话，倒是让奴婢清醒了很多。从他进门，每一个动作、说的每一句话，都在奴婢脑海中过了一遍。奴婢觉得今日梁厚的表现，大有深意……"

"炽儿说得对，他不是想挑拨圣上和本宫。他压根儿没想让圣上怀疑本宫。如果圣上真的怀疑本宫了，他这出戏倒是砸了。"

绣鞋踩在雨水上，湿了脚。一股凉意从足底渗上来。梁厚那个诡异的笑在我脑海中盘旋又盘旋。我打了个哆嗦。

云归道："梁厚的分寸拿捏得很好。如果太逼真，不露破绽，圣上真的相信了，怎么办？那非他所愿。但是，如果太假，也不行。于是，他半真半假。他只想让太子殿下相信！"

我点点头。"他有两个目的，他都达到了，所以，他觉得他赢了。第一个目的，是露出破绽，让成筠河不相信他，站在本宫这边；第二个目的，灼儿相信了，他看到成筠河站在本宫这边，便会愈发恨意滔滔。"我终于想明白了他那个诡异笑容的含义。

我一开始总以为他们是想让灼儿恨我。但其实是错的。他们想让灼儿恨成筠河。在灼儿眼里，我比他早逝的母亲幸运很多，我得蒙圣心，且大权在握，这本来就是一种不公平。常三鼓动的那些朝臣假意捧灏儿，大唱赞歌，虽被我弹压下去，但肯定已经传到了灼儿的耳朵里。他觉得自己一无所有，所以他把太子之位看得格外重。

他不相信我在有了亲生的儿子后，还会真的支持他。去年元宵节，我用灏儿做了场意外，那时候，成筠河是站在灼儿一边的。灼儿被推到风口浪尖之时，被宽恕。他的恨意被短暂压了下去。

可这次，是彻底地激发了。甚至，比从前更甚。就如同一潭水，浑浊了，沉淀下去，然后拿着大棒子拼命搅动，会比原来更浑。

从前，他只是恨我，现在，恨成筠河。

"娘娘，您说，太子殿下前几个月的骤然温顺，待弟妹友爱，是真的吗，还是演的？他那时候只是认为这样会博得圣上的好感，让圣上觉得他孝悌仁爱，是吗？"云归说道。

我用手扶了扶额。云归挽着我，不再说什么。

到了乾坤殿。云归照旧给我打了水泡脚。热水浸没我的脚，寒意一点点消退。

"娘娘，您今晚累了，早些歇着吧。"

蜡烛燃着燃着，灯芯开了花。灯芯欢何短，一晌泪满襟。自小，听我娘说，灯芯开花，要有大事发生。到底是什么大事呢？是不是灼儿会给常三帮忙，要动手了？他们会选择怎样的方式呢？我想啊想。

我躺在床榻上，睁着眼。我一直在维护着我与灼儿之间的关系，如履薄冰，可到头来，我什么都错了。是不是，我与他兵刃相见的时刻终要来了……

雨越下越大，水流在地上汇集成溪，发出潺潺的声响。以我对成筠河的了解，经过今晚这件事，他肯定会待灼儿更亲密，以慰藉孩子的心。他永远都是个息事宁人的性格。任何事，都想大事化小，小事化了。

今晚的事，他看出有猫腻，他肯定觉得是因为我在宫里素来厉害，严苛待下，树了敌，才会受到栽赃。他一定认为，别人想栽赃我，用灼儿做工具，灼儿无辜受连累。他对灼儿一定有许多愧疚。成筠河这个人啊，旁人总能一眼看到他心里去。

胡思乱想了一个时辰，我猛然坐起身，唤着："云归，云归……"云归赶紧披着衣服过来了："娘娘怎么了？"

"飞鸽传书，告诉明宇和楚大哥，做好准备，一定要静悄悄的，马蹄上最好绑着布……"

云归听我如此说，亦没了睡意："娘娘觉得，他们要动手了？"

"嗯，我感觉就是这几日。年节里容易出乱子。防着些好。我知道我与成筠河又会面临一场灾难。"

我什么都想到了。我觉得我已经算得很清楚了。我笃定常三要动手，我闻到了危险的味道。可我千算万算，却算漏了一步。我以为血脉尤为珍贵，就算有些误会，也只是暂时的。我以为孩子的恨意就算再大，也只是寻常怄气而已。一个孩子而已，再恨，又至于怎样呢？

可我真的想错了。天家果真是没有兄弟父子的。连孩童都不例外。

雨下个不停。到天亮的时候，成筠河从奉先殿守岁回来。他上了榻，我握着他的手，冰凉凉的。他说道："上京在北，历来冬季干燥，雨水甚少，怎么今年这么邪性？连绵雨下个不停。"

"筠河，好好睡会儿吧。"

他絮絮叨叨地跟我讲："星儿，我在奉先殿待了一夜，又想起父皇来了。父皇亲切地看着我笑，喊着我，小六，小六……父皇的样子那么真实，我好像与他老人家真的见了面似的……"

他的每一个字都那么不祥。我轻轻地拍着他的肩："先帝舍不得你，在天上看着咱们呢。"

他睡前还说了句："星儿，雨这么大，我担心今年上京附近的百姓闹灾……还有宫中几处年久失修的殿宇，得让工部的人修葺一下……"

先帝说得对，小六虽然有许多缺点，可他有一颗仁心。从开始，到现在，他一直是这样。岁月改变了许多人，包括我，可没有改变成筠河。

他依然是那个小六。他的心依然那么干净、那么透明、那么温暖。

我抱着他。那种不祥的预感笼罩着我，我莫名地害怕。这些年，我斗败了一个又一个敌人，我素来临危不乱，镇定处之，可为什么，这一次，我这么这么地害怕。我将他抱得很紧，眼泪一滴一滴地落在他的衣襟上。

"筠河，筠河……"

他"嗯"了一声，迷迷糊糊地说："星儿，你哭什么啊，你放心，我不怪你，不怪你连累了灼儿，咱们一家人好好地在一起就行了……你以后不要待下太严苛，容易树敌。莫惹小人……"

"好，我听你的。"

"别那么厉害。"

"好，我不厉害了。"

"嗯，睡吧。"

我靠在成筠河身上，渐渐睡着了。

和着雨声，这一觉，我睡得很沉。做了很多零碎的梦，没有一个是完整的。醒来的时候，竟又是天黑了。我坐起身："云归，圣上呢？"

"圣上今晚跟皇亲们一起用晚膳，随后就去东宫陪太子了。"

太祖皇帝有子十二人，除去成锵与先帝，还有十人，均开府立院，子嗣甚多。故而，皇室族亲有许多人。每年的年节日里，成筠河都要寻一个日子，在宫里齐聚一堂，以示骨肉亲近。

我起身："本宫也去东宫。"云归说："娘娘，太子殿下恼着您呢，既然圣上想多陪陪他，就让他们父子多待一待吧。"

我点头，又摇头。"不，本宫得去。今晚不知那些皇亲们有没有再说刺激灼儿的话，本宫这心里着着没落的。"

我粗略梳洗完，便起身前往东宫。雨小了些，但仍然未停。我走得很快，云归在身后撑着伞，提醒我："娘娘，您慢着点儿，雨天路滑。"

我永远也忘不了那一刻的心情。当时的我，没有想到，这是我与成筠河告别的晚钟。

我离他的死亡越来越近。

东宫里摇曳的烛影，手持匕首的灼儿，倒在地上的成筠河。显然，灼儿是趁成筠河与他同坐在书案前、毫无防备的时候，突然下的手。灼儿的眼睛是红的，他那张尚显童稚的脸上呆呆的，嘴里念着："父皇，对不起，谁让您不向着儿臣。您心里已经没有儿臣了。只有您死了，就永永远远不会废太子。只有您死了，儿臣才能名正言顺地继承皇位。再也没有人来抢了。所有人，所有人，都得山呼万岁！"

"筠河！"我想跑过去，可是脚发软，踉踉跄跄。血，血，我手上全是血。

我哀号起来。

"六殿下，莫负昼如年，水风来处，信良辰美景……"我心中闪过少年时跟成筠河说的话。痛不可当。

"筠河！"

第九十六章：驾崩

我哆哆嗦嗦地站起身来，一步步走近成灼，这个自出生就被我抱在怀里的孩子。

"我怎么会养出你这样不忠不孝、灭绝人伦的东西——"声音似乎从我的胸腔里扯出来，扯得我呼吸困难，气绝哽咽。

我疯了一样地去夺他手里的匕首。我脑子一片空白，我只想杀了这个孽种。从我接受凌桃蹊的跪地托孤，就错了，错得一塌糊涂。凌桃蹊一开始接近成筠河，本身源于一场阴谋。这个孩子压根儿就是阴谋的产物。

我夺过了匕首，刺向他。他哭喊起来，本能地大叫："不，不，阿娘，不……"

云归扯着我的衣袖，跪在地上，泪流满面地哀求："娘娘，您千万不要冲动啊，您是多么冷静的一个人，万勿失了理智，您要真的杀了太子殿下，正中奸人的下怀啊！您不能啊！为了三殿下，为了圣朝，为了先帝爷生前对您的看重和嘱咐！"云归的头磕在地上，"砰砰"地响。"娘娘，求您了，一定要冷静啊。"

是啊。如果我杀了成灼，就正中常三的下怀。

太子弑父，我又杀了太子。混乱不堪，讲不清对错，全部成了逆贼。成筠河没了，宫廷大乱。皇室失德。他要的，不就是这个局面吗？

为何选在初一。因为年节里，朱先生休沐，回自己府中了。他万事都算到了，连朱先生都防了。没有人通风报信，没有人能料到。

否则，一个孩子，怎么可能做成这件事呢？

匕首在我手中僵住。成灼蹲在地上，抱住头："为什么要怪我？是你们逼我的！本来我是最受宠的，可自从有了三弟，一切都变了。你！你总逼我读书！不就是想证明我有多蠢吗？不就是想看我的笑话吗？原来父皇是向着我的，可后来，连父皇也不向着我了……别以为我不知道你们在想什么！不就是觉得三弟是太祖爷转世，是真正的天命之人，想等他长大了，就废了我！我没办法！我什么都没有！我要想保住太子之位，只能这样做。父皇死了，就永远不可能废太子了……"

"你父皇没了，你拿什么坐皇位？本官待你一片真心，你竟都不觉？"我冷冷地看着他。匕首从我手中掉落。

"星儿……"我听到成筠河的声音。是他在叫我。

我匍匐过去，眼泪大颗大颗地掉在他的脸上："筠河，我去喊医官来，我这就去……"他摇头，握住我的手："不，千万别，千万莫告诉世人。皇……皇家，不能蒙羞。"他用手指了指灼儿："孩子是听信了谗言，一时……糊涂。但，他不能再做太子，星儿，你赶紧，赶紧拿皇绸来。快。"

他又连说了几个"快"，我愣着。云归慌忙地取了皇绸和笔墨，又将成筠河扶了起来。他似乎是用尽了全身的力气，在皇绸上写了几句话：孤奉先殿遇太祖现身，太祖有命，立皇三子灏为皇太子，以承天命，以安四海。皇二子灼，改立渭王。写完，他松了口气，整个人似乎像一座城，坍塌下来。血成摊成摊地涌了出来。

到头来，他依然没有说成灼的一个字不是。他用了"奉先殿太祖现身"这样的借口，云淡风轻地废了太子，符合他一贯的性格。他担心我会不悦，苦笑道："星儿，理解我，灼儿，毕竟是我的儿子，我下不了狠心。也请你放了他，给他一世的平安。他只是个孩子。"

他下不了狠心。他这一世，压根儿从来没有下过狠心。不管对任何人。他给成灼想的封号是渭。昔年，太祖起兵于陇西。陇西，是龙兴之地，在渭水上游。但离上京很远。他想让成灼远离上京的是是非非，但又保留着尊贵，不似发配。他想得很全面。

"筠河，我不想让你走……"我紧紧地搂着他。他的鲜血染透了我的衣裳。

他咳了几声，安慰我似的，摸着我的脸："星儿，这些年，多亏你了。"他是知道的。他什么都知道。我呜咽着："筠河，我只要你陪着我就行了。你陪着我，我什么都不怕。筠河。"

我曾经对他有过心冷的时刻，可我从未想让他离去。他咳嗽起来。"星儿，待我走后，对外一定要宣称，宣称，宣称……我是因……病逝……"我害怕是我将他抱得太紧，扯到了伤口，手忙脚乱地松开他。

"星儿，十多年了，我一直都是爱你的。"

"我知道。"我一生流的眼泪都没有现在多。眼眶似决堤的河，那么汹涌。

"将来给烯儿找个好人家儿，那孩子跟我一样，怯……怯懦，性子软，星儿你一定要把好关，不能让她被夫家欺负了去……"

我拼命摇着头："烯儿是天家女，咱们最尊贵的冀公主，有我在，不会有任何人欺负她……"

"还有，还有炘儿……"他面上露出愧色："她是个可怜孩子，生下来就身体有缺。虽然她母亲与你……终究是我的错，她是无辜的，来日，希望你善待她……"

我点头："筠河，我善待她。不管常攸宁做过什么，我都善待她。"

"守好灏儿，守好这山河……"他的声音渐渐微弱下去。

更鼓声响。三更了。成筠河的手渐渐地冰凉。

那年，在禹杭。

"姑娘，我实话告诉你，我是当今圣上的六皇子，受封宣王。"

"我只是个不受宠的冷门王爷罢了。姑娘你有侠义心肠，萍水相逢，却对我舍命相救，我成筠河这一生，必不负你。"

一开始的相遇，我骗了他。他救了菜头，带我进了宫。

"我若得了天下，就交给你管。"

"六殿下慎言，这样的话若让旁人听见，是大不敬的罪过。"

"反正，我也得不到这天下啊。怎么也轮不到我。"他毫无心机地笑着。他从未想过坐到这个位置上。

清风殿的大火，太皇太后安插巧云，凌桃蹊的出现，成筠源和王项的逼宫，常攸宁兄妹的翻腾，吴女案、吕氏之乱……从大章二十七年开始，我们一起在宫中经历了数不尽的风风雨雨。他终究还是先我一步走了。

"星儿，星儿……"他念着我的名字，呢喃着合上眼睛。我怔怔地跪坐在地上。我看着他的脸，所有的颜色一丝丝褪去。滚滚清江水，尽是离人泪。万千的话语堆在我的嗓子眼儿里，沤着，沤着，沤出一堆馊水，沤出一腔霉烂的悲啼。

雨啊，还在噼里啪啦地下着。

成灼似乎清醒过来，惊恐地爬到我身边："怎么办，阿娘，现在该怎么办？""你现在知道怕了？"我的声音就像冰一样。在这正月的夜晚冒着寒气。不出我所料的话，成灼现在对于常三而言，已经是一个走完他该走的棋局的废子了。他不会在乎废子的死活。

我跟云归说："去看看敖羽今夜有没有当值？"云归说："娘娘您忘了，昨日，您就叮嘱了，这几日务必让敖大人亲自当值。"

"去，把他叫进来。"

云归正欲出去，一旁的小申突然说话了："娘娘，奴才去叫。"

我险些忘了这个人。他是成筠河的贴身内侍，自然是跟成筠河在一起了。事发时被太子找借口支了出去。后来进到殿中，想必是被眼前发生的一切吓怔了。此时才回过神来。小申连伞都顾不得打，冲进了雨里。片刻的工夫，敖羽进来了。他睁大双眼，看着眼前的一切，不可置信。

"对外宣称圣上旧疾突发，宫中加强防卫。"

"是。"

我站起身来，发现我整个人就像一支烧得浑身是泪的烛，在清冷的夜里，强撑着发出光芒。我跟敖羽说："用皇辇将圣上抬回乾坤殿。云归，传本宫口谕，宫里所有的医官速到乾坤殿。"

"是。"

成灼的声音里带着哭腔："那我怎么办，我怎么办……何时登基？我要去找常灵则……他答应过我……只要父皇驾崩，什么都是我的……"

我用力一个巴掌抽过去。他吃痛大叫了一声，脸颊顿时红肿一片。"若想活命，闭紧你的嘴。"我跟敖羽说道："命人将太子也绑到乾坤殿。"

"是。"

天亮的时候，常三一定会撺掇一些皇亲权贵来闹事，吵着要见圣上。届时，若被发现圣上已经驾崩，必然大乱。

小申说道："娘娘，这几年去各位皇亲府上传旨的，一直都是奴才，奴才说的话，就是圣上旨意的传达。由奴才出面去拦着他们，必能压制一阵子。"

"好。"我当初将他调到乾坤殿，没有看错他。大事临头，他还算清醒。

成筠河崩逝了，我成了寡妇。可我不能为自己的亡夫穿孝。为了我和我的孩子们能在这场腥风血雨里活下去，只能暂时秘不发丧。雨啊，无休止地落在宫廷。我站在檐下，看着那红墙碧瓦。前头等着我的，势必是一场厮杀。

第九十七章：勤王

约莫寅时的时候，我听到一阵熟悉的脚步声。敏捷却有力。

沈昼来了。他好久没来乾坤殿了。事实上，自吕氏之乱平息后，我从流烟阁里搬出来，搬到乾坤殿与成筠河同住，他就很少来奏事了。后来，宫中传出我与他的谬闻，他为了避嫌，就彻底不再进宫了。

他一直就是如此。在我逆境的时候，陪着我。每有大事发生，他鞍前马后地效命。而当我走入顺境，他便默默地退到身后。那一袭黑衣，那么的熟悉，慰藉了我多少郁郁寡欢的日子。

我抬起头："沈卿，你来了？"

"嗯，敫羽让人告诉了微臣。出了这么大的事，微臣不进宫，不放心。"

"今，陛下骤然崩逝，圣朝罹难，奸人狼子野心，昭然若揭，我孤儿寡母，风雨飘摇。沈卿，此番必定比从前任何一次都凶险了。"

"陆将军没回来之前，微臣就算拼死，也一定替娘娘站好这班岗。"

因这场连绵的雨，宫里的梅花掉落了大半，稀稀落落的，唯余树枝黑漆漆、光秃秃，任雨水拍打。落在地上的花瓣，和泥水、雨水混在一起。

天亮的时候，果然，有皇亲进宫以"请安"的名义要求面圣。小申一一拦了回去。

到了晌午时分，他们故意散出消息，说"宫中有异常"，联合一大群人，在宫门口闹事。

"圣上有恙，我们可以隔帘问安，听圣上说句话，我们马上就退下。到底是为何千般万般拦阻我们，不让我们见圣上？这当中到底有何隐情？是谁下的旨？"

小申进来，将这些话回禀给我。云归听了这番咄咄逼人的话，急道："娘娘，您干脆就将实情告诉那帮人，太子失德，犯下大错，本就该受到严惩。圣上弥留前，写了圣旨。您有圣旨在手，咱们三殿下登基是理所应当。"

我看了她一眼，摇摇头："云归，你糊涂啊。就算没有成筠河临终前的嘱咐，我也不能将太子犯下的大错昭告世人。圣朝以孝治天下，皇室如此失德，岂不落人口实，惹天下百姓非议？我是太子的养母，太子犯此大错，我又怎能脱得了干系？且在太子犯此大错的情形下，我拿出立灏儿的诏书，无论从哪个方面看，都像是一场阴谋，如何让人信服？岂非给了旁人讨伐我的借口？"

这一切，想必常灵则早已料到了。他知道我此种时刻一定会进退两难、举步维艰。

"云归，去泡杯皋芦来。"

不一会儿，云归递来我素日用的青瓷盏。浓浓的苦味入了腹，脑子里如一根根的针刺过来。

"娘娘，城门外的吵嚷声越来越大了。有几个大臣也来了。"

"现在是年节间，无须上朝奏事，他们要进宫做什么？"

"说是有要事面圣。"

"让他们进来。"

"是。"小申答应着，出去了。

不多时，身后跟着一群皇亲大臣。云归拉着帘子。成筠河被放置在榻上，我站在榻边。

皇亲们跪下请了安。我缓缓说道："你们的心意，圣上都明白了。圣上昨日旧疾突发，宫中的医官彻夜守在乾坤殿。圣上需要静养，你们都回去吧。"

众人迟疑着。为首的信王说道："昨日见到圣上还好好的，怎么突然就病得如此严重？"

我声音沉下来："信王这是何意啊？病来如山倒，岂是你能揣测？"此时，张医官上前说道："圣上自继位之初，便患有头疼之症，此症无法根除，只能压制。如今圣上病情来势汹汹，吾等亦惶恐不已，唯兢兢业业以侍上，方不负朝廷之恩，圣上之德。"张医官的话，让众人安静了少许。

不一会儿，信王又开了口："请圣上开口说句话，我等便立即告退。""放肆！"是炽儿的声音。他穿着一身蓝袍，头戴亲王冠，走了进来。看见这个孩子，我心里稍稍暖了一些。

他手背在身后，如一个小大人一般。"信王叔，你是皇室宗亲，不是山中盗匪。芯母妃乃当朝贵妃，圣上身边儿要紧之人，你怎敢如此对她说话？"

信王生气道："你这个小崽子，怎么说话的？怎能将我与山中盗匪比较？果然自小无父教养，目无长辈！"炽儿冷笑一声："无父教养，总好过有父不教。信王叔也不睁眼看看，这是乾坤殿，是你能撒野的地方么！来人！"

敖羽就势冲了进来。

炽儿吩咐道："敖统领，信王叔与本王斗嘴了，本王现在生气了，命令你将他捆起来，扔到奉先殿。”

“是。”

信王指着他：“你个小崽子，你敢！”

“对，本王是小崽子，信王叔跟一个孩子置气，传出去，才可笑呢。本王现在偏要绑你。后果嘛？本王还是个孩子，想不到那么多。圣上与芯母妃若要罚我，便罚吧。”

我不由得心内小小松了口气。这个孩子好生聪明。耍浑闹着，打马虎眼，三下两下将这个带头闹事的信王绑了。日后说起，不管是何因由，他是个孩子，大人与小孩子置气，不体面的，总归是信王。

如果下令的是我，含义就大不一样了。

信王被绑走后，那些皇亲的气势稍稍弱了些。

我开口道：“尔等跪安吧。等圣上身子大好了，自然会召见你们。”

“是。”他们面面相觑，起身，走到殿外。

正在这时，突然听到一阵兵器厮杀声。常灵则露面了。想必是久久等不到宫中大乱的消息，他知道，事态被我压制住了。他等不及了。这是一个难得的机会。他怎肯错失？他知道成筠河没了。此时冲进宫里，混淆是非，搅乱浑水，是最好的时机。他身后带着的兵马，竟都穿着幽州防御兵的虎纹铠甲！

幽州，圣朝军事重地，国门之侧。先帝亦曾派殷家出兵高丽，分水陆两路，陆路亦以幽州为后方。先帝晚年，设幽州防御所，许幽州防御兵骑一等战马，穿虎纹铠甲，意为圣朝之精锐，虎狼之师。行伍之中，曾有人言：“青云好男儿，当为幽州骑。”看来，幽州骑是常灵则口中所谓深不可测的底牌了。幽州防御史李义天到底是反了，还是为人所蒙蔽？

沈昼和敫羽带着御林军跟他们厮杀着。我心内一阵寒凉，那马蹄声，那嘶喊声，声声入耳。我跟云归和小申说：“守好龙榻，勿让任何人走近。”

“是。”

我握着炽儿的手：“炽儿，今日宫中有大事，你带着弟弟妹妹们在殿内，千万不要走出去。”

“芯母妃放心。”

我掀开帘子，走出乾坤殿的门。

“妖妇，你可算是敢出来了！”常灵则喊道。

“大胆逆贼，竟敢逼宫谋反！李大人，你是朝廷重将，深受先帝赏识，怎敢行此附逆之事？幽州骑，到底是朝廷的幽州骑，还是贼人的幽州骑！”

常灵则道：“大胆的人是你！妖妇，你休在此混淆视听！你牝鸡司晨，勾结逆贼，谋害圣上，把持朝廷，只手遮天，朝中正义之士，岂能容你？"

幽州防御史李义天开口了。"幽州骑，自然是朝廷的幽州骑。闻听圣上有难，朝中有奸，臣在边关，日夜难宁，特率兵赶来上京，千里勤王！"

"李大人，奸人就在你的身旁，乃常灵则是也。你休要被其蒙蔽。"

李义天说道："臣现在求见陛下。陛下只要让臣退兵，臣二话不说，领命便走。"

"圣上重病。"

"臣只需听圣上开口说一言便可。"

我心内踟蹰着。若此时说出圣上崩逝之事，谁是凶手呢？若交代太子是凶手，他们可以说太子弑父，趁乱杀了太子，栽赃于我。他们是勤王的正义之师，我与太子皆成逆贼。若不交代凶手，他们自然可以直接说，我便是凶手。太子是个小孩子，好对付，直接杀了。我与太子都死了，他们依然是勤王的正义之师。

圣上崩逝在前，怎样都是错。欲加之罪，何患无辞。我无路可走。

成灼行了那一步，就是把我，和他自己，带上死路。

此时更不能拿出圣旨。圣旨若入了贼人之手，我连最后一分筹码都没了。

"陆芯儿，你如实交代你的罪行！巍巍圣朝，岂容你这种妖妇作祟！"

"本官说了，圣上抱恙在榻，你们不是勤王，是谋反！"

"那便让臣等进乾坤殿一探究竟！"

沈昼和敖羽皆被围住。幽州骑果然了得！

众将士高喊着："保卫圣上！保卫圣朝！"

常灵则挥着长枪刺向我："妖妇，你谋害圣上，罪该万死！本王今天就要替天行道！"

第九十八章：逆鳞

头顶传来鸟叫，那叫声雄浑而洪亮。一只巨大的黑鸟出现了。它似乎在雨中飞了许久，双翼的羽毛皆是湿淋淋的。它用嘴咬住常灵则的长枪，头来回猛烈地摇晃抖动着。常灵则被这个突如其来的意外惊了一下，冷不防被拖到了马下。

大鸟叼着长枪甩到一边。

是大黑。每当我遭遇外来袭击，有生命危险的时候，大黑就会出现。这只大鸟，如同它的主人一样忠心。菜头对我的忠心，就如同他的祖辈和父辈几代人对水家的忠心。

我张望了一下，菜头并没有来。或许，在他眼里，我仍然深陷于宫廷争斗中不能自拔，我仍然痴迷于权力带来的刀尖饮血的快乐。我在他心里永远是个执迷不悟的人。

他保护我，但是他从不认同我。他理想中最好的生活，就是在禹杭有个院子，院子里栽满了木芙蓉，吃饱穿暖，晒太阳。

常灵则的长枪被大黑夺走，他怒了，从腰间抽出剑，他身旁的十几个兵丁也扑过来。大黑眼睛里放着光，它敏捷地与那些人搏斗。它的翅膀坚硬如铁，刀剑砍在上面，发出冰冷的声响。我看着沈昼的黑衣上溅满了血。

幽州骑的虎纹，是魔鬼的催命符。不多时，御林军皆被控制住了。只有想要我命的常灵则，被大黑纠缠住。

幽州防御史李义天，从马上下来，走近我，拱手行了个礼，不卑不亢地说道："贵妃娘娘，臣说过，幽州骑永远是朝廷的幽州骑，是圣上的幽州骑。臣不管谁忠谁奸，臣只看事实，只看眼前。只要您许臣见圣上一面，听圣上一句话，臣便立即回营，誓死效忠。"

他是个历经两朝的武将。见过多少风云，染过多少鲜血。他说话很有分寸。他知道给自己留一线。没有说死。

我看了看眼前的形势，想了想，语气沉重地说道："李将军，圣上昨夜突发重疾，满宫里的医官在乾坤殿昼夜不眠，然，仍没能保住圣上……"

李义天听到这里，下意识地往殿内看了一眼，说道："圣上驾崩了？那贵妃娘娘为何不发丧？圣上果如贵妃娘娘所说，是病故吗？"

"将军会错意了，并非不发丧，而是圣上因病崩逝，事发突然，为了宫里宫外的安宁，也防止被有心之人利用——"说到这里，我看了一眼常灵则，继续说道："故而，决定延缓发丧。"

"那敢问太子殿下何在？圣上驾崩，太子便是新君。贵妃娘娘应请出太子。准备让其灵前登基。否则，四海无主，天下何安？"

他在逼我，以退为进。若真的此时让他们装模作样地立了太子，后患无穷。

"圣上生前留下旨意，改立三皇子为储，成灼为渭王，前往陇西就藩。"

"哈哈哈哈哈哈哈哈。"李义天仰头大笑起来，笑罢，用手指着我，嘲讽地说道："废了太子，立你的儿子？贵妃娘娘还敢说自己没有谋逆之心？看来平西王说得甚有道理。请问，贵妃娘娘，圣上在病重垂危之际，为何突然起了易储之意？"

"圣上说，除夕夜奉先殿夜遇太祖，太祖有旨，立三殿下为继。圣上是仁孝之人，遵从太祖的旨意。"我面无悲喜地说道。

"贵妃娘娘当臣是三岁顽童吗？此等拙劣的借口，也能编造得出？"

一挥手："来人，拿下她！"

一群兵丁冲过来，将我押着，不能动弹。与大黑搏斗的常灵则见状，面色甚喜，朝众将士说道："圣上驾崩，陆芯儿祸乱宫廷，今日吾等勤王救驾，拿下妖妇，速速斩杀，以儆效尤！"李义天点了点头。雨仍然在下着。那些倒在地上死了的人，血水和雨水混在一起。地面红通通的。

我看见押着我的那个人，挥刀砍向我，我闭上眼。那一霎，我想，如果这个关口，我死了，这群逆贼是不是就可以占住宫廷。常灵则有平西老王爷的遗言手信为物证，以老内侍为人证，证明自己是太祖长房血脉，在一群人的簇拥下登基。

史书是胜利者所写的。到那时，我便是贼寇了。成筠河会被当权者的笔墨写成一个无能昏庸的人，我就是一个奸诈贪婪的妖妃，这是一场丑陋的弑君阴谋。常灵则是正义的，他会给自己恢复皇姓。他会改元年号，一切都翻篇。我的孩子们，性命也将不保。以常灵则的狠心，他焉会给自己留一丝后患？

他曾说先帝有取天下之才，而无取天下之量。其实，最没有量的，是他。他总觉得皇室每一个人都欠他的，天下每一个人都欠他的。他一步步缜密地计划着，搅浑水，看着先帝的子嗣一个个凋零。到最后，他制造这么一出戏码，怂恿成灼弑父，再撒下大网，扑进宫廷。他一个都不肯放过。

刀没有砍在我身上。我听到了"扑通"一声。那个对我施刑的兵丁倒在了地上，他心口射进一支箭。

多么熟悉的箭啊！流云君子箭！

"嗖嗖嗖"，箭如雨一样落下来。

李义天发现了不对，他拔出腰间的刀，跟他手下的兵说："叛贼的同党来了，大伙儿提起精神来，全力抵抗！"常灵则皱眉道："怎么没听到声音，如此安静，对方到底是来了多少人？"

我的一颗心从云间晃啊，晃啊，终于落了地。是明宇和楚大哥来了。因为在马蹄上绑了布，所以，他们来得静悄悄，没有动静，让常灵则和李义天措手不及。须臾，我看到大队的人马杀了进来。明宇表面上已经发了丧，常灵则看见他大为震惊，转瞬，便明白了，指着我冷笑道："陆芯儿，你留了这一手！"

我淡淡地说了句："许你阴谋诡计，决策千里，就不许我识破察觉，早做防备吗？"

明宇身后的兵，比我预想中多了很多。我终于明白了他们为什么在接到我的信后，赶来得迟了。明宇一定是担心形势凶险，人手不够，从西北又密调了许多。他在玉门关打了几年仗，跟将士们同生共死，无数次死里逃生，建立起的那种感情无法比拟。对于玉门关外的将士来说，"陆明宇"这三个字，重如泰山。

我看着明宇的脸。上次与他告别，是吴女案刚结束，成筼河为掩人耳目，金銮殿剑指我，除去我的位分。我从监牢里出来，打着赤脚回流烟阁。流烟阁里所有的下人全都撤去，他在杏花林中唤我。他掏出粗麻帕子，给我裹住脚。他说："我何尝不知沉稳，就是看着姐姐受委屈，心里气不过。姐姐放心，我必打出个名堂，打出个功名来。日后，做姐姐的倚靠。"

大漠的风沙让他的轮廓粗粝了很多。然而脸庞还是俊美的。别时少年郎，归来威武将。

他穿着一身铠甲，骑在马上，与李义天大战数个回合后，一枪刺穿李义天的胸膛。

李义天倒在地上。场面混乱不已。不论是幽州骑，还是明宇的关外兵，都是在战场上拼杀过无数回的骁勇之士。"谋反"与"勤王"，在施令者唇舌之间。对于那些普通的将士来说，也只是听令行事。我看着眼前混乱的厮杀，心里颇为痛惜。

杀来杀去，折损的都是圣朝的兵力。我从倒在地上的兵丁腰间抽过刀，将地上的李义天人头砍掉，举起人头，向正在混战的人说道："李义天已经死了，你们还要继续跟着常灵则作乱吗？"

被割掉的人头上满是污血，眼睛暴出，睁得大大的。在漫天的雨帘中，灰败而狼狈。

常灵则喊道："李将军被逆贼所伤，吾等更应打起精神，与逆贼战到底！"

"常灵则，你好好看看现在的形势，你还要垂死挣扎吗？"

他环顾四周。明宇的兵还在不断地涌进来。他以为明宇死了。他完全没有想到，明宇还魂了，还带来这么多人。这是他在这场戏里唯一失算的地方。也是我反败为胜的杀手锏。

但是以他的性子，是不会罢休的。他这一步已经跨出，没有回头的余地。他要拼到底。他红着眼："陆芯儿，本王必须得赢。必须赢！"他像一头失去理智的兽，在倾盆大雨中，举着他的刀。

我看着他，缓缓说道："常灵则，事到如今，本官告诉你，你根本不是成锵的孩子。"

"你胡说！"

我仿佛是触到了他的逆鳞。

"你真的不是成锵的孩子。当初蕊姬难产，孩子生下来就死了。平西老王爷怕跟成锵无法交代，便从外头抱了个野孩子，说是蕊姬生的。谁知后来成锵死在了军营里。但这个错，也只能将错就错，横竖都说不清了……"

"你闭嘴！你胡说！本王是皇家血脉！这毋庸置疑！皇家欠了本王！欠了本王的母亲！"

"常灵则，本官并非胡说，本官有确凿的证据……"

第九十九章：发丧

"什么证据？！"常灵则咆哮着，打断我，他手中的刀往下滴着血。血滴滴答答地落入地上的泥污之中。

"那个从小伺候你到大的老内侍，便是证据。"我在赌。赌一寸人心。以现在的情形来看，常灵则会输，是必然的事。区别就是：一是他主动停战，免去更多的厮杀；二是他死战到底，伤亡惨重。以他的个性，必然会选择后者。

我若想制止他这个行为，必得使他的信念坍塌。这是我在漫天血海中想到的唯一办法。

成筠河已崩逝，圣朝即将换代，正是刀刃上的时刻，新朝必会面临多方难处。若在这个关头，兵力损伤太重，不是好事。

我与那老内侍有过数面之缘，他是个聪明人，且非常疼惜常灵则。我赌，在这种情境下，若我承诺，留常灵则一命，他必然会配合我。当事人都已经死了，圆上这个谎，不难。

我挥挥手，沈昼看了我一眼，明白了我的想法，他飞身而去。须臾，老内侍出现在常灵则的面前。他老泪纵横地看着常灵则，眼睛里充斥着复杂的神色。沈昼朝我点了点头。我知道，他已经言简意赅地向老内侍传达了我的意思。我与他在多次腥风血雨的患难中，已经形成了默契。无须言语，能够明白彼此想要说的话。

那老内侍开口了："少爷，停手吧……皇家并没有亏欠您……"

常灵则木然摇摇头："阿翁，您是什么意思？"

"少爷，蕊姬姑娘刚进平西王府，就是老奴在伺候，老奴看得明明白白的，蕊姬姑娘当日生下的，确是个死胎啊，全身乌青乌青的……平西老王爷一直捧的是大皇子，他把这孩子的出生当成最重要的筹码，怎么会甘心到手的筹码作废了呢，便从外头抱养了一个孩子。老奴亲眼看见您被平西老王爷抱回府中，放到蕊姬姑娘跟前儿……您从小儿耳根后头就长着一个胎记……"

常灵则大喊了一声："不！"眼泪顺着他的眼窝流下来。"阿翁，您撒谎。如果真是这样，您从前怎么没说！"

老内侍扑通一声跪在地上："少爷，您这些年，在平西王府活得不如意，处处受老王妃压制。复仇是您唯一的精神气儿。老奴是看着您长大的，心疼您，不忍告诉您真相。老奴甚至想，要是您能做成这件事儿，老奴就带着这个秘密进棺材，一辈子都不叫您知道……"

"阿翁！"

"少爷，您知道您是从哪儿抱来的吗？上京东三街开酱油铺子的张家……"这句话有名有姓，如此具体，彻底让常灵则疯狂了。"你撒谎！你撒谎！全部都在骗我！全部都在骗我！"常灵则的头发在雨中散开。他的脸乌青乌青的，甚是可怕。"阿翁，这是假的！您告诉我，这是假的！我是太祖长房长孙！我是太祖长房长孙！我是太祖长房长孙……"他口中反复念叨着这句话，在雨中跟跟跄跄，东倒西歪。

我向那些作战的幽州骑喊道："此时停手，既往不咎！执迷不悟，满门抄斩！"那些将士们见李义天的人头已被砍掉，常灵则的身份被揭穿。一个死，一个疯，实在没有继续下去的必要了，纷纷扔掉武器，跪在地上，齐声高喊："愿听从贵妃娘娘差遣。贵妃娘娘千岁，三殿下洪福齐天。"

识时务者为俊杰，通机变者为英豪。这世上有几人不知明哲保身？有几人不知逆流难进？不过是觉得赌一赌筹码更大，想拿性命博一个锦绣来日，富贵险中求罢了。若求不到，自然还是身家性命重要。

我依诺，没有杀常灵则，依旧让他住在平西王府。赡银照领。

那天，他在雨中挥舞着大刀，直到筋疲力尽，倒在泥水中。醒来，像是变了一个人似的，目光呆呆的，口中不停地吃东西。

曾经，他爱喝皋芦，爱吃苦瓜，凡入口的，必要极苦才好。而现在，他只喜吃甜食，越甜越喜。他已经不需要再时时刻刻地清醒了。他可以永永远远地混沌下去。

他没有了精神支柱，整个人垮掉了。他时常坐着看天空，一看就是数个时辰，口中絮絮叨叨的。走近一听，才知他是说着关于"月儿"的事。假水月，乳名亦叫月儿。他说着月儿刚进王府的时候如何如何，后来又如何如何。他念叨的，都是一些很寻常的小事。说她怎么怎么淘气，怎么怎么笨。他只字不提她的死，好像她依然活着一样，只是出门做些别的什么事去了。

老内侍每日做好了饭，喂给他吃，他乖乖地张口，像是一个没有行为能力的孩子。老内侍一边擦眼泪，一边说："少爷，活着就好，活着就好啊。"

这些都是负责监视他的人回来禀告我的。

明宇说："姐姐，常灵则是否还是杀了好？"我摇摇头："不必，他已经'死'了。"

老内侍曾跪在地上跟我说："贵妃娘娘，老奴不是在帮您，老奴只是想替老主子，留下这最后的血脉。"常筠则，他当然是成锵的孩子。他苦心蛰伏了这么多年，他接受不了自己的失败，更接受不了在失败的关头，由最亲近的阿翁说出的谎言。

作为私生子，骨子里的自卑，加之他一贯的自负，在那一刻，被击中。他失去的，不仅是野心，还有这几十年来的信仰。

二月里，平西王府的茶庐中，水仙都开了，一丛一丛的白。

"三爷，杏花开罢，是什么花？"这是当日，我在茶庐问他的话。这片茶庐，回荡着浓浓的丧音。

我早已告诉过他，杯中茶，不过沉与浮，饮茶人的姿势，不过拿起与放下。而他执念太深，满心满眼，只有"等待与下口"。

叛乱平息后，我开始为成筠河理丧。

持续多日的雨，终于停了。

国有大丧，告知九州。

礼部众臣商议许久，给成筠河上谥号为"仁皇帝"。朝臣命妇皆服丧二十七日。九州各地，寺庙、道观晨昏鸣钟。文武官员及所有百姓一百日之内不准作乐，四十九日内不准屠宰，一月内禁嫁娶。

我头戴长长的白布，站于灵前，看着众人。烦琐诸事，明宇和沈昼帮着打理。炽儿亦很得力，他将各皇族宗亲安排得妥妥帖帖。一直被我囚禁在城郊道观的平王被放出来了。或许他已经从朱启口中得知了事情的始末。因为这场漫长的囚禁，他避开了所有的祸端。得以保身、保节。或许因为他领略过我的驯兽之道，看向我的眼神里，多了很多的畏惧。他恭恭敬敬地行礼道："皇嫂。"

我淡淡地点了个头："听闻七弟前些日子云游四方去了，如何？可有什么见闻？"天气尚寒，他却擦了擦汗："回……回皇嫂的话，山川秀美，河流壮阔，让臣弟愈发觉出自身不足，日日三省吾身，发愤图强，勤修文武，为朝廷效力。"我微微一笑："七弟，为朝廷效力倒不必了，为朝廷安分守己，才是皇家的好儿郎。"他忙回道："谨遵皇嫂的吩咐。"

丧仪持续到二月底才罢。

太常卜得三月初八是个好日子。那天，我抱着灏儿，手持圣旨，身披黑衣，一步一步走向金銮殿。

小申高声念道："遵先帝旨意，皇三子灏，继位为帝。"

钟鼎之声响起。接着，又以新帝口吻，尊我为"上圣皇太后"，新帝年号为"顺康"，定在次年改元，当年仍沿用"长乐"年号，以表对先帝的尊崇。

因新帝年幼，而我又理政多年，故而金銮殿之上，抱幼帝临朝。

登基那日，小申宣完旨，许多大臣迟迟不跪。"先帝驾崩突然，未曾下过废太子的旨意，为何突然易储？实在让臣难以接受。"言官柳忌说道。此言一出，有几人小声嘀咕着。

"太子正位东宫数年，一直颇得先帝欢心，臣等皆看在眼里。为何如今登基的，却是三皇子？难道仅仅是因为他是宠妃之子吗？"柳忌继续说道。他仍以"宠妃"来称呼我。他根本不认可眼前的事实。

文臣在右，武将在左。明宇站在左边第一个。他抽出刀，一步步走向柳忌。这把在玉门关外斩杀过无数胡人的刀在金銮殿之上闪着寒光。只见寒光一闪！柳忌的人头便落了地！明宇向我高声奏道："回禀太后，此人藐视圣旨，有不臣之心，已被诛杀。"

鲜血在金銮殿上溅得老远。那血似还冒着热气儿。头戴金凤冠的我，点了点头，冷冷地看着朝堂上的所有人："卿等可还有什么疑问？"

众人齐刷刷地跪地。

"恭迎圣上登基，恭祝太后安康，圣朝福泽四海。"

"陆将军征服漠北，功在社稷，拜上将军，加封定国公。"

一身战袍，眉眼如画的明宇跪在地上："叩谢皇恩。"

我没有提他的勤王之事。我刻意抹去了这一笔。成筠河只是病逝，皇权是顺理成章地交接。叛乱是不存在的。

我重组了玄离阁，以沈昼为阁主，位同一品，延续了大章年间的旧制。另加赐免死金牌，许其随时随地出入宫廷。凌驾于各部之上，直接听命于我。

灏儿正是牙牙学语的年纪，他仰着脸，嘴里含含糊糊地喊着："母……母……母后……"

第一百章：立威

我看着灏儿的小脸，轻声问："灏儿，怎么了？你唤母后，想说什么？""沉……沉……"他指着身上的龙袍。暗黑的龙袍上，九九八十一层金丝线绣的龙，自然是沉的。织造局所有的绣娘们做了一个月才完工。佐以珊瑚，珍珠，平江府的缂丝，菰城的绉，西湖的绸，江宁的倭缎。采九州四海之精华，得龙袍一身。

龙袍怎能不沉呢？它不是一件衣服。它是天下。它是至高无上的皇权。它是一家一姓的大好河山。

"灏儿，你慢慢就会习惯了，你现在是帝王，你看，所有的人都要拜你，你坐在龙椅上，必须得接受这份沉重。"我轻轻地给他擦了擦嘴。灏儿一岁半了，一直都比旁的小孩子要醒事一些。平日里，不管哪里有动静，他都迅速张望着。此刻，他睁着大大的眼睛看着我，仿佛在消化着我所说的话。

过了一小会儿，他笑起来。他竟然冲我点点头。

"灏儿，你听懂母后的话了吗？"

"嗯。"

小申说着："陛下真是天资聪颖，异于常人哪。"跪在地上的众臣听到这儿，忙齐声说道："陛下天资聪颖，乃太后之福，圣朝之福，万民之福。"我似不经意地说了句："都起来吧。"

他们已经在殿上跪了许久了。这是需要立威的时刻。新君上朝第一天，不服也得服。要让他们明白，换天了。跪在地上，仰着头，好好看看龙椅上的新主子。但，又不能一味地示威，安抚亦是很有必要的。

恩威并施，宽容相济，乃驭下之道。

柳忌的血凉了下来，我一伸手，御林军将他的尸体抬下去，一群小内侍拿着水桶、抹布，匍匐在地上擦着。血迹擦去了，金銮殿恢复如初。但那血却留在了群臣的脑海中。

我看着众人，高声说道："新君临朝，该有新气象。大赦天下。除谋反，谋大逆，谋叛，恶逆，不道，大不敬，不孝，不睦，不义，内乱此十恶者，其余通通释放。卿等又侍一朝，劳苦功高，奖半年俸禄。"

"皇恩浩荡，臣等感激涕零。"

成筠河在位十年，朝中发生过几次动荡，从成筠源和王项逼宫开始，到刚发生的常灵则谋逆，朝堂之上，一次又一次地清洗，一次又一次地换血。每一次动荡，都要波及几个参与的朝臣。清洗到现在，朝中除了一些柳忌这样的迂腐之人，那些附逆作乱的，多半早已被除去了。文臣中，以宋垚和张邑为首，武将中，以明宇为首，通通都是我的人。

这是我这十年中，缓缓对政务的渗透，对朝堂的渗透。且三品以上的朝臣，从前总是每三日去尚书房奏事。他们每一个人的名字、仕途的历史、历来的政绩，擅长什么，不擅长什么，我都如数家珍。有了这些基础，理政并非太难。

散了朝，我留下明宇陪我一起到后宫。

按规制，我理应住进萱瑞殿。萱瑞殿雍容华贵，是宫中与乾坤殿同样气派的所在，乃太后理应居住之所。从前高红袖就住在此处。可因灏儿年幼，尚需我照顾，我便跟他一起住在乾坤殿。

乾坤殿仍然是那个乾坤殿，除了没了成筠河，一切陈设如初。

三月了，柳树抽出新枝，在春风里婀娜。风，是温和的，轻拂脸颊，透着别样的亲切。三月沐风，空山凝云。乾坤殿的小竹桥上，乐师吹奏着一曲《汉宫秋月》。

成筠河头疾分外严重那几年，我命人在乾坤殿的院子里挖了小水渠，建了一座小竹桥。因医官告诉我，音乐和着水声，能缓愈头疼之症。成筠河头疾好了之后，不再需要这样的"水乐"疗法。我却爱上了听曲。

"年年光阴耐消磨，负此杯中清苦多。"云归倒上来两杯茶，我一边端起一杯给明宇，一边念道。"姐姐，使不得，怎能让你给我端茶？"明宇推却道。我笑："朝上论君臣，下了朝，咱们是姐弟。姐姐给弟弟倒杯茶，应该的。"我指着明宇，让灏儿喊着："叫舅舅。"

灏儿看着明宇，竟皱着眉头，偏过脸去。我唬道："灏儿，怎么不听母后的话？叫舅舅呀。舅舅是咱们的亲人，日后你要依赖的肱股良臣。"

明宇哈哈大笑，不以为意："陛下年幼，不叫便不叫吧。姐姐你不要为难他。"他喝了口茶："姐姐爱苦味儿，该尝尝沙漠戈壁里头的布麻茶。明儿我让人抬一些来到乾坤殿，姐姐慢慢儿喝。"

"沙漠里头也有茶？"我奇道，"茶圣陆羽曰，茶，乃南方嘉木也，哀家只道茶在南方有，竟不知沙漠里头也有。"

"臣弟在玉门关待了几年，那里的一切无有不晓的。戈壁湿地里，有野生的罗布麻，长着小红花。莫采花，只采叶，且一定要采夏日长出的嫩叶。夏日沙漠天气热，水分挤到枝顶，味道浓。采回来，炒一炒便是了。臣弟给这茶取了个名字，叫作归心。"

"归心茶，好名字。"我点了点头。

"关外一旦有战事，商队便不敢过了，圣朝的陶瓷茶叶好几年没出关。后，臣弟征服漠北，漠北签了降书，这一向里，颇为太平，商队又开始来往贸易了。姐姐，归心，不是指臣弟归心似箭，而是圣朝四海归心。"他咧嘴一笑，牙齿宽宽白白的。英气的脸上因此显出几分淘气来。我放下茶盏，瞧着他："竟不知陆将军口才了得。"

"姐姐近来办丧事累着了，说说笑笑，逗姐姐开心。跟旁人我话才不多。在关外打仗的时候，有时，一月都说不到一句话哩。"

正说着，炽儿走进来。办丧仪之时，他以义子的身份戴的孝，大孝，比侄儿的孝布还要长上许多。丧仪罢后，他腰间仍是系着白。

那天，常灵则那一伙逆党闯宫之时，他在殿内将烯儿和灏儿照顾得甚是妥帖。丧仪上，当一些旁支皇室宗亲对成筠河的死有疑问时，也是他出面弹压。不过才10岁有余，便气度非凡。圣贤文章，出口即是。条理清晰，有理有据。

因他与我关系亲厚，临危不惧，办事得利，且我又很是喜欢他，新朝改制后，我特许他称我为"母后"。虽是一句称呼，但意义重大。抬高了他的身份，彰显出我对他的重视。从此，他是皇室之中最尊贵的亲王。他的母亲峪王妃胡氏成了峪太妃，被赐予金腰带。这在皇室宗妇之中，是莫大的荣耀。

他进门后，不慌不忙地向我问安："母后安好。"旋即，又向明宇行礼："舅父安好。"

好孩子。知礼。

我笑了笑，问道："炽儿，何事？"

"儿臣来请母后的旨，渭王何日启程就藩？"

渭王。成灼。

这一个多月，为了防止他捣乱，或是被某些居心不良的皇室教唆，我一直命炽儿看着他。将他锁在尚书房旁边的抱厦之中，一日三餐命人送饭。从发丧到出殡，我都没许他露头。

旁人问，只说孩子病了。一想起他持刀弑父，我便怒从心头起。他不配给父亲穿孝。成筠河崩逝之前，留下旨意，不许对外说成灼的所作所为，顾及皇家颜面，改立他为渭王，前往陇西就藩。可我一直没想好，让他何时前去。

他现在还年幼，去了藩地，能撑得起一片王府吗？若是被人害了去，来日九泉底下，凌桃蹊怎么骂我都可，如何面对成筠河呢？他是到死都不忍责怪这个儿子的。

我一度想，要不要将他囚禁在宫中，到成年，再让他去陇西。

炽儿说道："渭王情绪颇不稳定，这两日总是高声哭喊，吵着要见母后。"

"他喊什么？"

"他说，宫中是牢笼，他想早日去陇西。"

明宇听到这里，说道："姐姐，留着他做甚？徒增麻烦。将来若再度跟姐姐作对，枉费了姐姐的苦心。不若杀之。"听到"不若杀之"这几个字，炽儿眉心一跳。我瞪了明宇一眼，正色道："陆将军慎言。"

我站起身来："他既要见哀家，那哀家便去瞧瞧。"炽儿道："是。"

尚书房的抱厦光线暗暗的，白日里还点着油灯。成灼坐在书桌前。油灯的光跳动着。见我走进去，他站起身来，一步步走过来。炽儿下意识地站在我身前挡了一挡。我摆摆手，炽儿退到一边去。

不过是一个多月的时间，成灼瘦了许多，眼中的童稚之气尽失。

"我该叫你什么？"他看着我。

"渭王想叫哀家什么，便叫什么。"

他怔了怔，突然跪在地上："阿娘……阿娘……"他抱住我的腿："求阿娘让我去藩地吧。这宫中让我恐惧。阿娘，我后悔了。我怕得不得了。我晚上在这里总能见到父皇。阿娘，求求您，原谅我吧……放我去藩地吧……"

第一百零一章：非议

　　"早知今日，你又何必当初？哀家对你已经足够仁慈，如若不然，将你的所作所为昭告天下，你觉得你还有活路吗？天下人能容得下你吗？"我看着他，一字一字地说道。

　　他打了个哆嗦。"阿娘，你不会的……"

　　就如那次在董盈香的唆使下投毒一样。这个孩子总是等犯了错，才记得我是他的阿娘。可所有的错，我都能咽下。弑父一事，我永远不可能释怀。如果正月初一那晚，他肯对我敞开心扉，又何至于被常灵则怂恿，以致事态发展到如此无法挽回的地步。

　　"作为太子，你无才无德。作为儿子，你不忠不孝。灼儿，你实在是枉费你母亲凌桃蹊临死之前一番苦心，为你筹谋。你现在为何这么急切地想去藩地？是逃避自己的错，还是逃避哀家？"

　　他忙避开我的眼神，连连磕头道："阿娘，儿去藩地好好思过，儿实在是害怕了这座宫殿，儿答应阿娘，再也不入宫，再也不进上京，好吗？"他一声一声的"阿娘"，叫得我思绪万千。

　　"洛阳城东桃李花，飞来飞去落谁家。"这句诗是凌桃蹊有死亡的预感之时念的。长乐元年，在桃蹊院漫天的桃花与鲜血之中，我接过这个婴孩，从此，他是我的儿子。今年花落颜色改，明年花开复谁在？世事无常，当时的我，如何能料到今日之境况呢？

　　到底母子一场。我轻轻闭上眼："哀家答应你，这个月廿八，你就动身吧。到了藩地，安分守己，莫惹祸端。有什么事，就写信给炽儿，他会转达哀家。""多谢阿娘，多谢阿娘……"他又继续磕着头。

　　"愿您和三弟，不，和圣上，福泽绵长，安乐永昌。"我起身，走到门外。良久，转身看，他仍战战兢兢地磕着头。我叹了口气。何必，何必。

　　三月廿八，黄道吉日。太常说，宜出行。宫中两件大事：一是渭王出发前往藩地；二是幽州骑还营。

李义天死后，我跟明宇商议了许多，到底谁来接手幽州防御史合适。我本属意敖羽，他是玄衣郎出身，世家子弟，家世自然是清白的。在沈昼手下办事多年，做事机警。又在御林军统领一职上许久，领军娴熟。一向效忠于我，久经考验，忠心，自不必说。幽州地处要塞，圣朝之咽喉，此等重要的位置，必须得自己人才放心。且幽州骑军中刚经历一场乱子，急需一个有铁血手腕的人去整理。

可明宇说："宫中的防御亦很重要，御林军频繁换统领不妥，恐人心涣散，姐姐与圣上的安危为上。""那……该派何人去？"我在脑海中搜罗着人选。

"臣弟倒是有一人可荐。"

"谁？"

"当初跟我一起出关打仗的主将何卫，刚正不阿，杀敌英勇，带兵有方，真乃国之栋梁。后，敌军使诈，何将军战死在玉门关外。他有个儿子，叫作何烈。14岁便随父出征，臣弟与他在军中相处几年，结成莫逆。他的为人，臣弟信得过。姐姐可派他前去。"

见明宇说得极诚恳，我便说："请这位何公子过来。"

待人到了眼前，觉得颇为眼熟。我看着他方正刚毅的脸，不由得想起一个小小的插曲。

那日，我将孩子们安置在殿内，自己走出殿外与叛贼周璇。中途，争论激烈的时候，似乎有一个小小的白色身影，从殿内跑出来。约莫是烯儿。我想喊，却情势紧急，无暇顾及。只见一个将士连忙停止厮杀，下马抱起烯儿，背过身去。然后炽儿从殿内走出，将烯儿接了进去。我一看，平安无虞了，便没再问这件事。

"何公子，那日你是和明宇一起进宫救驾的吧？"

"是。"

"你中途下马，抱起了一个小娃娃。"

他愣了愣，似乎不知道我为何要提这样一件寻常小事。

"是。"

"那是哀家与先帝的长女，冀公主。何公子护公主有功，哀家理应赏赐。"

他低头道："微臣原不知那个小女娃便是冀公主。微臣只是觉得那么纯净的一个小女孩，不该看到兵戈之事。太后无须赏赐微臣。"

烯儿自幼胆小，是个怯懦的孩子。有一回不小心看到御膳房的人拎着一只血淋淋的鸟在御花园路过，她做了几夜的噩梦。总说自己就是那只受伤的鸟。此次幸得何烈这个举动。不然烯儿一定会留下极大的阴影。另，我记得那日，跟明宇冲进来的，打头的第一个，便是这个人。说明他英勇无畏。

何烈现今不过才十七八岁。如此谦逊，不居功，让我对他很是有好感。我思忖了一下："幽州防御史一职关系重大。但哀家相信，何公子世代将门，武学之家，应能胜任此职。"

何烈立即跪在地上："谢太后提拔，谢皇家隆恩。"我笑笑："修得文武艺，卖与帝王家。愿你为国效力，建功立业。"

"是。"

三月廿八那日，渭王出发就藩，我命炽儿送他出城。我在城门楼上，送别幽州骑。一杯烈酒，缓缓洒下。"尔等乃圣朝威武之师，当恪尽职守，保家卫国。"

何烈举起长枪，高喊一声："臣等定不负太后嘱托，誓死效忠，保卫圣朝，保卫陛下。"他身后的众将士亦跟着他一起喊着："保卫圣朝，保卫陛下。"气壮山河的声音久久在官门口回荡。

"母后……"

我一转头，见熹儿跑了过来。她仍是穿着一身白裙子、白夹袄，但因如今国孝家孝两层热孝在身，倒不突兀。"熹儿，你来这里做甚？"我柔声说。

这孩子，自成筠河离世后，越发孤僻，常常一整天都不说话，看着她父皇的遗物发呆。

"母后……我……"她一路跑得急，停了片刻，喘匀了气，方指着何烈的背影开了口："母后，他是何人？"

"他是母后新提拔的幽州防御史。你明宇舅父的朋友。"

她"哦"了一声，低下头。复又抬起头问我："母后，他会战死吗？"我抚了抚她的小辫子，柔声说："沙场之事，不可预料，母后不能确定。"为将者，无非四种结局。战死沙场，官高位显，解甲归田，银铛入狱。

"儿臣恳请母后，让此人不死。"

"熹儿……"我想说什么，却没有合适的言语。成筠河曾对我说过，熹儿这种内心极为柔软的孩子，不可严厉待之。站在熹儿身旁的老嬷嬷说道："太后，冀公主好些天没开口说这么多话了。"我抱起她："熹儿，母后答应你，此人不死。"

她舒了口气，轻轻笑了笑，似乎是放心了一般。她附在我耳边说："母后，你知道吗？他身上有跟父皇一样的味道。"我心中一阵酸涩。我看着熹儿那张酷肖其父的脸。

"什么味道？"

"太阳的味道。"

我抱着熹儿，一步步下了城楼。

刚到乾坤殿，黑影一闪，沈昼来了。听他的脚步声，便知道发生了重要的事。云归递了盏明宇送来的布麻茶给我，我喝了一口，问道："怎么了？"

"有人要刺杀渭王。"

我将茶盏重重放在桌案上。沈昼继续说："臣害怕出意外，今日便和楚鸣兄暗中跟着，峪王护送渭王一行人出了上京，便返回了。渭王他们继续往西走，到了断雁山，突然冲出一群蒙面刺客。人数不多，但看样子都是行伍中人，功夫了得。"

"现在如何了？"

"太后勿急。臣带的人已经将他们打跑了。那群人很是奇怪，一见打不过，便跑得飞快，像是很怕被看到真面目似的。"

"渭王呢？"

"臣加派人手继续护送渭王往西了。"

"那便好。"

风绵软地从窗外吹进来。春末了，花开到荣华极致处。沈昼道："太后觉得是何人？"

"沈卿，会不会是明宇？他年轻，易毛躁。且一心为了哀家，旁的不放在心上。昨日，当着炽儿的面，他便直刺刺地说了句，不若杀之……"

沈昼沉默了好一会儿。半晌，说道："因太后与陆将军恰好同姓，又格外恩赏。如今朝堂上，人人都称陆将军为国舅明公。可亦有一群人说，太后与陆将军并无亲缘，只是借姐弟之名，行……"他没有再说下去。我接口道："借姐弟之名，行苟且之事。"

一看他的面色，我便知道，我猜对了。玄离阁的职责，便是做我的耳目。这些消息，他原本该告诉我。可他一定又不愿让我添堵，故而，犹犹豫豫。

"哀家寡妇新丧，明宇血气方刚，虽同姓同乡，但并无亲缘。近来，明宇入内帷颇多，惹人非议，也在情理之中。沈卿放心，哀家自有法子应对这些流言蜚语。"我捏着茶盏的盖子，在桌案上画着道道。

"那，渭王遇刺一事？"

"不管是不是明宇，都不必提了。"

"是。"

第一百零二章：选妻

我以为是明宇。因为他素来做事的风格，果决干脆。可我却忽略了一点，明宇是不会悖逆我的意思的。我开口让他不要如此做，他便不会如此做。

夫妻是缘，儿女是债，无缘不聚，无债不来。成灼注定是我的债。

站在如今这个位置上，需要考虑的实在是太多了，我不能下手杀他。且不说对成筠河的情分，新朝初立，屠戮前太子，莫名让灏儿的继位增上一笔阴谋的色调。而今，他在前往藩地的路上突遇此事，定会以为是我"明则放行，实则不饶"吧。

我跟沈昼说："让你的人路上找机会告诉渭王，保护他是哀家的意思。让他到了藩地，切记要安分守己。"沈昼说："明白。"他想了想，又说："有件事，臣不知当不当说……"我笑笑："沈卿，你与哀家之间，还有何不能讲的话呢？"

"您还记得臣家中的李阿嬷吗？"

"记得。上次去你府中，你让她给哀家倒过茶。你说，她是你母亲的陪嫁。"

"嗯。太后记得没错。李阿嬷那日见到太后，总念叨说眼熟，好似在哪里见过。前阵子，她跟臣说，她想起来了，她娘家有个表侄女，跟太后的相貌很是相像。"

"哦？"我翻着奏本，起初并未在意。上了年纪的人，记性不大好是寻常事。

"李阿嬷有个娘家表妹，叫绣梅，嫁到了在禹杭城西南处的一个村庄。绣梅的大姑姐在禹杭城有名的富户段老爷家当差，她曾经讲过，段老爷这人颇为好色，姬妾甚多，娶了六房姨娘。绣梅的大姑姐在段府的大太太房中做仆妇……"

如此牵牵绊绊的关系，经他这么一捋，清晰起来。我想起那回他从赵志常口中逼问出的话，一下子对应了起来。我合下奏本，看着他："然后呢？"

"段府的老仆妇有一年抱回来一个女婴，送给绣梅养着。李阿嬷有一年途经禹杭，去探望了一下表妹，见到了这位表侄女。说是长得很是灵动。稀奇的是，她有一对耳环，跟娘娘的很像……"沈昼看了看我。原来那日李阿嬷回头看了我好几眼，竟是看我的耳环。

我的面色虽然无波，心底却翻起骇浪。"什么样的耳环？"

"水滴耳环。因为形状特别，所以李阿嬷记忆深刻。娘娘的是星星形状，那个女孩儿，是月亮形状。"

这对耳环不仅是形状特别，材质也很特别。当日，我母亲特意找人定做的。那玉，叫作水玉，产自昆仑，虽不名贵，但在暗夜里有微微的光泽。

水星。

水月。

我从椅子上站起身来。"赵志常上次的供词说，他将水月卖给了段府的五姨娘做养女，五姨娘宅斗失宠，大太太素来跟五姨娘不合，便命仆妇溺死了五姨娘的养女泄愤。那仆妇是不是就是绣梅的大姑姐？"沈昼点头，沉吟着："或许那仆妇见婴儿幼小，不忍下手。苍天有好生之德，便将那个小女孩抱出府，送给了乡下的绣梅抚养，在大太太跟前儿撒了个谎，将这个事儿圆上了。"我喜道："如此说来，绣梅的养女便是真正的月儿。"

"牵牵绊绊，中间过了那么多道手，事情又过去这么些年，虽然目前种种迹象皆说明了这个可能。但臣仍不敢十分肯定。臣知道太后这份心结，担心太后希望越大，失望越大。原本，想等多方查访，确定之后，再告诉太后的。"沈昼说。我来回踱了几步，行至窗边，说道："沈卿，你去禹杭跑一趟，将那个姑娘带进宫。谨慎起见，先不要告诉任何人是什么事由，只说带回上京你的府上与李阿嬷团聚。""是"沈昼说道。

月儿有可能还活在这世上。这是自成筼河故去之后，我听到的，最令我欣悦的消息。人人皆道我手握天下大权，可又有谁知，未能保护亲人，是我心头永远的遗憾。

欲将此意凭回棹，报与西湖风月知。算来，我离开禹杭已经十多年了。有时倒真想回去走走。

我至今记得当初那个放走我的官兵头目。他的话，言犹在耳。"我悄悄替星姑娘卜了一卦，这卦颇为蹊跷。上卦，迟迟钟鼓初长夜，耿耿星河欲曙天。下卦，十年榴花枝头愿，绫罗深宫梦难还。"如今想起他说的话，感触极深。

十年榴花枝头愿。榴花，寓意生子之喜。我做成筼河的贵妃十年，因生了灏儿，得枝头之愿，一朝母仪天下。

可惜那个人，当初不愿留下姓名。又不知其年庚履历。无法找寻。否则，当报此恩。

我扶着窗棂道："沈卿，你还是带着李阿嬷同去吧。你换身寻常衣裳，说是李阿嬷的义子，陪伴她去禹杭探亲的。人人皆知你是哀家心腹之人，你这一身黑金袍到了禹杭，反倒惹起官员们不必要的恐慌，以为你去查什么案子。"沈昼点点头："太后想得周到。"

沈昼走后，片刻，云归进来了。她一边往我的茶盏里添热水，一边看着沈昼的背影道："沈大人的脸跟冰块儿似的，满宫里的人都怕他呢，背地里叫他黑煞。"我笑将起来："宫人们惯会背后编排人，嚼舌根。你怕不怕他？"云归摇摇头："奴婢不怕。奴婢瞧沈大人好得很。他每回跟太后说话，脸上的冰就没了。而且，奴婢发现，沈大人其实是个挺热心的人。"

"哦？"

她说道："上回奴婢提着水壶崴了脚，他正好儿路过，身手敏捷，一把将水壶拎过去了，水壶里可是沸水呢。若不是沈大人，奴婢就被烫到了。虽然奴婢跟他说话，他没搭理，但奴婢心里还是很感激他的。""你呀，以后拎着水壶走路小心些。"我嗔怪了一句。云归笑起来："是是是，奴婢一定会万分小心。奴婢要留着这条贱命，伺候太后千千万万年。"

桌上插的连翘淡黄可爱，微香雅致。我深吸了一口香气，说道："吩咐小申拟道旨，通知在上京的各个官员，家中但凡有适龄未嫁小姐的，明日都送来宫中，哀家要在御花园宴请她们。"云归狐疑道："您这是要……"我笑笑："你只管照做，哀家自有道理。"

"是。"

"再命人去定国公府，告诉陆将军，哀家让他明日进宫。"

云归似乎一下子便明白了："太后要给陆将军做媒。"

"嗯，明宇在关外一待就是好几年，现在年纪也不小了，又有功勋爵位在身，是该成家娶妻了。他性子野，哀家不擅自为他选妻。哀家把京中所有的小姐都叫来，让他自个儿挑。看哪个有眼缘，就选哪个做将军夫人。"

云归道："太后对陆将军真好，不亚于亲姐姐。"

"去，把这个消息散出去，动静越大越好，就说陆将军要选妻了。"

"是。"

此举，一来，是为明宇娶妻造势；二来，也是为平息关于我和他的那些流言蜚语。

翌日，阳光晴好。御花园中，处处芳菲。一旁，圣湖中碧水传情。远处，山峦叠翠。

众小姐盛装打扮，站在御花园中，足足有四十多人，俨然一道风景。

我坐在椅子上。待她们向我叩拜后，我笑道："各位小姐不必多礼，今日进宫，与哀家闲话家常就好。"

须臾，明宇来了。他一开始，不明所以，看到我便咧着嘴笑，一边走向我一边喊着："姐姐！"我冲他招手："明宇，你过来。"众小姐齐刷刷地行礼道："见过陆将军。"他见此情状，皱了皱眉："姐姐怎生唤了这么多人来？""这么多青春貌美

416

的官家小姐，比御花园的花朵还艳丽呢。明宇喜欢吗？"我笑。

"今儿是什么日子？姐姐这是怎么了？"

我站起身来，见他肩头有一根草，便伸手拂掉："你又去马厩喂马了？"

"嗯，战马就是臣弟的好友。"

我正色道："陆将军，你该娶妻啦。今日哀家召各位官家小姐进宫，便是为你挑选将军夫人。"

明宇年纪轻轻，拜了上将军，又有了定国公爵，无上的荣宠。且谁人不知，玉面将军，俊朗非凡好模样。如此有表有里，有才有权有貌，自是闺中小姐们的理想夫婿首选。那些小姐们虽早已听说了云归放出的消息，但从我口中证实，仍非常喜悦。谁不想嫁进定国公府呢？

明宇没来由地发了脾气："臣弟军中有事要处理，向姐姐告退，请姐姐恕罪。"我一把揪住他："你告什么退？军中到底有没有事，哀家能不知道？你今天最大的事，就是选将军夫人。"

"臣弟现在还不想成亲。"

"你已经到了该成亲的时候了。"

"难道人的生老病死、婚嫁生子，都得统一，人人一样吗？太后若果真这样想，不如下个政令好了。"

"你……"

我一挥手："来人！"敖羽跑了过来："太后有何事吩咐？"

"把陆将军绑在椅子上，就放在此处，一步也不许挪动，直到他选出将军夫人为止。"

"是。"

第一百零三章：讨教

明宇被五花大绑，绑得严严实实。他那双清澈的眼瞪着我，满满都是委屈。我似看不见一般，别过脸去。一挥手，那群官家小姐们挨个儿在他面前过一遍。

一边过，小申一边在旁念道："陆将军，这位是吏部侍郎柳大人家的三小姐，柳思如。陆将军，这位是金紫光禄大夫杨大人家的五小姐，杨芷。陆将军，这个是御林军统领敖大人的妹子敖如雪……"

听到敖羽的名字，我不由得抬头多看了这个姑娘几眼。她长着高高的个儿，容长脸儿，一对剑眉。女子若长了剑眉，便显得英气。她今日穿的是一身白色的短襟衣裳，没有涂脂抹粉，在一群姹紫嫣红之中显得很是朴素。

我示意小申停住。我唤她："敖姑娘，今日来的小姐们争奇斗艳，皆穿上了最光鲜的衣裳，你为何打扮得如此素净啊？"她落落大方地答道："回太后的话，先国后己。今，国丧未久，理应穿白。"

寻常臣民之家，守丧二十七日穿白即可。余下的，便不强求。敖如雪现今说出这样的话，要么，是个极守规矩的女子；要么，便是个极圆滑的女子，用这种方式，在我面前掐尖卖乖。

被绑在椅子上的明宇，明显以为敖如雪是在拍马，不屑地"切"了一声。敖如雪倒并不在意，只是淡淡地笑笑。

我看她的形态举止，问道："敖姑娘练过武？"她看了看不远处的敖羽，说道："臣女自幼习武。"我点点头："是个挺特别的姑娘。"

我转头看向明宇，想看看他是何意。明宇低着头，耷拉着脑袋，好像眼前的一切都跟他没有关系。

这时，敖如雪说道："听闻陆将军是武状元，臣女想讨教几招。"明宇不理会她。空气里甚是尴尬，我推了推他。半晌，他慢吞吞说了句："本将军不想打女人。"

敖如雪笑道："莫非陆将军的武状元是浪得虚名，不敢与臣女比试？"

不过片刻，明宇身上的绳子断开，他从椅子上一跃而起。

"你这猢狲，你是怎么挣开的！"我骂道。他冲我笑笑："芯姐姐，您也不想想，臣弟可是被大漠王捉去都能逃回来的人，区区几根绳子，能束缚得了臣弟吗？之所以老老实实坐在这儿被您绑，不过就是不想惹您生气。"

我哭笑不得。

眨眼的工夫，他跟敖如雪打了起来。不远处的敖羽没想到自家妹子进宫赴宴，竟然发生了这等事，匆匆跑过来，急急说道："太后，这……"我摆摆手："无碍。哀家在这儿呢，不会叫敖小姐吃亏。""微臣这个妹子，自幼便野得很，让太后见笑了。"敖羽羞惭道。我笑："敖大人，哀家瞧着你这妹子，是个有主意的人。甚好。日后出了门子，不管是嫁到哪家，都是个能拿得住的厉害娘子。"

眼前，两人打得如火如荼。敖如雪自然是打不过明宇的。几个回合下来，已经落败。明宇浅尝辄止，没有伤她。敖如雪向明宇拱手，行了个武人的礼："今日，臣女不是进宫来选将军夫人的，臣女只是听闻陆将军是武学奇才，久仰大名，平日臣女在闺阁之中，无缘讨教，特借此机会进宫，一睹风采。现在，臣女已达成所愿，与陆将军比试了一番。剩下的事情，便与臣女无关，臣女也不感兴趣。"她跪在地上，向我行了个大礼："回禀太后，臣女告退。"那姿态甚是潇洒。

明宇挠了挠头，向我摊了摊手。我唤小申过来，命他继续，姑娘们依旧流云一般飘过。明宇朝我翻了个大大的白眼。

这个敖小姐当真是奇特。我一时摸不透她的意思。她自进宫，貌似看我，比看明宇还多。难道她此次进宫，不是为了明宇，而是为了我？她对"将军夫人"的无意，倒不像是装出来的。她到底是何意呢？难道她心里另有其人，那会是谁呢？

罢。只要无碍大局，女儿家的心思不猜也罢。

我喝了口盏中的茶，道："明宇，你着人送进宫的大漠茶，味道合我心意。美中不足，是苦中带咸。"

"戈壁之中缺水，茶自然是有些咸的。"

这咸味，似眼泪的味道。在口中一层一层地晕开，逐至满腹满怀。连日头也朦胧起来。

斜看青山晚春意，潇潇满腹清泪。我不经意间思及成筠河，扶着额靠在椅子上。恰好见胖老五来了，他肥胖的身躯摇摇晃晃地跟在一个小宫女后头，朝我的方向张望着，畏畏缩缩不敢向前。他不知是从哪里听到的传言，总之，跟老七一样怕我。好似我是张着血盆大口的老虎，随时会吃了他一般。

我喊了一声："五王，你来了。"他连忙上前，跪在地上："给太后请安。"

"今日进宫，是何事啊？"

他犹犹豫豫、结结巴巴地说道："二二二……二公主……"

"二公主怎么了？"我想着，定是有大事，寻常小事，老五断不会特意进宫禀告我。

"二公主……病了……大病……"

也许是我方才那一瞬间，心中想到了成筠河，乍然听到了这样的消息，心中一阵唏嘘。

成筠河临终前说过："星儿，虽然常攸宁与你有过节，但希望你善待炘公主，她天生身体有缺，是个可怜孩子。"

老五应该是拿不准我的意思。他怕，好好儿治，得罪我。毕竟，人人都知道我跟常攸宁不睦。但他又怕二公主真的薨在了他的王府，他要担这个干系。

我思索了一会儿，开口说道："云归，你着人去把二公主接回宫来吧。起初是因二公主断掌克父，才将她送出去的。如今，先帝崩逝，二公主流落在外，便没有道理了。哀家岂是那不容人的人？二公主再怎样都是先帝的血脉，还是养在宫中吧。且炘儿性子孤僻，有个亲妹妹做伴，也是好的。将二公主接进宫，命张医官好生诊治。"云归见我主意已定，便点头道："是。"

胖老五听见烫手山芋抛出手了，松了口气，向我告退。云归跟在他身后，一并出了宫。

明宇说道："姐姐有慈悲之心。"我看着远处的青山，默不作声。时间会消弭许多恨意。现在回忆起常攸宁，只觉她可怜可悲。活着的时候，翻不出浪花。死了，又能如何？我心中能容天下之事，难道还容不下一个断掌的小姑娘吗？

小申清了清嗓子，说道："太后，时辰不早了，您看这些姑娘们……"一句话，拉回我的思绪。

选了半日，也该有个结果了。我指着那些姹紫嫣红的官家小姐们，问道："明宇，看了半日了，你中意哪个？尽管告诉姐姐。男子汉大丈夫，不必羞怯。"

"姐姐，这不是羞怯的事。臣弟是真的不想娶妻。"

"为何不想？"

"这……"他脸竟然红了，"姐姐莫要逼臣弟好吗？臣弟只喜欢跟战马、跟将士们待在一起。"

"陆将军，你今日必须选妻。"

"姐姐，你一定要逼我吗？"明宇背过身去。我看着他："明宇，长乐五年的三月，你在御花园被先帝钦点为武状元，金榜题名，人生得意之事。如今又是一年三月，哀家在此处为你选妻，得鸳鸯之喜。人生极乐，莫过于此。你为何不肯？"

话音刚落，只见眼前一个人影一晃。一个老嬷嬷手持一把短刀，刺向我。

云归不在身侧，小申一声喊。明宇猛地回头，擒住那个老妇。御林军也纷纷赶来。那老妇的短刀已经没入我的身体两寸，血流了下来。

金紫光禄大夫家的小姐杨芷惊慌失措地叫起来："不关我的事，不关我的事，真的不关我的事……"敖羽禀道："太后，这个老妇是杨小姐的乳娘，今日跟着一起进宫的。"看来，是有人看准了这个难得的机会，特意钻空子对我下手了。

一会儿的工夫，医官们赶过来，替我止血包扎。

御花园里，一片慌乱。那老妇想咬舌自尽，被明宇一把捏住下颌，往她嘴里塞进一团布。老妇口中含混不清地叫着，手脚皆被缚住。明宇冷笑道："想死？没那么便宜。本将军在玉门关外学到了一百零八种对付军中细作的手段，你今日有福气了，可一一尝试。"

第一百零四章：针对

乾坤殿内。我半倚在大厅当中的榻上，伤口已被包扎好。张医官嘱咐道："太后这几日莫饮茶，莫食辛辣，微臣再开几味止血化瘀的药，想来无有大碍。"

我点点头，跟小申说："明日早朝，你去金銮殿宣旨，便说哀家这几日病了，有何要紧事，递折子进来便好。七日后再恢复早朝。宋垚、张邑等人，若要求见，可以带他们到乾坤殿来。"

正说着，云归带了二公主走了进来。成炘这孩子，很瘦小，比同龄的孩子矮许多。一身宽大的白衣罩在她身上，飘飘荡荡，越发显得她单薄。三月底了，她还穿着过冬的棉裤。可见祁王府的人对她照顾得并不上心。这世上谁不是拜高踩低呢？没人待见的孩子，境遇可想而知。

她有一双跟常攸宁一样的眼睛，圆圆的，黑漆漆的，如小鹿一般。她从走进大殿，就一直好奇地看着我。这孩子倒不知惧怕。

云归看到我受了伤，伏在榻边，说道："怎生奴婢出去一小会儿，太后就遭了贼妇人的刺杀？若奴婢在跟前儿，必是时时刻刻注意着的。就算拦不及，拼着奴婢这条命不要了，也会护着娘娘周全。"

她又骂道："那起子无用之人，连个贼婆子都看不住，就该拉到宫门口儿，打上几十棍子才好呢。"小申羞惭道："云归姑娘，那婆子进来半日，一直瞄着时机呢，挑的节骨眼儿刚刚不巧，大伙儿都离太后有点子距离，谁都没注意她在慢慢靠近。奴才大喊了一声儿，也来不及了。"

我拍拍云归的手："伤不太重，莫担心。"云归道："扎在心窝子上，再浅，也重。太后这回一定要好生歇歇。"

敖羽走了进来："禀太后，臣已查问了，今日进宫的小姐及其带来的丫鬟婆子们皆是辰时从东安门进宫的。按宫规，所有进宫的人该搜身，查看有无携带禁品。那婆子的短刀是从何而来的？为何没被搜出？这当中必有蹊跷。臣将那个时刻东安门当值的所有侍卫挨个儿审查了一遍。"

云归听到这里，冷哼一声："审问有什么用？必须得过刑，过大刑。那些贼人，心怀叵测，既敢冒这个险，行如此大逆不道之事，岂是能轻易招的？非常之人，必得重典。"

我笑了笑，指着云归："你在哀家身边久了，行事倒是有几分哀家的影子。"

云归不吭声，找来一个绵软的靠枕，置于我的腋下，让我靠得舒坦一些。

敖羽低头道："都过了刑，但没审出什么有用的消息。有个侍卫说，那婆子跟他母亲是远房堂姊妹，今日搜查时，假意跟他闲话家常，便遮掩过去了。那侍卫想着，一个老婆子，大约也没什么违禁的物品，便没有放在心上。谁知，竟出了岔子。"

我沉吟着："侍卫肯定是不知情的。否则，谁敢担这么大的干系？明摆着杀身之祸。""那……"敖羽踌躇着。

"将那些侍卫都放了吧，让他们日后尽职尽责就是了。这件事的切入点在那个老婆子身上，哀家且等着陆将军那边有何消息。"

"微臣日后必加强宫内的防御。保陛下与太后万无一失。"敖羽应着，欲退出殿外。我叫住他："哀家甚是喜欢你妹子，你告诉她，闲暇时，便进宫来陪哀家说说话儿。"敖羽忙道："是。谢太后。"

那姑娘的一对剑眉让我印象深刻得很。有书卷气，通文墨。亦有拳脚功夫，擅使刀剑。我身边或正缺这么一个人。总之，得先观察观察。

唆使婆子行刺的人到底是谁呢？这人心思很细。擅于捕捉宫中的风声，利用这个难得的机会。刺杀成本很小，大不了死一个婆子。只要婆子一死，这件事根本无迹可寻。

现在这个时刻，谁想要我的命呢？即便是要了我的命，他能得到什么好处？抑或是这人根本没想着我死之后，会是怎样的情形。因为如果是想篡位之人，必有后续周密的动作。我放眼整个皇室、朝廷，乃至军中，风平浪静，无有异常，尽皆在掌握之中。

答案只有一个。那就是，对方只是恨我，想要我死。

这个阴谋直接而武断。无有所图，无有后续。仅仅就是走一步棋，要我的命。再回想上次成灼遇刺一事，为什么那群杀手跑得那么快呢？原因很简单，不管有没有刺杀成，他都算是成功了。

若成灼死了，天下人必会以为是我所为，容不得前太子。假意允其前往封地，半途杀之，坐实了我的"阴损毒辣"之名。若成灼没死，必会对我怀恨在心，好不容易升起的悔意荡然无存，为我日后埋下炸雷。

总之，这个人就是想针对我。

我将有动机恨我的人都在脑海中过了一遍，心中隐隐约约有了几个人选。

春末的风徐徐地吹进来，吹动了烛火，影子一晃一晃的。烛火似人心，随风肆飘摇。

"母后。"一个小小的声音唤着我，将我的思绪拉扯回来。进殿好一会儿无人问津的二公主不知何时跪到我的面前，她乖巧地看着我，一双黑漆漆的眼睛得大大的。我一愣："你叫哀家什么？"她重新唤了一声，努力抬高了嗓门儿："母后。"吐字清晰，字正腔圆。

她没有叫我太后，而是叫我母后。她看向我的眼神里，满满都是依赖。仿佛前面有一道暖阳，她小心翼翼地，想要靠近，想要取暖。

"哀家并非你的生身母亲。"

她脸一下子红了，但犹鼓起勇气说道："儿臣知道。但太后母仪天下，乃九州所有百姓之母，自然也就是儿臣之母。儿臣斗胆，叫您母后。"

我拨弄着手上的玉石扳指，打量着她。有成灼的前例在先，我并不打算贴上心肠，去对这个孩子。只觉顾得上规制体面、不叫人非议、能对得起成筠河的嘱托便可。

"你小小年纪，倒是很会说话。"

"儿臣所言，发自肺腑。"

"你知道你的母亲宁采女是如何死去的吗？"我似漫不经心地说道。这种大事，我不信她没有听说过。不管在哪儿，都不缺爱搬弄是非的人。她看着我："所有人说的话，儿臣一概不信。儿臣只信，父皇英明，早有判断。既然父皇站在您这一边，那自然您是对的。"

若此时，她诋毁亲生母亲，来拍我的马屁，必然会让我反感，也会觉得不实。但她说"只信父皇英明"，一切搬出成筠河来，便让人挑不出岔子。且相信父皇，也符合她的童稚。不信父皇，又能信谁呢？

我目光略略柔和下来："你从未见过你的父皇。"她沉默了一会儿，用右边宽大的白袖袍擦了擦眼泪，断掌的左手下意识地蜷缩着："见没见过，父皇都是儿臣的父皇。儿臣虽养在祁王府，但儿臣无一日不祝祷父皇平安。听闻父皇崩逝的消息，儿臣握着申公公送来的小木马，哭了很久。"小木马。二公主是属马的。

成筠河一向喜爱雕刻，我是知道的。原来，他还偷偷刻了一个小木马。到底是他的女儿啊。我叹了口气。

"起来吧。"

"谢母后。"

她从地上起来，揉了揉膝盖。是我疏忽了，让她跪了这么久。

"你在祁王府开蒙读书不曾？"

"五皇伯说，女儿家不必读书，未曾给儿臣请先生。儿臣只偶然翻翻书，瞎

424

猜猜。"

我笑笑："读书可不能靠瞎猜。日后，你便跟你大姐一起去尚书房的抱厦读书吧。你炽儿堂哥，还有皇家的一些旁支子弟，都在。"

"谢母后。"她又要磕头，被我拦了一下。我唤来贴身伺候烯儿的老嬷嬷："带二公主去沐浴，找些合身的衣服给她穿。以后，便让她跟烯儿同住吧。"老嬷嬷答应着，下去了。

我自始至终，对她友好而疏离。云归说："这丫头看着倒懂事。"我淡淡笑了笑："再大些，才能瞧得出来。烯儿有了伴，但愿能开朗一些。"

正说着，明宇走了进来。"如何？"我问道。

"臣弟往她口中塞了断肠蛇，那小蛇来自西域，两个指甲盖大小，异常灵活。进了人的腹中啊，一口一口地吃人心肝。吃饱了，便会再大一寸，然后，再继续吃，那种滋味儿啊，习武多年七尺高的汉子都受不住……"

我听着便觉恶心。想来那是怎样的酷刑。

明宇神色凛然道："不止如此，臣弟还用铜线缠住她的手，放在烛火上慢慢地烤……"

铜线传热。那种灼烧感一寸寸地入肤。

"招了？"

"招了。"

算来，也磨了数个时辰了。

"是谁？"

"平西王府的人。"

我一惊："怎么可能？常灵则已然半痴，难道他是装的不成？不像啊。难道哀家看走眼了？"我从榻上猛然站起来，伤口一拽，疼得我倒吸一口冷气。

明宇扶我坐下："姐姐勿急。常灵则的确是废了。做这事的，是他身旁的那个老内侍。那老内侍这些年一直负责外线联络，手中很是有些资源。这个老婆子便是从前为他效力之人。"

第一百零五章：撒谎

我眼前浮现老内侍那张满是皱纹、如同橘皮的脸，和那双浑浊的绿豆小眼。我问道："那老婆子现在死了没？"明宇摇摇头："没呢，还留她一口气，等姐姐的示下。"

"那断肠蛇可有法子取出？"

"有。吞入解药，那蛇自动会化为黑血，从口中呕出，只是腹内心肠若想恢复如初，得一阵子。"

"哀家想去天牢看看那老婆子。"我说道。明宇皱眉："姊姊身上有伤，天牢湿冷，就先别去了。有什么吩咐，直接说与臣弟就好。"我缓缓站起身来，明宇扶了扶我，我瞧着他："哀家怀疑那老婆子说的话不实，给咱们撒烟幕弹。"

"姐姐的意思是……背后指使她的人并不是那老内侍，而另有其人。老婆子供出老内侍，只是给咱们使了个障眼法？"

云归走过来，往我身上披了件衣裳。虽已三月底，然，上京在北，夜半仍有凉风。

"明宇，你用的刑罚固然严苛，但也只是身体上的，有些人被某种意念迷惑，纵然身体受再大的罪，也是不会说老实话的。哀家想试试，一步步蚕食她的心，摧毁她的意念，让她忘记自己在坚持什么。"说话间，我已走到了门口，明宇也跟了上来。

云归掌着灯。两行内侍、侍卫、宫娥随行在后。我击败了一个又一个的敌人，形形色色的。我踩着鲜血走到如今，今时今日，还有谁敢害我？我不怕对方有多狠，我怕的是，靶心是错的。我必须搞清楚、弄明白。

天牢里，黑漆漆的，只有两侧燃着的火把，发出焦灼的光。狱头搬来一把椅子，云归在上面垫了厚厚的褥子，我坐在了上头。那老妇人已被折磨得不成形，但犹有一口气在吊着。

我伸手跟明宇说："断肠蛇的解药拿来。"他迟疑着，递给我一颗硕大的紫色丸药。

我走上前去，捏住老妇人的嘴，将丸药塞进去。她的表情狰狞起来，腹中仿佛有什么异物在激烈地乱窜。片刻的工夫，她呕出一摊子黑血，脸上露出在泥泞中爬过的解脱。

我慢悠悠地问："蛇毒已解，舒坦吗？"她睁开眼："太后起了怜悯之心，不想要老奴这条贱命了吗？"我笑道："诚然，上天有好生之德，但也得看世人有没有求生之心哪。你的毒，哀家已经为你解了。若你再不说实话，陆将军手中断肠蛇多得是，重新塞几条送你，未尝不可啊。"

她面部一阵痉挛。若毒从未解过，她倒不至于如此纠结。得到，再失去，至为痛苦。

我说道："那老内侍被捉了来，交代得明明白白，他根本就不认识你。"我的眼神里似乎含着一把把的刀："你在撒谎——"

事情没确定之前，我是不会去平西王府捉老内侍的。不管怎么说，他上次在紧要关口帮我向常灵则撒了谎，让我下了台阶。若那次不是他，情形尴尬。若此次真的是他，贸然如此做，倒留下后患，套不出他的残余势力了。我在诈这个老妇人。

她听见我的话，闭上眼，默不作声。

我一挥手，兜头一盆凉水泼了下去。她猛地一激灵。

"你对你的主子效忠，可你的主子把你当作什么呢？这件事，你不管做没做成，都是一个死。你从接到这个命令起，就是一个被舍弃了的废物。"我摇摇头："啧啧啧，瞧瞧，瞧瞧你在天牢里受了多少罪？自个儿都惨不忍睹了，还想着帮你主子攀咬旁人。可惜啊——可惜你不过是一条咬人未遂的落水狗。你死了，你的主子眉头也不会皱一皱。这整个儿宫廷，连个浪花都翻不起来。"

明宇递给我一个罐子。罐子里几条断肠蛇在蠕动着，摇晃着脑袋，吐着紫色的信子，看着甚是吓人。

我拿着罐子在她面前晃了几下，我看到她的手在打哆嗦。我趁热打铁道："纵是你豁出自己这条贱命不要，你想想你从小奶大的杨芷姑娘，她有何辜？你行此悖逆之事，你觉得整个儿杨家，还活得成吗？"她慌乱地摇头道："不，不不不，跟杨家一点关系都没有！"她匍匐在地上磕头："求求太后，放过杨家，真的跟杨家半点关系都没有啊！"我步步紧逼："那你说，跟谁有关系！说！"

她眼中涌现出复杂的神色。似乎面前有两道深渊，不管踏出哪一步，都是万劫不复。蓦地，她夺过我手中的罐子，将里头的断肠蛇都塞进嘴里，疯癫地笑起来："让我死，死了就什么都不用想，死了就什么都顾不上了，死了什么都与我无关……"

我闭上眼。这个老妇人真的是针扎不进，水泼不入。她究竟为何如此忠心？她身后站着的人，究竟是谁呢？

我起身，走出天牢，想到老妇人满嘴里嚼着蛇的模样，扶着柱子，呕吐起来。云归轻轻地拍着我的背。我冷冷地看着这个人间。想要我命的人，这样多。似乎谁都有心害我，又似乎谁都是无辜的。

明宇说："姐姐，现时已经很晚了，你莫想这些事了，好生安歇吧。日后加强防卫，特别是暗卫，要无处不在。另则，姐姐身边该有一个贴身的女官，最好是武艺高强之人，十二个时辰近身伺候。晚间睡在姐姐的榻边。"

我看着眼前这个明媚俊朗的大男孩。"明宇，你懂得这么多严苛酷刑，这些年在关外没少受罪吧？听说你曾三次被捕，又三次逃脱，大漠王悬赏万两黄金来买你的人头。"他面色一凝，笑了笑："都是些不要紧的寻常小事。"

我抚了抚心口。"今日你也累了一天，回府中安歇吧。"

"臣弟送你到乾坤殿再走。"

我点点头。

折腾了一晚上，梳洗完，已近子时。我靠在床上，却睡不着。翻来覆去，不觉已是天明。

我打算去一趟平西王府。

四月初了。人间春去后，梅子青如豆。平西王府的园子里，种着南方的青梅。我踏进去的时候，闻见淡淡的香气。常灵则倚在青梅边坐着。头发许是很久没洗了，结成一团一团的。他见我走进来，像是没看见一样，继续坐着发呆，时不时摘一颗小小的青梅放入口中嚼着，又被酸得受不了，皱着眉头，一脸的滑稽。

老内侍端着一碗汤走出来，看见我，连忙跪在地上："太后驾临，怎未见通传？"我摆摆手："无妨，哀家只不过来看看故人。"老内侍道："太后有心了。少爷这毛病倒像是一日比一日重了呢。"我笑笑："难为你尽心伺候。"

老内侍面带感伤。

我看着常灵则，缓缓走到他身边，坐下。他疯狂地在雨中挥舞着大刀那一幕，仍在我的脑海。

我轻声问："三爷，你可还认得哀家？"他用手指着我，笑："哀家？你是高红袖。"他拍手笑："高红袖，你是高红袖，哈哈哈哈哈哈。"我从袖口掏出一枚药丸："这个是吃了就会七窍流血的丹药，你吃不吃？"

"甜吗？"

"甜。"

他抓过那药丸，毫不犹豫地塞进口中。老内侍要扑来拦阻，随行的敖羽忙按住他。我看着常灵则把药丸吞下，跟老内侍笑道："放心，是颗糖豆。"老内侍瘫坐在地上，松了口气。

常灵则的眼神仍是呆呆地，一丝波澜不起。我站起身来："快到夏天了，给你家主子洗洗，别总是一身臭烘烘的，哪里像个王爷的样子。"老内侍忙答道："是。"我盯着他，瞧了一会儿，转身走出门去。

我跟敖羽说："传你妹子进宫。"敖羽挠挠头："是。"

尚书房内，我翻着一本《庄子》。"汝不知夫养虎者乎？不敢以生物与之，为其杀之之怒也；不敢以全物与之，为其决之之怒也。时其饥饱，达其怒心。虎之与人异类而媚养己者，顺也；故其杀者，逆也。"

敖如雪仍是一身雪白，走了进来，跪在地上："参见太后。"

"起来吧。"

"太后传臣女进宫，所为何事？"

我笑："上次见你，甚是欢喜，今日特嘱敖卿，唤你进宫，陪哀家说说话。"她看着我手中的书："太后喜读《庄子》？"我合上书："无所谓喜不喜，天下的书，不管认不认同，读一读总是好的。"她道："臣女喜欢《庄子》的一句话，人皆知有用之用，而莫知无用之用也。无用之大庸、大用，思来很是有趣。有用和无用是相对的。一个东西此时无用，并不代表永远无用。相反，此时有用，不代表一直有用。无用和有用只是一念之间。"

我看着眼前这个女孩子。能说出这番话，很有几分见地。

正在此时，听见小申的通传声："太后，沈大人从江南回来了！"

第一百零六章：赐名

沈昼走进来那一霎，看见了敖如雪，似乎很吃惊。他一向是个冷面的人，迅速敛了情绪，跪在地上向我行了礼。"拜见太后。"

我敏感地捕捉到他一刹那的异样。我笑道："沈卿平身。"我指着敖如雪道："这是敖统领的妹子，前些日子进宫来，颇得哀家欢喜。沈卿，敖统领与你两家一向走动得甚是亲密，想必你也认识这位敖小姐吧？"沈昼愣了一下，点点头："识得。"

敖如雪是个爽朗恣意的性格，此时却没有开口。从沈昼进来起，她的光芒似乎都收起来了。文韬也好，武略也罢，她此刻只是一个寻常少女，面色格外的柔和，就如同雪夜里的月色。她屈身向沈昼行了个礼，轻轻浅浅地说了句："沈大哥好。"沈昼不过是淡淡地点了个头，便向我禀道："微臣此次去江南，不辱太后所托，找到了那个姑娘。"

他看向我的眼神在无声地请示，意思是，禀告此事，敖如雪是否需要回避。我靠在椅子上，用手指轻轻敲敲桌面，示意无妨，让他继续说下去。

"微臣不敢贸然将那姑娘带进宫，现安置在微臣家中。微臣先将这耳环带进宫，您看看，是否是昔日府中旧物。"他小心翼翼地从怀里掏出耳环，呈了上来。沈昼做事，确实步步周到。若耳环只是疑似，早早地说了，不好收场。关乎我的私事，他谨慎小心。若那女孩子不是水月，来上京就当来看李阿嬷，探探亲，过一阵子悄然送回去便好。

我将那耳环握在手心。玉质玲珑，似水中之月，又似镜中之像，言有尽而意无穷。

"云归，拿菱花镜来。"

云归连忙递来镜子。我对镜取下自己的耳环，星和月同时在我手中。那触手可及的水玉的温度，那水滴，连纹理都一模一样。母亲当日，手持耳环，跟我说："星儿，你与妹妹一母同胞，这是百年难修的亲缘，你比妹妹年长，切记要一生爱护她。"彼时，我抱着粉嫩的婴儿，向母亲笑道："那是自然。"

水府遇难，我第一个想到的，就是将月儿送出去，好歹能有个活路。谁知，这个举动，也造成了她多年的飘零。早知如此，便是关囚笼、乞讨，到哪儿也得带着她。我纵是被人当街打死了，也不叫她受欺侮。

我看着那耳环，看着看着，不觉泪盈于睫。云归递上一张帕子："太后，你身上伤口未愈，切勿伤怀。"我看着沈昼："沈卿，晚间你便带她进宫来吧。"沈昼明白了我的意思，点头道："是。"他转身欲退下，敖如雪喊道："沈大哥，你从江南回来，有什么新鲜事，讲与我听吗？"

"我去江南办太后交代的差事，并不是闲逛，无甚新鲜事。"

"听闻江南三月里，草长莺飞，日出江花红胜火，春来江水绿如蓝。"

"……也许是吧。"沈昼似乎并不愿意多说，走到了门口。敖如雪道："沈大哥，你临走前，我让你给我带一把禹杭的墨扇，你记得吗？"

"忘了。"

沈昼已经走远了，敖如雪还在发着呆。我喊了她一声："敖小姐——"她醒过神来，面色又恢复如常，清冷英气。我笑："你与沈大人似乎熟得很。"她浅浅笑笑："怎能不熟呢。沈大哥与臣女的哥哥关系好，是敖府上的常客。只是沈大哥这个人，不爱说话……"转瞬又自嘲地笑笑："或许他是不爱与臣女说话吧。"

诸般情景，我已经瞧明白了。敖如雪心中是有沈昼的，闺阁女儿的心思流露无遗。沈昼发妻亡故，府中没有女眷，与敖如雪门楣、才学、容貌，各方面都是匹配的。何况，沈家和敖家还是累世通好。

我原本是想把敖如雪配与明宇的。但，若与沈昼成就良缘，也是极好。沈昼鞍前马后为我效力这么多年，风风雨雨一道走过来，我自是希望他好的。他若能接受敖如雪，好过孤身一人。

刚刚沈昼汇报关于水月的事，敖如雪站在一旁并不多言，是个稳成的女子。

我笑道："敖小姐若欢喜沈大人，哀家可为你们赐婚。沈大人乃皇家肱股良臣，对于他的婚事，哀家甚是关怀。"敖如雪苦笑着推却了："天家赐婚，何其荣耀，但臣女知道，这并非沈大哥所想。这些年，他一直都对臣女冷冷淡淡的。强扭之瓜，入口苦涩，何必采之。"她小小年纪，却如此通透，见事明白，当真难得。

"臣女一直猜测，沈大哥心中有人。"

"哦？怎从未听说？"

她看着我："天上月非水中月，眼前人非心上人。臣女并不肯定。"

不多时，张医官进了来，到了换药的时辰。伤口的腐肉在药物的促使下，似要愈合，又疼又痒。一部分腐肉，要清除。张医官拿着铜夹，剔出腐肉。自始至终，我未叫一声疼，未缩一次身。

换完药，张医官道："太后真乃女中英豪，有太宗皇帝之风。"我笑道："药再下得重些。朝廷上一摊子事，哀家歇不得许久。"

"是。"

我看向一边安安静静站着的敖如雪，说道："你可有兴趣到哀家身边做事？"

"太后是指？"

我站起身来："朝堂之上，有满朝的文武。昌黎阁中，有主事的阁老。吏户礼兵刑工，皆有所列。哀家是女子，如今，主政朝堂，与那些大臣们斗智斗勇。哀家身边需要有这么一个人。与哀家同样是女子，精通文墨，擅处理公文。武艺高强，可贴身护卫。此职堪比兰台令史，却比兰台令史亲厚。又堪比御前侍卫，却比御前侍卫位高。敖小姐，你可愿意？"敖如雪听到这里，想了想，跪在地上："谢太后赏识，臣女愿意。"

我点头道："你既愿意，过两日便来宫中报到吧。哀家会命内廷监准备好一身官服。日后，便陪哀家一同上朝。平日晚间，就歇在哀家的榻边。"

"是。臣女未承想，身为女儿家，竟也能同须眉男子一般做官。"

我笑道："女儿家又如何，封侯拜相未可知。你且去吧。将这个消息说与家人知道。"

待她走后，云归忧心道："太后您不再继续观察观察吗？这个敖小姐信得过吗？万一……"我拍拍云归的手："放心吧，相信哀家识人的眼光。就同大章年间，太宗皇帝格外赏识哀家，初见，便提拔哀家做了掌事宫女。哀家跟敖如雪甚是投缘，觉得她是可以重用的人。"云归道："常家的人……"

"常家的人虽忤逆，但就当时的情形来说，却也都帮哀家解了燃眉之急。诸事有因果，你想想，若非常灵则的这场叛变，先帝是不可能废太子的。太子登基，以他的心性，那般恨哀家，又易受挑唆，哀家母子三人，不知凄惨到何种田地。因敌人而浴血，也因敌人而成就。"

云归若有所思道："太后说得深奥，奴婢竟一时未曾听懂。"我笑笑："傻丫头，人心五寸摸不着，你不需要懂。去给哀家找身儿松软的家常衣裳，晚间，沈大人带水月进来。哀家不想唬着她。"

"是。"

用了晚膳，约莫戌时的光景，我歪在榻上读《楚辞》，命云归点了根安息香。近来睡眠不好，头有点昏沉。

一阵熟悉的脚步声，夹杂着怯怯的步伐。沈昼带着个一身鹅黄衣裳的少女走进来了。那少女怀中抱着一个小罐子。我放下书，起身，看着那女孩。

沈昼按例请安。那姑娘不知所措，趴在地上，行了个四不像的礼，口中结结巴巴说道："给太太太太……太后……请安，太后……万万万万……岁。"

云归轻声说："姑娘，太后应是千岁，这普天下只能称呼一人为万岁，那便是陛下。这礼节，差之毫厘，谬以千里。若让外人听去，会非议太后的。"那姑娘更慌乱了："民女该死，该死……"云归扶起她："您莫怕，奴婢就是提醒您。"

她从进门就不曾抬头，只紧紧抱着怀中的罐子，像是很害怕的样子。

"你叫什么名字？"我柔声问道。

"民女名叫紫苏。娘……娘取的。"紫苏是乡间的一种野菜。

"抬起头来。"

她怯怯地抬头。她皮肤有些红，仿佛是日头晒出的红晕。一双眼睛很大。

我努力回想。儿时褓襁中的月儿，似乎就是有这么一双灵动的大眼。

"哀家赐给你一个名字，从此，你叫水月，好不好？"

她扑通一声又跪下来："谢……谢太后赐名。"

"你怀里抱着的罐子，装的是什么？"

我起身拉她起来，坐在我身边。她诚惶诚恐，手都在哆嗦。

"这是……是九溪苦芷。听沈大人说，太……太后爱喝茶，民女特意从家乡带来，献给太后……"

第一百零七章：报仇

一旁的沈昼说道："微臣告诉过紫苏——"他立即改了口："告诉过水月姑娘，太后喜饮苦茶。这九溪苦茞，是她自家茶园种的。"姑娘连忙点头："这是头茬，最好的。"

我接过茶罐，递与云归，笑道："难为你有心了。"

她红着脸低下头。

我正色道："你可知哀家为何让沈卿带你进宫？"她低头："晌午，略略听沈大人说了一些。"

我拿出那两对耳环，星与月散发着温润的光泽。

"你的身世，你有无听你家中人讲过？"

"听村里人说过，他们说……说我不是娘亲生的，是抱养来的。这耳环，是娘在我襁褓中看到的，从小到大，便一直跟着。"

"你可知你的生辰？"

"娘说，抱我来的人讲了，我的生辰是戊寅年八月十五。"她似乎从初次进宫的慌乱中稍稍平静下来，不再结巴了。

戊寅年八月十五。没错，那年我十岁，中秋月圆之夜。我母亲在水府产下小月儿。

我的脸上漾满了温柔："哀家是你的姐姐。"她听到从我嘴里说出这句话，又开始慌张起来，眼睛睁得大大的，嘴巴张开，好一会子合不拢。

云归在旁一边用袖口拭泪一边道："叫姐姐呀。"云归是替我激动。她在我身边久了，知道我关于妹妹的执念有多深。好多时候，夜半我从梦中惊醒，口中还叫着"小月儿"。我总是怕，怕她已然遭遇了不测，怕她受人欺侮。今日见到她，虽与我想象中不太一样，但知道她还活着，已让我欣慰至极。

环境对人的影响是巨大的。她在乡间长大，不识字，不知礼数，胆怯，很正常。这些都是可以调教好的。只要活着，什么都好。

水月终于叫了我一声："姐姐！"听到这两个字，我的眼泪就情不自禁地掉落下来。我将那对月亮耳环亲手戴在她的耳朵上，我抱住她："月儿。"沈昼与云归皆跪在地上："恭喜太后。"

她怔怔地，似乎仍对眼前的一切不可置信。

"月儿，你喜欢此处吗？"

她东张西望了一阵子，点了点头。

"那便留在此处陪姐姐，好吗？"

她看了看我，又点了点头。

我吩咐道："将乾坤殿的西偏殿收拾出来，给水月居住，让内廷监好生布置。"云归道："是。"

"你先带月儿去休息。她初初进宫，明日你带她去各处逛逛，顺便也让宫里人见见她。"

"旁人问起水月姑娘的身份，奴婢如何说呢？"

我略一思忖，说道："直接说是哀家的妹妹便好。不必解释许多。你唤月儿叫作二小姐，其余的人自会跟着你叫。"云归点头，带着水月下去了。水月睁着大大的眼睛四下里打量着，似乎对什么都很好奇。

屋内只剩下我与沈昼。我倚在软榻上，托着头。安息香萦绕在屋内。

"太后受伤了。"沈昼看了看我，又低下头。

"一点小伤，不要紧。"

"微臣没想到只是去江南这些日子，宫中便起了这等祸端。行刺之事，必得深究，追查到底。"

"行刺的老婆子死了。陆将军与哀家各种办法想尽了，嘴里撬不出实话。一时间倒不知是谁派来的。"

"微臣会暗中查这个事情。有嫌疑、有动机做此事的，一个都不能漏掉。"

"嗯。"

他似迟疑了一番，开口问道："太后觉得微臣带进宫这个姑娘是千真万确的水月吗？"

"那耳环确是水府旧物。这姑娘长得也颇有几分灵性。哀家觉得，八九不离十。"

沈昼应该是理解我的内心所想吧。

对比水月死了的消息，我更愿意相信眼前这个水月是真的。她不管是什么人都好，只要她还活着。

沈昼轻声道："今时今日，太后开心就好。"一句话让我心头像是铺了一层被雨水打落枝头的杏花，又湿又润又软。

我蓦然想起从前，太宗皇帝在的时候，在这乾坤殿，他一身黑衣进进出出，每回他来禀事，太宗皇帝便让我送上去一壶极苦的茶。他在我眼中那么神秘。他看着我："陆掌事，你有一双雪鸮的眼睛。"不觉已经过去了这么多年。他知道，我这一路走来，有多不易。

成筠河安然坐在龙椅上，他不知道暗地里有过那么多的凶险。那些惊心动魄，皆是沈昼扶持我走过。我有无数次的可能会丢掉性命，却又无数次从血水中爬起来。

是啊，今时今日，我开心就好。深宫年华晚，烟火不复初。我失去了太多，唯一得到的，就是权力。我凭什么不取悦自己呢？我闭上眼。

"哀家打算让敖家小姐到宫中做女官。她文武双修，是块好材料。"

他不吭声。

"沈卿，你与敖家小姐……"

"没有的事。"他说得斩钉截铁。

"敖家小姐对你很有心。你鳏居多年，府中没有持家的女主人……"

"太后切勿乱点鸳鸯谱。微臣并无此心。"他急匆匆想结束这个话题，便向我跪安，说府中有急事，李阿嬷叮嘱他今日早些回去。临走前，他在桌子上放下一包东西，那东西被油纸包裹着。我打开，竟是桂花糕。我尝了一口，一股熟悉的味道从唇齿间钻进来。

这一定是江南的桂花糕。他居然从禹杭给我带了这个。从前菜头告诉他，大小姐喜欢吃家乡的桂花糕。他竟一直记在心里。

"母后——"一个小小的声音在唤我。我抬眼，见二公主跪在地上。

"母后，你的伤好些了吗？"她比烯儿小几岁，却比烯儿醒事很多。

自我受伤以来，烯儿倒没有问过我。那孩子话不多，喜欢写字、画画。这两样都是成筠河教的。她学得很是像样。连朱先生都常夸。就是对周边的人与事，有一种后知后觉的温暾。

"哀家好多了。"

"母后无恙，儿臣便放心了。"成炘换了得体的衣服，看起来要比穿不合身的大白袍清秀许多，左手怯怯地缩在袖子里。榻边的灯发出柔黄的光亮，眼前伶俐的小女孩，此情此景，让我对她的接纳又多了几分。

事实上，从她进宫，老嬷嬷便会把她每日的表现详详细细地汇报给我。她很乖巧，很懂事。自己吃饭，不需要伺候。对烯儿非常敬重。虽然同处一室，她永远把自己的姿态放得很低，好像她是烯儿的跟班儿似的。烯儿只要说一声想喝水，她跑得比宫娥还快。一开始，烯儿不怎么搭理她，冷冷淡淡的。现在已经愿意跟她说话了。每日，她们一起去尚书房听朱先生讲课。回来寝殿，烯儿写字，她在一旁安静地磨墨裁纸。

我微笑问道："二公主功课进度如何啊？"

"劳母后惦记，大姐友爱，常常教儿臣。其他的哥哥姐姐们待儿臣也很好。儿臣在宫中很开心。"她乖巧地退下。"母后操劳，早些歇息，儿臣告退。"

听朱先生说，二公主在尚书房总是受一些旁支皇室子弟的欺负。她自己却一个字不提，只道什么都是好的。这孩子真真儿是个极懂事的。

翌日，我让烯儿和灏儿叫水月姨娘，俩孩子都不喊。倒是一旁的二公主行了个礼，甜甜地唤了声"姨娘"。水月不明所以，还以为二公主是我亲生的。

云归带着水月在宫中走了一大圈。宫里人听说她是我的妹子，皆对她眉开眼笑。

午后，我在尚书房查看何烈从幽州发来的军报折子，峪太妃胡氏款款地走了进来。她一身湖蓝色的衣裳，不施粉黛，脸上带着浅浅的笑，仪态大方，很是养眼。算来，她三十五六了，脸上却没有一丝岁月的痕迹。

她向我行了礼："太后万安。"我起身，亲自扶起她。吕氏之乱，曾得她相助。对这个妯娌，我一向是客气有加。"今日怎么想着过来？"我笑道。

她身后的丫鬟端上食盒，她将汤捧了出来："娘家府上送来时令的鲜果，给太后做了碗汤。太后对臣妾母子诸般照拂，一碗清汤，聊表心意。"

我忙接过，向她道谢。

四月里画眉鸟一声一声地叫着。我与她坐在书房东侧的软榻上闲话家常。

"今日见云归带着二小姐在宫里转。太后找到亲妹，真是可喜之事。"

"哀家亲人凋零，只剩这么个妹妹。本不抱什么希望，竟被沈大人找到了。"

"沈昼沈大人真是太后的得力之人。"

我颔首。

她问道："太后身上的伤，背后之人查到了吗？"我想了想，悬而未决的事，还是不要扩散的好，便说道："查到了。是从前董盈香的人。替旧主报仇。一个老婆子而已，起不了什么波澜，已经被处死了。死了便也罢了。"她掏出帕子捂在心口："原来是这样。老五的娘竟是这样阴毒，人已死了，手下的奴才还要翻出这许多浪来。当真是让人惊心。"

第一百零八章：大气

正说着话，炽儿走了进来。上京四月了，他犹穿着两层外衣。他今日穿的是一身儿淡淡的青色，是江南烟雨天儿的颜色。

燕子不归春事晚，一汀烟雨杏花寒。他走进来，似带着水雾，又似带着庭前的风。我依稀记得，第一次在瑶池殿的竹林中看到成筠江，他亦是穿着一身儿这样颜色的衣裳。他躺在一张摇椅上，眼睛黑而深。

"母后。"他跪在地上，向我请了安。抬头，见胡氏也在此，愣了一下："母亲今日怎么想着到尚书房来？"胡氏笑："胡府里你外祖家给母亲送了些时令瓜果，母亲做了碗汤，给太后送来。"炽儿皱眉："依儿愚见，太后入口的东西得十分谨慎才好，不可随意拿些吃食过来。"我听了这话，怕胡氏吃心，忙制止道："炽儿，不可如此说！你母亲乃是一片好意。"

炽儿是峪王妃的孩子，这一向里与我甚是亲密，加之又唤我"母后"，导致很多人都说他跟我比跟亲生母亲还亲。上个月，新帝登基大典，来了不少外使，见炽儿在我跟前儿忙前忙后，竟以为他是我的儿子。还疑惑道：圣朝不是一向重视长幼，为何太后有长子在侧，却是幼子登基？

这些话，若是传到胡氏耳朵里，倒像是我与她抢孩子似的。她孀居这些年，日子清苦，炽儿是她的全部。我怎可让她有这种担忧？

我正想着，胡氏大气地笑笑，脸上没有一丝不悦的神色。她笑道："你这孩子，必是担心你外祖家小门小户，东西入不了太后的口。难道你不知太后为人最是亲和，心意最重要，东西还是其次呢。"

我这些年有意提拔胡家。然而，胡氏的父亲终究能力有限，且近60岁了，还是个老贡生，科举也考不出什么名堂。再怎么提拔，也提拔不到哪儿去。故而，在一众皇室女眷中，胡氏娘家的门楣算是最低的了。若非当年骆皇后有意打压老二，又怎会将小官吏家的女儿许给老二做正妃呢？她入皇室，本身是一个意外。看她如此大气豁达，在儿子面前提起"小门小户"这四个字，丝毫没有不悦的神色，倒真是难得。

我端起汤："峪太妃的心意，哀家领了。"正准备喝的时候，炽儿急急说了句：

"母后，课堂上出事了！"

我放下汤，他似乎松了口气。这孩子真是奇怪，为何就是不想让我喝他母亲送来的汤。难道竟这般有门第偏见？怕胡家的东西不能入口？我在进宫前，在街边打滚了那么些年，饿到极处，观音土都吃，还有什么是吃不得的？这孩子。我笑着摇摇头。

"何事？"

"信王叔家的世子将二公主打伤了！"

不知为何，原本我以为我听到这个消息会云淡风轻，她不是我的孩子，她是我的死对头常攸宁的女儿，她的母亲一度让我蒙冤受辱，我只是顾及成筠河的临终所托才将她接进宫。不过是顺个面子情儿而已，有什么可在意的呢？可我眼前浮现那个小小的身影，竟有些揪心。

"伤势如何了？"我问道。"……反正是挺严重的。朱先生不敢擅断，叫我来请母后。"炽儿回道。

我站起身来："哀家这就去。"胡氏见此，起身向我跪了安。

这厢，我风风火火走到一边的抱厦里。信王府的世子趾高气扬地坐在椅子上，指着成炽骂道："残废！不许哭！"旁边有人小声道："她好歹是个公主啊。"信王世子不屑地哼了一声："什么公主，一个罪人的孩子罢了。"他将脚踩在二公主的手指上："不过就是一个万人嫌，我就不信谁会帮你。"

"哀家帮她。"我走了进去，冷冷地说道。我走到二公主身边，她蜷缩在桌子下面，没有手指的那只残手被踩得又肿又高，像齐齐切断的紫萝卜似的。她头发被扯散了，脸上有指印，嘴角还带着血迹。她哆哆嗦嗦地，拿右手臂挡在自己的面前，好似害怕随时被攻击。

我起身，一个巴掌抽在那世子的脸上："无法无天的畜生！"学堂里的所有人见我发了怒，齐刷刷跪在地上，黑压压跪了一屋子。信王世子哆哆嗦嗦地，哭得脸上鼻涕眼泪满是。"太后饶恕，太后饶恕……"

我冷笑一声："你刚刚说她是罪人的孩子？信王府如此诋毁先帝，也不数一数头上有几个脑袋？"

"不敢，不敢啊，信王府万万不敢诋毁先帝，稚子失言，太后请原谅……"

稚子？他可一点不"稚"。那孩子已有十二三岁了，却如此没脑子。跟他的父亲一样，只知见风使舵，仗势欺人。

二公主轻轻扯了一下我的裙角，说道："母后，儿臣没事，不值得母后动怒。"我坐了下来，扫了一眼跪着的孩子们："平时，都有谁跟信王世子一起欺负二公主啊？"屋子里鸦雀无声，没人敢说话。我看到有几个孩子很紧张地往二公主的方向看去，似乎很害怕她说出自己的名字。

这种事情，不能问朱先生。否则，那些孩子回去告诉家里，朱先生会遭到宗室皇亲的排斥与挤对。亦不能问炽儿。他本是皇室的孩子，若给旁人留下"爱在我跟前儿打小报告"的名声，于他日后无益。我只能自己观察。

我用手指着那几个神色有异的孩子，说道："从明日起，信王世子和你们几个人就不必来宫里读书了。本是先帝恩旨，为的是皇家子弟在一起相扶相帮，你们却将学堂里搞得乌烟瘴气。从前哀家不理论，你们却越发过分。"我将二公主拉起："他们是怎么打你的，你就怎么还回去。"

我不命下人动手。既然是孩子们之间的打闹，那就让二公主打回去好了。届时，宗亲们来跟我闹，我也有话说。

二公主看着那些人。显然，他们欺负她不是一日两日了。她抓起桌上的砚台，咬着牙，一步步走近他们。

我心里纳罕着，这孩子看着羸弱，还挺狠，学堂里的砚台材质上佳，沉甸甸的，这要是照脑袋上砸过去，登时得头破血流。

那几个人打着哆嗦。突然，二公主放下了砚台。她跟那几个人说："你们走吧。"她此话一出，那几个人连忙向我跪安告退。一会儿的工夫，跑得人影都不见了。

待人走后，我柔声问她："刚刚哀家给了你报仇的机会，你为何放过他们了呢？日后若再想追究这个事情，怕是难了。"她跪在我的膝下："母后，您肯维护儿臣，儿臣已然感激涕零。这已经足够了。儿臣不敢奢求其他，更不敢给母后带来麻烦。且，纵是伤了他们，与儿臣何益？不过是一时的痛快罢了。"

这孩子思路倒清晰得很，心胸也挺大。并不执着于报仇。我带着炽儿、烯儿、二公主回到乾坤殿，命小申召了张医官为二公主治伤。恰灏儿午睡刚起，闹脾气，在啼哭。乳娘抱着他来回走动，轻轻摇晃。

灏儿虽年纪小，但炽儿向来谨守君臣之礼，回回见了，都规规矩矩地请安。

二公主向灏儿行过礼后，问乳娘要抱灏儿。乳娘道："二公主，奴婢哄圣上哄了好大一会子都哄不好呢。"二公主说："让我试试吧。"她说得很轻柔，却很坚定。乳娘看了看我，我轻轻点点头。

二公主小心翼翼地接过灏儿，对着他扮鬼脸，口中唱着歌。说来也奇，灏儿竟然不哭了，眨巴着眼睛看着她。乳娘笑道："二公主还真会哄孩子呢。"

不一会儿，明宇走了进来。

"姐姐，您看了何烈从幽州发来的军报了吗？"

听到"何烈"这两个字，一旁写字的烯儿放下了笔，睁大眼睛看着明宇。

"那会子，在尚书房已经看过了。"我道。

"姐姐有什么想法？"

"蛮夷屡屡挑衅，实难再忍。若因新朝初立，哀家孤儿寡母，柔弱可欺，便打错了主意。哀家已批复何将军，朝廷全力支持粮草，幽州骑可与那鞑子一战。"我说着，喝了口云归递给我的药。明宇喜道："姐姐英明。臣弟亦是如此想。早早晚晚都得一战。"

　　"早朝歇了这几日，明日一定得开朝。估计又有一些守旧的老臣，说甚不可穷兵黩武，以安宁为首要。你记得跟那几个主战的大臣们通个风儿，让他们有眼色些……"我话还没说完，烯儿便走过来："母后，何烈要打仗了吗？"明宇笑道："冀公主对战事如此感兴趣吗？"烯儿看着明宇："舅父，此次战事凶险吗？"

　　明宇迟疑了一下，不知如何回答。烯儿说道："母后，您答应过儿臣，何烈不死。"我想了想，看了看明宇，又看了看烯儿："明日，让你舅父去幽州，同何烈一起作战。你舅父战无不胜，威名赫赫，你放心吧。"

　　烯儿露出笑脸。

第一百零九章：吃醋

"何烈年纪终究是小了些，加之从前没做过主帅，故而，哀家思来想去，还是不大放心。这是新朝初立的第一次边疆战事，务必扬圣朝之国威，灭蛮夷之气焰。明宇，还是你去一趟吧。"我沉吟着。明宇跪在地上："臣弟领命。"

明宇的亲事被一场行刺打断后，便没有再继续。我总想着，或许有一天，他开了窍，喜欢上一个姑娘，那便圆满了。他的性子如野马一般，若非要强迫他成家，倒让他难受。

奏完了事，他站起身来，递给我一卷画，我笑问是什么。他眨眨眼："姐姐打开看看吧。"

我打开，见是一个少女站在院落中。那少女眉眼清秀，她皱着眉头看着天空。她机警，仿佛周边任何一丝风吹草动都让她转身。她身旁站着一个小男孩，虎头虎脑，正在捉虫子。这幅画自然生动，落笔极其细致。

站在我一旁的云归说："这画中少女看着好生熟悉，倒像是在哪儿见过一样。"说着，她看了看画，又看了看我，笑道："是太后。这画上画的是太后。那时的太后真青涩。"明宇道："这幅画臣弟足足画了十日。姐姐瞧，这院落就是禹杭陆府的宅院啊。"

是的。这是多年前的我和明宇。我去陆府乞讨，因顶替陆家大小姐被土匪掳上山，被陆家收留了一阵子。陆员外给了我一个良民籍，让我不用顶着罪籍的身份如过街老鼠一般害怕走到明处。陆员外始终对我心怀戒备，找了个由头，将我送给唐家做妾。我绝处逢生，离间唐允和肖宣的关系，借太子一行人下江南的机会，怂恿唐允做掉了肖宣。这一桩桩、一件件，皆似在眼前一般。

在陆家前前后后不到一年的时间，满府中，待我最亲善的，就是这位陆家小少爷。

明宇道："父亲母亲前几年相继过世后，陆家大宅院就空置了。现在里头只留有仆役在洒扫。""哀家倒很想找个日子下江南啊。"我缓了口气。明宇笑："若太后巡幸禹杭，就是禹杭百姓的盛典了。"

黑衣一闪，沈昼走了进来。他一般晚间来，定是有要事要禀。

我跟明宇说："你先回去歇息，明日早朝，就按姐姐说的来。"明宇却执拗起来："为什么沈大人来了，姐姐便让臣弟走？沈大人所禀的何事是臣弟听不得的？这满朝之中，还有臣弟不可知道的事。"

我其实是担心他年轻气盛，失分寸。沈昼一定是发现了一些线索或是可疑之人。但没有万分确定之前，我不想让任何人知道，更怕消息有误，起了乱子。从前，太宗皇帝在时，那般信任殷侯，可沈昼禀事的时候，从未让殷侯在侧。

这是一种界限。我放缓了语气，说道："明宇，沈大人替姐姐办的差事很特殊，许多都是不能被旁人知道的。"

明宇的脸上弥漫了委屈，那模样就像他小时候弄丢了自己心爱的竹蜻蜓。

"旁人？姐姐说臣弟是旁人？那什么是内人，沈大人吗？臣弟不管做什么，在姐姐心中都比不上沈大人吗？"

我没想到他竟说出这样幼稚的话。

"明宇，这不是一码事……"

我话还没说完，他竟负气转身走了。

云归和嬷嬷们带走了孩子们，带上了内殿的门。

待屋内只余我与沈昼，我说道："明宇打了这么些年的仗，怎么还似孩童一般。"一直沉默的沈昼此时开了口："陆将军英勇非凡，在外刚毅果决，约莫只是在太后面前，才有些孩子气。"

我想着他方才说的什么旁人内人，叹了口气。明宇定是觉得我与沈昼比跟他亲厚了。想起小时候，他看见我给陆府的一个小厮剥石榴，就偷偷生气，爬到树上不下来。

我问沈昼："可是有什么消息？"沈昼点了点头："金紫光禄大夫杨大人家小姐的乳娘，人人都叫她刘婶儿，因她男人姓刘。可很少有人知道，她是再嫁妇，前头的男人死了，她才改嫁到刘家的。她从前的男人，姓吴，跟吴府有些故旧。"我蹙眉："吴府，哪个吴府？"沈昼一字一句地说道："瑶池殿的吴贵妃，您忘了吗？成筠江的生母。她娘家哥哥就是权倾一时的吴纲将军啊。吴纲在大章初年，可是朝中红得发紫的人物。"

我兀地站起身来："吴家？此事峪太妃可知晓？"这个消息太令我意外。我的心扑通扑通开始跳。感觉自己像是一条干涸了的鱼，张大口呼吸。我万般不想问，还是问出了那句："炽儿可知晓？"

沈昼见我情绪有些失控，连忙扶我坐下。

"目前没有任何证据指向峪王妃母子。但微臣的原则，太后知道，宁可错究，不能疏漏。一切以太后的安危为上。"

"没有任何证据所指……"我扶着额，"希望是沈卿你多想了。"沈昼拱手道："微臣深知峪太妃母子与太后来往甚密，对于太后来说，他们是深宫中难得的可以信赖托付之人。微臣也希望是自己想多了。"

沈昼走后，我打开内室的窗。晚风轻拂面，不识故人心。我想起胡氏在吕氏拉拢她的前夕说过这么一句话："我有自知之明。我一个寡妇，娘家无人，朝中无势，又不如合贵妃有心计，我拿什么去争？吕樱不过是想推我们母子当炮灰罢了。"又想起那日在圣湖边。她让炽儿在钓鱼。"冬天了，御湖里什么都没有，你们为何在此垂钓？"峪王妃笑笑："正因为冬天了，什么都钓不到，所以我才让炽儿在此垂钓。"

我那时想的是，她是在教育自己的儿子，要习惯求而不得，习惯空空如也。可细细想想，也未见得只有这一个答案。

冬日垂钓，不就是暗中窥伺，诸般隐忍，早做准备。她有自知之明，她知道自己斗不过那些人，便暗中看着我一个个斗倒他们。然后，敌人只剩下我。皇室凋零，太宗皇帝这一脉，所剩无几……我摇了摇头。不。炽儿看向我的眼神里充满了真挚，一个孩子，何至于能扮假到这个地步？我见过许许多多的人，有忠有奸，有正有邪，有敌有友。我觉得我不会看错。

炽儿待我，是真诚的。他那一声声的"母后"，是发自肺腑的。峪太妃亦历来温顺。这个小线索，并不能说明什么，或只是沈昼的敏感多疑。

早朝歇了好几天，翌日一早，寅时，我便起了身，穿上朝服，叫醒灏儿，抱着他，上了金銮殿。

说起幽州的战事，果然，有守旧的大臣建议议和。守旧大臣当中，以枢密使俞侑最为权高。

"新朝初立，主上年幼，太后掌政，切不可穷兵黩武，落人口实。"

我冷然道："俞卿此话，哀家倒是听不大明白。什么叫落人口实？落了谁的口实？本朝自太祖爷创业以来，从未有受外侮而不挡之例。如何到了哀家这里，就成了穷兵黩武？莫非仅因为哀家是女子？便不能下令打仗？"俞侑道："百姓要的是清平盛世，不是打打杀杀。太后应思休养生息，与民安乐。"

"笑话。若不抵外侮，开了先例，日后人人都要来欺，国无宁日，百姓如何安乐？"

第一百一十章：英明

俞侑道："太后容臣详禀，为战所需粮草几何？必耗资不菲。此乃圣朝百姓之民脂民膏。我圣朝虽天朝上邦，但屡屡开战，国力亦有所损耗。若向蛮夷施以小利，只需不足作战所耗粮草之百一，便可免于此战。臣愿做特使前往，促成邦交。不折损圣朝一兵一卒，亦可用中原之礼仪感化蛮夷。圣人言，以力服人者，非心服也，力不赡也；以德服人者，中心悦而诚服也。"

一席话引来不少赞同。几名士大夫皆点头、捋须："俞大人说得甚是，甚是。"明宇不慌不忙地看向俞侑："俞大人饱读诗书，佩服佩服——"俞侑不屑道："主过不谏非忠也，畏死不言非勇也。臣虽文臣，亦不惧死！"

明宇突然话锋一转："俞大人既饱读圣贤书，岂不闻圣人还有一言，足食，足兵，民信之矣。若朝廷连保卫国土的能力都没有，百姓们如何信赖朝廷？俞大人口口声声言及粮草损耗，士可杀，不可辱，圣朝被那蛮夷所欺，尊严气节损耗，岂是财帛可以计算？一次满足了蛮夷，纵换得和平，若有下次，该如何呢？再次求和吗？此等行径与丧家之犬摇尾乞怜有何区别？"

俞侑气得胡须乱颤，他用手指着明宇："陆将军的心思，微臣却也知道！武将嘛，盼着朝廷打仗，好居功自高！你不知权衡利弊，从大局出发，只知怂恿太后下战书，意欲何为！你枉食朝廷俸禄！"

我咳嗽一声。朝堂一时间得以短暂的安静。我看向俞侑，似笑非笑道："哀家有决断，无须陆将军怂恿，还请俞卿慎言。另则，刚刚俞卿说，主过不谏非忠也，畏死不言非勇也，哀家想问，下一句是什么？"

俞侑噤了声，面色有异，他意识到自己说错了话。这句话出自《史记》殷本纪。是比干对纣王说的。主过不谏非忠也，畏死不言非勇也，过则谏不用则死，忠之至也。他说完这句话，便上了摘星楼，强谏三日不去，结果被纣王挖了心肝。

"俞卿自比忠臣比干，那哀家是谁？"

他慌忙跪在地上："臣该死，臣有罪，太后恕罪啊。"

我起身，笑道："俞卿大可放心，哀家不是纣王，绝不会挖了你的心肝。你敢于直言，并主动请缨前往蛮夷之地做特使，此等忠勇当赏黄金千两。"

朝堂一片哗然。他们看着我，揣测我的态度。我一瞬间想起太宗皇帝从前告诉我："芯儿，你瞧，孤为什么能稳稳地坐在这个位置上，因为底下的人永远摸不透孤的心思。"

我站在金銮殿高处，俯视群臣。我当然不能杀俞侑，他并非恶人，他只是与我政见不同而已。和而不同，朝堂上需要这样的臣子。但我仍会坚持自己的政见，亦需让所有人知道，太后说一不二，并不是那等软耳根妇人，随风摇摆。

"圣朝至今，延续四朝。昔年，太祖皇帝以微末之身，起兵于陇西，以兵戈救乱世于水火，一统九州。太宗皇帝收服安南，攻打高丽，三征百越，扩大堪舆。先帝在时，亦出兵漠北，威震玉门关。到陛下这一朝，难道就不能继承先辈遗志吗？祖宗栉风沐雨，换来一城一池，岂能任人染指丝毫？若向蛮夷求和，哀家死不能面对先祖，生不能面对百姓。陆将军——"

"臣在。"

"哀家命你带粮草前去支援何将军，只许胜，不许败。"

"是。"

起初，一群武将跪在地上，道："太后英明。"渐渐，所有人跪在地上，道："太后英明，圣朝千秋万载。"

灏儿睁大眼睛看着一切。他看着我黑色袍服上绣的金丝凤凰在金銮殿上熠熠夺目，他听着我的声音响彻大殿的每一个角落。他感受着满朝文武匍匐在地的"太后英明"。

下朝的时候，他含含糊糊地跟我说："母后，你会一直坐在上面吗？"我一愣。他这么小的孩子，或许根本不明白坐在上面是什么意思。我微笑地看着他，柔声说："等灏儿长大了，就自己坐在上面，母后便下来了。"

灏儿点点头。他渐渐地大起来，眉眼一日日地清晰。偶尔，翻阅本朝史册，觉得灏儿越发像我在史册上看到宫廷画师笔下的太祖爷。巍峨的眉，炯炯的目，一张阔口，看人的眼神，使人觉得犹如雷雨乍来。

他平素待人不亲近，不似寻常孩童。我让他叫明宇舅父，他从未喊过。他亦不愿喊水月姨娘。不叫炽儿皇兄。他对周边所有的人，都比较冷淡。包括嬷嬷，包括我。

我抱着他的时候，他从不笑。但他对他的两个姐姐不一样。他喜欢让她们抱。亦喜欢她们逗他。他喜欢伸出小手，拉她们。喜欢将御花园里的花摘下来，戴在她们头上。但他从来没有跟我这样过。他在我面前好像很严肃，不轻易张口。

烯儿总是沉浸在自己的世界里，读书，写字，画画，对周遭的事情漫不经心。

所以，整体来说，灏儿跟二公主最亲密。自从上次二公主从嬷嬷手中接过他，他就喜欢让她抱。总是跟嬷嬷说："二姐，二姐。"嬷嬷便去唤二公主："公主殿下，陛下叫您。"

二公主很乐意陪灏儿一起玩。她对他很恭敬，言必称"陛下万安"，抱着他的时候，似奴似婢，又带着长姊对幼弟的爱怜。她似乎很精通那些野孩子的玩意儿。捉虫子，拿竹篾编笼子，爬树抓鸟。灏儿离不开他。嬷嬷来请示我。我说："等陛下到了修文练武的年纪，一大堆的规矩。现在且让他随着性子吧。"

明宇离开京城的时候，我送他到城门。上京百姓皆知，太后对新朝初立第一场战事的重视。

我跟他说："明宇，这些年，你总在打仗，没个安乐，辛苦你了。"他咧嘴笑笑："从前打仗，是为了做姐姐的倚仗。现今打仗，是为了立姐姐的威名。"他跨上马："姐姐安心。"

四月的日头，不骄不躁，带着犹如清晨被草尖戳破的第一颗露水。上京终于有了入夏的滋味儿。湖畔的桃花映面红，转眼间又落了一地，春去春来不曾留意，夏日当归，扑面而来。明宇那张轮廓俊美的面庞慢慢离我越来越远。走了好久，猛然，又回头，说了句"姐姐安心"。

我对着他笑笑。那笑似乎是我送他出征的辞赋。

姐姐安心。一身盔甲，肩膀宽阔的少年，蘸着墨水，将我送他出征的辞赋带到幽州，带到天涯。

明宇。他就像一棵树，起初只是一棵幼苗，然后长着长着，便枝繁叶茂。这棵树可以让我安心。让我在朝堂之上心中多了一份笃定。让我在风急雨骤中可以偶然小憩。

敖如雪来到我身边做事后，十分勤勉。她帮我处理一些寻常的琐碎公务。她穿着一身青色官服，官服上绣着云朵和白鹤。我上朝的时候，她站在我的身侧。我晚间安歇时，她睡在我的榻边。

她是一个合格的暗卫，只要烛影轻轻摇晃，她便充满警觉。

寂静的夜，我听见刀剑出鞘的声音。

她睡眠很浅。很多时候，如某一地州出了事，发来紧急公文，她便陪着我在尚书房处理公务，昼夜不寐。渐渐地，她成了跟云归一样在我生活中重要的角色。云归是生活上的，她是公务和保卫上的。

一开始，她对我是恭敬。相处的时日长了，她在离我最近的地方感受我每一寸的悲喜，看我处理前朝与后宫的大事小情。后来，她对我有了一种对长姊的维护与亲密。

朝堂上的人亦习惯了我身边站着这么一个女子。

"如雪，拟旨。"

"是。"

一日，在御书房，她说："太后，如雪晚间做了一个梦。"我抬头："哦？梦见了什么？"

"梦见自己陪太后拿步履丈量山河。"

我笑。她从闺中女儿变成士大夫。她那英气的两道眉，衬着官服，是朝堂上清秀的风景。

幽州的战事并不长，从四月，打到年末，便收了尾。蛮夷退了八百里，渐至退无可退。

除夕过后，圣朝正式改元顺康。

顺康元年正月初，何烈回京复命，明宇带队在后。这一年的正月，上京雪下得很厚。御花园中的梅花被雪压折了枝。看上去，一片厚重的白。

不辨何处是雪，何处是花。

第一百一十一章：习武

顺康元年。普天大庆。

何烈骑着战马从城门走进来，上京百姓皆围在路边看热闹。众人议论着，此人立此赫赫战功，必成朝廷新贵了。他到宫门口，下了马，进大殿拜见。

"幽州防御史何烈参见圣上，参见太后。承蒙圣上与太后庇佑，主帅陆将军带领我圣朝之师，击退蛮兵，幸不辱命。"

我笑："何将军请起。""谢太后。"何烈那张方正的脸比去年又成熟了一些。他打了胜仗，脸上却没有一丝倨傲。

其实，明宇给我的奏报上有写，他这次去，主要是营帐中坐镇，行兵阵法上参谋，仗是何烈打的。这也是我的意思。目的是为了锻炼他。何烈在回禀之时，却言称"主帅陆将军带领"，丝毫没有武将的抢功之意。我越发喜欢这个秉性正直温良的儿郎。

"哀家今晚在司乐楼设宴，为何将军庆功洗尘。"

司乐官为庆新朝改元，赶着创作了新曲，《盛世明月》，在雪夜里奏着，格外悠扬悦耳。何烈坐在东面，炽儿坐在他旁边。西面是朝中几位有头面的重臣。灏儿晚间睡得早，便没列席。我一个人坐在正中央。小申站在边侧，如雪和云归站在我身后。

我举杯，笑道："何将军今年年庚几何啊？"他低头道："回太后，过了新年，十八了。"我点点头："哀家记得你父亲何卫将军是长乐六年在玉门关外为国捐躯的，你守丧三年已满。如今，你为朝廷立下这等战功，哀家该为你赐一门婚事，给你配一个才貌兼备的世家小姐，叫你双喜临门。"大臣们皆举杯："恭喜何将军。"何烈却跪地道："谢皇家隆恩，臣现时无娶妻之意，恐负皇家美意。"

他说得很坚决。敢于这样正面回绝我的人，朝中无几。小申见此情景，忙打圆场，清了清嗓子说道："何将军是跨马打仗的人，怎生酒量如此不济，还没喝，就醉了。"一旁的炽儿亦笑道："母后勿怪，何将军喝醉了。"我挥手，唤宫娥，道："拿热毛巾，给何将军擦擦脸。"

大臣们见状，忙说些年关朝中的趣事。南方的官员到上京述职，因不通官话，造成的误会，闹得窘，大家哈哈大笑。这个话题被岔了过去。

席半，酒酣，我到围栏边观月。今年的白梅被雪夺了色，没有往年出众。月亮真好，圆而白。像帕子上曾经滴落的昔年泪痕，被岁月一层一层的晕染。月色映雪，两两皎洁。带着三分醉意，我竟想起多年前，还是六皇子的成筠河，伸出手捧着我的脸："星儿，你冷吗？"

身后有轻微的动静，是云归怕我冷，赶了出来，给我披了件大氅。她见我有几分伤感，笑着说："新年了，太后有什么愿望？"愿望。愿世清平，愿身康健，愿清梦里与君见。

突然，听见一阵又急又细碎的脚步声。是烯儿。她穿着一身白披风小袄儿站在月下，何烈似乎刚如恭出来，被她拦下。上次在尚书房，我已向何烈告知烯儿的身份，所以他此刻恭恭敬敬地行了个礼："参见冀公主。"

烯儿看着他："你还记得我吗？"

"臣记得。"

"一直没找着机会跟你说，谢谢你。"

"臣身为皇家之臣，保护公主，分所应当，公主勿谢。"

"你总让我想起父皇。"烯儿那双与成筠河一模一样的眼睛里，流淌着水一样的轻柔。

"臣惶恐。"

"父皇离去后，我总是很孤独。没有人看得到我的孤独。宫里人什么都瞒着我，什么都不告诉我。可我知道，父皇不是病逝的。他前一天，还捏着我手中的笔，教我画山水。父皇画的山水好极了。父皇说，只有心静之人，才能画出最美的山水。"

我愣住了。烯儿从来没有跟人说这么多话。她从来都是冷冷地看着周遭的人。我不知道，她心里的一切想法。她也没有与我谈心。她似乎对我关着门。我站在门外，束手无策。

从前，她小的时候，我总是很忙，疲于应付朝中的大事小情，疲于应付各种突如其来的阴谋。长乐三年，烯儿刚出生，常攸宁就撒了一张大网要害我。她才1岁，宫中就爆发吴女案，她和成灼被送去给董太妃那里养了一阵子。紧接着，便是吕氏之乱。我若不算尽机关，我母子焉能活到今天？我陪伴这个孩子的时间并不多。可我实在身不由己。

成筠河在世的时候，喜欢将她抱在膝上教她画画，一笔一笔教她写字。成筠河是打心眼儿里喜爱这个长女，筵席之上，曾当着众大臣的面，抱着婴孩说道："来日阿图出嫁，孤必以富庶之地赠之。"他对烯儿比我有耐心。烯儿跟父亲素来比跟我亲近。父女感情十分深厚。

眼下，何烈听了烯儿的话，忙道："太后已将先帝病逝告知九州四海，公主请慎言。"烯儿苦笑："你怎么这么怕母后？呵，满朝的大臣，都这样惧怕她。"何烈不言语。烯儿又问道："你既如此惧怕母后，为何敢拒绝她的赐婚？"何烈沉寂一会儿，开口说道："臣已有意中人。""哦？"烯儿很有兴趣地问："她是谁？为何你没有娶她？"

何烈长叹一声："她已经故去了，是肺疾。上京没有大夫能治得好。她父亲跟我父亲是同僚，相交甚好，我们自小就相识。她故去那年，才15岁。我是在玉门关外得到的消息。那天，我走到大漠深处，夕阳像血一样红，我坐下来，掏出酒壶，喝得酩酊大醉。直到沙子快将我埋住，我才醒过来……"烯儿似乎听得着了迷。她感叹着："何将军乃忠贞之人。世间所爱，理当如此。成烯感佩。"

正在此时，嬷嬷撵了来："公主殿下，您怎么跑到这儿来了，风口儿上，夜风大，回头着了凉，太后怪罪下来，该如何是好啊，快跟老奴回去。"

她半拉半抱着烯儿，往乾坤殿的方向走。烯儿走了好远，还回头跟何烈说："何将军，我会告诉母后，让你进宫来，教我习武。"

何烈苦笑着摇摇头，走进殿内。

我看着这一幕，始终沉默，未出一言。站在我身后的云归说："太后，公主年幼，不理解您，您别伤心。等她长大了，就明白了。"

"冰冻三尺，非一日之寒。云归，哀家不是个合格的母亲。"

云归忙道："太后您千万别这么说，您爱公主的心，一点儿也不少……"我若有所思道："或许，哀家该顺着公主。她敏感，心思细腻，若拘着她，反倒让她对哀家越发生疏。"

"您的意思是？"

"何烈此次回京述职，大约有一月的时间。便让他进宫教烯儿习武吧。虽是女儿家，强健体魄未为不可。不论如何，烯儿开心就好。"

"太后您用心良苦。"

回到席间，见何烈已恢复神色如常。

我端坐在高处，笑道："听闻何将军武艺高强，在军中数一数二。"何烈恭敬道："太后谬赞。"

"哀家有个不情之请。"

"太后请讲。"

"哀家早有一个想法，想找名合适的武将到宫中教授皇子公主习武，强健体魄。细细想来，何将军最为合适。不知何将军愿意否？"

他愣住了。好似很是奇怪，为何公主刚说的，这么快就应验了。是我的耳目太强大，还是只是巧合呢？

我笑："何将军不肯吗？"何烈醒过神来，拱手道："但凭太后吩咐。"

我一挥手，司乐官们继续奏乐。筵席依旧一片祥和。

"报——"一个兵卒又急又亮的声音，截断了《盛世明月》。乐声戛然而止，留着一丝余韵，在清凉的空气里打了个转儿。

"何事如此慌张？"

他手中举着军报，跪在地上，喘着粗气道："禀太后，紧急奏报，大……大事不好了！"

我的一颗心忽地提了上来。那军报染着红，代表有将领出事。我眼前晃过明宇那张俊美坚毅的脸，我送他出城时，他说的那句"姐姐安心"。我害怕触碰那个结果。

不，一定不是明宇。可如今在外的将领只有他。不是他，又是谁呢？何烈先回，他收兵在后，本预计是十五日后还朝的。

"陆将军在离京三百里的地方遇刺了！伤势很重！流血甚多！如今性命垂危！"

我扶住桌案。敖如雪轻抚我的背："太后，当务之急是派医官前去，随行的军医恐怕医术有限。莫耽误给陆将军治伤才是。"我点头："何烈，你速速骑快马送张医官前往。"

"臣领命。"

外头的雪停了不过才两个时辰，此时，又下了起来。越下越大，埋住了所有的路。我悬着的一颗心，放不下来。

"叫沈昼，叫沈昼来。叫他跟在何将军后头，以防出什么意外。"

第一百一十二章：刺客

欢宴散了。我回到乾坤殿。风把窗户吹得呼啦呼啦响，听上去，像是有人敲窗似的。

猛地，窗户被吹开了，"砰"的一声，在夜里十分突兀。冰冷的风一下子从敞开的窗户灌了进来，吹灭了烛火，屋里顿时漆黑一片。黑暗中，如雪非常警觉，她离我很近，手中紧紧握着剑。

云归摸黑找来火镰，将蜡烛重新点燃。她将手掌弯曲着，遮着风，去关窗户："想必是窗户的铜扣年久未修，禁不得风，明日定得让内廷监的人来修一修。"

"圣上和公主住的屋子也都要检查修理。小孩子家，若是睡梦中被这么大的动静吵醒，怕以后会惊梦。"

"是。"

窗还未来得及掩上，便从窗户外头跳进来一个人。此人一袭黑衣，仿佛跟这夜晚无边的黑暗融在一起。身量矮小，体型瘦弱，看样子，这杀手是个女子。女杀手身手非常敏捷。一进来，就直奔我。很明显，她想要我的命。

如雪挡在我前头，跟她厮打起来。她根本不欲跟如雪打斗，只是敷衍地抵挡，她的目标是我。只听得箭刺穿烛心的声音，外头廊檐下的灯一霎时嗖嗖嗖都灭了，整个乾坤殿都黑了。在外巡逻的侍卫很警觉地去搜寻刺客。

我心说不妙。外头的人用这个办法引走了侍卫们的注意。

目前，我身边会武功的人只剩下如雪了。且，乾坤殿的灯灭了，黑漆漆一片，外头乱糟糟的，哪里分得清是敌是友。

云归急得要命，喊了一声："殿内有刺客！"

今日不是双日子，敖羽不当值。明宇不在，沈昼不在。御林军虽忠心英勇，但缺个有主见的人指挥，到底是不成。这些人一出又一出，倒是算得又准又透。说到底，就是想要我的命。

黑衣女杀手见功夫不如如雪，便使了阴招，趁如雪不备，发了暗镖。如雪中镖了。虽屋内只有一盏烛火的微光，但我仍是能瞧见她胸口渗出血，将她的前襟都濡湿了。可她仍是咬牙挺着，但手中的剑明显力不从心地缓了下来。

我摸出当日胡通在五云山上送我的短刀，这些年，我一直带在身上。看来今晚用得上了。是生是死，都不能任人宰割。

御林军听到云归的声音，举着火把往殿内跑，口中高喊着："保护圣上，保护太后！"那黑衣女杀手见人来了，迅速往房梁上蹿。她的轻功甚是了得。忽然，一阵飞镖从天而降，有一枚正是射向我的。她不甘心就这么走，不甘心错失刺杀良机。

正在这时，熟悉的脚步声疾速奔了过来，眼疾手快地打落了射向我的飞镖。是沈昼！我怔住："你怎么来了？不是命你跟着何烈吗？"他头上厚厚白白的一层落雪，显然是急匆匆地赶了许久的路。"臣走了好远，心里觉得不对劲，放心不下，便回来看看太后。"

我赶紧冲御林军说："去，去追刚才那个刺客！"众人忙答应着去了。

乾坤殿还是黑漆漆的，待云归带领内侍官女们将灯全部重新点上，已是小半个时辰了。

如雪的伤势很重，云归传了医官给她疗伤。她躺在榻上，嘴唇因失血而苍白。她满眼愧色地跟我说："如雪无能，没有擒住刺客，叫太后受惊了。"我轻轻拍拍她的手："贼人定是漏算一步，只道你是我身边的兰台史，没有料到你还身兼暗卫之职，否则，怕是连你也要调离的。今晚多亏了你以命相拼，否则哀家性命堪忧。你好好养伤。"

如雪点点头。

我坐在厅中的大椅上，命云归给我递了盏皋芦。极苦的味道逼上来，刺激脑子一颤。

沈昼说："臣刚看了射穿灯芯的箭，不似京中之物，臣出宫时带回去，给楚鸣兄弟瞧瞧，看是哪方的路子。"我点头："射穿灯芯，让乾坤殿黑漆漆，好浑水摸鱼。制造动静，引开御林军，给女杀手机会，让她没有干扰地来杀哀家。"

"此人似乎对宫中的情况甚是熟悉……"

这时，去搜查女杀手的御林军纷纷回来禀报："那刺客消失得无影无踪，无迹可寻。臣等点亮火把，堵住了各个出宫的口，却没有看到人。"我与沈昼相视一眼。"沈卿，这杀手定还躲在宫中的某个角落，只是被藏起来了。"沈昼点点头："若此时，太后大张旗鼓地搜宫，一来，动静太大，吵嚷得各宫皆知，不利于人心安稳；二来，那杀手始终蒙着面，太后未看到她的真容，搜起来难上加难，她只要略一乔装，趁乱逃走也未可知。"

"沈卿，依你看，今晚的行刺和明宇的受伤是不是同一人所为？"

沈昼沉吟道："纵便不是同一人，臣也觉得这两件事之间有联系。臣命玄离阁两名最妥当的兄弟跟着何烈将军去的。若有什么情况，他们会速速禀报。"

茶饮了半盏，我心绪不宁："沈卿，明宇是武状元，功夫那般高，你说，谁能伤得了他？必是相熟之人，趁其不备而为之。思及此处，哀家觉得甚是惊心。从表面上看，哀家的敌人尽皆除去，实则不然。暗中仍有不少人潜伏着，只要一逮着机会，便想伤害哀家和哀家身边亲近之人。"

沈昼看了看我："太后安心，敖小姐受了伤，今晚臣便站在乾坤殿门口值夜，不会让任何人惊着太后。"我放下茶盏，思索道："那人并没有想冲进殿内行刺灏儿，只是一味地想要杀了哀家，沈卿，哀家左思右想，这难不成是贼人想报私仇吗？"

"臣一定要将此事查明白，给太后一个交代。"

我叹息道："何处是清平？""如今，朝堂满目祥和，四海一片安宁。这已然是清平盛世。试问百姓谁不称颂？这就是太后之功啊。切勿为暗杀之事伤怀。少数的贼人翻不起什么浪来。太后要相信，一切尽在太后掌控之中。贼人一定逃不出太后的掌心。"沈昼道。他在劝慰我。本寡言少语的人，却绞尽脑汁，找了这许多的话来说。

这一晚，他手持长戈站在殿外。风雪呼啸。云归扶我上榻歇息。一夜衾不暖，冷烛到天明。

辰时，我刚从榻上起身，便听小申通传道："峪王拜见——"是炽儿来了。他满脸都是担忧："昨夜，儿看见乾坤殿的侍卫举着火把急匆匆地往宫门赶，似在搜寻什么，儿担心母后这边有什么事，夜里又不敢来叨扰母后，故而一大早前来请安。"

我看着这孩子，笑笑："母后无恙，不过是虚惊一场。"

"那便好。对了，舅父那边可有消息传来？"

正说着，沈昼神色有异地走了进来。他似乎刚接到飞鸽传书。

"太后，玄离阁的两名兄弟禀报，说何烈将军和张医官骑的那匹马，半道上掉进了冰窟。马死了，人被救上来了。但张医官昏迷着，怕是没法子去给陆将军治伤了。"

第一百一十三章：玉家

怎么一切都那么巧呢？什么都发生得刚刚好。

"何烈将军可有受伤？"我问道。沈昼道："没。何烈将军武人体魄，纵是在冰窟窿里泡了阵子，仍是无碍。倒是张医官，昏迷不醒，似有大恙。"

"让你手下的兄弟将他送回来吧。"我思索道，"得另派个人去。可不能再出岔子。"

"上好的良驹，一个时辰可行百余里。今日让敖羽和楚兄弟在宫中保护太后，臣亲自去一趟。"

我点点头，随即问道："楚大哥帮了哀家多回。去年，灏儿初登基，哀家说要封一官半职给他，他坚持不肯，说要回山中的楚家寨。怎么这回在京中待上这许多时日？"沈昼道："他是回去了的。年关的时候才又到上京。他这回来，是迎亲的。"

"这是喜事啊。娶的是哪家小姐？"

"他们是上辈尊亲做主，结成的旧亲。对方亦是武学世家。说起来，跟陆将军还有些渊源。上京有名的宣武堂关家，陆将军与关堂主的独子关齐同年考的武举，相交甚好。楚兄弟娶的，便是关齐的堂妹关奕。"

我点点头。沈昼转身便去。

我嘱道："沈卿，你一定要多加小心，多带些人手。"他拱手："太后放心。"

沈昼离去后，云归伺候我洗漱。炽儿笑道："母后身边的敖女官今日休沐归家了吗？昨晚筵席还在，今日怎的不在了？见惯了她站在母后身边，乍然看不见了，还挺不习惯。"

平素正月里早朝停七日，今年因为新朝改元的原因，举国大庆，我便做主，停朝十五日。官员们亦可休沐十五日。但如雪是我近旁的人，离不得。故而，她年节未曾休沐。

我看着炽儿，他眸子里一片澄净。看来，他是真的不知道如雪受伤了。

我沉吟道："敖女官感染风寒，回家中休养了。"炽儿道："年节里，母后身边若有事需要做，尽管吩咐与儿，儿当替母后解忧。"我点头道："好孩子。今日无事，哀家想去瑶池殿看看你母亲。去岁，番邦进贡了几盆一品红，本想着，上京天寒，活不了，可没承想花房里的内侍将它们打理得甚好。瑶池殿里的布置一向素净，新年了，该增些景致。哀家便送两盆一品红过去。"

炽儿笑道："母后留在乾坤殿中自己赏玩便好。或者，赏给哪个大臣，以表母后隆恩浩荡。"我伸出食指点了一下他，嗔道："你这孩子，哀家惦记你母亲、惦记瑶池殿，不好吗？"

他面色似有一丝不豫，但又压制下去，云淡风轻地回我道："母后误会了儿的意思。难为母后惦记着，可我母亲一向不爱红，怕白费了这样好的花儿。"

"白不白费的，哀家心里有数。云归，小申，叫人抬两盆一品红，摆驾瑶池殿。"

"是。"

走到门口，见水月跟灏儿、烯儿和二公主在雪地里堆雪人。我看着他们在雪地里纯净的笑脸，略感欣慰。还好，昨晚那样的动静，没有波及他们。惊险的只是我，他们是安宁的。

我大声说："月儿，外头冷，玩一会儿就带圣上和公主进屋来，嬷嬷烧了金丝炭，你们烤栗子、烤饼子吃。别在外头玩久了，回头着了凉。"水月笑着应我："知道了，姐姐。"

她今日穿着红色的披风。大雪衬着宽大的艳红披风，越发显得她身量瘦小，体型羸弱。自她进宫来，每日我都让御膳房变着花样做菜，尽她的胃口，可她总也不见长胖。云归常笑言，二小姐有飞燕之态。

我嘱咐嬷嬷好生伺候着，便继续带着云归和小申往瑶池殿走。炽儿小跑几步，跟在我身侧。我今日，穿的是一身黑色绣金丝凤凰的大氅，大毛领软软的，随寒风摆动，时不时拂到我的脸上，痒痒的，酥酥的。瑶池殿门前的小竹林依旧。每次走到这儿来，我都感慨万千。这里曾盛极一时，又衰落，又兴起，再到彻底衰落，数次起起伏伏，风云变幻。

我没有让小申通传，穿过竹林的小径，走进殿内。冬日里的瑶池殿越发素净寡淡。峪太妃胡氏站在雪中，抚摸着院落中那棵光秃秃的大槐树。她抚摸得那样动情。就好像不是在抚摸一棵树，而是在抚摸一个人一样。

大章二十八年的五月，槐花开得又香又白，成筠江坐在这棵槐树底下，摆了棋盘，自己与自己对弈。他邪魅地笑着，跟我说："陆掌事，本王真的很想跟你好好玩玩儿。易醉扶头酒，难逢敌手棋。"

炽儿好像对眼前的这般场景司空见惯，他有些尴尬，咳嗽了一声，喊了句"母亲！"胡氏猛然转身，看了看儿子，美艳的脸上，眼神迷茫："二爷，你回来了？"

炽儿大声说："母亲，你又糊涂了！儿不是父亲！"

胡氏好像从一场痴梦中醒来。她看到了我，恢复了平常的仪态。她身上的湖蓝袄儿上绣着几只蝶。她款款向我走来，施礼道："太后万安。"我扶了扶她："峪太妃不必多礼。"她笑笑："今日，太后怎想着到瑶池殿来？"

我拍拍手，小内侍将一品红抬了上来。"哀家想着，冬日寂寥，给你送两盆花儿。"她马上再次恭敬地行了个礼："谢太后。"

一品红肥硕而饱满，红得热烈，在大雪之中，如血一般。这两盆花放进瑶池殿，瑶池殿顿时生动起来。胡氏指着花道："这花不是上京之物，竟在上京也能存活，可见这世上神奇之事，皆是有的。"

我轻轻一笑："峪太妃可知，一品红外头是红的，里面的汁液却是白的，那白色乳汁有毒，刺激皮肤和肠胃，若不慎误食，会腹泻、呕吐。更有甚者，这汁液入了眼，会失明数个时辰。当然，只作观赏，便无事。嗨，细想有趣得很，要想在逆境中活下去，得让自己有毒才行。"

胡氏愣了愣，说道："确实有趣。那臣妾该告知瑶池殿的一应宫女内侍和侍卫，不能误碰了。"她弯腰请道："太后请殿内坐坐。臣妾怕冷，瑶池殿里炭火烧得旺，暖和。"我摇头道："不了，这两日出了意外，哀家手边的事情多，来给峪太妃送完花，便回去了。"胡氏关切道："什么意外？"我紧了紧大氅的衣领，不经意道："不是什么大事。比起清风殿的大火，不值一提。峪太妃莫要担心。"

胡氏低下头，说道："炽儿，送送太后。"我拍了拍炽儿的肩膀："别送了。年节不用去学堂，炽儿多陪陪你母亲。"我走到门口，转头笑道："峪王妃，有时间让炽儿去吴家走动走动。""吴家"两个字，似乎刺激到她了。她的湖蓝披风略抖动了一下，又恢复如初。

她淡淡回道："婆母去世后，臣妾母子跟外界走动得甚少，吴家也鲜有来往。臣妾想着，安生过日子即好，外头的是非，咱们不招惹，也不攀扯。"我笑："毕竟是二爷的外祖之家，二爷这一脉只余炽儿这么根独苗，走动走动，也属人之常情。"她忙回："是。太后如此说，倒是臣妾思虑欠妥了。"

走出瑶池殿，云归说："太后怀疑胡氏了？"我冷冷笑笑，瞧着阴郁的天儿："昔日，成筠江死于哀家之手，哀家心中总有愧疚，实在不想跟峪王一脉过不去。现时，哀家拿话点一点她，若就此醒转，还则罢了。若仍执迷不悟，休怪哀家辣手无情。"这个细腻深沉、能装会忍的妯娌，或许，是时候跟她斗一斗法了。

回到乾坤殿，敖羽和楚鸣来了。敖如雪受了伤，敖羽脸上有沉痛之色，他穿着官服盔甲，跪在地上："臣身为御林军统领，年节实不该休沐，让太后受此惊吓。"我道："敖统领请起，世事不可揣摩，贼人行动突然，责不在你。"

楚鸣仍是一身白衣，腰间挂着一个兽皮袋子，袋子里放着流云君子箭。赤脚走红尘，不若居山好。他到底是喜欢山中生活，不爱尘世名利。

他向我行了国礼。礼罢，我向他拱了拱手，道："方才，楚大哥向我行国礼，现在轮到陆兴向楚大哥行家礼。楚大哥，好久不见。"

他道："陆兴兄弟好久不见。"

"听闻楚大哥即将迎娶关家小姐，恭喜恭喜。"

他笑笑，抱拳道："多谢。"

寒暄毕，他正色道："刚刚看了昨日灯芯射穿的痕迹，基本可以判断，是西境玉家所为。"

"玉家？"

"玉非中原姓氏，乃西境独有。玉在西境是大姓，势力甚广。"

我皱眉道："西境……"

大章十年，朝廷出兵西境，主帅便是吴贵妃的哥哥、成筠江的舅父——骠骑将军吴纲。此役吴纲大获全胜，在西境广有威名，人称"征西虎"。

第一百一十四章：平安

楚鸣说道："吴纲将军本人曾在西境待了好几年，在那边颇有威望。"我沉吟道："本来，哀家只是有几分猜疑，现在看来，是真的了。"我笑着跟楚鸣说："宫里的防卫有敖统领在，便十分妥当。是沈大人过度担心，将你也叫进宫来了。楚大哥，你娶亲是大事，别耽误了。"

楚鸣道："陆兴兄弟勿要担心。按规矩，送亲的人回来，才能出发。横竖我现在走不了，不如留下来帮帮忙。"

"送亲的人？"

楚鸣道："对，送亲的人，是新娘子的兄弟。可关奕的堂兄关齐还跟陆将军在营中呢。听沈大人讲，陆将军受了重伤，不知道关齐现在如何了。"

我心下一动。或许是历经了太多的事，我对于一些蛛丝马迹总有着本能的怀疑和猜测。我似不经意道："楚大哥对这个大舅哥熟吗？"他笑道："我父亲早年跟关奕的父亲交情匪浅，后来，关奕的父亲病逝了，她 6 岁的时候便被送到叔父家养大。叔父实则也是养父。我们楚家跟她叔父倒不熟，我跟关齐也不熟。但如今既有了这层关系，日后定是少不得多些走动了。"

我点点头，进了内殿。楚鸣随敖羽一起，在乾坤殿各处巡逻。我到内殿坐下，水月便到我跟前儿来。她指着楚鸣的背影道："姐姐，那人看样子不像宫里的人，他是谁啊？"我点了点她的额头："如何不像宫里的人？你说说宫里的人是什么样儿？"水月道："宫里的人好像都背着一个框框，行动举止都有尺度，比如笑，亦有笑的尺度。而刚刚那个人，没有框框。"我不禁笑道："你说的倒真是那么回事儿。"

楚大哥笑起来洒脱不拘，行动举止，皆似带林间之风。

"姐姐，那人腰间的箭很特别啊。"

"岂止是特别？流云君子箭的大名，在江湖上如雷贯耳。"

"流云君子箭……"她念叨着。"月儿，你现今在宫中习惯了吗？"我关切问道。水月点头："习惯了，宫中甚好，姐姐也好。"我抚摸着她的脸。进宫这么久，又揾了三个季节，她皮肤还是有些黑。我本以为她是在乡间晒的，养一养就白过来了。可这样瞧着，仿佛天生就是如此似的。据来上京朝贺的外使说，西境之人，便大多数天生黑而瘦小……

她灵动的大眼睛瞧着我："姐姐在想什么？""月儿，姐姐在想，你养父养母抚育你多年，实在不易，听沈大人说，他们也没有别的孩子。要不，将他们接到京中来，他们也能常常与你相见。"我缓缓说道。

她怔了怔，似乎是在消化着我说的话，片刻，脸上浮出一个潦草的笑来。"姐姐的心意，月儿领了。可养父母一辈子生活在乡间，乍然背井离乡，到上京这人生地不熟的地方来，肯定会不习惯。月儿会托人给他们送财物，带话回。姐姐别挂心此事了。"

这时，小宫女过来唤她："二小姐，嬷嬷教仪态的时候到了。"我挥挥手："你去吧。"她行了个礼，转头去了。

她走后，云归道："二小姐跟太后一样聪明，有天分，现在什么都学得很像样。女红、书法，样样都来得。"

我看着水月清瘦的背影，摇摇头。人，是沈昼从杭州带回的。沈昼待我何其忠心，怎么会出岔子呢？再说，李阿嬷的娘家表妹绣梅养了水月十多年。就算贼人动手脚，难道是十多年前就开始动手脚了？这说不通啊。再说，耳环确实是真的无疑。若水月非真，那耳环从何而来？一定是我想多了。

云归递给我一盏茶，是明宇上回送来的大漠茶。不知沈昼送的医官有没有到营帐。不知明宇现在伤势如何了。思及此处，茶入口越发是苦而咸了。

云归道："太后，您想什么呢？""水阔恐无路，群山疑似围。水面太宽，担心迷路。峰峦叠嶂，担心被包围。云归，哀家现在越来越容易胡思乱想了。从前，在太宗皇帝身边做掌事宫女，觉得太宗皇帝甚是多疑。后来，做了先帝的贵妃，觉得先帝多疑。现在，觉得自己多疑。难道，那把高高在上的椅子，谁坐上，便都开始多疑了吗？"我叹道。

云归轻轻地给我揉着肩。"太后，不是您多疑。有句老话儿叫什么来着，在其位，谋其事。如今，圣上年幼，这一片江山，全得靠您。您担着多大的心？您睡过几个好觉？您付出多少？旁人只看到您的威严光鲜，却看不到您的苦，也看不到您的危险。刺客招招要您的命，您怎能不思虑？"

我闭上眼。云归麻利地点了安息香。她小心翼翼地劝我道"太后以后莫对峪王太好了，前太子的例子就摆在前头。旁人的孩子，您再怎么疼，都是不中用的。到底隔着肚皮。"我道："炽儿这孩子，倒还不至于。哀家总有一种感觉，作乱的是他母亲，此事与他无关。"云归急道："太后，奴婢知道您喜欢这孩子，可您想想，您和他亲生母亲之间，他会做何选择？"

我缓缓起身，行至窗边，上回被风吹开的铜扣已被内廷监修好。外头是雪将化未化的白，时不时地有雪从树枝、屋顶落下。檐下，是透明的冰凌子。

"靠不靠得住，权且两说。哀家说的是，他不至于。"

"炽儿这孩子，从出生就多灾多难。当年，成筠江为了争权，数次拿孩子做工具来扮戏。炽儿尚在襁褓中，成筠江就死了。表面宣称是火灾意外，可他这些年肯定多多少少有听说一些事情。但是，他与成筠江父子缘分浅，他不至于为了没谋面的父亲来杀切切实实疼他的哀家。炽儿深知哀家疼他，如今，在这宫中，哀家是他最大的靠山，别的，哀家不敢肯定，但能肯定的是，他此时一定不会想着让哀家死。炽儿不是成灼，他比成灼要聪明得多。不清醒的，是峪太妃——"我吸了口凉气，看着窗外的景致，大雪初霁。

外头仍是白色。有宫人内侍踩在积雪上，发出吱呀的声音。踩着踩着，皑皑白雪中踩出一条黑色的路来。

"其实，换个思路，峪太妃倒不是不清醒。相反，她自以为自己太清醒。那天，杀手步步要哀家的命时，哀家就有一种感觉。贼人并非是谋逆的布局，而是报私仇的布局。她太想要哀家的命了。至于，权力，她倒是没这么大的格局和野心。"

云归愤然道："这贼妇人，枉您待她不薄。"我冷笑道："纵便是哀家送她一座金山，成筠江也活不过来。她心里依然想要哀家死。她对成筠江的感情，比哀家想象中深厚得多。从方才她抚摸那棵槐树的情形，便能看出来了。"

"她为何选在这个时候动手？"

"这个女人脑子不笨。她想动手，但也得有机会才行。你想想昨日的刺杀，多么周密，得多少天时地利人和，又得多少人支持配合？哀家猜测，近期，有股力量与她联合了，所以，她自以为胜券在握，到了动手的时候了。"

我一步步走向桌案。"哀家最担心的，不是这个女人。而是担心，有人利用这个女人为亡夫报仇的痴心，怂恿她。"我死了，灏儿如何坐得稳？浑水之中出蛟龙。到时候，乱成一片，鹿死谁手，谁说得定呢？

说话间，小申进来通报，何将军和张医官被送回来了。张医官被抬进医官署医治，何将军跪在乾坤殿门口谢罪。

我跟小申说："传他进来。"片刻，何烈跪在地上："臣向太后请罪，未能完成太后之托，臣惭愧至极。"我面色温和道："大雪纷飞，天寒地冻，道路险阻，非卿之罪。"

正在这时，窗口落下一只熟悉的信鸽。我知道，沈昼有话传来。信鸽与我似故人一般，我招招手，它停在我的书案上。我拆开信，上面写着一句话：陆将军已脱险。

我悬了两日的心，终于落下来。明宇平安。平安就好。

信笺的底部，还有一行小小的字：军中有异，何烈不可信。我平静地叠起信笺，看着何烈。他方正的脸上，如他所说，流露着"惭愧"。

第一百一十五章：借口

何烈不可信。那他是谁的人呢？如今，于他而言，功名利禄唾手可得，为何要悖逆朝廷呢？

我思索着，这其中，应有两种可能：其一，对方允诺给他，比他目前能从朝廷获得更多的东西，人性本贪，他想冒险追逐最大的利益；其二，他心怀恨意，想要破坏。

第一种可能性比较小。以我数次跟何烈的接触，对他的观察，他并非那种眼中只有利益之人。对权力着迷的人会散发出贪婪的味道。以我的直觉，他并没有那种味道。而且，对方能给他什么皇家都给不了的东西呢？放眼目前朝中的局势，并没有一个胜算很大的人，有能力给他更多。何烈年轻有为，纵横沙场，他不是一个傻子。别人画个饼，他就肝脑涂地。

所以，我猜测，是第二种可能：他恨。我把何家历来在朝廷的种种都在脑海中过了一遍，还是没找到他恨意的源头。但不论如何，没搞清楚之前，不能让他再出宫，得控制他与外界的联络。要找个借口，将他留在宫中。

我想起那晚烯儿在雪中跟何烈说的话，心里有了主意。

"何将军，还记得上次哀家跟你说的教公主和皇子们习武一事吗？哀家思来想去，你若每日往返于府邸和宫中，多有不便，不若就住在宫中一段时日吧。乾坤殿西侧的清宁馆是空着的，哀家让人收拾出来，给何将军住。"他面露迟疑："这……"

"怎么，何将军有什么不便之处吗，还是——"我笑笑，"还是在府邸中有什么事情，是在宫中做不得的？"

我虽句句笑言，但又句句透着不容商量。何烈想了想，叩头道："臣领命。"

自常攸宁死后，清宁馆一直是空着的，里头只有一两个洒扫的宫人。而今清宁馆一应陈设如旧。几棵宫墙柳，年年抽枝，未曾倦怠。

何烈住进了清宁馆，烯儿特别开心。她整个人都比平日里雀跃多了。以往她总是坐在书桌前写啊画啊的，闷不作声，不像个孩子。现在脸上终于有了活泼的神色。虽名义上是教皇子和公主，但因灏儿年纪太小，二公主时常陪着他，且二公主对武艺并不感兴趣，故而，实际上，何烈教的只有烯儿一人。

我看着烯儿站在庭院里笑着，那笑容，依稀成筠河在时。她很久都没有这么快乐了。

暗中有人十二时辰盯着何烈。他的一言一行，皆有人报知与我。他进宫后，格外谨慎。连写家信都只是三言两语的问候。只是有一回，玄离阁的一个暗卫向我禀报，何府的一个老妈子去了一趟平西王府。

我问道："那老妈子在何府是做什么的？"

"回太后，她是何将军身边负责浆洗衣物的，倒不是个要紧之人。"

"她去平西王府做什么？"

"是去探亲。她的女婿是平西王府后角门上负责守夜的小厮。微臣盯得很紧，她没见别的人，停留的时间也很短，只是送了一盒糕饼，倒无甚异常。"

我点了点头。随即又跟他说："以后你就负责盯着这个老妈子，另找一人盯着平西王府的小厮。"

"太后是觉得当中有何不妥吗？"

我笑笑："韩非子有言，千丈之堤，以蝼蚁之穴溃；百尺之室，以突隙之烟焚。有时，反倒是无关紧要的人或事，需要加倍留心。从前哀家只顾让沈大人吩咐你们盯着常灵则和那老内侍，一丝破绽也无。是时候改改策略了。"

也许是最近发生的可疑之事太多，我眼前很多次地晃动着常灵则和那老内侍的模样。我本从未怀疑过常灵则的疯癫。那日在大雨中，他挥舞着大刀倒在泥水中的样子所有人都看到了，那么真实。自那以后，他的眼珠子就成了大半发白的死鱼目。

上回，他从我手中接过所谓的"毒药"时，毫不犹豫，甚至还有些欣喜，完全就像傻子看到了糖。如果是作戏，起码眼神会有一丝丝跳动，一丝丝迟疑，可我一直盯着他，他没有一点波澜。

自从接到沈昼的飞鸽传书，我便把所有能想到的人又捋了一遍。平西王府，这个曾经掀起无数风浪的地方，在我脑海中停滞许久。

"瞒天过海"，思及这四个字，我不经意一激灵。越是不可能的事，便越是有可能，莫非……

那老内侍在王府一辈子，活到古稀之年，经过多少事，是何等的老辣。那常灵则潜伏了那么多年，一步步苦心经营，是何等的有心计。这二人或许早已有默契地想到了，若谋逆失败，以当时常灵则的处境，只有一死，唯一能活下来的方式，便是疯癫。

他们算准了，到那一步，继位的不是光明正大的太子成灼，而是我的儿子成灏，必会引来百般口舌。我以新朝初立、安稳朝局为计，必不会把这场谋反公告天下，让新君的继位徒增阴谋色彩，让天下人质疑灏儿继位不合于宗庙礼法。且，我不会对一个疯子穷追不舍。所以，才会有此表现。

留得青山在，不怕没柴烧。保住性命要紧。唾面之辱尚能受，何况是装疯？

虽然我现在不知道何烈是什么原因心怀恨意，但思索他能联合的人，平西王府大有可能。别忘了他们手上还有一拨以太祖秦皇后的娘家秦家为代表的太祖皇帝时期的老臣势力。

明晃晃地造反是明枪，阴嗖嗖地谋害是暗箭。明枪易躲，暗箭难防。他们换了思路，以退为进，迂回阴诡。利用峪太妃为夫报仇的痴心，杀了我。只要我一死，事情便成功了一小半。再利用何烈在军中的地位，安插贼人，搞掉忠心于我的猛将明宇。宫中，军中，无孔不入。

这个念头，虽没有证据，但我只是猜测便觉得很是毛骨悚然。若当真猜中了，得想个法子将他们一网打尽。我期待着沈昼赶紧回京，有个相商的人。还有明宇，他既脱了险，不知能否记得出手伤他之人？

楚鸣一袭白衣的身影在殿前走动，我突然想起他说的话，关齐与明宇一起在军中！关齐！跟明宇同年考的武举。曾使小伎俩想夺武状元，结果没成。记得明宇后来跟我说，关齐这个人唯一的毛病，就是太好强，且他父亲望子成龙，逼得紧，他也没办法，除了这一点，其他都挺不错。且他们有同科之谊，关齐私底下又多次讨好明宇，请求给机会为朝廷效力。从前的一点小龃龉，性子疏阔豪爽的明宇就没放在心上了。

想必这次明宇去幽州就带着关齐了。关家早年就有巴结权贵之心，可儿子没能夺武状元，仕途比明宇差很多，想必是不平衡，经人一撺掇，便被收用了。

我坐在桌案前思索着，云归递进来一盏茶，说道："内廷监的掌事来回禀，说雍州新贡进一篓炭，珍稀得不得了，整个雍州只得这么一篓，叫作梅香炭，问太后要不要用。"

"你跟了哀家这么久，自是知道，哀家冬日从不用炭。"我一直都不肯让自己太饱，或是太暖，这是多年来养成的习惯。云归道："奴婢知道太后不用炭火，可内廷监的掌事说，梅香炭烧起来无烟，持久，且有个特别神奇的地方。"

"什么神奇？"

"点在屋子里的时候，就跟没点似的，感觉不到一丝味道，只觉得暖。可两三天后，便会散发出梅花的香气来。太后您说，这炭莫非是钻进人骨头里去了不成？当真是大千世界，无奇不有！"

我点点头，突然心头一动。"云归，你跟内廷监的掌事说，这炭哀家留下了。二小姐身子瘦弱，大约是怕冷的人，过几日你悄悄点了，放到她房里。不必告诉她，此物珍稀，数量太少，怕她知道了，倒舍不得用了。"

"太后，您真是疼二小姐，对这个妹妹是千百个细心。"云归笑答着去了。

正月十六开朝。当天傍晚，沈昼和明宇便回京了。明宇着实伤得不轻，至今仍未痊愈，归途，沈昼没让他骑马，而是让他坐在马车上回来的。我叮嘱沈昼，别让他进宫，直接送他回府中歇着。

沈昼进宫向我复命的时候，我正站在乾坤殿的檐下看着天际的日落。上京红色的夕阳一点点消退，带着余温的云朵逝去，仅存的光芒也慢慢不复存在，渐渐地留下那黑色的夜，呼啸的夜，冰冷的夜。

沈昼走进庭院，见我立于檐下，行完礼便道："晚来风凉，太后如何站在外头？"我看着他："沈卿，这宫里头的风一向是很大的，哀家已经习惯了。"

"千江有水千江月，万里无云万里天。太后心里牵挂着天下事，便会觉得时时有风，处处有风。"

我笑笑："沈卿似乎口角才华见长。"他听了我这话，竟然有些窘，低下头，不言语。我走了几步，离他很近的时候，我轻声地说了句："子时找个宫外头的人行刺水月。"

他吃了一惊，看向我。我冲他点点头，以示他没有听错。

第一百一十六章：联姻

　　沈昼显然不知道我心头对水月的猜疑。人是他亲自去江南带进宫的，也曾去过段府求证当年的事是否真的如赵志常所说，一切皆无差错。

　　其实，我也不是很肯定，不过是试探一下。我倒要看看，是谁，身上会染上梅香。

　　"沈卿，记得找个身形矮瘦的男子，手背画上蛇的图案。"

　　"是。"虽然沈昼有些疑惑。但他习惯了按我的吩咐做事。

　　传闻西境，以蛇为尊，男子成年后，由母亲亲手画上一条蛇在儿手上。因男子在外劳作或厮杀，危险重重，这条母亲赐予的蛇便是男子的守护神。

　　呵，不是想搅浑这池水么，那便让它更浑吧。若我的猜测是对的，水月是假的，那她一定会很奇怪，为什么有西境杀手要来杀自己，究竟是何人派来，她一定会向跟她联络的人汇报此事。顺藤摸瓜，便能知道她是谁派来的了。或许，她还会心生惶恐，以为自己刺杀不力，办事不周，主子要杀了自己。

　　如此离间，对方的这步棋就不妙了。

　　"让派去的人重拿轻放。若水月不会武功，就赶紧撤，哀家这边会有动静配合。若她会武功，就好好跟她过几招，要狠，但不能让她有明伤，撤起来要快。"我望着已经黑透了的天儿，叹了口气，但愿她不会武功吧，但愿这都是我的多疑。

　　沈昼为太宗皇帝做事多年，是何其通透的一个人，在我说完这番话后，很快明白了我的意思，答应着便离去了。

　　乾坤殿西南角，新增了绿意。只因我偶然念了一句"朝华之草，戒旦零落，松柏之貌，隆冬不衰"，内廷监便忙不迭地移来这许多的美人松。碧绿滴翠，亭亭向上。

　　我在檐下又站了一会儿，便进了内殿。

　　水月走了过来。

　　"上京比江南冷上许多，月儿，你冷吗？晚间睡得好吗？"我问道。

　　"姐姐放心，月儿虽瘦弱，倒不怕冷。"

　　我记得我乍来上京那一年，冻得了不得，脚像红萝卜似的。寻常南人乍到北方的第一个冬天，都会觉得不适。水月倒没有。我不由得想到，若是习武之人，自然是不怕冷的。

子时。一切待子时便知晓了。

晚间，我躺在榻上看《楚辞》。云归剪了灯芯，关切地说道："太后歇息吧。"我笑笑："今晚没有睡意，我再看会儿。"眼前的字是模糊的。我无心看书，心绪不宁，唤云归端盏苍梧来。她说："奴婢收了一瓮雪，太后要不要尝尝？"我点头："雪煮苍梧，甚好。"

茶喝了半盏，烛影晃了晃。黑夜中有一丝丝的动静。沈昼必叮嘱了敖羽，御林军放了水，杀手进来了。我捏着茶盖，心头犹如一阵阵鼓点落下。西厢房现在是何情形呢？

我起身，来回踱步，一转身却看到一双眼。是二公主成炘。她穿得单薄，眼睛睁得大大的，无助地看着我："母后——""二公主怎么了？嬷嬷呢，怎么让你夜半一个人跑过来？"我说着，便想让云归去将嬷嬷叫来。

二公主却扑过来，哭着抱住我的腿："母后，儿臣做了噩梦，夜半惊醒，实在是害怕……"我摸了摸她的头发，柔声说："是什么样的噩梦？"

"梦见有人将虫子放进我的头发里，还将我从树上推下去……"

我叹口气，蹲下身来，将一块羊毯披到她身上。也许，这梦境是她往日在五王府的真实遭遇吧。

"好了，没事了，这是在宫里，你是先帝的二公主，有哀家在，没有任何人敢欺负你。"我安慰着她。相处的时日久了，且她素来表现颇佳，对烯儿恭敬，疼爱灏儿，我对眼前的这个小人儿没了当初的冷漠和介怀。

她情绪稍微平静下来之后，靠着我，说道："母后，儿臣刚刚起夜之时，发现窗前闪过一个黑影，往姨娘住的西厢房去了……"我笑笑："二公主定是看错了，外头巡逻的御林军一点儿动静也无，怎么会有人进来呢？"她想了想，说道："母后说得有理，是儿臣眼花看错了。"

我牵着她的手，送她回房。见北侧床上的烯儿睡得恬静。月光照在她脸上，睡梦中犹带着笑。自何烈进宫后，烯儿每日都开开心心的。我心中闪出一霎的不忍来。来日事破，我该如何处置何烈才能让烯儿不受伤害呢？

二公主上了南侧的床，我见她睡下了，方走出来。差不多也到了时辰。只听得敖羽带人闯进西厢房。"刺客"自然是趁空跑了。

黑夜中，敖羽的声音格外清晰。他恭恭敬敬道："二小姐，方才巡逻时听见房内有动静，可是有何异常？"水月道："无甚异常，不过是进了只耗子，打翻了烛台。敖统领不必惊慌。"敖羽道："原来如此，微臣以为是进了刺客。若二小姐有何危险，臣等万死难向太后交代。"

我听了这对话，心里又涩又苦。若水月不会武功，屋里进了刺客，该大声叫喊求助才是。若水月真的长在乡间，又怎么可能会武功呢？我的直觉，竟是对的。

高位者缘何多疑，乃叵测之心多矣。耳环是真的，赵志常将水月卖给段府是真的，段府大夫人身边的老仆妇将婴儿送给乡下的绣梅是真的，沈昼府中李嬷嬷的话亦是真的，究竟是哪一步骤出了问题呢？

月儿，竟还是没找到。水月，水月，水中之月，竟又是一场空。我躺在黑夜中黯然神伤。这宫廷，这山河，这皇位，经不起一步行差踏错。时时悬心，时时绸缪。

翌日，沈昼到尚书房回禀昨夜之事。"据派出的杀手讲，那女子功夫颇高，又邪得很，不似中原路数。"我点头："如果哀家没算错，她是西境女子。"沈昼猛地跪在地上："臣有负太后重托，引贼入室，罪该万死。臣实在是没有想到……"

我打断他："沈卿，起来吧，你为哀家做事多年，哀家怎能不知你一片忠心为上，对方苦心孤诣，必然是做得天衣无缝的，非卿之错。"话虽如此，沈昼仍是一脸的内疚："上次刺杀太后的人，很大可能也是她了。"

"对。那刺客身形瘦小，且一上房梁就不见了，试问谁能有这么大的能耐？满宫里如此多的御林军，竟连人影都没看见？答案就是，她就藏在乾坤殿里。最危险的地方，便最安全。最不可能的凶手，就是身边最亲的人。此计甚是精妙。"

沈昼道："如此祸患，太后意欲如何处置？"

"哀家想挖出这宫中更多的线索。另则，乌龟还缩在壳里，可不能惊着了，得待它伸出头来，才能咔嚓一刀。"我的手敲击在桌面上。

"太后思虑的是。"

"她平日里接触的人很少，除了教习嬷嬷，就是乾坤殿伺候她的宫女内侍们。宫中其他地方，她是不曾去的。若有其他人身上染了梅香，便是有鬼了。这两日，哀家会格外让敖羽注意。上次一箭射穿灯芯的人，沈卿可还记得？只怕除了那个，还有别的。宫中混进西境的人，怎生了得？"

"峪太妃联合吴家，勾结番邦，他们怎生如此大胆！"

我问道："峪王妃和吴家焉能有此谋略？沈卿可知，商朝的箕子割发装癫，披发佯狂？"沈昼恍然道："太后指的是？"我望着窗外，冷笑道："哀家觉得，常三便是箕子。"

"那日，何将军和张医官在赶往军营的途中，马掉进了冰窟，后来，臣暗暗查了那匹马，马的腹下有伤，才会失控，那伤是新伤，乃武人所为。在场的张医官是不会武功的，只有何烈一个可能。所以，臣才说，何烈不可信。"

"他们当然不想让明宇得救，他们巴不得明宇死。哀家明日要去一趟将军府，探望明宇，看看他对凶手可有什么记忆，哀家怀疑，是关齐。"

沈昼皱眉道："若果真是关齐，楚鸣兄弟和关家的婚事？"

"他们是上一辈尊亲的联姻，倒不是刻意为之。且哀家相信楚大哥的为人，他现在对关家这些动作一无所知。纵是知道，也不会与他们一起来做不利于哀家的事。"

沈昼沉吟着，半晌，点点头。

"西境女子遇刺，他们内部必会有一番折腾，互相猜疑。以利聚者，必为利争。且等着看戏吧。"我道。

晚间，炽儿从学堂归来，向我请安。他手中拿着一摞纸张："母后，这是儿手抄的经文，祝祷母后安康。"我接过那经文，闻见若有若无的梅香。我笑问："炽儿，这是朱先生裁的纸吗？"他摇头："这是母亲裁的。儿一向用的纸，都是她裁。""哦。"我淡淡地应了声。

炽儿看着我的脸，小心翼翼地说："母后，儿总隐隐觉得宫中要发生什么事情，却又无可奈何。"我看着这个少年老成的孩子，说道："不管宫中发生什么，只要炽儿一直护着母后，母后便一直疼爱炽儿。咱们母子缘分不会变。其他的，都不重要。"他低下头，小声说了句："是，儿受教了。"

第一百一十七章：歼灭

陆陆续续的，敖羽在宫中找出了四五个可疑之人。有花园里锄草的内侍，亦有负责报时更漏的鸡人，平素里皆隐藏得很好。有一个，倒是老熟人了。

"太后，当日何烈和张医官骑的那匹马是御马监的劣马，若是千里良驹，纵是受了伤，亦不会如此失衡。马是从御马监牵出的，这里头牵扯了一个人。"

敖羽说完，我已经大概知道了。前任御林军统领，方辉。在我发现他与常灵则有猫腻的时候，便不动声色地缓缓夺了他的权，架空他，然后将他调到了御马监。

"方辉竟还不知安生。"

敖羽道："方辉先是投奔您，后来见常灵则一时占了上风，便又投奔了常灵则。全无道义可言，既蠢且坏，活该被常灵则连累。虽他现在已失去重权，命如蝼蚁，但常灵则这种老谋深算之人，手上的每颗棋子都要榨干最后一丝利用价值。"我冷笑道："原本念着他是世家出身，好歹留他一条贱命，如今看来，倒完全是不必了。或是坠马，或是急病发作，不拘用哪种方式，让他不知不觉死了吧。"

"另外那几个人，先别动，一时都死光了，反倒给他们敲了钟。你命人故意给他们透露错的消息，不是报信儿么，呵，报去吧。"

敖羽道："太后英明，前人有云，敌有间来窥我，我必先知之，或佯为不觉，示以伪情而纵之，则敌人之间，反为我用也。"

我点点头。

自刺杀之事后，水月似乎总是心神不定。所谓"西境杀手"的刺杀，让她对自己所处的形势产生了惶惑。晚间，跟着她的贴身宫女在外间伺候，我推开西厢房的门，走到窗边，被子鼓鼓的，打开，里面却是枕头。她又不知不觉地离了房，出去了。

她的身手是极好的。每次都走得神不知鬼不觉，回来亦是静悄悄。在宫外盯着的人说，何府那老妈子和平西王府里那个二门守夜的小厮身上都有了梅香。果然，他们选择了最不起眼的人，来互通消息。看起来风平浪静，实则，暗流汹涌。

正月底，我命人精确圣朝边境，重画舆图。此乃朝中盛事，东南西北各边疆官员陪同朝廷派去测量的特使亲自前往国界，各相邻番邦亦盛情接待，到西境时，发生点小意外。

大章三年，圣朝与西境作战，西境归降，以巨石为界，划清土地，允诺再不相扰，西境每年赋税的三成，作为岁币，上交圣朝。可如今，数十年过去，风霜雨雪，世事变迁。西境多"地动"灾害，巨石早已不在当初的位置。《圣朝纪年》有载，大章十年，五星错行，夜中，星陨如雨，西境地震，河泽枯竭。大章二十三年，西境草树皆动，有声如雷，坼裂陷庐舍，山谷禽兽惊走，屋瓦皆堕。长乐八年，山鸣谷响，水涌砂溢，袤延千里，川原坼裂。

西境的国王声称巨石往西滚动了二百里，边界需要重新划分。官员们一时不知如何是好，回禀我知。接到这个消息时，我正与群臣在金銮殿议事。我念了念奏章上的内容，笑问："关于此事，众爱卿有何高见啊？"

"所谓重新划分，不过是西境蛮夷之借口，西境王这些年励精图治，国富民丰，想来是有了底气，不甘当年割让给圣朝的土地，却又不好明说，便推脱巨石挪移。依臣之间，太后应当即拒绝。"兵部尚书率先说道。礼部侍郎道："不管巨石是否在当初的位置，西境地动是事实，太后若要拒绝，得想个合理的法子才是。"

我看着阁老张邑，道："张大人有何想法？"他沉吟片刻，道："臣想，纵是巨石可挪，圣朝百姓与西境百姓是有区别的，不管是语言，还是风俗。便以此重新划分，未为不可。"我摇头道："张大人有所不知，多年以来，民族融合，边民与西境子民或成婚或杂居，血缘交织，怕是难以分得那么清。"张邑道："难道太后……"

我笑着，摆了摆手："哀家知道张大人想说什么，哀家现在并无起战之心。一来，幽州战事刚刚平，现在是休养生息的时候，兵戈之事若过于频繁，难免惹人诟病，百姓们徭役也重了些。有急有缓，有战有和，有紧有松，方为理政之道；二来，西境与幽州的情况不同，幽州是公然来犯，西境却没有这个胆子，只是要一要小伎俩罢了。"

我唤道："俞侑——"

没错，我唤的正是上次劝阻我不要打仗的那个人。他曾在金銮殿之上豪言壮语："臣愿做特使前往，促成邦交，不折损圣朝一兵一卒，亦可用中原之礼仪感化蛮夷。圣人言，以力服人者，非心服也，力不赡也；以德服人者，中心悦而诚服也。"现在便是用得着他的时候。

他手持玉笏，走上前来："臣在。"

"你可愿做使臣前往西境，解决此事？"

他跪倒在地："臣愿意。"

"勿让圣朝边境之国土。"

"臣遵旨。必不负太后信任、皇家所托。"

后来的事实证明，俞侑确实具备邦交方面的才华，游刃有余、有理有据地说服了西境王，解决了此事。唇舌之功，有时不亚于铁甲之师。这件事被载入了史册。我也落下了知人善用的名声。

为了防止再有此类事情发生，我在边关设置东南西北四处邦府，一来监视外夷；二来，及时解决、处理边关的一些争执。

我故意在水月面前提及西境的事，却没马上告诉她结果。她果然很紧张："姐姐，您要用兵西境吗？"

"也许吧。"

她急道："姐姐，西境王只是一时糊涂，征西虎余威尚在，西境不敢的，绝对不敢的。"她一时情急，丝毫不顾自己所说的言语已经不符合她的身份了。我笑笑："什么征西虎不征西虎的，吴纲都已经是七十多岁的古稀老人了，让西境见识一下圣朝新的猛将，未为不可。怎么，月儿，你对朝中之事很感兴趣吗？"

她意识到自己的失言，忙道："月儿只是关心姐姐……不愿让姐姐太过操劳……"我握了握她的手，意味深长道："你我姐妹，人间至亲，姐姐都明白。"

晚间，我去了将军府，看望明宇。他的伤势已经好透了，我却让沈昼叮嘱他，多加休养，暂不上朝。那么多人想让他死，断我臂膀。他若这么快休养好了，怕是又要面临新一轮的谋害。

我到了府门外，一时间起了促狭之心，不让小申通传，不让云归和侍卫们跟进来，自己蹑手蹑脚地走了进去。他在院中练拳脚，虎虎生风。上京这个时节，天寒，他却打出一头的汗。听见脚步声，他以为是下人，皱眉道："不是说了不许靠近么，又来做什么！"

我不吭声。

他继续练，过了会子，收了拳，我掏出帕子给他擦汗。他背对着我，接过帕子擦着，叹了句："秋月春风等闲度。"我不禁笑道："陆将军自比琵琶女，怎么？闲不住了？"他猛一回头："芯姐姐！"他咧开嘴孩子气地笑："你怎么来了！"又喊道："快来人！倒茶来！拿好吃的来！"他看着我："记得芯姐姐爱吃苦杏仁，这就让人端来。"须臾，又跳脚："我真是该死，竟让他们都歇息去了。"我捧腹大笑："你说了不许打扰，谁敢靠近。再说了，姐姐又不是小孩子，你当还一味地惦记着吃呢。"他皱眉认真道："不行，芯姐姐来了，必得好好招待，你等我。我自己去拿。""嗳——"我喊他，他却已经跑走了。

不多时，他端着一盘苦杏仁出来，笑着走向我："我总想着，姐姐或许会来，常备着姐姐爱吃的。"苦杏仁，还是十多年前，我暂居陆府时，他记下的我的喜好。

突然，从屋檐上跳落几个黑衣人来。明宇忙将手中的盘子丢下，苦杏仁撒了一地。他生怕那些人伤害到我，紧紧地护在我前面，与他们厮打。我冷冷地看着那些黑衣人。果然不出我所料。明的，玩不起了。这一回，次次都是暗杀。我一声令下，上百名玄衣郎从暗处涌来。一个都别想跑！

其中一人见此，约莫是预感到今晚不可能有生路了，便只是拿剑刺向我，想用尽全力，杀了我，完成任务。惊险之中，明宇牵着我的手。"姐姐安心，有我在。"

那人袖中飞出一条小蛇来。小蛇仿佛有灵性似的，被甩到我身上，吐着芯子，朝我的脖子咬去。明宇情急之下，伸出手揪掉了蛇，将它斩成数截。而他的手，却已被咬伤，肿了起来。

半炷香的工夫，院子里的黑衣人俱被歼灭。我看着明宇，他的一只手仍是紧紧地牵着我。

"姐姐，你没事吧？"他还是那样孩子气地笑着，那只被蛇咬伤的手却越来越紫。那蛇是有毒的！

"姐姐没事，有事的是你。"我心头似落了一场雨。

第一百一十八章：解毒

倒在地上的一排黑衣人，面纱被拉开。水月不在其中。无一例外，他们手上俱有蛇图。都是西境人。

敖羽道："怎么会派如此多的西境人行刺？"我冷笑道："因为安全。"因为前几日的边界之事，我了解了很多关于西境的情况，从而得出一个推断。西境王有贪心，却不敢挑衅。一定是常三看透了这一点，以小利诱之，允诺只要他上位，便会让他些许土地、城池。西境王便派出一些人手到上京助他。

有西境王、吴家、峪王妃这些人挡在前面，横竖，都跟平西王府没有干系。他只是一个疯疯癫癫的王爷。

张医官赶来的时候，明宇的腿像抖筛子一般，站不稳，跌在地上。我命人将他抬到内室的榻上。张医官诊治过后，说道："幸而陆将军是行伍之人，有野外行军的经验，遭蛇咬后，在袖口撕下一块布条紧紧扎住，暂时止住了毒液往上延伸。目前，蛇毒只在右手上。但这蛇是西境之蛇，非中原之物。臣可开药煎服，抑制毒液，稳住状况，但要真正解毒，需西境的解药。"

我神色凝重道："若是无法解，当如何？"

"若是无法解，陆将军这手，怕是不能保了，当断掉为上。"

我看着榻上的明宇，他那张俊秀的脸上痉挛着，他在咬牙竭力忍着痛苦。

"不可！陆将军之手，可提长枪保家卫国，可提笔写锦绣文章，怎可断之？"我站起身来，脑海中思量着解毒的办法。

"芯姐姐……"明宇在唤我。他的意识似乎有些模糊了。我握住他的手："明宇，姐姐在这里……"他闭着眼，突然默默流下泪来。这是他成年之后，我第一次见他流泪。"芯姐姐，你别走，你别走……"

我感到很奇怪。为什么说不让我走。走去哪里呢？只听他继续说着："芯姐姐，你别上马车，别跟他们走……"原来他说的是他小时候的事。我清楚地记得，那一天，我坐上唐允的马车离开陆府，明宇号啕大哭："芯姐姐，你别走！"他朦朦胧胧中，记忆又回到了那个时候，为我的离去而哀泣。我的心啊，就像一片片雪白的鹅毛落下来，铺了厚厚软软的一层。

"明宇，姐姐在这里，不会离去。"

当年，在陆府，我与他朝夕相处一年的时间。他是陆府的小少爷，陆员外的老来子，被养得金尊玉贵，从小读书习武。他天分颇高，三岁成诵，六岁成文，可他也不过是个调皮的孩子。我乍到陆府，他拿毛毛虫想捉弄我，被我拿仙人指吓唬住。我领着他爬树翻墙，四处淘气。我们一起背着陆员外和陆夫人溜出府去。我带他去破庙见我的乞丐小兄弟们，去药铺找小伙计玩儿，去豆腐摊子偷豆腐。他仿佛进入一个新鲜的世界，开心极了。"哇，芯姐姐，你真厉害，认识这么多人。"

我拍拍他的肩膀："这有什么，只要你听姐姐的话，姐姐带你去更多好玩儿的地方。""嗯嗯嗯！"他点头。他读文章有何不明的地方亦会请教我。他习惯了黏着我。一睡醒就要喊："芯姐姐！"他是我在陆府唯一的温暖回忆。

也正因为他对我的过度依赖，才会让陆员外产生戒心，以为我想引诱明宇，从而攀高枝，做陆家的童养媳，才会千方百计把我送给唐家，送出陆府。

我以为幼时他对我的依赖不过是孩童的依恋，很快就会忘记，不承想，他记得如此之深。中了蛇毒，意识涣散之际，仍是唤着芯姐姐。

"芯姐姐……你走之后，我非常思念你，我瞒着父亲，翻墙溜出府去……翻墙还是你教我的呢……我去了破庙，去了药铺，去了豆腐摊，可怎么都寻不到你……后来有人告诉我，你到上京了。上京是很远的北方。那时候，我就想，我以后一定要去上京找你……芯姐姐，你知道吗，我很早就发现了，你没有看起来那么厉害，不说话的时候，你常常会发呆，我不知道你发呆的时候在想什么，可你皱着眉头，肯定是有许多不快乐。我真的很想，很想让你快乐……"

床榻上的明宇眉目如画。他说得断断续续，很轻，很缓。他什么都明白。他是如此心细如发。他哪里是爱这功名，哪里是爱这将军的盔甲，哪里是爱这上京的瞩目荣华，他只是如孩童时期那样，想陪着我。

我的眼泪落下来。我站在金銮殿上，俯视满朝的文武。我站在高高的城墙上，算尽四海机关。我站在黑夜里，揣度八方人心。天下人都说我热爱权力，宫里人都说我驭下严苛，就连我最亲近的枕边人，我的丈夫，在临死前都劝我不要再那么厉害。

人间多少名利客，红尘痴惘不知心。明宇，他是唯一一个觉得我不那么厉害，有很多不快乐的人。

"芯姐姐，我只是希望你快乐。"

我知道这些话，他在清醒的时候是不会说的。眼泪一颗颗掉在他手背上。

我站起身来，跟敖羽说："哀家要马上回宫。"敖羽问道："太后是想？"我冷笑："要解药！"

马车在路上飞奔。车轱辘压在路上，在黑夜里的声音格外刺耳。

到了乾坤殿，我直奔西厢房，水月正在梳妆，她看我猛然闯进去，有些吃惊，但还是继续演着："姐姐，这么晚了，有何事吩咐？"我盯着她，一挥手："拿下她！"她一时不知如何是好。还没拿定主意是否要还手，就被敖羽绑起来了。她挣扎着："姐姐，怎么了？妹妹是犯了什么错，还请姐姐明示……"敖羽在一旁道："二小姐，您别在挣扎了，这不是寻常的绳子，这是藤条绳，您越挣扎，捆得就越紧……"

我走上前去，用手抬起她的下巴："哀家本来想再陪你们玩玩儿，赢嘛，就赢得彻底一些，好看一些。可如今哀家改变主意。赢得漂不漂亮不重要，名声好坏也不重要，哀家不在乎了，哀家就想保住陆将军的手。你若识相，交出解药。若不识相——"我阴冷地笑笑："哀家连人皮都能剥，你猜，会怎么对付你？"

我注视着她的眼睛，她迅速低下头。

"姐姐……"

我伸手一个耳光打在她的脸上，她的嘴上渗出血丝。"你有何脸面叫哀家姐姐！难道刺杀哀家的，不是你吗？你连哀家的命都想要，还有什么是你不敢做的？本来，哀家寻妹心切，想着，你是沈大人寻回的，又有昔日水府的物件儿，不管你是不是赝品，哀家都认下了。哀家想求个心安，难得糊涂。可你们偏偏不让哀家糊涂。借着哀家对亲人的心，屡出妖计！"

话说到这个分上，她见装不下去，就不再装了："我……我没有解药！""是吗？"我拿出短刀，在她手上割下一寸见方的皮，她痛得撕心裂肺，凄厉地叫着。

"你再不交，哀家就再割一块儿，咱们就一寸一寸，慢慢儿来，哀家要生生剥了你。"

"陆芯儿！你疯了！你这妖妇！你残暴嗜血！你不是人……"

她话还没说完，我的短刀又伸过去了。她惊恐地睁大眼："我交，我交！"

敖羽割开绳子的一角，她的右手挣扎着从怀里掏出一个小瓶子。西境以蛇多闻名，被咬到是常事，她作为西境王派出的杀手，西境千挑万选的人才，怎么可能连蛇药都没有？我接过药瓶，吩咐敖羽："就这么一直捆着她，关好屋子，哪儿都不许她去。"

"是。"

我急匆匆地奔往将军府。明宇，有药了。我伏在榻前，将药瓶里的药丸塞进他口中。我静静地坐在榻边。约莫一个时辰过后，他的烧渐渐地退了。他缓缓睁开眼，看见我，笑笑："芯姐姐，好可惜，我给你找的苦杏仁，都撒到地上了。"

"姐姐已经命人捡起来了，你瞧——"我端起盘子，从上面抓起一颗苦杏仁，放进嘴里嚼着："很好吃。"

"芯姐姐，小时候我一直忘了问你，你为什么喜欢吃苦的东西？"

"苦口味言终有益。姐姐总想着，苦能自省。"我缓缓说道。他看着我："姐姐已经是世上最清醒的人了。"

他被蛇咬伤的瘀紫一点点褪去，口中吐出一摊子黑血。

我轻声道："明宇，自你来上京，因为姐姐，经历了这么多的风雨。"他坐起身来，笑道："姐姐，我素来是不怕风雨的。"打了这么些年的仗，他双手有茧，轮廓硬朗，只有一双眼，仍是稚时模样。

世路饱谙，凄风苦雨，有知己在侧，似乎觉得前方的路，并不难走。

第一百一十九章：消失

顺康元年的正月，终是起起伏伏地过了。二月来了，凛凛的寒气还在，杨柳的枝条开始日渐柔软，一层淡淡的薄雾在树梢上漂浮。

上京的风虽然冷清，但已不再刺骨，有了浅浅的温和，空气里弥漫着淡淡的新生气息。此时的云，如半透明的帷幔遮掩着天空。时而像蓬松轻盈的棉絮，轻浮于天。时而，天上一丝云彩也没有，一碧晴空，蓝而悠远。

敖如雪的伤好了，重新回到我身边来。我命最好的工匠打造了一把金刀和一支金笔赐予她，并给了她一个封号，叫作：金笔御令。

她养伤在府的这段日子，我曾吩咐沈昼去看她几次。她在府中没有因为那日的凶险对御前的差事感到畏惧，也没有因为被刺伤自怨自艾，反倒思索着如何精进，托沈昼教她武功。她不过是个十六七岁的姑娘，有如此心性，实在难得。

我与沈昼笑言："沈卿，你要好好教如雪，这也是为哀家尽力。"沈昼沉默了一会子，说了声："是。"

"这一次，对方的行动与往日不同。回回都是暗杀，让人出其不意。你要多加留神注意，特别是常三手上的那拨老臣势力，看看到底有多少人在暗中支持他。这些后患终究是要解决的。至于那几个暗中作祟的人，哀家心中已有定夺。"我凝神说道。沈昼约莫是猜到了我的心中所想。他瞧着我，说道："太后这回彻底是下定决心了吗？"我点头："下定决心了。只是，投鼠忌器，有些人还需斟酌。"

水月被秘密关起来两日后，胡氏开始有些恐慌。但到底在宫中这些年，无论再慌，气度犹在。她穿着宝蓝色的大毛披风，抱着小火炉，来乾坤殿找我。"深知太后喜茶，给太后送些翠眉来。臣妾的娘家兄弟外放到徽州做官，说是那儿的翠眉茶甚好。"

我笑笑："好，哀家收下了。云归，去，烹了来，哀家正好儿想尝尝。若果真合哀家的胃口，便告与徽州官员，将此茶列入贡茶的名单里头。"

须臾，云归端了上来。青青碧碧的颜色。

"入口鲜醇，茶入肺腑，如同将身置于一池春江水中。"我意味深长地继续说道："伤心日暮烟霞起，无限春愁生翠眉。这翠眉茶味道当真是不错。只是，峪太妃，哀家与你皆是寡妇，口中饮下翠眉茶，心头思及翠眉诗句，忆起前尘旧事，难免触动情肠啊。"

她听了这句话，面色一黯。随即，苦笑道："先帝与太后得十年相伴，臣妾福气却没有这么深，只在二爷身边寥寥三年，可忆之事无几。只怕年岁渐老，想忆，都忆不起来了。"

"炽儿是个好孩子。峪太妃，这是你的福气。是二爷留给你的福气。用不了几年，他便长成须眉男子，开府立院，为朝廷立一番功业，长长久久地侍奉你。"我慢慢儿说道。

她颔首："皆因太后眷顾。"她环顾四周，笑问："二小姐呢，怎么不见？"她终于还是问了。

我笑："出宫了。她跟哀家说，去看望养父母了。哀家说让沈大人护送，她也不肯。从前她与哀家失散，在外头长大，养父养母待她很好，养恩大过天，她去看望他们，原也分所应当。"

我见她面有诧异。水月突然在宫中没了踪迹，他们一定觉得，她有叛变的可能，那我便加重他们的这种猜疑。她用手帕擦了擦唇角，道："二小姐离宫久了，太后一定思念得紧吧。"

我将喝了一半的翠眉茶盏放在桌边，说道："哀家虽是思念，但也理解她。重情重义不是坏事。纵是她选择此后长侍养父母身边，再不进宫来，哀家也无甚可说的。"胡氏笑："怎会有那样的傻子，放着金人儿不做，去做泥人儿。"我瞧着她："各人选择不同，就看自己觉得值不值了。"

她掩了口。

"哀家上回送给峪王妃的一品红，现在开得还好吗？"我笑问。

"开得旺盛极了，花期颇长。如今瑶池殿的院子里最艳丽的便是它了。"

我点点头："今日，哀家在朝中听人说吴纲老将军病了，他年事已高，病势凶险，恐怕不妙。哀家已经着宫里的医官去瞧了。但总想着，你跟炽儿该去一趟。吴纲乃二爷的舅父，娘亲舅大，至亲之人。二爷生前，亦颇为看重他。你们去一趟，替二爷全了孝心，也可显皇家的恩厚。"

胡氏略欠了欠身子，道："怎的突然就病了？听说前阵子西境不安分，他老人家志高未老，还有心西征，报效朝廷呢。"我一脸惋惜道："人上了年纪，便说不得今日明日了。从前太皇太后那般的厉害硬朗，亦是说没就没了。人哪，难敌岁月。"

她脸上浮上几许仓皇，起身向我告了退，便带着宫人离去了。

吴纲得死，得病死。而我不过是让人日日在他的酒壶中撒些柿子粉。他有饮酒的习惯。酒加上柿子，会使得肠胃阻塞。这对于年轻人来说，或许不是什么要命的事。但古稀之年的老人，扛不过去。他是病死，跟任何人都没有关系。他一死，西境王与常三之间，必生龃龉。

蝇营狗苟的同盟关系有多坚韧？

待她走后，如雪道："太后，如雪有一事想不明白，请太后指教。"

我命云归将盏中的翠眉倒掉，换上明宇送的大漠茶。如今倒是习惯布麻茶了。翠眉喝不惯。啜一口咸涩，我缓了口气，向如雪道："你说。"

"听闻吕氏之乱时，吕樱曾写信函拉拢峪王妃，峪王妃严词拒绝了，选择跟太后您站在一起。如今，怎么就一心一意地想杀您呢？"

"这有何难明？她从来都是想杀死哀家的。只是要杀，也得自己有把握些。否则，哀家的脑袋纹丝不动，她自个儿的脑袋倒是搬家了。吕樱当初是要逼宫，要的是先帝的命，且借着炽儿是太宗皇帝长孙的名头，把炽儿和她推出来打头阵，这跟造反何异？一旦败了，九族皆灭。胡氏这一点还是能想得透的。"

如雪若有所思地点点头，接口道："现在形势跟从前不同了，常三选择的是暗杀，杀的是太后您，且回回都是西境的杀手，从任何方面看来，都跟她一点关系都没有。她和她的儿子，都可保全。若您真的被暗杀了，她就如愿了。至于后面的情形如何，不是她能想到的。那是常三的局了。"

我赞赏地点点头，笑道："你分析得很对。但这只是她的念头罢了。她以为此次胜券很大，步步缜密，特别是水月的出现，让她有了信心，然而，却是低估哀家了。"如雪道："水月这个局，真的是令人难以想到。耳环究竟是哪儿来的？"我摇头道："这也是哀家费解的。还有就是，真的水月确定被送去了绣梅那里，现在究竟是怎么样了呢？"如雪低头道："因为水月这事办得不妥，沈大哥心中对太后很是惭愧，他一直在暗访此事呢。玄离阁的密室里头，关了好几个与这件事有干系的人。"

沈昱从来不将公事告与外人。如今，如雪知道玄离阁密室里有人，说明，自如雪来我身边办差之后，沈昱待她比从前稍近一些。这倒是个好兆头。我颇感欣慰。

外头突然传来一阵小小的骚乱。嬷嬷跑来禀道："太后，冀公主从秋千架上掉下来，受伤了……"我猛地站起身来，疾步朝外走去。

嬷嬷一边跟着我，一边说道："冀公主今日一时兴起，要荡秋千，命二公主跟着一起，何将军陪着她们的，还跟着几个小内侍，老奴也站在一旁。一开始，她们玩儿得挺好的。哪知，突然冀公主就摔下去了……"

老远看见何将烯儿从地上抱起来，烯儿腿上全是血，我心头一痛。"烯儿！"我将烯儿抱到怀里。何烈面有愧色，二公主亦吓得站在一旁打哆嗦。

第一百二十章：撒谎

医官说烯儿的脚踝骨折了。伤筋动骨一百天，这几个月就不便去学堂里念书、亦不便跟着何烈习武了。

二月对烯儿是个重要的日子。我一直都记得那年二月二十六，尚书房桌案上的兰花开得极好，我在批阅雍凉递上的奏章时，腹痛发作，生下烯儿。她的生辰快到了。

成筠河在世时，每年都会命内廷监在宫中大办烯儿的生辰。今年，我亦早早为此有所准备。命宫人以番邦进贡的孔雀羽、极地的赤狐毛，佐以上好的金丝线，为烯儿缝制了一件至为华丽的衣衫。不承想，她竟在二月的开头，遭此意外。

我伏在榻前，心痛不已，握住烯儿的手，轻声问道："烯儿，跟母后说说，你是怎么从秋千架上摔下来的？"烯儿看了看跪在地上的何烈，又看了看面有惧色的二公主，低头道："是……本是……儿臣本是荡秋千荡得好好的，可见二妹荡得特别高，儿臣也想荡得那么高，就学她……后来，不知怎的，就摔了……"

本就瑟瑟发抖的二公主，听到这话，跪在地上，仓皇道："母后，儿臣宁愿伤的是自己，也不愿是大姐，儿臣贱命不足惜，大姐受伤，惹母后伤怀。"烯儿道："你说这做甚，不是明摆着让旁人觉得母后偏心吗？难道你摔伤了，母后就不伤怀了？你自进宫以来，母后对你不好吗？"

二公主叩头道："不不不，母后待儿臣极好，正因如此，儿臣越发惭愧……"

一旁的何烈始终默不作声。我看着何烈，缓缓开口道："何将军，刚刚你站在一旁，你跟哀家说说，是怎么回事？"

何烈跪地道："回太后，臣劝说安公主不要荡得那么高，不安全，可安公主执意如此，冀公主便随之效仿，臣无用，不敢阻止，冀公主摔下来的时候，又未能及时接住，是臣失职，任凭太后处置。"言语之间，虽是认错，却将重要的责任推到成炘身上。

我想了想，吩咐道："嬷嬷，将两位公主的卧房分开吧，年岁渐长，姑娘大了，该有自己的闺房了。"嬷嬷答应道："是。"

我冷冷地看着趴在我膝前的成炘："二公主，你是先帝骨肉，金枝玉叶，哀家不忍重责，可这宫中毕竟是个有规矩的地方，不能任意妄为。所以，哀家决定小惩大诚，罚你抄五百遍《千字文》，你可有异议？"

她放在我膝头的手缓缓地落下去，那只有残缺的手越发往后蜷缩，这一霎，她的眼睛里涌上无尽的沮丧，她声如蚊蚋："儿臣无异议……"

转瞬，她抬头看向我，眼中有闪动的泪："母后，您在书房替儿臣出头，儿臣铭感五内，在心里头把您当作亲母。可您终究……终究还是不信儿臣……儿臣只想说，这件事跟儿臣没有干系，儿臣一直非常非常小心，非常非常小心……"

我转过头，没再看她的眼。嬷嬷带着她去了东侧的房间。我对何烈道："何将军，你确实看护公主有疏忽，便罚半年的俸禄吧。你看这样处罚如何？"

"谢太后。"

"另则，你在宫中有些时日了，如今冀公主摔伤，用不着每日教习了，你可以回府去了。"

何烈看了看躺在榻上的烯儿，两人似乎是对视了一眼。

何烈道："是。"他转身离去，烯儿看着他的背影慢慢消失，看了许久许久。

我俯下身子，亲吻烯儿的额头："你好好养伤。母后会命医官给你寻来最好的药。"她似乎是不自然地抖动了一下，长长的睫毛低垂着："母后……儿臣想……想说……"她吞吞吐吐的。我柔声道："烯儿有什么想跟母后说的，尽管开口，你我母女，无须有顾忌。"她吭哧了一会儿，开口道："您别生二妹的气。二妹年纪小，不是故意的。"

她终究是同成筠河一样心软。不忍殃及无辜。我点头道："嗯，母后不会同孩子认真生气。"她又道："听闻不久前明宇舅父受伤了，母后打算整顿军中……""是谁告诉你这些的？"我轻声问。烯儿慌乱道："听……听宫人们说的……烯儿只是想说，想说，您怎么整顿军中都好，能不能始终保全何烈将军，不要处置他……"

我伸出手，轻抚着烯儿的头发："傻孩子，何将军若不犯错，母后怎会处罚他呢？不光是他，朝中的任何一个大臣，只要不做错事，母后都不会轻易处罚。"

她的脸上似乎仍是有许多担忧。

"烯儿，这段时间，何烈将军教得好吗？你都学会了什么？"

她的眼中有了光亮。刚才的种种迟疑之态一扫而空。"何将军教得好极了。他跟儿臣讲，幼年时，他父亲曾请江湖中的高手教他武功，所以，他的功夫不是中规中矩的刀枪剑戟、斧钺钩叉，而是江湖的路数。他教了儿臣一套掌法，名字听着都甚是清雅。有一招叫作清风迎面，是这样的……"她双手在空中比画着，如同一只雀跃的燕。"还有一招，叫作琼树遗音，母后，光听名字，就十分好，是不是？"

"嗯，十分好。"我看着她。烯儿的这种愉悦，大概我给她什么都无法替代吧。

"何将军的字写得亦是好极了，母后您知道吗？他是行伍之人，写的字却像极了父皇。父皇曾经告诉过儿臣，书法贵在有神，人的心性会融进字里，见字如见人。父皇的字恬淡宁静，何烈亦是这样。"恬淡宁静。这大约只是烯儿的错觉吧。心怀恨意，如何恬淡宁静？

烯儿是我的孩子，我最是了解不过。那会子，她连头也不敢抬，不敢直视我的眼睛。她心虚，她在撒谎。二公主自进宫以来，谨小慎微，一步也不敢行差踏错，对烯儿这个大姐更是恭恭敬敬，恨不得以宫人的姿态敬之。一同用膳，她要等烯儿用完才敢拿箸。一同写字，她站在一旁为烯儿裁纸磨墨。若朱先生提问，烯儿不开口，她绝对不敢先开口。这回，一起荡秋千，她又怎敢出风头呢？

烯儿到底是怎么摔伤的，恐怕只有她和何烈知晓了。烯儿是为何烈受的伤，亦是为何烈撒的谎。只因她的一个执念：他像她的父皇。我心头一阵酸涩。"烯儿，你好好养伤。"我替她掖好被角，便走了出来。

二月仲春，是举行"君王亲耕仪式"的日子。

古语有云：惊蛰一犁土，春分地气通。历代君王都会在此时带领文武群臣在宫外观犁台亲耕。鼓乐赞歌声中，完成了"三推三返"的亲耕礼。教坊司的伶人们则装扮成风、雷、雨、土地诸位神仙，表示天神护佑，风调雨顺。灏儿如今两岁多，我总担心他不肯配合，还特意嘱咐炽儿陪同，打算在灏儿实在无法完成的时候，由炽儿代替。然而事实却出乎我的意料。整个亲耕礼中，灏儿极其稳成。他身着厚重的礼服，却像模像样地右手秉耒，左手执鞭。其间出了点小岔子，鞭子掉落，一旁的炽儿欲捡起，灏儿连忙喝住他："不用！"

他奶声奶气地指着户部尚书："你捡！"户部尚书连忙捡起，恭敬递上。

我心内惊诧不已。他是随便指的人吗？为什么指得这么准确？户部掌管钱粮，古称"治粟内使"，又名"大农令"，是跟春耕挂钩的人。他为何小小年纪有此见识？我猛地想起神医说的那句话"兰兆得水渡苍生"，难道我这个儿子果真不一般吗？

灏儿完成了三推三返，众人齐刷刷跪地，山呼万岁。

晚间，我坐在书房，云归给我递了盏苍梧。明宇走了进来。自何烈出宫后，我便让明宇盯着他。明宇与何烈有同袍之义，从玉门关那时算起，在军中共事多年。虽然他不知我为何让他盯着何烈，但他对我的交代毫不怀疑。

"姐姐，何烈出宫之后，回了府邸，接着去了吴府，探望吴纲老将军，再然后，便回到府中，未曾出来。"我沉吟道："你明日如往常般去找他，佯作不经意向他透露一个消息，说哀家想换敖羽去幽州，打算让他在京中做个侍中郎。"

侍中郎虽十分体面，却是个闲职。等于是将他明升暗降。

何烈一定会对此疑惑不解，产生诸多推测。

第一百二十一章：献媚

明宇禀完事，不吭声，看着我笑。

"你笑什么？"

"姐姐的胭脂……"

我不觉伸手摸了摸脸："云归那丫头，越发是没个体统了。早上她说岁尾番邦进贡的胭脂很好，便挑了一点子，匀了水，给哀家试了试。哀家让她擦掉，她却不肯擦，说是新春了，该有个新样貌。真是不像话。"明宇笑道："云归是想让姐姐鲜妍一些。这样很好。"

"哀家是个寡妇，何谓之寡？色色寡淡。若果真鲜妍，让世人如何评说？"

"世人闲言，是世人之愚。何谓之寡，以臣弟之见，寡言养气，寡事养神，寡思养精，寡念养性。姐姐若是寻常妇人，便罢了。如今家事国事天下事，事事姐姐操劳，寡言寡事寡思寡念，一样也求不得，何必定要姐姐做个寡淡的墓中人？"

我笑了起来："你这猢狲，说起歪理来，一套又一套。"他从怀中掏出一面小镜子："白日里路过朱颜坊，见这面镜子别致，跟姐姐平素常戴的耳环甚是相衬，便给姐姐带了来。"

那镜子上有几颗蓝宝石做成的星星，闪着幽暗的光泽。我愣了一下，朱颜坊的镜子。从前，成筠河到乾坤殿来找我，便是给我带了把朱颜坊的镜子。那是很多年前的事了。

那时，成筠河尚是一身白衣、温文尔雅的六殿下，他在阳光明媚的春日对我说："生在天家，得一世富贵，已然很好，不可贪求太多。"

后来的后来，发生了那么多的事，都是最初的我们想不到的吧。所幸的是，在弥留之际，他是信我的，把河山，把皇位交给了我和我的孩子。他了无牵挂地走了。在另一个世界里，一定没有他不喜欢的阴暗和权谋了。在另一个世界里他终于不必困囿在龙椅之上，一次次被迫见识人性的丑陋，一生不得展眉。

思及此处，我有些伤感。窗外的晚风静默地吹着。明宇看了看我的神色，拱手向我告退，我点了点头。谁知，他还未走到门口，便听见灏儿的声音。

"母后——"

明宇看见他，行了个君臣礼。灏儿充满敌意地看着他，开口并不叫"舅父"，而是冷冷地说道："陆将军来这里做什么？"我起身，皱眉："灏儿，舅父是朝中之臣，为皇家办差，自然可出入尚书房向母后奏事，怎可如此跟舅父讲话？"

明宇暗暗朝我摆摆手，示意我不要跟孩子较真儿，兀自退下了。屋内只余我和灏儿。

"灏儿，你怎么一个人来找母后了，嬷嬷呢？跟着你的下人们怎么都不见？"

灏儿扬头："她们都以为孤睡着了。孤是偷偷跑过来的。"我抱起他："你想跟母后说什么？"

"母后，孤不想让你欺负二姐。"

这孩子，跟二公主一向投缘，走得最近。平日里，也是二公主陪伴他最多。我将灏儿抱在怀里："母后都知道。母后不会欺负二公主的。等灏儿长大了，就明白了。"

他若有所思地看着我，看着我脸上的胭脂，看着桌上的镜子。

"还有，母后，孤不喜欢你与舅父太近。"

我一时语塞，竟不知如何回答。半晌，我问道："为什么？""嗯……"他思索着："反正就是不喜欢。灏儿的直觉是这样。""灏儿，舅父为江山立下汗马功劳……"我轻声说着，试图让他明白什么，他却用手捂住耳朵："不听不听，孤不要听。舅父是朝中臣子，食朝廷俸禄，本就应该为国尽忠，立下功劳又如何？母后莫与他太近就是了。"

我点头，抱着他一步步走回乾坤殿。

我的两个孩子，烯儿过于软弱单纯，灏儿却又过于强势霸道。难道果真应了那句"儿女是债，无债不来"吗？

我安抚灏儿睡下后，照旧握了本书，半倚在榻上夜读。云归剪了灯芯，烛影落在我手中的文字上，摇摇晃晃，斑驳如梦。

我突然眼睛发涩，便眯上眼，口中叹道："朱颜犹在岁月改，宫苑深深锁芳华。何时乘风离去也，闲坐院中扫落花。"如雪笑道："太后才舍不得去扫落花，太后牵挂的人、牵挂的事太多了。"

我笑笑，将书卷递与站在我身旁的如雪："哀家眼涩，如雪，你念给哀家听。"她接过，念了几段。听着听着，慢慢地，困意袭了上来。不知是眯了多久，沈昼的脚步声让我醒来。

"沈卿，漏夜前来，发生了何事？"

"今日，何烈府中进入几名大漠使者，微臣于房顶听得他们秘密相商，明日在朝堂之上，那几名使者要告陆将军通敌叛国，首鼠两端。"

"什么？"我站起身来。通敌叛国四字何其重。

"这么大的罪名他们怎么敢胡说？可有什么证据？"

沈昼面色凝重道："他们手上有一封陆将军写过的降书，据大漠使者说，陆将军降而又叛，出尔反尔。"

"所谓事贵应机，兵不厌诈。陆将军权宜之下，诓骗敌军，亦属正常。凭什么就说是通敌叛国？"

沈昼道："关键，是降书上的内容。"

"什么内容？"

"当初陆将军被俘到敌营数日，假意投降归顺，获取大漠王的信任，后来，说要替大漠到圣朝的军营中做密探，写下保证书，大漠王才准其离开的。当然，陆将军那封保证书是假的，可如今拿出来，真真假假，谁说得清呢？大漠王一口咬定陆将军首鼠两端，曾背叛过圣朝，亦背叛过大漠，将陆将军说成三姓家奴，十分不堪。"

听到有人如此污蔑明宇，我心头起了怒火。

"玉门关之战，圣朝赢了大漠，是事实。陆将军对朝廷的忠心，还需要怀疑吗？"

沈昼道："陆将军少年得志，身居高位，在朝中颇受瞩目，亦颇受嫉恨。太后自然是相信陆将军的，怕的是有人借此发挥，大做文章。"

臣子，以忠心为第一要义。失去了这一点，再优秀都是枉然。偏偏忠心是掺不得杂的。哪怕是曾经起过背叛的心，明宇所有的战功便都黯淡了。

这当真是一件大事。我正思索着，沈昼接着说："还有一件事，需禀明太后。关于何烈。微臣一直不明白他明明受太后重用，却为何要与太后作对。"

这也是我没想透的。我猜测他有恨意，却不知他的恨意从何而来。

"直到微臣查到，何烈的父亲何卫将军之死，与陆将军有关。大漠王当初为何会相信陆将军的降意？大漠王并不似三岁顽童般好蒙骗，他的相信是有原因的。"

沈昼的话让我猛地一凛。

"何卫将军不是死于两军阵前吗？"

"当初陆将军被俘时，大漠王问他一些军中机密。陆将军敷衍大漠王，随口向他说了个圣朝军队突袭的时间。谁知，竟真的相差无几！大漠的军队赢了一役。此后，陆将军便获得了大漠王的信任。后来，何烈辗转从大漠使者处听说了这个消息，悲愤不已，怀恨在心。他坚信他的父亲是被陆将军害死的，一切都是因为陆将军向大漠王献媚。而当时，他的实力远远不足以跟陆将军抗衡，便默默忍了下来。"

原来如此。心怀恨意的人是最好撺掇的。明宇还朝之后，深受我的喜爱和重用，想必何烈心中更难受了。他认定明宇的荣华富贵是踩着他父亲的鲜血获得的。

"陆将军向大漠王说的那个消息，到底是有意泄露，还是无意撞上？"

"臣猜测是误打误撞，何卫将军制订这个作战计划的时候，陆将军已经被敌军捉走了，所以，陆将军是不知情的。但大漠王却一口咬定陆将军是知情的，是从前陆将军作为副将，跟何卫将军秘密商议好的。何烈信了。"

世间竟有如此巧合稀奇之事。我担心明宇，该如何过这一关呢？

第一百二十二章：降书

我在屋中来回踱步。烛台上，燃烧着的火焰一点点地吞噬着蜡烛。我突然有了一个大胆的想法。这件事一定不能闹上朝堂。但大漠已降，圣朝决不能杀大漠的使者们。圣朝乃上邦，焉能欺人？不如……

"那个赝品现在如何了？"

"关在玄离阁的密室里，开始拗得很，饿了几日，又受了几日刑，老实多了。"

"沈卿，今晚，你找几个人去刺杀大漠使者，记得，杀完之后，把假水月和宫中那几名奸细的尸体留在现场，造成他们殴打厮杀，同归于尽的假象……"我吩咐着。沈昼恍然道："太后此计甚高，一箭四雕啊！"我道："哀家迟迟没有杀那几个人，就是留着有用的，哪知这么快就派上了用场。"

这样一来，便是西境人杀了大漠使者，与圣朝无关。

一来，阻止了大漠使者上朝，明宇暂时便安全了；二来，西境的那几个探子顺理成章地除去了，不必给任何交代；三来，转移西境王的视线，动摇他跟常三以及吴家的利益联盟；四来，西境与大漠这两个番邦皆是好战民族，暗中不睦多年，此事一出，必引起双方不满，他们怎么闹，是他们的事，越闹越损耗，圣朝坐收渔翁之利。

"沈卿，记得将使者手中的证据，所谓陆将军写的那封降书搜出来，交给哀家。"

"是。臣即刻就去办。"沈昼说完，欲走。一旁的如雪喊住他："沈大哥——"沈昼转头。如雪说："你注意安全。"沈昼低声说了句"知道了"，便匆匆离去。

不过是寥寥三个字，如雪却低头，红了脸。

半年前，如雪唤他，他一声不吭便离去，惜字如金。现在，他肯看着她，说句"知道了"。这已足以让如雪欢喜。

云归打了水来，伺候我梳洗。吹灭了灯，躺在榻上。

我命云归开了窗，今晚月亮皎洁，洒进一室的好月色。

春来清夜半，灭烛卧兰房。只恐多情月，旋来照我床。如雪持剑在我身旁。我知道，她没有睡着。

我轻声说道："如雪，今晚月色好，你陪哀家说说话吧。"

"太后想听什么？"

"你跟哀家说说宫外的生活。"

"如雪的生活，平平淡淡，无甚特别。世家小姐，从小便被教导着贤良淑德。所幸爹爹开明，许如雪习武。自小时，最快乐的事情，便是在府中看到沈大哥。"她低头浅笑："他的黑袍子，他的金刀，威风凛凛。那时候，他深得太宗皇帝信任，年纪轻轻，便官高位显，是朝中人人都想巴结的红人。他跟哥哥交情好，来府中找哥哥。我偷偷躲在梨花树后面，看他们在敝府的亭子中饮酒。哥哥很快就会喝醉，但沈大哥从来没有喝醉过，无论何时，他都那么清醒自持。大户人家的男子赠妾买姬皆是常事，可沈大哥自发妻去世后，始终孑然一身。再美貌的女子，他都不看一眼。"

我笑道："沈卿确实是个正直的人，不恋风尘，不贪女色。你二人皆是哀家身边得力的良臣。若能促成你们这桩姻缘，哀家于心甚慰。"如雪突然说："太后，你呢？"

我一愣。

"太后有没有想过，另一种生活？就如您今日作的那首诗里描述的那样，乘风离去，闲扫落花。"

"圣上年幼，冀公主尚在总角之年，旧人贼心不死，朝中有奸佞未除，哀家有许许多多放心不下的事。"

"等圣上和冀公主都大了呢？"

我躺在榻上，闻着窗外隐隐的春兰花香。

"哀家没有想过这个问题。一路走来，风波未停，哀家无暇想这些遥远的事。"

"太后，您真的愿意一辈子都待在宫中吗？您来自民间，有没有想过，从何处来，归何处去？"

我一时不知说什么，眼前浮动的却是昔日太皇太后高红袖的样子。她麾垣年间入宫，奋斗了一生，从宫人，到妃嫔，到太后，再到太皇太后，凤仪多年，坐在权势的顶峰，一生热闹非常，算计三朝，却在长乐元年的八月十五，悄声无息地崩逝于萱瑞殿。一切归于寂静。

如雪那句"从何处来，到何处去"在我心里头转了一个又一个圈。

如雪见我久久不开口，忙道："太后，如雪是不是言语唐突了您……"我笑笑："无碍，哀家只是在想事情。"

二月尾了，三月临近，晚风越发绵软，悠悠地从窗口吹进来。我想起明宇。记得他说过，想回禹杭瞧瞧。等彻底处理完手边这一摊子事，巡幸江南未尝不可。算来，我十多年未踏故土了。

翌日上朝的时候，大漠使者遇刺的事情已经传开了，"凶手"自然是西境刺客。个个身上都有西境的部落标识，有一人怀中更是揣着西境的令牌。朝中大臣纷纷议论。

"此事一出，漠北必定大怒，西境王无从抵赖，可笑他上回还因边界之事对圣朝生出小心思，这回怕是难保其身了。"

"我朝宜对此事保持中立态度，不偏不倚，方为上策。"

"天朝上邦，自该有天朝上邦的气度，此事漠北吃了亏，且是在上京出的事，太后宜略加安抚，以示公正。"

"西境王如此嚣张生事，若漠北前来借兵，不若助其灭之。"

这时，我看了一眼坐在我身旁的灏儿，他正在专心致志地看钵中的两只大蚁打架。

"灏儿，大蚁好玩吗？"

"好玩。申公公捉来的，可好玩儿了。"

"它们在打架，是吗？"

"是。"

"你会不会帮助其中一只呢？"

"当然不会。弄死一只有什么意思，看它们打下去，才有趣味。"

我笑着看向群臣："卿等听见了吗？连不足三岁的圣上都明白这个道理，卿等饱读诗书，如何不明？哀家不希望任何一个番邦独大，而是希望它们彼此损耗，对圣朝才最有利，才能长长远远地减少圣朝的兵戈之事。"

众臣跪在地上，高呼："太后英明。"英明不英明，并不重要。我只知，守一国，与守一家大同小异，我只愿自己做个精明的主妇。护好河山，护好子民。

沈昼把明宇写的那封降书交给了我。我问道："以秦家为首的那帮支持常三的老臣势力，你都清查出来了吗？"

"那些人皆藏得很深，需要一个个地引蛇出洞，目前，找出了一部分，不知是否有遗漏。"

"吴纲怎么样了？"

"昨夜亥时，死在府中了。"

我点点头："也该到死的时候了。西境的探子死了，吴纲死了，是时候对常三下手了。他不是喜欢来暗的吗？咱们这回，也来暗的。哀家敬他是太祖血脉，先帝至亲，本没想杀他，留他一命，奈何他偏偏不珍惜。难道他以为只有他会从最亲近的人身上找突破口吗？"

说到此处，我冷笑一声："哀家也会。"沈昼道："太后指的是？"我笑："用不了两日，沈卿便明白了。"

"何烈和峪太妃那边，您打算？"

这两个人，不能轻易下手。倒不是他们本身有多重要。而是顾及烯儿和炽儿这两个孩子。如何解决，才能妥当呢？需再思量思量。

傍晚，明宇进宫，我将降书交给他。他看了看，面色凝重道："姐姐，死生之际，臣弟确不曾负过何卫将军。他是臣弟敬佩的主将，待臣弟如父如师。"

"明宇，姐姐相信你，无论什么时候，姐姐都相信你。"

他伏下身来，有些哀伤："臣弟万万没想到，何烈会这样想。"

"有心之人挑唆罢了，何烈终有一天，会想明白的。"我知道，明宇是个极其看重"袍泽之谊"的人。"在漠北，臣弟还有一个麻烦……也不知……"他皱着眉头，欲言又止。"什么麻烦？"他想了想，又将到了嘴边的话咽了下去。他握住我的手："姐姐，请您不论什么时候，都要相信明宇。"

"好。"我看着他诚挚的双眼，轻轻地点头。"你不想说的话，姐姐不会勉强。等你什么时候想说了，再告诉姐姐。"

第一百二十三章：哀求

大漠使者死后，何烈嗅出了空气中不寻常的味道。他是幽州防御史，本在年节里回京一月就该返营，可如今已经快到三月了，朝廷迟迟不发文牒。他以为自己万事做得极隐蔽，殊不知他所做的一切，我已尽知。

一日早朝散时，我叫住他："何将军留步——"他停住脚步，拱手道："太后唤微臣何事？"我淡淡笑笑："方才，怎么没听见你开口议事啊？"他低头："微臣尚年轻，无甚高明政见，宜少开口，多多听听前辈们的高论即可。"我颔首："何将军谦虚了。"

他拱手，不作声。

"何将军，你不想知道冀公主现在伤势如何了吗？"

他怔住，脸上涌出几许愧色。我看着他："冀公主很是惦记你。今日，你便随哀家去乾坤殿看看她吧。"何烈点头："是。"

烯儿养伤的这段时间，一直闷闷不乐，连生辰都过得了无生趣。一日三餐，她膳食用得很少，话亦很少，只是让宫人把纸笔拿到榻边写写画画。她倚在榻上，受伤的那条腿缠着绷带，我远远地看着她，像只受伤的鸟。

好几次，我问她："烯儿，你在想什么？"她都摇摇头，不开口。

她看见何烈走进去，眼里有了生气，嘴角绽开笑容："将军！"何烈走到榻边，恭恭敬敬地行了个礼："冀公主安好。"烯儿道："将军，我很好。你瞧，这是我新画的竹。"她伸手，将手中的一幅画递给何烈。

何烈接过，端详一会儿，道："冀公主画的竹清雅有风骨。"恰医官过来换药，烯儿闭上眼，十分乖巧。烯儿平素最怕换药，每次医官来换药，必得闹一阵子。嬷嬷千哄万哄才罢。

沉吟半晌，我开口道："何将军，哀家有个提议，不知何将军意下如何？"何烈忙道："不敢，太后只管吩咐。"

"不如，何将军就留在宫中，做敖统领的副手，可日日教习冀公主。至于幽州那边，哀家另派合适的人前去。"

他有所迟疑。前几日他从明宇的口中，听说我要给他一个侍中郎的闲职，如今又听说要做副统领，云里雾里，不知如何应答。

他更没想到，我会让他"日日教习冀公主"。他费了那么大的心思，离了皇宫，却又兜兜转转地回来了。我道："怎么？多少戍边的将领都想归京任职，何将军不满意哀家这个安排吗？"他虽是何卫将军的儿子，但武将职位并不世袭，从前他自身没有军功，在京无法服众。幽州一役，他为朝廷立下功劳，封个御林军副统领，不高不低，挑不出毛病来。

何烈回过神来，忙跪在地上："微臣叩谢太后。"榻上的烯儿拉过我的手，贴在脸上："谢母后。"她极少待我如此亲昵。我看着烯儿，又看了看何烈，心头越发纠结。

走出门，见二公主拿着陶钵，站在院落的一棵杏花树下。这个节气里，杏花打了苞，但尚未绽放。这孩子，自上次烯儿摔伤，我惩罚了她，这大半月来，未曾跟她说话。

我走过去，她忙向我行了个礼："母后。""二公主在做什么？"我问道。她回道："收些花骨朵上的露珠，给圣上煮汤喝。""这些事，让官人们去做便好，你不必亲自做。还有，你年纪小，抱着钵子，当心摔着。"我的语气很温和。

她似乎颇感意外，低头小声道："谢母后关怀，儿臣……儿臣习惯了。官人们做，怕她们不尽心，露珠里挽了脏东西，对圣上不好。"

杏花的花苞散发的味道轻轻柔柔，如纱一般，在脸上拂过来，拂过去。那些小花苞就像一团团小小的、白色的云，挂在枝头。浅春催花蕊，却道东风滋味。

"二公主对圣上十分尽心，理当嘉奖。"我说道。她摇了摇头："圣上是儿臣之幼弟，血脉至亲，原该疼爱，何谈嘉奖？"往日，看她那张圆圆的酷似常攸宁的脸，我总会想起从前的事。想起因为常攸宁使计害我而落水死去的南飞，想起菜头看着我那双冰冷带着怨憎的眼睛，想起常攸宁故作清纯地想要弄死我的虚伪狡诈。诸般种种，总是无法对二公主亲密。

然，眼前这孩子，却是一个懂事的孩子。难道母债女偿，成炘的出现，注定是为常攸宁还债的吗？我心头终是不忍。我命身后的云归抱过她手中的钵子，然后，伸出手来，握着她的小手。"前些日子，哀家虽处罚了你，但事出有因，希望二公主不要恨哀家。哀家有些苦衷，说不得。烯儿心思简单，被惯坏了，不如你懂事，你多担待。"

她的手冰冰凉凉的。我说完，她低下头，眼泪大颗大颗地掉落在地上。

"谢母后，有母后这番话便够了。"过了会子，她跟我说："母后，儿臣亲眼看见何烈将军把大姐推下秋千架的，可大姐那般护着何烈将军，不容儿臣开口……"

我皱着眉。何烈可当真下得去手。他是如何蛊惑烯儿帮他做戏的？偏偏烯儿却又如此信赖他。我可怜的女儿，跟她的父皇一般，单纯至极。他说什么，她便信什么、做什么。这样日后必是一个大大的隐患啊。该如何让烯儿失去对何烈的信任呢？

我又怕她跟成筠河那般心性，待到被迫看到真相之后，不愿面对，大受打击，心灰意冷。那她这漫漫一生，该如何是好呢？

我叹了口气。这当真是个难题。二公主说道："母后勿忧，大姐会想明白的。"她竟然猜到了我在愁什么。好一个玲珑的小人儿。若烯儿如她这般明白就好了。可惜，人的心性，生而注定了。

这时，小申过来唤我："太后，峪王殿下在尚书房等您。"

"让他来乾坤殿吧。正好儿快到午膳的时辰了，过来一起。"

"峪王殿下说，有些话不便在乾坤殿说，他在尚书房等您。您什么时候忙完了，什么时候过去。他等您。"

"什么要紧的话？"

"奴才不知。"

和二公主、灏儿一道用过午膳，我命云归装了一碗鸡汤在食盒中，带到尚书房。

炽儿似乎是又长高了。十来岁的少年，站在我面前，比我还高了一截。他今儿穿的是一身白色。他的脸同他的父亲一样，有些方，轮廓凌厉，不似那类柔和的面相。是而，他穿白色，并不似杏花般温柔，却似一只雪鹰。

我命云归将鸡汤端出来给他，他并不接，只急急道："母后，儿有话要说。"我坐在椅子上，不紧不慢地说："天大的事，喝完汤再说。"他只得端起碗，大口大口地喝完。"母后，您都知道了是吗？"

"知道什么？"

云归递上帕子，他擦了擦嘴。"舅公死了，儿有感觉，您一定是知道了什么。儿求您，放过母亲。她不过是个怀念亡夫的痴人，半点政治头脑也无。母后，她是无知的，她是被怂恿的，儿求您高抬贵手。"说着，他跪在地上。我缓缓说道："炽儿，你可知紫金光禄大夫杨小姐的乳娘是怎么回事？你可知那晚的杀手是怎么回事？若不是哀家顾念着你，岂会留她至今？"

他面色灰白，不断叩头道："儿劝过母亲多回，她回回答应得好好的，可到底还是做了，求母后，求母后原谅。儿愿带母亲找一荒僻处就藩，求母后成全。"

"等两天，哀家会去找你母亲。炽儿，这件事你莫再挂心，哀家心中有成算。"

炽儿看着我，眼中满满都是哀求。

我在等，我在等西王府的人递来消息。一年前，常三身边近身伺候的仆役，换上了我的人。我在等常三如我预料的那般死去。

谁知，却事发有变。从始至终，他都是一个难对付的敌手。

第一百二十四章：本能

常三身边的贴身仆役金松死了。是在集市上被疯狗咬死的。众目睽睽之下的意外。沈昼向我回禀这个消息的时候，我手中的茶盏微微晃了一下。

"常三还是那么疯疯癫癫的吗？"

"是。依旧是那样。"

"那个老内侍呢？"

"也依旧如常。"

平西王府看着松松垮垮，实则却如铁桶一般。

金松死了。说明一点：他们防备做得很到位，已经识破了金松的身份，蜻蜓点水地回击，不着痕迹。想要暗杀他，没那么容易。

"沈卿，依你之见，平西王府暗中有多少防卫力量？"

沈昼皱了皱眉，拱手道："微臣看不出。越是平静的水面下，越不知水底下藏了什么。"

"暗杀没有成算。若是明杀，他现今是个疯子，能捏到他什么错处？没有名目地赐死他，必会惹人诟病。到最后，反倒成了哀家的不是。"

我扶着额头："悔不该当初被他装疯蒙蔽。"沈昼道："太后勿要忧心。臣倒是想到了一个办法，只是少不得，要委屈太后了。"

我看着他。

"太后您主政多年，在朝堂上颇有威信，只要您在，常三这条老狐狸必不会轻举妄动，而是不断地使暗招。如此一来，防不胜防。可您要是出了事……"沈昼说到这里，顿了顿。站在我身旁的如雪道："沈大哥，您的意思是……"沈昼点了点头。

"昔日，先帝驾崩，常三便勾结李义天逼宫。阴谋未遂，便佯疯脱险。如今，若太后出了事，朝堂起了乱子，圣上年幼压不住场面，他焉能忍得住？到那时，太后便出其不意，一网打尽。"

我点头道："先帝驾崩之时，因废太子之事非常突然，恐惹无谓的非议，且遵先帝旨意，顾及皇家颜面，许多事，哀家便没有公开。而此时不同了，哀家没了那些顾忌，若他再有动作，必昭告天下，公开诛杀。只是……"如雪问道："只是什么？"

我啜了一口杯中茶："只是恐怕常三狡猾，没那么容易上当，他从前跟哀家交过手，多多少少了解哀家，一般的骗局骗不了他。若鱼不上钩，鱼饵倒是作废了，反倒让鱼更机警了。"

沈昼沉吟道："若要走这一步，得小心筹划，做到逼真。有个人能帮得上忙……""峪太妃胡氏。"我放下茶盏，口中缓缓说到这几个字。

沈昼点点头："峪太妃和吴家若肯配合，从长计议，不愁此事不成。否则，回回过招，却不能连根拔除，横竖是个隐患。还有一点，太后若出了事，便可看看朝堂上一些大臣的反应，平日里口中的忠心算不得什么，关键时刻的忠心，才是忠心。若在太后出事时临阵倒戈，此等宵小不配立于朝堂，不配为朝廷效力。"

如雪道："沈大哥说得极是，满朝臣子，身沐皇恩，山呼万岁，可谁又知道他们心里头想的是什么？家不可容二心之仆，国不可容二心之臣。"

我起身："哀家是时候好好跟这个妯娌谈谈了。"

已经步入三月了。

走出乾坤殿的院子，一路穿过御花园，满园热闹。刚下过一场春雨，杏花已经开了，不再是花苞的模样，而是开得舒展。风略一吹过，便带来一阵花雨，好似惊醒一场沉睡的梦。那些落下的花瓣，在天青色的迷雾下，沧桑在孤独中沉默，在明媚中落殇。

瑶池殿门口的小竹林青翠欲滴。我抚摸着那些竹，转头跟如雪和云归说："你们在这儿等着哀家，不用进去了。"如雪道："微臣跟着太后吧，万一您……"我摇头笑笑："放心。"

我只身走进瑶池殿。门前翠竹几竿，三月春风满院。峪王妃一个人坐在院落中下棋。自己与自己下。那棋盘是从前成筠江留下的。这场景何其熟悉啊。易醉扶头酒，难逢敌手棋，那个自负的男子，自认无人可与自己对弈，便自己与自己对弈，并乐在其中。一张小小的棋盘，多少风云变幻。

我的脚步声越来越近，她没有抬头，好似预料到我会来一样，只低低笑道："你来了。"我在她对面的凳子上坐了下来："你知道哀家会来？"她答非所问道："陆芯儿，我与你同在这宫中，十多年了。日子过得真快啊。"她自嘲地笑笑："想起从胡家嫁进宫中的那般忐忑、喜悦、小心翼翼，生怕踏错一步被人耻笑，手上没戴像样的陪嫁，向骆皇后行礼的时候，都瑟瑟缩缩。这些情景仿佛就在昨日。"

"吕樱生事之前，你曾告诉哀家，二爷心思缜密，智勇有谋，最终却不过是潦草结局，你情愿他从未争过。那时，哀家敬你是个清醒的人，可你现在竟走了跟二爷一样的路。"

我伸手，抓过棋盘上的黑子，走了一步。她抓起一颗白子，置于颔下，思索片刻，好一会子才落子。她也走了一步。

"我说的话都是真心的。我的确情愿二爷从未争过。我只想好好地与他过安宁的日子。在瑶池殿这一方院落里，下棋喝茶，孩童绕膝。可是他死了，我什么都没了。这一切是谁造成的？是你。我能不恨吗？炽儿在襁褓中，我便守了寡，你知道我在瑶池殿带着炽儿这些年是怎么过来的吗？你还记得我的婆母吴贵妃吗？二爷死后，她也吞金自尽了。自我过门后，她待我极好，从不因我是小门小户出身而嫌弃。可是，她却死了……"

我又走了一步棋。她吃我一子。棋盘上，黑子开始呈弱势。我开口道："任何人都需为自己的行为负责。成筠江不是死于哀家之手，是死于他的野心。吴贵妃之死，更是与哀家无干，她是死于自己的心灰意冷。"

"我恨你，我无数次地恨你。如果不是因为炽儿，我怕连累他，我才不屑跟常三联手，出暗招。我早就找机会杀了你。"

"是吗？亏你还记得你儿子。炽儿有你们这一对父母，是他最大的不幸。"我抓起黑子，走了一步。

黑子呈反超趋势，一步步困住了白子。

胡氏手中捏着一颗白子，看着棋盘，皱眉沉思。我看着她，她的确是个美貌的妇人。就连皱眉，亦有西子捧心之意。皱得那般生动。虽然骆皇后当初是为了打压成筠江，才给他挑了这么一个正妃。但她的样貌，万里挑一。当年，蛰伏中的成筠江，想必也有在这美貌中动容的时刻吧。他一定是给过她几许温柔。是而，她终生难以忘怀。

"炽儿尚在襁褓中，成筠江就屡屡用他做武器来争斗，他刚刚出生不久，就吃下乳娘有毒的乳液，后来，竟不惜让他染上天花。可谓是七灾八难。自先帝登基，哀家便劝他认炽儿做义子，给你们娘俩优渥的生活。十多年了，炽儿长到现在，哀家对你们如何，你不明白，炽儿却明白得很。他本该有美好的前程，可你却走了这么一步。你知道他是怎么求哀家的吗？他自愿去荒僻处就藩，这跟流放何异？他这辈子，难道就要毁在你手上吗？"

胡氏听着听着，眼角湿润。

"你的儿子能为你考虑，为何你不能为他考虑。方才，你还说及孩童绕膝之乐，可为人父母，不只是乐趣，还有深深的责任。你配得起炽儿叫的一声母亲吗？"

她手中的白棋落了子，我一招致命，她满盘皆输。

"我真的不想连累他。本以为这事十分隐蔽，不知不觉，可谁知……"她叹口气，看着我：“陆芯儿，你处死我吧，莫连累我儿子。他是个孩子，亦是真心敬你。是我放不下，与他无干。”

我扔下棋子。“哀家从未想过处置炽儿。至于你——”我站起身来，俯视着她："是生是死，你自己选。或许，你心如槁木，早已无谓生死。那便看你，能不能为你的孩子选择一次。”

“怎么选？”

“事到如今，你觉得你能杀死哀家吗？既然做不到，不如配合。若你听话，哀家保成炽一生荣华，绝不会有流放一事。”

我赌她身为一个母亲的本能。

第一百二十五章：冒险

空气凝固了好一阵子。胡氏呆呆地看着棋盘。那些黑与白。良久，她一颗颗地将那些棋子收到一个黑钵子里，抬起头："你要我怎么做？"

我缓缓地说完，她低下头，似在犹豫挣扎着什么。"你可以不做。"我转身，往门口走去。

恰炽儿从外头走进来。他左手上捧着一束杏花，右手端着一碟豆沙饼。我记得峪王妃是最喜豆沙饼的滋味的。炽儿步子走得急，走到门口，便喊道："母亲——"

我听到胡氏的声音在身后响起："陆芯儿，慢着，我答应你。"炽儿听到了，忙问："答应什么？母后，母亲答应您什么了？"胡氏柔和地笑笑："炽儿，母亲答应了太后，过些时日，许你去京郊开府立院，母亲跟你一起去。咱们离了这瑶池殿，离了这宫廷。""真的吗？"炽儿脸上涌出欢喜之色。胡氏点了点头。他复又看向我，想从我脸上得到某种求证。"母后，是真的吗？"

我看了看他，浅浅笑笑，伸手触碰了一下他捧着的杏花："是。""挺好的，挺好的……"他反复喃喃着。他将豆沙饼的碟子放置在空了的棋盘上，似乎是松了口气。

胡氏指着檐下的一品红："这盆花本是养得好好的，前几日突然就萎了。还是这瑶池殿地气儿福薄，受不得太后的隆恩。"

我笑道："不要紧。花不过是玩意儿，萎了便萎了吧。哀家的心意，峪太妃若知道，便不算辜负了。"

黄昏时分，我召明宇进宫来。这场戏，他若不出现，恐常三有戒心。既然要做，需面面俱到。他穿着一身浓绿色，走入乾坤殿，看起来那么生机勃勃。仿佛从外裹挟进一股苍翠。他一见我，便咧嘴笑："姐姐！"

莫名地，我心情也变得明媚起来。就像被一丛一丛的小火焰点燃。

他从怀里掏出一个纸包："姐姐，你瞧，这是什么？"他将纸包放在桌案上摊开，是白白碎碎的一小撮，有淡淡的豆香。明宇得意地看着我："我去豆腐铺子里偷的。”

这白白的东西，是磨豆腐时表皮起的一层渣子，江南贫苦人喜用来炖汤、拌野菜。生吃到嘴里，满满都是清甜。富人是不屑于吃这个的。街头行乞的那些年，这对我，对于破庙里的小兄弟们来说，就是无上的美味。后来，我曾带明宇去豆腐铺子里偷。他从来没吃过，见我大口大口地嚼，感觉很好奇，他跟着我一起吃，越吃越爱吃，竟比在陆府中吃山珍海味还香。

我好久没吃过这东西了。宫廷中什么都是最好的，越发是没有这种上不得台面的菜了。我能寻到世上最好的奇珍，却难寻一口贫贱之时的粗饭。“快尝尝。”明宇眼神里满是雀跃的期待。我吃了一口，在嘴中慢慢地嚼着，唇齿之间一股熟悉的味道袭上来。“好吃。”我说。他听了这两个字，分外开心。“只是——”我话锋一转。我瞧着他，伸手戳了一下他的脑门儿：“只是，你是朝廷的定国公，威风凛凛的上将军，怎生跑去豆腐摊偷豆渣了？羞不羞啊？”他理直气壮地说：“我留了银子的！”

我忍不住笑了：“那为什么不直接去买？”“我……我就想体会一下从前的乐趣。”他挠挠头：“姐姐若喜欢吃，我以后常常去偷。”

“不许去了，若被朝中迂腐的言官们瞧见，又该参你一本，说你有失体统了。”

“……是。那便听姐姐的吧。”

我正色道：“明宇，今日叫你来，是有件大事要跟你说。”他敛了玩笑之色，听我说完。“姐姐请慎重，怎可拿自身冒险！大不了拼个鱼死网破也罢！算不得什么！姐姐的安危为上！”他语气中满是担忧。

我柔声道：“明宇，你别急，姐姐已经每一步都想好了，没有危险的。你想想，现时，圣上年幼，朝中一摊子的事，姐姐怎敢拿自身犯险？不过是往水中撒些许鱼饵，引鱼上钩。”“可姐姐拿自身做饵……”他仍是迟疑。在他眼中，没有什么是比我的安全更重要的事。

我起身，示意他跟着我到内室。搬开榻边的烛台，突然墙壁开了一道门。这道门很窄，长宽皆不足三尺，人需要猫着腰才能进入。我先进去，他随后进来。里头别有洞天。一间小小的房间，有一张床，一方小小的桌子，桌子上还摆着几本老庄。明宇目瞪口呆：“竟不知乾坤殿还有这样的角落。”

“别说你不知，姐姐也是前不久才偶然发现的。依桌上的书卷来看，这个密室应是太祖爷时期修建的。太宗皇帝最不爱看老庄，总说是歪理邪说。约莫，他也不知道这个地方。”

太祖爷晚年，宫廷多风浪，他修建这么一间密室并不奇怪。

“明日晌午，峪太妃会差人送一碗汤来乾坤殿，然后姐姐佯作喝下这碗汤，云归和如雪会惊慌失措地大叫，随之，沈昼会出现，以沈昼素日的冷静，必会下令封锁乾坤殿。所有的官人内侍，不许随意走动。接着，你就该出现了，你素来维护我，此时若不出现，不合理。你要表现得非常愤怒，拔剑去瑶池殿，要杀了峪太妃。剑出鞘之际，敖羽会冲上来拦住你，劝你要理智。"

我看着明宇，继续说："你绑了峪太妃到乾坤殿来。峪太妃会咬紧牙关，死不承认，只推脱是御膳房的人出了问题。翌日早朝，如雪带着圣上去金銮殿，姐姐不在，文武群臣必会惊诧，如雪会推说太后病了。有言官问是什么病，如雪会故作支支吾吾。越是如此遮遮掩掩，越会引起众人的好奇。连续三日，朝堂之上必乱。"

明宇点头道："这时，一定有人开始站队。居心不良者，看着龙椅上年幼的圣上，必生出叵测的心思来。"

"那几日，姐姐便在这密室躲起来。"

"那躺在床榻上的人是？"明宇皱眉。

我笑："这也是问题的关键。床榻上躺的，是服了鸩毒的女死囚，沈卿找人为其易容成哀家的样子。虽然，易容得并不完全像，但脸上有血污，且中毒之人面皮紫涨，有个五六分像便是十分像了。"

明宇恍然道："死尸躺在床榻上，会散发出异味，慢慢地，尸臭味越来越浓，肯定有嘴松的官人或内侍，将此事传出去！朝中的人便都会知道了！"

"嗯。云归和如雪会趴在死尸身上，哀伤哭泣。沈卿守在乾坤殿寸步不离。这一切的迹象，都表明，乾坤殿出了天大的事。"我看着明宇道："姐姐不放心的，就是几个孩子。明宇，混乱中，恐有人对孩子下手，你一定，一定要护着孩子们周全。圣上，烯儿、炽儿……还有，二公主。"这样的时刻，我眼前晃过那个可怜的小小身影。万不能让她受宫廷血雨腥风的侵害。

明宇跪在地上："绝不负姐姐重托。只要臣弟有一口气在，姐姐的孩儿必周全无虞。"他的语气坚定而温暖。关键时刻，有明宇在，到底是不一样，心里有了倚仗，少了后顾之忧。

我扶起他，轻声道："你我之间，不用跪来跪去。"

"姐姐这几日在密室一定要注意安全。"

我笑着指着桌案上那几本书："纷杂人间是非，费尽思量。有了书卷，日子便好打发。"

第一百二十六章：开幕

明宇走了之后，我坐在桌案前。云归递给我一盏布麻。

三月天气好极了。风里掺着蜜味儿的甜柔。夕阳从窗户洒进来，洒到笔墨和案牍上。

我看着云归："明日宫中会很乱，你是哀家身边的人，乾坤殿的掌事，必会有很多人向你打探消息，你要记得，说话半真半假，拿好分寸，既要表现出害怕别人知道，又要假装不经意泄露出一些消息，惹人猜疑。用不了多久，哀家中毒的消息就会传出去。孩子们看到乾坤殿出了异样，会惶恐不安。云归，你要安抚好他们。陆将军会配合你，将孩子们照顾得稳妥。"

云归点点头："太后，您放心。奴婢在您身边，历经了这么多的事，就算学得您一二，也知不会慌乱了。"

我笑笑，伸手摸了摸她的脸。云归在我身边的日子久了，就仿佛如我的妹妹一般。"等这件事过了，哀家好好给你找个人家儿。"

她摇头："不，嫁人有甚趣味，奴婢说了，想一直守在您身边，于愿已足……"说完，她看了看如雪："您惦记如雪就行了。"如雪低下头。我知她的忧虑，此事凶险，届时有人闯入乾坤殿，稍有不慎，便少不得流血。沈昼和敖羽，一个是她的心上人，一个是她的哥哥，都在风口浪尖之上。

当然，还有我，还有她自己。若舟翻，大祸即至。

她想得比云归更深远。她知道若发生不测，意味着什么，朝堂乃至上京，会发生怎样的变动。

"如雪，在乾坤殿一众女眷中，唯有你会功夫，你守好床榻上的死尸，勿让人靠近。"

如雪恭敬道："太后，如雪必寸步不离。"

叮嘱完二人，我看着窗外，乾坤殿进进出出的官人和内侍们。这一切看起来这么平静，却很快又都不平静。我默默地端着茶盏，到天黑，茶凉了，却都忘了喝。

翌日早朝，我如常抱着灏儿去上朝，朝中平静，无甚大事启奏，只有几个老臣提及吴纲死后追封一事，我沉吟片刻，道："吴纲将军身侍三朝，曾征战西境，功在社稷，圣朝不忘功臣，当厚葬之。加封其为西武侯，以皇亲故，特命峪王成炽扶棺。"

亲王扶棺，乃是朝廷对死去功臣的最高礼遇。圣朝自太祖开国以来，享此殊荣者，不过寥寥十数人。炽儿得知这个消息，感激地看着我："谢母后赐舅公如此哀荣，祖母和父王若在天有灵，亦大感可慰。"

我郑重道："原是吴老将军应得的。炽儿，你去吧。""嗯。"他点头带着随从离去。

我看着他消失在视线中。其实，我做这个决定的另一个原因，是想支开他。届时明宇冲进瑶池殿，剑指胡氏，作为儿子，他不护母亲不孝，可偏袒母亲，是对朝廷不忠，日后会成为污点，是他前程上的败笔，我终是不忍让他在不忠不孝的境地中两难。

身处旋涡之中，若横生枝节，该如何是好？这个口口声声唤我"母后"的孩子，我为他做了最周全的思量。

晌午，瑶池殿的官人递来一碗汤。我知道，这场戏已经拉开帷幕了。开弓无有回头箭。我缓缓走入内室。

外间，汤碗坠地，云归哭喊道："太后！"接着，便听见如雪质问那官人的声音："说！峪太妃这碗汤里到底放了什么东西！狗胆包天，竟敢谋害太后！"

内室，烛影摇曳，我翻开老庄，静静读着。

"无为名尸，无为谋府，无为事任，无为知主。体尽无穷，而游无朕。尽其所受乎天而无见得，亦虚而已！至人之用心若镜，不将不逆，应而不藏，故能胜物而不伤。"

急匆匆的脚步声奔来，还有医药箱撞击的声音。约莫是医官署的医官们全部赶来了。张医官凄然泣道："太后！"张医官是事先知道了的。他此时扑到尸体面前，装模作样地检查一番，扑通一声跪地，惊恐而仓皇道："太后！臣来迟，臣罪该万死啊！"

张医官是宫中医术最高的医官，他如此表现，便是无救了。其他医官们便默认无救了，齐刷刷跪在地上，呜咽着："太后……"

"封住乾坤殿，一个人都不许出去！"是沈昼的声音。玄离阁所有的人都来了。包围住了乾坤殿。沈昼走进来，喊道："对不住了，各位医官大人事发突然，以社稷安定为计，今儿一个人也别想出去，统统守在这里。"

众医官一声儿也不言语。大伙儿心里明镜似的，以目前的形势，太后崩逝，朝堂上要变天了。两岁半幼帝如何坐稳朝堂？

依之前我与沈昼的商量，表面上他竭力将乾坤殿围得铁桶一般，却同时故意露出许多马脚。比如，故意放几名宫人出去，报信给人知——乾坤殿出大事了，哭声一片。

他一边维稳，一边筹谋。预计不超过一个时辰，平西王府便会得到消息：胡氏那个傻女人终于出手了，陆芯儿完蛋了。只是，以常灵则的机警，他必不会轻举妄动，而是在暗中观察。

申时，明宇进宫。沈昼拦道："上将军留步！"明宇不理会，执意进去："沈大人因何故拦着不让面见太后？"

"太后抱恙，不便见人。"

明宇怒道："笑话，太后是否抱恙，岂能听你一面之词？昨日见太后，尚谈笑风生，如何说病就病了？"

"臣今日绝不会让人进殿。除非皇室宗亲赶到。"

两人在殿外打起来，数十个回合下来，沈昼佯败，明宇冲进殿来，沈昼叹息一声，手指着殿内："上将军千万要冷静啊！"

二人殿外打斗这一出好戏必然也会传到宫外。沈昼和明宇皆是我的心腹，如果他们很有默契，倒像是事先商量好的。他二人性格截然不同，沈昼沉稳，明宇易冲动，沈昼怕明宇坏了局势，拦着不让进殿，合情合理。如此，方能显出事发突然。另则，大事当前，自己人先打斗，乱了分寸，敌人方会窃喜之。

明宇在殿内半炷香的时间，拔剑冲了出来，直奔瑶池殿。"今日，无论如何，本将军也要杀了胡氏这个贱人！"沈昼拦着："不可！"明宇一把甩开沈昼，不管不顾地往前冲。

沈昼是一步也离不得乾坤殿的，他对敖羽道："你去跟着陆将军！"想来，瑶池殿应会上演一出激烈的戏码。胡氏一定咬紧牙关，死不承认。按照她与常灵则的约定，她只负责杀死陆芯儿，后面的一切都不与她相干了。她应表现得丝毫不知惧怕，好像自己有靠山，随时会来救自己一样。这般姿态，方是对常灵则的信任。

半炷香的工夫，明宇绑了胡氏来乾坤殿。"砰"的一声，明宇将她甩在地上。胡氏的声音响起："此事跟我无关，太后对我母子恩重如山，我怎么可能会害她？于我有何好处？必是御膳房的人做汤时搞的鬼，诬陷到我头上。"说完，她放声大哭。

明宇一个巴掌重重甩在她脸上："事实当前，你竟还不承认！"突然，一个稚嫩的声音哭泣道："母后！母后！"是二公主。我没想到她会跑过来。外面是云归拦住她的声音："公主，莫靠近床榻，莫吵到太后。"她的声音里满是恐惧，仿佛天塌了一般。"云归姑姑，母后究竟怎么了？明宇舅舅对峪太妃说的话是什么意思？承认什么？母后是否已遇不测？"

"公主放心，只管好好地在房内吃果子便可。"

"好好的？如何好好的？"二公主似乎已经哭出声来。

"朱先生教了《世说新语》，昔孔融罹难，融谓使者曰：'冀罪止于身，二儿可得全否？'儿徐进曰：'大人岂见覆巢之下复有完卵乎？'母后若有闪失，我兄弟姐妹岂能存活？"

我心内惊叹。她一向守愚藏拙，在学堂从不开口，却不想如此聪慧。朱先生教给炽儿的书，她只在一旁偶然听见，便能理解得如此透彻。

我不由得想起烯儿。这样的时刻，她在做什么呢？宫门侍卫故作疏忽，放何烈出宫报信。当烯儿看破何烈的嘴脸，她当如何？她会如二公主这般识大局吗？

何烈一心视明宇为杀父仇人，此情此景，混乱之中，他会做出怎样的疯狂举动呢？

手中书卷上的字模糊起来。我定了定神，继续读着。

第一百二十七章：试水

一夜就这么过了。这一夜，乾坤殿没有人睡着，到丑时，仍听见脚步来来回回的声音。在场的所有人，皆是忐忑的。

我在内室，略略浅眠。烛影摇动，睁开眼睛的那一霎，仿佛置身于梦中。

不知是不是幻觉，我眼前竟浮现一个穿着黑色袍服的男子坐在桌前。他翻着桌上的书。

我大骇："你是何人？胆敢闯入此处？你怎会知道机关？"男子转身，气定神闲地看着我："机关乃孤所设，如何不知？"

天下谁人敢称孤称寡？难道？

我起身，跪在地上："您是太祖爷。"他笑笑："孤的儿子、孙子，皆是在乾坤殿待了一辈子，都没发现这个机关，倒是你，水星，你发现了。说到底，是机缘吧。"

"孙妇惶恐。"

"阿梅将你送给皇家，这些年，辛苦你了。"

阿梅，应该就是花妖了。那个梦里的白衣女子。她曾告诉我母亲，腹中孩儿要坐上金銮殿。每次大事来临之际，我都会见到她。是她指引我，遇见成筠河。又是她在太宗皇帝崩逝前夕告诉我，拿恩爱换取成筠河十年寿命。在我对成筠河心灰意冷之时，告诉我，天家夫妻，能得几许恩爱？最后一次她出现，是我怀上灏儿的时候，她留下一句"兰兆得水渡苍生"。

我想起她曾对我说的，亿万年前，她是祁连山顶一株白梅，太祖皇帝乃是云雾之中的真龙。八荒大旱，龙以唾液灌之。真龙与白梅相恋，被贬下凡。真龙成了人间的帝王，白梅成了花妖，保他的江山。

我看着眼前的男子，那些老臣说得没错，灏儿的确颇肖太祖。我一时间心内感慨万千。

"太祖爷言重了。身为皇家妇，分所应当，何谈辛劳。"

他点点头："不凡之子，必异其生。你的儿子成灏，是个了不得的英雄人物，中兴之主能力不逊于开国之君。但，月满则亏，水满则溢，世间事皆有瑕疵，贤者不免。水星——"

他看着我："你的儿子，与你来日必生不睦，你要好生权衡。"

听完这番话，我心里咯噔一下。我想起灏儿冲进尚书房，怒气冲冲瞪着我的模样。我刚想说什么，没来得及开口，却被更鼓声惊醒。

辰时了。屋子里哪有太祖爷的身影？原来只是一场梦。太祖爷入梦来，为何不跟我说起常灵则的事呢？常灵则是太祖长房长孙啊。他寥寥数语，着重说了灏儿。难道是他觉得常灵则之事，我能处理妥当，便不提吗？

我猜测，太祖爷戎马一生，生死之事，看作寻常。皇室内部的争斗，亦已习惯。历朝历代皆有。常灵则之事，他不想多说。

这样看来，我与灏儿的母子矛盾，倒似乎比眼前的事更棘手。我坐起身来，倒了一盏茶。桌案上有云归提前为我准备的一壶苍梧。冷茶入心，尘梦易醒。这个时辰，乾坤殿有动静了。

众人伺候灏儿起身。如雪该带着灏儿去上早朝了。我听见灏儿稚嫩的声音问道："母后怎么了？"如雪哄着他："太后病了。"他似乎是思索着什么，隔了好一会儿，才说了声："嗯。"

今日的早朝，一定已经有人得知消息了。最难封的是人的嘴。何况，宫中这么大的动静。

当日成筠河驾崩之时，是正月初，上京严寒时节，尸体摆在殿内尚无甚气味。而如今是三月暖春，尸体在床上散发出怪味道，跟花朵的蜜香交织在一起，令宫人们作呕。

今日早朝散得格外晚，想必是经历了一番激烈的争吵。

如雪带着灏儿回到乾坤殿，她的声音里充满了疲倦。我听到她跟沈昼说："估计晚间，要有一大批人闯进来。"沈昼说："名册罗列出来。"如雪道："嗯。我知。沈大哥，朝中局势微妙，对方随时可能开始动手，你要分外留神。"灏儿的声音传来："二姐呢？"二公主道："圣上，我在这儿。"

灏儿道："让御膳房的人做些甜饼吃，孤与你去西殿吃。你上次教孤的弹弓刀很好玩儿，再陪孤玩几局。"二公主的声音里依旧充满了恐慌："可是，圣上，母后……"灏儿扯着她："去吧，去吧。"二公主道："叫上大姐。"灏儿道："好。"

我松了口气，孩子们去西殿倒还好。

晌午时分，来了一拨大臣，气势汹汹往殿内闯。说是探病，实则是打探虚实。被沈昼拦下后，义正词严地表忠心，言称担心太后的凤体。那几个人，我听声音便知道是谁了。平素在我手底下做事惯会和稀泥，手持玉笏，站在朝堂，不关己事不开口。

原来皆藏着二心。又或者本身就是墙头草，风往哪儿刮，往哪儿倒。如今担心小皇帝镇不住了，便重新审视局势了。

太宗皇帝一脉，凋零了大半，自吕氏之乱后，老三成筠淞一直被囚禁。成筠河一辈的弟兄死的死，获罪的获罪，只余老五和老七了。

老五一贯是个尿包，自断了手臂之后，到了胆小如鼠的地步。至于老七，自从上次用驯兽之道，将他囚禁在城郊道观折磨，他更是对我畏惧至极。成筠河灵前，他说要勤修文武，为朝廷效力。我笑着告诉他，效力倒不必，为朝廷安分守己，才是皇家的好儿郎。这一两年来，他连入上京都不敢，请安折子倒是月月不落。言必称"皇嫂安好"。

其余的，便是太祖旁支皇亲了。好不容易沈昼将那些大臣们敷衍走，已是酉时了。皇亲们来了。带头的，不出所料，依旧是信王。这个没脑子的东西，正经本事没有，起哄架秧子倒是很行，领朝廷的赡银都是浪费。

此时，他叫嚣着："啧啧啧，好大的味儿！知道的，说是乾坤殿，不知道的，还以为是乱葬岗子呢！哈哈哈哈哈哈。"沈昼道："信王殿下小声些，太后需要静养。"我曾跟沈昼说过，他们往殿内冲的时候，要拦得恰到好处，让他们刚好能看到床榻上的尸体。

信王一定是看到那张带着血污的酷似我的脸，认定我已经死了。他嗤笑一声："沈昼，你嚣张什么？你不过就是陆芯儿身边的一条狗。有什么好得意的？本王忍你很久了。陆芯儿在的时候，你是一品大员。陆芯儿死了，谁认你是哪根葱？"

"信王殿下慎言。"

"呸！"他吐了口唾沫，"本王偏不慎言，你能把本王怎么样？别演了！这么大的死尸味儿当谁是傻子呢！陆芯儿死了就死了，有什么不敢承认的？是想等什么？这不是自欺欺人吗？能瞒到几时？再瞒下去，怕是尸体都长蛆了吧，哈哈哈哈哈哈哈。"他仰头大笑，其余的皇亲皆议论纷纷。

"老五是扶不起的阿斗，咱们去喊他，他称病不出来，咱们硬闯进去，他蹲在茅坑里死活不敢应声儿。他是指望不上喽。"

"老七更是指望不上，听说了这个消息，干脆带着妻小离了府，说是游览河山，不就是躲是非吗？难道就这么怕这个女人？"

"太宗皇帝一脉是不行喽。"

沈昼厉声道："圣上仍在朝，你们说这些话，等同于忤逆。"

信王不屑道："圣上？什么圣上？两岁半的小儿拿什么坐江山？天大的笑话！实际掌政的不就是陆芯儿嘛。皇位都是陆芯儿耍阴谋诡计得来的！这个女人了不得，使尽狐媚子伎俩，诱惑先帝。先帝死后，又跟你和陆明宇勾勾搭搭，把宫廷当成什么？

把皇家当成什么了？这样的妖妇早就该死了！依本王说，峪太妃不仅不该绑，倒立了大大的功……"

跟在他身后的那群人，皆点头附和。

突然，灏儿的声音响起："沈昼，杀了这只苍蝇。"他的口气稚嫩却有威严。在场所有的人都愣住了。

须臾，信王道："黄口小儿，你敢！沈昼，你动本王一下试试！你当现在还是陆芯儿活着的时候吗？乾坤殿床榻上，躺着的是陆芯儿的尸体！"

灏儿道："不管母后在不在，孤都是拜过神灵宗庙的天下之主，孤说的每一句话，都是圣旨。沈昼，孤让你杀了这个人。"沈昼略有迟疑。他应该是在思索当前这个形势，应不应该杀信王。我叮嘱过他，万事从大局出发。

"你不杀，孤亲自杀。"在所有人还没反应过来的时候，只听得信王一声惨叫。一定是弹弓刀。我见过灏儿玩的弹弓刀。寻常的弹弓，弹出去的是珠子。灏儿的弹弓，弹出去的是小刀片。灏儿玩弹弓很准，仿佛是有天赋似的。

皇亲们慌乱起来："死了！信王死了！"如此看来，定是灏儿的弹弓刀割破了信王的喉咙。

灏儿道："死了，便死了。慌什么。"

皇亲们一窝蜂地散了。

信王之死，一定会成为引线。或许，常灵则本身就是怂恿他来试水的。信王是一颗试探的棋子，用完就作废了。皇亲们散后，乾坤殿短暂的平静。

但我知道，他们一定会将床榻上"确定"地看到的"太后的尸体"传播出去。贼人打消了最后的疑虑，开始准备动手了。他们觉得，我死了，那些效忠我的人必会分崩离析，溃不成军，不堪一击。此时动手，是最好的时机。

杀了幼帝，占据宫廷，手持玉玺，号令九州。

果然，戌时便听到了动静。戌时，天黑透了。黑夜是罪恶的最好掩饰。从天落下的箭，似雨一般。

沈昼高喊一声："有刺客！"

刀剑出鞘的声音成片。

第一百二十八章：拿下

外间一片混乱。我听见沈昼的金刀打落箭雨的声音。

"沈大哥！"如雪大喊一声。内室烛光晃啊晃，我的心也随着烛光晃啊晃。"噌"，箭刺穿皮肉。转瞬沈昼的声音传来："不！"

我自大章二十七年在乾坤殿见到他以来，他未有如此惊惶的叫声。那声音里包含着意外、悲痛和惋惜。我似乎明白了什么。这一次的进攻，对方总结了以往多次的经验，准备得更精心、行动更加娴熟。

他们一定是首先铺天盖地射下箭雨，让沈昼等人应接不暇。然后背地里瞄准沈昼，放冷箭。拿下沈昼，玄衣郎便是一盘散沙，无人指挥。以此推之，他们瞄准的必然还有明宇。只是，按照部署，明宇此时不在现场，他们没找到目标、无法下手罢了。

我屏住呼吸，听着外头的一切细枝末节的声音。云归奔跑出去，喊着如雪的名字。敖羽亦悲痛地唤着"妹妹——"我确定了我的猜测，是如雪替沈昼挡了暗箭。

情势紧急，众人无暇悲痛。沈昼指着暗箭射来的方向，喊着两个手下兄弟的名字，说了声："你们去追！"而自己，依然留在此处，与屋顶上落下的众刺客打斗着。

云归将如雪抱进殿内，恰医官们皆被困在乾坤殿，张医官等几个医术高超的医官连忙过来救治如雪。只听得张医官说道："不好！箭头有毒！"如此，便不只是箭伤了。凶手下狠了心，想要沈昼的命。只是没有人料到会有这么一出。如雪会不顾一切去为沈昼挡了这一箭。这个傻姑娘，她在我身边做暗卫积累的机警与敏锐，成全了她对心中所爱的付出。

如雪的声音弱下来，似乎是在大口大口地喘着气。她艰难地从嗓子里迸出几个字："沈大哥，沈大哥，你要好，好，好，好……"她竭尽全力也没能说出一句"好好的"。

张医官道："马上用银针为敖大人疗毒！"药箱翻动的声音，哗啦哗啦的。刀剑无眼，刺客一拨一拨地袭来，如雪纵是自己已然身负重伤，仍是担忧着沈昼的安全。

她不放心。

我叹息一声，放下书本。人皆道，百无一用是深情。却不知，最不可解是痴心。在如雪心中，她永远都是躲在敖府梨花树后面的那个小女孩，而沈昼，永远都是那个皱着眉头，清冷自持、一身黑长袍的沈大哥。他是她从记事起便开始仰望的风景，是她满心满眼里最盛大的欢喜。对于肯为他付出生命的女子，沈昼会动容吗？他会重新审视身边这个小妹子吧。

"寂静不生，放旷纵横，所作无滞，去住皆平。"我心中默念着佛经里的句子。祈愿如雪能挺过这一关。能与沈昼在一起。了却她的心愿。万不能如南飞一般，等菜头明白过来的时候，醒悟的时候，已经晚了，带回禹杭的，只是南飞的一具尸体。两两相对，何其悲凉。

我突然想起有一回，玄衣郎向我汇报的所谓"民间谣言"，说太后陆芯儿心狠手辣，注定孤寡，克夫克子，周边人皆遭祸。当时我为此不悦，明宇说："无稽之谈，不过是政敌的造谣，姐姐勿要挂怀。"

现在思及，不由伤感。水府的家人，唐赟，胡通，南飞，成筠河……我亲眼见到死在我面前的人，实在是太多了。一次次鲜血，一场场离别。

愿此次我身边的人都得以保全。内室中，我双手合十。

不多时，听到一阵马蹄声。我早已叮嘱过敖羽，暗中四处散播我已经死了的消息，造成整个皇宫人心惶惶的假象。东南西北各宫门，看起来依旧森严，但实则漏洞百出。有几名侍卫假装被收买，大肆放水。让他们放心攻入，来得越多越好。

此一网，我并不想有所遗漏。

"沈昼，还有甚抵抗的意义？陆芯儿已死，大家心知肚明。小皇帝的龙椅坐得稳吗？金銮殿奏折上的字，他能认识几个？尔等趁早弃暗投明。来日，新主子进了宫，留你们一条活路！"喊话的人，竟是何烈。

沈昼喊着："何烈！你好大的胆子！你身沐皇恩，竟敢忤逆至此！太后待你不薄，你有何不满？"何烈道："我父亲为朝廷厮杀疆场，却遭叛徒陷害，身首异处。陆芯儿不仅不追究，还大肆封赏叛徒。如今陆明宇在朝堂上花团锦簇，谁又记得我父亲流在玉门关外的鲜血！"

沈昼道："文死谏，武死战，为国捐躯，是武将的使命。我想，何卫将军若在天有灵，会觉得自己死得其所。而你背叛朝廷，附逆贼人，才会真正令他痛心！"何烈冷笑一声："何为背叛？何为谋逆？难道陆芯儿就是干净的么？呵。金銮殿上那把龙椅，掩藏着多少龌龊？历朝历代，窃钩者诛，窃国者侯，多么讽刺可笑。"

"你被别人当作靶心，却还迷惘不自知，可怜可悲。"沈昼道。何烈仰头大笑："可怜可悲的是你，沈昼，到现在仍然想着替陆芯儿卖命。尸体的味道已经传遍宫廷。识时务者为俊杰。宫门禁卫放弃抵抗者十有八九。今日，圣朝之天，已非昨日。你若仍然执迷不悟，只会为陆芯儿殉葬。"

刀箭的声音，绵延不绝。我虽身在室内，可我能想象到，外头是如何的激烈。

何烈手无兵符，带的兵都是些什么人？无非就是常三的底牌。秦皇后在时，支持成锴的老臣势力。能套出他的底牌实属不易啊，也算是为上次收拾残局的漏洞清尾了。

算算时间，差不多了。明宇该出场了。那么，明宇干什么去了呢？

呵。我算到了，常三这回绝对不会亲自出马。他已经精到了骨子里。不肯将身犯险，哪怕一丝一毫的险。这回，纵便是他断定我已经死了，但他依然躲在幕后。让何烈带着那些人冲进来。来日，这所有的一切，跟他一点关系都没有。他不知情。什么弑君？什么暗杀？统统与他无关。他是最无辜的人。哪怕玉玺到手，依然"再三辞而不受"的圣人。

他装疯的这一段往事亦会变成在妖后统治时期不得已保全自身的卧薪尝胆。被后人称颂。没错，历史是可以篡改的。他深谙此道。他自始至终都会将自己撇得干干净净。我揣度，现在的平西王府是暗卫最少的时刻。一来，太后死了，众人忙于应对此事，他想不到这种时刻，还会有谁有空想要他的命；二来，若要集中兵力袭击宫廷，需抽出许多得力人手，那么平西王府的暗卫必然会减弱。

兵法有一句，叫作"乘于半济"，意为，在对方渡河渡到一半的时候动手。我便要等他开始行动，行动一半了，动手。

明宇早已带人前往平西王府捉他。他想摘我的果，我想拔他的根。

他佯疯，我诈死。卑而骄之，让他尝些甜头。然后出其不意，反戈一击。

整齐划一的脚步声奔跑而来。是明宇来了。我不断地安慰自己，一切尽在掌控，可在一片兵戈声中，仍然忍不住忧心。

而到此时，我悬在半空中的心，才终于落了地。不管乱成什么样子，有明宇在，到底是安心的。就如上次，在混乱之中，他跨马持刀，高喊着"姐姐"，救我于危难当中。将军白马在，此心复安宁。

明宇开口了："何烈，你就那么恨我吗？"

撕破了脸，无须再伪装。何烈道："是！我恨你！我亦恨自己不能光明正大地与你反目！如今倒好了！陆明宇，你听着，我就是要杀了你！替我父亲报仇！"

明宇恳切道："何烈，何卫将军对我有提携之恩，我与你有袍泽之谊，我原本待你情同兄弟，可没想到你真的听信旁人的话，误会了我。管子曰，远不间亲。我没想到我们的关系竟然被外人离间……"何烈打断他："陆明宇，你别再装腔作势了！我早就想与你刀枪对战，来吧！"

明宇的声音带着几许悲哀，长枪划过空气，伴着虎虎的风声。

"何烈，整个皇宫都已经被包围得如铁桶一般，你，以及所有谋逆之人，插翅难飞了。"

"哈哈哈哈哈哈，我怎会信你？关齐便在军中，他时刻与我互通消息，军中并无动静，你拿什么包围皇宫？真是死到临头过嘴瘾。"

明宇叹口气："你以为是幽州骑吗？太后是何等聪慧之人，早已算得明明白白，怎会调动我带过的兵？太后的防范做得滴水不漏。我告诉你，是离上京最近的直隶守备军。"

"怎么可能？没有兵符，直隶守备军怎敢出动？"猛然，何烈意识到了什么："太后？她不是已经死了吗？"

明宇击了击掌。我听到两个士兵似抬着什么东西走过来，不多时，一个铁笼子落地的声音。我知道，我该出场了。

我站起身来，清了清衣裙，机关打开，我不急不缓地往外走。

众人惊呆了。张医官带头叩首道："太后安康，吾等之福，圣朝千秋万载。"医官们皆跟着他跪在地上，大声朝拜。

我走出门口，果不其然，见笼子里关着的，是常灵则，他的手脚皆绑着绳子，嘴上贴着封条。何烈显然是被眼前的一幕惊呆了。他惊常灵则竟被捉来，他惊我竟没有死，他惊局势跟他想象的天壤之别。

我笑笑："何将军，怎么？哀家没死，很失望吧？"

不可思议的情景发生了，何烈竟然手持长枪，突袭明宇！他被逼到绝境，仍然视明宇为头号眼中钉。他知道，此时不动手，日后更是一丝机会也无了。死也要拉着明宇一起死。

我一挥手："动手吧。"玄衣郎的飞镖射向何烈。

我听到烯儿撕心裂肺的声音："母后！"烯儿打着赤脚，疯了一样地跑过来。我大声喊着："云归，云归，快来，把冀公主抱进去！"烯儿拼命摇头："不，不，不……"何烈中了飞镖，从马上跌落，烯儿奔跑过去："将军，将军——"

何烈的血染红了战袍。他看见烯儿，似乎很意外。他笑了笑："冀公主。"烯儿的眼泪哗哗地流："父皇死了，你不要死好不好，将军。我很难过。我活得很不快乐。如果你也死了，我不知道到哪里去找寻一丝父皇的气息。将军。你留在人世间，陪着成烯。"何烈道："冀公主，对不起，何烈七尺男儿，唯一做过懊悔的事，便是利用过你。如果，如果我没有背负仇恨，我一定不会……"

"不，将军，那是我自愿的。"烯儿突然站起身来，一步步走向我，扑通一声跪在我面前。"母后，你命人救救何将军好吗？"

我走上前去，搂她在怀："烯儿，你刚刚看见了吗？何烈是反贼，他在逼宫，他想杀了母后和你明宇舅舅。母后怎能放过他？国有国法，谋逆是滔天大罪，怎可饶恕？若何烈不死，岂非告诉天下人，造反可恕？"

"母后，何将军是一时糊涂……"

转瞬，她咬咬牙："如果何烈是驸马呢？"我摇摇头。我的傻女儿。她现在哪里懂驸马真正的含义呢？她不过是想着让何烈以这样的形势躲过死罪，她不过是想抓住她以为的温暖，她不过是想填补内心早早丧父的缺口。

若干年后，史官记载：冀公主，仁宗皇帝长女，祈安太后所出。顺康初年，副统领何烈反。后欲杀之，公主求告。后不允。公主曰，以烈为驸马，何如？

这件事被传为奇事。一个只有八岁的公主，竟开口要招驸马了。

可只有我明白，烯儿，她要的根本不是驸马，她要的，是一份安全感。我没能给她的安全感。

"烯儿，别说你尚在总角之年，离婚嫁尚远。纵便是你如今及笄，选遍天下好男儿，母后也不会允你嫁给何烈。"我命云归强行抱走了烯儿。

"拿下！"不过是一炷香的时间，宫里所有的叛贼均被缚住。

我看着笼子里的常灵则。他眼里一片灰败的死寂。

第一百二十九章：孽因

地上的死尸成片。乾坤殿混杂着尸臭味与鲜血的腥味儿。

三月里，南风暖窗，放眼望去，一树一树的花开，杨柳依依垂下。乾坤殿庭院中的小竹桥下，流水涓涓，淌出了活泼的调调。天地间一派生动的颜色。阳春如歌，万物齐吟。本该是鲜妍的日子，因染上大片的血，增了许多沉重。

跟随何烈闯宫的人，活着的，皆被缚住，被侍卫们关押进天牢。在清理地上死尸的时候，何烈亦被拖了下去。他中了飞镖，胸口的鲜血濡湿了胸襟，但我仍看到他的手指在微微地动弹，似乎是没死透。

不只是我看到了，明宇亦看到了。他冲我使了个眼色，示意我不要声张。我知道他的用意。离了这乾坤殿再解决即可。不然，会加深我与熺儿之间的裂隙。明宇总是这样，不管大事小情，处处为我思量。

我吩咐他：“军中那些与何烈有勾结的人，包括关齐，此次都可尽除去了。”明宇道：“是。”

此前为了不打草惊蛇，一直忍着没动他们。但我始终记得数月前明宇被刺的凶险事件。现在常三被擒，那些人也该收拾了。

此时，云归紧紧抱着熺儿，熺儿将她的手臂咬破，渗出鲜血，她都没有松手。

“你们只知道听母后的话，母后说的是错的，你也要听，当初父皇是不是就是这样死掉的？反正母后心狠，什么都做得出来！”熺儿哭喊着。

我怔住了。这些话，每个字都像针，戳在我心口。将我的心戳得千疮百孔，然后，刺骨的风从这些孔吹进来，如同过刑。过世间最重的刑罚。

我没有想到，我的亲生女儿，我怀胎十月生出来的孩子，竟会说出这样的话。

诛心之痛啊。

我终于明白，为什么自成筠河离世后，她总是对我亲近不起来，她像冰块一样，散发着凉意。她从不主动与我亲密。她冷冷地看着所有人。她总是一个人拿着笔写写画画一整天。有时候我甚至觉得她看向我的眼神里，带着若隐若现的恐惧。从前，我总觉得是我的错觉。现在看来，并不是。

"陆芯儿，你谋害圣上，罪该万死！"

"妖妇，你牝鸡司晨，勾结逆贼，谋害圣上，把持朝廷，只手遮天，朝中正义之士，岂能容你？"

当年满宫里震耳欲聋的讨伐声，她听到了。她在内心中真的怀疑成筠河的死与我有关。

我一步步走向烯儿。我看着这个孩子。看着她酷肖成筠河的眉眼。

"啪"的一声，我打了她一巴掌。这是我第一次动手打她。她从疯狂挣扎的状态中安静下来。她瑟瑟缩缩地看着我。

"哀家生你养你，你便是说出这等混账话来扎哀家的心窝子吗？"

云归劝着："太后别动怒，公主还小……"

烯儿低声说着："母……母后，难难难……难道儿臣说得不对吗……父皇明明头天好好的，还教我新的笔法，父皇笑言，一月之后，要看我是否长进，如何……如何第二天就病死了？敢问母后，父皇生的是什么病？如此来势汹汹，又如此迅疾暴毙？本……本来，二皇兄是太子，一夜之间，就被废了，母后您抱着灏儿登基……儿臣，儿臣怎能不心生疑窦？"

我指着她："如果今时今日登基的是他人，你觉得这宫中还有我们娘仨的容身之地吗？哀家、你、你弟弟，早就不知死到何处了！你父皇亲笔写下遗诏易储，焉能有假？"

我越说越气，捂住心口。明宇来拉我，命宫人搬了把软椅，扶我坐在上头。烯儿看着我，眼中越发流露出疏离的神色。"母后，您只需满朝文武大臣信您，天下百姓信您，就够了，儿臣怎么想，重要吗？"

我忍不住落下泪来："烯儿，母后在尚书房生下你，彼时你父皇在做什么？他在清宁馆同常伎宁吟诗作对。母后是操劳一世的人，你是母亲的女儿，都道是母女连心，为何你竟如此想母亲？纵便天下人都不信母亲，都不如你不信母亲更让母亲难过。"

烯儿转过头，不再看我。她在抽泣着。我不知道她是为何烈的死伤心，还是被我所说的话打动。哪怕是她有一点点理解我，我都会倍感欣慰。可是没有。良久良久，她都不肯看我一眼。

乾坤殿的尸体皆被抬尽。鲜血冲到小竹桥下的流水里，一时间，小桥流水，变成小桥血水。

半晌，烯儿抬头对我说："母后，儿臣想搬离乾坤殿。"

"你想搬去哪儿？"

"儿臣想去守皇陵，陪着父皇。他一个人一定很寂寞。这人间所有的热闹都与他无关了。"

我坚定地说道："不许。本朝未有公主守陵的先例。何况你年纪尚幼，母亲不放心。"

烯儿从云归的怀里挣脱下来，她往殿内走着，背影如此失魂落魄。

我唤了一声："烯儿——"她转头，脸上有着与年龄不相称的感伤："母后，你永远都不明白我想要的是什么。"

何烈死了，带走了烯儿最后的一丝天真和念想。她对成筠河的眷恋，从她刚出生的时候，便注定了。她样貌如此像他，性情亦像。她从小就跟成筠河亲近。成筠河喜欢惯着孩子们，特别是烯儿。他总是说，天家的公主，要极尽宠爱，不能受了委屈。

也许，是因为烯儿是最像他的孩子。他自小因为姜娘娘的蛮女身份，在宫廷中备受冷落，太宗皇帝缺席了他从小到大所有的成长瞬间。所以，他想给烯儿世间最好的宠爱，其实也是冥冥中想弥补从小那个不得父爱的自己吧。

成筠河总是抱她在膝头，满足她一切合理的、不合理的要求。偶尔我话说得略重些，成筠河便心疼不已，他对我说："咱们的烯儿又不是皇子，无须教训，只需疼爱。难道来日，谁还敢给她气受不成？"

历朝历代的规制，公主不管下嫁到哪家，无须给公婆行礼，夫君上榻前要行跪拜君臣礼。在成筠河的认知里，烯儿无须懂事，只需快乐。

我叹口气，万事有因有果。成筠河种的因，我来尝这个果。烯儿啊烯儿，何时才能明白为娘的心？

云归给我递了盏茶。"太后，今年头茬的雪水云绿，桐庐郡的太守命人快马加鞭送到京城的，没走内廷监，直接送到乾坤殿的。"

"什么时候送来的？"

"昨日启程，今日刚刚抵达，说是千里马都跑死了好几匹。"

"哦？昨日？"我想了想，问道："送茶来的人说了什么话？"

"说是让太后舒舒心。"

"那桐庐郡的太守叫什么名字？"

"说是叫邹伏。"

我啜了口茶，味道淡淡的。大约是今年桐庐的雨水太多，茶有些失了神韵。

"茶一般，人不错。哀家记得这个人。长乐元年的两榜进士，不大会说话，一脸倨傲。哀家不喜欢他，未加重用。如今看来，倒是有点意思。"

稍坐了一会儿，缓过神来。手心略略有了温度。我跟明宇说："你清点一下何烈带进宫的人，还有平西王府的其余人等，务必让他们供出所有知道的消息，不能放过任何一个可疑的人，必要时动用大刑。"

"是。姐姐放心。这回，一个都跑不掉。"

我扫了眼笼子中的常灵则，起身，看着天上的云朵聚了又散，散了又聚。

"为国家者，见恶如农夫之务去草焉，芟夷蕴崇之，绝其本根，勿使能殖，则善者信矣。"

常灵则靠在笼子的边侧上，脸上是麻木的，丝毫不起波澜。我没有急着处置他，而是转身走进殿内。

如雪被抬到榻上，医官们围成一团，为她救治。张医官用银针疗毒。那银针一根根插入伤口，皆迅速变黑。沈昼站在一旁。一向冷静自持的他，慌了手脚。他看着昏迷中的如雪，喃喃道："怎么这么傻，怎么傻……"也许，这是他第一次长久地注视她，第一次正眼看她。他终于驻足，看到了身边这个小妹子，却是以这样残酷的方式。以生与死的命题。

"沈大哥，你去江南，能不能帮我带一把墨扇？"这是如雪从前小心翼翼问他的话。他没有带。他连一把扇子都不肯给她，她却能给他一条命。

床榻上的小姑娘面色苍白如纸。我轻声道："苦乐自当，无有代者。一个人的苦与乐，只有自己明白。你认为的傻，是她眼里的值得。"

沈昼的眼泪落在他的黑长袍上。他看着床榻上的人。"下回，去江南，一定给你带把墨扇。再不会忘记了。"

第一百三十章：换血

敖羽亦站在床榻前。他一定是深知自家妹子心结的。但对于如雪的这份"痴"，他不赞成，却无可奈何。他轻声叹息着，走到檐下。

我问道："张医官，敖大人的伤势如何？"张医官道："回禀太后，臣目前用银针稳住毒液不逼入肝脏，保住敖大人的性命，却也只能如此。"

"你的意思是？"

张医官跪在地上："太后，杏林之术，有正有邪，臣自幼受教于宫廷医官，百病治疗，以温和保守为上。若想解毒，需剑走偏锋。"沈昼急急道："如何剑走偏锋？"张医官道："臣翻阅古书，有一换血疗法，或可一试，但，有一定的风险。"

我念道："换血？"张医官解释道："即，把敖大人体内带有毒液的血放出来，注入新鲜干净的人血，如此，毒可排出，体内又不失血，无碍康健。""我，我的血可以，张医官尽可取沈某之血，疗敖大人。"沈昼说得很急促，但又很坚定。没有一丝犹豫。

张医官摇头道："沈大人且听老夫说完，并非所有人的血都可换。若血不相融，注入体内会相斥，轻则高热不退，重则危及生命。敖大人如今中了毒，可不能再雪上加霜了。"

"什么样的人血能相融呢？"

张医官道："不一定。有些亲人之间尚不可，而有些毫不相干的人，倒是匹配的。但大致来说，亲人能匹配的可能性，会比旁人大些。"沈昼听此，连忙三步并作两步，将敖羽拉到床榻前。"敖统领是如雪的哥哥，先试试他！"

张大人取了敖羽一滴血。须臾，他说道："不相融。"

我沉吟片刻道："乾坤殿所有的人，都来试试。"众人忙道："是。"

宫人内侍们皆放下手中的活计，排成队让张医官取血。就连小申和云归，亦在此列。然而，一炷香的时间过去，人人都试遍了，却没有一个能与如雪的血液相融的。

我走上前，对张医官说："试试哀家的吧。如果不行，就将宫里的人都叫来，一个个地试。若宫里都没有合适的，就向民间发榜。无论如何，要救活如雪。"

张医官迟疑着，似乎不知要不要取我的血。

敖羽跪地道："太后万金之躯，舍妹怎敢劳太后……"我打断他："如雪陪在哀家身边这么久，哀家视她为臣，为臂膀，亦为姊妹。此次她是为保卫宫廷，被贼人所伤。若哀家的血与她相融，哀家愿意注血给她。"我说得很坚定。

张医官的银针终是刺向了我的手指。鲜血渗出来。过了一小会儿，张医官惊道："融了，竟然融了！太后与敖大人的血是相融的！"我笑笑："看来，这是上天注定的哀家与敖大人的缘分，那便赶紧取哀家的血吧。"

云归担心地看着我。我轻轻地摇摇头，示意她放心。沈昼看了我一眼，眼神很复杂。有些惭愧，有些担忧，也有些企盼。他是希望如雪好的。他亦是了解我的。此情此景，我一定是会愿意注血给如雪的。

沈昼的眼里满满都是红血丝。如果如雪有什么三长两短，他的余生都不会安宁了。张医官从我手臂上取了一小瓮鲜血。云归连忙端上枣汤，一匙一匙地喂到我嘴边。

张医官逼出如雪体内有毒的血液，那些血流在地上，黑漆漆的，就如同无数见不得光的阴谋。张医官缓缓将新鲜的血注入如雪体内。一切完成后，他跪地奏道："禀太后，臣是第一次行换血之术。剩下的，便是静观其效了。按古书所言，若三日内敖大人高热退去，便是毒解。"我点点头："你在乾坤殿昼夜不眠，劳碌许久。因情势所需，沈大人将尔等困在乾坤殿，想必你们的家人该是十分担忧。如今事平，你带着众医官回去吧。每人加赏三个月的俸银。""是。"张医官忙道。众医官齐刷刷跪在地上，恭敬道："谢太后。"

我坐在殿内，面色有些苍白。有个小小的声音唤着我："母后——"我抬起头，是二公主。她看着我，眼眶里湿湿的。我笑笑："二公主不必害怕，事情已经平息，现在安全了。"她点头，又摇头："母后，儿臣不只是害怕，更担心您。若没有您，恐怕再也没有太平的日子了。"

这个孩子虽非我所生，倒是知道关心我的。我伸手，摸了摸她的脸。"灏儿呢？那会子你们不是一起在西偏殿玩弹弓刀吗？"

二公主跪地道："母后，儿臣错了，儿臣没拉住圣上，那会子，他非要出去……"我轻声道："不怪你。灏儿虽年幼，倒有股子犟脾气。他此时哪儿去了？"

"圣上在西偏殿睡着了。"

我倒吸了口气。我这儿子当真是异于常人。他用弹弓刀杀了人，竟不慌不忙地回西偏殿，还像没事人一般睡着了。当真是泰山崩于前而色不变，猛虎逼于后而心不惊。联想到在内室中太祖爷说的话，我心内百感交集。灏儿若果真是人中龙凤，倒是我人生中第一得意事了。

二公主道："母后，刚刚儿臣躲在柱子后面看见了，大姐……大姐……大姐一定不是有意惹母后生气的。母后勿要伤心。"我低头，黯然道："烯儿说的话，你怎么想？"

她低头，不敢吭声。我抚了抚她的发髻："不打紧，你只管说。不管你说什么，母后都恕你无罪。"她想了想，抬起头："大姐为长，儿臣为幼，长幼有序，当敬长姊，有些许话，儿臣原是不该说的，但既然母后问及，不答乃不孝，儿臣少不得说了。依儿臣看，大姐竟是个糊涂的。旁的大事，儿臣不懂。关乎己身，倒是清楚得很。母后若非待父皇一片深情，今时今日，早就不是这般局面了。渭王无法就藩，儿臣也无法入宫。母后既深慕父皇，怎可能做出伤害父皇的事？万万说不通。"

我一时哑然。二公主惶恐叩头道："母后，儿臣说错了吗？儿臣该死。"我挽起她，柔声道："你没说错。"她的语言虽稚嫩，却条理清晰。我沉默，乃是心里汹涌着感动。亲生女儿误会我攻击我。昔日敌人的女儿，竟如此懂我维护我。世事如翻云覆雨手，如此诡谲。"若烯儿有你这般明白，就好了。"

二公主道："母后放心，儿臣必会劝说大姐，大姐一定能想明白的。""炘儿，好孩子。"这是我第一次这样叫她。以往都是称她为"二公主"。客气而疏离。自她入宫，我从未直接唤过她的名字。她敏感地发现了这一转变，喜悦不已。她将有残缺的那只手窝在胸前，另一只手擦着眼泪。

她离去后，云归跟我说："怪可怜见的。她是真想把太后当亲娘。"我叹息道："哀家懂那种感觉。无枝可依，才不敢栖息。她自幼丧母，又因克父一说，从未见过父亲。身体残疾，在祁王府又受尽欺凌。这样的孩子，怕是连一个好觉都不敢睡过的。"说完，我命云归道："三月了，天暖了起来，吩咐内廷监，给孩子们做衣服。记得，叮嘱他们，两位公主的不许有差别。那伙子人惯会看人下菜碟。"

"是。"

我起身，命人点了一支火把。我举着火把，走近装着常灵则的笼子。"三爷，别来无恙啊。"

他不语。

"你知道哀家为什么要晾着你这许久吗？"我笑笑："所有的事情都处理完了，再来处置你，是不是很奇怪？其实，一点也不奇怪。让哀家来告诉你为什么——"

他仍是不语，甚至头都没抬。

"你以为你是哀家的劲敌，对不对？其实呢，不过是最微末的小事。捕你，如捕兽一般。"

他还是没有吭声。对我的侮辱，充耳不闻。

我继续说道："你可知哀家为什么点着火把看你？"我盯着他："因为哀家想把你看得清清楚楚。看看你这腹中，还能有几许伎俩。"

第一百三十一章：合葬

我挥挥手，小申将椅子搬到笼子的旁边。我款款坐下。我盯着笼中的男人。他纵是如今被缚，脸上无一丝畏惧，还伸出手来，弹去衣袖上的灰尘。他到底是在意气度，时时不忘自己是太祖长房长孙。

呵。

云归递过来一盏茶。我将火把递到小申手上，这厢接过云归的茶。我轻声问："什么茶？"云归低头："回太后，是皋芦。"皋芦是常灵则最喜爱的茶。因它极苦，苦到肺腑。

"给三爷斟一盏来。"我说道。云归诧异地看着我，一脸的不可置信，好似自己听错了一般。我笑笑："哀家让你给三爷斟盏皋芦来。曹公有大葬关二爷的气量，怎么，哀家难道连请三爷喝盏茶的心胸都无吗？"

云归忙道了声"是"，转头进了殿内，须臾，端上来一盏茶，我示意她递进笼内。常灵则慢悠悠地接过，浅啜了一口。

我捏着茶盖，浅浅地在青瓷盏上刮了刮："三爷，可还记得哀家问你的一句话？杯中茶，有哪两种姿态，现在你懂了吗？"

他只看着茶，并不看我。我笑道："当日，你说，杯中茶是等待与下口，哀家则说是拿起与放下。可惜你执迷不悟，参不透哀家话里的禅机。得今日之祸，皆因你放不下。"

他仍然没有抬头。我看着天际，轻轻吟道："陌头驰骋尽繁华，王孙公子五侯家。由来月明如白日，共道春灯胜百花。"

"陆芯儿，本王多希望，你那日说的话是真的。"笼子中的男人终于开了口。

宫廷中的鸡人报，丑时了。从酉时宫乱起始到现在，不觉已经几个时辰过去了。

月亮那么大，那么圆，悬在天上，明亮而慈悲。天上有层层清云，如烟似雾，弥蒙在月光下。星河相隔很近，却又仿佛很远，时而闪烁着，恬静而安详。

常灵则抬起头，看着我。我知道他所指的是什么。逼宫那日，我曾告诉他，他并非皇室血脉，而是平西老王爷抱回王府的野孩子。他当时听了这话，借机佯疯，躲过一死。但我和他都心知肚明，这话，是假的。平西老王爷死死护住他的命，死死守住这个秘密。整个府邸为了常灵则付出巨大的代价。若常灵则是野孩子，随便找个借口杀了便是，何必如此？

但此刻，他说他希望那句话是真的。他看向我的眼神里，竟然有了悲悯的笑意。

"陆芯儿，虽然我一向视你为敌，但不得不承认，你是个聪明的女人。可聪明又有何用呢？你的女儿怀疑你，你的丈夫怀疑你，你活得很可悲。"他嘴角浮起笑意。那笑意带着讽刺。

"三爷还是多多操心自己吧。身陷囹圄，就不必为哀家多虑了。"

"事到如今，本王倒真的希望是你口中所说的野孩子。起码，不会输得这么——难堪。"

霜中败叶，零落难堪，月色似乎是晃了晃，我看到了他头上的白发。"三爷有白头发了。"我感慨着望着月亮："算来算去，耗尽心血，所为何来。"

风掠过我的面颊。一时间我竟有点恍惚。不知道自己说的是常灵则，还是自己。

"呕心沥血了这么些年，卧薪尝胆了这么些年，岂是你一句'所为何来'能解？局中局，悟中悟。陆芯儿，站在事外之人，当然自以为清醒，可你何尝不是痴人，你历经凶险，几次死里逃生，难道只因为头上这三两的凤冠吗？"他缓缓地说着，语调那么轻，却又每个字都很重。

若常灵则不是与我为敌，我们应该能够成为很好的友人、知己。他的一双眼睛历经风霜，老辣睿智，似能看到人心底去。

我与他默默相对，各自喝着盏中茶。待他喝完皋芦，他平静地问："陆芯儿，我有一个请求，希望你能答应我。"

"你说。"

"我死之后，把我烧了，和月儿葬在一起。她的骨灰就在平西王府茶庐边的杏花树下。"

月儿。就是那个被他找来冒充水月的姑娘。我记得她死时的情景。南方有瓜芦木，亦似茗，至苦涩。她死前望着茶庐的方向，说了句"今年没有白花给奴婢送葬了"。这也许就是他将她埋在杏花树下的原因吧。

年年花事，年年白杏美人冢。常灵则自知死是必然的结局，不作生念，记挂的唯有此事。他是在意她的。

我一字一句地说道："哀家可以允你这个请求，但作为交换，你必须回答哀家一个问题。真的水月到底在哪儿？"

他既然能做得那么天衣无缝，从赵志常，到段府五姨娘，到大太太的老仆妇，再到绣梅，每一步都掐得刚刚好，连执掌玄离阁多年的沈昼都能蒙蔽过去，那么，真的月儿的行踪，他必是知道的。可他此刻竟然对我说："我不知。"

我站起身来，冷笑一声："你不知？常灵则，哀家对你已经足够礼遇，你若敬酒不吃吃罚酒，休怪哀家最后的体面也不给你。本朝自开国以来，还未有被点天灯的王室大臣，你便来做这第一个吧。宫门口不够热闹，要去京中人最多的地方行刑，烧干你的油，人皮给哀家做灯笼。反正哀家行事狠辣之名早已远扬，不在乎添上一桩。"

"我是真的不知。"

"看来你是铁了心不说了。"

"事既已败，我瞒着你这个做什么？还有何意义？我是从赵志常口中重金买的消息，按图索骥，精心做的假。我真的不知道你妹妹的踪迹。赵志常亦是不知。"

我颓然地再度坐下来。他倒不像撒谎。细细想想，以他的心思手段，若是他知道真水月在哪儿，岂会放过？留在身边做最后一张对付我的牌岂不好？

"不过，赵志常之前说的，女婴被老仆妇掐死，是假的。女婴的确被老仆妇送到乡下绣梅家中了，所以，你看到的那副耳环是真的。"

水月的确曾养在绣梅家中。她也的确是常常戴着那副耳环。所以沈昼的乳娘李阿嬷记得没错。那耳环形状独特，是而，李阿嬷在沈府见到我，才会再三看向我。但到底是哪里出了问题呢？

"绣梅本是不生养，老仆妇是她的姑姐，怕弟弟死后无人摔灵，才将女婴送过去。可谁知绣梅养着那孩子的第四年，自己竟生了个女儿。有了亲生女儿，便不再如从前般疼爱养女。乡下日子不宽裕，但凡家中有点像样的吃穿，都给了亲生的女儿。后来，养女六岁那年，乡下大旱，饿殍遍野，绣梅便干脆将养女卖了，换些银两补贴家中。卖孩子的时候，绣梅将耳环留下来了。"

远房亲戚多年不走动，李阿嬷定是不知道有这事。当常灵则带着假水月去绣梅家，以重金诱之，绣梅焉有不配合的？

西境女子的大眼睛的确有两三分类我，又有耳环为证，且这一步步如此缜密，沈昼和李阿嬷便信了。以为那名西境女子便是当年绣梅抱养的姑娘。

"绣梅将她卖给了谁？"

常灵则道："我也曾想找到。可入了人牙子的手，转卖几道都是寻常事，哪里能寻得到呢？"

如镜花水月，无迹可寻。我轻轻闭上眼。站起身来，往内殿走。

常灵则在背后喊着："知道的，我都说了。陆芯儿，我的要求……"

"哀家答应你。"

他便不作声了。

这是个纷乱的晚上。待云归伺候我梳洗完，门外的侍卫隔帘禀道："回太后，逆贼常灵则在笼中咬舌自尽了。"我手中持着书卷，正待上榻，听到这个消息，停滞了片刻。他最后想交代的，都交代了。他没有什么放心不下的了。知道死罪不可免，便想死得体面。自我了断，未尝不是好事。

我轻轻说了声："知道了。"转而，又说："砍下他的头，装进锦匣，明日上朝，放置在龙书案上。"

"是。"

云归道："这下好了，免得奴婢还担心他没死透，又耍什么花样。"

我走到榻边，半倚着。

"你呀，如惊弓之鸟了。"

云归道："谁让这人实在是诡计多端呢。接二连三地，给您添了多少乱子？死了便好了。太后您从此可以高枕无忧了。"我笑笑："傻姑娘。高枕而卧者，岂能无忧？"

烛影在我手中的书卷上晃来晃去。

第一百三十二章：眼泪

书卷看了几行，便起了乏。

这一觉睡得极浅、极短。卯时，似有风从窗台吹进，吹动我的眼睫。我睁开眼。空气中犹然漂浮着若有似无的血腥味。该上早朝了。我起身，云归伺候我梳洗。那厢，听见嬷嬷唤灏儿起床的声音。

待我穿好了朝服，云归说："太后，如雪醒了。""哦？"我一喜，大踏步走进东偏殿。

昨晚张医官医治完，我便让人将如雪移至乾坤殿的东偏殿。我特意叮嘱过敖羽，如雪伤势严重，挪来挪去颠簸，就不必回敖府了，在宫中养伤即可。

走到东偏殿门口，见沈昼犹坐在如雪榻前。那一身黑衣悬着凤夜不寐的忧虑。此刻，如雪虚弱地睁开眼，看着沈昼，轻轻笑笑："沈大哥如何在这里？"旋即又闭上眼，孩子气地说："嗯，我定是还未睡醒。"

"我确在这里。"简短的五个字。沈昼的语调依然淡淡的，可听来比往日多了几许温度。一旁侍药的宫人道："敖大人不知，沈大人在这里坐了一夜了。焉能是梦呢？"沈昼面无表情地说了两个字："多嘴。"

如雪笑了。那笑就如这三月里的花瓣一般。

宫人喂药到如雪口中，那药想必极苦，如雪皱着眉，难以咽下。沈昼从宫人手中把药碗接过，自己舀了一勺药，送入如雪口中。如雪婉顺地喝下了。沈昼问道："苦吗？"如雪小声说："不苦。"

宫人伸手碰了碰如雪的额："敖大人退热了，甚好。奴婢这就告诉云归姑姑去。这一夜，她一个时辰来两回呢。想来太后定是极担心敖大人的伤势。"一旁手持拂尘的小内侍道："太后当然是极在意敖大人的，连血都肯给敖大人。"

宫人往门口走，看见我，忙跪地请安。沈昼听到声音，也走上前来见礼。

我开口道："沈卿，辛苦你了。"他低头："太后哪里的话。如雪是为臣受的伤。臣守着她，分所应当。"他开始称她"如雪"了。从前，他一直叫她"敖姑娘"的。

我笑笑，行至如雪榻边，轻轻拍了拍她的手："你好生休养。"如雪满脸的感激："听闻太后为微臣取了血……实在是愧……"我笑着打断她的话："傻姑娘，别多想。你是哀家身边要紧的人，素来对哀家忠心耿耿。哀家说过，你不仅为良臣，也为幼妹。舍哀家一点子血，能救回你的性命，哀家觉得很是值得。"

这时，小申进来禀道："太后，平宁伯夫人进宫求见，想来探访敖大人。"平宁伯，是敖家的世袭爵位，如今是敖羽的父亲袭着。那么，平宁伯夫人便是敖羽和如雪的母亲了。果然，如雪忙起身："是母亲来了……"话还未说完，伤口扯得疼，她吸了口气，我连忙示意她躺着别动。

我跟小申说道："快请敖老夫人进来。"

须臾，走进来一个60岁上下的老妇人。那老妇人穿着一身黑色祥云纹的衣裳，举止端庄，没有贵家之妇的骄矜，倒有几许暖阳般的随和。她恭恭敬敬地向我跪拜，礼数甚是周全。

礼罢，她连忙扑在如雪身上，哭起来："我的儿，你这是遭了什么样的苦楚……"如雪道："身体发肤，受之父母，不敢毁伤，孝之始也。惹母亲大人伤怀，是女儿之过，女儿不孝。"

那老妇人脸上似浮上一丝异样，但转瞬即逝了。她哭了良久，掏出帕子擦了擦眼泪："我的儿，昨夜听你哥哥说起宫中事，母亲着实唬得不得了，生怕你性命危矣，一夜没睡下，天一亮就进了宫。儿啊，若你就此去了，母亲可如何是好。母亲跪在菩萨面前数次祝祷，愿拿老身这残年，换我儿平安。"

这一袭话感人至深，不仅是如雪，屋内在场的人闻之无不落泪。我心中叹道：敖家不愧是钟鸣鼎食的世代勋爵之家，敖夫人舐犊情深，令人感佩。

早朝时间临近，我起身，命人好生招呼敖夫人，这厢忙带着灏儿上朝去了。经历过昨夜的混乱，灏儿脸上却没有一丝波澜起伏，好像所有的事情都没有发生一般。

我问道："灏儿，昨夜睡得好吗？"他睁着童稚的眼，欣然道："自然是睡得极好。"

金銮殿，龙书案上摆着的锦匣显眼极了。我将灏儿抱到龙椅上坐好，自己也随之坐下来。众臣叩拜。

我环顾着群臣，道："众卿，可知昨夜宫中发生了何事？"

众人不语。

我笑："昨日哀家偶感风寒，未来朝堂，听闻金銮殿上热闹得很。怎么？今日如何鸦雀无声呢？"张邑上前一步道："禀太后，昨日的确热闹非凡，不知是何处散播的流言，说太后您……"他顿了顿，继续说着："此话实是大不敬，臣就不复述了。这流言让朝堂上人心惶惶。"

"流言是试金石，试出谁是忠，谁是奸，谁是墙头草。诸位，哀家虽人没有过来，但你们每一位的表现，哀家都清清楚楚。哀家人不在，眼睛在，心也在。"我这句话说完，有几个人登时脸上变了色。

"就算哀家真的崩逝了，尔等饱读诗书，食朝廷之禄，难道不是应该齐心协力辅佐幼帝吗？趁机发难，是为何因？是否心中已经另有主子，为自己做了打算？"我猛地一拍龙书案。

几名官员哆哆嗦嗦地跪了下来。不用查问，这几名必是昨日发难之人了。"太后，臣等只是担心太后的凤体安康，别无他意啊……"那几个人叩头泣道。

我指着桌案上的锦匣，慢悠悠地说道："众卿可知这里面装的是什么？"小申打开锦匣，常灵则的人头上带着血污，十分可怕。众人皆惊。

我拍拍手，明宇从外间走进来。他跪在地上："禀太后，臣已将作乱之人逐个清理，统好人数，并查问出朝中有牵连之人，连夜整理出卷宗。"

"念。"

"是。"

明宇不疾不徐地念着。时间、地点、人物，皆清清楚楚，就连朝堂之上那几个人收了常灵则多少"赠金"，都具体到几钱几分。这是一场周密的布局，从内到外，每一步都算到了，每一步都走得恰到好处。可惜，我比他更周全。

兵法云："故为兵之事，在于顺详敌之意，并敌一向，千里杀将，此谓巧能成事者也。"

假意顺从敌人意图，一旦有机可乘，便集中兵力指向敌人一点。这样，即使长驱千里，也可擒杀敌将。

此棋赢得甚是险恶。

逆贼的罪行被公开，但凡参涉者，处死。知情联络者，株连。

我站起身来："诸卿，自先帝崩逝以来，哀家抱着幼帝坐上朝堂，孤儿寡母，内忧外患，从未止息。哀家虽妇道人家，但并不惧怕。兵来将挡，水来土掩。哀家会守好圣朝的河山，自然亦离不开卿等的相助。哀家以为，读圣贤书者，必怀济世救民之抱负。若是只为财为利，与商贾何异？朝堂之上，容不得见利忘义之人。"

朝堂上所有大臣皆跪了下来，高呼："太后英明。愿报效朝堂，忠心至死不变。"

风波平息。

下了朝，我跟张邑说："将桐庐郡的太守邹伏调到京中做官。"张邑道："太后怎会突然想到此人？"

"这人不简单，他身居桐庐，竟能料天下事。就在事发的前一天，他命人千里快马送雪水云绿到宫中，说是让太后舒舒心。他如何知道哀家不舒心？"

张邑沉吟片刻，点头称是。

待人尽皆散去之后，明宇上上下下地打量着我。

我笑："你看什么？"

"看姐姐有无丝毫损伤。"

"你呀，辛劳了一夜，赶紧回府歇着吧。"

"嗯。"

他答应了我，犹一步三回头。

"母后——"突然听到炽儿的声音。

我转身，见他满眼含泪地看着我。

我柔声问道："奔丧回来了？""是。"他跪在地上："儿都已听说了。谢母后。"

"你母亲，哀家可恕她一死，但从此不得自由，你可有异议？"

"儿无异议。"

第一百三十三章：因果

当日开口让胡氏配合我的时候，我已经想到了这一步。我并不一定让她死。我给她留了个活命的理由。

炽儿道："谢母后全了儿的孝心，也全了儿的忠义。"

我终是不想为难他们母子。

十几年前，清风殿的大火，虽是皇权的较量，但我对峪王一支是心怀愧疚的。有胜便有败，一路走来，鲜血淋漓，可这非我所愿。所以，偌多年来，我一直对他们怜恤照顾。

突然，瑶池殿的宫人疾跑着来报："回禀太后，不好了，不好了……"

"何事慌张？"

"峪太妃悬梁自尽了！"

炽儿听了这话，又惊又急，跌跌撞撞往回赶去。

我骂道："混账东西，你们都是死人吗！峪太妃悬梁，你们不知道去救？"那宫人扑通跪在地上："太太太……太后饶命，峪王妃把奴婢们都支支支……支开了，自自……自个儿……"

我命云归带灏儿回乾坤殿后，自己也随之跟了过去。

瑶池殿的翠竹在风中发出窸窸窣窣的声响。我走进去的时候，胡氏已经被放平在榻上。她手中死死地拽着三尺白绫，脖子上瘀痕很重，眼睛半合着，奄奄一息了。炽儿握着她的手，眼泪落在她身上，濡湿了她的衣襟。"母亲——"他唤着。这个少年老成的孩子，我第一次见他哭得如此令人心碎。

不管峪太妃是不是个合格的母亲，不管峪太妃是否糊涂，炽儿定是希望她安好康健。他从出生起，便与母亲相依为命。有娘没娘，到底是不一样。

我走上前，看着床榻上胡氏那张美艳的脸，百感交集。

"峪太妃。"我唤她。听到我的声音，她竭力睁开眼："你来了，呵。""哀家是打算留你一命的，你何苦如此？"我看着她，说道。她苦涩地笑了笑，从肺腑里挤出声音，艰难地说道："我这辈子，最不缺的就是眼力见儿。从前在娘家，因为是庶女，总是胆战心惊的。大夫人说了句红花开得不好看，我从此不敢穿红色衣裳，沾一点儿红都不敢。大夫人说湖蓝大气，于是，我就一直穿湖蓝。连带着现在，还是改不了这个习惯。"

的确如此。回忆起往日我见到她的情景，她总是穿着湖蓝色的衣裳。我还以为她喜欢这个颜色。原来，只是骨子里难改的顺从与讨好。她看着我的眼睛："陆芯儿，如今，你虽勉强恕了我，可我自觉在这宫中活着没意思了。早死也好，可以早些去陪着二爷。若不是为了炽儿，我苟且在人间这么多年做什么。"她伸出手，摸了摸炽儿的脸："我儿诗书武艺俱佳，娘心甚慰，也算不负与二爷恩爱一场。"

炽儿哽咽着："儿襁褓丧父，现今连母亲也要失去了，母亲，你为何这般傻，为何？"胡氏道："母亲不傻。等你再大一些，就明白了。有的时候，活着比死，更需要勇气，更难。母亲不怕死，怕活。"

她将手伸向我，颤颤巍巍地，像是要握住我一般。我迟疑片刻，将手递上去。她将炽儿的手放在我的掌心。

"陆芯儿，从前二爷在的时候，常常跟我说，你与寻常妇人不同，是个有心胸有智谋的。想来，二爷说的，总不会错。从大章二十七年，到现在，你一直都在赢。我自认心思细腻，可总也不如你。我只求你，能善待炽儿到底。纵二爷与我，有再多的不是，孩子是无辜的。求你——"

她说着，呛了起来，大约是脖子上的勒痕太重，肺里似风箱一般，人也越发抖如筛糠。

"哀家答应你。"

她笑了。那笑里透着满足。她嗓子里挤出来一句话："儿，娘大限到了，你从此苦乐自修吧……"说完，她似用完了最后的一点力气，倒在榻上。

命如烛火，风吹烛熄。须臾，内侍小戊去探了下她的鼻息，高声喊道："峪太妃薨了——"满屋子里所有伺候过她的宫人内侍皆跪了下来，呜咽着。

半炷香的时间，内廷监掌事赶到，一番布置，瑶池殿披满了白色。就连门口那片小竹林，亦系上了白色的带子。

我吩咐道："停棺七日，葬入皇陵，与先峪亲王合葬。加封其生母张氏为三品诰命夫人。"

"是。"

这个女人，她有她的怯懦，亦有她的勇敢。她有她的放弃，亦有她的坚持。她有她的清醒，亦有她的疯狂。

我脑海中闪过她在庭院中教炽儿读《千字文》时的场景。如果她发自内心地安分守己，寡居教子，可得长寿而终。只是长寿未必是她想要的。她因无双美貌进入皇宫，因感念成筠江给她的一点温度，一生无法忘怀。能最后为二爷做点事，她定是感到很幸福的。尽管那是一笔糊涂的计谋。

她终是死了。她不必抚摸着院中的那棵槐树思念着亡夫了。

一湖旧事一湖月，半面春风半湖蓝。

待我回到乾坤殿，见明宇在等我。云归递上来一盏布麻，我歪在椅子上，半晌未出声。

明宇道："姐姐，你不必伤怀，命有天定，该去的，都会去。"

"明宇，你知道姐姐这两日在想什么吗？"

"想什么？"

"因果。"

"欲知前世因，则今生所受者是，欲知后世果，则今生所为者是。佛家是讲因果的。"

"常灵则的人头摆在龙书案上，让人不由得想起一个人，高红袖。若不是高红袖，今日坐在金銮殿上的，便是常灵则。也许一切从高红袖算尽天机害死成锵的那一刻，就注定了。高红袖得了逞，谋来这皇位，谋来这万里江山。可她一生被自己的儿子嫌弃。太宗皇帝与先帝，皆是死于自己的儿子手中。皇室操戈，未曾止息。这难道不是报应吗？"

明宇沉默了一会儿，说道："姐姐，你想多了。"

我打开窗，外头的暖风徐徐吹进来。花事走到了尾声，便浓烈到极致。我轻声说道："不论如何，哀家既蹚入这浑水，就得尽职尽责。在其位，谋其事。"

"姐姐在哪儿，我便在哪儿。"明宇道。

听此，我笑了。转瞬自嘲道："像哀家这样的人，是没有资格论因果的。手上的杀孽太多。若真的有报应，哀家死后，是要踏入十八层地狱的。"

"十八层地狱，我也陪着你。再凶猛的敌人，都打得过，不怕地府的夜叉。"明宇咧嘴一笑。他总是笑得如此纯净。

"京畿的巡查，哀家打算交给你接手。"

"嗯。"

他说道："对了，姐姐，冀公主这两日还好吧？"

"闹脾气呢。闭门不肯见人。起初饭菜不肯入口，后来二公主帮着劝她，现在饭菜肯入口了。那孩子，孤僻得很。"

"孩子心性，过了便好了。"

"但愿是。"

"刚经过东偏殿，探望了敖大人，她的气色比昨日好，看来毒已经解得差不多了。"他说着说着笑起来："从前总是看沈昼百般不顺眼，现在看他对敖大人如此尽心，觉得他甚好。"

明宇与我说了好一会子话方走。

我看着窗外出了会儿神，听得熟悉的声音唤着："太后。"是沈昼。

我问道："沈卿，有何事？怎生不在东偏殿陪着如雪。"沈昼低头道："她睡下了。微臣想着，来向太后告个罪。叛乱之后，微臣一直守着如雪，误了公事，一股脑地都交给陆将军了。"

我笑道："如雪性命攸关，你守着她是应该的，何罪之有。沈卿，你与如雪都是哀家身边的自己人，不必如此见外。"

他沉吟片刻道："今日，平宁伯夫人临走前，特意跟微臣说了一席话。她似乎对微臣颇有怨怼。"我想了想，说道："哀家看平宁伯夫人上了年岁，她老来得女，自然是千宠万宠。听闻如雪为你挡箭，心里担忧不已是能理解的。"

"她说，让微臣知道分寸，从此自觉离如雪远着些……"

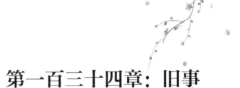

第一百三十四章：旧事

"为何？"我有些疑惑。"你们沈家跟敖家是世交，且你又是朝中一品大员，是门第配不上，还是人配不上？平宁伯夫人为何说这样的话？"

沈昼听了我的话，有些尴尬。

我讲的是他跟如雪的"般配"问题，从姻缘的角度。而他原本想表达的，是如雪的母亲对他的不满。

他低头沉吟了一会儿，答非所问道："太后，您是不是以为微臣有意与敖府结亲？""难道你并无此意？"我坐起身来。

沈昼刚待回答，恰云归递了盏茶进来，他便止了口。

我接过，打开茶盖，闻了闻，停住，问道："今日的茶是新进的。"云归笑："太后真厉害，只轻轻一闻，就知道这茶不是素日里喝的。那您尝尝看，再猜猜，出自哪儿？"我浅啜了一口，一股兰香从唇齿到腹中。我又看了看盏中汤，嫩芽朵朵，汤色绿而明亮。"茶中有春韵，又带着几分潇洒高洁，倒像是出自层峦叠嶂、岩石嶙峋之地。传哀家的话，今年选的贡茶不错，赏内廷监掌事珍珠半斛。"我笑道。云归道："太后好大的赏，一盏茶竟换您半斛珍珠。只可惜您赏错了人。"

"哦？"

云归指着茶道："这不是内廷监的贡茶，是一个新上任的京官儿送进来的。他说此茶名叫桐君岩。"新上任的京官儿……我猛地想到了。

"可是叫邹伏？"

"正是此人。"

犹记得上次他送茶来说的"让太后舒舒心"之语。

我来了兴趣："这回他可说了什么话？"云归道："他说，薄摊吐芳，轻炒保色，理条造形，轻揉促质，低温透香。这话奇怪得很，奴婢不明白是什么意思，再三问了传话的内侍，是这二十个字没错。"

"薄摊，轻炒，理条，轻揉……这些都是制茶的手艺，他说这些做什么？"

我又喝了一口，兰香比之第一口更为浓郁。

云归说："他说太后您一定会明白的。这人两次送茶给太后，都搞得神秘兮兮，竟不知是个什么来头。"

我将那二十个字在口中反复咂摸，突然明白了。制茶之道何尝不是治国之道呢。薄薄地摊开，轻轻地炒，乃施爱民之政。理条，将各项公务，朝堂上的群臣摸透。轻揉，恩威并施，将一切握在掌心，把控住力度。

最后一句就更有意思了，低温透香。待捏在手心揉得差不多了，就该将温度降下来，才能透香。这句正是影射了现在的时局啊！

大乱之后，必大治。

眼前的几片云雾消弭，日头洒下来。杏花落在地方，宛如晴日落雪。我转头向沈昼说道："上回送雪水云绿，此次送桐君岩，说的话句句语带双关，此人不容小觑。若非阿谀奉承，便是能人异士。沈卿，回头让玄离阁查一下邹伏的资料给哀家。"

"是。"沈昼答应着，准备离去。我叫住他："等等，把你刚刚想说的话说完。"

云归见状，掩门退了出去。

沈昼顿了顿，说道："微臣并未想过跟敖家结亲。对如雪，微臣是一种感激、感动，加之意外。这世上的任何人，面对以命相许之义，皆会动容。微臣昼夜不眠，守着如雪，祈愿她平安。微臣会好好报答她，待她身体全然恢复，她问微臣要什么，只要微臣有，都会给。哪怕她想要微臣这条命，也可随时相付。但微臣对如雪别无他念。太后和敖夫人都误会了。"

"如雪要你的命做甚？她想要的是你这个人。"

沈昼恭敬而严肃地说道："微臣不懂为夫之道，不配娶妻。余生在太后身边效力，恪尽职守，就够了。不做姻缘之念。"

"沈卿何苦这样讲？你如今未及四十，余生且长，该有佳人在侧。何况如雪待你一片痴心。"

沈昼拱手道："不瞒太后，亡妻临终的时候，微臣就想好了，此生不再娶妻。""为何？"我颇感吃惊。

这些年，沈昼虽一直在我身边做事，但我从未听他提及亡妻。我只知当年太宗皇帝亲自为他赐婚，在朝野间一时风光无两。可谁知成婚不到二年，他的新夫人便亡故了。其他便不知晓。

沈昼长久的沉默。直到我喝完盏中的桐君岩，他方开了口。

"那时，微臣太年轻了……"他紧了紧黑色披风上的结，呼了气，似乎陷入了对往事的回忆。

"一入仕，便百般的顺利，花团锦簇。不懂得珍惜身边的人，做了许多错事。微

536

臣武举出身，时常有人上门递帖子要比试，微臣气盛，恃才傲物，无不应约，酷喜与人较量上下，以打败京中武学渊源之家的公子而自得。除了办差，闲暇之时不是在练武，就是在比武。微臣从未关心过妻子。她过门好些日子了，微臣都没仔细看她……"

"有一回，她换了一身粗布衣裳在后院植草药，微臣路过，问仆妇，她是谁。她听了很是伤心。她的父亲是宫中有名的医官，从太祖皇帝晚年便掌管医官署。她在娘家待字闺中的时候，便很喜欢在府中自植草药。而这些，微臣通通不知道。那次过后，她身旁的仆妇去向她父亲告了状，说姑娘与姑爷成婚日久，姑爷却不识姑娘模样，二人从未圆房。她父亲跪在太宗皇帝面前饮泣，将此事告知。太宗皇帝不愿寒了老臣的心，便派人将微臣锁在夫人房中，强命微臣圆房……也就是这时候，她怀了胎。"

繁花暮春，落英濯尽。提起这些尘封的旧事，沈昼的脸上溢满了无奈与感伤。

"她怀了胎，却没有告诉任何人，连微臣身边的李阿嬷都不知道。李阿嬷常常劝微臣，成家了，便要稳成持重，莫要再出去与人逞凶斗狠。可从前比武结下的一堆梁子无法平息，总是不断有人上门挑衅……树欲静而风不止。她在沈府很孤独，从未得到夫君的体恤，加之又常常为我担心，孕中便神思忧虑，郁郁寡欢。可微臣竟未察觉……"

"大章二十一年冬天，雪下得特别大，微臣跟巴蜀来的一名镖师打斗许久，从清晨至黄昏时分，渐才分出胜负。天寒地冻，微臣饥肠辘辘，吩咐小厮先行回去，告知府中准备些饭菜，晚间想饮酒。谁知那小厮说话不清楚，夫人在外间听到了，误将饮酒听成了灵柩，以为夫君在与巴蜀镖师打斗中被杀死了，要府中准备后事了。她又急又痛，在雪地里摔了一跤。"

说到这里，他面上满是愧色。

"待那晚微臣回府，才知她原来已有三个月的身孕。那一跤摔得非同小可，加之孕期忧思过度，孩子没了。这件事对她打击非常大。纵是她父亲为她百般精心调理，亦难使她恢复如初。缠绵病榻数月，待到第二年开春，沈府后院她种植的草药萌芽之际，她……故去了。对她，微臣一直心怀愧疚。"

沈昼看向我："她临终前对微臣说了一句话，她说，'你从未了解过我，从未走近我。夫妻一场，如同陌路'。孩子失去了，妻子失去了，皆是微臣之过。微臣不配为人父，不配为人夫。"

说完，沈昼似乎是从一场大梦中走出。

懵懂之时，不知情爱，造化弄人，命有定数。

"难怪哀家去沈府两次，皆闻到一股淡淡的药香。原来沈府后院植有草药。"

"那些草药无人看顾，年年自生，年年自萎，年年岁岁，荣枯自渡。"

沈昼苦笑道："其实一辈子鳏居挺好的。不误人，不误己。"

第一百三十五章：标准

沈昼说完，便告了退。

我起身，走到乾坤殿的门口，晚霞洒到我脸上。庭院里满是昏黄的颜色。胡氏的死，沈昼的话，这些都让我想到很多。

宫墙深而高。巡逻的御林军穿着盔甲走来走去。我的余生要在这宫廷中度过吗？寡居一生，荣枯自渡，到魂飞寂灭。

小申走到我面前，递给我一卷信笺："太后，渭王递进宫的，您看看。"我皱眉："藩王的请安折子，不是应该递到兰台御史处吗？等哀家上朝，自会查阅。如何递到后宫来了？"小申道："渭王府的来人特意说了，渭王递的，不是折子，是家书。""家书"两字，让我不由得心尖儿吹过一阵风。

成灼，算来他去陇西已经一年多了。

我接过，打开，上面写着：阿娘，西北山高，河流壮阔，儿臣在此，潜心读书，饥食粗粝米，渴饮黄河水。一切甚好，唯念阿娘。弟妹们可好？时值春日，阿娘咳疾是否无恙？朝政繁杂，阿娘保重。不孝儿臣拜上。

我素来有轻微的咳疾，每到季节交替之时，总要咳几日，但不是什么大毛病。没想到他还记得。

从前，住在合心殿的时候，夜里，我抱着他入睡。被成筠河冷落的日子里，怀里的幼童，是我全部的安慰。夜晚的更漏又苦又长。

小申问道："太后可打算给渭王回信？"我想了想："不必了。以朝廷的名义给渭王府去函，让兰台御史拟文即可。"小申道："是。"

我没办法原谅这个孩子。我容他去就藩，留着他的性命，留着他的爵位，留着他的名声，已经是滔天的宽纵。我实在不愿再与他母子相称。

有些事，做过就是做过了，抹不平，也擦不掉。我不能忘怀东宫那一幕，地上的血，他手中的短刀。我抚养他那么些年，他曾是我的慰藉、我的支撑、我心底甜蜜的柔软，可他也给了我最剧烈的创伤。

罢，罢了。只要他肯安分，就让他好生守着藩地吧。

我早已给当地的地方官们通过气，好生看着渭王府。所有进出人员，一律记录在册。每隔半月，便着人送名册到上京呈览。

这孩子心志不坚，我还是留着一手，怕有人再去挑唆他。

东偏殿里早早地点了灯。我走进去，见如雪半躺在榻上，手中捧着一卷书。近看，竟是兵书。

她看见我，要起身行礼，被我拦住，我坐在榻边，笑道："不必多礼。你身子要紧。"她道："已经好多了，心里头不拥堵了，黑血清出，脑子眼睛都似清亮了不少。沈大哥要办差，如雪便让他走了。他守了几日，早已经足够。还是朝廷之事要紧。"

"你是识大体的人。"

我指着她手中的书："你怎也看起兵书来了？"如雪笑笑："在太后身边的日子长了，钦慕太后无双智谋，总想学点皮毛，读太后爱看的书，品太后爱喝的茶。"

一旁的宫人道："敖大人说太后素来喜穿冷色的衣裳，也想试试。"

我笑道："那便让内廷监给你做几身儿冷色的官服，冰绿、青铜、银灰、深紫皆可。"如雪羞涩道："纵是再学着太后，也终是不像。沈大哥晌午还笑呢，说微臣不适合冷色，还不如从前穿白。"

我怔了怔。如雪如此热衷模仿我，到底是因为她所说的钦慕于我，还是因为沈昼呢？

从她入宫与明宇比试那时起，她心里头应是有朦胧的猜测吧。

她脸上突然涌上些许忧虑。

我问道："如雪在想什么？"她低头道："不知为何，此次受伤，总觉得母亲大人有些奇怪。上次她进宫来，临走时跟微臣说了许多怪话。"

"哦？是何怪话？"

"母亲说沈大哥年岁比微臣长一大截，还曾丧偶，宗族礼法上，续弦比原配差上许多，来日死了，灵牌都得往后摆。且沈大哥执掌玄离阁多年，在上京官宦中人缘不好，实非良配，让微臣绝了这条心。从前，沈大哥往来敖府，母亲明明是很喜欢他的。怎的突然说了这么多的不满……"

我看着她道："他昔日往来敖府，在平宁伯夫人眼中，他只是令兄的朋友。如今你为他险些丧命，平宁伯夫人便用女婿的标准来衡量他。看女婿与看外人的标准，自然是不一样的。"如雪道："迂腐。这些话都太迂腐。千岁却归天上去，一心珍重世间人。一世太短，手中剑，心上人，皆触可及，才是最好的事。否则便是做王妃，也无趣。"

说到"王妃"二字，她有些愤愤然："太后，母亲这人什么都好，就是一到跟卿夫人有关的事，便总也看不开，非比个高低不可。"

"卿夫人?"

她点头："卿夫人名叫付兰卿,是微臣父亲的贵妾。她在敖府可是个了不得的人物。父亲的长女,便是她生的。那可是父亲的第一个孩子。听敖府的老人儿们说,卿夫人当年在敖府风光无两,连作为正室的母亲都被她压下了。原本,满府里都称呼她为卿姨娘,可在她生下孩子后,父亲便让府中人称她为卿夫人,不许提姨娘两个字。卿夫人跟母亲像是平起平坐了。这种情况,直到母亲生下哥哥才缓解。母亲吃了不少苦头,年近不惑,才开怀得子。倒是那卿夫人,生完长女,便再未生育。可前些年,卿夫人的女儿嫁到了庆王府,做了王妃。母亲又气不过了,一心想与她比,希望自己的女儿亦嫁进某个王府去。"

原来敖府中还有这么段故事。庆王府,是太祖旁支皇室,素来不起眼,加之一直在遥远的渤海就藩,故而我并未在意。不过,敖府的庶长女能嫁进王府做正室,这卿夫人算是相当有能耐了。

我似想起来什么似的说:"哀家看平宁伯夫人有了年岁,她高龄生下你们兄妹,着实是太不容易了。"如雪道:"嗯,特别是微臣生下来便先天不足,身体孱弱,险些夭折。高人卜卦后,说送到别处去养,方可活命。母亲忍痛将微臣送到她娘家远亲处,6岁上才接回。奇的是,微臣在外头养了几年,体格竟真的大好了。术士说,此乃灾厄已被化解。"

在外头被养到6岁?我心头刹那浮过一些疑影。我问道:"6岁之前的记忆,你可还有吗?"如雪一脸茫然:"记不清了。只是听母亲说,那远亲居于巴蜀之地。"

巴蜀。我摇摇头,笑自己,真是痴心妄想,麦尖认作针,可笑至极。巴蜀距江南千里之遥,怎会如此巧合?我心念太深,以至于此。

如雪疑惑道:"太后,您怎么了?"我笑道:"没什么。许是近日乏了些,总是神思恍惚。你安心歇着,好好养伤,早日痊愈,哀家需要你。"

如雪点头。

这一夜,我睡得很早。做了一个冗长的梦。梦里,我行走在一处乡间,那里日暮飞花,庭霞卧风,突然有一个少女的声音唤着我:"姐姐,姐姐,姐姐——"

我四处张望,却没有看到人影。我高声喊道:"你是谁?"那声音答道:"我是月儿。"我哽咽:"真的是你吗?月儿,你还活在这人世吗?你知道吗?姐姐相信了好几次,亦失望了好几次,不敢再抱奢念了。"那少女的声音如春雨般干净:"姐姐,我尚在人世。"

寅时,我从床榻上惊醒。风把庭院中落下的花瓣吹到我掌心。这一刻,我做了一个决定。

南巡。

第一百三十六章：故乡

金銮殿上。听完大臣们的奏事，我开口道："诸卿，哀家有一个想法，与各位相商，哀家想带着圣上南巡，走陆路，从直隶到莱州，再走淮安，到禹杭。各位觉得如何？"

此话一出，众臣皆议论纷纷。我看到站在首位的明宇脸上露出惊喜。他曾经跟我提过好几次南巡，但他定是没想到，我这么快就将此事拿到朝堂上来议。

一位大臣道："如今正是四月，有道是杨花飘尽菜花香，四月田间人人忙。正是农忙之际，太后若此刻南巡，岂不给沿途百姓徒增负担，劳民伤财，误了农事？"

我笑道："爱卿说得有理，这个，哀家早已想到。南巡需要各方面细细筹备，不是说出发就能即刻出发的，故而，哀家拟定的南巡动身之日，是七月初。"

我起身，看向众人道："太祖皇帝创业艰难，太宗皇帝开疆拓土，先帝仁爱守成，如此数年积累，得今日大好局面。然，上京在北，圣朝龙兴之地在陇西，皆离江南甚远。江南富庶，年年赋税居天下之首。可江南的百姓对朝廷却生疏得很。哀家此番巡幸江南，是想让江南百姓知朝廷恩泽、关爱。故而，哀家认为，南巡，并非劳民，而是爱民。"

一席话说完，众人安静下来。我继续说道："哀家南巡，朝廷不必下达公文到当地州县，队伍行进途中，也不必告知沿途的官员，不必夹道欢迎，更不必红毯铺地，筵席亦无须他们准备。哀家打算带着圣上好好儿地感受民情，真真正正地到民间走一遭儿。"

这回，大臣们更惊诧了。或许他们本以为我是想去故土游玩，可听到此处，觉得我所说的南巡并不是游玩那么简单。巡，即巡视。不仅是巡视士农工商百姓们的生活，亦是巡视当地官员的政绩。

"若地方官员不知，沿途若有危险，该当如何？南巡所能带的防卫力量毕竟有限。圣上与太后的安危最是紧要。"兵部尚书考虑的问题非常在点子上。

我答道："这个问题，哀家亦已想好。敖统领留守京中，陆将军随哀家出行，负责一路的防卫。带的人马无须多，只需精。届时路上若果真有什么事，陆将军可持兵符就近调动军队护驾，不需要惊动地方官府。"

话已至此，众臣都知我心意已决，便无人再起反对之意。

散了朝，灏儿问我："母后，江南是哪儿？"我柔声道："江南是母后的故乡。"灏儿歪着脑袋继续问道："故乡是什么？"我想了想，说道："归梦如春水，悠悠绕故乡。故乡就是出生成长的地方。"

灏儿道："那，孤的故乡是哪里？皇宫吗？"我笑着摸摸他的脸："圣上的故乡，可以说是上京，也可以说是陇西。你看你父皇留下的篆刻，上面写的是什么字？陇西六郎。陇西是皇家的祖籍。当然，圣上作为天下之主，四海都可以是圣上的故乡。"

灏儿点点头。走了几步，见二公主在檐下等着。灏儿又问道："母后，南巡二姐是否一同前去？""冀公主和安公主都一同去。孩子们都带在身边，母后才能放心。"我说道。

二公主听了我的话，恭敬地朝我笑笑。那笑里满是感激。

"谢母后想着儿臣。"她总是这样，每发现我对她的一点好，都小心翼翼、手足无措。

她牵着灏儿，道："母后想来有公务要忙，儿臣带圣上去练练字。"

我点头。

不远处，白色的身影走向我。是炽儿。胡氏新丧，他身上穿着孝衣。我看着他的脸，他像是一夜之间，褪去了仅余的稚气。

"母后——"

"炽儿有何事？"

"听闻母后要南巡。"

"是。母后打算带你一同去，你散散心也好。"

炽儿道："儿正想跟母后说此事。母后南巡，儿就不去了。儿重孝在身，不敢远行。母亲灵位前，每日三炷清香，儿想亲自奉上。另则，宫中亦需可靠之人留守，儿愿留宫中，为母后打理一些琐碎事宜。"我伸手拂去他肩头的几缕飞絮，道："也好。"

回到乾坤殿，见沈昼在等我。我坐下来，云归将那日我称赞过的桐君岩又沏了一盏，放在桌案上。沈昼递上一张素笺，道："禀太后，邹伏的资料查完了。此人籍贯禹杭，长乐元年进士。这是他曾任过的官职、素来交好的人，微臣都整理出来了，太后您看看。"

"禹杭……"我接过，沉吟片刻，道："他今日是否在朝堂之上？"沈昼道："在。但想来从桐庐那等小地方新调入京，上了朝亦不会站在显眼的地方。"

"你去他府中一趟，将他带到乾坤殿来，就说哀家要见见他。"

沈昼迟疑道："太后突然无由宣召小官吏觐见，恐会让他惊慌。"我笑着喝了口盏中茶："沈卿放心，能送桐君岩给哀家，这邹伏绝不会惊慌。"沈昼答应着去了。约莫一个时辰过后，我坐在乾坤殿的书案前批折子，听见小申说道："太后，沈大人将那人带来了。""让他进来。"少顷，走进来一个40岁左右的中年人。他穿着五品官服，跪在地上，行叩拜大礼。"太后万安。"

我放下手中笔，打量着他。我一句话不说，他倒也不慌神，镇定自若。奇的是，这个人身上全无官僚之气，倒有些游方术士的味道。想着，我竟笑了。

他开口道："太后笑什么？"我正色道："哀家要罚你。"

"谢太后。"

"你怎么不问为什么罚你？如何罚你？"

"天家恩赐，罚也是赏。"

"你倒是有觉悟。"

"微臣想念首诗，送给太后。"

"念。"

"十年榴花枝头愿，绫罗深宫梦难还。鸳鸯帐中非鸳鸯，一载高楼不胜寒。"

我大惊。这是十多年前放我跟菜头从兽笼中逃走的那个官兵头目念的卦语。我深深记得，那个月色清冷的晚上，我跟菜头躲在狗洞里，那人送来了食物。我问他的姓名，我向他允诺，若有来日，必衔草结环，以报大恩。可他不答，临走时只说了句"星姑娘保重"。

"你是何人？怎会知道这卦语？"

邹伏平静道："卜卦之人，是微臣……"我冷冷地看着他："你可知在哀家面前撒谎要付出怎样的代价？"邹伏面无惧色："微臣知太后智谋无双，怎敢在太后面前撒谎？微臣方才话还没说完，卜卦之人，是微臣的兄长。长乐元年，微臣初入仕之时，并不知家兄这段往事。直到前几年，才听家兄偶然提及。"

"恩公他现在何处？"

"九泉。"

我手中的茶盖微微晃了晃。

"因何离世？"

"病故。"

第一百三十七章：冤枉

　　"星姑娘，我家祖上曾精学相面卜卦之事，虽到我父亲这一辈，不再以此谋生，但到底家学尚在。我亦略通一二。我观星姑娘面相，紫气埋于额下，两目炯炯有光，必为不凡之人。我悄悄替星姑娘卜了一卦，这卦颇为蹊跷。非我之修为能解。"

　　这是他曾对我说的话。这些年来，我偶尔回想起他所说的卦语，慢慢地悟出来。那些云里雾里的话，在岁月里变得清晰起来。一一应验。

　　有诗云："五月榴花照眼明，枝间时见子初成。"是而，榴花，意为生子之喜。卦语中"十年榴花枝头愿"，我与成筠河相伴十年，我做了十年的贵妃，因生了灏儿，灏儿被选作新君，我方才飞上枝头，身居后位。"绫罗深宫梦难还"，纵是绫罗锦缎在身，头戴凤冠，绮梦难回。

　　正想着，跪在地上的邹伏说道："自那件事发生不久，家兄便辞了衙门里的公差，一来，是厌倦了杀伐之事，二来，也是恐人追究他职务疏漏，放跑犯人。微臣家中在禹杭城郊有几方祖宅、几亩田地，家兄便去了那里，耕田种花。农闲之时，去桥头巷尾，给人看相算卦。"

　　我面带感伤道："当初问及恩公名姓，恩公不愿透露，若早早寻到恩公，也可报答一二。如此，倒成哀家一大憾事了。"邹伏道："太后不必如此想，家兄自身并不图太后的报答。否则，他卜到太后身居高位，焉有不寻进上京之理呢？"

　　我点头道："恩公高风亮节，淡泊名利，可敬可佩。既恩公生前，哀家无缘得知他的名姓，如今有缘碰着他的家人，便由你告知哀家吧。"邹伏拱手："回太后，家兄名邹付。"

　　我沉吟道："哀家决定，此次南巡，把你加到随行名册里。到了禹杭，你带哀家去恩公墓前，洒上几杯清酒，谢他当年救命之恩。"他叩首道："谢太后。"

　　我笑笑："邹伏，你给哀家送的桐君岩，哀家查阅天下茶书，并没有找到此茶名，哀家想着，这是你的杜撰吧？"邹伏道："不敢欺瞒太后，桐君岩是微臣亲自采摘，亲自制作，亦是微臣亲自取的名。桐君岩，同君言。"我又饮了一口盏中茶，淡淡道："你起身吧，也跪了好些时候了。"

"是。"

"恩公已死，哀家不能薄待了他的兄弟。哀家瞧着，你这官服，该换了。"我指了指他的衣裳："朝霞，换成青云吧。"他听了这句话，颇为喜悦，再次跪在地上："谢太后隆恩，臣感激涕零。"

五品文官穿朝霞，三品文官穿青云。一句话之间，邹伏便高升了。

我看沈昼送来的履历便知道，邹伏在官场多年不如意，调来调去，调不出个名堂。照他原本的仕途轨迹，混到死，也混不出个三品来。我转头跟小申说："太仆寺卿前日犯心疾去世了，你去告诉张邑张大人，就说哀家有旨，让邹伏补这个缺。"

"是。"

邹伏走后，云归跟我说："太后，您觉不觉得，这个人，眼睛里写着欲望？"我笑着说道："读书人，自然是有欲望的。儒家的思想，本身就带着出仕的欲望。只是，世间的欲望分很多种，济世救民，是欲望，出人头地，也是欲望。若欲望是正当的，便无错。谁不想往高处走呢？"云归一边往我的茶盏里添了些沸水，一边调皮道："那这么说，太后是站在最高处的人，太后也是有欲望的。"

明宇走进来，笑着喊我："姐姐！""你来了。"我示意他坐在我身边。

无人处，我们渐习惯了不拘礼。

"早就提过想让姐姐回故里看看，没想到姐姐这么快就做了决定。"明宇的话语间满是开心愉悦。"今日，在朝堂上，姐姐说的是走陆路。想必散朝之后，消息定会传出去。沿路的几处官员定做好了准备。咱们就算看到什么，也只是假象。"我说道。明宇思索道："姐姐说得极是。官场上通消息是常有的。纵是姐姐下旨不许下达公文到地方，京中官员也会与交好的地方官私信往来。"

"所以，姐姐决定，走水路。避开昨日我在朝堂之上说的那几个地方。"

明宇笑："好。如此甚好。让他们的准备落空。这天底下任谁说聪明，我都不服。就服姐姐。"说着，他从袋中掏出一个小纸包，打开，是豆渣。我用手敲敲他的头："不是说了，不让你去偷豆渣，你怎又去了？泼皮东西！"他喊道："冤枉啊！你上次说不让我偷，我就没偷了！这是我光明正大买的！"

一旁的云归掩口笑道："奴婢听外头的小内侍们讲了，现在京城坊间都传陆将军爱吃豆渣，各个小商贩都争着做呢，皆盼着陆将军光顾生意。陆将军是大主顾，一包豆渣，50 两银子！"

我亦笑了起来。明宇从小不缺钱，花钱没数。恐怕他连米粮何价都是不知的。说笑一阵，明宇去了，临走，还再三叮嘱云归，让云归拿豆渣煮汤给我喝。

其实，这次决定回故里，想办的事情实在是太多了。想着找寻月儿。想看看水府的老宅子。沈昼上次去江南，我已让他想办法将那宅子腾了出来，现在里面有专人负责洒扫之事。

还有，我想去看看南飞。菜头将她葬在了西湖湖心。她终于去了她想去的地方，她口中有柔软水波、满湖清香的地方。这么多年过去了，她可寂寞？我永远都不能忘记，她临死前用瘦如枯枝的手指拉着我，笑着跟我说："奴婢在天上，看着娘娘长乐万年。"想一次，便落泪一次。我的南飞啊。

还有菜头，他浪迹江湖，不知如今是否依然形单影只，有无片瓦遮身。那些在我生命里花开一路的人，每逢想起，便恍如隔世。

日子在忙忙碌碌中如水一样淌过。

转眼，三个月过去了。如雪的身子大好了，仍留在我身边做暗卫和金刀御史。

七月。白日里，透蓝的天空，悬着火球般的太阳，云彩似乎被藏起来了。夜里，流萤闪烁，风轻无雨。玫瑰百合，混杂着夏日的香气。

南巡的时日近在咫尺。

有一日，如雪懊恼地跟我说："太后，母亲说，不愿微臣随行在南巡的队伍里。微臣不允，她便哭泣起来。微臣着实为难得很。"我笑道："哀家知道平宁伯夫人的意思。她知道沈昼是哀家的心腹，这次必跟着一起去江南。你若也去，两人一路同伴，恐你二人私订终身，届时，想拦，也拦不住了。"

如雪道："母亲真是想多了。沈大哥是何其正直的人，怎会做那等事！微臣怎么可能不跟着太后一起呢？微臣的职责便是保护太后啊！离了宫，发生什么事，尚不可知，微臣在京中如何放心得下？"她一脸焦灼。

如雪能文能武，有男儿的英气，可提及母亲，便毫无头绪。可见她平日里顺从母亲惯了。想来，这平宁伯夫人，得一双儿女不易，控制欲便格外地强。

我轻声道："别担心，哀家打算宣平宁伯夫人入宫，私下里跟她说这个事。"其实，明着下旨便可，敖府敢抗旨不成？只是我不想让如雪为难。对云归，对如雪，我总有着说不清道不明的怜爱与疼惜。或许，这是另一种对南飞亏欠的表达方式吧。

第一百三十八章：卜卦

夜里，蝉鸣如歌。烛火跳动着，平添了几分热气。

我唤着云归："将殿内的灯撤去几盏。"云归笑："奴婢也觉着热得很，可想着太后有夜读的习惯，便没敢撤，怕太后伤着眼。"我摇摇头："无妨。"说话间，小申走了进来："禀太后，平宁伯夫人来了。"

"请进来吧。"

少顷，那个雍容典雅的妇人再度出现在我面前。她穿着一身儿魏紫牡丹色的香云纱袍子，脚上穿的是黑色金丝绣鞋。一头花白的头发梳成整整齐齐的髻，以一支粗粗的香木钗压着。她不卑不亢地向我行礼。

撤去了几盏的乾坤殿有些昏暗，我瞧着她的脸说："敖夫人可知哀家传你来何事？"她颔首："若是国事，太后传的便是家夫和犬子了，臣妇想着，定是家事。"我笑笑，摇头道："非也，哀家今日找敖夫人，为的是国事。"她半俯着身子："臣妇年迈，恐难帮太后的河山大事。"我一边唤着云归"去，给敖夫人倒盏茶来"，一边正色道："如雪是哀家身边的近臣，她的事，便是哀家的事，哀家的事，便是国事。"

平宁伯夫人微微愣了一下，旋即说道："若太后想说的是南巡之事，臣妇有话要禀与太后知道。如雪虽是臣妇的孩子，亦是太后的臣子。臣妇虽不才，先忠后孝的道理，却也懂得。臣妇之所以不让如雪伴驾南巡，是因她幼年时，身体孱弱，有术士曾给她卜卦，'6岁之前，需养巴蜀，6岁之后，不离上京'，否则会有性命之忧。那术士的卦一向是准的。就是因为听了他的话，这孩子才能养大。这件事，京中好些官宦人家都知晓的。"

这个妇人，肚里很是有些弯绕。她知道若是说些别的理由，必会被我以大义之词压下去，而关乎如雪的性命，我便不好说些什么。她如此言辞恳切，显得自己的阻挠并非是妇人无知之举，而实属无奈。且那句"这件事京中好些官宦人家都知晓"更是高明。

她一早便在京中权贵圈子中散下舆论，想必是打定了不让如雪离开上京的主意吧。她为什么如此害怕女儿离开自己，执意要把女儿留在身边呢？想想如雪跟我讲的关于敖府内部的事，我琢磨着，或许她是在长年累月与卿夫人的争宠中极度缺乏安全感，才对自己的一双儿女格外在意吧。

我想了会子，端起茶喝了一口，笑道："说起术士，哀家也是信的。哀家新近提拔的太仆寺卿邹伏，家中从祖辈起便精通相面卜卦之事，哀家让他来算算吧。""这……"平宁伯夫人面露难色。"怎么？"我不紧不慢地说着，"平宁伯夫人是不相信此人的能耐吗？"她忙道："不敢。太后提拔的人，自然是极好的。"

半炷香的工夫，邹伏被传到宫中来。我将如雪叫到跟前，跟邹伏说道："就劳烦邹大人卜一卦吧。"

"是。"

邹伏点了香，从袋中摸出龟壳等物，闭上双眼，口中念念有词。须臾，他睁开眼，说道："潮平月落时，梦归东南开。归于红尘处，烟雨怅渺徊。"

平宁伯夫人问道："邹大人，这是何意啊？"邹伏沉吟道："平宁伯夫人稍安，此卦意为敖大人幼年时的命结已经打开，厄运如潮平月落，已然退去，故而，不存在禁于上京一说。"如雪听了这话笑道："母亲，您听听，我就说无碍的。想那术士十几年前卜的卦，现在过去了这么长时间，有变数是再正常不过的。邹大人之言，说明我命硬，遇灾挡灾，是好事啊。"

平宁伯夫人变了脸色，想说什么，似又一时找不到措辞。她以卦语挡行，我便以卦语破之。云淡风轻，又顺理成章。

我笑笑："敖夫人，那事情便就这样定下吧……""太后——"她喊了一声，跪在地上。如雪见状，道："母亲，您这是做什么？"敖夫人以手扶心，自顾说道："臣妇年迈，一生最珍贵的所得，便是一双儿女。太后有满朝文武大臣，有天下子民，可臣妇只这一双儿女……"

我起身，亲自扶起她，笑道："敖夫人多虑了，如雪随哀家南巡，又不是上战场，只需数月，便会安安稳稳地回来。"

话已至此。她万般不愿，也只得行了个礼，屈身道："是。"

如雪送走了母亲，回到我身边，说道："母亲年岁越长，越似孩童，让太后见笑了。"我轻声道："理解。"邹伏看着如雪道："敖大人幼年曾长于东南吗？"如雪摇头："不是东南，是西南，巴蜀之地。""哦？"邹伏看了看龟背，问道："巴蜀何地？"

"听母亲说，是江阳。"

邹伏捋须道："江阳美酒天下闻，是个好地方，敖大人可还记得自己长于江阳何处？"如雪笑道："不记得了。说来惭愧，稚时记忆全无，只偶听母亲提及。"邹伏点点头。

我见状，问道：“邹大人可是卜到了旁的什么？”邹伏道：“禀太后，无甚，只是微臣曾在巴蜀任小吏，故而多嘴问几句。”

我摆摆手，他跪安告退。邹伏升官三月，倒是勤谨，重要的是听话。理政多年，忠奸皆历，我自有感悟，为己私计则狂，为主私计则忠。做臣子最大的好处，便是听话。听话比能力更重要。

我走了几步，行至檐下，恰有一丝凉风吹在我脸上。我看见烯儿坐在竹桥上，摩挲着一只风筝。那风筝褪了色，看上去有些年头了。我走上前去，烯儿听见脚步声，抬头，看见我，轻轻笑了笑。她那张酷肖成筠河的脸，在月色下，笑得无端让我心疼。

这个孩子，身上流着我的血。为娘的心，对世间任何人都狠得起来，可对自己的孩子无论如何是狠不起来的。

“烯儿，这风筝旧了，你要是喜欢风筝，母后让内廷监给你多做些来。”

她低头道：“母后，这风筝是从前父皇做的，你不记得了吗？”

我看着那风筝，想起来了。“是，是你父皇做的，你那年放风筝的时候，风筝的线还缠住了张邑张大人的帽子。对了，这次南巡，张大人举家都随行。他有四个孩子，到时候你们一起放风筝……”

烯儿起身道：“母后，儿臣不是喜欢放风筝，只是喜欢父皇做的风筝。”我握住她的手：“烯儿，父皇是你的父皇，母后难道不是你的母后吗？”她看着我：“父皇是儿臣的父皇，母后是所有人的母后。”

庭院溶月，竹桥之下，流水悠悠。水中倒映着星与月的影子，萤流花径，荡漾得人与夜色皆朦朦胧胧。我不知如何走近这个孩子。这种乏力感笼罩着我，从未离去。但愿这次南巡是个和缓的好时机。

太常卜得，七月初三，是个好日子。于是，出行之时，定在了那日。我与孩子们、云归、如雪坐在为首的马车上，明宇骑马伴在身边，身后跟着其余的几位重要随行官员及家眷。所有随行的人不穿朝服、官服，皆穿着便服，看上去，似寻常的大户人家出游。

沈昼带着玄离阁的人乔装暗中相护。约莫两百里，从陆路改行水路。

早已准备好的船在渡口相迎。我嘱咐明宇：“马车继续该走陆路，还是走。派一队人跟着就行。”

“是。”

第一百三十九章：抢劫

傍晚的时候，明宇进舱内来问："姐姐，是否要靠岸？"我问道："到何处了？"明宇道："此地离蓬莱近，往前再走些，便到不夜郡了。"我沉吟片刻，说道："这两地皆是好地方……嗯，停在不夜郡吧。"明宇靠在舱门上笑道："为何？"他穿着一身今夏时兴的烟霞缎衣裳，似寻常的富家公子般倜傥。

我看着孩子们："记得哀家似烯儿这般大的时候，曾读过一本书，书上写，功名皆浮云，此去归蓬莱。那时觉得，蓬莱岛上定是些视功名为浮云的仙辈。现在，晃晃悠悠过了小半生，越发觉得，肯抛却功名了却一生者珍贵。这样的地方，咱们就不作打扰了吧。"

灏儿听到这里，皱起眉头，小小的脸上流露出不屑，口中"喊"了一声。明宇看着灏儿："圣上这是怎么了？"灏儿说道："最是讨厌母后口中这等浪人。"

我看着他。灏儿认真说道："读了几本书，不思效忠朝廷，为国为民，一味避世，羞也羞死了！枉费了圣贤教诲！"

我与明宇皆面面相觑。灏儿歪头思索一番，又道："诗词闲书不过是雕虫小技尔，经世济民才是真本事！"明宇哈哈大笑起来，他拱手向灏儿道："圣上小小年纪，有见识。"

我沉默不语。灏儿具备从政者天然的冷漠，亦具备掌权者的喜憎分明。无数次他给我的意外，都佐证着一个事实，他不是一个寻常的孩子，他有着超乎众人的心智与见地。

而某些见地，与我截然不同。

船舶到了不夜郡的渡口。我牵着灏儿从舱内走出，烯儿与炘儿站在我身旁，云归和如雪跟在身后。

天地之间，海天相接之处，一派令人惊叹的景象。金色的光芒洒满了水面，洒满了渡口，洒满了岸边的每一寸土地。夕阳仿佛醉了的美人，面庞渐渐地显现出红晕。那红晕在水波中闪烁，壮阔中带着温柔。

七月的热气似乎在这一刻尽皆退去了。晚风徐徐吹拂，送来一阵阵花木夹杂的幽香。云海落日，璀璨天涯。我笑道："古有日夜出，见于东莱，故莱子立此城，以不夜为名。今初见便这等绚美不可方物，果名不虚传。"身后随行的众人道："太后所言甚是。"

　　我转身，看着大家："此次出行，不宜高调，否则便违背了哀家的初衷。从即刻起，大家不必唤太后，唤夫人便是。亦无须自称臣，朝堂之上的敬语尽可免了，随意些。"

　　"是，夫人。"

　　"那，咱们便进城吧。"

　　一行人下了渡口，进了城。不夜郡城中人不多，傍晚时分，街上只有零星的几个走动的行人。明宇探得城中最大的酒楼叫作"洞天阁"，于是乎，我们这一群人便选择在那里落脚。

　　洞天应不夜，源树只如春。洞天阁这个名字倒是应景得很。走入酒楼，明宇去柜台开客房，大厅中，几位酒客在围桌吃酒，时时伴有笑声。明宇付了银两，问柜台的小二："怎么此地人口像是不多？"小二看了看我们，笑道："你们是外地来的客商吧？难道不知道此地这两日有大事？"

　　"什么大事？"

　　小二指了指上京方向，两手抱拳："当今太后与圣上南巡，这两日途经咱们齐州府，不夜郡的许多官员士子商贾，都赶去两百里以外的州府看热闹，企盼一睹天颜呢。平日里，太后与圣上坐在大殿，咱们老百姓哪能见得着呢！"

　　连一个酒楼的店小二都知晓了此事，可见沸沸扬扬到何种程度。

　　小二继续说："齐州巡抚做了多日准备，就连道旁白杨，都裹了半截绫罗呢！据说是皇家的车马已经差不多快到了，沿路驿站的驿丞都盯着此事呢。"明宇道："哦？那他们倒是挺齐心。"

　　厅中有一酒客道："那太后陆芯儿是个众人皆知的狠辣货，他们哪敢怠慢呢！且这可是个难得的露脸机会，谁不赶着拍这个马屁？依我说，竟是可笑得很，一群七尺男儿，讨好一个女人！"

　　如雪听此人说话粗鄙，欲上前教训一番，我伸手制止。少做冲动之事，方有安逸之行。越是吸引外人注意，越是容易暴露。

　　明宇分发了钥匙，一群人安置妥当。

　　如雪在我身旁道："那群人精心准备，扑了个空，不知做何感想？"

　　"让沈昼告诉车马里的人，样子要做好。虽沿途没人知道太后与圣上长什么样，但也要少露脸。酒宴一律免。有官员来邀，只说累了，想歇歇。所有人等，一概拒之门外。短暂停歇后，便继续出发。"

"是。"

只听得外头有吵闹声，云归去看了回来，禀报说："冀公主的风筝被张邑大人家的公子不小心踩到了，冀公主正在发脾气呢。"

我走了出去，见烯儿在骂一个蓝衫小儿郎。那小儿郎约莫十三四岁，着蓝衫，戴俊巾，甚有风度。想来张邑是我一手提拔，在朝中为阁老近十载，身居高位，教子亦有方。

他温和地向烯儿行了个读书人的礼数："大小姐勿怪，是张浔之失，这便赔偿大小姐一个相似的风筝。"烯儿皱眉："你赔得了么！你可知这风筝是父……父亲所画。世间再不可得。"

张浔低头跟身旁的小厮道："取出纸笔来。"小厮递上纸笔，他挥毫便画，不过是半炷香的时间，便画出了一幅木芙蓉图。他又将图缚在竹上。那风筝真的跟成筠河做的一模一样。就连烯儿亦惊住了。

张浔拱手道："不瞒大小姐，在下仰慕令尊笔墨已久，常常临摹，虽不及令尊多矣，但亦类一二。愿大小姐莫要再恼，张浔愿赔大小姐风筝，您什么时候要，在下便什么时候画。"

烯儿不再说什么。她拿着新风筝和那被张浔不小心踩破的风筝一起进了屋。炘儿跟在她身后。张浔抬头，看到了我，上前行礼："夫人。"我点头："你画得很好。"

"夫人谬赞。"

"张大人的公子果然优秀。想来下一个大比之年，你也要上考场了吧？"

他笑笑："回夫人的话，去年说要考试，被父亲大人拦住，硬生生让再等几年，恐锋芒太露。父亲说，他是朝中要员，若儿子过早取得功名，倒像是作弊走后门得来的。"我笑道："张大人太小心了些，他向来主张委派官员，人尽其才，难道自己的儿子就要受委屈不成？"

闲话两句，便各自回房间安歇。一日连着赶陆路与水路，皆乏得很。

酒楼做了饭菜，分送到各人的客房。不夜郡临海，一应饭食，以海中之物为主，鲜美得很。孩子们都喝了不少鱼汤。

夜里，刚睡下没多久，就听见一阵骚动。鼻端闻得海水的腥咸味道，一阵脚步声杂而混乱。客房的门被打开！几个人冲了进来。睡在我身旁的如雪警觉起来，忙提剑起身，然，动作却比平时迟缓。她惊道："夫人，晚间那鱼汤似有迷魂药！"进来的那几个人哈哈大笑起来："看得出你们一行中有几个武人，不下点药，如何稳妥？"

我不作声，分辨着这几个人的来意。那腥咸的味道，显然常年生活在海边。他们的口吻、动作、身手，表明他们并非训练有素的组织，如果我没猜错的话，他们是此地的匪盗。

果然，为首的那人喊道："识相的把金银财宝都交出来！"

第一百四十章：谋财

"大胆的贼人，不可放肆！"如雪愤怒不已，似竭尽全力拔出剑，手却哆哆嗦嗦地无法举起来。匪盗哈哈大笑："别使劲了，吃了软骨散，十二时辰内，别说剑，连绣花针你都是拿不起来的！"

软骨散，不是要命的毒物，说明这帮人并不想致人死。他们只谋财，不害命。

我所住的这间客房，是洞天阁最大的房间。三个孩子晚上都与我同住在此。黑夜中，我小声让云归去护着孩子们。

云归不会武功，但她素来怕腥，不爱吃鱼，更不爱喝鱼汤，晚上的时候，只吃了点我们从上京带来的面食，所以，她没有中毒。

天际小星残月。海风阵阵如漪。我起身，摸到火镰，点亮灯。我看着冲上来的几名匪盗。许是我的不知惧怕让他们感到意外，他们将大刀晃了晃："听见没有！将财物都拿出来！"我从榻边拿出一个匣子，递给为首的那个人。里面有三百两银子。以圣朝今时之田产地价，三百两银子足以在不夜郡这等小城买上几十亩上好的水浇地安身。

我笑道："各位壮士，我等行商出门在外，和气生财，愿跟各位交个朋友，银两已奉上，还请笑纳。"那汉子将银两在手中掂了掂，拿眼睛觑着我："就这么点儿？"他一挥："兄弟们，搜！"

"慢着！"我拦住他们。我们随身携带的物品里不能翻，里面有许多宫廷之物，不仅会泄露我们的行踪，还会徒增许多麻烦，而我，不希望如此。

我眼角的余光，看到一个小小的身影从门口跌跌撞撞跑了出去。似乎是炘儿。她步履蹒跚，饶是如此，她还是艰难地往外跑。

眼下，我顾不得想炘儿出门做甚。我看着那汉子，冷冷道："看来壮士是不愿为友了，三百两不少，你却贪得无厌。难道朗朗乾坤，你就不怕我去报官吗？"自古官匪为敌，没有匪盗不怕官府的。然而那汉子听了这话，却仰头大笑，仿佛是听到了世间最愚蠢的笑话。

他那两颗前门牙上似还带着吃半生不熟的红肉留下的残渣，看上去像血一样。

"报官？我劝你这外地来的别瞎费工夫。纵是你敲破了衙门口的鸣冤鼓，也没人为你主张！或许——"他不屑地瞧着我："或许你报官不成还得落一顿打！"

"哦？"

此话大有深意。那汉子指着我刚给他的那三百两银子，接着说道："实话告诉你，我们抢来的钱大半是要交给郡衙的郡守艾大人，你说，他会管这事吗？"

乡野匪盗，坏而不奸，他不像是在撒谎。不夜郡的郡守竟如此大胆，与当地的匪寇沆瀣一气，敛此不义之财，实在是无耻之尤。比匪盗更可恶。

那汉子道："经过不夜郡渡口的客商，必须得在这儿放放血——"说话间，匪盗们朝着箱笼冲过来。

正在这时，炘儿带着随行的几个人从门口冲了进来。这几人定是今晚没有喝鱼汤的。原来刚才炘儿出门是喊人去了。

明宇不在这几个人当中，想必也同如雪般，中软骨散的毒颇深。我在心里默念着，沈昼晚间去了齐州府，约莫这会子也该回来了。否则，这几个文官如何打得过匪盗呢？不过是撑一阵子拖一拖时间罢了。

我看到张浔亦在这几个人当中。他虽年纪小，身手倒是不俗，与那为首的汉子过招，轻盈矫健，未落下风。

汉子恼了，吹了声长长的口哨。不好，他在唤他的同伙。看来，他带了不少人同来。须臾，听见动静，果涌上来一群小贼。汉子冷哼道："不捞些肥鱼，白费了网！"

不夜郡临海，夜间的海风极大，"砰"的一声，吹开了窗。一只大鸟从窗口飞进来。"大黑。"我唤着。上次我险些被常灵则的长枪刺死，亦是大黑出现，一口咬过长枪，竭力保护我。它挥动着翅膀，低低地盘旋着，黑漆漆的眼睛里似乎传达着主人的消息。菜头没有出现，但我此次南巡，他定是知道的，不知他是否会露面。

大黑俯身冲过去，匪盗头子被撞击在地，口中骂道："娘的，这鸟成了精了！"大黑口中吐出密密的松针，那些松针扎入那伙人的身上。

霎时，叫声一片。

约莫半盏茶的工夫，黑色披风的身影从门口闪入。沈昼他们回来了。

所有的匪盗，被捆得严严实实，塞上嘴巴，如粽子一般，扔在地上。

那个匪盗头子愤愤地盯着我，显然没想到，准备捞鱼的他，反倒撞进了网里。我指着他们跟沈昼说道："不夜郡的郡守叫什么名字？"沈昼禀道："回夫人，他叫艾津。并非读书入仕，而是得蒙祖荫，在这个位置上已经十年了。他似乎很懂得一层层打通关系，在当地的官场很是吃得开。就连东莱的知府，乃至齐州府的巡抚，都保着他。"

我笑了一声："这倒是有意思的很哪。沈卿，你让这贼头子写份供书，把这位艾大人咬出来，然后将他和供书一起送到齐州，放在知府的府衙。看看知府大人如何裁夺。"沈昼顿了顿，说道："现下齐州府里都忙着……接驾的事。"

"你就放在府衙最显眼的地方。其他的，且等着。"

那匪盗头子拼命地摇着头，我让沈昼扯掉他嘴上的布，他喊道："不可，不可啊，给我一百个胆子，也不敢供出艾大人哪。求求各位祖爷爷祖奶奶，饶了我吧，我再也不抢了。艾大人惹不得啊……"

我瞧着他，问了句耐人寻味的话："捕鱼用什么？"他愣着："网啊。"

"那你想不想做那张网？"

他挣扎着，在地上磕头："艾大人在不夜郡只手遮天十年，不仅是这一方面的父母官，更是这一方的阎王，任谁也告不倒。你们别瞎费工夫了。到时候你们拍拍屁股走了，艾大人定让我和我的兄弟们生不如死啊！"

我冲沈昼挥挥手，沈昼领会，将他和几个带头的贼拖走。玄离阁的手段，再奸诈的大臣都审得，更别提几个贼寇了。

原本是想着在不夜郡略停一两日就走，现在看来，得多留几日了。这一方的水有多深，水里有几许沙子，我得弄明白。

我坐下来，云归递了盏茶给我。一番闹腾，约莫已是子时了。

我跟张浔等人说道："很晚了，你们回房歇着吧。"

"是，夫人。"

张浔走到炉儿身边，关切道："二小姐怎么样了？"炉儿摇摇头："劳张公子关心，不碍事。"

"怎么会不碍事呢，我看见你拿针扎自己了。想来定是很疼的。"

张浔说的话，让我猛然联想起炉儿步履蹒跚的样子。

她虽喝的汤不多，中的毒较轻，但她年纪尚幼，定也是浑身酸软无力，但她惦记着这屋里几个人的安危，强行用针扎自己，强逼着自己出门搬救兵。这是她所能做的全部。同是公主的烯儿，事发时，在云归怀里哭泣。

我摸了摸炉儿的脸。这个懂事坚强的孩子。

张浔走了好几步，犹回头看了看炉儿，口中说道："二小姐记得拿热帕子敷敷手。"炉儿匆匆点头，道了声谢，便走到灏儿身边，看了看床榻上的灏儿，向我说道："母亲，还好弟弟没有醒。"

大黑见我已脱险，挥动着翅膀从窗户飞了出去。

棉花花◎著

耿耿星河

下

中国华侨出版社
·北京·

耿耿星河

Contents

耿耿星河

Contents

第一百四十一章：暗招

大黑飞走后一个时辰，我依稀还能听到鸟叫声。我有一个感觉，似乎菜头就在这附近。他和大黑在离洞天阁不远的地方。

成筠河离世以后，我独自理政，坊间市井之地关于我的流言比从前尤甚，更有一些别有用心之人，隐于茶肆酒垆之地，利用老百姓对宫闱之事的无知与猎奇，编造我与明宇的艳情故事，把明宇说成是我的面首，因俊美容颜而身居高位。把我说成是一个毒辣淫秽之人，大权在握，惑乱宫廷。

不知这些谣言传入菜头的耳朵里，他会怎么想。

我记得南飞出事后，他对我说："大小姐，这一切都是因为你。"是，这一切都是因为我，我不杀伯仁，伯仁因我而死，可我身处旋涡之中，有太多的无奈。菜头护着我度过乞讨时辗转大街小巷的凄苦岁月，可他永不能理解我挣扎于前朝宫廷之间的算计与承担。

孩子们和云归、如雪都睡了，发出均匀的呼吸。我在榻上翻了许久，听着涛声，渐入睡眠。父亲似乎来到我的身边，他像幼年时那样，笑着跟我说，星儿，你要回家了吗？他的模样停留在死去的那一年。父亲是个儒雅的男人。

我点头，是的，爹爹。他的身影如烟雾一般，朦胧而飘荡。我问他，父亲，我为你平反好吗？从前先帝在时，我诸多顾虑，现在没了。这天下，这九州，女儿想做什么，便做什么。

父亲笑笑，摇摇头，星儿，不重要了，人死如灯灭，在爹爹眼中，什么都不重要了。他平静地念了一句诗：操劳半生终为空，一身踪迹雨声中。

父亲走了，我咂摸着那句诗，不知字里行间说的是他还是我。

醒来，颇为怅然。父亲从来没有出现过。如今却在我南巡的时候出现，是何意呢？提醒我不要想着翻案吗？多年前的旧事，许多当事人都已离开人世，翻腾起来，必惊天动地，于我，于朝堂，并非益事。父亲是为我思量。让我打消此念。

云归打水给我净脸，她嗔道："不夜郡的井水都像是带着浊物，奴婢往里放了好些干花瓣，夫人凑合着洗吧。"

明宇走进来，步子迈得又急又快："姐姐如何了？"他一脸懊恼："都怨我一时疏忽，竟让那等粗鄙贼人惊着姐姐了！"我用帕子擦着脸，浅笑道："小事情，都过去了，你中的软骨散这么快就解了？那贼头子还说得十二个时辰呢。"

"行伍之人，解毒快一些，敖大人约莫需晌午才可恢复如常。"

如雪听了这话，愤然道："那群匪盗，无法无天，抢到太后与圣上的头上，这可是诛九族的罪过！"

净完脸，云归给我梳了个家常的发髻。我笑道："如雪别再提咱们的身份了。现在此地的官员和百姓都以为齐州府坐马车到的，才是真的圣驾呢。这样也好，能看到真实的境况。"说话间，沈昼走进来，手里拿着一张供状。

"妥了？"

"是。"

他递给我，我细细看完。贼头子知道的信息有限，但他所陈述的内容足以令人愤慨。当真是以为天高皇帝远，那郡守艾津愣是敢把一个郡当成自己的私宅，胡作非为，纵人抢劫还算是轻，强征百姓去为他盖园子，就连皇家征百姓服徭役还需按日发饷，他倒好，分文不给，一应饭食还需干活的倒贴。他垄断了此地的布匹、当铺。以一郡之人力、物力，谋一家之财。

长乐七年，不夜郡闹水患，成筠河命户部拨了一笔救灾物资到此地。然而，救灾物资刚到不足三日，府衙仓库突然一把大火，烧了半日。这大火自然是人为。那些救灾物资，未抵百姓手中，只饱了官员的私囊。我越看越气，沉下脸来。

沈昼道："大火的事，当初没往上报，所以，夫人恐怕不知，但，当地百姓皆是知道的。长乐六年，户部统计当地人口是十四万人。到长乐七年岁尾，户部统计当地人口不足九万。死的死，逃荒的逃荒，人口流失甚巨。"

我冷笑道："区区一个郡守，怎能行此大事，他纵是有这个心，也没这个胆。纵是有这个胆，也万万没这个能力，一层层压住。"

沈昼道："眼下，匪盗们还需要送到齐州府么？"我点头："送。只是，别放在衙门口，放在皇家马车落脚的地方附近。齐州知府前去迎驾，自然就看见了。"沈昼道："夫人想得极周到，如此，他恐传到皇家耳里，理也得理，不理也得理。"

"要做成江湖势力的手笔，沈卿，你可有分寸？"

沈昼拱手道："明白。"沈昼禀完事，走到如雪身边，看了看她："你中毒了？"如雪摇摇头："没事儿。晌午就解了。"沈昼虽仍是冷面，话语里带着关切："入口的东西小心些，不仅为了夫人，也为了自己。"

"嗯。"

沈昼从怀里摸出一瓶丸药："发现不对，立即催吐。"如雪接过丸药，点头："好。"

"沈大哥，你也要小心些。别让那些贪官盯上，使暗招。"

沈昼道："若论暗招，谁能比得过我？"说完，他走了出去。如雪笑了，手中摩挲着那个药瓶。我向屋内众人道："今日不赶路，就在此地修整、游览一番。所有人一起，恐过于引人注目。咱们三三两两即可。"我指着明宇："你跟着小公子。"

灏儿此时已经醒来，听到这个安排，咧咧嘴道："不好，不必舅舅跟着我，母亲，我可以自己选么？"我笑着问他："你想跟谁一起？"他略加思索道："嗯……我要跟二姐一起，还有那个张浔！"烯儿道："……还有我，我也要跟他们一起。"

我摇摇头："不可，一群大孩子小孩子，不安全。"灏儿道："母亲多虑了，普天之下，莫非王土。有真龙护体，歹人算甚？"

见他执意如此，我便没有多加拦阻，这厢嘱咐明宇多派几个人远远地跟着。

烯儿跟张浔说："你答应过我，我想要什么样的风筝，你都可以画。"张浔道："是。"

"那你现在多画几个，咱们去海边放。海边风大，风筝飞得高，才好玩儿呢。"

张浔恭敬道："是。听大小姐的吩咐。"他走到炻儿面前："二小姐喜欢什么样的图案？"炻儿下意识地把那只有残缺的手往袖子里缩了缩："不不不拘什么图……大姐让我喜欢什么样的，我就喜欢什么样的。"

张浔笑："我见二小姐穿的衣服有鸢尾，便给你画个鸢尾的风筝吧。"炻儿低头："都行。"

她的衣服是我让内廷监做的。私下里，我曾让云归问她，喜欢什么花，她说，鸢尾。云归问为何。她说，鸢尾耐寒、耐旱，什么都禁得住，就连石缝里，也能发芽开花。

张浔道："父亲曾在南方为官，家里有南方的老仆。她们给我讲过一个鸢尾的传说。"烯儿问："什么传说？"张浔道："一个名叫鸢尾的小姐，被豪富父亲所逼，在一片花海中殉情，从此，伴随她离去的花，便被冠以她的名字。"

这个故事，在南方流传甚广，我小时候也听人讲过。烯儿听了，唏嘘道："可见生在豪富之家，也无甚乐趣。这个小姐倒是个刚烈之人。"炻儿道："她为谁殉情？"张浔答："府中一名小厮。"炻儿问："鸢尾死后，他去哪了？"

"故事里没有说。"

炻儿道："生死是大事，鸢尾小姐草率了些。"

一炷香的时间，张浔做好了风筝，几个孩子相继出门去。明宇问我："姐姐，你想去哪里转转？"我笑："你去找套男装，我换上。咱们去府衙瞧瞧那艾大人去。"

第一百四十二章：做戏

明宇递给我一身儿青衫男装。衣服有些大，穿在身上，平添几分飘逸的味道。

云归道："夫人现在像个士子。"明宇瞧着我，打趣道："对，士子，还是气度不凡的士子，姐姐若是上考场，怎么着也得考个进士，入翰林。"我笑："别胡说，云归，你待会儿跟我们一起去衙门，咱们在那艾大人面前，做场戏。"

云归懵道："做戏？"我点头，细细讲与他们听。

晌午时分，我们刚到府衙门口的时候，见一顶软轿从街口抬进来。那轿前站着两排衙役，轿顶上一颗硕大的珍珠，发出淡淡的光泽。轿子上悬着的两个灯笼，写着大大的"艾"字。

轿子所经之处，衙役开道，百姓无人敢靠前。好大的气派。想来定是那郡守艾津了。看轿子来的方向，约莫是从齐州府回来的。皇家马车不见人，不宴饮，他想拍马露脸也不成，只得快快败兴而归。

轿子停在了衙门口，我敲起鸣冤鼓，大声喊着："冤枉，冤枉啊——"衙役听见鼓声，过来驱赶道："去去去，乱喊什么！"我手持竹扇，恭敬道："官爷，这话小生却是听不明白了。我有冤情，到衙门喊冤，怎么能叫乱喊呢？难道小生不到衙门喊，去菜市口喊吗？"衙役不耐烦道："现在不是我们大人的办公时间！你且过几日再来！"

"请问，是过几日呢？"

衙役生气了，将刀柄对着我："你这读书人好难缠！问东问西的！没见我们大人刚从外头回来？忙着呢！速速离开！否则对你就不客气了！"

一旁的明宇气得握紧双拳，此刻若不是我在这里，想必明宇要打得这个衙役满地找牙了。

我提高声音，大声喊道："小生有一宝物想献给大人，不知是否能入大人的眼——"轿子里的人听到了，唤衙役道："赵三，你且让他献上来再说。"衙役谄媚道："是，大人。"

我将一个小小的锦盒递过去，衙役颠颠儿地送到轿中人手上。轿中人看了一会子，下了轿，笑眯眯地看着我："书生，你有何冤情要诉啊？"

我看着他，这位艾大人五短身材，脑袋长得硕大，如同一个圆圆的水桶上放着一个大瓜。他穿着紫色的官服，脸上油腻腻的，似乎下一刻就有油水从他脸上淌下来。就算沈昼未曾向我禀过艾津非读书入仕，我也能猜测出来。这张脸上哪里有一丝文墨气息呢？有的只是沉溺于声色犬马的颓靡和山高水深的欲望。他对我稍许温和，不过是因为我刚刚递上去的那个锦盒。盒子里装的是一块翡翠，价值不菲。记得内廷监送到乾坤殿的时候说了，是西境进贡的上品。

我面带讨好拱手道："大人，小生冤情似海，容小生进衙门大堂慢慢禀告。若小生得以申冤，愿倾尽家财，报答大人。"艾津背着手，懒懒地扫了一眼和我一起来的明宇和云归，又上下打量了我几眼，弹了弹衣服上的尘埃，拖着长腔道："赵三，那就开堂吧。"

老爷发了话，那个叫赵三的人喊道："升堂——"

众人进得堂来。衙役们分站两边，虎虎生威。

艾津坐在正厅的椅子上，由于身短，远看去，身子都被桌案淹没，只余一个西瓜状的大头，甚是滑稽。艾津一拍惊堂木："原告，你姓甚名谁，家住何方，有何冤情，如实道来！"

我忙道："小人姓陆名兴，祖籍禹杭，长乐八年，举家迁来不夜郡。小人有一未婚妻云娘——"我指着云归，继续道："云娘乃我府中老管家之女，老管家生前曾允诺，要把她许配给我。当时说好，让厨娘蔡嫂做媒人，等年末就把此事办了。谁知，老管家死后，云娘就不认账了，她，她，她竟要嫁给这外地来的富商陆明！"我看着艾津道："青天大老爷，望您明察。"

"哦？富商？"艾津看着明宇，意味深长道："被告陆明，你可有话要讲？"他那肥硕的手指敲击着桌案，显然在等待着什么。明宇佯装不明，只道："什么允诺？他是满嘴胡叽！无凭无据，拿什么证明云娘是他的未婚妻？云娘并非奴籍，是自由身，愿嫁谁就嫁谁！我与云娘两情相悦，陆兴才是想夺人之妻！"

艾津见明宇并无"上贡"之意，清了清嗓子，摇头晃脑地说道："事情，本官都已明白了。老管家生前允诺，此乃父母之命，厨娘蔡嫂做媒，此乃媒妁之言。这云娘清清楚楚，乃是陆兴的妻子！"

明宇道："大人，你断案就是这般草率吗？"艾津又重重拍了一下惊堂木："放肆！所谓断案断案，有决有断，你这刁民，难道是对本官的决断不服？"

艾津唤道："文书，把状子写好——"文书忙道："是。"

我面作喜悦状："谢大人，谢大人。"艾津挥手道："不必。本官为民办案，职责所在。你——"他瞧了瞧我，咂摸着嘴："你记得你说过的话就好。"他指的当然是"倾尽家财为谢"之语。我忙道："是是是，记得记得，小人明白。"

一炷香的时间，文书写好了状子，衙役们强行按着明宇的手画了押。明宇此刻是手无缚鸡之力的富商，当然不会还手。

艾津命衙役将状子递到我手上："陆兴，你可满意？"

"满意。"

"慢着——"明宇喊道，"大人，小民有一言，想单独对大人讲。""什么话？"艾津不耐烦道。明宇道："大人给小民半刻的时间足矣。"

艾津想了想，点头，命人将明宇押到屏风后头。

我不动声色地将刚才那张状纸塞入怀内。按照我们的计划，明宇在屏风后会拿出数千两银票的"巨额贿金"。那艾津自然是喜不自胜。果然，从屏风走出来那一霎，大堂的风向就变了。押着明宇的衙役也松了手。

艾津一拍惊堂木，厉声说道："大胆的陆兴，你敢欺瞒本官！"我忙哀求道："大人，您刚刚不是已经断了案吗？"艾津冷哼一声："本官险些被你蒙蔽！刚刚，商人陆已向本官提交了证据，证明你在撒谎！你与云娘从未有过婚姻之诺！"

"敢问大人，是何证据？"

"证据是……"他似乎在思索着，片刻，反问道："本官断案还需向你交代吗？"明宇提醒道："大人，证据是云娘本人证实陆兴在撒谎，她父亲生前从未说过将她许人之言。"艾津道："对，云娘，你自己说说！"云归哭泣道："大人，民女的父亲确不曾将民女许人……"

我忙辩驳道："大人，如此断案说不通啊，云娘现在被这个陆明迷了心窍，自然是偏向他的……"艾津喝道："住口！难道你比本官擅断么！文书，写状纸让他画押！"他似乎已经疲乏厌倦此案，恨不得速速了结。

我指着大堂上挂着的几个大字"秦镜高悬"，问道："大人可知这四字何意？"艾津道："本官与这四字日日相见，自然明白。"我笑笑："有方镜，表里有明。人直来照之，影则倒见。以手扪心而来，则见肠胃五脏。始皇常以照官人，胆张心动者则杀之。"

一会儿的工夫，文书写好另一张状纸，衙役抓着我的手画了押，正待取走。见一人骑快马赶到，下马入堂来，高喊道："艾大人，知府大人请你速去齐州府衙一趟——"

艾津无暇再理会我的事，忙起身上前几步道："知府大人传下官何事？"来人看了艾津一眼，道："艾大人，现时出了点事，有人把几个土匪和一纸状书放到了梅大人的轿前——"

第一百四十三章：贪欲

"土匪"二字让艾津的胖脸上浮现出惊惶的神色。他悄悄往来人的袖口中塞上一锭金子。

来人扫了一眼四周，蜻蜓点水之间将金子收入怀内，略微咳嗽几声，道："从这办事的手法上看，似江湖中人的手笔，想来是你艾大人平素行事得罪了人的缘故。本来这事若放在平常，没什么，可现在，圣驾刚好在齐州府。这让梅大人很为难啊。"

艾津那颗如大瓜一样的脑袋频频点头，他弯着腰，越发显得身短了。"求梅大人念在往日的情分上，多多为下官……"

来人一听这话，连忙喝止了他："艾大人慎言！梅大人与你，除了同僚之情，别无其他。去了府衙，切不可再说这样的糊涂话！"

"是是是。"他已顾不上大堂审了一半的案子，和身处戏码中的我们三人。

我想了想，喊一声那齐州府的来人："官爷，小民满腹的委屈，也想去齐州府找梅大人申冤。"艾津啐了一声："刁民添什么乱！"那来人扫了我一眼："艾大人是此地的父母官，你的冤屈该找他伸，而不是去齐州府，法有法规，层层有度。"

我面带哀伤道："艾大人不辨是非，小民有苦难诉，若官爷不同意小民去齐州府衙，小民就躺在官道上，等圣驾的马车路过。这朗朗乾坤，若公道不存，小民便是被打死也罢了……"

那人烦躁地摆摆手："去去去，别胡缠。"

片刻的工夫，艾津跟着他一同去了。我跟明宇说："走吧，咱们去齐州府衙凑凑热闹去。"县衙里剩下的几个衙役想拦着，可他们哪里是明宇的对手呢？

我们三人赶到府衙之时，那梅大人正在审艾津一案。贼头子与艾津对质，艾津说自己并不认识贼头子，更别提有状书中的分赃之事，一口赖个干净。

艾津向梅大人分辩道："或是下官下令缉杀匪盗，惹恼了这伙子人，于是他们到此告刁状，诬陷本官……"梅大人捋了捋胡须，略略点了个头。

这时，我高喊起来："冤枉啊，冤枉啊——"梅大人问道："何人喊冤？"沈昼向我禀过这梅大人的履历，读了半辈子的书，人到中年，方才考中。仕途十年，如今快六十了，才做得这齐州知府。前半生潦倒，后半生为官。故而还撇不去酸腐的头巾气，脸上一双狭长的小眼，似鼠一般，嘴边一缕花白的胡须，犹带着烟草的渣子。

我连忙走进堂内，呈上两张状书："回大人，小民今日去不夜郡郡衙告状，短短一个时辰内，艾大人命文书拟了两张状纸，这两张状纸上的内容全然不同，而促使艾大人在短时间内改变决定的，不是证据和案情，而是上贡的钱财数额。吃了原告吃被告，小民舍了财，却无处申冤，竹篮打水一场空……"

艾津指着我，气得胖脸发白："你你你……"

地上的贼头子看着我，似乎觉得眼熟，可那晚光线昏暗，且我现在女扮男装，他终是没认出来。

梅大人拿鼠眼觑着我："你说艾大人收了钱财，可有证据？"我回道："小民今日送上一块翡翠，乃小民家传宝物，此时便在艾大人的身上。小民能说出此物的尺寸、形状。"一旁的明宇适时道："还有，艾大人现时怀中的银票，便是小民所赠，小民能说出银票上的数字和符号。"

艾津听到这里，连忙"扑通"一声跪下："下官冤枉，下官冤枉啊。"

梅大人端起桌案上的茶盏，啜了一口，道："身苟不正，焉能正人，艾大人，你这样做，怎么对得起朝廷的俸禄，怎么对得起不夜郡的父老？"说得如此义正词严，若非提前知道底细，我倒险些以为他是个好官了。

所谓官大一级压死人，这艾津像是非常惧怕梅知府。他不断磕头泣道："梅大人，相信下官吧……"

梅知府身旁的两名官差走上前来，从艾津身上搜出翡翠和银票来。梅大人清了清嗓子："不是本官不信你，是你的行为让人实难相信。土匪分赃一事，暂且不论。就眼前这几位告状之人的事，证据确凿，你冤从何来？按《圣律》，贪百两则杖三十，你这……便杖三百吧，已然是格外开恩了。"

艾津那圆滚滚的身躯哆嗦起来。"求大人饶命，三百杖下去，下官的命恐也没了，下官知错了，以后再也不敢了。必勤勤勉勉，爱民如子，求大人再给下官一次机会……"

若给他机会，待他脱险，定然变本加厉。想到贼头子状纸上那一条条他犯下的罪行。这种混账，岂能轻饶？我想了想，开口道："大人，您所说的《圣律》似有偏颇。"

梅大人皱眉，显然，他不满我的贸然顶撞。奈何府衙门口的人越来越多，成群的百姓在门外观望着，而圣驾的马车此刻就在齐州府，若有不利于他的言语传出去，对他的仕途是致命的伤。他衡量一番，只得压住怒火，似笑非笑地看着我，说了声："哦？"

顺康元年，圣朝颁布新的《圣律》。这一版本，是我与吏部尚书等朝中大臣商讨多日，方才定下的。我当然再清楚不过。

"《圣律》对贪官的惩治大体分两类，一、受财不枉法，即官吏虽收受当事人贿赂但并没有枉法裁判，轻而杖责，重而流刑；二、受财枉法，即官吏收受当事人的贿赂而枉法裁判的，轻而流刑，重而死刑。"

"死"字一出，艾津如疯了似的，欲扑上来撕咬我。奈何自己腿短身拙，还未扑向我，自己先绊了一跤，摔得十分狼狈。

梅大人敲了敲桌案："艾大人，你是朝廷命官，不是乡野莽夫，行为举止要有分寸。如此激动做什么？本官自有分寸。"

我慢悠悠地说道："如果梅大人觉得小民说得不对，可以前往皇驾之处请教太后。坊间传闻，当今太后的记性最是好，且圣律是她本人制订的。不过——若让太后与圣上知晓，梅大人您的治下有如此昏庸贪财的官员，不知做何感想……"

梅知府的脸上阴晴不定，一会儿乌云密布，一会儿瓢泼泼大雨，终转成温风暖阳，笑眯眯地看着我："太后早已下令，不见官，不宴饮，本官怎能为这等小事前去叨扰太后？艾郡守贪赃枉法，这两张状纸、翡翠与银票皆是证据。只是艾郡守乃朝廷命官，非寻常百姓，本官无权判他死刑，便移交齐鲁巡抚王大人处吧。"这是个狡猾的官场老狐狸。三言两语，烫手山芋便推了出去。

他似是想匆匆结束大堂上的审讯，给身旁的官差递了个眼色，官差喊了声："退堂——"梅大人便走到内室。有几个人上来，把艾津和贼头子都戴上枷锁，往大牢押去。衙役们开始清场，我与明宇、云归走出大堂。

天上下起了雨。七月的雨，急而骤。我笑了笑，念了声："夏日雨水足，不忧螟虫扰。今年齐鲁秋收可保。"明宇道："姐姐，我瞧这梅德心思沉得很，他收过艾津的好处，这种形势下，肯定怕艾津狗急跳墙，咬出他。为了自保，您说，他会如何？"

"他会想让艾津在狱中暴毙。"

云归急道："那当如何？夫人岂能被这等宵小糊弄？"我摇摇头，伸手抚了抚云归的发梢："沈昼已经向巡抚王大人传了旨，不多时，王大人便会来府衙。一应所有罪证，都有备份。"

云归舒了口气，笑道："那这两个狗官，可倒霉了。"明宇道："可是，姐姐，那巡抚王大人未必就是干净的。"我瞧着他，笑道："明宇，你自入仕以来，多半都在关外打仗，朝中的很多事，你看不明白。官场跟军中不同，历朝历代，水至清则无鱼。我们所要的干净，是相对的，不是绝对的。欲速则不达。这个王大人，且观察着吧。"

第一百四十四章：梦境

明宇道："姐姐说得有道理，若此次南巡惩治的官员太多，会造成官场上的恐慌，不利于当下的安稳。"

"巡抚是二品大员，又是一方之首脑，当中牵涉一州事务的交接与地方官场的换血，是而，问责与任免都是需要慎之又慎的事。朝中重要官员的任免，一向是由张邑张大人负责，张大人本人是从郡守起步，扎扎实实做起来的，从长乐初年起，便在我身边效力，是靠得住的稳妥之人。纵是齐鲁巡抚有何不妥，张大人亦属被蒙蔽，这些内情需回上京之后，再细细究查。"我缓缓说道。

云归疑惑道："刚刚府衙门口缘何那么多人围观？围得水泄不通的。老百姓是哪里听到的风声？"我伸手指了指她："你呀，没看见咱们刚刚来的时候，跟在身后的几个人消失了一会子么？"

明宇笑了。他手下的几个人一直在离我们不远的地方尾随，暗中保护我们。刚刚那群围观的百姓多半是他们叫来的。

避雨之际，见一茶肆。我们三人便进茶肆里唤茶来吃。说是茶，其实是当地一种微苦的叶子，揉碎了，泡水喝，许多人坐在茶肆里，叫碗茶，听说书人讲故事，能坐上半天的光景。今日，茶肆里的说书人讲的是春秋时三家分晋的故事。众人凝神听着。

明宇轻声问我："姐姐喝的惯这粗茶吗？"我指着那说书人，又指了指茶碗，道："贤而不仁，亡一国矣。故事说得好，茶的味道也好。"

明宇起身，问茶肆的老板要了些粗茶，装好，笑着与我说："姐姐说得好。春秋雨声里，粗茶自生香。这天下的茶，各有各自的味道，都值得一品。我替姐姐带些回去。"

七月的雨，来也匆匆，去也匆匆。说书人的故事讲完，碗中茶尽，雨也停了。我们便起身赶回不夜郡。

回到"洞天阁"酒楼之时，天色朦胧向晚。孩子们也都回来了。张浔见到我，恭恭敬敬地走过来行礼："夫人。"我颔首："小张公子今日带他们玩耍，辛苦了。"

张浔道："小少爷聪颖异常，两位小姐知书达理，不辛苦。"

回到房内，云归与我笑言："夫人，这小张公子年岁不大，礼数真是极周到，风度也是一等一的，您瞧他的袖口，在外一天，一丝尘埃也无。可见他是一个多么自爱自洁之人哪。"

她边说，边麻利地打了水，给灏儿、烯儿、炘儿擦脸。

灏儿跟我说："母亲，小张公子不仅会做风筝，还会捉鱼捕虾，磨贝、生火，是个极有趣的人，等回了上京，我想让他进宫陪我玩儿。"我摸了摸他的脸："灏儿，小张公子，乃宦门之后，自幼苦读，博览群书，这种人日后是要成为治世能臣的，可不是进宫陪你玩儿的。何为帝王之道？为帝王者，一人为天，大权在握，审时度势，物尽其用，人尽其才，心宽以容天下，胸广以纳百川。说白了，为王者，一定要学会用人。"

灏儿听了我的话，若有所思地点点头。我笑道："还有两个月，你便到了开蒙之年，要入尚书房读书了。许多道理，朱先生都会讲给你听的。"

正说着，听得一阵响动。是烯儿撕风筝的声音。她撕的是张浔画给二公主的鸢尾。我诧异道："烯儿，你做什么？"烯儿撕完，坐在榻上："母亲，无甚，烯儿就是觉得这花不祥，还是撕了的好。"

当初就是因为众臣说残掌不祥，成筠河才命人将二公主送出宫去，一面也不得相见。"不祥"这两个字，是二公主的囚笼，亦是她的疮口。此时，二公主听了烯儿口中的话，红了脸，一声不吭，右手收拾着地上风筝的残骸，有残缺的那只左手颤巍巍地缩着，仿佛自己真的是一个不祥的罪人。

我见此情景，略略明白了几分。二公主进宫这几年，一直和烯儿在一处教养，烯儿从未嫌弃过她，也从未言语之间挤对过她。烯儿这个孩子，天资平平，有些糊涂，但心地是善良的。平常有宫人犯了错，她也不忍责罚。有一回，一个小内侍不小心拿沸水烫了她的手，她怕这个小内侍因她而受罚，便忍住不声张，后来那伤处险些化了脓。烯儿并非容不得妹妹。

今日在外玩了一天，突然做此举动，一定是因为张浔对她们的态度有区别。他对二公主比对烯儿要关注。一直以来，二公主都自觉做烯儿的陪衬。烯儿说口干，她连忙起身倒水，比宫人跑得还快。在尚书房，朱先生提的问题，烯儿不开口，她绝不敢说半个字。烯儿习惯了妹妹是她身旁的绿叶。乍然，有人重视妹妹比她多，她不习惯，心里面有失落感。故而，做此举动。

我看着孩子们脸上的神情，我知道，我的猜测是对的。我走上前去，将二公主扶起，摸摸她的发鬓："炘儿，别捡了，明日母亲再让张浔给你画一个新的风筝，你喜欢什么样的，便让他画什么样的。"

二公主平静地摇摇头，笑道："母亲，您误会了。炘儿捡起这个风筝，并非不舍，而是想把它扔出去。大姐说得对，不祥的东西，就不该放在这儿，扰了大姐，是它的罪过。炘儿不喜欢风筝，以后也不必有。炘儿听大姐的。"

听了这话，我一时语塞。良久，我看着烯儿，厉声道："你自己撕的风筝，自己捡起来扔出去。炘儿是你的妹妹，不是你的丫鬟！"烯儿见我当真动了气，委委屈屈地拾起风筝残骸扔了出去。

晚饭时分，沈昼和如雪从外头走进来。云归道："奴婢还纳罕呢，陆将军说晌午敖大人的毒便解了，如何我们回来却见不到人影，原来，敖大人去找沈大人去了！"

如雪红了脸，说道："我……我就是不放心……想着好歹帮帮忙……"云归眨眨眼："那敖大人怎么不来齐州府帮帮忙？想来凡事有轻重缓急，在敖大人眼里，沈大人的事，便是最重的。"

如雪更窘了。我嗔怪道："云归，别顾着玩笑，快添碗筷。"素日里在宫中规矩极严，一言一行都错不得。出了宫自在许多，一群人凑在一起，热热闹闹地吃了一餐饭。

这个时段，洞天阁进进出出的人极多。依稀听得街上有爆竹声。我唤道："云归，你出去看看怎么回事？现在并非年节，怎么百姓们放炮仗呢？"云归点头，出去了一会子，回来时笑眯眯的。

"夫人当是何事？几个时辰的工夫，艾津出事的消息便传遍了不夜郡，老百姓们额手称庆，放炮仗庆祝呢！"

我放下碗筷，沉吟道："说明这巡抚王大人，办事情倒是雷厉风行。"沈昼站起来，禀道："正准备回夫人，巡抚王池是个极有眼力的人。夫人可还记得长乐四年的探花郎？此人现今不过30岁左右，便做到二品地方大员，不可谓不传奇。今日，我去找他，将事情粗略讲了一半，他便已都领会了。他一句没问太后是怎么知道此事，也没问太后现在凤驾在何处，只说了两个字，遵旨。"

"哦？有点意思。"我站起身来，踱到内室，沈昼跟了进来，从怀中掏出一个东西递上。我一看，竟是今日我"贿赂"艾津的翡翠。沈昼道："王大人说，宫中的东西，旁人不配拿着。"

"他是怎么处理艾津和梅德的？"

"艾津处死，且是在不夜郡的菜市口当众处死，老百姓们亲眼看着人头落地，大快人心。艾津的家财全部充了公，以作税收。不夜郡免税半年。梅德查出收受艾津贿赂，但，贪财未枉法，杖打一百，据说是打得晕死过去，没个一年半载，起不来了。"

"这下，王巡抚不管是不是干净的，都把自己撇干净了。"我说道。沈昼点头：

"夫人说得极是。今日我走前，王池说，太后英明，福泽四海，齐州府这点子事，让太后费心了，是他的过失，他自请罚俸三年。"我冷笑道："聪明得过了头。"

"夫人打算召他么？"

我摇摇头："不必。这个人我记下了。"

"明日咱们的行程是？"

"让皇家马车出发南行，往越城走。咱们继续走水路，去郁洲。"

沈昼点头："东北海中有大洲，谓之郁洲，所谓郁山在海中者也。言是山自苍梧徙此，云山上犹有南方草木。郁洲是好地方。"

云归将今日明宇带回的粗茶斟了一碗，递上来。我接过，吩咐沈昼道："那王池必是已经猜到了咱们的行踪，让他闭紧他的嘴。""是。"沈昼拱手，"他对此是极明白的。"

沈昼禀完事，便欲退下。我依旧嘱他以及玄离阁其他的人在暗中听命。

"越少人发现你们的踪迹越好。"

"是。"

洞天阁的窗台对着海，吹进来清凉的海风。天色将晚未晚，昏昏暗暗的云霞将大地、窗棂皆镀上一层暗黄色的光晕。沈昼道："昨日听如雪说，那伙子盗匪来的时候，大黑出现了。"

我叹口气："菜头或许就在离咱们不远处。只是他自诩逍遥江湖人，不肯再与咱们这些庙堂中人打交道。随他吧。等他什么时候想出现，自是会出现的。"沈昼点头。

晚间，我看如雪脖子上挂着一串小海贝，颇别致，伸出手摸了摸。她低头道："那会子路过集市，有小童叫卖此物，我驻足了片刻，沈大哥见我喜欢，就买了下来，将耳朵凑上去，海贝上还能听见海浪声呢。"

我将耳朵凑上去，果然，依稀能听见海浪声。小小的海贝带给如雪极大的喜悦。难怪她今日从外头回来笑容满面。

我拍拍她的手："慢热的人，反倒是长情人。一定会守得云开的。我想，沈昼终有一天会爱上你。"如雪笑着摇头道："夫人，我从来没有想过沈大哥是不是会爱上我，但只要他允我在他身边陪伴，就十分好了。从上回在鬼门关走一遭儿，我便明白了，人生这一世太短，陪伴比爱重要。多活的每一日都像是捡来的。沈大哥心里究竟有谁，我不在乎。"

海风猛烈，吹灭了灯。我重新摸出火镰点上。灯影之下，如雪英气的脸满是坚定。她满心满眼里只有沈昼。如飞蛾之赴火，岂焚身之可吝。这世间是有这么一种飞蛾般的人。认定了某个人、某件事，闷头向前，至死不悔。

晚间，云归伺候我梳洗完，我倚在榻上读了会子书，快要睡去的时候，听得明宇在门外唤我："姐姐，姐姐——"我起身开门，问道："怎么了，夜半唤我，可有急事？"

他用一张大大的披风裹住我："夜里海风凉，当心冻着。明日咱们要启程走了，我带你去一个地方。"我看着他带着几分稚气的眸子，问道："什么地方？"明宇拉着我就往外头跑，我欲说不妥，想着这是在宫外，不妥便不妥吧。

洞天阁外有一匹马，明宇揽我上马，飞奔起来。我从未感受到这么迅疾的风声，在我耳边呼啸着，马蹄踏在地上驰骋，将一片片的黑夜甩在身后。

明宇笑道："姐姐别怕，这是战马，稳得很，跑得再快，都不会脱缰。"

"你这猢狲，到底要去哪儿？"

"那日在船上，你便说了，此地为甚叫不夜郡？古有日夜出，见于东莱，故莱子立此城，以不夜为名……"

"那不过是古书记载罢了，难道还真的有夜里太阳出现不可？"

我疑惑道。明宇裹紧我身上的披风，笑道："不夜郡中不夜景。我探得一个好去处，便想带你去瞧瞧。咱们来一遭儿，也该见识那奇景，才算不辜负。"

马约莫飞跑了半个时辰，渐行宽阔。一片临海的平坦空旷之地，海天相接处，不辨何处是海，何处是天。

马跑到一方巨大的岩石边停了下来。那岩石上刻着大大的两个字：不夜。

明宇飞身将我从马上抱下来，放到岩石上。此时，不知是从何处涌现的光芒，笼罩了海天相接处，红而绚烂，如日一般。这一片空旷的荒野全都照亮了。可仔细分辨，又不见日头在何方。这是何等奇异的景象！

明宇从马上跳下来，与我一起坐在巨石上。这美景让人不觉屏住呼吸。

我们坐在此处，直到光亮一点点褪去。

明宇唤我："姐姐？"

"嗯。"

"这里是不是跟梦境一样？"

"嗯。"

"如果，你真的有一个梦境，你会想做什么呢？"

"那，这个梦境里，谁主政呢？太平吗？灏儿烯儿好吗？炽儿炘儿好吗？年年徭役几何？四时风调雨顺吗？"

"都已经是梦境了，这些问题可以不用想了。"

"怎么可能不想呢。这些问题都是很重要的，姐姐时时挂在心头的。"

明宇叹了口气，良久，无奈地说了声："嗯。"

他将我从岩石上抱下来，复又一同上马。回客栈的一路，蝉鸣风清。

第一百四十五章：背影

这一夜，我睡得很沉。似乎总有如红日般的绚烂笼罩着我。那光芒照着我的喜与悲，照着我身体的每一寸角落。我看到有个人站在红日之下，一身白衣，负手背对着我。十余年的同床共枕，那背影是如此的熟悉。

我喊了一声："筠河。"他转身，脸色依旧如从前般，带着几许苍白，他手中拿着的，是他最喜欢的那把竹扇，扇子上写着一句诗：人世几回伤往事，山形依旧枕寒流。

他淡淡地笑着："星儿。"

"筠河，这一向里，你头疾犯了吗？没有张医官行针，想是难挨得很吧。前些日子，我嘱炽儿去奉先殿给你烧了些安息香，你收到了吗？"我有许多话想说，然而脱口而出的，却不过是些寻常的琐碎。

他点头，却没有走近我。"收到了，星儿，但我的头疾已经不犯了。你和孩子们都还好吗？"

"我们都好，筠河。灏儿非常的聪明，好多次都让我吃惊，他很有主意，不像个孩子，倒像个大人。烯儿虽然不大懂事，有时候会跟我闹些小脾气，但是个良善孩子，不枉你疼她一场。炘儿那孩子，我接进宫来了，吃穿用度，读书教养，我都不曾薄待，皆跟烯儿是一样的，你放心。渭王……渭王在藩地时有信来，他说他知道错了。筠河……所有的，都很好。"

我急急地说着，伸手想握住他，却什么也抓不到。他与我之间似乎隔着一团雾气。那雾气里藏着时间的死结，无论如何都打不开、进不去。

他笑笑："星儿，你握不住的，我们已经阴阳相隔，上一世的，统统都过去了。阴间一切都好，只是冷了些。但好在桃蹊通些医理，烧汤取暖。也还过得去。"我险些忘了，凌桃蹊也是亡故的人，在九泉之下，应与成筠河重逢了。

"星儿，上一世再不舍得，都只是上一世。刚到阴间，我总是郁郁寡欢，后来，便想通了，接受了。何况，阴间生活简单，没有金銮殿上的那些烦心事，也没有钩心斗角，没有算计，不需勤政，也不必面对言官们的聒噪。挺好。今日奈何桥边有盛会，百鬼群欢，我便想着下来看看你。只待一会子，我便要走了。"

他说得很平静。没有怨，没有喜，没有依恋，没有不甘。

"筠河，你在那边过得好，我亦感可慰。"

"星儿，政事冗杂，人心叵测，这一切，辛苦你了。"他看着我，眼里似淌着一条波澜不惊的河。我摇摇头："理政多年，我已习惯。"

"星儿，你喜读庄子，岂不知《庄子·人间事》中有一言，来世不可待，往世不可追也。"

"我明白。"说了这三个字，我心头竟如泼翻了一碗杨梅汁般，酸酸凉凉的。成筠河待我有过错处，可他死后仍是为我着想的。昨夜明宇刚带我看了不夜景，成筠河便出现在我的梦境中。他知道我心头有难舍的、介怀的东西。

他出现在我面前，云淡风轻地告诉我，过去了的，便过去了。

来世不可待，往世不可追。

"星儿，你已经做得足够多，你快乐就好。你想什么时候离去，都可以。"

"嗯。"

成筠河的白衣一点点消失在我眼前，与之一起消失的，还有他那张永远带着温和的面孔。

海风吹得窗户时不时传来响动。我从梦中醒来，从床榻上坐起。云归见我脸上有泪，忙将帕子浸在热水里绞了，递给我。她关切道："夫人怎么了？"我怅然道："我看见先帝了。"

云归默不作声。烯儿听到了我的话，跑过来紧紧地抱着我。

巳时，我们一行人上了船，继续往南。烯儿跟我说："母亲，我想让小张公子到咱们的船舱来，好吗？"灏儿也充满期待地看着我。张浔跟这几个孩子真是投缘得很。我看着他们的眼神，点点头。

须臾，张浔来了，他带来一捆长得跟芦苇颇像的水草，给孩子们编物件儿，孩子们都很兴奋。二公主离得远远的，并不靠前。只在灏儿说热的时候，她走上去拿帕子给灏儿擦擦汗。

张浔给灏儿编了一只小猪，胖胖圆圆的，栩栩如生，可爱极了。灏儿抱着那小猪唤我："母亲，好看吗？"我点头："好看，小张公子细心得很，知道你的生肖，便给你编了个小猪。"

灏儿将那小猪顶在头上，顽皮地晃来晃去。张浔笑了笑，接着编起来。我走上去看，他的手甚是灵活，那草来回翻飞着。

"这个，像是小马的形状，张公子，我猜得对吗？"

张浔刚想说什么，二公主挽着我的手道："母亲，你仔细瞧瞧，那明明是小兔的形状啊。"

张浔听了这话，笑容凝固了一霎，复又如常道："嗯，是小兔。"不多时，他做好了，递到烯儿手中："大小姐，这是送您的。"烯儿接过那小兔，仔细端详，甚是欢喜。烯儿的生肖是兔。她素日爱穿白，总说自己也是一只兔。

张浔似要接着做，二公主却道："刚我在外头瞧着，水里有鱼，还会跳起来，可好玩儿了。"灏儿和烯儿拉着张浔出去瞧，水草便被撇下来了。二公主没有出去，而是留在舱内陪我。

这孩子是极有眼色的。张浔原本想编的，是一匹小马。二公主是属马的。她的话七分硬、三分软，令他不得不改成烯儿的兔了。她刻意与他们保持距离，一丝一毫也不抢烯儿的风头。

云归笑问："二小姐咋不跟着一起去玩儿？"二公主小声道："我给母亲揉揉肩。母亲昨夜做梦了，想来睡得不好。"我笑道："让云归给我揉就好，我眯一会儿，你念诗给我听。"我将手中的书递给她。

船在海上晃晃悠悠，到了黄昏的时候，明宇进舱来禀道："姐姐，到郁洲了。"我起身，下船，船上的人皆走下来。

白日落尽，与孤鹜齐飞，天海相接，蔚蓝一片。海中央云腾雾绕，似仙山浮于万顷波涛之上。青山披翠，碧海泛波。众人且观且叹。

我们一行人歇在城中一家叫作"东海之滨"的客栈。

如雪收到沈昼的传书，说是官道上的皇家马车已歇在了越城，差不多跟这边是同步的。

东海之滨非常气派，东南西北四处楼宇，差不多有百余间客房，中间有一个大大的院子。

为了不惹人注目，我们皆穿得很素净，也未饰金银。看起来，与寻常游走各方的客商无异。

晚间，用过饭，如雪跟我说："夫人，我总感觉这家客栈怪怪的。"

"怎么？"

"就是一种感觉，好像暗处有一双眼睛，一直在盯着咱们。"

第一百四十六章：预感

眼睛？我第一时间联想到的，是菜头。我理所当然地认为就是他。

我跟如雪说："不要紧，你别担心，那暗中的人不会伤我们。"如雪想了想，半晌，点了点头。但她仍然握紧手中的剑，寸步不离地跟着我，非常警惕。

亥时，我歪在榻上夜读，听见外头吵嚷起来，动静越来越大。云归出去瞧了瞧，进来回禀说，是明宇手下的几个兵丁，跟几个过往押镖的镖师言语之间发生冲突，都是习武之人，年纪轻，火气旺，就打了起来。

明宇从房间里走出来，怒气冲冲，正欲往楼下走，我便叫住他："明宇，你进来。"他走进来，愤然道："那几个没眼色的东西，我叮嘱过多少回，路上不要跟人起无谓的冲突，不要引人注意，偏就是记不住。每人打三十军棍才好呢！"

"那几个镖师是什么路子？"

"不清楚。我正要下去看看呢。"

我点头："嗯，你记得，要大事化小，小事化了。不管对方是什么来头，都不要较真。"

"知道了，姐姐。"他步履匆匆地下楼。

如雪道："都说陆将军治军极严，怎生到了郁洲，就出了这等事端呢？"这话让我心里闪过几许疑影。明宇手底下的兄弟都是行伍中人，懂得军令如山，行为举止最是有度，纵是冲动，怎会这般轻浮，随意与人大打出手？难道是对方有意挑衅吗？可那些镖师有意挑衅的目的何在呢？

刚想开口说什么，有人喊着："后院着火了！"

烟雾升起，大团大团的。客房里的人纷纷逃窜下楼，一时间，这一排客房空空荡荡。

云归急道："夫人，咱们也逃吧，这火要是烧上来了，咱们在阁楼上，跑都来不及啊。"我摇摇头，指着那烟雾腾起的地方："你们瞧这烟雾，与天边阴云相连，看起来很大，但没有火光。且你们闻，没有东西烧焦的味道，倒是有一阵阵松脂的气味，我猜测，这并非是意外失火，而是有人故意用松柏枝焚起霭霭烟雾，制造失火的假象！"

云归下意识地抱紧孩子们，像灾难来临前，母鸡张开翅膀护着幼崽。

如雪道："夫人，咱们一入住这东海之滨，我就感觉不对劲了，可到底哪里不对劲，又说不上来。似乎这一切都是阴谋，是一个圈套，引咱们往下跳！"她话音刚落，一群人就冲进来。那群人穿着粗布衣，腰间系着一根夺目的红带子，举着大砍刀，冲了进来。细细一看，那大砍刀上，皆带着凤凰的形状。如雪连忙拔出剑来，与来人打斗着。

我沉下声来，问道："壮士们是哪方的朋友，报上名号，让我等死个明白。"红腰带的汉子立即答道："我等红衣派中人，奉掌门红凤凰之命，到这东海之滨，寻个仇家！"如雪道："什么红凤凰绿凤凰，我们通通不认得！也并不是你们的仇家！你们找错了人！我们是来往此地的客商，只想清清白白做买卖！"

红腰带汉子大声道："我们奉命来寻仇家，别的一概不管。若是误杀了什么人，那也是你们的命，怨不得旁人。只能怪你们好死不死的，住进了这东海之滨。"他大刀所挥之处，迅猛凌厉，刀刀杀招，不留余地。

说是寻仇家？可仇家何在？姓甚名谁？为何刀剑与我们厮缠不休？这哪里是误杀？分明就是谋杀！

我冷笑起来，我从 16 岁入宫廷以来，经过多少腥风血雨，见识过多少叵测人心，这等三脚猫的拙劣伎俩，还敢在我面前使。

我坐在桌边，冷冷地数着更漏。三更了。天涯不知明月好，三更风雨挂眉梢。在如雪说暗中有一双眼的时候，我虽云淡风轻地抚慰了她，但到底还是不放心，传了信号给沈昼。

我命如野草，枯荣之间，一年一岁，岁岁新生，想杀掉我，却没那么容易。

以为缠住了明宇和明宇的手下们，以为客房中随行人员皆不在，就胜算大了吗？以为整个东海之滨吵吵嚷嚷混乱不堪，就可以浑水摸鱼了吗？我冷冷地看着那几个系着红腰带的男人，观察着他们的身手。越看越觉荒谬。

熟悉的脚步声袭来。沈昼带着他的暗卫兄弟们来了。然而，那群系着红腰带的男人，像是早有准备似的，一见有人来，连忙逃窜。口中叫嚣着："江湖寻仇，不慎误伤，多有得罪，后会无期！"

他们似对地形极为熟悉，加之又有烟雾做屏障，眨眼的工夫，已隐入了黑夜之中。沈昼带头去追，如雪继续留在我身边。

她说道："夫人，这几个人身手怪得很，毫无章法。"我浅浅笑了一声："自然是毫无章法，若是有章法，不就泄露了吗？"

"您的意思是？"

不一会儿，明宇上楼来。他不知道刚刚楼上发生了什么，关切道："刚刚似乎听见有人喊着火了，姐姐，你没事吧？"

"没事。"

外头的烟雾渐渐地消散，直至不见，只剩下戚戚然的黑夜和时时刮来的海风。云归见明宇走进来，方带着孩子们从犄角旮旯处走出来，她给我斟了盏茶，道："夫人，怎么这一路光遇见奇奇怪怪的人啊？咱们没露身份，却步步都是凶险。"

我饮了口茶，对云归说道："不夜郡的匪盗是真的匪盗，也确实是为了劫财。而郁洲的江湖中人，却并非真的江湖中人，也不是真的寻仇。"

明宇听见这话，忙问是怎么回事。如雪把刚刚的事情给他讲了一遍。明宇道："我刚刚想跟姐姐说我那几个手下的事呢。那几个镖师好生难缠，不像是言语偶生冲突，倒像是故意找碴。一言不合，便大打出手。我那些兄弟们并非是滋事之人，不过是被迫自保罢了。后来，见打不过，又怂了，求爷爷告奶奶，说要赔偿钱财。我才不要他们的狗屁钱财，让他们滚了。"

如雪道："怎么这一环一环的，如此奇怪，怕是故意针对咱们这一行人的吧！"我沉吟道："你注意到没有？方才，我话音刚落，问他是何方路子，那红腰带男子便迫不及待地回答，他们是红衣派的，那一席话太过于娴熟，像是诵记出来似的。"

说话间，沈昼回来了。说是捉到了一个红腰带男子，那人却在他眼前抹脖子了。

"尸体呢？"

"夫人放心，留着呢。"

如雪问道："沈大哥，你可知红衣派是什么路子？"沈昼答："红衣派是沿海一带颇有名望的江湖门派。掌门人是个女的，叫作红凤凰，因左脸有疤痕，那疤痕的形状似一条展翅欲飞的凤凰而得此诨名。红衣派常年与当地官府作对，但在百姓当中，口碑却颇好，很受欢迎。红衣派里人人腰间系一根红带子，使的武器皆是刀，刀上有凤凰，所以，他们又被称作红刀会。红衣派在江湖之中也颇有地位，人称，陆上的破天狼，海上的红凤凰，难分伯仲。"

破天狼，好生熟悉的三个字。沈昼知道我的想法，朝我点了个头："是，破天狼就是昔年大内侍卫窦萧所创，后来传给了菜头大侠的那个杀手组织。"

"我猜测刚刚那几个人并非真的是红衣派的人，但为了稳妥起见，沈卿，你还是带着尸体去红衣派求证一下。具体该怎么做，你应该知道。"

"是，夫人。"

我沉思道："事关重大，也许菜头会给我们提供一些线索。"

"嗯。"

沈昼离去后，我坐在窗口，凝神看外头的夜色。从三更，坐到四更。茶喝了一盏又一盏。眉头皱着，却松不下来。

明宇问我："姐姐，你是不是有什么预感，没有说出来？"

那些红腰带汉子的身手与话语中虽竭力掩盖却仍透露一二的口音在我脑海中盘旋。良久，我摇摇头："我希望我想的，是错的。"明宇听了这话，眉头皱了起来。

我起身："你去歇着吧。但愿沈昼查出的线索跟我想的不一样。"明宇道："姐姐，我知道你在想什么。你是心沉的人，既想到了那里，怕是一夜也难睡下。躺在榻上辗转反侧，苦得很，不如，我陪你下棋，到你有睡意为止。"

我点头。海风吹了一夜，烛影摇晃了一夜，我与明宇下了一夜的棋。

第一百四十七章：扣押

到天亮的时候，沈昼仍没有回来。这让我有些慌。沈昼在我身边做事十余载，每回办事，只要事情有些许的进展，他都会及时回来回禀我知，让我安心。然而这次，他去红衣派，竟一去不返。这是前所未有的。

那红凤凰究竟是何等样的人？那红衣派是什么样的虎狼所在？

我心不在焉，明宇落了子，唤我："姐姐，你输了。"我笑笑："嗯，输了。"明宇收了棋盘上的子："姐姐乏了，今天就到这儿吧。我去做些吃的来。""你还会做饭吗？"我看着他。明宇咧嘴："野外行军打仗，动辄被困数天，生火，打猎，做饭，有什么是不会的。"

过了会子，他端上来两碗疙瘩一样的东西，好像是面做的，又好像不是，尝了一口，带着酸味。宫中御膳房九州御厨皆有，可我从未吃过这样的食物。我举箸问道："明宇，这似乎不是中原吃食，你是在哪里学的？"

他面色稍微僵了一下，低下头，似乎在思索着怎么回答我。

我笑道："瞧我，竟忘了，你在关外打了几年仗，自然是在大漠学的。""嗯。"明宇将头埋进碗里，专心致志地吃疙瘩。

他甚少有这样含糊其词的时刻。我兀地想起从前明宇对我说起大漠诈降一事时，曾吞吞吐吐说过"在漠北，臣弟还有一个麻烦"，但他到底也没有说出这麻烦到底是什么，只诚挚地握着我的手，让我无论什么时候，务必要相信他。

我信明宇的那份诚挚。我不会勉强他，那时候没有勉强，此时亦不会。他想说的时候，自然会告诉我。

此时，我无暇再想明宇的事，只忧心着沈昼出门办差是否凶险。倦意袭上来，一夜未合眼的我，想睡一觉。云归扶我上榻，给我点了安息香。朦朦胧胧中，明宇给我掖被角。他身上有一股天然的草青气，从幼时到现在，没变过。他似乎一直坐在我的榻边。梦里梦外一直萦绕着这股草青气。

我醒来的时候，已经是黄昏了。云归给我用温水绞了帕子，我擦了把脸。

"沈卿去了一天一夜了，还没回来吗？"

如雪焦急地在屋子里踱来踱去，见我醒来，她跑到我身边，伏在我的膝盖上："没，夫人，沈大哥还没回来，您说，他不会……"她赶紧摇摇头："不不不，不会的，这世上谁人的武功能高过沈大哥？他一定会平安的。"见如雪如此慌乱，我心头不忍，拍拍她的手，道："别慌。"明宇道："红衣派就算再厉害，也不过是一个江湖门派，若逼到极处，本将军持兵符带我圣朝军队剿杀之。"

这话，自然只是宽慰如雪的。昨晚行刺之事，究竟是不是红衣派做的，现在还未可知。他们也并未做什么枉法之举。无故派兵剿杀，暴露了皇家的行踪不说，还会引起百姓妄论。

太平年间，怎可随意动用军队？

只是沈昼的行踪实在让人费解。他在红衣派到底发生了什么呢？我们这一行人心里皆惴惴不安。

晚上，一个黑衣身影从外间进来。如雪身子一凛，奔过去，原来进来的并非沈昼，而是沈昼手下的一个小兄弟。

那名玄衣郎见了我，跪在地上道："夫人，沈大人被红凤凰扣在了红衣岛上……"如雪气怔了，片刻，拔出剑来，欲往外冲："这红凤凰是什么东西！狗胆包天至此！我要跟她拼了！"

我忙让明宇拉住她。"别冲动，听听是怎么回事。"

那玄衣郎继续说："沈大人带着那贼人尸首找到红衣岛。那海岛约莫离此地五十里，四周皆是汪洋大海，岛上看起来寻常，鲜花烂漫，树木郁郁葱葱，实则里头机关甚多。我们赶到那里的时候，不知他们正在举行一个什么盛会。燃着篝火，女人们又唱又跳的，男人们似乎在比试着什么。篝火当中竖着一根柱子，柱子上挂着一只羊头。他们见我们闯入，便二话不说，开打起来……"

如雪问："沈大人没打过？"玄衣郎摇头："不，沈大人打赢了，打斗间，那柱子上挂着的羊头掉落在了沈大人的身上。一个穿大红衣裳的婆娘便从竹楼上飞落下来，说，说，说，说……""说什么！"如雪催促道。

"说沈大人成了她命中的相公，要跟她成亲。"

"呸！好生不要脸面！胡扯！"如雪听了"相公"二字，红了脸，又急又气。

我沉吟道："东南一带的海岛上有许多遥远地域为了避世，千里迢迢迁徙来的异族人，风俗各异，信仰各异，或许那羊头真的象征着什么，意外落入沈昼之手，是而，那女子不依不饶。"

玄衣郎禀道："沈大人一头雾水，执意不肯，红衣女子便跟他打了一架。两人势均力敌，打了数个时辰，最后，那女子的手下施了个圈套，用红带子缚住了沈大人的手脚，把沈大人捉住了。那红衣女子让我等回来带话，说，不管沈大人是什么来历，是官是匪，既打落了她的羊头，便是天神为她选的人，她留定了。"

没想到沈昼这趟办差，竟惹了这样离奇的红粉债。如雪看向我："夫人，这下该怎么办，得救救沈大哥啊。不能让那异族女子真的扣住了他啊。"

我问道："那红凤凰年方几何？"玄衣郎答道："瞧着挺年轻，左不过十八九岁的样子，脸上确实有一道疤，状如凤凰。""这么年轻，能执掌传闻中那么厉害的门派，想来是不简单。"我思索着。

旋即，我又问道："她有没有说，那尸首是不是红衣派的人？"玄衣郎答道："她说不是。她还说，天神在上，若是他们做的，他们会认，不是他们做的，他们也如实说，绝不撒这样低劣的谎。"

我心口那疑惑的河流，在听了这话后，又决了堤。昨晚那群人果然是假借着红衣派的旗号，想把这场谋杀打上江湖门派的幌子，掩人耳目。

明宇扶我坐了下来。我眉头紧锁。明宇道："姐姐担心是渭王吗？"此言一出，众人皆惊。

我无奈地点点头："昨晚我听到那几个人虽极力掩饰，但依稀带着陇西口音。前些年，朝中有个吏部的老臣，是陇西籍贯，说话便是那样的调调。我，我原是不肯往渭王身上联想。"

明宇道："姐姐，你当初允他就藩之时，我就说过，不若杀之。可你惦记着先帝嘱托，心有不忍。留着他，终是祸患啊。他在藩地这几年，人大心大，想是比原来更危险了。"

"前些日子我还收到他的信……"我喃喃道。那信上的话，听起来感人至深。"阿娘，西北山高，河流壮阔，儿臣在此，潜心读书，饥食粗粝米，渴饮黄河水。一切甚好，唯念阿娘。弟妹们可好？时值春日，阿娘咳疾是否无恙？朝政繁杂，阿娘保重。不孝儿臣拜上。"

云归道："夫人，您细细想想，未必是渭王，您自个儿养大的孩子，您最是清楚，他纵是有这个心，能做得这般周密吗？这不像是他的手笔。"明宇道："那是从前他没有这般周密，如今离了上京这么久，未必还跟从前一样。人总是长进的。"

"可是，您一早就跟当地的官员通过气，好生看着渭王府。所有进出人员，一律记录在册。每隔半月，便着人送名册到上京呈览。这一向里，渭王府是没有问题的。若他真的做什么动作，官员们能发现不了吗？难道当地的官员全都背叛您了？这是不可能的事。"

云归的话，不无道理。可种种细微的苗头皆指向渭王。那些蛛丝马迹，好像是不小心泄露，又似有意为之。若不是渭王，那么，这个真正的凶手便是心细如发了。若一开始便暴露出渭王，有些假。对方定是知道，以我之心智，不难看出栽赃。但，一层一层，这样无意中暴露出渭王，便使我不得不怀疑了。

这似乎是一个揭开面具的过程。第一层，是红衣派。第二层，是渭王。揭开，俱不是。第三层面具，暂不可得知。如铜镜掩于水下，如云雾披于青天。

我看着如雪那失魂落魄的模样，决定先解决当务之急——救出沈昼。

"我想亲自去趟红衣岛。"

明宇道："那等荒蛮之地，姐姐去做甚？"我站起身来，看向黑夜，道："听玄衣郎的描述，那些异族人并非奸诈之人，也不惧武力，直来直去。若拼个鱼死网破，无甚意义。倒不如用些计谋，把人救回来。"

第一百四十八章：抢人

如雪道："夫人，我也跟着您一起去。"我摇头道："别，你心系此事，难免急躁，若坏了事，反倒不宜。我与陆将军去便好。"

云归伺候我换了一身行动轻便的衣裳。那回话的玄衣郎给我们带路，我和明宇便漏夜出发了。我们乘一艘小船，在海上漂了许久，见到光亮。

"夫人，将军，咱们到了！"带路的玄衣郎说。"你在这儿守着船就行。""是。"我和明宇下船，上了岛。

现在正值七月，岛上却没有丝毫的热气，清凉无比。树木又高又粗，花朵开得如碗口大小，肥硕艳丽。走着走着，竟看到野物蹦来蹦去，毫不避人。岛上的屋子一排一排的，皆为竹楼。家家户户的门前系着一根红色的绸带。竹楼的下层放些干柴、米粮。上层住人，亮着灯，窗口依稀有人影。

寨子前有一块空旷的地方，当中燃着火堆。那火堆旁有几个穿着短衫、系着红腰带的男子在看守。仿佛那火一时都不能熄似的。火堆旁有一根木头做的粗柱子，柱子上端用象形字写着"火"。

明宇道："这红衣岛似乎对火很推崇，莫非他们这个民族叫火族？"复又笑道："红色，便是火的颜色。"

"芳草鲜美，落英缤纷，有良田美池桑竹之属。阡陌交通，鸡犬相闻。男女衣着，悉如外人。黄发垂髫，并怡然自乐……"我喃喃道。明宇说："姐姐觉得这里堪比桃花源？"我点头。说话间，巡逻的人发现了我们，手持大刀，大喝一声："何人闯入红衣岛？"

明宇将我掩在身后，拔出腰间的兵刃。我轻轻拍拍他的手，示意他不要动手。我走上前去，浅浅施了个礼，道："各位小哥，我乃妇道人家，不懂许多规矩，还望莫要怪罪。我深夜上岛，是为寻夫，还请通报一声你们的当家，把丈夫归还于我。"

那持刀的几个男子面面相觑，一脸的莫名。其中一人喝道："你的丈夫怎么会在我们岛上？！"

我笑道："我丈夫昨日奉命到红衣岛办差，迟迟不还，想来是留在岛上了。小哥，容我说说我丈夫的容貌，你们想想，或见到过也未可知。我丈夫他身高七尺，一身黑衣，眼若飞鹰，武功高强，惜字如金。"

问话的那人听了，小声与身旁的人念叨着："仿佛就是昨夜帮主选中的夫君哪。"他迟疑了一下，道："你在这儿等着，我去回禀帮主。"我颔首："多谢。"

一盏茶的工夫，那人回来了："我们帮主请你进去！"几番曲曲折折，他带我来到寨子当中的一处所在。这座竹楼与别处不同，高而大，门前森森的兽骨码成行。我走了进去，见一妙龄红衣女子坐在当中。

她坐的那把椅子甚是奇怪，像是兽骨，又像是鱼骨。可若果真是鱼骨，那鱼便大得骇人了。椅子上铺的一层皮，坚挺而发亮，像是深海之鱼的鱼鳞，可又似鸟的羽毛。太奇特了。我依稀记得《山海经·北山经》中有过这样的记载：踊水出焉，而西流注于河。其中多鳛鳛之鱼，其状如鹊而十翼，鳞皆在羽端，可以御火。食之不瘅。

难道传说中的身上长着鸟翅膀的鱼"鳛鳛鱼"真的存在吗？

那少女盯着我，上下打量。我也顺着她的目光回视她。她左脸上的那道疤从左眼下面开始，顺延到左腮，通红通红的，与她整个人融为一体。这道疤于她而言，并非毁其容貌，反倒给她增色不少。显得她的脸妖冶生动，令人见之不忘。她的眼睛大而寒，似一口冰潭，散发着幽幽的凉气，然这双眼似乎在哪里见过。

"他是你的夫君？"她开口问道。我不动声色地颔首："是。"她起身，手上拿着一根鱼筋似的藤条，走近我："可他接了我花嫁大庆上的羊头。我们火族女子，满17岁便择婿花嫁，谁打落羊头，接住了，便是天神选的夫君。天神的旨意，违拗不得。"

明宇竟猜得没错。他们果然叫"火族"。

我缓缓道："不慎闯入，是夫君冲撞了当家的，我在这里替他赔个不是。夫君非火族中人，这个规矩想来对他是不作数的。另则，他早已成家，家中儿女成群，若果真留在这岛上，我们岂非成了孤儿寡母？我们圆满夫妻，情深似海，当家的您又怎忍拆散？天下的好男儿甚多，而我的夫君、孩子的父亲，却只得这一人。"

"孤儿寡母"这四个字令她面色柔和下来。我阅人无数，看这女子，倒是个心地良善之人。看情态，她似有意允我。

她一挥手："带上来！"须臾，见几名男子押着沈昼走出来。沈昼的手脚之上皆缚了厚厚一层的红绸带。

沈昼见了我，很是惊诧，脱口而出，唤了一句："夫人——"我生恐他继续说什么别的话，暴露了我们的关系，连忙接口道："相公，你一夜未归，为妻好等。"

他脸上似有风雪刮过，愣住半晌。随之，像是明白了我的用意，没有开口，从鼻腔里挤出一个"嗯"字。

我道："相公，你打扰了红帮主的花嫁大庆，赶紧给她赔个不是。日后，咱们拿十个、百个羊头送与红帮主。望红帮主海涵。"沈昼习惯了听从我的吩咐，下意识地低头，道了声："是。"

红凤凰细细看了看沈昼，又看了看我，揣摩着我们的神色。她在厅中来回踱了几步，又回到椅子上坐下。她轻轻一笑，向沈昼说道："你，抱一下你的妻子。"

"什么？"沈昼眉头紧锁。

红凤凰提出这样怪异的要求，无非是试探我们的反应，看看我们究竟是不是真的夫妻。我暗暗朝沈昼递了个眼色。站在沈昼身后的几个人松开了沈昼的手，只余脚还缚着。沈昼艰难地走向我，伸出手，抱了抱我。

偌多年来，沈昼习惯了以"仰视"的姿态看我。我是太后，是"主"。他是玄离阁阁主，是"臣"。不管对于我的任何吩咐，他永远只有一个字，"是"。死生之际，风雨同舟，他从来没有煽情的字眼，只有那浅浅的一声"是"。这一抱，抱得别别扭扭。

我与他，明明隔得很近，却又似乎隔得很远。他身上的每一丝气息都充斥着两个字：僭越。

沈昼多年不娶，他并非恋色之人，他并不惯于跟女子的这种亲近。特别是我。

红凤凰敏感地看着这一切，笑起来。她大声问道："你们一起回答，什么时候成的亲？"

我想了想，说："大章二十七年。"沈昼也跟着我说："嗯，大章二十七年。"

红凤凰道："方才这位大嫂说你们圆满夫妻，情深似海，怎么？成亲的日子都记不清楚吗？"她站起身来，手中的藤条在地上抽了几下，怒道："你们别演了！都说汉人诡计多端，果然是真的！我虽没有成婚，但寨子里的夫妻我见过不下百余对。你们根本不像是成婚十余年的夫妻！你们脸上的神色，每一个细微的动作都能说明这一点。"

她冷笑起来："你们当我傻吗？我红凤凰17岁掌管红衣派，在江湖之中，与各色人等周旋，带领族人出海，风里浪里，坎坷无数，若没有几分本事，早就葬身鱼腹了！"她不是一个天真的少女。她有与年龄极不相称的老辣。她是火族的首领，亦是江湖中数一数二的帮派之帮主。她下令道："绑起来！"

明宇拔出剑来，眨眼间斩断了沈昼手脚上的红绸。看样子，他们俩是打算在这红衣岛大打出手了。场面霎时混乱起来。我心内焦急，我并不想将这件事闹大。不想伤人，亦不想自损。

这时，一声又一声的鸟叫传来。大黑，是大黑。

"破天狼的人来了。"红凤凰说道。红凤凰似认得大黑。门口传来一个熟悉的声音："别来无恙。"

在这个特殊的情形下，多年不露面的菜头，出现了。

第一百四十九章：行礼

红凤凰听了"别来无恙"这四个字，笑了笑，手中的藤条却握得更紧了，似乎是一条呼之欲出的蛇，随时将芯子吐到来人的脸上。

"菜头阿哥，别来无恙。"

菜头像箭一样从外头飞进来，稳稳地落在红凤凰的面前。他笑道："凤凰妹子的脾气还是那样火暴。"他穿着粗布衣裳，还是从前那副厨师的装扮。他跟我说过，他祖上几代都是厨子，他天生骨子里喜欢庖厨之事。想来这些年他是隐于市井了。

那衣裳上带着酒渍和风尘仆仆的味道。袖口处的线松了，却没有及时缝补。不难看出，他仍是一个人生活。

我跟菜头，看似是完全不同的两类人，我坐在金銮殿之上，他身处江湖之中，可若我们伸出手来，便会看出一个共同点。我们的手上皆有许多印记，那是癞疮好了，结痂掉下的疤痕。所有在街边讨饭的乞丐，都会在冬天长一季的癞疮，春天里便会愈合。年复一年，一冬又一冬的严寒下来，那印记终生无法消弭。

云归曾想过很多办法，将花瓣碾碎了涂抹，或是用医官调制的药兑了温水给我浸手，然而这印记仍是未减分毫。我笑说，莫要白费气力，天下人皆知太后的乞女出身，藏什么，掖什么？我从泥土中来，能坐到云端，便不在意身上还带着泥里的尘埃。

这些印记裹挟着我和菜头在街边、在破庙，相依为命的那些岁月。那句"别来无恙"，他看似在问候红凤凰，却让我不由心酸。

红凤凰道："你我两派这一向里无有瓜葛，你此时来我这里做甚？"

"来你这里喝酒，行吗？"

"酒嘛，我这岛上多得是，我火族素来好客，你要来喝酒，我欢迎，若要来管闲事——"红凤凰仰头笑了起来，她脸上的凤凰也随之跃动："若要来管闲事，妹子就不答应了。"

菜头看了看我，又用手指了指沈昼和明宇，拱了拱手："得蒙妹子叫我一声阿哥，我便讨个情面，这几个人是我的故人，闯入红衣派，实属无心，还望妹子莫要计较。我破天狼承你这个人情。下次若官府来骚扰红衣岛，我破天狼必鼎力相帮。"

听了这话，红凤凰细细斟酌了一番。复又看了看菜头和我们几个人的神情，问道："这位大嫂是你的故人吧？"菜头点了点头。

这个女孩子有兽一样的敏感。

"这位大嫂好生有福气，这么些个人护着她。"红凤凰并不急着回答是否要给菜头这个面子，她拍了拍手："上酒来！"

几个男子抬着一个硕大的酒坛上来，酒坛当中有一个大大的木勺，有几个仆妇模样的人在地上铺了四块草垫，每块草垫前放着一只木碗。仆妇们将四只木碗都装满了酒。

红凤凰道："都坐下吧。"沈昼和明宇面有迟疑，菜头示意他们坐下。红凤凰从怀中摸出一只兽骨杯，飞身从大酒坛中取出一杯酒，一饮而尽："你们这些汉人，还怕我下毒不成？我们火族只会面对面地厮杀，才不会使那些阴诡的伎俩！"

我们在草垫上席地而坐，仆妇将木碗递到我们手中。红凤凰举起酒杯，喊了声："干！"

岛上的酒辛辣，带着一丝薄荷叶的凉气。一碗入喉，肺腑之中似有云霞在升腾。

见我们都饮下酒，红凤凰面色稍霁。她向菜头抱拳道："想必菜头阿哥深知，红衣岛与官府向来不睦，那郁洲府的狗官花言巧语招抚，想把我火族编籍入贯，我起初信以为真，后来才发现，他不过是看中了这片肥沃之土，欲向我们征收大量税款，好中饱私囊。我一怒之下，带领族人脱籍，不受那劳什子官府的管辖。此后，他们便一直时不时出海骚扰。若破天狼肯相帮，便是再好不过。"

菜头道："我帮派中人在南境偶得一种药丸，喂食鱼腹之中，鱼凶猛而忠心。南洋很多小岛用此药养鱼防御外敌。若有敌来，鱼群冲上去撕咬，使其近不得岛。"红凤凰喜道："若得此药，便深谢阿哥了。"菜头适时指了指我们这几个人，道："那……"

红凤凰皱眉，站起身来，肃然道："不是我红凤凰故意刁难，你们不懂我们火族的规矩，我们祖辈千里迢迢迁徙至此，得以世世代代生存下来，就是因为天神的庇佑。所谓无规矩不成方圆。我们火族信仰天神，遵守祖辈传下来的规矩。我是首领，更应如此。不然我以后怎么管治族人？花嫁大庆是我作为首领最盛大的典仪，他接住了羊头，便是天选之人。不管他是人是鬼，天选的便是命定的。我若是不与他成亲，岂不是违背了天神的指令？"红凤凰并非恶人，她这番为难倒是发自肺腑。

沈昼道："我沈某断然是不会……"我拦住他，向红凤凰微笑道："红帮主，我等理解你的为难，咱们商量一下，看看有什么折中之法？""折中之法……"红凤凰站起身来，沉吟着。

半盏茶的工夫，她开口道："我与他在天神面前跪拜，饮合卺酒，算是给天神一个交代。此礼完成后，你留下一束头发，便走吧。天涯海角，愿去哪里，便去哪里，愿与哪个女子在一起，便与哪个女子在一起，与我红凤凰无甚干系了。"

许是方才入口的酒劲上来了，沈昼红了脸，吐出两个字："不可。"红凤凰急了，手中的鞭子向沈昼挥来："这也不可，那也不可，岂不是故意为难与我？！"我忙开口道："行，红帮主，就按你说的做。"沈昼似乎想说什么，我向他低语道："那夫妻之礼是火族的夫妻之礼，又不是咱们汉人的夫妻之礼，作不得数的。你应了她，礼毕你便是自由身。咱们也都可以离开了。"

权宜之下，沈昼点了头。红凤凰向那些仆妇们吩咐了几句。须臾，许多火族人点着火把赶来了。几个男人抬来一个硕大的香案，香案上摆着短刀与酒。红凤凰跪在地上。一个白头老妪走过来，摸着她的头顶，且唱且跳。过了会子，白头老妪高喊一声："首领花嫁——"

火族中人齐齐跪在地上，朝天唱念："天神在上，首领花嫁。天佑火族，风调雨顺。"火族人眼中满满都是虔诚。

白头老妪伸手将沈昼拉着与红凤凰跪在一处。她用短刀割破两人的手腕，接了一碗鲜血。她将这碗血洒在香案上。满屋的火族人开始匍匐在地。

白头老妪起身，向众人道："礼成——"

自始至终，沈昼的神情都是阴郁的。他似乎在思索着什么，脸上满是矛盾与挣扎。白头老妪走到他身边，剪了他一束发，用小匣子装起。红凤凰对她小声说了句什么，她便拿着匣子，带着火族其余人退下了。

红凤凰向菜头道："菜头阿哥，他们可以走了。"我向她点了个头。菜头又看了看我，这是今晚他第二次看我。他的眼神里有关切，但也有几许陌生。那种隔山隔水的陌生。我很想问他近况如何，但似乎所有的话语在此刻都很单薄。

大黑飞过来，停在他的肩头，他向红凤凰说了声："明日我命人将药丸送来岛上，凤凰妹子，咱们后会有期。"他转头向我："大小姐，保重。"

一人一鸟，飞身离去。

我颇有些怅然，明宇安慰道："姐姐莫要伤怀，有一次，便会有二次，菜头大侠一定还会出现的。"我点点头。

红凤凰亲自将我们送到船上，离别之际，她说道："那具系着红腰带的尸体确不是红衣派中人，我们火族人肚脐上皆有火种文身，是出生时族人文上去的，作不得假。有外人冒充红衣派行恶，我亦不能容，必会清查此事。"

"多谢红帮主。"

岛上天气无常。此刻竟下起了淅淅沥沥的小雨。红衣岛上的花香如此醉人。方才饮的那碗酒，缓慢地上了头。微醺。

不知雨意将诗意，但觉花香带酒香。我们辞别了红凤凰，乘船回到了东海之滨。老远便看到如雪奔跑过来。

第一百五十章：圆房

如雪高声喊着："沈大哥——"声音一出，泪也下来了。她用手擦着眼泪，又看向我："夫人——"

我看着她，伸出手摸摸她的发梢，柔声道："你素来身上的白衫一尘不染，可你今儿襟下染了汤渍自个儿却没察觉，想来定是心不在焉的。"如雪低头道："我担心您，担心沈大哥，要不是云归死活拦着，我真的控制不住自己要拔剑冲向那什么鬼红衣岛上去，拼出我这条命，杀它个天昏地暗！"

我笑道："傻姑娘，哪用你去杀个天昏地暗，我们这不是好好地回来了嘛。"

我们一行人进了客栈。云归递上软巾帕给我们拭脸拭发。明宇约莫是想逗逗如雪，拖长了声调调侃道："对，是好好地回来了，但是，是卖了半个沈大人回来的——"如雪抬起头，茫然道："卖了半个是什么意思？"

沈昼皱着眉头，开了口："陆将军慎言。"他看了看如雪，又看着这飘着细雨的夜空，凝思了会子，说道："夫人，我有重要的话跟您讲。"

我点了点头。云归以为沈昼是要禀公事，按往常的惯例，斟了杯浓茶，送到内室。沈昼说："夫人，不是公事，是私事。"我笑笑："闻君此夜东林宿，听得荷池几番声。今晚夜雨缠绵，便到檐下听听雨声吧。""是。"沈昼的脸上，宛如被雨洗过，凝重而清明。

檐下的雨声和着风声，揉搓着这原本静谧的黑夜。我似乎能预感到他跟我要说的是什么话。

沉寂半晌，沈昼艰涩地开口了："夫人，从大章二十七年开始，我心中一直有一个朦胧的梦，梦里的那个人，很近，又很远。"

大章二十七年。呵。大章二十七年的乾坤殿，一袭黑金袍的沈昼深受太宗皇帝信赖，进出乾坤殿，来去自如。他冷冷地对我说："在下曾随家师去过苦寒之地，有幸见过雪鸮。那是一种非常聪明的鸟。它的羽毛很漂亮，可它的爪子却很危险。陆掌事有一双雪鸮的眼。"

我喉头一哽，挤出一个字来。"嗯。"

沈昼继续说："我曾经想着，我一定是欢喜梦里的这个人。她很多次都让我惊叹。她残酷却善良，凶猛却轻柔，泰山崩于前而不变色，猛虎追于后而心不惊。天大的事，她只是平静地唤一声，沈卿。"

雨依旧在下。

沈昼行至栏杆处，背对着我，继续说道："我曾有过低谷，是她拉我出来。她也有过低谷，我亦不曾离开。她被人陷害的时候，我三日未曾合眼，搜寻证据。许多的大风大浪下来，这种信任与默契固若金汤。我对情爱是懵懂的，不在意的。原配发妻去世后，我未动过再娶之念。我与她的身份决定着我们之间有无法跨越的鸿沟，这没关系，我想着，反正，我这辈子也是打算孤身一人的，不若就这样，陪伴她一辈子。我给自己编织了一个梦境，然后把这个梦境上了一把锁。我以为，这份欢喜会藏在我心里，到我死去。"

我没有打断他，让他静静地说着。

"可是当有一天，她真真切切地叫我夫君的时候，我感觉那把锁被打开了，我走进了那个梦境，她穿着寻常妇人的衣裳，以妻子的姿态待我。那一霎，我觉得错了，不知道是哪里不对，反正，就是错了。不是这样的感觉。不是的。虽然我不谙情爱，但我亦有强烈的直觉，不对，不是的……"

他摇摇头，反复说了几遍："不是的，反正不是那样的……"

"我抱了她一下，那一抱又短又长，仿佛一根针扎破了我自以为是的梦境。菩萨的含义是什么？道众生、觉有情、大觉有情、道心众生。为什么菩萨到了人间，是女子的形象呢？因为众生渴望一个美丽、慈悲、温柔的人。她不是我心中的妻子，而是我臆想中的菩萨，她是渡我的人。渡我的得意与失意，渡我年少的莽撞和中年的寂寥，渡我仕途的浮沉，渡我人生的苦悲。我对她，是敬，非爱。"

"那把锁没了，我明白过来了。"说到这里，他似乎有些哽咽。

"太宗皇帝临终，在大火中所托，言犹在耳。皇家对我有知遇之恩，她对我有提携之义。我会一辈子对她效忠，誓死不悔，可再也没有我从前自以为是的那份欢喜了。我知道，那欢喜对于她，亦是负担。我这番醒悟，于她，于我，都是很好的事。她依然坐在云端，我依然跟随着她，可我们都轻松了。"

他仰头看着夜空。

"这番话，我本来想永远藏在心里，可我挣扎了很久，还是打算告诉她。我知道，她会为我高兴的。"

檐下的雨点似乎每一滴都落在我与沈昼这十几年"共患难"的路途上。

我轻声说："沈卿，谢谢你跟我讲这些。可我知道，你的话还没有讲完。"他低下头，方才那副坦然的姿态消失了。有些紧张，又有些局促。

"我……在火族人逼着我行礼的时候，我脑海中莫名涌上对一个人的愧疚……那愧疚像乌云一样压着我，久久不散……"

我颔首，笑道："是如雪，对吗？"他重重地点了点头。

"很久很久以前，我在出入敖府的时候，总发现有个小女孩躲在梨花树后面偷偷看我。那时候，我并不在意。如雪……总像一个小百灵一样，沈大哥长、沈大哥短。她看见我似乎总是很羞怯……我原以为，那不过是寻常女儿家的闺阁之态。直到何烈之流夜袭乾坤殿，她毫不犹豫地替我挡了暗箭，我被惊呆了……她是那么勇敢，那么无畏，那么重情重义。可那时候，我没有想明白。我不知道我对她到底是什么样的情感。"

他那判官一样冰冷的脸上，前所未有地柔和："方才小船漂行在海中，凉凉的雨丝落在我的脸上，我突然无比想见到她……活生生的如雪……我生平第一次觉得，孤独是一件可怕的事。我渴望人世间琐碎的幸福……她飞奔着跑过来叫我沈大哥那一霎，我觉得心从高处落到了原地。那种感觉很安全。我素来如活在冰窖中一般，这才明白世上为什么有情爱这回事……情爱，大约是一种温暖的牵挂。"

我缓缓道："沈卿，你转过身来。"

沈昼回头。如雪站在不远处，眼中的泪花如雨滴般晶莹。沈昼低头道："你……什么时候出来的？"

"沈大哥，我都听到了。"

沈昼说："那会子陆将军说的是真的，我得坦白……我……我跟火族的首领行过礼，我……"他结巴了一会子，说了三个字："对不起。"

如雪用手背擦了擦眼泪，摇摇头。

"沈大哥，不用说抱歉，我知道你是被迫的。我真的不在乎。我很早很早的时候就想明白了，陪伴是世上最重要的东西。我是从鬼门关走过一圈的人，原本已经不作指望了。这辈子能听到你说方才那些话，真的很开心。"

我蹑手蹑脚往屋内走，欲无声无息地退下，让他们好好说话儿。对沈昼和如雪，我早有撮合之意，如今见水到渠成，大感欣慰。

"夫人——"如雪唤我。我停住脚步。

她道："我想跟沈大哥成婚。""这……这突然了些。眼下咱们不在上京，三媒六聘、媒妁之言、八抬大轿、纳采纳征、聘礼文定……皆不便……"我思索着。

如雪那雪松一样俏丽挺拔的身影带着女儿家的俏丽和男儿家的英气："我不在乎这些。""只恐委屈了你。"我道。

"夫人，有沈大哥的情义为聘，不委屈。"

我看向沈昼，问道："沈卿之意是？"沈昼皱眉，思索了片刻，又看了看如雪满是坚定的面庞，道："依她吧。"

我沉吟着。现下，她之所以决定在南巡路上嫁给沈昼，一来，是因沈昼如梦初醒的心意诉说；二来，恐也是因为想躲避上京平宁伯夫人的阻挠。如雪惯听平宁伯夫人的话，如今要违逆她的意思，自然是想木已成舟，再告知她。我思来想去，点了点头："好。"

夜雨催花发。没想到，南巡路上，历经种种，眼下，竟要办喜事了。

第一百五十一章：大喜

下了一夜的雨，第二天，郁洲的天气好极了。从客栈的窗户看远处的海，碧蓝碧蓝的。天空干净而深远，偶有几片云朵，亦很快被风吹散，只余澄净的蓝。我倚在窗边，睁着双眼，看那片蓝，手中握着茶盏，盏中是郁洲当地的云雾茶。云归忙出忙进，张罗着布置婚礼，随行的一行人，也都帮着忙。

其实说是婚礼，不过是简单的一间屋子，裹了红纱窗，床榻上铺了喜绸，桌案上摆了几方烛台，烛台上插着红烛。张浔拿笔蘸了墨，写了两幅喜字，贴在墙上。云归在被褥下面藏了许多花生桂圆。孩子们觉得很新奇，围着叽叽喳喳的。

灏儿要用手去拿桂圆，云归笑着说："小祖宗，这些桂圆不是吃的，是给沈大人和敫大人讨个吉利的。"

桂圆，是团圆，圆满。云归忙活完，来我身边禀道："夫人，差不多了，等陆将军从集市上买回两只红灯笼挂上，就妥当了。"

我叹了口气，道："如雪是世家小姐，又是我身边得力之人，这么出嫁实在是太简陋了。我虽允了她的请求，可心里又总是七上八下，担忧着，这样礼数不全，到时候回上京，旁人会如何说呢？"

恰这时，如雪捧着一把杜英走进来，听了我的话，靠近我，将面颊往我的肩上蹭了蹭："夫人，我最是不在乎旁人说什么了，您也别在乎了。他们爱说什么说什么。""自个儿快不快乐，自个人最清楚。我才不需要他们懂我，沈大哥懂就行了。人这一世啊，在意得越多，越累。"她调皮地眨眨眼。

这句话倒是触动了我的情肠。我笑着，捏了捏她的脸："好歹是你大喜的日子，你捧着一束白花做什么。"如雪看了看手中的杜英道："杜英不识春风度，如云枝头迟迟开。杜英是我最喜欢的花，一片雪白，没有香味，身姿挺拔，开得英气。要紧的是，它不在热闹的春日里开，迟迟绽放，守得住寂寞，待到夏日里，开得如云似雪。"这花真像如雪自己。雪白，挺拔，英气。但愿如雪和沈昼的姻缘，亦似这杜英一般，开得晚，却开得好。

明宇从集市上买了红灯笼回来，飞身到檐下挂起，拍手道："喜房布置完喽。"

我问道："沈卿呢？"明宇道："刚才还跟我一处呢，不知是发现了什么，匆匆便追过去了，我问他，他也不吱声，只说让我先回来，不必同他一起，他自己过一会子回来。"

说着，明宇调侃道："沈大人到底是办了一辈子案的人，嗅觉了得。这是忘了自己今天是新郎官儿吧？"如雪将手中的杜英插进一个铜瓶中："新郎官儿怎么了？新郎官儿也得先公后私，好不容易有线索了，当然得追上去。自个儿再要紧的事儿，也没有差事要紧。这才是我喜欢的沈大哥呢。"她淡淡地笑着，如杜英一般。

约莫过了两个时辰，沈昼回来了。看他的神情，我知道他有重大的发现。果然，到了内室，他回禀道："夫人，刚刚，我看到了一张熟悉的面孔。"

"谁？"

"齐鲁巡抚王池的管家。在齐州府时，我曾暗访王池，在巡抚府中见过那人。他长着尖尖的头，如毒蛇一般，很有辨识度，我不会认错的。"

我沉思着："难道咱们离开齐鲁这一路上，他都派人跟着么？这个王池，是何居心？他有何动机做这件事？"沈昼道："我跟了他一路，发现他拐到一个僻静处，与几个蒙面黑衣人交头接耳，那些黑衣人非常谨慎，没说几句话，便散了，且他们不是朝一个方向跑的，而是四散八方，云山雾罩。好像早有准备，怕被人发现什么。我紧紧朝一个人追去，不一会儿，追上了，我差一点儿就将他擒住了，却突然冲上来两个他的同伙儿，放了烟幕弹，他们趁机逃了。"

沈昼说着，低头拱手道："是我的过失，我该向夫人请罪。若当时多遣些人手，或许能擒住。"我温和地笑笑："沈卿，你何罪之有？事发突然，谁能料到。你能敏锐地觉察出异样，追上去，已经难得。咱们在明处，他们在暗处，暗处之人自然防备多多。但我相信，迟早，能水落石出。红衣派的红帮主昨日说，会究查是何人冒充，或许能查到些有用的线索。"

沈昼有些犹豫，但还是从怀里掏出一块撕碎的黑布，说道："夫人，想了想，还是得告诉你知。方才，我跟那人打斗时，撕下他一块衣裳，这布料……"

"布料怎么了？"

"这布料上有祥云纹，是上京最大的绸缎庄祥瑞轩的上等货物，只供公侯王府。"

我从椅子上起身，接过那布料，紧紧攥在手中，直至将手心攥出紫色的瘀痕来。我一步步走到窗口，轻声道："沈卿，你说，会是谁？"沈昼沉默了一会子："夫人，我不敢妄猜。"

"常灵则死后，咱们在清理余党时，早已将那伙子人连根拔除，彻底碾灭。上京中，还有谁是有可能的呢？为什么贼人冒充红衣派，而没有冒充破天狼，是否知晓我与菜头的关系？为什么要故意半遮半掩透露出陇西的口音，令我想起渭王过去的种种不堪，是否想趁此除去渭王？沈卿，你不是不敢妄猜，你是不忍。"

我心中某块角落一处柔软的水池，忽然刮起了寒风，萧瑟起来。

"夫人，当下，事情没有水落石出，咱们都不宜多想。过去经历了许多事，结局与猜测大相径庭的，亦有之。"

我缓缓转过身来，回到椅子上坐下。

"你今日跟过去，让他们有所察觉，有所警醒，约莫余下的日子，他们不敢再贸然行动了。从另一方面讲，未尝不是好事，咱们可以消停些到禹杭。"

"嗯。"

我呼出一口气，道："沈卿，今日是你和如雪的好日子，莫让此事扰了心情，咱们欢欢喜喜地，办婚事。"

须臾，我和沈昼从内室出来，皆除去脸上的阴郁，换上轻松愉悦的神情。明宇不知是从哪里请来一个卖艺的班子。拉弦的，吹唢呐的，敲锣的，还挺齐全。随行的张大人因年岁稍长且位高，被拉着做了临时的"高堂"。

我嘛，为他们证婚。在唢呐声中，念着：韶华美眷结良缘。关雎之声长颂，同心同德情坚。沐风雨，迎朝霞。相濡以沫，共度华年。

他们穿着简单的喜服，行了礼。如雪眼里有泪花，向我深深一拜："谢夫人。"

天色暗下来，红烛燃着。我搀起如雪，送她和沈昼到预备好的喜房。虽然这个婚礼极其简单，但好歹，他们成了婚。

回到房中，云归给我递了盏茶。我瞧着天上的月亮，跟云归说着："今晚的月亮真圆。"

第一百五十二章：草包

云归递了碗汤给我："夫人心情愉悦，自然觉得月亮越发圆了。自打来这郁洲，就风波不断，又是遇刺，又是去红衣岛，奴婢也跟着提心吊胆，可不通武艺，又没有别的本事，能做的唯有照顾好夫人的孩子们，盼夫人平安。"

愉悦。是啊。沈昼和如雪成亲，是近来发生的唯一让我宽慰的事了。

我瞧着她，笑道："云归，多亏有你。我才能放心。不然，我哪敢离开一步？"

"夫人，二小姐真是懂事极了，你跟陆将军出门那晚，她一直没怎么睡，隔一阵子问我一句，云归姑姑，母亲如何了。待听到底下有动静，又赶紧将眼睛闭上，说，要是母亲回来，发现我没睡，该忧心了，云归姑姑，外头下着雨，你带着软巾帕下去迎母亲吧。那么小的人儿，那么周全。"

云归说着，压低了声音："二小姐虽然小，倒是很会伺候人。我原先问过她好几回，她不肯说，不过无意间的言语倒是透露出，五王府那个侧妃厉害得很，把她当丫鬟使，小小年纪，捧着痰盂跪在地上。那侧妃，穷乡僻壤出来的女子，到底上不得台盘，无法无天。二小姐再怎么不受先帝待见，都是公主，金枝玉叶，她竟然敢这样？打量二小姐一辈子回不了宫？"

我皱眉："老五的那个侧妃，似乎去年扶了正。我原是不大在意这些事。老五每回进宫，见了我，就跟避猫鼠似的，我就没细问。"云归道："五王那个人，草包了一辈子，您是知道的，高太后在的时候，听高太后的。高太后不在了，听他妈董盈香的。董盈香也不在了，听自个儿小老婆的。反正一辈子也没长出个爷们儿的筋骨来。我算是对他一点希望不抱，也不愿与五王府走动。只要他们不虐待我那外生男儿，就行了。"

我拍拍云归的手："你放心，那肯定不会。你妹妹巧云生的孩子到底是五王的亲骨肉。再草包的人，也知道护着自己的骨血。而且，当初以假死的名义，把巧云和那孩子送出宫去，那孩子是以养子的身份养在五王府。养子不能袭爵，不能做世子，对五王妃构不成威胁。她不会视他为敌的。"

云归低下头，沉默了一会子，道："但愿吧。我那妹子，空有一番心气儿，却糊涂至极。爬了一世，到底是一场空。"月色洒到她的脸上，带着几许悲叹与惋惜。转而，她似想起什么，突然说："对了，夫人和陆将军去红衣岛的那晚，随行的邹伏大人来探听消息，他说了句奇怪的话，让我云里雾里。"

"他说了什么？"

"他说，尘归尘，土归土。"

邹伏这些天在随行队伍里一直不吭声，默默无闻，我倒没怎么注意他。今晚，我倒特别想唤他来说几句话。我问云归："这趟出来，桐君岩带了吗？"

"带了。"

"斟两盏上来，然后，去传邹伏过来。"

"是。"

月华如水，苍穹如墨。溶溶的月色，一点点在天边蔓延开来。远处的海，笼罩一层朦胧的薄雾。星河挂在天际。寂静的夜，澹澹的风。月亮中的几片云，恍若洁白的鹤羽。风拥着鹤羽，在天上飘浮。

邹伏来了，恭恭敬敬地跪在地上："夫人。"我浅浅笑笑："这是外头，不是在上京，不必行这么大的礼，起来吧。"他站起身来，拱手道："夫人漏夜唤小人何事？"我指了指桌上的茶盏："唤你来喝茶。"

"不敢。"

"你的官职并不高，这趟南巡，随行的几名大臣皆是上一品阁老。你可知我为何要带你一起出来？"

他低头谨慎答道："因家兄之故。夫人说过，到了禹杭，让小人带您去家兄的墓前看看。"我笑笑："除此之外，还有一个原因。我看中你通晓占卜之事，一路跟着，或可帮我答疑解惑。"

"夫人抬举了，小人会的，不过是些雕虫小技。答疑解惑，不敢当。供夫人娱乐消遣倒可。"

我喝了口茶："那晚的刺杀，想必你是知道的。你猜测，会是谁？"

他低头，不吭声。我缓缓道："恕你无罪，尽管随意开口，就当家常说话。你不必那么谨慎。我身边最不缺说话谨慎的臣子，缺的是发自肺腑的真言。""依小人愚见，夫人定怕是自己人。"说到这里，他抬头匆匆看了我一眼，见我神色如常，才继续说道："不管是渭王，还是峪王，都会让夫人伤心。夫人肯放渭王陇西就藩，是天大的恩赦——"

说到"恩赦"二字，我看了看他。成筠河的真正死因，我并没有昭告天下。昌黎阁下达四海九州的公文里，皆说是"病逝"。

想邹伏的履历，那个时节，他不过是在远离上京的小地方桐庐做个郡守，能知晓这么大的事，只能是靠打卦占卜了。看来，他倒是有几分真本事。

我低头，不动声色地喝茶。他继续说道："渭王是先帝之庶长子，曾经的东宫太子，夫人您的养子。天下人皆知，先帝疼爱此子。夫人您为他三顾朱门择师的事迹更是天下流传。在公文里，并没有提他具体犯什么错，只是说先帝以不肖废之。这就导致，在百姓舆论上，渭王没有错，他具备翻身的条件和可能。"

他这个思量是对的。这也是我为何从来没有放松过对渭王府监视的原因。我对他，放而不纵。

"小人认为，虽然渭王有做这件事的动机，但他没有做这件事的能力。夫人您铁血手腕，渭王府空有富贵，而无一丝丝的实权。他能调动几个人，怕是夫人清楚得很。陆将军之所以总是怀疑渭王，是因为陆将军不谙权谋，可夫人您，九尺浪头过，小人觉得您心里明白。但您潜意识里，若只有渭王和峪王两个选择，您倒愿意是渭王。您非常非常不能接受的人，是峪王。"

这个邹伏，看得极明白啊。炽儿，那个懂事、老成的少年，我不忍、不舍、不愿。

杯中的茶越喝越浓，越喝越涩。我面似平静地问："那，你觉得，究竟是不是峪王？"

"小人觉得不是。"邹伏摇了摇头，"他父亲，是您亲手杀死的。他母亲，是因为替夫人报仇的计划暴露，被迫自尽的。按理说，峪王，他若有这个想法，也不奇怪。可是，他是个聪明的孩子，他在您身边那么久，他了解您的无双智谋，羽翼未丰，他不会对您动手的。所以，此次，不是他。"

"那你的意思是，就算这次不是峪王，峪王以后也会动手。所以，得防着他。"

"是。对他，夫人不能过于信之。夫人您做事果敢，唯不能看破的是儿女情分。可就算您不想过往，他能不想么？就算他不想，难保他一辈子永远不被人教唆么？小人认为，夫人您给他富贵就行了，委以重任，就不必了。不安全。另则，可以用计，彻底让峪王放下父母之死的心结。"

听他此言，我略略扬眉。"哦？"邹伏道："若夫人信得过小人，待南巡回京之后，小人安排此事。"

"我倒是小瞧你了。"

"不敢。"

我似笑非笑："那你说，眼下这件刺杀，是谁做的？上京公侯王府之家，谁有这个动机，谁有这个本事，谁敢跟我作对？"邹伏道："要查出这件事，不难。有一个突破口，王池。夫人回京之后，下一道调令，将王池从齐鲁调回上京，从王池身上着手，不难扯出与他勾结的人。"

我闭上眼："罢了，这些事暂不提了。只要不是炽儿，我心里就好受多了。我见惯了这些事，旁的什么别的人，已经不能给我带来什么波澜了。不过寻常尔。兵来将挡，水来土掩罢了。"

邹伏适时地掩了口。我道："明日便动身出发。下一站就是禹杭了。"

"夫人您回归禹杭，是禹杭百姓之幸，是故土之荣。"

我看着屋外缥缈的夜，轻声道："近乡情更怯，不敢问来人。不知故土现今如何了？"

"虽然咱们一路秘密走水路，不被外人知晓，但到终点就不同了。您的身份要透露，所以，只能从暗到明了。届时，恐怕动静颇大。"

我点点头。

第一百五十三章：眉目

月圆无梦。这一夜睡得安宁。

早起，云归给我梳头，如雪和沈昼走进来，向我行礼。如雪改梳了妇人的髻，她的脸上流淌着笑意，平静而满足。

"夫人今日有什么安排？"如雪问。

"启程出发。"

沈昼道："这么快。"他许是诧异我没有留下来继续追查王池管家以及黑衣人的事吧。

我笑笑："嗯，走吧，路上耽搁的时间太长，恐引起沿途官员们的揣测，不若尽早抵达。"我想了想，吩咐道："对了，沈卿，你让皇家马车那边的内侍去给郁洲的郡守传个话，就说，太后有旨，夜宿越城，得见仙人现身，仙人有言，郁洲周边海岛蛮族，非圣朝子民，宜自治自垦，天神佑之。让其莫要再去骚扰。"沈昼点头："是。"

明宇听到这番话，笑道："姐姐对那个红凤凰真好，这都替她考虑到了。姐姐这道旨一下，红衣岛可真成了桃花源了。"我淡淡笑道："那姑娘不容易，小小年纪，便做了火族的首领，过来过往的海盗要抵御，带领族人出海捕捞、风里浪里亦凶险万分，还要面对江湖上帮派的纷扰，加之官府的武力镇压，怕是一刻松快的日子也不曾有，一夜安稳的觉也不曾睡。"

云归脱口而出道："听着怎么跟咱们夫人像得很哪！"呵，是啊，我也是，从十几岁开始，就要面对很多很多的凶险，在日复一日的心惊中，磨砺出沧桑来。明宇听了云归的话，将手指扶在下巴上："嗳，云归这么一说，我倒是发现了，那红凤凰长得也跟姐姐有几分相似哪！"

怪不得我初见红凤凰，总觉得她那一口如深潭似的眼，幽幽地冒着寒气，似乎在哪里见过，细想想，原来是在日日揽镜梳妆的铜镜中见过。

"大约普天下杀伐决断的女子，皆有几分相似。"我说道。如雪听了这番话，笑道："听你们说这红凤凰，我倒是真想见识一下她。"

明宇促狭地咧咧嘴："哟，敖大人，她可是跟沈大哥行过夫妻之礼的，她若是来了，你是做大呢，还是做小呢？"如雪瞄了瞄明宇，镇定道："你懂什么，那样的女子，背负着整个火族的使命，请她出来做大，她都是不肯的。我才不在乎。"

我瞧了瞧如雪。我依稀记得当初第一次见到她，是我为明宇选妻之时，她跟上京众多世家小姐一起进宫，名为参选，实则为了看看我。

她有一颗玲珑心。她钦慕沈昼，猜到沈昼对我有别样的情结，所以，才好奇。到沈昼吐露心结，她知道，这一切都过去了。沈昼心里是她就够了。跟什么人行过礼，又有什么关系呢？心里的位置，比什么都重要。如雪能守得云开见月明，她很珍惜。

我们一行人稍加整理，便启程上船。越城的皇家马车，也在差不多的时辰，从陆路官道出发了。

船在海上行进不久，听到一个女子的声音唤着："大嫂！大嫂！"声音在海上漂着，混杂着呼啦呼啦的风声，一会儿很近，一会儿又很远。

彼时，我正在给孩子们讲着故里的风俗趣事，明宇进到舱来："姐姐，红凤凰追来了。"

"哦？她一个人还是一群人？"我问道，心内思忖着，难道是她后悔放走沈昼，要来抢人？明宇道："她一个人，骑着一只大白鱼过来的。啧啧，那大白鱼可真大，又像鱼，又像兽，我只在古书上见过。没想到，还真有哩！"他抱起灏儿，跟烯儿和炘儿说："孩子们，走，舅父带你们去瞧瞧稀罕。"明宇童心未泯，他觉得红凤凰只身前来，并非敌意，故而，此刻只顾着对那大白鱼感兴趣。

灏儿兴趣也颇高，一脸的兴奋，要去看明宇口中的"稀罕"。我吩咐船暂停。云归扶着我起身，我走到船舱外，果见红凤凰骑着大白鱼朝这艘船赶来。她今日仍是穿着一身耀眼的红衣裳，不过是束身的，越发显得热辣干练，手中持着鞭，胯下的大白鱼脑袋硕大，似乎是很听她的话。她与她的坐骑，一红一白，毫不违和，浑然天成，在大海的浪涛中显得别样的飒爽与妩媚。

还未待她开口说话，灏儿问道："你骑的是什么？"红凤凰听了，笑笑。虽然她不知道灏儿的真实身份，但她并不在意灏儿居高临下的口气。她瞧着灏儿："小毛头，我骑的是海猪。"

灏儿道："真好玩儿，我也想要。"

"你要不得。"

灏儿仰头道："这四海九州，没有什么是我要不得的。"红凤凰笑："你这小毛头，怎生这么狂，看得出你们是权贵人家，平日里呼风唤雨，可海猪是天神的礼物，只生活在海里，离开了大海，它就无法活下去。你难道要永远生活在大海上吗？"

灏儿想了想，跟红凤凰说："我想摸摸。"红凤凰飞身过来，从明宇手中抢过灏儿，明宇欲追上去，我摇摇头，示意他别动。红凤凰抱着灏儿坐在海猪上，灏儿伸出手，好奇得摸来摸去，红凤凰哈哈大笑，命海猪在浪涛里转了好几圈儿，灏儿瞧着她，头在她脸上蹭蹭，两个人看起来融洽极了。

灏儿这孩子，虽然年纪小，但一向待人很有距离感，除了他二姐，我还从未见他对谁如此亲昵。灏儿道："我喜欢你的海猪，也喜欢你，以后我罩着你。"

红凤凰哈哈大笑，在灏儿脑袋上轻轻一拍，露出一口皓齿："小毛头，你怎么罩着我？你会什么武功？有什么本事？"灏儿一本正经道："别管我有什么本事，我既开了口罩你，千金一诺。"

我料到红凤凰有重要的话跟我讲，示意明宇把孩子们带回舱内。

"红帮主不辞辛苦赶来，是有事交代吧？"

她抱了抱拳："大嫂说得对，那日我说过要追查冒充红衣派的死尸是何许人也，今日查到了些眉目，本想进郁洲城告诉你们，可我在海上各处放哨的兄弟们说，你们已经乘船走了，我便赶了来。那死尸是东海镖局的镖师。东海镖局在沿海八个郡皆有分号。明里押镖为生，暗里收钱干些杀人放火的营生。我各方打探过，这趟活儿，他们是在不夜郡接的。雇主颇为神秘，戴着黑纱，出手阔绰。他们没见到雇主的真面目，只注意到那人长着三角头，状似毒蛇。"

这和沈昼那日追到的情况吻合。长着三角头的，是王池的管家。王池必也是听人派遣。凡事让管家出头做。在不夜郡惩治贪官，让王池知道了我们的行踪，他把这行踪告诉了别有用心之人。

我颔首："多谢红帮主提供的线索。"

"大嫂不必客气。"

"红帮主若不介怀，叫我姐姐便可。"

她笑了笑，点了点头，拱手道："阿姐，后会有期。"我突然想起什么似的问道："那日，在你们族中，你与沈昼行过礼，会不会误了你的姻缘？日后，若你果真碰到了如意郎君，该如何是好呢？"她摆摆手，一脸狡黠道："阿姐，你看不出来吗？"

"看出来什么？"

"我本就一世不想嫁人，奈何我是首领，必须得遵守族规，择婿花嫁，否则，就是违背祖祖辈辈传下来的规矩，我不好跟族里的几个长老交代，日日受他们的聒噪。那天，花嫁大庆上，我看到有外人闯入，觉得正好是个机会，便使了个小计策，让羊头落入那黑衣男子身上。我见那黑衣男子腰间悬有金牌，想来不是等闲人物，被捉之后，定有人救他。到时候，我再假装无奈，提些要求，达成交换，既全了我的礼，也对族人有了交代，还不用真的择婿。事情比我想象的还要顺利——"

红凤凰眨眨眼："谁知道你们竟认识菜头阿哥，菜头阿哥许我火族许多好处，我便趁势下了台阶，真是太好了！"

原来如此。这个鬼丫头。

"你现在不想择婿，难保日后不想择婿，若你日后真的碰到了意中人呢？"

"落花辞高树，最是愁人处。不如沙上蓬，根断随长风。我自小见到师父深受情仇离恨之苦，誓要对情爱避而远之。人各有志，阿姐多虑了，告辞。"她说完，骑着海猪在海浪中远去。

不如沙上蓬，根断随长风。这个小姑娘真是洒脱到极致的人哪。我感慨着，入得舱内。

如雪道："刚刚沈大哥飞鸽传信来，禹杭的官员们甚是重视夫人的驾临，出城三十里，跪地相迎。"

纵是成了婚，如雪依旧习惯称呼沈昼为"沈大哥"。我听了沈昼信上的话，皱眉道："搞那些虚头巴脑的做甚。何况，我并非真的从官道过去。他们就算跪地一百里，迎到的只是空马车。跟沈昼说，让他们免了吧。"

"是。"

第一百五十四章：失望

船在海上漂行许久，我几经思索，决定到嘉禾换乘马车。

明宇道："姐姐这是为何？"

"一路从上京下来，未召见任何人，恐日后沿途官员横生揣测，质疑上令，故而，我想了想，还是打算换乘马车，走官道回杭。"

如雪道："是，我给沈大哥传信，让马车悄悄拐到渡口来迎。""嗯。"我点点头。明宇笑道："姐姐变幻莫测，让他们云里雾里。""总之，夫人知道他们在想什么，他们可未必知道夫人在想什么。"云归道。

快要天黑的时候，到了嘉禾。下了船，空气中一股鱼米之乡特有的味儿，甜滋滋的。

"嘉禾一穰，江淮为之康；嘉禾一歉，江淮为之俭。这里是天下沃土啊。"我笑笑。

孩子们从未到过江南，看到一草一木，与上京的不同，皆感到很新奇，东张西望的。

随行的几位官员当中，张邑张大人曾在嘉禾做过官，张家在嘉禾有老宅。张邑禀道："微臣家的老宅，虽不华丽，倒还清净，夫人要不要在那儿稍作安歇，明日再出发？"

"此地离杭，大约还有两百里，马车颠簸约莫需要三个时辰，孩子们坐了一天的船，想是乏得很，便到府上歇一晚吧。"

"是。"张浔在一旁听了，面露喜色，甚是开心。张家的老宅子在嘉禾城西。门口，两排香樟，枝干粗壮遒劲，又不失潇洒，稠密的树叶，绿得发亮，散着幽幽的香气。

进得院中，有几个老仆妇在打扫，有一个似管事嬷嬷的妇人，正在拿火烛点亮檐下的灯。张浔喊了声："赵妈妈。"那妇人喜出望外："公子回来了，老爷回来了，呀，真是突然。老奴这就去给你们准备饭食接风。"张邑道："赵妈妈，今日府中来了贵客，你打点几间上房出来。"妇人欢喜地应了。

我们入了厅，张邑吩咐上茶，那妇人麻利地端来茶盏，打开一瞧，却不是茶，是一朵朵的白菊。在茶盏中，受了温水的浸泡，一朵朵舒展开来，分外可爱。

"色玉白、气清香、味甘醇、花姿美，比上京中的还要好。"我笑道。妇人行礼道："多谢贵人夸赞，老奴家乡禹杭，这白菊，是老奴自种的。"张浔道："夫人，赵妈妈什么都会做，手可巧呢。"妇人脸上带着疼爱的笑："公子久离这里，竟还没忘了老奴。"

两盏茶的工夫，妇人便张罗了满满一大桌子的菜。这菜与别处很是不同。不见走兽飞禽，多以时令瓜果为主，佐以干花入汤，亦有鲜鱼烟笋搭配，入口清爽，淡雅不俗，毫不油腻。孩子们皆胃口大开，吃了不少。

饭毕，妇人又及时端上来化食的自制山楂等物，细心嘱道："少爷小姐们年纪小，小人儿家不可积食。"烯儿嚷道："母亲，我喜欢这个妈妈，让她跟着我们回去吧。"我沉吟着，向张大人道："张大人，大小姐问你讨这个妈妈，如何？"张邑连忙跪在地上，拱手道："遵命。"

那赵妈妈虽不知我们一行人真实身份，但见张邑对我如此恭敬，已能猜出八九。她亦随之跪在地上："老奴谢恩。"

晚上，云归伺候我梳洗的时候，烯儿沮丧地唤我："母亲，小张公子和二妹不见了。"

"不见了？"

"嗯，刚刚还在一起玩儿来着，一眨眼就瞧不见了。您快帮我找找。"

我嘱如雪道："你去瞧瞧。"如雪点头，出去一会子，回来笑道："夫人放心，孩子没丢，小张公子带着二小姐在后院看鸢尾呢。"

烯儿听了，气冲冲往门外走。我不放心，怕这孩子发脾气，连忙在后头跟着。

张府的后院果真种着一排鸢尾。我记忆中，这个时节，江南的鸢尾应该花落、结果了。然而，张府的鸢尾此时还没有凋谢完，零零星星，还有不少。许是地势的原因，抑或是这里有一股天然地下水涌来，土壤较之别处稍温。

张浔对炘儿说着："我没骗你吧，我家确有许多鸢尾，这也是我极喜欢的花。紫色，不媚俗，有一种倔强的雅致。我还特意为鸢尾做了首诗，二小姐，我念给你听。"

"嗯。"

"翩然紫罗裙，风舞度芳年……"

炘儿伸手触摸着那些花。张浔看着她笑。

"二小姐，你跟鸢尾一样，有一种特别坚强的韧劲儿。那种韧劲儿说不上来，反正，与众不同，特别得很。我自小随父亲走过不少地方，亦见过不少官家小姐或平民姑娘，可我从未见过像你这般，不怕疼的，针扎在手，脸上却不动声色……比，比男子还刚强……"

"谢谢你带我来看花。"炘儿起身似乎欲离开。张浔疑惑道："二小姐，有时候，我感觉你似乎很讨厌我，不愿与我交朋友。为什么？"

这时，烯儿突然走上去，一把将炘儿推倒在地："成炘！你半夜到这里来干什么！你就不怕我母亲担心吗！亏得我母亲那么疼你！"炘儿身上沾了泥，她忙起身道："大姐，对不起，我错了。"

"你与你母亲一样！是坏东西！我早就听内侍们说过了，你母亲是罪人，所以，父亲才那般嫌恶她！父亲生前都不愿见你！他讨厌死了你们娘俩！你就是罪人生的不祥之人！"烯儿越说越口无遮拦。张浔拦阻道："大小姐，您不能这样说……"

正在这时，赵妈妈赶来了，她瞧着情形，似什么都明白了。她走到张浔身边，柔声道："公子，您该给大小姐道歉，您为何只带着二小姐来看花呢？岂不是疏忽了大小姐？何况，这大晚上的，你俩偷偷跑到这儿来，大小姐得多为你们担心哪。大小姐是好意。"

张浔愣道："可是，可是……可是大小姐说过鸢尾不祥啊……"赵妈妈道："没什么可是的，公子，大小姐说它不祥，您就更不该这么做了。老奴是从小儿看着您长大的，说的都是公道话。"

张浔瞧着赵妈妈，似乎很诧然。

云归瞧了瞧我，我知道她想说什么，这个赵妈妈，深谙世故，她一定是猜到了烯儿才是嫡公主。风自然是往烯儿这边刮。烯儿错的，也是对的。

赵妈妈的言语深得烯儿的心。烯儿一脸委屈地瞧着张浔："小张公子，我那会儿说想去门口瞧香樟，你都没放在心上，怎么二妹喜欢什么，你就那么留神呢……我是哪里比不上二妹了，你……"说着，她低下头，似乎很是伤心。

赵妈妈连忙跟张浔说："公子，您快跟大小姐道歉。"张浔无奈地叹口气，行了个礼："给大小姐赔不是。"

我咳嗽了一声。炘儿忙过来，跪在地上："母亲，都是我的错，惊动您夜深出来。"我笑笑："你没错，回去歇着吧。""是。"她小心翼翼地回了房。

我瞧着烯儿，厉声道："你蛮横霸道，当众羞辱妹妹，你眼中有没有规矩？"烯儿不可置信地看着我："母亲，您在说什么？明明是他们错了。"

"难道你觉得人人都要把你捧在手心，稍微疏忽一点点，便是错么！你看看你，蛮横霸道……母亲很失望……"

我还没说完，烯儿抽泣道："母亲，我不管做什么，在你眼里都是不对的！我到底是不是你亲生的孩子！"她转身往外跑，云归连忙跟着哄她。赵妈妈连拉带拽，也拉着张浔追上去了。

我扶了扶额。如雪站在我身边，劝慰道："夫人莫要伤神，孩子们还小。偶尔不懂事也是有的。"过了半晌，她看着夜空道："夫人，说来甚怪，我从未到过江南，只在书上了解过江南美景。可这一路南下，我竟觉得景致越来越熟悉了。"

第一百五十五章：猛药

我诧异道："上回听平宁伯夫人说，你幼年养在巴蜀之地，后来送回上京，便再也未曾离开，怎么会觉得江南熟悉呢？"如雪沉默了片刻，看着后院的花丛道："夫人相不相信前世今生？也许我是前世来过。"

我笑笑："让邹伏给卜一卜。"如雪道："我不喜欢那人，脸上写满了欲望。总觉得他对夫人非常谄媚，是那种油滑之臣。不知太后为何会待他如此亲近。"

我笑道："耿直之人有耿直之人的用处，油滑之人有油滑之人的用处，英武之人有英武之人的用处，怯懦之人有怯懦之人的用处。《淮南子》有言，若乃人尽其才，悉用其力。我知他们是什么样的人，将他们用在妥当的地方，便好。"

如雪挽着我，在张家的院子里走着，她将头靠在我肩上，十分亲昵。

"我的格局也该向夫人学学。"

我轻轻碰了下她的额头："你呀，以后别惯着烯儿，别想着她是我亲生的，便对她格外包容。那孩子经不起生活中一点点的不如意，这不是好事。我总为这个女儿发愁。可我每次只要一管她，她便浑身长满刺，扎我心窝都疼。哎……"

如雪若有所思道："冀公主之所以敢在夫人面前无所忌惮且在阖宫其他兄弟姐妹面前有那么多的优越感，无非就是因为，她知道她是夫人亲生的。若想让她有所收敛，如雪倒是有一个办法……"

"借宫人之口，悄悄告诉她，她并非夫人所生，只是当年为了与清宁馆的势力抗衡，从宫外抱回来的。如今夫人不想声张，不愿重提旧事，便对她视如己出……"

如雪看着我："这样一来，冀公主便不敢如此娇纵，夫人对她的一些好，她亦会心怀感恩。只是不知道夫人舍得吗？"我沉吟片刻："这个办法倒是可以试试，寻外延内，治之宜殊，重症下猛药，好好治一治烯儿的娇纵。只是，跟她传话的人，要谨慎挑选，说话的火候、尺度都刚刚好。这件事，云归最合适。她伺候您的日子久，她说话烯儿信。"

"嗯。"

跟如雪聊几句，心情好了些。回房睡觉，见孩子们也都躺下了。烯儿抱着一个香包，睡着了，脸上挂着甜甜的笑。云归说，这个香包是赵妈妈给她的，她很喜欢。

这孩子啊，容易生气，却也好哄。心思如浅溪。

我摸了摸她睡梦中的小脸，我的女儿啊，母亲不企盼你做一个多么出色优秀的人，不企盼你才华横溢，只希望你行止有度，通情达理，头脑清醒，处事清明。母亲会一世保你周全平安。

睡了一晚，第二天，出发前往禹杭。

不知赵妈妈等人劝她了张浔一些什么话，他一路都低着头，似乎是很谨慎的样子。再不像之前那样，热络地跑过来，与孩子们说笑。

离禹杭越近，邹伏越刻意离我近一些，仿佛想回到故里扬眉吐气，让禹杭的那些官员们知晓他现在是太后身边的"红人"。我看透他这些小心思，但我并没有点破，一笑了之。

虽然我让沈昼传了话，不许当地的官员跪迎，然而他们还是做足了心思。马车踏入禹杭的地界儿，便见四周一尘不染，官道两旁都堆放了整整齐齐的鲜花，就连路旁的树木，都如刀砍斧剁一般齐整。

我自小生于斯长于斯，自然知道此情此景，与平日里不同。江南的花草树木是有灵性的，绝不会是规规矩矩，人为地让它们规矩，便毫无生气。

云归笑："现在并非春日，能弄来这么多鲜花，倒是难为他们了，巴巴儿地想讨夫人的欢喜。"明宇道："江南富庶。嘉杭之地的官府皆肥得流油。这些对他们来说，是小事。"如雪默不作声，低头似乎在想些什么。马车一点点靠近城门，景致越来越熟悉。

城门楼上，挂着两个大大的字：禹杭。这两个字出自前朝文人之手，字体俊逸洒脱。

突然，听得礼炮之声响起，城门楼打开。马车进入城门。一个红衣官员，高喊一声："跪——"

云归掀开车帘，我抱着灏儿走出去。方见街道两旁跪满了黑压压的百姓，禹杭知府和几名当地的要人跪在前方，沈昼不知何时已来到了马车旁边。礼炮声中，震耳欲聋地山呼："圣上万岁，太后万岁。"

我皱眉，这个禹杭知府，该死得很，明明是"太后千岁"，怎能以万岁呼之？如此，与圣上并驾齐驱，不合规制。这人定是思量着现时是我主政，且又道听途说以为我是个爱弄权的人，以为这样喊，我便欢喜。

我想了想，扫了一眼众人："大家请起。"百姓们纷纷谢恩起身。我以家常语气笑道："若得人间顺遂事，何必千秋万岁名？哀家只望福寿一生，却不盼千秋万岁。大家莫呼万岁，呼安康即可。"

人群中笑了起来，方才那紧绷的气氛，轻松了不少。片刻，众人复又高喊着："圣上万岁，太后安康。"

接着，我把目光落到那几个官员身上："哀家让沈大人传过旨，勿要太大的动静，不要惊扰百姓，你们偏不听，这一番动静，是要置圣上与哀家于何地？回头，金銮殿上，言官们上谏，说南巡扰民，你们，可是罪魁。"那几人忙跪下叩首："太后饶恕，臣等知错了。"

我叹道："禹杭乃哀家故乡。哀家居于上京，时时想念，想念禹杭水土，想念一方父老。自哀家掌政之日起，便对禹杭颇为眷顾。新朝伊始，更是连免三季田赋。此次南巡，一来因为哀家的思乡之情，二来也是为了体察民情。你们呀，身为禹杭父母官，怎生不明哀家之意，行此浮夸之举呢？"

"臣等知道了，臣等愧痛难当……"

"便都罚俸三年吧。"

"谢太后，太后圣明。"官员们齐声道。

街边的百姓们目睹此举，皆称赞有声。马车徐徐从城中过，驶向西湖行宫。官员们尾随在后。

过了一会子，在马车上，明宇悄悄跟我说："姐姐，你瞧，那里是从前你常常带我去的豆腐摊，麻婶儿年纪都那样大了，还在出摊，身子骨可真硬朗。"掀开帘，果见一个熟悉的妇人坐在街头。

马车到了西湖行宫。这里早已戍卫森严，停了车，众人齐刷刷地行礼。我望着这西湖行宫，感慨万千。

大章二十七年的秋天，我便是被成筠河带到此处，从此一脚踏入宫廷的门。

西湖行宫的木芙蓉还未开，打着羞涩的花苞。众人安置好，我突然发现如雪消失了。云归道："敖大人一向是个极妥当的人，怎么一到此处，便不声不响地消失了呢？会不会有什么危险？"

我摇摇头："不会是有什么危险。你有没有发现，这一路她都默默无语，似乎是在想心事。"我唤沈昼道："沈卿，你去瞧瞧。""嗯。"沈昼也颇焦急，连忙飞身出门。

我站在行宫的荷池处，云归斟了一盏径山茶递上来，我喝了口茶，看着池中水，隔着十几年的岁月悠悠，想着从前那个初到行宫的少女。

禹杭的官员们禀着当地的农桑之事，我细细地听着。禀完，我挥手，示意他们告退。末了，我唤道："城中有一名姓段的商贾，传他来行宫回话。"禹杭知府面有不解，又有一丝惧色，但还是恭恭敬敬道："遵旨。"

普天下多半官员与富商勾结，他见我传唤商贾，约莫是以为我想追究贪腐之事。其实，我是想探听赵志常口中的线索。他将女婴卖给了段家。那我，就来一步一步捋清楚。

第一百五十六章：阴谋

我坐在行宫"涟清苑"的正厅，云归往我的茶盏中加了些水。

她笑道："行宫里头的小宫女机灵得很，那会子跑来说，给太后烹茶莫用井水，用荷叶上的露水才好，还巴巴儿地献了一瓮上来。她说，'云归姑姑路上辛苦，歇着吧，伺候太后的活儿我来就行'。奴婢跟她说，这些事自个儿做惯了的，交与别人，不放心。"

我啜了口茶。日头缓缓落下去，外头的荷池在晚间送进来清凉的风。

云归颇有些自嘲地指了指自己："想想奴婢真是个笨人，一点也不机灵，开头儿在乾坤殿扫院子都扫了四五年，不会掐尖儿，不会讨好主子，后来好不容易论资排辈，能到里间伺候了，太宗皇帝和先帝面前没能说上半句话。幸得太后青眼，否则，奴婢恐怕到死都是乾坤殿最不起眼的宫人呢。"

我笑笑，指了指她："你呀，你是有后福的人。""陪太后一辈子，就是奴婢最大的后福。"她一脸的满足。

似乎眼前的生活，便是最好最好的生活了。这丫头，实心眼得很。跟她妹子巧云完全是两类人。

我指着盏中茶道："这径山茶味道鲜爽，还带着甜味儿。从前我不喜此味，如今，年岁渐长，倒觉甚好。""太后的日子不再那么难、那么苦，慢慢儿地就能接受甘甜的东西了。"云归道。

径山茶是我父亲生前常喝的茶。径山，是江南的名山，山顶有许多的庙宇，禅僧植茶树数株，采以供佛。许是受佛经熏染，径山茶格外芳香，与众不同。

我父亲名士风流，饱读诗书，喜宴饮，爱雅乐。满身棱角，不谙官道。至不惑之年，犹满腹理想。他生前总说："古者富贵而名摩灭，不可胜记，唯倜傥非常之人称焉。"他的理想不是官越做越大，而是著书立传，青史有名。也许正是因这股子与世俗不符的书生气，才让他掉进同僚的圈套，做了替死鬼。

后来的很多年，我无数次地想，我一定不要成为父亲那样的人。我不能一直站在太阳底下，我得站到黑暗里，适应黑暗。我只有让自己了解黑暗、懂得黑暗，比他们更阴、更狠，我才能辖制黑暗，做自己想做的事，护自己想护的人。

这一步步走来，我下了很多残酷的政令，无人不说我心狠。可我对阳光、对甜味、对闲云野鹤般的日子，有本能的渴望。

盏中的径山茶喝到一半的时候，外头有人通传：段有福到——我摆摆手，禹杭知府亲自带着段老爷来了。那段老爷约莫六十岁，穿着一身烟灰绸的衣裳，衣襟处还用金丝线绣着福字。他身材微胖，肚腩稍稍耸起。脸上保养虽好，却难掩土黄之色，眼袋浮肿。那是沉溺酒色的虚空。

他自打进门，就不敢抬头看我，慌慌张张跪在地上，脑门儿抵着地砖："太太太后万福。草民段有福拜见太后。"我淡淡道："段有福，哀家有一桩旧事问你。"禹杭知府面色紧张，清了清嗓子，似乎在给段有福暗示什么。

段有福忙道："太后只管问，草民知无不言，言无不尽。"他说得又快又急，背诵一般。

我瞟了瞟禹杭知府："你下去吧。"他担心自己不在场，段有福乱说，有些不情愿退下，但见我已经发令，只得磨磨蹭蹭退下。末了，还不忘交代一句："段老板，你可得好好儿回话，莫要脑壳糊涂了。"那"糊涂"二字似乎在空气中绕了好些圈，染了许多不明的味道。

待禹杭知府退下后，我问道："你府上的五姨太，还在世吧？""啊？"他一愣。他原本以为我问他与官府勾结之事，或是税务等问题，没想到我问他姬妾之事。打了满腹的草稿，皆无用。

"哀家问你，你府上的五姨太在不在世，这个问题很难回答吗？"

他如梦方醒："不不不，不难回答，禀太后，她去年冬天死了，草民不曾薄待她，给她买了上好的棺材，她娘家那起子穷鬼来闹，草民赏了一百两银子，一百两，买个黄花闺女都够了，我实在是念她伺候的年头长，没有功劳有苦劳……"

我打断他："五姨太是不是找赵志常买过一个女婴？"段有福抬头看了看我，眼神许久没从我脸上挪去。云归厉声道："大胆的刁民！你竟敢如此无礼，盯着太后！"段有福吓一哆嗦，砰砰砰磕着头："草民知错了，再不敢了，就是莫名觉得太后长得面熟，很像……很像一个人。"

从前，我父亲掌管一州织造之事，段有福是绸缎商，自然是与其打过交道的。他说的像，应该指的是我面貌像我父亲。他低着头喃喃道："不可能，不可能，水家早就全家死绝，一个不剩了……"

云归呵斥道："你嘀嘀咕咕什么东西！没听见太后问你话吗？好生回答！"

段有福见问的都是与税务不相干的问题，放松下来，打开了话匣子："回太后，是买过一个女婴。那赵志常是个浑人。他是水大人的门生，哦，水大人，就是织造府的织造老爷。后来，水家出了事，赵志常第一个站出来撇清关系，胡编乱造，给水大人又增加了许多罪名。这样的宵小，在城中的名声从此也坏透了。您想想，谁敢跟这样背后捅刀子的人来往？草民家的五姨太，多年不生养，赵志常说捡了个女婴卖给她，她答应了。那女婴粉雕玉琢，特别好看。可我总觉得不对劲，让她还给赵志常。她不听。哎！妇人见识！"

"后来那女婴呢？"

"我家大太太跟五姨太素来不睦，命老仆妇将那女孩……"他想说溺死，又害怕触犯律条，连忙改了口："老仆妇后来说了，她不忍心，便将那女孩子抱到了乡下……"这一切的一切与沈昼之前查到的情况一致。

我询问突然，他没机会对口供，看来事情到这儿，是真的。

"速速将那老仆妇带来觐见。"

"是。"

不多时，一个老妇出现在我面前。她满头花白，但发髻梳得光滑，看上去是个利索的人。

我开门见山问道："你当年将五姨太买来的那个女婴抱到何处去了？"她已经猜到那女婴身份不寻常，在地上连磕几个头后，恭敬答道："老奴把她抱到乡下弟媳那里了，弟媳嫁进门好些年，不生一男半女，老奴怜悯弟弟，想让他日后死了有人摔灵。横竖段府不能容那女婴，我便抱过去给她了。"

"你弟媳叫什么名字？"

"绣梅。"

"你是说，那女婴现养在绣梅家中？"我步步紧逼。她结巴起来："不，不，现在不不不在……"

"那抱到哪里去了？"

"这……"她迟疑着。"快说！"云归走上前，大吼一声。老仆妇道："卖卖卖了……"

"为什么卖了？"

"绣梅收养这个孩子后，没几年，自己竟也生了个女儿，有一年，大旱，乡下日子煎熬，饿死了不少人，为了补贴家用，就把养女卖了。"

"卖给谁了？"

"人……牙子……找不到了……"老仆妇眼神闪烁。

"卖了多少银钱？"

"二十……二十两银子。"

我有一种强烈的直觉，到这一步，她撒了谎。上次，沈昼的调查，也是从这一步开始有误。沈昼有丰富地跟各色官员打交道的经验，却没有跟底层妇人打交道的经验。

　　我喊来明宇，吩咐道："你按她说的住处，速速将那绣梅带过来。对了，还有绣梅的女儿。也带过来。一路上，别让母女俩开口说话。明白吗？"

　　"是，姐姐。"

　　我冷冷看着那老仆妇，命云归道："将她的嘴封起来，不许她再说一个字。手也绑起来。明示暗示都不许有。"

　　云归点头。天黑透了，禹杭的夜空漂浮着我自小便熟悉的炊烟的味道。江南的柴木烧起饭来，与上京很是不同。江南的水是绵软的，烟也是绵软的。

　　一个时辰过后，明宇将那对母女带过来了。

　　我使了个眼色，明宇将那个女孩儿带到了内室，单独隔开。那妇人惊慌失措，喊叫道："我们犯了什么律法？"当她看到地上跪着的老姑姐，似乎明白了什么，安静下来。

　　我问道："你是不是卖过一个女孩？""是。她是我养大的。我卖了她，有什么错？"她还理直气壮。

　　"卖给了谁？"

　　"人牙子。"

　　"哪个人牙子？"

　　"过路的，不认识。"

　　"卖了多少钱？"

　　"三十两银子。"

　　我与云归对视一眼。这个妇人跟方才老仆妇说的，并不一样。妇人又反口道："许是二十两，许是三十两，许是五十两，年头太久，记不清了。"

　　我起身，到内室，看着那个女孩。她13岁左右，豆蔻年纪，青涩懵懂，虽是乡间少女，但穿着绣花的衣裳。这种苏绣，城中富户之家的小姐才能穿。

　　我端了碟糕饼给她："吃。"她瑟瑟缩缩地看了看我，伸出手，抓了一块糕饼。

第一百五十七章：真相

"你们家在乡间有没有田地？"云归问道。她亦来自乡间，自然知道，乡间的孩子都需要帮父母劳作，而这个女孩子浑身没有一丝劳作的气息，倒像是娇生惯养的。她低头吃着糕饼，不吭声。对眼前的陌生人，她很拘束。

我看着她，笑了笑，声音柔和下来："小姑娘衣裳上的花样甚是精巧，是在段家绸缎铺子买的吗？"

"才不是呢。"小姑娘脸色颇为倨傲，"禹杭这种小地方才没有这么好的花样，纵是有苏绣，也只是普通的花草，你瞧我衣裳上的花儿，里头的花蕊如何这么亮？是用上等的丝绒描的……"小姑娘是爱美的，提起衣裳花样，便没了那么多的戒备心，滔滔不绝地说着，话语里带着炫耀。

"哦？"我饶有兴趣地问，"那这料子，是从哪儿来的呢？""上京，天子脚下！"小姑娘突然掩了口，看了看我，又看了看云归，问道："你们是什么人！为何将我和我娘带到这里？"

我揣度思量了一番，平静道："我们是给你送料子的故人府中一等仆妇，此次来江南办差，因主子家出了点事，故而带你们来问话。"

那小姑娘听了，满脸仓皇，好像是听到"主子家出了点事"这样的话，生怕影响到自己的好日子，连连摆手道："我和我娘嘴巴紧得很，什么都没说！什么都没说！"

我心里颤了颤。果然。

我假意为难道："可是近来已经有人知道了这件事，我们夫人很是不悦。日后这钱财恐怕……"

小姑娘走到我面前，晃着我的手："您跟夫人说说好话，我们当真瞒得紧着呢。前些日子来了个凶神恶煞的男人，穿着黑袍子，对我娘好生盘问，都被我娘糊弄过去了。"她口中凶神恶煞的男人，想来是沈昼了。

沈昼盘问绣梅用盘问贪腐官员的手法，怪不得行不通。对于绣梅这种乡间妇人来说，利诱比威逼重要，全家人的富贵比性命重要。

我虎起脸，厉声道："撒谎！你娘那会子是收了平西王府的钱，才糊弄住了那黑衣男人。你娘听常灵则的话，把耳环给了那男人，让他带了个西境女子上京！殊不知，那耳环泄露了线索！我们府上好心待你们，你们却吃了东家，吃西家。当我们府上是吃素的？当初为什么不交代还有耳环的事？别仗着夫人厚待你们，你们就不知天高地厚了。公侯王府之家，捏死你们就像捏死一只蚂蚁那么轻松！"

虽然我现在不知道对方是谁，但既然沈昼说，黑衣人身上的布料只有公侯王府才有，我将这两件事联系在一起，大胆做此猜测。

小姑娘不经吓，听了这话，连忙跪在地上，磕头道："平宁伯夫人饶命，平宁伯夫人饶命，我娘一开始真的不知道那死丫头的来历啊，姑妈从段府抱来的，我娘还以为是段府哪个小丫鬟生的私生女，不被大夫人所容，才送到乡下的……留下耳环，不是，绝不是想留一手，是因为我娘财迷心窍，以为那首饰能值几个钱，便留下了……后来，有人让我娘指认另一个女孩子就是当初抱养的那个，我娘想着，不打紧，跟您府上没关系，没涉及您家小姐，就……就……就按照他说的做了……也确实没见影响到平宁伯府上什么啊……我……我娘绝不敢跟平宁伯府上作对啊……"

她还在颠三倒四地说着什么。云归惊讶地张大嘴巴。我亦瘫坐在椅子上。

平宁伯夫人。竟然是她。怎么会是她？平宁伯府中的小姐，不就是如雪吗！

我扶住额，一切的一切在我脑海中盘旋。我从如雪受伤，平宁伯夫人进宫拜见开始想起……如雪说"身体发肤，受之父母，不敢毁伤，孝之始也"，那老妇人脸上闪过的一丝异样。我起初竟以为她是因如雪为沈昼挡箭而不悦。现在想来，如雪很有可能不是平宁伯夫人所生！

我再联想到如雪跟我说的，敖府之中卿夫人的事。卿夫人一度得宠，敖大人宠妾灭妻，卿夫人压正室一头，抢先生了孩子。而平宁伯夫人年近四十才生敖羽，四十开外，才生如雪。难道真的像如雪所说的那样，是平宁伯夫人心诚求佛所致、才老来得子吗？有没有可能，敖家兄妹俩皆不是平宁伯夫人所生？

我摇摇头。平宁伯难道是吃素的？他能眼睁睁地看着夫人在眼皮子底下做这种事？他能允许两个来路不明的野孩子以嫡子嫡女的身份养在高门大院？依我的了解，这是不可能的事！越是贵族之家，越是看重血统的纯正！何况平宁伯对这一双子女很宠爱！

究竟是哪个地方有猫腻呢？

云归见我皱着眉久久不发一言，连忙斟了盏皋卢。极苦的味道钻入心肠，钻入肺腑，钻入脑袋。

如雪说她小时候身体不好、母亲请的术士、寄养在亲戚之家、大姐嫁进王府做了王妃……我猛然一凛，想到了什么。

真相就像一扇门，离我很近，却罩着云雾。

平宁伯夫人有没有可能向江湖术士讨了"催子药"？

这种药，很久以前，我曾依稀听菜头讲过。虽能强行扭转身体肌理，快速催使妇人有孕，却极伤母体，婴孩亦很难保全。

平宁伯夫人定是万不得已，才出此下策。若她再生不出孩子，正室的位置很可能就不保了。我想起如雪从前不经意说过"母亲身体不好，对我们兄妹俩很是依赖……"

平宁伯夫人有可能以"催子"手法，真真切切地妊娠，产下一子一女，落地不久就都夭折了。平宁伯夫人假意借术士之口，送孩子去娘家亲戚处"寄养"，实则暗中找年纪相仿的孩子调包。

她将此事大肆宣扬，才有了离京之际，如雪的那句"京中权贵之家皆知"。大伙儿都知道此事，且都知道敖府中卿夫人轻狂恃宠，所以，敖大人接孩子回府、疼爱孩子是顺理成章的事。否则，他便会受权贵圈子的谴责，成为"弃妻弃子"之人。

平宁伯夫人有了"儿子"，最初抱养"女儿"，可能只是以慰寂寥或巩固地位。但后来，卿夫人的女儿嫁进了王府，做了王妃。平宁伯夫人就有了别的心思，想让女儿嫁个得势的王爷，风头压过卿夫人。

她跟卿夫人比了一辈子，什么都不想输给她。于是，她对如雪寄予很高的厚望，不愿让她做沈昼的填房，百般阻拦。如此一想，似乎很多问题都说得通了。但目前，我还有一处不解的是，平宁伯夫人到底知不知道她无意中抱养的养女是我的胞妹？

"涟清苑"的窗开着。禹杭的风总是那么灵巧，能将声音吹得很远很远。我坐在椅子上，听到远房模模糊糊传来画舫歌女的声音。她们在唱一首凄婉的小曲。

"南有嘉木北方栽，此身移来恨不知，小阿妹，转回头，天涯路远你归不归……"

我摆摆手，示意云归将那女孩子绑起来，嘴巴塞上。

我走出来，冷冷地看着绣梅。这个贪婪的妇人。

"你的女儿已经招了。平宁伯夫人这些年没少给你补贴银两吧？为的，就是堵上你们的嘴。可我愿出十倍于平宁伯府的钱，撬开你的嘴，只要你乖，肯配合。"我冷笑着。那个"乖"字在唇齿间被咬得稀碎。

绣梅是个有心计的妇人，见事已至此，倒从容了。明宇撕开她嘴上的布。她深深喘了口气，说道："我没有想到，无意中收养的女儿，竟会带来这么多事。我原先只觉得是段府哪个丫鬟的私生女，不被大夫人所容。后来，我卖了那丫头，意外得到很多富贵，享了很多年福。可老话儿说得好，有多少富贵，便有多少灾祸。到我有灾祸的时候了……您虽说给我钱，可我不傻，瞧您这神情，那丫头定是您心上的要紧人，我卖了她，您不会放过我的。"

"你倒坦然。"

"您想知道什么，便问吧。"

"当年是谁从你家中买走女孩的？"

"一个管家。穿得很气派，马车也很气派。他跟我说，姑娘长得不俊，不要，身子有毛病的，不要。有疤有痕的，不要。呆的笨的，不要。反正，要求很多。他那马车上似乎还有个小女孩儿，年纪也是八九岁下。我问他，买那么多小女孩儿做什么。他说，怕夫人不中意，多买两个回去，让夫人挑选。我问，夫人是买丫头还是买童养媳，这么挑剔？还有，为什么一定要八九岁的？他笑笑，不回答。管家见了我家大丫头，很满意，说身量高，他家夫人身量就高……"她回忆着。

"大丫头"，这约莫是她给养女取的名字。时至今日，她提起"大丫头"，竟如此坦然，没有丝毫愧疚。

"那天，大丫头一直哭，哭个不停，用手扒住门框，她说，娘，别让我走，我能干活，什么活都能干，我不跟妹妹抢吃的，我什么都可以不要。她从小在我家养大，还以为自个儿是我亲生的呢。我说，你快走吧，去过好日子，你不是我生的，横竖在哪儿养都是养。她死活不肯上马车。管家费了好大的周折，才将她带走……"

她说口干，让云归给她倒了杯水，她喝了口水，继续说着。"过了两年，卖大丫头的银子花得差不多了。我便用余下的钱跟同乡到上京做点小买卖。在京城中，我竟然又看到了那个管家。我假意说，我后悔卖女儿了，要把大丫头赎回来……"说到这里，她似乎很为自己的"聪慧"而自得。

"他不想跟我厮缠，就扔了一包银子过来。我尝到了甜头，知道他们不愿意提起这件事。就屡次上门找那个管家。几次三番后，他找到我，说，夫人的意思，是让我回江南乡下，他们年年给我送钱来……"

第一百五十八章：迷案

听到这里，云归看着那妇人的面色，颇为嫌恶。"照你这么说，平宁伯夫人倒算是天底下至好脾气的人了，你几次三番去敲诈，她竟没有找人教训教训你，还要每年给你送钱。你这话漏洞百出。我警告你，别耍花招！"

妇人讨好地笑笑："好姑娘，我哪敢耍花招。我虽不知道这是什么地方，可瞧着外头那么些兵爷，好大的阵仗，这屋里堆金砌银的，想来你们定是贵人。比平宁伯府还要尊贵许多。您且听我细说——"

"起初，我也怕得很，那可是高门大宅，有权有势的人，拔根汗毛比我们庄户人的腰杆还粗哩。后来经打听我才知道，敖府中还有个卿夫人，跟大夫人是死对头，卿夫人总想拿大夫人的错呢。所以大夫人特别谨慎。我们同乡有不少在上京做小买卖的，游街串巷，见到的人杂很得。她兴许是怕我把这事儿传扬出去，传到卿夫人耳朵里，留下把柄。我跟那管家说得很清楚，我不想掺和她们官宅里那些事，我就想要钱，只要给我钱，做甚都行。"

妇人边说着，边东张西望。瞧见雕梁上裹的金箔、厅中摆的汉玉白菜，口中皆发出"啧啧"的声响。这妇人的贪财是刻入骨子里的。

我轻咳了一声。她继续说着："平宁伯府在江南置有宅院，但我从来不去，都是那管家把银子直接送到我手上的。从去年开始，似乎来得勤了些。我也不懂，也不多嘴问。反正只要钱到手，别的也跟我没关系。说实在的，我本来不觉得奇怪，从去年开始，觉得奇怪了……"

"从去年开始，怎么了？"云归问。"先是来了一群人，一出手就是一箱金锭子，叫我指认一个黑而瘦的女孩儿是我的养女，还让那女孩儿在我家里住了一阵子，说是等一个黑衣男人来。那群人无意中看到我女儿戴的耳环，两眼发光，允诺再出一箱金锭子，让我把这副耳环也交给黑衣男人。我不懂是什么意思。后来，黑衣男人果然来了，盘问了一大堆，然后把那个女孩儿带走了，把耳环也带走了。我心底纳闷呢，我养过的那丫头到底是个什么来路，怎么这么些人都来寻呢？那既然如此重要，为甚当时要扔了呢。"她挠了挠头。

她说的，跟假水月出现在我身边的情况甚是吻合。她收了常灵则的钱，将假水月养在家中，直到沈昼过来，把假水月带到京中。这条线甚是缜密。耳环是锦上添花的"铁证"，所以当初我们都被蒙混过去。我纵是发现那西境女子再多的不对劲，可瞧着那昔日水府旧物，也将猜疑咽到了肚子里。

　　"平宁伯府的管家有没有跟你说，那女孩被买走后的境况？"

　　妇人摊摊手："没有，他嘴紧得很，什么话也不说。再说了，我卖都卖了，问这做什么？她在那豪富人家，肯定是过得极好。"我瞧着她，问道："你养了她九年，就没有一丝丝的感情吗？"

　　她不敢看我的眼睛，用手揉搓着衣裳。

　　"大丫头是不错，但那年确实是荒年，庄户人家日子不好过。且，您也知道，开始抱养她，是因为我生不出孩子。可后来我自个儿生了孩子。我有亲生的了，留着养的干甚？我们乡下有句话说得好，隔着肚皮不识货，谁能保证她以后待我好？我一开始就想卖了她发点小财，后来的那许多意外之财，是我没想到的……我哪儿能知道，一个野丫头，能换来那么些钱财……"钱财钱财。她并不正面回答我的问题，说来说去就是钱财。

　　"金锭子、耳环、黑衣男子的事，平宁伯夫人知不知道？"我问道。妇人还未来得及回答，门外传来熟悉的脚步声。是沈昼和如雪回来了。

　　听了这一番供词，知道水月有可能跟平宁伯府扯上关系，知道如雪很有可能就是水月，我此刻看如雪的眼神跟从前大不相同了。

　　我曾经想了很多次，水月是死是活，现在究竟在何方，可我从来没有想过，她有可能会在我身边，在离我这么近的地方。

　　云归察觉到我的心绪涌动，默默地给我递了盏热茶。我看着如雪，半晌，说了三个字："回来了？"如雪道："嗯。"沈昼禀道："如雪说刚刚马车进了禹杭，一路上她都觉得熟悉，特别是城门楼进来约莫五里处的一排老槐树后的屋子。所以，她忍不住去看了看。"

　　地上的妇人看到了沈昼，畏畏缩缩地想躲。她骗了沈昼，怕沈昼找她麻烦。我指着那妇人问如雪："如雪，你可识得她？"如雪茫然地看着那妇人，摇摇头。

　　我继续问道："一点也不觉得熟悉么？"如雪再次摇摇头。沈昼听我反复如此问，亦觉得奇怪。他跟这妇人打过交道，自然知道她就是水月曾经的养母。云归小声地提醒我："绣梅说了，当初，到了上京，那管家给孩子喂过药……"

　　我问那妇人："你看看她，眼熟吗？"孩童的记忆易被阻断，可大人不是。绣梅抚养过水月九年，九年的朝夕相处，一定会留有印象。纵便是女大十八变，样貌有所改，但多多少少会带些小时候的影子。

那妇人看着如雪，同样摇了摇头。云归厉声道："此等大事，马虎不得！你看清楚些！"妇人慌不迭点头，又将如雪上上下下地细细看了一遍："她不是大丫头……"想想，又跟我说："我想凑近些，看看她的眼角。"我朝如雪挥挥手："你过来，让她近一些看看。"

如雪不明所以，但还是听从我的吩咐，走到妇人近旁。妇人凝神看了许久。这每一霎，对于我，都是熬煎。我似乎是一个被时光缚住手脚的人，等着她的宣判。半晌，她对我说："她不是大丫头。"口气比方才坚定许多。

智如沈昼，通过这几句对话，已经猜到了眼前发生这一切意味着什么。他似乎非常震惊。但他久久不发一言。而如雪，自打进了禹杭地界儿，她的眼里就似乎起了漫天的大雾。她怔怔的。那外头的小曲儿又响起来了，唱道："年年岁岁花开好，离人归来早。人面花面两相顾，不知光阴去何处……"

我喜欢江南的吴侬软语。江南的小调里总带着山水、带着花、带着九曲十八弯的惆怅。那些惆怅糅杂着绵软的时光，入人心肠。

我摸了摸如雪的脸："很晚了，你去歇着吧，今晚不用值夜了。"沈昼扶着她，走出去。

我吩咐明宇："把这三人关起来。"

"是。"

绣梅高声喊着"饶命"，被明宇拖了下去。若不是留着她还有用，我恨不得三尺白绫勒死她。

我走出门，站在荷池边。今晚听到的一切，让我难以平静。"太后。"是沈昼在唤我。我转身："如雪歇息了吗？""她总是说自己小时候似乎在这里生活过。我今天赶去找她的时候，她坐在那棵大槐树下，抱着膝盖，蜷缩得像一只小猫。我把她哄了回来。但她一直心神不宁。似乎在努力回想着什么。回来碰到您让那妇人辨认她，她想得愈发多了，手一直在发抖。我在水中加了少许安神的药，她喝下才睡着。"沈昼禀着。"沈卿，今日绣梅招了，当年是平宁伯府找她买的孩子……"我将审问的前前后后尽告诉了他。

他凝神想了片刻，道："太后您觉得，如雪是不是水月？"我扶住额头："我不知道。我因为这件事被骗了太多次，实在禁不起再一次失望。所以，这回，务必要万分的谨慎，这样，对我，对如雪都好。"

"那妇人说不认识，有可能是撒谎，不能轻信。她两面三刀，谎话张嘴就来。"

"嗯，所以，我命陆将军把她关起来了，还要继续审。"

"但……"沈昼敏感地说，"您刚刚说的绣梅供词里，提及，马车中还有一名孩童，敖夫人让管家多寻几个出色的女孩，回去挑选，有可能水月并没有被选中，如果是那样的话，如雪便不是水月了。"

"可如果敖夫人当初没有留下水月，为什么敖家要不断地给绣梅钱呢？"

沈昼道："许是怕她将买孩子的事张扬出去。"

"如果敖夫人没有挑中水月，那她会将水月送到何处呢？这件事有太多的疑点……"

说到这里，沈昼清了清嗓子，似有打断之意。

我抬起头，见两个人往此处走来。一个是邹伏，一个是禹杭知府。两人跪在地上行礼道："太后安康。"我淡淡道："这么晚了，两位大人过来面见哀家，有何事啊？"

禹杭知府看了看邹伏，邹伏亦看了看他。须臾，邹伏整了整衣冠，肃然道："太后，章大人方才跟臣说了件事，臣震惊不已，想告知太后，又恐牵涉之人过多，但，臣食朝廷俸禄，对太后赤胆忠心，日月可表……"

我打断他："邹大人，过场话就不必说了，直接说重点。"

"章大人说，无意中查到多年前，禹杭官场的一桩案子。涉及……"说到这里，他抬头复又看了看我的脸色。

"涉及谁？"

"涉及当年的禹杭织造水暮渊水大人。"

我猛地抬起头。

第一百五十九章：掩罪

禹杭知府看着我，他的眼里满是渴望。溜须拍马的渴望、升官发财的渴望。作为一个四品地方官，他把我这次南巡当成是一场不可多得的机遇，这是他离皇权最近的时刻。他想抓住这次机遇，却不知道攀爬的路径是什么，而邹伏给他指了路。

当然，指路不白指，邹伏得收到足够多的好处。除此，邹伏亦觉得，通过这件事，会让他踩着跳板，更进一步成为我的"心腹"。他们各取所需。邹伏那双狭长的眼里，带着探索、谄媚与被包裹的花团锦簇的忠心。他是聪明人。前半生仕途的抑郁让他现在把所有的聪明都用来揣摩上意。

我用深潭般的眼扫了扫邹伏，又扫了扫章知府，似笑非笑道："是什么样的旧案，说与哀家听听。"章知府连忙向前跪了一步道："回禀太后，微臣在查禹杭历年来的官账之时，发现了蹊跷。大章二十一年，本地发生一桩大案，织造府的水大人涉及贪腐，数额巨大，且入狱之后被告发草菅人命，数罪并罚，上头雷霆大怒，命处水大人极刑，全家没入奴籍，当街售卖……"时隔多年，但这些事情被重新提起时，我依然手心溢满了汗，忍不住地抖动。闭上眼，皆是我被关在兽笼里的场景。我母亲直挺挺地死去。菜头握着我的手，带着哭腔唤我："大小姐！大小姐！你别怕！"这是我最难面对的疮口。

沈昼看了我一眼，冷冷地跟章知府说道："章大人直接说线索即可！"章知府知道沈昼素来有"冷面判官"之称，连忙点头道："是是是，沈大人提醒得对，是下官啰唆了。微臣前些天在查官账时，发现了蹊跷，微臣发现，当年贪腐的，另有其人。"

章知府整理了下思绪，继续说："那人便是当年坐在臣这个位置的肖宣，虽然后来他因为别的罪名被处死了，但水大人一案至今未翻。还有，所谓的草菅人命，实则是肖宣下套陷害。水大人有收集字画之好，禹杭城东有一老翁，家中有古画三幅。水大人花银两买了这三幅画。后来，竟发现那老翁死在了家中。肖宣便说是水大人恃强凌弱，胡作非为，强夺民财，草菅人命，杀了老翁，夺了古画……如此，水大人便罪上加罪。"

这件事，我记得。我父亲何等书生意气，蝼蚁尚且怜悯，怎会做出杀人之事呢？

他用一年的官俸买了古画，回来跟母亲说起此事，高兴得跟孩子一样，手都不敢摩挲那画，生怕碰坏了。

可官兵在抄家的时候，把那画带回了衙门，成了父亲的"罪证"。他们想让他死，再没有翻身的机会，也没有辩驳的机会。

"那如今是怎么发现异样的呢？"我面上不起波澜地问道。章知府道："微臣发现官账有异后，便翻了陈年卷宗，发现这档事。说来也巧，那老翁有一个近房侄子，好赌成瘾，今年因盗窃被捉，他在狱中跟人提起这件事，引起微臣的重视。微臣让他写了供状，画了押。"

他自以为周全。说完之后，满面春风地看着我。

我笑笑。我父亲是以"罪臣"的身份死去，死前被褫夺了官职，而章知府提起我父亲，口口声声称及"水大人"，那般的恭敬。很明显，经邹伏指点，他知道那是太后的亲父。他口中所谓翻案的种种"巧合"，不过都是有意为之。邹伏认为，以这样的方式讨好我，事半功倍。

"兹事体大，你们先下去吧，明日，把证据都呈上来，哀家瞧瞧，再做定夺。"我说道。

"是。臣等告退。"

邹伏和章知府跪了安。他们没有想到，我听了这样的"好消息"，并没有"欣喜不已"，而是如此轻淡的态度。待他们走出几丈远，犹看见章知府拍了一下邹伏的肩，仿佛质问了句什么。邹伏摆摆手，似示意他放心。

沈昱道："这个邹伏，对自己的揣测倒是很自信。"

"他确有几分本事。有时，我甚至觉得，他比他表现出来的，知道得更多。只是，他很谨慎，心里有尺度。有些他想让哀家知道，有些却不想让哀家知道。"

"太后想过翻案吗？如果您想，大约早就做了吧。"

我苦笑一下。成筠河在世的时候，我诸多顾忌。成筠河离世后，我真的掂量过此事很多次。虽然我知道，有弊处。太后的真实身份暴露，一个罪臣之女，奴籍女子，更名换姓，混进宫廷，一路坐到金銮殿，会引起多少人的揣测和非议？越发有人以为成筠河的死因与我有关了。我的掌权存在着更大的不合理性。

那些皇室宗亲会做何想？又会涌出多少人来大做文章、与我作对？

我想起在南巡前的一夜，多年未入梦的父亲突然来找我，他说，星儿，不重要了，人死如灯灭，在爹爹眼中，什么都不重要了。操劳半生终为空，一身踪迹雨声中。父亲知道我虽位高权重，却也是身处风口浪尖之上。他不忍因为这些陈年旧事，给我带来不好的影响。他不忍让我有一丝丝的为难。他仍是如稚时般疼爱我。

沈昱似乎是觉察到我的想法，他拱手道："其实太后不必为难。"

"哦？"

"给水大人翻案，但不说出此案跟太后的干系。想必邹伏也是这个意思。如果太后说出自己是水家女，这个案便翻得不漂亮。太后位高权重，给自己家翻案，纵不是偏私，也成了偏私了。"我点头沉吟道："沈卿说得甚有道理。那便行此折中之法吧。"

"太后放心，微臣会好好照顾如雪，若她能回忆起什么，我便来告诉您。还有，她今日去的那棵大槐树，微臣会好好调查，十几年前，那里究竟是什么所在。"沈昱说完，叹口气："这件事给如雪带来的震动很大。一直以来，她都以为她是平宁伯夫人亲生的。可现在看来，就算她不是水月，也是当年马车上的另一个从禹杭买走的孩子。她之所以一入此地便感亲切，是因她6岁之前，长在此处吧。"

我看着沈昱："哀家倒真愿意如雪便是水月。起码，能知道她这些年没吃过苦、没受过罪，在平宁伯府安然长大，文武齐修。且如雪在哀家身旁做事，哀家一直视如雪为妹。可绣梅口中的供词确实有太多的疑点。哀家还是得审问明白。"

"若平宁伯夫人肯说实话，一切倒很容易水落石出。她当年选中的究竟是哪个女孩子，另一个女孩子去了何处。"我摇头道："那妇人不是个简单的货色。"沈昱道："她很有些交际手腕，在京中贵妇圈子里颇有影响力。昨日，微臣手下一个留京的兄弟回禀，她跟五王妃走动得热络起来。太后觉得，是巧合吗？"

我想了想，冷笑道："任何时候，都不缺自以为是、却被当作棋子的蠢货。想必那五王妃定是被怂恿，忘却了斤两，要与哀家作对了。"

沈昱沉吟道："微臣也这么试想过。可微臣不明白的是，平宁伯夫人为什么要这么做？动机何在？目的何在？若说是为了女儿，那就太牵强了些。而且，若果真如雪是水月，她攀上您这层关系，是好事，怎么会跟您作对呢？一个人想杀死另一个人，原因有多种，可能因为利，可能因为仇，可能因为想掩饰什么罪孽……"

掩饰罪孽！我脑海中火光一闪，猛地一激灵。我脑海中串起一条奇怪的线索。

因为平西王府和沈昱的接连造访，她知道了当年从绣梅处带走的女孩与我有某种不寻常的关系。但是她曾对那个女孩做出不好的事情。她怕我寻根溯源，找她的麻烦，便干脆，怂恿五王妃，与我作对。

这样一理，似乎是顺畅多了。

天地灰茫茫，一鸟雾中来。突然很心疼如雪。无论如何，她一定非常不想看到她的养母与我作对。

我扶额，沈昱告退："眼下，既然章知府想讨好您，那您便顺水推舟，做好给水大人翻案的事。"

"嗯。"

云归扶我歇息。这一夜心绪繁杂，薄梦浅眠。

翌日，我亲自到府衙大堂，一一查看了章知府准备好的证据。以"肃清官场，皓月清风"为名，为水府翻案。桩桩件件，公布于众。

　　时过境迁，很多涉案的人已经死了，当年目睹水家惨状的人们也都老了，但我父亲，总算是清白了。

　　《禹杭志·本地人物志》中添上记载：水暮渊，字逸安，禹杭人氏，大章年间两榜进士，性飘逸，美才学，任官织造，为奸所害，冤死狱中。顺康初年，幸得昭雪。

　　晚间，我让邹伏带我去了恩人邹付之墓，洒上清酒三杯。明亮的月色照在墓地旁的青草之上。我轻轻念了声："纵归故里，旧人无觅，先生九泉安好。"

第一百六十章：印记

邹伏在一旁说道："家兄能得太后如此惦念，我邹家老小感激涕零，不胜惶恐。"

我淡淡扫了他一眼，起身，在邹付的墓前走了几步。

这故乡的夜啊，跟从前一样好。弯弯的月牙，就像开放在幽蓝夜空中的花瓣。披一身桂花似雪，铺一地月色如霜。我眼前似乎浮现出多年前的那一幕。

深夜，禹杭的陋巷，好不容易逃出兽笼的我和菜头、遍体鳞伤、脚底磨出血泡，听见脚步声，慌忙钻进狗洞里躲起来。那是邹付的脚步声。他不是来捉我们的。他是来给我们送吃食的。白日里，亦是他有意疏漏，我们才可以逃过官兵的追捕。

因他的一片怜悯之心，才让我和菜头得以活下来，不至于在满门倾覆的大势里，随父母家人一起化为尘埃。

"恩公家小何在？"我问道。我注意到这墓地有许多纸钱香烛的痕迹，新旧交错，看起来，似乎时时有人祭拜。而我看过邹伏的仕途履历，这几年，他一直离乡为官，许久未归。那么，祭拜邹付的，便另有其人。

邹伏答道："禀太后，微臣的嫂嫂早年心疾离世，家兄便未有再娶。两人仅有一子，读书颇上进，心地也仁厚，可惜遗传了其母的心疾，去年亦去世了。臣这侄儿留有一个孙女，微臣已将其接到府中抚养，现今3岁了。"

我叹息道："恩公一家，命数竟如此稀薄。"转而又问："女孩的母亲呢？"

"被娘家接回，改嫁了。"

我想了想，道："此次回京后，哀家想把那女孩接到宫中抚养，你意下如何？"邹伏一愣，跪在地上，连磕了几个头："太后隆恩浩荡，隆恩浩荡啊。"他知道，一旦送进宫抚养，来日择婿，门楣便高了许多许多。官宦之家，联姻交错，若邹家有女入高门，是满门的荣幸。

我站在邹付的墓前，脑海中回荡的是我在狗洞中曾向他许下的诺言：我水星若有来日，必衔草结环，以报恩公。

"对了，忘了回禀太后，曾听街坊故旧说起，似乎总有江湖人士来家兄的墓地祭拜。来也匆匆，去也匆匆。"邹伏小心翼翼地说。

如此说来，必是菜头了。菜头能查出邹付的身份，那么，他有没有查出水月的身份呢？

我思忖着，摇摇头，定然是没有的。如此重要的事，菜头如果知道了，不可能瞒着我。

我看着邹伏，涌出念头，想让他卜一卜。之前，我虽然偶尔这样想过，但始终是不信他。我不知他说的是否是真话，也不知他究竟会不会被收买。就如同从前出现在我面前的两个"月儿"，带着各自的目的，背后皆有人指使。

走到这一步，乌云笼罩。我想听听他怎么说。不管是真话还是假话。

"邹大人，哀家待你如何？"

"太后提拔之恩，重如泰山。"

"你家祖传相面卜卦之事，能否看出，哀家现在最忧愁的是何事？"

他看了看我，凝神琢磨了片刻，恭敬道："水大人得以平反，了却太后一桩心事。微臣猜测，现在，太后最忧愁的，便是一位亲人的下落……"我瞧着他，笑笑："那你说，她是否还在人世？"

"在。"

"她是否被平宁伯府买走？"

"是。"

"那她便是平宁伯府的大小姐吗？"

他摇头，道："非也。"

"哦？你说得如此肯定？"

邹伏道："微臣肯定。"

"可当日敖大人身受重伤，医官署剑走偏锋，行换血之术，满宫里，只有哀家的血，能救她。这难道不是亲缘所致吗？"这其实是我在听完绣梅的供词后，想得最多的一件事。我甚至觉得这是冥冥之中的一种指引。

至于绣梅为何坚定地说不是，难道是平宁伯夫人的阴谋？故意留下她，让她几次三番给我制造迷雾？抑或是，这妇人狡诈心肠，怕我知道实情后毫不犹豫杀了她，于是故意否认如雪就是水月，好让我留着她慢慢盘问，如此便侥幸保全狗命？我揣度了很多种可能。

邹伏道："微臣曾读过一本古籍，古籍曰，人血类别分几种，同类者可输之。书上记载，上古时有一首领，为野兽所咬，流血甚多，险些死去，无意中被异族一女子所救，后，为偿血恩，首领与该名女子成了婚，两个部落从而融合。由此可见，并非只有亲人之间，才可输血。太后与敖大人大约是血属同类。"

"有这样的说法？"

"是。这绝非微臣的杜撰。"

"你之前为何不说？"我冷冷道。"太后您之前没问。"邹伏道。他总是一脸的谦卑。我却不知，这谦卑是皮相还是本心。掌政数年，我已经失去了全然信任一个人的能力。

我看着他："那你说，谁是？"他沉默了一会子，指着月亮。我边笑，边一字一句地说："你想好了再说。慢慢儿想。邹大人，你从今往后的锦绣前程，全在于哀家，一念之间。"

邹伏跪在地上，指着邹付的墓，举起左手对着天："太后，微臣在家兄坟头起誓，若说假话，必遭雷劈。微臣必以卦中之言，如实相告。"

"你起来，站着说。"

"是。"他爬起来，却不敢拍打衣上的尘土。

"心白未能忘水月，眼青独得见秋毫。太后，您见过那名女子啊。"

"她是谁？"

"身处东南，海岛之心，异族所养，红衣首领。"

我猛然想到那个红衣女子，厉声呵斥道："竖子无德，欺骗哀家！"邹伏见我动了怒，瑟瑟发抖："太后何出此言？"

"那丫头认识菜头，口口声声唤其菜头阿哥。菜头祖辈三代乃水家家奴，虽与哀家有小小龃龉，但忠心可表。若菜头找到水月，此等大事，他怎会不告知与哀家？那日海岛相见，又怎会若无其事？哀家与菜头自幼相识，了解他是什么样的人，他绝不会这么做！"我心头无端起了极大的怒气。

邹伏叩头道："您听微臣把话说完……"

"你说！"

"您的家奴的确不会有意瞒着您这种事。可原因在于，他也不知道那女子的真实身份。所有人都不知道，除了养她长大的师父。"

我想起红凤凰口中提起她师父的只言片语：不如沙上蓬，根断随长风。我自小见到师父深受情仇离恨之苦，誓要对情爱避而远之。她的师父是火族的上一任首领，深受情仇离恨之苦。这导致红凤凰对婚姻的排斥。可她的师父是如何收养她的呢？她是如何从上京辗转到海岛的呢？难道火族与平宁伯府有勾结吗？

我脑海中晃过一幕幕的场景。

"哀家记得，水月脸上不曾有疤。"

邹伏道："太后，那疤是后天所致，而非天生啊。臣听闻，火族历任首领，皆有此印。那女子的师父离世后，将首领的位置传给了她。她脸上的凤凰，是她师父亲手所烙。可正因如此，失去了一个重要的线索。您是否记得，红凤凰的疤，是从左眼下起，延至整个左颊。这刚好，掩饰了她左眼下的一个标识。"

我回想起来，水月的左眼下面，有一颗细微的小痣，由于特别小，颜色特别淡，若有似无，总是被忽略。记得小时候，我惋惜地问母亲："这痣日后会不会影响到妹妹的容貌？"

母亲说："这是个小印记，长大便会淡去，直至消失不见。很多小囡囡都是这样的。"难道母亲想错了？那痣不仅没淡，反而大了些、浓了些？是而，绣梅细细看了如雪的眼角，一口咬定，她不是大丫头。

可这其中到底发生了什么呢？绣梅的话，半遮半掩，到底她故意漏了什么？平宁伯夫人有什么不可告人的秘密？当年，上京中发生了什么事？

明宇走了过来："姐姐，夜深了，回行宫安歇吧。"我恍恍惚惚地点了个头。

不知是不是因为听了邹伏的话，我晚间竟然做了个梦。那红衣少女骑在海猪上，大声唤着我："姐姐！"海风太大了，把声音吹向茫茫无际的大海。我看着她："这些年，你受苦了。"她爽朗地大笑："姐姐，说这话做甚！难道你不苦吗？能活下来，便是本事！风里浪里，刀山火海，没什么可怕的！"

第一百六十一章：回家

"没什么可怕的！"红衣少女的这句话在浩瀚无际的大海上飘荡。一连串的笑声，伴着我从梦里到梦外。

我从床榻上起身，走到院落里。我们是七月初三离的上京，如今七月已经过去了多半。夏季到了至浓烈的时候，便开始慢慢褪去了。

天儿从深夏到初秋慢慢转换。天还刚蒙蒙亮。庭院中的木芙蓉犹带着露珠。木芙蓉是三变之花，早晨是干净的白色。我看着花，呆呆地凝神。

突然感觉身后有人走近，我转回头，是明宇，他额头有薄薄的一层汗。他笑道："姐姐怎生起这么早？是不是久没回南方，住不惯？"我摇头，掏出帕子给他擦汗："你起来练拳吗？"他点头："嗯，在军中习惯了，每天早早地起来练一阵拳法，不然浑身都不痛快。"

"明宇，你知道我昨晚梦见谁了吗？"

"谁？"

"红凤凰。"

"她？"

明宇挺意外："不过才两面之缘，姐姐怎生对她念念不忘？"

"邹伏昨晚说，红凤凰，就是我妹妹，水月。"我将昨晚邹伏的话前前后后讲了一遍。明宇听完，叹道："前日听姐姐审问那几名妇人，我以为，多半是敫大人呢。心里还想着，世间竟有如此离奇巧合之事。只是见姐姐这两天忙着给水大人翻案，便没有细问。"

从前听我讲过家事，明宇知道水月对于我的意义。我忧心忡忡地看着木芙蓉，道："我尚不知那邹伏说的话到底是真是假，不敢肯定。他纵是神机妙算，又怎能算得那等细致？连水月左眼下那颗痣长大后变深，都算得清楚。"

明宇脱口而出道："难道他曾经见过水月？""你是说，此人跟平宁伯夫人或是绣梅等人有勾结？"我蹙眉。明宇想了想，道："也不尽然，邹伏不是在郁洲旁边的越城做过小吏吗。兴许是他卦中有'身处东南，海岛之心，异族所养，红衣首领'这些字眼，他为了讨好姐姐，一步登天，做了周密的准备，包括偷偷去观察红凤凰，打探了一些内幕。姐姐想想，若是此次，他卜中了姐姐心头第一等要事，姐姐从此是否对他格外重用？"

"你的意思是，他说的是真的？"

"我猜测是真的，不过还是要看证据。姐姐勿急，沈大人一定会查得水落石出。"

我思索着。明宇拉起我，往外跑："姐姐，别想这些了，我带你去个好地方！"

"什么地方？"

我还没反应过来，已被他拉着跑了好远。从边角门出了行宫。一条条熟悉的街。

"到了！"

原来明宇带我来了从前我们常来的一家汤面摊。这家的面做得极好。汤鲜面韧。早晨的面摊热气腾腾，人来人往，人声鼎沸，我和明宇都穿着素净的衣裳，没人认得出。

一会儿的工夫，店家端了两碗面来。明宇念了声："黄金高北斗，不惜买阳春。"念完，用筷子卷了一大团，送到口中。我笑："慢点儿，别烫着。"他说："姐姐，你第一次带我来的时候，我都不知道这世上还有这么好吃的面。你瞧，小贩就那么随意地洒点油花蒜花，吃到嘴里，有三月阳春之感。"

"你呀，是吃腻了好东西，见着这些寻常吃食，反倒当成宝贝。"说笑间，满满一碗面连汤一起下了肚。肺腑之中，热腾腾的，甚是舒爽。方才的忧虑削减了不少。

我看向明宇道："黄金高北斗，人间买清闲。今儿，姐姐就跟你四处走走。"明宇欢喜非常，他早就告诉过我，想带我回陆府瞧瞧。

陆府的一切如昨。恶管家范大志已经不在了，现在是一位姓柳的管家在掌着事。柳管家憨厚淳朴，陆府虽主子不在，但依旧打理得井井有条。

我与明宇走到后院，那一排柳树比从前更粗了。提及我从前偷偷拿仙人指吓唬他的旧事，我们皆笑得俯下身来。

明宇说："当时我就想，芯姐姐可真坏，却又坏得让我心服口服。跟世上所有人都不一样。"我指了指他："你那时候是陆老爷陆夫人的宝，众星捧月的，整个陆府都没人敢跟你大声说话，我要不治治你，你还无法无天了。"

日头出来了，阳光就那么明晃晃地照在我和明宇的脸上。一晃竟这些年过去了。他身高七尺，孔武有力，手中有茧，眉目俊朗，而回到这所宅院里，我竟又觉得他是看着我离去而坐在地上号啕大哭的小男孩。

"芯姐姐，你等我。"儿时的明宇脸上满是坚定。这份坚定，现时依旧挂在他的脸上、挂在他的眉梢、挂在他的眼里。

从陆府出来，我与明宇乘舟去了西湖湖心的小岛。南飞长眠于此。四周的荷花快要开罢了，将谢未谢。香气淡得若有似无。湖心小岛上，时时有风吹过，吹落的花瓣落在坟头。

菜头给南飞立了块小小的碑。碑上刻了两个笨拙的字：南飞。这字一看便出自菜头之手。

我在坟前点了清香，从腰间摸出短刀，在墓碑上加了两个字：心伴。

心伴南飞。她在这里便不孤独了。

我坐在南飞的墓前，挨着她，就如同过去在合心殿时那样。我轻轻呢喃，仿佛她坐在我身边。

"南飞，你知道吗？你走之后，我便赢了常攸宁。不只是常攸宁，我赢了好多人，赢了好多次。谁也没办法斗垮我。谁都不曾。我现在什么都有了，这九州，这四海，没有我办不到的事。再也没有人来害你了，没有了……"

我似又看见了南飞，她还是从前的样子，穿着素色的衣裳。方正的一张脸上，几许褐色的斑。那么熟悉，那么亲切。

"南飞，烯儿那孩子，你从前最是疼她，可她现在与我很疏远，我常常不知如何是好。"我忍不住将心底的话说与她听。

犹记南飞临终躺在床上，病得糊涂了，还惦记"冀公主哭了没，尿布换了不曾，饿了没有"。

她疼爱我，亦疼爱我的孩子。

南飞听了我的话，笑道："娘娘勿忧。山前有路，舟抵桥直，冀公主有冀公主的缘法，一切都会好的。您也会好的。"

"真的吗？南飞。"

"真的。奴婢从不骗您。"

她笑着慢慢飘远："娘娘，长乐万年，长乐万年啊。"

风卷残荷，半梦半醒。

我笑笑，点点头。

最后去的，是水府的老宅。在门口，我迟迟不敢进去，徘徊了好一阵子，才踏进门槛。我母亲以前听曲的小台子中途被拆了，我又命人修好，恢复如初。我父亲的书房中，每一块他收藏的砚台都好好地摆着。

我曾经很多次设想我回来的情景。我以为我会睹物伤怀，痛哭一场。可我并没有。我跟梦里的父亲一样坦然。命运是涌动的洪流，我与父亲一样，接受了过去的劫与孽。

我爬到昔日伶人唱曲的小台子上，透过岁月层层的雾霭，回首我这半生。该有的，不该有的，我都有了。该失去的，不该失去的，我也都失去了。我不怨恨岁月。它给过我苦难，我亦没有轻恕它。

回到行宫，已是黄昏。云归迎上来："太后哪里去了？方才沈大人急着找您。"

"去看了看故地，故人。"

我在厅中坐下，云归斟了茶，片刻，沈昼走进来。他禀道："太后，如雪想起来了。"我一愣："果真？"

"是。她今日又去了大槐树那里，坐了好些个时辰，臣一直陪着她。后来，来了游街串巷的小贩，她说，那熟悉的叫卖声令她脑子里天昏地转，昏了过去。醒来，想起了好多小时候的事。"

我静静地，等着他继续说下去。沈昼道："如雪说，她从前的家，便在那棵大槐树底下，她记得父亲是个好赌之人，母亲常常哭泣，家里兄弟姐妹甚多。有一天，她那赌鬼父亲趁着母亲不注意，偷偷抱起她便往外跑。父亲把她抱到一辆马车处，有个人上下打量她，说满意，接着，她父亲便跑了，她看着她父亲离去的背影，大声喊叫，可马车上的人却告诉她，她父亲已经将她卖了……"说到这里，沈昼顿了顿。许是他想不到，如雪竟有这样的童年。

沈昼的语调慢下来："后来，那人又在禹杭买了一个差不多年纪的姑娘。管家带着两个女孩子一起到了上京。一开始，没去敖府，而是去了平宁伯夫人的娘家在上京的府邸……"

沈昼的话，证实了一个结论：如雪真的不是水月。她就是绣梅口中，当时在马车上的，另一个小女孩。

"两个小女孩，他们选中的本是另一个，可如雪说，那个女孩子性子非常烈，似一盆火。坚决不肯配合，还大声地嚷嚷。他们怕泄露出去，便打算处理掉。恰那一年，上京发生了一些事情。"

算来，那一年是长乐二年。

第一百六十二章：重审

我思索着那一年上京发生的事。第一时间想到的，是成筠源的逼宫，桃蹊院艳丽如血的桃花，常家老二的上位，常攸宁的进宫。

我看着沈昼："沈卿，平宁伯夫人跟那年发生的哪件事有关？"沈昼道："说起来亦是微臣的疏忽，当时竟没有发觉。不过这个敖夫人，倒颇有些手腕。她做两手准备，云山雾罩，很难被看出来。"我听了这话，皱起眉来："难道敖家……"

沈昼点了点头："敖家是伯爵之家，上京中的权贵，但到了平宁伯这一辈，无甚出头之人。上京中很多这样的贵族人家儿，他们为了家族的利益，私底下会走一些捷径。敖夫人选择的捷径，就是楚王。她一来是为了敖府的发展，二来，也是权衡着，若赌对了筹码，她就能打压自己的丈夫和卿夫人，在府邸出一口气。这个，是微臣通过如雪细微处的讲述发现的。敖夫人的一些动作与当年的时间线很吻合。至于微臣从前为什么没有发现，是因为——"

"因为敖羽。"

"太后说得对。敖羽是平宁伯夫妇送到玄离阁的。大章二十八年进来的时候，才14岁，拳脚功夫就颇佳。曾有一次无意被太宗皇帝瞧见，还夸过。微臣印象中，敖羽一直非常懂事、听话，是个办事非常可靠的小兄弟。且，微臣常常去敖家，平宁伯一家的表现对朝廷很忠心，故而，微臣就忽略了敖夫人私底下的小动作。"

沈昼说着，面有愧色，跪在地上："望太后恕微臣失察之罪。"我起身，扶起他："沈卿言重了。哀家记得，当年逼宫事后，清算楚王、王项一党，满上京不少官宦权贵人家牵涉其中。平宁伯夫人能逃过那一劫，想来，她与逆党的勾结很是隐蔽。如此一来，难免疏漏。"

"是，她抽身得非常快。痕迹也清理得干净。加之有敖羽在侧，微臣压根没往平宁伯府联想。"

我冷然笑道："这平宁伯夫人还真是个人物。哀家小瞧了她。"沈昼道："微臣揣测，小水月总是闹腾，且戒备心强，不肯吃药。时值多事之秋，平宁伯夫人不想为此事横生枝节，便命人处理掉了她。这就是后来，绣梅在上京许久，各方打探，没发

635

现大丫头行踪的原因。"

我沉吟着："哀家早就觉得，平宁伯夫人肯许绣梅如此丰厚的银钱，一定不是像绣梅说的那么简单，背后一定有猫腻。"

"沈卿，你好好陪陪如雪，她突然回忆起许多往事，一定心绪难平，你与她已是夫妻，该好好商议一下，回京之后，如何给敖家一个交代。"我想了想，说道。

"是。"

"告诉如雪，不管怎样，哀家都是支持她的，她永远都是哀家身边亲近的人。"

"嗯。"

沈昼退下后，我命明宇道："去，把绣梅再带上来，我要重新审审她。"

须臾，那妇人便跪在了我面前。在行宫的大牢关了两日，她已不复那日理直气壮的神色。想来，大牢里的狱卒们没少拿鞭棍"伺候"她。她瑟瑟缩缩地。看向我的眼神里，多了几许畏惧。

我笑着看向她："这两日在牢房里待得舒服吗？想好该怎么回答问题了吗？"她磕了个头，用袖子大力地擦了把鼻涕眼泪："敢问贵人，要治民妇什么罪？民妇死也想死个明白。"

从古至今，卖自己的儿女确实是不犯法的，当今的《圣律》也不例外。我记得当初我跟礼部和吏部的官员为此事争执过，然而，难抵众人根深蒂固的思想，这一点上还是循了旧。这妇人死咬着这一点，倒是狡猾。

"卖女的确无罪。可有人告发你，伙同平宁伯府的敖夫人，杀人灭口。且杀的不止一人。"我故意试探她，口中语气却很肯定。

她果然是慌了。眼神里有躲闪。

我继续趁热打铁道："平宁伯府的管家已然招供了，你莫想抵赖。《圣律》第十八款，杀二人或二人以上者，施绞刑。你知道什么叫绞刑么？"

"绞刑哪，就是用绳子将罪犯捆起来，两边各一堆人撕扯，直到将罪犯撕成两半为止……"我走到她面前，做了个撕成两半的动作。

她连忙双手摆动着："不不不，您莫听那管家胡吣，杀人的不是民妇，真的不是。咋能把这屎盆子扣到民妇头上呢！民妇如实跟您说了吧，民妇起初一直以为大丫头在平宁伯府好好的呢，后来，有一回，平宁伯府的女眷皆去城隍庙烧香，民妇偷偷找了个遍，看见当初马车上的另一个小女孩了，可就是没找着大丫头，心里纳闷。民妇就跟踪那管家，跟了好些时候……"

"有一回听他给底下办事的小厮训话，说是买丫鬟莫要买犟的，搞不好就出人命。民妇猛然就想起了大丫头，大丫头脾气特别犟。民妇这么前后一联想，就猜着，大丫头别是死了吧。"那妇人双手往腿上大力一拍。

"民妇就想了个招儿，在管家晚上从敖府回自个儿家的路上，在同乡中找了个小女孩儿扮鬼吓唬他。管家一时惊惶之下，说了句，闺女，你死跟我无关，是夫人下的令，我就是给人办差，没办法啊。民妇这才确定，大丫头真的死了。一起死的，还有一个敖夫人身边嘴不牢靠的小丫鬟。接下来的事儿，您也都知道了……"绣梅低下头。

接下来的事，当然就是她想方设法弄钱财的蝇营狗苟之事。管家自己嘴巴疏忽，自然是怕敖夫人责怪。绣梅就利用他这个心理，让他帮着自己要钱。

我命云归拿笔墨纸砚来。我凝神回想，在纸上勾勒出红凤凰的样子。略去了她脸颊上的凤凰。画完，拿起给绣梅看。"你瞧瞧，眼熟吗？"

绣梅接过画的第一眼，便脱口而出道："这姑娘好像大丫头！若不是知道大丫头死了，我还真以为就是她！"我盯着她："是吗？"绣梅道："是。人就算大了，五官的模样在那儿呢。我养了这丫头九年，从襁褓大开始，天天在眼前儿，记得清楚得很呢。"

听了绣梅这番话，我方才信了邹伏之语。

看来，是红凤凰的师父无意中捡了没死透的小女孩，带在身边抚养。师父死后，她继承了火族首领的位置。

联想到敖夫人跟楚王府的暗中勾结，再想起红凤凰说她师父深受情仇离恨之苦，我推测，大约红凤凰的师父与楚王或是楚王手下某位办事的官员有过一段情。那男人利用了她。她去上京为他办事，无意中捡到被"抛尸"的水月。

楚王逼宫事败，倾巢而覆。红凤凰的师父因火族的身份，没有被追查到。但，情爱已逝，一生孤苦……

"民妇知道的，都已如实相告，求您饶民妇一条贱命……"妇人的求饶声打断了我的沉思。我打量着她，想了会子，开口道："罢了，念你对她有过几年抚育之恩，哀家不取你的性命。但你财迷心窍，三番几次撒谎，实在该罚。便命你将意外之财尽数充于官库吧。这一番受的罪，你记在心上。回去之后，好好耕作，老实做人。"妇人哭丧着脸，耷拉着脑袋，蔫蔫地去了。

我轻轻跟明宇说："哀家此次南巡，出来的日子不短了，该回去了。上京中想必已经积压了不少政务。"

明宇道："姐姐想做的事，都已经做了，是可以回上京了。"

"明日一早便出发吧。"

"是。"

"归程中，我想再去趟红衣岛。"

我看着外头如墨的夜。旧事满芜城，骨肉百念生。那个红衣小女孩，我此时格外地想再次见到她。原来，她那双如寒潭一般的眼，果真暗藏着牵牵绊绊的骨肉亲情。

　　她跟如雪不同，她没有吃药，童年的事应该还是有印象的。可这些年她为何一直没来寻绣梅呢？或许，她被养母所卖，伤透了心吧。更或许，她虽没有吃药，但后来受了伤，导致她对往昔亦模糊了。

第一百六十三章：姨娘

离开禹杭的时候，灏儿做了一个让我意想不到的举动。他去了我父亲的灵位前，恭恭敬敬地上了炷香。

天子不可跪，但他低头以示哀悼。默哀片刻后，他小小的脸上满是严肃，道："水大人委屈了，原该封一等承恩公是也。"我愣住了。我从来没告诉灏儿关于水家的事，也没有跟他讲我原本的家世。他究竟是如何发现的呢？

圣朝有先例，凡皇后、太后之父，封一等承恩公。灏儿开口说这样的话，必是知道，灵位上摆着的，是我父亲了。这个孩子有一双洞察世事的眼睛，屡屡早慧地让我惊讶万分。

灏儿走到我身边，拉住我的手，道："母后为儿臣、为圣朝所受的委屈，儿臣记在心上了。"

这话，半为儿、半为君。我张了张嘴，半晌无言。原本的计划，是回程走陆路。但因我想见红凤凰的原因，依旧走水路。只不过，来时为了掩饰行踪，乘坐的船较为朴素，就像寻常的商家往来客运之船。回程因为身份公开，船只奢华了许多。

飞檐翘角，上有玲珑精致的四角亭子，赫然立于船头。船上四只盘龙柱，龙柱上的浮雕盘龙和祥云一层扣着一层，层层错落有致，雕刻精细到盘龙身上的每一个鳞片都细细可数。仆役们来来往往，准备着各色茶点吃食。船内，上下两层，别有洞天。一应桌椅床榻，皆不逊色于行宫。桌上摆着的，是江南时令鲜花。船头站着两名吹号的勇士，两侧站满了御林军。

好一派皇家威严。

号声响起，众人皆跪。

我抱着灏儿，上了船。云归和如雪站在我的两侧。明宇、沈昼、张邑、邹伏等其他随行之人跟在身后。岸边跪了一排父老乡亲，口中高喊着："恭送陛下，恭送太后。"

船在水面行进。越临近郁洲，我就越是心慌。这种心慌，连我自己都无法理解。无论多么精巧的陷阱、多么高深的计谋、多么缜密的圈套，我都不曾慌乱过。然而，即将要见一个失散多年的亲人，我的内心却兵荒马乱。

我该如何开口向她言明呢？她会接受水月这个身份吗？她肯离开火族的族人们吗？她是否愿意由我来安排她余生的锦绣荣华？

在窗口处，我凝望着外头宽阔的海，默默无言。突然，一个小脑袋靠到了我的膝上，我转头一看，是二公主。她静悄悄地走到我身边，将脸贴在我的罗裙上。

"母后，儿臣看您面有愁容，您在想什么呢？"她轻声问。我摸了摸她的发髻："炘儿，难为你时时想着母后。你姐姐和弟弟呢？"

"方才那会子船上有些摇晃，跟着的赵妈妈伺候大姐和弟弟睡了。"

我点点头。这赵妈妈倒是个细致人。自打从张宅跟过来，这一路，对孩子们照顾得甚是周到。

海上波光粼粼，如同蓝蓝的水面铺了一层碎金。耀眼而美丽。我想了想，问道："炘儿，你说，亲人之间，如果没见过面，会有感情吗？"她仰起脸，看着我，坚定地答："有。"

"母后，儿臣回答您这个问题正合适。儿臣幼时，在五皇伯家养大，没有见过父皇，没有见过弟弟，没有见过大姐，没有见过您，也没有见过……"她咬了咬牙，还是说了那三个字："常贵嫔。"

我看着她，没有想到，她竟然敢不避讳地在我面前提起她的生母。她一定知道她的生母与我是敌人。她却这般坦诚。

"虽从未见过，但这一点也没有阻断亲情的思念。父皇送给儿臣的小木马，是儿臣在五皇伯府中全部的慰藉。儿臣想象着父皇的样子。就算他不愿意见我，我依然祈愿他平安。父皇每次生病的消息传到王府，我都会偷偷哭一场。那是一种说不出来的牵挂。"她继续说道："还有常贵嫔，她生前到底是个什么样的人，对儿臣来说，不重要了。她是给儿臣生命的人。《礼记》有云，子不言父过。儿女不能说父母的不是。虽然她给了儿臣一个不讨喜的出身，但儿臣相信，她就算对天下人有歹心，对儿臣都是有爱的。她坚持将儿臣生出来，就是最大的勇气。所以儿臣从没怪过她，儿臣愿她在黄泉能安乐。下一世过得富足安宁。"

"炘儿，谢谢你肯跟母后说心里话，这说明你对母后没有戒心，全然信任。"

"不信任母后，信谁呢？"她的眼睛很澄净，"母后现在是成炘唯一的依靠。若来日，母后让儿臣去番邦和亲，儿臣亦不推拒。为母后排忧解难。"我抱了抱她："傻孩子，圣朝的铁骑威震四海，不需要公主去和亲。你有这份心，母后很感动。"

"儿臣第一眼看见灏儿、看见大姐，就觉得亲近。那种骨肉之情，是非常奇妙的。所以，母后，儿臣肯定，没见过面的亲人，也是会有感情的。"

听了二公主这番话，我心稍安。

听着海浪的声音，眯了会子。醒来，云归递了热帕子给我擦脸。我唤她递盏浓茶来。

云归碎碎念道："太后，张医官都说了好些回了，让您别喝浓茶了。奴婢怀疑，您一向睡眠浅，就是喝浓茶所致。"饶是这么"抱怨"，但还是遵我的嘱咐，递了上来。

我笑笑："好好好，以后少喝，听你的。"云归道："太后，敖大人现在话特别少，总是默默发呆，再也不似从前那般活泼了。"

我叹口气："这是正常的。她需要时间去接受事实。站在另一面想，从那样的家庭里出来，到了伯爵府做大小姐。虽然敖夫人心机深，控制欲强，虽然她抚养如雪别有深意，但她对如雪到底是不错。金尊玉贵地养大，书香里浸染，这倒是如雪的造化了。"

如雪跟红凤凰是完全不同的女子。当发现自己被卖到异乡，一个为了生存，肯乖乖吃药。一个却拼死反抗，不肯吃药，刚烈异常。这导致了她们不同的命运轨迹。倔强的女子，注定一生波折。

如雪会妥协。所以，她一定会想明白这一切，接受这一切的。我坚信。何况，有沈昼在侧，于她，是莫大的慰藉。

少顷，明宇进来："姐姐，快到郁洲水域了。"

"什么时辰了？"

"戌时了。"

我想了想，说道："红衣岛附近的水域有机关，让他们小心些。记得上回菜头说送她一些药丸，喂给鱼吃，鱼凶猛而忠心，专门用来对付官府的攻击。可别让她把咱们当成敌人了。"

明宇笑道："姐姐放心，上回您不是已经下过旨，命郁洲府的衙门不许跟红衣岛作对么，还许火族脱籍，不纳贡。这些消息肯定已经传到红衣岛了。"

"那她也不知道这艘船上是何人哪。还是小心些。千万不能跟火族的人打起来，叫她为难。"

然而，一路却比我想象中的顺利得多。且，距离红衣岛还有一个时辰海路的距离之时，海域上开始出现油灯，好像是有人特意放置，等人来似的。

我猛然想起菜头。他神出鬼没，消息灵通，难道是他知道了这个消息，已经告知了红凤凰？我有一个强烈的直觉，今夜，菜头亦会在岛上。

快到的时候，远远地见几个火族的勇士站在岸边等待。见我来了，他们拱手道："首领有话，其他人就不必上岛了，我们红衣岛不欢迎那么多达官显贵之人。阿姐和毛头上来就好。"

这果然就是红凤凰的脾气。

我嘱咐明宇，将众人带到郁洲城安歇，我抱着灏儿下了船。

明宇道："姐姐小心。"

"她绝对不会伤害我的。放心。"

小径穿花去，疏星带月行。灏儿上了岛，红衣岛上的奇妙景象，碗口大的花，都让他感到很新奇，睁大眼四处张望。

"母后，我们到此地来见谁？"

"还记得上次那个抱你骑海猪的人吗？"

灏儿兴奋起来："是红衣姐姐啊！"我庄重道："灏儿，她不是姐姐，她是姨娘。"灏儿似乎懂了什么，不再吭声。

火族的人带我们到了上回那个正厅。与上次不同的是，这一回，里面空荡荡的，没有红凤凰的那些手下，只有红凤凰和菜头两个人。红凤凰坐在正中间。她依旧是一身红衣，手上却没有拿鞭子。菜头坐在东侧的位置上，低着头，一杯一杯地喝着酒。红凤凰见我和灏儿走进来，不由自主地从那张鱼皮椅子上起身，那双寒潭一样的眼里涌上泪来。

我看见她的嘴唇微微地哆嗦着。然而，当我们走近的时候，她却朗声大笑起来，故作轻松地捏了捏灏儿的脸。"嘿，毛头，又见到你了。"

第一百六十四章：宿命

灏儿看着红凤凰，脸红了，扭开，不让她捏，仿佛被眼前飒爽的女子当作小孩子是一件很窘的事。他皱眉思索了片刻，走近，施了个周全的礼数，道："姨娘安好。"

红凤凰看着他认真的小脸儿，本是在笑，听得"姨娘"二字，眉梢眼角又染上霜来。她从未被这样唤过。那种突然袭来的亲情比大海上突如其来的浪头更让她手足无措。

我知道，灏儿一定是很喜欢红凤凰，才肯行礼。平日里，他对他的皇伯皇叔们还有明宇舅父，从未这样恭敬。

红凤凰哽咽地"嗳"了一声，转身跑着从鱼皮椅后捧出一堆奇形怪状的东西："毛头，给，都给你，这是姨娘下海的时候捞的，有海贝，有鱼骨，还有绿毛珊瑚，都是姨娘最喜欢的东西，你拿着玩儿。"那些都是她的宝贝。她就像一个想对人好，又不知道该如何对人好，囫囵着把自己所有的宝贝都推给对方的幼童。那些奇形怪状的东西里，满满都是她笨拙的爱。

我看着眼前难得的温馨景象，好多词句像是在肺腑里排好了队，想有条理地走出来，却又推推搡搡，打乱了队形。铠甲掉落一地，溃不成军。良久，我张口道："菜头都告诉你了吧？""嗯"红凤凰点头。

我从怀里掏出那对原该属于她的耳环。自上次西境女子死后，这对耳环便被我小心翼翼地保存起来，带在身边，时时摩挲。

我不死心。我想着，有生之年，这对耳环一定能寻着真正的主人。

这一日，终于来了。我指着那耳环告诉她："你瞧，这水滴，就是我们的姓氏，水。这月亮就是你的名字，月。你是八月十五出生，所以，父亲给你取名，叫水月。"

我说得很轻、很慢。

我指着自己耳上戴的耳环："你的是月，我的是星。你叫水月，我是你的姐姐，水星。"红凤凰怔怔地握住那对耳环："我记得这对耳环。当年，师父说她捡到我时，见我的脑袋流了许多血，似被钝器所击，所以，好多从前的事情，我都记得模模糊糊了，但对这对耳环印象特别深，仿佛是我幼时非常宝贝的东西。不知怎的，就失去了。"

看来，我的猜测是对的。她虽然很聱，坚持不肯吃平宁伯府的迷药。但还是因为受伤，模糊了之前的记忆。

我心里早已下起了纷纷扬扬的大雪，然而始终淡淡地笑着，面无风波。

"这是我们的母亲找人做的，式样是父亲亲手所画，世上只此两对。"我将耳环亲手给她戴上。那闪着清冷光泽的月，衬着她那张如月般皎洁的面庞，如此浑然天成。这月，生来属于她。

"菜头阿哥说，父亲母亲都去世了。"

"嗯。"

"菜头阿哥说，他从前也是水府的人。"

"嗯。"

"菜头阿哥说，你已经给水家翻案了。父亲是清白的人了。"

"嗯。"

"菜头阿哥说，你现在是太后，毛头是皇帝，是坐龙廷的人。"

"嗯。"

她的眼中弥漫起雾气，如同罩上一层厚厚的白纱，夜航的小船在这浓重的大雾里失了方向，跌跌撞撞，雾轻轻地流淌着、倾泻着，湿冷在空气中散来。她就那么看着我："姐姐，走到现在这一步，你一定活得很辛苦吧。"

"我过得很好。"眼泪终于爬满了我的脸。"可我常常想起你。月儿，把你送去给赵志常，是姐姐此生做过最后悔的决定。夜深人静，我常常愧痛难当。我原本以为那是最妥当的去处，我原本以为赵志常深受爹爹大恩，会妥善将你养大。可谁料他歹毒心肠，将你转手卖人。你偌多年辗转飘零，身世凄苦。早知如此，姐姐乞讨也将你带在身边，死，亦死在一处。"

红凤凰伸出手，拭去我的眼泪。她的红衣、她脸上的红凤凰印记，在这间屋子两排火把的光亮照耀下，显得分外热烈。

"姐姐，你是从淤泥刀尖爬出来的人，红粉中的英雄，比世上的男人还强些，怎生说出如此糊涂的话？为甚要死在一处？咱们都死了，岂不是让仇人痛快了？姐姐你凭一己之力，扳倒仇人，如今，又为水家翻案。咱们姐妹得以团圆，岂不好吗。"

我伸手摸着她左眼下："从前，这里有个小痣，很小，很淡……母亲说，长大了，就会消失，没承想，现在多了一块这么大的疤痕……"

红凤凰笑起来，看了一眼菜头，眼里闪出调皮："嘿嘿，菜头阿哥也这么说，要是有那颗痣，说不定他从前就能认出我呢。"

　　她指了指自己脸上的凤凰："姐姐莫要遗憾，师父对我真的很好。她疼我，教我武功，带着我出海，将她驯化多年的坐骑都交给了我。她对我像亲生女儿一般。"

　　这时，菜头缓缓开口了："二小姐所言属实。两年前，我曾见过红衣派前帮主红绮云，她是个磊落之人。待二小姐甚好。好到江湖上皆盛传，二小姐其实是她亲生的，生父乃是楚王成筠源。虽是谣言，但也足见她对二小姐的用心，才会让世人误会。"

　　知道红凤凰的身世后，菜头改了口，叫她"二小姐"。就如同他一直称呼我"大小姐"一样。

　　我喃喃道："红绮云，母亲的闺名也带一个云字，这也许是冥冥之中注定的缘分。"菜头道："二小姐也不简单，红老帮主虽指认二小姐为首领，但在她去世后，红衣派亦发生过夺权斗争，三股势力不分上下，最终，二小姐险胜，17岁便成为红衣派的帮主，火族的首领。"

　　"险胜"两个字，又让我心疼起她来。寻常女子那个年纪该在闺中嬉戏，涂脂抹粉，对镜梳妆，而她，却浴血奋战，顶起一片天。想起我初次上岛时，听她说的那句话：我红凤凰17岁掌管红衣派，在江湖之中，与各色人等周旋，带领族人出海，风里浪里，坎坷无数，若没有几分本事，早就葬身鱼腹了！

　　我抱住她。她显然鲜少与人如此热络，肩膀抖了一下。她在我怀里似乎变得很小，越来越小。她的刚强与凌厉都褪去，成了一个柔软的孩子。

　　长姐如母。我抚摸着她的头发，说出我的打算："月儿，你跟姐姐回京好吗？"

　　"你跟姐姐一起在宫中生活。咱们日日相伴。姐姐不会再让你吃一点点苦，受一点点难。你若想出阁，姐姐就为你择一门显赫的夫婿。你若不想出阁，就一辈子跟姐姐在一起。都随你的心意。姐姐有四个孩子，都跟你自己的孩子一样。"她抬起头，坚定地说："不，姐姐。"

　　"为什么？"

　　"因为我不光光是水月，我还是红凤凰啊。您知道我为什么要夺权吗？我一点也不在乎做什么帮主、首领，而是我得完成师父的托付。我是她老人家全部的希望。也是火族众多族人的希望。"

　　她顿了顿，继续说道："师父跟我说过，她不放心将火族交给别人。她知道，她死后，火族中一定有人想投靠官府，或是把火族引到旁门左道上去。她不愿意有那样的事情发生。她告诉我，火族要想世世代代永远生存下去，必须拥有两个品格，自立、自由。她当初带着族人千里迢迢避难至此，族人损伤大半，好不容易在此落脚。

我怎么忍心违背师父的意愿呢？"

她看着我脸上失落的神色，牵着我的手，行至她的鱼皮椅上，与我并排坐下，劝慰道："姐姐，我喜欢红衣岛，我放不下我的族人，我就像深水鱼，离开大海，会死掉的。姐姐，水月是我的出身，可红凤凰却是我的宿命。"

水月是出身，红凤凰却是宿命。我咂摸着这句话，长叹一声。

菜头说道："大小姐，宫廷远比江湖更叵测，你不该想着带二小姐去那里。"

一直坐在一旁静静玩海贝的灏儿开口道："姨娘莫怕，我答应过你，会罩着你。若再有人敢欺负你，我定派兵剿灭。"他说得如此严肃。逗得红凤凰又大笑起来。

"姐姐放心，我只要有闲暇，便会同菜头阿哥一起，去上京看你和毛头，还有你其他的孩子们。"她允诺着。

菜头斟了酒，递上来。这一晚，我们喝酒、说话，几近天明。她跟我讲海上的故事。在她口中，所有经受的苦难都不再是苦难，而是趣味横生的妙事，说得有滋有味。她与我是这般相像。把苦酿成酒，把命运踩在脚下，在黑暗中竭力开出花。

到送别之时，她看着我和灏儿上了船，朝我挥手，大声喊着："姐姐，保重。"

她有她割舍不下的江湖。我不舍得叫她为难。

我看着她红色的身影随着船桨的声音一点点远去。那些开得如碗口大的花，散发的香气，也渐渐从鼻端流走。

鱼恋江湖鸟厌笼，两地飘零气味同。我竟有种朦朦胧胧的想法。

第一百六十五章：俗妇

几日后抵京，刚安顿下来，便听说平宁伯夫人气病了。

八月里的上京，全然没了暑热，秋意四起。宫中银杏转黄，枝繁叶茂，在日头底下金灿灿的，格外抢眼。梧桐似疲倦了一般，从枝头落下，铺了满庭院的柔软。

小内侍们站在院子里扫着。偶尔有南徙路过的鸟儿，将粪便拉在小内侍的肩头，小内侍握着扫帚指着天空骂鸟，一旁的灏儿哈哈大笑，摸出弹弓，"嗖"地将鸟打下来，跟小内侍说："赏你了。"小内侍讨好地捡起鸟，口中喊着："圣上打的鸟，好彩头——"

乾坤殿里，我午睡初醒。枕带秋风香，茶瓯气味长。云归边给我斟茶，边说道："太后，沈大人被扣在平宁伯府三日了。"我抿了口茶，笑了笑："平宁伯夫人病了。"

云归撇了撇嘴："哼，她能得什么病？太后派去的张医官晌午已经去了，约莫过会子就回宫了，到时候什么都知道了。其实，倒不用张医官去诊脉，奴婢一掐算便知，那老妇是装的。她在不知情的情况下，多了个女婿，心里头憋不过这口气。"

我指着云归笑道："你想的倒是明白得很。"云归道："别管她满不满意，太后主婚，当朝宰辅做的高堂，且已洞房，她认也得认，不认也得认。"

"这妇人素来有心机，必又会在上京的权贵圈子里扮一出苦情戏，闺女成婚，没告诉她。父母之命，媒妁之言，一样都没有，到时候人人都会觉得哀家偏私沈昼了。"

正说着，张医官走了进来。我问道："张大人，平宁伯夫人病情如何？"张医官跪地禀道："回太后的话，平宁伯夫人脉象平稳，面色红润，但却口中呼痛不止。微臣觉得甚是蹊跷。大约是……"

"无病。"

张医官低头道："是。"他想了想，说道："平宁伯夫人捂着心口，说……说……"

"张大人不必吞吞吐吐，尽管说就是了。"

"平宁伯夫人说，事到如今，她也只能认下，但女儿不明不白地嫁了，算是大呢，还是小呢？一想起此事，她就心痛，想求太后您，给个交代。"

"好了，哀家知道了，你下去吧。"

云归啐了一口："她还有脸问您要交代，她大约以为，她险些杀了二小姐的事儿，还瞒得好好儿的，您还不知道吧？"

"呵，绣梅被哀家那么一吓唬，是不敢吭声的。故而，消息没有外露。她确实是不知的。"

我起身，站在庭院，阳光从银杏的罅隙洒下来，落在我的面颊上。我笑道："好多事儿啊，是该清算清算了。先传五王妃进宫吧。"

"是。"

二公主正在院子里踢毽子，见我招手唤她，连忙过来，问道："母后唤儿臣何事？"

"冀公主呢？"

"赵妈妈带着大姐去御花园摘果子了。"

"你怎么不跟着一起去呢？"

她低下头，结结巴巴地说着："儿臣……儿臣……儿臣不想去摘果子……儿臣就想踢毽子。"

我摸摸她的头："昔年，你的祖母，圣母姜后，也是非常喜欢踢毽子的。"她笑起来："炘儿哪能及祖母之万一呢。"我话头一转，说道："炘儿，母后传了五王妃进宫。"

听到"五王妃"这三字，她突然面色大骇，一反常态。毽子"啪"地从手中掉落，身子抖如筛糠，转身就想跑。那只有残缺的手赶紧缩进袖子里。

我连忙抱住她，唤道："炘儿，你别怕，别怕，安静下来。"她用手抱住头，一声不吭，牙齿咬着嘴唇，直至将嘴唇咬得青紫。见此情形，我便知道，五王妃对她的虐待远远不止像云归说的那样，罚她跪在地上捧痰盂。

我的面色阴郁下来。我拉着二公主，走进乾坤殿内。

"炘儿，不必怕，母后今儿便让你瞧瞧，母后是怎么治她的。"

一盏茶的工夫，一个头戴王妃华冠的女人走进来。这妇人看着有三十好几了，却擦着少女喜用的粉胭脂，一张大脸上抹着厚厚的白粉，眉梢扫着上京最时兴的式样。身上穿着的，是上好的烟云锦。烟云锦本是轻软的料子，却偏偏要绣着大朵的花开富贵。手上，腰上，皆戴着沉甸甸的金饰。她全身上下价值不菲，却怎么看怎么别扭，没有一丝丝的贵气，尽是俗气。

她进了门，满脸含笑，跪在地上，行了个大礼："臣妾拜见太后，太后千岁。"

二公主看见她的脸，又开始禁不住地抖动起来，一双眼里满是恐惧。我紧紧握着她的手，让那冰凉的掌心，一点点有了温度。

我扫了一眼地上跪着的五王妃，并不说让她起来，只淡淡地跟云归说："怎么五王妃哀家看着这么眼生啊。"

云归清了清嗓子，道："回太后，五王妃从前只是庶妃，五王的妾室，是没资格进宫的，太后您，自然是没见过啊。""哦。"我应了声，"那，是什么时候扶正的呢？"跪在地上的五王妃连忙答道："太后，臣妾今年六月扶正的，五王还特意进宫禀过您呢。"

云归走上前去，厉声道："五王妃好没规矩！太后许你说话了吗！也不瞧瞧这是什么地方！乾坤殿！不是五王府的后花园！"五王妃噤了声，面儿上委委屈屈的。她在五王府作威作福惯了，猛地受到云归的训斥，有些懵。

我拿起桌上的茶盏，吹了吹："哀家怎么不记得五王来禀过此事啊。五王做事也过于毛躁了些。先帝生前百般抬举他，他却不肯往那高处走，尽往低处流。"云归道："太后没允准过的事，自然是作不得数的。六月扶正，那按说还没正式入皇家族册，要改，还来得及……"

妇人面容失色，叩头道："太后开恩，太后开恩，臣妾在府中点灯熬油这些年，好不容易才……求太后开恩。"

我指着二公主道："董氏，你还认得她吗？"她理亏地低下头："二……二公主。"我冷冷道："董氏，你是董太妃的娘家远房侄女，当年奉命入五王府为妾，你不思安分守己，好好伺候五王，却在五王府横行霸道，胡作非为！先帝将二公主养在五王府。二公主乃金枝玉叶，天家贵女，而你竟敢苛待于她，你是有几条狗命，方敢胆大至此！"

她面带谄媚之笑："太后，臣妾是想着，想着……想着常贱人敢与您为敌，那臣妾就好好教训她的女儿，太后，臣妾是对您一片忠心啊。您想想，臣妾自入王府，就知道您在宫中的地位，臣妾当然是偏向您这一边的。臣妾这一颗心，时时都想对您尽忠。"

我冷笑一声。"哦？对哀家尽忠？是怎么对哀家尽忠的啊？"

她吭吭哧哧不说。我将二公主揽在怀里，轻声问："炘儿，你来说说，她是怎么对你的？"

"她……她说雨天花儿淋不得，便让儿臣用自己的肉给花挡着……她爱养猫，让猫抓儿臣，不许儿臣躲，她在一旁笑……她用竹签扎儿臣的残手，说儿臣没有手指，便用竹签做手指吧……她说儿臣要是不听她的，她便让五皇伯向父皇禀报，就说儿臣病死了。父皇是不会管的。"二公主说不下去了，哽咽着，闭上眼。她仿佛身处一个噩梦之中，那噩梦绵延不绝。

我终于彻底地明白了，为什么当初她第一次进宫见到我，那样的伶俐，那样超乎年龄的懂事。她拼命讨好我，想留在宫中。她生怕稍有闪失，我便再一次驱逐她回到五王府，受这地狱般的苦楚。我也终于明白了，她为何看向我的眼神，永远充满了渴望、依赖。因为我是她仅能握住的一块浮木啊。

我站起身来，走到五王妃身边："董氏果然是忠心啊。"她忙道："是是是，太后说得是……"

我转过身来，猛地一巴掌打在她的脸上。这一掌迅疾、力重，她完全意想不到，呆住了，脸上顿时红肿起来，嘴角带着血。她伸出手来，摸了摸腮，片刻，口中吐出两颗掉落的牙来，和着鲜血，甚是艳丽。

小时候，我母亲就说，我掌心带柳叶，此类手掌，打人最疼。我本可以让下人去做这些事，可我偏偏咽不下这口气。

二公主眼泪如雨落下。方才，她那么害怕，都没哭。见我打了董氏一巴掌，却哭了。董氏挨了一掌，却不敢喊疼。她看了看二公主，又看了看我，不明白究竟是怎么回事，不明白我为何会替仇人之女出头。

我笑着，慢悠悠地说道："董氏，哀家说一个人，不知你认不认得。"

"您说。"

"王池。"

这回，她的脸彻底如死灰一般。"不认识不认识，臣妾不认识。"

我继续说着："哟，那可真不巧，怎么他认识你，你却不认识他呢？董氏，你再想想。哀家提醒你，郁洲，东海镖局……现在想起来了吗？王池已经招了。你若死扛到底，就罪加一等。到时候，别说是做王妃，脑袋都没了。"我扶了扶额："不不不，瞧哀家这记性，不是你的脑袋没了，是全族的脑袋都没了……"

董氏嚎了起来："太后，是平宁伯夫人，是平宁伯夫人……"

第一百六十六章：阿南

眼前的妇人，脸颊肿胀，面色仓皇，匍匐在地上磕头，额头磕出血来。跟方才进来时候的姿态，判若两人。

其实我根本没有审问王池。他是封疆大吏，朝廷二品大员，无凭无据，焉能轻易问责？至于平宁伯夫人，最擅伪装、遮掩，贸然审她，不仅审不出个结果，被她拿捏住错处、反咬一口也未可知。

所以，我选择了从董氏身上找突破口。

《三十六计》之无中生有。诳也，非诳也，实其所诳也。

故而，我告诉董氏，王池已经供认出她来。她没脑子，眼皮子浅，且在五王府养尊处优这些年，经不住几番吓唬，又格外在意自己好不容易从穷山恶水处到上京挣扎来的荣华，便忙不迭地招了。

有了她的供词，再问其他的，便容易多了。我瞧着董氏，问道："你们为何要行刺哀家？"

董氏摸着自己的腮，苦笑道："臣妾巴陵娘家那些人，打量臣妾现在日子过得好。其实，臣妾自个儿才知道，好什么？虽然五王事事听臣妾的，可他就是个窝囊废！胖，也就算了；断了一只手臂，臣妾也能忍。可臣妾不能忍的是他胆小如鼠！上回，太后佯装病危，宗室那伙子人来王府找他，他竟吓得躲在茅坑里，一整天都不敢出来。后来，还是下人发现他晕在茅坑里了！这事儿满上京都知道了！他成了皇室中的笑柄！告诉您吧，整个上京的权贵圈子，没人看得起五王府！人人都叫他草包王爷！"

云归脱口而出道："你有甚资格嫌弃五王草包，若不是五王草包，轮得着你在王府当家？！"董氏瞥了眼云归，低头道："是！五王是软耳根，事事听臣妾的！可这改变不了他窝囊的事实。臣妾难道就不想替他往前走一步吗？平宁伯府中贵妇聚会，或赏花，或饮酒，大伙儿明面上对臣妾恭恭敬敬、客客气气，背地里都笑臣妾，笑五王，笑五王府，臣妾……臣妾……"

我冷冷道："所以你鬼迷心窍，铤而走险。"董氏道："平宁伯夫人跟臣妾说，南巡是绝好的机会，只要行事隐蔽，绝不会被发现，神不知鬼不觉。她说，齐鲁巡抚王池已经答应了，做好了证据，栽赃给渭王。那……那……太宗一脉，就剩下五王和平王，五王比平王年长，自然就有机会了。平宁伯夫人说得千妥万妥，臣妾就当了真。"

说到这里，她咬牙切齿哭道："谁知那王八蛋王池竟这般不中用，事情没办成就算了，还将臣妾供了出来……这可如何是好……太后，臣妾绝对不是主谋啊，臣妾哪儿有那个本事、哪有那个能耐……"

"蠢妇！"我拍案道，"五王谨小慎微，唯求保命，你却背着他行这等糊涂之事！怎配为天家妇？""求太后饶命，求太后饶命……"她磕头磕得急，华冠掉落，头发四散开来，如疯妇一般。

"把所有你知道的，全部写出来。"

云归拿来笔墨，董氏边想边写，字迹拙劣，但好歹是写清楚了。末了，云归又拿来红泥，让她画了押。

待一切做完，我拿起桌边的茶盏，喝了口茶。茶已经凉了。进到肺腑里，就像秋日里的冷溪。

我看向二公主："炘儿，你瞧这董氏，该如何处置方妥？"二公主站在我身边，慢慢地，不再哆嗦，她平静了下来。从一开始见到董氏便闭上眼，到此时，她已经敢睁开眼，与董氏对视。她那双眼从来都是恭敬的、谦和的、战战兢兢的。这是我第一次见到这样的她，她看着董氏，眼里的恨像火焰，一簇簇的火焰，将董氏炙烤得无所适从。

董氏爬到二公主身边，牵着她的裙角："求公主发发慈悲，在太后面前替臣妾说说好话……"二公主踢开她的手，思忖良久，开口道："五王府侍妾董氏，行为鲁莽，言语放肆，见罪于当今太后，应诛杀。"

我与云归对视一眼。炘儿的这句话虽短，却说得极周到。

首先，用"侍妾"来称呼董氏，将她的身份降低，那么她的死便是一件没要紧的事，无须向宗室交代；其次，没有说出她虐待公主的事，也没说出她与命妇、官员合谋行刺太后之事，只说她行为鲁莽，言语放肆，以免引来外界对皇室的诸多揣测，动荡前朝。炘儿或许知道，我并不打算贸然公开董氏与王池、敖夫人的勾结。这样的说法来处死董氏，确实是最妥当的。

二公主转身看向我，跪在我膝前："母后大可以给五皇伯另择贤惠女子在侧，留此祸害，后患无穷。就算五皇伯知道您处死了董氏，亦会体谅您。"

我只犹豫了一瞬，便开口道："吩咐下去，董氏，杖毙。"董氏凄厉的声音传来，她没有想到，她已供认不讳，却还是没免一死。

云归适时堵上了她的嘴。董氏被拖了出去。二公主看着她被行刑，在我面前，长

652

跪不起："谢母后。"我知道,她的心魔没了。她再也不必梦中惊醒,涕泪长流。她再也不必缩着那只残手,如惊弓之鸟。

我对云归说:"将董氏的供词收起来,晚上,哀家要出宫,去趟平宁伯府。"

"是。"

我起身,跟云归说道:"陪哀家去御花园走走。"这个季节,御花园东南角的小圆柿子熟了,橘红色,圆溜溜挂在枝头,甚是喜人。老远地,看见烯儿。想起,方才,炘儿说,赵妈妈带着冀公主来园中摘果子了。

我正欲上前,看见张浔从树上跳下来,手中拿着一个稍大个儿的小圆柿子递给烯儿。我才明白,那会子,我问炘儿为什么不跟着一起来御花园,是因为她知道赵妈妈把张浔叫来了,她避嫌,不肯来凑热闹,亦不肯让烯儿不悦。

云归小声说:"太后,您瞧着吧,有这个赵妈妈在侧,小张公子必会三天两头进宫了。"我瞧着眼前的情景,赵妈妈待烯儿百般殷勤,烯儿一脸倨傲,张浔则有怅然若失之状。张浔轻声问道:"怎生不见二公主一起来玩?"烯儿厉声道:"问她做甚!"

此时,我想起在嘉禾的时候,如雪说的计策,便跟云归讲了。

云归道:"太后您真的打算这么做吗?""哀家知道,这不是一个好办法。但这孩子性情自私霸道,轻不得、重不得。思来想去,唯有这样,才能让她有紧张感,知道约束自己。她是哀家十月怀胎,亲生的女儿,难道哀家不疼她吗?但若她性情不改,真担心她日后吃大亏。"我叹了口气。

云归思量道:"那,不能让奴婢来说,奴婢跟您太亲近了,奴婢说的话,冀公主一定觉得是板上钉钉的实情。戏重了,反不好。倒不如找几个小丫头小声议论,假装不经意被冀公主听见。让她心头有这个怀疑,又不确定。略吓一吓就行。吓过了头,奴婢怕出事。"

我点点头。

"你说得有道理,便由你去安排吧。"

"是。"

正说着,小申走过来禀道:"太后,邹大人带着一个小女孩儿进宫了,现时在乾坤殿等您。"

我转身,回乾坤殿。见一个小女孩儿站在灏儿面前。那小女孩儿衣着朴素,却落落大方,一张鹅蛋脸,干干净净。她头上没有像寻常小女孩一样,戴着珠花,而是插着一根卦签当头饰。

灏儿在跟小内侍斗蛐蛐,玩得正起劲。秋季是斗蛐蛐的好时节。灏儿的那只蛐蛐节节胜利,他面露喜色。小女孩却站在他身后,淡淡地说了四个字:"这只要输。"

灏儿怒了,扭过头来:"何人在此胡说八道!"女孩儿并不害怕,行了个礼:

"回圣上，民女邹阿南。"

灏儿冷哼一声："明知道孤是皇帝，你还敢胡说？"

"民女没有胡说，您稍稍等一小会儿。"

片刻，果见另一只蛐蛐趁对方骄兵之际，一不留神，扑杀过来，眨眼的工夫，转败为胜。灏儿睁大双眼。

他回过神来，又问了一遍身后的小女孩："你叫什么名字？"

"民女邹阿南。"

第一百六十七章：来意

灏儿刚想说什么，见我走了过去，便没开口，自个儿扭头去了殿内。

邹伏跪在地上："禀太后，这就是家兄的孙女。"我看着那小女孩，想起昔日恩公，面色和软下来。她与我对视，一双眼澄澈干净，带着好奇。她跪在地上："阿南拜见太后，太后万安。"

虽是第一次见我，但她就像是跟一个熟悉的长辈问安一样，充满了亲近。我笑着问："小姑娘，你的名字是哪个南？""南浦凄凄别，西风袅袅秋。一看肠一断，好去莫回头。"她不紧不慢地念着，口齿清晰爽利。

我立在秋风中，猛然被这首诗触动了心肠。一看肠一断，好去莫回头。这个小小的女孩，为何说的话如此像卦语呢？

云归见我愣了神，忙提醒道："太后，早早听闻邹家小姐要来，奴婢已经将西偏殿收拾了一间屋子出来。"我回过神来，问道："小阿南，你可否愿意留在宫中，留在哀家身边？"

邹伏满脸堆笑道："愿意，当然愿意，这是太后对邹家的浩荡隆恩，小阿南三生难修的福分，她怎么会不愿意呢。"

我清了清嗓子："邹大人，哀家问的是阿南，让她自己说吧。"邹伏讪讪道："是。"

那小女孩儿似郑重地想了想，道："阿南愿日日陪伴太后，侍奉太后左右。"这孩子倒是乖觉。我抬举她的身份，要她进宫教养，她却并不以此骄矜，说出"侍奉"之语，把姿态放低。

我对云归说道："你带邹小姐去她的卧房吧，梳洗梳洗，让小厨房做些点心给她。"云归应了声是。小女孩儿颔首："有劳掌事姑姑。"云归笑："邹小姐好生伶俐的小人儿。"

我瞧了瞧邹伏，意味深长道："邹大人，你在太仆寺卿一任上数月了，为官贤明，人人称道，哀家很是满意。且南巡之时，为哀家寻妹，立下了大功，哀家该赏你些什么呢？"

邹伏恭敬道："臣有今日，全凭太后提拔，太后对臣，恩同再造。臣急太后之所急，想太后之所想。为太后效劳，乃应当应分之事，不求赏赐。"

"哦。"我笑笑，"邹大人真是难得的忠臣哪。"

"太后过奖。"

我走进殿内，邹伏跟着我走进来。云归安顿好邹小姐，走了进来，给我斟了盏桐君岩。我坐下来，喝了口茶，看了看站在我面前的邹伏道："哀家有件事，没想明白，想问问邹大人。"他连忙拱手："您说。""水月的事，真的是你卜卦算到的吗？"我问。

茶雾袅袅，我的脸掩于茶盏后面，他抬头看我，却无法探寻到我的表情。

"是。"他答道。"邹大人的卦真是精准，连水月眼下的痣都算得清楚。"他犹豫了一霎，跪在地上，道："太后目光如炬，任何事情都难逃太后之眼。微臣瞒了太后，微臣从前确实私下找寻过二小姐。那时，家兄跟微臣讲了这件事，微臣便记在心上，但，但，但微臣并没有想以此献媚于太后……"

我笑笑，示意他起来："邹大人何必慌乱，哀家就是说笑而已。你是哀家的近臣，哀家没有拿你当外人。"

他站起来，用官服的袖口擦着汗。

"邹卿，哀家问你，你有没有给自己卜过未来啊？"

乾坤殿的正厅里，弥漫着桐君岩的香气。

"回太后，算卦之人，有两不测。其一，无事不测；其二，不能妄测。卦越算越浅，命越算越薄。"邹伏说道。

我坐在椅子上，揣度着他。他站在桌前，揣度着我。

从我做掌事宫女开始，我便明白，乾坤殿的这张桌案，横亘着君臣之间的三两人心。我浅浅笑了笑："你不测，哀家来给你测。瞧瞧，是哀家算得准呢，还是你算得准。哀家算你要升官了。"

"太后您……"

"昨日，张邑大人与哀家商议，户部尚书告老还乡，哀家准了。现任的户部侍郎填了户部尚书的缺。户部侍郎的职位便空了……"我顿了顿，看着邹伏的眼睛，"邹卿，便由你补了这户部侍郎的空缺吧。"他慌忙再度跪了下来："谢太后，臣惶恐，臣实不敢受。"

"有什么不敢受的？这满朝的文武，给什么赏、赏多少、什么时候赏，都是哀家的心意，是上意，明白吗，邹侍郎？"

"臣明白。"

"哀家的卦准不准哪？"

"准。太后英明，吾等仰望。"

茶盏不小心掉落在地，宫人拿了扫帚来扫。我不以为意道："哀家想让你明白，哀家不喜欢别人来算哀家，哀家可以算任何人。你记住这句话，牢牢记在心里头。咱们的君臣情意，方可长长久久。""是。"邹伏谦卑道。

"下去吧。"

待邹伏跪安离去后，天色已经黑透了。夜幕笼罩着宫廷的角角落落。我跟云归说："是时候去平宁伯府了。"

是夜。敖府的灯笼高高挂着。

我微服出宫，无甚动静，事先也没有通传，故而，当太后驾临的消息传到敖府，敖府中人皆慌乱不已。

敖大人带着敖羽、如雪向我行过大礼，便要张罗筵席款待。我摆摆手："平宁伯不必招待，哀家今晚前来，只是想探望一下平宁伯夫人的病情。"

"拙荆小病，竟让太后劳神大驾，这可怎么好……"多年被朝政边缘化的平宁伯显然有种受宠若惊的无措，但又时时带着老贵族的陈腐之气。他满面红光地搓着手。

"今晚，哀家在乾坤殿中无事，想起如雪在府中侍奉母疾，便来看看。"我向云归使个眼色，云归便寻了个由头，打发走了平宁伯和敖羽，陪着我走到敖夫人所居的正房。

如雪想跟我一起进来，被云归拉住，我一个人独自走了进去。我环顾了一下四周，这间屋子是正房，摆设华贵，但里头明显没有一丝一毫男子的气息，可以推断出，平宁伯已经很久没踏入这位正室夫人的房间了。

敖夫人听到动静，连忙挣扎着起身，又假意起不来，捂着心口，皱眉做痛苦之状。"太太太后……千岁，老身……"

我笑笑，款款在床边的一张软凳上坐下来："平宁伯夫人若是难受得紧，便不用起来了，心里头要是恭敬，原不在这些小节上头。"

"谢太后恕老身无礼。"

我瞧着她："有个笑话，说与你听。今儿五王府的董氏进宫，跟哀家说了好些疯话。哀家颇感吃惊。"

她不吭声。我接着说："平宁伯夫人不想知道她跟哀家说了什么吗？她说的话，可是关于你的。"老妇平静道："老身与五王妃并不相熟，只是赏花会上见过几次，她能说老身什么呢？"

"哦？是吗？哀家怎么听说，哀家南巡这段时间，平宁伯夫人跟董氏相交甚密呢？五王府的马车常常出入敖府。"我说着，打量着她的神色。

她依然很平静。"回太后，五王妃是来过几次，她托老身给她巴陵娘家的侄女在上京物色个好人家儿。老身答应了。"

我笑笑："沈昼大人这几日被平宁伯夫人留在了敖府吧？"她颔首："是，老身对这个女婿不是特别满意。"她倒是直白。

"沈昼是如雪心中所爱，且身居一品，这桩姻缘是哀家做的主，平宁伯夫人有何不满意？"

"太后对沈昼满意，因为他是您的臣子。老身对他不满意，因为他是老身的女婿。太后您想想，普天下的母亲，若自己的女儿私下里不明不白嫁了人，心里如何能好受？"

烛影晃了晃。我道："只因你素日里对如雪约束太严，她深知你会反对，为了如愿，只能出此下策。敖夫人，过犹不及啊。手中的东西，抓得越用力，越是容易失去。"

她长叹一声。此时，她犹然没有意识到我的来意，只以为我是替沈昼解围。

"太后，如雪是敖府嫡女，才貌双全，芳华正茂，这满上京的好儿郎，嫁谁嫁不得？为何要嫁给沈昼做填房？填房终身在原配灵前执妾礼，老身这辈子岂不是就矮了偏院那妖精一头？她的女儿做王妃，老身的女儿做填房？且那沈昼，年岁亦比如雪大了太多，实非良配。还有，他执掌玄离阁多年，在上京权贵圈中，人缘并不好，这方方面面，哪一点是合老身的心意啊……"她说着不如意处，越发激动，咳了起来。

"沈昼确实不是如雪最佳良配，但却是她最喜欢的。易求无价宝，难得有情人，这世上，不是任何事情都要清清楚楚算价值斤两的。"

敖夫人闭上眼："太后，您亲自驾临，这脸面已给得足足的了，老身不是不知好歹的人，这门亲事，老身认下了。但，三媒六聘，得让沈昼补上。如雪要坐着八抬大轿，堂堂正正进沈府的门儿。不然日后，她怎么在那府中当家？这就是老身拦着不让如雪不明不白过去的原因。"这老妇人纵有私心，倒是实实在在为如雪打算的。

我点点头。转了话锋道："哀家今日来，不是为了此事。"她面色疑惑起来："那是为了何事？"我清清楚楚地将董氏的供词一一念了出来。时间，地点，包括她们私下里说的每一句话。敖夫人眉心跳动，终于慌了起来。她不再捂着心口躺在床上装病，"咕咚"一声，从床榻上滚下来，跪在地上。

第一百六十八章：规矩

"太后，她污蔑，污蔑，这是污蔑……"平宁伯夫人面色紫涨，从地上爬了起来，跪在我面前。她的眼神躲闪，摇头否认，口中重复着"污蔑"二字。

我笑笑："敖夫人，董氏有没有污蔑你，你与哀家心里都清楚得很。董氏一个久居上京的妇人，娘家无靠，官场无人，她是如何有本事跟二品大员府中的管家勾结呢？她胆小如鼠，肚里藏不住二两事，又是如何缜密筹谋一场刺杀呢？打着红衣派的幌子、渭王的幌子、制造层层迷雾，董氏的肠子里，没有这许多弯弯绕。"

她不再吭声，眉头紧皱思索着，似乎是在想着怎么狡辩。

我继续道："满上京这许多人，怎生董氏不污蔑别人，偏污蔑你呢。哀家虽人不在上京，但哀家的眼睛一刻也没离开过。你与五王府的走动，哪一时辰、哪一刻，统统离不开玄离阁的视线。哀家统统都清楚。"

"实不知五王妃为何要污蔑老身，大约是她见老身的一双儿女皆在太后跟前儿办差，是太后您心坎儿上的近臣，所以，故意挑拨离间。太后，旁人污蔑老身，就是在污蔑您哪。谁人不知，敖家满门为太后尽忠……"

"啧啧啧——"我且笑且叹，"这么说来，你倒是跟哀家是一伙儿的了。敖夫人着实是好口才，赖得干干净净。你在当初决定把敖羽送去玄离阁的时候，就想得很明白了吧？一家子分散，多投靠几个主子，不管谁倒了，敖家都不会倒。这也是楚王失败后，你得以漏网的原因。"我拍了拍掌："好，想得很好。"

听到"楚王"二字的时候，她战栗了一下，大为惊诧。显然，她没有想到，我竟将她的老底儿挖得这样深。新的，旧的，早年被岁月的尘埃覆盖的往事，都被连根拔出。

"太后还知道些什么？"惊到了极致，她反倒镇定下来，脸上有了任人刀剐的灰败。

"哀家还知道，你为什么要怂恿董氏做这件事。在外人眼中，你没有理由这么做，你的儿子敖羽，是哀家亲手提拔的御林军统领，你的女儿敖如雪，是哀家身边的暗卫和兰台史。你应该希望哀家长长久久地掌政才对，可你竟出此下策。原因，只有一个。我瞧着她，清清楚楚地说道："你突然发现你曾经无意中做了一件对哀家非常不利的事，那件事对哀家很重要。你怕哀家来日察觉，降罪于你。故而，想冒这个险，掩饰你曾经的罪孽。'"

她木然道："你到底还是知道了。老身确实没想到当年让人杀死的那个小女孩，竟是太后的亲妹。您寻根究底，费尽心力找妹妹，命沈昼查到了绣梅。可见那个失散的幼妹在您心中有多重要，您若是查到了她的真正死因，老身还有活路吗？"

"这不是唯一的原因。"我站起身来，在屋内踱了几步。

"你之所以敢这样做，因为你自负。你对自己的筹谋太有信心。这些年，你在敖府，多大的事情，都敢做，还做成了，导致你以为自己万分周全，无所不能。"

我盯着她的眼睛："可你也不想想，你为什么在敖府这般顺利、偷梁换柱？不是因为你有多厉害，而是因为敖大人太荒唐。你们同居一府，可一年之中，见面的次数屈指可数。且你娘家在长乐一朝，蒸蒸日上。有你娘家兄弟配合你，你屡次蒙混过关。"

"你能蒙得了敖大人，可你蒙不住哀家。"

深夜的敖府，很是安静。偶尔有丫鬟小厮路过，脚步极轻。想来素日，这正院里的人被敖夫人管制得颇有规矩。

檐下的灯笼隔着纱窗，仍透着黄晕。敖夫人说："太后既知道得如此详尽，想必都查得明明白白了。说吧，想让老身怎么死？老身领了就是。"

我轻笑一声。"哀家若想要你死，便不会深夜私自前来，来的便是官兵了。敖夫人，你养了一双好儿女。你虽有私心，但对孩子尽心培养，你的孩子们很优秀，多年为哀家效力，哀家很喜欢。冲着他们，哀家也愿意宽恕你。哀家不愿让他们兄妹俩伤心。""宽恕？"她好似是怕自己听错了。

"当年那个小女孩，没有死。她得救了。"我说完，便往外走，行至门边，转头道："董氏已被哀家处死。敖夫人，你是个聪明人，肯定知道往后该怎么做。"

她跪在地上磕了个头。她磕得很深。"谢太后垂怜，谢太后宽宏大量。"这句话仿佛在她的肺腑里绕了一圈又一圈，用了很大的力气挤出来。

不知为何，我竟联想起成筠河在时，凌桃蹊和常攸宁得宠的那一幕幕。我走出房门，初秋的晚风吹在我的面颊上，凉凉的。我突然很理解敖夫人。其实想想她做的所有事，无非自保而已。有哪个女人，发自内心地喜爱与丈夫的另一个女人斗智斗勇呢？逼到绝境罢了。

若不是她费尽思量，今时今日，平宁伯夫人这个位置就是卿夫人的了。这些年，她孤寂地在正房中专心抚育一双儿女。她的目光比她的丈夫长远太多，亦比她的丈夫有见识得多。她能培养出敖羽和如雪，绝非偶然。

倒是平宁伯，糊里糊涂，妻妾不分，乱了纲常。沉溺享乐，多年来在朝堂上毫无建树。若不是靠着爵位祖荫，门户早不知破落成什么样子。

夜色中，见沈昼立于庭院。

我笑着跟他说了声："愣着干什么，赶紧回沈府，让李阿嬷帮忙筹备，八抬大轿，抬如雪过门啊。不能委屈了人家。"沈昼低头："是。"

回宫的马车上，云归问我："太后，您相信敖夫人日后会安分吗？"

"相信。"

"为什么？"

我笑笑，捏捏云归的脸："直觉。"

这一夜，我睡得很平静。翌日，我如常带着灏儿一起上早朝。下早朝的时候，炽儿在回廊下唤我："母后——"我徐徐走到他身边，笑笑："炽儿，你又长高了。"

十来岁的孩子长得真快。不过才数月，又蹿了一截儿了。胡氏丧期未满，他仍是穿着白衣。丧期不上朝，是而，这是我南巡归来后，第一次见到他。

"母后，这几个月，儿常常想您。又怕您刚回来，有许多政务要处理，所以，这两日没来打扰。"

"炽儿，这段日子你留在宫中主事，各项事务处理得井井有条，该赏。"

"谢母后，您给儿的已经够多了。"

我伸手去摸他的脸，他仍像从前，将脸轻轻贴在我手掌边蹭着。我想起邹伏的话：对他，夫人不能过于信之。夫人您做事果敢，唯不能看破的是儿女情分。可就算您不想过往，他能不想吗？就算他不想，难保他一辈子不被人教唆吗？小人认为，夫人您给他富贵就行了，委以重任，就不必了。不安全。另则，可以用计，彻底让峪王放下父母之死的心结。

我看着对我如此亲昵的炽儿，心头就像淌一条河。那河中有碧绿的水草，温暖的水波。从前，他叫我母妃。后来，他叫我母后。他一直视我如母。他母亲胡氏死后，他只有我这么一个亲人了。

一生不过数十年，可怜世人枉心机。

这一刻我突然有了决定。我决定忘记邹伏那番话。我信你。信你看向我时眼中的坦诚。这纷纷扰扰的名利之中，我相信，你对我，是真的。

没过几日，云归跟我说，我们之前商议的事情办妥了，冀公主已经听到了两个宫人"无意间的闲谈"。我忙问："烯儿听到之后，如何？"云归道："冀公主那孩子，您是知道的，敏感，心重。平时，有什么小事情都在心里反复过一遍又一遍，更别提这么大的事儿了。她这几天总发呆。似乎是想问什么，又害怕，不敢问。"

这是符合烯儿素来性子的。她跟她的父皇一样，越是害怕什么，越不敢面对。但心里终是存了疑影儿。

云归笑道："奴婢顺道安排，让赵妈妈也'无意中'听见了。还特意让两个乾坤殿的老人儿在她面前对此事遮遮掩掩，让她疑惑。"

"呵，想必她对烯儿没有从前那般偏私了。也好，事事无止境地纵容烯儿，对烯儿不是好事。"

"是。冀公主收敛了许多。有时候，您在处理政务，她会偷偷躲在暗处看您，好像在观察您。"

我感受到了。大约是害怕失去，烯儿对我的怨怼不再像从前那般多。长久以来，她的心对我锁紧，她不愿意走出来，我也进不去。她对我的了解，甚至仅限于凭空地揣测以及一些无稽流言。当她尝试着观察我、了解我，对我便不再那么抗拒。

有一回，我在尚书房批阅奏折到三更天，方回到寝殿。见烯儿站在檐下。

"母后。"她唤我。

"烯儿，你怎么还未睡？"

她并不回答我，而是问道："母后，您忙政务到这个时辰吗？"云归道："太后常常如此，并非罕事。"烯儿沉默了一会儿，若有所思道："母后辛劳。"

我与云归对视一眼。这是烯儿第一次说这样的话。

只有四个字，却让我心头酸涩。

第一百六十九章：得女

生活依照我预想的样子，平静地行进着。

自圣朝打了漠北、西境那两场仗，边疆稳定，互市热闹，蛮夷来归。百姓生活安宁，四海归心。江南的纺织业空前发达，甚至有能工巧匠，做出"雾锦"。锦缎如云雾，轻薄无比，披在身上，仙幻缥缈。

灏儿满三岁时，正式入尚书房读书，老师仍旧是大儒朱先生。皇家厚待于他，他亦为皇家殚精竭虑。灏儿聪慧，书刚读几年，便写得一手好文章。他的文章笔风雄健，犀利辛辣，朱先生阅后，大赞有太祖之风。

烯儿褪去了从前的娇纵，比先前稳重了好多。虽仍然跟我不是太热络，但看向我的眼神，没了疏离的恨意。她理解了我的不易、操劳。每个月，她雷打不动地去皇陵探望成筠河。她一个人，不喊灏儿，也不喊炘儿。她内心似乎有一个隐蔽的世界，那个世界，只有父亲曾经抵达。

她爱画画，慢慢地，自成风格。13岁时，宫中画师已不能及。15岁时，所画的观音像被我当作国礼，赐予南境番国。南境国主叹曰：吾未见画观音有胜冀公主者。

自我下令处死了董氏，炘儿比从前活泼了。眼中的胆怯一日日削减。她待我很亲，待灏儿也很亲。每日下朝之时，就见她早早站在回廊上等着。若我在朝堂上受了气，面有不悦之色，她便讲许多俏皮的话逗我。我若批阅折子疲乏了，她便蹑手蹑脚走进来，给我揉揉脖子、揉揉肩。

新岁开年，国宴之上，她与我十分亲密，导致很多不知情的人以为，两位公主之中，炘儿才是我亲生的嫡公主。

炽儿18岁那年，我做主给他娶了妻。正妃鲁氏，父亲是翰林院学士，文官清流。鲁氏识文断字，贤淑质朴，有书香门第之风。成家之后，为了避嫌，他自请去异地就藩，我没有允准，而是留他在上京，为朝廷办差。

这孩子行止有度，刚硬、柔软之间，分寸拿捏得很好，很擅长与宗室皇亲打交道。我便将宗族事务这一块都交给了他，还有上京中所有袭爵贵族的赡银发放、日常纷争处理等。

炽儿是唯一能站在朝堂之上的亲王。人人皆知我对他的恩宠。

董氏见罪于我被赐死的消息，传到五王府，五王当即吓晕了过去，生恐牵涉自己。待醒来之后，连忙进宫请求见我，入了乾坤殿的门，便双腿发抖，瘫在地上，连滚带爬，一把鼻涕一把眼泪地诉说着对我的敬畏和忠心。我笑笑，略安抚了一下他，末了，说了句："老五，你该正经娶门亲啦。"

我原本想的，是将云归许配给他。毕竟，巧云的孩子一直以"义子"的身份养在五王府，那是云归的亲侄儿。若云归能做五王妃，可以亲力亲为照顾侄儿。且，五王，虽说窝囊了些，但品性并不坏，好歹是凤子龙孙、正经王爷啊，这对于云归亦是很不错的归宿。

五王如此惧怕我，我做主让云归做正室，他绝不敢多言。云归进王府，能改贵籍。可当我对云归说了这个想法时，云归连连摇头，长跪不起。她眼中含泪道："太后，奴婢真的不是玩笑，奴婢一直都说愿意一辈子陪着您，终身不想嫁人，这就是奴婢最想要的圆满。人各有志，您就成全了奴婢吧。"

我长叹一声，只得允她。另为五王择了一个官家女子做了正妻。

顺康二年初秋，如雪生下一名女婴。

说来也巧，本来，她从有孕之后，便没有在我身边办差了。但那天，她刚好进宫看我。离医官预测的产日还差着半个多月。没想到，灏儿那日不小心撞了如雪一下，撞得并不重，很轻。如雪却突然动了胎气，腹痛不止。我连忙命人传医官来，医官还没赶到，如雪便在乾坤殿把孩子生下来了。

孩子由宫人抱出来后，灏儿忙凑上前去看热闹。他惊奇地喊着："母后，孤一看她，她便睁开了眼！"我笑："婴孩生下来，本是不会这么快就睁眼的。你看她，她就睁眼了，说明这孩子跟皇家有缘。"

我亲自为如雪的女儿取名沈清欢。

风落芙蓉画扇闲，浮生难得是清欢。乾坤殿出生，太后赐名，这一切都似乎在向天下人宣告着这个女婴不同寻常的尊贵。

沈昼中年得女，欢喜异常，那张万年寒冰不化的判官脸上，竟有了笑容。沈府连着七日大宴。沈昼喝得酩酊大醉。如雪生下第一个孩子没两年，又连着生了两个男孩：沈宗、沈得。沈府一下子便人丁兴旺起来。上上下下对如雪无比敬重。

成了三个孩子母亲的如雪依旧常常进宫。她视我为娘家长姊，非常依恋。

当初跟敖夫人一起谋事的王池被我下令秘密处死了。敖老妇人越发谨小慎微。这些年，她对沈昼的不满渐渐消弭，她非常疼爱如雪生的三个孩子，不亚血亲。她尤其

664

疼爱的是清欢，总说她是世上最可心的小人儿，文墨之慧，更胜如雪当年。

明宇一直不肯娶妻，我起初每隔一阵子，便劝他一回。后来便索性随他了。他几乎每日都会进宫见我。有事的时候，奏事。无事的时候，只静静地看着我。

有时候，我们一起在御花园里走走。春天的时候，杏花落在肩头；夏天的时候，听蝉在枝头鸣唱；秋天的时候，梧桐在风中飞舞；冬天的时候，雪花纷纷扬扬。

每月的初一、十五，是宫里的宫人内侍可以出宫的日子。明宇会偷偷带着我一起溜出宫，做平民打扮，吃寻常的吃食，看杂耍人卖艺，感受热热闹闹的人间烟火。

朝政、军政上，他一直为我保驾护航。多年的历练，他已手握重权，办事越发老辣，成了朝政、军政第一要人。就连朝中的一品、封疆大吏、藩王等，也恭恭敬敬地称他一声：明公。

我曾问："明宇，你已经是朝堂上权力最大的人了，可你似乎总隐隐面有愁容，你还想得到什么呢？"他背对着我，长久沉默。等他转过身来的时候，却是笑着的。他说："姐姐，我没有什么想要的了，我已经得到了世间最好的了。"

呵，什么是最好的呢？

有一年，我的生辰宴上，他吃醉了酒，离了席，坐在御湖边。我轻轻走过去，他以为没人，他对着水面喃喃道："这一生，我想得到的，从未得到。"

他年逾三十，不娶妻，孤身一人。偌大的将军府，没有女主人。我似乎明白他最想得到的是什么。可念头刚一袭上来，我便深深觉得，那是错的，赶紧像熄灭微弱火光一样，碾灭那个念头。

我是圣朝的太后，我的儿子是君上，他还那么小，不能亲政，我就像一个代夫家管家的主妇，我肩有重任，且这重任关乎天下、关乎社稷、关乎众生，我怎能离开？若我不在，会涌起多少有歹念的人？这九州会乱成什么样子？天下又有几人称孤、几人称王？世俗不允许我这么做，责任更不允许我这么做。

站在高处久了，我一直以来，都活得太清醒。我假装没有听到明宇的自言自语，转身离开了。

红凤凰年年都会和菜头一起到上京看我，带来许多岛上的瓜果和她下海捕捞的奇奇怪怪的玩意儿。

灏儿非常喜欢她，也喜欢她带来的东西。每次都将姨娘来京的日子当作喜庆的节日。他煞费苦心，给红凤凰一个封号"南国夫人"，每年命人送许多珠宝去岛上。红凤凰笑着摸摸他的脸："我毛头是个仁义孩子。"

她这些年也没闲着，据菜头说，红衣派似乎发展得越来越好，火族越来越壮大。

"二小姐是个要强的人。"菜头说。自从菜头知道红凤凰便是水月后，对她就跟当初对我一样忠心耿耿。他们似乎走动得颇频繁。从红凤凰口中，我了解到菜头的另一面，我所不熟悉的另一面。

"菜头阿哥是大英雄，江湖之上无人不知无人不晓。他行踪神秘，劫富济贫，怜老惜弱，施恩不图报，朋友遍天下。好多人都很崇拜他。菜头阿哥是个真正顶天立地的男人……"她兴致勃勃地说着。转而，她突然问我："姐姐，南飞是谁？"

我心中那种隐隐的预感，越发强烈。"南飞，是从前姐姐身边的掌事宫女，姐姐的知心人。"

"她现在哪里？菜头阿哥说，他欠她一份情。"她低着头。

"南飞，她已经故去了。"

红凤凰复又抬起头来，看着我："姐姐，南飞是一个怎样的人？"

"她是一个非常善良的女子。"

红凤凰便不吭声了。

顺康六年，张浔中了状元。跨马游街。顺康八年，张浔做了鸿胪寺卿。顺康九年，做了按察使司。一路累迁，甚是通畅。

孩子们慢慢地大了。烯儿、炘儿、灏儿，还有养在乾坤殿的小阿南。

眨眼间，十二年过去了。

礼乐声起，顺康十三年，到了……

第一百七十章：难题

新年休朝七日。宫里大大小小的宴饮不断。皇族里的宗亲、亲王、郡王、王妃、郡主、世子等，一拨拨地来磕头问安。还有上京中的袭爵贵族，公侯伯子男，亦都在年节时携家眷进宫拜见。四品以上的京官、外臣，数之不尽，送走一拨，又来一拨。

明宇体恤我辛劳，帮我为各地回京述职的武将设宴。

晚间，云归伺候我梳洗，将腊月里用梅花掺雪揉的膏子轻轻抹在我脸上、脖颈处。她道："旁人过年过节，能歇歇，偷个闲，太后反倒比平常更忙了。"那膏子涂在脸上，散着幽幽的暗香，沁人心脾。

我笑："你总是想各种办法帮哀家留住青春，可年岁上来了便是上来了，不论涂抹什么，都难掩岁月痕迹。"云归手上仍是不紧不慢地涂着："太后不老，一点儿不，今儿奴婢听两个命妇说，太后看起来不过二十许人。医官署新升上来的华医官真是颇有些本事，他教给奴婢的法子很有效。一边内服，一边外调，太后的气色一天比一天好了。"

张医官上了年岁，去年告老还乡，临走时荐了华医官掌管宫中的医官署。华医官30余岁，医术颇高，据说是华佗一脉的后人，家学渊源。云归总是去向他讨一些驻颜的方子。

她心疼我。不愿让我老去。

我拿手指轻轻点了一下她："你呀，听她们浑说呢。什么二十许人，民间像哀家这么大年岁的妇人，多半已做了祖母了。"

说起做祖母，我便忧愁起来。

外面下起雪来，纷纷扬扬的。正月里的雪，大朵大朵的，似梨花，点缀在孤寂了一冬的枯枝上。云归推开窗，我看了一眼外头，树枝摇曳多姿起来。一炷香的工夫，成了白茫茫的一片。

雪色映庭院，更胜月光白。

"烯儿早已过了出阁的年纪，哀家几次三番为她择婿，她都不肯嫁。哀家想起这事，便愁得很。她为长，炘儿为妹，她的婚事没定下来，炘儿的便也不好议。一溜儿的，便都耽误下来。"

云归端了碗热羹给我，笑道："太后，您焉能不知道冀公主的想法？她有意张家大公子不是一日两日了，从前年纪小的时候，就爱跟他一处玩耍，为了这个，还曾跟二公主闹过脾气。大了之后，便有了择驸马的心思。可那张家大公子，一再推诿。没考科举之前呢，说要专心准备大考。中了状元之后，说好男儿要立一番事业，做了驸马有攀附裙带之嫌。这么推下去，冀公主讪讪的，觉得伤了自尊，就不提了。嫁不得张公子，她自然就更不愿意嫁旁人了。一年一年的，就这么过了。"

我接过热羹，喝了一口，瞧着窗外，道："哀家知道烯儿的想法，可那张浔，明显对她没有那个心思。顺康六年的殿试上，哀家曾经旁敲侧击过，他慌不迭地表示想报效朝廷，将话头避了过去，哀家也无甚可说。"

云归替我将发髻拆散，拿梳子慢慢儿地梳着："太后，您肯定知道，张公子心里头装的是谁。"

"他心头装的是炘儿。炘儿这些年从不理会他，避他如避毒蛇猛兽一般。"

云归道："二公主是避嫌呢，怕招闲话！冀公主要不到的东西，她怎敢要呢。躲都躲不及！这也是她对您的一片孝心，她若跟那张浔走近了，冀公主岂不恼了？届时，太后跟冀公主好不容易缓和的关系又该紧张起来了。"

我摇摇头："哀家觉得倒不只是这样。"我喝完热羹，斜倚在榻上。"炘儿这孩子，是个有想法的。哀家觉得，她不光是避嫌，压根儿她也没看上张浔。张浔这人，细腻有余，果敢不足。虽饱读诗书，但做事拖拖拉拉，犹犹豫豫，又容易被旁人左右。他不是炘儿想要的如意郎君。若非如此，哀家早就成全他们这一对了。炘儿那孩子对哀家很是有孝心，承欢膝下偌多年，哀家没把她看外。"

张浔的身上，有成筠河的影子。烯儿中意他，但炘儿并不。炘儿从小备受忽视、虐待，她想要的，是坚毅、周全。

云归道："太后洞察世事，目光如炬，看得极透。"转而，又笑："您为何不强行下一道令，将张公子配给冀公主，成全了冀公主的心思？张公子就算不乐意，还敢抗旨不成？"

我叹道："哀家不能强逼着他娶烯儿。虽是皇家，也没有牛不吃水强按头的道理。传出去，让人笑话，难道天家的公主没人要不成？再者说，哀家自己的女儿，哀家了解。烯儿这孩子自尊心太强了，她才不愿意张浔是在不得已的情况下才娶她呢。"

强扭的瓜不甜，男女姻缘，还是要以情爱做根基。我不愿用权力去制造婚姻的悲剧。

云归神神秘秘地说："年下，南境国主到上京来了，住在司乐楼，听说，他对冀公主很是仰慕，大赞冀公主是圣朝第一才女。两人曾经一起探讨诗歌画作。有没有可能……"

我瞧着云归："哀家觉得不大可能。从前，先帝也喜欢跟人在司乐楼听乐作画，这并不代表什么。且瞧着吧。哀家这女儿，终是哀家的心病。多会子她如意顺畅地嫁了，哀家这心病才算是除去了。"

云归将灯往里挪了挪，我持一本书卷，开始夜读。临睡前读会儿书，是我多年没变的习惯。

庭外间或有簌簌的雪声。忽听宫人道："陆将军来了。"

我披了件衣服起身，明宇已走进来。我问道："明宇，这么晚了，你怎么还到乾坤殿来？是出了什么事吗？"他脸上本带着怒气，见了我，又平复下来："姐姐，扰了你歇息了。今日圣上确实有些过分了。""灏儿怎么了？"我心里有些打鼓。

灏儿这些年跟明宇不亲近，我是知道的。大面儿上还是过得去的。朝廷上当着外臣的面，也颇尊重，称明宇为：舅父明公。灏儿心里明白，如今圣朝军政如此安稳，明宇居功甚伟。

明宇道："今日，我与玉门关外还朝的几位将领宴饮，圣上突然驾临，说了许多莫名其妙的话。什么以袍泽之义徇私，什么朋党，什么武将只知陆将军而不知朝廷。一顶顶的大帽子扣下来，让我在那些老部下面前，颜面何存？"

"你是体恤我辛苦，方才代替我为各地回京述职的武将设宴。不想灏儿竟误会了。"我叹道。明宇扬眉："以往年年如此，圣上都没有误会，怎么今年就说出这样的话了？"

我招招手，唤云归端盏醒酒茶来。

我沉吟片刻，委婉道："明宇，如今灏儿大了，不同以往了。姐姐与你是从小到大的情分，但灏儿他是不能理解这种情谊的。往后，还是需留意些。譬如，你漏夜前往乾坤殿的内室，咱们之间，不用尊称，以'你我'呼之，在外人看来，多少有些不妥。"

明宇的眸子黯淡下来。良久，他拱手道："是，太后，臣知道了。"

我看着他眼角的委屈，伸出手来，替他掸了掸身上的雪。

"明宇，你莫多心。姐姐待你，始终不会变。但谨慎些，总归没错。"

"姐姐，你从前被丈夫猜忌，如今又被儿子猜忌，你何苦……"

我连忙打断他。

这时，外头传来脚步声。是灏儿走了进来，阿南跟在他身后。阿南始终低着头。

但灏儿倒时时扭头看看她，好像是阿南催促他来此处似的。灏儿清了清嗓子，开口道："今日孤吃多了酒，舅父莫怪，母后莫怪。"

我推了推明宇。他趁势下了台阶："圣上言重了，臣惶恐。"我笑笑："灏儿，正月里头，天寒地冻的，切莫贪杯，伤身。"

"谨遵母后教诲。"

明宇见状，跪了安，便退下了。

灏儿和阿南亦准备离去，我唤阿南留下。烛光下，她不施粉黛，眉眼素净，头上十几年如一日插着卦签。我淡淡道："是你劝灏儿过来的吧？"

她与灏儿同岁，又同在乾坤殿长大，一向很是说得来。听了我的话，她并不点头承认，也不摇头否认，只笑道："圣上与太后母子连心，圣上是知道体恤太后的。"

我瞧着她："圣上倒挺听你的话。""圣上不是听阿南的话，圣上是明事理。"她恭敬道。无论何时，这孩子说话始终周全，让人挑不出错处来。

"阿南，白日里听云归说，你是不是明日要去叔爷爷家？"

"是。"

"迟一日再去吧。明日刚好沈大人一家进宫来。哀家记得你平日跟清欢最是交好。"

她抬起头，欢喜笑道："好。"

第一百七十一章：移宫

翌日辰时，我从床榻上起身，雪已经停了，外头白茫茫一片。乾坤殿的宫人们在院落中扫着雪，风声吹得呼呼啦啦的。檐下的红灯笼上有了污渍，小内侍踩着高高的梯子爬上去仔仔细细地擦着。

庭院中的红梅在白雪中开得妩媚多姿。从前，乾坤殿中是没有红梅的，只有白梅。波拂黄柳梢，风摇白梅朵。成筠河与我，皆认为白梅更有品格，花朵更清贵。可因灏儿爱大红色，两年前，命人在乾坤殿种了一排红梅。一到冬日，红色便如火焰一般，炙烤着乾坤殿。

云归端着一盆水从外头走进来，伺候我净了脸。看着铜镜里的人，面貌依旧如昨，眉梢眼角却已经有了细细的纹理。云归薄薄地给我施了层粉黛，大致看上去，遮住了岁月的痕迹。

云归满意地笑笑："奴婢去给太后取点西域进贡的胭脂来。那胭脂极好，上次冀公主用过一回，说是像花瓣一般。"

须臾，有一双手蒙上我的眼。我笑道："清欢，是你来了吗？"一个俏皮的声音响起："太后怎么知道不是云归姑姑啊？"这时，云归取了胭脂，走进来，道："清姑娘快别打趣了，奴婢哪能有那么嫩的手呢。"

清欢嘟嘴道："那怎么不猜是冀公主、安公主、阿南姐姐呢？"她今日穿着鹅黄色的衣裙，外头罩着鹅黄色的短袄儿，头上戴着一朵鹅黄色的绢花，俏丽可人，像只春日里的小黄莺。

我捏了捏她的小辫儿，笑道："除了你，谁还跟哀家这么闹啊。"

如雪从外头走进来，两个男孩儿中规中矩地跟在她身后。她向我行过礼，摇头训斥道："清欢，你当真是被你爹爹宠坏了，怎么跟太后这么没规矩？你瞧你弟弟们多听话。"

清欢忙对如雪笑了笑："好好好，娘亲莫恼，孩儿知道了。"说完，她跪在我面前，行了个大礼，整个身子匍匐下来："恭贺太后新年大吉，福寿安康，长命百岁，事事如意，喜乐平安……"

我笑着道了声："赏。"云归拿出一个早已准备好的锦匣递上去，锦匣里是我给清欢挑的一对宝石耳环。

清欢笑着接过："日日新年才好呢，我就日日来乾坤殿磕头，太后就日日赏赐。"如雪作势要打她："哪里来的这些聒噪。"她躲到云归后头，冲如雪扮鬼脸。

我对这个孩子格外喜爱，并不仅仅因为她是沈昼和如雪的女儿，也因为她的性格娇俏。她没有贵家女的骄矜，倒像个普普通通的邻家丫头。笑容明媚，偶尔耍点小无赖。心思简单澄澈。她会犯错，她会聒噪，她有小贪心，她是个活生生的小人儿。

相比较而言，阿南太沉稳了。沉稳到从来不像个孩子。她似乎在心智上直接跳过了孩提阶段，直接进入成年。居于乾坤殿十二载，她从未出过差错。她身上似乎笼罩着一层淡淡的白雾。她不喜欢所有孩子该喜欢的东西，而是酷喜读晦涩难懂的古书。她头上那根十数年不变的卦签，看上去永远那么神秘。

我笑着问清欢："你爹爹呢？"

"爹爹说，太后交代他的事情，已有了眉目，他若不弄清楚，放心不下。等办妥了再来。"

我心下一动。知道是关于南境国主的。他毕竟是番邦之主，跟烯儿有来往，我终究是放心不下。怕他利用烯儿，暗中别有所图。为防止再一次出现何烈那样的事，还是加倍小心，弄清楚一些比较好。

我笑："你爹爹啊，一辈子办事都是这么妥当。"

阿南走进来，清欢握住她的手，小姐妹俩一阵寒暄。清欢指着外头的红梅道："花儿真美。被白雪衬着，更鲜妍了。我最喜欢的花儿就是红梅。清香吹散乾坤外，不是寻常桃杏花。红梅傲雪的品格，桃杏根本比不了。"阿南道："若说傲雪耐寒，莫若松柏第一。且，花朵有时令，松柏却四季常青，长长久久。《荀子·大略》有言，岁不寒无以知松柏，事不难无以知君子。我喜欢松柏。"

清欢笑道："你素来不爱脂粉，不爱装扮，不像个女孩子。就连喜欢的花木，也是男孩子喜欢的。"正说着，烯儿、炘儿也前后来向我请安，屋子里热闹起来。

灏儿是最后一个进来的。他看见清欢了，眼里有藏不住的欢喜。他走上前，似有很多话要问，但脱口而出的，却只有三个轻轻的字："你来了。"清欢向他行礼："圣上万安。"

厅里笼了炭火，烧得极旺，暖如阳春。

平常，灏儿很少安安静静坐在我身边。他对很多事情都很有兴趣，似乎精力无穷，但每逢清欢来了，他总能耐着性子一待便是几个时辰，甚至是一整天。

刚吃罢午饭，内廷监管事来了，向我禀道："太后，昨夜下了一整夜的雪，萱瑞殿的抱厦塌了，将从前伺候过高太后的一个嬷嬷给砸死了。"自高太后崩逝后，萱瑞殿一直没人住，只留几个老宫人守着。想来，年久失修，方出了这样的事故。

我沉吟道："那嬷嬷定是有了年岁。伺候过高太后的人，不可等闲待之。你多拨些丧葬费，好好儿葬了吧。"

"是。"

这时，灏儿突然说道："萱瑞殿富丽堂皇，雕梁画栋，萱草依依，母仪尊贵，何不命人好好修缮一番，母后移宫，挪过去住呢？"此言一出，在场的人都惊住了。

晚辈们都看向我的脸，揣测我面目上的阴晴。如雪和云归亦有些紧张，她们赶紧岔开话题，故作轻松地讨论着今日小厨房的饭菜。

我瞧着灏儿，道："灏儿，你知道哀家是什么时候搬进乾坤殿的吗？"他愣了下："儿臣不知。"我笑笑："从长乐六年，吕氏之乱后，你父皇便命人将哀家从流烟阁接了过来。那时候，灏儿你还没出生呢。"

空气安静下来。我接着说："乾坤殿是君上处理政务的地方。那时候，你父皇身体不大好，一应事务，交由哀家处理。为了近身照顾你父皇，也为了处理政务方便，哀家便在这乾坤殿住下了。这一住，便住到了现在。从大章二十七年，哀家进宫，住过不少地方，清风殿、合心殿、流烟阁，可都没在乾坤殿住得久。"

灏儿适时道："母后为圣朝、为孤操劳这些年，着实辛苦了。"我摆摆手："灏儿，你现在大了，过了年，十五了，或许，母后是该搬离这乾坤殿了。不过，得等一件事情办完。"

"什么事？"

"大婚。"

听到"大婚"二字，灏儿皱皱眉，下意识地看了看清欢。我将他的细微动作看在眼里。

"灏儿，大婚过后，你的皇后会入主凤鸾殿，你呢，也便开始亲政，母后会将朝堂上所有的事都交与你处理。母后不拘是住在哪里，都会很欢喜。"

"母后当真？"灏儿的眼神中仿佛有许多不可置信。他本以为让我还政是很艰难的事，可我却答应得如此轻松。

"当真。你什么时候想大婚了，便告知母后，母后为你操办。"

我笑着，脸上带着世上母亲皆有的慈爱。云归打趣道："大公主、二公主还没招婿呢。太后有得操心了。"如雪道："昨儿晚上看见灯花爆开了，感觉这宫中快要有喜事了。就是不知道，是谁的喜事。"

听到此言，我和云归笑了起来。在场的孩子们，脸上表情各异。特别是烯儿，脸上有些尴尬。

晚间，人散之后，阿南走到我身边。我正在喝茶。茶盏中像是有一池春波，茶叶在当中飘摇着，时而沉入水底，时而浮出水面。

"太后，阿南想为您解烦忧。"

"哦？"我看了她一眼，不动声色道，"你怎么知道哀家有什么烦忧？"

她低头："阿南有法子，让张家公子心甘情愿娶了冀公主。"

第一百七十二章：算卦

我瞧着阿南，这个在我跟前儿长大的姑娘，这个从不轻易开口、恬静寡言的姑娘。我笑笑，并不接她的话，而是喝了口茶，淡淡道："阿南，你在这乾坤殿十二年了吧？"

"回太后，到今年八月，就满十二年了。"

"你可知道，哀家为何接你来身边教养？"

她想了想，认真道："叔祖父说，是因为祖父与您是禹杭旧识。"

窗户是开着的。风吹着院中的红梅。有几片花瓣被风裹挟着，吹进了屋子，落在地上。我笑道："你叔祖父话没有说全。很多年前，你的祖父邹付，曾救哀家一命。可不承想，当哀家找寻到他时，他已驾鹤西去。哀家此生无福报恩了。"阿南低头："此乃机缘巧合。并非祖父有功，而是太后您福泽深厚。"

我瞧着她，以家常口吻道："哀家10岁之时，你祖父替哀家卜了一卦，十二年前，南巡之时，你叔祖父也替哀家卜了一卦。邹家祖传相面卜卦之事。哀家看你头上插着卦签，大约也通于此道。哀家也请你卜一卦吧？"

这是我第一次让她卜卦。虽然她从未说过她会，邹伏也没有说过，但我的直觉告诉我，她不仅通于此道，且不逊邹伏。

她忙跪地道："太后抬举了，阿南不敢。阿南戴此卦签，只因是父亲生前留下之物，孤女的一点念想。阿南年幼憨愚，怎敢替太后卜卦？太后可传召叔祖父……"

"哀家所惑的事，只想让你卜。"我虽语气从始至终和软，但却带着毋庸置疑的肯定。

她咬了咬唇："既如此，阿南便试试。请太后饶恕阿南浅薄鲁钝。"我道："哀家不怪你。你也莫紧张，就当是家常说话便可。"

"太后所惑何事？"

"圣上的婚事。"

她听了我的话，愣了一下，伸手从头上拔下卦签来。卦签拿掉之后，她的头发披散开来。她闭上眼，那张清丽的脸，在窗外雪色、月色的照映下，光洁而神秘。

她口中念叨着什么，卦签落在地上。良久，她睁开眼，从地上捡起卦签，缓缓开口道："回太后，阿南算出了作配圣上的中宫之选。"

我拿着茶盏的手停顿了片刻："哦？说说看，是谁？"

"红梅做伴，人间清欢，亥卯一对，佳偶天成。"

我一愣。又瞧了瞧阿南的脸。她面色无波，仿佛方才说的，不过是再普通不过的一句书中词句，而非如此重要的大事。

红梅，亥卯，灏儿的属相是猪，猪为亥，清欢的属相是兔，兔为卯。看来，阿南的意思是，清欢，会是灏儿的中宫。

我唤云归："茶凉了。"云归答应着，拎着一壶沸水走进来。沸水入了茶盏，冲泡过几次的茶叶绵软起来，不再浮浮沉沉，而是静静地卧在水底。我笑着跟阿南说："卜得准，日后哀家赏你；卜得不准，哀家也不怪你。"

"阿南不讨太后的赏，只想让太后愉悦安康。"她顿了顿，柔声道："太后，今天圣上说那番话，您别往心里去。阿南想着，圣上只是听了内廷监管事的那番话，顺嘴便提了一句，并非是急着让您还政的意思。圣上跟您是母子，说话不防头也是有的。"

我摆摆手："自个儿的孩子，哀家介意什么？"

外头鸡人报时，二更了。我说道："对了，你那会子说有法子促成烯儿的姻缘，说来听听。""回太后，阿南今晚突然想到此事，便赶忙来告诉太后，或可让太后舒心一二。"她恭敬道："从年关南境国主上京以来，住在司月楼，每隔几日便请冀公主前去赏乐作画。宫中人都说，南境国主钦慕冀公主。昨日，冀公主脚下踩了空，险些从司乐楼的听音阁上掉下去，南境国主舍命护之。阿南想着，倒不如太后拟道旨，让冀公主尚南境国主……"

在一旁的云归听到这里，打断道："阿南小姐，您怎么能这么说呢！冀公主乃太后亲生，心坎儿上的人，圣朝最尊贵的嫡公主，怎可让她远嫁荒蛮之地？慢说圣朝素来无有与蛮夷和亲的旧例，便是有，也轮不到冀公主前去！"

太祖爷好兵武之事，开朝之时，曾向天下百姓告知：不向蛮夷和亲，不向异邦纳贡。纵观浩瀚史书，历朝历代，外交似此刚硬者无几。

但听阿南这么说，我并不急，反倒嗔怪云归道："阿南不是信口开河的孩子，听她把话说完。"

得到我的允准，阿南继续道："阿南认为，张公子并非对冀公主无意，只是身处山中不见山。他欣赏二公主。二公主这些年越是避着他，他就越是以为自己爱恋二公主，越发放不下。时间长了，这三人便是死结。眼下，是解开这死结的好时机。"

我思忖着她的话，的确不无道理。其实，张浔与炘儿交集尚浅，倒是和烯儿，常常一处玩耍。有时候，烯儿将张浔唤去尚书房，吩咐他画风筝，他画几个时辰，烯儿便坐在旁边几个时辰。水墨丹青，两两相顾，杳然如在画里。

我偶有一次路过，观此情景，甚有岁月静好之感。

烯儿和张浔，是很般配的。只是张浔总觉得自己心系炘儿。

阿南道："若是张公子知道冀公主嫁给旁人，心内会觉得是赌气，或是试探，怎么之前好些年不嫁，现在突然想着嫁了呢？但，嫁给南境国主，他便深信不疑。南境国主昨日在听音阁舍命护着冀公主的事，宫中都传遍了。此刻冀公主做这样的决定，顺理成章。"

云归问道："那，要是张公子明白了自己的心意，但他畏难，不敢开口，该如何呢？"阿南道："太后假意拟旨，但不交给中书下达，让张公子看到回旋的余地。等他向冀公主表明心意，太后便可顺水推舟，成全了他们。"

我靠在椅背上，叹道："难为你想得周全，可你真的确定张浔心里装的是烯儿？"阿南道："太后，阿南肯定。若当观此心，风吹云雾散。您要做的，就是刮好这阵风便可。"

云归道："若果此事圆满了，太后的一桩心事也了结了。"我望向窗外道："先帝生前最疼的孩子，便是烯儿。她有个好结果，可慰先帝在天之灵。其他几个孩子也可依次嫁娶了。"

须臾，我笑向阿南道："你下去吧。冀公主若顺利嫁了，哀家重赏你。"

"阿南不讨太后的赏，只想让太后愉悦安康。"这是她今晚第二次说这句话。说完，便适时退下了。

转身，脚上踩着地上的红梅花瓣。

南境国主阿罗伽，其祖父生子十九人，阿罗伽的父亲为第十一王子。老国主死得突然，临终前，突命阿罗伽的父亲为嗣。新国主刚继位不久，在大殿中午睡，被一箭射中眉心，血溅书案，当场死去。

时年15岁的阿罗伽击败叔伯，成为南境第九任国主。面临内忧外患，他历时十三年，坐稳王位。对民，休养生息；对王室，痛下杀手。外交上亲近圣朝，文化上引儒慕道。顺康七年，阿罗伽一举吞并安南，安南亡国。同年岁尾，阿罗伽自献边境城池二十座，送与圣朝，主动提出，与圣朝共分安南。他主动向圣朝称臣，年年来上京送大量的岁币。

我从未对这个少年国主放心过。但他素来的所作所为的确无可挑剔。

翌日，我坐在尚书房拟旨，沈昼来了。多年的岁月洗礼，他的鬓角已有了白霜，但由于常年习武，依然身形矫健，动作敏捷，脚步轻盈。那一袭黑金袍随着风声呼啸。

"太后，臣已查明，听音阁上并没人动手脚，冀公主失足确实是意外。"

我浅浅笑笑："那这么说，阿罗伽确实是舍命救烯儿了。"

"是。"

"他来上京这些日子，有无做过可疑的事情？"

"没。除了冀公主，他鲜少与人说话，更没有拜访朝臣。"

"可哀家总怀疑他有不臣之心。"

"许是太后多虑了。您吩咐微臣观察他很多年了，玄离阁的耳目从未撤出过南境。并未发现这个阿罗伽有不轨之举。他并不恋女色，多年未娶王后。听闻倒是命人画了很多冀公主的肖像悬于南境宫中。"

"呵，他的自制力非同一般人。"

我想了想："沈卿，你去把张浔唤来。就说，哀家想拟一道旨，措辞不好斟酌，他素来擅文墨，文笔优美，请他来相商。"

"是。"

大约一盏茶的工夫，张浔来了。他行过礼后，恭恭敬敬地问道："太后想拟何旨？"

我看着他，笑道："许嫁冀公主之旨。"

他似乎一瞬间僵住了，乌云罩住了眉眼。半晌，他定了定神，低头道："嫁与何人？"

"南境国主阿罗伽。"

"……"他的喉头抖了抖："冀公主情愿吗？"

"自然是两相情愿。"

"两相情愿"这四个字似乎一排绵密的针，戳进他装满痴惘的心。那痴惘便倾泻得到处都是，流于空气中，散开。不过一点空念。

第一百七十三章：大喜

他怔怔地发着呆。

我唤道："张大人——"

他回过神来，忙拱手道："微臣在。"我笑："虽是公主的婚事，但涉及圣朝与南境的邦交，故而，措辞需斟酌。既要表达欢喜，又要彰显大气。张大人，你是状元，一等一的文才，且素来跟冀公主相熟，这道旨，由你来替哀家拟，最好不过了。""是。"他答应着。

我命小申端了笔墨纸砚到他面前，并赐座与他。然而，他捏着笔，良久却写不出一撇来。

我唤云归："给哀家倒盏茶来，也给张大人倒一盏。"

云归笑问："倒什么茶？"

"皋卢。"

云归点头。须臾，端上来。张浔喝了一口，面无表情，好像并不觉得苦。

我笑道："张大人，这茶如何？""……甚好，甚好。"他心不在焉地答着。纸上却仍然没有半个字。

"张大人不觉得很苦吗？"

"不苦……"

"不苦？"

"哦，不，苦……"他口中凌乱不成句，似乎缓缓地从一个冗长的梦中醒过来。打量着周遭的一切，打量着眼前的人。

"张大人在想什么？"

"太后，臣觉得这件事很突然。臣与冀公主相识多年，此等大事，却并未曾听她提及。"

我笑道："有时候，姻缘不需要长久酝酿，偶然的心血来潮也可以促成一桩美满。"

"太后，冀公主自小在上京长大，上京四季明朗，春夏分明，臣听闻南境湿热，蛇虫甚多，她能习惯吗？"

"南境皇宫，亦奢华尊贵，婢子成群，扑扇叠冰，想来不会有蛇虫湿热等问题。"

张浔低下头："冀公主喜欢芍药，芍药在北方枝繁叶茂，花朵开得又大又艳，到南方却不易成活……"他说着，似乎是愈发难受了。

他放下笔："太后，请恕微臣心绪难平，无从下笔。微臣脑海一片空白。"

我声音温和下来，不似太后，更似一个寻常的长辈。"张浔，你出身名门，少年入仕，这一向里站在朝堂之上，沉稳练达。怎么今日，频频失态呢？你心中在想什么，可以跟哀家说说。"

"太后……"他握着茶盏，又喝了一口。"方才一直在失神，不觉得苦。现在回过味来，真是挺苦的。"他嘴角苦笑。"微臣也不知道是为什么，心头像是有万斤的巨石压下来。苦茶亦沸话难煎。"

正月里的上京，依旧是冷得很。宫中各处都笼着火炭。但遵我之嘱，尚书房从来都不上火盆。我总觉得，不管是孩子们读书，还是我在此处理政务，都需清醒。温室之春，不利于思考。

此时，冷风从四面灌进来，吹在张浔的身上。

我看着他："是因为方才哀家让你拟的旨吗？"张浔听了我的话，面有挣扎，低下头，想了会子，复又抬起头来，看着我："太后，顺康元年，您南巡之际，微臣便认识了冀公主。微臣弄坏了她的风筝，她恼了，微臣允诺，会给她画很多很多的风筝……"他在回忆的河岸打捞着那些往事，拧干，化成一行行句子。

"那时候，我们都还小。冀公主很喜欢微臣画的风筝，她说微臣的笔触有先帝之风。微臣开始总觉得冀公主很骄纵。她霸道、蛮横，总希望身边人都顺着自己的心意。后来，微臣发现，她内心非常纯净，非常孤独。她怀念父亲、她喜欢作画，在作画的时候，她似乎置身于一个安静的世界。她喜欢画山水，也喜欢画观音。画中的世界是她理想的世界。她沉溺在自己创造的一个又一个的世界里。"

我叹道："也许，烯儿曾邀你走进她心里的天地，可你拒绝了。"

"冀公主很单纯，她所有的喜怒都在脸上。她就像御湖中的水，水底有几尾鱼都看得清清楚楚。她未很勇敢，也未很刚强，她有着寻常小女孩的娇气、软弱、无助、贪心。"

张浔的面色悲伤起来。"微臣出身官家。孩提时代，父亲便入昌黎阁拜相。他是太后您重用、信赖的臣子。张家在上京中是分外显赫的府邸，门客不断，权贵往来。微臣作为张家的长子，不论是在学堂上还是酒宴之间，都被众人吹捧。微臣习惯了做什么都是顺畅的。当年南巡途中，相识不久，冀公主便对微臣流露出赏识。甚至，在嘉禾的张家老宅中，为了微臣，当众呵斥责骂安公主。微臣便对此有了抗拒之心。"

"安公主对微臣很冷漠，微臣反倒觉得，那样的感觉很特别。日子久了，竟分不清是被安公主吸引，还是被那种被冷遇的特别所吸引。执念，就这么一点点滋生。"

"微臣记得，中状元那日，冀公主送给微臣一顶帽子。帽子上有她画的淡淡的芍药花纹。微臣接过帽子，转身欲离去。她问微臣，想不想赠她一枝芍药。微臣懂得她的意思。"

维士与女，伊其相谑，赠之以芍药。这是《诗经·秦洧》里的句子。从前情人相别，男子往往要折上一枝芍药相赠，以示情缘深重、恋恋不舍。故而，芍药别名"将离"。

"微臣懂她的意思，可微臣佯醉不懂。微臣看到了她脸上满满都是失落。"

"可不知道为什么，那会子听您说的旨意，非常震惊，转而便是难过。到现在，脑子仍然非常乱。微臣的直觉竟是不舍，非常不舍。想到冀公主要出嫁，那种凉意更胜冷风拂面。"

"微臣以为，冀公主嫁了，安公主便不会有忌讳，微臣非常开心。可事实并不是这样。微臣一点也开心不起来。想到她离乡去国，便心酸不已。"

从顺康元年的暮秋，云归按计划，命宫人假意讨论烯儿的"身世秘密"开始，烯儿就收敛了很多。就连赵妈妈对烯儿、炘儿的态度，也没有从前那么明显的区别。烯儿对妹妹也没有从前那般强势。所以，并不是烯儿阻挡炘儿不与张浔亲近。而是炘儿本身就不喜与张浔亲近。这个问题，我早已隐隐看透。可张浔似乎是这一刻才想明白。

"去时芍药才堪赠，看却残花已度春。只为情深偏怆别，等闲相见莫相亲。若早知一转身便再也不得见，又怎能轻易盈盈离去呢？"

张浔吟完，怅然道："微臣非常后悔，可醒悟得太迟了。太后您将冀公主许嫁南境，微臣永永远远地错过了。"他眼角湿润，跪地道："谢谢您，听微臣说了这么多。"

云归听到这里，沉不住气，急了，她连忙道："小张大人，不迟不迟，您求求太后哇。"

张浔茫然道："姑姑这是何意？"云归走上前去，推了他一把："小张大人，状元郎是天底下最会读书的人，怎生大事上倒糊涂了？若果真拟旨，有正经的兰台史，太后唤你来做甚？这天下盛世太平，岂有嫡公主尚蛮夷之理？再者说，冀公主的性子，您了解。她是死心眼儿的姑娘，爱吃什么，就一直吃什么。爱穿什么，就一直穿什么。最是长情固执。这些年，再好的儿郎她瞧也不瞧一眼，怎会突然心甘情愿嫁给旁人呢！"

张浔猛地抬起头看着我，眼神里带着询问。我笑着向他点点头。他慌忙起身，说了句，"太后您的茶甚好"，便匆匆告退了。我知道，他定是去找烯儿了。

这一对小儿女，走了偌多曲折的弯路，荒废了偌多年，也该有个好结果了。

烯儿是个自尊心极强的孩子，断不肯要强扭来的瓜果。如此顺其自然，瓜熟蒂落，是最好不过的了。

云归笑着说："太后，咱们哪，估摸着很快就要办喜事了。大喜，大喜。"我喝了口盏中的皋卢，轻声道："是该办喜事了。"

第一百七十四章：出嫁

正月天寒，芍药未开。但张浔手巧，他做了十二朵芍药绢花，惟妙惟肖。当他把十二朵绢花递到烯儿面前时，烯儿一愣。张浔道："从顺康元年开始，识得公主十二载，每一年都补上，恰好是十二朵。请公主恕张浔愚钝，误了华年。"

烯儿眼眶泛红，但犹然强硬道："张浔，听宫人们说，你那会子是从尚书房出来，是不是母后跟你说了什么？若是母后强逼，你大可不必如此。本宫虽天家公主，却不愿强人所难。"

张浔摇头道："臣的确是从尚书房来，但绝不是太后强逼。"他看着手中那些芍药花："公主，方才，臣以为您……您要远嫁南境……"

烯儿看着他。这对相识十二年的小儿女从眉眼的山水中对视出以往没有的味道来。

"臣听了这个消息，非常震惊，非常难过，臣担心您在南境再也看不到大朵大朵的芍药，臣听闻那里一年四季都是夏日，您是不是再也看不到暮春的柳絮，初秋的天高云淡，还有冬日的飘雪……您一个人在南境，您能听懂蛮夷之语吗？笔下丹青无人解，您会不会孤独……冀公主……"张浔说着，低下头。

烯儿的眼泪落下来。"张浔，你中状元那日，离宫之际，本宫问你，是否愿意赠本宫一枝芍药，你佯醉离去。本宫知道，你并没有醉。你的心，不在本宫这里。这些年，母后曾为本宫议过许多驸马人选，可本宫一个都没点头。本宫想着，只要你张浔未娶妻，便没有什么是不可能的。本宫就这么等着，旁人说什么闲言，本宫一概不听，一概不在乎。"

从小儿贴身伺候烯儿的嬷嬷听着，用袖口抹着眼泪。

烯儿一身雪白的棉裙，与未化的白雪融成一片。"张浔，你这芍药，本宫等了好多年。多亏了本宫这份倔强。否则，今生怕是与你的芍药无缘了。"

张浔跪在地上，缓缓抬起头："情花不解痴人意，辜负相思空断肠。冀公主，您愿意接受痴人的芍药吗？"

天空本是积压着厚厚的云，在晌午时分，被风吹得一点点散开。有阳光从层层叠叠的云朵中透出。天空慢慢变成明朗而洁净的蓝色。

"有件事，本宫谁也没告诉，但本宫不想瞒你……"烯儿迟疑着，但还是说了："本宫曾无意听官人闲言，本宫有可能并非母后亲生，而是当年她与清宁馆的常贵嫔争斗之时，从宫外抱养的孩子，为的是在父皇面前，增加宫斗的筹码。也就是说，本宫有可能并不是嫡公主。甚至，还不如炘儿……"

"臣并不在乎您嫡公主的身份，臣在意的是这十二年的陪伴与相知。臣答应过您，给您画一世的风筝。青梅竹马，一世白头。求公主成全。"张浔缓缓地说着，一字一句，皆诚诚恳恳。

烯儿终于坚定地接过他手中的芍药。

躲在一旁看的小内侍连忙跑来禀与我知。"太后，太后，咱们冀公主接了小张大人的芍药了！"

太常卜得吉日。

顺康十三年三月十八，时年22岁的冀公主尚张府。

公主晚嫁，此为顺康一朝皇室第一件大喜事。宫中宴饮十五日。太后嫁嫡女，圣上嫁长姊，皇家以黄金十万两、江南十郡之采邑为陪嫁。另珠宝奇珍、绫罗软缎足足堆了数十辆马车。抬公主嫁妆的官人往来于宫廷与张府之间，络绎不绝，举着火把，不慎烧了上京街边的一排树木。

戍卫前来禀报之时，邹伏恰站在我身边，他忙恭敬拱手道："太后，红红火火，大吉之兆啊。"邹伏在二品官职上做了十二年。我始终没有让他再挪一步。他也并未表现出心急的样子。他在自己的任内，勤勤勉勉，恪尽职守。他似乎对我赐予他的一切都很知足、很感恩。

据玄离阁的玄衣郎回禀，他在自己的府中，常常有颂上之语。就连酒宴上喝醉了酒，亦不忘跟家人言及太后的恩德。邹府之中，设有邹家小祠堂，上面摆有邹付及其妻、子的牌位。阿南每月都会回邹府住上一日。

我瞧着邹伏："邹爱卿，冀公主这桩姻缘得以圆满，阿南可出了不少力。哀家得重重赏她。"邹伏道："为太后尽心，是阿南的本分，不值得赏。"

我笑："阿南可真是个聪明的孩子。竟也懂得卜卦。上回哀家让她算算灏儿的姻缘。她说的，还挺有几分合哀家的心意。""哦？"邹伏忙抬头看了一下我的脸色："阿南那孩子是怎么说的？""她卜得沈家小清欢是将来的中宫之选。"我说着，脸上浮上笑意。

清欢明媚活泼，胸有文墨，确是我心中佳媳。

邹伏似是一惊，低头，半晌，开口道："圣上不管娶谁做皇后，只要太后您满意，便是上上之选。"

我瞧着他："阿南也到了议嫁的年纪了。她乃哀家恩人之孙女，哀家不愿薄待，定会为她择一户高门显赫之家，选一个人品才貌都好的儿郎。邹爱卿若有喜欢的人选，也可告知哀家，哀家酌情为阿南做主。"

"谢太后。"他想了想，道："臣恳请太后，往后莫让阿南再行卜卦之事。"

"为何？"

"家兄与嫂嫂皆不得长寿，其子又早殇。臣听人言，卜卦之人，除非自己有泼天的福报，否则，算尽天机，会伤阴骘。家兄一脉，如今只剩阿南这么一个孩子了，臣想让阿南平平安安，福寿一生，所以，不愿她习学此术，不曾教她。"

我唏嘘道："竟有此事。哀家明白了。"

阿南是个孤女。但她脸上从无凄苦之色，也并不自哀、不自卑。她甚少表达自己的悲喜。永远云淡风轻，永远得体。聪慧异常，精通儒道。就连灏儿，也时时肯听她的主意。若是男子，可谋一番事业。可她是女子，我竟想不到，她适合配哪家。

因着烯儿成亲，渭王也从陇西回来了。从长乐九年，灏儿初初登基，他离京起，十数年未曾踏入上京。中间，他曾求过我几次，说他想来上京请安，都被我以各种各样的理由推拒了。

顺康三年，他以家书的形式告诉我，他有娶妻之念；又以拟折子的形式上书朝廷，他想求娶陇西乡绅柯正道的长女为正妃。乡绅虽有家财，但无官职。渭王以自愿娶平民之女为正妃的形式，让我放心。我允了。

烯儿出嫁，渭王作为长兄，亲自送她去张府。我看着他们的背影，想起他们兄妹俩都养在我跟前儿那几年，那些甜蜜与温馨，仿佛是很遥远很遥远的事了。

那时候，渭王说话还说不清楚，囫囵着，把"妹妹"唤成"米米"。在那时候的他眼中，阿娘和妹妹，是世界上最亲近最亲近的人。

渭王长年在陇西，吹着粗粝的风，看起来比小时候健壮多了。他跪在我面前："儿臣携妇柯氏，给阿娘请安，阿娘福泽绵长，福寿万年。"我平静地笑笑："起来吧。渭王，看你去年来信说，王妃生了小世子。甚好。"

"托母后洪福。"

烯儿出嫁的第二天，南境国主阿罗伽从上京出发，回南境去了。临行前，他跪地向我道别。我意味深长道："阿罗伽，希望你和你的南境，都谨慎本分。"他温和地笑笑："太后，您放心，做不成您的女婿，阿罗伽会好好地做您的臣子。"

我看着他的笑，无端想起一种动物，鬣狗。明明很嗜血，看起来却很温和。

那温和飘浮在空气里，仿佛下一刻，便会被鲜血浸透。

第一百七十五章：塔娜

阿罗伽此次返回南境，我总觉得不对劲。可到底是哪里不对劲，我又说不上来。

表面上，一切安然无恙。可历经无数凶险的我，敏感地嗅到了风雨欲来的政治气味。

玄离阁的人告诉我，阿罗伽归国之后，曾秘密派人出境。他们本是尾随其后，可跟到黄河边，便跟丢了。

"黄河？"我皱眉。沈昼道："是，黄河。"

"这么说，他们是北上了？"

"是。微臣揣测，他们多半是去了漠北。"沈昼答道。

"漠北"两字，让我心里泛起了涟漪。长乐五年，我卷入"吴女案"的风波中，被迫入狱。出狱后，赤着脚从金銮殿一步步走回流烟阁。明宇穿过杏花林，偷偷来流烟阁找我。他说，姐姐，你等着，等我去漠北建功立业，回来做姐姐的倚仗。他知我朝中无人，娘家无靠，屡屡被欺，于是去漠北厮杀出一身的功名。

漠北啊。明宇待了三年的地方。

我沉吟道："难道阿罗伽与漠北有了勾结？长乐年间，从关内到关外，圣朝与漠北的战事打了三年，难道漠北败得还不够惨，又蠢蠢欲动了吗？"

沈昼禀道："老漠北王腊月底的时候，死了。死前命他的女儿塔娜公主做新一任的漠北王。经上次一役，漠北臣服于圣朝，按照各番邦属国的规矩，新王继位，应前来上京让陛下加冕，但漠北却一直没有动静，也并未来书。若非玄离阁的兄弟发来密报，这件事咱们还不能得知。"

我从椅子上站起身来，缓缓踱到尚书房的窗边。

三月。这个季节，上京已经春光明媚，姹紫嫣红，可漠北想必依然严寒。

当年漠北王与圣朝战，败退三百里，匿于戈壁寒苦无水草之地。他们寂寂沉默了十五年，未曾扰边，如今，老漠北王死了，马背上的民族天生好战，或许他们真的想翻腾出些浪来了。

"再等等，若到六月间，漠北仍然不遣使前来，那——"我冷笑一声。窗外枝头新柳在春光中摇曳。鲜嫩的绿色在眼前晃啊晃，晃出一片生动的婀娜。

沈昼道："老漠北王三十年前，一统玉门关外三十六帐，算得是大漠一等一的英雄。他娶了四房'斡儿朵'，却只得一子一女，巴特尔王子和塔娜公主。二人皆骁勇善战，酷喜搏斗。巴特尔王子在长乐六年与圣朝作战中阵亡了。是而，老漠北王的子嗣，只余塔娜公主。这个塔娜公主虽是个女流之辈，但奇的是，大漠诸部，无一人反对她继位，皆拥戴维护。"

"想来这个塔娜公主很是有些本事了。"

"是，她曾是漠北与圣朝作战的主力之一，作为公主，竟敢为先锋，多次第一个冲上阵前去厮杀。据说，曾经数次与陆将军交过手。"

"漠北，南境，阿罗伽，塔娜，都不是简单的人物。也许，他们暗通款曲，欲南北夹击，攻打圣朝了。"我静静地看着天上的云朵。"暂没有证据，臣不敢妄猜。邦交乃大事，需谨慎。便按太后所说，等到六月，如若再不主动遣使来京，太后便可借此发难。"沈昼斟酌道。

我点点头。

出嫁女三日携婿来归，三月廿一，烯儿和张浔进宫。我特赐"金步辇"给烯儿："我儿若想回宫，可随时乘此辇归来，无须腰牌，无须通禀，一概烦琐可免。"

"金步辇"是圣朝的亲王，且是立过大功的亲王，才有的殊荣。烯儿跪在地上："谢母后恩典。"

婚后的烯儿绾起了髻，脸上少了很多寂寥，多了柔和之色。不知是不是张浔的引导与劝说，她看向我的眼神比从前亲密了。她待炘儿也不像从前那般戒备。

姻缘是一条河，她渡过了河，好多锐利的棱角都没有了，丢弃在了时光的水波中。爱情的圆满会让人对世间所有的事物越来越豁达。拥有了最丰盛的，别的，便无暇计较了。包括曾经让烯儿非常介意的张浔曾对炘儿超于对她的热络。

她笑着拉着炘儿的手："皇妹，因我为长，迟迟未嫁，也耽误了你的姻缘，是长姊之过。该让母后好生为你寻个如意郎君做驸马。"炘儿道："谢长姊关怀。"

炘儿的姻缘，我反复思量过，也曾在她面前提过几个人，可她都无甚兴趣。

我瞧着她："炘儿，跟母后说说，你想找个什么样的？你是天家女，普天下的儿郎，你说谁，便是谁。"炘儿伏在我膝下，仰头道："母后，等炘儿碰到如意的，再跟您提。"我笑笑："好。"

她还没有碰到合乎自己心意的人。她不愿将就。她在等。我想着，顺康十五年，便是大比之年，或可在文试、武试上杰出之才中挑选。然而，结果却跟我想的大相径庭。

还没等到六月，五月里，漠北便遣使来京了。那使者说，塔娜公主身子不大好，从前的伤口复发，几场风寒下来，加上亡父之痛，险些丧命，禁不得路远奔波，便没有亲自前来。但她对圣朝的恭敬之心不变，陛下一日没有加印，她便一日不敢自称王。要待加了御印的公文拿回去，她才算真正的漠北王。

使者十几岁的年纪，虽穿着普通的衣裳，却有着非同一般的华贵气质。灏儿眼尖，金銮殿之上，慢条斯理地问道："来使可是漠北王室？"使者道："回陛下，小使并非王室，乃漠北左帐都尉之子。"左帐都尉，其官职在漠北相当于圣朝的三品，不低，但也不是太高。

灏儿淡淡地"哦"了一声。他用手轻轻地敲着龙书案，似在思索着什么。

我似笑非笑道："老漠北王是去年亡故的，因何五月才遣人来上京啊？是不是塔娜公主悲伤之中，忘了此事？"使者道："回太后，漠北年关时刻，闹了冰灾，许多帐篷都被损坏，牛羊成群被冻死，损失惨重。国丧加之天灾，塔娜公主分身乏术，长跪七七四十九日，向长生天求告。没过多久，她自己便病倒了。"

我看着他的眼睛，他镇定地回视我，眼神很坦然。我瞧着他，一时难断他话语的真假。

那日下朝，我将明宇唤去了尚书房。"明宇，听说当年玉门关一役，你与塔娜公主多次交过手，你可了解她？"

明宇愣了一下，答道："是交过几次手，她脾气非常暴躁，打起仗来很凶。但，身手确实厉害。她是一个出色的对手。"我道："姐姐怀疑，她跟阿罗伽有勾结，欲行对圣朝不利之事。"明宇道："姐姐，若圣朝有难，我随时愿意出征。"

"若是明，便也罢；若是暗，防不胜防。"

"她倒不是那等暗中使坏的人。"明宇很自然地说了一句。

我猛然抬起头看了看他。看得他不自在起来。

"你与她很熟？"

"……不熟，战场上的了解。"

只听得门外一声通传：圣上驾到。

灏儿急匆匆走进来，衣角带风。

"母后，孤有话讲。"

"灏儿你说。"

"孤探听得，今日那使者，其实是塔娜公主的儿子！不如借机将他扣在上京做质子，以防漠北心生反意。若塔娜公主与阿罗伽确有勾结，咱们就以她儿子的命加以胁迫。孤就不信，那蛮子还敢放肆！"灏儿说得斩钉截铁。似乎不像是在与我商量，而是拿定了主意。

"此举不妥。"我沉声说道。"为何？"灏儿眉头耸起。

"无故扣押使者，授番邦以口实。"

第一百七十六章：天启

灏儿听了我的话，瞧了瞧明宇，又瞧了瞧我，平静下来。他笑了笑，那笑容有些怪怪的。

"听闻舅父在漠北打过仗，想必是和那塔娜公主有些交情。母后您素来听舅父的，自然是不认可孤的想法。"

"灏儿，你焉能这么想？母后不是向着舅父，而是母后和舅父都向着你，向着朝廷。"我加重了语气。

灏儿转身，走到门口，又扭头，缓缓地说了句："是吗？母后。"说完，便离去了。

灏儿走后，明宇面上有些尴尬。他感觉到了灏儿对他隐隐的怀疑与排斥。但是他似乎又没有找到合适的措辞向我解释。想了会子，他坐了下来。恰云归递茶进来给我。明宇是不爱喝茶的。此时，却唤云归给他斟一盏来。他端着茶盏，皱着眉，到凉了，仍一口没有喝。

我与他皆沉默地坐在尚书房，四周安静得只余窗外微微的风声。"姐姐，我对你从无二心。"良久，他说了这么一句话，便大踏步地走了。

明宇有秘密。很久以前，我从他一次又一次的欲言又止中已经觉察出来了。但我没有追问过他。我总觉得，等他想说的时候，自然便会告诉我。可那些事情在他的心里沤了好些年，始终没有讲过。到如今，已经不难揣测出来。他的秘密与漠北有关，与塔娜有关。

当年何烈与常灵则勾结的时候，曾无意中透露过，明宇曾被俘大漠。他被俘的那段时间，到底发生了什么事呢？我看着桌上那盏明宇没喝的茶，扶额靠在椅背上。

明宇在意我，他害怕失去我的信任。我心里都明白。

我走出尚书房，在宫中的小径上踱着步，不知不觉走到了御湖边。水波柔软地荡漾。

突听不远处一个声音猛地喊起来。"别过来！"是炘儿。

我连忙疾步走过去。一只小白猫喵喵地叫着，扑向她。炘儿怕猫，非常怕。炘儿养在五王府的时候，董氏千方百计地作践炘儿。她酷喜养猫。让猫抓炘儿，还不许炘儿躲。然后她坐在一旁，看着炘儿被抓得鲜血淋漓，哈哈大笑，以此为乐。故而，很多年来，猫是炻儿的噩梦。

顺康初年，我杀了董氏，炻儿的心病慢慢地除去了。但怕猫却已是根深蒂固了。因此，我命内廷监的管事下过令，宫中不许人养猫。这只小白猫是从哪儿来的呢？只见一个身着紫袍的男子飞身抱起猫，站在离炻儿三尺远的距离。

我停住脚步，那紫袍男子，正是今日站在金銮殿之上的大漠使者，那个气度不凡的少年。

"姑娘怕猫？"他虽是大漠人，汉话却说得很好，乍一看，与京中的贵家公子无异。但仔细看过去，眼中又有着中原男子没有的野性。那野性是宽广的，那宽广是一望无际的荒漠赋予的。他抱着猫的手上，有许许多多的伤痕。

如果今日灏儿口中的消息属实，他真的是塔娜公主的儿子，那他从小势必接受了鹰一般的训练。漠北的王室，只养狼崽，不养绵羊。

炻儿惊慌的情绪平复下来，她看着眼前的人，口中缓缓吐出两个字："不怕。"紫袍男子仰头笑了笑，须臾，他一步步走近炻儿："真的吗？"

那小白猫再度靠近，炻儿猛地抱起头，蜷缩在一处。

紫袍男子将猫拿远："姑娘明明是怕的。"炻儿听了这句话，倔劲上来了，她虽然面色苍白，依然竭力站了起来，呵斥道："你是谁？好生无礼！"正在这时，一个小内侍慌慌张张地跑过来，扑通一声跪在地上，不断地向炻儿磕着头："二公主饶命，二公主饶命……"

"这畜生是你养的？"炻儿明明是指着那猫，手却轻轻一划，连带着将紫袍男子也带了进去。

树荫后的我笑了笑。这孩子。

小内侍哀求道："小白平时很乖的，在笼子里不出来，今日不知怎的，偷偷跑出来，冲撞了二公主，奴才该死。"

"你明知道宫中不许养猫，却明知故犯。"

"小白是奴才出宫的时候捡的，它是野猫，险些冻死了，奴才不忍，就……就一时糊涂，将它带进了宫……奴才太喜欢猫了……奴才蒙了心，奴才该死，求二公主宽恕……"那小内侍自个儿抽着自个儿嘴巴。

炻儿动了恻隐之心。她叹了口气："罢了，它好歹也是一条性命，想来你是不忍见死不救。你将它送出宫去吧，找个妥当的人照顾。多多给些银钱。"她从囊中掏出一锭金子，递给小内侍。

小内侍不敢相信自己没挨罚，反倒有金子拿，喜极而泣。"多谢二公主，二公主是菩萨托生……"他起身，从紫袍男子手中接过白猫，慌不迭地走了。

紫袍男子深深地看了炻儿一眼，行了个礼："小使不知贵人身份，唐突二公主了。"

炘儿明白过来："你是漠北的使者？"紫袍男子颔首："是。"炘儿好奇道："云边雁断胡天月，陇上羊归塞草烟。漠北，是个什么样的地方？"

紫袍男子道："漠北是个很美的地方。二公主要是喜欢，将来可以乘着辇车去游览。那里的日头又大又圆，大漠雄浑壮阔，天空就像深不见底的墨池。要是乌云里有日头出来，就更美了，宛如一条巨大的金龙，身上一片片的龙鳞闪着金灿灿的光。牛羊们唱着歌。姑娘们也唱着歌。人们一边大碗喝酒，一边向长生天乞求一个好收成。"

炘儿很认真地听着："大漠的男儿要考功名吗？"紫袍男子摇头："不，大漠的男儿用弯刀和拳头说话，不需要考功名。每一年，大漠里都会举行搏斗。最厉害的那个人，会成为人人敬重的英雄。""那，你是英雄吗？"炘儿促狭道。紫袍男子笑了笑："我连续三年都是搏斗的头名。虽然我母亲并不想让我去比试。"

"为什么？"

"我母亲想让我读书识字。她给我请了中原的先生，教我诗词歌赋。"

炘儿点头道："大约你的母亲只想让你快乐平安。就如同我母后，她亦是希望我们姐弟几个快乐平安。"

"听闻太后是个十分厉害的人。"

炘儿笑道："母后英勇果敢、雷厉风行，但她有一颗世上最柔软的心。她很爱我，我愿意为母后做任何事。"

炘儿的表情，就跟五月里御湖的水一样干净，注入我满是忧虑的心。都说儿女是债，无债不来，可炘儿是我的福。总是让我一次次感到温暖。

"我在漠北捉了好几只老虎，驯得它们很听话。改日送一只来给二公主，二公主日日见到老虎，就再也不怕猫了。"紫袍男子笑着，抱拳做告辞状。

"你叫什么名字？"片刻，炘儿问道。紫袍男子笑道："天启。"这个名字跟漠北文书上写的使者名称并不一样，倒像个中原名字。

紫袍男子走远后，我徐徐从树荫后走出来。炘儿看到我，笑着迎上来："母后何时来了？"

"政务冗杂，从尚书房走到御湖来散散心。"

"晌午见圣上急匆匆去找母后，想来朝中又有大事需要母后操劳了。"

我摇摇头，叹道："灏儿大了，许多想法与哀家相悖。"炘儿想了想，道："母后可以让清欢劝劝圣上，圣上最是听清欢的话。您记得乾坤殿的红梅吗？就是灏儿为清欢种的。"

我笑笑："那便接清欢进宫吧。正好儿哀家也惦记她了。"炘儿点点头。须臾，又道："母后，大漠的使者是个挺有趣的人，他说，他要送给儿臣一只老虎。"

第一百七十七章：弑舅

我瞧着炜儿，伸手摸了摸她的脸："好孩子，你那么怕猫，却还是恕了那小内侍。"炜儿挽着我的胳膊："母后，扫地不伤蝼蚁命，爱惜飞蛾纱罩灯，儿臣虽怕猫，可那猫亦是一条无辜性命，何苦为难它呢？"

我笑笑："你小小年纪，说话竟有参禅悟道之感了。"转而，我瞧着天上，云朵聚而又散。

"你和你大姐虽然性格不同，但都有一颗善待弱小的心。这让哀家不由想起你们的父皇。当年，在禹杭街头，哀家便是被你父皇给小乞丐上药的样子打动……"我喃喃说着，眼前似乎呈现出大章二十七年的月色下，成筠河那张温柔的面孔。

炜儿将头靠在我的肩上。"母后，您将一切都打理得这样好，父皇若在天有灵，该欣慰之至。他一定希望您过得开心。您累了，就歇歇，去岛上找红姨母。"

知我者，炜儿啊。我长长地舒了口气。她说出了隐于我心底的想法。我确实想过归隐，想过跟水月一起生活，在苍茫的海岛上，伴随着那开得如碗口一样大的花朵，播种、捕捞、烹食、谈笑。

在日头好的时候，挎着小篮子摘花朵，让阳光一寸一寸地洒在身上。在阴天，手持书卷，坐在窗边，安安静静地听一场雨。

没有无穷无尽的政务，亦没有无穷无尽的揣测。到了那个时刻，我不再是太后，也不再是母亲，我只是水星，一个疲劳了半生、算计了半生的寻常妇人。

然而，现在，不到时机。阿罗伽若联合塔娜，对圣朝不利，灏儿能妥善处理吗？朝中的那些大臣会乍然接受幼主亲政吗？宗亲王室会对灏儿发难吗？

我摇摇头，对炜儿说："人间有福是清闲。只是母后现在，还做不得那清闲人。"

晚间，清欢来了。灏儿却不知做甚去了，一直未见回来。

清欢笑说："昨日圣上命小舟到沈府送了一盒儿奶糕，说是漠北使者带来的贡品，我闻着有股子怪味儿，没吃，放在一边儿了。"小舟是灏儿身旁的贴身小内侍，从灏儿牙牙学语起，便跟着他了。

阿南伸出手指轻轻点了一下她的鼻子："有道是物以稀为贵，漠北路远，再寻常的东西到了上京，都成了稀罕。漠北一共才贡了两盒儿，圣上送了一盒儿给太后，另一盒儿便是送给了你，你连尝都不尝，白费了圣上的一片心。"

清欢面色一下子便红了。她有些害羞，有些欢喜，又有些恼自己："早知那么难得，便是不喜，也该尝尝。阿南姐姐，你可不要将我方才的话告诉圣上啊。"阿南淡淡笑："不会。"

清欢道："太后，清欢跟华医官学了一套按压脊椎的手法，可缓解疲劳。听云归姑姑说，您坐久了，身上疼，今儿清欢给您试试吧？"

我笑着点头。她走到我身边，柔软的小手儿按在我身上却挺有力道，看来是花了心思练习的。我心内暗暗想着：灏儿将来有此中宫，亦是我之幸事。

突然，一阵脚步声打破了夜的宁静。"圣上！圣上！"是明宇的声音。他一向很有分寸，从未在乾坤殿大声喧哗过。

明宇眼睛是红的，手上拿着剑，直刺刺地冲进来。清欢见此情形，吓着了，她后退几步。阿南依然一动不动地坐着，默默观察着眼前的一切。

我站起身来，呵斥道："放肆！"顺势，我一把夺过他手中的剑，交与云归，给她递了个眼色，示意她赶紧藏起来。越少人看见明宇持剑闯殿越好。若传出去，便坐实了狼子野心，惹来灾祸。

明宇也猛然意识到了这一点，他道："姐姐，我一时情急，忘了在殿外把剑扔掉。是因方才，我在府中刚与人一番恶斗！若非我的几个老部下也在，帮我顶着，我差点就出不来了！"

我一惊："怎么回事？"明宇冷笑道："那便要问问圣上了。"

"灏儿？"

"今日冲进定国公府的那一批人，便是圣上的羽林卫！"

"羽林卫"这三个字让在场的所有人都焦虑起来。清欢眼泪急得在眼眶打转："这可如何是好，这可如何是好，灏哥哥为何要杀陆将军，陆将军是太后最倚仗的人啊。这可如何是好。"

没错，羽林卫是灏儿养的一批猛将。顺康十年所置，属光禄勋，取从军战死将士之子孙。羽林卫只听命灏儿一人。他以"练武切磋"为由，将羽林卫养在宫中。可我知道，他是不放心。他对任何人都不放心，他只信自己。就如同当年太宗皇帝创建"玄离阁"一样。灏儿有着君王所有的敏感与自负。

与玄离阁的特务性质不同，羽林卫不查案子、不监听官员、不巡逻，只每日与灏儿在宫中习刀枪棍棒。在外人看来，就像是一群少年人在玩耍。

"陆将军，您确定您看到的是羽林卫？不会是旁人假冒的吗？"云归问道。明宇道："怎么可能是假冒的！那几个人常年在宫中，我虽没与他们讲过话，但见过他们好多回，不会认错的。"

明宇眼神很好，百步穿杨，认错人是不可能的。"姐姐，不，太后……"他红着眼圈儿，表情悲怆。"臣素来对圣上掏心掏肺，朝堂上、沙场上，护着他的江山。且不论什么功劳苦劳，从长乐五年，臣入仕以来，对皇家忠心耿耿，天地可见！圣上因何要杀臣？罪名是什么？臣不解，特进宫一问！"

若这件事真的是灏儿做的，那可真是伤了明宇的心了。他多次手提长枪，九死一生，护着我们母子，没有他，灏儿焉能坐稳朝堂？

"明宇，这件事，未必是灏儿做的。"我沉吟道。明宇道："除了圣上，谁又能指使得动羽林卫？"他仰头笑起来。须臾，转头看我，看向我的眼神带着鲜血淋漓的刺痛。"圣上年纪不大，却比他的父亲、他的祖父、他的曾祖父都要心狠。狡兔死，走狗烹。飞鸟尽，良弓藏。什么舅父明公，如今也到了要被取走性命的时候了！《史记》中有一句话，可与共患难，不可与共乐。臣如今是领会了。"

正在这时，阿南站起身来了。她先恭恭敬敬地向明宇行了个晚辈对长辈的礼数，接着，满脸诚恳道："陆将军请镇定，听阿南一言。"

我看了看阿南。清欢和云归皆面带忧色，而她，面色从开始到现在，没有一丝涟漪。"陆将军，依阿南看，这件事绝不是圣上做的。"她说得非常坚定。

我缓缓道："说下去。"

"人人都知道羽林卫只听命于圣上，他派羽林卫去杀您，岂非宣告天下人，他要杀您？您并未犯什么错，他有什么杀您的理由？退一万步说，圣上真的想杀您，也会找个借口，绝不会杀得如此蹩脚。"阿南笑笑："且，如今朝廷之上，军国大事，离不得陆将军您。圣上年少，还未亲政，杀了您，出了乱子，对他百害无一利。就算不顾及与太后的母子情分，和您的舅甥之义，圣上也不会做出这样的事。"阿南话语虽轻柔，但条理非常清晰，有理有据，明宇慢慢地平静下来。

"羽林卫绝对是收到了错误的指令。陆将军见多识广，岂不知民间有一种把戏叫障眼法？"

我面色沉郁道："那这个人相当有手段了。是什么人想杀死明宇，又让天下人以为是灏儿杀的呢？"

话音刚落，沈府的下人跌跌撞撞地进来，先向我磕了头，便急急对清欢说："大小姐，不好了！刚小厮来传话，老爷中毒了！"我忙问："怎么回事？"沈府的下人道："老爷今日吃了一口大小姐放在桌上的奶糕，没多久便开始腹痛。"清欢连忙跟着下人离去了。

我不放心，嘱云归跟着。

清欢一进门的时候，便说了灏儿命人送去了一盒奶糕，她不喜那味道，便搁置在了一边。沈昼是何等谨慎之人，断不会轻易将食物入口。一定是他知道那是灏儿送去的，才疏忽了。

那奶糕中有毒。

第一百七十八章：毒糕

沈昼中毒了。

那奶糕原本是灏儿给清欢送过去的。灏儿中意清欢，这是宫中许多人都知道的秘密。灏儿绝不可能给清欢下毒，要她的命。所以，一定是有人在其中动了手脚的。

明宇从悲愤的情绪中慢慢冷静下来。

漠北的奶糕……漠北……

我瞧着明宇，思忖道："有没有可能，这件事是漠北做的？"明宇的面孔倏尔变得复杂起来。

我呷了口茶，缓缓分析道："若事成，圣朝少了大将军，也少了对漠北作战最熟悉地形的人。若事不成，挑起圣朝的君臣矛盾，让武将心灰意冷，逼反大将军。至于清欢，他们一来，知道清欢是灏儿所喜之人，想让灏儿乱了阵脚。二来，清欢是沈昼的爱女，而沈昼是为哀家做事的近臣，沈府乱了，横竖都是他们有益处。哀家见过那使者两回，他不是个简单的人。这回上京，断不是求圣上加印那么简单。想来，塔娜公主并非真的有疾在身，不能远行，而是留在漠北，筹谋着更大的动作……"说着，我如芒在背。

漠北是马背上的民族，以捕猎放牧为生，牧草有荣有枯，为了抢夺地盘经常发生流血战争。他们全民信奉武力、好战。想来，上回他们虽然输了，但并不甘心。一直积蓄着力量，打算反攻。

这回，他们不只是打算用武力，还用上了计谋。

明宇喃喃道："难道她还没有放下……""谁没放下？"我问道。"没，没什么。看来是臣错怪圣上了。"他抱拳，转身，与刚好走进来的灏儿迎面撞上。明宇敷衍地笑笑，行了个礼，便离去了。

灏儿问我："母后，舅父怎么了？"

我没有吭声。我注视着他的表情，他没有半丝紧张，完全不像撒谎。看来我方才的直觉以及阿南的推断是对的。这件事与灏儿无关。

灏儿又问："那会子小舟说看见沈府的马车进宫了，是不是清欢来了？她人呢？"我淡淡道："哀家原是接清欢进宫了，沈府来人说沈大人病了，清欢惦记父亲，便又回去了。"

"病了？沈大人身体素来很好，孤倒是没见他生过病。"灏儿转而又说："清欢该哭鼻子了。孤得让小舟带着华医官去瞧瞧。不，还是孤亲自去吧。"

阿南坐在角落里不吭声。这时，小内侍通传，羽林卫的首领孔良求见陛下。灏儿让他进来。孔良走进厅内，他受了伤，袖口上犹染着血迹。他喘着粗气，向灏儿禀报："圣上，龙虎将军、安远将军这几个人常年在外带兵，身手太厉害了，臣等敌不过，在定国公府吃了很大的亏！臣无用，臣该死。"

灏儿一头雾水："孔良，你在说什么？什么龙虎将军，什么安远将军，什么定国公府，孤怎么不明白。"

孔良从怀中掏出一张信笺，上面写着四个字：杀陆明宇。那字迹跟灏儿平日里所写一模一样，还盖有灏儿的印章。灏儿捏着那张信笺，大吃一惊。

孔良见状，也意识到了不对劲，忙说道："今日晌午一个小内侍递给臣的，他说，圣上想说的话便在信笺上，让臣不用去问，事情办妥再回禀。臣想着……想着您素来对陆将军颇有微词，下此命令也不为奇……"他说着，胆怯地瞧了瞧我。

灏儿一拍桌子，孔良连忙吓得跪在地上。羽林卫中，年纪最大的不过17岁，年纪最小的才14岁，眼前这位孔良今年16岁。都是一群少年人，戒备心不强，少年意气，有冲劲儿，可做事欠考虑、欠稳妥。那个施计的人想必是充分考虑，并利用了这一点。

"蠢材！猪脑子啊你！这么大的事孤要是吩咐你做，会不亲自找你商量？会这么草率？！那是上将军！定国公！不是街头走卒！"灏儿气得不轻。孔良磕头道："臣愚钝，臣该死。"

"那个传话的小内侍呢？"

"臣马上就去找，搜遍了宫廷，也要将他找出来。"孔良伏在地上。

灏儿将手握成拳，放置在口边。"等等，你方才说龙虎将军、安远将军，难道他们在定国公府？"

"是"

灏儿想了想，冷笑一声，不知是说给孔良听，还是说给我听。"孤记得这两位将军是舅父的老部下，如今一位在川陕，一位在云贵，怎么？他们回京述职，不先来面圣，倒先去定国公府了？如此威武将，徒称有战功！他们效忠的到底是朝廷，还是效忠定国公府。效忠的是孤，还是舅父？"

云归听此话语，吓得面如土色。这正是我方才犹豫顾虑的事。虽刺杀明宇不是灏儿下的令，但他得知这样的细节，难保不生气。我开口道："灏儿，那两位

697

将军是行伍出身，不拘小节，办事没那么周全，一时思虑不周也是有的。你切莫过度解读。"

灏儿看向我："这是小节，那什么是大节？母后，是孤过度解读，还是舅父的权力太大？据说，玉门关外的许多百姓给他修祠，把他当神一样供奉。甚至，有的边民只知有陆将军而不知有圣上！您回想一下，去年年关，众武将返京的时候，他们看舅父跟看孤是不一样的。他们对舅父是打心眼里的崇拜、敬服、听从。而他们站在金銮殿上看孤的眼神是什么样的？仿佛在看一个不懂事的毛孩子！他们对孤这个少年天子压根儿不服！他们口口声声陛下万岁，可眼神暴露了他们的心！"

"灏儿，舅父对朝廷忠心耿耿，当年，你父皇离世的时候……"我试图说服他，让他心绪平稳下来。灏儿却打断了我："母后，孤不想再听这些！您已经说了好多回了！孤听得厌倦了！孤知道父皇离世的时候，是他带兵回来平息了宫乱。怎么？您是想说，没有他，孤便坐不上这皇位？孤这皇位，全是他的功劳？！孤讨厌这种受恩于人的感觉！"

"灏儿，你怎么能跟母后如此说话！朱先生没有教你为君之道、孝道吗！"我的声音严肃下来，厉声呵斥着。这时候，阿南说话了："圣上，您是天下子民的表率，不知有多少双眼睛在看着您呢。"她说得很软，但很有韧劲儿。

灏儿左思右想，停止了暴躁，向我行了个礼："儿唐突了母后，请母后降罪。"我瞧着这个我费尽千辛万苦生出来的儿子，缓缓说了两个字："无碍。"

"孤一定会彻查此事，给舅父一个交代。"灏儿说完，走出门去，孔良也连滚带爬地跟了出去。

我打量着阿南。她今晚在明宇面前那番话，和她对灏儿说的话，令我开始重新审视她。原以为她不过是有些小聪慧，现在看来，大是大非上，她亦站得住脚。

我拿起金剪修着桌上的石榴花枝，慢悠悠道："你说，今晚这两件事，会不会是漠北做的？"

"太后，您是在跟阿南说话吗？"

"嗯"

"阿南不敢妄猜此等大事。"

"随意说，恕你无罪。"

阿南迟疑了一下，道："一半是，一半不是。"

"哦？"

"行刺陆将军，漠北不可能没有干系。那使者住在宫中，且年纪与羽林卫相仿。以武艺切磋为由与他们混熟，钻了这个空子，使了个障眼法。很有可能。最近宫中常有谣言，说……说……"阿南说着，小心翼翼地看了看我的脸色。

我脸上淡淡的，手中的剪子却没有停。

"宫人们说什么？"

"她们说，那使者酷似从前的陆将军……"

剪子停下来。我心里兀地一晃。是啊，我一直模模糊糊觉得那使者有些眼熟，可总也想不起在哪儿见过。明明是个异族人，怎么会眼熟呢？我以为是我的错觉。经阿南这么一说，我才想起，很久以前，少年时的明宇，也是那般气宇轩昂、眼神明亮。那种干干净净的，带着阳光的面孔。那种眉梢眼角的波涛。

不同的是，那使者还带着漠北的嗜血和凶蛮。那是他的母族留下的印记。

难道，天启真的是明宇的儿子吗？明宇当年在大漠究竟发生了何事？他又是如何离开的？他离开的时候，是否知道塔娜公主有了孩子呢？塔娜公主有无再嫁？天启此次来上京的目的究竟是什么？

我脑海中有太多的疑问，想让沈昼去查个清楚。可沈昼竟在这个节骨眼上中了毒。

"关于沈府的毒奶糕，阿南以为，不是漠北的手笔。奶糕本就是漠北的贡品，他们怎么会用这样的方法暴露自己呢？"

我想起一个人，阿罗伽。他上次到上京送岁币，待了几个月方归国。他对上京的许多事知晓得甚是清楚。也许，他表面上与漠北联盟，暗地里别有心思。

把矛头引向漠北，南境就安全了。

我放下剪子，起身，在屋内踱步。或可利用阿罗伽的这个心思，做点文章。

第一百七十九章：知音

"太后，您好生歇着，阿南给您把安息香点上。不过是些宵小蛮夷罢了，不值得您费神。"阿南说着，娴熟地点上安息香。那句"不过是些宵小蛮夷罢了"，端得是大气稳重。

我半倚在榻上，瞧着阿南，今儿晚上发生了好多的事，可她一点儿惊诧都没有。昏黄的灯光下，她那张素净的脸，她头上那根万年不变的卦签，看起来顺眼了很多。这孩子因性格太过沉郁，难以琢磨，多年来我一直觉得跟她不大亲近。现今才觉出她的好儿来。

我示意她坐在榻边，以家常口吻道："上次烯儿得以顺利出嫁，是你给哀家出的主意。阿罗伽这个人，你还记得吧？"

"记得。"

"哀家思来想去，觉得往沈府送的奶糕或许是他的手笔。"

阿南听了，不假思索道："太后想得很有道理。"我再次看了看她。她回答得很快。仿佛是就在这个卡点等我，很希望我这么想似的。我素来有着兽一般的警觉。从最初到现在，没有变过。而此时，我却打算顺着她指引的路，往下走，看看路的尽头，有什么。

我淡淡笑笑："你觉得该如何做，才能解决南境与漠北的威胁？"阿南低头道："让漠北的人明白，南境在算计他们。让漠北的人恨上南境，让他们撕咬在一处。阿罗伽那个人，不是简单的人物，他必会反击。"

"圣上对陆将军、对哀家多有不满。哀家打算料理完边疆事宜，看着炘儿和灏儿各自成了亲，便放开手，交权给他。"我叹了口气。

"陆将军呢，他愿意吗？在朝堂上二十载的艰辛，一朝化为乌有，实在是委屈。"阿南问着，话语中带着某种试探。看似是在体谅明宇、体谅我，可出发点却是在为灏儿思量。

"哀家与陆将军都不是眷恋权势的人。现今，造化已极，倒羡茅檐草舍。算来富贵功名，不如五湖烟景。陆将军没什么不愿意的，哀家亦没什么不愿意的。"我轻轻浅浅地说着，话语中似带着上京五月夜晚的薄薄雾气。

阿南道："太后和陆将军的心怀让人感佩。"

我摆摆手，不经意道："上回，哀家让你给灏儿的婚事卜上一卦，说他的中宫是清欢。那卦倒说到了哀家的心坎儿里。清欢这孩子，明媚活泼，灏儿喜欢，哀家也觉得合适，就是年岁还小了些。不过史上年幼为后的事情倒是很常见。母仪天下，原不在年纪上头。"

阿南的手指轻轻地缩了缩。那动静非常细微，细微到常人无法察觉。

"太后说得甚是。"

"哀家发现，你平时跟灏儿说的话，灏儿还肯听些。你说话有条理，人又沉稳，如长姊一般。往后，多多劝慰灏儿，让他改改少年脾气，勿要毛躁。"

阿南谦虚道："哪里。太后过奖。圣上不过是看在从小在乾坤殿一起长大的情分上，是而阿南说的话，他肯听一二。"

我将枕边的一卷书递给她："哀家看着小字眼花，你读给哀家听吧。"

"是。"她坐在榻前，一字一句地读着。

我满怀心事地睡去。

西宫司乐楼。

圣朝专门用来接待番邦使者的地方。

敖羽带了一大队身着铠甲的御林军冲了进去，漠北的一行人不明所以。那使者天启正在听一曲《盛世华裳》，见敖羽冲进来，稳了稳心神，朗声笑问："敖统领今日来司乐楼何事啊？动这么大的阵仗。"

敖羽冷笑一声："太后有令，捉拿漠北来京所有人等，一个不许遗漏。"天启道："漠北到底犯了何事，惹恼了太后？前两日还相谈甚欢，为何一夜之间，就变了天？""这个，你自己到太后跟前儿说去吧。"敖羽厉声道。

天启没有挣扎，也没有反抗。他知道，在如今这种形势下，所有的反抗都是适得其反，让圣朝更加怀疑漠北。若是撕破脸皮，在上京，想要杀了他，易如反掌。他任敖羽绑了他，带到乾坤殿。乾坤殿的正厅，庄严肃穆，当中柱子上雕的龙头栩栩如生。

天启跪在地上："太后，小使满心疑惑，漠北到底犯了什么过错？"

我手中端着一盏皋芦，似笑非笑。我决定，指东打西，指南打北。"漠北进贡的奶糕有毒，意图谋害圣上，其心当诛。"

天启乍听这话，似松了口气，转而，摇头道："绝无此事！漠北若有此心，愿接受长生天的惩罚！"

“圣上将两盒儿奶糕，一盒儿给了哀家，一盒儿送到了沈府。如今沈大人已然中毒，你还有何抵赖？”

天启道：“小使压根儿不知沈大人为何人，更算不到圣上会将奶糕送到沈府。着实冤枉啊。”

“哦？”我故作吃惊道，“不是漠北，又会是谁？谁会想着在漠北上贡的奶糕中下毒？这人和漠北有何仇恨，下此险招？”

天启沉默了。他不吭声，似乎在思索着什么。忽而，似乎是想到了，眸子中带着嫌恶和憎恨。

我知道，他已经想到了阿罗伽身上。主动写信向漠北示好、请求合作的阿罗伽。也许漠北还在迟疑，阿罗伽却等不及了，如此煽风点火。这样想，很是说得通。天启对自己的猜想坚信不疑。

我将茶盏重重往书案上一搁，凝重道：“自漠北一行来朝，上京发生了好些奇怪的事，令哀家不得不多加揣测。”天启低头道：“漠北对圣朝、对太后、对圣上，无有二心。此次到上京，是求陛下加印。如今事情已经完结，小使该回漠北复命了。请太后放行。”

我意味深长地笑笑：“事情没调查清楚，你现在可走不得。”我一挥手，几个威武的御林军将天启拖走。我早已跟敫羽打好招呼，将天启锁在乾坤殿抱厦的一间小屋子里。没人会想到，我会把他关在离自己最近的地方。

越是找不到他，越是没有他的消息，漠北越是会狗急跳墙。漠北其他的人一律关进天牢。然后在子夜时分，故意放水，让其中一人跑掉。

回去向塔娜报信吧。呵，要的便是这样的局面。

我想让漠北乱了方寸，也想让漠北猜疑南境。

云归问：“太后，今年的皋芦苦不苦？”我微微一笑：“不苦。”

孔良找遍了宫廷，都没有找到那个向他传达“圣旨”的小内侍。想来，那人已经被天启结果了。

这个少年人，做事干净利落。被我囚禁之后，他不闹、不喊，安安静静，还请宫人给他递本书。

我去沈府看了沈昼。他吃下去的奶糕不多，中毒不深，且他习武多年，内力深厚，及时逼出了一些毒液，再加之华医官去得及时，故而，无有大恙。

清欢侍父极孝，几天下来，人消瘦不少。

灏儿敏感地觉察到了邦交有异，若对外开战，需老到的良将。没有比明宇更合适的人选。是而，他克制住了对明宇的猜忌，颇为温和地上门安抚了一番，言必称“舅父之功"。

可明宇却越来越愁眉紧锁。他进宫都少了，早朝也称病不来。他似乎是害怕面对什么。那个秘密近在咫尺，他却不敢触及。

是夜，云归采了新鲜的月季花给我泡脚。"听闻二公主去看了那使者，两人隔着木门说了好半天的话。"云归说着，笑了笑："听宫人们说，二公主还亲自将自己常看的书从门缝里递进去呢。"

我抚了抚额头："炘儿那孩子，鲜少对男子如此热络的。记得每年赏花会或年节筵席，那些官家公子与她说话，她从来不理睬。"

"是啊，所以奴婢才觉得好奇呢。"

这时候，炘儿走进来。

"母后。"她唤了一声，行了个礼，便亲昵地坐在我身边。

"炘儿，怎么还未睡？"

"想跟母后说说话儿。"

我柔声道："好。"

"母后，儿臣发现一个奇人！就是那漠北的使者天启。"

"哦？如何奇了？说与母后听听。"

"他跟儿臣一样，喜欢看不被世俗所容的书籍。譬如《竹书纪年》。正统的史书上，皆说尧舜乃禅让，可这本书便不这么写。《竹书纪年》里有载，舜囚尧于平阳，取之帝位；舜囚尧，复偃塞丹朱，使不与父相见也。是不是很稀奇？"炘儿的眉宇间燃烧着从未有过的快乐。

我静静地听她说下去。

"母后，这样的说法多新奇啊。朱先生是最有学问的人，他对这本书嗤之以鼻，没有人会认可这本书的。可儿臣觉得，这样的说法更切合人性，更真实。巍巍史书，难道一定都是正史记载的那样吗？又有谁真正见过当年的月亮呢？儿臣与天启隔门谈话，有遇知音之感。"

我笑笑："炘儿，你觉得知音二字何解？"

"音实难知，知实难逢，知音者，平生难遇也。"

第一百八十章：对话

"炘儿——"我唤着她。

她应了一声，明亮的双眸看向我。

"炘儿，你似乎很久都没有这么高兴了。那个大漠使者，真的有你说的那般好吗？"

"母后。"她将面庞埋在我的手心里："真的。"

"你知道漠北与圣朝现在关系微妙吗？"

"我知。母后、舅父、圣上这几日都很苦恼。"

我脑海中闪过那日御湖边，炘儿对天启说的话。"我愿意为母后做任何事。"

我一时难以分辨，炘儿究竟是真的欢喜天启，还是想为我分忧。我心里就像被一只软绵绵的小手撕扯着。这世上竟有这样又甜又痛的感觉。

"炘儿，这当中事体复杂，母后不希望你搅进这浑水，你往后离那个漠北使者远一点吧。"

炘儿的眼中涌上来倔强。"母后，为什么要离他远一些，儿臣从未碰见能谈得来、志趣相投的人，儿臣还想等着他送老虎呢。"

我轻轻叹口气。云归拿出帕子，我擦了脚，起身，行至窗边，往外看去。外头的园子里，有月季，有紫藤，有鸢尾。鸢尾是我命人种的。因炘儿喜欢。夜风中的鸢尾，一簇簇的，煞是清雅。有的花已经开罢了。花瓣飘飘扬扬落在地上。

世故从来多错料，落花飞絮未须惊。炘儿跪安后，回去歇息了。我长久伫立在窗边，发着愣。

"云归，我有一种感觉。"

"您说。"云归站在我身后。

"那奶糕里的毒，其实是阿南下的。漠北送来的奶糕本无毒，是阿南看到灏儿要将奶糕送去给清欢，才趁人不备，往里投毒。"

云归不吭声，默默听我往下说。

"还记得清欢来乾坤殿的时候，阿南的话么？她反复强调，那奶糕是灏儿独给清欢的，清欢不能辜负灏儿的心，一定要尝尝。后来，当听说沈大人中毒了，她便巧言引导我们往阿罗伽的身上联想。她日日在乾坤殿，且小舟跟她非常熟，对她没有戒备，她完全有下毒的机会。她做得非常好，亦非常冷静，一开始，连哀家都被蒙蔽了。"我轻轻说道。

"那太后是如何察觉的呢？"

"她有两处细微的动作，让哀家觉出异样。其一，当哀家说出怀疑阿罗伽的时候，她赞同得太快了，你想想，她素来是个谨慎的人，不关己事不张口，如何在这件事上表态得这么快呢，也许，哀家的推断正中她的下怀。她非常乐于把所有人的想法往阿罗伽的身上引导，那么，她做的事就很快就会被掩盖了。其二，哀家说有意立清欢为后，她的手指微微地蜷缩了一下。若是旁人，一定觉察不出来，但，哀家，数十年的察言观色，看人实在是太敏感了。任何小细节，都避不开哀家的眼睛。"

云归听了我的话，想了想，开口道："阿南小姐看上去倒是跟清欢小姐很亲密。"

"这便是哀家觉得她心思深沉之处了。她不像个孩子，倒像个饱经世故的人。也许，生于相面卜卦之家，她天生心思多过旁人，也慧于旁人。"

"那，阿南小姐为的是什么呢？"

"中官之位。"我说。阿南的出身比不上清欢，相貌比不上清欢。就连灏儿心中的位置，她也远远比不上清欢。她所拥有的全部，是祖辈对我的救命之恩。她心里非常明白这一点。她从来不敢以此自持，而是非常谨慎地在乾坤殿生活。若明公正道地跟清欢争，她一定争不赢。还没上场，就输得彻底。

可若是清欢死了，情势便不同了。她成了灏儿唯一的青梅竹马。她通过展示自己的大气稳重，在明宇和我这里博得好感，获得我们的支持。外加上邹伏在朝中多年的经营。她跟旁人比，便有了胜算。

云归道："若这是实情，太后当如何？"

我从窗边踱到榻上，将烛火熄得只剩一盏。屋子里的光，暗了下去。我躺下来。云归将薄薄的软缎覆在我身上。

我喃喃道："无论如何，哀家对阿南这孩子不会下狠手。当年若没有她的祖父邹付，哀家说不定连命也没了。这是大恩，有恩不报非君子。哎。人不为己，天诛地灭，她一个孤女，为自己筹谋打算，能理解。可她的心哪，狠了些。让哀家想起了昔年崇庆太后高红袖。不同的是，她比高红袖更有学识、更有胆魄。哀家的私心，是想让清欢为后，可哀家怕啊，怕清欢那孩子，应付不了后宫的叵测。这样一思量，矛盾得很。灏儿不是他父皇，不是个受人拿捏的性子，日后，必有一番风雨……"

云归轻轻地给我打着扇。

"儿孙自有儿孙福，太后莫要太忧虑……"

"你去睡吧，云归。"

"嗳。"她答应着，退下了。

寝殿寂静下来，外头的鸡人报：三更。

我闭上眼，在榻上翻来覆去。突然，一个黑影从房梁上落下来！

我一惊，从枕下摸出短刀。正待我叫喊，嘴巴被捂住！

"陆芯儿。"是个女人的声音。这女人身手矫健，轻功了得，手上还很是有气力。她究竟是怎么上房梁的？何时进来的？怎么躲过了御林军层层巡逻的？她与我有何仇何怨？大内那些高手都是干什么吃的？乾坤殿的暗卫又去了哪里？

我正在揣测之际，那女人冷笑一声。"陆芯儿，你好狠哪，抢我的汉子，如今，还要杀我的儿子！"

我嘴巴被蒙住，含糊不清地叫喊着。她用一把弯刀抵在我的喉咙上。"你敢出声，我现在就杀了你。"

她说了这句话，转而，又苦笑自嘲道："杀了你，又有什么用呢？届时，恐怕他会发了疯，毫不犹豫带兵灭了漠北。"说到这里，我已经猜出了她的身份。

那弯刀非中原之物。她是塔娜。她穿着宫中寻常嬷嬷的衣裳，混进宫来，然后躲在房梁之上，趁御林军交接之际的空隙，挟持我。

我镇定下来。她见我不反抗，也不叫喊了，倒有些诧异。

"陆芯儿，你把我儿子关哪儿了？"

我不吭声，用手指了指她捂住我嘴巴的手。她犹豫了片刻，缓缓松开。

我没有在这个时候大喊大叫。她离我这么近，她武功高强，纵便是外头的御林军冲进来，也需要一定的时间，惹怒了她，她完全可以迅速杀了我。

鱼死网破，并非我要的结局。

我坐在床榻上，舒了口气："你是塔娜。"

"是又怎样？"

"天启是你的儿子？"

"是。"

"也是明宇的儿子？"

她听见我如此亲昵的口吻，无端又怒了："他不配做天启的父亲，天启也不可能认他。"

"你知道么？天启差一点杀了陆明宇。"

她的表情很惊诧："你说什么？"

我心内笑笑，我的猜测果然是正确的。她只知道奶糕一事，并不知道天启使计策杀明宇一事。当日，我当着天启和一众漠北使者的面儿指东打西，只字不提"羽林卫得假圣旨"一事，也正是这个目的。

　　我赌，这件事是天启私自做的，并不是塔娜的主意。女人的直觉，我认为她一定是不会杀明宇的。不管明宇曾对她做过什么。漠北女子，赢得起，输得起，断不会时隔多年，秋后算账。

　　"是真的。天启模仿圣上的字迹，挑动羽林卫刺杀陆明宇。"

　　"这个狼崽子！敢杀他老子！老娘非打他一百马鞭不可！"塔娜骂着。昏暗的烛光下，我瞧着她。虽然一身嬷嬷的衣裳，但遮不住她天生的王者霸气和大漠好战者的野性。

　　她是个磊落的人。她选择用这样的方式见我，是因为她以为我要杀她的儿子。或许，她本意是不想见我的。她有她的骄傲，她有她的风骨。

　　"陆明宇知不知道他在漠北有个儿子？"

　　"他不知道。连我自己也没想到。"塔娜说。

　　"当年，我父王非常喜欢他。他曾经被困大漠深处七日，米尽粮绝，仍誓死抵抗，大漠的日头红得像血一样，他满身是血，手提长枪，站在沙漠上。我父王说，他是一个真正的巴特尔。巴特尔就是英雄。后来，他被俘漠北帐篷。我父王看出我对他有意，想让他做女婿。他不肯。他在漠北一个月，我们聊中原的武艺，聊各处的兵器，聊书上的阵法，什么都可以聊，可他对我就是没有男女之情。有一晚，我父王用激将法，要与他对饮。酒中下了迷情药。父王也给我下了一样的药，然后把我们关在了一处……"

　　她低下头。

　　"这是我父王一生做过的唯一一件不坦荡的事。我知道，他是害怕。哥哥阵亡了，他只有我了。他说，我再英勇，都是个女儿家，守不住漠北怎么办？他希望我有个依靠。"

第一百八十一章：春宵

我从没有想到我会以这种方式见到塔娜，更没有想到我们会如此心平气和地说着话。我以为漠北好战民族的女子剑拔弩张，可她却肯对我说这许多推心置腹的话。

"当初，是你放明宇回来的吧？"我轻声问道。

"是。"

"为什么？既有了春宵一度，为何你还肯放他回来？"

她苦笑："春宵一度，也只是糊涂的春宵一度，不是他想要的。十多年过去了，我还记得第二天醒来，他懊恼和后悔的眼神。他跟我说对不起。我说没什么可对不起的。男女之事，是我父王想得太简单。草原上的汉子，只要进了哪个女子的帐篷，就会一生一世对她负责。可我不要他对我负责，我要他心里有我。既然做不到，也没可能做到，那就放手吧。让他回去，让他去过他自己想要的生活。后来，我父王猜到是我自己放他走的，跟我生了好久的气。"

这时，外面传来御林军巡逻的脚步声。敖羽的声音在门外响起："太后，方才听见殿内有些细微声响，无事吧？"

塔娜迅速紧张起来。在她的弯刀靠近我之前，我已笑着对门外道："无事，是哀家梦魇了。"

敖羽关切道："太后定是劳心所致，需要臣去传唤华医官吗？"

"不必。现时太晚了，明日再说吧。"

"是。"

敖羽的脚步声走远，塔娜松了口气，方信了我对她确无敌意。她盘腿坐在我的榻上，仿佛她人在哪里，哪里便是漠北的帐篷。

我摸出火镰，点了一盏灯。动静惊醒了云归，她欲走近，我开口道："哀家一个人读会子书，你歇着吧，不必来伺候了。"

"是。"

昏黄的灯光在我与塔娜的脸上摇曳。她打量着我，我也打量着她。

"我知道他心里有你。在漠北的时候，他跟我讲过你们在禹杭的旧事。他每次提到你，神情就会跟平时不一样。在战场上，他是个勇猛硬汉，誓死不服输的人。可他说起你，便会很柔和，面上带着澄净的孩子气，就像荒漠中的泉。"塔娜说。

"他是如何被俘的？"

我知道明宇在关外一定吃了很多苦，可这些年他从未对我讲过。在这个与塔娜两两对坐的时刻，我突然想知道那些事。

"他守了七日，何卫的增援依然没有到，大漠的气候变幻无常，那一天，黑云压下来，风把沙石都卷起，吹到半空中。中原的战马没有见过那样的邪风，疯了一样地奔跑、嘶鸣，将他从马背上甩了下来。他多日水米未进，加之身上多处受伤，便昏迷了过去。我将他拖回漠北的帐篷，他口中一直不停念着三个字。"塔娜看向我的眼神在这一瞬间多了许多悲苦。

"他反复念着芯姐姐、芯姐姐、芯姐姐。我一开始，以为是他在中原的相好。可后来，我才知道，原来他心心念念的芯姐姐，竟早已是个有夫之妇，还是中原皇帝的宠妃，呵，多么讽刺。他那样文武双修的好儿郎，宁愿单相思，不愿娶妻房。陆芯儿，你说，这是不是长生天的咒语？"

在明宇为救我，被西境的毒蛇咬伤之时，我已经明白了他的心意。可我有太多身不由己。

我何尝不想他能如常人般娶妻生子？我又何曾想过捆绑他二十年的韶华？

南巡之时，在不夜郡，明宇带我观看"夜有日出"之时，他说："若无国事，姐姐可否做梦？"我以"圣上年幼，国事何托"为由拒之。我不愿让他这样孤独地守望着。可他太过于倔强。

"芯姐姐，小时候我就发现，你常常会发呆，我不知道你发呆的时候在想什么，可你皱着眉头，肯定是有许多不快乐。我真的很想，很想让你快乐。"这是他在被毒蛇咬伤，性命垂危之际的胡话。

在他心中，我从来就不是什么宠妃、太后，我只是小时候用毛毛虫吓唬他的芯姐姐。他看着我在宫中浮浮沉沉，他想保护我，让我快乐，做我的娘家人，做我的倚仗。他拒绝娶妻，洁身自好，不喝花酒，不上青楼。有官员为了笼络他，送上绝色美女，他看也不看，便送了回去。导致朝中有一股传言，说玉面将军约莫有龙阳之癖，在军中以清秀小兵自娱。面对再不堪的造谣，明宇都不曾解释，一笑而过。他从不在意世人说什么。

"塔娜，你该告诉明宇，他有儿子的。以他的人品，绝不会放之不管。"我说道。

塔娜摆手："如果他惦记我，自然会回漠北看看，只要他来，便会发现有天启的存在。可他没有。既然他从未惦记过我，我又何必以儿子为由，求他的看顾？我不稀罕求来的东西。"她有傲骨。在战事上是，在情事上亦然。

"若非这次天启执意求我，我不会答应让他来中原的。谁知，他对未曾谋面的父亲心中恨意如此大。他不该这样的。从小到大，我一直教他豁达。我告诉他，漠北的巴特尔，不仅要有铜墙铁壁般的身躯，还要有天空一样宽广的胸怀。"

"或许，天启是在替你不平。"

"你将他关在哪里了？"

"你要见陆明宇吗？"

塔娜一下子窘了起来："罢了吧。有甚好见。他定是不想见我的，不然不会十几年不通音信的。"

"塔娜，你是否跟阿罗伽有联络？他不是个简单的人物，年纪轻轻，心机颇深。哀家不希望你和你的儿子被他人利用。"

她沉思了一会儿。

"罢了，陆芯儿，我不瞒你，我并不想与南境有联络。上一场仗打了三年，对漠北的损耗太大了，好久没能恢复。我父王死后，又接连天灾，牧民苦不堪言。我只想带领部落的人安居乐业，过上好的生活，牛羊成群，四时丰收。胜与负，又何须那么介怀？中原有句诗，叫作一将功成万骨枯。我看得很透。看不透的，是我儿。我提醒过他，莫与阿罗伽联络，他不肯听，非要赌一赌。这回，毒奶糕的事，也算是对他的警醒吧。"连塔娜都笃定了，毒奶糕是阿罗伽搞的鬼。

"陆芯儿，放了我儿子。"

我沉吟道："不论如何，哀家现在不能骤然放了天启。但你放心，哀家不会伤他，亦不会要他的命。过几日，哀家会给你一个交代。"

她看了看我，良久，说了句"我信你"，便飞身而去。

大漠沙如雪，燕山月似钩。我念着书中的句子，乾坤殿寂静的夜，仿佛因塔娜留下了那股戈壁滩的浩瀚之气。

确定了天启是明宇的儿子后，我不忍再与其为难。我左思右想，试图找一个两全其美的解决办法。吹灭了灯，在榻上翻来覆去，到四更天才蒙蒙眬眬睡下。

翌日清晨，我一早便被鸟叫声惊醒。云归端来热水，我擦了脸，在院中踱步。见炘儿摘了几朵鸢尾，放在关押天启的抱厦门口。我没有上前惊扰。

灏儿与我一同上朝，走在回廊上的时候，他突然跟我说了句："母后，番邦那小子似乎对二姐有不轨之意。""哦？"我淡淡应了声，不置可否。灏儿冷笑一声，轻蔑道："孤就算御驾亲征，出关杀敌，也绝不让骨肉血亲和亲漠北！"

我愣了片刻，加重语气道："若是你二姐真心欢喜呢，你也要拦阻吗？"

"圣朝偌多好男儿，谁不愿做皇家的驸马？岂能便宜一个番邦之人。何况，还是心怀叵测的番邦之人。"

灏儿因为送给清欢的漠北奶糕有毒，现时对漠北偏见颇大。纵他知道下毒的可能另有旁人，但他深觉此事无论如何与漠北脱不了干系。

"灏儿，你自幼与你二姐最是亲近，应该深知，你二姐最是有分寸之人，咱们都应该尊重她自己的想法。你父皇离世多年，母后一向待她视如己出。母后不会忍心看着自己的孩子受委屈，不管是你大姐，还是你二姐，包括你。"

灏儿听后，沉默不语。

今日，明宇依旧没来朝堂。下朝之后，我派人去传明宇进宫，他推说抱恙，不肯来。

我想了想，决定自己亲自去。

一个时辰后，凤辇停在定国公府门口。明宇在庭院中练武，燕青十八翻，太白出山拳，明月啸西风，打得行云流水，功力颇深。

我鼓了鼓掌。他猛地回头，看见我，脸红了："姐姐来了。""陆将军生龙活虎，何来抱恙啊？"我打趣道。他越发窘了。

"塔娜昨晚秘密潜入了乾坤殿。"我说。明宇连忙走近我，上下端详。我笑笑："姐姐没受伤。你不想知道，塔娜说了些什么吗？"

他低下头。他最不想面对的事情，终于还是要面对了。

"姐姐，对不起。"

我伸出手，揉了揉他的头发，就像小时候那样。"傻子，哪儿来的对不起。姐姐为你高兴，你知道吗？你有儿子了。"

这句话仿佛是惊雷，劈在他的头上。

"什么？！"

第一百八十二章：父子

我徐徐走到屋内厅中的大椅上坐下，明宇站在我面前。"姐姐，你方才说的是真的吗？"震惊的神色久久未能从他脸上褪去。

我点点头。

"你还记得金銮殿之上的那个漠北少年吗？"

"漠北使者毕力格？"

"他不叫毕力格，真正的毕力格是左帐督卫之子，他用毕力格的假身份到上京，只为不引起各方注意。他其实是塔娜的儿子，真实名字叫天启，他是漠北的王室啊。"我缓缓说着："明宇，天启正是你和塔娜的儿子。"

"塔娜……她这些年没有嫁人吗？记得她放我走的时候，骑马送我到鸣月关，她说她已经想好了，会答应她父王重用的上柱国大人的求婚……难道，她是骗我的吗……"明宇低下头，问着。那些陈年旧事如同漠北的风沙，迎面袭来，将他裹挟其中。

"塔娜送我走的那日，穿着一身儿明黄色的异族服装，像极了沙漠里的菊。在漠北，菊花叫作乌达布拉其格。她若无其事，挥手向我告别。我以为，我以为她……"

听着明宇的话，我眼前似乎浮现了那一幅画面。一个倔强的漠北少女，故作轻松地送走自己的心上人。她说她会嫁人，不过是对他的宽心之语，让他莫有那许多的愧疚。春宵一夜，两厢离别，俯身，已过去了十七年。

我轻声道："塔娜，她没有嫁人。你走之后没多久，她便发现自己有了身孕。"

"她编织了一个神话告诉漠北王和所有的族人，说她骑马行于大漠，突闻异香，有红日落入腹中，随之有喜。她买通了巫师配合她，一口咬定她怀的是神之子。牧民们皆跪在地上，称塔娜和她腹中的孩子都是长生天对大漠的恩赐。真实的秘密，只有塔娜自己知道。天启成年后，她才告诉他关于父亲的一切。"

塔娜口中的神话，是她以女子之身继位为新一任的漠北王，而大漠诸部无一人反对的重要原因。老漠北王也许正是从这一点的长远考虑，没有拆穿女儿的谎言，而是顺水推舟，大肆宣扬。

"姐姐，你是说，那孩子自己已经知道了是吗？"

"是。"

"他今年……十六？"

"嗯。"

明宇搓着手，脸上混杂着愧痛、难受、不知所措。"我真的以为我走之后，她就嫁给了上柱国，所以，这些年我并没有去探听她的消息。我以为，那段往事不过是书中错码的一页，翻过去，便过去了。"

我看着他："明宇，过不去的。不管塔娜如何表述，那孩子都坚定地猜测是你抛弃了他们母子，所以对你充满恨意。敖羽在司乐楼发现了假扮小内侍的衣物，也搜出了临摹灏儿字迹的字帖。姐姐已有十足的把握，假传圣旨给羽林卫这事儿，是天启的主意。"

"姐姐……"明宇的脸上没有愤怒，有的只是担忧。

我知道他想说什么。"你放心，我已让敖羽销毁证据。绝不会让灏儿知道。"灏儿是个火爆的脾气，本身就对明宇、对漠北有很强的戒备心。若他知道这内里的种种，必会雷霆大怒，越发怀疑明宇的忠心，也越发仇视漠北。

瞒着吧。宁愿它是一笔不了了之的糊涂账。

明宇放下心来。

"明宇，你随姐姐进宫，见一见这天启吧。"

"我……"他迟疑起来。数年的孑然一身，他乍不能接受他已有一个 16 岁的儿子。

"总是要面对的。"我招呼一旁的小内侍，给他换了衣裳。他犹豫了一会儿，还是上了马，跟在我的凤辇边侧。一路"哒哒"声。我知道他的心亦如那马蹄踏过般，上上下下，凌乱嘈杂。

到了乾坤殿，我命人打开抱厦的门，明宇步履沉重地走了进去。我掩上门，吩咐宫人内侍们，莫要去打扰。我回到内殿的书桌前坐下。

须臾，二公主走了进来。

"母后，舅父去了关押天启的那间抱厦。"

"嗯。"

"母后。"她有点急，"舅父曾经在漠北打过仗，他不会跟天启打起来吧……"

我淡淡笑笑："不会。"

"儿臣不希望圣朝与漠北开战，亦不希望天启与灏儿彼此仇视。乌鸢啄人肠，衔飞上挂枯树枝。士卒涂草莽，将军空尔为。乃知兵者是凶器，圣人不得已而用之。母后，若边疆再起战事，苦的是百姓。当年，玉门关外三年长战，折损的岂止漠北，圣朝有多少将士死在了异邦？据儿臣观察，如今漠北也并非一意孤行想挑衅开战，其中有诸多误会，解开便可啊。母后……"她言辞恳切，双眼泛着水波。

突听得打斗声传来。我心说"不好"，起身往抱厦走去。小内侍打开门，见明宇与天启过了好些招后，拳脚彼此挟制着，明宇猛地一用力，天启后退数步，高声道："这回是我疏忽了，再来再来。"明宇笑道："小子，我让你十招，你也打不过我。再来一百回，还是这样。"

天启用袖口抹了抹嘴："我不服！"他再次向明宇扑过去，二人又过起了招。过了许久，两人累得筋疲力尽，躺在地上，却相视一笑。

几许不甘，几许怨憎，几许亏欠，几许委屈，几许愧痛，都在一大一小两个男人的相视一笑中化成缕缕的茶烟。这也许是血亲的微妙之处吧。

天启所以为的恨，在见到父亲后，消弭了许多。隔着十数载的烟尘，隔着两邦的硝烟，隔着层层岁月的雾霭，隔着山与水的离别，不管是谁亏欠了谁，谁曾无心做错什么，都似乎无从计较了。

炉儿素来敏感，她看了看明宇与天启那两张有些相似的脸、同样明亮的双眼，再看看我的神情，再联想到近日来宫中隐隐的传言，她有些明白了。

一边是灏儿不依不饶地追查，一边是舅父与天启的秘密。炉儿眼神中的雾气一点点散去，慢慢坚定起来。她走到天启身边，伸出她那只生而有残的手。"你说要送我猛虎，可算数？"

她从5岁那年被我从五王府接进宫来，这只手一直是她最为自卑之处。人前人后，或是蜷缩着，或是掩于袖口。从没有这样坦然伸出来。她不忌讳在天启面前展示她的残缺。她小心翼翼地，期待着。

天启见了，只略看了一眼，目光便又回到了她的面庞上。仿佛那手是世间再寻常不过的一只手，与旁的手并没有什么不同。他伸出他满是粗茧的大手，握住了炉儿那只残手，浅浅笑道："算数。二公主是天启所见世上最好的姑娘，我愿送你大漠最凶猛的虎狼。"

炉儿的眼泪大颗大颗地从眼眶里跌落。

黄昏的时候，乾坤殿浮动在夕阳里。斑驳的影子晃动着。灏儿从外间走进来，跟我说："母后，你将大漠使者关了几日，有没有审查出什么线索？给清欢下毒一事，可有结果？"

此时，阿南正好儿在大殿中给我磨墨。我淡淡道："哀家已审问明白，这件事与漠北无关。那使者是无辜的。哀家已将他放回司乐楼。奶糕里的毒，是南境命人下

714

的，意在挑起两邦矛盾。"

"这个阿罗伽，孤早就看他不是什么好人！什么奉上数十座城池，什么年年送岁币，孤看都是虚的！从南境灭了安南起，他们的野心早已昭然若揭！哼。迟早，孤要对南境开战。孤的脚边，莫说容人常驻，便是小憩也不可！另则——"灏儿看着我："虽然此次的毒不是漠北下的，但，漠北亦需提防。毕竟，他们曾与圣朝开过战，是敌非友。从古至今，塞外的蛮夷无有不觊觎中原沃土的。"

磨墨的阿南均匀地推动着手中的墨锭。墨在砚中散开，如花朵一般。

第一百八十三章：和亲

炻儿踏着夕阳走进来，细碎的光影落在她的眼睫上、脸庞上。此刻的她，就像画中的女子。她徐徐走进来，跪在灏儿面前。

灏儿忙道："二皇姐怎生向孤行此大礼，快快起来。"灏儿小时候，炻儿常抱着他，哄他睡觉；陪他玩弹弓刀。炻儿比烯儿会照顾人，也比烯儿对弟弟更关切，陪伴弟弟的时间更多。

故而，他们姐弟俩的感情一直是兄弟姐妹中最亲密的。灏儿对炻儿也是最上心的。每逢宫中有什么好事，都恐漏了二皇姐。就连年节宴饮的位置，灏儿也特意叮嘱内廷监把二皇姐安排得离他近一些。

炻儿并不起身，而是看我，缓缓道："母后曾答应过儿臣，不拘看上了哪家的儿郎，只管告知母后，母后下旨，选其为驸马。"

我点点头。炻儿这个年纪，本该早已谈婚论嫁，但因从前长姊迟迟未嫁之故，不尴不尬地耽误了两三年，我心中对她有愧，总想着给她寻一个好姻缘，让她称心如意，可她一直没有张口。如今，她对天启有意，我倒不能随意做这个主。与番邦联姻不仅是公主的姻缘之事，更是国家大事。圣朝自开国以来，历经四朝，从未有公主和亲的旧例。我想，这也正是炻儿向灏儿行此大礼的缘故。

果然，她看着灏儿柔和一笑："圣上，若是寻常的驸马，得母后慈谕便可。可臣姐心仪之人，并非中原儿郎，而是漠北的使者天启。"

灏儿看了看炻儿，又看了看我。

炻儿道："恳请圣上成全。"灏儿沉声道："二皇姐，你是心甘情愿的吗，还是……"他语调愈发严肃起来："望皇姐以自身安乐幸福为虑，勿要为国事忧。圣朝的公主无须因边境之患尚蛮夷之邦。孤虽不若太祖之英武，亦不惧兵戈之事。"

炻儿摇头："圣上，臣姐愚钝，哪思得国家大事？不过是女儿家心怀，愿得一可心之人，日出日暮，喜乐终老。圣朝贵家公子虽多，可他们在意的皆是皇家女的身份，他们关心臣姐与母后的关系，与圣上您的关系。他们想做的，不过是驸马而已。可天启，他并不在意这些，他与臣姐看一样的书，有无穷无尽的体己话可说。他不在乎做不做驸马，他想做的，是成炘的夫君。"

她伸出自己那只残手，笑了笑："母后，圣上，你们知道吗？人的眼神是最真实、最无从隐瞒的。昔日宫宴、赏花会上，成炘见到那么多男子，他们看到这只残手，眼中皆有猎奇惊诧之色。就连张浔，他虽欣赏儿臣，但看儿臣的眼神中，亦带有怜悯之色。成炘害怕那样的眼神。身体有残，非己之愿。成炘从小就害怕自己与旁人有什么不同。只有天启没有。他是真的不在意。丁香枝上，豆蔻梢头。他的爱慕，是发自肺腑的。成炘感受得到。"

灏儿起身，扶起她。"二皇姐，孤只是想让你过得快乐，怕你受委屈，才欲拦阻。既然你与那漠北王子是两相情愿，孤允了便是。"

成炘欲行礼谢恩，被灏儿拉住："二皇姐莫要如此，孤的心，还跟小时候一样，不会同二皇姐生分。"炘儿粲然一笑。又转头看向我："母后，圣上允了。"

我百感交集地点点头。

顺康十三年六月初六，圣旨下。

"今有漠北王子天启，漠北王之子，上奏本请求与天家公主和亲，孤思虑再三，为与漠北世代友好之念，允此请奏。仰承上圣皇太后慈谕，将孤之皇姊，圣朝安公主成炘，配于天启，为漠北王妃。从今后，漠北仍为圣朝之附属，亲密友好，年年进奉照旧。圣朝送亲礼队由孤之堂兄峪王成炽带领，连同孤之亲赐皇室嫁妆珠宝、金银、绸缎数百箱，七月下旬由上京出发，预计八月中旬可达漠北王帐。望天启与孤之皇姊琴瑟和弦，共谱联姻佳话。钦此。"

联姻的圣旨下来之后，天启返回大漠做迎娶炘儿的准备。明宇骑马送他到上京远郊的断雁山。

六月里，热得很。乾坤殿内，内廷监管事着人抬进来一盆冰。云归一边替我打扇一边笑道："太后您说，陆将军会不会一去不返，跟着小王子回了大漠，再也不来中原？"我笑笑，淡淡道："不管明宇如何选择，哀家都不意外。"

我话音刚落，明宇就走了进来。他进门就嚷着热。"云归，倒杯冷茶来！那断雁山的日头，真像是要把人烤熟似的！"

云归笑："陆将军都是做父亲的人了，一来太后这里，还跟孩子一样。"

冷茶端上来。云归煞有其事道："奴婢刚刚还跟太后说，陆将军有可能不回来了。"本是调侃，明宇却认真道："怎么可能不回来。我始终是要陪着姐姐的。姐姐在哪儿，我就在哪儿。"这句话，在禹杭的时候他说过。长乐五年，初入上京的时候他亦说过。现今，他依然这么说。

"姐姐。"明宇唤我，"方才，在断雁山，我看到塔娜了。"

"嗯。"

　　"她说，谢谢你，以这对儿女姻缘促成圣朝与漠北邦交的友好，是最圆满不过的了。况且，两个孩子，还是真心互相爱慕的。如此，边境无患矣。"

　　我轻声道："漠北王客气了。长长久久的睦邻友好，亦是圣朝之心愿。""姐姐。"他低下头。我瞧着他："明宇，当年之事……"

　　"塔娜说，当年是老漠北王擅自下药，做错在先。送我离开漠北之时，她亦不知自己有孕。拥有天启，是意外。非我之错。她说，男女之事，本就应该随自己的心意。情出自愿，事过随风。她爱了一场，不后悔，亦不怪我。她跟原来一样，希望我过自己想过的生活。"

　　我叹道："塔娜真坦荡，女中英杰。明宇，你知道有天启之后，为何没想过去漠北生活呢？"明宇沉默了一会子，方说道："我不会做违背自己心意的事。塔娜亦不希望这样。愧歉是一回事，爱却是另一回事。塔娜要的不是将就，从来都不是。姐姐，行伍之人，刚强而单纯，爱一个人，就是一辈子，不会变通，也不懂变通。"

　　喝完了凉茶，明宇便转身去了。他前脚走，炽儿便进来了。自从他成亲之后，开府立院，为了避嫌，很少进宫来。但，他与我的亲密依旧。

　　"儿向母后请安。"

　　我笑："炽儿，你是送亲的大舅兄，这回，要送你妹妹去漠北了。"他笑道："炽儿这夫君，儿见过，相貌英俊，身手不凡，对中原文化懂得亦颇多。炽儿得此佳婿，乃皇家之福，母后之福，朝廷之福。"

　　"接下来，便是灏儿了。"

　　炽儿道："圣上的中宫人选，想必母后早有决断。"我点头道："嗯，有了。便是沈家的小清欢。"炽儿道："确是好姻缘。沈大人乃朝廷股肱之臣，敖统领数十年来负责宫廷禁卫，其母敖大人是母后您从前的贴身女官。甚好，甚好。母后这样的安排再好不过。"不知为何，炽儿的这番话猛然提醒了我另一层意思。

　　或许，旁的人自然而然也是这么联想的。沈昼、敖羽、如雪，确实都是我一手提拔、信赖的近臣。灏儿会往这层意思想吗？

　　盆里的冰在扇子的扇动下，冒出一股股的冷气，盛夏的大殿，清凉怡人。我慢悠悠道："炽儿，你久在京中，可有什么有趣的故事，说与哀家听听？"炽儿想了想，道："京中流传，倒是有件挺稀罕的事，说给母后解闷儿。听人说，户部侍郎邹伏邹大人家，连续数月以来，每日卯时，有彩鸟自东南飞来，鸣唱数声离去。据说，一开始，惊着了打更的人。后来，便见怪不怪了。"

　　"哦？"我将手中的茶盏放回桌边。"是什么样的彩鸟？"

　　"儿说不好，但百姓们皆传得有鼻子有眼的。"

凤飞翱翔兮，四海求凰。

呵。倒是唱得一出好戏。我想了想，心内有了主意。

炽儿走后，晚间，我命人将阿南叫了过来。她依旧是恭恭敬敬的模样，行了礼，唤了声："太后。"我笑笑，歪在榻上："阿南，你在这乾坤殿十二年了吧？"

"回太后，是。"

"你在哀家跟前儿久了，就跟哀家自个儿的孩子一样。如今二公主有了归宿，哀家想为你寻个好人家儿。"我瞧着她，郑重道："威远将军家的独子向显荣，家学渊源，一身好武艺，你觉得如何？"

她低下头："阿南万事听太后做主。"

第一百八十四章：备棺

我打量着阿南的神情，并无一丝异样。这丫头果与常人不同，喜怒不形于色。不管心里想的是什么，面儿上风平浪静。

"既然听哀家的，那哀家便做这个主了。威远将军父子现今在云贵戍边，平素难得回上京一趟。这几天恰好，他们父子二人归朝述职，就趁这个机会，将亲事定了吧。或是八月，或是年底，便将婚事办了。哀家也算对你亡故的祖父有所交代。"提起邹伏，我仍是心绪如湖。不看僧面看佛面，我绝不能亏待阿南。

"谢太后。"阿南感恩行礼。她谢我，并不奇怪。以邹家的门楣，能嫁与威远将军府这等显赫之家，算是高攀了。何况由太后亲自指婚，这是天大的荣耀。可我总觉得她叩谢的背后别有深意。

她会那么欢喜地接受我的安排吗？她连提出见一见向显荣的要求都没有，她是真的不在意吗？

翌日下朝过后，我留下了邹伏，跟他说了阿南的亲事。"邹爱卿，你是阿南的叔祖，哀家想着，此等大事，该说与你知道。"我淡淡地笑着。

邹伏看着我脸上的神色，跪地谢恩。"邹家满门诚惶诚恐，谢太后隆恩浩荡。"末了，说了句："定亲的日子，太后可有决断？"

我沉吟道："哀家已问过太常，六月廿六是个好日子，哀家便在那日设宴定亲吧。""是。"邹伏答道，脸上流淌着无尽的满足。仿佛我能给阿南定这样的亲事，是对他、对邹家莫大的抬举。

威远将军那边，我让明宇去传的话。他是明宇的老部下，跟明宇有袍泽之谊，两杯酒下去，听说是太后的赐婚，喜得是无可不可。向家是领军打仗的武学之家，不拘小节，一概事宜统统言称"听太后的安排"。

事情太顺利了，顺利得让我不安。

其间，灏儿问过一回，我简单跟他提了几句，他点点头，笑着说了句"阿南在宫中长大，又是从宫中出嫁，届时母后多备些嫁妆，让她风风光光地嫁掉才是"，便撂开了话题。

720

沈昼身子彻底恢复后，便又到我跟前办差。头一宗查的，便是毒奶糕。可查来查去，毫无线索。从金銮殿漠北使者奉上奶糕，到送往内廷监，再到灏儿命小舟前去取出，再到送入沈府。每一步都没有破绽。

我反反复复，前思后想。给清欢下毒一事，做得如此隐蔽，一丝痕迹不留。到底是阿南的主意，还是邹伏的主意？我一时竟有些模糊。但不管怎样，阿南都一定是知情者。知情，便不无辜。

邹家志在中宫，欲效仿当年太宗一朝的殷侯，借着裙带之故，成"殷半朝"那等盛况吗？若果真如此，他们为什么又对我安排的亲事如此满意呢？

我扶额。云归把安息香点上。越是有了年岁，越是离不得它。张府的人来报，烯儿已有了身孕，我欢喜过后，又颇觉凄清。云归递上一壶花酿，我喝到半醉半醒。回首烯儿出生那年的场景，笑了哭，哭了笑。

初十那日，我命明宇陪我一同去了趟皇陵。我在成筠河的梓宫前，坐了整整一日，到天黑，方走出来。

仰头，满天的星河。萤火虫飞舞着。深远的夜空中，每一颗星星都闪着灵动的光。星河似乎在水中央。

"惟星河犹可识，孤雁夜南飞。"我喃喃念着。

长乐终此一朝，无后。我是唯一有资格与成筠河合葬的女人。这陵寝留着我入葬的地方。

明宇道："姐姐，你不会是孤雁，我会永远陪着你。""永远。"我笑了笑，重复着这两个字。

明宇的"永远"，似乎是夜空中清凉的月，照着地上的一切。因为有这样的月色，就连疾驰而过的岁月，也变得温和起来。

灏儿不知道从哪里知道我去了皇陵，问道："母后和舅父一道去祭奠父皇，何不唤儿臣同去？""和舅父"这三个字，灏儿咬得格外慢。似意有所指。这孩子敏感多疑。

"哀家去得匆忙，恐圣上无暇。"说完，我又道："哀家已命人准备梓宫了。待到做好，便先送入皇陵，送到你父皇身边。"灏儿愣了一下，道："母后春秋正盛，身体康健，何须准备此物？"我平静道："哀家恐你父皇孤独，便以棺代人，守着他吧。"

灏儿俯下身来，默默无言。

不到十日，梓宫便做好了，放置在成筠河的陵寝之侧。

让我没想到的是，这梓宫出了怪象。六月廿四夜晚，我刚入睡，守陵人入宫急奏，有大鸟飞入陵寝，入棺不出，棺自盖。此事亦惊动了灏儿，他披着单衣走过来，听了守陵人的奏报，道："孤去瞧瞧！"

我不放心，亦跟着一起前去。入陵寝观之，我前几日命匠人们送来那梓宫，竟真的合上了。按理，只有待我百年之后，入了殓，梓宫才能合上。

灏儿铁青着脸，吩咐道："打开！"

几个侍卫哆哆嗦嗦地打开了棺。

如此异象，他们心里皆有些发怵。棺盖打开后，里面竟真的躺着一只大鸟。

"速传太常！"少年天子厉声道。太常漏夜赶来，官帽都还未戴妥当，跌跌撞撞地跪在地上："太后，圣上，臣来迟。"灏儿指着棺中大鸟，道："告诉孤！这是怎么回事！"

太常意识到此事非同小可，不敢轻易开口，闭上眼，口中念念有词约一个时辰，方道："回太后，回圣上，此乃天降预警。有凤命之人移星，惹了天怨哪……"

在场所有人等皆跪在地上，乞求天恕。

我和灏儿心事重重地回了宫。走前命守陵人好生葬了那棺中之鸟。

次日上朝的时候，竟未见威远将军。

"回太后，威远将军府中昨夜有山石滚落，伤着了向显荣公子，故而，今日未能上朝。"

"什么？！"灏儿的眉头紧锁。

威远将军在上京中的府邸位于东行山下，依山傍水，景色秀美。那东行山数十年来未有山石滚落伤人之事，怎么昨夜偏偏就有了呢？近日来未有暴雨疾风，那山石是如何滚落的？为何威远将军府中百余口人，旁人都没事，偏偏砸中了向显荣？太奇怪了。明明是酷暑天，我坐在金銮殿之上，却感寒凉。

眼前似乎浮现了阿南头上那根神秘的卦签。我那隐隐的不安落在了实处。

太常道："圣上，或是向小将军承受了命中承受不起的东西，所以被命格所伤啊。"

六月廿六，便是阿南与向显荣的定亲之日。承受不起的东西，能是什么呢？

联想到昨日的"凤命之人移星"，灏儿越发毛躁起来，唤了声"退朝"。

我遣了华医官前去向府为向显荣医治。华医官回来禀报说，向显荣的伤在腰部，伤得颇重，数月之内，是难以起身了。这亲，是定不成了。

尚书房内，我伏案批阅奏折，沈昼走进来。"太后，那守陵人是清白的。"

"沈卿，你可记得菜头的大黑鸟？很是通灵性。还有，曾经的吴女案，吴女能指挥百鸟鸣唱，在地上摆出长乐万年的字样。昨日入棺的大鸟，或许是听从主人命令，才飞入皇陵。守陵人当然是清白的。他被很好地利用在了节骨眼上，成了最好的见证者，也是最好的报信人。"

"能将这些事一连串做得如此巧妙的，必是精通玄学之人，懂得如何引导太常恰如其分地说出那些话。反正，臣是不信这些是天意。"

　　我手中的笔重重停了下来。墨迹不由得蔓延在了纸上。

　　"咱们信不信，不重要。灏儿信不信，才要紧。"

　　"圣上年纪尚轻，经过这几件事，纵不十分相信，恐也有了疑影。"

第一百八十五章：送亲

沈昼的话很快就应验了。灏儿对"天降预警"的在意远远超过了我的预想。他先是率领宗室子弟在奉先殿长跪，又命人在民间请了数十位高人于宫中的安平观设坛祈福。安平观自大章二十八年，太宗皇帝崩逝以后，便颇萧条。此番，却因这位少年天子的重视，再度热闹起来。

"孤承天命继位以来，已有十三余载。孤幼龄即位，内聆母后慈音，外得舅父相助，加之天下臣民共心，终得此盛世太平。遐迩赤子，咸知孤心。治国刚柔并济，驭下赏罚分明。仰先贤之德，未敢有一丝懈怠。今得上天警示，孤铭记在心。必以天选凤命之人入主中宫。使九州同伦，万方向化。顺天命，以安四海。"

灏儿的话回荡在诸臣心中。人人皆明白了，对于这位少年天子而言，立后远不止娶妻那么简单。顺天命，安四海。他需要的是政治的稳定、朝政的祥和。他绝不会为立后一事去惹得天怨。

"大鸟入棺"之事，传得沸沸扬扬。大伙儿纷纷揣测，那个"凤命之人"究竟是谁家女子呢？

日子一天天飞逝。送炘儿出嫁的日子越来越临近了。

一日，她趴在我膝下，说着陈年旧事。"记得第一次五皇伯带儿臣进宫的时候，儿臣心里特别害怕。人人都说母后是个厉害的人。儿臣不知道自己是否能被留在宫中，更害怕自己稍有不慎，惹母后气恼。可当儿臣真正见到母后的那一霎，反倒没那么担心了。"

我问道："为何？"

"儿臣觉得母后的眼中有温暖的良善。母后就像刺苔，从外头看，满身的尖刺。可只要触碰下去便知道，刺苔的嫩枝非常的柔软，就连刺都是软的。"

云归笑起来："奴婢听着，觉得二公主说得甚好。"我笑将起来。炘儿朝我深深一拜："儿得母后庇佑多年，莫说似戏彩娱亲、涌泉跃鲤之孝，亦该侍奉母后在侧，承欢到老，报母后抚育大恩。今，儿远嫁异邦，恐日后山水迢迢，难见母后一回，有负孝道，乃儿之罪过。"

我起身，扶起她："好孩子，切莫如此说。你我母女缘分十数载，你对母后的心、对圣上的心，母后都明白。""愿儿此去，保边境百年无患，圣上江山无虞。母后，你多保重。少饮浓茶，少思多眠……"炀儿笑着笑着，却落了泪。

七月下旬。我亲手为炀儿穿上嫁衣。灏儿于司乐楼悬彩设宴，款待迎亲诸人。祥乐之声响遍宫廷。

宴毕，皇家送亲队伍由内廷至中和门，峪亲王成炽骑高头大马为首，内廷监鸣鞭，皇家陪嫁宝物数百箱。灏儿另外又亲为皇姊选书籍古画若干，恐皇姊在异乡孤独。我和灏儿送炀儿到宫门口，炀儿跪在地上，朝我重重磕了几个头："母后，儿去了。"

我站在烈日之下，点点头，敛去悲伤，嘱咐道："炀儿，到了夫家，夫妻和睦为上，愿我儿与驸马，恩爱百年。"

炀儿遂又悄悄对灏儿说了句话，才依依不舍地上了轿。后来，我知道了她说的是什么。

"母后不易，寡居多年，为皇家，为咱们兄弟姐妹付出良多，圣上您无论何时，勿要听信奸人之语与母后生分。"

她从头到尾，都是为我考虑的。从闺阁之时到为人妻、为人母。多年以后，炀儿的儿子做了漠北王，她亦教育她的儿子要与圣朝和睦友好。她确实做到了以一己之身，保北境百年无患。

史书上，留下关于她的单薄几笔：安公主，仁皇帝之女，母为贵嫔常氏。长乐三年，常氏获罪，仁皇帝以子嗣念，免其死罪。长乐四年，安公主降于清宁馆，生而有残。仁皇帝以断掌不祥，送公主出宫。顺康元年，祁安太后允其回宫，躬亲抚养。顺康十三年，安公主远嫁漠北。自公主和亲，两邦交好百余年。

转眼到了九月。

上京在北。北方九月的天空一日比一日高远，云朵一日比一日厚重。

自烯儿、炀儿出嫁以后，乾坤殿比先前冷清了许多。我心里空落落的。如雪知我心意，常常送清欢进宫。清欢像个娇俏的小黄莺，乾坤殿处处留下她清脆的笑声。她每回来，宫里都充满了活泼的空气。

灏儿仍喜欢与清欢一道玩耍，然而他看向清欢的眼神里却多了好些复杂的意味。清欢一点儿也觉察不到，依旧是一张澄澈的笑脸。

秋高气爽之日，适宜放风筝。灏儿、清欢、阿南三人在御花园放风筝的时候，阿南和清欢的风筝缠到了一处，怎么拽都拽不开。

清欢说："圣上，南姐姐，这可怎么办呀？"阿南默不作声，看着灏儿。灏儿想了想，唤小内侍拿了把剪刀，"咔嚓"，一剪刀下去，两个风筝停止了纠缠，各自飞向蓝天。

"清风如可托，终共白云飞。"阿南仰头，喃喃道："风筝自由了。"清欢托腮笑道："没关系，烯姐姐那儿好多风筝，又大又漂亮，我明日去张府问她讨一些。"阿南摸了摸清欢的发尾："小黄莺总是这样无忧无虑。"清欢做了个鬼脸。

九月初九，是灏儿的生辰。他今年满15周岁。在朱先生的提议下，今年的"万寿节"比往年要隆重。然而官宴之上，却发生了一点意外。

那日，酒宴正酣，突然园子外头传来一阵喧闹声。

灏儿皱眉，吩咐小舟道："去瞧瞧。"小舟道了声"是"，便连忙过去了。不一会儿回来的时候，却面露难色，吞吞吐吐。灏儿厉声道："直说便是！这宫中，难道还有什么难言之隐不成！"

"是……是……"小舟畏惧地看了看我，又迟疑地看了看坐在我身旁的如雪、清欢一家子，再抬头看了看灏儿，说道："敖统领把孔良孔大人给打了……"

灏儿没吭声。倒是清欢，急急地开了口。敖羽是清欢的舅舅，素来非常疼爱她，她跟舅父也格外亲。故而听到了这样的消息，有些坐立不安。她不希望舅父见罪于圣上。

"舟公公，这当中是否有什么误会？舅父不是轻易动手的人，且在这宫中当了几十年的差，勤谨本分，在太后与圣上跟前儿极有分寸的。那孔良必是有什么不妥之处吧？你可得细细地说全了。莫让旁人误会了舅父，以为舅父欺负后辈呢。"

如雪拉了拉清欢的袖口，示意她莫作声。孔良是羽林卫的头儿，灏儿的亲信，这个时候，不论说什么，都是不大妥当的。

小舟听了清欢的话，讪笑着附和道："清欢小姐说得是，说得是……孔良年纪轻，哪儿有敖统领那般有分寸呢。许是酒后冲撞了，也未可知。只是奴才方赶过去的时候，敖统领睡着了。具体的情形，还要等他醒来才知晓……"

灏儿问道："孔良现在在哪儿？"小舟答道："孔大人受了伤，流了不少血，自个儿去医官署找医官上药去了。"

"上完药，速传他过来。"

"是。"

我想了想，笑道："敖统领与孔大人都是习武之人。爷们儿家，多吃了几杯酒，比画比画，失了深浅，也是有的。原不是什么大事，官人们不该这么吵吵嚷嚷的。若传出去，倒让赴宴的那些外臣们笑话。"

我吩咐站在一旁的小申："你是办老了事的，该知道怎么做。传话下去，官人们不许再提这件事，莫要火上浇油。"小申忙道："是"

灏儿的脸色并没有因为我打这个圆场而和缓下来。

乐声响起。伶人们献上新舞《红梅倚月》。两排穿着红色衣裳女子，杨柳腰弯成月牙的形状，摆动着。笛声配着舞姿悠扬响起。有伶官儿柔柔地唱着：烟轻雨小，一夜红梅老。几番花信来时，佳期未到。问风月，离愁别恨几许？苦多乐少。

灏儿仰头饮下一杯酒，问道："这歌舞是谁排的？"伶官跪地道："回陛下，乃沈家小姐所排。"清欢俯身行礼道："灏哥哥，不，圣上，这是清欢送给您的万寿节礼物，您喜欢吗？"

灏儿点头："喜欢。多谢小清欢。"

清欢甜甜一笑。红梅仿佛是灏儿与清欢的某种契诺，在他们青梅竹马的往昔中浮动着暗香。

灏儿扬声道："赏！"伶人们纷纷叩头谢恩。我跟如雪赞道："清欢这孩子，千伶百俐的。"

如雪嗔怪："太后还说呢，她在沈府啊，养得比她两个弟弟加起来还要尊贵。被她父亲和她外祖母宠坏了。"我笑笑，沈昼疼女儿，满朝廷是无人不知的。

清欢靠在如雪身上，调皮道："母亲此言差矣，难道母亲就不疼清欢了吗？清欢是母亲生的，母亲对清欢的爱比起父亲，怕是有多无少。可别一股脑儿浑赖着父亲了。"

众人哈哈大笑起来。就连不苟言笑的沈昼，也露出笑意。这愉悦的声调随着孔良的到来戛然而止。

孔良的伤比我预想的还要严重许多。头上、手臂上，皆缠了厚厚的白布条。眼睛是肿的、鼻子是歪的、牙齿也掉落了几颗。这伤势看上去，仿佛对手与其有深仇大恨似的。孔良从来没吃过此等大亏，跪在地上，泣道："求陛下为微臣做主。微臣一心为陛下尽忠，不知做错了何事，惹怒了敖统领？还请敖统领明示，让微臣也死个明白呀。都是在官中当差的人，何苦下这样的狠手？"

灏儿沉声道："你不知做错了何事？那你与敖统领今日是如何起冲突的？说！老老实实说！敢有半字不实，孤便再打你三百棍！"

孔良叩头道："今日，微臣在御湖边教新来的羽林卫功夫，突见敖大人走过来，眼睛红通通的，甚是吓人。微臣还不明白怎么回事，便结结实实挨了一拳。微臣本能伸手去挡，敖统领见此眼睛更红了，越发使尽全身力气与微臣对打。微臣……微臣懵然不知所措……微臣想着，敖统领官职比微臣高上许多，又有……又有……故而不敢抵抗，怕惹恼了他……"

他没说出口的，是"又有太后、沈昼大人撑腰"。虽然他没说，但灏儿已经明白了他的意思。灏儿越发生气。他气敖羽莫名其妙地将孔良打了一顿，打狗还要看主人，整个宫中，谁人不知孔良是圣上的亲信？他更气孔良如此惧怕敖羽，被打还不敢抵抗，这说明什么？说明太后在宫中树大根深，自己的人不敢轻易去招惹。

他捏着酒杯，看向我："母后，您看孔良这伤，恐不似你说的，乃武艺切磋所伤吧？"我淡淡道："方才孔大人所说敖统领的言行，哀家觉得陌生得很。敖统领在宫中几十年，还未曾如此。这……等敖统领酒醒，哀家查问之后，再做定论吧。"灏儿笑笑："几十年未曾如此，为何今日孤的万寿节上要这样做呢？为何偏偏对孔良下此毒手呢？是否想给孤一个下马威啊？"

沈昼、如雪、清欢听到灏儿这番话，连忙跪下来。在座的见他们跪了，也都跟着跪下来。

好在内殿的酒筵上只有近臣。旁人在外间，不曾进来。

我肃然道："圣上这话，哀家倒是不明。谁人敢给君王下马威？"灏儿低头，意有所指："母后，孤也不明白，您说，谁人敢给孤下马威呢？"说完，灏儿便推说"醉了"，离席而去。清欢连忙起身，跟了过去。

我心里想的是，孔良不敢在这样的场合撒谎，看来，他说的是真的。可敖羽为何做那样的举动？他行事非常谨慎，有沈昼之风。这些年，他掌管御林军，未曾出过差池。

我把孔良的话在脑海中过了一遍又一遍。想到他说的"敖羽通红的眼"，难道他中邪了不成？

我与沈昼对视一眼，彼此点了个头。他猜到了我在想什么，我也猜到了他在想什么。这世上真的有魔术，可以控制一个人的言行吗，还是有什么迷幻药，让人失去心智？总之，我能肯定的是，敖羽绝不是在清醒的状态下对孔良下手的。然而，在这样的节骨眼上，做出这样的举动，不得不让灏儿多心。

乾坤殿内室。清欢唤道："灏哥哥——"没人的地方，她一直是这么唤他的。

灏儿转身："清欢，你跟着孤做什么？"

"我……我……我想让您别生气……别怪舅舅。舅舅纵是犯了错，肯定是无意的……"

灏儿表情凝重道："清欢，你舅舅是孤的臣子，他究竟有没有做错，孤心里会有决断。你无须再说这件事了。"清欢失落道："灏哥哥，你是不是同清欢生分了，你从前不这样跟清欢说话的……"

灏儿坐在台阶上，沉默良久。清欢走过去，坐在他身边。半晌，灏儿开口道："清欢，你是不是母后拿来套我的笼？"清欢抬头，茫然道："灏哥哥，你在说什么？"

"母后答应过孤，大婚之后，她会还政。可她为孤选的中宫是你。你的父亲、母亲、舅父，全是母后一手提拔的近臣，满心满眼，只知为母后效忠。这样的还政，有何意义？孤看母后根本就是舍不得放权吧。不过是做着面儿上好看，好让大臣们赞她知进退。实则，她想掌舵一辈子！是不是！"

清欢被他严厉的样子吓得哭出声来。"灏哥哥，不是这样的，你把清欢想错了，也把太后想错了……"

跟过去的云归回来向我禀报她在殿外偷偷看到的这一幕。我叹口气。

古来帝王多疑心。灏儿把这一切，都想成了阴谋。

第一百八十六章：居心

因灏儿的离席，宫宴变得索然无味起来。

在座的人，皆心有揣测。我强撑着场面，若无其事地与众人谈笑着。歌舞照旧一出一出上，到黄昏时方休。

清欢自从内殿出来，一直低着头，眉头紧锁。她平日里是极爱笑的，鲜少有这等郁郁寡欢之态。沈昼和如雪都很担心。特别是沈昼，他视清欢为眼珠子一般，清欢难过，他便犹如双眼蒙尘。我送他们一行离宫的时候，沈昼留了下来。我知道，他有话跟我说。

"太后，敖羽绝不是醉酒。微臣与他共事多年，太了解他了。他素来酒到酣处，倒头便睡，从不瞎闹。他绝对是被人下了药。"沈昼说。

"那会子，哀家已悄悄命华医官去瞧了，他没有中毒的迹象，也未曾服过什么药物。"

"那是……"沈昼听了我的话，迟疑着："已经好几个时辰了，还没有醒转的迹象么？"

我摇摇头，说道："沈卿，哀家知你一向不信鬼神天意，可你想想，古往今来，莫说稗官野史、文人笔记，就连正史中亦有奇奇怪怪的记载。《晋书·羊祜传》之中，羊祜告诉父母，自己是早夭的李氏子转生，所忆之事，一一符验。《滑州太史崔彦武事》之中，妻从墙中取出前世所藏之金钗……哀家想着，是否冥冥之中有一种力量驱使着敖羽行此诡异之事？"

"您是说……他中邪了？"

"嗯。那会子孔良说，敖羽双目通红，一言不发，对他下死手。哀家听着，倒像是稚时听府中下人们说的中邪之状。"

我经历过花妖托梦，也亲眼见到了神医续命的离奇，还有梦境中成筼河口中的黄泉地府之语，故而对此类灵异之事并不排斥。

特别是这些年，上了年岁，越发相信了。这也是为何沈昼笃定幕后有人，而我却一直不敢肯定近来发生的这许许多多的异象是"天意"还是"人为"的原因。

730

若是天意，该如何解。若是人为，又当何处。我坐在椅子上，手里摩挲着一道符。这符是我前些日子去安平观无意中拾得的。灏儿不久前请了许多民间高人进宫设坛作法。许是他们遗漏下来的。那符颇为奇怪，上面曲曲折折的走向，犹如迷宫一般。

宫廷中的九月是金色的。金色的银杏，金色的晚霞，交织成这绚烂的黄昏。云归给我递了盏"桐君岩"来。

这些年，邹伏年年没忘记往宫中献茶。据说都是他亲自去桐庐采摘，且是亲自揉捻炒制的。邹伏这个人，十余载在任上老实得很。我让沈昼盯着他不是一日两日了，却从来没发现他有任何的异样。不论是职务上，还是生活上。

邹伏不喜与人结交，独来独往，除了衙门，便是归家。遑论"结党"。我欲要怀疑，却无从怀疑。

我呷了口茶，抬头看了看沈昼，淡淡道："沈卿，你是不是有别的话要讲？"他低下头："还有一件，是私事。微臣想说……"

他犹豫了一番还是开了口："太后恕微臣无状。微臣想说，太后能否日后少些召清欢入宫……清欢这孩子，心内没什么成算，口角上无遮掩……宫内规矩极多，微臣恐她行差踏错。"

"沈卿，这里没有旁人，你有什么话，只管明说。"

沈昼突然跪在地上。"太后，近来这种种祸端，皆因中宫之选而起。不管祸端的背后是什么，微臣都不愿意清欢卷入此祸。"

很早的时候，我就明里暗里告诉过如雪和沈昼，有立清欢为中宫之意。特别是阿南卜过卦以后，我一度坚定了此念。原本打算着，待炘儿出嫁后，就开始操持此事的。

灏儿早一些大婚，我也好早一些放手，落得清闲。然而近来发生这许多怪象，耽搁了中宫之议。

现时，沈昼跪在我面前，让我心中原本很坚定的壁垒摇摇晃晃起来。

"太后，微臣之女，不堪中宫啊。"沈昼再一次请求着。他从少年时，便在宫中办事。他太明白权力的起伏，人心的叵测，后宫的艰险。他不愿让女儿身受此苦。凤位的荣耀算什么，在沈昼眼里，没有什么比清欢的快乐更重要。我叹口气："沈卿，你的心意，哀家明白，只是可惜了这一对般配的小儿女。在上京所有的贵家女中，哀家最喜欢的就是清欢。从她出生起，哀家便觉得她跟皇家有缘。"

"太后的厚爱，微臣深知。可如今圣上已然起了疑心。作为太后的近臣，臣等理应避嫌。太后切莫因此与圣上起了龃龉。您为圣上、为皇家操劳了半生，勿要伤了和气，对您不利。"

沈昼言辞恳切。我却颇感悲凉。茶盏中的茶汤倒映着我的脸。半生忧患里，一梦有无中。

年轻的时候，谨小慎微，怕惹丈夫疑心。千帆过尽，到了如今，又需避嫌，恐惹儿子猜忌。归根结底，不过是因为此处是皇家。弹指之间，是江山、是天下、是生杀，是金銮殿上的睥睨众生，是香火一家一姓的承继。不似茅檐草舍，得享天伦之乐。

我轻轻点了头："沈卿，你放心，哀家心中有分寸。"沈昼行了礼，跪了安，起身便要离去。末了，我叮嘱一句："好好抚慰清欢，那孩子今日受委屈了。"沈昼点头。

天色暗下来，天际最后一丝金黄色也慢慢淡去了，隐于黑云之中。云归进来，跟我说："太后，圣上方才跟阿南小姐去了宫门口的城墙上看烟花。"

"是吗？"

灏儿方才不是心情不悦嘛，怎生现时又有看烟花的心情了。

云归道："听小舟说，阿南小姐送给圣上一份生辰贺礼。那贺礼挺别致的。"

"笔墨纸砚之物？"

以往，灏儿的生辰，阿南送的不是宣笔，就是徽墨。

"不是。今年阿南小姐送的是两粒种子，分别是粟与麦。圣上见了，甚是欢喜。"

我沉吟片刻，笑了笑："在灏儿眼中，那不是两粒寻常的种子，而是时时提醒他，心怀黎民，心怀苍生。民乃社稷之本，社稷为民而立。何谓天子？乃万民之父。灏儿有这个悟念，是好事。"

"原来如此。"云归恍然道。

我起身，欲回寝殿。不多时，听见一阵骚动。云归传了宫人来问话。原来，宫门口处的侍卫和内侍们皆看到一个奇景。当灏儿和阿南登上城门楼的高处，原本绽放着的烟花突现"龙凤呈祥"之状。

那辉煌盛景，持续的时间非常短。但所有人都看到了。灏儿自然也看到了。他站在高处，深秋的风将他的龙袍吹得猎猎作响。他皱眉凝思了许久。终是伸出手去，握住了阿南的手。这幕景象留在了宫人们心中。

翌日，敖羽醒了，他全然忘了昨日的事情。听说自己犯此大过，连忙进宫来请罪。

我问道："敖统领，你昨日记忆停留在何处？可以跟哀家与圣上说说。"敖羽满脸愧色道："臣只记得，有内侍递过来一壶圣上赐的御酒，臣觉得甚是好喝，便……便将那壶酒都喝完了……余下的事情就不记得了……臣有罪，酒后失德，误伤了孔大人，臣愿向他负荆请罪。"

万寿节之时，三品以上官员，确是每人得赐一壶御酒。

灏儿淡淡道："哦？敖大人如此说，倒是御酒之过了。"敖羽忙叩首道："不不不，臣不敢。"灏儿扫了他一眼，又看了看我，缓缓道："敖大人，你无故重伤同僚，乃武将之大过也。今，孤念你为朝廷效力多年，从轻处罚。便将你调到兵部任侍郎一职。从此，这宫廷禁卫，交与孔良吧。"

第一百八十七章：架空

敖羽听了这话，猛地抬起头看向我。灏儿竟然一开口，云淡风轻地夺了他的宫廷禁卫权。他做了十四年的御林军统领，从未出过差错，无论如何，孔良是个乳臭未干的小子，因为打了他，就这样突然被降职。朝臣们会做何揣测？敖羽的颜面何在？若这还叫"从轻处罚"，那什么是重罚呢？

我朝敖羽轻轻点了点头。敖羽终是沉重地叩头道："谢圣上隆恩。"灏儿不欲多说，淡淡道："那你便去跟孔良做一下交接吧。"

"是。"

敖羽走后，灏儿俯身问我："母后觉得儿臣的安排如何？"我笑道："皇儿做主便是。""多谢母后。"灏儿说完，便起身，去了羽林卫所在的建章营练剑。

他走后，云归叹道："太后，您对圣上真是包容。"我笑笑："早晚都是他的，哀家何苦去争？若此时不悦，倒坐实了哀家不肯放权的猜疑。""太后胸怀宽广，是极好的。"云归往我手中的茶盏中添了些沸水。那些小尖叶在茶盏中飞舞着，宛如一个个绿色的精灵。我心中有个朦朦胧胧的隐忧。这隐忧从灏儿说出让敖羽交权后，慢慢地清晰起来。

灏儿猜疑我、防范我，并不可怕。灏儿想早日亲政，亦不可怕。可怕的是，有人利用少年人急于求成的心理，离间他与我的母子关系。我对他的关切和担忧成了"恋权"，我为他打得牢实的根基成了"结党营私"。让灏儿把我当"敌人"，一点点架空我。

明面上是"帮"了灏儿，从而得到灏儿的信任。实则是为一己之私，想在新主亲政后一显身手。此等心机非一般人所有，此等阴滑非一日之筹谋。

在我的眼皮子底下，翻不起什么风浪，便只好蛰伏。对方很明白，我执政数十载，在朝堂上的地位固若金汤。文有昌黎阁，武有定国公，从内臣到外臣，从三省六部，到守疆大吏，无不听命于我。到如今，唯一能让我无计可施的，便是我的儿子。利用我的儿子与我斗，是最狠绝，也是最有效的办法。

想到此处，我心中积郁许久的迷雾散开来。那些不解的、摇摆的、不确定的，都有了归处。若我此时对灏儿硬来，那便适得其反。我们的母子关系势必越来越糟糕。翻腾起来，毫无益处。他执念已生，我说什么，他都不会信的。

我信步走出庭院，站在银杏树下。有片银杏叶落在我的发髻上。我摩挲着那片银杏叶，思量着最妥当的方式。

远远地，见清欢来了。她今日穿的是一身银杏色的衣裳，步履匆匆，见了我，便跪在地上，神色仓皇道："太后……"我扶起她，和缓道："小清欢，别急，有话慢慢儿说，哀家在呢。"

"太后，舅舅降职的公文已经下发，几个时辰的工夫儿，满上京都知道了。外祖父急火攻心，来沈府找爹爹和娘亲。爹爹和娘亲却对他避而不见。清欢说要进宫求圣上和太后，爹爹和娘亲亦不允。不知道他们今日是怎么了？好生奇怪。清欢偷偷跑出来了……"

我摸摸她的小脸儿："小清欢，你这样偷偷跑出来，你爹娘该担心了。"

她仰脸看着我，突然落下泪来："太后，清欢不知道，事情怎么突然变成了这个样子。方才刚一进宫，就听见官人们纷纷说着龙凤呈祥。这是真的吗？我要去找灏哥哥。问问是怎么回事。""清欢"我心疼起来。

我看着她长大，看着她明媚鲜妍。她活成了我们所有人渴望的样子，高门贵女，父母恩爱，千娇万宠，一帆风顺，毫无心机，纯净如水。未经一丝人间苦，未尝半分世事难。如果当初水家没有覆灭，我该也是这样的女子吧。我疼爱她，呵护她，就像是疼爱呵护那个失去了的自己。

"清欢，你莫要听官人们胡言乱语。小厨房里有云归姑姑做的银杏糕，又软又糯，你要不要尝尝……"

"太后，您的眼神告诉我，那是真的。"

清欢转身往建章营的方向跑去："我知道灏哥哥喜欢去哪儿，我要去找他，问问他怎么回事……"

建章营里。灏儿挥舞着剑，汗水从他的额角落下来。

"灏哥哥！"

他手中的剑停下来。

"我听说你和阿南姐姐一起看烟花了。"

"嗯"

"可小时候，你说过，每年万寿节都会和我一起站在城楼上看烟花。你昨天却忘了……"清欢低下头，声音越来越小，眼泪大颗大颗地掉在精致的绣花鞋上。灏儿沉默了一会子，方道："清欢，有些事，乃天意，孤也奈何不得。"

"你是天子，天子的心意，便是天意。"清欢执拗道。"天子受命于天，天下受

734

命。天子亦不可违天意，否则，便有天谴，劝帝修德。"灏儿凝重地说道。清欢摇摇头："灏哥哥，天意不过是你的借口。真实的原因，便是昨日你说的，你对清欢身世的介怀，你对爹爹、对舅舅、对太后的介怀，是吗？"

灏儿不语。这两者兼有之。大鸟入棺，山石砸伤向显荣，敖羽无故殴打孔良，城墙高处的龙凤呈祥，他一步步地改变了想法。

清欢看着他。语气缥缈若云雾。"从小到大，人人都说清欢乃太后赐名，乾坤殿所生，必与皇家有缘。却原来，这缘分也不过如此。早知，这身份让灏哥哥你如此介怀，便此生不为沈家女也罢了。"

灏儿走近清欢，握住她的手："清欢，孤想过了，大婚过后，母后还政，彼时，孤除去了那帮顽固老臣，没了顾忌。孤便接你进宫。你跟孤一起住在乾坤殿，落雪的时候，红梅便都开了，那红梅是孤为你种的……"

清欢甩开了灏儿的手。清欢听明白了灏儿话里的意思。大婚过后，才接她入宫，那她是什么呢？

"灏哥哥准备给清欢一个什么封号？"

"你想要什么封号，孤便给你什么封号。"

"灏哥哥想让阿南姐姐为后，清欢为妃，是吗？"

灏儿低下头。清欢兀地笑了笑，向灏儿行了个礼："灏哥哥，孔鲋有书云，天子布德，将致太平，则麟凤龟龙先为之呈祥。愿你江山万年，与阿南姐姐龙凤呈祥。"

清欢转身，走出建章营，步子有些晃，等候在外的云归连忙扶住她。

不多时，如雪进了宫，将清欢带回府去。

清欢眼神飘忽，神情木然，回家后，便大病一场，口中说着胡话："红梅不要了，灏哥哥也不要了……"云归唏嘘着："太后，沈家小姐这回是真的伤透了心。她可从没受过这样的委屈啊。"我叹口气："清欢这孩子，心眼儿实得很。如沈昼所言，不蹚这个浑水，倒不一定是坏事。"

九月下旬，炽儿从漠北送亲归来。自从炽儿远嫁，圣朝与漠北结了亲，最不平的，是南境。阿罗伽原本是想拉拢漠北，对抗圣朝，却不承想，横空出现这么一桩姻缘，形势顿时就变了。他既害怕漠北将从前他发去的信函交与圣朝，又害怕圣朝突然袭击南境，温情脉脉的面具逐渐戴不稳了。

军营探子来报，阿罗伽似有在边境练兵之疑。

我频频召明宇进宫，商议着如何快准狠地解决此事。最终拟定，由明宇领兵去往南境，另派两小队人马分别从另外两条线路出发，声东击西，扰其心智。为防上京中有南境隐藏的细作，一切都是悄然进行。从表面上看，明宇不是去打仗，而是朝廷寻常的换派驻兵。

　　明宇临走前，跟我辞行："姐姐，你多保重。"我看着他，心没来由地慌起来："明宇，此去多加小心。"明宇咧嘴笑笑："区区南境，不足挂齿，姐姐，等我凯旋。"

第一百八十八章：揣测

明宇走后，我蓦然觉得整个上京都空了起来。这样的感觉，鲜少有过。我不是第一次送他出征了。这些年，大大小小的乱子，内忧、外患，他一次次地穿着盔甲、跨上马、提上长枪，冲了出去。唯独这一次，我总觉得不安。

我看着他消失在我眼前，马蹄践踏起的尘埃也一点点散去，心里就像是一口漾着水波的深井，突然就干涸了。

九月到了末尾，一脚迈入十月。上京的十月秋色迷离，落红如雨。白霜染遍了角角落落的花草。

"云归，不知是不是哀家上了年岁，越来越爱忧心。这次送明宇走，总怕他回不来似的。"我低头说着。云归忙道："怎么会呢！太后您想多了！陆将军他那般英武，连漠北骑兵、幽州边防精锐这些都挡得过，怎会在南境出事？太后您只管赏花饮酒，过了不多时，陆将军便会骑着高头大马，胜利回京了。"我心不在焉地笑笑："但愿如此。"

铜炉上温着酒。花瓣落在酒壶上。我倒了杯酒，一饮而尽。

不知不觉，喝了半晌。醉意袭上来，倦意也来了。我靠在躺椅上睡着了。梦里也是一样的落花飘飞。明宇穿着少年时的袍子，半截身子却埋在草丛里。他冲我笑。那笑容如往昔般英武而干净。

"姐姐，我要走了。心内不舍，特来辞你。"

"明宇，你不是在南境打仗吗，还要去哪里？"

"姐姐，若我不能护你，还留在你身边做什么？"他的口气里有几许寂寥，几许无奈。

他一点点地隐入草丛里。

我大声喊着："明宇！明宇！"那种惊惶的感觉包围住我。

我从梦中醒来，大口大口地喘气。手中握着的酒杯冰冰凉凉的。云归看着我笑，仿佛有喜事一般。

"太后，您是太惦记陆将军了，才日有所思，夜有所梦。方才有消息递进来，说是陆将军突袭成功，首战告捷啊！"

官人侍卫们皆跪下来："太后大喜，天佑圣朝。"

"胜了……胜了……"虽是好消息，我却难以从梦境中怅然的心绪中脱离。

云归递了热帕子来，我擦了擦脸。

"云归，将阿南唤来。"

"是。"

也该找她谈谈了。

须臾，阿南过来了。仍旧是一身素衣，头戴卦签。从所谓的"天有预警"以来，灏儿对她的关注比从前多了好些。好些官人们传着话，为何太后刚给阿南小姐定了亲，就发生那么多怪事情？太常口中的"凤命之人移星"不是阿南小姐还会是谁？至万寿节的"龙凤呈祥"，宫中的这种议论到达顶峰。

可不管旁人说什么，阿南仍旧是一副淡然的模样，仿佛事不关己似的。她如常早晚请安、啃那些晦涩的古书，每月一次回邹家探亲也不曾落下。她从不与谁多言一句，也不与谁热络。灏儿唤她，她应声。灏儿不唤她，她亦不去烦扰。她懂分寸，也知进退。

我瞧着她，淡淡道："清欢病了，你可知道？"

"回太后，阿南知道。阿南想去沈府探望，可沈大人和敫大人皆说清欢如今病着，不想见人。"

我语气凝重起来："清欢是因何而病，你知道吗？"

阿南不作声。

"阿南，你不觉得你近来跟圣上走得有些太近了吗。"我意味深长道。自从得知灏儿有立阿南为后的念头后，我一直像是有一口气在胸中难平。本身就有毒奶糕的事积压着，虽无证据，但我对她已存了几分成见。再加之我为她指婚后，发生的种种，我愈发觉得她为了得到后位做了许多不为人知的事情。和清欢的伤心相比较，她的淡然显得有些扎眼。

阿南听了我的话，跪了下来："太后厚待阿南，阿南的人、阿南的心，都是皇家的。"她说的，倒让人挑不出错来。现时，我若将她逼紧了，再出什么奇事，"天怒人怨"，灏儿便会怪到我的头上。

我捻着一枚落花的花瓣道："阿南，你父亲是怎么死的？"邹伏曾经讲过，邹付有一子，早逝，只留下阿南这个孩子。

她低下头："父亲离世时，阿南尚幼，听叔祖父说，父亲是病逝的。"

"哦？什么病？"

"咳疾。"

"哀家常听人言，知天意伤阴骘。哀家曾让你叔祖父卜一卜他自己的未来，他说，卜卦之人，有两不测，一是无事不测，二是不可妄测。卦越算越浅，命越算越薄。你父亲那么早便死了，是否是算了不该算的？"

阿南低头道："阿南不知。"我笑了笑："哀家信这世上有许多方术、道术，乃至五花八门的民间秘术。但哀家亦信，行非常之术，薄命而伤福。若行术之人算到自己的结局，兴许，便不会那么做了。"

她怔了怔。"太后说得太深奥了，阿南不明。"

"现在不明，不要紧。日后，便明了。"

庭院中的秋菊开到了浓处。香味乘着风在宫廷漂浮。我问道："阿南，哀家曾让你卜卦，你说红梅做伴，人间清欢，亥卯一对，佳偶天成，句句意指清欢，现时，你倒是说说，这卦准吗？"她不说此卦对错，只磕头道："请太后饶恕阿南浅薄鲁钝。"

这句话，她卜卦那天亦说过。隔了近一年，同样的话听来，却是不同的味道。

"当初，哀家说过了，卜得准，日后哀家赏你；卜得不准，哀家也不怪你。罢了，你去吧。"我看着她的眼睛："人活一世，惜福要紧。""是。"她恭恭敬敬道。

待她走后，我忽然想着，她这卦倒不一定是错的。她居于乾坤殿，不正是与红梅做伴吗？至于清欢，不一定是名字，亦可指清雅恬适之乐。亥卯一对就更耐人寻味了。炽儿说过"邹伏大人家出了奇事，每日卯时，有彩鸟从东南飞来。"为何是卯时？因阿南是卯时所生。而我当年刚生完灏儿，便听见鸡人报"子时了"。灏儿是亥时的末尾、与子时交接的时刻出生的。亥卯一对，佳偶天成，指的是灏儿和阿南。

而我当初，以为亥卯指的是年庚。灏儿属相是猪，猪为亥；清欢属相是兔，兔为卯。

她用了"红梅""清欢"这些极易让人混淆的字眼。其实，她口中的中宫之人，一直是她自己。她从始至终都是神秘的。似有迹可循，又无从琢磨。

我因为花间一梦，始终心里像是压了块石头。

到了晚间，却又发生了一件让我意想不到的事。灏儿来尚书房，说有话与我说。我以为他要跟我说大婚一事，却不承想他张口的，却是有关明宇。

"母后，有些话，孤一直不想说。一来，是为了母后的体面、圣朝的体面、孤的体面；二来，是孤宁愿相信有些话是捕风捉影，并非实情。母后，孤是您的儿子，不想同旁人一般揣测您，可是……"

我一头雾水："灏儿，你在说什么？什么体面？什么揣测？"

灏儿眼睛红红的，有愤怒，有伤心。"母后，您如何对得起父皇的在天之灵！他那么信任您！将一切都交给您！您却做出这样的事情。您是太后，是天下之母，您为什么不约束自己的德行？"

我一巴掌重重打在他的脸上，冷冷说道："要为人君，先为人子。这难道就是你跟母后说话的态度？"

他用袖口抹去嘴角的血迹，缓缓从怀里摸出一张信笺。"这信函是从南境送来的。原本是给您的，被人误送到了孤的手中。这是舅父写给您的。孤看了里面的内容。母后……"

我看着他。

"母后，您与舅父有私。"他竭力地压制着自己的情绪。

第一百八十九章：有私

我从震惊中回过神来。这些年朝中此类谣言从未停止过。民间茶馆教坊，甚至将所谓太后的艳情事编成了故事、编成了曲调，悄然流传。更有甚者，说太后蓄面首，每晚子夜，有精壮男子出入宫闱。

女人的"大权在握"，总能让人浮想联翩。站在事外的人，很容易相信那些所谓的"奇闻逸事"。加之，这些年来，我处置过不少大臣，"狠"名在外。政敌们乐于塑造我"阴险狠辣、荒淫无度"的形象。

在世人眼中，权力与欲望是分不开的。我不在乎旁人怎么看。我原本以为我身边亲近的人与我朝夕相处，该是理解我的。可我没想到，有一天，我的儿子会以这样的姿态质问我。

我夺过他手中的信笺。刚看了个开头，便知道不是明宇写的。他不可能用这样香艳轻佻的词汇，也不可能用这样的口吻与我说话。信中有突袭成功打了胜仗的小得意，亦有对我的思念。"香囊""欢爱"等语，仿佛我们已是在一起多年的情人。更重要的，是信中对灏儿的称呼。不尊称"圣上"，却以"小子"呼之。凡南来北往的信笺，要想在官道驿站加急，必得盖上官印。这信笺外面赫然盖着明宇的印。

灏儿道："母后，您没什么想说的吗？"我镇定道："这信并不是你舅父写的。"

"孤便知道您会如此说。那这印如何解释？满军营都是他的老部下、他的兵。谁又有本事偷他的印来作假？"

我瞧了灏儿一眼，淡淡道："谁说一定要去军营里偷？你舅父是个洒脱不拘的人，且练武场上时有打斗，难保不是从前丢了的印，被有心人捡去，做此文章。"

灏儿站在我面前。我从前抱着上朝堂的儿子，长得已然比我高出一个头。他挺拔英俊，像一棵伸展的树木，生机勃勃，枝繁叶茂。每一片叶子、每一寸躯干都带着自负与桀骜。

"母后，您所说的有心人是谁？"

我似笑非笑道："谁得利，谁便有心。"

灏儿沉默了一会子。我摆摆手："灏儿，你去吧。哀家累了。你舅父如今为了朝廷在南境浴血奋战，于公于私，你都不该说这件事。"

他俯身："儿臣告退。"行至门边，却又转头跟我说："母后，您与舅父，真的是完全清白的吗？恐怕只有您自己心里最清楚。"

深秋，冷而干燥，烛火忽东忽西，把黑夜拉得又长又孤寂。我躺在榻上，睁着眼，看着房梁上细小的雕花。

灏儿是介意的。从他很小很小的时候，就介意明宇的存在。他知道这个舅父是没有血缘，却又是我万分倚重的。当他大一些后，领悟了明宇对我的感情，同时发现明宇在朝中的地位，这两者交织着，让他像小兽一样对明宇心怀敌意与戒备。

"您如何对得起父皇的在天之灵！"

"您与舅父，真的是完全清白的吗？恐怕只有您自己心里最清楚。"

灏儿的话在我心头过了一遍又一遍。烛影每晃一次，我的心也跟着晃一次。

我自己心里真的最清楚吗？不见得。

这些年我一直在刻意躲避、回避这个问题。我什么都知道，可什么都奈何不得。我之前从未想过，此生除了成筠河，还会跟别的男子有什么情爱瓜葛。我同成筠河夫妻十年，风雨十年，起起落落，大喜大悲，用尽了我所有的力气与情爱。我以为我余生都将心如槁木，不起波澜。

"霜露纷兮交下，木叶落兮凄凄。候雁叫兮云中，归燕翩兮徘徊。"我是皇家妇，更是寡妇。难道我真的还有再次选择的机会吗？

我辗转到二更天，方才涌上薄薄的睡意。翌日，却是早早地便起来了。梳妆之时，见桌上有一小小紫缎锦盒儿，想起是不久前明宇拿进宫的。他说是蜀葵做的胭脂，如今上京中最时兴的。我当时嗔怪他："姐姐又不是小姑娘，涂上胭脂去作怪吗？"他执拗道："姐姐如何做不得小姑娘？我瞧姐姐姿容甚美，跟从前在陆府的时候无有差别。""胡说！"我笑骂他一句，便将这胭脂丢到了角落里。

成筠河在世的时候，用木芙蓉给我做胭脂。他离世后，我素衣寡居，便再也没有用过胭脂了。今日，却鬼使神差地拿起那锦盒儿，用银簪挑了些，兑上花汁，揉成膏子，缓缓地涂在了脸上。铜镜之中的那张面孔，果然有了几分少年时的颜色。

忽听人唤："母后万安。"

我转身，是炽儿来了。我笑道："前儿你递了折子，说今日进宫。不承想，来得这么早。"

他拱手道："儿此行去漠北送二妹妹，一来一回，数月不在上京。一则惦记母后，二则也是有些体己话跟母后说，故而早早进宫。"我瞧他面色凝重，便问："炽儿，怎么了？"

"昨晚，圣上突命小舟去传儿臣进宫，儿臣不知何事，心下疑惑。进了宫，见圣上在自饮自酌。圣上说，让儿臣陪他喝几杯。"

灏儿对这个掌管宗族事务的堂兄，素来还是颇信任的。且这些年，炽儿很有眼色，从不沾手朝堂上的事，从不结交朝臣，懂得避嫌，对灏儿又颇敬重，从不行差踏错一步，是皇族中难得的可靠之人。

"圣上跟儿臣说，他怀疑……怀疑母后与舅父有私。"

那锦盒儿在我手中攥着，越攥越紧。

炽儿继续说："儿臣说，纵是有私，又如何？"

我猛地抬起头，看着他。炽儿的眼神中流淌的，是对我的敬重与懂得，同时，又有许多焦虑。

"母后，您为圣上、为皇家已经做得够多了。先帝崩逝，儿臣亲眼所见您历经了多少艰难，才有如今的境况。不管您有没有私，想不想有私，都是您的自由。您应得的自由。若非有您，今日金銮殿之上坐着的是何人？您无负于先帝，更无负于圣上。您永远都不可能是圣上的敌人。"

我酸涩道："圣上听了你的话，是何反应？"炽儿道："母后，虽然儿臣比圣上年长许多，但儿臣觉得自己看不透他。圣上听了儿臣的话，反应很奇怪。他摇头又点头，末了，说了两个字，崩逝。儿臣听了此话，急得了不得。这是何意啊？能用'崩逝'这二字的，只有圣上与您。这段日子，儿臣虽不在上京，但听说了敖大人降职一事，难道圣上是想与您争个你死我活吗？"

"炽儿莫急，你且回去，不论如何，圣上是母后的孩儿，母后不信他会做出有悖人伦的大逆之事。"

"是。"炽儿答应着，仍是担忧地看了我数回，方去。

辰时，灏儿如常在回廊下等我，同我一起去上朝。他神色平静，仿佛昨日我与他的争执压根儿没有发生过。

朝堂上，有礼部的官员提出圣上大婚之事。灏儿就势提出选后之议。所有待选女子，年庚八字相合者，皆召进宫来，太常养鸟百灵，以百灵出笼，百灵栖于何处，便以谁为后。

灏儿笑道："上天既以鸟入棺为警，那孤便遂天愿，以鸟选妻，得天选之后。母后以为何如？"

我淡淡地点了个头。众臣见我点了头，皆跪地道："愿圣朝得天选之后，福泽万年。"

礼部送上应选名单。灏儿从上到下看了一遍，似在找寻什么，须臾，问道："为何上面没有沈清欢的名字？"礼部官员道："回圣上，沈家小姐病了一场，留下些许眼疾。圣朝祖制，身体有疾者，不得入宫。所以，她不在应选之列。"灏儿点了个头："哦。"

清欢这场病，倒不知是福是祸。

灏儿脸上颇为失落，喃喃道："眼疾……"但他很快敛了惆怅之色，跟礼部的官员说："孤知道了。去办吧。"

第一百九十章：选后

选后那天，秋风不急不躁。日头明晃晃的，给宫廷的角角落落镀上一层黄色的光。

上京自入了十月，一直阴沉沉的，鲜少有这样好的天气。天空蓝得深远。灏儿坐在当中的龙椅上，我坐在他的右侧，左侧坐的是帝师朱先生。一轮一轮地筛选下来，只余三个女子。

身侍三朝的太常，手中提着鸟笼，步履蹒跚地走出来。他和他的百灵，将在今日决定谁将入主中宫。

在场的人多半都明白，百灵选后，不过是走个过场。有了种种异象在前，凤命之人，不是邹阿南，能是谁呢？

我不动声色地看着眼前的一切。今日的阿南没有像其他待选闺秀一般身着华彩艳服，但也没有似往常般身着深色衣衫。她穿了一身儿青色的衣裳，宛如翠竹。较之寻常，清丽许多。一袭竹青色，衬得她那本不十分出众的眉目灵动起来。她头上仍然戴着那根卦签。神情举止，落落大方。不羞不怯，不卑不亢，三人之中，尤显端庄。灏儿向太常点了个头。

太常打开鸟笼。那鸟张开翅膀，冲出笼去。说来也奇，本来晴空万里的天儿在这一刻突然云聚起来，黑云压了下来。日头隐于云层。宫人们叽叽喳喳地望着天。连那两名待选闺秀亦抬头张望着。

独有阿南，没有抬头。她纹丝不动，立于殿上。

百灵转了几个圈儿，落在她的肩头。她跪在了地上。天上的乌云如一条飞腾之龙，倏尔离去。日头再度露出来。

在众人还未反应过来的时候，灏儿张了口："不过是阴晴而已。"天上的阴晴如同人心一般难卜。骤然转阴或是转晴，亦是常有的事。

众人回过神来，皆发现了，百灵鸟已稳稳地立在了阿南的身上。太常高声道："中宫之选为邹家阿南——"

我看了一眼灏儿的脸。他面色无波，眼中没有欣喜的表情，亦没有不悦的神色。

好像太常口中所念的，是一件跟他无关的事情。我按规矩赏了阿南一对金凤摇，云归端着，递到她面前。

阿南磕头道："邹阿南叩谢皇恩。"太常、朱先生，以及宫人、内侍、侍卫们皆跪在地上："贺喜圣上，贺喜太后。"

我跟灏儿坐在高处，各怀心思。

阿南选定中宫后，暂送回了邹家。邹伏闻此消息，连忙赶来尚书房谢恩。他不断地磕着头，口中凌乱地说着："蒙此大恩，臣惶恐。"

我喝了口茶，笑了笑："邹大人是一进宫就直接赶来尚书房的吧？""……是。"邹伏不明所以道。"按理说，邹大人应该先去向圣上谢恩才是，怎么倒毫不犹豫先来见哀家呢？"我瞧着他的神色。

他略一愣。我笑道："是否邹大人与圣上已有默契，早就知道了今日之选？"他急了，似在寻找着恰当的辞藻回话。我放下茶盏："哀家与你说笑呢。邹大人，哀家与邹家本就有缘分，这下子，阿南成了哀家的儿媳，便愈发亲近了。"

"是是是。太后说得极是。太后待邹家的好，微臣心里头一直都知道。"

"哀家答应过圣上，在他大婚之后，便还政于他。往后，那金銮殿，哀家便不去了。尚书房嘛，也不来了。邹大人，往后你在朝中，要好好辅佐圣上啊。"我缓缓说着。邹伏道："臣等为皇家尽忠是本分。但微臣想着，圣上定还是离不了您的指点。"

"指点什么呀，哀家累了半辈子了，便在后宫养养花草，颐养天年吧。"

他低下头。

邹伏走后，沈昼来了。自清欢生病后，沈昼好久没进宫了。我抬眼看他。他还是一身黑金袍，但人瘦了不少。

"沈卿，清欢身体如何了？"

"回太后，好多了。"

"礼部官员说，她落下了眼疾，要紧吗？哀家本想着命华医官去瞧瞧，但转念又琢磨着，清欢恐怕是不想让自个儿的眼疾那么快好吧？若无疾，灏儿该惦记着让她入宫了……"说着，我叹了口气。沈昼脸上却有一丝欣慰。

"起初，微臣怕她想不开，执意要进宫。她那个孩子，太后您是知道的，从小儿认定了什么，便不改主意的。她跟圣上一起长大，认定了她要……"沈昼止了言，顿了顿，片刻，又道："现在，是她自己千方百计不愿进宫，礼部官员到沈府的时候，她紧闭双眼，不肯睁开，说自己畏光……如此，挺好的。"

"沈卿，你今日进宫来，是否有事要禀？"

他点了点头。"太后，有件事，微臣觉得疑惑得很，但不告诉您，微臣又放心不下。"

"何事？"

"微臣发现，邹伏邹大人与峪亲王喜欢去同一家酒楼。"

"可有同桌饮酒相谈？"

"无。若是同桌饮过酒，微臣肯定早就发现了。他们每次都是前后脚去的。"

我让沈昼盯着邹伏很久了，丝毫的异样也无。他从不结交朝臣。也不与哪个皇室宗亲热络。让人疑无可疑。至于炽儿，他素来是个极有规矩的孩子。

我清楚记得，当年南巡过后，邹伏还曾向我献计，要对炽儿用些手段，让他死心塌地，忘却父母的仇怨。只不过，我不愿跟炽儿耍那等心机，亦怕他知道后伤心。我选择了相信他。这二人能有什么关联呢？但沈昼这个人向来是不会乱说话的。他既提此事，必有因由。

"太后，您有没有想过，为何一直没有发现邹伏的异样？他一定是知道玄离阁在盯着他，故而，他选择了极之隐蔽的做法。您想想，若用飞鸽传书互通消息，很容易被截取。一旦被掌握了证据，就暴露了。若面对面交谈，更是容易暴露。但，若要是通过某个地点，神不知鬼不觉地悄悄传递。就不会被发现……"

沈昼说得我一凛。我旋即道："怎可能呢！邹伏或可怀疑，他要的是后位，要的是灏儿执政后邹家的崛起、大权在握。炽儿为的是什么？他朝中无人，营中无兵，空头王爷，他能做什么？"

我眼前浮现的是炽儿对我的种种亲密。我潜意识里将他列入安全地带，抹去他的一切危险可能。沈昼明白我的想法，他迟疑道："太后，您杀了他的父亲，他的母亲亦因您而死。有没有可能，峪亲王什么都不图，他只想……"

"沈卿，莫要再提此事。"我说道。

我不忍听到沈昼对炽儿的揣测。不知为何，我就是相信炽儿。我坚信他对我没有歹意。

沈昼见我如此坚决，便说："但愿是微臣想多了。不过微臣总觉得，圣上不简单，他或许会给所有人一个意外。"

我向窗外望去。秋暮烟轻，何人簸弄阴晴。

灏儿的大婚之期，定在十月廿八。一切都在有条不紊地筹备着。朝廷从江南召进宫百余名绣娘，缝制大婚时帝后所需的袍服。宫人们小心翼翼地布置着乾坤殿，好迎接未来皇后。就连各宫门口负责洒扫的小内侍，都比往常要用心百倍。

然而，就在大婚前夕，发生了一件大事。明宇失踪了。就在他失踪前，发生过一场激战。

明宇领兵大败阿罗伽，南境被迫签下降书。可就在大军还朝之际，明宇竟凭空消失了。

第一百九十一章：消失

听到这个消息的时候，我正在与兵部诸人商讨日后与南境接壤处的屯兵机制。手中的茶盏"砰"的一声掉落在地。茶水流了一地。侍茶的官人慌不迭地磕头请罪。

我站起身来，问那禀告的人："混账东西！说什么糊涂话？消失了是何意？陆将军一个大活人能在那么多人眼皮子底下凭空消失？"

那人叫俞潇，是明宇的副将，从玉门关行军时就跟着明宇的小兄弟，一向跟明宇颇为亲近。此次出兵南境，他亦跟在身旁，与明宇可谓是形影不离。他跪在地上，神情哀伤道："回禀太后，微臣倒情愿自个儿说的是糊涂话。可陆将军的的确确是凭空消失了。还有一件事，之前写奏报的时候，陆将军不让我们写，他……他……"

"你一个行军打仗的人，吞吞吐吐做什么！直说便是！"

"陆将军说，谁若将此事告诉太后，必军法处置……"

他表情很矛盾。须臾，咬牙道："不管了，事到如今，不得不说与太后知道，陆将军他受了重伤。南境那些蛮子好生狡猾，引我们在水泽处打仗，以有毒的水草做绳索，想缚住陆将军。陆将军纵轻功了得，在水泽处亦颇受影响，蚊虫如雨一般逼过来，让人难以睁开双眼。那是一场死战。从黎明打到天黑。两方将士的鲜血把水泽染得红通通的。陆将军的左腿被缚住了。他为了快速脱身，便……便拔出腰间的剑，将腿斩断了……"

我踉跄后退几步。原来梦境中的竟是真的。明宇受了重伤。

他英武的战袍上染满了血渍。

"姐姐，我再也不能保护你了，留在你身边做甚。"梦境中明宇的话在我脑海中不断地回响，忽高忽低。我顿觉天昏地转。

议事的官员们见状，连忙说着"太后保重贵体"，便纷纷跪安了。

俞潇继续说着："陆将军拼尽最后一丝力气，将阿罗伽斩落马下。他失去了一条腿，便用胳膊，死死勒住阿罗伽的脖子，终将阿罗伽擒获。南境同意，签降书，国界再退三百里，不再相扰。"

三百里。没了三百里，南境越发蜷缩到湿瘴之地，成了弹丸之国了。阿罗伽苦心孤诣十数载的国力、兵力皆毁于一旦。南境怕是连昔日他王父在世时的境况都不如了。彻彻底底，不会再成为圣朝的威胁。那个犹如鼷狗一般的番邦国主，被打断了反骨。

明宇，他做了一件功在社稷的事情。我眼前浮现在蚊虫密集的南境，他断了一条腿，仍在奋勇厮杀的模样，心痛难当。他原本该顶着荣耀还朝，被朝廷极尽优待，封王封侯都不为过。可他却在大军拔营之际便消失了。他拖着一条残腿能去哪里？他的消失究竟是什么原因、何人所为？

云归见我这般模样，亦慌了起来。她递上热帕子："太后您稍安，陆将军吉人自有天相。"

我胡乱擦了把脸，问道："圣上何在？"云归低头："圣上跟邹大人在内廷监商议立后大典的事宜。"

我冷笑一声，疾步往内廷监走去。"圣上！"我高喊了一声。

邹伏连忙跪地请安。灏儿亦拱手道："母后安好。"我向众人吩咐道："哀家有话与圣上说，你们都出去吧！"

我冷冷地盯着他。今日，我一丝弯子都不想绕。

待众人散尽后，我坐在一张红木大椅上，说道："母后有你这等好儿子，恐难以安好。"灏儿一愣，忙俯身问道："母后何以如此说？"

"你舅父沾巾堕睫，披肝沥胆，为圣朝誓死效忠。你如今见王师大胜，边境无患，怕你舅父还朝之后，威名日盛，便生烹狗藏弓之念，对你舅父暗下杀手。哀家想问你一句，你良心何在？"我说着说着，心梗起来，捂着心口，喘息着。

灏儿走过来，欲伸手扶我，我一把将他甩开。"勇略震主者身危，功盖天下者不赏。原以为不过是狭隘之君才有此所为。哀家大章二十七年入宫，身历三朝，你皇祖父、你父皇皆驭下清明，没想到你竟如此心狠手辣。哀家没有你这样的儿子。你那黄泉之下的父皇亦没有你这样的儿子。"我字字皆哀，泪如雨下。

灏儿"扑通"一声跪在我面前。"母后，儿臣对舅父确实心怀芥蒂，多有不满，只因他武人心性、行事粗犷，往来宫闱，不知避讳，有污您的名声。但儿臣从无杀他之念啊。您方才所说的暗下杀手，儿臣深感莫名。舅父到底怎么了？"

我看着他。他眼中茫然的样子不像撒谎。

得知明宇失踪的消息，我第一个想到的是灏儿。有这个能耐让打了胜仗的大将凭空消失的，除了君王，还能有谁？可见此情状，倒不好下断言了。

还朝的大营尚在城外，俞潇是私自回来向我禀报这个消息的。由于之前的奏报里没有说这件事，灏儿真的是有可能不知情的。

我沉默了一会子，方开口道："军中出了事。现今大营在城外，你舅父却不见了。"灏儿仍跪在地上没起来，他举手对天道："孤以皇室血脉、天子之身，向母后起誓，此事非孤所为，与孤无关。"

我胸中闷的一口气，稍稍缓了些。但乌云仍积压在心头。"灏儿，你舅父在这场血战中失去了一条腿，他能去哪里呢？连他最亲近的俞潇都不知道他的去向，究竟是谁能下这样的歹手？"

灏儿凝神道："母后切勿如此悲痛。您如今有了春秋，不宜忧虑过度。孤想着，会不会是阿罗伽搞的鬼？南境不忿此番大败，找人动了手脚，将舅父掳了去……"

"俞潇说了，那阿罗伽伤得比你舅父还重，手筋、脚筋俱被挑断，南境的军队受损严重，他们刚签的降书，应不敢如此做。难道他们想亡族灭种不成？"

灏儿沉吟道："舅父可有私仇之人？"我叹道："他从不将钱财放心上，被人蒙骗也不计较，仗义疏财，义薄云天，上至朝臣权贵，下至贩夫走卒，皆喜与他为友。他不近女色，不好赌钱，不酗酒，不闹事，能与人有何私仇呢？"他唯一对不住的人，是天启母子，但有了天启与炘儿的这桩姻缘，漠北断不会如此做。

我扶起灏儿。"母后此番气急，冤了你了。"

灏儿道："母后如何说儿臣，乃小事。舅父的下落，乃大事。"转而，他又道："母后，立后大典在即，儿臣希望，舅父失踪一事勿要昭告天下，徒惹天下人猜疑，于事无助。"

我点了点头。明宇现今身体有伤，若他失踪一事被民间盗匪、流寇知晓，妄图绑架生财，倒非益事。不动声色，暗中找寻，方最相宜。

云归扶着我回到乾坤殿。倦极了的落叶从枝头吹下，铺在地上，柔软的一层。踩在上面，咯吱咯吱的。宫人们提着灯，来来回回地穿梭着。我仰头看天。最后一片晚霞一点点消弭于天际。断雁叫着秋风，那种铺天盖地的孤独攫住我。如同攫住一只失了群的孤雁。

"姐姐！姐姐！"明宇似乎在叫我。我转身，十七岁的少年郎从岁月中向我走来，走着走着，变成二十几岁，又变成三十几岁，再到最后，他拖着一条残腿，笑着跟我说："姐姐，保重。""明宇，你为什么要走。"我伸手想抓住什么，他却一眨眼便消失了。

原来一切只是我的幻觉。我回到寝殿，倚在榻上。

安息香的味道在殿内浮动着。明宇在的时候，我没有察觉。到他如今失踪了，我的心像是那窗花，被剪去了一半，零碎不成型。这么多年，我习惯了他硬朗、干净的笑容，习惯了他威武中那难得的稚气。

他到底去了哪里？

残梦三更醒。深秋的月色满屋梁。

第一百九十二章：私心

那些一步步走过的时光，就像水一样，从我心头涓涓淌过。

若要人生长圆满，除非世上无离别。可我，经历了太多"生离"与"死别"。越来越害怕失去。

起身，在殿内踱步。繁星如朵朵梨花，挂在天上。不知不觉走去烯儿从前的房间、炘儿从前的房间，还有阿南从前住的房间。

烯儿的书桌上，摆着大摞的宣纸，墨汁凝在了一处。烯儿把自己关在屋子里整日整日作画的情景，仿佛还在昨日。竹子做的笔筒中有各式各样的笔，有胎毛笔、鹿毛笔，还有明宇在关外给她带回来的狼毛笔。记得水月第一次来探我的时候，看了烯儿的房间，还笑哈哈地问："阿姐除了毛头，还有一个大儿吗？"

烯儿的房间的确不像女儿家的闺房，倒像个公子的书房。

炘儿的屋子里还留着灏儿小时候爱玩的弹弓刀，他们姐弟俩从小就亲近，灏儿很多时候赖在二姐的房间不肯走。炘儿陪着他玩，特别有耐心。我坐在炘儿的床上，想起长乐四年，她刚出生的时候，许多人告诉我，要斩草除根，莫留祸患。可我下不了手。

我这一生啊，从未对成筠河和成筠河的孩子们起过一丝的歹念。纵使我恨常攸宁恨到了极处，我看着襁褓中的女婴，不忍杀之。兜兜转转，那个女婴一度成为我膝下最大的慰藉。最后，她远嫁异邦，免去了圣朝边疆战火、免去了我与明宇的难堪，亦免去了灏儿与天启的龃龉。

命运是变幻莫测的东西。

我在炘儿的床头摸到了一个小木马。这是成筠河曾经让小申送出宫去的。也是炘儿关于父亲唯一的念想。她把这念想，留在了上京。但愿在漠北，天启能给她很多很多的爱，弥补她从未与父亲相见的遗憾。

阿南的房间，素净寡淡。一应陈设，包括床帐、被褥，皆是白色。没有胭脂花粉，没有首饰珠宝，甚至，桌面上连一面铜镜也无。她的房间，与她的人一样，充满了神秘。看似平静无波，却让人无处探寻水底究竟是乱石还是水草。

我正发着呆，听见身后一阵脚步声。是云归。彼此陪伴这么多年，她的脚步声我再熟悉不过了。她将一件披风披在我身上，柔声问道："太后睡不着吗？"

"嗯，睡不着，到孩子们房中来看看。"

"您担心陆将军。"

我凝神道："哀家知道，明宇一定活得好好儿的，他只是偷偷躲在某处，不肯归来。哀家一定会找到他的。"不管他的身体是否有缺，不管他能不能再护着我，我一定会找到他。我也坚信，我一定能找到他。

云归坐在我身边。她环顾着阿南房中的一切。

"奴婢知道，圣上以百灵选妻，您心中一直不快。您明明属意的是清欢小姐，突然一下，中宫之选就变成了阿南小姐。圣上大了，总是跟您想不到一处。"

我淡淡地笑笑。"汉武帝选刘弗陵继位，因觉得他的母亲钩弋夫人生来手握玉钩，乃天选之人。晋武帝，以羊选妃。天子的心意，难测。"

云归道："近来，让太后伤神的事太多了。奴婢瞧着，心疼得很。"我伸出手，摸摸她的脸："云归，你在哀家身边半辈子，这份情意难得。"云归低下头："太后，不管您在哪儿，奴婢都陪着您。您在宫中，奴婢陪着您。您要是出宫找陆将军，奴婢也陪您。到天边儿，奴婢都不怕。猛兽来了，让它咬死奴婢吧，它把奴婢吃到肚子里，吃饱了，就不会伤着您了。"

我笑着笑着，就落了泪，搂紧了云归。

翌日一大早，烯儿竟进了宫。她已有五个多月的身孕，腹部隆起。她见了我，行罢了礼，便道："母后，您憔悴了，定是没有好生安眠。儿臣婆母前些日子回嘉禾老宅，带来不少酸枣仁。儿臣给您拿了一些，每日晚，让云归姑姑捣碎、用水煎后伺候您服下，可愈失眠。"

我点头，云归忙接过。

"驸马昨日归府，说母后因为舅父的事，甚是焦心。他催促着儿臣，说这种时候，当进宫来探望母后，尽尽孝道。今日辰时，便命下人们将金步辇抬了出来。要紧事上，驸马比儿臣还要心细许多。"烯儿的脸上充斥着安逸的满足。

"驸马是个好孩子。"我温和道。烯儿出嫁以后，懂事了许多，亦平和了许多。不再似以前那般孤僻。这与张府上上下下皆明事理不无关系。公婆厚道通达，郎君才高体贴，烯儿拥有了一个女子最渴望拥有的婚姻中的圆满。

"烯儿，你平素在张府，莫要摆公主的架子，该孝敬公婆的地方，就要孝敬。该体谅丈夫的地方，就要体谅。为人媳，为人妻，不比为人女……"我啰啰唆唆地念叨着。

烯儿突然看着我："母后，您跟从前不同了。儿臣小时候总觉得您不是一般人，跟您有距离感。您似乎永远都在为政务奔忙着，劳于案牍，无暇抬头。现在，您越来越像一个普通的母亲了。"

我怔了怔。明宇失踪后，我越来越多愁善感了。

心悸，脆弱。脑子里绷了很久的弦，似一触即发。

傍晚，沈昼来了。

"太后，微臣已告知玄离阁所有的兄弟，动用一切能动用的法子，寻找陆将军。"

我叹口气："也许，明宇并非被人所劫或下了暗手，而是他自己不愿回来、不愿再见到我。他若自己想躲，是怎么找都找不到的。"沈昼沉吟道："微臣还告诉了菜头大侠和红帮主，有江湖中两大门派相助，或可事半功倍。"我点了点头："月儿和菜头都还好吗？"

"甚好。前阵子，他们去蜀地游历了数月，喝江阳酒，上峨眉山，行云中道，好生豪迈快活。"

"哦？怎生哀家不知。"

沈昼想了想，道："这两年，菜头大侠与红帮主较之从前，越发亲近了。依微臣看，他二人甚是般配。红帮主心有此意，可菜头大侠一直推脱。"

"菜头心中是有顾忌的。"

"嗯。"沈昼若有所思。

"灏儿快要大婚了，告诉月儿了吗？"

"皇榜张贴得到处都是，自然是知道的。红帮主说，立后大典烦琐，她不是爱立规矩的人，就不来了。待到年关，再来看阿姐和毛头。多多给毛头带些稀罕的海贝来。"这些年，月儿总把灏儿当小孩子，仿佛他从未长大一般。

我与沈昼相对沉默了一会子。他似面有挣扎，开口道："太后，有关峪亲王的事，知道您不愿意听，但微臣还是要说。圣上大婚次日，您便要移宫萱瑞殿。微臣害怕，移宫之际，他们会做出对您不利的事。"

"沈卿，莫要妄猜。你可有证据？"

沈昼摇头："微臣没有证据。"

"哀家记得，你曾经说过，办案最忌讳的，便是凭感觉。沈卿，怎么现在，你倒凭感觉断事了呢？"

沈昼哑然。

我似想起什么，从书桌的小匣子里取出当日从安平观拾到的那张烧了一半的符。

"沈卿，你将这半张符拿去给菜头，他认识的江湖奇人多，问问这是什么符。前些天，哀家本惦记着这件事，却浑然忘了。"

"是。"

沈昼走后，我闭上眼，唤云归赶紧点些香来。这半年来，不知是不是我上了年岁，睡眠越发不好，像昨晚，半夜起来，睁眼到天明的状况时常有。华医官开过几服药，吃了总不见效。

酒后花间之梦。黄昏断雁幻觉。自明宇出事后，我这种状况像是愈发严重了。

第一百九十三章：大婚

大典很快就到了。皇帝大婚，天下之庆。

由刑部宣告，大赦天下。非十恶者，尽皆免罪。举国上下，如节日一般，张灯结彩。宫中御道上，铺设红毯。门神、对联焕然一新。各宫门、殿门口，红灯高挂。乾坤殿、凤鸾殿等各处宫宇，悬挂双喜字彩绸。

廿七那日，灏儿带领皇族、宗室、各机要大臣分别祭告天、地、宗庙。祭告完，灏儿便来到乾坤殿的正殿，向我行礼。行罢礼，礼部、工部官会制册宝，恭送昌黎阁镌册文、宝文。

銮仪卫官鸣鞭，奏庆平之章。

鸿胪寺鸣赞官，三跪九叩，兴，乐止。

灏儿赐王公、大臣茶如常仪。毕，鸣鞭如初。中和韶乐作，奏显平之章。

灏儿起座，还宫，乐止。王公百官俱退。

翌日就要迎新后入宫了。虽百官退去，但宫人内侍们忙碌未休。

灏儿命人将"萱瑞殿"打扫妥当，以备我"移宫"过去。萱瑞殿种满了萱草，自崇庆太后高红袖崩逝后，这里一直冷冷清清。此番，众人皆知我要搬过去，工部将所有的屋脊房梁仔仔细细地检查了一遍又一遍，修缺补漏，内廷监命人将殿内所有的柱子重新上了一遍朱漆。床榻、桌椅等物，也都全换上了新的。灏儿又命人添置了许多贵重之物。极北之地的兽皮铺榻，深海的珍珠嵌在门框。

云归跟我说这些的时候，咂摸着："过于奢华，反倒惹非议。宫人们私底下说，圣上此举，巴不得太后移宫呢。迫不及待了。又恐太后吃心，做做样子。"我笑笑。对着茶盏自言自语道："南人都道是，春苦夏涩秋白露。崇安今年上贡的晚秋茶不错。香气高扬，风韵迷人。哀家闻着呀，倒像是跟着那些茶叶一起，经历了一场秋霜白露。"

云归道："太后，奴婢跟您说移宫的事儿呢。您就一点儿想法都没有吗？连宫人们都想到了这一层，那外头的大臣们该如何说呢？"我放下手中的崇安晚秋，道："过于奢华，反倒刻意。连宫人们都想得到，圣上会想不到吗？"

云归愣了愣。我又道："今日刚去邹家宣召、纳彩，人还没过门儿呢，圣上就来了这么一出，阖宫的眼睛都盯着呢。"

深秋的风吹得窗棂轻微地响动。冬日似乎触手可及。

"哀家从在太宗皇帝身边儿做掌事宫女起，就知道，前朝的大臣们，谁在宫中没点通消息的路子？这下子，恐怕圣上与哀家不睦的消息，人尽皆知了。"

"圣上这是想……"因为灏儿，云归替我操碎了心。好几回，我们母子争执过后，云归急得两眼红通通的。

她乍然听我说了这样的话，脑子没转过圈儿。我瞧着云归，轻声道："原先哀家跟你一样心急，担心灏儿的少年心性被利用，担心灏儿铁了心与我不睦，担心灏儿疑我不肯交权、事事与我作对，现在，反倒不急了。"

云归不解地看着我："为何不急，难道太后早有筹谋？"我摇了摇头："哀家筹谋了一辈子，这回，且看着儿子如何筹谋吧。"

我沉吟道："想来，灏儿也是想证明自己的能力，向朝堂之上的大臣们证明，他不是一个头脑简单的少年天子，并不是只能靠母亲执政坐稳皇位。他是有能力、有胆识、有策略，懂得杀伐决断的。昔日龙椅上的小娃娃，不再是黄口小儿，而是盛世明君。这样一来，哀家还政之后，政权的交接，方能平稳。朝中诸人，方不敢敷衍……"

正说着，烛影一晃，沈昼来了。他很久没有深夜前来了。想必是有重要的事。

"微臣方才听见了太后说的话。太后思虑得极是。从古到今，政权的过渡交接，多有流血。有时，并非掌政者不肯放权，而是新旧势力背后，群体利益的相争。新主能不能服众，能不能得人心。当年，太祖皇帝崩逝，太宗皇帝扶着灵柩从淮水战场归来，初登帝位，对付的便是几个前朝重臣和秦皇后的娘家。圣上对此想必是思量再三的。"

沈昼说的，正是我心中所想的。我瞧着他："沈卿有何要事禀报？"他从怀中掏出我上回拿给他的那半张符："太后，这半张符，已有了答案。"

我静静地等他说下去。

"这是一种江湖魔术。六月间，圣上因大鸟入棺，请了高人入宫，在安平观设坛作法。想必是有人浑水摸鱼，趁机施了魔术。"

"这魔术是对谁的？"我心中隐隐约约有了答案，此一问不过是印证罢了。

"对您。"

果然。

沈昼拱手道："您从六月以来，是否有心悸、健忘、多梦、出现幻觉之状？"云归听了，忙道："确实是。太后这几个月睡得都不怎么踏实。时常手捂着胸口，说胸闷得很。更是频频做梦。就连午间小憩，都会进入梦境。这两日更是出现了幻觉，忽而像回到幼年，忽而又像是跨到了暮年。奴婢以为是忧思过度呢。"

沈昼道："原本这魔术为了不让人发现，是缓慢推进的，症状颇微，就连太后您自己都感觉不到，只是略略身子疲乏。时间久了，摧人心智，伤人肺腑。但这回，因陆将军的事，您情绪大悲，故而严重了些。"

云归道："沈大人，这可如何是好？太后被这魔术所伤，有何药可解？"沈昼望向云归，安慰道："莫急，菜头大侠已寻了巫妇解了此术。这件事，没有告诉红帮主。她是个急脾气，菜头大侠说，恐她知道了，气急赶来，给太后添乱。"

我点头道："菜头说得是，不能告诉月儿。哀家不想让她焦心。"云归心有余悸地靠在我身边："太后，奴婢现在自责得很。奴婢在您身边儿贴身服侍，竟没有发现这等殃祸……"

我摸了摸云归的脸，柔声道："这是邪术，不是一般的疾病。慢说是你，便是医官署的医官，也是无从察觉的。你无须自责。哀家这不是好好的，没事吗？哀家命大，小灾、小祸，奈何不得。"

我叮嘱沈昼道："沈卿，此事不要声张。该告诉灏儿的时候，哀家会告诉他的。"

"是。"

"可有明宇的消息？"

若有，沈昼肯定第一时间就告诉我了。明知道没有结果，我还是忍不住问了问。好像每多问一句，心便多安一分。看着沈昼摇头，我抬眼，看了看灯芯。那灯芯快要燃到了尽头，就像我在这宫廷中波澜壮阔的半生。

翌日，廿八。内銮仪卫，邹皇后仪驾于宫门外，内监响乐于宫门内。设皇后拜位于香案前。女官二人引皇后迎于宫门内道右，随行入宫。内监奉金册、册文、金宝、宝文。内阁捧皇帝庆贺皇太后表文，恭进于萱瑞殿。灏儿于乾坤殿相迎，诸王、文武各官上表行庆贺礼，颁诏宣示天下。阖宫宴饮。

今日的阿南，终是取下了她戴了十数载的卦签，头戴金凤冠。她穿着天下女子无所及的华贵凤袍，跟灏儿站在一起，接受着所有人的朝拜。

乾坤殿龙凤烛台，到了晚间，灯火通明。此等大喜之日，她那张素净无波的脸，总算是涌上几许欢欣。

我走到她身边。她唤了我一声"母后"。我看着她，意味深长地笑道："阿南，这中宫，这后位，是你的了。"她低头，缓缓说了句："母后，一年明月今宵多，人生由命非由他。"

第一百九十四章：归政

命。难道真的是命吗？这个从 3 岁起，便被我接到乾坤殿抚养的孤女，就这么成了我的儿媳，成了凤仪天下的人。

乾坤殿是帝后大婚之所。翌日，灏儿就该挪到正殿，阿南则入主凤鸾殿。而我，则要移宫萱瑞殿。

一大早，灏儿携阿南给我敬茶。我按规矩叮嘱了几句"夫妻和睦"的话。不管是行坐跪立，他们二人始终有一定的距离。不似寻常刚刚经历洞房花烛夜的小夫妻。特别是灏儿，他眼神从始至终，都是清凉的。但他行动上对阿南还是颇为呵护。怕她捧着茶杯烫了手，特意叮嘱官人斟一杯不那么烫的来给皇后。

表面上的恩爱，如同摇曳的水草，碧绿茂盛，却无根基。好似一阵大风刮来，就能将它吹入水中。阿南看向灏儿的眼神却是温柔的、倚赖的。

大婚过后的阿南，较之从前，不再那么寡淡。竟画了远山眉。清欢从前是最喜画远山眉的，宛如水墨画里一泓秋水后面遥遥的青山。灏儿曾赞，风暖汀洲吟兴生，远山如画雨新晴。

我瞧着她，慢悠悠道："阿南，按圣朝祖制，你如今封了后，该加封你的母家。可你父亲母亲都已经不在人世。你叔公邹伏倒是在朝中，官居二品已然十几年了，你看看，要不要晋一晋？"

这是个烫手的问题。她若说晋，必会让我不悦。若我想升邹伏，早就升了，不会让他十几年不挪窝。她若说不晋，必会让邹伏不悦。邹伏是她在世上最亲的亲人了。

阿南看着灏儿："儿臣都听圣上的。"既把难题抛了出去，又向灏儿表明了忠心。

灏儿说道："依孤之见，便封个伯爵吧。母后意下如何？"这个赏赐算得上是很重。除了祖上荫蔽之家，便是战场上立过大功之人，才得以加封。而邹家，只因出了中宫皇后，便得皇家如此恩遇。

我点了点头。阿南忙道："谢圣上隆恩，谢母后隆恩。"邹家一跃成为贵族。旨意一下，朝野皆言圣上对皇后宠爱有加，对皇后的母族亦宠爱有加。邹伏进宫谢恩，跪在地上连连磕头。众人皆言，邹家算得上是烈火烹油、鲜花着锦之盛了。

可我心里明白，官职是实的，爵位是虚的。封邹伏为伯爵，只增荣华，未增实权。灏儿给了邹家伯爵，却没有晋升官职给邹伏。此举既全了体面，让人挑不出什么来。又非常的有分寸，不至于外戚手握重权。然而，在所有人眼中，圣上疏离太后，与太后频生龃龉，却亲近皇后，大封皇后的母族。

亲疏立见。

戌时，万物朦胧，是太常口中移宫的好时辰。戌时过后，便是亥时。亥时在天色计时法里，又称"人定"。人定归本。赶在"人定"之前，入萱瑞殿，便算得祥瑞。

灏儿与阿南俯身跪在地上，我一身黑色金丝袍，云归扶着我，一步步走向萱瑞殿。这段路不长，我却足足走了半个时辰。深秋的宫廷，好多花都落尽了。就连秋菊，也随着秋暮冬初的脚步而缓缓凋残。而梅花，还早。这个时节，宫中开得正盛的，只有木芙蓉。

木芙蓉，又叫"拒霜花"，晚秋始开，霜侵露凌，却丰姿艳丽，占尽深秋风情。从前，宫中的木芙蓉没有这般多的。成筠河登基以后，因我喜爱，便开始在宫中大片大片地种植。每到晚秋，芙蓉成河。

云归说："太后，您看，今夜的星星又亮又多。"我仰头，月是轻柔的，月光如流水般倾泻下来，星河璀璨，似实非虚。宫中连日大庆，四处灯火通明，盏盏明亮，映衬着满天星河，分不清天上、人间。

"星星铺满天，明儿是晴天。"我浅笑着跟云归说。

萱瑞殿的门大敞着。一应宫人内侍皆跪在地上。

"恭迎太后。"

我走进去。这座沉寂了二十多年的殿宇庄重而华贵。

"云归，茶盏带来了吗？"

"带了，您常用的青瓷盏和粗陶盏，奴婢自个儿收的，恐人摔坏了。"

我坐在昔日高红袖坐的软榻上，命云归斟了盏茶来。云归点上安息香。一切都摆置妥当。门外鸡人报，亥时了。刚刚好，在人定之前，入室安榻。

我如往常般，睡前倚在榻上读半卷书。读着读着，那字却似微微晃动，让人眼晕。鼻尖涌上来一股香味。那香味很陌生。

"云归，你点的是安息香吗？"

"是啊。是您平素最喜欢的安息香。连点香的铜盘都是从乾坤殿带来的。"

"哀家怎么觉得，味道好像不一样了？"

云归闻了闻："奴婢闻着，还跟从前一样啊。"她警惕起来，带着宫人们满屋子搜寻，角角落落都查遍了，甚至连桌椅的犄角旮旯也翻了，并无别的东西。

我放下书卷："许是哀家的错觉。"

"您在乾坤殿住久了，乍一挪宫，不习惯肯定是有的。您早些歇息。"

我点头，上了床。那香味时不时地飘来，一会儿有，一会儿又没有。

"微臣害怕，移宫之际，他们会做出对您不利的事。"沈昼的话在我脑海中回荡。依稀记得，幼年时在父亲的书房读过一本古书，书上描述过一种香，叫作"汨罗香"，能让人悲痛、狂躁。

许是那施魔术之人，见明宇已经消失，所以，迫不及待了。于是，手段又进了一步。一旦我的行为失控，便会跟灏儿起更大的争执。灏儿便会愈发依赖他吧。

时至今日，答案已经昭然若揭。摆在我面前的疑惑，有两个：一则，炽儿究竟有没有参与其中；二则，灏儿打算如何收这个网。

另有一则，我原来很确定，但现在不怎么确定的事情：阿南在这些事中，到底扮演了什么样的角色。她的心，到底是向着邹伏的，还是向着灏儿的。

那种种的异象自然是邹伏所为。邹家擅通此道。邹伏官路不畅，故而另辟蹊径。想尽各种办法，引起我的注意。得我召见后，披露自己是邹付之弟的身份，想成为我的近臣。可因他过于油滑，过于取巧，为我所防，数年来，不上不下。在我执政的日子里，邹家并未显贵。邹伏也一直老老实实地蛰伏着。不显山，不露水。不与人结交。甚至显得有些"怯懦"。让人寻不到一丝一毫的错处。灏儿年轻气盛，急于执政，且看不惯舅父的诸多行为。邹伏认为机会来了，便在灏儿面前挑拨离间，造成"太后恋权"的假象。他毛遂自荐，要"帮"灏儿夺权。灏儿必顺水推舟，答应了下来。

此时的邹伏一定觉得自己是圣上心之所倚之人，头号的心腹。再加之阿南顺利入主中宫，更是"亲上加亲。"

现今，我被"驱逐"到了萱瑞殿。但他深知我并非轻易挫败之人。为防"节外生枝"，他想让灏儿彻底与我反目，然后我"悄然死去"，翻不起任何的浪花。

"头脑简单"的小皇帝如何能处理得好朝政大局？届时，他作为外戚和心腹，"顺理成章"地辅政，成为朝中第一要人。如同史上窦宪、邓骘、阎显之流。这是多么好的算盘。

如若来日，阿南产子，更是锦上添花。

我没有告知医官署，而是自个儿调配了许多平心静气之草药，冲缓汨罗香带来的郁结。

灏儿大婚后的第三日，我带着云归，悄然去了趟宫外的峪亲王府。自炽儿出宫开府立院，我从未来过他的府邸。每年的年节，炽儿会按规矩带着正妃鲁氏到宫中给我、给灏儿行礼。平素里，他记挂我了，也会进宫。早些年，因我与他过于亲密，外使误以为他是我亲生，曾说出"听闻中原以长为尊，为何太后已有成年的长子，却立年幼稚子为君"之语。炽儿听了这话，为了避嫌，进宫的次数没有从前那般多了。

除非有要紧的事。比如上回，他进宫向我传达灏儿的话。他满脸焦虑地跟我说，圣上口中念叨着"崩逝"，他担心圣上是想与我争个你死我活。他看着我的面孔，说着："母后，这可如何是好？"

一路的马车上，云归念叨着："峪亲王眨眼成家六七年了，真是快得很。从前他住在宫中，从尚书房下了学，总喜欢来乾坤殿找您。那些情景仿佛在昨日一般。"我笑笑："炽儿是大章二十七年腊月廿五生的，还有一个月余，就满二十六了。哀家早已叮嘱过内廷监，给他备好了礼物。"云归笑道："太后您记得清楚，想得周到，亲娘也不过如此了。"

峪亲王府在上京的城东。老五虽与成筠河同辈，不过才封个郡王。那些太祖旁支的皇室更不消说。圣朝现时只有炽儿这么一个亲王。整个上京，只余一座亲王规格的府邸。故而峪亲王府十分气派，占据了一整条街。

马车停在王府门口，我下了车，一入眼帘的便是大排大排的翠竹。

云归道："好熟悉的翠竹，奴婢怎么觉着跟瑶池殿那么像。"是。瑶池殿门外也是一排翠竹。从吴瑶吴贵妃初入宫时，便种下了。苍翠碧绿，四时随风而动。眼前，峪亲王府的翠竹也长得颇好。在沉郁的秋冬里，箭一般挺立。

云归递上长公主府的拜帖，峪亲王府的人恭恭敬敬地带我们走了进去。原来，不只是门口的翠竹，一应里面的房屋、回廊、陈设，都跟瑶池殿一模一样。

到了正厅门口，鲁氏面带微笑地迎上来："烯妹妹来了。"看见云归，她一愣，转而，看见云归身后的我，连忙行个大礼，跪在地上："竟不知母后驾临，失礼了。"

我笑笑："你起来吧。原是哀家不想大张旗鼓，才递了烯儿府上的帖子。"鲁氏起身，恭敬道："母后您有什么吩咐，传唤一声便是。劳烦您亲自跑一趟，儿臣等心内不安。"

"哀家今日去城东道观，路过此处，惦记炽儿，便进来瞧瞧。王妃不必多礼。"

鲁氏忙点头："是"

"炽儿呢？"

"王爷……王爷去酒楼吃酒了。"

想必是沈昼回禀的那处酒楼了。

我笑道："哦？王府中的厨子竟不如市井之中的吗？何以炽儿要到外头去吃酒？"鲁氏道："回母后的话，王爷爱那酒楼的花酿，说是比别处都可口。"我点头，到正厅坐下，与鲁氏闲话家常。

"前些日子，渭王来信说，渭王妃已诞下了世子。峪王妃，你可有好消息？"

鲁氏再一次慌忙跪下："儿臣无能，入皇家偌多年无所出，向母后请罪。儿臣已为王爷纳了几房姬妾，争取早日为皇家开枝散叶。"我命云归扶她起来："峪王妃不必如此惊惶。家常闲话，随意就好。"

正说着话，炽儿从外头走进来。看见我来，亦是吃了一惊，连忙请安。

"母后怎生今日来儿府中了，可是有事？"

我示意他坐在我旁边。"炽儿，母后近来神思郁结，常常气躁，睡得也不大好，官里的医官署开了药，吃了无甚作用，便携云归去城东道观烧烧香。路过你的王府，便想着顺道来看看你。""母后身子不适？圣上知道吗？"炽儿的脸上涌上关切。

我淡淡笑笑："炽儿你是知道的，圣上与哀家一直在怄着气，为着你舅父的事情，哀家一直疑心他。再加之他现在新娶了皇后，正是恩爱情浓的时候，哪里有心思关心哀家呢？"

炽儿想了良久，方道："母后切莫伤怀。圣上总有一天，会知道母后的苦心。至于舅父……他吉人自有天相，定会安然无恙，想必圣上也不会真的把他怎么样。依儿臣看，您定是忧思过度，才气躁难眠。"

"炽儿，听你这话里的意思，也跟母后想到了一处，你舅父的失踪是灏儿所为，是吗？"

炽儿劝慰道："舅父此番打了胜仗，在军营中威望比从前更高。圣上年幼，担心舅父功高盖主，也是在所难免。"我瞧着炽儿的脸，突然笑道："峪王妃说你方才去酒楼了，母后怎么闻你身上并无酒味呢？"

炽儿愣了愣，看了一眼鲁氏，道："今日去酒楼，没了桃花酿，别的，儿不惯喝，就略饮了几杯淡茶，便回来了。"我点头："原来如此，我儿是个长情的人。对人如此，对物如此，连对酒，亦如此。"

我起身道别。炽儿夫妇送我到府门口。我转头，再一次看了看那一大排的竹子。

第一百九十五章：孝子

回宫的路上，云归见我情绪有些不对头，担忧道："太后怎么了？方才也没见您跟峪亲王夫妇多说几句话，您为什么突然如此低沉呢。"

我掀开马车的帘，看着上京街道上的百姓喧哗。"没多说几句，但哀家已经明白了。"

"……您是说？"云归迟疑着，思量着我的话。

"奴婢有点不敢相信。奴婢一直认为，峪亲王是个好孩子。"

"他的确是个好孩子。"

"那您的意思是？"云归认真地看着我。她知道，炽儿对我的意义很重大。就像当初南巡之时在"东海之滨"的那场刺杀，当有一丝丝的苗头指向炽儿的时候，我心中想的不仅仅是"背叛"二字，那是一种骨肉分崩的痛惜。后得知不是炽儿所为，整个人都松缓了。炽儿虽然不似灼儿，非我抚养长大，但他在我身边的年头最久。先帝驾崩之际，皇室宗亲进宫闹事，13岁的少年炽儿出面帮我应对。他是唯一陪我渡过风浪的孩子。

还有一个最重要的原因，也是在我内心深处永远都无法忘怀的。当年清风殿的大火，我从腰间摸出五云山上胡通赠我的短刀，趁乱刺死了成筠江。我对峪王一脉一直心怀愧疚。后来，胡氏对亡夫的一片痴心被常灵则利用，事破之时，我仍留她一命。可她还是选择了自尽。

炽的父亲母亲，皆因我而亡，我实在不想看到有一天，炽儿再度折在我的手上。我缓缓道："沈昼提了两回，哀家都一口否定了。哀家相信自己的直觉，相信炽儿的心。他是个通透的孩子，哀家记得，他曾经在冬日里拿着钓竿在御湖边垂钓。他说，想让自己习惯失望，习惯一无所获。哀家觉得，他不会如他的父亲一般，执拗地做帝王梦，至死不肯醒来。"

云归道："那您为何愁眉不展？"我叹道："云归，炽儿这些年来，对哀家的敬爱、尊重是真的。可他放不下他父母的死，也是真的。哀家敢肯定，在胡氏离世前，他一丝一毫仇恨的心都没有。所以，当他得知母亲的异样，他婉转地提醒我，他没有

763

帮自己的母亲一味糊涂。同样，哀家为了怕他两难，在事发时将他支去了吴家扶棺。可胡氏想不开，自尽了。哀家尤记得她自尽前，摸着炽儿的脸，说着，儿，娘大限到了，你从此苦乐自修吧。炽儿心里一定是非常难过的。他襁褓丧父，与母亲胡氏相依为命。胡氏抚育他、教养他，是他的全部倚仗。"

我命马车拐道，去沈昼曾向我汇报的那家酒楼，炽儿和邹伏时时前后脚去的那家酒楼。果然，见邹伏坐在酒楼里。他穿一件寻常的便服，身边坐着几个术士模样的人，皆操着禹杭口音，看样子，是他的故旧。

我坐在马车中一盏茶的时间，见他们散去。邹伏神态自若地起身，回府。封了伯爵的他行事依旧低调，没有高头大马，亦没有香车华服。

"回宫。"我吩咐道。

"太后您方才话说了一半，奴婢不解。"

我看着云归，叹口气："一边是对哀家的敬爱，一边是对母亲的怀念，他很矛盾。有人便利用了他的这种矛盾。那个人曾试图在哀家面前谄媚讨好，可哀家一直对他所有防范，他便筹谋了另一条路。他知道炽儿身份特殊，更知道哀家跟炽儿感情不一般，便长期挑唆、怂恿。炽儿本来就有些意难平，经他这么一鼓动，难免行差踏错几步。瞧着吧，朝中很快就有大动作了，哀家怕的是，此番伤着他。"

"您担心届时圣上一出手，伤着峪亲王。"

"是。哀家感觉，炽儿内心非恶，他要的也不是皇位。他是那么清醒的一个人，怎会不知，哀家与灏儿母子就算闹得再大，皇位哪里轮得到他？他只是被引导着，误以为这是一个绝佳的复仇机会。他想要皇室纷乱。私下僻静处，他内心一定很苦。"

云归握住我的手。"太后，您心真软。就如二公主所说，您像刺苔。外头瞧着一身刺，可其实一摸，连刺都是软的。"

我悠悠说道："云归，若灏儿能顺利解决此事，这朝堂、这宫宇，哀家也没什么可担心记挂的了。灏儿能坐稳金銮殿，甚好。"

希望炽儿能明白我站在竹林前说的那最后一句话。希望他在关键时刻，能有回转。那么，无论如何，我也会让灏儿，保着他一世的平安。我不愿让竹林再染上新的血迹。

顺康十三年十月底，太后迁官，还政。

十一月伊始，君上独坐金銮，百官沸然。上至昌黎阁老，下至文书帖士，皆习惯以"太后之命"为尊。君上初理政务，诸般不顺。与此同时，军营中谣言滋生，皆道"定国公军功在身，不得善终，君上此举，寒了满朝武将之心"。

朝堂之上，争执四起。户部侍郎、圣上新封的清平伯邹伏邹大人，向君上奉上一份《进迁图》。这份《进迁图》详细指明了朝中所有官员的升迁。哪些是太后属意，哪些是张相门生。进而，向君上建议说：任命大臣官员的权力应尽收帝王手中。

此举惹恼了许多年资甚老的官员，纷纷弹劾邹伏，讽刺其依附裙带，乃升天鸡犬。邹伏马上以牙还牙，写了一封奏疏，上达君王，其中多为针砭时弊的内容，并以汉朝败坏朝纲的权臣张禹影射昌黎阁老张邑。

张邑大怒，斥邹伏离间君臣、越职言事。朝中新臣，观形势，以"中宫邹皇后得圣心"、如今圣上亲政、太后已经退居后宫为虑，纷纷站队邹伏。而那些积年老臣，历经长乐、顺康两朝风霜，好不容易熬出了头，却因主位更换，面临如此的大换血，自是不甘，主动站队张邑。

于是乎，朝堂上以"邹伏"为首的新臣和以"张邑"为首的旧臣争执不休，互相抨击对方为"朋党"。

冬至那日，朝廷举行郊祀大典。按以往惯例，灏儿应率领百官先向我行礼，然后再到金銮殿受朝。可邹伏却极力反对，认为君上侍奉母后，只需行家人之礼，不应与百官同列，行北拜之仪，是：亏君体，损主威。更以"此举会让那群旧臣心有所持，愈发藐视君上，有碍君上政令行通"为由，加以劝阻。

最终，灏儿接纳了邹伏的建议，免了百官向太后的跪拜之仪，只身前来萱瑞殿向我行礼。

我若无其事地命云归煮了碗花羹给他。闲闲问道："张邑大人近来身体还好吧？"灏儿俯身答："回母后的话，张邑大人身体甚好，精神也甚好。依儿臣看，好过了头，在朝堂之上频出事端。若不是想着张府与皇家有亲，碍于冀公主的颜面，儿臣不会如此宽纵他。"

我笑了笑。一朝天子一朝臣。张邑从长乐二年起入昌黎阁拜相，在朝堂上树大根深。不管他是否忠心，灏儿都不会再用他。当然，不能莫名其妙地不用他。有损君王清誉。邹伏倒是个不错的靶头。摸出弓，打了鹰，连弓带鹰便都不该有了。

"听闻邹大人近来在朝堂上很是威风，一呼百应。"我半倚在榻上，安息香静静地燃着。灏儿不言语，对我这句话不置可否。

他吃完花羹，向我跪安，不紧不慢地去了。临走前，他跟我说了句："母后，您放心，儿臣从未停止过探寻舅父的消息。"

我命云归将昔日明宇送我的布麻茶斟出一盏来。那苦中带咸的味道，像极了眼泪。

顺康十三年腊月初八，阖宫飘荡着腊八粥香气。以张邑为首的四五位重臣，均在家中被冷箭射伤。箭从暗处射来，不辨方向。此举点燃了旧臣们心头积攒的怒火。

众人皆猜测是邹伏所为。虽毫无证据，但这些饱读诗书、在官场中浸泡了半辈子、清高了半辈子的文人皆不是吃素的。他们带着伤口，在宫门口集体跪下，口中念着："朝有奸佞，望陛下除之。"

是日晚，君上在乾坤殿批阅奏章，竟爆发了轰动朝野的"披甲案"。腊八戌时，烛火摇曳，数十名披甲士突然闯殿，口中高喊着："请陛下归政太后！"君上大骇，呼其左右曰："孔良安在？御林军安在？"

御林军冲进殿宇，一番激战，披甲士死伤大半，唯余五人。一番拷打，这五人皆称，是受张邑等人所指，向天子问责。并称："古来贤君者，莫不以逆耳忠言纳谏。"君上气急，厉声道："以此举上谏，荒唐至极！"

邹伏邹大人连夜进宫觐见，大骂乱臣贼子。"君为天命之人，乃万民之父，岂容尔等放肆！食朝廷之禄，却不忠君上，其心可诛！"在邹伏的主张下，以"披甲士供词"为证，连审都未审，将张邑等人尽皆革职。

朝中的旧臣一下子蔫了。再也无人敢对君上的政令有半分质疑。同时，邹伏成了众矢之的，朝中诸人，莫不痛恨其嘴脸。

腊月中旬，医官署的华医官诊出，中宫邹皇后有孕。

君上翌日便在金銮殿上，大声宣之，昭告天下。

"中宫有喜，祖宗庇佑。圣朝皇祚万年，当举国同庆。"

并因皇后之孕，再度加封邹伏的爵位，从伯爵升至公爵，乃清平公是也。邹家一时风头无两。

第一百九十六章：上意

腊月里，上京连落了好几场雪。

清晨，眼睛刚睁开，便听见小内侍们扫雪的声音，扫帚扫在地上，唰唰的。

云归听见我坐起身来，连忙披了袄儿过来："太后醒了？怎不多睡会儿？"

外头鸡人报，卯时了。我怅然道："从前上朝的时候，每日卯时就起来了，辰时已经收拾好了。现在无须早起上朝了，到了点儿，还是醒了。醒来瞧着这寝殿里头啊，空得很。"

云归知道我在想什么，却强笑着打趣道："怎么？太后勤政了二十多年，现在偷偷懒不好吗？"

我起身，踩着软缎绣鞋行至窗边，见外头苍翠的松柏已变成白色，殿前两株蜡梅树，已被寒风催开了花。"如今天寒地冻，不知明宇在哪儿，伤好了没，冷不冷。但愿他在南不在北。得一季温暖，莫受严寒。"

萱瑞殿的宫人们见我起来了，忙拉开了珠帘，用金盆端上温水来。我洗漱完，走到书桌边。云归铺开宣纸，磨好了墨。我慢慢悠悠写下一句诗：乾坤空落落，岁月去堂堂；末路惊风雨，宫墙饱雪霜。云归道："太后的字体比先时飘逸了许多。"

纸上的字，横看成岭，侧看成峰。再一看，又宛如烟波浩渺的水域。墨迹背后，唯不见故人影踪。我刚放下笔，便听见外头的内侍报着：皇后娘娘到——

须臾，阿南走进来。她一身明黄色的披风，披风上绣着七彩凤凰图，领口处是白色的绒毛，衬着她不施脂粉的脸孔端庄娴静。

她进门后，恭恭敬敬地向我行礼："母后安康。"我命云归搀起她，淡淡道："你有了身孕，晨昏定省就免了吧。"她客客气气地对云归说了句："怎敢劳烦姑姑。"于是，自个儿起了身。起身后，向我笑道："儿臣向母后请安，是做儿媳的本分，怎可不来？"说着，命身后的小宫女端上清粥小菜，摆在桌上。"儿臣侍母后用早膳。"阿南自从入主中宫，比从前更谨慎、规矩了许多。

每回来萱瑞殿请安，连奴仆亦不曾轻慢。自言曰：母婢，不可薄待。故而，萱瑞殿里的一众宫人们，对她都颇为敬爱。

我从书桌行至餐桌坐下，阿南看到了我方才写的大字，若有所思地念了两遍："宫墙饱雪霜……"

我瞧着桌上的小菜，问道："这菜不像是宫中御厨做的啊？"阿南回道："母后好眼力，这是今儿一大早，叔祖父着人送进宫的。"我笑了一笑："哀家近来没理会前朝的事。听闻你叔祖父如今在朝中得意得很哪。"阿南想了想："邹家得此恩遇，皆是皇家的恩典，圣上的恩典，母后您的恩典。"

我瞧了她一眼："昨儿烯儿是不是去凤鸾殿找你了？那孩子自小被先帝和哀家娇惯，脾气大得很，要是有言语冲撞得罪你的地方，你莫见怪，也莫吃心。你现今是皇后，是一国之母，当胸怀四海，更别说是自家的皇姊了。"

阿南忙低头道："母后哪里的话，儿臣怎敢见罪皇姊。张大人被圣上免了职，做了数十年的宰辅，说没就没了，皇姊为家公鸣不平，儿臣是能理解的。"

我喝了半碗粥，用锦帕擦了擦嘴，缓缓道："张邑大人是哀家一手提拔的，长乐二年，便入昌黎阁拜相，乃国之栋梁。处理政务方面，没得说。可阴诡谋算上，就差了些。书卷气太重，一不留神啊，就中了别人的圈套。""别人"是指何人，阿南自然是知道的。

烯儿之所以一气之下跑去凤鸾殿闹一场，便是因为这整个事件中，邹伏起了重要的作用。披甲士的供词是邹伏公布的，撤职也是邹伏主张的。若说一开始的朝堂争议，只是政见不同，事发后的这一系列动作却难免沾上了阴谋的气息。这是朝堂上诸人有目共睹的。

阿南看着我，道："太后，您是知道的，叔祖父入仕以来，一向谨小慎微，近来诸般所为，不过是因为圣上的抬举。他想做的事，其实是圣上想做的事。叔祖父是揣测上意而为之。"

是啊，灏儿对邹家的确格外抬举。诸般异象，百灵选妻，他定了阿南为中宫皇后，对阿南百般恩宠。对邹伏亦是一再加爵。正因为如此，邹伏才稳稳地以为自己是圣上的心腹，朝中得宠的外戚，揣测圣意，站在圣上的角度，做出此番举动。

我笑笑："揣测上意。呵。你叔祖父曾经也是这般揣测哀家的心意的。你是不是也是这般揣测圣上心意的？"阿南沉默了一会儿，方道："母后，儿臣与圣上之间，并非揣测二字。儿臣的心，从始至终，都跟圣上在一起。"

我瞧了瞧她。阿南那双眼，如隆冬的云雨一般，不可测。

"母后，乾坤殿的红梅，开得甚好。"阿南突然幽幽道。我笑笑："殿前的红梅是灏儿喜爱的风景。"

"圣上时常看着红梅发呆，一看就是半个时辰……"阿南说着，敛了哀伤，话头一转："母后，清欢妹妹现在如何了？"

"清欢她很好。她母亲近来在教她武艺，据说是长进很快。"

阿南道："小黄莺聪慧，想学什么，自然是很快的……母后，快要年关了，清欢又长了一岁，该许人家儿了。您……"我打断她："皇后，你尚在孕中，少思虑这些事吧。为了腹中孩儿，也为了自个儿的身体。"阿南讪讪地，道了声："是。"

早膳毕，阿南跪安后，便离去了。没过几日，便听说灏儿宠幸了一名女子，是邹伏夫人的娘家侄女，名唤柏澜笙。此女是邹伏亲自送进宫的，邹伏称："现今皇后有孕，恐不能尽心侍奉陛下。拙荆的侄女澜笙，出身清流之家，美貌多才，玲珑婉转，或可让陛下心愉一二。"

灏儿留下了那女子，一夜恩宠后，封了四品贵仪。这下子，邹伏愈发扬扬得意，以为一切尽在掌握。众人皆知，此女不过是进宫"固宠"而已。

澜贵仪加封的当日，按规矩，由中宫领着，来向我请安。阿南的脸上，一丝风波也无，好似这一切都在她预料之中。也许，对于她而言，只要不是清欢，谁都可以。澜贵仪长着一张喜庆的圆脸，身材丰腴，颇擅口角，说起话来，满室春风。

阿南安排她住在从前巧云住的云梦阁，并令内廷监新做了块匾额挂上，匾额上写着：绮澜院。

自披甲案后，手握重权的旧臣相继被免职。朝中只余邹伏为首的新臣，和一些在闲散衙门任职、与大局无干的旧臣。

但据沈昼回禀，有一件事，颇耐人寻味。灏儿并没有处死那五名还活着的披甲士，而是不动声色地将他们秘密关押了起来。

沈昼道："依臣看来，这几名披甲士往后或许还有别的用处。"我点点头。

我好些天没出萱瑞殿的门，外头的人不知我的近况。有一回，邹伏在尚书房向灏儿禀了事，拐道儿来了萱瑞殿拜见。云归将他拦在外头，说："太后近来身子不好，便不见外臣了。再者说，如今太后还了政，再见朝中之人，恐圣上疑心。"

邹伏忙关切地问是何病。云归说："太后乃心病，邹大人可有药医？"邹伏尴尬地笑笑，说了句"望太后保重贵体"，便跪了安。

澜贵仪入宫后，灏儿似乎越来越倚重邹伏了。曾当着朝堂诸臣的面，说道："清平公，孤之重臣，举凡国事，莫不与其相商。"

朝野暗流涌动，封疆外臣都道邹伏乃头号奸佞，蛊惑少主，居心不轨。

眨眼到了腊月底。年底下，宫廷热闹得很。月儿带着一船的奇珍，走水路北上。

她进宫那日，灏儿无比喜悦，亲自到宫门口相迎。她同灏儿一起走进萱瑞殿。不见其人，先闻其声。

"阿姐！"月儿早已不是少女的年纪，却仍然喜穿红衣，腰间别着鱼鞭，笑声朗朗。岁月似乎格外眷顾她，并未给她带来什么痕迹。

她走到我身边坐下，脸在我身上蹭着："阿姐搬了地方了。"

"菜头这回怎么没跟你一起来？"

她想了想，说道："菜头说，他忙别的事去了。"

第一百九十七章：家宴

　　"是不是明宇有了消息？"我问道。月儿柔声说道："阿姐，我知道你心里不好受，菜头也知道，我们这些日子一直没有停止寻找陆将军的消息。从南到北，从官道到山路，都派了兄弟们查看。半个月前，听人说南境与圣朝接壤处塌了山，压死不少边民。菜头连大黑都来不及带，跨上马就奔去了。死伤的边民，官府都登记造册了，没有无名尸体，这说明，里头没有陆将军。菜头这才稍许放下心来。菜头说，若是陆将军就这么没了，大小姐真的是难受极了……"说到此处，她看了一眼灏儿，似是恐灏儿吃心。她知道，灏儿素来介怀我与明宇的亲密。可此时，灏儿并没有任何情绪。他只是静静地听着姨娘讲话。

　　月儿口中的那句"菜头说，若是陆将军就这么没了，大小姐真的是难受极了"，让我甚为感动。菜头对我有过不理解，有过抱怨，可不管发生什么事情，他总是为我考虑、向着我的。到底从小一起长大的情分。

　　我突然注意到了什么，月儿称呼菜头不再像从前般，口口声声的"菜头阿哥"，而是直以"菜头"呼之。联想到不久前沈昼跟我说的，月儿与菜头的蜀地游历，我开口道："月儿，你跟菜头……"我止了口。她知道我想问什么，叹口气，清风皓月般的面孔上泛起一丝忧愁。

　　"阿姐，他对水家太忠心了。这是好事，也是坏事。自从他知道我是水家的二小姐，对我就跟从前不一样了。比从前亲近许多。但，他敬我、护我，更像是主仆。我要的不是这样。"

　　我还记得她骑着海猪，大声笑着："落花辞高树，最是愁人处。不如沙上蓬，根断随长风。人各有志，阿姐多虑了。"那时候的她，自言从小见师父深受情仇离恨之苦，誓要对情爱避而远之。如今的她，却也有了牵挂、有了忧愁了。

　　"阿姐，菜头跟我说，他负了南飞的情意，这辈子是他对不起她。南飞曾送他和你到城墙处，她到死还惦记着，让菜头幸福，让你幸福。"月儿看着我："阿姐，南飞没了，死去的人便成了永远都无法逾越的，永远都无法忘怀的。菜头说，他曾经以妻子的名义给南飞立过碑。他穿过她做的鞋，便是她的夫。"

不过是低沉了片刻，她便又豁达地笑了笑："阿姐，我们江湖儿女，重情义，走过的每一步路都作数。我理解他的所有想法。他是个死心眼的人，我也是。""月儿，姐姐懂你。"我爱怜地摸着她的头发。

什么都不重要，我只想让这个幼妹快乐。她愿意终身独处也好。她思慕天底下的任何人都好。千帆过尽，她跟菜头有没有结果、有什么样的结果，我都能接受。我只想她快乐。

许许多多的路走来，我的心被沧桑浸泡。深觉这世上，没有什么是比快乐更重要的东西了。

顺遂如意地度过下半生，牵挂的人都平安，便是我对这人世间最大的期许。

晚间，我在萱瑞殿设了家宴。阿南来了，澜贵仪也来了。灏儿举杯，向姨娘敬酒。阿南刚准备随之举杯，澜贵仪却抢在了阿南的前头，同灏儿一起举起酒杯，满脸堆笑道："臣妾一见姨娘，便知姨娘是女中豪杰，最是擅饮，皇后娘娘怀有身孕不便，臣妾陪您喝几杯。"

月儿笑道："好。"

澜贵仪僭越了。月儿不懂其中的异样，灏儿却懂。但他看了澜贵仪一眼，没有阻拦。只是笑了笑："澜笙有量。昨晚，孤在绮澜院，便被她灌醉了。今晚在母后这里，是家宴，不必拘束，孤倒要看看，姨娘和澜笙，谁更擅饮。"这番话不仅没有责罚之意，反倒带着欣然与鼓励。

澜贵仪娇憨地笑笑，张罗着宫人们拿来器具，同月儿玩起了"射覆"的游戏。阿南的酒杯捏在手中良久，终是松开了。她平静地微笑着，看着眼前的一切。

中宫怀有身孕不便，准备宴饮的御厨早就有所准备，放在阿南手边的酒壶里，装的是米羹。代酒用的。然而今晚，米羹到凉透，都没用上。

家宴到了亥时方毕。月儿喝得很开心，她从小在火族长大，火族的规矩与汉人不同。她只知道眼前的两个女子是灏儿的妻妾，却囫囵着不知有什么区别。

她脸上涌起红晕。我命云归扶她去歇息。那澜贵仪做醉酒娇羞状，倒在灏儿的怀里。

灏儿跟小舟说着："摆驾绮澜院。"小舟忙答着："是。"

灏儿跪安后，便同澜贵仪一起出去了。留下阿南，仍坐在酒桌边。她就那么微笑着，好似笑成了一座泥塑。

云归给我倒了杯茶。我慢悠悠地喝了一口。"阿南，中宫的滋味儿不好受吧？"

她颔首："多谢母后关心，儿臣觉得还好。"

"澜贵仪进宫前，你叔祖父没教她规矩吗？"

"对于叔祖父而言，圣上宠爱阿南，跟宠爱澜笙，并没有什么区别。圣上如此做，愈发会让人以为他宠溺妃妾，花天酒地，不知分寸，年少糊涂了。也许这正是圣上想要的吧。"贵为皇后，身受此辱，她竟能如此淡然地分析。

灏儿别有用意，我知道。但这澜贵仪着实太放肆。设若坐在阿南这个位置的人是清欢，灏儿会舍得如此做吗？设若清欢坐在阿南这个位置上，清欢能如此平静吗？我摇摇头，又喝了口茶。

阿南俯身，向我跪安。她走后，我站起，行至檐下。仰头，天上忽又飘起了雪花。纷纷扬扬。雪夜映帘栊，飞花疑是梦。

小申从外头走进来："太后，峪亲王递了帖子，说要拜见您。"

"峪亲王？"

我接过帖子，上面写着八个字：儿有要事，想见母后。这帖子写得跟往日不同，似有难以言明的急事。

"峪亲王现在何处？"

"西门口儿呢。"

西门口是宫人内侍出来进去的门。他从那儿进来，说明，他这趟来，不想让旁人知道。我略一思忖，道："请他进来吧。"

须臾，见炽儿大步走进来。头上还带着落雪。

这厢，我半倚在榻上，蔫蔫地睁开眼："我儿漏夜前来何事？"我对他，已经起了防范之意。故而，佯作病态。

他请了安，三步并作两步行至我身边，声音里带着几许急切与悲凉。"母后，您是不是病了？您身子不舒服，是不是？"

我喘着气："是。上了年纪，身子愈发不大好，想来也是常态……"他突然伏在我身上。像他年幼时那样。他那张酷似成筠江的方正面孔上，落满眼泪。"不，母后，这不是常态。"他跪在地上，向我磕了几个头。他眼圈红红的，起身，什么都没说，把萱瑞殿内的几张座椅上的褥子抽下来。

"母后将这几张褥子，赏给儿吧。"

我一霎便明白了。那，汨罗香的味道从何而来。我和云归细细搜遍了宫殿的每一个角落，都没看见。其实，是有人将这几张褥子用绮罗香反复浸泡过。那一缕缕的暗香徐徐散发出来，却没有痕迹。

"母后，您莫跟圣上起争执，您在这萱瑞殿，好生将养着……"

我看着他的脸，情不自禁地伸出手，喃喃道："炽儿……"我没有看错。他终究是个好孩子。

他的眼泪落在我的手心。

"儿无人伦，罪该万死啊。"

第一百九十八章：意外

"炽儿。"我轻轻地摩挲着他的头，唤着他的名字，想说些什么，却什么也没说。他似乎懂得了我的欲言又止，静静地在我身边靠了一会子，起身走入风雪中。我们都没有把话挑明。

也许，我们都害怕破坏这份母子情，这份二十几年积累起来的脉脉温情。"儿无人伦"这四个字，剜心之痛，令人无法直面疮口。

云归一边伺候我卸掉头上的钗环，一边道："太后，您说，峪亲王这是何意啊？"我轻轻地笑了笑："这孩子知道自己该怎么做了。"

他与邹伏有所勾结是必然。否则，以邹伏之力，在宫中各处的安插不会如此天衣无缝。炽儿在宫中生活了十八年，对一切了如指掌。他若想害我，比旁人自是容易得多。

他能得今晚之悟念，迷途知返，接下来，必会助我，而非助邹伏。我瞧向云归："原本，哀家真的怕，怕到时候他犯下的过错太大，哀家想救他，都救不成。哀家真的不愿意成筠江这一脉，全都死于非命。"

小宫女端来沐足的水，云归替我松缓着脖颈。

我躺在月儿身边，听着她均匀的呼吸，听着雪花落地簌簌的声音。这一夜，总算是得一晚安眠。闻着月儿身上经年被海风吹拂的干净的咸味儿，闭上眼，就仿佛看到了红衣岛如碗口一般大的花朵，肥硕艳丽，又高又大的树木，毫不避人的野物。心中那个影影绰绰的念头却是越来越强烈了。

月儿在宫里待了七日，方归。新年在一场又一场缠绵的落雪中，很快就来了。

顺康十四年的新年，与往年不同。往年是我在操持，今年则是灏儿和阿南。因绮澜院盛宠，也有不少见风使舵的人在去中宫拜完之后，千方百计地去澜贵仪处拍马。澜贵仪亦欣然接见。这一切阿南视而不见，佯作不知。

正月里，各处边疆武将依旧回京述职，其中不少人是明宇的老部下，或是积年相交的旧好。因明宇在南境之战后的离奇失踪，武将们皆颇有微词。灏儿深知这一点，开年便下政令，将邹伏从户部平调到兵部，然后命他出面去接待这些武将们。

据说邹伏曾有过一刹那的犹豫，但因灏儿当着众臣的面说"非常之事，当交与非常之人，纵观朝野，何人比清平公更知孤心呢"，他便欣然领旨谢恩了。君王的这番话，摆明了他是近臣、心腹。让他代天子行事，是对他的抬举。

灏儿还特意赏给他一副腰带，腰带上绣着战马。圣朝起于兵戈，战马是太祖爷时便钦定的御带图案。自本朝以来，得此恩赏者，不过寥寥数十人，多半还早已作古。如今的朝野，得此腰带者，不逾三人。邹伏戴上这腰带，整个人都挺立起来。行于大殿之上，俨然卓越于旁人。

回京的武将们见此情景，联想起身负巨大战功的明宇凄惨的结局，愈发气恼，皆道：只见清平公之乐，谁见定国公之哀？遂生出唇亡齿寒之感。

武人们跟文人们不同，他们久经沙场，舞刀弄枪，一旦起了愤懑之意，便不是念几句"之乎者也"能平复的。袍泽之谊，亦不是那种明争暗斗、各怀鬼胎的"同僚情"可比的。

此时的朝野诸人还没预想到，一场连环的闹剧即将发生。朝堂上炙手可热的"半个国丈"邹伏，即将迎来他生命中最大的意外。而那些戍边的武将，因为理亏，也因为年少君王的大度，而深深折服，比先前更加效忠。

一场棋局，快要走到了结尾。出其不意的"遣兵"，在君王不动声色的谈笑间。

上兵伐谋。据险养威。我的儿子，每一步都走得让人琢磨不透。

正月初六，君上在司乐楼设宴，款待各方武将，邹伏代为出席。邹伏满面春风地唤官人们倒上酒。

众人举杯，喝了一口，发现是水。领头的威远将军一口喷在地上，他本来就因儿子曾和阿南定亲却无故被山石砸伤，素来疑心是邹家人做的手脚，深恨之。此时，冷笑道："清平公这是何意啊？以冷水相待。是否觉得我等是粗人，不配饮朝廷的赐酒，该和陆将军一般失踪才好啊？"

武将们本来就看邹伏那副小人得志的猖狂样子不顺眼，有气憋着无处撒。见威远将军如此说，纷纷将酒杯放下，口中"借题发挥"地附和着。

邹伏大声斥责着官人们："无用的蠢材！怎生把冷水当酒端了上来！这等小事都做不好，看本官禀了皇上和皇后，砍了你们的头！"他自恃腰间的御带，不仅没向武将们赔礼，言语之间反倒提醒着诸人，"皇上皇后"皆是他的靠山，与他的关系非同寻常。这让武将们更加反感。

官人们忙不迭地将水换成酒。不一会儿，菜肴陆陆续续地端上来。威远将军指着面前的一盘鸡肉和一碟狗肉向众人说笑道："我老向肚里无甚墨水，不过看到这两个菜，倒想起一个典故来。"旁边的镇南将军饶有兴趣地附和道："什么典故啊？"威远将军大声道："一人得道，鸡犬升天。"宴席上的人皆哈哈大笑起来。

邹伏的面色在笑声中越来越黑。若是从前他不得志的时候，忍便忍了。可如今不同了，他深得圣上器重，凭甚要受这些糙汉的气？他将手中的银筷重重掷在桌上，指着威远将军道："放肆！"威远将军疑惑道："老向在跟大伙儿说典故，不知如何得罪了清平公？"

邹伏厉声道："宴请武将，是圣上的恩典，尔等休要不识抬举！"说完，离席，拂袖愤然而去。威远将军道："走便走了吧，反正看了他那副模样便生气。不是一路人，走不到一路去。来，咱们喝。"镇南将军道："那厮不会去圣上面前告刁状吧？"威远将军道："无妨，告也不怕，我老向并没做错什么，只不过在说菜肴而已。我说者无心，他听者有意，纵是圣上，难道会因为这等事来治我的罪？"

众人放下心来，饮酒到深夜方归。

然而，当夜，威远将军在归府的路上却遭到了神秘黑衣人的攻击。那黑衣人专门挑僻静陋巷处下手。彼时，威远将军喝多了酒，正寻了个僻静陋巷撒尿。黑衣人从天而降。快准狠地割去威远将军的双耳。威远将军惨叫一声，捂住耳朵，鲜血像泉水一样涌出来。不远处的随从们循声赶紧奔来。可黑衣人已不见踪影。只见威远将军躺在地上。

翌日，威远将军的双耳被分成均等的五份，抛掷在当夜参加宴席的几位武将府门口。此举，彻底让武将们的怒火燃烧起来了。威远将军不过一句戏言，纵是得罪了邹伏，何至于遭此大祸？

领兵之人，可杀不可辱！

第一百九十九章：大乱

沈昼到萱瑞殿向我禀告这些事的时候，我正在用金簪拨弄着手炉里的炭火。越拨弄越旺，越拨弄越旺。一股股的热气从手炉往外涌。

沈昼道："太后怎么看这件事？"我没抬眼："中宫那边有什么动静？"沈昼道："中宫那边，什么动静都没有。"我沉吟道："现在看来，邹家那丫头跟邹伏并不是一条心。"顿了顿，我仰头笑道："或许，那丫头从来都跟邹伏不是一条心。她比哀家想象的要聪明得多。"

沈昼微微怔了怔，低下了头，似是在想着什么。这宫墙里，历朝历代，年年岁岁，风波几时平息过呢？没有过人的智谋，在这风波中，恐怕连保全自身都很难，更别提光耀门楣了。

中宫，是耀眼辉煌的所在，亦是风波的中心。

云归端了盏无量茶递给我。我接过，瞧着外头白茫茫的一片，似想起了什么，问道："威远将军可有什么不光彩的暗底子？"

沈昼叹道："太后真是料事如神。威远将军素来驻兵云贵，云贵与南境接壤。自陆将军失踪以后，微臣一直命玄离阁的兄弟们找寻其踪迹。他们没找到陆将军，却查出点意外。早先阿罗伽还未跟圣朝开战的时候，曾暗中送了大量银钱到向府，只要求威远将军对边境的屯兵睁一只眼闭一只眼，以致后来，酿成祸患。太后您想想，若非有内鬼，圣朝与南境兵力相差如此悬殊，何至于两败俱伤？陆将军在玉门关外都尚能保全，何以在南境就折了一条腿？"

我握紧了茶盏，手上起了青筋。"原来如此。看来，灏儿并非白白选了他做炮灰。原本，哀家还觉得有些可惜。现在看来，他跟邹伏一样，自作孽，不可活。"

沈昼道："阿罗伽此前休养生息十数载，南境很是有些实力，故而出手颇为大方。这老向虽然打仗很有两把刷子，但骨子里是个贪财的人。从他给儿子取的名字便能看出来。那向家的公子叫向显荣，可不就是显赫发达、荣华富贵吗？想来老向入军营并非是为保家卫国，而是为出人头地。""想出人头地，无可厚非。但武将失了大义，乃国之耻辱。"我喝了口茶，面色冷然道。

沈昼道：“威远将军与阿罗伽勾结的事，做得极隐蔽，瞒过了所有人，包括他近旁的副将和跟他一起戍边的袍泽。微臣不得不佩服圣上，他年纪尚轻，情报获取得竟比玄离阁还快，他究竟是什么时候培植的势力？微臣想不通。”

“情报这些，倒也罢了。沈卿，你想想，灏儿刚刚掌政，若是抖搂出威远将军与敌军暗通款曲，岂不是让众番邦笑话？难道少主天命不佑，才有此叛臣？军营有失，乃江山不稳。总归是伤着圣上的体面、圣朝的体面。灏儿如此做，一举三得，既可借武将之手除去邹伏，亦可让武将们警醒，又顾全了体统。这是大局之观啊。”

我舒了口气。

沈昼俯身道：“得子如此，太后亦感欣慰。”

我眼前似乎浮现当日诞下灏儿的情景。有紫云现于乾坤殿，花香袭来。或许，这个儿子，是我此生身为皇家妇，对太宗皇帝、对成筠河、对圣朝，最妥帖圆满的交代。

顺康十四年正月初八，太师朱启卒于京西府中，享年八十有一，寿终正寝。天子以“尊师”故，亲自前往朱府，扶棺叹曰：“朱先生一生效忠皇家，谥号文忠，厚葬之。”

他在朱先生的灵堂见到了奔丧而来的平王和平王妃。在平王向他行礼前，他先开口道：“七皇叔，这一向里在封地可好啊？”安平受宠若惊，忙道：“多谢圣上关心，还好，还好。”灏儿温和道：“血脉至亲，七皇叔不必如此拘谨。”

灏儿对朱先生的追封，以及在朱先生灵堂对平王的礼遇很快就传遍了上京。人人皆道天子知礼数，尊师重道，且待长辈有礼。少年天子，赞誉日盛。

顺康十四年元宵，收到威远将军耳朵的武将们给邹伏下了个帖子，其中满是恭维和赔礼，说在上京最好的酒楼花满楼置了一桌酒席，请其无论如何要赏光前来。

是日晚，上京灯火如昼。街道上百姓摩肩接踵，人声鼎沸。邹伏大摇大摆走入花满楼。他以为武将们是畏惧他身后的圣上，真的向他低头了。他享受着入仕数十年来未曾享受过的虚荣。可谁知：富贵末路入黄泉，花满楼是阎罗殿。

筵席非常丰盛。武将们特意为邹伏准备了许多禹杭菜。他们甚至亲自起身，充当仆役，为清平公布菜。

镇南将军笑道：“此前是吾等失礼，望清平公莫怪。”邹伏瞟了他一眼，摆摆手：“罢了罢了，本官大人不记小人过，恕了尔等。日后有眼色一些，朝堂不是战场，不是刀枪直来直去。本官知道你们都颇有战功，可现在不是太后执政的时候。太后还政给了圣上。那金銮殿上坐着的，是新主子。你们哪，得有眼色！”

“那是自然，那是自然，吾等胸无点墨，不识时务，日后必唯清平公马首是瞻。”武将们点头哈腰。

突然，邹伏捂着肚子，问家丁道："茅坑在哪儿？本官要如厕！"说完，便急匆匆地小跑出去。

他刚一走，武将们哈哈大笑。镇南将军道："老小子！贼囊球！欺人太甚！割了老向的耳朵，还要向我们示威。当我们这些武人是好欺的？这下子看他不拉个十天半月，拉虚了他，最好是拉得他半个月下不来床！"一旁的另一个武将略有些忧心道："这泻药不会伤了他的性命吧？如果真是，咱们在圣上那儿不好交代啊。"

镇南将军道："放心吧，药是我亲自去胡人那里配的，我肚里有分寸，肯定不会给咱们找麻烦。那药只会让他不停地腹泻，但不会要他的命。就算圣上追究起来，咱们只说，邹大人见了故乡美味，一时贪嘴，伤了肠胃。咱们反正是好意请他来赴宴的。"

这厢，武将们继续吃喝。

然而，过去了一个时辰，还不见邹伏回来。武将们心里开始有点犯虚。镇南将军吩咐手下："去茅坑里瞧瞧那老小子如何了？"

手下答应着便去了。不多时，茅坑里传来尖叫声"啊——"

手下面色苍白、跌跌撞撞地跑进来回禀："将军，大事不好了！"镇南将军见手下那副样子，厉声呵斥道："跟着老子这么久，还是这么毛毛躁躁的！出了什么事，直接说就是！"

手下道："清平公双目紫胀，死在茅坑了——""什么？！"在场的所有武将都坐起身来，齐声惊道。

完了，人死了，出了大乱子了。

"老胡，你可把我们坑惨了！他好歹是个公爵，半个国丈，咱们原本是玩玩闹闹，捉弄他一下就行了，怎么能让他死呢！宴席是咱们一起设的，帖子是咱们一起下的，这下子咱们一个都跑不掉了！"武将们跺着脚。

镇南将军摇头道："老子也没想让他死啊！那药我是亲眼看着胡人配的啊，我叮嘱了好几遍，说剂量要稳，别伤了性命。谁知道会这样啊！"

花满楼出了人命，且不是寻常的人命。酒楼商贾不敢担责，连忙着人报了官。不多时，京兆官兵层层围住了花满楼。

邹伏的尸体摆在地上，口吐白沫，面目狰狞，明显是中毒之状。

消息传到宫廷。圣上得知后，大惊："哦？竟有此事？"遂伏案泣之："孤的心腹重臣，孤的半个国丈啊。"

众人见此，皆叹君王重情重义。

"孤要亲往京兆府审理此案。"

一炷香的工夫，圣驾到了京兆府。

第二百章：翻供

京兆府尹恭恭敬敬地接了驾，按圣朝律，下不审上，涉案官员官职品级皆高于他，他无权审理。因涉及朝中重要的戍边武将，故而，兵部尚书、三司衙门的首脑都来了。由于邹伏死前在兵部任职，最终拟定，由兵部尚书李尚书审理此案。

圣上面带悲色，道："李爱卿审案便是，孤坐在一旁就好。清平公乃孤亲近之人，孤想知道，他是如何没的。"

李尚书连忙称是。一张红木大椅摆在一边，开堂，审案。

武将们皆跪立于堂下，瞧着年轻的君王，瞧着面如玄铁的李尚书，失了平素的威武，悔愧交加。

这是一次不寻常的开堂。如此大的阵仗，还是京兆府衙门头回见到。负责记录的文书握着笔的手都在颤抖。

李尚书一拍惊堂木："何人谋害清平公？圣上在此，如实招来。"镇南将军先开了口："圣上明鉴，李大人明鉴，臣……臣冤枉啊，原本是想跟清平公闹一闹，给……给威远将军出口气，便在饭菜之中下了点泻药，实不知他如何就死了。"

"仵作已经验明，邹大人乃因砒霜之毒身亡。胡将军却说只是泻药，那本官想问，砒霜之毒从何而来？"

"砒霜？"镇南将军有些懵，虽正月的上京天气犹寒，府衙的过堂风凉飕飕的，但他的额上淌下了豆大的汗珠。"臣真的下的只是泻药啊，怎么可能是砒霜呢？怎么可能？"他焦灼地重复着。

突然，他似想起什么，急急道："臣是从西域坊的胡人那里买的药，臣……臣还叮嘱过他，剂量要有分寸，勿要闹出人命。可传他来堂上做证。"

李尚书看了看圣上，圣上点了点头，李尚书高声道："传证人。"

西域坊是上京颇有名气的所在。里面的掌柜是几个会说汉话的胡人。留着络腮胡，眼睛是蓝色的。售卖一些西域的新鲜玩意儿，首饰、器皿，或是一些稀奇古怪的药物。

不多时，那胡人便被带到堂上。镇南将军见他来了，目光中带着欣喜，好似自己的冤屈顷刻便能被洗刷掉一般。

"你说，你说我找你买的是不是泻药？"

李尚书一拍惊堂木："胡将军不可给证人暗示，本官自会询问。"

镇南将军敛了口。李尚书指着镇南将军问胡人："你可认得此人？"胡人点头道："认得。"

"他找你买过药？"

"是。"

"买的何药？"

胡人的蓝色眼珠里倒映着别样的风景。

"砒霜。"他说得干脆利落，满堂皆闻。镇南将军武人脾性上来了，忍不住起身推了他一把："你胡说！你红口白牙污蔑本将军！"李尚书厉声道："这是大堂，不是军营，胡将军休得放肆！"武将们面面相觑，一时不知究竟是老胡擅自做主，泻药变砒霜，还是这胡人记错了。不论如何，黄泥落在裤裆，不是屎也成了屎。帖子是大家一起下的，宴席是大家一起设的，如今出此大事，谁又能完全撇开干系？大堂上的诸人，各自心中咂摸着。

圣上的脸微微有些异样，但他一直沉默着，没有开口。

李尚书例行公事地问胡人道："你可有记错？"胡人将手放于胸前："没有记错。这是西域的砒霜，毒性大。胡将军说，要带去云贵，那里蛇虫鼠蚁多。"

本来是威远将军在云贵戍边，因他出了事，两日前，朝廷刚决定派镇南将军前往，调令还是新鲜热乎的。云贵确实蛇虫鼠蚁多，胡人的这番话倒是合情合理。

镇南将军连连向圣上叩头："圣上，臣冤枉啊，您切莫听信这胡人的话。"李尚书思索一番，道："双方各执一词，便都暂时关押起来，待本官查明之后再做定夺。"说完，俯身问道："圣上您看，这样妥当吗？"

圣上起身道："便依李爱卿之言吧。但各位将军都乃功臣良将，在事情查明之前，莫要苛待。"

"是。"

"通知邹府的人，将清平公入殓吧。"

元宵佳节，因为有这场闹剧，街道上的兵丁骤然多了起来。西域坊被一层层地包围住。上到掌柜，下到小伙计，全都被带到官府问话。

圣上刚回宫，澜贵仪便听信儿来了。她一脸仓皇："圣上，臣妾听闻清平公被人谋害了，是真的吗？"

圣上搂住她，一番安抚。当夜，宿在了绮澜院。

清平公是圣上亲政以来的宠臣，圣上的多半决策都是采纳他的建议，竟然就这么死了，死在元宵佳节，死在花满楼的粪坑。这消息以飞快的速度传遍了上京的各个官邸。

世事实在是无常讽刺。众人皆唏嘘道，邹伏此人，自入仕途，一直不顺，二十余载在荒僻县郡做小官吏，本无执政之才，只擅投机取巧，好不容易做了京官，亦建树平平。因裙带关系，一朝翻身，得圣上重用，破碗盛不住水，福薄接不住皇恩。

相比较绮澜院的仓皇急切，凤鸢殿倒是无甚动静。皇后似两耳不闻窗外事一般，安心养胎。邹家的帖子一封封地递进来，皇后并不打开，只让宫人们堆在桌案上。

凤鸢殿的宫人们好似受主人性子的影响，个个都不多言多语。除了乍一得到消息那句"回皇后，清平公没了"，得到一句"嗯"之后，整个中宫便没人再提这件事了。

清冷的风吹得窗棂作响。皇后在烛光下专注地打量着一根卦签，她戴了十余载的卦签。

"圣上今晚歇在哪儿了？"

"回皇后娘娘，歇在绮澜院了。"

皇后点点头，轻轻说了两个字："睡吧。"宫人们道了声"是"，往油灯里添了些油，便退下了。

人人都知道，皇后娘娘夜里睡觉是一定要点着灯的。这个习惯，从她在乾坤殿的时候就有了。若是油灯烧尽了，宫人们忘了添，皇后娘娘便会在黑暗中睁开眼，大口大口地喘气，口中喊着："灯！灯！"忘了添灯油的小宫女瑟瑟发抖。

若是圣上在，皇后娘娘便可以不点灯，在黑夜里亦不会梦魇。但圣上来得并不多，特别是澜贵仪入宫后。故而，凤鸢殿的灯火几乎是夜夜不灭。灯油燃烧的松脂气味漂浮在中宫的角角落落。

烛影曳更漏，宫门一夜长。

翌日一早，吏部尚书在朝堂上启奏了一件事。管理天牢的狱吏一大早便向上头禀告说，上回闯入乾坤殿的那五名披甲士，昨夜在天牢听见邹伏已死的消息，竟然吵嚷着要翻供。

他们说上回指认张邑等人的供词是邹伏指使他们那么说的，并非实情，真正指使他们的人，恰是邹伏自己。因邹伏威胁过他们，如果不按他说的做，必杀死他们全家，他们只得违背良心，胡乱攀咬。听得邹伏已死，方敢说实话。此言一出，朝堂议论纷纷。

圣上惊道："清平公竟有如此隐情吗？"吏部尚书道："回禀圣上，若非证据确凿，臣亦不敢相信清平公竟会演出这等贼喊捉贼的好戏。借着替圣上锄奸的名头，打压同僚，排除异己。"顿了顿，他继续说道："披甲士与清平公之前的联络地点，是在桃花坞酒楼东南角的包厢中。臣命人将桃花坞的老板拘到衙门，问得清清楚楚。”

墙倒众人推。之前敢怒不敢言的人，这下子借着由头纷纷开了口。邹伏的种种劣性皆暴露于人前。除了披甲案，还有大大小小的十几桩事。就像河流打开了口，决了堤。

圣上大怒："原以为清平公是无辜被害之人，现在看来，万死难赎其罪。"

朝堂上的风向，霎时就变了。

"清平公妄图蒙蔽圣上，有碍朝堂清明，此等奸佞，失之乃陛下之幸、万民之幸。"

萱瑞殿中，沈昼向我细细回禀着这一两日的动静。

"那桃花坞老板的招供和披甲士的反水，除了峪亲王，没人能做得如此恰到好处。"

我立于书桌前，将笔蘸了墨，在纸上写了一个"安"字。听了沈昼的这句话，我抬头笑了笑："炽儿那孩子，添得这神来一笔甚好。"

"他助了圣上，圣上自不会为难他。这件事上，太后该放心了。"

我点头。

"镇南将军和那群武将，灏儿是如何处理的？"

"李尚书查出向胡人买砒霜的，实则是镇南将军的副将，说是奉了镇南将军之命。这是一笔糊涂账，越审越扑朔迷离。圣上说，既然邹伏被查出如此多的罪行，那这笔糊涂账便罢了，以后莫要再提。以后想着报效朝廷，莫要搞朋堂之争。武将们皆感激涕零。"

我笑道："不管是泻药，还是砒霜，终归是他们做得欠妥当，理亏。圣上如今恕了他们，将这件事翻过，对他们而言，自然是喜从天降。"

"圣上削去了清平公的爵位。邹伏的尸体抛去了乱葬岗。"沈昼沉吟半晌，道："太后，邹伏的死，比微臣想象中快。"

我放下手中的笔。云归递来热帕子，我擦了擦手，轻轻一笑。"快吗？非也。朝臣们口中邹伏的错，无非都是邹伏揣测圣意做出来的。说到底，是灏儿自己的意思。死人的嘴才最紧。这下子，满朝堂都是灏儿的人了。他打了鸟，亦烧了弓。邹伏本身就是灏儿自己抬举起来的。一切都早有准备。就如同养兽，宰杀的时机很重要。杀得早了，没起到作用；杀得晚了，虎已成患，想要杀死倒难了。"

这时，我身旁的云归说："现时，官人们都议论纷纷呢，说这下子中宫和绮澜院都该遭殃了。"

我摇摇头："遭殃的，只会是绮澜院。中宫，还是中宫。"

第二百零一章：圣恩

云归听了我的话，笑道："听太后这话，好像并不是乐于见到中宫遭殃的。原先奴婢以为，圣上并未按您的意思立后，您会对中宫有所不满呢。"

我摇摇头，看了看云归，又看了看沈昼。

"阿南这孩子，3岁便被哀家接到乾坤殿来，在身边儿养了十几年，哀家看着她从一点点儿大长起来，要说完全没有感情，是不可能的。只是她的性子太过于清冷，就像上京腊月里的风。怎么着，都跟人热络不起来。哪怕她对人笑，那笑脸上也像浮着一层碎冰。哀家这半生阅人无数，却没有见过城府如此之深的少女。她从不多言一句，亦从不多踏一步，但却让人感觉她说的每一句、走的每一步都用尽心机。"

茶炉中的水沸了。茶烟袅袅。殿内弥漫着苦而涩的青气。

我在软榻上坐下来，将茶炉里的水缓缓倒进盏中，眼前似乎浮现起二十多年前，禹杭陋巷中的狗洞，我和菜头的藏身之所。

"起初，哀家真的没有想过让她来做中宫。哀家把她接到乾坤殿的初衷，是对恩人的报答，亦是对孤女的垂怜。邹付已逝，阿南是他唯一的后人了，将她妥善养大、给她择一高门贵族之婿，也算是成全了哀家报恩的心。哀家这一生啊，仇也计较，恩也计较，都不想不了了之。哀家原本心仪的中宫是清欢，可当阿南身着凤袍入主凤鸾殿的时候，哀家心里头也认了。也许，这就是命。邹家与哀家的缘分不浅，从大章二十一年邹付救了哀家一命的时候，就已注定了。"

说起清欢，沈昼的脸上涌起几分爱怜，又交杂着几分担忧。我知道他在想什么，遂道："沈卿，你是不是担心灏儿平定了前朝之事，要清欢入宫？"

沈昼点了点头。"微臣担心的事很多。圣上如此雷霆手段，若以君王之威，强逼沈家，当如何为之呢？"

沈昼这个人，一生没有畏惧过任何东西。纵便是尖刀已悬于头顶，他的黑金袍都不会有一丝风吹草动。有了女儿之后，他有了软肋。清欢的喜乐，便是他最大的顾念。

我看着他："沈卿，你放心，哀家还喘气一日，便不会让任何人强逼沈家。只要清欢下定决心不进宫，哀家绝不会让灏儿为难她。"他俯身："太后的眷顾，微臣和如雪都铭记于心。"须臾，他抬起头："方才，微臣看见太后在桌上写了一个大大的安字。"

"是，安，祈安。哀家想了很久，想了祈安这二字，沈卿，你觉得作为谥号，如何？"

谥号，是死去之人才有的。沈昼听了，猛一霎有些震惊，思量一下，看了看我的眼神，平复下来。他似乎懂得了我话内的意思，拱手道："祈安，祈家国安康，得四海安宁。平和之中，有大气磅礴。是太后这一生的写照。用之作谥号，再合适不过。"说完，便跪安离去。

沈昼走后，云归好似是唬着了，她走到我身边，用手握住我拿着茶盏的手："太后春秋正盛，如何连谥号都想好了？"

我冲她笑笑："云归，你还记得你跟哀家说过的话吗？你说不管哀家在哪儿，你都会陪着。哀家在乾坤殿，你陪着。哀家上金銮殿，你陪着；哀家到这萱瑞殿，你陪着；哀家便是去深山老林，你也陪着。无论庙堂之高，还是江湖之远，你都只想跟哀家在一起。哀家听在心里了，去哪儿都会带着你。你现在明白了吗？"

云归歪着头，想了好一会子，明白了我的想法："太后您能这么打算，真是太好了。"

我温柔地看着她。从她当初坚定地拒绝我为她安排的亲事，我便知道了，这个女子，是铁了心要跟着我到老的。眼下，她知道了我内心的想法，欢喜不已，就连步子都轻快了许多。

她准备了一张小小的纸，在上头写着一些细碎物件的名称，口中念念有词："那把落了一根齿的碧玉梳，是太后用惯了的，离不得。有一对星河耳环，是先帝登基之初送给太后的，太后虽不常戴，却是要紧的物件儿，不能忘。太后常用的芙蓉笺，怎么着也得有。还有……"她经管我的生活多年，对我一应使用之物，比我自己都清楚。

正说着，有宫人进来回禀："太后，宫里添了新人了，皇后娘娘说，先打发奴婢来告诉您一声儿，晌午，她会带着新人们来给您磕头。""新人们？"听这言语，似乎不止一个。

"是。镇南将军胡谟的女儿胡宛迟小姐，和新任御林军统领孔良大人的妹子孔灵雁小姐。"

孔良，是从前的羽林卫头目，灏儿的心腹之人。当日便是敖羽酒后打了他，宫廷禁卫之权才会落于他手。现今已经很清楚，是邹伏按灏儿的指示，给敖羽下的圈套。而孔良，必是知情之人。

灏儿纳了他的妹妹，是情理之中，能预想到的事。那镇南将军胡谟，刚刚出了花满楼的一笔糊涂账。他的女儿能进宫，倒是颇耐人寻味。

我思量了一番，便明白了，释然了。

威远将军与阿罗伽的勾结，瞒着所有人，镇南将军是不知情的。胡谟看起来咋咋呼呼，却是个赤诚之人。威远将军的耳朵被割之后，是他率先起的主意，组织一众武将们宴请邹伏，为威远将军报仇。这说明他非常看重袍泽之谊，做事敢于人先。纵观他的履历，亦是如此，打仗舍得命，是个骁勇、难得的武将。要紧的是，他是个直肠子，从不跟朝堂上的文臣结交。亦不投靠谁。

灏儿纳了他的女儿，再次表明了不再追究花满楼事件的态度，彻底安抚了武将们。更可彻底获得镇南将军府的全力拥戴与支持。

在明宇失踪、军心不稳的当下，这是稳定军营、稳定军队的最佳良策。也向天下兵士，传达了圣上重武的讯息。

我问道："圣上给了这二位什么位分？"官人答："胡家小姐，封了三品婕妤。孔家小姐，封了四品贵仪。"

我笑笑。果然。

云归摆摆手，那官人退下了。不多时，守门的小内侍便进来回禀说："太后，满宫里都在传呢，说两位大人向圣上谢恩之时，胡将军喜出望外，感激涕零，老泪都下来了，口中直念着万不敢想有如此皇恩浩荡。"

呵，打一巴掌，给个枣吃。此时的胡谟想必觉得圣上是天底下第一宽厚之人了。

晌午，阿南带着胡婕妤和孔贵仪来了。两位都是官家小姐出身，礼仪周全。胡婕妤身材修长，皮肤略黑，一双眼却是明亮有神，她的母亲胡夫人出自安南节度使府邸，带些夷人血统，故而她身上颇有些异域风情，时而含蓄，时而热辣。孔贵仪身材娇小，五官精致，耳朵上戴着莲花耳饰，孔家曾在江南为官十余年，孔家小姐在江南长大，有婉约之风。

我按规矩说了句："尔等应安分守己，为皇家开枝散叶。要听皇后之命，要谨守宫规。"两人皆恭敬答道："是。"

她二人退下后，我留阿南在萱瑞殿中小坐。

"皇后胎象如何？"

"托母后洪福，甚好。"

"那便好。有你管着后宫，哀家便没有过问。这一向里，可都诸事妥当？"

"回母后，都还妥当。只澜贵仪几次求见圣上，被拒之门外，闹了些小脾气，在绮澜院摔摔打打的，有官人禀于儿臣，儿臣已经按宫规训诫过了。"

"此等小事，皇后你斟酌着办就好。哀家今儿留你，是有件要事，与你相商。"

"敢问母后，何事？"

我用手指轻轻敲了敲桌面。

"清欢的事。"

她的眸子猛地一紧，手下意识地摸了摸腹部。我笑着看向她："如何能让圣上绝了纳清欢入宫的心思，皇后，你可有办法？"

第二百零二章：唯一

阿南看着我，她似乎在静静地分辨着我话里的真假。圣上对清欢的心，我对清欢的心，她素来知道。没有人比她更清楚，这中宫之位，原本属于清欢。她得到得有多蹊跷，如今就有多忐忑。

今日，在圣上刚纳进宫两个新人之际，我问她这样的话，她一时拿捏不好，我到底是不是试探她。她低头，道："母后说笑了，圣上是天子，想纳谁入宫，便纳谁入宫。儿臣岂有出面拦阻之理？善妒，是女子的七出之过。何况儿臣身为中宫，当为天下女子之表率。圣上青春年少，多添几个妃嫔，是为皇家开枝散叶着想，为圣朝江山万年考量，儿臣理解。"

我笑了笑。云归将茶递给我。我轻轻呷了一口，似笑非笑道："哀家并没有说让你明着拦阻，圣上的脾气禀性，你我都知道，岂是拦阻得了的？旁人越要拦阻，他倒是越想得到。哀家问的是，你可有暗中之法？"

"儿臣不明白母后之意。"

"是吗？"我放下茶盏，瞧着她，这丫头是不准备与我交心了。

你有你的张良计，我有我的过墙梯。不做出点暗示，她是要跟我迂回到底了。

"皇后，你可知沈昼是何人哪？"

"沈昼沈大人是玄离阁的阁主。"

"那，你可知道玄离阁是个什么样的地方？"

"是……办案子的地方。"

我笑笑："说得对。玄离阁是办案子的地方。玄衣郎遍布大江南北的角角落落。有些事，纵是瞒得了玄离阁一时，却瞒不了玄离阁一世。你可还记得沈大人曾经吃漠北进贡的奶糕中毒？"

阿南在竭力镇定，她转移话题，想分散我的注意。"毒奶糕之事，不是已经破案了吗？是南境之人的手笔，意在挑起两邦争执。说到这里，儿臣顶佩服二皇姊，她真不愧是圣朝的公主、先帝的血脉、母后您教养出来的人。她嫁给了漠北王子，彻底绝了南境与漠北联手的可能，保北境太平。可见有时，女儿之身，亦可抵千军万马……"

我打断她："玄离阁的人找到陆将军曾给哀家写过一封密函，只是那密函没来得及送回上京，陆将军便出了事。密函上写，陆将军在南境跟阿罗伽交手之时，无意中得知，毒奶糕其实并非南境所为。阿罗伽已经与圣朝开战，撕破了脸，这等事便没有必要再撒谎。若非南境，便另有其人。皇后，那奶糕是从乾坤殿送出的，你说会是何人偷偷下的毒？奶糕本是送给清欢的，什么人想置清欢于死地？"

她的面色微微有些异样，但气度犹稳。

"皇后有没有听闻一句话，谁得利最大，谁的嫌疑便最大。"

其实，这件事做得滴水不漏，没有证据，查无可查，玄离阁的人并没有找到所谓的密函，我不过是在诈她。若是旁的事，阿南或许能扛得住这一套。可涉及清欢，她却有些慌。她和清欢多年来情同姐妹，若下毒的事真的与她有关，她心里怎会没有一丝波澜？

我捕捉到她那些许的慌乱，趁势攻心。"如今，是沈大人不想让女儿进宫。皇后，你仔细琢磨琢磨。想清楚了，再回哀家的话。设若哀家把陆将军这封密函交给圣上，圣上知道毒奶糕另有隐情，会如何做呢？让哀家想想。"我轻轻用手指叩了叩额头，"中宫这位置，不好做啊。太宗一朝的赵皇后，早早便因病崩逝。骆皇后，凄惨被废……啧啧……"

阿南沉默了一会儿，开口了："儿臣知道该怎么做了，母后放心。"我笑了笑，再度端起茶盏："甚好。"阿南缓缓道："那封密函，母后您打算……"

"哀家是个只会往前看的人。事情已经发生了，且过去了那么久，如今你怀有龙裔……"我瞧了瞧她的腹部："那信函，哀家会烧掉。这件事，依旧是南境所为。"

阿南俯身："母后宽仁。"我瞧着她："阿南，你不是赵皇后，也不是骆皇后，这深宫凶险，但愿你能在这个位置上，天长地久。"阿南起身："儿臣谢母后良言。"

她跪了安，行至门口。想了想，又退回几步，俯身在我面前道："母后，不管您相不相信，儿臣都想告诉您。儿臣从来没有过要害清欢的心。叔祖说，若清欢不出事，儿臣入住中宫难。万般事，由不得自己。儿臣有过一刹那的错念。但得知清欢无碍时，儿臣竟有一种说不出的解脱。"

我未出声。她怔怔道："清欢，是儿臣最羡慕的人。"她兀自笑了笑："也许一开始都是注定好的。清欢，是欢喜的。而儿臣，是难的。邹阿南，南就是磨难，这一生，难为。"说完这句话，她的神色恢复如初。就像什么都没发生过。

走出门的一刹那，她又是那个仪态端庄的皇后娘娘。

黄昏的时候，小内侍跟我说，沈家小姐的马车进宫了。是圣上传她进的宫。沈家小姐一路从官门到乾坤殿。

清欢仍旧是穿着一身鹅黄色的衣裳。素颊黄心破晓寒，在这萧然的正月，她就像水仙花的花蕊般，明亮清丽。

司乐楼的官人们排着新曲：岁芳兮婉冉悲，江空兮兰枻归。歌声悠扬，裹挟着一阵一阵的风，在宫廷的角角落落飘荡。

清欢路过御湖，一个小官人不小心迎头撞上她，连忙跪在地上："奴婢该死，冲撞了沈小姐，望沈小姐饶恕……"清欢温和道："没关系。莫要跑得那么慌张，当心再摔着。"那小官人道："奴婢赶着往凤鸾殿送补汤，怕凉了，故而步子急了些。"

"原来是去往阿南姐姐处。"

小官人道："是。皇后娘娘怀着身孕，圣上格外看顾，每日命御膳房做了补汤送去。补汤不能凉了，会伤着皇后娘娘的胃口。"清欢低下头，轻声道："灏哥哥对阿南姐姐如此看顾，想来他们感情是极好的。"

小官人忙道："沈小姐说得是。就是官中的妃嫔越来越多，许多事，不让皇后娘娘省心。少不得撑着有孕的身子去打理。那绮澜院的澜贵仪，仗着圣上在她那儿多宿了几晚，便恃宠而骄，对新入宫的胡婕好不敬，那会子在御花园里闹了起来。胡婕好出自将门，还会些拳脚，一个巴掌就打到了澜贵仪的脸上……哎，这些事，都要皇后娘娘裁夺……"正说着，她身旁拿着拂尘的小内侍打断她："跟沈小姐说这些做什么！当心惊扰了沈小姐！"小官人忙磕头："是奴婢多言了。"

清欢摇摇头："你去送汤吧。"小官人和小内侍走后，清欢环顾了一下这个宫廷，喃喃自语道："原来，他的后宫，是这般的多。原来，他并不是非我不可。"

乾坤殿。灏儿坐在龙书案前，龙涎香燃着。门开了，清欢走进去。灏儿看见她，起身，又坐下。两人沉默良久。半晌，灏儿说了句："清欢妹妹，你来了。"清欢似乎猛然从一场泥潭一样的臆想中抽离，跪在地上，行礼道："圣上安康。"

灏儿看着她眼中的疏离之色，怅然道："孤说过，等前朝的事情办完，会接你入宫。"清欢浅浅地笑笑："入宫做什么？圣上身边的人还不够多吗？"灏儿道："清欢妹妹，孤曾经答应过你，会永远护着你。无论孤身边的人再多，你永远是最重要的。"

"圣上答应清欢的事不止这一桩，若清欢都记在心里，徒增苦恼，不如都忘掉，反倒快乐。清欢不久前病了一场，该忘却的，全都忘却了。"她笑得很讽刺："圣上难道不知道吗？清欢要的不是最重要，清欢要的是唯一。既然圣上给不了我，便自有能给我的人。"

灏儿握紧拳头，青筋凸起。他起身，走到清欢面前："谁若有胆量娶你，孤便杀了他。孤能做得出来。"清欢并不畏惧，迎上他的目光。她无须谄媚，无须邀宠，她亦不想从他那里获得什么。她的眼神清澈干净。

"你纵便杀光天下的好男儿，我也不会嫁给你，到宫中来蹚这浑水。你若逼急了我，我便死在这乾坤殿。我要让你夜夜诛心。"她仰头笑起来："那样的话也好。我生于乾坤殿，死在乾坤殿，这才不枉旁人说我与皇家有缘啊。是不是？圣上。"

这时，突然出现异象。乾坤殿庭院中的内侍慌忙来报："圣上，不好了！红梅死了！从枝到根，全枯萎了！"灏儿慌忙地冲了出去："怎么可能？"乾坤殿的红梅，仿佛是在刹那间，全都失去了生气。腐烂的味道刺人鼻孔。

宫人们皆睁大双眼，看着眼前的一幕。

"怎么可能？怎么会这样？前不久花还开得好好的……"灏儿失神道。

清欢的眼里流下泪来。"灏哥哥，红梅死了，你放过我吧。"

第二百零三章：音信

清欢的这句话如同利刃一般，刺在灏儿的心口。他没有转脸看她，只是怔怔地看着那些红梅，口中念着："清香吹散乾坤外，不是寻常桃杏花，你说你最喜欢的花就是红梅，红梅傲雪的品格，桃杏根本比不了。这些红梅是孤为你种的。孤以为，这红梅与你，都会陪在孤的身边。如今，红梅死了，你也与孤生分了……"

"你竟然宁愿死，都不愿入孤的后宫。"他颓唐地坐在地上。小内侍见状，欲递上椅子，他大声吼了一句："滚！都给孤滚！"

一众人等，皆吓得后退。他坐在枯死的红梅前。那枯死的红梅，似乎就是他与清欢之间枯死了的无限可能。

"也许，这就是天意吧。朱先生曾教给孤许多为君之道，孤自小立誓要做个有为之君。可孤到现在才明白，君王原来是这般的孤独。难怪古来帝王，皆称孤称寡。"他抬起头，看着清欢一步步迈出乾坤殿。那鹅黄色的身影慢慢消失，直至，一丝痕迹也无。

他坐了很久。久到黄昏褪去，夜幕袭来。鸡人报：亥时了。

御膳房送来的菜肴凉了，撤掉。小舟告知御厨重新做，送来，再凉掉。终于，灏儿起身，步入殿内。

他说了三个字："烧掉吧。"大火熊熊燃起。火照着宫人们惊慌莫名的脸。这火光，照到凤鸾殿中去。

阿南立于檐下修剪松柏。小宫人报："禀皇后娘娘，圣上命人烧了那枯死的红梅树。"

阿南手中的剪子停了一霎。也只是一霎而已。很快又恢复了手中的动作。松柏的枝叶唰唰地掉落在地。阿南淡淡说了三个字："知道了。"

皇后娘娘喜欢修剪松柏，是宫中人都知道的事。松柏一年四季都有，且四季常青，所以，不管什么时候见到她，她都在修剪松柏。松柏是她最喜欢的东西。也是她最喜欢握着剪刀修剪的东西。

过了会子，她擦了擦手，走入殿内。宫人们端上热水，伺候她梳洗安歇。灯油添得足足的。她入榻前，轻轻问了声："圣上今晚歇在了何处？"

"回皇后娘娘，圣上歇在了胡婕好处。"

她点了点头，便睡下了。

翌日一早，胡婕好按照宫规，初次侍寝后来给中宫磕头。她春风满面，戴着金步摇。她身体中那点子七拐八绕的夷人血脉似乎在陪圣上睡了一觉后发挥到了极致。金步摇随着脸颊上的酒窝晃动着。

磕完头，她似讨好地跟阿南说："皇后娘娘，从前宫中的人少，只您和澜贵仪那贱蹄子。您是中宫，顾着体面，您又是个良善人，没有处置她。白白便宜了她。以为圣上多去了几回绮澜院便了不得，兴风作浪的。臣妾可不会让着她，好好儿治治她，让她知道什么叫宫规。"

阿南其实刚起身的时候，就听见宫人报，昨夜圣上歇在宛欣院时，澜贵仪叫唤着自己犯了头风，催着宫人去求圣上去看看。胡婕好想必心里是非常痛恨的。白天刚打了澜贵仪一巴掌，晚上她便来作这么一出妖。

胡婕好恨澜贵仪，其实还有更深的一层原因。她的爹爹镇南将军胡谟，险些因为邹伏惹上大祸。若不是圣上宽仁，有惊无险，如今胡家可就倒霉了。想想都晦气。

澜贵仪是邹伏的亲眷，又是他荐入宫的，胡婕好便把这气撒到澜贵仪头上。当然，她也恨阿南，但阿南是中宫，她乍进宫不敢惹。澜贵仪嘛，位分比她低，如今圣上又不爱搭理，可以好好儿欺侮。

阿南什么都明白，但是她没有说什么。没有说胡婕好那番话对，也没有说胡婕好那番话错。她只笑了笑："胡婕好倒是个爽利之人。"胡婕好见皇后这样的态度，愈发起劲了："她编什么理由不好？编头风。可笑。她又没生孩子、坐月子，得的哪门子头风？怕是失心疯，还让人信三分。"说着，以帕子捂着嘴巴笑起来。

正在这时，乾坤殿的小舟来传话："圣上请皇后娘娘前去用早膳。"胡婕好脸上漾着几许失望，那春风缩减了一半。她识趣地跪安告退。

阿南起身，走入乾坤殿。圣上坐在桌边等她，见她来了，淡淡道："皇后坐。"阿南告了座，亲手给圣上盛了碗花粥。此时的他们，看起来就像世间无数的寻常夫妇。他们都没有提殿前红梅之事，那是他的疮口，一碰便会流出某种不堪的脓血来。

灏儿喝了两口粥，似不经意道："孤听闻川陕之地有位名医，颇擅妇人生产安胎之事。孤已命川陕总督将此人送进了宫，此后，便让他给皇后安胎吧。"阿南愣了愣，下意识道："宫中医官署的华医官便很好，圣上何必去请个民间的人呢？"

圣上笑了笑："皇后此言差矣。皇后来自民间，焉能不知，民间卧虎藏龙，高人甚多？皇后你怀的胎是孤的第一子，且是中宫嫡子，意义甚大，需加倍重视，不能出一点点差池。故而，孤将这天底下最高明的大夫请进宫，照顾你。"

阿南低下头，手中的银筷停了下来。"是，臣妾听圣上的安排。"

圣上点点头。

聪慧如阿南，她已经隐隐约约知道了眼前君王的腹中之意。他抬举她，给她中宫之位。他对她百般照顾，命人送补汤。他曾与她一起密谋，将最重要的朝政机密告诉她。但是，他防着她。一个连自己的叔祖父都能算计的女人，他不放心。一个过于精通谋略的女人，他不放心。他可以与她同谋，但绝不想被她谋算。

中宫嫡长子，必为太子。那位川陕名医早就接到了圣上的密旨：若皇后腹中是嫡公主，留。若皇后腹中是嫡子，去。悄无声息地造成自然滑胎，对于一个医科圣手来说，太容易了。

这样的事，不能让医官署的人做，圣上不想让宫闱之中任何一个人知晓。让民间的人做，最好不过。如何封住他的口，圣上亦早已想到了。当时让她有孕，是因为想让邹伏得意到极处，放松戒备。现在时过境迁，她的胎对于圣上来说，便可有可无了。反正，后宫的妇人只会越来越多。人人都会生孩子。每一步，他都算绝了她。

阿南看着桌上的花粥。上面横陈的每一朵花瓣似乎都是鲜花的尸体。

荣枯忧喜与彭殇，都是人间戏一场。

早膳毕，圣上要去上朝，阿南亲手替他穿上袍服，戴上金冠。这些事，平时都是小舟在做。但小舟知道，只要皇后娘娘在场，都是要自己亲手做的。以往都是如此。

她摸着他袍服中的金线，替他将几处极细微的褶皱抚平。她看着眼前这个雄姿勃发的男人，跟她一起长大的男人，她在3岁时便对他的蟋蟀提出议策的男人，眼中满满都是无奈与爱。她的无奈与爱都带着深深的痛意，一刀刀割在心口。

圣上走出乾坤殿，扭头说道："沈府一家与母后最是亲近。孤觉得清欢有昨日之行为，与母后不无干系。母后的手，确实伸得长了些。"阿南想了想，轻声道："臣妾不敢妄议母后。"

圣上笑了笑："皇后素来贤惠。"

龙袍远去。阿南一个人站立了很久。

萱瑞殿中，炽儿来向我请安。他似乎在经历了前朝的一场惊变后，多了许多淡泊之气。

"儿感激母后。儿亦庆幸此身得以保全。"

我笑道："炽儿，让你此身得以保全的，是你对母后骨子里那一份难舍的亲情。"炽儿伏在我膝上。"母后，儿给您说几句肺腑之言。儿的亲生父母皆是糊涂人，儿从出生便为亲情所累，成为父亲手中的工具。后来，又因母亲的痴念，战战兢兢。儿二十余载，被亲情所累。便不想有孩子。儿觉得自己不配。更不敢相信骨肉亲情。母后，是您对儿的大度与宽容，救赎了儿。儿谢母后。儿想告诉母后，现在，儿敢有孩子了。"

"你是说，鲁氏一直无孕，是你……"我看着他，他点了点头。我摸着他的脸，大章二十七年腊月，我从乳娘手中救下这个婴孩。也许从那时起，我们的母子缘分便注定了。"炽儿，你想开了，是好事。母后为你高兴。"

正说着，熟悉的脚步声传来，沈昼走进来。他这回步子比以往都急了些："太后，陆将军有消息了！"

第二百零四章：躲藏

我的手一霎时有些抖。从十月到如今，三个多月了，我似乎胸中一直埋着一团乌云似的苦闷。这苦闷让我犹如秋冬灰败的草木。

我对灏儿的彻底撒手，对前朝诸事的不经意，都是从明宇失踪后开始的。我不知道自己缺了什么，却总是提不起精神来。在尘世半辈子的心犹如被砍裂了一条缝，从外头呼呼地吹进来刺骨的寒风。

我知道，我对明宇除了担忧，还有无尽的愧疚。那愧疚一寸一寸地吞噬着我。这么多年，他对我所有的付出都像水中倒影一般，浮浮沉沉地在我脑海中漾着。

一日三更，我梦见他拖着一条残腿被凶悍的蛮人欺侮，醒来泪落满襟。"明宇，明宇！"我捂着胸口，仿佛生命中一件非常重要的东西从身体里抽离。他被假水月的同伙、那些西境杀手袖中的毒蛇咬伤之时，他口中不断重复着："芯姐姐，我只是希望你快乐。"他从来没有对我要求什么。他亦不觉得我做错过什么。

我跟成筠河风雨十年，成筠河爱我，但他从未了解过我。他一次又一次地防备我、试探我。他到死都劝我别那么厉害，劝我驭下宽和，劝我善待他的孩子们。他只看到了我满身的刺。他眼中只有杀伐决断的陆芯儿。

唯有明宇，他眼中没有贵妃、没有太后，只有 14 岁时在陆府的花园里眉宇间暗藏惆怅的少女。从始至终，明宇都只是希望我能过得快乐。难道这世上的感情竟从不平等。成筠河亏欠我，我亏欠明宇。那些无从琢磨的心底事都像是江南傍晚的炊烟，飘飘荡荡，没有归处。

"明宇他……"我看着沈昼，本来以为自己会非常急切地问出，但话到嘴边，却十分的缓慢。害怕是不好的消息。害怕连那一丝不确定的期待都失去了。沈昼明白我的担忧，郑重道："太后放心，陆将军他还活着。"

炽儿听着这话，忙笑着安慰我："母后您听，沈大人说，舅父还活着。儿就知道，舅父如此骁勇之人，一定会平安无事的。"满腹词句，化成嘴角一丝浅笑。

明宇还活着。那吹进寒风的缝隙总算是倾泻进些许慰藉。

"他在何处？"

沈昼答："陆将军是刻意躲起来了。他在军营里待过很久，懂得许多战术。他若想自己隐藏起来，旁人是难以察觉的。这正是众人久久找寻不到他的原因。昨日，微臣手下的一个兄弟在郁洲一家茶肆饮茶，茶肆中的说书人讲太后与陆将军的艳史，讲着讲着，一股水流从远处袭来，如巴掌一般打在说书人的嘴上。此人内功极其深厚。我那兄弟一下子就警觉起来，顺着水流袭来的方向追过去，隐约见到一个单腿汉子在眼前一晃，很快就消失不见。从背影、身量、身手来看，与陆将军很是相像。微臣接到飞鸽传书，立刻来告知太后了。依微臣揣测，那人定是陆将军。"

"郁洲……"我喃喃道。他独自拖着一条残腿，从南境躲到了郁洲。月儿的红衣岛就在郁洲。我曾经带他一起去红衣岛时，跟他说过，红衣岛就是我理想中避世的桃花源。

炽儿道："母后，儿猜测，舅父那般英勇的汉子，一定不能接受自己失去一条腿、变残了的事实。他可是让蛮夷闻风丧胆的玉面飞将，他有他的自尊与骄傲。宁愿马革裹尸，亦不愿身残苟活。"

我站起身来，在屋内踱了几步。

沈昼道："也许，陆将军只是不愿意那副样子被您看到。"这句话如同绵密的绣花针一般，从我心口的罅隙钻进来。

我站在窗边，看着正月底的萱瑞殿，从前高红袖在时种的一棵石榴树，在冷风中抽枝。

明宇，他知道灏儿一直介怀我与他的关系。若他身残还朝，我必因为心中的愧疚而加倍对他好。他不要我的愧疚，亦不想成为我的"拖累"。他了解灏儿的心性。更不想因为他，让我们母子关系恶化，让我在其中摇摆，左右为难。他什么都替我想到了，就是没替自己想。

"沈卿，哀家知道该怎么做了。你让你在郁洲的手下若下次碰到了他，不要前去惊扰，要佯装不见。另，找几个民间的高手，趁火族人出海之时，骚扰红衣岛的海域。虚张声势。"我思量一番，吩咐道。

沈昼领悟了，点头道："是。"

"还有，告诉菜头和月儿这件事，让他们配合。"

"是。"

"明宇目光如炬，务必做得真实些。"

"是。"

我料，明宇为何在郁洲，还有一个原因。若不能护着我，便护着我的家人。月儿是我民间唯一的血脉至亲。有人对红衣岛动手，能让明宇现身。

如炽儿所说，明宇有自己的自尊和骄傲。他一定是万般不想让众人怜悯他、收容他。他是渴望被需要的。我想让他恢复信心，让他知道，他完全可以如从前般英武。哪怕失去一条腿，他仍然是可以保护所有人、力挽狂澜的玉面飞将。不管是在庙堂，还是在民间。不管是在战场，还是在江湖，他都是能守护姐姐的英雄。

炽儿和沈昼离开后，我踱到庭院中。

"我这一生真正想得到的，从未得到。"去岁，明宇说的这句话，在庭院的风声中飘荡。原来很多事情，要等失去，方知。原来很多决断，如新生草木一般，要在一番寒彻骨后，方有。

翌日，我接到漠北的来函。是炽儿写来的。她说她在漠北生活得很好。大漠跟宫廷很不一样。宫廷到处都是殿宇，巍峨耸立，庄严肃穆。宫人们都不敢大声说话，就连脚步声都需守规矩。宫廷最常出现的，就是"规矩"二字。而大漠是空旷的，一望无际的。每个人都可以大声说话，大声欢笑，笑声可以如牛羊一般，跑得很远。那里没有规矩。长生天是最包容、最深邃的。下过雨后，草青气扑鼻。天启会骑着马，带她去大漠中的泉边。他们一起饮酒，一起谈着书中的某处词句。天启给她唱着雄浑的大漠情歌。

"母后，他的歌声常常让儿落泪。儿觉得，儿从前如同一块瘦石，如今，瘦石上覆满了厚而柔软的青苔。那青苔熨帖在每一处沟沟壑壑上。儿觉得，稚时所有的遗憾都不遗憾了。"

喝醉了，他们会躺在泉边睡下。大漠的繁星硕大又明亮。繁星照着她的脸。她宽宥了所有伤害过她的人。

"儿在此处一切都好，唯有母后，让儿魂牵梦挂。每逢月圆之时，儿向南磕头，求长生天佑母后康健，福寿双全。听闻族中人言，雪域之花，可葆女子容颜。儿与天启，亲上雪山，得圣花数朵，奉与母后，愿母后永葆春秋。不孝女炽拜上。"

云归抚摸着快马从漠北运来的雪域圣花，长叹道："太后，二公主真是个难得的孝顺孩子。"

她瘦小的身躯穿着不合体的宽大袍子，哆哆嗦嗦跟着老五进宫的模样，仿佛就在昨日。我心酸道："炽儿是最不容易的一个孩子。"

第二百零五章：有喜

在炘儿嫁去漠北之前，边民常常听闻异族凶蛮，胆战心惊，每到黄昏，都躲进家里不敢出门，生恐异族来烧杀掠夺。炘儿嫁去漠北之后，边民们知道有圣朝的公主与大漠王子这桩姻缘，踏实多了。夜晚敢在道旁生起篝火了。看见穿着异族服饰的商旅，亦不再躲躲闪闪了。互市繁荣，两族融合。史书载"北境久安，民不知兵"是也。

灏儿为阿南挑选的川陕名医进了宫，那人名叫酆陌。原以为，如此盛名之下，必是个白发苍苍的老者，不想，竟是个温文尔雅的青年人，看起来不过三十如许。他穿着一件青色的衣裳，仿佛从山林中走来。他背着一个大大的药箱，步子均匀而缓慢，言语、行动之间，就像山林里细细绵绵的落雨。

酆陌没有住在医官署，也没有住在内侍们住的司礼监，而是住在了安平观。他初次给阿南把过脉后，我命云归传他来萱瑞殿。酆陌见了我，行罢礼，并不多语，沉默地立于殿前。

我笑笑："先生如此年轻，便成杏林圣手，想来家学渊源。圣上选先生进宫为中宫侍胎，先生的本事，恐非寻常人所及。"

"太后过誉了。名声是他人给的，不过浮名罢了。草民家世世代代行医，传到如今，十七辈了。不管是达官贵人，还是蝼蚁小民，在草民眼里，只有病痛的区别，没有身份的区别。中宫，与乡野妇人，草民都会一样尽全力。"他微笑道。

我颔首道："先生医者仁心。"遂，赐座。

云归端上茶来。我命她给酆陌斟的是一盏庐山云雾。叶厚，香凛。酆陌喝了一口，道："长松树下小溪头，斑鹿胎巾白布裘。千山烟霭，万象鸿蒙，草民曾去庐山采药。那里仿佛是云之故乡一般，云雾千姿百态，变幻无穷。时而似浩瀚波涛，时而又似轻盈薄絮。那里的云雾茶极难得，据说是由鸟雀衔种而来，传播于岩隙石罅，故而又叫钻林茶。"

云归笑道："酆大夫说得甚是，这茶极难得，江右太守去年只贡了二十两。这满天下，您除了在太后的宫里，再也喝不到如此好的云雾了。"酆陌俯身告谢。我用手轻轻转动着茶盏，慢悠悠问道："哀家想问先生，中宫的胎象如何？"

"回太后的话，皇后娘娘胎象稳健，甚好。"

我吹了吹盏中的茶，盏中似升腾起云雾一般，朦胧了视线。

"先生可知腹中男女？"

酆陌想了想，笑笑："太后想是男是女？"

"哀家只想知道实情。"

他沉吟道："中宫将有弄瓦之喜。"

我的一颗心放下来。《诗·小雅·斯干》中有言："乃生男子，载寝之床，载衣之裳，载弄之璋。乃生女子，载寝之地，载衣之裼裼，载弄之瓦。"弄瓦之喜，说明阿南腹中怀的，是公主。如此一来，此胎便可得落地。我不愿灏儿的手上有此杀孽，亦不愿未出世的孩子不明不白地消失。

这样的结果，是最好不过的了。

二月在匆匆的流云偷换中，来了。后宫之中，又添两喜。医官署诊出胡婕妤和孔贵仪都有孕了。胡婕妤自不必说，从入宫以来，盛宠在身，得以有孕，情理之中。可孔贵仪恩宠稀薄，从入宫以来，圣上不过去了三回，竟也有这样的好福气。

龙裔如雨后的笋，一个接着一个。圣上认为是莫大的吉兆，故而带着皇后与有孕的妃嫔一起去了奉先殿叩谢列祖列宗。

只除了澜贵仪，她没有身孕，没有她的份。她坐在绮澜院中，怎么想都想不明白，事情怎么会变成这个样子。明明不久前，圣上还给了她隆恩圣宠，几乎是每晚，他都会来绮澜院，他说他喜欢圆脸女子，圆润有福。他跟她一起看歌舞，汉宫秋月。

明明不久前，她几乎与中宫平分秋色。圣上看着她僭越中宫，欢欣默许。难道不是说明在圣上眼中，她比中宫重要吗？若说因为邹伏的罪行败露，连累了她，可为什么作为邹家的女儿、跟邹伏关系更亲的邹阿南却丝毫不受牵连呢？

宫里的妇人越来越多。那个胡宛迟，简直就是个狐狸精，还是个半夷半蛮的东西，圣上到底欢喜她什么？自己甚至都没来得及看到圣上的翻脸。圣上忽然就不肯见她了。她连被翻脸的资格都没有吗？凭什么。

她思来想去，决定让自己的贴身丫头芍药去勾引御膳房的小内侍刘二刀。让芍药趁刘二刀不注意，偷偷往安胎补汤中下药。

她得不到的，旁人也休想得到。

可就在她自以为得逞之时，胡婕妤大摇大摆地走进绮澜院。芍药竟然跟在她身后。

胡婕妤那双带着夷人血统的眼睛摇曳着得偿所愿的笑容。"小贱人，本宫正愁你不犯大过，杀不得你，你便迎头来作死了。眼下人证物证俱在，看你如何抵赖！安胎补汤乃圣上赐给皇后和有孕妃嫔的隆恩，你居然往里投毒，谋害龙裔，你是有几条狗命，敢做此胆大包天之事！"

澜贵仪指着胡婕好，又指着芍药，气得一张圆脸面皮紫涨："你！你！原来你这狗奴背叛了本官！"芍药低着头，后退几步。胡婕好冷笑几声："你的奴才，比你有眼力见儿。这绮澜院眼瞅着便如冰窟一般了，怎么？不另择明主，跟着你等死吗？"

就如同胡谟与邹伏，胡婕好与澜贵仪的较量，胡婕好占了上风。胡婕好将人证、物证皆交与了内廷监。圣上听说澜贵仪的罪行后，勃然大怒，赐了绮澜院一杯鸩酒。

胡婕好捧着鸩酒从绮澜院出来，跟身旁的小宫人说道："先帝时，这座殿宇叫作云梦阁，里头住的是麒美人，后来麒美人失宠，死了。现时，澜贵仪亦失宠，死了。可见，这是个晦气的地方。"小宫人忙附和道："娘娘说得是。"

死了的澜贵仪被一张白布裹着，抬出了宫。抬尸体的两个小内侍晃晃悠悠的，满脸嫌弃，仿佛手中抬着的是毒物一般。

阿南的凤辇路过，她不经意地瞥了一眼，似是自言道："都说本宫当日隐忍，不与她计较。可是，命薄之人，有什么计较的必要呢？"

她不是忍。她是真的不在意。

沈昼告诉我，一切计划都按照我吩咐的进行着。

东海镖局的人趁着火族人出海，前去骚扰。东海镖局在沿海八个郡皆有分号，势力甚大，亦曾经跟红衣岛有些龃龉。故而，痕迹做得很自然。甚至，为了让久战的明宇看不出破绽，沈昼自作主张，只告诉月儿，没有告诉菜头。

因为明宇知道菜头与水家的渊源，红衣岛有难，菜头的急切方是点睛之笔。实则，东海镖局的人已被沈昼买通，什么时候挑衅，什么时候跟火族打斗，什么时候占上风，什么时候跟菜头打斗，用几分实力与明宇打斗，什么时候落下风，都是设计好的事。

大黑在海域一圈又一圈地盘旋着。月儿被东海镖局的人掳去了，不见影踪。菜头不知实情，急得如身置热油之中。我没有想到，因为沈昼的这次"擅作主张"，竟成全了一桩十几年都未能成就的姻缘。

菜头奔入龙潭虎穴，找寻月儿。海风拍打着巨浪。苍茫的海域上一团又一团的雾气。他一遍又一遍地喊着："二小姐！二小姐！"一个浪头打过来，东海镖局粗大的旗子被海风吹得呼啦呼啦的。月儿的手脚皆被藤条捆住，悬在旗子上，远远看去，难辨生死。

菜头的意识一霎便崩溃了："月儿！"明宇单腿站在一条孤舟上，那舟如箭一般，穿行在水上。他来了。

第二百零六章：算数

菜头想飞身去将月儿从藤条上解开，抱下来。突然从旗子后面飞出两名武士，武士手持东海镖局的七星弯刀，大力地劈过来。

菜头左右手齐发，但那武士刀刀凶猛。菜头担忧着月儿，她面目灰白，双眼紧闭，被挂在旗子上，到底是生是死？心乱，使不上十分的力来。

左边的武士趁势一刀朝菜头的胳膊砍来。说时迟那时快，一只船桨迅疾地打在他身上。

明宇"噌"地从小舟上跳起来，冲上去助菜头打斗。招式胶着之际，从后方又袭来两个人。明宇悄声说与他："你去解救水月，这几个人交给我！"菜头虽然非常焦急，但他此时有一丝犹豫："可陆将军你……"

"不相干。"明宇道，"跟战场上的厮杀比，这些不算什么，我能应付得了，你放心。快去！水月的性命要紧。若她有事，姐姐一定难安。"

说起"姐姐"二字，他的脸上涌上片刻的哀伤，可在这风声如同狼嚎的龙潭虎穴，那哀伤瞬间即逝了，余下的，只有杀敌的刚毅。

"快去！你们在红衣岛等我！"

有明宇顶着，菜头终于可以抽身离去，他飞到粗壮的旗杆上，将月儿四肢上的藤条解开。

大黑飞过来，张开翅膀，那翅膀厚实有力，羽毛油亮。菜头把月儿轻轻放置在大黑的羽毛上，仿佛他抱着的是一件极易碎的东西。

大海今夜沉郁极了。每一片波涛似乎都在拍打着无尽的心事。菜头将手探到月儿的鼻息上，那气息十分微弱，若有似无。他的心像在万丈深渊边起落。逍遥了半世的人，突然仿佛身戴枷锁。"月儿，你千万不要有事……"大黑仿佛能懂得主人的心情，它一声声叫着，仿佛是安慰。

"月儿，你知道吗？我惧怕失去的感觉，我曾经眼睁睁地、一次又一次地亲历失去。所以我怯懦，我不敢面对。跟失去相比，我宁愿从未拥有过。"

"我不怕掉脑袋，我去抢太子，我想买一座大院子，我想给大小姐安稳的生活。

可我眼睁睁地看着她一步步走向成筠河的马车。原来那所有的一切，不过是我自己的自以为。她进了宫，我放心不下，在她受委屈的时候，我想带她离开，可她宁愿从城墙上一跃而下，也不愿跟我走。"

"南飞，她总是叫我菜头大侠。每逢我坐在合心殿的屋顶或是树梢，她都会羞涩地来与我说话。她一针一线地做鞋子给我。她从来没有量过我的脚，给我做的鞋子却刚刚好。她说她是拿眼睛量的。我跟她是一类人，忠仆。南飞的爱，其实跟我是一样的，卑微，热烈。可我意识到的时候，便又一次面临失去。她死了，我将她带到江南，将她葬在西湖的湖心。我的心又一次空了。"

"我一次又一次地失去。我想，这一生我或许就不应有一份情。大黑、酒、耳边的风、天上的月亮，这些陪着我就够了。自由自在，孑然一身，多么快活。"

"可是，月儿，我现在竟再一次地渴望拥有。求你好好儿的，我求你好好儿的，我什么都不要，我不会再逃避，我想你活着。我什么都可以听你的。"

"月儿。"

他什么都说不下去了，一行清泪落在月儿的衣襟上。耳边唯余风声。

天涯鱼书雁难渡，愁云惊风锁日暮。都道侠士能忍悲，不过未到伤心处。

大黑熟门熟路地飞到了红衣岛，天上突然下起雨来，雨点大而急，砸得树木和花草晃动着。大黑的翅膀忽然抖了抖。月儿和菜头猛地往下掉落！菜头连忙裹起了月儿。月儿突然笑起来。

菜头猛地一凛，紧紧抱住她。雨把月儿脸上涂抹的灰白的一层粉冲刷下来，露出她原本红润的面庞。她仰头笑了几声，忽地意识到了什么，又不好意思起来："菜头阿哥，对不起，我骗了你，吓着你了……"菜头只是紧紧地抱着她，什么话也不说。仿佛至为重要的东西失而复得了。

"菜头阿哥，你不怪我吧？"

菜头摇摇头。

"对了，菜头阿哥，你那会儿说的，还算数吧？什么都听我的。"

一向洒脱爽朗的月儿难得露出羞怯之色，脸上那半面展翅欲飞的凤凰愈发赤红起来，如同凤凰在燃烧，在面颊上呼之欲出。

菜头搂着她，不肯松手。他重重地点了个头。"都听你的。"

月儿欢喜起来。她使劲儿挣脱了菜头，从腰间摸出鞭子，举起来，跳跃着。

菜头看着她，忽然一拍脑袋："忘了陆将军了！想来他此刻甚为凶险！"

他转头要跑。月儿忙拉住他，再也忍不住，将实情一一告知。

太后如何下令，沈昼如何谋划，东海镖局如何配合。

"本来没想瞒你的，可沈大人说，瞒着你更好。做得更真实，陆将军更容易相信。还有……嘿，他是想推我们一把。沈大人是个脑子至为清白的人。他不爱说话。可他啥也明白，啥也能洞察得到。"

菜头恍然大悟。

月儿道："拿人钱财，忠人之事。东海镖局的人会适时败退的，不用担心。我们在这里等陆将军就好。他不是说了嘛，让咱们在红衣岛等他。"

首领议事厅。月儿命人抱上一坛酒来。她与菜头边饮边谈，等到子夜，却犹不见明宇的身影。月儿摸出腰间的芦笙吹了起来。过了好一会子，悄悄在海域放哨的两个小兄弟跑了回来。月儿问道："可有看见陆将军？"小兄弟道："回首领的话，似乎东海镖局的人被打退后，陆将军就走了。"月儿站起身来："走了？他去哪儿了？"

小兄弟道："陆将军轻功了得，眨眼的工夫就不见影了。再加上夜里海上起了雾，我们没看清……"菜头道："他到底还是走了。"

厅中的大铜盆中燃着火。时不时发出"噼里啪啦"的声音。月儿道："或许只有等姐姐过来，才能找到他了。"

宫中，沈昼向我禀告着外头的情况。我一边为月儿和菜头欢喜，一边又为明宇惆怅。想到明宇单腿立于舟上，拼命想要保护我所在乎的人的样子，就心痛不已。

我告诉沈昼："不可操之过急。逼紧了他，倒适得其反。此一战后，暂时不要有别的动作。"

"是。"

今晚我似乎是有预感，看着沈昼的黑袍消失在殿外的时候，唤了一声："沈卿——"他又退了回来："太后，怎么了？"

"哀家在这宫廷里头，多少年了？"

"回太后，二十六年了。"

"竟这么久了。"

"是。您历经三朝。"

更漏的声音响着。二月里的早杏打了苞，还未全开，小小的白色骨朵，挂在枝头，柔媚清芬，如同雪花纷纷扬扬落在了树梢。

"沈卿，有时候觉得，一生甚苦。可要是——回头来过，可以重新选择。哀家那年秋天还是会进宫，把这所有路再重新走一遍。哀家还会遇见先帝，遇见那些对手们，遇见你，遇见南飞，与明宇重逢，遇见如雪，遇见云归，养育那些孩子们，找到月儿……"

沈昼沉默地听着。

我笑了笑："这每一步，哀家都不觉得遗憾。可是，这每一步，哀家都没有舍不得。好像一切都是庭院中的花，天上的云，一切都有它自然而然的开落，一切都有它自然而然的去处。"半晌，沈昼说道："太后是大智之人。这一生，谋一个敢爱敢恨，拼一个敢做敢当，得到得水到渠成，失去得顺理成章。"

我轻声道："沈卿，你素来是懂我的。"我站起身来，从袖内掏出一封信函，递给他："哀家写了一封信，恰当的时候，你记得交给灏儿。此等大事，除了你，哀家谁也不放心。"他跪在地上："是。"

沈昼走后，云归陪着我去了趟奉先殿。一排又一排的烛火在庄严肃穆的皇家牌位前时不时地晃动着。我在太宗皇帝的画像面前跪下，头深深地磕下去："父皇，芯儿没有辜负您的托付，芯儿一生感激您的信任。"抬起头，他似乎活生生地坐在我面前，笑而不语。

我复又来到成筠河的画像前。画中的成筠河，优柔寡断地坐在龙椅上。他眉间仿佛永远都带着深秋傍晚，一层薄薄的雾气。

"筠河，去岁，我让灏儿给我做了一口棺，放在你的身边。你知道吗？"

画中的他凝视着我。

"南巡途中，你曾托梦给我，说你的头疾已经不犯了，你说凌桃蹊在下面照顾你，她通些医理，会烧药汤。你说，来世不可待，往事不可追。筠河，这些年我尽力了。无论我做什么决定，你都不会怪我的对不对？"

画中的成筠河，眼神与生前一样温和。我与他的画像两两相对。

"筠河，我的前半生和那棺，一起，留给皇家，留给你。我的后半生和躯体，便留给我自己吧。"

此时，灵位前的蜡烛晃动得猛烈了些。

第二百零七章：伊始

风把画像吹得晃动了一下。好像成筠河在点头一般。我眼前仿佛出现大章二十七年深秋，宫廷里无穷无尽的桂花如雨一般落下。一个14岁的宫装少女从我的身体里抽离出来，一个一脸忧郁的白衣少年亦从画像中抽离出来。那少女跑向那白衣少年："六殿下，六殿下——"

少年轻轻吹落她头上的桂花花瓣。我看着那少女和那少年，泪如雨下。

那是我与成筠河最好的岁月。

"筠河，我们今生的缘分就到这里为止吧。"

烛光轻轻地磨着黑夜。每一次摆动都像是道别。走出奉先殿，我缓缓走向安平观。云归默不作声地跟在我身后。起风了，她给我披上披风。

安平观内。鄢陌坐在蒲团上，在他背的药箱里翻动着，似在找寻着什么。见我走进，他并不意外，起身，向我行礼："参见太后。"

蒲团边，有一方矮矮的小桌子，桌子上摆着两盏茶，温度正好，不烫，亦不凉。显然是算好了时间。

我淡淡笑笑："你知道哀家今晚要来找你。""是。"他颔首。

本来，我昨日看他的模样，只有七八分确定，现在却已经有了十分。

我坐在矮桌的蒲团上，示意他也坐下来。

"哀家10岁那年，家中曾来过一个疯疯癫癫的乞丐，其实，他不是乞丐，他是游方的神医。他只是酷喜在悬崖峭壁采摘奇珍草药，衣服破了而不自知，蓬头垢面而不拘小节，所以，被世人当作乞丐。"

鄢陌温文有礼地聆听着。

"后来，长乐六年，先帝命在旦夕之时，他以岛国神医的身份出现了。看似是被玄离阁的人捉来，实则却是有意出现。他采了哀家和先帝的血，加上一株草药，满室的奇异之香。他说，祁连山顶采仙药，血脉相融续江河。他离去后不久，哀家便有孕了。腹中所怀，正是当今圣上。昨日，哀家看你，隐隐有些面熟，可哀家不敢确定。他是岛国神医，你是川陕名医，南辕北辙，如何能联系到一处？"

我瞧着他："先生的川陕名医的身份是假的。"

"是。"

"为了防止真正的川陕名医被圣上灭口，也为了救下皇后腹中的胎儿。"

"是。"

"原来这世上真的有转胎药，是吗？"

"是。"

"你此行还有一个目的，让哀家悄无声息地出宫。"

"是。"

"那位故人，是你的何人？"

"他是草民的祖父。祖父去岁隆冬过身了，走之前，叮嘱了草民要把这些事做好。"

"你算到了哀家今晚会来找你，所以你方才已经把药备好了。"

"是。"

"你祖父有没有告诉过你，哀家还有一个遗憾。"

他点头："太后牵挂的，是陆将军的腿。祖父让草民带给太后一句话，不见人间十全事，拼个圆满终难拼。陆将军半生沙场，能得半世闲云，已是十全九美。殊不知，古来名将，几人得善终？"

我轻轻闭上眼，长长叹口气。伸出手，鄪陌把药放在我的掌心。如我所料，是两颗。老神医连云归的那份都算到了。

我起身，还有一件事放心不下："那转胎药可伤胎儿、可伤母体？"他笑笑："太后放心。不伤。祖父炼的那转胎药，是用了十八年的风霜雨雪加十八种世间奇珍之物和十八颗至情至性的眼泪所成。最重要的，还有一滴历经千年的血。届时，皇后娘娘所生之嫡公主，有三分女儿心性，却有七分男儿心性。英武非常，刚毅果断。有镇国公主之风……"说着，他摇摇头。"是草民多言了。"

我颔首："皇后母女，便有劳先生了。"

"草民应当。"

走出安平观那一霎，我仰头看着天上，月明星稀。云归陪着我一起，把宫廷的每个角落都重新走了一遍。

每一块砖，每一片瓦。都似故人道别。

萱瑞殿中。我与云归相视一笑。她紧紧握住我的手。服下那颗药的时候，我终于又一次见到了那个白衣女子。那个曾经数次指引我、却又很久未出现的白衣女子。她盈盈笑着："水星，你很快就不是陆芯儿了。"对于她而言，我的使命已经完成了。

想起方才酆陌所说的话，我明白那滴历经千年的血是谁的了。她一直寻寻觅觅，找寻着新的人物，保着太祖爷的江山。

翌日一早，萱瑞殿的小宫人惊叫起来。太后崩，贴身宫人云归殉葬。沈昼将信函交给灏儿。

"我儿，人生难得是放手。这江山风雨，这万里山河，娘都交给你了。为君之道，想你心中都很明白。娘想告诉你一句，雨落不上天，水覆难再收。不要轻易做让自己后悔的事。寻常人有高处的人约束，而站在最高处的人，只能自己约束自己。你果敢有余，仁心不足。而仁是这世间至为可贵的东西。仁者，才能爱人。君王不仅要爱人，还要爱天地万物。等你到了一定的年岁，你便会明白，让人们发自内心地爱你，比征服他们重要得多。娘去了。娘给你的放手，是娘的爱子之意。你对娘的成全，方是为人子的孝母之心。我儿聪慧，想来都懂。勿念。"

灏儿阅后，只字未讲。对外宣称，太后病逝。此乃国丧，告知九州百姓、各番邦属国。

停棺二十七天，每日君王带领皇后、各宫嫔妃、百官、命妇等诸人灵前跪拜。

丧乐响彻宫廷。没有人知道，那从皇陵郑重抬出，放置在萱瑞殿，又抬回皇陵的棺，是空的。空空地来，空空地去。一口空棺，葬入皇陵。

太后谥号祈安，后世皆称之为：祈安太后。

祈安太后陆氏，大章二十七年入宫，性聪颖，擅决断，为太宗皇帝赏识，赐予仁宗皇帝。长乐年间，陆氏为贵妃。数起数落，屹立宫廷，仁宗皇帝甚倚之。长乐七年，得皇三子。后为武宗。执政近二十载。顺康十四年二月，崩于萱瑞殿。武宗皇帝为生母上徽号曰：崇圣万尊祈安太后。

死后的一切荣华，与我无关了。我和云归是被运水的马车秘密带出宫的。有玄离阁的庇护，一切无恙。

郁洲。一家陋巷的小酒馆内。我身上穿着的，是一件寻常的浅蓝衣裳，就像红衣岛久雨乍晴的天空。

沈昼刚刚探寻到的信息。每日黄昏，明宇会现身此处，买酒一壶。

日头倾泻下来，有了人到中年的调调。昏黄色的光晕镀在这陋巷的每一处角落。

终于，他来了。我从门后走出。他怔怔地看着我。一个笑容，在他脸上沉淀了许久，终于漾了出来。

其实，国丧的消息在街头巷尾传遍的时候，他已经隐隐约约猜到了。他没有料到我会真的做了这个决定，转身得如此干脆、如此决绝。

他从前做梦都不敢想的事，如今，实现了。我卸下了身上所有的担子。他向我走了九步，最后的一步，是我走向他。在那最后一步的涅槃里，明宇的残腿似乎得到了最温馨与恰当的补偿。

人到中年，只余半生可活。还好，仍有半生可活。

清风尚在，明月犹存。暖阳与细雨，都不会辜负任何人。

一切都是刚刚好。

一切都有盼头。

番外：成筠河

"小六，等你成年的时候，君上便会来清风殿看你。"这是母亲告诉我的。她带着我一起站在清风殿的院落里看太阳缓缓从西落下。夕阳洒在她素白色的裙衫上。她脸上始终带着淡淡的笑意。

母亲从未怨过。亦从未争过。从小到大，我从未见过父皇踏入清风殿一步。我和母亲都只能在年节里，跪拜在人群的边缘，远远地看他一眼。母亲说，父皇在忙。

我知道，她是骗我的。我曾拉着小酉偷偷追随着父皇的轿辇。他去了凤鸾殿，去了落樱殿，更多的，是去棠梨院。他并非没有空暇。他只是忘了母亲，忘了我。

母亲叫作姜巧巧，父皇三征西林时，西林土司进贡的蛮女。偶然得蒙圣宠，生下我。父皇却再也想不起来了。

我不知道那次偶然的宠幸是母亲的幸，还是不幸。我曾见母亲煮着家乡的桂乳荔芋肉，边用勺子在锅中搅动，边掉眼泪。母亲的眼泪，纷纷如雨，落进锅里。所以我记忆中的这道菜总是带着苦涩的味道。

母亲是思乡的。这清风殿是个永恒的囚笼，母亲注定在这里老死一生，再也无法回到故乡的竹楼。

母亲在庭院中种了很多菜。

有一回，殷贵妃在此路过，把母亲当成了仆妇，呵斥着让母亲摘些新鲜的瓜果送上。我想说什么，却被母亲制止。

母亲低着头，婉顺地按照殷贵妃的吩咐去做了。

在各宫娘娘面前，母亲永远是低姿态的。甚至，皇后骆静姝有恙，母亲自请前去侍疾，几日未曾合眼。待她回来的时候，自己却病了一场。只是，母亲的病是无人问津的。她硬生生地挺过来了。

我趴在她床边哭泣，她笑着跟我说："小六，你知道吗，母亲的家乡有一种野草，叫作石荷叶，一年四季都有，生命特别顽强，经得起旱，经得起涝。母亲就是那野草。你莫担忧。"

我将脸贴在她手心上。我问她："为什么，为什么要主动去做那些事……"母亲抚摸着我的头："小六，母亲是为了你啊，为了咱们母子，在这宫中安生活下去。活下去就好。"

活下去就好。这是母亲常常念叨的话。她对我只有这么一个祈愿。

哥哥们很早就封了王。而我，到了20岁，礼部官员们一再提及，皇子大了，若没有封号，不合规制，父皇才勉强封了我"宣王"。

父皇对于我而言，是坐在龙椅上的一座神。神是被信仰的，却是不得靠近的。

母亲总跟我讲父皇英勇而辉煌的战绩，她自己对失宠的生涯心平气和。她亦教育我对父皇要尊崇、敬爱。

"小六，一个君王要面对的事情很多很多，总会有顾及不到的角落，你要理解你的父皇。"母亲的声音如风般柔软。

"与人为恶是很累的事，与人为善就简单得多。母亲希望你做个良善的王爷，对任何人都怀着一颗仁爱之心。"

母亲没有念过书，胸无点墨，她教给我的道理如同野草般朴素。

我们母子二人在落寞的清风殿习惯了冷冷清清，习惯了低人一等，习惯了与世无争，习惯了官人们的白眼，习惯了内廷监分配来的东西永远是次品。

小酉说："六爷，来日等您就藩就好了，到了藩地，什么都是您自个儿说了算。"小酉是我的贴身内侍，亦是我从小到大的玩伴。其实，我知道，纵便是将来到了藩地，亦不能肆意妄为。遍地都是眼线。稍有不慎，便会扣上"不矩"的帽子。

作为皇子，注定一生谨小慎微。

大章二十七年，太子成筠源奉旨巡幸江南，其实，父皇是命他去查一桩贪腐案。因为牵涉殷侯，而太子跟殷侯是宿敌。为了避嫌，太子在朝堂之上公然说要带一人同去。父皇让他择一人。他选择了我。

太子的算盘打得是极好的。他选择了我，我有王爷的身份，可我哪敢置喙他的事呢？不过是走个过场罢了。于他，既全了体面，又有了交代。

盛秋时节，我坐在马车上，从北到南，看着云朵和风景一点点变幻着。太子玩味地看着我："老六，江南的花楼最是有名，到时候带你去逛逛。"我低头："谢太子兄美意，愚弟不敢。"太子笑着，拿扇子指着我："你未曾娶妻纳妾，不知女子的好。"

我沉默。女子的好。女子的好是什么样呢？我的确是不知的。母亲早早告诉我，我的婚事要听父皇的旨意。可父皇似乎是忘了这件事。从没提过。

我没有想到，此次江南之行，会遇见一个女子，冥冥之中，我的命运就此改写。

江南秋天的夜晚，明月高悬，洒下皎洁的光，好像给地面上的所有铺上一层白雾。街市上成排的灯笼仰着脸。几只扇着翅膀的小飞虫飞来飞去。寻香楼前的一棵老桂花树散发着淡淡的幽香，道路两旁的木芙蓉在夜里的红色变得很浓烈，不远处的小河哗哗地淌着水。

我在给一个小乞丐上药的时候，听到一个声音："小发。"我抬起头，见到一个少女，头戴木芙蓉，她的面孔、她的声音，皆和月色一样清凉。她在唤那个小乞丐，两人似乎是很熟的样子。

我愣愣地问那个小乞丐："她是你姐姐吗？"小乞丐点头。那少女挽着小乞丐起身。

这月色真好啊，我想说什么，可满腹的诗书竟寻不到匹配今晚月色的话语。脑子里一片空白。

"姑娘，你头上的木芙蓉很特别。"话出口，我便后悔了。这样说会不会太轻薄？她会误以为我是登徒子吗？

她笑笑，便走了。那晚我回到行宫，脑海中总是出现那个姑娘的眼睛。她的眼睛真是特别极了。深而清冷，就像一口井。

我很懊悔没有问她的名姓。可没过两天，我又遇见了她。有刺客行凶，她救了我。流血的她就像一朵热烈的花。我一时间内心如惊涛骇浪。

我从未见过一个人身上热烈与清冷同在。仗义是她，疏离亦是她。她并非绝色，却带着攻击性的美。她身穿粗布衣，却带着凛冽书香。她像一团缥缈的雾，让我不由自主想去探寻。

"姑娘，你我萍水相逢，你却能舍命救我，此等侠义心肠令人感佩。我成筠河这一生必不负你。"这是我对她最初的承诺。后来，当我知道这一切都是她设计的，我心里铺天盖地地难过。

我一直视我与她的相遇为此生最大的幸运，却原来不过是一场戏。仿佛是最纯净的花园坍塌了。我很久很久都不能原谅她。宛若最珍贵的东西蒙了尘。

恢宏的乾坤殿，她看着我，眼眶含泪，就如同井水溢出："筠河，我这一生并未负你。"我知道，我知道她没有负我。可我一旦想起她是以"算计"的方式接近我，我就会抑制不住地悲哀。或许，越是在意，越是计较吧。那些不抱希望的，反倒是能心宽处之。

星儿她或许从来不知道，我一直把她当作另一个自己。我对星空，对花朵，对飞鸟，对万物生灵，对身边的所有人，包括敌人，都是仁慈的。可我对自己总是诸多不自信、诸多苛责。

可到了我生命的末尾，我终于想明白了，也终于原谅了。我原谅了那晚禹杭的月色，我也原谅了最初的算计，原谅了我这懦弱的一生。

我接受了自己并不是个明主的事实，接受了自己不如祖辈父辈的事实。

我宽宥了星儿，也宽宥了自己。

我原本唤她"芯儿"。离人心上草，是她的名字。但她跟我说，她喜欢"星河"这两个字，她觉得我的名字和她的名字连在一起，像永恒的星空。从此，我便叫她"星儿"，叫了一生。

局势风云变幻，我从来没有看明白过。

我所有的哥哥们非死即罪。父皇终于想起了我。清风殿经历了短暂的热闹，却很快出了事。父皇和母亲在大火中丧生，我亲眼看见星儿杀了二哥，如梦幻般，眨眼之间，众人匍匐在地，唤我万岁。这样的场景，我从未敢想。

此后的十年，我一直在一种惶惑中度过。每次坐在龙椅上，我都惴惴不安。但星儿跟我完全不同。前朝后宫，她似乎有使不完的力气。

无数枕间相依的时刻，我想告诉她，告诉她我的不如意，我的无助。可我却无从开口。

我已经坐上了龙椅，下不去了。我明白，却无奈。星儿不知道，宫中每一次变故，都似将我放置在火上炙烤。我一遍遍想要逃离。金銮殿是我最大的牢。这牢狱之灾绵绵无绝期。

人这一生有很多种成功，可世间的名利客又有几人知晓，最好的成功便是以自己想要的方式过一生。

宫廷中的事实，阴冷得让人害怕。从麒美人，到凌桃蹊，再到常攸宁，每一个女子都是娇娇俏俏地出现在宫廷，却都带着不可告人的秘密。

难道居于万人之巅，一定要算计天下人，同时被天下人算计吗？夫妻之情，师生之谊，友人之义，君臣之契，所有的一切都撕得粉碎。那万人之巅，有什么趣味呢？我厌倦了。

庄子行于山中，见大木，枝叶盛茂。伐木者止其旁而不取也。问其故，曰："无所可用。"庄子曰："此木以不材得终其天年。"

若有来生，我想做个乡间的秀才。得一处茅庐，手持书卷，教稚童念书，诲人不倦。

终此一朝，无后，我始终不肯许星儿后位。她总以为我不够信任她。旁人亦是这么认为的。可真实的原因是什么呢？我害怕我仅余的关于她的温情也被撕碎。我无法承受那样的结局。那是我最后的支撑啊。我害怕星儿得到得越多，离我与她的反目越近。所以，我不敢放手，不敢给。

灼儿拿匕首刺向我的时候，我满脑子里都是"荒唐"二字。多么荒唐的天家亲情，多么荒唐的宫廷，多么荒唐的人间事。可转念一想，这何尝不是一种解脱？

在我即将离开人世的时候，我竟然有一种出乎意料的轻松。终于不必面对这一切了。

我把最后能给的，给了星儿。这江山。这储位。

风雨十年，明月依旧在。意识涣散那一刻，我眼前出现漫天摇落的桂花，星儿笑着跑向我，口中唤着："六殿下——"

我不留恋金銮殿的富丽堂皇。我只留恋我与星儿那些琐碎平实的瞬间。

雪夜里，我用双手捂着她的脸。秋日里，我用木芙蓉给她做胭脂。初夏，我们坐在御花园的坡上说体己话。春天，我们一起摘鲜花去小厨房揉饼子吃。

那些轰轰烈烈的好与不好，在死亡面前，反倒如浮云般散去了。

此心不恋居人世，唯见天边双鹤飞。

番外：大公主

二妹出嫁那天，我松了口气。我不知道为什么自己会这样。可就是控制不住地，觉得心口的一块巨石移了去。

虽然我们从小一起长大，虽然我们是姐妹，虽然张浔早已告诉过我，他对二妹并非真的喜爱，而是少年时的一种痴惘。可我介意。真的，我介意。

南巡途中，在不夜郡的洞天阁客栈，所有人都中了软骨散的毒，强盗明晃晃地打劫，那样危险的关头，我心慌得要命。我害怕，害怕又一次血流成河，像长乐九年的乾坤殿那样。我躲在云归姑姑的怀里哭泣。可二妹，她用银针扎自己，强迫自己站起身来，跟跟跄跄地出门去搬救兵。我知道，从那个时候起，在众人眼里，我与她便是不一样的。她是勇敢聪慧的成炘，我是懦弱寻常的成烯。在母后眼里。在张浔眼里。

张浔带她去看鸢尾花。他对她念"翩然紫罗裙，风舞度芳年"。后来，他跟我说，是他内心对弱者本能的怜悯。我不信。

多疑令人痛苦。赵妈妈告诉我，既然选择了，便不要去想这些无益的事情。她笑着说："冀公主，您已经得到了您想得到的一切。"

是啊，我如意顺遂地嫁入张府。外人都传，太后嫡女嫁名相之子，郎才女貌，天作之合。

我的公婆贤良通达，我的夫君文武双全。我应该满足啊。他就算曾对二妹真的有过心动，又怎样呢。都是过去的事情了。我这么自我安慰着，沉默地在纸上画了一扇门。

门里有个秘密。我曾无意间听婢女说，我并非母后亲生，而是当初她为了和清宁馆抗衡，从外面偷偷抱养的孩子。我不敢向任何人求证。更不敢去向母后求证。

我曾经理直气壮地质问母后对我不够关心。可若我非她亲生，她对我的每一丝好都不是应该的，都值得被感恩。若我并非太后嫡女，我连这唯一比成炘优越的地方都没有了。

不，我还不如她。至少，她是父皇的血脉。若我是抱养的，我便不是真正的公主。我不能接受一点点这样的可能。所以，我宁愿沉默，并在心里祝祷着讨论这件事的人越少越好。

我在纸上画出父皇的模样，又对着铜镜画出自己的模样。我努力在两张脸上寻找血缘的秘密。

我眼前浮现的是幼年父皇待我所有的好。他总是病恹恹的，所以常常好多天不上朝。所有的政务都交给母亲处理。他陪我一起待在乾坤殿。他抱着我，握着我的手，一笔一笔地教我写字、画画。每逢我有微小的进步，他便无比欢欣地告诉我，我是世上最聪慧的小姑娘。他喂我喝粥，生恐烫着我，又恐婢女的口水不慎落入碗中，便自己给我吹。他摸着我的头，叫我阿茵，他说，若来日阿茵出嫁，孤必以富庶之地赠之。

他待我这么好，怎么可能不是我的亲生父亲呢？一想到这里，我便十分难过。

父皇，父皇啊。我想让母后多分一些关注给我。哪怕她对我有父皇对我一半的耐心，我便很开心很开心了。

母后永远都很忙碌。甚至，连用膳的时候，都常常不回来。不是在批阅奏折，便是在与大臣们议事。我问云归姑姑，朝堂上为什么总是那么多的事呢？云归姑姑说，你母亲要处理的，是天下事啊。

天下，是个太恢宏的概念，我不懂。我只知，母后陪我的时间，还没有乾坤殿的小内侍多。自从知道我有可能不是母后亲生的孩子后，我试着站在远处冷静地看这一切。可童年的隔阂竟再也抹不去。

我与母后无法亲近。她握着我的手，我会没来由地觉得生疏。我感激她为我做的一切，可我无法像倚赖父皇一样依赖她。于是，我愈发喜欢画画了。在画里可以塑造一个又一个自己心中所想的世界。我可以把父皇又画回来。

我与父皇在乾坤殿的小竹桥上玩耍。他吹着笛子，我爬到他的头上去，他一点都不生气，还会叮嘱我，烯儿，莫要摔下来。

很久很久以后，我明白了，我穷其一生，固执地寻找父皇的味道，不过是我怀念那样极度被重视的感觉，被人捧在手心的感觉。

张府的后花园里栽了很多很多的芍药。我时常看着那些芍药出神。张浔手持芍药向我求爱的时候，我曾鼓起全部的勇气告诉他，我幼年时从官人口中听到的闲言。

他说："臣并不在乎您嫡公主的身份。臣在意的是这十二年的陪伴与相知。臣答应过您，给您画一世的风筝。青梅竹马，一世白头。求公主成全。"我看着他的眼睛。我相信他在那一霎是爱我的。

婚后的日子安逸平静。张浔是个很好的画眉郎。他同父亲一样，犹如一湾缓缓流淌着的水。除了偶尔在心底介怀他曾经对二妹的情愫，并无别的不愉。

顺康十三年的深秋，灏儿大婚，他开始亲政。我那从长乐二年入昌黎阁拜相的公公，被邹伏所害。我没有想到，张府竟然有一天也会失势。我坐着母后给我的金步辇到了凤鸾殿。灏儿命小舟叫了我过去。他坐在昔日母后坐的位置上，龙涎香的味道浓郁极了。

"皇姊勿忧，纵是张大人不再为相，孤也会保你和驸马一世的荣华。"

"这件事，你有没有告知与母后？"

他靠在椅子上，停顿了一会儿，深深地笑了笑："皇姊，如今坐在这里的，是孤，不是母后。"我冷冷地笑了笑："这么说，成烯倒要向圣上谢恩了。"他皱眉："皇姊应该审视自己的言行，审视一下你对孤、对皇后说话的态度。皇姊是天家女，难道不懂什么叫规矩。"

我转身去了萱瑞殿。我跨过一条又一条的石径，穿过一道又一道的宫门，看见母后立于一株木芙蓉旁。她看见我，柔和道："烯儿。"我靠在她怀里："母后。"

母后用手轻轻地摩挲着我的头发。二十多年了，我第一次与母亲如此亲近。她牵着我的手，到殿内。她亲自走入萱瑞殿的小厨房给我做了碗我小时候最爱吃的芙蓉羹。

"烯儿，你是即将为人母的人了，万事都不要冲动。"母后平静地看着我喝完那碗羹。

"你出来得久了，恐驸马一家忧心，回去吧。"我向母后磕了个头，转身离去。

那一霎，我想到了很多，从父皇离去到现在，从何烈，到张浔，我突然意识到母后对我无尽的宠爱与宽纵。

"烯儿——"

我走了几步，见她倚在门框。

"烯儿，你要理解你弟弟，他有他的考量。"

我点了点头。

"你是母后的孩子，母后永远牵挂你。"

我愣了下，莫名觉得不祥。

那日回到家，张浔紧紧地抱着我。"烯儿，你莫要再进宫说这些事了。父亲大人自己都看开了，他说，宦途似风水，君心如虚舟。咱们又有何看不开的呢？"

烛光下，他的脸还是那么儒雅干净。"烯儿，我怕圣上迁怒于你。烯儿，什么都不重要。咱们都好好儿的，就是最大的圆满。"

我与张浔，有了夫妻之间风雨同舟的味道。我看了看隆起的肚子，看了看他，那些介怀的旧事缓缓地放下。

顺康十四年二月，我腹痛发作，生下我与张浔的长女张泱儿。孩子刚出生一刻钟，我便听到了"太后崩逝"的消息。竟然如此的巧。

母后病了的消息散出来多时了。可我从来没有想过她会这么快逝去。在我心中，她是最强大的啊。她应该无坚不摧，永远地站在风口，给我们挡风的啊。我的眼泪止不住地落下来，落在怀中婴儿的小脸上。

"母后没了，没了……"我反反复复地念叨着。

晚上，我做了个梦。梦见小时候，我穿着白色的夹袄，白色的襦裙，蹲在乾坤殿的门槛边。母后急匆匆地跨过门槛，往外走去。她走啊走，走啊走，直到消失在我的眼前，再也不见。

母后，您上次那句话，我悟出来了。我是您的孩子，您亲生的女儿。井涸而后知水之可贵，兵燹而后知清平之可贵。举凡世间幸福之事，均过去方知。

母后，您的良苦用心，我懂得了。我会惜福的。

愿劳碌了一生的您，在另一个世界，得享安宁。

番外：二公主

漠北又到了迁徙的季节。

天启从王帐里走出来，嘱咐我身边的侍女："要小心，莫让王妃磕着碰着，更别让她提东西。"

侍女连忙点头。

我笑："你都说了好多回了，纵是耳背之人，恐也记住了。""炘儿，我怕你逞强。"天启伸手，抚了抚我额角的碎发。

原本是一个月以前就该迁徙的。可因天启坚持要等我腹中胎儿满三月才动身，硬是将部落迁徙的日子延迟了一个月。

婆母塔娜自入了秋以后，一直神色不安。族中诸事，都交与天启打理。我每日晨昏都会按中原的规矩去向她请安。她或是拿着弯弓射着天上的雄鹰，或是摸着银壶往口中送一口烈酒。她看着我，笑："成炘，这里不是你们汉人的皇宫，我也不是你那陆芯儿母后，你不必做这些规矩。"我低头道："敬您，不是规矩，是做儿媳的本分。"她又仰头喝了一大口酒："随你去吧。"

我知道，婆母是因为明宇舅父的原因而郁郁伤怀。舅父在南境失踪了，生死未卜。婆母这一生与舅父的缘分虽然如烟花般一闪而过，但婆母从未真正将舅父忘怀。她曾洒脱地告诉母后和舅父，成全比得到重要得多。

她成全了，但她真的快乐吗？只有她自己知道。站在事外的人，永远只能看见她潇洒的转身。可她在寂静的深夜，立于沙漠冷月泉边的心事，没人看得见。

婆母派了漠北武功最高的巴特尔去寻找舅父。

有时，婆母心情好的时候，会到我的帐篷来，给我送一壶奶茶。她喜欢问我一些孩子气的问题。

"为什么陆芯儿跟陆明宇都姓陆？"

我想了想，回答道："中原同姓者甚多。"

"那你们为什么要叫陆明宇舅父？"

"因为他与母后亲如姐弟。就连圣上，一直称其为舅父明公。"

婆母将手上的飞镖射得老远。"不过是比我早一些认识罢了。"复又垂头道，"陆芯儿真是个幸运的女人，得许多人真心爱护。"我沉吟半晌，道："母后亦是个很不容易的女人，吃过很多的苦。"

天启告诉我，婆母提起"他"时，脾气便会变得很乖戾，让我莫要较真。我笑笑："怎么会。我喜欢婆母的性子。她是性情中人。"

婆母乍一听到舅父的腿被阿罗伽砍掉一只时，曾扬言要骑马冲去南境剁掉阿罗伽的头。被天启死死拦住方罢。天启不习惯叫"父亲"二字，总是用"他"这个字来代替。

"母亲，他已经将阿罗伽赶到了湿瘴之地，阿罗伽也已经投降。您告诉过我，穷寇勿追，此用兵之法也。何况，那是圣朝与南境的战事，咱们不能贸然出手啊。"

婆母总算是冷静下来。在之后很长的日子里，她都看着天上的大雁发呆。大雁是忠贞之鸟。一生只爱一个。婆母，就是那悲鸣的大雁。可惜，她与舅父这一生有缘无分。

"不过是比我早一些认识罢了。"她喃喃念着。

她羡慕，却不恨。我想起母后曾经告诉我，婆母是个至为磊落的女人。

我刚嫁给天启的时候，很怕，怕自己没有福气有身孕。上京宫中医官署的医官们曾说，我小时候就多病，身子积下了弱症，与寻常人有异。

入漠北王帐连续三个月，没有好消息传来。我虽没有开口与天启提过这件事，但暗自吃一些助孕的药。那是我出阁时，悄悄塞到嫁妆箱的。

有一天，无意被天启看见了，他大跨步地走到我身边坐下来："炘儿，你在吃什么？"

"我……在吃一些滋补身体的良药。"

天启从我手中接过碗，放下来，他紧紧握住我的手。"炘儿，我知道你曾经吃过很多很多的苦，我既娶了你，便不会让你再受一丝委屈。不仅我不会委屈你，也不会允许你自己委屈自己。"我心头一酸，摇摇头："我没有委屈自己。"

他拉着我的手，骑着马，奔到草原的深处。一大片一大片的山丹花，开得如火一样。他拉着我躺在山丹花丛中。"炘儿，山丹花在漠北叫作萨日朗，你知道萨日朗代表着什么吗？夫妻团结，早生贵子。长生天在上，我相信，我们真心相爱，一定会得赐一个最好最好的孩子。"我点点头。眼泪从眼角流出。

我生母常贵嫔因为走错了路，从没做过一日的母亲。我好怕，冥冥之中有报应，我亦得不到做母亲的资格。

天启的嘴唇就像草原里的露珠一般，柔软清凉。他亲吻我的眼睑，我闭上眼来。

风吹着满山坡的萨日朗，天启给我一场最真、最美的欢爱。火红的晚霞，映着火红色的花，落在我们的身上。

不久后，我便有孕了。漠北的巫医说，我腹中所怀的孩子非常健硕，是长生天最美好的赐予。我与天启都欢喜非常。

胎儿满三个月后，王帐迁徙。刚刚迁徙完毕，漠北就得到消息：太后崩逝。

按照邦交礼仪，漠北需遣使者前去上京参加国丧。天启怕我过于悲痛，让人瞒着我。可我还是发现了。"太后崩逝"这四个字就像火炭一样灼人眼眶。我走出帐篷，站在一片萧瑟而苍茫的大草原上。母后的音容笑貌在我脑海中一遍遍回放。

"炘儿，到了夫家，夫妻和睦为上，愿我儿与驸马，恩爱百年。"这是母后送我出嫁时说的话。我本与天启说好了，待我生下孩儿满周年之后，便携子归宁。我要回上京，回皇宫，看望母后。可还没等到那一天，母后竟去了。

去得如此突然。难道是灏儿吗？他终究是没有听进我临别前的嘱咐吗？上京的朝中现在究竟到了什么样的田地？

我越思越乱，悲从中来。一件松软的兽皮披在我的身上。我转头，竟是婆母。她的脸上时而阴云密布，时而霁月风光。

"成炘，陆芯儿没死，你莫要太过悲痛，伤着我的孙儿。"

"母后她……"

"她出宫去跟陆明宇会合了。"婆母说着，长叹一声："她竟然真敢走出这一步。陆明宇南境一役，倒因祸得福了。若没有这出意外，陆芯儿想来没这么快下定决心。"

"您……怎么知道的？"

婆母将手中的一卷如短小竹枝一般的密函递到我手中。"陆芯儿走后，没有忘记让玄离阁的沈大人往漠北发了封密函。你叫了她二十载的母后，她是惦记你的。她怕你伤心。所以，她要把实情告诉你。"

我细细地看那密函。婆母没有说出口的是，母后发这封密函，还有一半原因，是让婆母知道舅父的行踪，好让婆母安心。那是一种女人与女人之间才懂的感情。母后与婆母惺惺相惜。

"你那坐在金銮殿上的兄弟，是个不简单的人物。"婆母道。我小心翼翼地将密函放入怀中。婆母转身离去。走前说了句话："陆芯儿值得。"

母后在朝堂上谋算了半辈子，最终将一身踪迹留在了浩渺的江湖中。我为她高兴。

大姐曾经质疑过母后对父皇的感情，天下大多数人都质疑过母后对父皇的感情。

他们以为母后是阴诡的，热爱权势的，恨不能踩着父皇的鲜血往上爬的。而我，从未质疑过。

我相信母后深深地爱过父皇。用尽她所有的力气和最美好的岁月。一个女人只有很爱很爱一个男人，才会对他所有的孩子心怀慈悲，才会对他的基业毫无私心。母后若不肯放权，胜负难定。朝堂上又多增几许鲜血？

我懂母后。从始至终。

数月后，在一个霞光镀满黄沙的夕阳，我生下我与天启的儿子。他长得白胖可爱，眼睛湿漉漉的，又圆又大，小胳膊有力地挥动着，小腿乱弹。

婆母为他取名：孟和。孟和，就是大漠语里永恒的意思。

我给母后写信。等孟和满周岁了，我就带他去红衣岛探望外祖母。

母后，谢谢你曾经给了一个残缺女孩幼年绵长的爱。爱是这世上会代代延续的东西。很多美好的品质，都是因爱而生。比如坚强，比如善良，比如承担，比如勇敢。

宽广的爱，从你的内心伸展而来，给了我。我会把同样的爱，给孟和，给所有大漠的族人。

我会与天启，齐死生，同宠辱，泯春秋，共白头。

番外：水月

有一种植物，叫作苦笋。又苦又甜。苦味入心，泻降心火。食到肺腑三刻，甜味方从唇齿中一点点地渗出。淡薄至味足。

菜头阿哥便是苦笋一样的人。我尝到了苦，也等到了甜。我与他江湖同行十三年。他愿意为我冒着葬身鱼腹的危险，却不愿看着我的眼睛道一句"喜欢"。

那年春日风光正好的时候，我与他同游蜀地。在江阳的酒楼，有一帮子乡霸冲进来，欲强抢酒楼里卖唱的姑娘。那姑娘的父亲，长得瘦弱矮小，本坐在一旁拉二胡，见此境况，忙将二胡放在一旁，跪在地上哆哆嗦嗦地向那帮人求饶。

"二月间采花花正开，三月里桃花红似海，四月间葡萄架上开，五月里石榴尖对尖，六月间芍药赛牡丹，七月里谷米造成酒，八月间闻着桂花香，九月里菊花怀里揣，十月间松柏——"

姑娘唱到此处，曲儿戛然而止。乡霸们拽着她，往外拉扯着。姑娘慌乱地摇着头。

我吹了声口哨，问我身旁的菜头阿哥："你猜，姑娘没唱完的下句词儿是什么？"他摇摇头。我从怀里摸出鞭子，往上一跃。

"十月间的松柏人人爱。"

菜头阿哥的剑出了鞘。我与他不谋而合地同时出了手。

乡霸们被打得屁滚尿流。为首的独眼男人指着我说道："好小子！你等着！让你看看我过江龙的厉害！"我仰头笑了几声："什么狗屁过江龙！真龙来了，都不怕！"

乡霸们跑走后，那唱曲的姑娘跪在我面前："多谢公子救命之恩，小女子无以为报，愿以身相许。"我愣了愣。方想起自己此次出门，为了方便，女扮男装。她一定把我当成男人了。

我凑上前去，促狭地指着菜头："姑娘，我们俩一起救的你，你为什么不想对他以身相许？"唱曲的姑娘想了想，低头羞涩道："那位大侠面有凶相。"

我笑得越发大声了。不说话的菜头阿哥的确看着非常凶蛮。他脸上有数处刀疤，有一处，是从左眉延伸到下巴。我知道那是他在青峰岭之战留下的——他在江湖上的成名之战。他一个人对战六十四名死士。那一战后，他成了破天狼的帮主。

我认真告诉姑娘，我家中已有妻房，不愿耽搁她，并拿出一袋碎银赠之。姑娘跪在地上向我磕了个头，便与老父一起离去了。

我和菜头继续喝酒。酒楼院中的海棠花开得细碎而轻柔。风把花瓣吹到酒桌上。

我说："菜头阿哥，你觉得我好不好？"

"二小姐自然是很好。"自从他知道我的真实身份后，再也没叫过我的名字，总是叫我"二小姐"。

"那你喜欢我吗？"

他沉默半晌，说了句："二小姐，你醉了。"

江阳美酒天下闻名。可我并没有醉。我从很小的时候就认识他了。那时候，我还不是红衣岛的当家、火族的首领。我只是师父身边懵懂的小女孩。菜头大侠少年成名。江湖上，人人皆知。

有一回，他来红衣岛与师父议事，师父让我撑船在渡口等他。天上下着很大的雨，天地之间，似拉开了无尽的帘幔。我看着一个披着斗篷的男人向我走来。

我问他，你是菜头大侠吗？师父让我在此等你。他点头，是。他上了我的船。船行至江心，雨越发大了，风刮得很猛。我使劲掌着舵，船却仍然左摇右摆。一个浪打来，我心猛地一跳，船险些翻了。

突然有一双大手覆住我掌舵的手。那双手粗粝极了。他说了句"小妹子别怕"。他就那么握着我，直到风雨减小，船稳了下来。我的一颗心像是从浪尖滑落下来。

烟雨蒙蒙的水域上，我看着他的脸，他满是伤痕的脸。

后来，过了好多年，师父去世了，我成了火族的新首领。我无数次带着族人出海，九死一生，什么样的凶险都遇见过。我耳畔永远记得菜头阿哥的那句："小妹子别怕"。

师父一生受苦，我本立志自绝情爱。可我总是有意无意地想与他接近，在江湖上搜寻着与他有关的消息。

他行踪飘忽，我能见到他的次数屈指可数。

世事永远让人无法揣摩。顺康元年，因太后的南巡，竟得知一个惊人的秘密。关于我身世的秘密。连当年捡到我的师父，都不知道的秘密。

我是禹杭水家的女儿。我的父亲叫作水暮渊。曾经风光无限的禹杭织造。他一生未曾纳妾，只有一个正妻吴氏。吴氏生了两个女儿，一个叫作水星，一个叫作水月。我便是水月。我出生那年，父亲为同僚所害，死于狱中。母亲听此噩耗，心悸而死。全家入了罪籍，关在笼子里，当街售卖。菜头阿哥，是水家厨子的儿子，三代都在水家为奴。当年，水家遭变故的时候，他与我那姐姐水星从笼了里逃了出去。

水星，便是当今的太后，幼帝的亲娘。

我不知道这么多年以来他们各自发生过什么。但菜头阿哥似乎不太喜欢提起姐姐。

"大小姐是与我不一样的人。"他说。至于是哪里不一样，他又说不上来。我以为有了这样的渊源，我与菜头之间会更亲近。可是，在知道我的身世后，菜头阿哥便对我很恭敬。

所谓的家奴，原来就是世世代代刻在骨子里的忠心。我悲哀地发现，我们之间，竟越来越不可能。我渴望那个在风雨里握紧我的手的菜头大侠。

红衣岛不管发生了什么事，他都会尽心尽力地帮我。在我出海遇到危险时，他亦以命相拼。从知道我的身世起，他在我身边十三年。

他说，就像他曾经守候在姐姐身边一样。直到姐姐身边的沈大人告诉我"置之死地而后生"。他买通了东海镖局的人，趁着我出海，前来骚扰。东海镖局在沿海八个郡皆有分号，势力甚大，亦曾经跟红衣岛有些龃龉。故而，痕迹做得很自然。菜头阿哥奔入龙潭虎穴，找寻我。海风拍打着巨浪。苍茫的海域上一团又一团的雾气。他一遍又一遍地喊着："二小姐！二小姐！"

东海镖局粗大的旗子被海风吹得呼啦呼啦的。我的手脚皆被藤条捆住，脸上抹了白灰，悬在旗子上，远远看去，就像是被吊死了一般。菜头阿哥的意识一霎便崩溃了："月儿！"

被吊在旗杆上的我，眼泪忍不住掉落。他终于不再叫我"二小姐"。他终于肯唤我的名字。他以为我死了，才敞开心扉。

这么多年的陪伴，这么多年的守护。我知道我对他有感情，我也知道他对我有感情。所有的人都知道，只有他自己不知道。好在，不管过去了多少年，我终于守到了甜。

我知道西湖的湖心岛葬着的南飞在他心里分量颇重。我亦知道他在兵荒马乱的流离岁月里曾经对姐姐有过一段说不清道不明的情感。

但，那又怎样？越是久雨乍晴的天儿，越是清和。

往事不可追，来日却可憧憬。他是带着满身、满心伤口的男人。

他就是苦笋。而我，守到了苦笋的甜。

番外：明宇水星

秋日，海面风平浪静，是下海打鱼的好时候。

一艘船上，站着一对男女。那女子穿着红衣，脸上有一道凤凰疤痕，腰间别着一条鞭。她是江湖上有名的红衣岛帮主，名唤红凤凰。她身旁站着的男人，便是她的夫婿，菜头。

红凤凰对菜头说："莫让明宇哥再偷偷上了船，阿姐该担心了。"菜头笑了笑，道："明宇那性子，恐是闷不得。"

果然，船行至江心，一个身穿绿衫的单腿汉子从一堆渔网中钻出来，促狭地向船头的那对男女笑着。渔网是绿色的，他的衣服也是绿色的，隐于其中，难以发现。

"明宇哥，上回你跟我们一起出海，阿姐将我一通好骂呢。这回，你竟又跟来了。"红凤凰将鞭子抽在水中。那虎虎生风的长鞭入了水，溅起几许浪花来，终剩下一份清清凉凉的无奈。

"我只是缺了条腿，并不是真的废了。芯姐姐总是想着保护我。可我是个大男人啊。大男人，风里浪里，刀林剑雨，都不该退缩。"单腿汉子那张明朗的脸上，满是倔强。

菜头走过来，拍了拍单腿汉子的肩膀。以男子的角度，菜头理解他的这份要强。

这一趟出海，他们在船上足足待了半月。海上的天气变幻无常，时而狂风，时而骤雨，时而暖阳，但船上的人们心是齐的。

这一趟收获颇丰。

返航。船停在红衣岛，单腿汉子快步往一处木屋走去。他走得是那样急，每三步一跃，仿佛积攒了半月的眷念要从胸腔里溢出来，泼洒到这绵软的风里。

那座竹楼里有他爱了半生的人。

"星儿，星儿——"

木屋里没人。窗边那青色的竹凳上，没有那个倚在窗边的人。小桌子上的一卷《归田赋》是摊开着的。

"谅天道之微昧，追渔父以同嬉；超埃尘以遐逝，与世事乎长辞"。这归田赋宛然就是她的心境啊。乐于山川，丢开污浊，与那纷扰的世事别离。

呵。谁又能想到，曾经在朝堂上执掌风云，号令生杀，令无数人胆寒的祈安太后，现时，在这一处小小的木屋内，粗茶淡饭，恬淡度日呢？

床榻边的妆奁里，一枚水滴状的星辰耳环放在最显眼的位置。床榻边的花瓶里，还插着半月前他采来的花。那花开得如碗口般大，正吐着芬芳。

这屋子里的一切都那么熟悉。但是，没有她在，却又那么空。

隔壁的大牛嫂笑道："水阿姐去了西头李三伯家了。李三伯的那头母牛下牛犊了。"

单腿汉子点了个头，往寨子的西边走去。

李三波的牛栏里，一个穿着粗布衣裳的女子正挽起袖子给牛上草药。她满头细细密密的汗，好一会儿功夫，才忙完。

抬头，她看见单腿汉子站在一旁，欲开口喊他，却又似想起什么，皱着眉："来了多会子了？"

单腿汉子在女子面前似变了一个人，坚硬中带着孩子气。

"半个时辰了。"

"怎生不叫我？"

"我……星儿，我错了……"

李三伯笑呵呵地端来一碗酒，递给粗布衣裳的女子："水阿姐，有劳啦。"

这女子叫作水星，整个红衣岛上的人都知道她是他们帮主红凤凰失散多年的姐姐，姓水，故而他们都叫她"水阿姐"。

做了半辈子"陆芯儿"的她，终于有机会回到"水星"的身份，回到最初的模样。仿佛在宫廷中的二十多年如烟一般消散，仿佛她从未进宫过。

岛上的习俗，帮了人，会得一碗酒。水星今日给李三伯的牛接生，是而得了一碗李三伯的酒。

她喝了一大口，脸上起了些许红晕。她瞧着那单腿汉子："你说你错了，那你跟我说，你错哪儿了？"

单腿汉子道："我不该让你担心……"他走近她，轻声道："可是，自从上了岛，你总把我看作是孩子一般，不许我干活，不许我吃苦，把我看得如孩子一般，不，是如娇嫩的花朵一般。这样的滋味儿不好受啊。余生漫长，我总要做些什么的。星儿，让我像男人一样生活好吗？"

水星又低头喝了口酒，依稀有泪跌入那酒碗中。她叹了口气，道："明宇，你为我做的已经足够多。你南征北讨，吃尽了苦。从前，你是多么英武的陆将军，如今，每逢看着你的腿，我心中总不是滋味儿……"

被她唤作"明宇"的单腿男人接过她手中的酒碗，将里头剩下的酒一饮而尽。他揽着水星的肩膀，笑道："失了一条腿，能退隐来这海岛，过现在的生活，算是幸事吧。这叫因祸得福。别说是失去一条腿，便是两条腿都没了，我也认了。"

水星骂道："尽胡说。余生都是平安了。""好，平安。"明宇从怀里摸出一个物件儿，递给水星。"这是此次出海捞起的贝壳，我打磨了，做成链子，送你。"

那贝壳甚为精巧，是花了大心思的。

上次他出来，给她做了一把鱼骨梳。

每次他出去，人虽离了她，但心是一刻也不曾离了的。

两人往木屋走去。李三伯的一碗酒，两人各喝了一半，都有些微醺。

他们的步子迈得很慢。岛上的秋日，天上浮动着红云，海风吹拂着花草树木，夕阳一点点落下，一切美好得如梦境一般。

明宇跟水星讲着出海的趣事，说到凶险处，他笑言，梦到在军营里的时候，他穿着铠甲奋力厮杀，醒来发现船被鲨鱼攻击，那一霎感慨极了，仿佛金戈铁马的年月又回来了。

听到此处，水星问他："明宇，你喜欢从前的日子，还是现在的日子？"

"你在哪儿，我便在哪儿。"这句话，从他年幼时，一直说到现在，从未变过。

"星儿，我不愿你有一丝一毫的愧疚之心。你只需记得，能跟你在一起的日子，便是我最好的日子。"

夕阳缓缓褪尽，夜色一寸寸铺满了海岛。梦摇星辰，满眼如画。

明宇说："星儿，我离圆满还差一步——"水星侧过脸："还差什么？"

"娶你。"

水星愣了愣，她眼里里似乎有一盏忽明忽灭的灯火："我……能再嫁吗？"

明宇道："陆芯儿不可，但水星可。水星这一生，从未嫁过。"

是啊。她已经选择了做水星，将陆芯儿留在皇陵中了。

两人站在花前，海上的明月升起。水星不知道，明宇为了说出这句"娶你"下了多大的居心、鼓起多大的勇气。

这个夜晚，因为这两个字而格外温柔动人。那种温柔，不是乍然热烈的欢好，而是许许多多的岁月沉淀下来的，暮云收尽后，如酒一般醇厚的相知。

他们相识快三十年。他从一个幼童变成一个满脸胡须的汉子。久到她从一个少女变成一个历经磨难的妇人。但两人都没变的是明宇的那份纯净、水星的那份善良。

数日后，他们在红衣岛上举行了简单的婚礼。以花为媒，以鸟为客，以云做绸，以树为宾。

是夜，晚风吹开了窗棂。水星轻轻起身，赤着脚走至窗前。一地月光，九天之上星河璀璨。

她静静站了一会儿。点点亮色中，漆黑的天空瑰丽如长梦。她仿佛在那星河中看到了她所有的过往，水府的大小姐，街边的乞女，宫中的合贵妃，金銮殿上的陆太后。

过了许久，夜色变幻间浓云渐起，雨丝风片裹着轻柔的花瓣，飘飞入室，一瞬间有些凉。

"星儿。"温纯的声音忽然在身后响起，睡梦中感知到她离去的明宇醒了。

"你还好吗？"

"好。"水星转过身看他，沉静的眸子里有岁月长存的暖意。她很好，前半生跌宕岁月中，无论发生过什么，都是好的。而余生的数十年，因为有他在，也都会好的。

她轻轻走回床上，依偎着对她来说这人间最踏实的暖意，继续沉入梦乡。